Peter Bürger
Kino der Angst
Terror, Krieg
und Staatskunst
aus Hollywood

The book is dedicated to the members of the Living Theatre from New York who generously shared their experience of a non-violent culture of resistance with people in Düsseldorf in the autumn of 2004.

The fact that artists came from the USA to bring social concerns to our streets has greatly encouraged me in hoping for more transatlantic friendships that really deserve this name.

Peter Bürger
Kino der Angst
Terror, Krieg
und Staatskunst
aus Hollywood

*Jörn Wiertz, Martin Wundsam und Peter von Cleef
haben die Drucklegung dieses Buches
durch Gestaltungsarbeiten gefördert.*

Bibliografische Information Der Deutschen Bibliothek
Die Deutsche Bibliothek verzeichnet diese Publikation
in der Deutschen Nationalbibliografie;
detaillierte Daten sind im Internet
über http://dnb.ddb.de abrufbar.

© Schmetterling Verlag GmbH
Lindenspürstr. 38b
70176 Stuttgart
Tel. 0711/626779
www.schmetterling-verlag.de
1. Auflage 2005
Alle Rechte vorbehalten
Umschlaggestaltung und Titelfoto:
Martin Wundsam, Büro für
visuelle Kommunikation, Lörrach
Satz: Jörn Wiertz, Düsseldorf
Druck: Ottmar Jaiser, Stuttgart
Printed in Germany
ISBN 3-89657-471-x

Inhalt

Einleitung: Macht braucht Mythen 11
    Die schwarze Magie des Kriegskinos 11
    Krieg heißt jetzt »Engagement«: Der politische Zeit-Raum
    für das Kriegskino der neunziger Jahre 13
    Hollywood als Mythen-Tempel des Empires 16
    Zur Anlage dieser Filmstudie 18
    Perspektiven einer Sichtung des »massenkulturellen Krieges« 22
    Danksagung und Widmung 22
    Anmerkungen 23

I. Was Immanuel Kant nicht ahnte und
    was nach dem Völkerrecht verboten sein soll 32
    Anmerkungen 39

II. Kultur des Todes: Medien, Unterhaltungsindustrie und Krieg 44
    1. Informationsmedien im Krieg 44
    2. Kooperationen im »Militainment«: Hollywood und Pentagon ... 55
    3. Kriegsspielzeug, Computer-Shooter und futuristische
        Militärtechnologie 64
    Anmerkungen 75

III. Hollywood und der Weg zur Macht 88
    1. Privatwirtschaftliche Technologie der Macht 90
    2. Korrupte Macht als Thema alter Hollywood-Filme 97
    3. Der neuere Polit-Spielfilm aus Hollywood 100
        Themenvorgabe für die neunziger Jahre:
        Macht, Moral und Geld 100
        John F. Kennedy und kein Ende des Komplotts 103
        Rückgriff auf Truman und Erinnerungen an Nixon 111
        Moralische Aufrüstung des Präsidentenamtes, globale
        Missionen und das Weiße Haus als Krimi-Schauplatz 113
        Desillusionierungen der Clinton-Ära 116
        Vorbereitung auf den Überwachungsstaat 119
        Hip-Hop-Märchen vom demokratischen Sozialismus 120
    4. Die Grenzen der politischen Machtszenarien aus Hollywood ... 122
    Anmerkungen 125

IV. John Wayne und die US-amerikanische Revolution:
Über Gründungsmythen und das Recht auf Gewalttätigkeit 135
1. Willkürlicher Liberalismus 135
2. Blutrünstige Pioniere und Patrioten 138
3. Ronald Reagan hat »Rambo« auch schon gesehen 147
4. Christlicher Fundamentalismus 153
5. Unschuldskomplex und Todesstrafe 163
6. Michael Moore – Ein »unbewaffneter US-Amerikaner«
schlägt zurück 166
Anmerkungen 170

V. Die Rückkehr des Zweiten Weltkrieges ins US-Kino 188

1. Weichzeichnung und instrumentalisierte Erinnerung 188
2. Der deutsche Faschismus als Spiegel und Chiffre für
Unmenschlichkeit 195
3. Memphis Belle (1990): Die größte Luftschlacht der Geschichte
als Kulisse für sportliche Rekrutenwerbung 198
4. Der beste aller Kriege – Die Befreiung von Tyrannei und
Unterdrückung 200
Saving Private Ryan (1998) 201
When Trumpets Fade (1998) 204
Band Of Brothers (2001): Gerechte Krieger in Serie? 205
5. Pearl Harbor (2001):
Aufrüstung zur unterhaltenden Staatskunst 209
Eine Heldengeschichte 211
Bauchkribbeln und ungeknackte Geheimcodes:
Geschichtslüge als Methode? 211
Sieg trotz Niederlage 215
»Wir fliegen auf Tokio« – US-Selbstmordkommando
für die Rache 216
Keine »bösen Japaner«? 217
Stärke durch Leiden – Die patriotische Propagandabotschaft 218
Kooperation mit allen Gattungen des US-Militärs 219
6. Nachtrag: Hiroshima und Nagasaki – Das große Tabu 220
Anmerkungen 225

VI. Der »neue« Vietnam-Film: Wir waren Helden! 243
  1. Die Geschichte muss korrigiert werden 243
  2. The Green Berets (1968): Ein Klassiker, über den Präsident Johnson gut unterrichtet ist 246
  3. Hamburger Hill (1987): Die US-Soldaten wurden verraten, noch bevor man sie zu Hackfleisch machte 249
  4. My Father, My Son (1988): Wie schädlich ist Agent Orange? ... 253
  5. Flight Of The Intruder (1989): Hollywood und Pentagon bringen Nixons Bombenteppiche rechtzeitig zum Golfkrieg ganz anders auf die Leinwand 256
  6. Forrest Gump (1994): US-Amerika lernt, die Welt wieder mit unschuldigen Augen zu sehen 260
  7. We Were Soldiers (2001): Subventionierter Heldenmythos in Zeiten einer neuen Militärdoktrin 264
  Anmerkungen 269

VII. Ehrenmänner und Windflüsterer: Multiethnische Werbung für die US-Streitkräfte 275
  1. Top Gun (1985) und Probleme für das Rekrutierungskino 275
  2. The Tuskegee Airmen (1995) 281
  3. Men Of Honor (2000) 283
  4. Windtalkers (2002) 284
  5. Antwone Fisher (2003) 286
  Anmerkungen 288

VIII. Re-Inszenierungen: Militärschauplätze der neunziger Jahre auf der Kinoleinwand 292
  1. Das Ende des Kalten Krieges, das Fehlen »geeigneter Schurken« und Agent 007 293
  2. Courage Under Fire (1996): Was bedeutete im Golfkrieg 1991 Mut? 300
  3. Black Hawk Down (2001): Was wäre die UNO in Somalia ohne die U.S. Army? 305
  4. Im Fadenkreuz (2001): Moderne Weltpolizisten und Nazijagd in Bosnien 311
  5. Collateral Damage (2001): Zeit für Vergeltung in Kolumbien.... 314
  6. Tears Of The Sun (2003): Krokodilstränen für Afrika 318
  Anmerkungen 323

IX. **Was bringt gute Patrioten vor ein Militärgericht?**
Hollywoods Regeln für Straßenkampf und
internationale Strafgerichtsbarkeit 335
    Abschied von den Genfer Konventionen 336
    Rules of Engagement 338
    Die Person des angeklagten Colonel Childers 339
    Korrupte Politiker und ihre Motive 340
    Der junge Ankläger beim Militärgericht 341
    »Der übliche Blödsinn« – Die Sicht der islamischen Welt 341
    Die Argumente der Verteidigung 342
    Die Technik des Perspektivenwechsels im Film 343
    Erinnerungen an Vietnam 343
    Bekenntnisse von Regisseur William Friedkin 344
    Die militärische Assistenz dieses Films 345
    Krieg führen nach Drehbuch? 345
    Die Botschaft des Pentagon im deutschen Privatfernsehen 347
    Anmerkungen 348

X. **Die große Schlacht zwischen Gut und Böse:**
Endzeitmythen, Sternenbanner und Star Wars 355
    1. Die apokalyptischen Propheten der »Christian Right«
       und ihre Umkehrung der biblischen Enthüllungsvision 355
    2. Das Ende aller Tage:
       Die Jahrtausendwende entfesselt den Satan 360
    3. Wie das Postamt der Vereinigten Staaten
       die Zivilisation wieder aufbaut 366
    4. Star Wars und Independence Day 371
    Anmerkungen 377

XI. **Die Technologie der USA rettet den ganzen Erdkreis?**
Der Katastrophenfilm als Werbung
für eine neue Atomwaffengeneration 384
    1. Der Wunsch nach Mini Nukes und Erdpenetratoren 384
    2. Armageddon (1998) und die NASA-Operation
       »Freedom for all Mankind« 386
    3. Deep Impact (1998): »Konstruktion
       der kampfbereiten Nation« 390

4. The Core (2003) – Worum es im Kern geht 392
5. The Day After Tomorrow (2004): Das Pentagon
   interessiert sich für Klimawandel und Ökologie 394
   Anmerkungen 397

XII. **Kino der Angst: Verschwörer und Terroristen
in Gottes eigenem Land** 402
1. Innere Sicherheit, Paranoia und »hausgemachter« Terror 403
2. Conspiracy Theory: Die Welt als unbestimmte Verschwörung ... 410
3. Rechtsradikale im Kampf gegen Staat,
   Multikulturelle und Atheisten 413
4. Die Vereinigten Staaten als »Fight Club« 418
   Anmerkungen 426

XIII. **Die USA im Kampf gegen den Terror und das Böse in der Welt** 433
1. Drehbücher für den Terror? 434
2. Welche historische und politische Perspektive gilt? 441
3. Der Heilige Krieg: Hollywood als Kulturkampf-Werkstatt 446
4. Under Siege (1986): Bomben auf Washington 453
5. True Lies (1993/94), Executive Decision (1995) und
   Airforce One (1996): Drei Varianten des vom
   Pentagon geförderten Terrorfilms 457
6. Ausnahmezustand (1998): Visionärer Vorgriff auf den
   Elften September und Bürgerrechtsfilm? 464
7. Welche Grenzen verträgt das Passwort »Freiheit«? 469
8. The Sum Of All Fears (2002): Ein CIA-Film über
   Atomterrorismus und Weltpolitik 472
9. Saving Jessica Lynch (2003) und Alexander der »Große«:
   Die Militäroperationen gegen den Terrorismus
   und das Kriegskino 478
   Anmerkungen 485

XIV. **War-Entertainment ist kein Naturereignis:
Ergebnisse und politische Perspektiven** 506
1. Logistik des massenkulturellen Krieges und Verbraucherschutz .. 507
2. Funktionen des kriegssubventionierenden Films 515
   Reproduktion der kriegsbereiten Nation (1) 517
   Ikonographie der globalen Vorherrschaft (2) 518

Geschichtspolitik für den guten Krieg (3) 518
Massenkulturelle Korrektur einer Polarisierung
der Gesellschaft (4) 519
Die Wahrung von Tabus (5) 521
Krieg als universales Programm ohne Alternative (6) 522
Kollektive Psychopolitik durch archaische Mythen und
Kriegstheologie (7) 523
Aktivierung des Feindbildschemas – Subvention der
Kulturkampf-Agenda (8) 523
Präsentation von Bedrohungsszenarien – Aufbau des
Bedrohungsgefühls (9) 524
Positives Militärimage und Rekrutierung (10) 525
Apologie der Massenvernichtungstechnologie (11) 526
Neudefinition von Recht und Wertnormen (12) 527
3. Klärungen zur »Naturalisierung« des Krieges und
zum Kriegsfilm-Paradigma 528
4. Zivilisationskonsens und Recht stehen der massenkulturellen
Propagierung des Krieges entgegen 536
5. Medienmacht und Kultur für den Frieden 545
Anmerkungen 550

XV. **Anhang** 563
1. Literaturbericht 563
L. H. Suid: Guts and Glory (2002) 563
D. L. Robb: Operation Hollywood (2004) 566
G. Paul: Bilder des Krieges – Krieg der Bilder (2004) 571
2. Literaturverzeichnis 576
3. Filmografie (mit Seitenindex) 606

Einleitung: Macht braucht Mythen

»*Es gibt die Wahrheit und es gibt die Unwahrheit. Freiheit bedeutet die Freiheit, zu sagen dass zwei und zwei vier ist. Gilt dies, ergibt sich alles übrige von selbst.*« George Orwell: Nineteen Eighty-Four (1949)

»*So viele Tote – zwei kleine Filmdosen – Zauberei.*« Über das Ergebnis einer gefilmten Schlacht: PANCHO VILLA (USA 2003)

»*Die große Mehrheit der Bewohner unseres Planeten hat nie einen Krieg erlebt – und selbst, wer das Grauen des Krieges kennt, hat deswegen noch lange keine Gefechtserfahrung. Unsere Vorstellungen vom Krieg basieren vor allem auf dem Kino und insbesondere auf amerikanischen Filmen. Hollywood hat den Krieg seit jeher dargestellt, in all seinen Formen, auf all seinen Ebenen und an allen Fronten, vergangene Kriege, mögliche Kriege und zukünftige Kriege.*« Dokumentarfilm OPÉRATION HOLLYWOOD (Frankreich 2004) von Emilio Pacull und Maurice Ronai

Auf dem Schreibtisch von Kathleen Canham Ross steht eine bunt angemalte Skulptur, die einem gehobenen Kulturgeschmack nicht unbedingt gefallen muss. Die Skulptur zeigt einen Adler und die Erdkugel.[1] Einige Betrachter kommen vielleicht auf die Idee, der Adler brüte das Erd-Ei aus und man könne gespannt sein, was dabei herauskommt. Andere wiederum wollen sehen, wie der Raubvogel sich den Globus unter seine Krallen nimmt. Der Schreibtisch von Kathleen Canham Ross und ihre kleine Raubvogel-Skulptur stehen in einem Filmbüro des US-Kriegsministeriums. Kathleen Canham Ross ist eine leitende Pentagon-Mitarbeiterin für unterhaltsame Produkte über Militär und Krieg, die ihr Arbeitgeber und die US-Filmindustrie in enger Zusammenarbeit entwickeln. Diesen Co-Produktionen gilt ein besonderes Augenmerk des vorliegenden Buches über Filme und über massenkulturelle Strategien, die dem Krieg zuarbeiten.

Die schwarze Magie des Kriegskinos

Der übergeordnete Zusammenhang heißt Military- und War-Entertainment. Wenn der Held eines populären Comics in Peru zu den Waffen ruft, wie es Alejandro Jodorowsky als Auftragsarbeit einer *War Toys Factory* in seinem Film MONTANA SACRA/ SUBIDA AL MONTE CARMELO[2] (Mexiko 1973) zeigt, mag ein wirklicher Krieg nicht mehr fern liegen. Selektive Menschenrechts-Spots in einem großen Musiksender für Jugendliche lassen nach vielen Wiederholungen eine anvisierte Militärintervention irgendwann plausibel oder gar unvermeidbar erscheinen. Leute, die wissen wollen,

Einleitung

welche Weltpolitik morgen oder übermorgen stattfindet, beobachten Medienphänomene dieser Art. Die »Pflanzschulen des Krieges«, gegen deren Einrichtung Erasmus von Rotterdam 1517 seinen Einspruch erhob, bestehen heute in beträchtlichem Umfang aus Bildern und Botschaften des Äthers.

Einen fiktiven und doch hochaktuellen Blick auf die Ursprünge von Militainment speziell im Kino wirft gegenwärtig die HBO-Produktion PANCHO VILLA (USA 2003).[3] Erbracht wird diesem Film zufolge bereits zu Beginn des 20. Jahrhunderts der Beweis, »dass das Objektiv mächtiger als das Schwert ist«. Militärtechnologie und die Revolution der laufenden Bilder, Krieg und Kino, sie gehen Hand in Hand. Das Trommelmagazin früher Maschinen-Haubitzen und die Filmspule der ersten Kameras liegen nicht weit auseinander.[4] Für beide ist die gleiche Kurbel zu drehen. Ein Blick auf die »Logistik der Wahrnehmung«[5] lässt für Paul Virilio das fast gleichzeitige Auftreten von Film und militärischer Luftfahrt gegen Ende des 19. Jahrhunderts keineswegs als reine Zufälligkeit erscheinen.[6] In der Folge werden Waffentechnik und Kameratechnik nicht nur zu Zwecken der Aufklärung und Dokumentation symbiotische Verbindungen eingehen. Das Objektiv ist am Ende das »bewaffnete Auge« und ersetzt das Sehen von Angesicht zu Angesicht. Es zeigt der modernsten Lenkrakete, wo sie ihren Zerstörungsauftrag ausführen soll.[7] Daneben – und darin liegt unser Thema – erfolgt vor, während und nach dem Trommelfeuer der Munition das Bombardement der Bilder auf Leinwand und Bildschirm. Das Belichtungsmaterial, das die Menschheit für militärische Zwecke im engeren Sinne und für die kulturelle Ertüchtigung zum Krieg verbraucht hat, ergäbe in einem universalen Filmarchiv wohl mit Abstand die größte Abteilung.[8]

Worin nun besteht die Magie des Mediums, jene Zauberei im Kriegsfilm, die den mexikanischen Revolutionär in PANCHO VILLA in großes Erstaunen versetzt? So viele Tote hat er gesehen, und sie alle sind nun in eine kleine Filmdose gebannt? Die Propaganda in zwei Weltkriegen und der militärbezogene Kulturapparat der Gegenwart lassen nur eine Antwort zu: Die schwarze Magie des Kriegskinos besteht darin, den Mitgliedern der menschlichen Gesellschaft die Wahrheit zu verschleiern, dass Krieg Massenmord ist.[9] Wenn Familien, Gemeinschaften und Gemeinwesen ihre Erinnerungskultur verlieren oder nie eine solche entwickeln konnten, sind die Opfer spätestens nach der zweiten Generation vergessen.[10] Wenn Kulturen das Recht der Völkerwelt nicht in ihren Alltag aufnehmen, sind überlebenswichtige Errungenschaften der Zivilisation auf einmal nicht mehr viel wert. Der Lügenapparat kann erneut seine erbaulichen und einleuchtenden Bilder für den Krieg in das Leben der Gesellschaft hinein projizieren. Er züchtet sich unter den Jungen seine eigenen Kulturkritiker heran, die das überkommene Wissen um das Verbrechen als Prüderie, Moralismus oder naive Realitätsferne abtun.

Die Lügen sind im wesentlichen die gleichen, mit denen schon die Menschen vor uns belogen worden sind. Trotzdem werden wir heute nicht einfach genau so

Einleitung

belogen. Die massenmediale Kriegskultur hat – den technologischen und sonstigen Revolutionen des Militärischen entsprechend – ihr ästhetisches, psychologisches und digitales Waffenarsenal aufgerüstet. Neben der Überlieferung des Kleinraumes, der unmittelbaren Betroffenheit, einem unbeschädigten Mitgefühl und einem entwickelten Weltbürgersinn sind klares Denken und zutreffende Information die gefährlichsten Gegner des Krieges. Die Reduktion der Massenkultur auf das synthetische Bild lässt die Aufklärer jedoch resignieren. Die Flut der emotionalisierten Infotainments und Slogans macht die »Wahrheit« über das Weltgeschehen zu einer Ware, die auf dem Markt gehandelt werden kann.

Die quantitativen Dimensionen der elektronischen Medien, die diesen Markt bestreiten, sind total. Ihre Reichweite auf dem Globus kennt potentiell keine Grenzen. Der Kriegsfilm braucht heute keine schweren Filmrollen mehr. Er kommt für den breiten Individualkonsum mit einer kleinen CD-Scheibe, per Kabel oder via Satellit ins Haus.[11] (Demnächst wird auch die Festplatte der Kinos auf solche Weise beliefert, so dass die nostalgische Mechanik der Projektoren dann endgültig als museal zu betrachten ist.) Neue Technologien sorgen dafür, dass die Begrenzung durch den häuslichen TV-Guckkasten in Richtung des einnehmenden Bild- und Tonerlebnisses im Kino erweitert wird. Das Tempo der Bilderproduktion hat eine Beschleunigung erreicht, die nur noch den antworten lässt, dessen Logistik sich mit den großen Bilderproduzenten messen kann.

Krieg heißt jetzt »Engagement«:
Der politische Zeit-Raum für das Kriegskino der neunziger Jahre

Das Interesse dieser Studie gilt us-amerikanischen Filmen ab Ende der 1980er Jahre und damit einem Kinojahrzehnt, das sich rückblickend, anders als von vielen erwartet, durch erneute Aufrüstung auszeichnet. Einige politische Eckdaten und Entwicklungen, die diesen Untersuchungszeitraum betreffen, seien vorab durch Stichworte in Erinnerung gerufen. Für unseren Ausgangspunkt konstatiert Georg Seeßlen 1988: »Noch nie in der Geschichte der Menschheit waren so viele Menschen mit der Herstellung, der Wartung und der potentiellen Anwendung von Vernichtungswaffen beschäftigt, und noch nie in der Geschichte der Menschheit war die Herstellung von Waffen so untrennbar mit dem wirtschaftlichen Wohl und Wehe verbunden wie in unserer Zeit. Und noch nie in der Geschichte der Menschheit war die Wahrnehmung, war alle Information und alle Kommunikation so sehr vom Kriegerischen bestimmt, noch nie gab es eine solche Allgegenwärtigkeit von Militär und Krieg.«[12]

Das Jahr 1989 wird gemeinhin als Sieg der westlichen Lebensform erinnert, deren Segnungen allerdings nach Kurt Biedenkopf – aufgrund begrenzter Ressourcen – nur »einer privilegierten Minderheit, den hochentwickelten Industrienationen, vorbehalten«[13] bleiben können. In der Folge verkünden Weltbank und Internationaler Währungsfond für den gesamten Globus das unfehlbare Dogma der »neoliberalen«

Einleitung

Ökonomie. Die Hoffnung, eine Weltfriedensordnung könne jetzt der Epoche der Hochrüstung und des kalten Kriegerhandwerks folgen, ist bereits über Nacht begraben.[14] US-Präsident George Bush Sen. ruft im Zusammenhang mit dem Golfkrieg 1991 eine »neue Weltordnung« anderer Art aus und demonstriert sogleich, wer darin das Sagen haben soll. Die NATO bedenkt hernach in ihrem Strategie-Konzept »Sicherheitsrisiken« wie die »Unterbrechung der Zufuhr lebenswichtiger Ressourcen«. Neokonservative Kreise in den Vereinigten Staaten reden zeitgleich schon von militärisch gestützter Weltvorherrschaft. Ihre Denkfabriken entwickeln in den 90er Jahren für dieses Ziel unverhohlene Strategien. (Gezielt veröffentlicht die New York Times am 26.5.1992 den vom Pentagon-Staatssekretär Paul D. Wolfowitz maßgeblich redigierten »Defense Planning Guidance«.) Auch Autoren, die wie Zbigniew Brzenzinski aus einem anderen Lager kommen, werden in den Folgejahren Bücher schreiben, die am Führungsanspruch der einzigen noch verbliebenen Supermacht keinen Zweifel lassen und die UNO – mehr oder weniger – als historisches Relikt abhandeln. Die Clinton-Administration betont die militärische Option der USA für unilaterales Vorgehen, falls der Rest der Welt ihr nicht zu folgen gewillt ist.[15] Sie will 1994 die »Gemeinschaft der Marktdemokratien« vergrößern und Bedrohungen, die sich gegen nationale Interessen der USA richten, abwehren. Rohstoffmärkte und Energieressourcen sind in den Dokumenten und Doktrinen des Jahrzehnts als zentrales Thema der Militärpolitik benannt.[16]

Im April 1999 definiert sich der Verteidigungspakt NATO im Widerspruch zu Artikel 1 des NATO-Vertrages[17] faktisch als *Interventionsbündnis*. Über Nacht lassen sich Politiker zu Bomben überreden, die die beklagte Katastrophe der Menschen im Kosovo noch sehr viel schlimmer machen.[18] (Zuvor hatten Vertreter der Friedensbewegung fast ein Jahrzehnt vergeblich gefordert, ernsthafte und hinreichend ausgestattete Initiativen für eine zivile Konfliktbearbeitung anzugehen.) Mit dem Angriffskrieg der NATO gegen Jugoslawien wird die Hoffnung begraben, eine Welt zu gestalten, in welcher der Krieg nach Maßgabe der UN-Charta auf Dauer geächtet bleibt. Sollte es bis dahin einen eigenständigen Weg Europas gegeben haben, so verlor er doch augenblicklich bei möglichen Gefährten auf anderen Kontinenten jegliche Glaubwürdigkeit. Die USA haben ihr Ziel erreicht: Seit diesem Krieg lässt sich auf dem Globus niemand mehr für eine internationale Politik gewinnen, die nicht auf militärische Stärke setzt.

Im Jahr darauf hätte man den neuen Stand der Dinge noch deutlicher zur Kenntnis nehmen können. Nach einer u. a. vom US-Außenministerium organisierten Konferenz in der slowakischen Hauptstadt Bratislava schrieb der CDU-Bundestagsabgeordnete Willy Wimmer am 20.5.2000 an den deutschen Bundeskanzler: »Die amerikanische Seite scheint im globalen Kontext und zur Durchsetzung ihrer Ziele bewusst und gewollt die als Ergebnis von zwei Kriegen im letzten Jahrhundert entwickelte internationale Rechtsordnung aushebeln zu wollen. Macht soll Recht vorgehen. Wo

Einleitung

internationales Recht im Wege steht, wird es beseitigt. Als eine ähnliche Entwicklung den Völkerbund traf, war der 2. Weltkrieg nicht mehr fern. Ein Denken, das die eigenen Interessen so absolut sieht, kann nur totalitär genannt werden.«[19] Die »Nationale Sicherheitsdoktrin der Vereinigten Staaten«[20] vom September 2002 bringt die Schritte des vorangegangenen Jahrzehnts konsequent auf den Punkt. Sie beansprucht ein Recht der USA auf »Präventivkriege« und auf nukleare Erstschläge – sogar gegen Länder, die gar keine Atomwaffen besitzen.

Dient der EU-Verfassungsvertrag[21] dem gegenüber zur Wahrung der nach 1945 entwickelten Internationalen Rechtsordnung? Die Europäische Sicherheitsdoktrin vom Dezember 2003 enthält einen verräterischen Sprachgebrauch: »Bei den neuen Bedrohungen wird die erste Verteidigungslinie oftmals im Ausland liegen. Die neuen Bedrohungen sind dynamischer Art.« Die im Anschluss daran bis heute vorgelegten Anschauungen auf EU-Ebene[22] laufen auf eine Angleichung Europas an die US-Doktrin hinaus. Die deutsche Bundesregierung ist federführend beteiligt. Die Riege der »neuen Humanisten« und nationalen Interessenvertreter mit Präventivkriegsoption, so hat mir ein Parlamentarier im persönlichen Gespräch versichert, rekrutiert sich aus allen Fraktionen des deutschen Bundestages und bildet – die Grenzen der Parteien und parteinahen Stiftungen überspringend – eine große Koalition.[23] Militäraktivitäten unter dem Vorzeichen von Wirtschaftsinteressen und zur Abwehr »illegaler« Einwanderer entgrenzen den »Verteidigungs«-Begriff der Verfassung ins Uferlose. Sie werden in Dokumenten genannt, die die breite Öffentlichkeit kaum zur Kenntnis nimmt.

In der offiziellen Rhetorik setzt man andere Schwerpunkte. Die – seit dem Römischen Reich zur Verschleierung ökonomischer Interessen immer wieder bemühten – Rechtfertigungsfiguren eines »ethischen Imperialismus«[24] werden neu aufgelegt. Die US-republikanische bzw. neokonservative Variante besteht aus Kriegen für eine globale »Demokratisierung«[25] – ursprünglich eine Domäne der US-Demokraten – und aus einer universalen Kultur-Mission. Diese Richtung spiegelt bei uns das neuere CDU-Papier über eine von den USA und Europa getragene globale Leitkultur[26] wieder, ebenso die im November 2004 vorgetragene CSU-Losung zu einem »aufgeklärten christlichen Patriotismus«[27].

Neue SPD und neue Grüne folgen eher den US-Demokraten oder der Pose von Premierminister Tony Blair[28], indem sie zukünftige Kriege vor allem als »humanitäre Notwendigkeit« ins Auge fassen. Der US-amerikanische Publizist Paul Berman verweist bereits wie selbstverständlich auf »die moderne Tradition der humanitären Intervention und der internationalen Verantwortung [...] eine zwar schwach entwickelte und äußerst unsichere Tradition, aber dennoch eine sehr ehrenwerte.«[29] Politiker bei uns, die ehedem angeblich der Friedensbewegung nahe standen, reklamieren für sich heute einen »politischen Pazifismus«. Sie behaupten, die »Enttabuisierung des Militärischen«, die betriebene »Transformation« der Bundeswehr in eine Interventi-

15

onsarmee oder die neu kreierten »Abrüstungskriege« stünden im Einklang mit dem Grundgesetz.

Nun hat die neuerliche Kriegsoption im Sinne ihrer in den Vordergrund gestellten Ziele keine historischen »Erfolgserfahrungen« vorzuweisen. Sie verspricht selbstherrlich Lösungen und ist doch – bestenfalls – nur eine Utopie. Eine intelligente Friedenspolitik würde Prävention jenseits kriegerischer Mittel und zivile Konfliktlösung im globalen Maßstab betreiben. Beides würde sie mit Budgets ausstatten, die mindestens der Höhe des Rüstungshaushaltes entsprechen. Solange solches nicht geschieht, besteht kein vernünftiger Grund, den militärischen »Transformationen« der Gegenwart gute Absichten zu unterstellen. Einfache Fakten strafen den interventionsbereiten »Humanismus« Lügen. Keine Seite ist z. B. bereit, auf vorsorglich anvisierten »humanitären« Kriegschauplätzen in Afrika augenblicklich Mittel für Soforthilfe und Entwicklung bereit zu stellen, die auch nur annähernd den im Fall von Militärinterventionen anlaufenden Kosten entsprächen.[30] Altbundeskanzler Helmut Schmidt ist einem Argument, das heute für eine Politik der ehrenwerten Kriege herhalten soll, in der *Zeit* vom 16.12.1998 auf den Grund gegangen: »Manche westliche Politiker missbrauchen den Begriff ›Menschenrechte‹ gar als Instrument aggressiver außenpolitischer Pressionen. Und sie setzen es selektiv ein [...] Warum diese Ungleichbehandlung? Ganz einfach: unterschiedliche wirtschaftliche und strategische Interessen.«

Hollywood als Mythen-Tempel des Empires

Angesichts solcher Befunde werden wir in diesem Buch den nahen Kontext immer mitbedenken und an keiner Stelle mit Hilfe »anti-amerikanischer« Klischees das Wunschbild vom guten Europa stützen. (Insofern dient der Blick auf die Vereinigten Staaten auch einer geschärften Aufmerksamkeit für die Entwicklungen diesseits des Atlantiks.) Seit hundert Jahren tritt der Widerspruch der US-Weltpolitik zum Ursprungsideal der US-amerikanischen Revolution zunehmend offener zutage. Im 20. Jahrhundert wird der *ideale* Anspruch gleichzeitig in der Massenkultur immer breitenwirksamer bzw. globaler vermittelt; das geschieht seit Ausprägung der US-amerikanischen Unterhaltungsindustrie. Der Widerspruch zwischen dem so propagierten Anspruch und der wahrnehmbaren Wirklichkeit der USA soll in dieser Arbeit auf der Basis einer kritischen Sympathie für die erklärten Ideale des Ursprungs behandelt werden. Entschieden wird jedoch der These entgegengetreten, die Vereinigten Staaten seien mit ihrem Empire – was die Instrumentalisierung großer Ideen und moralischer Missionen im Schatten von Macht anbelangt – eine historische Ausnahme.

Weltweit unterhalten die USA in einem flächendeckenden Netz inzwischen 725 Militärstützpunkte auf dem gesamten Globus. Wo, wenn nicht in diesem Zusammenhang, sollte das Wort »Imperialismus« sinnvoll Anwendung finden? Da die weltumspannende militärische Vorherrschaft der USA jedoch alles aus der Geschichte Bekannte in den Schatten stellt, lehnt Zbigniew Brzenzinski in seinem Werk »Die einzige Weltmacht« (1997) einen Vergleich mit anderen Modellen wie dem Römischen Imperium ab. So hätte also der zweitausend Jahre alte Klassiker über die »Operation Freedom« für Gallien von Gaius Julius Cäsar mit der Kriegslektüre im Dienste aktueller Unternehmungen nichts gemeinsam? Der römische Geschichtsschreiber Publius Cornelius Tacitus (geboren um 55 n. Chr.) meinte: »Freiheit und andere blendende Worte sind nur ein Vorwand. Noch niemals hat jemand nach Unterjochung anderer und Herrengewalt gestrebt, ohne sich dieser Worte zu bedienen.« Zumindest die herausragende Blendvokabel ist also alles andere als neu.

Der Blick auf die Massenkultur legt nun sehr wohl einen Vergleich nahe. Imperien brauchen, so scheint es, zu allen Zeiten ein gewalttätiges und blutiges Entertainment. Im Römischen Weltreich hielt man das Volk mit »Brot und Spielen«[31] bei Laune. Das Brot war für die Bürger des Staates reserviert und nicht für die Masse der Verelendeten. Die Spiele bestanden mitnichten aus beliebigen Unterhaltungsspäßen. Sie spiegelten präzise jenes Programm der Gewalt, mit dem das Imperium sich in der globalen Arena seine Macht sicherte. Über Leben oder Tod durften die zugelassenen Zuschauer »demokratisch« mitentscheiden.

Wenn wir mit dem US-amerikanischen Gesellschaftswissenschaftler Benjamin R. Barber beim aktuellen Hegemoniemodell der USA von einem »Imperium der Angst« ausgehen – und ein Imperium ohne Angstökonomie und ohne Angstgesellschaft hat es noch nie gegeben, kommen keineswegs nur die blutigsten Schauspiele ins Blickfeld.[32] Die massenkulturellen »Botschafter der Angst«[33] lehren die Zuschauer das Fürchten. Sie initiieren oder verstärken paranoide, gnostische und endzeitliche Gestimmtheiten.[34] Sie produzieren Ohnmacht, ein Lebensgefühl von Vergeblichkeit und die Bereitschaft, irrationale und gewalttätige Politikkonzepte zu dulden. Sie lassen schließlich den leibhaftigen Menschen in einer abstrakten kollektiven Identität aufgehen. Am Ende sollen bewusstlose und passive Individuen stehen.

Eine Machtelite, die ihre Schaltposition mit Hilfe einer von Konzernen und Superreichen finanzierten Wahlmaschinerie legitimiert (vgl. Kapitel III), steht und fällt mit der Kontrolle über die öffentliche bzw. veröffentlichte Meinung. Ein politisches System, das so unverhohlen gegen die Interessen der eigenen Bevölkerungsmehrheit agiert wie die US-Plutokratie, braucht zum Überleben lethargische Massen und quasi-religiöse Legitimationen.

Das Phänomen selbst ist nicht neu. Macht braucht Mythen! Heute ist Hollywood[35] der Tempel, der sie liefert. Im »Holy Wood« werden Urbilder der Seele für die kollektive Psyche aktiviert, politisch instrumentalisiert und mit Stereotypen eines infantilen Weltverständnisses aufgeladen.[36] Das Feind-Weltbild von Gut und Böse projiziert alles Unglück nach draußen und überdeckt die Widersprüche in der eigenen Gesellschaft. Das kritische Paradigma in US-amerikanischen Filmen über Krieg und korrupte Politik, das sich zeitweilig aufgrund der gesellschaftlichen Protestbewegungen ab den späten sechziger Jahren Geltung verschaffen konnte, muss für dieses

Einleitung

Projekt vollständig umgeschrieben werden. Die Menschen sollen Geschichte und Gegenwart so sehen, wie es der Machtelite dienlich ist.

Die quasi-spirituelle Gleichschaltung von Gesellschaften, denen das Individuum angeblich heilig ist, vollzieht sich im elektronischen Medienzeitalter auf dem Weg der Massenkultur, über einen immer totaler von Konzernmacht diktierten »Way of Life«. Ein Hauptmerkmal ist die Ruhigstellung menschlicher Lebendigkeit durch Banalität und Konsum. Der Gewinner-Kult produziert systematisch Gewalttätigkeit in allen Lebensbereichen. Die Gewalt aber wird unserer Spezies im geltenden »religiösen« Dogma als ein unabänderliches, *naturgegebenes* Wesensmerkmal angedichtet. (In beachtlichem Umfang kreiert die Traumfabrik entsprechend böse Träume.) Die hochgerüstete Kulturpropaganda für eine rasante Re-Militarisierung der Weltgesellschaft hat in diesem Rahmen zur letzten Jahrtausendwende ihr Ziel erreicht. Das Kriegsspiel ist politisch rehabilitiert. Krieg wird ganz unbekümmert mit Spaß und Unterhaltung in Verbindung gebracht.

Mitnichten geht es an dieser Stelle lediglich um Innenansichten der us-amerikanischen Kultur und Politik. In jeder kommerziellen Video- und Spielothek hierzulande füllen die in Frage kommenden Medienprodukte aus den USA ganze Regalwände. Fast alle in diesem Buch berücksichtigten Titel – und zahllose andere – sind dort vertreten. Kriegerische Genres stehen bei Filmwerbung und Neueditionen an erster Stelle. Speziell auch die unter den Augen des Pentagons realisierten Drehbücher erreichen im Rahmen der Unterhaltungshegemonie des US-Kinos ein weltweites Massenpublikum. Bereits 1991 hatte Jeffrey Katzenberg konstatiert: »Zur gleichen Zeit, da Amerika seine wirtschaftliche Vormachtstellung auf dem Weltmarkt verloren hat, ist es eine treibende Kraft in der universellen Kultur geworden. [...] Die Menschen rund um die Welt [...] teilen unsere Hoffnungen, unsere Träume und unsere Werte.«[37] Blockbuster-Filme mit militärfreundlichen Images, die zum Teil als subventionierte Staats-Kunst entstehen, flankieren die technologische Hochrüstung der Supermacht. (Dabei geht es um »Werte« *und* Börsenwerte: »Entertainment ist zum zweitgrößten amerikanischen Exportartikel geworden: gleich nach der Rüstungsproduktion.«[38]) Der us-amerikanische Medienkritiker Joe Trento meint: »Wenn man die Propaganda des Militärs sieht – und die amerikanische Öffentlichkeit sieht sie ständig – verliert man den Sinn dafür, was real ist und was nicht. Und da unsere Filme auf der ganzen Welt gesehen werden, verlieren die Menschen auch anderswo ihren Realitätssinn. Die Folge ist, dass ein Menschenleben immer weniger zählt. Wenn jemand getötet wird, sagt man sich: ›Das ist eben der Krieg.‹ Die Menschen werden einfach knallhart, und ich fürchte, das kommt von diesen Filmen.«[39]

Zur Anlage dieser Filmstudie

Die vorliegende Arbeit bietet keine Studien zur Filmästhetik, sondern ist als politischer Beitrag zur Friedens- und Konfliktforschung angelegt. Im Mittelpunkt steht

Einleitung

die Frage, wie der US-amerikanische Film innerhalb des oben bestimmten Untersuchungszeitraums die Modelle »Gewalt« und »Krieg« vermittelt. Obwohl das klassische Kriegskino hierbei den unmittelbarsten Zugang verspricht und die Film-Kooperationen unter Militärbeteiligung für uns von besonderem Interesse sind, soll der massenkulturelle Gesamtzusammenhang nicht vernachlässigt werden. »Krieg« als Modell gewaltsamer Konfliktaustragung, Interessensicherung und Machtausübung kann ausnahmslos in jedem Filmgenre subventioniert werden. – Es lässt sich darüber streiten, ob das Massenmedium Film hierbei eher Konstrukteur oder Spiegel gesellschaftlicher Einstellungen ist. Beide Möglichkeiten vollziehen sich in übergeordneten Zusammenhängen und sind kaum als Antithesen gegeneinander auszuspielen.[40] Mit Sicherheit aber lässt sich sagen, dass die Zielrichtung von War-Entertainment weder die Interessen noch die Wünsche einer Mehrheit der Menschen berücksichtigt.

Für die Analyse speziell des Genres Kriegsfilm lassen sich mit Rüdiger Voigt »*vier Grundfragen* formulieren und zwar nach: *dem Stellenwert des Films in seiner Zeit, dem realen Kriegsgeschehen, der intendierten Botschaft, den politischen Mythen, die durch den Film umgesetzt werden.*«[41] Damit sind die wesentlichen Aspekte benannt, die wir bezogen auf klassische Kriegsfilme bedenken wollen. Das Verständnis folgender Grundbegriffe sei vorab geklärt: Unter *Kriegsfilm* sind – unabhängig vom fiktiven oder historischen Charakter – alle Filme subsumiert, die sich thematisch mit Kriegspolitik, Kriegsursachen, Kriegsgeschehen, Kriegsfolgen, Kriegstechnologie oder Militärwesen befassen.[42] Innerhalb dieses Oberbegriffs wird gefragt, ob das Paradigma eher propagandistisch oder kritisch zu klassifizieren ist. (Der umstrittene und unklare Terminus »*Antikriegsfilm*« steht durchgehend in Anführungszeichen und soll nach Möglichkeit vermieden werden, da er inflationär auch in der Bewerbung solcher Titel auftaucht, die unzweifelhaft Reklame für den Krieg machen.[43]) Keiner thematischen oder formalen Eingrenzung unterliegt der viel weitere Begriff des *kriegssubventionierenden Films*. Er bezieht sich auf alle Produktionen, in denen sich kriegsförderliche bzw. kriegsfreundliche Botschaften, Geschichtsdeutungen, Verhaltensweisen etc. aufweisen lassen.

Bei der Frage nach »Medienwirkungen im Zeitalter von Monopolisierung und Globalisierung« bietet die von George Gerbner entwickelte Kultivierungsperspektive einen plausiblen Rahmen.[44] Gerbner geht davon aus, dass die Mehrheit der Menschen von Kindheit an den Einflüssen des Fernsehens (bzw. Films) ausgesetzt ist. Nicht das *einzelne*, isolierte Medienereignis, sondern die lebenslange »Kultivierung« – im Kontext aller sozialen Erfahrungen – bestimmt für ihn die maßgebliche Perspektive der Medienforschung. (Natürlich ist damit nicht ausgeschlossen, dass die leitende Medienbotschaft eines ganzen Jahrzehnts, massive aktuelle Kampagnen oder auch ein einzelner Blockbuster Wirkungen zeitigen können.) Dauerhafte Einflüsse auf die »Annahmen, Vorstellungen und Konzeptionen« der Zuschauer sind nach der Kultivierungsperspektive am ehesten durch die Kumulation von Medienkonsum bzw. Me-

Einleitung

dienwirkungen zu erwarten. Wir wollen, und darin liegt eine deutliche Begrenzung, mit einer Erhellung von bestimmten *Medieninhalten* zur Forschung beitragen, und dazu müssen wir das einzelne Medienereignis sichten. Das Untersuchungsfeld geht jedoch deutlich über die exemplarische Behandlung weniger Titel hinaus.

Die »quantitative« Seite der Studie bezieht sich also auf den Umfang des berücksichtigten Materials, der eine Repräsentativität der inhaltlichen Beobachtungen wahrscheinlich machen soll. (Eine Alternative läge darin, das uferlose Feld der Medienprodukte großflächig mit Hilfe statistischer Kategorien zu beleuchten.[45]) Mit Blick auf die populäre (und globale) Rezeption wurden bei der Auswahl die Bestände von drei großen kommerziellen Videotheken in Düsseldorf systematisch einbezogen. Die vollständige Filmografie umfasst 732 Titel aus allen Genres, von denen der Autor »aus eigener Anschauung« 542 für die Filmanalysen berücksichtigen konnte – vorzugsweise über Video bzw. DVD. Lediglich 92 zum Vergleich oder als historische Erkenntnisquelle herangezogene Filme sind ohne us-amerikanische Beteiligung produziert worden. Die Zahl der Filme, bei denen in dieser Arbeit eine Beteiligung von Pentagon, NATO-Militär, CIA oder US-Raumfahrt mit Nachweis vermerkt wird, beträgt 132; davon datieren 15 im Umkreis von TOP GUN zwischen 1983 und 1988 und 69 ab 1989. Großproduktionen der oberen Kino-Charts sollten im Gegensatz zum unübersehbaren Feld der sogenannten B-Filme möglichst vollständig berücksichtigt werden. Unter den Unterhaltungsproduktionen für Kino, Videovertrieb und Fernsehen sind – unter Einschluss der Historien-Schlachten und Science-Fiction-Kriege – 506 Militär-, Kriegs- und Terrorfilme vertreten. Insgesamt 254 Titel aus der vollständigen Filmografie sind vor 1989 entstanden. Für den Zeitraum ab 1995 nennt die Zusammenstellung 373 Produktionen.

Die ersten vier Kapitel des Buches behandeln – ausgehend vom Ideal des demokratischen Friedens (Kapitel I) – übergreifende Themen (Krieg-Massenmedien-Unterhaltungsindustrie, Rezeption von Militainment, Art der Kooperation von Hollywood und Pentagon etc.) und Ideologiekomplexe des Kinos (u. a. Politik und Macht, individuelles Recht auf Gewaltausübung, Konstruktion von »Nation« über Geschichtsbilder und Religion). Drei Filmkapitel sichten historische Schauplätze in Kino und Fernsehfilm: den zweiten Weltkrieg (V), Vietnam (VI) und Militärschauplätze der 90er Jahre (VIII). Zwei weitere Themenkreise beziehen sich auf den Rekrutierungsfilm (VII) und das Militärgerichtsdrama (IX). Von den mythischen Bildern im Umkreis von »Apokalypse und Sternenkrieg« (X) sind die vom Pentagon geförderten Katastrophenfilme (XI) zu unterscheiden, in denen militärische Nukleartechnologie als Instrument der Weltrettung erscheint. Die Kapitel XII und XIII zeigen – mit Blick auf Kino und Fernsehen – Terrorismus als innenpolitisches Thema der USA sowie als Ausgangspunkt für globalen Kulturkampf und Militäroperationen.

Bei der Darstellung sogenannter Blockbuster und solcher Titel, die das Produktionsmerkmal »Kooperation mit dem Pentagon« aufweisen, sollen Drehbuchinhalte

Einleitung

und zentrale Dialogpassagen ausführlich vermittelt werden.[46] Es wird nicht erwartet, dass die Leser das untersuchte Material selbst erleiden, und deshalb sollen die Filme möglichst oft zunächst »für sich« sprechen. Die qualitative Filmanalyse erfolgt auf der Basis des eigenen Filmprotokolls und des berücksichtigten Sekundärmaterials (Buchvorlagen, Beigaben von DVD-Editionen, Adaption in PC-Spielen, kommerzielle Rezensionen und Werbetexte, Interviews mit Filmemachern, Filmkritik, politische und kulturelle Beiträge der Massenmedien, wissenschaftliche Literatur).

Die Fülle des Filmmaterials erfordert einen konzentrierten Focus: Der »Drehbuchtext« hat Vorrang vor ästhetischen Beobachtungen. Die Analyse betrifft erstrangig also nicht die Übermacht der Bild- und Tondramaturgie, welche in der »normalen« Rezeption das reflektierte Erkennen der tragenden Ideologie am stärksten hemmt. (Mit diesem Vorgehen ist in keiner Weise beabsichtigt, die Form als weniger wichtig zu klassifizieren! Wir legen lediglich den Schwerpunkt auf das nachdenkende »Hören des Textes«, um zu erhellen, was der Zuschauer vor allem *sehend* in sein Gefühl hereinnehmen soll.) Die Filminhalte werden mit dem jeweiligen politischen und historischen Kontext (behandelter Kriegsschauplatz, öffentlicher Diskurs beim Erscheinungsdatum, Korrespondenz mit neuen Militärtechnologien etc.) konfrontiert, aber auch mit anderen Filmen, die sich thematisch zum Vergleich anbieten (z. B. Titel zum gleichen Stoff mit und ohne Pentagon-Kooperation oder mit unterschiedlichem Produktionsdatum). – In den Kapiteln IV, X und XIII werden insbesondere auch theologische Überlegungen zu Rate gezogen. – Die Darstellung ordnet die Filmtitel thematisch verwandten Feldern zu und behandelt sie innerhalb der jeweiligen Abteilung vorzugsweise chronologisch. Auf diese Weise wird z. B. transparent, wie das Kriegskino einen bestimmten Stoff innerhalb eines Jahrzehnts entwickelt.

Die Leitfrage, ob und wie ein Film dem Programm »Krieg« zu einem günstigen Bild verhilft oder es sonst unterstützt, wird nicht auf ein im Vorfeld eingegrenztes Raster von Propaganda-Variablen etc. festgelegt. Die kriegssubventionierenden Funktionen von Filmen (XIV.2) sind anhand des gesichteten Materials zu ermitteln. (Selbstredend liegt der Studie ein Vorverständnis zugrunde. Der subjektive Ausgangspunkt sei benannt: Der Autor ist Christ und kommt aus den Reihen der Friedensbewegung. Sein politischer Standort verbindet liberale Demokratie, Weltbürgertum und einen im Sinne von Rosa Luxemburg verstandenen Internationalismus.) Die zu sichtenden objektiven Grundmuster sind allerdings nur in wenigen Fällen neu. Anne Morelli orientiert sich in ihrer aktuellen Arbeit über »Die Prinzipien der Kriegspropaganda« ohne gekünstelte Konstruktionen an Leitpunkten, die auf das Buch »Falsehood in Wartime« von Lord Arthur Ponsonby aus dem Jahr 1928 zurückgehen.[47] Bezogen auf das hundertjährige Kriegskino hat die Forschungsliteratur zahlreiche Bewertungskriterien entwickelt. Im Rahmen meiner Arbeit über Vietnamkriegsfilme, die als »Hommage an das kritische Hollywood« dieser Studie vorausgeht, wird darauf Bezug genommen.[48]

Einleitung

Perspektiven einer Sichtung des »massenkulturellen Krieges«

Jeder politische Diskurs, der die Macht der Bilder als Trivialität unberücksichtigt lässt, erweist sich als Illusion. Wer es – statt sich der neuen Schicksalsergebenheit anzuschließen – mit dem Programm Krieg aufnehmen will, *muss* sich auch mit dem »massenkulturellen Krieg« (Tom Holert, Mark Terkessidids) auseinandersetzen. Wo Wissenschaftlerinnen, Künstler, Lehrerinnen, Friedensbewegte, religiös motivierte Menschen oder Politikerinnen einer alten Schule am Projekt einer Zivilisation festhalten, die Konflikte gewaltfrei löst, können sie das Phänomen, das dieses Buch mit einem zentralen Ausschnitt darstellt, nicht außer acht lassen. Wir müssen wissen, welche Bilder und Botschaften das Bewusstsein der Gesellschaft lenken, sonst laufen wir mit unseren Schritten ins Leere. Mit einem unzeitgemäßen langen Atem ist durchaus schon etwas gewonnen. Die vielfältigen Bemühungen zur Sichtung des massenkulturellen Krieges, die sich untereinander immer besser verständigen, sind ein hoffnungsvolles Zeichen. Zu den Perspektiven (Kapitel XIV) gehören interdisziplinärer Dialog, kulturpolitische Beharrlichkeit und internationale Vernetzung. Daraus könnten zunächst Mittel erwachsen, mit denen sich die menschliche Gesellschaft gegen das geistige und kulturelle Diktat der Bellizisten zur Wehr setzen kann. – Nicht zuletzt geht es hier um eine Umsetzung *geltender* Rechtsnormen. – Vielleicht erschließen sich im Rahmen der Erforschung einer gewalttätigen Kultur aber auch erfolgversprechende Kulturstrategien des Friedens. Wir leben in einem Jahrzehnt, das die Vereinten Nationen als »Dekade für eine Kultur des Friedens und der Gewaltfreiheit« (2001-2010) ausgerufen haben.

Danksagung und Widmung

I gratefully acknowledge: Ohne Hilfe und Ermutigung durch Mitmenschen wäre die Arbeit an dieser Studie nicht möglich gewesen. Einige Autoren haben mir ohne Zögern noch unveröffentlichte Texte zur Verfügung gestellt. Bei der Beschaffung schwer greifbarer Publikationen ist keine einzige Anfrage unbeantwortet geblieben. Hermann Kopp vom Düsseldorfer Friedensforum, Dr. Stefan Machura, Dr. Dieter Deiseroth, Klaus Baumeister und Teilnehmern einer Tagung »Terrorismus und Medien« der Evangelischen Akademie im Rheinland vom 6. bis 8. September 2004 verdanke ich wertvolle Anregungen. Eileen und Peter Opiolka, Wolfgang Kuhlmann, Michael Riemey und Erich Schäfer haben mir im Zeitraum von drei Jahren zahlreiche Internetquellen, Zeitungsbeiträge und Filmmedien zugänglich gemacht. Für Hinweise, Gespräche und unerwarteten Zuspruch danke ich den Mitarbeiterinnen und Mitarbeitern der von mir am häufigsten konsultierten Videothek in Düsseldorf-Flingern. Ohne den seelischen und fachlichen Beistand meines Freundes Carlos Pulet hätte ich die Analyse des umfangreichen Filmmaterials am Bildschirm nicht bewältigen können.

Einleitung

Gewidmet sei das Buch den Mitgliedern des *Living Theatre*[49] aus New York, die im Herbst 2004 ihre Erfahrungen aus einer gewaltfreien Widerstandskultur mit Menschen in Düsseldorf geteilt haben. Dass Künstlerinnen und Künstler aus den USA soziale Bewegungen an meinem Wohnort auf die Straßen führen, hat mich in der Hoffnung auf mehr transatlantische Freundschaften, die diesen Namen verdienen, sehr bestärkt. Wer erfahren möchte, was von der us-amerikanischen »Idee« wirklich zu einer »Werte-Gemeinschaft« einlädt, der wird in den Vereinigten Staaten genügend Menschen finden, die ihm dies – im Gegensatz zur industriellen Massenkultur – vermitteln können.

Anmerkungen

[1] Dieses Bild ist zusehen in einer Szene des Dokumentarfilms MARSCHBEFEHL FÜR HOLLYWOOD (NDR 2004) von Maria Pia Mascaro.

[2] Nicht nur bezogen auf das Thema »Militainment« wirken die Zeitansagen dieses drei Jahrzehnte alten Films prophetisch. In MONTANA SACRA verwandelt der in einem Hochhausturm angesiedelte Alchemieprozess Fäkalien in Gold. Gezeigt werden die industriellen Produktionszweige der Moderne, darunter eben die *War Toys Factory*. Diese ist Vertragspartnerin der Regierung, deren Politik sie mit Computerprognosen über anvisierte Militärschauplätze und gezielten Kriegsspielzeugentwicklungen unterstützt. Zur Peru-Kampagne gehört z. B. das Comic-Heft »Against The Peruvian Monster!« aus der Serie »Space Super-Hero! Captain, Captain« [, das an die Figur des »Captain America« erinnert]. Daneben sind Kinder durch Hirnverkabelungen mit Maschinen vernetzt, die über Elektrostöße bestrafen und belohnen. In fünfzehn Jahren, so heißt es als Kommentar zu dieser Konditionierung, werden diese Kinder »Peruaner mit Vergnügen töten«.

[3] Der HBO-Film PANCHO VILLA (USA 2003) erzählt folgende Geschichte, der historische Begebenheiten zugrunde liegen sollen: Der Sozialrebell Pancho Villa hat finanzielle Schwierigkeiten. Er bietet 1914 den us-amerikanischen Filmgesellschaften die exklusiven Rechte an, den Kampf seiner Revolutionsarmee gegen die mexikanischen Regierungstruppen zu filmen. Der berühmte Regisseur David W. Griffith meint: »Echtes Blut, echter Krieg – die Kinorevolution!« Mitarbeiter Griffiths reisen zu ersten Aufnahmen nach Mexiko. Über den Rio Grande hinweg können sie sich bereits an der texanisch-mexikanischen Grenze einen Eindruck verschaffen. Dort ist auf texanischer Seite eine spezielle Tribüne aufgebaut. Auch Kinder drängen sich um ein aufgestelltes Fernrohr, um das Gemetzel wie ein Schauspielstück zu betrachten. (Das erste Kriegsfilmmaterial erregt in den USA bei einer Probevorstellung Gelächter. Die Zuschauer meinen, »die Menschen wären besser gestorben, wenn Griffith selbst Regie geführt hätte«.) Der Vertrag der Filmgesellschaft mit Francisco Pancho Villa betrifft zwei Produktions-Anteile: Zunächst wird melodramatisch der Werdegang des Revolutionärs nachgedreht. (Pancho Villa muss sich später hartnäckig davon überzeugen lassen, dass die dabei verfälschte Biographie seiner Sache als Propaganda dienlich ist.) Daneben gelten Vertragsbestimmungen für die authentischen Kriegsaufnahmen: Die Kampfhandlungen der Revolutionäre dürfen nur bei Kamera-tauglichem Tageslicht erfolgen; nicht Gefilmtes muss später nachgestellt werden. Beim Angriff auf Torreón am 30. März 1914 soll gar die Angriffsrichtung verändert werden, da sonst die Kameras gegen die Sonne drehen müssten. Der fertige Film »Life of General Villa« erregt in New York Aufsehen. Er soll

Einleitung

verhindern helfen, dass die USA der Forderung von Senatoren nach einer Intervention in Mexiko nachkommen. (Mexiko ist zu der Zeit der weltweit drittgrößte Erdölproduzent. Manche wünschen, es möge der 49. Stern der USA werden.) Aus diesem Grund fällt übrigens auch eine schändliche Kriegsverbrecherszene mit Pancho Villa dem Schneidetisch zum Opfer, während der »wahre« Heldentod eines revolutionären Jungen Aufnahme findet.
– Dass die Vereinigten Staaten noch vor den Höhepunkten ihrer Kolonialpolitik (z. B. 1898 Übernahme von Hawaii, Puerto Rico und den Philippinen; Kontrolle Kubas) sich längst große Teile Mexikos einverleibt hatten und es tatsächlich in den Jahren 1914, 1916-1917 zu US-Militäraktionen in Mexiko kam, teilt der Film nicht mehr mit. Zur Historie: Im Widerspruch zu US-Ölinteressen soll sich Präsident Wilson (aus idealistischem Internationalismus heraus) gegen den mexikanischen General Victoriano Huerta gestellt und 1914 zum Schutz der Verfassungsordnung in Mexiko eine Intervention angeordnet haben. In den 1920er Jahren (vor der Öl-Verstaatlichung von 1925) waren jedoch die Förderrechte von US-Ölfirmen und privater us-amerikanischer Bodenbesitz in Mexiko das zentrale Thema der US-Politik. (So Klaus Schwabe in: *Lösche/Loeffelholz* 2004, 111, 126.) – Der echte David W. Griffith war nicht nur Pionier des Kinos, sondern speziell auch Pionier bei Militärkooperationen und Dreharbeiten auf authentischen Kriegsschauplätzen. Seine europäischen Aufnahmen im neuzeitlich gewandelten Ersten Weltkrieg erschienen ihm 1916/17 allerdings derart unbrauchbar, dass die Schlachten durchweg nachgestellt wurden: »Viewed as a drama, the war is in some ways disappointing.« (Zitiert nach: *Baumeister* 2003, 261. Vgl. zu Griffith auch: *Monaco* 1980, 259; *Paul* 2003, 11; *Virilio* 1989, 25ff.) In seinen Schlussbildern erinnert auch der Spielfilm GOOD MORNING BABYLON (Italien/Frankreich/USA 1986) an diese Zeit: Zwei italienische Brüder, die als Bühnenbildkünstler an Griffith's INTOLERANCE mitgewirkt haben, begegnen sich nach ihrer Trennung auf dem Schlachtfeld des Ersten Weltkrieges wieder. Sterbend filmen sie sich gegenseitig mit einer Militär-Kamera, damit ihre Kinder einmal das Gesicht des Vaters sehen können.

4 *Voigt* 2005b schreibt unter Verweis auf Friedrich Kittler zur späteren Entwicklung: »Die ersten Filme waren stumm, erst >die Koppelung der Mechanismen von Maschinengewehr und Filmtransport< brachte nach dem Krieg (1928) den Tonfilm.« – 1989 meinte Georg Seeßlen unter Bezug auf Paul Virilio: »Die Verbindung von Showbusiness und Krieg ist keine Erfindung des zwanzigsten Jahrhunderts, wohl aber ist die zunehmende Ähnlichkeit der Instrumente und Methoden der kriegerischen und der unterhaltenden Wahrnehmung erst in den Kriegen unseres Jahrhunderts zutage getreten. [...] Die spätere Zivilisierung der Wahrnehmung wie des technologischen Produkts kann nie mehr seinen militärischen Ursprung völlig verlieren. Das Kino >sieht< also nicht deshalb wie eine Kriegsmaschine, weil wir gar nicht anders als militärisch sehen könnten, sondern deshalb, weil es seinen Blick den Technologieschüben verdankt, die zivil nicht zu erlangen sind.« (*Seeßlen* 1989, 20.)

5 *Virilio* 1989.

6 Personifiziert ist die Verbindung der beiden Bereiche später im Filmproduzenten und Luftfahrtpionier Howard Hughes (1905-1976). Nach Übernahme der väterlichen Firma, die ein weltweit wichtiges Ölbohrer-Patent besitzt, geht der Multimillionär aus Texas ins Filmgeschäft (RKO), produziert u. a. den aufwendigen Luftkriegerfilm HELL'S ANGELS (USA 1930) und wird Gründer der Trans World Airlines (TWA). Die Lebensgeschichte von Hughes will der Film THE AVIATOR (USA 2004) von Martin Scorsese erzählen.

7 Für einen Film über geheime Fernlenkwaffen, die medial gemeinhin ganz unkritisch als »intelligente (!) Waffen« abgehandelt werden, griff der Filmemacher Harun Farocki zurück auf »Bilder von Robotern, die Kamera-Augen haben und ein Bildverarbeitungsprogramm«. (*Nowak* 2001.)

Einleitung

8   Ein Dokumentarfilm von Isabelle Clarke – DER KRIEG IN VIETNAM: DIE GEHEIMEN BILDER DER US-ARMY. Teil 1. (ORF Wien 2000) – bietet nach Auskunft der Videopräsentation Ausschnitte aus insgesamt 20.000 Filmrollen, auf denen Kameraleute der U.S. Army die Kriegsführung in Vietnam dokumentiert haben. – Im Januar 2005 listet der Genre-Browser der »Internet Movie Database« für das Stichwort »War« 4719 Titel auf (http://www.imdb.com/Sections/Genres/War/). Viele Filme, die unter anderen Schlüsselwörtern wie »Military« oder »Soldier« erschlossen werden, und kriegsfreundliche Kinobotschaften außerhalb des Genres sind damit noch gar nicht erfasst.

9   *Gansera* 1989, 37 folgert – im Blick auf das Kriegskino – »mit den Worten von Carl Friedrich von Weizsäcker: >Die Zeit ist gekommen, in der die Institution des Krieges abgeschafft werden muss und kann<, weil der Krieg >politisch organisierter, kollektiver Mord< ist.«

10 Walter Benjamin sah die Revolution der massenhaft reproduzierbaren Kunst bzw. Kultur darin, dass sie immer mehr Menschen immer näher an ihrer jeweiligen Umgebung erreicht. Beides führt zu einer »gewaltigen Erschütterung des Tradierten«, denn es kann tradierte Werte der Kultur und das Erfahrungswissen der Überlieferungen im konkreten Lebensraum machtvoll »liquidieren«. (Vgl. zu Benjamin und seinem Essay »Das Kunstwerk im Zeitalter seiner technischen Reproduzierbarkeit« *Monaco* 1980, 237.) – Zu den Folgen einer massenmedial diktierten »neuen Sprache« meinte bereits vor einem halben Jahrhundert George Orwell in »1984«: »Siehst du denn nicht, dass der Neusprech kein anderes Ziel hat, als die Reichweite des Gedankens zu verkürzen? Zum Schluss werden wir Gedankenverbrechen buchstäblich unmöglich gemacht haben, da es keine Worte mehr gibt, in denen man sie ausdrücken könnte. Jeder Begriff, der jemals benötigt werden könnte, wird in einem einzigen Wort ausdrückbar sein, wobei seine Bedeutung streng festgelegt ist und alle seine Nebenbedeutungen ausgetilgt und vergessen sind. [...] Mit jedem Jahr wird es weniger und immer weniger Worte geben, wird die Reichweite des Bewusstseins immer kleiner und kleiner werden. [...] Die Revolution ist vollzogen, wenn die Sprache geschaffen ist.« »Mit dem Jahr 2050 – aber vermutlich schon früher – wird jede wirkliche Kenntnis der Altsprache verschwunden sein. Die gesamte Literatur der Vergangenheit wird vernichtet worden sein. [...] Das ganze Reich des Denkens wird anders sein. Es wird überhaupt kein Denken mehr geben – wenigstens nicht das, was wir heute darunter verstehen.«

11 Dass Bilder und Töne durch elektromagnetische Medien zum Transport nicht mehr auf den Kinosaal angewiesen sind, eröffnet eine Totalität, mit der sich Paul Virilio intensiv beschäftigt hat. *Gansera* 1989, 36f. zitiert in diesem Zusammenhang Georg Picht, der bereits 1970 schrieb: »Die bisherige Abhängigkeit der Macht von Raum und Zeit wird durch Kommunikationstechniken durchbrochen. Das heißt aber, dass die neue Form politischer Macht, die sich auf die Kommunikationssysteme gründet, wegen ihrer spezifischen, technisch-physikalischen Struktur in das noch immer territorialstaatliche Gefüge der heutigen Weltordnung nicht voll integriert werden kann.« (Picht sieht – bezogen auf diese vom Territorium losgelöste Totalität moderner Massenkommunikation – eine Entsprechung zur Existenz nuklearer Waffensysteme, die eine politische Ordnung souveräner Territorialstaaten ebenfalls in Frage stelle.)

12 *Seeßlen* 1989, 16. Dieser und andere Beiträge in einem 1989 erschienenen Sammelband über Kriegsfilme (*Evangelische Akademie Arnoldshain/Gemeinschaftswerk der Evangelischen Publizistik* 1989) wissen zwar um das unbeachtete Massensterben in den neuen Kriegen der Peripherie, jenseits der ökonomischen Zentren des Globus, doch sie zeigen sich noch weitgehend ahnungslos hinsichtlich der Zielrichtung der massenkulturellen und politischen Aufrüstung, die das nachfolgende Jahrzehnt innerhalb der Industrienationen bringen wird. Allein *Koppold* 1989, 55 resümiert mit Blick auf Titel wie TOP GUN und HEARTBREAK

Einleitung

RIDGE und im Anschluss an das Filmplakat von IRON EAGLE: »Die Zeit des Wartens ist vorbei<: Die Herren der Welt fühlen sich wieder obenauf. Und Hollywood guckt nicht mehr weg – und bald wohl auch nicht mehr zurück –, sondern stahlblau in die Zukunft.«

[13] Hier zitiert nach: *Woit* 2003 (angegebene Quelle: K. Biedenkopf: Ein deutsches Tagebuch. Berlin 2000, 224.).

[14] Vgl. *Catone* 2001; *Chossudovsky* 2002 (zum globalen ökonomischen Hintergrund der neuen Militärstrategien); *Ronnefeldt* 2002 (zur »neuen NATO«); *Eisenhower* 2003; *Schuhler* 2003, 20-34, 73-77, 85-89; *Woit* 2003 (gute Zusammenfassung zur Entwicklung der Militärdoktrinen der 90er Jahre).

[15] Knud Krakau (in: *Lösche/Loeffelholz* 2004, 181) meint ganz grundsätzlich, der viel beschworene Dissens zwischen sogenannten »Isolationisten« und »Internationalisten« in den Vereinigten Staaten ergebe eine Scheindebatte. Der Unterschied der verschiedenen Lager liege nicht in den Zielen (globale sicherheitspolitische und wirtschaftsliberale US-Interessenspolitik). Ein Konflikt bestehe vielmehr hinsichtlich des Weges: Unilateralismus (ohne Allianzen) oder Einbindung in internationale Strukturen (was auch auf einen fakultativen Unilateralismus hinauslaufen kann).

[16] Sehr früh definiert Verteidigungsminister Volker Rühe (CDU) in den Verteidigungspolitischen Richtlinien der Bundeswehr von 1992: »Vitale Sicherheitsinteressen Deutschlands: [...] Aufrechterhaltung des freien Welthandels und des ungehinderten Zugangs zu Märkten und Rohstoffen in aller Welt im Rahmen einer gerechten Weltwirtschaftsordnung.« Günther Verheugen lehnt hingegen für die SPD noch am 6.11.1995 sowohl einen Sicherheitsauftrag für Rohstoffversorgung, noch überhaupt Interventionsaufgaben für die Bundeswehr ausdrücklich ab. Bundesverteidigungsminister Rudolf Scharping vom rechten SPD-Mehrheitsflügel nennt dann am 21.1.2001 die regionale Sicherheit »in der Region um Afghanistan und im Kaukasus« ganz unmissverständlich im Zusammenhang mit westlichen Energieinteressen. (Quellennachweise: *Woit* 2003.) Sein Nachfolger Peter Struck präsentiert die Beteiligung der Bundeswehr am Afghanistankrieg als Verteidigung Deutschlands oder »unserer Freiheit« am Hindukusch. Heute sind Interventionen im Zusammenhang mit der Sicherung regionaler Energieversorgung Bestandteil der europäischen Militärdoktrin. (Die EU betrachtet sich aufgrund von Bevölkerungszahl, Wirtschaftskraft und Instrumentarium zwangsläufig als globaler – militärischer – Akteur.) Der Bundesverteidigungsminister hat auf dem »15. Forum Bundeswehr & Gesellschaft« der Zeitung Welt am Sonntag am 9.11.2004 faktisch darüber geredet, dass der Bevölkerung ein Abschied von Begrenzungen wie dem Art. 26 des Grundgesetzes vermittelt werden müsste: »Niemand wird zum Beispiel die besonderen moralisch-geschichtlichen Verpflichtungen Europas gegenüber zahlreichen Staaten Asiens und Afrikas leugnen wollen. [...] Moral und Geschichte reichen sicherlich nicht aus, um in jedem Einzelfall über Europas sicherheitspolitisches Engagement zu entscheiden. Andere Faktoren müssen hinzukommen, vorrangig die europäischen Interessen. Ich denke, dass in der Tat die wirtschaftliche Entwicklung Europas im 20. Jahrhundert, die Globalisierung und das Aufkommen neuer Bedrohungen zu gemeinsamen materiellen Interessen der Europäer geführt haben. Sie stehen gleichwertig neben ideellen Verpflichtungen. Zu diesen Interessen gehören der Schutz gegen internationalen Terrorismus oder die Begrenzung der Auswirkungen destabilisierender Konflikte in der europäischen Nachbarschaft. Dazu gehören auch der Schutz vor illegaler Immigration und organisierter Kriminalität oder der Schutz der Energie- und Rohstoffversorgung.« (*Struck* 2004)

[17] Vgl. zur Bindung des NATO-Vertrages und jedes denkbaren NATO-Bündnisfalles an UN-Charta und Völkerrecht: *Deiseroth* 2004, 54f.

[18] Vgl. *Ignatieff* 2001, der zu den Kriegsergebnissen aus der Sicht eines ausdrücklichen Befür-

Einleitung

worters (!) des Kosovo-Krieges ein erschreckendes Fazit zieht. (Dieses Buch enthält zugleich grundsätzliche Beobachtungen zum Phänomen des neuen »Virtuellen Krieges«.)

[19] *Wimmer* 2001.

[20] *The National Security Strategy of the United States*, September 2002. http://www.whitehouse.gov/nsc/nss.html Eine Übersetzung in Auszügen bietet: http://www.uni-kassel.de/fb10/frieden/regionen/USA/doktrin-lang.html . (Vorangegangen war bereits Anfang 2002 die berüchtigte »Nuclear Posture Review« der USA.)

[21] Dazu die Bewertung der bundesdeutschen Friedensbewegung: »Mit dem EU-Verfassungsvertrag wird die Militarisierung der Europäischen Union bis hin zur globalen Kriegsführungsfähigkeit vorangetrieben. Der Verfassungsvertrag soll der EU die ›auf militärische Mittel gestützte Fähigkeit zu Operationen‹ (Art I-41 Abs. 1) sichern. Eine zusätzliche kerneuropäische Militarisierung wird mit der ›ständigen strukturierten Zusammenarbeit‹ (III-312) etabliert. Aufrüstung wird Verfassungsgebot: ›Die Mitgliedstaaten verpflichten sich, ihre militärischen Fähigkeiten schrittweise zu verbessern‹ (Art. I-41 Abs. 3). Die Petersbergaufgaben werden um noch weiter reichende militärische Interventionsmöglichkeiten erweitert bis hin zu ›Abrüstungskriegen‹ (III-309). Eine ›Agentur für die Bereiche Entwicklung der Verteidigungsfähigkeiten, Forschung, Beschaffung und Rüstung‹ wird die Aufrüstung der Mitgliedstaaten überwachen und zudem ›zweckdienliche Maßnahmen zur Stärkung der industriellen und technologischen Basis des Verteidigungssektors‹ durchsetzen (III-311). [...] Nach außen fördert die EU erklärtermaßen ›ihre Werte und Interessen‹ (I-3 Abs. 4). Zugleich will sie sich per Verfassungsvertrag ermächtigen militärisch global zu intervenieren, um diese Interessen ›mit geeigneten Mitteln‹ (I-3 Abs. 5) durchzusetzen. Statt ihre Politiken auf eine Einhaltung der UN-Charta und des Völkerrechts sowie die Ächtung von Angriffskriegen zu verpflichten, wird im Verfassungsvertrag bewusst Interpretationsspielraum für globale Kriegseinsätze gelassen. So wird lediglich die ›Wahrung der Grundsätze der Charta der Vereinten Nationen‹ (I-3 Abs. 4) erklärt und auch die interventionistisch interpretierbare Formulierung der ›Weiterentwicklung des Völkerrechts‹ (I-3 Abs. 4) gebraucht. (*Nein zu diesem EU-Verfassungsvertrag* 2004.)

[22] Das entsprechende Dokument: *Institute for Security Studies, European Union*: European defence. A proposal for a White Paper (Paris, May 2004. http://www.iss-eu.org/chaillot/wp2004.html). Darin heißt es z. B.: »Wir haben uns nicht gescheut, auch Szenarien zu präsentieren, in denen die nationalen Nuklearstreitkräfte explizit oder implizit mit einbezogen werden.« »Künftige regionale Kriege könnten die europäischen Interessen tangieren [...] indem europäische Sicherheit und Wohlstand direkt bedroht werden. Beispielweise durch die Unterbrechung der Ölversorgung und/oder eine massiven Erhöhung der Energiekosten [oder] der Störung des Handels- und Warenströme.« – *Wagner* 2004b zeigt anhand des Quellenmaterials, wie weitgehend die Militarisierung Europas betrieben werden soll und wie radikal sich die Strategie-Texte von der öffentlichen Rhetorik europäischer Politiker unterscheiden.

[23] Bereits am 28.2.2002 hatte der CDU-Außenpolitiker Schäuble in der *Zeit* konstatiert: »Die Möglichkeiten, mit militärischen Mitteln politische Ziele zu erreichen, bergen sehr viel begrenztere Risiken als vor zehn Jahren.« (Zitiert nach: *Woit* 2003.) Besonders weit geht Karl-Heinz Kamp, sicherheitspolitischer Koordinator der Konrad-Adenauer-Stiftung, dessen Votum für eine Präventivkriegsdoktrin die Frankfurter Rundschau am 4.2.2004 dokumentiert hat. Eine »humanitär« begründete Variante, die kein klares Votum zum strikten Gewaltverbot der UN-Charta erkennen lässt, enthält das im Juni 2004 vorgestellte Memorandum über »Die Rolle des Völkerrechts in einer globalisierten Welt« der Grünen-nahen Heinrich-Böll-Stiftung. Die Grünen-Politikerin A. Beer unterstützt auf EU-Ebene jeden

Einleitung

weiteren Militarisierungsschritt.
[24] Zur historischen Sicht vgl. *Meiksins Wood* 2003. Die neuzeitliche Begrifflichkeit für diese Rechtfertigungsfigur hat ebenfalls ältere Vorbilder. Im März 1918 veröffentlichte der spätere Reichskanzler Prinz Max von Baden seine »Denkschrift über den ethischen Imperialismus«.
[25] Auf der ersten Pressekonferenz im Weißen Haus nach seiner Wiederwahl verkündete US-Präsident Bush Jun. am 4.11.2004 folgende Programmatik: »Ich stimme absolut nicht mit jenen überein, die es nicht weise finden, Freiheit und Demokratie in der Welt durchsetzen zu wollen.« – Die Wurzel solcher Rhetorik ist indessen klarer benannt in dem Aufsatz »Promoting the National Interests« von Condolezza Rice, erschienen im Vorfeld der Präsidentschaftswahl 2000. Die These dort: »die unter Clinton in den Vordergrund gestellten humanitären Ziele zum Schutz der Menschenrechte sollen durch eine realistische unilaterale Machtpolitik abgelöst werden«. (*Deppe* u. a. 2004, 124.)
[26] Der Titel: Globalisierung – Herausforderung an die politische Handlungsfähigkeit. Wertekommission der CDU Deutschlands, 13.07.2004. – Zu bedenken ist im Zusammenhang mit der inflationären Werte-Rhetorik und »Gottes«-Rede der Konservativen in den USA (und Europa), dass die konkreten *sozialen* Kriterien der jüdisch-christlichen Tradition dabei völlig unbeachtet bleiben.
[27] In dieser Parole zeigt sich auch der Einfluss von Samuel Huntington, der für Europa ausdrücklich die Gefahr einer zu großen multikulturellen Toleranz beschworen hat. Bezeichnend ist, dass in der Folge des wieder erwachenden »Patriotismus« konservative Kreise gegenüber dem neoliberalen Ich-Kult ein neues, national (!) verstandenes »Wir«-Gefühl fordern.
[28] *Pilger* 2001, 66 erinnert daran, wie Tony Blair vor dem Hintergrund aktueller Bombardierungen am Hindukusch auf dem Labour-Parteitag vor allem »die Menschenrechte der leidenden Frauen Afghanistans« anmahnte und die zivilisatorisch-visionäre Mission einer besseren Welt beschwor: »für die Verhungernden, die Elenden, die Enteigneten, die Unwissenden, die in Elend und Verwahrlosung leben, ob in den Wüsten Nordafrikas, den Slums im Gazastreifen oder den Bergzügen Afghanistans«.
[29] *Berman* 2004, 13.
[30] Michael Schmid schreibt im Lebenshaus-Newsletter vom 25.10.2004: »Im Laufe des Jahres 2004 werden laut UN-Angaben sechs Millionen Kinder unter fünf Jahren verhungern. ›Alle fünf Sekunden stirbt auf der Welt ein Kind, weil es nichts zu essen hat‹, sagte kürzlich der UN-Berichterstatter für das Recht auf Nahrung, Jean Ziegler [...] Völlig zu Recht bezeichnete er es als einen Skandal, dass in einer immer reicher werdenden Welt der Hunger ›auf dem Vormarsch‹ ist. Derzeit müssen 842 Millionen Menschen hungern. Als Ursache für die seit 1996 immer schlechter werdende Situation nannte Ziegler vor allem die neoliberale Politik. Der Markt könne das Problem des Hungers nicht lösen. Es fehle vor allem am politischen Willen für die Entwicklung. Dabei gibt es bekanntlich heute weltweit soviel Nahrung, dass diese für alle Menschen reichen würde. Laut Angaben der UNO-Organisation für Landwirtschaft und Ernährung (FAO) könnten heute 12 Milliarden Menschen ernährt und täglich mit 2700 Kalorien versorgt werden. Die derzeitige Weltbevölkerung beträgt rund 6,4 Milliarden Menschen.« Die Initiative für globale »ökosoziale Marktwirtschaft« erinnert an wahnwitzige Relationen: Der US-Kongress bewilligte für die Kriege der Administration 2003 insgesamt 87,5 Milliarden Dollar (davon 19,8 Milliarden für Wiederaufbau und humanitäre Hilfe). Die Gesamtsumme der internationalen Entwicklungshilfe liegt gleichzeitig bei 56 Milliarden Dollar. (Vgl. *Global Marshall Plan* 2004, 33f.) – SIPRI meldet 2004 weltweite Rüstungsausgaben in Jahreshöhe 879 Milliarden US-Dollar gegenüber 68

Einleitung

Milliarden für Entwicklungshilfe. Die Relation von Hilfs- und Militärausgaben illustriert auch ein anderes Beispiel: Allein *einer* von 180 Eurofightern, die das deutsche Militär zu kaufen beabsichtigt, kostet den Steuerzahler 85 Millionen Euro. Für die Opfer des großen Seebebens in Asien bewilligte die Bundesregierung Ende Dezember 2004 zunächst eine Soforthilfe in Höhe von 20 Millionen Euro. (Anfang 2005 wurde dann eine Gesamtsumme von 500 Millionen EUR als längerfristiger staatlicher Hilfsbeitrag genannt, die sich die Bundesrepublik jedoch zum Großteil auf die Entwicklungshilfe »anrechnen« lassen kann.)

[31] *Stolte* 2004, 26 führt das klassische Zitat des Satirikers Juvenal an: »Denn das Volk, das einst den Oberbefehl und überhaupt alles zu verleihen gewohnt war, bescheidet sich nun und wünscht sich ängstlich nur noch diese beiden Dinge: Brot und Wagenrennen.« – Ausdrücklich vergleicht *Wagener* 2004a, 87 die Kriegslabore des Reality-TV (Big Brother, Dschungel-Show etc.), deren Gladiatoren (angehende Superstars oder Loser) sich aus dem »Volk« rekrutieren, mit der Massenunterhaltung durch das antike Amphitheater.

[32] Die Rechte in den USA will explizit den Globus mit Angst beherrschen. Nach dem Afghanistankrieg meinte z. B. Charles Krauthammer, Kommentator der *Washington Post*: »Die elementare Wahrheit, die die Experten ständig übersehen – im Golfkrieg, in Afghanistankrieg, im nächsten Krieg –, lautet: Macht ist ihr eigener Lohn. Siege verändern alles, vor allem die Psychologie. Die Psychologie in der Region ist nun eine von Furcht und tiefem Respekt vor der amerikanischen Macht. Jetzt ist die Zeit, sie zu gebrauchen, die anderen Regime abzuschrecken, zu besiegen oder zu zerstören ...« (Zitiert nach: *Meiksins Wood* 2003, 10.)

[33] Der Titel dieses Buches erinnert im ersten Teil an den deutschen Titel des Hollywood-Klassikers THE MANCHURIAN CANDIDATE (Botschafter der Angst, USA 1962) von John Frankenheimer: Ein US-Soldat kehrt zurück aus dem Korea-Krieg und wird als Kriegsheld gefeiert. Niemand merkt jedoch, dass er über Gehirnwäsche zu einem lenkbaren Killerinstrument der kommunistischen Geheimdienste geworden ist. Die machtsüchtigen »kommunistischen Verschwörer« in den USA geben sich als rechte Republikaner und betreiben eine Hetzjagd auf Linke. (Als Vorbild für das Drehbuch ist an dieser Stelle unschwer Senator McCarthy auszumachen.) Ihr erstes Opfer ist ein liberaler und antifaschistischer Politiker. – Ein Remake dieses Titels: THE MANCHURIAN CANDIDATE, USA 2004, Regie: Jonathan Demme. Hier wird die Geschichte auf aktuelle politische Verhältnisse übertragen. Der manipulierte und politisch missbrauchte Kriegsheld ist jetzt ein US-Golfkriegveteran von 1991. Im Hintergrund steht der Rüstungskonzern »Manchurian Global«.

[34] Nach *Deppe* u.a. 2004, 139 hat der US-Soziologe Daniel Bell bereits um die Mitte der 70er Jahre auf »eine ›Kulturkrise‹ des modernen Kapitalismus« aufmerksam gemacht. Während die Ökonomie u. a. auf »funktionale Rationalität« angelegt ist, sei die Kultur von »apokalyptischen Stimmungen und anti-rationalen Verhaltensweisen« geprägt.

[35] Übersetzt: »Stechpalmenwald«.

[36] Vgl. den Nachweis von *Skarics* 2004, dass im US-Popularkino der Blockbuster gezielt tiefenpsychologische Erkenntnisse zur Anwendung kommen (was als mythisierende Strategie der industriellen Massenkultur von der authentischen Mythenschöpfung des individuellen Künstlers strikt zu unterscheiden ist!). Über den erfolgreichen Animationsfilm THE LION KING resümiert sie z. B.: »Nicht zu übersehen ist, dass das Glaubenssystem von ›The Lion King‹ eine *fundamentalistische Verbindung von Politik, Magie und Religion* schafft, wobei im politischen Spektrum des Religions-Mix eine autoritäre, patriarchale Grundstruktur vorherrscht, deren Repräsentanten ein weltlicher Monarch [...] und ein geistlich-ritueller Führer [...] sind. Das Glaubenssystem ›Pride Lands‹ dient zugleich der Erhaltung der politischen Struktur. Es stellt einen ›*mythischen Abwehrversuch gegenüber dem Neuen*‹ dar, der mit

Einleitung

Elementen der Naturverbundenheit und des ordnungsstiftenden Kreislaufdenkens einhergeht – eine geradezu ideale Kombination sinnstiftender Muster für das westliche Publikum angesichts der gegenwärtigen gesellschaftlichen Lage.« (*Skarics* 2004, 355.)

37 Zitiert nach: *Everschor* 2003, 19. – Dieses Buch bietet einen guten Überblick zu den ökonomischen bzw. kommerziellen und künstlerischen Entwicklungen der US-amerikanischen Filmindustrie während der 90er Jahre sowie zur aktuellen Monopolsituation. *Monaco* 1980, 235 konstatiert für die fünfziger und sechziger Jahre einen zeitweiligen Trend zum Internationalismus, doch bis 1980 hätte sich die US-Filmindustrie »ihre Kontrolle über die Leinwände der Welt zurückerobert«.

38 Umschlagtext zu: *Everschor* 2003.

39 Zitiert nach: OPÉRATION HOLLYWOOD (Operation Hollywood), Frankreich 2004 (Arte France, Les Films d'Ici – Erstausstrahlung in Arte, 29.10.2004), Dokumentarfilm von Maurice Ronai, Emilio Pacull.

40 Vgl. zur Frage *Monaco* 1980, 38. – Beide Aspekte (Kino als Bildner oder Spiegel des gesellschaftlichen Bewusstseins) lassen sich nur akademisch – zugunsten einer abstrakten Hypothesenbildung – trennen. In einer massenkulturell für den Krieg mobilisierten Gesellschaft sind Bedarf bzw. Publikums-Nachfrage und Rezeption bereits beeinflusst, ebenso Produzenten und Filmemacher. Unter anderen Bedingungen – z. B. im Rahmen der breiten Protestbewegung gegen den Vietnamkrieg – können Nachfrage, Kunst und kommerzielle Kulturproduktion zeitweilig auch von kriegskritischen Einstellungen geprägt sein. (Leider handelt es sich hierbei historisch gesehen nur um kurze Episoden des US-Kinos.) Konstellationen der »kollektiven Psyche« hängen selbstverständlich auch von gesellschaftlichen Bedingungen ab, zu denen wiederum der industrielle Kulturbetrieb gehört. ... Aufgrund der Komplexität von Gesellschaft, Politik, Ökonomie und dominanter Kultur erscheinen die Wechselwirkungen oberflächlich gesehen meist diffus. Die Ermittlung von bewussten Intentionen und benennbaren Interessen im Rahmen einer Analyse von Massenkultur geht hingegen mit sehr konkreten Variablen einher. (Fast alle massenwirksamen Produktionen entstehen im Kontext von wenigen Medienmonopolen, die über die erforderliche Produktionsmittel, Vertriebswege etc. verfügen. Im Einzelfall sind Konzerne mit speziellen ökonomischen Interessen – z. B. in der Rüstungsproduktion – beteiligt. Häufig ist der ideologische Standort individueller Akteure – Produzent, Regisseur, Drehbuchschreiber etc. – bekannt. Manche Produktionen erhalten staatliche – militärische – Unterstützung, andere nicht.)

41 *Voigt* 2005a.

42 Auch wenn ein sogenannter Historienfilm über Johanna von Orleans oder ein Fantasy-Streifen über die Artus-Legende als Hauptschauplatz das Schlachtfeld präsentiert, handelt es sich im Grunde um das Genre Kriegsfilm.

43 Als Alternative bieten sich vielleicht die unscharfen Arbeitsbegriffe *Filme gegen Krieg* und *Filme für eine Kultur des Friedens* an, die nicht auf das Genre Kriegsfilm festgelegt sind. Im ersten Fall überwiegt noch die Intention einer Kritik des Modells Krieg, im zweiten Fall geht es um förderliche Kulturbotschaften, die sich nicht negativ aus einer Abgrenzung vom Krieg entwickeln.

44 Den Ansatz referieren *Machural/Asimov* 2004, 9f. – Als Quelle geben diese beiden Autoren an: George Gerbner: Die Kultivierungsperspektive – Medienwirkungen im Zeitalter von Monopolisierung und Globalisierung. In: Angela Schorr (Hg.): Publikums- und Wirkungsforschungen. Wiesbaden: Westdeutscher Verlag 2000, 101-121.

45 Vgl. dazu den Versuch von *Scherz* 2003, anhand von »The Internet Movie Database« (http://www.imdb.com) Genre-bezogene Statistiken zum US-Film zu ermitteln. – Statistische Variablen (Prozentuale Berücksichtigung bestimmter Themen auf der Zeitleiste, Produkti-

Einleitung

onskosten, Einspielsummen, Auflagen von Videokollektionen etc.) sind für die politische Filmkritik selbstverständlich bedeutsam, doch sie können aufgrund der Begrenztheit dieser Arbeit nur in wenigen Einzelfällen berücksichtigt werden.

[46] Zahlreiche Gesprächspartner, mit denen ich meine Arbeit besprechen konnte, haben darauf hingewiesen, dass gerade innerhalb der Zielgruppen einer kriegskritischen Filmstudie nur wenige Einblicke in das populäre Kinogeschehen zu erwarten sind. Der behandelte Gegenstand muss also – anders als bei einer Kinoempfehlung oder in Essays für Cineasten – durch die Art der Darstellung selbst irgendwie bekannt werden.

[47] Vgl. *Morelli* 2004. Die dort in zehn Kapiteln behandelten Propaganda-Gebote lauten:»1. Wir wollen keinen Krieg. 2. Das feindliche Lager trägt die alleinige Schuld am Krieg. 3. Der Feind hat dämonische Züge (oder: ›Der Teufel vom Dienst‹). 4. Wir kämpfen für eine gute Sache und nicht für eigennützige Ziele. 5. Der Feind begeht mit Absicht Grausamkeiten. Wenn uns Fehler unterlaufen, dann nur versehentlich. 6. Der Feind verwendet unerlaubte Waffen. 7. Unsere Verluste sind gering, die des Gegners aber enorm. 8. Unsere Sache wird von Künstlern und Intellektuellen unterstützt. 9. Unsere Mission ist heilig. 10. Wer unsere Berichterstattung in Zweifel zieht, ist ein Verräter.«

[48] Vgl. *Bürger* 2004, 10-19. – Überlegungen zum Kriegsfilmparadigma bieten z.B.: *Gansera* 1989; *Seeßlen* 1989; *Visarius* 1989; *Strübel* 2002a; *Mikat* 2003, 47; *Mikos* 2003; *Reichel* 2004, 115f., 122; *Voigt* 2005a und 2005b. Ausführlich wird darauf im Schlusskapitel dieses Buches (XIV.3) eingegangen.

[49] Über The Living Theatre New York und die Gründerin Judith Malina hat Dirk Szuszies den Dokumentarfilm Resist (Belgien/Frankreich 2003) gedreht. – Zum Düsseldorfer Besuch des Living Theatre im Oktober 2004 stehen im Internet Hinweise und Fotos auf: http://www.attac.de/duesseldorf/LivingTheater/index.htm und http://www.attac.de/duesseldorf/LivingTheater/liv1/galerie.html .

I. Was Immanuel Kant nicht ahnte und was nach dem Völkerrecht verboten sein soll

»*Die Massen sind niemals kriegslüstern, solange sie nicht durch Propaganda vergiftet werden.*« Albert Einstein, 1933[1]

»*Jede Kriegspropaganda wird durch Gesetz verboten.*« Internationaler Pakt über bürgerliche und politische Rechte vom 16.12.1966, Artikel 20 (1)

»*There can be no peace without law.*« US-Präsident Dwight Eisenhower

Fast inflationär stößt man in Spielfilmen aus Hollywood auf die im US-amerikanischen Alltag gängige Rückversicherung »I love you – I love you too!« Die Aufklärung erkannte, dass dergleichen aufgrund unseres »steinzeitlichen« Erbes über familiäre – und national konstruierte – *Gruppenegoismen* noch nicht hinausführt. Im Einklang mit der allen Religionen und Kulturen bekannten »Goldenen Regel«[2] drängte sie auf die *Universalität* zwischenmenschlicher Achtung und zwar in einer dem Verstand evidenten Form: »Handle so, dass die Maxime deines Wollens jederzeit zu einem allgemeinen Gesetz werden kann!« Das klingt kühler als die populäre – noch mit gefühlsmäßiger Verbundenheit gepaarte – Weisung »Was du nicht willst, das man dir tu, das füg auch keinem andern zu!«, und es wird als bloßer Leitsatz die Welt kaum verbessern oder erlösen. Kants Menschenbild war mitnichten von einem fröhlichen Optimismus geprägt. Sein einseitiger Appell an die Gestaltungskräfte Vernunft und Willen erscheint uns längst fragwürdig. Mehr jedoch als der von Immanuel Kant so trefflich auf den Punkt gebrachte Imperativ ist im abstrakten *ethischen* Diskurs wider die Barbarei bis heute nicht zu sagen.

»Der Krieg«, so meinte Kant, »ist Quell aller Übel und Sittenverderbnis, das größte Hindernis des Moralischen«. Sowohl hinsichtlich der Nutzenorientierung als auch mit Blick auf die moralische Persönlichkeitsentfaltung betrachtete dieser Aufklärer die Bürger eines freien Gemeinwesens als natürliche Kriegsgegner. Der erste Weltkrieg hat neun Millionen Tote und 21 Millionen Verwundete hinterlassen. Spätestens nach dem zweiten Weltkrieg mit mehr als 55 Millionen Kriegstoten schienen Kants Anschauungen über das Übel des Krieges sich als zivilisatorischer Konsens durchzusetzen. UNO und Menschenrechtsdeklaration entsprachen endlich den vom Königsberger Philosophen schon 1795 geforderten Eckpfeilern *Staatenbund* und *Weltbürgerrecht*.[3] Mit großem Ernst sollten fortan das sich entwickelnde Völkerrecht und die 1919 schon einmal praktisch anvisierte Völkerbundsidee[4] das Miteinander von Staaten und Menschen auf eine neue Grundlage stellen. (Namentlich die USA sind in der ersten

I. Was Immanuel Kant nicht ahnte

Hälfte des 20. Jahrhunderts als eine treibende Kraft hinter dem völkerrechtlichen Projekt zu nennen. Seit Jahrzehnten denkt die breite Mehrheit der US-Amerikaner – im Gegensatz zu den unilateralistischen »Eliten« – international.[5])
Die Charta der Vereinten Nationen[6], ein im Alltag der Weltgesellschaft leider kaum präsentes Dokument, beginnt mit dem Entschluss, »künftige Geschlechter vor der Geißel des Krieges zu bewahren«. Sie möchte deshalb »alle Angriffshandlungen« unterdrückt wissen und weist zur Lösung internationaler Konflikte den Weg »friedliche[r] Mittel nach den Grundsätzen der Gerechtigkeit und des Völkerrechts«. Die Mitgliedstaaten der Vereinten Nationen werden im Text als »friedliebend« qualifiziert. Im Dienste des Weltfriedens verpflichten sie sich, auf eigenmächtige »Androhung oder Anwendung von Gewalt« zugunsten der von der Völkergemeinschaft vorgegebenen Grenzen zu verzichten (Art. 2 Ziff. 4). Die Bevölkerungsumfragen des Jahres 2003 zur Kriegsbereitschaft in den Gesellschaften der Erde zeigen eine imponierende Mehrheit für diese am 26. Juni 1945 vorgelegten Prinzipien der Weltzivilisation.[7] Am 15. Februar 2003 war gar die größte simultane, weltweite Friedensdemonstration der Menschheitsgeschichte zu verzeichnen. In den USA kam es erstmals im *Vorfeld* eines Krieges zu imponierenden Massenprotesten. Es besteht auch vor diesem Hintergrund wenig Anlass, Immanuel Kants Überzeugung von der Abneigung der Staatsbürger gegen das »schlimme Spiel« des Krieges als humanistische Utopie abzutun. Für geostrategische und ökonomische Kriege gibt es keine Mehrheiten. Deshalb verfolgen Angreifer unisono die »moralisch« aufgerüstete Kriegslüge. Auch den gewählten Volksvertretern misstrauen die Kriegstreiber, so dass die Legislative[8] bei Militäreinsätzen schon jetzt unter Druck gesetzt wird oder weitgehend unbeteiligt bleibt.
Die Überlegungen Kants zu einer friedlicheren Zivilisation sind gebunden an Grundvoraussetzungen demokratischer Gesellschaften, nicht zuletzt an den freien Diskurs bzw. den freien Zugang zu zuverlässigen Informationen (Art. 19 der Menschenrechtsdeklaration; Art. 5 GG). »Information«, so meinte bereits Thomas Jefferson, »ist die Währung der Demokratie.« Gezielte Massenlenkung ist mit dem demokratischen Ideal unverträglich. Das Grundgesetz der Bundesrepublik Deutschland stellt den Gebrauch »formaler« Freiheiten allerdings in einen Gesamtzusammenhang der grundlegenden Werte von Gesellschaftsordnung und Zivilisation. Beabsichtigte Störungen des friedlichen Zusammenlebens der Völker – insbesondere die Propagierung und Vorbereitung eines Angriffskrieges – gelten nach Artikel 26 GG sowie nach §§ 80/80a des Strafgesetzbuches als verfassungswidrig bzw. kriminell.[9] (Der EU-Verfassungsvertrag läuft zusammen mit der europäischen Militärdoktrin auf eine Aushebelung der in unserer Verfassung verankerten Friedensstaatlichkeit hinaus und wird auch die seit 1955 festgelegte Neutralität Österreichs[10] in eine leere Phrase verwandeln.) Die nach 1945 in Deutschland anvisierten Wertbindungen kennt – im Einklang mit der Präambel der UN-Charta – auch das spezielle Völkerrecht. Der Internationale Pakt über bürgerliche und politische Rechte vom 16.12.1966 gebietet in Artikel 20,

I. Was Immanuel Kant nicht ahnte

die Instrumentalisierung von nationalem, ethnischem oder religiösem Hass und den Gebrauch von *Kriegspropaganda* unter Verbot zu stellen: »(1) Jede Kriegspropaganda wird durch Gesetz verboten. (2) Jedes Eintreten für nationalen, rassischen oder religiösen Hass, durch das zu Diskriminierung, Feindseligkeit oder Gewalt aufgestachelt wird, wird durch Gesetz verboten.« Hier werden der Meinungs- und Pressefreiheit im öffentlichen Raum durchaus Grenzen gesetzt. Eben das haben die USA in ihrem gravierenden Vorbehalt beklagt: »Artikel 20 ermächtigt und verpflichtet die Vereinigten Staaten *nicht* dazu, Gesetze zu erlassen oder andere Maßnahmen zu treffen, welche die Meinungsäußerungs- und die Vereinsfreiheit, die von der Verfassung und den Gesetzen der Vereinigten Staaten geschützt werden, einschränken.«

Der erste US-Verfassungszusatz gebietet in der Tat, dass der Staat in die Rede- und Pressefreiheit nicht einschränkend eingreifen darf. Doch dieses Prinzip wird offenkundig sehr selektiv und willkürlich geltend gemacht. Der vorgebliche Schutz bürgerlicher Freiheiten entpuppt sich spätestens dann als große Heuchelei, wenn der *Staat* selbst durch den Einsatz von öffentlichen Geldern und durch kostspielige Kooperationen einen Kulturbetrieb fördert, der mit seinen Botschaften dem Geist und dem Wortlaut der UN-Charta und des »Internationalen Paktes über bürgerliche und politische Rechte« widerspricht. Das ist zum Beispiel – wie dieses Buch zeigen will – bei einer stattlichen Reihe von US-Kriegsfilmen, die Hollywood zusammen mit dem Pentagon und den Filmbüros der unterschiedlichen US-Waffengattungen produziert hat, der Fall.[11] Ein Gleiches gilt für staatlich beauftragte Informationsagenturen, die den massenmedialen Nachrichtenkanon manipulieren und damit das demokratische Projekt der Aufklärung untergraben.

Deklarationen über eine gleichberechtigte Völkergemeinschaft oder über die Ächtung des Krieges als eines Mittels der Politik gewinnen Bedeutsamkeit nur durch gesellschaftliche Wirklichkeiten in Staaten. Dem lebendigen kulturellen Leben einer Gesellschaft kommt dabei ein hoher Rang zu. Kultur *spiegelt* als menschliche Praxis gültige Werte und den Diskurs innerhalb einer Gesellschaft. Massenkultur *prägt* aber auch die gesellschaftliche Wirklichkeit. Wenn sie dem Programm »Krieg« zu einem günstigen Bild verhilft, ist das keine Nebensächlichkeit. Da es sich im Fall der Kriegspropaganda aus Hollywood keineswegs um spontane Äußerungen der Zivilgesellschaft oder des freien Kulturbetriebes, sondern zum Teil um subventionierte Staatskunst in einem republikanisch verfassten Gemeinwesen handelt, liegen die Grenzen der Kant'schen Vision vom demokratischen Frieden zutage.

Das gilt allerdings bereits für die ökonomischen Prämissen. Kants Zuversicht bezogen auf einen *freien Welthandel* als »friedensstiftende Kraft des Handelns« erweist sich im Licht einer Konzernentwicklung, die ihm in seinen kritischen Überlegungen zur »Geldmacht« kaum anschaulich gewesen sein dürfte, als Trugschluss. »Free trade« ist mitnichten die Überschrift für »fair trade« und freies Wirtschaften. Das Jahreseinkommen der reichsten ein Prozent der Menschen auf der Erde ist genauso hoch

I. Was Immanuel Kant nicht ahnte

wie das der ärmsten 57 %, und 24.000 Menschen sterben jeden Tag an den Folgen von Armut und Unterernährung. Die 500 größten Konzerne bestreiten zwei Drittel des ganzen Welthandels. Faktisch beanspruchen die mächtigsten Monopole eine rechtliche Gleichstellung mit den Nationalstaaten, deren Parlamente im Gegenzug fast nur noch über Dienstleistungen an die Wirtschaftsmacht entscheiden können. Obwohl supranationale Konzerne und die spekulative Geldvermehrungsmaschine längst staatenübergreifend agieren, ist das nationale bzw. an Machtblöcke gebundene Ringen um Marktbeherrschung, Kontrolle über Rohstoffressourcen und Diktat der Spielregeln nach wie vor Haupttriebfeder. Das ist in den westlichen Militärdoktrinen nachlesbar und am Beispiel der Marginalisierung eines ganzen Kontinents wie Afrika als bitterer Ernst erwiesen. Die »*Ungesittetheit*« des (europäischen) Kolonialismus und Imperialismus, die Kant zum Erschrecken fand, ist als Modell keineswegs überwunden, sondern durch die neoliberale Transformation vielmehr zum totalen System geworden. In diesem Gefüge fungiert nach Auffassung vieler Autoren die »Supermacht USA als politischer Gesamtdienstleister des globalen Kapitals«.[12] Mit dieser Hypothese ist wohl am plausibelsten erklärt, warum Europa trotz einzelner Interessenkonflikte den Anspruch der Vereinigten Staaten, führende »Ordnungsmacht« der Welt zu sein, nicht hinterfragt, und warum die EU spiegelbildlich alle Tabubrüche aus Washington nachvollzieht.

Die hegemoniale Stellung der USA verhindert die Entwicklung solcher internationaler Verfahren, die den weithin ohnmächtigen UNO-Idealen Wirksamkeit und Erfolgsaussichten eröffnen könnten. (USA und EU nutzen die Debatte über eine UNO-Reform dazu, die prinzipielle Ächtung des Angriffskrieges wieder rückgängig zu machen.[13]) Systematischer Ausstieg der Vereinigten Staaten aus allen internationalen Verbindlichkeiten[14], erpresserische Praktiken bei der Durchsetzung eigener Interessen und »diplomatische« Lauschangriffe der US-Dienste zeugen ohnehin von Verachtung für die UNO. (Zu nennen wären hier u. a. Druck auf UN-Sicherheitsratsmitglieder bzw. auch Bestechungsversuche im Vorfeld der Irakkriege 1991 und 2003 sowie die Schaffung eines Netzes williger Nationen, die den USA eine Immunität gegenüber der Internationalen Strafgerichtsbarkeit zuerkennen.) Die sozioökonomischen und kulturellen Dimensionen der Allgemeinen Menschenrechtsdeklaration sind bereits von der UN-Botschafterin der USA unter Präsident Reagan als »Brief an den Weihnachtsmann« bezeichnet worden.[15] Das Prinzip »Gier«, ökonomisches Gesicht des Krieges, bestimmt die Tagesordnung der internationalen Politik. Das Verelendungsgeschick von Milliarden Menschen und die Bedrohung der Lebensgrundlagen auf unserem Planeten spielen keine Rolle. Die Industrienationen ziehen es vor, Rüstungsgüter in Entwicklungsländer zu exportieren. (An der Spitze standen 2003 die USA, Russland und Deutschland.[16]) Knapp die Hälfte des Einkommens der Welt wird für Rüstung ausgegeben.[17] Je ungehinderter Kapitalflüsse alle Grenzen überwinden, desto höher werden die Mauern, mit denen sich die reichen Länder vor dem Rest der Welt schützen. Der real existierende global-»freie« Markt, der selbst das Ergebnis eines gewalttätigen Diktates ist und die Mehrheit aller Menschen auf die Verliererseite platziert, hat zudem im Zuge seiner ökonomischen Brutalität neue Formen der bewaffneten Gewalt hervorgebracht. Dazu zählen nationale oder nationenübergreifende Syndikate des kriminellen Wirtschaftens, nichtstaatliche Privatarmeen – als Wiederkehr des Raubrittertums, das neue Söldnerwesen und die rasante Etablierung anderer privatisierter Kriegs-Dienstleistungen.[18] Lokale Kriegsökonomien sind fester Bestandteil der Weltwirtschaft und Handelspartner westlicher Konzerne.[19] Global gilt: Die »postmodernen Kriege werden durch Kredit- und Investitionsentscheidungen und die Größe der jeweiligen finanziellen Ressourcen entschieden.« (Joschka Fischer[20])

Die zweite Einschränkung betrifft Kants Optimismus hinsichtlich der republikanischen bzw. rechtstaatlichen Staatsverfassung, in welcher die Regierenden Staatsgenossen und nicht *Staatseigentümer* sind. Die politisch-ökonomische Perversion der republikanischen Idee hat ja eben nicht mehr den allgemeinen Nutzen der Bürger eines Gemeinwesens zum Ziel. Wenn mächtige Minderheiten – etwa Energiekonzerne, Rüstungsindustrie oder Milliardärselite – letztlich die Politik eines Landes bestimmen oder gar direkt personell die Staatsämter besetzen, ist das republikanische Friedensargument dahin, selbst wenn der Anschein von Demokratie formal gewahrt bliebe. Der von Heiner Geißler[21] (CDU) beklagte anarchische Raubtierkapitalismus der Gegenwart ist mit Demokratie ganz offenkundig nicht kompatibel, und deshalb werden auch die Verheißungen des »demokratischen Friedens« hinfällig.

Schließlich ist Kants – durchaus ja realistische – Utopie vom Frieden aufgrund nationaler und internationaler Rechtsstaatlichkeit ohne eine fundamentale *Kritik der Medien* nicht haltbar. (Die entscheidende Kriegsfrage lautet stets: Wie können Machthaber als Sachwalter von Minderheiteninteressen eine Mehrheit von der Bedrohlichkeit jener äußeren Feinde überzeugen, deren »Existenz« für ihren eigenen politischen Machterhalt außerordentlich förderlich ist?) Bereits im 18. Jahrhundert sah David Hume in der Kontrolle der *öffentlichen Meinung* die entscheidende Antwort auf die Frage,»wie es den wenigen gelingt, Macht über die vielen auszuüben, obwohl sie doch nur wenige sind und die anderen viele.«[22] Wenn etwa der General-Electric-Konzern, das weltweit größte Unternehmen mit Rüstungsproduktionsanteilen, in dem ihm gehörenden Fernsehsender NBC eine kriegsfreundliche Politik protegiert, ist die Idee des freien Diskurses in mehrfacher Hinsicht ad absurdum geführt. Zunächst durch den Umstand, dass in einer Mediengesellschaft der unkontrollierbaren Monopole fast ausschließlich *wirtschaftliche* Macht den Zugang zu einer öffentlich wirksamen Meinungsäußerung eröffnet. Dabei beansprucht der Riesenapparat eines massenmedialen Meinungsmachers Rechte, die *ursprünglich* dem Individuum, also einer leibhaftigen Person zukommen. Natürlich findet das individuelle Recht der freien Meinungsäußerung Anwendung auch auf Gemeinschaften von Personen, die untereinander durch einen demokratischen Diskurs und nicht durch ein Machtgefälle in Beziehung zu

I. Was Immanuel Kant nicht ahnte

einander stehen. Das (inpersonale) Grundrecht der Pressefreiheit bezieht sich zudem ausdrücklich auch auf »juristische Personen«. Spätestens aber, wenn Medieneigentümer ihren lohnabhängigen[23] Mitarbeitern keinen Raum für einen freien Ausdruck der eigenen Wahrnehmungen, Meinungen und Gewissenüberzeugungen mehr gewähren, bedrohen Medienstrukturen das *individuelle* Recht auf freie Meinungsäußerung.

Unter der Fassade demokratischer Medien vollzieht sich die Grundrechtseinschränkung vorwiegend wohl nicht durch nachlesbare Mitarbeiterverpflichtungen[24] und Memoranden, sondern durch sublime Mechanismen der Gleichschaltung. Unsichtbare Macht üben daneben die großen Werbekunden von Zeitungen und Sendern aus.[25] Zumal im Fall des kombinierten Rüstungs- und Medienkonzerns liegt die Unerlässlichkeit der – mehrdimensionalen – Medienmacht-Kontrolle für ein demokratisches Gemeinwesen offen zutage. Ohne entsprechende Regulierungen und die Eindämmung von demokratiegefährdenden Machtkonzentrationen *jeder* Art kann jene friedensfördernde *Weltöffentlichkeit*, wie sie Kant vorschwebte und wie sie durch das massenmediale Zeitalter globaler Kommunikation so greifbar nahe schien, nicht Wirklichkeit werden. (Solche Selbstverständlichkeiten können nicht oft genug wiederholt werden. Hierzulande verlangt z. B. der sozialdemokratische Wirtschaftsminister Clement Änderungen im Kartellrecht, die noch mächtigere Medienmonopole nach sich ziehen!) Zur Stunde ist es übrigens noch nicht ausgemacht, ob sich das Internet wirksam zu einer demokratisch-aufklärerischen Gegenmacht angesichts der Weltbild-Kontrolle in der Hand weniger Medienriesen entwickeln kann.[26] Von seiner Nutzung ist nach wie vor die überwältigende Mehrheit der Menschen ausgeschlossen.

Die Frage, ob *individuelle* Freiheitsrechte nach republikanischen Prinzipien ohne weiteres auf monopolistische *Großgebilde* mit enormer wirtschaftlicher Macht anwendbar sind, ist für unser Thema »Kriegspropaganda« zentral. – Die Vereinigten Staaten bestreiten ja – unter Verweis auf die von der US-Verfassung geschützte Meinungs- und Vereinsfreiheit – eine verbindliche Pflicht, die nach Völkerrecht zu verbietende Propaganda für Krieg innerhalb ihrer Grenzen zu unterbinden. (Freiheit ist hier nicht – wie bei Kant – innerhalb eines *universalen* Werte-Kontextes der Menschheit interpretiert, sondern rein formalistisch.) Gleichzeitig wird in der us-amerikanischen Grundrechtsinterpretation sehr stark ein Schutzrecht der Medieneigentümer postuliert.[27] – In der US-Rechtsprechung ist die Frage durch eine Entscheidung des Obersten Gerichts aus den Siebzigern des 19. Jahrhundert beantwortet: *Unternehmen sind wie Personen zu behandeln.* Damals gab es dazu noch entsetzte Reaktionen in der christlich geprägten Gesellschaft, da ja wirtschaftlichen Großgebilden gleichsam eine Seele zugeschrieben wurde.[28] Wichtig ist hierzulande die Auskunft der Rechtswissenschaften, dass Pressefreiheit keineswegs darauf zielt, ein Grundrecht der Medienbetreiber auf Eigentum zu sichern. Sie erfüllt vielmehr eine unersetzliche Funktion für die demokratische Gesellschaftsordnung und ist in Beziehung zu setzen zu den individuellen Grundrechten *aller* beteiligten Akteure.[29]

I. Was Immanuel Kant nicht ahnte

Die juristische Freigabe von Kriegspropaganda für den »freien« Markt ist eine Seite. Hinzu kommt das bereits genannte Faktum, dass die USA selbst als *Staat* massenmediale Kriegskultur im Kino und anderswo nicht nur ideell, sondern auch finanziell unterstützen. (Über die Unvereinbarkeit dieses Verfahrens mit dem nationalen US-Gesetz wird noch zu sprechen sein.) Kant glaubte, dass republikanische Staaten das Projekt des Friedens betreiben, und er traute – wenn auch unter Vernachlässigung der emotionalen Dimensionen und der sozioökonomischen Bedingungen – dem Menschen eine ihm gemäße Fähigkeit zum Gutsein zu. Er dachte dabei nicht an Methoden der Massenmanipulation, die Menschen fremdverschuldet entmündigen, und auch nicht an eine Elite, die durch ökonomische und massenmediale Macht an die Regierung kommt. Er konnte nicht ahnen, wie nachhaltig die massenkulturelle Produktion eines paranoiden Klimas im Auftrag einer interessierten Clique und die Suggestionen des Polit-Entertainments Teile der Gesellschaft mit dem Gift des Krieges infizieren können. Er assoziierte mit seiner republikanischen Regierungsform keine Administrationen, die – statt das objektive Friedensinteresse der Bevölkerungsmehrheit zu vertreten – die Kriegsinteressen einer einflussreichen Minderheit verfolgen, der sie selbst angehören. Es liegt offen zutage, welchen hohen Preis auch die Menschen in den USA zu Beginn des 3. Jahrtausends für den globalen Kriegskurs ihrer Regierenden zu zahlen haben. Unter Republik ist jedoch dem Namen nach ein Gemeinwesen zu verstehen, das die gemeinsame Sache der Menschen und nicht die der finanzkräftigsten Lobby vertritt. Deutlicher als im politischen System der USA ist nirgends erkennbar, dass durch das formalistisch legitimierte bzw. manipulierte Konzept des »demokratischen Kapitalismus« heute weder das republikanische Ideal noch der Schutz des Individuums aus Fleisch und Blut zu verwirklichen sind.

Wenn die Staatenbund-Idee davon ausgeht, dass Interessensvertretung der Menschheit nur als nationenübergreifendes Projekt möglich ist, so entspricht das der Vernunft und ist *realistische* Politik. Indessen erschafft die aktuelle, von militärischer Stärke diktierte Weltordnung in allen Erdregionen jenes anarchische Ungeheuer, das der englische Philosoph Thomas Hobbes im 17. Jahrhundert als Naturtatsache behauptete und für dessen Bändigung wiederum nur das Steinzeitprogramm »Gewalt« angepriesen wird. Mit mehreren Hundert Milliarden Rüstungsdollars jährlich wird man auch künftig jene Verhältnisse *produzieren*, die Hobbes »Recht« geben und die dem mit astronomischen Summen ausgestatteten Militärapparat seine – vermeintliche – Daseinsberechtigung liefern. Budgets für präventive Friedenspolitik – im Dienste ziviler Konfliktlösungsstrategien und globaler Gerechtigkeit – sind im Vergleich zu den Militärhaushalten lächerlich kleine *Randposten*. Nur rhetorisch bietet sich Europa als Anwalt der Ideale Immanuel Kants an. Die Europäische Sicherheitsstrategie (ESS), beschlossen am 12. Dezember 2003, spricht eine andere Sprache. Mit dem EU-Verfassungsvertrag verankert in der gesamten Geschichte erstmalig ein »Verfassungstext« die *Verpflichtung zur Aufrüstung*. An die Stelle des von der Friedensforschung geforderten

I. Was Immanuel Kant nicht ahnte

»Amtes für zivile Konfliktbearbeitung« ist eine EU-Rüstungsagentur getreten. Eine klammheimliche Nachrüstung des Verfassungsentwurfes im Jahr 2004 konturiert ein militärisches Kerneuropa mit Angriffkriegsbereitschaft binnen fünf Tagen sowie die Rücknahme nationaler Bestimmungen, die der EU-Doktrin entgegenstehen. Da man den Weg eines intelligenten Humanismus und einer neuen Weltfriedenspolitik lediglich verbal – in einer frommen Präambel – bemüht, können die USA anhaltend proklamieren, sie ermöglichten mit ihrer »einzigartigen militärischen Stärke« überhaupt erst die in Europa anvisierte Epoche ziviler Konfliktregelung.[30]

Es fehlen in Gesellschaft und Politik offenkundig die Antriebe für eine rationale Alternative im Dienst des Weltfriedens. Allzu sehr entsprechen militärische Phantasien den Dogmen der herrschenden Wirtschaftsideologie, die sich in fundamentalistischer Weise alternativlos gibt und den denkbar krassesten Gegensatz zu einer solidarischen Weltgesellschaft hervorbringt. Dem Kriegsgott Mars freilich kann die Vernunft allein nicht wehren, wenn ihr nicht die – im neoliberalen Feuilleton belächelte – Venus zur Seite tritt. Tiefgreifender noch als die unverzichtbare völkerrechtliche Sicht ist eine *lebendige Auffassung von Weltbürgertum*, wie sie nachfühlbar die Autoren der Charta der Vereinten Nationen und der Allgemeinen Menschenrechtsdeklaration geleitet hat. Dass ein Staat Kriegspropaganda verbietet und selbst unterlässt, ist an sich bereits 1945 durch die zivilisierte Völkergemeinschaft als Selbstverständlichkeit abgehandelt. Wäre seitdem nur ein Bruchteil des weltweiten Flaggenstoffs zu Symbolen globaler Partnerschaft statt zu nationalen Fetischen verarbeitet worden, stünde es wohl besser um die damals proklamierten Ideale. Wesentlich ist auch, wie Bewegungen der Gesellschaft, Gemeinwesen oder Regierungen die öffentliche Kultur positiv im Dienste des friedlichen und solidarischen Zusammenlebens der Völker prägen. Das entsprechende Gebot einer dialogischen Weltkultur ist in Kants Verständnis von Zivilisation enthalten.

Anmerkungen

[1] Zitiert nach: *Arbeiter-Fotografie – Forum für Engagierte Fotografie.* 25. Jahrgang, Heft 89, 2002. – Aktuell wie nie zuvor ist Einsteins Einspruch aus dem Jahr 1932: »Es gäbe genug Geld, genug Arbeit, genug zu essen, wenn wir die Reichtümer dieser Welt richtig verteilen würden, statt uns zu Sklaven starrer Wirtschaftsdoktrinen oder -traditionen zu machen. Vor allem aber dürfen wir nicht zulassen, dass unsere Gedanken und Bemühungen von konstruktiver Arbeit abgehalten und für die Vorbereitung eines neuen Krieges missbraucht werden. Ich bin der Meinung wie der große Amerikaner Benjamin Franklin, der sagte: ›es hat niemals einen guten Krieg und niemals einen schlechten Frieden gegeben.‹ [...] Was für eine Welt könnten wir uns bauen, wenn wir die Kräfte, die einen Krieg entfesseln, für den Aufbau einsetzten. Ein Zehntel der Energien, die die kriegsführenden Nationen im Weltkrieg verbraucht, ein Bruchteil des Geldes, das sie mit Handgranaten und Giftgasen verpulvert haben, wäre hinreichend, um den Menschen aller Länder zu einem menschenwürdigen Leben zu verhelfen sowie die Katastrophe der Arbeitslosigkeit in der Welt zu verhindern.«

I. Was Immanuel Kant nicht ahnte

(Zitiert nach: http://www.frieden-und-zukunft.de/netzwerk/)

2   Die christliche Bibel schreibt Jesus ausdrücklich eine *positiv* gewendete Version der Goldenen Regel zu: »Alles, was ihr also von anderen erwartet, das tut auch ihr ihnen! Darin besteht das Gesetz und die Propheten.« (Matthäus 7,12) Mit Blick auf ein gegenseitiges Gunsterweis-System im Zusammenleben heißt es: »Wenn ihr nämlich nur die liebt, die euch lieben, welchen Lohn könnt ihr dafür erwarten? Tun das nicht auch die Zöllner? Und wenn ihr nur eure Brüder grüßt, was tut ihr damit Besonderes?« (Matthäus 5,46f.). – Bereits Jahrhunderte vor Jesus (Matthäus 5,43; Lukas 6,27-36) und Paulus (Römer 12,17 und 12,21) hatte in China Laotse speziell auch das Konzept eines »Kampfes gegen böse Feinde« abgelehnt: »Zu den Guten bin ich gut, zu den Nichtguten bin ich auch gut; denn das Leben ist die Güte.«

3   Vgl. zu Kant: *Bastian* 2003 und *Eberl* 2004. – Zum Ideal des »demokratischen Friedens«: *Harald Müller* 2002 und 2003; *Deiseroth* 2004, 5f. (mit weiterführenden Literaturangaben). – Kants Schrift im Internet: *Immanuel Kant: Zum ewigen Frieden. Ein philosophischer Entwurf* (1795) http://www.uni-kassel.de/fb10/frieden/themen/Theorie/kant.html. – Zur rationalistischen Überschätzung des Intellekts als Friedenskraft vgl. die Arbeiten von Horst-Eberhard *Richter* (2001/2002), knapp in: *Richter* 2004.

4   Im Gegensatz zum Briand-Kellog-Pakt und der späteren UN-Charta kannte die Satzung des Völkerbundes noch ein Recht zum Krieg als »ulitama ratio« der Konfliktlösung. US-Präsident Woodrow Wilson gehörte zu den Initiatoren des Völkerbundes, die Vereinigten Staaten selbst traten ihm jedoch nicht bei. Zu Wilsons »progressivistischer Friedensordnung« sowie zur Verweigerung besonders der Republikaner im Kongress gegenüber der Völkerbund-Bestimmung des Versailler Vertrages vgl. Klaus Schwabe in: *Lösche/Loeffelholz* 2004, 109-121. Historisch gesehen kann schon der »US-Internationalismus« des frühen 20. Jahrhunderts keineswegs nur unter den Gesichtspunkten Integrität und Uneigennützigkeit betrachtet werden. Trotz der Verdienste um die UNO unter Roosevelts Präsidentschaft kam es zudem hinsichtlich der UN-Charta zu erheblichen Übersetzungsproblemen innerhalb der USA (vgl. *Deiseroth* 2004, 77).

5   Hans Vorländer (in: *Lösche/Loeffelholz* 2004, 296) schreibt über die Bürger der Vereinigten Staaten: »Von kurzen historischen Phasen abgesehen hat es seit den 1960er-Jahren immer eine breite (Zweidrittel-)Mehrheit gegeben, die eine Kooperation zwischen den USA und den Vereinigten Nationen wünscht.«

6   Vgl. mit Blick auf den völkerrechtswidrigen Irakkrieg 2003 zur möglichen »Stärkung des Völkerrechts durch Anrufung des Internationalen Gerichtshofes« die von *Deiseroth* 2004 entwickelte Perspektive.

7   »Vor Washingtons illegaler Invasion des Iraks hat eine internationale Gallup-Umfrage gezeigt, dass die Unterstützung für einen im Alleingang durchgeführten Krieg in keinem einzigen europäischen Land mehr als 11 Prozent betrug. Am 15. Februar 2003 gingen nur wenige Wochen vor der Invasion mehr als zehn Millionen Menschen auf verschiedenen Kontinenten gegen den Krieg auf die Straße, auch in Nordamerika.« (*Roy* 2004.) – Inzwischen sind auch in den USA die Kriegskritiker in der Mehrzahl. Nach einer Umfrage von ABC News und Washington Post vom Dezember 2004 meinten 56 Prozent der Befragten, die Kosten des Irak-Krieges seien höher als dessen Nutzen.

8   Im Sinne der Montesquieuschen Gewaltenteilungslehre und der Aufklärung lag namentlich den Vätern der US-Verfassung daran, allein den Volksvertretern das Recht zur Kriegserklärung vorzubehalten. (Vgl. *Deiseroth* 2004, 17-19, 26.)

9   Artikel 23 und 24 des Grundgesetzes verweisen zudem auf die Relativität nationaler Hoheitsrechte und erklären einen Vorrang der Internationalen Rechtsordnung. – Das strikte Gewaltverbot (Art. 2 der UN-Charta) stellt »nach Rechtsprechung des Internationalen

Gerichtshofs einen Bestandteil des völkerrechtlichen Gewohnheitsrechts dar« und gehört, so *Deiseroth* 2004, 44, »nach Art. 25 GG zu den ›allgemeinen Regeln des Völkerrechts‹, die nach dieser Verfassungsnorm ›Bestandteil des Bundesrechts‹ sind, den innerstaatlichen Gesetzen ›vorgehen‹ sowie ›Rechte und Pflichten unmittelbar für die Bewohner des Bundesgebietes erzeugen‹, damit also auch als deutschen Amtsinhaber.«

10 Zur verfassungsmäßig verankerten Neutralität Österreichs, die von den meisten Bürgern der Republik als zentrales Identitätsmerkmal angesehen wird, gehören explizit das Fernbleiben von allen Militärbündnissen und der Ausschluss fremder Truppen vom eigenen Territorium.

11 Den strukturellen Zusammenhang mit dem ersten US-Verfassungszusatz betont an dieser Stelle US-Journalist Dave Robb, ein Kritiker der *selektiven* Filmförderung des Pentagons: »Ein Filmemacher hat das Recht auf freie Meinungsäußerung und die amerikanische Öffentlichkeit hat das Recht, diese freie Meinungsäußerung auch zu hören. Wenn also einem Produzenten dieses Recht verweigert wird, weil er die nötige Unterstützung für seinen Film nicht erhält, kann das Publikum diesen Film nicht sehen. Der Punkt ist also nicht nur, dass sich jemand nicht frei äußern darf, sondern dass das Publikum nicht hören darf, was er sagt.« (Zitiert nach dem Dokumentarfilm: OPÉRATION HOLLYWOOD, Frankreich 2004.)

12 Diese Funktion der Supermacht stellt dar: *Schuhler* 2003. – Zur Diskussion über den »neuen Imperialismus« vgl. als guten Überblick: *Deppe* u. a. 2004.

13 Der EU-Verfassungsvertrag bekennt sich z. B. an keiner Stelle im Klartext zur völkerrechtlichen Ächtung des Angriffskrieges, bezieht sich (im Grunde schwächer als der NATO-Vertrag) nur »prinzipiell« auf die UN-Charta und spricht stattdessen vieldeutig von einer »Weiterentwicklung des Völkerrechts«.

14 Neben dem Kyoto-Protokoll nahezu alle internationalen Initiativen und Verträge zur Rüstungskontrolle, zur Ächtung von ABC-Waffen und Landminen und zur Internationalen Strafgerichtsbarkeit. Die USA wendeten sich 2002 auch gegen das UN-Zusatzprotokoll zur Durchsetzung der – auch von ihnen ratifizierten – UN-Konvention »gegen Folter und andere grausame, unmenschliche oder erniedrigende Behandlung oder Strafe« (Prävention, internationale Finanzierung und Entsendung unabhängiger Beobachter in Gefängnisse etc.). – Dazu meinte Ex-Präsident Jimmy Carter am 5.9.2002: »Wir haben unsere Missachtung der restlichen Welt auch gezeigt, indem wir aus mühsam vereinbarten internationalen Abkommen ausgestiegen sind. Verträge über Rüstungskontrolle, Konventionen über biologische Waffen, Umweltabkommen und Vereinbarungen, mit denen die Folterung und Bestrafung von Kriegsgefangenen verhindert werden soll – all das haben wir nicht nur abgelehnt, sondern auch all jene bedroht, die an diesen Abkommen festhalten. Diese ganze einseitige Politik isoliert die Vereinigten Staaten immer mehr von den Nationen, die wir brauchen, um den Terrorismus zu bekämpfen.« (*Carter* 2002.)

15 Vgl. *Chomsky* 2001, 85-89, bes. 88.

16 Vgl. *Rupp* 2004: »In der Periode 1999-2002 war Deutschland mit einem Marktanteil von 15,7 Prozent (1,6 Milliarden Dollar) der größte Waffenexporteur nach Afrika.« 2003 konnte die deutsche Rüstungsindustrie ihre weltweiten Exporte gegenüber dem Vorjahr insgesamt um 50 Prozent steigern! (Rüstungsexportbericht der Bundesregierung, vorgestellt am 31.11.2004). Vgl. dazu auch die alternativen Informationen der Gemeinsamen Konferenz Kirche und Entwicklung (GKKE): www.gkke.org. Der Widerspruch der Waffenexporte z. B. in den Nahen Osten zu den geltenden Richtlinien der rot-grünen Regierung ist seit Jahren so eklatant, dass die Grünen-Sprecherin Angelika Beer mangels Erklärungen bei einem laufenden Fernsehinterview das Gespräch abbrach und vor der Kamera flüchtete.

17 So *Leidinger* 2003, 231.

18 Vgl. z.B. folgenden Überblick: *Die Privatisierung von Krieg Teil 1. und 2.* (Procontr@ nach

I. Was Immanuel Kant nicht ahnte

LE MONDE diplomatique: Nov.2004). In: Indymedia 14.11.2004. http://de.indymedia. org/2004/11/98887.shtml . Zur schleichenden Privatisierung des Militärs: SÖLDNER – EIN BERUF MIT ZUKUNFT, Schweiz 2004, Reportage von Jean-Philippe Ceppi, Michel Heininger (Erstausstrahlung 15.2.2005, Arte TV); im Actionkino z.b. MEN OF WAR (1993).
[19] Die BAYER-Konzerntochter H.C. STARCK macht z. B. Coltan-Geschäfte mit Bürgerkriegsparteien im Kongo.
[20] Zitiert nach: *Prokop* 2002, 47.
[21] Vgl. *Geißler* 2004.
[22] Darauf verweist Gore Vidal; zitiert nach: *Fuchs* 2003, 29.
[23] Die offene Repression gegen Beschäftigte ist nicht zu vernachlässigen. »Mehrere US-amerikanische Zeitungsjournalisten wurden von ihren Verlegern wegen ihrer Kritik an der Kriegsführung der US-Regierung fristlos entlassen.« (*Becker* 2002.) Auch der Existenzdruck freischaffender Journalisten und die Arbeitslosenzahlen im Bereich der Publizistik verweisen auf die ökonomischen Rahmenbedingungen, in denen sich die Ideale einer »freien Informationsgesellschaft« derzeit bewegen. Aufwendige Recherchen und seriöse Beiträge rangieren überdies im kommerziellen Mediengeschäft ganz unten auf der Nachfrage-Skala.
[24] Für Deutschland hat sich besonders der Axel-Springer-Verlag nach dem Elften Neunten hervorgetan. »Alle Mitarbeiter dieses Medienkonzerns müssen in Zukunft schriftlich erklären, dass sie auch mit der folgenden Vorgabe einverstanden sind, nämlich der ›Unterstützung des transatlantischen Bündnisses und der Solidarität in der freiheitlichen Wertegemeinschaft mit den Vereinigten Staaten von Amerika‹.« (*Becker* 2002.)
[25] »Als explizite Reaktion auf ›unpatriotische‹ Reden von TV-Moderator Bill Maher in der ABC-Talkshow zogen zwei werbetreibende Firmen ihre Werbespots zurück.« (*Becker* 2002.) Nach *Stolte* 2004, 24 beläuft sich der us-amerikanische Fernsehanzeigenmarkt auf 40 Milliarden Dollar. – In Deutschland gibt es analoge Vorgänge. Aldi Süd stornierte z. B. im März 2004 – zeitlich nach kritischen Berichten der Süddeutschen Zeitung über Arbeitsbedingungen und Wahlbehinderungen bei Betriebsratsgründungen – Anzeigenaufträge im Volumen von 1,5 Millionen Euro. Im Frühjahr 2001 hatte bereits die Lufthansa nach kritischer Berichterstattung ihre 20.000 Bordexemplare der SZ abbestellt.
[26] Vgl. dazu, ebenfalls noch unentschieden: *Krempl* 2003/2004b; positiv bewertet *Vahl* 2004, 58 das Maß der Gegenaufklärung in den USA durch neue Medien.
[27] Vgl. dazu Hans J. Kleinsteuber in: *Lösche/Loeffelholz* 2004, 390f. (Zwar betrachtet der Oberste Gerichtshof der USA die Presse ebenfalls als Grundpfeiler der Demokratie, daraus leitet er jedoch ganz unbekümmert ein »Marktmodell der Pressefreiheit« ab.)
[28] Vgl. dazu das Gespräch mit Thomas Frank in: *Fuchs* 2003, 133.
[29] Vgl. dazu aus Sicht der Rechtswissenschaft die wichtige Arbeit von *Deiseroth* 2002 über einen Fall von Maßregelung nach der kritischen Berichterstattung eines SWF-Rundfunkredakteurs im Zusammenhang mit dem Jugoslawienkrieg (hier ohne Fußnoten): »Die erfolgte negative arbeitgeberseitige Sanktionierung der Meinungsäußerungsfreiheit des Redakteurs kann auch nicht auf die grundrechtlich geschützte Rundfunkfreiheit für Rundfunkanstalt gestützt werden. Träger des Grundrechts der Rundfunkfreiheit sind alle natürlichen und juristischen Personen, die Rundfunk veranstalten oder veranstalten wollen, mithin auch die hier in Rede stehende Rundfunkanstalt. Nach außen, insbesondere gegenüber staatlichen Eingriffen, sind aber auch alle Mitarbeiterinnen und Mitarbeiter im Rahmen ihrer programmbezogenen Rolle als Träger der Rundfunkfreiheit geschützt. Ob sich Journalisten und Redakteure (beiderlei Geschlechts) innerhalb einer Rundfunkanstalt auch gegenüber ihrem Arbeitgeber auf die sog. innere Rundfunkfreiheit berufen können, ist im Fachschrifttum zwar umstritten. – Bereits aus dem Wortlaut des (inpersonalen) Grundrechts des Art.

I. Was Immanuel Kant nicht ahnte

5 Abs. 1 S. 2 Alt. 2 GG folgt der Gegenstand der Grundrechtsgewährleistung: ›die Freiheit der Berichterstattung durch Rundfunk‹. ›Rundfunkfreiheit‹ als Grundrecht ist – ähnlich wie ›Demokratie‹ als Verfassungsnorm – eine rechtsverbindliche Zielproklamierung. Sie ist nicht auf eine Freiheit des jeweiligen Rundfunkveranstalters reduziert. Die Rundfunkfreiheit ist nicht bereits dann gewährleistet, wenn die ›Hausspitze‹ frei ist. Vielmehr müssen die Strukturen der Rundfunkanstalt und der Prozess des Rundfunkmachens dem Freiheitsgebot entsprechen. Die durch Art. 5 Abs. 1 S. 2 Alt. 2 GG gewährleistete Freiheit des Rundfunks negiert gerade nicht die personalen Grundrechte der im Rundfunk Tätigen und stellt ihre Geltung nicht in Frage, insbesondere nicht deren Meinungsäußerungsfreiheit. Sie setzt sie voraus. [...] Bei der damit in jedem Falle vorzunehmenden Abwägung geht es nicht nur um die jeweiligen individuellen Interessen des Arbeitnehmers und denen des Arbeitgebers. Vielmehr muss dabei auch der Funktion der Meinungsfreiheit als Garantin eines offenen und pluralistischen Diskurses in einem demokratischen und sozialen Rechtsstaat (Art. 20 Abs. 1 GG) Rechnung getragen werden. Denn Art. 20 Abs.1 GG proklamiert und postuliert mit dem sowohl ›demokratischen‹ als auch ›sozialen‹ Staat die Entfaltung von Demokratie in der ›staatlichen‹ und in der ›gesellschaftlichen‹ Sphäre [...] Zwar ist sicherlich unbestreitbar, dass Meinungsäußerungen [...] primär ›im Interesse der Persönlichkeitsentfaltung des Einzelnen‹ geschützt sind. Daneben ist aber für die Meinungsäußerungsfreiheit (ebenso wie für die anderen Kommunikationsgrundrechte) kennzeichnend, dass sie eben konstitutiv für eine freiheitliche und demokratische Staats- und Gesellschaftsordnung sind, da sie erst die geistige Auseinandersetzung ermöglichen, die das Lebenselement einer demokratischen Staats- und Gesellschaftsordnung bildet.« – *Flores d'Arcais* 2005 meint angesichts des Abbaus der liberalen Demokratie: »Deshalb müssen wir in der Verfassung Normen verankern, die ein unparteiliches Informationssystem fördern [...] Darüber hinaus sollten wir alles tun, eine kritische und nachdenkliche Kultur auf ganzer Breite zu ermöglichen, und alles zurückdrängen, was unsere Intelligenz dem Konformismus ausliefert.«

30 Vgl. zu dieser US-Argumentation exemplarisch *Kagan* 2002: »Aufgrund ihrer einzigartigen militärischen Stärke sind die Amerikaner viel eher geneigt, Gewalt anzuwenden, und haben deshalb auch ein festeres Vertrauen in die moralische Legitimität ihrer Macht. [...] Wer machtpolitisch in der Lage ist, Unilateralismus zu praktizieren, für den ist er zwangsläufig attraktiver. [...] Auch heute kann sich Europa die Ablehnung von Machtpolitik nur leisten, weil die USA bereit sind, eben diese überall in der Welt zu praktizieren und sich Kräften entgegenzustellen, die ebenfalls noch an Machtpolitik glauben. Europas kantianische Weltordnung hängt von einem Amerika ab, das Macht nach den Regeln von Hobbes einsetzt.« – Zum Auseinanderklaffen erklärter europäischer »Ideale« und real existierender EU-Politik vgl. *Neuber* 2003, *Ruf* 2004, *Strutynski* 2004, *IMI* 2004; zur nochmaligen »Nachrüstung« der EU-Verfassung Mitte 2004 vgl. *Wolf* 2004. – Die österreichischen »Friedenswerkstatt Linz« skizziert folgenden »EU-Fahrplan zur Kriegsfähigkeit«, den die EU-Verteidigungsminister bei ihrem Rat im März 2004 mit ihrem Head-Line Goal 2004 beschlossen haben: »2004: Einrichtung einer zivil-militärischen Planungsstelle zur Vorbereitung eines Einsatzkommandos; 2004: Europäische Rüstungsagentur [inzwischen umgetauft in ›Verteidigungsagentur‹]; 2005: Europäische Lufttransportkapazitäten und Europäisches Lufttransportkommando; 2007: Europäische Schlachtgruppen (bis zu 9 Schlachtgruppen in Bataillonstärke – 1500 Mann, Einsetzbarkeit spezialisiert jeweils auf die unterschiedlichen klimatischen und geographischen Besonderheiten innerhalb von 5 bis 30 Tagen); 2008: Verfügbarkeit eines Flugzeugträgers mit Begleitschiffen; 2010: Einheitliches EU Kommando für globale Militärinterventionen (boden- und weltraumgestützt), Verbindung aller Kommunikationswege.« (Quelle: Institute for security studies, Juli 2004, »the head-line goal«, http://www.iss-eu.org).

II. Kultur des Todes: Medien, Unterhaltungsindustrie und Krieg

»*Selling a conflict – the ultimate PR challenge.*«[1] NATO-Sprecher Jamie Shea

»*Was mache ich denn? Ich singe ein Lied! Was wollt ihr denn? Das ist doch nichts Böses, ein Lied zu singen!*«[2] Lale Anderson in Fassbinders Film LILI MARLEEN (BRD 1980)

Die Indienstnahme von Wort, Musik und Bild für Kriegspropaganda ist kein neues Phänomen. Die Geschichte dieser Instrumentalisierung ist vielmehr so alt wie das jeweils benutzte Medium: Rede und Dichtung, Theater, Architektur, Bildkunst in Skulptur, Ölgemälde oder Karikatur, schließlich Buch, Flugschrift bzw. Zeitung, Foto, Radio, Film, Mailings usw. – 1894 kommt es zur ersten Leinwandprojektion laufender Bilder. Als Geburtsstunde des Kriegsfilms gilt danach »der 90sekündige, fiktive Propagandafilm TEARING DOWN THE SPANISH FLAG von 1898, der US-Soldaten zeigt, die in Havanna die spanische Flagge einholen, um die US-amerikanische zu hissen.«[3] Namentlich das Kino läuft als Propagandamaschine für militärischen Massenmord in zwei Weltkriegen zur Höchstform auf – vor allem auch durch deutsche »Pionierleistungen«[4]. Im Zeitalter der elektronischen Medien und der globalen Satelliten-Kommunikation begegnen uns schier unvorstellbare Quantitäten und Qualitäten einer öffentlichen Mobilisierung zum Krieg. Sie betreffen die Rolle der Informationsmedien sowie die massenwirksame Vermittlung von militärischen Konzepten und Szenarien durch elektronische Computerspiele und *alle* anderen Unterhaltungsmedien.

1. Informationsmedien im Krieg

»*In Kriegszeiten ist das Versäumnis zu lügen eine Nachlässigkeit, das Bezweifeln einer Lüge ein Vergehen und die Erklärung der Wahrheit ein Verbrechen.*« Lord Arthur Ponsonby: »Lügen in Kriegszeiten« (1928)

»*Es ist interessant, dass so viele unserer herausragenden Zeitungen beinahe zu Agenten oder Assistenten der Regierung geworden sind und ihre Politik weder anfechten, noch hinterfragen.*« US-Senator William Fulbright[5] (1966)

»*Man bekommt keinen Pullitzer-Preis dafür verliehen, dass man die grundlegenden Glaubenssätze des Imperiums in Frage stellt.*« Reese Erlich[6]

Der kritische Diskurs über Kriegs-Informationen und Informations-Kriege[7] hat wenig Aussicht, breite Bevölkerungskreise zu erreichen. Informieren müssten ja gerade jene Akteure, deren Drahtzieherschaft, Kollaboration oder Versagen im Kriegsfall zur Debatte steht. Schon oft hat man Vietnam als den letzten unzensierten Krieg bezeichnet. Nie wieder könne danach die kritische und wirkmächtige Funktion eines engagierten Journalismus vergleichbar zum Zuge kommen. Die blutigen Bilder von der wirklichen Kriegsfront und vom Leid ziviler Opfer würden seither ersetzt durch nichtssagende Schaubilder, grünlich flimmernde Fiktionen, aufbereitetes PR-Filmmaterial und verschwommene Videoaufnahmen aus Raketen, deren Ende die eigentlichen Explosionen nicht mehr erfassen.[8] Sind solche Beobachtungen nach der CNN-»Live-Berichterstattung« eines Peter Arnett aus Bagdad im Golfkrieg 1991 nicht obsolet? Haben nicht arabische Medien während des jüngsten Irak-Krieges zu einer bislang unbekannten Pluralität der Bilder beigetragen?

Der populäre Ausgangspunkt »Vietnam« für den Blick auf eine gewandelte Medienfunktion ist nur bedingt hilfreich.[9] Von einer wirklich kritischen Funktion der Medien während des Südostasienkrieges der USA, wie sie heroische Mediengeschichtsschreibung und der rechte Mythos von einem »Verrat an der Heimatfront« gleichermaßen behaupten, kann nicht die Rede sein. Bestenfalls ließe sich sagen, die regierungstreuen Zeitungen und Fernsehsender hätten zu hoch gepokert bei ihrer permanenten Verharmlosung des »Konflikts«. Das durch zumeist nachgestellte Filmaufnahmen erbaute Lügengebäude war bei einer direkten Kriegsbeteiligung von drei Millionen US-Amerikanern einfach nicht aufrecht zu erhalten. (Ausnahmen von der prinzipiellen Konformität gehen auf wenige mutige Journalisten zurück.) Unter Nixon wurden die Bombardierungen Südostasiens den Medien mit einigem Erfolg als präzise Operationen gegen militärische Ziele verkauft.[10] Allerdings hatten US-Politiker und Militärs noch »kein einheitliches Konzept für ihre Pressepolitik im Vietnam-Krieg und kontrollierten die Medien (trotz umfangreicher Zensurmaßnahmen) auch nicht vollständig. Besonders der Umstand, dass dies der erste Fernsehkrieg der Geschichte war, bereitete den Militärs Probleme.«[11] Diese Widrigkeiten neuer Übertragungstechniken und die Rahmenbedingungen für Journalismus insgesamt haben sich inzwischen geändert.

In den Vereinigten Staaten ist die *Medienkonzentration* weit vorangeschritten.[12] Über 50 Prozent des Medienmarktes liegen in der Hand von zehn Konzernen. Die Bush-Regierung hat – nach Grenzziehungen der Clinton-Ära – das Tor für eine noch dreistere Monopolisierung wieder geöffnet. Ein Handvoll Konzerne wie Murdoch (Fox, Fox News), Viacom (CBS), AOL/Time Warner, Walt Disney (ABC) oder General Electric (NBC) »informieren« den Riesenanteil der Bevölkerung, möglicherweise bald bis zu 90 Prozent. Selbst CNN-Gründer Ted Turner klagt: »Fünf Konzerne, die kontrollieren, was wir lesen, sehen und hören – das ist ungesund.« Der einzige »öffentlich-rechtliche« Sender PBS hat ein lächerliches Budget. Mühseliger investigativer Journalismus scheint, wie im Oktober 2003 die regionale US-Tageszeitung *The Toledo Blade* mit Recherchen über vertuschte Vietnam-Massaker von 1967 zeigte[13], zur Domäne der weniger großen Blätter zu werden. In zahlreichen Ländern versucht

II. Kultur des Todes

der Musiksender MTV des US-Konzerns Viacom, bei jungen Menschen Verständnis für US-Kriegspolitik zu wecken. (Die deutsche Sendetochter platzierte am 10.3.2003 allerdings demonstrativ einen Spot »War is not the answer« in ein entsprechendes Programm.[14]) Neben dem Rüstungsgiganten General Electric ist auch der Rüstungskonzern Westinghouse mit TV Cable Stations auf Sendung. Beiträge mit Kriegsoption sind, sofern nachgefragt wird, natürlich völlig unabhängig vom ökonomischen Interesse des Mutterkonzerns. Medienmonopole in der Hand von Rüstungsproduzenten, die gleichzeitig mit Ministern im Regierungsboot sitzen, sind vielleicht noch gefährlicher als solche, die – wie in Berlusconis Italien – dem Staatschef persönlich gehören. Nur wer die Interessen der Medieneigentümer übersieht, kann wirtschaftlichen Druck durch Anzeigenkunden, regelmäßige Auflagensteigerungen in Kriegszeiten, patriotische Selbstzensur, mangelndes Journalisten-Ethos, Konkurrenz der Echtzeitübertragung und andere Teilaspekte zu zentralen Ursachen der massenmedialen Kriegspropaganda erklären.[15] (Der Wunsch nach mehr Sendelizenzen und neuen Mediengesetzen kommt als Motiv für eine regierungsfreundliche Programmgestaltung hinzu. Privatwirtschaftliche Methodik der neuen Medienlandschaft und ökonomischer Druck auf freiberufliche Kriegsberichterstatter prägen hernach die Bilder. Man kann 1991 einen ölverschmierten Kormoran aus Jahre alten Archivaufnahmen über Kanada als Opfer Saddam Husseins präsentieren.[16] Das spart, wenn es ins Redaktionskonzept passt, Kosten! Auch das Leiden ist nach Dieter Prokop nicht teuer: »Blut im Fernsehen ist der billigste Rohstoff des Außergewöhnlichen, der auf dem Markt zu haben ist.«[17])

Bekannt ist Bismarcks Ausspruch: »Es wird nie so viel gelogen wie vor der Wahl, während des Krieges und nach der Jagd.« Entscheidend ist jedoch – wie die jüngsten US-Kriege in Afghanistan[18] und im Irak erneut belegen – die vorbereitende Funktion der Medien im Rahmen von Mobilisierungs- und Konsenskampagnen. Methodisch erfindet oder dramatisiert man Bedrohungen, verharmlost Risiken und Folgen eines Krieges und inszeniert schließlich nationale Geschlossenheit.[19] Mit allgegenwärtigen Flaggen-Logos, bellizistischen Slogans über die eigene Stärke und den teuflischen Feind, wehrertüchtigenden Songs oder militärfreundlichen Rahmenprogrammen (Army- und Waffenporträts) flankieren alle großen TV-Sender die Kriegspolitik der US-Regierung. Die Überschriften: Amerika schlägt zurück (ABC), ist auf der Hut (NBC), steht auf (CBS), ist vereint (Fox) und führt einen »neuen Krieg« (CNN). »Subversive« Friedensmusik – so »Imagine« von John Lennon oder aktuelle Songs des kriegskritischen Country-Trios »The Dixie Chicks« – kommt auf die Zensurliste der Radios und ist für MTV Tabu. Eine fürchterliche Massenmordwaffe wie die Splitterbombe BLU-82 erhält den schönen Namen »Daisy Cutter« (Gänseblümchen-Schnitter). Die militäramtliche Vokabel »Kollateralschaden« für tote Menschen liegt wieder parat. Während Zensurprogramme unanständige Wörter wie »Fuck« aus den US-Medien entfernen[20], freut sich Jon Scott von Fox News auf eine länderübergreifende Zusammenarbeit bei der »Vernichtung« von Menschen und fordert Steven Dunleavy von der New York Post: »Kill the bastards!«[21] Ein Reporter von Fox News Channel, dem größten Nachrichtensender der USA, vermeldet dann Ergebnisse der UNO-Mitarbeiter von Hans Blix folgendermaßen: »Schlechte Nachrichten: Die Waffeninspekteure haben keine Beweise gefunden.«[22] Offensiver Patriotismus schützt Journalisten bei all dem nicht nur vor Hetzkampagnen oder Entlassung, er bringt auch hohe Einschaltquoten.

Wie leistungsfähig die Angebote der Medienriesen in den Vereinigten Staaten sind, zeigt sich, wenn beim Einmarsch der US-Truppen im Irak 2003 (und später) ein hoher Prozentsatz der US-Amerikaner fest davon überzeugt ist, das Regime Saddam Husseins sei direkter Sponsor der islamistischen Netzwerke von Usama bin Laden (nach ABC 55 %), stecke hinter den mörderischen Terroranschlägen vom 11.9.2001 (nach CBS 42 %; Washington Post-Umfrage vom September 2003: 69 %; Umfrage der Universität Maryland vom April 2004: 57 %) oder stelle mit seinem Regime unmittelbar eine *nukleare* Bedrohung für die USA dar. Die Wahrscheinlichkeit, dass z. B. die zahlreichen Stammseher von FOX auf derlei absurden Annahmen auch dauerhaft beharren, liegt vier Mal höher als bei Nutzern von nicht-kommerziellen Medien.[23] Die Bush-Administration, so wird man rückblickend sagen müssen, lebt förmlich von der Etablierung der von ihr lancierten »Narrativs« zum »11. September«.[24] Eine vom 5. bis 11. August 2004 durchgeführte Studie des »Program on International Policy Attitudes« (PIPA) zeigt, dass auch nach dem Bericht der Untersuchungskommission des Senats vom Juli 2004 noch immer 40 % der US-Bevölkerung glauben, Experten stützten die These einer Irak-Al-Kaida-Verbindung.[25] Derweil lässt der Kabel-Gigant Fox-News noch immer sämtliche Irak-Berichterstattungen »von einem blutrot unterlegten Logo mit der Schlagzeile *War on Terror*«[26] einrahmen.

Dass die US-Amerikaner bei all dem von der Außenwahrnehmung ihres Landes und ihrer Regierung durch den Rest der Welt fast völlig abgeschirmt sind, ist durch ein Selbstbild zu erklären, das die großen Massenmedien konstruieren.[27] Doch die Menschen in den Vereinigten Staaten erfahren auch nicht, was die zahlreichen Abweichler im eigenen Land denken.[28]

Alle Medien verbreiteten den Pro-Kriegs-Brief von 60 Intellektuellen vom Februar 2002. Die 4.000 Unterzeichner von »Not in our name« (Herbst 2002), die 14.000 Intellektuellen der Petition gegen den Irakkrieg (März 2003), Senator Robert Byrd oder Schauspieler Sean Penn mussten bei den großen Zeitungen unglaublich teure Anzeigenseiten kaufen, um überhaupt zu Wort zu kommen. Gegen Kriegsgegner aus Hollywood wie Tim Robbins, Susan Saradon, Barbara Streisand oder Martin Sheen hetzte die Boulevardpresse ihre Leser auf.[29] – Im Marionettenfilm TEAM AMERICA: WORLD POLICE (USA 2004) sorgen Kulturmacher der säkularen US-Rechten dafür, dass ein Dutzend prominenter Kritiker aus Hollywood wegen ihrer unamerikanischen Umtriebe exekutiert wird. – »Dummheit«, so meinte Alexander Mitscherlich,

II. Kultur des Todes

»wird gewünscht, wo nachweislich Information unterschlagen und Selbstentfaltung durch einschüchternde Tabus verhindert wird.«[30]

Am Anfang stehen immer wieder aufs Neue Inszenierungen wie die Kuwait-Brutkastenlüge zum Golfkrieg 1990/91, welche die dafür mit fast 11 Millionen Dollar bezahlte PR-Agentur Hill & Knowlton für Fernsehen, ein halbes Dutzend Präsidentenreden und einen erweiterten Auftritt bei der UNO aufwendig produzierte. Sie sind erfolgreich, weil Journalisten auf die *naheliegendsten* Rückfragen verzichten. Sie werden – so zehn Jahre später auf HBO und im ZDF der fingierte dreihundertzwölffache Frühgeborenenmord durch irakische Soldaten – auch nach ihrer Enttarnung noch unkommentiert verbreitet.[31] Zeitnah werden zumeist nur Accessoires entlarvt, etwa Dinge in der Art eines Plastik-Truthahnbratens beim Truppenbesuch von US-Präsident Bush im Irak. Dass Reuters-Kameras beim inszenierten Sturz der Saddam-Statue in Bagdad ein gestelltes Setting, Jubel-Ausstattungen und ganze 150 Teilnehmer im Gesamtbild erfassten, darunter »im US-Sold stehende Exiliraker« aus dem Umkreis von Ahmed Chalabi, beeinträchtigt den beabsichtigten Effekt dieser Symbolhandlung nicht im geringsten. Bezogen auf den schon Jahre zuvor geplanten Irakkrieg 2003 ist die Aufdeckung dilettantischer oder frei erfundener Quellen für Kriegslügen der US-amerikanischen und britischen Regierungen keineswegs Gegenbeweis für eine funktionierende Weltpresse.[32] Blätter rund um den Globus transportierten die Hysterie über irakische Massenvernichtungswaffen, und die US-Administration ließ post bellum gänzlich unbekümmert verlauten, dieses Thema sei sozusagen die bequemste Begründung für das geplante Kriegsunternehmen gewesen. Der stellvertretende Verteidigungsminister Paul Wolfowitz bemerkte Mitte 2003 lapidar: »Der wichtigste Unterschied [zu Nordkorea] ist, dass wir wirtschaftlich einfach keine Wahl im Irak hatten. Das Land schwimmt auf einem Meer von Öl.«[33] Bekümmerter gestand Außenminister Colin Powell im April 2004, dem UN-Sicherheitsrat am 5.2.2003 unsolide Beweise präsentiert zu haben.[34] (Vor dem vermeintlichen Sieg 2003 hatte Powell versichert: »Wir Amerikaner sind nicht kriegslüstern. Einen Krieg zu führen widerstrebt uns zutiefst.«[35])

Als die Medien ab April 2004 endlich *einzelne* Fälle von Folter und Missbrauch auf Seiten der britischen und US-amerikanischen Army veröffentlichten, hatten Menschenrechtsorganisationen – allerdings ohne Boulevard-freundliche Illustrationen – schon über zwei Jahre (!) lang auf neue Folter-Doktrinen der US-Administration hingewiesen und eine Untersuchung von Menschenrechtsverstößen auf allen »Antiterror-Kriegsschauplätzen« verlangt. Erneut stürzte man sich wie während des Vietnamkrieges auf spektakuläres Bildmaterial, das nach dem Vorpreschen einzelner Quertreiber nicht mehr zu unterdrücken war. (Über die wahren Zahlen der in Afghanistan und im Irak getöteten Zivilisten schweigt die Presse weiterhin – zugunsten von auf ein Zehntel reduzierten Statistiken.) Über die fehlende Kontrollfunktion der US-Presse speziell auch beim Thema Folter bemerkte Nobelpreisträger Joseph E. Stiglitz im Juni

II. Kultur des Todes

2004: »Warum weigerte sich CBS, Informationen von zentraler Bedeutung für die Öffentlichkeit zu veröffentlichen? Man hätte schon vor Monaten von den Misshandlungen berichten sollen. Amnesty International veranstaltete im Juli 2003 in Bagdad eine Pressekonferenz zu diesem Thema. Und während die Bilder und Berichte über Abu Ghraib in europäischen und anderen Zeitungen auf den Titelseiten erschienen, wurden sie in amerikanischen Zeitungen, einschließlich führender Medien wie *The New York Times*, zunächst totgeschwiegen.«[36]

Der so genannte Tonking-Zwischenfall (angeblicher *zweifacher* Beschuss der US-Marine durch Nordvietnam) wurde 1964 für eine offensichtlich gewollte Eskalation in Vietnam und zur Irreführung des US-Kongresses einfach behauptet, denn eine Kamera hätte nur feindliche Fische aufnehmen können.[37] Heute aber können Public-Relations-Dienstleister – unter Einbeziehung digitaler Hochleistungstechnik – nahezu jede »Wirklichkeit« für den Bildschirm herstellen, denn eine Objektivität des Fotodokuments gibt es im Photoshop-Zeitalter nicht mehr.[38] Wir sehen Kriege, die es gar nicht gibt, und haben von Kriegen, in denen jenseits der Medienfront wirkliches Blut fließt, noch nicht einmal etwas gehört. Barry Levinson, dessen herausragenden Film WAG THE DOG (USA 1997) ich im Zusammenhang mit diesen »Weltbild-Produktionen« im ersten Teil meiner Hollywood-Studien ausführlich vorstelle[39], wünscht sich einen umfassenden »reality check«. Noam Chomsky fordert die Bürger demokratischer Gesellschaften auf, »Kurse für geistige Selbstverteidigung« zu besuchen, »um sich gegen Manipulation und Kontrolle wehren zu können«.[40]

Die Aufblähung der Berichterstattung über den Irakkrieg 2003 mit nichtssagenden Live-Berichterstattungen hat den Mangel an ungefiltertem Material in den Redaktionen illustriert.[41] Schon die Ausdehnung des selektiven Medienblicks auf 24 Stunden am Tag suggerierte den Zuschauern ein »Im-Bilde-sein«, obwohl Graphikflut und Filmclips vom Krieg rein gar nichts zeigten. (Das ganze wurde auch im bundesdeutschen Fernsehen exzessiv mit Studioeinladungen an sogenannte Militärexperten garniert. Diese durften dann ihre kriegsstrategischen Leidenschaften wichtigtuerisch zur Schau stellen.) Das umstrittene – eigentlich nur dem Namen nach neue – Pentagon-Konzept der etwa 600 »eingebetteten Journalisten« (embedded journalists), als *Korruption durch Nähe* inzwischen medienwissenschaftlich beleuchtet[42], ein infames Pooling-System bei der Auswahl unkritischer Journalisten, Maßnahmen wie das vorbereitende Media-Bootcamp auf der US-Militärbasis Quantico, die Instrumentalisierung von Frauen im Rahmen einer Gender-Medienstrategie[43] und die Rituale in den installierten Pressezentren sind nur einzelne Bausteine einer umfassenden Desinformationskampagne. (Offiziöse militärische Quellen der USA und Großbritanniens wurden in 1500 vermeintlich objektiven Kriegsberichten etwa zur Hälfte nicht genannt.[44]) Bettina Gaus mutmaßt, dass nach dem Ende der Sowjetunion heute immer weniger Anlass für die westlichen Systeme besteht, die eigene moralische Überlegenheit durch freie Presse und Information unter Beweis zu stellen. Ein Zitat von General

II. Kultur des Todes

Colin Powell, datiert vor Beginn des Golfkrieges 1991, benennt das, was auch im offiziellen Sprachgebrauch psychologische Kriegsführung heißt: »*Wenn alle Truppen in Bewegung sind und die Kommandeure an alles gedacht haben, richte deine Aufmerksamkeit auf das Fernsehen, denn du kannst die Schlacht gewinnen oder den Krieg verlieren, wenn du mit der Story nicht richtig umgehst.*«[45] In der öffentlichen Diskussion stehen seit Beginn der Operation »Enduring Freedom« die US-Schaltzentralen der »Public Diplomacy«.[46] Zu nennen sind hier u.a. die »Coalition Information Centers« (CIC) als Presseagenturen des Weißen Hauses, das zentrale »Office of Global Communications« (OGC), das nach einem Bericht der Londoner *Times* über einen Etat von 200 Millionen Dollar für den »PR blitz against Saddam Hussein« verfügte, und die Ende 2002 nur formal dementierten Pentagon-Pläne, öffentliche Meinung und Entscheidungsträger im Ausland (!) durch ein »Office of Strategic Influence« (OSI) gezielt zu beeinflussen. Der aufrichtige Verteidigungsminister »Rumsfeld bestätigte später in einem Interview, dass, obschon das OSI dem Namen nach nicht länger existiere, die Aufgaben, welche ihm zugedacht waren, nach wie vor erfüllt würden. [...] Nach wie vor arbeitet eine ganze Anzahl von Abteilungen und Gruppen an der Fortführung der Kampagne. Sie sind entweder der Regierung oder den Geheimdiensten unterstellt und stehen natürlich alle in enger Verbindung mit dem Pentagon.«[47] Ein geheimes »Office of Special Plans« soll seit August 2002 unter der Regie von Vizepräsident Dick Cheney die konstruierten Dossiers im Vorfeld des Irakkrieges – nach den Erfordernissen des militärischen Planungsstandes – verbreitet haben.[48] Zu den Kunststücken der Kampagne gehört u.a. die erfolgreiche Ablenkung von der Kontrolle über Rohstoffmärkte, die als »nationales Interesse« zur offiziellen US-Militärdoktrin gehört. Selbst US-kritische Autoren schrieben erstaunlich lange, es gehe im Irak in keiner Weise um Ölressourcen und ihre Verfügbarkeit.[49] Zum kostspieligen PR-Netzwerk für die muslimische Welt bemerkte schon 2001 Richard Holbrooke, ehemaliger UN-Botschafter der USA: »Nennen Sie es Public Diplomacy, Öffentlichkeitsarbeit, psychologische Kriegsführung oder plump Propaganda. Egal wie Sie es nennen, die Erklärung, worum es in diesem Krieg geht, in den Köpfen einer Milliarde Muslime zu verankern, wird ausschlaggebend und von historischer Bedeutung sein.«[50]

Außenpolitisch motivierte Propaganda bzw. staatlich finanzierte »manipulative« Fehlinformationen dürfen innerhalb der USA selbst allerdings nicht verbreitet werden, was in einer global vernetzten Welt absurd erscheint. »Der ›Smith-Mund-Act‹ von 1948 (ergänzt 1972 durch den ›Foreign-Relations Act‹) erlaubt zwar ausdrücklich außenpolitische Propaganda, verbietet aber genauso klar, diese auch in den USA zu verbreiten. Das ›Zorinsky Amendment‹ (1972) untersagt zudem die Nutzung staatlicher Budgets, um die öffentliche Meinung in den USA zu beeinflussen.«[51] Diese Gesetze verlieren in Zeiten der globalen Kommunikation natürlich ihre nach innen intendierte Schutzfunktion. – Bewusstsein von der Geltung der juristischen Bestimmungen und zugleich deren Relativität zeigte z. B. die Propaganda-Show »Let Poland

Be Poland« unter Präsident Reagan, weltweit und in den USA ausgestrahlt von der *Stimme Amerikas*: »Da die *Stimme Amerikas*, eine Propagandaagentur aus der Zeit des Zweiten Weltkrieges, nicht zu Ausstrahlungen innerhalb der Vereinigten Staaten berechtigt ist, musste der Fall im Kongress behandelt werden – der erteilte indes seine Zustimmung.«[52] Für 2003 berichtet Tobias Rapp, dass aufgrund des Smith-Mund-Act US-amerikanische Bürger sich einen vom US-Außenministerium finanzierten Literaturband »Writers On America – 15 Reflections« nur von der Homepage des Außenministeriums herunterladen können. Das illustriert, wie widersinnig die Unterscheidung zwischen außen- und innenpolitischer Propaganda im Zeitalter elektronischer Medien ist.[53]

Die Einbeziehung von Top-Leuten aus der PR-Branche in die diplomatische Öffentlichkeitsarbeit durch die US-Regierung hat im Fall der schon kurz nach dem 11.9.2001 zeitweilig verpflichteten Werbefachfrau Charlotte L. Beers und der bereits seit 1991 mit Aufträgen zum Thema »Irak« betrauten PR-Agentur Redon (u.a. im Rahmen der »Iraq Public Diplomacy Group«) öffentlich Beachtung gefunden.[54] (John Redon bezeichnet sich selbst als »Informationskrieger«.) Aber auch das sind nur Mosaiksteine eines PR-Apparates, der in den letzten vier Jahren eine Flut von massenmedialen Propagandaszenarien produziert hat.[55]

Die Eroberung der Köpfe und die Seelenvergiftung im Propagandakrieg ist auch Krieg. Einstweilen ist diese Form der Kriegführung wie eh und je lediglich eine Dienstleistung für das blutige Kriegshandwerk. Unverändert bedeutsam ist dabei die platte Zensur, die Eliminierung von Information. Am 15. Februar 2002 waren Straßen und U-Bahnen in New York vollgestopft mit Menschen, die sich am *globalen* Anti-Kriegs-Protest beteiligten; einige US-Sender sprachen danach von »Zehntausenden«.[56] – In Italien zeigte der staatlich-private Medienkomplex Berlusconis Anfang 2003 rein gar nichts von Hunderttausenden Friedensdemonstranten. – In den ersten drei Wochen des Irakkrieges kamen unter den US-amerikanischen Gesprächspartnern der TV-Nachrichten von ABC, CBS, NBC, Fox, CNN und PBS-NewsHour gerade mal zu *drei* Prozent Kriegsgegner zu Wort; in diesem Zeitraum gelangte allein die New Yorkerin Leslie Cagan als Stimme der Friedensbewegung *ein* Mal in die US-Abendnachrichten.[57] Eine New Yorker Medienuntersuchung fand heraus, dass von 267 geladenen US-amerikanischen TV-Studiogästen 199 für Regierung oder Militär arbeiteten oder gearbeitet hatten; darunter war *eine* einzige vorsichtig zweifelnde Stimme hinsichtlich des Irakkrieges.[58] Obwohl sich mit Dan Rather bereits Mitte 2002 einer der bekanntesten Fernsehmoderatoren der USA der regierungsfreundlichen Selbstzensur bezichtigt hatte[59], hält sich hartnäckig das von der Rechten schon lange gepflegte Klischee der »liberalen Medien«: 45 % der US-Bürger fanden Ende 2003 laut einer Gallup-Umfrage, dass die US-Medien *zu liberal* berichten![60] Die Selbstkritik der *New York Times* an der eigenen Irak-Berichterstattung illustrierte im Mai 2004 trotz ihrer Viertelherzigkeit eindrucksvoll das Gegenteil.[61] Monate später,

II. Kultur des Todes

am 12.8.2004, sah sich auch die *Washington Post* genötigt, in einem Beitrag »The Post on WMDs: An Inside Story« einzugestehen, eine einseitige und allzu regierungstreue Linie beim Thema Irak verfolgt zu haben.

Bereits der – unter deutscher Beteiligung geführte – Afghanistan-Krieg 2001/2002 hat gezeigt, wie abhängig die Informationsmedien letztlich von offiziellen Militär-Bulletins und vom aufbereiteten Bilderservice sind. Die eigentlichen Kriegsschauplätze waren durchweg kamerafreie Zonen. Unerwünschte Bilder wurden mit dem Ankauf des Satelliten Ikonos durch die US-Regierung ausgeschaltet. Nach Angaben der Financial Times Deutschland griff Sicherheitsberaterin Condoleezza Rice persönlich zum Telefonhörer, um die Verantwortlichen der Fernsehsender ABC, NBS, CNN und Fox News an ihre patriotischen Pflichten zu erinnern.[62] Sogar der als »liberal« geltende US-Medienmann Walter Isaacson verbot in einem Memo allen Reportern seines Hauses, afghanische Zivilopfer zu zeigen, weil er das mit Blick auf die New Yorker Terroropfer »pervers« fand. Der *Panama City News Herald* wies seine Leute in Florida an: »Benutzen Sie KEINE Fotos von zivilen Opfern amerikanischer Bomben auf Seite Eins. Benutzen Sie KEINE Agenturberichte, die mit zivilen Opfern anfangen. Wenn nötig, spielen Sie die Opfer herunter.«[63] In der Tat wird seit Vietnam noch stärker darauf geachtet, dass keine Bilder von zivilen Kriegsopfern die Illusion der humanitären Missionen, der Terroristenjagd am Boden (durch Bombenabwürfe aus mehreren tausend Metern Höhe) und des »chirurgisch« (!) präzisen High-Tech-Krieges zerstören. In Afghanistan hätten – von mehreren Tausend ermordeten *unbewaffneten* Taliban ganz abgesehen – Tausende tote Zivilisten die schöne Fernsehillusion zerstören können. – Schon im Golfkrieg 1991 waren unkontrollierte Pressekontakte mit der kämpfenden Truppe untersagt und die zulässigen Fragen der Pressekonferenzen festgelegt. Das globale Fernsehen präsentierte folgsam digitale Satelliten-Videos eines abstrakten Nintendo-Krieges. NBC-Chef Michael Gardner verhinderte die Sendung von *verfügbarem* Filmmaterial über Zivilopfer ... Es »bleibt der Golf-Krieg im kollektiven Gedächtnis der Amerikaner als Präzisionskrieg ohne zivile Opfer.« (Joshua Meyrowitz[64]) Auch für den Irakkrieg seit 2003 verfolgt man nicht die – faktisch stark untertreibende – Zivilopferseite www.iraqbodycount.net, sondern lieber das virtuelle Helden-Irak-Memorial der USA auf www.washingtonpost.com. Um den Vergleich mit Vietnam nicht eskalieren zu lassen, versucht die Bush-Administration, die Veröffentlichung von Bildern mit flaggengeschmückten Särgen toter US-Soldaten zu unterbinden.[65] Auch dazu gab es bereits im Golfkrieg 1991 regierungsamtliche Anweisungen. Die Kontrolle über Bilder mit US-amerikanischen Opfern scheint innenpolitisch sogar noch wichtiger zu sein als die Fiktion des zivilistenfreundlichen Krieges.

Auch der Abbau von Bürgerrechten in den USA durch den Patriot Act hat schwerwiegende Folgen für die Medienfreiheit: Die Zahl der mit Geheimhaltungsstempel versehenen Informationen ist z. B. rapide angestiegen, und investigative Journalisten müssen Informanten aus dem militärischen Bereich grundsätzlich nennen; die Geheimdienste hat Präsident Bush zum Schutz vor »unautorisierten Veröffentlichungen« mit weiteren Überwachungsmöglichkeiten bedacht; Journalisten berichten immer häufiger von Schikanen bei der Einreise in die Vereinigten Staaten.[66] Die National Security Agency (NSA) schärft seit April 2002 mit einer PR-Kampagne den US-Streitkräften ein: »Information security begins with you!« Man arbeitet, außer mit ausgefeilten Informationsnetzen, auch weiterhin mit Drohungen und Pressionen. In Afghanistan wurden Journalisten nach Beginn der US-Bombardierungen am 7. Oktober 2001 teilweise mit robusten Mitteln an der Ausübung ihres Berufes gehindert. Das einzige Pressebüro in Kabul gehörte al-Dschasira und wurde von einer US-Rakete zerstört. Im November 2002 spekulierte Bill Vann – mit Blick auf diesen Vorfall: »Sollten sich unabhängige Medien wie beispielsweise der arabische Sender Al Dschasira dieser Selbstzensur entziehen, dann ist es durchaus möglich, dass ihre Einrichtungen [im Irak] von Präzisionswaffen der USA getroffen werden.«[67] Eben dies traf erneut ein.

Die Zahl der auf Enduring-Freedom-Kriegsschauplätzen getöteten Journalisten ergibt nach Auskunft der »Reporter ohne Grenzen« einen traurigen Rekord. Im Januar 2004 legte die Nachrichtenagentur Reuters Beschwerde beim Pentagon ein, weil bei ihr beschäftigte irakische Journalisten nach Filmaufnahmen in Falludscha drei Tage lang grundlos festgehalten und mental wie körperlich misshandelt worden seien.[68] ... Die *geplanten* Einflussnahmen laufen freilich sublimer. Anfang 2004 warf der zurückgetretene Generaldirektor der BBC, Greg Dyke, dem britischen Premierminister Tony Blair vor, den Sender BBC bei der Berichterstattung über den Irak-Krieg »systematisch unter Druck gesetzt und eingeschüchtert« zu haben.[69] (Da viele US-Amerikaner BBC-Sendungen verfolgen, sind kritische Freiräume in diesem Medium auch dem größeren Partner der angelsächsischen Bündnisachse ein Dorn im Auge.) Um den Sendetermin eines brandheißen Berichts über die Folter irakischer Gefangener durch US-Soldaten hinauszuzögern, intervenierte im April 2004 US-Generalstabschef Richard Myers persönlich bei CBS und war erfolgreich.[70] Der Import der Pressefreiheit in die islamische Welt wirkt so überzeugend, dass im Frühjahr 2004 der Chefredakteur Ismail Zair der von den USA finanzierten irakischen Zeitung Al Sabah und zahlreiche seiner Mitarbeiter aus Protest gegen Einmischungen des Pentagon die Redaktion verließen.[71] Die Meldungen über staatliches Informationsdesign in den USA selbst sind Ende 2004 nach wie vor sehr beunruhigend.[72]

Noam Chomsky hat in seinem Buch »Media Control« aufgezeigt, mit welchen absurden Gegenbeispielen empirische Studien über gleichgeschaltete Medien entkräftet werden sollen. Für jedes fragliche Faktum sucht man z. B. einfach einen mehr oder weniger beliebigen Veröffentlichungsort bzw. Veröffentlichungszeitpunkt, und schon ist die Objektivität hergestellt. An Tatsachen und Zusammenhängen ist diese Art von Positivismus nicht mehr interessiert.

II. Kultur des Todes

Um den Eindruck zu entkräften, die von Chomsky geschilderten Verhältnisse träfen nur auf die USA zu, bleiben wir abschließend im eigenen Land. Wissen Sie etwa, welche Einsätze bundesdeutsche KSK-Soldaten im Afghanistankrieg absolviert haben, wem sie ihre Gefangenen »ausgehändigt« haben und wie viele Tote auf ihr Konto gehen?[73] Warum hat ein deutscher Militärseelsorger, von dem man mir privat erzählt hat, über Nacht in Afghanistan weiße Haare bekommen? Natürlich kann man vieles irgendwann und irgendwo gedruckt finden. Natürlich darf man in Deutschland zum Beispiel darüber berichten, dass allein 27 von 32 europäischen US-Stützpunkten in der Bundesrepublik liegen, dass die US-Militärbasen in Ramstein (die größte in Übersee), Spangdahlem (Eifel), Frankfurt am Main und anderswo zusammen das Herzstück der US-amerikanischen Kriegslogistik in Europa bilden, dass 2004 hierzulande 74.000 US-Soldaten stationiert sind oder dass 65 US-*Atomsprengköpfe* von 150facher Hiroshima-Stärke bzw. gar 150 Atombomben in der Bundesrepublik auf einen möglichen Einsatz warten.[74] Man konnte auch als aufmerksamer Beobachter 2003 zuweilen lesen, dass Deutschland entgegen allen Beteuerungen der Bundesregierung ganz zentral an der *Gesamtlogistik* des Irakkrieges beteiligt war (Militärflughäfen, pauschale Überflugrechte im deutschen Hoheitsgebiet, Militärhilfe für die Türkei, AWACS-Einsätze an der irakisch-türkischen Grenze, ABC-Abwehrkräfte mit Fuchs-Spürpanzern in Kuwait, Bundesmarine am Horn von Afrika / Marine-Geleitschutz vor Gibraltar, ersatzweise Bewachung der US-Militäreinrichtungen durch die Bundeswehr, Lieferung von Patriot-Abwehr-Raketen nach Israel etc.).[75] Eben aufgrund dieser Kollaboration weigert sich die Bundesregierung bis heute, zur offenkundigen Völkerrechtswidrigkeit des Irak-Krieges Stellung zu nehmen, weil dies einem Eingeständnis verfassungswidriger Unterstützungsleistungen gleichkäme.[76] Für das öffentliche Bewusstsein ist all dies so gut wie unbekannt oder scheinbar belanglos. Über die hohen Kosten wird einfach geschwiegen. Die meisten Bundesbürger wissen nichts über die deutsche Produktion von Cluster Bombs und über Bundeswehr-Arsenale mit diesen *völkerrechtswidrigen* Streu- bzw. Splitterbomben.[77] Dass die vom rot-grünen Bundeskabinett am 9. Juni 2004 beschlossene Aufrüstung der Bundeswehr mit Tränengas dem internationalen Chemiewaffenübereinkommen (CWÜ) von 1993 widerspricht oder eine Lieferung von Fuchs-Panzern an die irakische Armee unvereinbar ist mit den bundesdeutschen Rüstungsexportrichtlinien vom Januar 2000, wer kann das schon nachvollziehen?[78] Es bedarf keiner expliziten Zensur. Das alles war ja schon mal in Sendungen wie »Monitor« oder »Report« zu hören oder zu sehen. Auch von der *Pflicht zur Aufrüstung* im EU-Verfassungsvertrag und vom militärischen Kerneuropa ohne Kontrolle des Europäischen Gerichtshofes (Art. I-41,3; III-312; II-309,1; III-376 usw.) oder von den im Dezember 2003 abgesegneten europäischen Militärrichtlinien haben die wenigsten etwas gehört.[79] EU-Doktrinen und Politiker nennen unverblümt militärische Aufgabenstellungen (Wirtschaftsinteressen, Sicherung der Rohstoffversorgung, Immigration), von denen weder im Völkerrecht noch im Grundgesetz etwas steht.

Zur »Eliminierung« (!) von darauf bezogenen »Lügen über den EU-Verfassungsvertrag« in den Medien hat das Europa-Parlament eine »Rapid Reaction Force« (schnelle Eingreiftruppe) gebildet. Sie steht, so die *junge Welt* vom 2.2.2005, unter der Leitung des SPD-Abgeordneten Jo Leinen und hat es bei ihrer Ausmerz-Arbeit vor allem auf die Kritik der Friedensbewegung an der neuen Militarisierung abgesehen.[80]

2. Kooperationen im »Militainment«: Hollywood und Pentagon

»Wir begrüßen die Möglichkeit, uns über ein so machtvolles Medium direkt an das amerikanische Publikum zu wenden.« Captain Philip M. Strub, Chefbeauftragter des Pentagons für die Unterhaltungsindustrie, zum Thema »Film«[81]

»Früher waren Nachrichten das Rohmaterial für Geschichte. Heute kommt es aus der Drehbuchwerkstatt von Hollywood.« Robert Lichter, Präsident des »Center for Media and Public Affairs«[82]

Etwas leichter als beim militärischen Informationsmarketing ist die Mitwirkung offizieller Regierungsstellen in dem Bereich zu finden, der heute im Anschluss an Bruce Sterling *»Militainment«* genannt wird.[83] Es geht um die massenmediale Welteroberung durch Unterhaltung im Tarnanzug. Das us-amerikanische Militainment erreicht im eigenen Land und weltweit über Kino, Fernsehen, Internet, DVD-Markt, Videotheken und Spielotheken die Massen. Es verkauft Millionen und Abermillionen Konsumenten den Krieg als Programm zur Problemlösung.

Zur Zusammenarbeit von Pentagon und Hollywood bieten 2004 zwei Dokumentarfilme von Maria Pia Mascaro und Emilio Pacull, aus denen ich wiederholt zitieren werde, einen guten Überblick.[84] In den 80er Jahren stellte das *kritische* Paradigma in populären Kriegsfilmen die U.S. Army vor ein Image-Problem. Die seit Anfang des 20. Jahrhunderts erprobte Zusammenarbeit zwischen Pentagon und Filmindustrie sollte deshalb wieder intensiviert werden. Viele Autoren sehen in TOP GUN (USA 1985) den Auftakt dazu. Der in den 90er Jahren in den Hitlisten des US-Kinos zusehends rehabilitierte Kriegsfilm entsteht dann fast immer mit Hilfe des Militärs. Diese Kooperation freilich wird für die Zuschauer nur nachvollziehbar, wenn sie den Abspann aufmerksam bis zur letzten Zeile verfolgen. In Video-Ausgaben sind die entsprechenden Vermerke oft gar nicht mehr zu entziffern.

In der Nachfolge eines bereits 1942 in Los Angeles eröffneten Filmbüros der Army unterhält das US-Verteidigungsministerium in Hollywood ein Verbindungsbüro, in dem Mitarbeiter für jede Waffengattung vertreten sind. Eine ganze Abteilung des Pentagons ist der Unterhaltungsindustrie gewidmet (Office of the Secretary of Defense – Public Affairs – Special Assistance for Entertainment Media). Sie bereitet die Entscheidung, ob sich das Verteidigungsministerium an einer Filmproduktion be-

II. Kultur des Todes

teiligt, vor und begleitet die Projektentwicklung.[85] Derzeit oberster Ansprechpartner ist der ehemalige Marineoberst, Vietnamveteran und Filmhochschulabsolvent Philip Strub. Er bekennt offenherzig: »Wenn Filmemacher uns um Unterstützung bei der Produktion eines Films über die Army bitten, dann sehen wir das als eine großartige Gelegenheit, der amerikanischen Öffentlichkeit etwas über uns zu erzählen. Das hilft uns bei der Rekrutierung beispielsweise. Umfragen belegen, dass die breite Masse der Amerikaner ihren ersten Eindruck vom US-Militär aus Kinofilmen und Fernsehshows erhält. Es ist sogar wissenschaftlich erwiesen, dass es nur in unserem Interesse sein kann, wenn wir uns beteiligen.«[86] Kritiker wie der US-Journalist Dave Robb haben den gleichen Eindruck: »Filme prägen die öffentliche Meinung, denn Kino und Fernsehen sind die weltweit einflussreichsten Medien. Wenn also das einflussreichste Medium der Welt und die stärkste Armee der Welt zusammenarbeiten, und ich würde sogar sagen konspirieren, um dem amerikanischen Volk ein positives Bild zu vermitteln, schlägt sich das im Image wieder. So wie die positiven Bilder der Werbung den Absatz von Produkten verbessern, verbessern positive Bilder in Filmen das positive Image des Militärs, ein heroisches Image, geprägt von Kameradschaft und Patriotismus. In keinem anderen Land arbeiten Filmindustrie und Verteidigungsministerium so eng zusammen, um dem Volk diese positive Botschaft zu vermitteln.«[87]

»In den Vereinigten Staaten existiert keine offizielle Kunst, denn der Staat kümmert sich sehr wenig um kulturelle Dinge. Andererseits gibt es Filme, die aus verschiedenen Gründen nur unter der Schirmherrschaft der Regierung entstehen können. Kriegsfilme sind hierfür wahrscheinlich das beste Beispiel, weil man für diese Filme unglaublich viel Material und Statisten braucht. Man muss praktisch mit dem Pentagon zusammenarbeiten, um an Hubschrauber und Panzer zu kommen, und das Pentagon kann da sehr kooperativ sein. Die Zusammenarbeit zwischen Hollywood und dem Verteidigungsministerium hat eine sehr lange Tradition.«[88] (US-Filmkritiker Jim Hoberman) Über den Charakter dieser Beteiligung verbreitet die Pentagon-Abteilung höchst widersprüchliche Bilder. Die Verschleierung ist allerdings leicht zu entwirren. Zunächst scheint es so, als wolle das Militär durch Materialausleihe und Beratung einfach eine möglichst *detailgetreue* Darstellung fördern. Nachtsichtgeräte, Typenbezeichnungen für Waffen oder Körperhaltung beim Schießen, alles soll »professionell« und originalgetreu sein. Tatsächlich aber lassen sich *viele* Titel wie ARMAGEDDON (1998) oder PEARL HARBOR (2001) anführen, die trotz Unterstützung durch die Army endlos Abstruses und Phantastisches enthalten. Soldaten müssen in Uniform eine gute Figur machen und Vorgesetzte respektieren, dann ist bei den Unterhaltungsexperten des US-Militärs mit viel Toleranz zu rechnen. Der ehemalige US-Militärjurist Scott Silliman meint bezogen auf die erfolgreiche TV-Serie »JAG« über Militäranwälte, bei der die Army mit im Boot sitzt[89]: »Es ist tolle Unterhaltung und hat einen wahren Zulauf bei der Marine und ihrem Juristen-Corps ausgelöst.« Welche Art von »Realismus« und »Wahrheitstreue« unerlässlich ist, erläutert wiederum Phil Strub:

II. Kultur des Todes

»Any film that portrays the military as negative is not realistic to us.«[90] Das heißt: Ein Drehbuch, das die Army negativ darstellt, ist *per definitionem* gleichermaßen unrealistisch und nicht subventionsfähig.

Entsprechend fallen Filme, die wie PLATOON (1986) historisch belegte Kriegsverbrechen ins Bild setzen, für Strub durch das Förderraster und müssen ein Jahrzehnt auf ihre Realisierung warten. Genau besehen hat Oliver Stone neben dem historisch verbürgten »fragging« (Anschläge auf eigene US-Militärvorgesetzte in Vietnam) in PLATOON ein einzelnes Massaker an Zivilisten (My Lai) zum Vorbild genommen und es sogar *verharmlost*.[91] Obwohl die Fakten bekannt und belegbar sind, leugnet der Pentagon-Filmbeauftragte Strub noch heute US-Kriegsverbrechen in Vietnam. (Das erinnert an Präsident Nixon, der 1972 das weltberühmte Foto des von Napalm verbrannten vietnamesischen Mädchen Kim Phuc, aufgenommen von Nick Ut, für eine mögliche *Fälschung* hielt!) Strub begründet die Ablehnung einer Förderung durch das Militär mit pauschaler Ignoranz, als ob er Stones Film nie gesehen hätte: »Bei jedem Manöver kriegten sich die Unteroffiziere in die Haare, brannten Dörfer ab, vergewaltigten Frauen, jedes Mal. Und ich fürchte, viele Menschen denken, der Krieg sei tatsächlich nur so gewesen und das aufgrund des Films PLATOON.«[92] – Bezeichnend ist die Wandlung des Regisseurs Francis Ford Coppola.[93] Um die finanzielle Realisierung seines von vielen als ultimativ empfundenen Vietnamfilms APOKALYPSE NOW (1979) musste er nach abschlägigen Bescheiden des US-Militärs hart kämpfen und sich zudem an das philippinische Militär wenden. Für seinen Militärfilm GARDENS OF STONE (1987) benötigte er wieder die Hilfe des Pentagons und Zugang zum reichen »Traditionsfundus« der U.S. Army. Er erhielt sie, und nun fehlen selbst leise Ansätze zu einer echten Kritik in diesem »Pro-Militärfilm«.

Wir werden in späteren Kapiteln noch sehen, welche bekannt gewordenen Drehbuchänderungen das Pentagon bei einzelnen Kriegsfilmen durchgesetzt hat und wie willkürlich sich von Fall zu Fall die Richtlinien verändern können. Letztlich garantiert ein ausgeklügelter Produktionsprozess von Anfang an die Einflussnahme des Militärs: »Wir schließen einen Vertrag mit dem Produzenten, der im Grunde folgendes festlegt: Wir geben dir dies und jenes, bestimmte Geräte an bestimmten Tagen, je nach Drehbuch. Und du zeigst uns dafür den Rohschnitt, damit wir sehen können, ob das mit dem übereinstimmt, was wir abgemacht haben. Der Vertrag sagt aber auch, dass wir nicht vor Gericht klagen werden, um den Film eventuell zu verhindern. Das fiele uns im Traum nicht ein. Das würden wir auch nie wollen.«[94] (Philip Strub) Freilich verpflichten sich die Filmemacher schriftlich, die Vorgaben des Militärs zu erfüllen. Der Vertragsleitfaden der U.S. Army enthält folgende Bestimmungen: »Die Produktion sollte Rekrutierungsprogramme der Streitkräfte helfen. [...] Die Produktionsgesellschaft erklärt sich bereit, in jeder Phase der Produktion, die das Militär betrifft oder darstellt, sich mit dem Verbindungsbüro des Verteidigungsministeriums zu beraten.«[95] Die Pentagon-Mitarbeiter reichen ihre Korrekturen ein, und *jede* Drehbuch-

II. Kultur des Todes

variante oder Änderung der Filmemacher geht über ihren Schreibtisch. Der US-Journalist Dave Robb spricht im Rahmen seiner Recherchen von zehntausenden Seiten, auf denen die Pentagon-Korrespondenz mit Filmproduzenten und interne Vermerke des Militärs die Art der Einflussnahmen dokumentieren.[96]

Obwohl niemand gezwungen wird, mit dem Pentagon zusammen Filme zu drehen, sind die so entwickelten Kriegsfilme nicht mehr als Produkte eines freien Marktes zu betrachten. Angebot und Nachfrage machen sich vielmehr in höchst unfreier Weise geltend. Kronzeuge dafür ist Philip Strub selbst: »Ich habe schon Armeeangehörige sagen gehört: ›Vergiss die Drehbücher! Sollen die doch einen Scheck ausschreiben, dann machen wir das.‹ Aber die vorherrschende Meinung ist wohl, dass unser Einfluss auf die Drehbücher eben der Preis für eine Kooperation ist. Und wenn den Produzenten dieser Einfluss nicht recht ist und sie keine Einkunft mit uns erzielen können – was oft der Fall ist, dann müssen wir uns eben trennen. Sie können ihre Filme ja machen. Es gibt zahllose Filme, die ohne unsere Unterstützung gedreht wurden.«[97] Ein ideologisch unverdächtiger Zeuge wie der bekannte Militärberater der Filmindustrie Captain Dale Dye meint: »Philip Strub hat einen Job zu machen, und der besteht darin, die Politik der Regierung, des Oberbefehlshabers und des US-Präsidenten zu unterstützen und nur das zu tun, was die amerikanischen Streitkräfte in einem günstigen Licht erscheinen lässt und ihrem Auftrag dient bzw. alles zu unterlassen, was dem zuwider läuft.«[98]

Natürlich können sich Produzenten und Regisseure weigern, Szenen im Sinne des US-Verteidigungsministeriums zu ändern, und Strub behauptet, so etwas passiere ständig. Das hohe Gut der Meinungsfreiheit bleibt formal scheinbar gewahrt.[99] Tatsächlich aber sind die Macher von Kriegs- und Militärfilmen abhängig von der logistischen Unterstützung des Pentagons. Als gefügige Kooperationspartner bezahlen sie für viele Leistungen keinen Pfennig und bekommen anderes förmlich geschenkt. Dan Paulson, TV-Produzent des Irak-Heldinnenepos SAVING JESSICA LYNCH (NBC, USA 2003): »Es ist [für uns] auf jeden Fall billiger, als zu einem Autovermieter zu gehen, nur die Grundkosten; die [vom Pentagon] machen keinen Profit damit!«[100] Die Summen aber für die Einsätze modernster Militärtechnik, die wir seit Jahren auf der Leinwand sehen können, sind astronomisch. Auf dem freien Markt wäre die Nutzung eines Flugzeugträgers wie in PEARL HARBOR selbst für Produktionen der Superlative unerschwinglich. Im Klartext: Wenn dergleichen zum Einsatz kommen soll – was der Publikumsmarkt offenbar honoriert – , dann muss man mit der Armee eng zusammenarbeiten oder auf seinen Film verzichten. So erklärt sich schon ökonomisch, dass heute kaum ein großer Kriegsfilm unabhängig produziert wird. Das ist kompatibel mit dem, was Tom Pollock 2001 auf dem New York Film Festival verkündet hat: »Wir leben in einer kapitalistischen Gesellschaft, und was die Studios motiviert, ist das Geldmachen.«[101] Drehbücher, die Mosaikstein für Mosaikstein ein militärfreundliches Weltbild zusammensetzen, entstehen nicht aufgrund des Patriotismus so genannter Kulturschaffender. Für Hollywood geht es um volle Kinokassen. Doch »zwischen dem Bedürfnis nach geistiger Mobilmachung, patriotischem Firlefanz und guter Kriegs-PR sowie dem Profitinteresse der Filmindustrie besteht kein Widerspruch und bestand auch nie einer.«[102] Unterhaltende Kriegspropaganda ist im Mega-Maßstab *profitträchtig*.

Die Kontaktierung von Verteidigungsministerium und Militär durch Filmemacher ist also alles andere als ein bloßer Beratungsvorgang. Selbstzensur und ideologische Anpassung *vor* Einreichen eines Drehbuches beim Pentagon sind wohl die entscheidenden Weichensteller für den neuen militaristischen Film aus Hollywood: »Das Schlimmste an der Zusammenarbeit zwischen Hollywood und der Armee ist nicht die Zensur durch das Militär, sondern Hollywoods Selbstzensur. Wenn man weiß, dass man die Unterstützung des Militärs braucht und diese Leute das Drehbuch begutachten werden, schreibt man von Anfang an so, dass sie zufrieden sind. Man lässt Problematisches, das mit Sicherheit herausgeschnitten wird, von vornherein weg. Die Zensur beginnt also bereits mit dem Schreiben. Alles Kontroverse wird weggelassen, weil klar ist, dass es nicht genehmigt wird.«[103] (Dave Robb)

Die Tauglichkeit einer Filmstory entscheidet über die Bereitstellung von Personal und Material. Da es sich um staatliche Kooperationen handelt, die nur *bestimmten* Produzenten und Regisseuren gewährt wird, ist die Kulturassistenz für Kriegs- und Antiterrorfilme auch innenpolitisch keineswegs unproblematisch. Die Gesetzgebung der Vereinigten Staaten untersagt – gemäß Verfassung – spätestens seit 1972 die Nutzung staatlicher Budgets, um die öffentliche Meinung in den *USA* zu beeinflussen.[104] Dass Hollywood möglicherweise bedeutsamer für die öffentliche Meinungsbildung ist als klassische Informationsmedien, gesteht indirekt ja selbst Philip Strub in einem bereits zitierten Statement zu.

Freilich lässt sich für das Pentagon durch einen Pool bevorzugter Kooperationspartner, deren ideologische Wellenlänge nicht erst mühsam überprüft werden muss, vieles vereinfachen. Kathleen Canham Ross, die das Filmbüro der U.S. Army in Los Angeles leitet, erläutert, um wen es sich dabei handelt: »Das sind Leute, die eine ganze Menge Filme mit unserer Unterstützung gemacht haben, Jerry Bruckheimer zum Beispiel [...], er hat Ahnung, wie wir funktionieren. Wenn man weiß, was vom anderen zu erwarten ist, dann macht es das sehr viel einfacher. Oder auch Steven Spielberg oder die vom Paramount Studio, Leute also, die wissen, was möglich ist und was nicht.«[105] Ganz bescheiden erklärt Jerry Bruckheimer, Produzent von Propagandafilmen wie PEARL HARBOR oder BLACK HAWK DAWN, warum das Pentagon seit TOP GUN fast alle seine Wünsche erfüllt: »Du entwickelst ein Verhältnis, das auf deiner bisherigen Arbeit beruht. Wenn du zur Tür reinkommst und sagst ›Ich habe den und den Film gemacht‹, dann sagen die: ›Oh, das hat uns gefallen‹ oder auch nicht. Meistens mögen die, was wir machen. Das ist der Grund, warum wir die ganze Militärausrüstung bekommen.«[106]

II. Kultur des Todes

Irreführend ist die verbreitete Annahme, erst die Terroranschläge vom 11. September 2001 hätten die Kulturszene der USA durchgreifend verändert. Gegen Ende 2001 diagnostizierten bei uns Filmrezensenten und Feuilletonschreiber, das sonst eher »liberale« Hollywood befinde sich auf Kriegskurs. (Sogar in der *New York Times* wollte Bernhard Weinlaub – mit Genugtuung – eine geänderte »Stimmung beim Film« ausmachen.) Zum Teil illustrierten Autoren eine neue kriegerische Tendenz mit Filmtiteln, deren Produktion durchweg in die Zeit *vor* dem 11.9.2001 fällt. Kausale Bezüge zu den Anschlägen können jedoch allein dort geltend gemacht werden, wo Filme mit Blick auf die Ereignisse geschnitten, verändert beworben oder mit verlegten Premierenterminen bedacht wurden.[107] – Anlass für die besagte Diagnose war die Berichterstattung über Treffen zwischen Mitarbeitern der US-Administration und führenden Vertretern der Unterhaltungsindustrie, in deren Zusammenhang das »Komitee Hollywood 9/11« und der Plan einer »Arts and Entertainment Task Force« genannt wurden.[108] Bereits im Oktober 2001 informierten die Medien über eine Initiative, die – keineswegs neue – Zusammenarbeit zwischen Weißem Haus und Hollywood auf eine noch breitere Basis zu stellen. Vertreter der Fernsehanstalten und Filmstudios hatten in einem ersten Treffen am 17.10. mit Mitarbeitern der US-Regierung den Plan der »Arts and Entertainment Task Force« beraten; ähnlich dem Meeting nach dem Angriff auf Pearl Harbor ein halbes Jahrhundert zuvor. Die Idee für ein Komitee »Hollywood 9/11« soll u. a. auf Gerald Parsky, den Verantwortlichen der Wahlkampfkampagne von George W. Bush Jun., zurückgehen.[109] Beteiligt war offenbar auch das Institut für kreative Technologien (ICT), das uns im nächsten Abschnitt noch begegnen wird. Am 11. November 2001 trafen dann im Peninsula Hotel in Beverly Hills über vierzig Spitzenvertreter der Film- und Unterhaltungsindustrie mit Karl Rove, dem wichtigsten politischen Berater des US-Präsidenten, zusammen. Auf der Tagesordnung stand die Frage: Welche patriotischen Beiträge können Warner Brothers, Paramount, Twentieth Century Fox, Columbia Pictures, Universal Studios, Metro-Goldwyn-Mayer, DreamWorks SKG, ABC, NBC, CBS, Fox und alle anderen im Zuge eines dauerhaften Anti-Terror-Krieges beisteuern? Sämtliche großen Hollywood-Studios, die us-amerikanischen Fernsehanstalten und die Gewerkschaften der Filmindustrie waren vertreten. Anschließend versicherten prominente Teilnehmer, alle hätten einen »unglaublichen Drang, etwas zu tun« (Sherry Lansing, Paramount Pictures), man wolle helfen, schiefe Weltbilder abzubauen, nach denen z. B. »die halbe Welt uns für den großen Satan hält« (Produzent Lionel Chetwynd), und die Freiheit der Unterhaltungsindustrie werde von der Regierung in keiner Weise beeinträchtigt.[110]

Neu sind solche Initiativen auch in der jüngsten Vergangenheit nicht. Bereits Anfang 2000 wollte der US-Verteidigungsminister Hollywood-Stars für die Nachwuchswerbung von Army, Navy und Air Force gewinnen.[111] Die Militainment-Strategie des Pentagon für das Kino hatte zur Jahrtausendwende bereits ein Höchstmaß an

II. Kultur des Todes

patriotischer Konformität erzielt. Mit Blick auf die 90er Jahre drängt sich auch die Frage auf, wie denn ein noch konformeres Hollywood wohl aussehen soll. Einen Geschmack davon gibt Drehbuchautor David Engelbach, der im Zuge der »neuen« Kooperation mit dem Staat ein Seminar über islamischen Fundamentalismus besucht hat. Als Erkenntnis aus dieser ganz neutralen Hintergrundinformation destilliert er für einen Zeitraum, der in etwa die Ausbeute der letzten Ölressourcen umfasst: »Wir sind in eine Art Krieg der Kulturen verwickelt. Der Kalte Krieg dauerte vom Ende des Zweiten Weltkriegs bis zum Kollaps der Sowjetunion. Ich glaube, wir haben jetzt noch mal 50 Jahre Konflikt vor uns zwischen dem radikalen Islam und dem demokratischen Westen.«[112]

Tatsächlich gibt es seit Ende 2001 jene Kooperationsfelder, die im Zuge des »Krieges gegen den Terror« auf neue Produkte des militärischen Entertainment in den USA zielen und ohne die z. B. der Irakkrieg 2003 der US-Bevölkerung kaum als ein Antiterror-Krieg hätte präsentiert werden können.[113] Dazu gehören zwei vom Pentagon unterstützte Produktionen von CBS und ABC, an denen namhafte Vertreter des Kriegsfilm-Genres beteiligt waren. CBS startete im März 2002 die von Tony Scott produzierte Reihe *American Fighter Pilots* (AFP) über den Alltag von Piloten der U.S. Air Force. In einem 13-Teiler *Profiles from the Front Line*, zur Ausstrahlung in ABC vorgesehen, hatte Jerry Bruckheimer die Federführung und erhielt Dreherlaubnis in für alle anderen Medien *gesperrten* Frontabschnitten des Afghanistankrieges. Auch der Musiksender VH-1 bedankte sich auf seiner Homepage beim Pentagon für die gewährte »beispiellose Bewegungsfreiheit«. Sein Reality-Format *Military Diaries* zeigte die Geschichten und Musikwünsche ausgewählter junger US-Soldaten in Afghanistan, denen mit Pentagon-Genehmigung 60 oder 80 digitale Videokameras zur Verfügung gestellt worden waren. In der pseudodokumentarischen Serie *War Stories* des Nachrichtensenders FOX erzählten Kriegsveteranen vergangener US-Interventionen ihre Erinnerungen, moderiert von Oliver North, dem Hauptdrahtzieher der Iran-Contra-Affäre in den 80er Jahren. CBS bereitete überdies die Zuschauer mit einem Militärtribunalfilm darauf vor, wie ein inhaftiertes Al Qaida-Mitglied im Rahmen der neuen Guantánamo-Justiz richtig zu behandeln ist.[114] Daneben stehen weitere eigenständige Beiträge von Unterhaltungsindustrie und Militär, so der patriotische Kurzfilm-Clip *The Spirit of America* von Chuck Workman. Ende 2002 legten das Marines Corps und die Navy gemeinsam den 1,2 Millionen Dollar teuren Afghanistan-Trailer *Enduring Freedom – The Opening Chapter* vor, seit Ende des Ersten Weltkrieges der erste militärisch produzierte Werbefilm für die Ausstrahlung in kommerziellen US-Kinos.[115] Die Botschaft: Die gigantische Militärtechnologie der USA ist cool und unbesiegbar. »Die Frage ist nicht, ob, sondern wann Du in den Kampf ziehst!« Bereits Anfang 2001 hatte die U.S. Army im Rahmen einer mehrere hundert Millionen Dollar teuren Rekrutierungs- und Imagekampagne ihren Werbeclip für junge *Individualisten* in TV-Beiträgen wie der erfolgreichen Jugend-Fernsehserie »Friends« platziert:

II. Kultur des Todes

»And I'll be the first to tell you the might of the U.S. Army doesn't lie in numbers. It lies in me. I am an Army of one.«[116] Das gemeinnützige »Advertising Council of America« produzierte die seit September 2002 ausgestrahlten patriotischen Spots *I Am An American*.

Speziell die bei uns nur in kleinen Ausschnitten bekannte Fülle der Fernsehproduktionen ist mit ihrer gefährlichen *Verquickung von Militainment und Infotainment* als außerordentliche Aufrüstung der Kriegspropaganda zu bewerten. Anders als bei aufwendigen Kinoproduktionen werden die Zuschauer zeitnah bis zeitgleich zu den Kriegshandlungen in Afghanistan oder im Irak erreicht. Einerseits greift man populäre Medienformate auf (Reality-TV über Polizeiarbeit, Drogenfahndung etc.), andererseits entsteht der Eindruck, die vom Militär protegierten Info-War-Serien seien unabhängige Dokumentarbeiträge. Die Filmmacher erhalten einen exklusiv breiten Zugang zu Kampfzonen, wie er seit dem Vietnamkrieg nicht mehr gewährt wurde. Dafür sparen sie Unliebsames (Bombeneinschläge, Zivilopfer etc.) aus – zugunsten steriler Kriegsabenteuer ohne Blut.

Unabhängige Journalisten bleiben ausgeschlossen. So sagt der Medienforscher Matthew Felling über die TV-Produktion *Profiles from the Front Line*: »Die Leute, die an der Serie gearbeitet haben, waren de facto Pentagon-Angestellte, denn sie haben die Kontrolle komplett dem Verteidigungsministerium überlassen. Natürlich hat ihnen das Pentagon dann mehr Freiräume gegeben; es wusste ja, dass sie nicht aus der Reihe tanzen würden.«[117] Anders stellt sich das Ganze aus der Sicht von Betram van Munster da, der in manchen Veröffentlichungen als Freund von Donald Rumsfeld bezeichnet wird und der für ABC zusammen mit Jerry Bruckheimer das Kriegs-Reality-TV seit Afghanistan macht.[118] Die Idee zu »Profiles from the Frontline« sei ihm ganz spontan gekommen, als man al-Qaida suchte. Das Pentagon habe sich ebenso spontan und unkompliziert einverstanden erklärt. Die Bilder seien nicht geschönt, sondern widerlegten nur die irrige Annahme, der wirkliche Krieg sei heute noch so spektakulär wie einst die Landung an der Normandie. Schließlich sieht er das in Afghanistan begonnene Projekt gar als *Wegbereitung für journalistische Bewegungsfreiheit* an: »Was wir da erreicht haben, war, glaube ich, sehr hilfreich für Journalisten. Schließlich waren wir die ersten seit langem, die gemeinsam mit den Soldaten auf dem Schlachtfeld waren. Wir hatten wohl was damit zu tun, und darauf bin ich sehr stolz!« In der Tat folgen »Profiles« und das hier angesprochene Konzept der »embedded journalists« dem gleichen Prinzip: Vom Pentagon ausgewählte Medienleute schlagen ihr Bett im Schlafzelt der US-Soldaten auf und berichten bzw. filmen dann im Rahmen umfangreicher Vertragsbestimmungen so, wie man es von ihnen erwartet. Die Begründung von Pentagonsprecher Bryan Whitman, der als Erfinder der neuen PR-Betreuung für Journalisten gilt: »Wir glauben wirklich, dass die Reporter an der Front dokumentieren werden, mit welcher Professionalität und Hingabe die US-Soldaten ihre Pflicht erfüllen.«[119]

Den neuen Trend der Themen und der *Aktualität* begrüßt Kathleen Canham Ross vom Filmbüro der U.S. Army ausdrücklich.[120] Sie konstatiert eine Menge Filmideen über Spezialeinheiten in Afghanistan und anderswo. Man findet es »cool«, was Sonderkommandos in einer modernen Armee immer noch machen, und will Projekte angehen, die offenkundig mit dem trendigen Kult der Elitesoldaten zusammen hängen. Darüber ist sie sehr erfreut, »besonders weil es ein Interesse an der heutigen Armee ist. Die meisten Filme, die bisher gedreht wurden, spielen in einer anderen Zeit. Es wäre schön, mal einen Film zu sehen, der zeigt, was wir heutzutage machen.«[121] Das Militainment in TV oder auch Kino findet hier Anschluss an die Echtzeit der Informationskriege.

Für alle Produktionen, an denen die Unterhaltungsabteilung des Pentagon beteiligt ist, werden wir in diesem Buch strenge Fragen stellen müssen. Die U.S. Army fungiert keineswegs als harmlose Verleihagentur von Kriegsausrüstung, als logistischer Dienstleister oder als Fachberater für Hollywood. Auch greift es zu kurz, lediglich eine besondere Form der – sonst in den USA nicht sehr etablierten – staatlichen Filmförderung anzunehmen. Die Beteiligung des Pentagon in Form systematischer und lückenloser Drehbuchkontrolle und die Präsenz eigener Militär-Mitarbeiter in Produktionsprozessen zeigen – auch wenn dies selten transparent wird –, dass es um *Co-Produktionen* bzw. Co-Produkte geht. Auf diese Weise entsteht Staatskunst im Dienst der Kriegspropaganda. Meist wird in der Filmkritik übersehen, dass viele *Extras* in der DVD-Vermarktung zudem offensive Werbung für das US-Militär betreiben, was besonders bei Bruckheimer-Produktionen ins Auge sticht. Außerdem werden Filmbotschaften in *Videokriegsspielen* weiterverarbeitet bzw. adaptiert und durch patriotische Musik-Sampler auf CD im Alltag der Fans verankert. Entlang der in dieser Arbeit behandelten Kinotitel taucht schließlich der Verdacht eines umfassenden Curriculums auf, das die Filmindustrie zusammen mit dem US-Verteidigungsministerium über die bekannten Regulierungsmechanismen oder gar nach Plan abarbeitet. Genügend Steuerungsinstrumente für ein solches Projekt und sogar für ein gezieltes Timing des Kriegskinos stehen Philip Strub und seinen Büros im Rahmen des gut dokumentierten Drehbuchprozesses zweifelsohne zur Verfügung.

Nachzutragen bleibt hier wieder der Hinweis, dass angesichts des weltweit boomenden massenmedialen Kriegskultes[122] Wachsamkeit auch in Europa angesagt bleibt. Das Militainment zieht hierzulande immer weitere Kreise, wenn etwa die Bundeswehr ihre Ausbildungspiloten 1999 passend zu Kriegseinsätzen in der von *Pro Sieben* ausgestrahlten Serie *Jets – ein Leben am Limit* präsentiert, in Stadtbibliotheken mit Marine-Lesezeichen wirbt, deren Blickfang das Wort *Zerstörer* bildet, im Juli 2003 das Popsternchen Jeanette Biedermann auf einer Werbe-Show ins Licht rückt oder auf Buchmessen mit so genannten Strategiespielen (POL&IS) junge Menschen anspricht.[123]

II. Kultur des Todes

3. Kriegsspielzeug, Computer-Shooter und futuristische Militärtechnologie

»Ich habe kürzlich etwas Interessantes über Video-Spiele gehört. Viele junge Leute haben eine unglaubliche Geschicklichkeit in der Koordinierung von Hand, Auge und Hirn bei diesen Spielen entwickelt. Die Air Force glaubt, dass diese Kinder außergewöhnlich gute Piloten sein werden, wenn sie einmal unsere Jets fliegen.« US-Präsident Ronald Reagan[124]

Der US-Journalist Dave Robb hat daran erinnert, dass die U.S. Army schon in den 50er Jahren Einfluss auf Fernsehproduktionen wie die erfolgreiche Serie »Lassie« ausgeübt hat. Er meint: »Kinder sind die wichtigste Zielgruppe der Rekrutierungsbemühungen. Sie versuchen, den Kindern das Militär und alles was damit zusammenhängt positiv darzustellen, damit sie als Erwachsene zur Armee gehen. Die Dokumente [zur Pentagon-Filmförderung] sind voller Äußerungen über Kinder als zukünftige Rekruten. Und die Kinder und Erwachsenen, die diese Filme sehen, wissen nicht, dass dies Werbung für das Militär ist. Sie haben keine Ahnung, dass ihre Filme unterschwellig Werbung für die Armee enthalten. [...] Ich frage mich, wie viele der [...] im Irak getöteten Amerikaner zum Militär gegangen sind, weil sie als Kind irgendeinen Film gesehen haben und dachten: ›Ja, ich will auch zur Armee.‹ Wie viele [...] gingen zum Militär, weil sie einen Film sahen, ohne zu ahnen, dass eben dieses Militär hinter den Kulissen den Inhalt des Drehbuches manipuliert hat, um die Armee in einem günstigeren Licht erscheinen zu lassen. Als sie dann im Irak ankamen, war es zu spät und überhaupt nicht glanzvoll.«[125]

Die schrittweise Umwandlung einer Kinderspielzeugproduktion hin zur Entwicklung der modernsten Militärtechnologie beschreibt Barry Levinson in seinem – der Wirklichkeit nur knapp vorauseilenden – Film Toys (USA 1992), dem ich ein eigenes Kapitel in »Napalm am Morgen« widme.[126] Die in Toys noch als »Fantasy« gezeigten Schritte betreffen ein – auf Generationen hin folgenschweres – Aufrüstungsstadium im Militainment und führen zu »kinderleichten« Distanzwaffen für anonymes Töten. Populärer als Toys und mit etwas anderer Zielrichtung zeigt SMALL SOLDIERS (USA 1998) von Joe Dante, wie der US-Rüstungskonzern Globotech »Schwerter zu Pflugscharen« verwandelt, indem er militärtechnologische Chips in zivilen Produkten für die ganze Familie verwendet.[127] Die unter solchen Umständen hergestellten Elitesoldaten eines Spielzeugkommandos entfesseln jedoch einen gefährlichen Krieg. Das Unternehmensmotto zu dieser neusten Produktion: »Nennen Sie es nicht Gewalt. Nennen Sie es Action. Die Kinder lieben Action!«

Zunächst ist in der Tat das *Kriegspielzeug* im herkömmlichen Sinn zu betrachten. Mit Kindermalbüchern von Christopher Hart und Joe Kubert lernen junge Comiczeichner in den USA – und bei uns, alle bekannten Helden, Superhelden und Schurken nachzuzeichnen.[128] T-Shirts mit Kriegsbotschaften, militärische Kartenspiele und andere Pro-Army-Devotionalien mögen noch an die Zeiten der Zinnsoldaten erinnern. Indessen wird für die Kinderzimmer längst ein Riesenarsenal an Rüstungsgütern mit höchstem Anspruch an *Realismus* produziert. Bedenkenlos legt man Kindern das detailgetreue Instrumentarium für militärischen Massenmord in die Hände. Diese Form des »pädagogischen« Militarismus gehört ganz und gar nicht – wie viele über Jahrzehnte hinweg glauben mochten – der Vergangenheit an. Die Kriege und Krieger von morgen werden stets heute gemacht. Auch in den Sektor Spielzeugbranche hinein reicht der lange Arm des Pentagon. Darryl Depriest, Vertreter von »GI-Joe«[129], dem traditionsreichsten Hersteller auf dem US-Kriegsspielzeugmarkt, bekennt im Dokumentarfilm von Maria Pia Mascaro: *»Unser Verhältnis zum Militär ist gut. Unsere Entwickler sprechen sich laufend mit Vertretern von Armee und Marine ab, um Informationen über Dinge wie neue Tarnanzüge zu bekommen oder Details an neuer Ausrüstung.«* Die Absprache ist so gut, dass nur kurz nach dem Sturz der Saddam-Hussein-Statue in Bagdad die us-amerikanischen Kinder sich alles kaufen lassen können, um das inszenierte PR-Schauspiel um den Diktator selbst nachzuspielen. Von klein auf macht »GI-Joe« Kinder mit dem Militär vertraut und weckt den Wunsch, später zur Army zu gehen. Ein jährliches Treffen der zahlreichen GI-Joe-Fans mit besonderen Events sorgt für Zusammenhalt und neue Kunden. Soldaten, Helikopter, Kriegsschiffe, alles ist genau so wie beim echten Militär, das sich täglich im Fernsehen präsentiert. Die fernsteuerbaren Panzer von stattlicher Größe erinnern unweigerlich an unbemannte Kampfmaschinen, die derzeit für die richtige Armee entwickelt werden. In Schule und Jugendszenen setzt die U.S. Army dann diese frühen Rekrutierungsmaßnahmen aufdringlich fort.[130]

Bedeutsamer als alle manuellen Formen ist jedoch längst die virtuelle Version des realistischen Kriegspielens an Heimcomputern oder Spielkonsolen (Ego- bzw. First-Person-Shooter oder Multiplayer, Taktik-Shooter bzw. Strategiespiele, PC-Simulationen). Der Computerspielemarkt ist dabei, Hollywood an Gewicht zu überholen. Angesichts der User-Zahlen in Millionenhöhe und des weiten Netzes der Spielergemeinden kann von einer Subszene bei diesem Massenphänomen nicht mehr die Rede sein. Der große Sektor der Gewalt- bzw. Kriegscomputerspiele wird in der Öffentlichkeit vor allem hinsichtlich einer *individuellen* Gewaltproblematik diskutiert, wenn jugendliche Amokläufer nach Schulmassakern wie 1999 in Littleton (USA) oder im April 2002 in Erfurt als Konsumenten dieser Unterhaltungsform enttarnt werden. Populär sind dabei Politikerappelle, besonders brutale und blutige Spiele zu verbieten. (Solche Appelle kosten nichts; sie sind bequemer als der Blick auf die schulischen und sozialen Lebensbedingungen.) Ob Computerspiele zur individuellen Verrohung führen und beim Einzelnen Gewaltbereitschaft *produzieren*, ist umstritten. (Dass Amokläufer auch Gewaltspiele konsumieren bedeutet ja noch nicht, dass Gewaltspiele den Amokläufer hervorbringen.) Das berechtigt jedoch nicht dazu, die Anfragen von Autoren wie dem us-amerikanischen Militärpsychologen Dave Grossman und der Erziehungsberaterin Gloria DeGaetano oder von Clemens Trudewind und Rita Steckel

II. Kultur des Todes

(Arbeitsgruppe für Motivations- und Emotionspsychologie der Universität Bochum) beiseite zu schieben. Welchen Effekt hat die permanente Punkte-Belohnung für Gewalt- und Tötungsakte in einem virtuellen Body-Count? Stimulieren bestimmte Computerspiele die Aggression? Wirken sie abstumpfend, gewöhnend oder schlicht im Sinne eines Nachahmungsmodells? Fördern sie – zumal bei Viel-Spielern – einen gewissen Autismus (Isolation, unsozialer Habitus, Realitätsverlust, Betäubung innerer seelischer Leere durch ein Verschmelzen mit virtuellen Funktionen etc.)? Verhindern sie Reifung, da in ihnen Ohnmachtgefühle gegenüber der komplexen realen Welt durch Kontrollillusionen am PC kompensiert werden können? Begünstigen sie das Entstehen von Omnipotenz- und Rachephantasien? Die *Identifikation* der Spieler mit aggressiven Rollen, so bemerken auch wohlwollende Autoren, ist jedenfalls höher und ganz anders geartet als etwa beim Medium Kriegsfilm, dessen Handlungen häufig den Rahmen abgeben.[131] Führt der Wegfall der Betrachterdistanz zum *Gewaltakteur* (= Spieler-Ich) zu einem Verlust von Mitgefühl gegenüber sichtbaren menschlichen Opfern, deren Repräsentanten im Zuge eines extremen Realismus ja längst keine abstrakten Pixel-Quadrate mehr sind?

Im Gegenzug zur Dämonisierung der Mediengewalt wehren sich die Apologeten der Kriegsspiele mit einem ganzen Arsenal unterschiedlichster Argumente gegen drohende Indizierungen. Das spielerische Ausagieren sei harmlos, baue aggressive Spannungen ab (Katharsis) und *mindere* so psychohygienisch die Aggressionsbereitschaft (»Kinder brauchen Gewalt«). Die zahlreichen vernetzten oder organisierten Spielgemeinden bildeten ein soziales Lernfeld. In ihnen würden gerade kommunikative Kompetenzen und die Fähigkeit zur Teamarbeit gefördert. Eltern, die sich dieser Medienrevolution verschließen, bekommen ein schlechtes Gewissen: »diese Spiele sind der Vorschein auf die Welt der Arbeit von morgen. Mit ihnen lernen Kinder und Jugendliche – ob es uns gefällt oder nicht – kooperativ in vernetzten Systemen nicht nur vorgegebene Aufgabenstellungen zu lösen, sondern auch, sich eigene auszudenken. Die globale Werkbank des Computerzeitalters lässt grüßen. Ego-Shooter-Spiele sind Lernspiele für die Welt von morgen.«[132] Kognitionswissenschaftler wollen trainierten Shooter-Spielern um 50 Prozent bessere Leistungen der visuellen Aufmerksamkeit attestieren; die Spiele förderten u. a. aktive visuelle Orientierung, ausdauernde Konzentration und sensomotorische Fähigkeiten bei der Umsetzung optischer oder akustischer Impulse in Reaktionen.[133] Letztlich gehe es auch gar nicht um Gewalt- oder Kriegsszenarien. (Das wirft die Frage auf, warum den Spielern dann virtuell nicht andere hochkomplexe Aufgaben anvertraut werden, etwa: technologische Operationen zum Schutz der Biosphäre; High Tech-Missionen im Dienste der globalen Trinkwasserversorgung oder zur medizinischen Eindämmung der AIDS-Epidemie auf dem Planeten; ökonomische Planspiele für eine weniger ungerechte Weltwirtschaft; intelligente zivile Konfliktlösungsstrategien und diplomatische Herausforderungen?) Andere Autoren, so im Mai 2002 Prof. Dr. Karl Albrecht Schachtschneider von der Universität Nürnberg-Erlangen, sehen schließlich in Spiele-Indizierungen einen Verstoß gegen geltendes EU-Recht und neoliberale Wirtschaftsdoktrin: Der »freie Warenverkehr« werde erheblich eingeschränkt, und internationale Spielehersteller müssten ihre Produkte für den deutschen Markt unter hohen Kosten anpassen oder auf einen Vertrieb verzichten. Vor allem in den USA bezieht man sich daneben auf eine uneingeschränkte »Meinungsfreiheit«, was immer das in diesem Fall auch heißen mag.

Hierzulande wird die Öffentlichkeit besonders bei »Geschmacksfragen« aufmerksam: Sony fing sich im Frühjahr 2004 eine Abmahnung der Wettbewerbszentrale für seine Postsendung an 15.000 Haushalte ein. Die Firma hatte für ein neues Computerspiel mit einem scheinbar offiziellen Umschlag der U.S. Army geworben, der einen *blutrot* verschmierten Stoff-Fetzen mit der Botschaft »Wir stecken in der Scheiße – hol uns hier raus!« enthielt.[134] Niemand jedoch fragte im Zuge dieses Werbeskandals danach, welche *Inhalte* die Sony-Kriegsspiele transportieren.

Im Kontext von Militainment und massenmedialem Krieg können wir die individualistisch verengte Gewaltdarstellungsdebatte an diesem Punkt vernachlässigen. Uns interessiert gerade das, was den populistischen Gewaltzensoren unproblematisch erscheint: die Vermittlung ideologischer Geschichtsbilder, die Militarisierung der zivilen Weltgesellschaft durch ganz »sachliche« Computerspiele und die militärische Funktionalisierbarkeit des virtuellen Kriegskomplexes (Ralf Streibl[135]). Nachdrücklich betont Hartmut Gieselmann mit seinem Buch »Der virtuelle Krieg« (2002): Nicht das Schmutzige (extrem blutige oder brutale Spiele), sondern gerade das »Saubere« (sterile Szenarien, hyperrealistische Waffentechnologie) ist das Gefährliche am virtuellen Krieg.

Der – formale bzw. technologische *und* der inhaltliche bzw. politische – *Realitätsbezug* der militärischen Computerspiele ist für die unterschiedlichsten Transfers beim Spieler von höchster Wichtigkeit. Die ehedem eher abstrakten Panzer-Quadrate lassen sich nunmehr bis zum Nahblick auf Panzerketten zoomen. Die alten Horror-, Fantasy- oder Science-Fiction-Szenarien werden zunehmend durch dreidimensionale *Kriegsschauplätze* ersetzt, die an reale Militärinterventionen erinnern. Marktbeherrschend sind nicht von ungefähr Anbieter aus den Vereinigten Staaten.
Folgende Aspekte und Funktionen halte ich für zentral:
- *Bildschirmszenarien* im Bereich von Armee, Kriegsberichterstattung und militärischen Unterhaltungsprodukten ähneln sich nicht nur äußerlich. Die Technologie des »Computerspiels« ist für Waffen-, Kampf- oder Strategietraining bzw. für Simulationen aller Art im modernen Militär bereits unverzichtbar. Informationsmedien verstecken den realen Krieg zunehmend hinter virtuellen Szenarien. Auf allen Ebenen findet jene Transformation in technische Parameter und »Simulationen« statt, die unser Bewusstsein von der Wirklichkeit fernhält und die nach Jean Baudrillard das »perfekte Verbrechen« ausmacht.[136]

II. Kultur des Todes

- Schon in der Ausbildung der Soldaten ist der dreidimensional simulierte Ernstfall, die Tötung von Menschen, immer mehr auf eine technische Reaktions- und Präzisionsleistung reduziert. Diese unblutige Abstraktion entspricht dem *realen* Funktionscharakter vieler simulierter Waffensysteme, denen die menschliche Aggressionshemmung und die Fähigkeit zum Mitgefühl aufgrund *unsichtbarer* Opfer nicht länger zum unlösbaren Problem werden. In der überwältigenden Zahl aller Fälle sieht der moderne Soldat nicht mehr die Gesichter derer, die er tötet. Stillschweigend verschwindet das An-Sehen des Menschen. (Doch auch das virtuelle Training mit sehr realistischen »menschlichen Zielobjekten« kann im Dienst der Desensibilisierung und einer reflexartigen Tötungsbereitschaft konditionierend wirken.)
- Im Netz der Computerkriegsspiel-Produktion sind Unterhaltungsindustrie, Rüstungshersteller und Militär inzwischen auf unterschiedlichsten Kooperationsebenen miteinander verflochten.
- Computerspiele werben z. T. gezielt für kostspielige, umstrittene Rüstungsprojekte wie Eurofighter oder F-22-Kampfjets und wecken bei den Konsumenten Begeisterung für ganz konkrete Produkte der Militärtechnologie.[137]
- Via Imagewerbung, Technikfaszination, scheinbar neutrale Rüstungs-Lexika und vernetztes Militainment, das eine Kontaktaufnahme zu besonders »geeigneten« Jugendlichen ermöglicht, fungieren die »Spiele« inzwischen als *Rekrutierungsinstrument*. Sie sorgen für den zukünftigen Army-Nachwuchs, der mit ihrer Hilfe auch schon eine Art virtuelle Grundausbildung genießt. – Im Spielfim THE ELITE (USA 2001) erweist sich z. B. der junge Erfinder einer Computersimulation »Fleet Command« auch praktisch als fähig, ein Kriegsschiff mit allen Funktionen zu bedienen.
- Die realistischen Computerkriegsspiele vermitteln als zentraler Bestandteil der massenmedialen Rüstungskultur bei vielen Millionen Menschen eine Gewöhnung an inflationäre Kriegsszenarien und präsentieren dabei das offiziell erwünschte Bild vom sterilen High-Tech-Krieg, in dem keiner leidet. Nicht selten belohnen sie den virtuellen Einsatz von Massenvernichtungswaffen durch »ästhetisch schöne« High-Light-Explosionen. (Entscheidender Langzeiteffekt ist ein *kollektiver* Empathieverlust der ganzen Kultur.)
- In gefährlichen *Transfers* kann sich auch der Rahmen vieler realistischer Militärspiele auf die Einstellung zu realen Kriegen auswirken (u. a. durch Reduktion oder Verfälschung politisch-geschichtlicher Zusammenhänge, durch Anschluss an Kriegsschauplätze der Gegenwart oder nahen Zukunft, durch das Aufgreifen von Feindbildstereotypen, durch die Missachtung völkerrechtlicher Konventionen und Waffentyp-Ächtungen).
- Schließlich scheint der gesamte Komplex des elektronischen Militainments innerhalb von Militär und Politik selbst *infantil-utopistische Wahnideen* zu fördern, die den Krieg der Zukunft als »Kinderspiel« erscheinen lassen.

II. Kultur des Todes

Die Kooperation der U.S. Army mit kommerziellen Herstellern von Computer- bzw. Videospielen zielt auf realistische Simulationssysteme. Das hat für das Militär vordergründig auch einen finanziellen Aspekt. Man kann auf die Hochleistungstechnologie der vorhandenen Massenproduktionen zurückgreifen und spart Geld für die Entwicklung eigener Hard- und Software. Doch das Interesse an den *Kreativen der Unterhaltungsindustrie* geht darüber hinaus[138]: Der Grad des erwünschten Realismus in hochkomplexen militärischen Strategie- und Kampfsimulationen hängt – bezogen auf die subjektiv bzw. emotional empfundene Echtheit – auch von Drehbuch, Bildqualität, Spezialeffekten, Bühnenbautechnologie, schauspielerischen Leistungen und vielen anderen Faktoren ab, für die der kommerzielle Entertainment-Komplex das Know-How bereithält. Die Profis der Film- und Unterhaltungsindustrie kooperieren an dieser Stelle mit dem US-Militär, so etwa in der Abteilung PC-Gaming am »Training and Education Command« (TECOM) der U.S. Marines, am »Institute for Creative Technologies« (ICT) und an der »School of Cinema-Television« in Süd-Kalifornien oder am Ausbildungszentrum STRICOM (»U.S. Army Simulation, Training & Instrumentation Command«) in Florida. In den Bau des 1999 in Los Angeles fertiggestellten ICT hat das Pentagon 50 Millionen Dollar investiert. Dort arbeiten Profis aus der Filmbranche (Regisseure, Drehbuchautoren, Techniker usw.) an der digitalen Simulation moderner Kampfsituationen. Ein militaristischer Drehbuch-Schreiber wie John Milius sorgt für die nötige Spannung. Zur Gründung sagt ICT-Leiter Richard Lindheim, ehemals Chef für den Bereich Spezialeffekte bei Paramount: »Das Institut war eine Initiative der Armee [...] Sie wollte sehen, ob sie irgendwie den Erfahrungsschatz der Unterhaltungsindustrie anzapfen könnte. Und damit meine ich nicht nur Leute aus Hollywood, sondern auch welche aus der Computerspielszene oder Betreiber von Vergnügungsparks.«[139] Die Erträge des ICT für die Schlachtfelder des 21. Jahrhunderts möchte Lindheim ausdrücklich in die Zivilgesellschaft übertragen: »Während diese Produkte einzigartige Trainingshilfen für potenzielle Generäle und Gruppenführer bieten, können sie auch Videospielern überall beibringen, mit Menschenmaterial umzugehen – diese Fertigkeiten werden ihnen im späteren Beruf enorm helfen.«[140] Das Pentagon hat die Rechte auf alle Erfindungen des Instituts; die kommerziellen Partner können aber einige Versionen der Simulationsspiele vermarkten. So wäre am Ende eine gemeinsame Urheberschaft von Militär und »freiem« Markt gar nicht mehr zu entwirren, zumal der Verwertungskreislauf offenbar in beide Richtungen verläuft. Die Käufer von Computerspielen leisten schließlich »einen unfreiwilligen Beitrag zum Verteidigungsetat«[141].

Seit einiger Zeit profiliert sich die U.S. Army ganz offen mit *eigenen Spiele-Produktionen* für ein Massenpublikum – ab 13 Jahren.[142] Das militäreigene Moves-Institut an der Naval Postgraduate School in Monterey hat am 4. Juli 2002 das zum Download oder als CD kostenlos vertriebene Simulationsspiel »America's Army« ins Netz gestellt. Zwei Teile dieses – auch für Mac und Linux kompatiblen – »Werbegeschenks«

II. Kultur des Todes

führen die Spieler ins militärische Leben ein (Soldiers) und eröffnen ihnen nach einem erfolgreich absolvierten Trainingsprogramm – parallel zu den Kampfhandlungen in Afghanistan und im Irak – die Teilnahme an »echten« Kampfhandlungen gegen Feinde (Operations). Die im Punktesystem ausgeloteten eigenen Qualitäten kann man via Server vom Pentagon registrieren lassen, womit die Profis der Zukunft ermittelt wären. Ein spezieller Link auf der von Millionen Nutzern besuchten Homepage des Spiels (Americasarmy.com) hat die Zugriffe auf die amtliche Rekrutierungsseite des US-Militärs (GoArmy.com) beachtlich steigen lassen. Oktober 2002 hatten sich bereits eine Millionen Spieler registrieren lassen. Fast 30 Prozent der User nutzten den überall vorhandenen Army-Link. Ende 2003 sah man die sechs oder mehr Millionen Dollar für das Produkt angesichts des jährlichen Rekrutierungsetats von mehr als einer Milliarde Dollar als eingespielt an: Es »sollen sich zwei Millionen Menschen registriert haben. 3 Millionen kostenlose CD-ROMs mit dem Spiel wurden verteilt, 6 Millionen Mal ist es heruntergeladen worden. Immerhin 1,3 Millionen Menschen haben sich virtuell zum Soldaten ausbilden lassen, um dann im Multiplayer-Modus stets als US-Soldaten gegen die Bösen in Afghanistan oder im Irak zu kämpfen. Der Trick an dem Spiel ist, dass zwar Teams gegeneinander spielen, aber dass das jeweils andere Team als der Böse auftritt, so dass die Spieler gar nicht die Möglichkeit haben, sich mit diesen zu identifizieren. Schließlich will man ja nicht Werbung für die Schurken machen, sondern die Spieler für die Army begeistern. Das Spiel soll besonders durch seinen Realismus bestechen, der allerdings aufhört, wenn es um das Töten geht. Beim Army-Spiel herrscht ein sauberer Krieg. Die Menschen fallen um, aber es gibt kein Blut und keine zerfetzten Körper. So will das Pentagon schließlich auch den wirklichen Krieg in den Medien dargestellt sehen.«[143] (Florian Rötzer) Laufende Updates, weitere Ausbildungsgänge zur Qualifikation in unterschiedlichsten Einheiten und neue Missionen aktualisieren das Spiel. Mit »Special Forces« konnte man bereits 2002 in einer Unterhaltungsversion sehen, wie es hinter den Fronten im Irak aussehen würde. Die Trailer versprechen Teilhabe an »cooler Technik« und stehen unter eingängigen Slogans: »Help liberate the Opressed!« – 2003 kündigte dann auch die CIA die Entwicklung eines Strategiespiels als Beitrag im Krieg gegen den Terrorismus an.[144]

Parallel geschehen Rekrutierungswerbung, Feindbild- bzw. Weltbildproduktion und militärische Simulationsausbildung via Computerspiel weltweit längst auf allen Seiten. In »Israeli Airforce« kann man zum Beispiel Bomben über Beirut abwerfen, und das israelische Militär bereitet Soldaten mit einem Simulationsspiel am Computer auf den Einsatz an den Checkpoints in den palästinensischen Gebieten vor.[145] Arabische Computerspiele wie »Under Ashes« und ein jüngst von der Hisbollah vorgelegter virtueller Weg zum »Märtyrertum« wollen, wie es heißt, antiislamischen Demütigungen in den virtuellen Kriegen der westlichen Unterhaltungswelt etwas entgegensetzen.[146] – Abzuwarten bleibt, ob die von Jugendoffizieren der Bundeswehr ausgehändigten

II. Kultur des Todes

Helikopter-Simulationsspiele demnächst anstelle von reinen »Hilfsmissionen« solche Operationen präsentieren, wie sie seit Dezember 2003 für das Militär in Europa offiziell vorgesehen sind.

Das für jede politische Gegenwartsbetrachtung unerlässliche Moment der nicht mehr menschengemäßen *Zeitbeschleunigung* in allen Prozessen, besonders von Paul Virilio analysiert, ist auch in unserem Zusammenhang von großer Bedeutung. In den militärischen Computerspielen findet – wie bei Informationsmedien, Infotainment und TV-Spielfilmen – ein rasanter Anschluss in Richtung Echtzeit statt. Die New Yorker Firma Kuma Reality Games verspricht Aktualität wie im Reality-War-TV: »Wherever the war takes our forces, we'll put you there.«[147] Dazu verwendet man Filmmaterial der Informationsmedien, Satellitenbilder und angeblich auch diverses Material vom Pentagon. Man darf sich an der Liquidierung der beiden Hussein-Söhne beteiligen, an der Gefangennahme des irakischen Diktators oder an der Afghanistan-Operation Anaconda. So wird also demnächst eine Heimatfront am Computer den echten Krieg in fernen Ländern *gleichzeitig* »mitspielen«. Da bleibt keine Zeit mehr zum Nachdenken. Ein begeisterter User schreibt in einem hiesigen Online-Forum: »Hast du das Spiel gespielt? Ich schon, und eins kann ich dir sagen! Das, was die in Americas Army vor 2 Jahren an Grafik und allem drum und dran geboten haben, kommt erst jetzt aus der Spieleindustrie auf den Markt! Das Spiel kann es locker mit den heutigen Taktikshooter (naja, bis auf Battlefield & MODS) aufnehmen! War echt gut, fand ich! Nur schade das man nach den Trainingscamps in keine Einsätze gehen konnte, da die Server zu weit weg waren und der Ping zu hoch war.«

Die ideologische Richtung des *zeitnahen* Spiele-Rahmens ist eindeutig. Die Spieler agieren in der erwünschten Weise als Weltpolizisten, jagen Terroristen und spielen »New World Order«. Allerdings ist das alles keineswegs so neu. Bereits Mitte der 90er Jahre hat Ralf E. Streibl am Beispiel des Flugsimulator-Spiels *»Back to Baghdad«* aufgezeigt, wie die 1991 von Bush Senior vorzeitig gestoppte Aufgabe nach Meinung des Militainments in einem weiteren Golfkrieg zu beenden sei[148]: Diesmal soll der dämonische Diktator Saddam Hussein nicht heil davon kommen. Dieser »ultimative Wüstensturm« verwendet Joysticks, die den originalen Steuerelementen der F-16-Kampfjets nachempfunden sind, und erzielt – u. a. mit Hilfe von Fotografien des Verteidigungsministeriums – »akkurate« Echtheit. Der Dank der Herstellerfirma Military Simulations Inc. geht u. a. an: U.S. Secretary of Defense Office of Public Affairs, U.S. Navy Department of Public Affairs, U.S. Navy Still Media Records Center, U.S. D.O.D. Media Center und das U.S. Air Force Public Affairs Office. – Im Actionspiel *»Conflict Desert Storm«* von Pivotal Games kann man die Kampfhandlungen von 1991 nachvollziehen: Gegner sollen offenbar ausnahmslos eliminiert werden, gerade nicht befehligte Truppenteile schießen selbsttätig irakische Soldaten nieder, und die Folgen für die Menschen im Irak bleiben außen vor. – Unabhängig von historischen Szenarien vermittelt die *Command & Conquer*-Serie einen globalen Krieg zwischen

II. Kultur des Todes

Gut und Böse um die Weltherrschaft.[149] Dem Reich des Bösen sind geographisch vor allem sozialistische und islamische Länder zugeordnet. Kritische Medien und UNO-Bürokraten erweisen sich für die guten Militärs als ärgerliche Hemmnisse. Die Wirklichkeit des 11.9.2001 kompromittierte allerdings einige Elemente der Reihe, so dass die weitere Entwicklung der Terrorbekämpfung die Spieler nur noch als »Gute« agieren lässt und schließlich einen Helden im Alleingang präsentiert. – Innerhalb der von Gieselmann angeführten Spiele ist ein unglaubliches Repertoire an Aktionen zu finden. Im Team darf man Terroristen mit dem finalen Schuss treffen (*Counter Strike*), Napalm- und Streubomben aus F-16-Jets abwerfen oder das Atomkraftwerk der nordkoreanischen Hauptstadt inmitten einer Millionenbevölkerung attackieren (*Falcon 4.0*). Die UNO kann pauschal als »Schwatzbude« erscheinen. Zivilopfer historischer Kriege kommen in den »Nachrichten« der Spiele nicht vor. Auch hier gilt es, den schmutzigen Krieg zugunsten sauberer Technik auszublenden. Selbstlaufende Zwischensequenzen suggerieren dem Spieler-Ich allerdings zuweilen berechtigte Exekutionen ...

Die neueren Terrorjagd-Titel verorten in ihren Handlungssträngen den Feind im orientalischen Kulturkreis und scheinen keine Tabus mehr zu kennen. Mit Blick auf das Weltbild dieser Produkte hat die Bundesprüfstelle für jugendgefährdende Schriften (BPjS) – jetzt Bundesprüfstelle für jugendgefährdende Medien (BPjM) – 2003 zum Spiel *Command & Conquer – Generals* der Firma Electronic Arts eine hilfreiche Stellungnahme vorgelegt, die nicht mehr äußerlich am Blut kleben bleibt: »Explosionen werden in noch nie da gewesenem Detailreichtum dargestellt. Dabei werden in den Zwischensequenzen besonders dramatische Explosionen in Zeitlupe gezeigt. Atompilze füllen den gesamten Bildschirm, und Raketen und Flugzeuge ziehen Spuren von Rauch hinter sich her. ABC-Kampfmittel hinterlassen nicht nur Tod und Zerstörung, sondern auch bunt leuchtende Nebelschwaden. [...] Die Spiel-Missionen von ›Command & Conquer – Generals‹ haben nicht nur militärisch-strategische Auseinandersetzungen zum Inhalt, sondern fordern den Spieler mitunter auch zum Krieg gegen die wehrlose Zivilbevölkerung auf: in einer Mission der GLA muss der Spieler UN-Hilfsgüter stehlen. Da die hilfsbedürftige Zivilbevölkerung auf diese Güter angewiesen ist, beginnt nun ein ungleiches Wettrennen. An dieser Stelle fordert das Spiel dazu auf, die Zivilisten zu töten und ihre Häuser zu zerstören, um an die von ihnen bereits eingesammelten Hilfsgüter zu gelangen. Darin liegt eine besonders menschenverachtende Gesinnung, die umso schwerer wiegt, da die Mission ebenso lösbar ist, wenn der Spieler die Zivilbevölkerung nicht ermordet. [...] ›Command & Conquer – Generals‹ zelebriert eine Vielzahl besonders grausamer Kriegswaffen und Tötungsarten wie z. B. Atom-Bomben, chemische Waffen oder Sprengstoffattentate in epischer Breite. [...] Darstellungen dieser Art offenbaren eine rücksichtslose, menschenverachtende und unbarmherzige Gesinnung, die Vergnügen und Spaß bereiten soll. Der ›Kick‹ rührt vorliegend gerade aus dem Bewusstsein, mit einem ethischen

Minimalkonsens, nämlich der Unantastbarkeit des menschlichen Lebens, zu brechen. Nicht die Distanzierung von, sondern die Identifikation mit diesem Normverstoß ist im Spiel angelegt, wird propagiert und belohnt. Ein etwaiger empathischer Mitvollzug der Leiden der Opfer ist, da das einzelne gesichts- und charakterlos verbleibende Tötungsobjekt in der Masse identischer Klone förmlich untergeht, ausgeschlossen. [...] Ebenso läuft der Inhalt des Spiels einem weiteren im Grundgesetz verankerten Konsens entgegen: der Erziehung zur Friedensbereitschaft. ›Generals‹ fördert stattdessen Kriegsbereitschaft in höchstem Maß und ist aus diesem Grund als jugendgefährdend einzustufen.«[150] Hinzuzufügen bliebe: »und als verfassungsfeindlich!« Hier werden Kategorien der Kritik entwickelt, die wir in die Schlussüberlegungen dieses Buches einbeziehen können.

Der individuelle Aspekt dieses ganzen massenmedialen Kriegskapitels liegt für uns darin, die Videospiele mit Jürgen Fritz als »perfekte Sozialisationsagenten« für das Militär zu durchschauen. Die Militarisierung von Gesellschaft und Kultur bildet dazu den Rahmen. Eine weitere, oftmals übersehene Dimension des Militainments, in dem sich Militär und Unterhaltungsindustrie berühren, hat Barry Levinson in seinem Film Toys bereits 1992 erfasst. Die seit 1997 im Rahmen des *Force Protection Lab* entwickelten Roboter-Jeeps mit integrierten Schussvorrichtungen kann man als Computerspieler nach Auskunft eines US-Entwicklers leicht bedienen: »Wer sich mit Konsolen wie Playstation oder X-Box auskennt, kommt damit leicht zurecht.«[151] Die Sciene Fiction-Szenarien, die zunächst *weniger* als ein detailgetreu »realistischer« Kontext zur schleichenden Militarisierung beitragen, scheinen Militär und Politik in bedenklicher Weise zu inspirieren. Futuristische Technologie gibt den Visionären einer unverwundbaren Allmacht und Allwissenheit den ultimativen Kick. Der Transfer findet nicht nur in den Köpfen statt: Bei Cyberwar-Szenarien mit Operationszielen am anderen Ende der Erde, ferngesteuerten Waffen, unbemannten Flugzeugen und Roboterfahrzeugen geht es längst nicht mehr um Computer-*Simulationen*. Die seit Jahrzehnten durch zigtausendfache Tode als Lüge entlarvte Propaganda zu Präzisionswaffen, die »Krebsgeschwüre« chirurgisch entfernen und »heiles Zivilistengewebe« unangetastet lassen, wird erweitert durch »nichttödliche« Zukunftswaffen nach Star-Trek-Art mit hochleistungsfähigen Lasern und Plasmastrahlungen[152], die jeden Anti-Kriegs-Protest zum Verstummen bringen, und durch neue »*einsetzbare*« Atombomben, die punktgenau und nachhaltigkeitsverträglich unterirdische Bunker sprengen.

»Zur Strategischen Verteidigungsinitiative, bekannt geworden unter dem Namen Star Wars, gehören nicht nur der umstrittene ›Raketenschild‹, sondern auch eine große Bandbreite offensiver lasergelenkter Waffen, die überall auf der Welt zuschlagen könnten, und außerdem Instrumente der Wetter- und Klimakriegsführung, die im Rahmen des High Altitude Auroral Research Program (HAARP) entwickelt wurden.«[153] Das FALCON-Programm des Pentagon zielt auf Hyperschall-Marschflug-

II. Kultur des Todes

körper mit globaler Reichweite, die von den USA aus jedes Ziel auf unserem Planeten blitzschnell erreichen können.

Der gegen Strahlen immunisierte »Universal Soldier« wandert aus dem Kino heraus ins Schlachtfeld.[154] Er ist mit Wunderdrogen und künstlichen Intelligenzchips ausgestattet, unangreifbar und psychisch steuerbar. (Ausdrücklich befürwortet Andrew Marshall, seit den 90ern Guru der technologischen »Revolution in Military Affairs / RMA« in den USA, verhaltensmodifizierende Drogen[155] bzw. »biotechnisch veränderte Soldaten«. Amphetamin-Gaben an US-Piloten wurden besonders während des Afghanistan-Krieges in kritischen Berichten berücksichtigt.) Im PR-Informationskrieg geht es um die Kontrolle über alle öffentlichen Mediendaten. (Dabei soll der eigentliche – »wirkliche« – Krieg unsichtbar werden.) Die »netzwerkzentrierte Kriegsführung« (NCW) soll hingegen auf dem komplexen Kriegsschauplatz Chaos und Zufälligkeit »durch genügend Sensoren, Netzwerke und intelligente Waffen«[156] eliminieren. (Dabei soll das eigene Agieren unsichtbar sein.) In beiden Fällen wäre eine satellitengesteuerte Omnipräsenz und Omnipotenz das Höchste der Gefühle. Durch perfekte Datenvernetzung ersetzt der Laptop, flankiert von Laserkennzeichnern, gigantische Einsatzzentralen. Die eigene Computersicherheit geht selbstverständlich einher mit grenzenlosen Cyberwar-Fähigkeiten.

Nirgends werden heute Milliarden eingesetzt für ein ziviles Wissen über lebendige Menschen-Räume im Dienste der *Kriegsprävention* und Friedensstabilisierung. Das Militärideal – elektronische Muskeln kombiniert mit geklonten Kriegsmonstern ohne Emotionen[157] – geht mit völligem Mangel an sozialer Intelligenz einher. Für »Störfaktoren« im Organismus einer Nachkriegs-Gesellschaft haben die RMA-Propheten, wie wir seit einigen Jahren sehen, wiederum nur militärische »Antworten« parat. Unter verfügbarer Information oder Komplexitätsbewältigung versteht man trotz aller Info-War-Theorien einseitig das, was dem Militär eine unangreifbare *technologische* Kontrolle und Beherrschbarkeit in Aussicht stellt: High-Tech-Waffen, Informationstechnologien (deren Daten von Menschen nicht mehr »verwaltet« werden können), Operationssysteme mit eigenen »Handlungskompetenzen« etc. Dass diese Entwicklung Terrorismus *jenseits* von High Tech herausfordert und technologische Systeme durch gegnerische Cyberwar-Spezialisten wiederum äußerst verwundbar werden können, dämpft die Euphorie kaum. ...

Hier schlägt infantile Technikfaszination um in eine totalitäre *Militärutopie des Kriegsspiels*.[158] Wie weit das fortgeschritten ist, zeigt die U.S. Army zum Beispiel mit ihrem »Futur Warrior 2025 Concept«. Spezialhelme erkennen durch Infrarotsensoren lebende oder bereits tote Objekte aus weiter Entfernung, sind mit unübertreffbaren Sinnesoptimierungen ausgestattet und stehen in Verbindung zum Satellitensystem. In zwanzig Jahren trägt der – dann jederzeit alles wissende, alles sehende und selbst unsichtbare[159] – US-Soldat einen thermisch-aerodynamischen Kampfanzug, der sich in jeder Umgebung die optimale Tarnfärbung zulegt und selbsttätig Medikamente und Nährsubstanzen injiziert oder Blutungen stillt. Pneumatische Muskeln und künstliche Gelenke verpassen dem Elite-Soldaten am Boden Sieben-Meilen-Stiefel. Die mobile EDV-Anlage ist gleichsam in der Brusttasche untergebracht. Jean-Louis De Gay vom »U.S. Army Systems Center« verrät uns, woher solche Innovationen kommen: »Dieses windschnittige System ist die Zukunft, und im Grunde ist es dem Film *Predator* mit Arnold Schwarzenegger entnommen. Als wir sahen, was der Außerirdische da konnte, zum Beispiel wie ein Chamäleon sein Äußeres der Umgebung anpassen und unsichtbar werden, dachten wir sofort, dieses großartige Konzept für unsere Soldaten zu übernehmen.«[160]

Anmerkungen

[1] Zitiert nach: *Freyberg* 2001 (dort angegebene Quelle: Neue Zürcher Zeitung, 29.3.2000).
[2] Ziert nach: *Reichel* 2004, 110.
[3] *Scherz* 2003, 15; vgl. *Schäfli* 2003, 13. (Die vermeintliche Versenkung des US-Kreuzers »Maine« in der Bucht von Havanna wurde 1898 den Spaniern zur Last gelegt; vermutlich war jedoch eine Explosion an Bord Ursache des Untergangs.) – Ein frühes militärkritisches Beispiel nennt *Rauhut* 1977, 1: den 1898 in England entstandenen Titel THE DESERTER von Robert William Paul. (*Rauhut* 1977 bietet einen sehr breiten Überblick über kriegskritische Filme.)
[4] Vgl. *Hoffmann* 1988 (zum NS-Film) und die Beiträge zu den zwei Weltkriegen in: *Chiari/Rogg/Schmidt* 2003. Rüdiger *Voigt* 2005b erinnert an die Anfänge: »Ludendorff ist es zu verdanken, dass die deutsche Oberste Heeresleitung 1917 – gegen Ende des Krieges – zu Propagandazwecken ein eigenes Bild- und Filmamt (BUFA) gründete, aus dem später die erste deutsche Filmgesellschaft, die UFA, hervorging. Die BUFA beschäftigte zeitweise 450 Menschen und verfügte über einen Etat von 18,5 Millionen Mark.«
[5] Zitiert nach: *Chomsky* 2003, 123.
[6] Zitiert nach: *Jertz/Bockstette* 2004, 67.
[7] Vgl. die Beiträge in: *Büttner/Gottberg/Metze-Mangold* 2004, 13-72.
[8] Vgl. dazu: *Lampe* 2002; *Strübel* 2002b.
[9] Vgl. *Chomsky* 2003, 194f.; ebenso *Marek* 2000.
[10] Vgl. *Holert/Terkessidis* 2002, 61.
[11] *Schneider* 2003.
[12] Vgl. *Pitzke* 2003a; *Pitzke* 2003b; *Simon* 2003; *Wolter* 2004 (im Rahmen eines Gesamtüberblicks über Kriegspropaganda).
[13] Vgl. *Bürger* 2004, 137; *Sallah/Weiss* 2004; *Mahr* 2004. Im April 2004 veröffentlichte auch »Spiegel Online« die mit dem Pulitzer-Preis (www.pulitzer.org) bedachten Recherchen in einem Fünfteiler.
[14] Vgl. *Stolte* 2004, 56.
[15] Vgl. insgesamt zu den »inhaltlichen« Folgen der Medieneigentümerschaft von Konzernen: *Leidinger* 2003.
[16] Vgl. *Hörburger* 2004, 33.
[17] *Prokop* 2004, 31.
[18] Vgl. zum Informationskrieg für die Bomben auf Afghanistan: *Becker* 2002.
[19] Heinz *Loquai 2003* nennt folgende Elemente der Propaganda: 1. Eine Dramatisierung der

II. Kultur des Todes

Gefahr bzw. der Bedrohung; 2. Die Verharmlosung des Ereignisses Krieg und der Kriegsschäden; 3. Hervorbringen eines Gefühls der Unvermeidbarkeit des Krieges; 4. Missachtung und Diffamierung des Widerstands gegen den Krieg; 5. Bestialisierung des Feindes; 6. Glorifizierung der eigenen Führungspersönlichkeiten.

[20] Vgl. *Stöcker* 2004.
[21] Vgl. *Dienes/Holler* 2002, 11.
[22] Laut *Stern* Nr. 10/2003.
[23] Vgl. *Simon* 2003; *Frey* 2004, 452; *Harrer* 2004. – Zur unglaublichen »Reichhaltigkeit« bzw. Flexibilität der offiziellen Kriegsbegründungen vgl. *Largio* 2004 und besonders (mit zahlreichen Originalzitaten) *Deiseroth* 2004, 9-17.
[24] Dazu *Harrer* 2004: »Tatsächlich wird man lange suchen, bis man Zitate aus dem Munde von relevanten US-Offiziellen findet, in denen eindeutig behauptet wird, dass der Irak des im April 2003 gestürzten irakischen Diktators an 9/11 direkt und aktiv beteiligt war. Trotzdem wurde dies zu einem weit verbreiteten Teil des populären US-amerikanischen Narrativs [...] Die mangelnde CIA-Bereitschaft, die Irak-Kriegsfraktion mit Material zu beliefern, führte zur Einrichtung einer eigenen Pentagon-Geheimdienstgruppe unter der Leitung von Staatssekretär Douglas Feith, die fortan ›Theorien‹ entwickelte, wie eine Zusammenarbeit zwischen Saddam Hussein und Al-Kaida ausgeschaut haben könnte. Diese Theorien wurden auf manipulativ meisterhafte Art unters Volk gebracht, das kriegsbereit gemacht werden musste. Präsident und Vizepräsident halfen durch teils nebulöse, teils schon recht handfeste Andeutungen mit, an deren Gehalt sie bis heute aus guten politischen Gründen nicht abrücken.«
[25] Vgl. *Propaganda funktioniert* 2004.
[26] *Rutenberg* 2004, 56.
[27] Nachdrücklich ist daran zu erinnern, dass dies in vielerlei Hinsicht auch für die Bundesrepublik Deutschland gilt. Dass manche Kreise der Weltkirchen – aus der Sicht der Armen des Planeten – Deutschland gleich nach den USA als Täterland betrachten, wird man aus deutschen Massenmedien kaum erfahren.
[28] Vgl. *Morelli* 2004, 108f., 131.
[29] Vgl. *Brüggemann/Albers* 2003; *Everschor* 2003, 233-235; *Midding* 2003. Zum kriegkritischen Hollywood vgl. auch *Bürger* 2004, 202f.
[30] *Mitscherlich* 1972, 402.
[31] Vgl. *Claßen* 2003b. Zehn Jahre nach dem Dokumentarfilm COUNTERFEIT COVERAGE (1992) von David Shulman belegt der Vorgang die Unverfrorenheit, mit der Medienmacher auch an entlarvten Inszenierungen einfach festhalten. – Zur »Brutkastenlüge« selbst: Als vorbereitender »Trailer« zum Golfkrieg 1991 wurde der US-Bevölkerung und der ganzen Welt eine professionelle Inszenierung präsentiert. Am 19. Oktober 1990 berichtete ein 15-jähriges Mädchen vor einem Ausschuss des US-Kongresses, irakische Soldaten hätten im al-Adan-Hospital in Kuwait City Brutkästen gestohlen und mehr als 300 Frühgeborene auf dem Boden liegend dem Tod überantwortet. Die vermeintliche Augenzeugin und Pflegehelferin, deren Identität sorgsam gehütet wurde, entpuppte sich später als Tochter des kuwaitischen Botschafters in Washington. Die Kampagne wurde vor dem UNO-Sicherheitsrat am 27.11.1990 mit noch dreisteren Erfindungen präsentiert, die bei allen Medien durchgingen. US-Präsident Bush Sen. führte das Säuglingsmassaker in mehreren Reden als äußerst wirksames Kriegsargument an. Hoch bezahlter Produzent des völlig erfundenen Gräuelmärchens war die Public Relations-Firma Hill & Knowlton, fünf Wochen nach der irakischen Invasion in Kuwait (2. August 1990) engagiert. Als Auftraggeber fungierte die Lobbyorganisation »Citizens for a free Kuwait«. – Ein Nachspiel dazu folgte jüngst in Groß-

britannien. Nach einem Beitrag von Chris Moncreiff im *Scotsman* vom 2.10.2004 ließ die Regie auf dem Labour-Parteitag im Herbst 2004 eine Irakerin namens Shanaz Rashid als Überraschungsgast auftreten. Diese habe »enge Verbindungen« zur CIA und sei Exil-irakischen Kreisen verbunden. Ihr Auftrag war indessen, die Labour-Delegierten als betroffene Irakerin mit einem humanitären Appell zur Regierungstreue und gegen Voten für einen Truppenabzug zu bewegen: »Please, please, do not desert us in our hour of need.« – Zu berühmten historischen Kriegslügen: *Bölsche* 2003.

32 Vgl. zu den ungeheuerlich dreisten Erfindungen zusammenfassend: *Frey* 2004, 450-454; zum Sturz der Saddam-Statue: *Wolter* 2004, 89. – Nach den US-Präsidentschaftswahlen im November 2004 meinte Literatur-Nobelpreisträger José Saramago, Bush Jun. habe »die Lüge als Massenvernichtungswaffe eingesetzt und alles deutet darauf hin, dass er dies auch in Zukunft tun wird.«

33 Zitiert nach: *Deiseroth* 2004, 16. – Damit steht Wolfowitz allerdings im Einklang mit der »National Security Directive 54«: »Zugang zum Öl des Persischen Golfes ist für die nationale Sicherheit der USA von entscheidender Bedeutung. Falls erforderlich werden wir diese Interessen auch mit militärischer Gewalt verteidigen.« (Zitiert nach: *ebd.*, 17.)

34 So berichtete die Frankfurter Rundschau am 5. April 2004.

35 Zitiert nach: *Morelli* 2004, 31.

36 *Stiglitz* 2004. Vgl. aus journalistischer Sicht zur späten Folterberichterstattung in den USA: *Griffin* 2004; *Baum* 2004. Die sehr späte Reaktion speziell der deutschen Medien hat eine Projektgruppe von Medienstudenten der Hochschule Mittweida unter der Leitung von Professor Horst Müller untersucht (www.folter-frei.de).

37 Vgl. zum Tonking-Zwischenfall: *Wagener* 2004b. Auch in diesem Fall sahen die Medien keinen Anlass zu weiterer Recherche. – Eindeutig bestätigt sogar der damalige Verteidigungsminister McNamara im Dokumentarfilm THE FOG OF WAR (USA 2004), dass es zumindest den *zweiten* Beschuss der Maddox, welcher den US-Kongress zur Kriegsresolution motivierte, nie gegeben hat.

38 Zahlreiche Beispiele enthält die Ausstellung »Bilder, die lügen« der Stiftung Haus der Geschichte der Bundesrepublik Deutschland in Kooperation mit der Bundeszentrale für politische Bildung (Historisches Museum Hannover vom 18.09.2004 bis 09.01.2005).

39 Vgl. das Kapitel XI in: *Bürger* 2004, 162-169.

40 Politische Bewegungen wären erfolgreicher, wenn sie heute solche Aufforderungen jungen Leuten als *kreativen Selbstschutz* – und nicht als schwere moralische Pflicht – empfehlen würden und zur Ergänzung einsamer Internetrecherchen nach US-Vorbild Begegnungszirkel anregen. – Im Kontext der konstruierten Weltbild-Täuschungen halte ich es nicht für hilfreich, wenn ein Autor wie Gerit *Hoppe* 2004 ohne Hinweis auf Politik und Medienkonglomerate der Gegenwart – an sich berechtigte – individualethische Überlegungen zur Rehabilitation des Lügens publiziert. Immerhin verweist *Hoppe* 2004 auf machtpolitische Apologeten der Lüge: »Auch Niccolò Machiavelli bemühte sich kaum um die Unterscheidung von guten und weniger guten Lügen. Weltlich nüchtern sah er in der Selbsterhaltung und Machtsteigerung des Staates das vorderste Ziel des politischen Handelns, zu dessen Erreichen sich der versierte Staatsmann aller Mittel bedienen müsse, also moralischer ebenso wie unmoralischer. Eingedenk der Schlechtheit und Einfältigkeit der Menschen könne und dürfe ein kluger Herrscher Treu' und Glaube nicht halten, sofern ihm Nachteile daraus erwüchsen oder die Gründe nicht mehr vorhanden sind, aus denen er ein Versprechen ablegte.« Durch das Zeitalter der Massenmedien sind tradierte Schwerpunkte der philosophischen Wahrheits-Reflektion (erkenntnistheoretischer Subjektivismus; Unterscheidung von Faktum bzw. Richtigkeit und existentieller Wahrheit; Wirklichkeit als *wirksames* Geschehen

II. Kultur des Todes

etc.) wieder durch die einfache Frage nach Zutreffendem oder nicht Zutreffendem zu ergänzen. Es geht dabei um das mit machtvollem Instrumentarium und unter benennbaren Interessen konstruierte Welt-Bild.

[41] *Brinkemper* 2003 meint: »Im Lichte der Kriegs-und-Terror-Filme aus Hollywood und der aus Vietnam bekannten TV-Berichterstattung erweist sich die Infolandschaft des dritten Golfkriegs als ein multimediales Show-Szenario der zumeist erschreckenden Gleichgültigkeit gegenüber der menschen- und völkerrechtsverachtenden Kernstrategie des US-Wirtschaftskrieges.« – Zum Kosovokrieg hatte der Kabarettist Matthias Beltz bereits 1999 angemerkt: »Wir erfahren nichts, das aber stundenlang.« (Zitiert nach: *Leidinger* 2003, 241.)

[42] Vgl. *Rötzer* 2003e. Treffend schreibt *Harald Müller* 2003, 24: »Ausgewogen hätte diese Berichterstattung nur sein können, wenn auch Journalisten bei irakischen Familien ›eingebettet‹ gewesen wären, die in Nassirijah oder Bagdad die Schrecken des Krieges im Alltagsleben auf der Verliererseite (und nicht nur im Journalistenhotel) miterlebt hätten.« Ohne grundsätzlich eine ergänzende Berichterstattung von »eingebetteten« Reportern abzulehnen, bietet Bettina *Gaus* 2004, 75-100 eine hervorragende Beleuchtung des Konzepts. Sie meint: »Im Zweiten Weltkrieg waren Propagandisten wenigstens noch offizieller Teil der Streitkräfte und dienten nicht zugleich als Kronzeugen der Meinungsfreiheit.« – Im US-Kino ist die Rolle von Medienmitarbeitern in einigen Filmen kritisch bedacht worden, so z. B. bezogen auf den Fernsehreporter im kriegsführenden Land (MEDIUM COOL, USA 1969), den Kriegsberichterstatter an der Front (UNDER FIRE, USA 1982) und den Kamera-Mann der Filmabteilung des Militärs (84 CHARLIE MOPIC, USA 1988).

[43] Vgl. *Claßen* 2004.

[44] Nach *Stolte* 2004, 62 konnte die unabhängige Media Tenor GmbH in einer Untersuchung drei Viertel der Quellen der Irakberichterstattung von ABC, CBS und NBC bis zur Republikanischen Partei zurückverfolgen.

[45] Zitiert nach: *Frohloff* 2003. Bezogen auf den Kosovo-Krieg meinte dann der NATO-Sprecher Jamie Shea: »Das Wichtigste ist, dass der Feind nicht das Monopol auf die Bilder haben darf.« – Shea rückblickend: »Die Journalisten waren gleichsam Soldaten in dem Sinne, dass sie der Öffentlichkeit erklären mussten, warum dieser Krieg wichtig war. Es gehörte zu meinen Aufgaben, sie zu munitionieren, die Lauterkeit unserer Kriegsmotive und unserer Aktionen zu zeigen.« (Zitiert nach: *Frohloff* 2004, 39.)

[46] Vgl. dazu die wichtige Arbeit von *Claßen* 2003a; sowie *Rötzer* 2003g; *Wolter* 2004, 88f.

[47] *Chossudovsky* 2003a; vgl. *Claßen* 2003b, 44.

[48] Vgl. *Irak-Dossiers* 2003.

[49] So immer noch: *Frey* 2004.

[50] Zitiert nach: *Claßen* 2004, 25.

[51] *Claßen* 2003a, 44f.

[52] *Virilio* 1989, 79f.

[53] Vgl. *Rapp* 2003.

[54] Vgl. *Claßen* 2003a; *Böhnel* 2001; *Palm* 2001; *Klawitter* 2003; *Frohloff* 2004, 40.

[55] Dazu bundesdeutsche Äquivalente: Verteidigungsminister Scharping wurde während des Bundeswehreinsatzes im Kosovo von der PR-Agentur Hunzinger betreut; bei der Bundeswehr arbeiten 2000 bezahlte Leute im Sektor »Öffentlichkeitsarbeit«, doch in ganz Deutschland gibt es nicht annähernd so viele Friedensforscher. (So Politikwissenschaftler Jörg Becker, nach: *Zuerst stirbt die Wahrheit* 2003.)

[56] Vgl. *Prose* 2003a.

[57] Vgl. *Pitzke* 2003b.

[58] Vgl. *Simon* 2003a.

59 Vgl. *Rupp* 2002b.
60 Vgl. *Simon* 2003a.
61 Insbesondere bedauerte die *New York Times*, sich voreilig auf *irakische* Regimegegner verlassen zu haben. Dem Lob der eigenen journalistischen »Leistungen« folgte einschränkend als Selbstanalyse: »Wir sind aber auch auf Recherchen gestoßen, die nicht so streng durchgeführt wurden, wie dies hätte sein sollen. In manchen Fällen wurden Informationen, die damals kontrovers erschienen und heute fragwürdig sind, nicht ausreichend qualifiziert und ohne weitere Recherche übernommen. Rückblickend wünschten wir, dass wir manche Behauptungen aggressiver überprüft hätten, wenn neue Beweise auftauchten oder ausblieben.« (Zitiert nach: *Stegemann* 2004.)
62 Vgl. *Frohloff* 2004, 46f.
63 Zitiert nach: *Seeßlen/Metz* 2002, 142.
64 Zitiert nach: *Fuchs* 2003, 58.
65 Vgl. *Schwabe* 2003; *Tote GIs im Irak* 2004; *Rötzer* 2004c.
66 Vgl. u. a. *Schneider* 2003; *Rötzer* 2004a.
67 *Vann* 2002b.
68 Vgl. *Pany* 2004a.
69 *Ex-BBC-Chef wirft Blair systematische Einschüchterung vor* 2004. – Zur Regierungstreue der britischen Medien während des jüngsten Irakkrieges vgl. *Pilger* 2004b: »Bis zum Fall Bagdads sendeten, legitimierten und highlighteten Journalisten die Lügen und Desinformation Bushs und Blairs«. Rühmliche Ausnahmen waren vor allem BBC-Reporter Andrew Gilligan, der Informationen des ehemaligen UN-Waffeninspekteurs und Regierungsberaters David Kelly an die Öffentlichkeit weitergegeben hatte, »Richard Norton-Taylor vom ›Guardian‹ oder Robert Fisk vom ›Independent‹ [....] der ›Mirror‹ und ›The Independent‹«. Der Reporter eines kommerziellen Radios erhielt die Weisung: »Halten Sie sich mit diesem Antikriegs-Zeugs zurück, oder unsere Werbekunden sind unzufrieden.«
70 Vgl. *Rötzer* 2004d.
71 Vgl. *Rötzer* 2004d.
72 Dazu ein kleiner Überblick bei: *Rötzer* 2004i.
73 Dazu schreibt Ursula *Rüssmann* 2004 treffend: »Geschwiegen wird in Deutschland auch zur Frage, inwieweit sich KSK-Elitesoldaten in Afghanistan an Menschenrechtsverbrechen mitschuldig gemacht haben. Immerhin haben die Deutschen ihre Gefangenen häufig US-Truppen übergeben. Verhört werden die Leute oft auf dem US-Stützpunkt Bagram, von dem Übergriffe, sogar Todesfälle aktenkundig geworden sind.«
74 Die Angaben der entsprechenden Veröffentlichungen zu Atomsprengköpfen auf dem Boden der BRD differieren sehr stark. *Streck* 2005 nennt unter Berufung auf die unabhängige US-Organisation Natural Resources Defense Council 110 bis 150 Atombomben in Ramstein und Büchel. Mit dieser »nuklearen Teilhabe« wird permanent gegen den »Nicht-Verbreitungs-Vertrag von Kernwaffen« (NVV) verstoßen.
75 Vgl. *ISW* 2003; *Schmale* 2003. – Dagmar Dehmer schreibt im Tagesspiegel vom 3.10.2004, Deutschland habe 2003 Rüstungsgüter im Wert von 7,8 Milliarden Euro exportiert; die Summe der Ausfuhren von Kriegsmaterial und Dual-Use-Gütern an die Teilnehmer der Irakkriegs-Koalition habe dabei mit rund 1,792 Milliarden Euro höher gelegen als im Vorjahr mit rund 1,619 Milliarden Euro. Im Kriegsjahr 2003 seien zudem Rüstungsgüter und Dual-Use-Güter im Wert von 2,98 Millionen Euro an den Irak geliefert geworden. – Auf dem Irak-Hearing am 6.11.2004 in Köln wurde vorgetragen, 80 Prozent aller Militärtransporte der USA im Irakkrieg seien von deutschen Flughäfen und Stützpunkten aus geflogen worden.

II. Kultur des Todes

76 Vgl. zur völkerrechtlichen Bewertung des jüngsten Irakkrieges *Elken* 2004a und besonders die Darstellung von *Deiseroth* 2004 (*ebd.*, 121-131 Zitate rot-grüner Regierungspolitiker zum Thema).

77 Werner Diehl, Geschäftsführer des gleichnamigen Streubombenherstellers, wurde 2003 mit dem Bundesverdienstkreuz geehrt. 1997 hatte die Nürnberger *Diehl GmbH & Co* mit folgendem Anzeigentext geworben: »Zum Recht, in Freiheit zu leben, gehört die Pflicht, die Freiheit gegen Angriffe zu verteidigen. In einer hochtechnisierten Welt bedarf es hierzu komplexer Waffensysteme.« (Zitiert nach: *Leidinger* 2003, 255.) An die bereits bestehende Völkerrechtswidrigkeit von Cluster Bombs erinnert immer wieder Prof. Norman Paech. Das Aktionsbündnis Landminen.de informierte Mitte 2004 darüber, dass die Bundeswehr sich zu den bereits vorhandenen 30 Millionen Streubomben weitere Streubomben zulegen will, für insgesamt 86,3 Mio Euro. (Vgl. *Streubomben verbieten – Bund soll Waffen nicht kaufen* 2004.)

78 Vgl. *Neuber* 2004; zu gesetzlichen Initiativen der Bundesregierung als Wegöffnung für sogenannte »nicht-letale Chemiewaffen« vgl. *Knauer* 2004.

79 In diesem Zusammenhang konstatieren die fünf Institute für Friedens- und Konfliktforschung in Deutschland: »Eine Schieflage zugunsten militärischer Optionen kennzeichnet auch den Verfassungsentwurf der Europäischen Union, etwa durch die Verankerung einer Rüstungsagentur in diesem Text. Eine solche Institution, mit der die Interessen europäischer Waffenlabors und -produzenten harmonisiert werden sollen, hat in einer Verfassung nichts zu suchen. Dagegen wurde ein von vielen Nichtregierungsorganisationen und der Friedensforschung gefordertes ›Amt für zivile Konfliktbearbeitung‹ nicht aufgenommen.« »Zu weltweiter Kriegführung fähige deutsche Streitkräfte, wie sie die Struktur- und Ausstattungsplanung des Verteidigungsministeriums vorsieht, sprengen nicht nur den Verfassungsauftrag der Bundeswehr, sondern beruhen auch auf keiner sicherheitspolitisch überzeugenden Bedarfsanalyse. Jedoch bestimmt der Umbau zur Interventionsarmee längst den Alltag der Bundeswehr. Sie übt bei Invasionsmanövern nicht die Verteidigung des eigenen, sondern die Einnahme feindlichen Territoriums. Sie investiert Millionen in die Anpassung des ursprünglich als Jagdflugzeug entwickelten Eurofighter an seine zusätzlichen Aufgaben als Jagdbomber. Sie besteht auf dem umstrittenen Truppenübungsplatz Kyritzer Heide, der als einziger in Deutschland die Simulation von Angriffsoperationen mit Luft-Boden-Raketen ermöglicht. Nach innen setzt sie das neue Leitbild der ›Armee im Einsatz‹ um. Ziviles Traditionsgut, das die Bundeswehr substanziell von ihren Vorläuferinnen abhebt, droht dabei auf der Strecke zu bleiben. Schon fordert der Inspekteur des Heeres, General Hans-Otto Budde, statt des Staatsbürgers in Uniform den ›archaischen Kämpfer‹. Diese Tendenzen laufen dem grundgesetzlichen Auftrag der Bundeswehr zuwider.« (*Das Faustrecht bringt keinen Frieden* 2004.)

80 Der freie Diskurs über den EU-Verfassungsvertrag und die sogenannte »Transformation« der deutschen Verteidigungspolitik wird mitunter auf regelrecht inquisitorische Weise unterbunden. Zur Ausladung des Verfassers von einer Veranstaltung mit dem Bundesverteidigungsminister Peter Struck (nach vorangegangener Anmeldebestätigung) am 31.1.2005 in Düsseldorf vgl. den Bericht »Kritische Fragen an Struck unerwünscht – Düsseldorf: Friedensaktivisten wurden zum Vortrag des Bundesverteidigungsministers nicht zugelassen« in der *jungen Welt* vom 2.5.2005.

81 Philip M. Strub, Mitte 2002 gegenüber der *New York Times*, hier zitiert nach: Hamburger Morgenpost, 12.6.2002.

82 Zitiert nach: *Krass* 2002. – *Reichel* 2004, 24 erinnert daran, dass nach dem Zweiten Weltkrieg bereits Max Picard vor »der Deutungsmacht der Massenmedien, ihrer Eigendynamik

und Nachhaltigkeit« gewarnt habe: »Der Mensch habe keine ›innere Geschichte‹ mehr, schrieb der Schweitzer Philosoph, das Radio sei heute seine Geschichte, mehr noch, ›es scheint Geschichte zu machen.‹ Der Mensch sehe, höre und lese zwar noch, was geschieht, ›aber wirklich wird für ihn das Geschehen erst, nachdem das Radio das Ereignis berichtet und die illustrierte Zeitung es abgebildet hat.‹«

83 Der Zusammenhang zwischen Infotainment und Militainment ist offenkundig. Joshua Rushing, Presseoffizier des *Central Command Center* der US-Armee während des Irakkrieges, arbeitete z. B. vor seinem Irakeinsatz 2003 als »militärischer Drehbuchberater« für Kooperationen von Hollywood und Pentagon.

84 MARSCHBEFEHL FÜR HOLLYWOOD – DIE US-ARMEE FÜHRT REGIE IM KINO (NDR 2004; ausgestrahlt am 14.1.2004 um 23.00 Uhr in der ARD), Dokumentarfilm von Maria Pia Mascaro, Buch und Regie: Jean-Marie Barrère, Maria Pia Mascaro; deutsche Bearbeitung: Ingo Zamperoni; Produktion: René Pech; Redaktion: Denis Boutelier, Andreas Cichowicz, Frank Jahn; eine CAPA-Produktion in Zusammenarbeit mit Canal und dem Centre National de la Cinématographie. – OPÉRATION HOLLYWOOD (Operation Hollywood), Frankreich 2004 (Arte France, Les Films d'Ici – Erstausstrahlung in Arte, 29.10.2004), Dokumentarfilm von Maurice Ronai, Emilio Pacull. – Vgl. außerdem zum »Militainment« aus Hollywood und Pentagon: *Albers* 2002; *Claßen* 2003a; *Distelmeyer* 2002; *Heybrock* 2002; *Kersten* 2003; *Kohler* 2002; *Kreye* 2001; *Kreye* 2002; *Patriotismus und Profit* 2002; *Rupp* 2002a; *Scherz* 2003; *Scheuermann* 2000; *Schweitzer* 2001; ebenso das Kapitel »Militainment« in: *Gaus* 2004, 101-116. – Zu *Suid* 2002 und *Robb* 2004, zwei us-amerikanischen Standardwerken über die Kooperation von Pentagon und Hollywood bei Filmproduktionen, vgl. den Literaturbericht im Anhang dieses Buches.

85 Die zahlreichen B-Produktionen und TV-Filme, bei denen Verteidigungsministerium und Militär kooperieren, können trotz unseres umfangreichen Untersuchungsmaterials in dieser Arbeit nur mit einen sehr kleinen Auswahl berücksichtigt werden. Dazu zählt z. B. ein Film wie PERFECT CRIME (USA 1997), der das Militär zum Schauplatz einer Kriminalgeschichte macht und Werbung für die U:S. Army als Lebensraum betreibt. Pentagon und Phil Strub sind im Nachspann aufgeführt.

86 Zitiert nach dem Dokumentarfilm: MARSCHBEFEHL FÜR HOLLYWOOD (2004) von Maria Pia Mascaro.

87 Zitiert nach dem Dokumentarfilm: OPÉRATION HOLLYWOOD (Frankreich 2004).

88 Zitiert nach dem Dokumentarfilm: OPÉRATION HOLLYWOOD (Frankreich 2004). Vgl. dort auch folgende Stellungnahmen: »Das Militär arbeitet im allgemeinen gerne mit Hollywood zusammen, weil es jedes Jahr ohnehin zig Millionen für Werbefilme ausgibt, um Rekruten für die Army zu gewinnen und der Öffentlichkeit und dem Gesetzgeber zu beweisen, dass es gute Arbeit leistet. Die meisten Kriegsfilme präsentieren die amerikanischen Streitkräfte daher in einem günstigen Licht. Andererseits möchten wir hier in Hollywood gerne einen guten und aufwendigen Film machen, der dem Publikum mehr Action für sein Geld bietet. Unsere Beweggründe für eine Zusammenarbeit liegen also auf der Hand. Wir versuchen sie zu überlisten, indem wir versprechen, Szenen herauszunehmen oder unsere Intentionen verschleiern, wenn sie Probleme sehen oder irgendetwas diskutieren möchten. Manchmal reichen wir sogar Drehbücher ein, bei denen problematische Teile herausgestrichen sind. Sie wissen das zumeist und drücken ein Auge zu. Es ist einfach Verhandlungssache, wie alles auf der Welt.« (US-Regisseur Philip Noyce, der den Film CLEAR AND PRESENT DANGER mit Army-Unterstützung gedreht hat.) »Dass die Hollywoodproduzenten ihre künstlerische Integrität gefährden, indem sie sich ihre Drehbücher vom Militär genehmigen lassen, liegt daran, dass sie auf diese Weise Geld sparen. Und Hollywood ist verständlicher Weise

II. Kultur des Todes

auf Gewinn aus. Die Produzenten machen ein gutes Geschäft.« (US-Medienbeobachter Joe Trento)
[89] Die im Dokumentarfilm MARSCHBEFEHL FÜR HOLLYWOOD (2004) gezeigte Episode der Serie zeigt eine Militäranwältin auf geheimer Operation mit Spezialeinheiten, unter gefangenen Al Qaida-Kämpfern oder beim Fliegen eines Düsenjägers über Afghanistan.
[90] Zitiert nach: *Turley* 2003.
[91] Vgl. *Bürger* 2004, 88-91, 142f. Innerhalb der Vietnamtrilogie von Stone muss dieser äußerst erfolgreiche Film als eher patriotisch und geradezu militärfreundlich bewertet werden. – Zur späteren Förderung des »Making Of«-Films über PLATOON durch die U.S. Army vgl. *ebd.*, 92. – Arnold Kopelson, Filmproduzent von PLATOON, erläutert im Dokumentarfilm MARSCHBEFEHL FÜR HOLLYWOOD (2004) von Maria Pia Mascaro: »Wir hatten zwei alte Helikopter aus dem 2. Weltkrieg und wir brauchten einen Düsenjäger, zwei gepanzerte Truppentransporter, Uniformen für die Vietcong-Soldaten, wir brauchten Statisten, Gewehre, leichte Geschütze, und wir haben das alles arrangiert! Aber, hätten wir einen Apache-Helikopter benötigt oder einen Flugzeugträger, dann hätte das bedeutet: Entweder du arbeitest mit der Regierung oder du arbeitest gar nicht!« – Der Film des Veteranen Stone zielte keineswegs vorrang auf die Friedensbewegung. Captain Dale Dye meint: »Wichtig ist, dass der Film PLATOON eine Versöhnung zwischen Amerikas Vietnamveteranen, ihren Familien, die nichts über deren Kriegserfahrungen wussten, und den amerikanischen Kriegsgegnern herbeiführte.« (Zitiert nach dem Dokumentarfilm OPÉRATION HOLLYWOOD, Frankreich 2004.)
[92] Zitiert nach dem Dokumentarfilm: MARSCHBEFEHL FÜR HOLLYWOOD (2004) von Maria Pia Mascaro.
[93] Vgl. zu Coppolas Filmen APOKALYPSE NOW und GARDENS OF STONE: *Bürger* 2004, 70-84 und 130-134. – Zur Wandlung vgl. *Winkler* 2003, der u. a. folgende Drehbuchstreichung für GARDENS OF STONE berichtet: Auf dem Soldatenfriedhof Arlington sollte eine Kriegerwitwe ursprünglich auf das Grab ihres Mannes spucken und sagen: »Jetzt weiß ich wenigsten, wo du nachts bist!«
[94] Zitiert nach dem Dokumentarfilm: MARSCHBEFEHL FÜR HOLLYWOOD (2004) von Maria Pia Mascaro.
[95] Zitiert nach dem Dokumentarfilm: MARSCHBEFEHL FÜR HOLLYWOOD (2004) von Maria Pia Mascaro. Dort kann man anschaulich den umfangreichen Aktenapparat sehen, der das entsprechende – in Farbstufen untergliederte – Prozedere der Drehbuchprüfung gewährleistet.
[96] Mitteilung im Dokumentarfilm OPÉRATION HOLLYWOOD (Frankreich 2004). Treuherzig offenbart darin Verbindungsoffizier Major J. Todd Breasseale: »Beim zweiten Durchgang [nach Markierung aller armee-relevanten Drehbuchpassagen; *Anm.*] lese ich etwas kritischer. Wie würde sich ein Soldat wirklich verhalten? Welche Sprache verwendet der betreffende Soldat, wie wird er von den Zivilisten in dem Film gesehen, wie ist die Atmosphäre des Films? Ich gehe alles Schritt für Schritt durch, bis das Drehbuch [...] voller Randnotizen ist.«
[97] Zitiert nach dem Dokumentarfilm: OPÉRATION HOLLYWOOD (Frankreich 2004).
[98] Zitiert nach dem Dokumentarfilm: OPÉRATION HOLLYWOOD (Frankreich 2004).
[99] Dazu der US-Jurist und Verfassungsexperte Jonathan Turley: »In den USA wird die Meinungsfreiheit gehütet wie sonst nirgendwo auf der Welt [...] Auf den ersten Zusatzartikel können wir stolz sein, und die Gerichte haben ihn seit jeher ganz genau beachtet. Das Militär steht also vor dem Problem, dass es den Inhalt der Filme beeinflussen möchte, aber es nicht direkt tun kann. Sie können nicht mit der Peitsche kommen. Wenn das Militär den Produzenten eines negativen Films droht, werden ihm die Gerichte sofort eine Lektion erteilen. Also versuchen sie es stattdessen mit Zuckerbrot und sagen: Wenn Ihr mit uns

zusammenarbeitet und Euren Film ändert, spart Ihr Millionen von Dollar. Wir verschaffen Euch Flugzeugträger, Archivaufnahmen und Soldaten. Wir sorgen dafür, dass es wie ein echter Krieg aussieht und nicht wie einer dieser computer-generierten Filme.« (Zitiert nach dem Dokumentarfilm: OPÉRATION HOLLYWOOD, Frankreich 2004.)

[100] Zitiert nach dem Dokumentarfilm: MARSCHBEFEHL FÜR HOLLYWOOD (2004) von Maria Pia Mascaro.

[101] Zitiert nach: *Walsh* 2001a.

[102] *Tegeler* 2002.

[103] Zitiert nach dem Dokumentarfilm: OPÉRATION HOLLYWOOD (Frankreich 2004).

[104] Festgelegt ist dies u.a. im »Zorinsky Amendment« (1972). – Zuvor untersagte bereits der »Smith-Mund-Act« (1948) die Verbreitung außenpolitischer Propaganda-Informationen innerhalb des eigenen Landes. Dazu: *Claßen* 2003a.

[105] Zitiert nach dem Dokumentarfilm: MARSCHBEFEHL FÜR HOLLYWOOD (2004) von Maria Pia Mascaro.

[106] Zitiert nach dem Dokumentarfilm: MARSCHBEFEHL FÜR HOLLYWOOD (2004) von Maria Pia Mascaro.

[107] Vgl. *Steding* 2002.

[108] Vgl. u. a.: *Distelmeyer* 2002; *Hossli* 2001; *Katja Schmid* 2002; *Schweitzer* 2001; *Spezialeinheit Kunst* 2001; *Walsh* 2001a.

[109] Vgl. *Woznicki* 2002a.

[110] Vgl. *Walsh* 2001a.

[111] Vgl. *Chwallek* 2000.

[112] Zitiert nach dem Dokumentarfilm: MARSCHBEFEHL FÜR HOLLYWOOD (2004) von Maria Pia Mascaro.

[113] Vgl. dazu u.a. *Claßen* 2003a, *Göttler* 2003; *Kinotrailer der US-Regierung* 2001; *Krass* 2002; *Palm* 2001c; *Turley* 2003; *Woznicki* 2002a.

[114] Vgl. *Krass* 2002.

[115] Das Militär ergreift hier selbst die Initiative bei Kurzdokumentarfilmen der U.S. Army, die wie einst die Wochenschauen im Kino-Vorprogramm laufen. Die Soldaten drehen das Material dafür bei ihren realen Fronteinsätzen angeblich selbst. (Kritisch zu dieser Behauptung: *Keller* 2004.) Der Werbefilmproduzent Lance O' Connor bewundert sie dafür: »Das ist kein Hollywood. Das ist real. Diese Jungs da draußen an einer echten Front, mit echten Raketen und Panzern, das ist kein Spiel. Und es kann nichts noch einmal gefilmt werden. Es muss sofort klappen. [...] Propaganda wird gemacht, um etwas zu erreichen. Aber dieser Film berichtet über etwas, das geschehen ist, und will das Publikum zu nichts bewegen. Er dokumentiert ein Geschehen. Das Ziel besteht darin, ihn allen Amerikanern zu zeigen. Die Botschaft lautet: Wir verteidigen in Übersee Euer Recht auf freie Meinungsäußerung. Das ist alles!« (Zitiert nach dem Dokumentarfilm: OPÉRATION HOLLYWOOD, Frankreich 2004.)

[116] *Göckejan* 2001.

[117] Zitiert nach dem Dokumentarfilm: MARSCHBEFEHL FÜR HOLLYWOOD (2004) von Maria Pia Mascaro.

[118] Im Interview für den Dokumentarfilm MARSCHBEFEHL FÜR HOLLYWOOD (2004) von Maria Pia Mascaro sagt van Munster über »Profiles from the Frontline«: »Die Idee mit der Serie kam uns, als der Feldzug in Afghanistan losging, direkt nach dem 11. September, als sie nach Al Kaida suchten. Ich dachte sofort, was für eine großartige Gelegenheit, so was zu filmen. Also haben wir uns mit denen vom Pentagon getroffen und gefragt, ob das o.k. sei. Und die sagten nur: ›Klar, macht nur!‹ Also gingen wir raus [...] Wir waren überall. Im Prinzip sind wir der Entwicklung des Krieges in Afghanistan einfach gefolgt.«

II. Kultur des Todes

[119] Zitiert nach: *Claßen* 2004, 29.
[120] Im Interview für den Dokumentarfilm von Maria Pia Mascaro sagt K. C. Ross im Kontext zeitnaher Darstellungen: »Wir haben in letzter Zeit eine Menge Ideen für Filme mit dem Thema Spezialeinheiten gesehen, egal ob im Zusammenhang mit echten Szenarien wie in Afghanistan oder einfach nur ›Whow, habt ihr dieses Bild des Sonderkommandos auf [...] gesehen? So was macht eine moderne Armee noch? Wie cool ist das denn! Lasst uns einen Film darüber machen.‹ Es hat ein erhöhtes Interesse in dieser Richtung gegeben.«
[121] Zitiert nach dem Dokumentarfilm MARSCHBEFEHL FÜR HOLLYWOOD (2004) von Maria Pia Mascaro.
[122] Vgl. die grundlegende Arbeit: *Holert/Terkessidis* 2002, dort besonders auch die Kapitel, die die Bundeswehr betreffen.
[123] Vgl. *Holert/Terkessidis* 2002, 136f.; *Köhler* 2003; *Claßen* 2004, 27.
[124] Zitiert nach: *Streibl* 1996, 12.
[125] Zitiert nach dem Dokumentarfilm: OPÉRATION HOLLYWOOD (Frankreich 2004). – Die dort behandelte TV-Serie »Lassie« hatte mehrere Folgen mit Militärbeteiligung. Drehbuchänderungen erfolgten 1959 z. B., weil ein US-Militärflugzeug als technisch unzuverlässig gezeigt wurde und damit das Vertrauen der Zuschauer in das Militär geschwächt wurde. (Statt des technischen Defekts konstruierte man in diesem Fall eine unvorhersehbare Vereisung.)
[126] Vgl. ausführlich: *Bürger* 2004, 156-162. (Im Folgenden verzichte ich weitgehend auf die dort gemachten Quellenangaben, wo nicht neue Informationen hinzutreten.) – WAR GAMES (USA 1982), einer der frühen Filme über Computerspiele und Krieg, entwickelt die Möglichkeit, dass ein elektronisch versierter Schüler den nächsten Weltkrieg auslöst. Ein neuerer B-Film wie TEEN TASK FORCE (USA 2000) thematisiert Manipulationsdimensionen mit Blick auf jugendliche Konsumenten elektronischer Spiele ohne Kritik am realen Marktangebot.
[127] Die Geschichte von SMALL SOLDIERS erinnerte an die zwei Teile der TOY STORY (USA 1995 und 1998/99) von Regisseur John Lasseter, hebt aber wie TOYS von Levinson ausdrücklich auf Militärtechnologie ab: Der Rüstungskonzern Globotech übernimmt eine Spiele-Produktion und entlässt mit Ausnahme von zwei Top-Kreativen sämtliche Mitarbeiter. Zur neuen Generation intelligenter bzw. interaktiver Figuren, die nun produziert werden, gehören neben den gutmütigen Gorgoniten die Spielzeugsoldaten aus dem Set »Commando Elite«, deren Koppel übrigens aus einem Totenkopf besteht. Die Figuren sind mit einem hypermodernen Mikroprozessor ausgestattet, den der Konzern ursprünglich für das Pentagon entwickelt hat. Die ersten ausgelieferten Spielzeug-Soldaten verselbständigen sich und konstruieren sogar eigenständig neue Waffensysteme. Wie im Kriegsfilmklassiker PATTON von Schaffner hält ihr Kommandeur vor einer überdimensionalen US-Nationalflagge eine Kriegsrede. Neben den – auf »Verlieren« programmierten – Gorgoniten sind auch die Menschen einer kleinen Stadt in Ohio ihre Feinde. Raketen fliegen, Häuser brennen und am Ende kann nur ein Strahlentrick die realistischen Roboterkrieger unschädlich machen. Der Manager des Konzerns ist über die Katastrophe gar nicht entsetzt. Er entschädigt die betroffenen Familien mit großzügigen Schecks und weist seine Mitarbeiter an: »Mit dem Preis sofort um ein paar Nullen hochgehen. Ich kenne da ein paar Rebellen in Südamerika, die stehen auf solches Spielzeug.« – Die mir vorliegende deutsche Videoausgabe von SMALL SOLDIERS enthält serienmäßig eine Demo-Version des HASBRO PC-Spiels »Squad Commander«.
[128] Deutschsprachige Ausgaben der beiden US-Titel: *Hart* 1998; *Kubert* 2001.
[129] Die Namensgebung des Plastik-Infanteristen für den Kriegs-Sandkasten geht offenbar auf den Weltkriegsfilm THE STORY OF G.I JOE (Schlachtgewitter am Monte Cassino, USA

1945) zurück. Vgl. *Schäfli* 2003, 70.

[130] Vgl. *Böhm* 2003a; *Der Reiz der Uniformen* 2003; *Göckenjan* 2001; *Horvath* 2004; *Kullmann* 2002; *Ostermann* 2003a; *Siegle* 2003; *Stolze* 2003.

[131] Vgl. *Schirra/Carl-McGrath* 2002.

[132] *Clauss* 2002. – Eine gegenteilige Beobachtung von Experten wird ausgerechnet im Zusammenhang mit der Technologie des Euro-Fighters berichtet: »Wer angenommen hatte, Computerspiele in Kinderhänden könnten bei der Ausbildung einschlägiger Fertigkeiten hilfreich seien, liegt falsch. Das Gegenteil ist richtig. Wer in der Kindheit kleine Ewigkeiten vor Computern verspielt, schwächelt später leicht beim räumlichen Vorstellungsvermögen. Wer hingegen im Sandkasten seine Burgen baut oder mit Bauklötzen spielt, hat als Erwachsener mehr Chancen auf einen Platz im Cockpit eines Hochleistungsjets.« (*Am Rande des Limits* 2004.)

[133] Vgl. *Rötzer* 2003a.

[134] Vgl. *Sony wegen »blutiger« Werbung angemahnt* 2004.

[135] *Streibl* 1996; vgl. *Gieselmann* 2002, 16.

[136] Vgl. *Gieselmann* 2002, 14, 155.

[137] Vgl. z. B. *Gieselmann* 2002, 103f., 113.

[138] Vgl. *Gieselmann* 2002, 91-97; *Seeßlen/Metz* 2002; *Kammerer* 2003 und den Dokumentarfilm MARSCHBEFEHL FÜR HOLLYWOOD – DIE US-ARMEE FÜHRT REGIE IM KINO (2004).

[139] Zitat nach dem Dokumentarfilm: MARSCHBEFEHL FÜR HOLLYWOOD – DIE US-ARMEE FÜHRT REGIE IM KINO (2004).

[140] Zitiert nach: *Gieselmann* 2002, 94f.

[141] *Seeßlen/Metz* 2002, 132.

[142] Vgl. *Claßen* 2002a; *Rötzer* 2003f.; sowie die Dokumentarfilme MARSCHBEFEHL FÜR HOLLYWOOD (NDR 2004) und OPÉRATION HOLLYWOOD (Frankreich 2004).

[143] *Rötzer* 2003f.

[144] Vgl. *Rötzer* 2003c.

[145] Vgl. *Eberhardt* 2004.

[146] Vgl. *Hackensberger* 2003.

[147] Vgl. *Baumgärtel* 2004; *Rötzer* 2004b.

[148] Vgl. *Streibl* 1996, 3-5.

[149] Vgl. *Gieselmann* 2002, 42ff. – Zur UNO im PC-Spiel: *ebd.*, 46 und 133.

[150] Hier zitiert nach der Homepage einer Initiative gegen Indizierung: http://www.bpjs-klage.de . Auf das Possenspiel in diesem konkreten Indizierungsfall verweise ich in: *Bürger* 2004, 159 – Anmerkung 10. (Vgl. u. a. *Fatal: Ein Verbot und seine Folgen* 2003.)

[151] *US-Armee – Roboter bewachen Militärbasen* 2004. – Als Kasernenausstattung sind ferngelenkte Roboterfahrzeuge zur Minensuche z. B. zu sehen im Militärkrimi THE GENERAL'S DAUGHTER (USA 1999).

[152] Vgl. *Katja Schmid* 2004. – »Nicht tödlich« werden oft auch Waffen genannt, die in etwa 25 Prozent aller Fälle eben doch tödlich sind.

[153] *Chossudovsky* 2004.

[154] Der »Universal Soldier« ist die gentechnologisch manipulierte »Kampfmaschine Mensch«, wie sie z. B. PROJECT SHADOWCHASER (GB 1991), die von Roland Emmerich eröffneten drei Teile von UNIVERSAL SOLDIER 1 bis 3 (USA 1992/1998), SOLDIER (USA 1998) von Paul Anderson und UNIVERSAL SOLDIER: THE RETURN (USA 1999) zeigen. In Emmerichs Vorgabe entstehen die Maschinen-Soldaten aus den tiefgefrorenen Leichen eines »guten« und eines sadistischen Vietnamkämpfers. Über den Titelhelden von Anderson's SOLDIER teilt *Marsiske* 2004 mit: »Im Jahr 1996 wird er mit anderen Neugeborenen für ein militäri-

II. Kultur des Todes

sches Zuchtexperiment ausgewählt und vom frühesten Säuglingsalter an aufs Kämpfen gedrillt. Vierzig Jahre später muss er den neuen Soldaten-Modellen weichen, die mittlerweile komplett gentechnisch konstruiert werden und in jeder Hinsicht leistungsfähiger sind – wie sich in einem brutalen Wettkampf zeigt.« Das Lexikon des Internationalen Films spricht von einer »ungebrochenen Hymne auf Militarismus und Krieg«. – Mit pseudokritischem Anspruch thematisiert das triviale Teleplay OPERATION SANDMAN (USA 2000) die Kombination von Drogengaben an Soldaten und computersimuliertem Kampftraining. – In einem Remake nach Luc Besson zeigt THE ASSASSIN – POINT OF NO RETURN (USA 1992) den manipulierten Staatskiller.

[155] *Freiburg* 2003 bietet denkwürdige Mitteilungen zu Forschungen mit Stresshormonen: »Mitglieder von Spezialtruppen produzieren mehr Neuropeptid Y als gewöhnliche Soldaten und können deshalb besser mit stressigen Situationen umgehen. Das fanden Forscher des US-Forschungszentrums für posttraumatische Belastungsstörungen heraus. [...] Uneingeschränkt wirksam scheint die Wundersubstanz aber auch bei US-Elite-Soldaten nicht zu sein. Schließlich geriet das Ausbildungslager Fort Bragg, wo die Tests durchgeführt wurden, im vergangenen Sommer aus anderen Gründen in die Schlagzeilen. Drei US-Soldaten brachten unter mysteriösen Umständen ihre Frauen um. Alle drei gehörten Elite-Einheiten an und hatten in Afghanistan gekämpft.« – *Buse* 2003 berichtet vom drohenden Kriegsprozess gegen zwei US-Piloten, die »versehentlich« vier kanadische Soldaten in Afghanistan mit einem Bombenabwurf getötet hatten. Die Verteidiger machen die Air Force verantwortlich, da diese ihren Piloten für lange Einsätze obligatorisch den Wachmacher »Dexedrin« (Speed, »go-pills«) verabreiche. (Die aggressionssteigernde Wirkung vieler Amphetamine ist jedem Drogenberater bekannt.)

[156] *Davis* 2003.

[157] In PROJECT SHADOWCHASER (GB 1991) erläutert der vom Pentagon beauftragte Leiter eines milliardenschweren Forschungsvorhaben (Advanced Technical Research) zur Entwicklung der militärischen Killermaschine »Romulus« sein Vorhaben wie folgt: »Ziel des Projektes ist es gewesen, den perfekten künstlichen Krieger zu schaffen, intelligent, anpassungsfähig und genügsam, total unbelastet von irgendwelchen Moralgefühlen [...] einen Android, frei von all diesen lästigen sozialen und emotionalen Vorurteilen.«

[158] »Für Michael Geyer, Professor für Gegenwartsgeschichte an der University of Chicago, Spezialgebiet moderne Militärgeschichte, zeigt sich in der Militärdoktrin ›der genuine amerikanische imperiale Traum: die Verbindung von Technologie, Utopie und amerikanischer Superiorität, als Selbstdefinition im Zeitalter der einen Weltmacht.‹« (*Seeßlen/Metz* 2002, 127; vgl. zum ganzen – militärstrategischen – Komplex »Information War«: *ebd.*, 121-158; zum Cyber-War auch: *Ulfkotte* 2002 und *USA bereiten Cyberwar vor* 2003.)

[159] »Virilio verweist darauf, dass die militärische Wahrnehmung darin besteht zu sehen und nicht selbst gesehen zu werden – genau dieses Prinzip ist aber auch das Prinzip der Kamera.« (*Gansera* 1989, 36.) Im James Bond-Film sind Chamäleon-Technologien schon realisiert. In LORD OF THE RINGS ist Unsichtbarkeit eine Fähigkeit dessen, der die Macht trägt und sich also hinter ihr versteckt. Bezogen auf den Krieg bedeutet eine Unsichtbarkeit der Akteure, dass das Subjekt des Tötens kein Gesicht hat, es selbst vor dem »Auge, das alles sieht« verborgen bleibt und dass z. B. trotz inflationärer Kriegsberichterstattung kaum jemand sich vorzustellen vermag, wie die Soldaten des eigenen Landes auf fernen Kriegsschauplätzen Menschen töten. Im populären Kino thematisiert HOLLOW MAN (USA 2000) den Wunsch nach Unsichtbarkeit; die Videowerbung bewirbt den Titel mit der Botschaft: »Es ist faszinierend, was du alles tun kannst, wenn du dich nicht mehr im Spiegel sehen musst.«

[160] Zitat nach dem Dokumentarfilm: MARSCHBEFEHL FÜR HOLLYWOOD – DIE US-ARMEE

FÜHRT REGIE IM KINO (2004). Die Anregungen aus der Populär-Kultur sind auch für andere Bereiche zu vermerken: Der Erfinder des elektronisch überwachten Hausarrestes (EMHC, electronically monitored home confinement), »ein Haftrichter aus New Mexico, räumt freimütig ein, dass er die Idee zu diesen Sendern aus einem 1979 erschienenen *Spiderman-Comic* übernahm.« (*Levin*, Thomas Y.: Die Rhetorik der Überwachung – Angst vor Beobachtung in den zeitgenössischen Medien. http://www.nachdemfilm.de/no3/lev01dts.html.)

III. Hollywood und der Weg zur Macht

»*Die Verfassung, die wir haben [...] heißt Demokratie, weil der Staat nicht auf wenige Bürger, sondern auf die Mehrheit ausgerichtet ist.*« Thukydides

»*Ein Ring, sie zu knechten, sie alle zu finden, ins Dunkel zu treiben und ewig zu binden.*« J. R. R. Tolkien: Lord of the Rings

»*Macht ist, schlicht gesagt, die Fähigkeit, Resultate herbeizuführen, die man haben möchte, und dabei, falls notwendig, das Verhalten anderer entsprechend zu ändern.*« Joseph S. Nye Jr., Vizeverteidigungsminister unter US-Präsident Clinton[1]

J. R. R. Tolkiens Fantasy-Roman »Lord of the Rings« ist gewiss kein pazifistisches Literaturwerk, doch er enthält im ersten Drittel für unsere Kultur eine wichtige Botschaft. Sterbliche und Unsterbliche – Menschen, Hobbits, Elben und selbst Gandalf, der weise und gute Zauberer – sind nicht immun gegenüber dem verderblichen Gift des Ringes. Sie alle sind korrumpierbar durch die Macht und können der Versuchung, sie zu ergreifen, nur durch größte Anstrengung oder äußeren Beistand widerstehen. Doch da gibt es noch Tom Bombadil. Ihm fehlt jegliche Faszination für den Ring und also für den Zauber der Macht.[2] Er weiß einfach nicht, was er mit dem Ring anfangen sollte, und würde ihn vermutlich verlieren. Die Magie der Machtausübung, der selbst die Wohlgesonnen erliegen, berührt ihn überhaupt nicht und bleibt *deshalb* wirkungslos. (Ihn selbst kann der Ring nicht unsichtbar machen, und auch andere können sich als Ringträger der Macht vor seinem Sehen nicht verbergen.) Das Singen – verbunden mit einem ursprünglichen Lied des Lebens – erscheint ihm natürlicher als das Sprechen. Tom Bombadil, den die Elben den »Ältesten und Vaterlosen« nennen, ist Meister im Reich des Lebendigen und kann sich an den ersten Regentropfen erinnern. Er weiß um jedes Ding, doch er ist nicht Besitzer der Welt: »Alles, was lebt, gehört sich selbst.« Lebendig ist dieser lebensfrohe, doch keineswegs einfältige Zeitgenosse im Sinne Erich Fromms, der das »Haben« als den Modus toter Existenz entlarvt. »Er ist« – mehr braucht dazu nicht gesagt werden.[3]

Diese nur kurz auftauchende Gestalt verkörpert den heimlichen Hoffnungsträger des ganzen Romans. Tom Bombadil ist keine Utopie und kein Gott jenseits unserer Welt. Die menschliche Geschichte kennt – die Gegenwart eingeschlossen – viele Individuen, die gegenüber dem Wahn totaler Beherrschung immun sind und die für ihr Glücklichsein die Lüge »Macht« nicht benötigen. Tom Bombadil verweist aber ebenso auf eine Auswegslosigkeit, die – nach allem was wir sehen können – die gesamte Zivilisation auf einen Abgrund zutreiben könnte. Gerade er, der die Macht nicht

III. Hollywood und der Weg zur Macht

braucht und bei dem sie gefahrlos aufgehoben wäre, weigert sich, die »Macht« in seine Obhut zu nehmen. Tom ist Herr seiner selbst, doch er kann die Macht des Ringes über *andere* – und über das soziale Gefüge der menschlichen Gesellschaft – nicht brechen. Damit wäre auf tragische Weise vom *individuellen* Aspekt her erhellt, warum das vorherrschende Psychogramm der politischen Macht so gut wie nie jene Reife und Schönheit zeigt, zu der unsere Spezies prinzipiell und auch ganz konkret seit mindestens dreitausend Jahren fähig ist. Die reifsten Menschen drängen in einer auf Konkurrenz und Aggression aufgebauten Ordnung nicht nach oben. Gleichzeitig ist ihre innere Gewaltfreiheit nur in Begegnungen, nicht aber durch schnell wirksame Methoden der äußeren sozialen Manipulation mitteilbar.

Bezeichnend ist nun, dass in der bellizistisch verstärkten Hollywood-Version von LORD OF THE RINGS I-III (Neuseeland/USA 2001-2003) jede Spur von Tom Bombadil getilgt ist. In der dreiteiligen Verfilmung mit einer Mammutlänge von insgesamt acht Stunden hat man das *einzige* Modell der literarischen Vorlage, das die Macht im nachfolgenden »Zeitalter der Menschen« entmachten könnte, nicht einmal mit einer kurzen Szene gewürdigt.

Die historische Ernüchterung darüber, dass schier jede soziale Bewegung sich korrumpieren und pervertieren lässt, spricht für Tom Bombadil. Ohne Einzelne, die innerlich gegenüber dem hohlen Versprechen der Macht immun sind, lässt sich die Magie des Ringes niemals brechen. Doch die in »Lord of the Rings« enthaltene Problemanzeige verbietet es, heute den Blick auf das *einzelne* politische Subjekt zu verengen.[4] Allzu offenkundig ist es die allgegenwärtige, konzentrierte ökonomische Macht, die unsere Parlamente in die Zange nimmt, Massenelend produziert, Kriege führt und die überlebenswichtige Umsetzung ökologischer Erkenntnisse blockiert. Wer in Bezug auf die aktuellen politischen Prozesse vor allem an den »schlechten Charakter« einzelner Volksvertreter denkt und den Ring der *Geldmagie* vernachlässigt, tappt bei der Erklärung vieler Phänomene im Dunkeln.

Warum etwa präsentiert sich die Sozialdemokratie in Deutschland seit Jahren vor allem unter der Überschrift »Ich-AG«, übernimmt Management-Methoden der Wirtschaft für ihre innerparteiliche Führung und provoziert mit einer geradezu selbstmörderischen Politik zugunsten der Geldvermehrungsmaschine hunderttausendfachen Mitgliederschwund? Warum treten externe »Experten-Kommissionen« und Medieninszenierungen im Dienste so genannter Innovationen immer häufiger an die Stelle demokratisch legitimierter Entscheidungswege? Weshalb lassen sich Widerstände neuerdings so leicht (und dogmatisch) als Produkt »mangelnder Kommunikation« deuten? Warum hat das Individuum, dessen Lied doch so laut wie nie zuvor gesungen wird, in den Parlamenten immer weniger zu melden? Inzwischen wird es kaum noch als anstößig empfunden, dass bei kontroversen militärischen und sozialpolitischen Abstimmungsfragen Rücktrittsdrohungen des Kanzlers, öffentliche Bloßstellung derer, die das neue Einheitsdenken »Abweichler« nennt, hartnäckige Bearbeitung hinter nur halb verschlossenen Türen und weitere Druckmittel als übliche Verfahren etabliert sind. Hochbezahlte Talkshow-Moderatorinnen und -Moderatoren laden eigenständig denkende Frauen und Männer aus dem Kreis der Parlamentarier nur ein, um am Bildschirm die neoliberale Parteidisziplin einzuklagen ... Unsere Verfassung, auf diese Weise gewohnheitsmäßig zur Makulatur erklärt, bestimmt, dass die Abgeordneten an keine Weisung gebunden und nur ihrem Gewissen verpflichtet sind. Mitnichten kann ein Demokrat die neuerlichen Gepflogenheiten in der politischen Kultur für eine Bagatelle halten. Wenn wir nachfolgend auf die bereits im fortgeschrittenen Stadium deformierte Demokratie der USA zu sprechen kommen, sollten wir besorgniserregende Befunde vor Ort auf jeden Fall im Hinterkopf behalten.

1. Privatwirtschaftliche Technologie der Macht

»*Sallusts Beschreibung Roms im Jahre 80 v. Chr. – eine Regierung, die vom Reichtum kontrolliert wird, eine herrschende Klasse, der wiederholte politische Skandale gleichgültig sind, eine Öffentlichkeit, die durch Wagenrennen und Gladiatorenshows abgelenkt ist – all dies kann als gute Zusammenfassung einiger unserer eigenen Zustände gelten.*« Lewis Lapham: Waiting for the Barbarians[5]

Mit der Kultserie »Dallas« wurde nicht nur die US-Nation, sondern ein weltweites TV-Publikum für die internen Seifenopern einer Ölmilliardärsfamilie interessiert. In welchem Ausmaß die so gewürdigten Kreise einmal die Geschicke der Supermacht lenken würden, war beim Start dieses Fernsehspektakels noch nicht bekannt. Dan Clawson, Soziologieprofessor an der University of Massachusetts, konstatiert heute die Entwicklung der Vereinigten Staaten hin zu einer *Plutokratie*[6]: Politische Dienstleistungen aller Art sind auf dem »freien« Markt käuflich. Wirtschaftskraft bzw. Geldressourcen bestimmen das politische Gewicht des Einzelnen und den Zugang zu den Medien bzw. zu effizienten »Technologien der Macht« (professionelle PR-Kampagnen, inszenierte Pseudo-Ereignisse, Demoskopie, Werbeagenturen, Medienexpertise etc.).[7] Mit etwa vier Milliarden Dollar hat das Parteienbudget für den Präsidentschafts- und Kongress-Wahlkampf 2004 eine neue Rekordhöhe erreicht.[8] Von den rapide wachsenden Wahlkampfgeldern, die mindestens zu einem Drittel – und bei Präsidentschaftsbewerbern inzwischen bis zu drei Vierteln – in TV-Werbung fließen, werden bis zu 90 Prozent von den Vermögendsten, von einem Prozent der US-Bevölkerung bestritten.[9] – Merkwürdiger Weise glaubt etwa ein Fünftel der US-amerikanischen Bevölkerung, zu diesem reichsten Prozent zu gehören.[10] – In mehr als 93 Prozent aller US-Wahlen gewinnen nach Clawson »jene Kandidaten, die über die größten finanziellen Ressourcen verfügen«. In den ausschlaggebenden Vorwahlen ist ein Kandidat, der gegen die Interessen der Geld- und Machtelite etwa eine ausgewogenere Verteilung von Steuerlasten anstrebt, so gut wie chancenlos. Maßgeblicher

III. Hollywood und der Weg zur Macht

Wegbereiter für politische Macht ist letztlich ein Prozent der Bevölkerung, das sind jene Superreichen, die »über mehr Vermögen als 90 % der Amerikaner am unteren Ende der Skala«[11] verfügen. Ihnen zur Seite steht eine etwas größere Minderheit, die ihre Interessenlage für identisch hält. Als arm werden in vielen Publikationen etwa 20 Prozent der US-Amerikaner bezeichnet; offiziell ist von 12,5 Prozent die Rede. Mehr als 12 Millionen Kinder gehören dazu. Der vom U.S. Census Bureau veröffentlichte Bericht »Poverty in the United States 2002« enthält u. a. folgende Hinweise: die Anzahl der als arm geltenden US-Bürgerinnen und -Bürger habe sich im Vergleich zum Jahr 2001 um etwa 1,4 Millionen auf insgesamt 34,57 Millionen erhöht; allein im Großraum Washington sollen 100.000 Kinder nicht ausreichend ernährt werden können, die Obdachlosenzahl in New York habe sich in den letzten fünf Jahren auf fast 40.000 verdoppelt.[12] Der neuste Bericht der Zensusstelle vermeldet für das Folgejahr 2003 einen weiteren Anstieg der Zahl von Armen auf 35,9 Millionen.[13] In der auffällig *ethnisch* differenzierten Reichtums- bzw. Armutsverteilung rangieren derzeit die »Hispanics« ganz unten. »Nahrungsmittelunsicherheit« (food insecurity) und Hunger gehören zum US-Alltag.

Das *Forbes-Magazin* nennt in seiner Ausgabe vom März 2004 die weltweite Rekordzahl von 587 Individuen oder Familien, die eine Milliarde Dollar oder mehr besitzen, gegenüber 476 Milliardären im Jahr 2003. (Der Reichtum dieser wenigen Hundert Menschen übersteigt das gesamte Bruttosozialprodukt der 170 ärmsten Länder der Welt.) 275 dieser Milliardäre sind allein für die USA zu vermelden. Sie verfügen gemeinsam über einen Nettowert von 909 Milliarden Dollar. – Es folgt die Bundesrepublik Deutschland mit 42 Milliardären, die auf 158 Milliarden Dollar (127,8 Milliarden Euro) geschätzt werden. – Die jährlich vom Forbes-Magazin gelisteten Superreichen der USA besetzen nicht selten *höchstpersönlich* die politischen Ämter: Michael Bloomberg, Bürgermeister von New York, ist fünffacher Milliardär; William Frist, 2004 Führer der republikanischen Mehrheit im US-Senat, stammt aus einer der bekannten Milliardärsfamilien des Landes. Die nicht ganz so hochkarätige Familie Bush besetzte mit Vater und Sohn in einem Jahrzehnt gleich zweimal den Präsidentensessel … Bereits Kandidaturen bei Gouverneurs-Wahlen oder zum Bürgermeisteramt einer Großstadt sind ohne Millionenbeträge heute aussichtslos. Die Kosten für einen Sitz im US-Senat betrugen im Jahr 2000 durchschnittlich 7,3 Millionen Dollar und hatten sich damit im Zeitraum eines Jahrzehnts *verdoppelt*. Sitze im Repräsentantenhaus waren für erfolgreiche Herausforderer von Amtsinhabern ebenfalls durchschnittlich mehr als 2 Millionen Dollar teuer. Anteile der – seit Ende des 19. Jahrhunderts in mehreren Anläufen gezielt zerschlagenen – Gewerkschaftsbewegung an der Wahlkampffinanzierung sind inzwischen unbedeutend. Andere kritische gesellschaftliche Gruppen, die den Konzerninteressen entgegenstehen, spielen überhaupt keine Rolle mehr. Superreiche dürfen ihr Vermögen im eigenen Wahlkampf grenzenlos einsetzen. Gesetzliche Bestimmungen zum rein privatwirtschaftlichen

Finanzierungssystem der US-Politik sind leicht zu unterlaufen und werden von keiner handlungsfähigen Überwachungsbehörde kontrolliert. Die Mehrheit der weniger betuchten US-Amerikaner ist sich durchaus bewusst, dass nicht ihr Votum (*one man, one vote*), sondern die Kandidaten-Unterstützung durch Großspender den politischen Prozess bestimmt. (Deshalb war die Wahlbeteiligung in den USA – mit zum Teil 50 Prozent bei Präsidentschaftswahlen oder weniger als 40 Prozent bei Kongresswahlen – vor 2004 an einem Tiefstand angelangt. Die neuen Rekordbeteiligungen bei 60 Prozent sind nicht zuletzt Ergebnis der religiösen Instrumentalisierung[14] bzw. Polarisierung des Wahlkampfes und markieren ein neues Stadium des rechten Populismus.) Unterschriftensammlungen für Kandidaturen, Referenden und Volksbegehren können allerdings gegen Bezahlung bei spezialisierten Dienstleistungsanbietern in Auftrag gegeben werden. In erschreckend vielen Fällen werden Bestimmungen zugunsten einzelner Konzerne und Unternehmensgruppen als Kleingedrucktes in ganz sachfremde Gesetzespakete eingeschmuggelt.[15]

Wie wenig aussichtsreich unter solchen Umständen etwa gesetzlicher Umweltschutz ist, braucht nicht ausgeführt zu werden. Mit der neoliberalen Umwandlung der – ehemals »sozialdemokratisch« ambitionierten – Demokratischen Partei zur Unternehmenslobby ist heute keine wirkliche Opposition mehr gegeben. Zutreffend ist von einem faktischen Ein-Parteien-System mit zwei Flügeln zu sprechen. (Unabhängige Kandidaten haben so gut wie keine Chance, in der journalistischen Berichterstattung zur Geltung zu kommen.) Der führende Kabelkanal Fox-News von Rupert Murdoch präsentiert sich seit längerem wie ein Staatsfernsehen der Republikaner und hat zur Wiederwahl von Präsident George W. Bush Jun. im November 2004 wohl den entscheidenden Medienbeitrag geleistet.[16] Die Hollywoodisierung der Politik, in der sich Pop-Kultur und öffentlicher Diskurs nicht mehr auseinander halten lassen, scheint nunmehr endgültig besiegelt zu sein.[17]

Schon 1835 schrieb Alexis de Tocqueville in seinem Buch »Über die Demokratie in Amerika«: »... ich kenne kein Land, in dem die Liebe zum Geld einen so großen Platz im Herzen der Menschen einnimmt, in dem man eine solche Verachtung für die Theorie von der dauernden Vermögensgleichheit bekundet«[18]. Wirtschaftsliberalismus gehört seit den Anfängen des US-Kapitalismus zum Konsens der Gesellschaft.[19] Nur wenigen US-Amerikanern käme es in den Sinn, diese von Kindheit an erlernte Glaubenslehre in Frage zu stellen, und fast die Hälfte der Bevölkerung hält das System für gesund. (Gleichzeitig hegt aber nur noch ein Viertel Vertrauen in die großen Unternehmen!) Der Präzedenzfall von Ideologie besteht darin, das Interesse einer Minderheit als Interesse der Allgemeinheit auszugeben. Diese Strategie ist in der prägenden gesellschaftlichen Bewusstseinsbildung allgegenwärtig. Alle maßgeblichen politischen Denkfabriken sind von der reichen Oberschicht bzw. der Industrie finanziert. Die neokonservative »Philosophie« verachtet mehr oder weniger offen das Volk als entscheidungsunfähige Masse, erstrebt »in der Tradition Platons eine Herrschaft der Eliten«[20] und redet im Klartext von Weltvorherrschaft. Ernsthafte Diskurse – etwa über das Geschick von mehr als 45 Millionen US-Amerikanern ohne Krankenversicherungsschutz[21], die ausgeprägte Zwei-Klassen-Medizin, die schier unglaublichen Steuerbefreiungen für die Superreichen, millionenfachen Arbeitsplatzabbau, zunehmende Hungerarmut im Land und eine sich inzwischen auf 7.400 Milliarden Dollar akkumulierende Staatsverschuldung – spielen im infantilen Show-Business der »Politik« keine Rolle mehr. Im extrem personalisierten Wahlkampf 1998 rangierten inhaltliche Themen an *letzter* Stelle[22]. Auch 2004 erhielt z. B. die Gesundheitspolitik trotz der katastrophalen Versorgungslage nur einen unteren Listenplatz. Ausschlaggebend für den epochalen Wahlsieg der Bush-Administration war neben der massenmedial inszenierten Terror-Agenda ein Schlagwortkatalog der religiösen Fundamentalisten, deren Wahlkampfapparat in einer nie da gewesenen Weise aufgerüstet worden ist.[23]

Wohlstand kann mit Blick auf diese Verhältnisse nicht als stabilisierender Faktor für die Demokratie bewertet werden. (Er wächst nur an der obersten Spitze und produziert unter den Bedingungen eines breiten sozialen Abstiegs eine nie da gewesene wirtschaftlich-politische Machkonzentration in den Händen der Superreichen.[24]) Vielmehr entsteht eine latente Instabilität der Gesellschaft. Notwendig werden unentwegt neue Strategien und Technologien der Macht, die immer unverfrorener auch die Formalia des bürgerlichen Demokratieverständnisses missachten. Die Kritiker gehören keineswegs nur der Linken an. Der konservative US-Publizist Kevin Phillips konstatiert in seinen Studien eine Umkehrung der Demokratieformel von Lincoln und spricht von einer »Herrschaft der Großkonzerne durch die Großkonzerne und für die Großkonzerne«[25]. Auch nach Robert Kaplan entwickeln sich die Vereinigten Staaten »zu einer großindustriellen Oligarchie, die lediglich die Fassade der Demokratie benutzt.«[26] Ein besonderes Stadium hat das politische US-System mit der erstmaligen Wahl von Präsident George W. Bush Jun. erreicht. Das betrifft weniger die offenkundigen intellektuellen Defizite, die mit Blick auf einen Präsidenten wie Ronald Reagan kein Novum darstellen, als die *formalen* Umstände der Wahl selbst. Während die britische BBC afro-amerikanische Bürger interviewte, die sich über die Verwehrung ihres Wahlrechts beschwerten, kam Vergleichbares in den US-Sendern nicht auf den Bildschirm. Der vom republikanerfreundlichsten Medienriesen in Fox News durch John Ellis, Cousin von Bush Jun., noch vor Ende der Auszählungen ausgerufene Wahlsieg Anfang 2001 ist nach Auffassung von fast 40 % der US-Amerikaner überhaupt nicht durch eine erforderliche Stimmenmehrheit gedeckt und wurde einfach durch ein mehrheitlich republikanerfreundliches Oberstes Gericht entschieden.[27] (Erst danach meldeten auch führende US-Medien etwas über die Manipulation von Wahllisten in Florida, wo der bekennende Neocon Jeb Bush, ein Bruder des republikanischen Präsidentschaftskandidaten, als Gouverneur regiert. Die Ergebnisse der offiziellen Untersuchung zur Präsidentschaftswahl wurden in einer kollektiven Selbstzensur lange verschwiegen, weil sie Al Gore als legitimen Gewinner sahen.) Den einsamen Protest afro-amerikanischer Kongressmitglieder gegen die unrechtmäßige Wahl zeigt Michael Moores Film FAHRENHEIT 9/11. Beobachtungen vor der Präsidentschaftswahl 2004 führten zur Frage, ob in den Vereinigten Staaten gegenwärtig überhaupt Wahlen möglich sind, die einer neutralen juristischen Überprüfung standhalten.[28]

Nach der Wahl 2001 landeten unter George W. Bush Jun. auf *allen* maßgeblichen Regierungsposten so schamlos wie nie zuvor Interessenvertreter aus Energiewirtschaft und Rüstungsindustrie.[29] Die bleibende Verbundenheit wird zuweilen öffentlich. So hat der Rüstungsgigant Boeing mit Investitionen in Höhe von 20 Millionen Dollar in einen Beteiligungsfond den Pentagon-Berater Richard Perle »gesponsert«, der sich maßgeblich an der Entscheidung für den Irakkrieg beteiligt hat.[30] Die personelle Verstrickung der Bush-Administration in die gigantische Wirtschaftskriminalität des Enron-Konzerns, dessen Börsenbetrug vor allem eine weitere Ausplünderung des Mittelstandes bewirkte, blieb folgenlos.[31] Zu den bahnbrechenden Botschaften des US-Präsidenten gehörte 2002 die Erkenntnis: »Wir sind eine energieabhängige Nation!«[32] (Mit den USA bestreitet ein Land, in dem vier Prozent der Menschheit leben, etwa ein Viertel des weltweiten Energieverbrauchs an Öl und Erdgas.) Die praktische Lösung der US-Regierung, so Joseph E. Stiglitz am 9.6.2004 in der Financial Times Deutschland, besteht in einer steinzeitlichen »Energiepolitik *von* der Ölindustrie *für* die Ölindustrie«. 2003 erteilte die Bush-Administration ohne Ausschreibungsverfahren Großaufträge für den Irak in Milliardenhöhe an diejenigen, die ihren letzten Wahlkampf finanziert hatten. Allen voran steht ein Tochterunternehmen des Halliburton-Konzerns, dem bis 2000 US-Vizepräsident Cheney vorgestanden hat. (Im Irak wurden offenbar riesige Summen ohne Nachweise transferiert. Im August 2004 verlangten z. B. »drei US-Senatoren aus dem demokratischen Lager Auskunft über den Verbleib von 8,8 Milliarden US-Dollar aus der Schatulle der US-Besatzungsbehörden im Irak.«[33]) Über die Carlyle Group, in der die saudische Familie bin Laden Investitionen tätigt, verdient die sonst im Ölgeschäft etablierte Familie Bush an Rüstungsproduktionen. Für das am 1. Oktober 2005 beginnende Haushaltsjahr hat der US-Senat die unglaubliche Summe von 422 Milliarden Dollar für den Militärhaushalt bewilligt. Mit diesem Kalte-Krieger-Niveau bestreitet ein Staat, in dem weniger als fünf Prozent der Weltbevölkerung wohnen, fünfzig Prozent der weltweiten Militär- und Rüstungsausgaben.[34] Rüstungsetats und Kriegserklärungen, so erinnert Conrad Schuhler, müssen in den USA immerhin noch das Parlament passieren: »2001/2002 wurden von der Rüstungsindustrie 6,9 Millionen Dollar an Abgeordnete des Repräsentantenhauses und weitere 2,6 Millionen an Senatsmitglieder gezahlt.«[35] Zwischen der Höhe der jeweiligen Spenden und dem rüstungsfreundlichen Abstimmungsverhalten der Parlamentarier konnte ein eindeutiger Zusammenhang aufgewiesen werden.

Solche Szenarien wurzeln in der US-Kriegswirtschaft des Zweiten Weltkrieges[36], deren Komplex in den USA später die stärkste Interessensvertretung für eine Aufrechterhaltung des Kalten Krieges wurde. Das ist schon früh benannt worden: »Am 17. Januar 1961 warnte Präsident Dwight Eisenhower in seiner Abschiedsrede an das US-amerikanische Volk vor dem ›Zusammenschluss eines gewaltigen militärischen Establishments und einer großen Waffenindustrie‹, der zum ersten Mal in der Geschichte des Landes entstanden war. Nur eine wachsame und informierte Bürgerschaft könne diesen ›militärisch-industriellen Komplex‹ an der Ausübung von ungerechtfertigtem Einfluss in den Regierungsorganen hindern und ›erzwingen‹, dass er sich mit den ›friedlichen Methoden und Zielen‹ des Landes verbinde, ›damit Sicherheit und Frieden gemeinsam gedeihen können‹, so Eisenhower. Vier Jahrzehnte später ist es klar, dass der militärisch-industrielle Komplex nicht gezwungen wurde, sich mit US-Amerikas friedlicher Seite zu verbinden.«[37]

Übrigens war bereits die – von basisdemokratischem Bürgersinn geprägte – »Country-Ideologie« von angelsächsischen Koloniebewohnern zur Mitte des 18. Jahrhunderts misstrauisch gegenüber »dem unersättlichen Streben Einzelner nach Reichtum, Einfluss und Privilegien«[38]. Hundert Jahre später sah Abraham Lincoln am 21.11.1864 – jetzt nicht mehr unter den Bedingungen des »merchant capitalism« – eine Bedrohung der Republik durch die Geldmacht bzw. die Reichtumsanhäufung in den Händen weniger heraufziehen: »In Friedenszeiten schlägt die Geldmacht Beute aus der Nation und in Zeiten der Feindseligkeiten konspiriert sie gegen sie. Sie ist despotischer als eine Monarchie, unverschämter als eine Autokratie, selbstsüchtiger als eine Bürokratie. Sie verleumdet all jene als Volksfeinde, die ihre Methode in Frage stellen und Licht auf ihre Verbrechen werfen [...] Eine Zeit der Korruption an höchsten Stellen wird folgen, und die Geldmacht des Landes wird danach streben, ihre Herrschaft zu verlängern, [...] bis der Reichtum in den Händen von wenigen angehäuft und die Republik vernichtet ist.«[39]

Dass im System eine wirkliche Opposition heute nicht mehr gegeben ist, zeigte 2004 auch der demokratische Präsidentschaftskandidat und Multimillionär John Kerry[40]: Seine Frau Teresa, Erbin des Ketchup-Imperiums Heinz mit einem Vermögen von rund 500 Millionen Dollar und bis Januar 2003 Mitglied bei der *Republikanern*, fühlte sich zur öffentlichen Mitteilung genötigt, sie werde den Wahlkampf ihres Gatten nicht mitfinanzieren. John Kerry, Ehemann dieser »reichsten Frau Amerikas«, betonte, er sei kein sozialpolitischer »Umverteiler«. Zu seiner militärischen Erfahrung gehört u. a. das Kommando auf einem US-Patrouillenboot im Mekongdelta. Gerne wird darauf verwiesen, dass Kerry sich – nachdem er aus Südostasien als hochdekorierter Veteran zurückgekehrt war – der Protestbewegung gegen den Vietnamkrieg angeschlossen hat. Militärorden sind aber offenbar doch noch in seinem Haus ausgestellt. (Auf dem Nominierungs-Parteitag der Demokraten sagte Teresa Heinz Kerry über ihren Mann: »John ist ein Kämpfer. Er hat seine Kriegsmedaillen auf altmodische Weise errungen, indem er sein Leben für unser Land riskiert hat. Keiner wird dieses Land engagierter verteidigen. Und zwar an vorderster Front.«[41]) So gut wie gar nicht nahm Kerry 2004 Stellung zur Folterpraxis im US-Militär, die seit April in einer ganzen Lawine von Meldungen öffentlich bekannt wurde. Ratlos stand er vor den engagierten Stimmen aus dem kritischen Lager der Hollywood-Stars, die Anklage gegen die kriegslüsterne Bush-Administration erhoben. Indessen unterstützte John Kerry das Grundkonzept des Antiterror-Krieges, das er und – fast einstimmig – seine Parteikollegen von Anfang an mitgetragen hatten.[42] Sein Bekenntnis, er würde auch mit dem aktuellen Wissen um die Faktenlage den Irak-Krieg der USA im Jahr 2003 befürworten, musste in der zweiten Jahreshälfte 2004 geradezu wie eine gewollte Wahlhilfe für Bush Jun. wirken.[43] Das rhetorisch etwas moderatere Grundsatzpapier der Demokraten zur Sicherheitspolitik entsprach in weiten Teilen den Axiomen der republikanischen Administration, die als Kernmotiv die nationale Interessenslage der USA definieren und internationale Rechtsstaatlichkeit durch das Gesetz der Macht ersetzen. Dass der Präsidentschaftswahlkampf 2004 – trotz der substantiell nur geringfügigen Unterschiede zwischen Republikanern und Demokraten – als Polarisierung der Gesamtgesellschaft bewertet wurde, ist der deutlichste Beleg für das gefährliche Gewicht des religiösen Fundamentalismus in den Vereinigten Staaten.

Nach dem 11.9.2001 sind im Rahmen der skizzierten Verhältnisse gröbere Methoden der Machttechnologie in den USA wieder zur traurigen Tagesordnung geworden. Während sich die Bundespolizei unter Nixon schließlich der Bespitzelung unbescholtener US-Bürger widersetzte[44], schleust das FBI heute wie zu Johnsons Zeiten V-Männer in gewaltfreie Friedensgruppen und horcht das Umfeld von Regierungsgegnern aus. Mark Silverstein von der Bürgerrechtsorganisation ACLU konstatiert als Folge: »Die Menschen bekommen Angst, zu einer Demonstration zu gehen oder sogar eine Petition zu unterschreiben, wenn sie glauben, was gerechtfertigt ist, dass dies zu einer Untersuchung des FBI führen wird.«[45] Beunruhigend sind auch wiederholte Meldungen über »nicht letale« Mittel zur Kontrolle von Menschenmassen durch Polizei oder Militär. (Neuartige Mikrowellen-Waffen sind vorerst zur Erprobung im Irak vorgesehen.) Es ist nicht ausgeschlossen, dass in den Vereinigten Staaten Erinnerungen an die siebziger Jahre wieder wach werden. Eine halbe Millionen US-Amerikaner demonstrierten trotz einschüchternder Sicherheitsmaßnahmen am 29. August 2004 zeitgleich zum republikanischen Parteikongress in New York.[46] Dabei kam es unter Missachtung gesetzlicher Bestimmungen zu Massenverhaftungen.[47]

Wie desolat die »Demokratie« der USA gegenwärtig ist, zeigt die Wiederwahl von George W. Bush. Jun. an.[48] Nie zuvor ist in der US-Geschichte eine Administration, die man öffentlich so vieler Lügen und Skandale (Enron, Folter etc.) überführt hat, vergleichbar belohnt worden. Rückblickend möchte man annehmen, zur Zeit von Nixons Rücktritt sei das Gefüge von Medien, Machtkontrolle und Gewaltenteilung noch kerngesund gewesen.

2. Korrupte Macht als Thema alter Hollywood-Filme

Welche Kräfte in der US-Gesellschaft könnten die vorherrschende Apathie, die Ohnmachtgefühle gegenüber den allgemein bekannten Verhältnissen aufbrechen? Das traditionell »demokratische« Hollywood gilt als Anwalt der Bürgerrechte. Zumal die sich kritisch gebenden Romane von John Grisham liefern reichlich Stoff. Die Helden vieler Filme kämpfen als martyriumsbereite Einzelkämpfer gegen übermächtige Konzerne, Versicherungen und andere Dienstleistungsgesellschaften, denen an Leib und Leben ihrer Konsumentengruppen, Kunden und anderer Menschen wenig gelegen ist. – So zum Beispiel gegen skrupellose Automobilhersteller: CLASS ACTION (USA 1990); gegen eine kriminelle Anwaltskanzlei der Mafia: THE FIRM (USA 1993); gegen den Apparat eines Wissenschaftlers, der New Yorker Obdachlose im Dienste der medizinischen Forschung ermordet: EXTREME MEASURES[49] (USA 1996); gegen einen rein am Profit ausgerichteten Krankenversicherungskonzern, der den Tod von Versicherten gezielt in Kauf nimmt: THE RAINMAKER (USA 1997); bei Umweltskandalen: A CIVIL ACTION (USA 1998) und ERIN BROCKOVICH (USA 1999); gegen die Tabakindustrie[50]: THE INSIDER (USA 1999); gegen einen Kraftwerkkonzern, der Sicherheitsstandards ignoriert, eine halbe Milliarde Dollar öffentlicher Gelder veruntreut und Politik, Justiz und Polizei besticht: NEWSBREAK[51] (USA 1999); gegen rassistisch voreingenommene Polizeidetektive und eine Anwaltskanzlei: THE HURRICANE (USA 1999); gegen Pharmariesen: BAD BOYS HUNTING (USA 2000) oder gegen mächtige Schusswaffenproduzenten[52]: RUNAWAY JURY (USA 2003). Integre Juristen widersetzen sich im Kino einer korrupten Justiz. Staatsanwälte und Bürgerrechtler nehmen die Pest des Rassismus in ihr Visier ...

Der Sieg moralischer Individuen über gewissenlose Apparatschiks wird im Hollywood-Film mit einer geradezu manischen Vorliebe zelebriert. Wie aber erscheinen das politische US-System und seine Wahlkampfmaschinerie auf der Leinwand? Gelingen *zeitnahe* Spielfilmproduktionen, die sich zu einer echten Kritik am Spektakel der wirtschaftlich-politischen Machtelite durchringen?[53] Gibt es gar Filme, die den milliardenschweren privatwirtschaftlichen Subventionsapparat der Politik als tödlichen Angriff auf die Demokratie entlarven und die speziell das Programm »Krieg« als gefährlichsten Feind der Freiheit brandmarken?

Ein kurzer Blick in die Filmgeschichte könnte die Beantwortung dieser Fragen durchaus mit etwas Optimismus begleiten. Trotz der ökonomischen Zugangsvoraussetzungen zum Massenmedium Film gelingt es einzelnen Autoren, sich den Interessen des Establishments zu verweigern.[54] 1939 bringt Frank Capra, der Meister der »moralischen Komödie«, seinen berühmten MR. SMITH GOES TO WASHINGTON auf die Leinwand.[55] Der unpolitische, etwas naive Mr. Smith ist Leiter eines Pfadfinderverbandes. Er wird als Marionetten-Senator nach Washington geschickt. Die eigentliche

III. Hollywood und der Weg zur Macht

Macht übt der Großindustrielle Taylor aus. Dieser kontrolliert eine riesige politische Maschinerie, vermag Kongressmitglieder gefügig zu machen und kann innerhalb von fünf Stunden öffentliche Meinung produzieren. J. Smith, der unter der Obhut des älteren Senators Paine unwissend und gefügig gehalten werden soll, entwickelt sich jedoch zu selbstständig. (Sein Vater – »ein einziger kleiner Mann gegen eine riesige Organisation« – war wegen seines Eintretens für die Rechte einfacher Bergarbeiter ermordet worden. Im Namen »Jefferson Smith« werden das moralische Vorbild unter den US-Gründungsvätern und der gemeine Mann miteinander verbunden.) In Washington bekundet Smith als frisch gekürter Senator seine Treue zu Jeffersons Idealen. Unter dem Denkmal des großen Abraham Lincoln wünscht auch er, »dass dieser Nation unter Gott eine neue Geburt der Freiheit geschenkt wird und dass die Regierung des Volkes durch das Volk niemals untergehen wird.« Ein Gebiet, das Smith per Gesetzentwurf für eine Art Demokratie-Camp der gesamten US-amerikanischen Jugend vorgeschlagen hat, wird durch einen versteckten Posten im Haushaltsplan für ein korruptes Staudamm-Projekt von Taylor ausgewiesen. Jetzt kommt es zum Konflikt. Taylors Handlanger beantworten den Einspruch von Smith mit gefälschten Dokumenten und einem schmutzigen Amtsenthebungsverfahren. In einer Dauerrede im Kongress beschwört der inzwischen nicht mehr ganz so naive Smith Unabhängigkeitserklärung, Menschenrechte und Pressefreiheit: »*Das ist nicht mehr euer Land, das ist das Land der Taylors [...] Ein Mann beherrscht einen ganzen Staat!*« Gegen die Verleumdung von Smith und die Gleichschaltung der von Taylor vollständig kontrollierten Medien schafft die Pfadfinderzeitung – bedrängt durch blutige Repressalien gegen ihre Zeitungsjungen – Gegenöffentlichkeit. Rettend allerdings ist am Ende erst das mutige Korruptionsbekenntnis des älteren Senators Paine. – Dieser sendungsbewusste, bis heute äußerst populäre Kinoklassiker tritt für die US-Werte »Freiheit und Demokratie« ein und glaubt – anderes als die sozialkritische linke US-Kultur der 30er Jahre – an die moralische Integrität und Wirkmacht des Individuums. Seine Diagnose ist hochaktuell, sein als systemimmanente Lösung vorgetragener Optimismus indessen kaum. – Zeitgleich empfiehlt John Ford mit YOUNG MR. LINCOLN (USA 1939) den unbestechlichen Juristen, der sich von Vorurteilen gegenüber Randgruppen fernhält und eine Verurteilung Unschuldiger verabscheut, als das ideale Staatsoberhaupt.

Korruption und Machtgier eines superreichen Medienmonopolisten führt Orson Welles 1941 mit seinem Film CITIZEN KANE im Kino vor. James Monaco meint, dies sei »der wahrscheinlich wichtigste amerikanische Film aller Zeiten.«[56] Das Drehbuch verfolgt vordergründig die menschliche Tragödie des Multimillionärs Charles Forster Kane, der über Jahrzehnte unzählige Zeitungen und Radiosender kontrolliert. Es stellt dabei aber grundsätzliche – und heute mehr denn je aktuelle – Anfragen zur Gefährlichkeit wirtschaftlicher Machtkonzentration und zur Kontrolle der öffentlichen Meinung durch Medienmonopole. Kane betreibt mit seinen Blättern nach der spanischen Besetzung Kubas Kriegspolitik, was heute an den Fox-Eigentümer Murdoch erinnert.

Hernach nutzt er – wie ein früher Berlusconi – sein Imperium dazu, als populistischer Politiker die Gunst der Massen zu erringen. Die Entstehung von CITIZEN KANE ist verbunden mit Widerständen seitens des Medienmagnaten William Randolph Hearst (1863-1951), der seinerzeit einer der reichsten Männer der Welt war. Die Geschichte dieses – mit Nazi-Deutschland offen sympathisierenden – Konzernbetreibers scheint deutlich durch. Darüber sind später zwei Filme gedreht worden.[57]

1949 verarbeitet Robert Rossen in seinem dokumentarisch gefärbten Spielfilm ALL THE KING'S MEN die Geschichte des 1935 erschossenen Gouverneurs von Lousiana, Huey Long. Willy Stark, die Hauptfigur, begegnet uns zunächst als angehender Lokalpolitiker. Seine Initiativen für das Gemeinwesen werden von der örtlichen Machtclique sabotiert. Autodidaktisch erarbeitet sich der einfache Mann ein juristisches Diplom. Überregional wird man durch eine Zeitungsreportage auf diesen *ehrlichen* Politiker aufmerksam und gewinnt ihn als lenkbaren – wie aussichtslosen – Kandidaten für das Gouverneursamt. Doch Stark macht Bekanntschaft mit Alkohol, erlangt neues Selbstbewusstsein und durchschaut die Drahtzieher der politischen Kampagne. Er beginnt seinen eigenständigen Weg, gewinnt in einem zweiten Anlauf die Wahlen und entwickelt sich zum faschistoiden Populisten. Das vormals integre Familienleben ist nur noch eine Fassade für die Presse. Starks unerschöpfliche Wahlkampfgelder kommen aus verdeckten Quellen. Als Gouverneur – mit eigener Privatgarde – steht er einem Polizeistaat mit Presse- und Radiozensur vor, in dem offenbar alle erfolgreichen Großprojekte –Straßenbau, Verbesserung des Bildungssystems oder Krankenhausgründung – von Korruption begleitet sind: »Der Zweck heiligt die Mittel [...] Das Gute kommt aus dem Bösen!« Vor dem Gebäude der gleichgeschalteten Justiz prangt ein Ausspruch des Gouverneurs: »The people's will is the law of this state!« Als ein Vertreter des konservativen Establishments sich nicht länger erpressen lässt, kommt es zu einer Anklage gegen ihn. Eine forcierte Volkskampagne proklamiert: »Willy's law is our law!« Ermordet wird Gouverneur Stark schließlich von einem aufrechten Mann aus dem Familien-Milieu der traditionellen politischen Elite. Damit enthält der Film nicht nur eine bemerkenswerte Warnung vor gewissenlosen Populisten, sondern auch eine Vertrauenswerbung zugunsten der bewährten politischen Klasse.

Das Charakterthema im politischen Kino findet später übrigens denkbar glatte Lösungen. In Filmen wie Capra's STATE OF THE UNION (USA 1948) oder Schaffner's THE BEST MAN (USA 1963) gelangen Kandidaten mit einem irregulären Privatleben nicht ins höchste Staatsamt. Selbsterkenntnis und Idealismus triumphieren über nackten Ehrgeiz.

3. Der neuere Polit-Spielfilm aus Hollywood

Das Vertrauen in den Demokratieschutz durch ehrliche Männer aus einfachen Verhältnissen oder durch die erprobte Polit-Aristokratie wird spätestens nach Vietnamkrieg und Watergate-Affäre einen tiefen Riss erleiden. In Vietnamspielfilmen des kritischen Paradigmas erscheinen US-Präsidenten dann zuweilen als Lügner, Gauner oder gar als »Großmeister des Todes« auf der Leinwand.[58] In der Reagan-Ära gelingt der politisch-ökonomischen Elite gleichwohl die ideologische Rehabilitierung. Nur noch einige sensible Aphasiker scheinen die Pose des Ex-Schauspielers im höchsten Staatsamt zu durchschauen.[59] Muskelbepackte Superhelden aus Hollywood, von denen einer inzwischen als Gouverneur in Kalifornien residiert und mit Blick auf das Präsidentenamt als »papabile« gilt, leisten in den achtziger Jahren Schützenhilfe. Ernst zu nehmende oppositionelle Kräfte sind danach nicht mehr auszumachen. Das Zusammenspiel von Medien, politischem Markt, angeblich »moralischen« gesellschaftlichen Strömungen bzw. Kampagnen und fundamentalistischem Wirtschaftsliberalismus wird immer perfekter. Das System ist für die neunziger Jahre gerüstet. Im Ergebnis werden die 400 reichsten US-Amerikaner ihr Vermögen zwischen 1982 und 1999 auf durchschnittlich 2,6 Milliarden Dollar großzügig *verzehnfachen* können. Das Realeinkommen der Mitglieder des ärmsten Bevölkerungsfünftels sinkt derweil im Zeitraum von 25 Jahren um 100 Dollar.

Themenvorgabe für die neunziger Jahre: Macht, Moral und Geld

Interessante Perspektiven zur gesamten Entwicklung eröffnet 1986 der Film POWER von Sidney Lumet: PR-Manager Pete St. John kennt die Wege zur Macht. Dafür wird er mit unglaublichen Monatshonoraren, Spesen und anteiligen Medienerträgen entlohnt. Ein einzelner Wahlsieg kann ihm durchaus über 10 Millionen Dollar einbringen. Für eine Präsidentschaftswahl in Südamerika inszeniert er auch schon mal einen medienwirksamen Guerilla-Anschlag auf »seinen« Kandidaten. In den USA legen angehende Senatoren und Gouverneure ihr Schicksal in Petes Hände. Die langweiligsten Typen versieht er mit einem flotten Image. Die bösartigsten Angriffe beantwortet er noch am selben Tag mit einem durchschlagenden TV-Spot. Welche politischen Inhalte seine Klienten vertreten, das ist ihm an sich völlig egal. Nach einer gewonnenen Wahl können sie machen was sie wollen. Im Wahlkampf aber haben die Amtsanwärter – bis hin zur Krawattenfarbe – das Skript ihres Werbe-Genies zu befolgen. Lange bevor die Wahlmaschinen blinken, rotieren im PR-Agenturnetz die Meinungscomputer, um die objektiven Erfolgsthemen einer Kampagne zu ermitteln. Als ein Votum für Sonnenenergie und andere alternative Energiequellen auf dubiose Weise zum Kandidaturverzicht seines Lieblingsklienten führt, scheint das Chamäleon Pete St. John doch nachdenklich zu werden: Wie weit reicht der Arm der Öl-Lobby? – Nun berät er – ohne Profitinteressen und unter Verzicht auf die gewohnte Methode der Kandidatenfabrikation – sogar einen College-Professor, den unabhängigen Außenseiterkandidaten der Ökologiebewegung. Der preist sich, zur Authentizität ermutigt, im Fernsehduell offen als den einzigen Kandidaten an, für den ein Wahlsieg eine Gehaltsaufbesserung bedeuten würde. Er zeigt seine menschliche Unsicherheit, offenbart die Aussichtslosigkeit seines Wahlkampfes und verzichtet auf Phrasen oder Wahlversprechen. Er möchte langfristige Lösungsmodelle für die Sozialpolitik und den Umweltschutz. (Ein ähnlicher Außenseiter, Prof. Paul Wellstone, gewann 1990 tatsächlich in einer seltenen Ausnahme die Senatorenwahl, da kein potentieller Gegenkandidat des Establishments gegen den *finanzkräftigen* Amtsinhaber aus Minnesota seine Karriere riskieren wollte.) – Viele brisante Aspekte werden in POWER lediglich angedeutet. Warum gehen die »völlig unwichtigen« Wähler im US-System so selten zur Wahl? Warum sind auch die Kandidaten letztlich nur Marionetten? Weil solche Fragen als »menschliche Anwandlungen« nur kurz aufblitzen, gelangt der Film über das Lamento »Die machen ja eh was sie wollen!« kaum hinaus. Wer hat die Fäden in der Hand? Nicht etwa US-Konzerne, sondern allein *ausländische* – saudiarabische – Öllobbyisten wollen in dieser Story die Ansätze zu einer ökologisch orientierten Energiepolitik vereiteln! Die Ursachenforschung verengt POWER also auf eine antisaudische Perspektive. Pete St. John wird mit seiner Wahlmanagementagentur auch zukünftig horrende Honorare einfahren, die das plutokratische System der Elite am Laufen halten und eine Energiewende verhindern.

Ein Jahr nach diesem nachdenklich stimmenden Versuch zeigt Oliver Stone mit seinem Film WALL STREET (1987), welche Aussichten die »Neue Ökonomie« für die politische Moral in den Vereinigten Staaten bereit hält. Einer der erfolgreichsten Spekulanten, der als Emporkömmling die letzten Reste von ethischen Konventionen und Verantwortung im herkömmlichen Börsen-Establishment hinter sich lässt, gewinnt die Teldar-Aktionäre mit einer flammenden Predigt. Endlich darf die Triebfeder des egoistischen Wirtschaftens heilig gesprochen und auf die Politik übertragen werden: »Macht es entweder richtig oder verschwindet ganz schnell. [...] Ich zerstöre keine Unternehmen, ich befreie sie vielmehr. Der entscheidende Punkt ist doch, dass die Gier – leider gibt es dafür kein besseres Wort – *gut* ist. Die Gier ist richtig. Gier funktioniert. Die Gier klärt die Dinge, durchdringt sie und ist der Kern jedes fortschrittlichen Geistes. Gier in all ihren Formen – die Gier nach Leben, nach Geld, nach Liebe, Wissen – hat die Entwicklung der Menschheit geprägt. Und die Gier, bedenken Sie diese Worte, wird nicht nur die Rettung sein für Teldar Papers, sondern eben auch für diese andere schlecht funktionierende Firma, die USA.«

Die Notwendigkeit, dieses neue Raubrittertum für das breite Kino-Publikum kritisch oder pseudokritisch zu thematisieren, wird im letzten Jahrzehnt des alten Jahrtausends mehr als deutlich. Der unglaubliche Ansturm entsprechender Produktionen soll hier vornehmlich in chronologischer Folge nachgezeichnet werden. Im Politthriller TRUE COLORS (1990) verspricht Peter Burtin in einer Wette mit seinem

III. Hollywood und der Weg zur Macht

Collegefreund Tim Garrity, im Zeitraum von zehn Jahren als Senator in Washington zu sitzen. Peter, der aufstrebende Machtmensch, pflegt die Lüge als Lebenskonzept. Freundschaft – auch die mit Tim – ist für ihn nur eine Frage förderlicher Beziehungen. Jetzt sehen wir, wie er keine Schweinerei, keine Bestechung und keine Erpressungsgelegenheit auslässt, um Politkarriere zu machen. Mit Blick auf ein System, in dem eigentlich nur Multimillionäre mit noch reicheren Sponsoren auf einen Senatorensessel gelangen können, scheint das ein kritischer Stoff zu sein. Doch dieser Schein trügt. Peter Burtin ist ein »Nichts« mit höchst talentiertem Machtinstinkt und der universalen Fähigkeit, zu blenden. Seine Herkunft aus der *Unterschicht* verbirgt er von Anfang an. Er sucht, selbst liebesunfähig, Anerkennung um jeden Preis. Die dubiosen Geldgeber, die seine Politikerkarriere finanzieren, sind wie er *kriminelle Neureiche* ohne Gewissen. Peters Schwiegervater, ein steinreicher Senator, ist angewidert von der Skrupellosigkeit seines Schwiegersohnes. – Der alte Collegefreund Tim Garrity ist das genaue Gegenteil von Peter Burtin: Er stammt aus gutem Hause. Er kennt nicht nur die höchsten Kreise, sondern auch Loyalität unter Freunden und Moral. Er wird innerlich die Freundschaft kündigen, als verdeckter FBI-Mann im Wahlkampfteam von Burtin ermitteln und die skandalöse Korruption am Tag der gewonnenen Senatoren-Wahl öffentlich machen. Dieser junge Jurist aus Überzeugung ist Beweis dafür, dass das »System« noch funktioniert und Korruption aufdeckt. Der Zuschauer soll offenbar erkennen, dass die US-Demokratie die etablierten Eliten braucht, weil sie sonst in die Hände gewissenloser Emporkömmlinge und Hochstapler gelangt. (Vor gefährlichen Eindringlingen aus unteren sozialen Verhältnissen ist – wie eine Reihe von B-Filmen meint – zu warnen.) Neue Formen der Machtkontrolle sind hingegen offenbar nicht notwendig.

Ähnlich zwiespältig präsentiert sich im gleichen Jahr Brian de Palmas Film über das »Fegefeuer der Eitelkeiten« im Gefilde der Oberklasse und die Sehnsucht nach Anstand. Die Hauptfigur in THE BONFIRE OF THE VANITIES (1990), ein erfolgreicher Börsenmakler der ersten Reihe, ist privilegiertes Opfer der Unmoral innerhalb des Establishments. Diese bemitleidenswerte Gestalt muss sich zudem gegen unerbittliche Medien und erpresserische Feindseligkeit aus der Unterschicht zur Wehr setzen. Rassismus ist vor allem ein Phänomen gieriger Schwarzer, die es auf Entschädigungen durch reiche Weiße abgesehen haben. Die Überreste der Bürgerrechtsbewegung sind wie die obere Klasse dekadent, betreiben PR-Kampagnen und transportieren allenfalls eine Karikatur ursprünglicher Ideale. Politische Korrektheit ist zum bloßen Marketing-Faktor verkommen. Die zitierte Weisheit des Bestsellers »Bibel« über das Gewinnen der ganzen Welt und den Verlust der Seele bleibt am Ende eine hohle Phrase und ertrinkt in einem Whisky-Glas.

1991 meldet sich Geschichtsbewusstsein, zunächst durch das Bedürfnis, die McCarthy-Ära und den verfassungswidrig agierenden Kongressausschuss für »unamerikanische Aktivitäten« (HUAC, seit 1938) in einem Bürgerrechtsfilm wie GUILTY BY

SUSPICION noch einmal zu erinnern. Auf dem Höhepunkt der Demagogie wurden ab 1947[60] und besonders Anfang der fünfziger Jahre linke und vermeintlich linke Kulturschaffende in Hollywood bespitzelt, unter Druck gesetzt und vom Staat mit öffentlichen Hetzkampagnen in den Ruin getrieben. Die zugrundeliegende Filmskript-Idee von Abraham Polonsky, selbst Opfer der Kommunistenhatz, hat sich in diesem Film nicht ganz durchgesetzt. Die Hauptfigur ist auch im Sinne der Anklage »unschuldig« und lässt sich vor allem aus moralischer Integrität nicht dazu erpressen, kommunistische Freunde zu verraten. – Deutlich scheint allerdings die Geschichte des Regisseurs Elia Kazan durch.[61] Nach einem Gespräch mit FBI-Chef Edgar Hoover und dem Präsidenten von 20th Century Fox hatte er 1952 dem Un-American Acitivities Committee die Namen von mindestens acht Filmschaffenden preisgegeben, die wie er einmal Mitglied der Kommunistischen Partei gewesen waren. – Eindrucksvoll werden in GUILTY BY SUSPICION die Verunsicherung der linken Künstlerszene, die polizeistaatlichen Praktiken der US-Behörden, die Methoden der öffentlichen Anhörungen und die Berufung der Betroffenen auf die Bill of Rights der Verfassung in Szene gesetzt.

Zehn Jahre später greift der melodramatische Film THE MAJESTIC (USA 2001) das Thema erneut auf. – Einem völlig unpolitischen Drehbuchschreiber wird der von Flirtabsichten geleitete Besuch einer Brot-statt-Munition-Gruppe während seiner Studentenzeit zum Verhängnis. – Jetzt aber ist der Kontext, in dem die Ideale der Freiheit geschützt werden sollen, von spießigem Kleinstadtbürgertum, Fünfziger-Jahre-Romantik und unerträglichem Patriotismus überwuchert. Die Helden des Krieges und die Helden der Freiheit gehen Hand in Hand. Dazu wird der Brief eines im Zweiten Weltkrieg gefallenen US-Soldaten zitiert: »Wenn Tyrannen sich erheben, müssen wir aufstehen und sie niederschlagen, ganz gleich, was es auch kostet. Eine einfache Sache vielleicht, aber eine, die es wert ist, alles zu geben.« Der gemeine Mann – im Sinne der Capra-Moral – gibt dazu seinen Beifall. Die Erinnerung daran, dass es einmal richtige Linke gab, ist getilgt.

John F. Kennedy und kein Ende des Komplotts

Als Schwerpunktsetzung für den Präsidentenfilm der 90er Jahre wird sich Oliver Stone's JFK (1991) über den Mord an John F. Kennedy am 22.11.1963 erweisen.[62] Das Leitwort: »To sin by silence when we should protest makes cowards out of men.« (Ella Wheeler Wilcox) Der Stoff war bereits in einer Dokumentation der BBC aufgegriffen worden. Mit seinem Spielfilm leistet Stone den Forschungen des ehemaligen Bezirksstaatsanwalts von New Orleans, Jim Garrison, und den Thesen von Jim Marrs auf der Leinwand Schützenhilfe. Die von der Warren-Kommission unter Johnson und einem Untersuchungsausschuss des Jahres 1978 bestätigte These von der Alleintäterschaft des allzu schnell ebenfalls ermordeten Präsidenten-Mörders Lee Harvey Oswald erscheint als unhaltbar. Wir sehen, wie ein Netz aus Militärs, Geheimdienst-

III. Hollywood und der Weg zur Macht

lern, Drahtziehern der Rüstungsindustrie und reaktionären Exil-Kubanern sich gegen das Staatsoberhaupt verschwört. Kennedy entzieht Planungen für Geheimoperationen auf Kuba den Boden und beabsichtigt womöglich, alle – von ihm selbst entsandten – US-Militärangehörigen aus Vietnam abzuziehen.[63] Deshalb will man ihn beseitigen. Für den mythologisierten Superschützen Oswald haben die Mordverschwörer eine kommunistische Identität konstruiert. In Wirklichkeit spielt er lediglich eine Nebenrolle. – Der Film hat Konspirations-Jünger jeglicher Couleur beflügelt, eine Flut von detaillierten Gegendarstellungen provoziert und insgesamt die breite US-Gesellschaft verschwörungstheoretisch infiziert. Sehr bald mochten mehr als die Hälfte der US-Bürger die gebotene Oswald-Version nicht mehr glauben. Präsident und Ex-CIA-Direktor George Bush Sen. zeigte sich hingegen in einem NBC-Interview mit John Cochran betont desinteressiert am Thema.

Oliver Stone markiert den Standort von JFK, indem er ausführlich die Abschiedsrede von US-Präsident Eisenhower von 1961 – eine drastische Warnung vor dem Einfluss des militärisch-industriellen Komplexes – im Bild zitiert und auch an jene Passage der Unabhängigkeitserklärung erinnert, die der konkreten Regierungsform nur solange Geltung zuspricht, wie sie eine Regierung des Volkes durch das Volk gewährleistet. Mit dem Thema »Mord-Komplott gegen Kennedy« ließ sich auch nach fast drei Jahrzehnten noch öffentlicher Druck erzeugen. Geweckt wurde ein hartnäckiger Zweifel am Wahrheitsgehalt der staatlichen Geschichtsschreibung. In der Folge kam es sogar zur Öffnung bislang verschlossener Archivbestände.[64] Stone hat zumindest für einen gewissen Zeitraum die Annahme widerlegt, ein Spielfilm mit dokumentarischem Charakter könne innerhalb einer Unterhaltungsgesellschaft kein wirksames politisches Medium sein. Doch hat der Film JFK nachhaltig zu prinzipiellen Anfragen an das politische System beigetragen? Die Vermarktung des Conspiracy-Komplexes fördert bis heute in erster Linie seine Zähmung als quasi-esoterisches Hobby. Allein beim Studium des 26-bändigen Warren-Reports kann man schließlich Jahre mit dem Verfassen kritischer Fußnoten verbringen. Ein Film wie AMERICA'S MOST WANTED[65] (USA 1997) zeigt, dass der JFK-Plot für beliebige Action-Thriller verwertbar ist.

Dem Mythos John F. Kennedy widmet sich später – scheinbar beiläufig – der HBO-Fernsehfilm THE RAT PACK (1998) in Anlehnung an ältere Mafia-Geschichten um Frank Sinatra und seine »Spießgesellen«. Kennedy, der sich nach geleisteten Wahlhilfen von der Mafia abwendet, ist hier nicht der moralische Hoffnungsträger der USA, sondern ein lüsterner Schürzenjäger mit Verbindungen zum kriminellen »Rattenpack«. Solch ein Tabubruch ist im Jahr der Clinton-Lewinsky-Affäre möglich.

Günstiger hingegen zeichnet THIRTEEN DAYS (2000) über die Kubakrise vom Oktober 1962 das Vorzeige-Staatsoberhaupt der Demokraten. Dessen Administration, der Bruder Robert Kennedy und der Präsidentenberater Kenny O'Donnell verhindern gegen den mächtigen Widerstand aus Kreisen des Militärs und der Geheimdienste eine Eskalation zum Atomwaffeneinsatz.[66] Erkenntnisse über Atomraketenstationierungen der UdSSR auf Kuba müssen nach Ansicht der US-Militärs mit einer Bombardierung der Raketenstellungen und Abwehrsysteme beantwortet werden, und nachfolgend soll das »Problem Castro« durch eine Invasion aus der Welt geschafft werden. Die US-Regierung versagt sich im Verlauf der Krisenberatungen diesen gefährlichen Lösungen. Sie gelangt über eine »Quarantäne« (Blockade Kubas) zu erfolgreichen Geheimverhandlungen, bei denen auch die sowjetische Führung ihr Gesicht nicht verliert. Zu erinnern ist besonders an US-General Curtis LeMay, der nukleare Optionen nicht ausschließen wollte und bereit war, Kuba einfach ganz zu vernichten.[67] In den USA gab dieser eher idealisierende[68] Film wenig Anlass zu einer grundsätzlichen Besinnung auf die anhaltende Möglichkeit eines nuklearen Weltkrieges. (Immerhin waren zwischenzeitlich tausendfache Fehlanzeigen von militärischen Alarm- und Sicherungssystemen öffentlich bekannt geworden.) Im Vordergrund der öffentlichen Diskussion um THIRTEEN DAYS standen die Eitelkeit weiterer Akteure wie Ex-Berater Theodore Sorenson und der Geschichtsnachhilfeunterricht im Detail.[69] (Der Umstand, dass Kennedy selbst zunächst eine militärische Lösung favorisierte, wird im Film immerhin angedeutet.) Die Unterhaltungsabteilung des Pentagons schickte den Produzenten von THIRTEEN DAYS, die um Unterstützung gebeten hatten, im Juli 1998 eine Absage: »Sowohl Curtis LeMay als auch General Taylor werden in negativer und fälschlicher Weise als beschränkt und kriegslustig dargestellt.«[70] Gerade aber die wahnsinnige Rolle dieser US-Generäle, die die Menschheit damals an den Rand eines Dritten Weltkrieges führen wollten, ist durch erhaltene Original-Tonbänder in der J. F. Kennedy-Library belegt. – Der Film musste auf den Phillippinnen mit fluguntauglichen US-Jets aus dem Jahr 1962 und wenig überzeugenden Computer-Animationen realisiert werden. »Ohne Genehmigung des Pentagons kommt man nicht einmal an alte Archivaufnahmen, obwohl es sich um öffentliches Eigentum handelt.«[71]

Einer eher wohlwollenden demokratischen Parteigeschichtsschreibung ist daneben auch der HBO-Film PATH TO WAR (2002) über John F. Kennedys unmittelbaren Nachfolger dienlich. Stone hatte zehn Jahre zuvor in JFK das Bild vermittelt, Kennedy wünschte lieber heute als morgen einen Rückzug aus Vietnam. Mit dem Texaner Johnson[72] bekommen die Kriegstreiber hingegen den Präsidenten, den sie wollen. Dieser verspricht laut JFK-Drehbuch den Militärs: »Sorgen Sie dafür, dass ich gewählt werde, und Sie bekommen diesen Krieg!« In PATH TO WAR entsteht nun eher der Eindruck, der integre – und außenpolitisch unerfahrene – Lyndon B. Johnson, der im realen Leben die Bombenziele in Vietnam höchstpersönlich ausgesucht hat, sei wider Willen einfach in den Krieg hineingeschlittert.[73] Johnson gewinnt mit einem historisch einmaligen Ergebnis die Präsidentschaftswahl 1964 gegen den Republikaner Barry Goldwater. Beim Antrittsball im Weißen Haus am 20.1.1965 sonnt er sich in der Vision der »Great Society«: Soziale Gerechtigkeit, reformiertes Gesundheitswesen, allgemeiner Zugang zur Bildung, Wahlrecht für alle Afro-Amerikaner ... Doch unversehens schwellen die Milliardenbudgets für die Kriegsmaschinerie in Vietnam

III. Hollywood und der Weg zur Macht

an und machen diesen sozialdemokratischen Traum über Nacht zunichte. (Johnsons ehrgeiziges Sozialprogramm – ein »bedingungsloser Krieg gegen die Armut« – war angesichts der horrenden Kriegskosten nicht mehr zu finanzieren. Doch der Krieg und seine Eskalation sind ihm nicht aufgezwungen worden, hat er sich doch selbst später in den Memoiren zu seiner »Kanonen-und-Butter-Politik« bekannt.) Bei der »Abdankung« sehen wir einen bemitleidenswerten alten Mann im Weißen Haus, der alles so gut und so menschlich wollte und dem das Schicksal übel mitgespielt hat. Dass diesem Präsidenten Analysen über die wirklichen Verhältnisse und Motivationen[74] in Vietnam vorlagen, dass er die Falschinformationen der gewählten Volksvertreter – sprich Lügen – und die maßgebliche Kriegsentscheidung zu verantworten hat, all das wird wenig bedacht.

PATH TO WAR zeigt immerhin auch einen Johnson, der seinen ärgsten Feind – den Südostasienkrieg – mit unbeherrschten und radikalen Kriegsoperationen im Handumdrehen besiegen will. Die Widersprüchlichkeiten von Verteidigungsminister Robert S. McNamara[75] und dessen Nachfolger Clark M. Clifford sind vor allem als Unentschiedenheit zwischen Menschlichkeit, Patriotismus und militärischem Dogma gestaltet. (McNamara sucht vor seiner Abdankung das Grab von John F. Kennedy auf.) Dem Unterstaatssekretär George Ball, der als einsamer Mahner kompromisslos zur Vernunft ruft und die US-Bombardierungen als Massenmord betrachtet, setzt PATH TO WAR ein verdientes Andenken. Das Drehbuch erinnert auch an den usamerikanischen Quäker und Kriegsgegner Norman Morrison, der sich 1965 vor dem Pentagon-Fenster von McNamara selbst verbrannt hat.[76] Seit seinem Erscheinungsjahr 2002 ist dieser Film von John Frankenheimer hochaktuell. Aus unerfindlichen Gründen scheint eine Präsenz des Titels auf dem deutschen Videomarkt zeitgleich zum Irakkrieg nicht erwünscht zu sein. Für diese Studie wurde auf eine in den Niederlanden vertriebene DVD-Edition zurückgegriffen.

Ein Jahr nach dem von Präsident Bush Sen. geführten Golfkrieg präsentiert Tim Robbins den überzeugenden »demokratischen Demokratenfilm« BOB ROBERTS (1992) über die US-Wahlen 1990. Der erfolgreiche Yuppie, Aktienspekulant und Folkstar Bob Roberts geht als Senatorenkandidat der Neokonservativen ins Rennen. Sein Manager ist einer der führenden Drahtzieher der Iran-Contra-Affäre und anderer terroristischer US-Staatsoperationen in Mittel- und Südamerika. Die Medien unterstützen Roberts populistische Wahlkampage, seine heuchlerische Frömmigkeit und die durchsichtige Schlammschlacht gegen den Amtsinhaber. Die Crew einer als linksliberal geltenden Unterhaltungs-Show stellt verzweifelt fest, dass der Sender den Kandidaten Roberts mit einem mehr als reaktionären Liedbeitrag in ihr Programm platziert hat. Die Protestbewegung gegen den Vietnamkrieg und alle Anliegen der 68er-Generation seiner eigenen Eltern wertet Roberts als schamlose *Besudelung der nationalen Ehre*. Er selbst ist die Verkörperung des American Dream, ein Mann, der reich werden wollte und es aus eigener Kraft zu ungezählten Millionen gebracht hat. In seinen Liedern singt er vom »stolzen Amerika«, von den Gottlosen in der Welt und von einem drogenfreien Land. Das neue »Cleansein« gehört Gott. Wer ihm angehört, ist nicht nur bereit zu sterben, sondern auch zu *töten*! Die erschreckende Countrysong-Parole wider die Bösen auf dem Globus lautet: »*Killing for God!*« – Anders als Roberts ist der noch amtierende Senator Brickley Paiste ein Gegner des bevorstehenden Golfkrieges. In dokumentarisch gestalteten Interviewpassagen erläutert er seine Sicht einer von Pentagon und CIA ausgehöhlten US-Demokratie: Im Weißen Haus hat längst der Nationale Sicherheitsrat die Macht übernommen. Die US-Außenpolitik steht jenseits parlamentarischer Kontrolle. – Der Film zeigt gleichsam ein letztes Aufbegehren liberaler Kulturmacher gegen die von Neokonservativen und faschistoiden »Christen« eingeläutete neue Ära des Empires. Der schwarze Journalist Bugs Raplin deckt in einer der wenigen noch verbliebenen kritischen Zeitungen unerhörte Politskandale der Roberts-Clique im Dreieck von Waffenhandel, Drogengeschäften und einer nur scheinbar wohltätigen Hilfsorganisation auf. Dieser etwas skurrile Bürgerrechtler, der so gar nicht in das Zeitalter der neuen Medien passt, wird kalt gestellt, von lynchwilligen Roberts-Anhängern bedroht und schließlich in seiner Wohnung ermordet.[77] Die Anhänger des neuen rechtsradikalen Senators, der sich nach einem Motorradunfall als nationaler Märtyrer feiern lässt, jubeln. Die neue wirtschaftsliberale Politik ohne Moral hat mit Hilfe der rechten Moralisten und einer instrumentalisierten Religion gesiegt. Die kritische Bewegung der späten sechziger Jahre und der investigative Journalismus sind tot.

Im gleichen Jahr widmet sich die Eddie Murphy-Komödie THE DISTINGUISHED GENTLEMAN (USA 1992) dem Problemfeld Wirtschaft – Politik – Korruption. Der Kleinkriminelle Thomas Jefferson bewirbt sich in der Nachfolge eines vor kurzem verstorbenen Politikers im Staat Florida für das Amt des Kongressabgeordneten. Im Wissen darum, wie einträglich das Politikerdasein ist, will er das große Geld machen. Das ist sein einziges Ziel. Nicht zuletzt aufgrund der Namensgleichheit mit seinem beliebten – *unmittelbaren* – Vorgänger gewinnt Jefferson die Wahlen. Die Verhältnisse, die er dann in Washington vorfindet, erschüttern jedoch selbst diesen geschäftstüchtigen Ganoven und verwandeln ihn in einen Kämpfer gegen die herrschende Korruption der Politelite.

In der Tradition Frank Capras, so scheint es, muss nach einem solchen Lösungsangebot aus dem Kleinkriminellenmilieu endlich wieder die Ehrlichkeit des einfachen US-Amerikaners im Kino mobilisiert werden. In Kooperation u. a. mit dem US-Verteidigungsministerium und mehreren Abteilungen der Navy präsentiert der Film DAVE (1993) einen kinderleichten Ausweg aus dem desolaten Zustand des Weißen Hauses: Der sympathische Jobvermittler Dave hat verblüffende Ähnlichkeit mit dem amtierenden Präsidenten. Damit dieser mit einer seiner patriotischen Sekretärinnen ein Schäferstündchen halten kann, muss Dave in der Obhut des Sicherheitsdienstes

III. Hollywood und der Weg zur Macht

den Präsidenten bei einem offiziellen Empfang vertreten. Doch das echte Staatsoberhaupt erleidet in seiner Liebesnacht einen Schlaganfall und fällt als Opfer seiner Lüsternheit ins Koma. Der eigentliche Machthaber in Washington, ein korrupter Stabschef, ist nicht bereit, diesen Schicksalsschlag hinzunehmen und dem sozial eingestellten *Vize*-Präsidenten das Ruder zu überlassen. Mit einer Anspielung auf Capras »Mr. Smith« stellt er fest: »Ich habe ihn [den Präsidenten] gemacht, ich habe ihn aufgebaut, und ich werde nicht zulassen, dass irgendein Pfadfinder ihn mir wegnimmt!« Seine Lösung: Der Doppelgänger Dave wird einstweilen weiter die Marionetten-Rolle des komatösen Präsidenten einnehmen. Doch Dave erdreistet sich, mit Hilfe eines befreundeten Steuerberaters das Schauspiel in echte Politik zu verwandeln. Zahlungen an Rüstungsfirmen, die ihre *Liefertermine* nicht einhalten, werden gestoppt und zinsbringend angelegt. Öffentliche Einrichtungen für Obdachlose, Herzensanliegen der echten Präsidentengattin, sind auf einmal finanzierbar. Auf einer Pressekonferenz wird das neue Vollbeschäftigungsprogramm vorgestellt: »Diesem Land geht es gar nicht gut. Wir könnten etwas dagegen tun, für jeden Amerikaner einen Arbeitsplatz finden, der es will, und die Selbstachtung der Menschen stärken.« Der nun schachmatt gesetzte Stabschef rächt sich, in dem er einen Sparkassen-Aufsichtsratskandal der Administration öffentlich macht. Dave bekennt sich vor dem Kongress zu diesem Skandal, legt die Beteiligung des korrupten Stabschefs daran offen und tritt von seinem Amt zurück. Zumal der »echte« Präsident kurz darauf auf einer versteckten Intensivstation stirbt, ist der Weg frei für den integren Vizepräsidenten. Dieser Vollbeschäftigungspolitiker aus einfachen Verhältnissen wird erster Mann im Staat. Auch Dave, der ehrliche Stellenvermittler, beteiligt sich mit Hilfe einfacher Leute und der Präsidentenwitwe am nächsten Wahlkampf. Wie im Märchen ist die US-Demokratie über Nacht gesundet. Mit diesem Wiegenlied wird niemand das Kino nachdenklich verlassen.

Nicht in den Sog solcher Anpassung gerät THE PELICAN BRIEF (1993) von Regisseur Alan J. Pakula, dessen frühere Werke wohl zu Stones Vorbildern gehören. Dieser Film bezieht seine Spannung aus geheimen Machenschaften im Verbund von Politik, staatlichen Behörden und Konzernmacht: Ein superreicher Ölspekulant, zugleich geheimer Wahlkampffinanzier des US-Präsidenten, ist verwickelt in einen Umweltskandal von großem Ausmaß. Ein ökologisch engagierter Anwalt, zwei Bundesrichter mit Umweltbewusstsein und noch weitere involvierte Personen werden zum Nutzen des Ölspekulanten ermordet. Das Weiße Haus behindert die FBI-Ermittlungen, doch eine Jurastudentin und ein Journalist decken den Mordkomplott auf. Der Präsident ist politisch erledigt; er und sein engster Stab sind in einen Skandal verwickelt, der Watergate in den Schatten stellt.

Einem weiteren Film des Jahres hat man attestiert, er gehe kritisch mit den Mächtigen im Staate um: CLEAR AND PRESENT DANGER von Philip Noyce. Seine Geschichte entlarvt – der Romanvorlage von Tom Clancy entsprechend – eine US-Operation nach Art der Iran-Contra-Affäre. Ein Freund des US-Präsidenten wäscht für ein kolumbianisches Drogenkartell riesige Geldsummen und veruntreut sie. Deshalb werden er und seine Familie im Auftrag des Kartells ermordet. Daraufhin lässt der US-Präsident den Nationalen Sicherheitsberater – und auch Teile des Geheimdienstes – ohne Kenntnis des Kongresses verdeckte Militäroperationen gegen das Drogenkartell in Kolumbien durchführen und später die Schwarzkonten des ermordeten US-Amerikaners in Höhe von etwa 650 Millionen Dollar konfiszieren. CIA-Direktor Dr. Jack Ryan ist nicht eingeweiht in die illegale Operation und versichert dem Kongressausschuss, es gehe ausschließlich um *nichtmilitärische* Aktivitäten gegen die Drogenmafia. Indessen führen die laufenden US-Interventionen in Kolumbien und geheime Absprachen mit Teilen der Drogenkartelle in ein Fiasko. Der CIA-Chef Ryan ist jedoch nicht bereit, sich vom US-Präsidenten bestechen oder unter Druck setzen zu lassen und die Verantwortung auf sich zu nehmen. Dieser »letzte ehrliche Mann in Washington« will offenbar am Schluss dem Kongress über sämtliche Gesetzesbrüche der Administration Mitteilung machen. – Das alles erscheint in der Tat kritisch. Doch im Laufe des Films häufen sich beim aufmerksamen Zuschauer die Beklemmungen. Der väterliche Mentor und Vorgänger des CIA-Direktors fühlt sich mit unerschütterlicher Integrität allein der Souveränität des Volkes verpflichtet. Er ist ein verdienter Kriegsveteran (Korea, Vietnam) und erhält ein Begräbnis mit allen militärischen Ehren. Der zentrale Agitator im kolumbianischen Sumpf ist ein *kubanischer* Geheimdienstmann. Für die Motive hinter der illegalen US-Geheimoperation im kolumbianischen »Antidrogenkampf« weckt der Film insgesamt großes Verständnis. Schließlich erweist sich CIA-Direktor Ryan – unter Umgehung des Rechts – als patriotischer Retter der vom eigenen Staat verratenen Mitglieder des US-Geheimkommandos. – Finanzkonten des Geheimdienstes aus Drogengeschäften sind in den USA öffentlich bekannt. 1992 musste Senator John Kerry entsprechende Erkenntnisse entsetzt zur Kenntnis nehmen.[78] Just ein Jahr später präsentiert der Film die Drogenkonten der USA arglos als Folge der Enteignung einer privat handelnden Einzelperson. Man darf wohl konstatieren, dass hier ein enormer Sprengstoff geschickt entschärft wird: Bei der Iran-Contra-Affäre (1986-89) haben auch die Enthüller Präsident Reagan auffällig geschont, sonst wäre er höchstwahrscheinlich ein zweiter Nixon geworden. – CLEAR AND PRESENT DANGER ist der vielleicht durchschlagendste Beleg dafür, wie unbefangen staatstragende Titel der 90er Jahre Kritik am politischen Establishment aufgreifen und ummünzen können. Der Nachspann gibt weiteren Aufschluss: »*The producers wish to thank and acknowledge the cooperation of the Department of Defense, the Department of the Army, the Department of the Navy, the Department of the Air Force, the U.S. Marine Corps and the California National Guard, specifically: Philip M. Strub (Department of Defense Liaison), Major David A. Georgi, USA (Technical Advisor).*« Es folgt eine lange Liste der beteiligten Abteilungen des US-Militärs.[79] Am Drehbuch war der reaktionäre Filmemacher John Milius beteiligt.

III. Hollywood und der Weg zur Macht

Gleichzeitig greifen zwei Titel auf höchst unterschiedliche Weise das von Oliver Stones JFK vorgelegte Thema *Verschwörung zum Präsidentenmord* auf. Der Thriller IN THE LINE OF FIRE (1993) dreht sich um den Secret Service-Beamten Frank Horrigan. Er gehörte einstmals zu jener Sicherheitscrew, die Kennedy am Tag des tödlichen Attentats in Dallas beschützen sollte.[80] Horrigan fühlt sich mitverantwortlich für den Tod des Präsidenten und beruhigt seine Schuldgefühle mit Alkohol. Als er viel später Kenntnis von einem aktuell geplanten Attentat auf den *amtierenden* Präsidenten erhält, bietet sich eine zweite Chance, die Fehler der Vergangenheit wieder gut zu machen. Zwei gravierende Probleme stellen sich ihm dabei in den Weg: Der aktuelle Attentäter – ein Psychopath, der ihn fast als Verbündeten sieht – agiert außerordentlich professionell und brutal; die Kollegen im Personenschutz und das Weiße Haus halten Horrigans Warnungen zudem für Hirngespinste eines Wichtigtuers. Die Motive des in letzter Minute gestoppten Attentäters werden nur vage angedeutet: Er hatte als Armee-Angehöriger Schwierigkeiten beim Übergang ins Zivilleben, war einmal beim FBI mit streng geheimen Aufgaben betreut und fühlt sich pauschal von der Regierung betrogen. Die Bezugnahme auf den Kennedy-Mord bleibt äußerlich. Politische Anfragen sind in Wolfgang Petersens Film durch Action ersetzt. IN THE LINE OF FIRE präsentiert sich mit »special thanks to the men and women of the United States Secret Service«.

Kritischer und viel origineller thematisiert Paul Williams in THE NOVEMBER MEN (1993) eine aktuelle Verschwörung zum Präsidentenmord. Die Geschichte: Der linksintellektuelle Regisseur Arthur Gwenlyn hat seit dem Attentat auf John F. Kennedy den Glauben an »Amerika« und an US-amerikanische Werte verloren. Nichts wünscht er, der Prototyp einer moralisch verratenen Generation, sich so sehr wie ein Wiedererwachen der Linken. Mühsam versucht er, sein neues Filmprojekt über einen Mordversuch an Präsident George Bush Sen. zu finanzieren. Er fahndet aufwendig nach Schauspielern bzw. Laiendarstellern, die sich von Staat und Gesellschaft verraten fühlen und deshalb wirklich Rachegedanken hegen. (Technischer Berater ist z. B. ein kurz vor seinem *Rentenanspruch* gezielt entlassener US-Soldat, der im Filmverlauf eine Nachbarschaftsfehde mit brutalen Halbstarken durch Mord beendet.) Laufende Drehbuchentwicklung und Filmaufnahmen von Arthur Gwenlyns Projekt sind in diesen Casting-Prozess verwoben und gewinnen ein Höchstmaß an *Echtheit*. Gwenlyns Partnerin, die Kamerafrau Elizabeth, glaubt zumindest zeitweilig, die Produktion laufe auf ein *reales* Attentat am Präsidenten hinaus. In ihrer Not wendet sie sich an das FBI, das verdeckte Ermittler einsetzt. Die mehrschichtigen Meta-Ebenen gipfeln im Film über einen Film über die Entstehung eines Filmes, der zugleich – vielleicht – ein wirkliches Verbrechen entfesselt. Die äußerst verwickelten Schichten kommen so geschickt und verwirrend zur Anwendung, dass erst ein Nachgespräch im Team den *fiktiven* Charakter der zuvor gezeigten Blutbäder aufklärt. Doch einer der Mitwirkenden ist gar nicht glücklich darüber, dass es »nur ein Film« war. Sein Standort ist allerdings im rechtsextremen Spektrum angesiedelt. Am Ende steht ein Attentatsplan, der den nächsten US-Präsidenten, den Demokraten Bill Clinton treffen soll.

Rückgriff auf Truman und Erinnerungen an Nixon

Zur Mitte des Jahrzehnts zeichnet die HBO-Produktion TRUMAN (USA 1995) von Frank Pierson eine kriegssubventionierende Präsidentenlegende[81]: Der Demokrat Harry S. Truman wird nach dem Tod Roosevelts am 12. April 1945 der 33. Präsident der Vereinigten Staaten. Er ist Veteran des 1. Weltkrieges, kommt aus ganz einfachen Verhältnissen und bewahrt sich als angehender Senator Unabhängigkeit gegenüber seinem korrupten und einflussreichen Mentor aus Missouri. Nur unter Druck kann der bescheidene Politiker bewegt werden, unter Roosevelt als Vize zu amtieren. Als Staatsoberhaupt macht er sich dann die Entscheidung für die Atombombe über Hiroshima nicht leicht (vgl. Kapitel V.6). Mit dem Marshall-Plan seiner Regierung werden die USA die erste Nation der Geschichte, die ihren ehemaligen Feinden wirtschaftlich wieder auf die Sprünge hilft. (Alternative Sichtweise: Anders als die Sowjetunion und Europa ist das Land im Weltkrieg völlig von Zerstörung verschont geblieben und kann nun auf dem Weg von Wirtschaftshilfen oder Krediten seine enorme Machtposition als »guter Hegemon« festigen.) Den rechten US-General Douglas MacArthur, der durch sein »Prokonsul«-Amt in Japan offenbar sehr selbstbewusst geworden ist und als Militär in Korea betont eigenmächtig für eine radikale Sieg-Strategie agiert, entlässt Truman. (Viel mehr erfahren wir nicht zum Koreakrieg.) Trumans innenpolitisches Programm steht für sozialen Frieden. (Sein New Deal scheitert am republikanischen Kongress.) Nach einer Mordserie an schwarzen Kriegsveteranen wird er auch initiativ in der Bürgerrechtsfrage. Gegen Rassisten in der eigenen Partei muss er sich durchsetzen. In der Abwehr des Hetz-Senators McCarthy verzichtet er konsequent darauf, diesen mittels geheimen FBI-Materials über »Sodomie«, Alkohol etc. zu kompromittieren. Beim Auszug aus dem Weißen Haus 1953 ist Harry S. Truman, wie es im Film scheint, so arm wie vor seiner politischen Karriere. Er erhält lediglich eine Militärpension. Noch beschönigender als in diesem Titel kann man die Eckdaten des behandelten Zeitabschnitts (Eintritt ins Nuklearzeitalter, Kalter Krieg) kaum darstellen.

Im gleichen Jahr werden tiefgreifende Wunden des Präsidentenamtes im Kino noch einmal bedacht: Richard Nixon und der Watergate-Skandal. Kein Mittel – einschließlich illegaler Abhörmaßnahmen und Agenteneinsätze – war Nixon zu mafiös, um darauf im Kampf gegen seinen demokratischen Gegenkandidaten zur Präsidentenwahl 1972, Edmund Muskie, zu verzichten. Die Demokraten ersetzten nach erfolgreichen republikanischen Kampagnen Senator Muskie durch den weniger aussichtsreichen McGovern, und Nixon gelang die Wiederwahl. Nixon wusste von den schmutzigen »Klempner«-Methoden seines Stabes und erhielt später auch von staatlichen Behörden Deckung. Ins Rollen gebracht wurde der *öffentliche* Skandal von zwei

III. Hollywood und der Weg zur Macht

Reportern der Washington Post, Carl Bernstein und Bob Woodward. Sie arbeiteten durchaus nicht investigativ an politischen Fragen, sondern schlicht am Bericht über einen Einbruch in die Watergate-Zentrale der Demokraten. Ein anonymer Informant aus dem Weißen Haus unterstützte ihre Recherchen, die schließlich zu einem Amtsenthebungsverfahren und am 9.8.1974 zum Rücktritt Nixons führten. Aus der Perspektive dieser beiden Zeitungsreporter erzählt Pakulas legendärer Film ALL THE PRESIDENT'S MEN[82] (1976) den Watergate-Skandal, während Robert Altmans SECRET HONOR (1984) in Form einer One-Man-Show die Bekenntnisse des gescheiterten Staatsoberhaupt präsentiert.

Oliver Stones NIXON (1995) zeichnet hingegen ein biographisches Psychogramm jenes Mannes, der eine »neue amerikanische Revolution« anzuführen gedachte und unter Seelenbeschädigung die Welt gewann (Matthäus-Evangelium 16,26): Nixon kommt aus den einfachen Verhältnissen einer strengen Quäkerfamilie, die aber offenbar mit der Quäker-typischen Gewaltfreiheit nicht mehr viel anfangen kann. Die herrische, sehr religiöse Mutter erzieht die Kinder mit Angst und hält sie in emotionaler Abhängigkeit. Der brutale Vater rät den Kindern: »Lasst euch nie besiegen!« Nixon wird es ein Leben lang hassen, zu verlieren. Die tödliche TB-Krankheit des Bruders eröffnet ihm die Möglichkeit zum Studium. Politische Gegner wie die Kennedy-Brüder oder Martin Luther King[83], die seinen Plänen im Wege stehen, werden zu günstigen Zeitpunkten ermordet. Seine klaren Feindbilder hat Nixon bereits im berüchtigten »Ausschuss für unamerikanische Umtriebe« zur Geltung gebracht. Das Volk, so weiß er, wählt nicht aus Liebe, sondern aus Furcht. (Kissinger bezeichnet bei Nixons Mao-Besuch im Februar 1972 die *Macht* als das »ultimative Aphrodisiakum«. Zum Schluss des Films wird Kissinger über Nixon sagen: »Können Sie sich vorstellen, was dieser Mann hätte werden können, wenn er je geliebt worden wäre?«) Die Proteste gegen den Vietnamkrieg sind für Nixon, der nach Auskunft seiner Memoiren zweimal an den Einsatz von Atomwaffen gedacht hat, die eigentliche Gefahr. – »Nordvietnam kann die USA nicht demütigen, das können nur Amerikaner!« »Unsere Feinde befinden sich innerhalb der Grenzen!« – Nixon, von Henry Kissinger zum *gezielten* Einsatz von Wahnsinn und Unberechenbarkeit ermutigt, antwortet mit Bomben auf Kambodscha und Laos und weiteren Massenbombardements über Vietnam. Nach der Erschießung von vier protestierenden US-Studenten durch Nationalgardisten auf dem Campus der Kent State University (Mai 1970) hört er bei einem spontanen Nachtausflug zum Kapitol, wie eine Neunzehnjährige ihm das politische System als wildes Tier und Bestie darstellt. Er selbst hält sich indessen für einen würdigen Nachfahren des Sklaverei-Bekämpfers Abraham Lincoln und wünscht sich, die jungen Leute würden ihn mögen. Im Zusammenhang mit den von Daniel Ellsberg[84] veröffentlichten *geheimen* Pentagon-Papieren über den Vietnamkrieg gibt Nixon im Film sein Rezept kund: Leute wie Ellsberg, den er als Repräsentanten einer typisch »jüdischen Verschwörungspraxis« betrachtete[85], sollte man »zerquetschen«.

»Man sollte es so machen wie die Deutschen im Zweiten Weltkrieg. Wenn die durch eine Stadt zogen und ein Heckenschütze erschoss einen, dann ließen sie die ganze verdammte Stadt antreten und sagten: ›Wenn Ihr nicht redet, dann werdet Ihr alle erschossen!‹« Schwierigkeiten mit seinen mächtigen Geldgebern aus der Wirtschaft bekommt Nixon erst, als diese seine scheinbar gewandelte Vietnampolitik und die diplomatische Annäherungstaktik gegenüber dem kommunistischen China nicht verstehen. Bevor der Watergate-Skandal sich öffentlich zuspitzt, kann sein Stab mit Genugtuung den Sturz der gewählten Regierung Chiles durch einen Militärputsch zur Kenntnis nehmen. Am Ende fühlt sich Nixon als Opfer: »Man hat keinen Respekt mehr vor amerikanischen Institutionen!« – Eingebettet in den zeitgeschichtlichen Kontext zeigt Stone etwas Ungeheuerliches: Einen gnadenlosen Politiker mit gescheitertem Familienleben und reichlichem Alkoholkonsum, einen kriegführenden Massenmörder mit »pazifistischer« Quäker-Konfession, eine hinter der Fassade von Macht versteckte Erbärmlichkeit ohnegleichen, schließlich einen kriminellen Präsidenten, den sein Nachfolger Gerald Ford begnadigt und dem am Ende ein Staatsbegräbnis zuteil wird. – 1999 wird diese Tragödie mit dem Film DICK – THE UNMAKING OF THE PRESIDENT noch einmal als zerbrochener Traum von Schulmädchen, die Nixon einst verehrt hatten, auf der Leinwand erscheinen.

Moralische Aufrüstung des Präsidentenamtes, globale Missionen und das Weiße Haus als Krimi-Schauplatz

Gänzlich andere Einblicke in das Intimleben eines – fiktiven – Präsidenten bietet THE AMERICAN PRESIDENT (1995), eine Seifenoper über das Familienleben im Weißen Haus, die sichtlich um Vertrauenswerbung für das höchste Staatsamt bemüht ist. Der US-Präsident mit dem bezeichnenden Namen Andrew *Shepherd* ist Witwer, Vater einer klugen Tochter und eigentlich ein Mann guten Willens, dem die globale Erderwärmung auch nicht behagt. Wenn die Lobby der Ökologiebewegung eine gewisse Anzahl von Abgeordneten für ein durchgreifendes Gesetz zur Reduktion fossiler Brennstoffe zusammenbekommt, will er für die restlichen Stimmen sorgen. Geradezu rührend wirken die Gewissensbisse des Präsidenten angesichts eines »angemessenen Vergeltungsschlages« auf Libyen, dessen »höheren Sinn« er selbst gar nicht versteht: »In Libyen hat gerade ein Hausmeister Nachtschicht, läuft herum, hat keine Ahnung, dass er in einer Stunde sterben wird an einer gewaltigen Explosion. Ich werde dann den Befehl gegeben haben, ihn zu töten.« (Mit dieser Episode sind ganz nebenbei historische US-Operationen gegen Libyen abgehakt, die tatsächlich nicht wenigen Zivilisten das Leben gekostet haben.) Die Beliebtheitsskala von Shepherd sinkt allerdings, als er sich in die Lobbyfrau der Umweltschützer verliebt. Die Opposition organisiert ein Studentenfoto der neuen Freundin, auf der die US-Flagge brennt, und startet eine Schmutzkampagne mit Behauptungen über das Schlafzimmer des verwitweten Präsidenten. Die Methode der Opposition: Man erinnert die Leute der Mittelschicht sehnsüchtig an ihre besseren Zeiten und »spricht zu ihnen über Familie, amerikanische Werte und Charakter«. Shepherd lässt sich nicht einschüchtern, betreibt noch unbestechlicher seine Vorhaben (Immissionsschutz, restriktives Waffengesetz) und legt öffentlich ein liberales Bekenntnis ab: »Ja, ich bin eingeschriebenes Mitglied der Bürgerrechtsbewegung. Die viel wichtigere Frage: Warum Sie nicht? Es ist eine Organisation, die nur eine Absicht verfolgt, die Bill of Rights zu verteidigen. [...] Amerika ist ein Land, das fortschrittlich denkt [...] Du willst das Recht der freien Rede? Dann zeig uns doch, dass du einen Mann, dessen Worte dich zur Weißglut bringen, trotzdem anerkennst! Du behauptest, dies sei das Land der Freien? Dann darf das Symbol eines Landes nicht nur seine Fahne sein. Ein Symbol sollte dann auch der sein, der sein Recht ausübt, diese Fahne aus Protest zu verbrennen.[86] Ja, verteidigen Sie das! Feiern Sie das in Ihren Klassenzimmern, dann können Sie aufstehen und vom Land der Freien singen.« Militärische Interventionen sind in diesem »liberalen« Film eine bedauerliche Notwendigkeit. Die soziale Frage gibt es nicht. Gedreht wurde mit Konsultatoren des Secret Service und des Weißen Hauses, mit Helikoptern »provided by Siller Bros. Inc.« und mit *special thanks to [...] Whitehouse Social Office, Major Nancy LaLuntas, Master Sergeant Steve Schweitzer, 3rd Marine Aircraft Wing Rand (El Toro), Master Gunnery Sergeant Charles Corrado*«. – Als steigerungsfähig erweist sich der hier beschrittene *familiäre* Weg mit FIRST KID (1996) über ein verzogenes Präsidentensöhnchen im Weißen Haus, das gleichermaßen einsam und unartig ist. Eine parteiübergreifende Versöhnung bietet MY FELLOW AMERICANS (1996): Ein republikanischer und ein demokratischer Ex-Präsident, ehemals Kontrahenten, müssen sich verbünden, weil der amtierende Präsident einen Korruptionsskandal auf die beiden Vorgänger abwälzen will.

Eine ganze Gruppe von Filmen, die uns später noch beschäftigen wird, beantwortet Angriffe auf das Image des Weißen Hauses mit Prinzipientreue, heroischen Präsidentengestalten und globalgalaktischen US-Missionen. In AIR FORCE ONE (1996) kämpft US-Präsident James Marshall, ein Vietnamveteran, heldenhaft gegen russische Terroristen, die sein Staatsflugzeug entführt haben. Dafür gab es Beihilfe des Verteidigungsministeriums.[87] In INDEPENDENCE DAY (1996) nimmt es das Staatsoberhaupt der USA als Superheld höchstpersönlich mit außerirdischen Angreifern auf. In CONTACT (1997) spielt Bill Clinton – ohne vorherige Einwilligung – als Präsident eine »Nebenrolle« in einer friedlicheren Geschichte über die Kommunikation mit Außerirdischen. In den vom US-Militär geförderten Titeln ARMAGEDDON (1998) und DEEP IMPACT (1998) bedrohen Kometen- bzw. Asteroideneinschläge unseren Planeten, wobei religiös gefärbte Apokalyptik ins Spiel kommt. Die US-Präsidenten verfügen über die notwendige Technologie und genügend fähige »Freiheitskämpfer« zur Rettung der ganzen Erde. Sie erscheinen geradezu als Sprecher der gesamten Menschheit. Zum Komplex dieser neueren Star-Wars-Propaganda[88], in dem *atomare* Waffensysteme – scheinbar beiläufig – positiv besetzt werden, bietet vorauseilend Tim Burtons MARS

III. Hollywood und der Weg zur Macht

ATTACKS (1996) eine unvergleichliche Persiflage. Zu den Katastrophen-Szenarien der vorgenannten Filme ist bereits 1999 angemerkt worden: »Die digitale Tricktechnik der 90er Jahre bringt die altehrwürdigen Monumente und Symbole der USA im wahrsten Sinne des Wortes ins Schwanken und beraubt sie ihrer Aura politischer und moralischer Überlegenheit und Unantastbarkeit.«[89] Intendiert ist indessen im Anschluss an die Schreckensvorgaben das Gegenteil.

ASSASSINATION FILE – OPERATION LASKEY (USA 1996) von John Harrison kehrt zurück zu ganz irdischen Verstrickungen: Senator Alan Laskey, der erste afro-amerikanische Präsidentschaftskandidat mit einer echten Wahlchance, wird trotz strenger Sicherheitsvorkehrungen der Bundespolizei noch vor der Wahl ermordet. Jeder glaubt, das Attentat sei durch die Hautfarbe des prominenten Opfers geklärt. Offiziell wird der Mord auf einen Einzeltäter, einen rechten Rassisten, abgewälzt, den man ebenfalls zum Schweigen bringt. In Wirklichkeit aber steckt eine Verschwörung innerhalb des *FBI* hinter dem Mord. Als Vorsitzender der Senatsaufsichtskommission hatte Senator Laskey unliebsame Kenntnis über interne Vorgänge und Aktivitäten des Dienstes (ausländische Schwarzkonten, Einsätze ohne Protokolle, Verschwinden von Akten ...). Dahinter stecken keine rechten oder revolutionären FBI-Kreise, sondern einfach die »neuen Prätorianer«, die – über dem Gesetz stehend – auch in Zukunft »die Demokratie kontrollieren« wollen. Beruhigend ist, dass die Selbstheilungskräfte des FBI mit Hilfe guter Agenten greifen und auch die Staatsanwaltschaft letztlich funktioniert.

Mehrere Filme des Jahres 1997, das man in einem Kulturmagazin des ZDF zum »Jahr des amerikanischen Kino-Präsidenten«[90] gekürt hat, machen dann das Weiße Haus zum Krimi-Schauplatz und betreten dabei den Boden der schlüpfrigen Phantasien zur zweiten Amtszeit von Bill Clinton. Im ersten Fall bedient eine – ungewohnt respektlose – abstruse Geschichte die Charakterdebatte: Unmoral vom Schlimmsten schleicht sich in die Hallen der Macht ein. In ABSOLUTE POWER wird eine Liebespartnerin des Staatsoberhaupts erschossen, als sie sich beim Sado-Sex gegen eine Vergewaltigung durch den Präsidenten zur Wehr setzt. Der Mord wird einem Einbrecher angehängt, der das Geschehen unfreiwillig beobachtet hat und sich nun »als moralischer Alleinkämpfer gegen den bigotten Präsidenten und dessen Schergen«[91] behaupten muss. Auch MURDER AT 1600 beginnt mit Liebesspiel und brutalem Frauenmord im Weißen Haus. Die Ermittler werden durch Verschleierungspraktiken des Geheimdienstes behindert. Mögliche Verdächtige sind der Präsident, sein Sohn und der Chef des Secret Service. Die Medien thematisieren neben dem Mordskandal auch die zu friedliebende Nordkorea-Politik des US-Präsidenten, der wegen der Geiselnahme von dreizehn AWACS-Soldaten keinen Krieg beginnen möchte. Der reaktionäre Sicherheitsberater des Präsidenten vertritt indessen mit einem Roosevelt-Zitat die Maxime, die Ehre des Landes stehe über dem Frieden. Er hat als Drahtzieher den Mord veranlasst, um hernach den Präsidenten zum Rücktritt zu bewegen und einen im Sinne von Militärkreisen agierenden Nachfolger zu installieren. Dank eines unermüdlichen Mordermittlers kann dieser Plan durchkreuzt werden. Privates wie die sexuelle Freizügigkeit in der Präsidentenfamilie gelangt dabei nicht an die Öffentlichkeit. Der politische Charakter-Mord ist abgewendet.

Eine verschwörungstheoretische Dramatisierung allgemein bekannter Sachverhalte hinsichtlich des repräsentativen und instrumentellen Charakters des höchsten Amtes leistet THE SHADOW CONSPIRACY (1997). Der Präsident ist lediglich eine Marionettenfigur. Eine geheime Schattenregierung übt die eigentliche Macht aus. Alle, die diesem »Geheimnis« auf die Spur kommen, müssen um ihr Leben fürchten. Die Schattenmacht im Weißen Haus beseitigt nicht nur alle Mitglieder einer freien Forschungsgruppe über Verschwörung in der Regierung, sondern will auch den US-Präsidenten selbst durch ein Attentat ausschalten. Es überwiegt oberflächliche »Action«.[92] Die spärlichen politischen Aspekte erschöpfen sich in dem Hinweis, dass der Amtsinhaber in seiner zweiten Amtszeit u. a. massive Einschnitte bei den Rüstungsausgaben plant. Die Enthüllungen dieses und anderer Filmtitel werden von der US-Gesellschaft Mitte der 90er Jahre schon wie Naturtatsachen hingenommen. »Im September 1996 ergab eine Umfrage, die das Magazin George veröffentlichte, dass unter erwachsenen Amerikanern 74 Prozent – praktisch also drei von vier Bürgern – glauben, die US-Regierung sei regelmäßig in geheime und verschwörerische Aktivitäten verstrickt.«[93]

Desillusionierungen der Clinton-Ära

Parallel liefert Barry Levinson mit WAG THE DOG (1997) den Beweis dafür, dass die Polit-Komödie durchaus subversiv sein kann.[94] Kriegspropaganda ist ein erstrangiges Instrument politischer Macht. Die uns täglich vorgeführte so genannte »Wirklichkeit« ist eine mit modernster Medientechnologie produzierte Kampagne. Ausgangspunkt der Geschichte ist ein Skandal im Weißen Haus. Der Präsident der Vereinigten Staaten soll beim Besuch einer Schulklasse im Oval Office eine minderjährige Schülerin sexuell belästigt haben. Die Washington Post beabsichtigt, den Kasus knapp zwei Wochen vor den Präsidentschaftswahlen auf ihrer Titelseite zu bringen. Auf Einladung der PR-Beraterin des Präsidenten kommt deshalb ein ganz besonderer Krisenstab im Keller der Machtzentrale zusammen. Die Lösung der ernsten Wahlkampfkrise soll Spin-Doctor Conrad Brean liefern. Dieser »Mister Alleskleber« ist ein hochkarätiger Experte für politische Inszenierungen der Spitzenklasse und verfügt über ein massenmediales Dienstleistungsnetz, dem nichts unmöglich ist. Sein professionelles Rezept: Der Staatsbesuch des Präsidenten in China wird um einen Tag verlängert, und zuhause kommt ein – fingierter – Krieg mit Albanien ganz oben auf die politische Tagesordnung. Sämtliche Kampagnen-Stereotypen, die uns aktuell begegnen, werden vorexerziert. Wohl kein anderer US-Film in der zweiten Hälfte der 90er Jahre wartet mit einer solch gründlichen Misstrauens-Injektion hinsichtlich des von Politik und Medien gebotenen Welt-Bildes auf: »*A Hollywood producer. A Washington spin-doctor.*

III. Hollywood und der Weg zur Macht

When they get together, they can make you believe anything.« Konkrete widerständige Handlungsperspektiven bietet der durch Humor erträglich gemachte Zynismus dieser Satire allerdings nicht.

WAG THE DOG wurde bei seinem Erscheinen vor allem als vorauseilende Beleuchtung der Lewinsky-Affäre und der Militärpolitik von Bill Clinton gesehen. Direkter wenden sich andere Titel diesem Präsidenten zu, der die Demokratische Partei endgültig in das neoliberale Zeitalter eingeführt hat. Bereits 1993 beleuchtet der Dokumentarfilm THE WAR ROOM die im Wahlkampf 1992 durch Bill Clintons Team revolutionierten Kriegsmethoden im Ringen um die Macht. Einen Blick hinter die Kulissen des neuen »Power Game« eröffnet auch PRIMARY COLORS (1998), eine Verfilmung des gleichnamigen Skandalromans. – Wohl niemand in den USA zweifelt daran, hier trotz gegenteiliger Beteuerungen authentische Informationen über Erfolgsgeheimnis und Charakterschwächen Clintons zu erhalten. – Der Südstaaten-Gouverneur Jack Stanton ist ein Meister der jovialen Begegnung, ein begnadeter Menschenfänger und ein fähiger Politprofi. Mit Hilfe seiner durchsetzungsfähigen Frau will er der nächste demokratische Präsidentschaftskandidat werden. Als Wahlkampfmanager gewinnen die beiden – mit geschichtsträchtigen und sozialromantischen Versprechen – den Enkel eines berühmten afro-amerikanischen Bürgerrechtlers. Stanton bringt es sogar fertig, die Arbeiterschaft mit einer klaren Bejahung des neuen globalen Kapitalismus zu gewinnen. »Liberal« ist der Kandidat vor allem auch in seinem Liebesleben. Er schläft mit der Friseuse oder einer Gewerkschaftslobbyistin und schwängert die minderjährige Tochter eines schwarzen Restaurant-Besitzers, der ihm vertraut. Libby, eine langjährige Weggefährtin der Stantons, nimmt sich aus Gram über die schmutzigen Wahlkampfmethoden und den Verrat an den gemeinsamen Idealen der McGovern-Zeit das Leben. Selbst daraus schlägt der Kandidat – unter Krokodilstränen – noch emotionalen Profit. Den Enkel des prominenten Bürgerrechtlers treibt die Erkenntnis, Teil eines korrupten Systems zu sein, in schwere Gewissensnot. Insgesamt wird das Phänomen »Clinton« hier durchaus nicht auf die puritanische »Moralfrage« eingeengt. (Die Rechte hatte ja Oralsex-Theorien als wichtigstes Thema der US-amerikanischen Innenpolitik in der zweiten Hälfte der 90er Jahre etabliert.) Imme Techentin-Bauer entdeckt im Film sogar zwei Botschaften, die den Präsidentenfilm aus der Polarisierung von Gut und Böse herausführen: »Zum einen weichen die traditionellen Ideale einem politischem Pragmatismus, der nötig erscheint, um sich im ›Sumpf‹ der amerikanischen Politik zu behaupten. Zum anderen kann auf dieser Grundlage auch ein im Privatleben wenig vorbildlicher Mann einen fähigen Politiker resp. Präsidenten abgeben.«[95] Zu erinnern bleibt, dass bereits dieser »fähige Politiker« die USA befugt sah, einseitig militärische Gewalt anzuwenden, um den »ungehinderten Zugang zu entscheidenden Märkten, Energiereserven und strategischen Ressourcen« zu gewährleisten. Nicht nur Bush Jun., sondern alle Machtzentren der Erde formen heute ihre militärischen Richtlinien in der Nachfolge solcher Vorgaben.

III. Hollywood und der Weg zur Macht

Die eigentliche Charakterdebatte während der Clinton-*Präsidentschaft* greifen weitere Filme über Politikerinnen und Politiker auf, darunter THE CONTENDER (Frankreich/ USA 2000). Das Opfer ist hier jedoch eine angehende *Vizepräsidentin*, aus deren Studienzeit es angeblich kompromittierende Sexfotos gibt. Ein missgünstiger männlicher Kontrahent aus den eigenen Reihen kollaboriert mit einem republikanischen Senator von »McCarthy-Format«, für den eine Frau in diesem Amt undenkbar ist. Er spielt die alten Fotos den Medien zu und entfacht damit eine Rufmordkampagne. Die nominierte Vizepräsidentin, vor kurzem erst von den Republikanern zur Demokratischen Partei gewechselt, besteht jedoch standhaft darauf, dass ihre Privatsphäre geschützt und von der Politik getrennt wird. Wegen dieses Grundsatzes verweigerte sie jede Aussage zu illegitimen intimen Fragen und verzichtet sogar auf entlastende Mitteilungen. (Die Fotos sind gefälscht!) Der joviale US-Präsident Jack, ein professioneller Macher, steht konsequent zu der von ihm erwählten Stellvertreterin. Diese ist möglicher Weise Atheistin und gestaltet ihr Statement vor dem Untersuchungsausschuss als hyperliberales Credo: »Ich stehe hinter der Befürwortung der Fristenregelung. Ich stehe hinter der Abschaffung der Todesstrafe. Ich stehe hinter der Befürwortung einer starken und wachsenden Streitmacht, denn wir müssen den Völkermord verhindern auf diesem Planeten, und ich glaube, dass dies ein Ziel ist, für das es sich lohnt zu sterben. Ich stehe hinter dem Verbot jeglicher privater Schusswaffen. Punkt. [...] Ich stehe für die Begrenzung von Amtszeiten und für Wahlkampfreformen. Ich stehe hinter der absoluten Trennung von Kirche und Staat, und ich werde Ihnen sagen, weswegen. Meines Erachtens wollten es unsere Vorväter aus dem gleichen Grund: Nicht die Religion muss vor dem Staat geschützt werden; es muss der Staat geschützt werden vor dem Zugriff des religiösen Fanatismus. [...] Sie vermuten vielleicht, ich gehe nicht in die Kirche, doch ich gehe in die Kirche. Ich gehe in die Kirche, die damals die Sklaverei abgeschafft hat, die das Frauenwahlrecht eingeführt hat, die uns jene Freiheit gegeben hat, die uns soviel wert ist. Meine Kirche ist unsere Kapelle der Demokratie, unsere gemeinsame Sache. Kein Gott muss mir moralische Prinzipien erklären. Die erklärt mir mein Herz, mein Verstand und diese Kirche.« Bei solchen Passagen erinnert man ein Zitat des französischen Außenministers Hubert Védrine vom Juni 2000: »In den westlichen Ländern tendiert man zu sehr dazu, in der Demokratie eine Religion zu sehen, zu der man die Leute bekehren müsse.«[96] Bezeichnender Weise ist in der liberalen Vision für das dritte Jahrtausend die angebliche *Notwendigkeit militärischer Hochrüstung* seitens der USA positiv integriert. (Das Credo entspricht der Clinton-Politik und auch den z. B. von Hillary Clinton vertretenen Vorstellungen zur Rüstungs- und Kriegspolitik.[97]) Der einzige Ertrag, den man sich bei einer von Demokraten geführten Administration erhoffen dürfte, ist letztlich die Zurückdrängung einflussreicher Fundamentalisten in der Politik und eine Absage an theokratische Ambitionen. Die Moralisten entlarvt der Film als skrupellos und verkommen. Sein Standort ist eine religionsfreie Zivilreligion. Dass im gesellschaftlichen Kontext der USA kritische

Christen eher als säkulare »Liberale« eine demokratische Alternative bilden könnten, liegt noch nicht im Erkenntnishorizont des Drehbuchs. – Gegen Medienkampagnen im Wahlkampf, die jenseits von politischen Sachfragen liegen, wendet sich auch AN AMERICAN DAUGHTER (USA 2000).

Direkt nach PRIMARY COLORS hatte die eindrucksvolle Orson-Welles-Verfilmung THE BIG BRASS RING (USA 1999) von George Hickenlooper die Illusion zerstört, es gäbe eine Lösung jenseits des »Einparteiensystems der Reichen«. Auch die beiden unabhängigen Bewerber um das Gouverneursamt des Staates Missouri sind superreich und erpressen sich gegenseitig mit Schmutzkampagnen.[98] Der schließlich erfolgreiche Blake Pellerin führt ein anrüchiges Doppelleben voller Dekadenz und Tragik. Er hütet ein exquisites Lebensgeheimnis. Allegorisch ist in diesem Geheimnis auch folgende Botschaft enthalten: Die Macht hat einen tot geglaubten bzw. verleugneten Vietnamkrüppel als Bruder, der einst stellvertretend für sie in den Krieg zog und noch immer auf Liebe wartet. Mit ihm muss die Macht sich versöhnen, dann kann er wieder in der Versenkung verschwinden.

Vorbereitung auf den Überwachungsstaat

Erstaunlich Weitsichtiges kommt vier Jahre vor dem echten Patriot Act aus einer Werkstatt, die dem Pentagon verbunden ist. Produzent Jerry Bruckheimer und Regisseur Tony Scott legen mit ENEMY OF THE STATE (USA 1998) einen Verschwörungsfilm über Bürgerrechte und Überwachungsstaat vor: Ein neues »Telekommunikationssicherheits- und Überwachungsgesetz« soll vom Kongress verabschiedet werden. (Danach kann man z. B. auch juristisch legitimiert bei Wörtern wie »Allah« oder »Bombe« die Überwachung von Telefon und elektronischen Medien einschalten.) Thomas Brian Reynolds, NSA Deputy Director of Operation, will nach Verabschiedung dieser polizeistaatlichen Vorlage zum stellvertretenden Direktor der »National Security Agency« aufsteigen. Dieser Fanatiker lässt von seinen NSA-Leuten einen einflussreichen republikanischen Kongressabgeordneten ermorden, der zu den energischen Gegnern des neuen Überwachungsstaates gehört und seine Mitarbeit verweigert. Der als Unfall vertuschte Mord wird allerdings von der Kamera eines Vogelforschers ganz unbeabsichtigt aufgezeichnet. Nun setzt die NSA, die offenbar über Satelliten-Totalüberwachung bereits die ganze Welt kontrolliert, eine Jagd nach der Filmaufnahme in Gang. Mit Hilfe eines versierten NSA-Aussteigers, der sich aus seiner Dienstzeit übrigens an eine Zusammenarbeit der USA mit militanten Islamisten erinnert, gelingt am Ende die Aufdeckung der Mordverschwörung. Bezeichnend sind die Argumente der Verfechter von »Telekommunikationssicherheit und -überwachung«. Die USA, so heißt es, seien die meistgehasste Nation und müssten sich schützen: *»Die Sicherheit aller geht über die Privatsphäre!«* Wenn Häuser in die Luft gesprengt würden, bekämen die Menschen Angst. Deshalb müsse man Kriminelle abhören: US-Einwanderer, die im Terrorismus eine gerechte Sache sehen und die das Land in Wirklichkeit als ihren

III. Hollywood und der Weg zur Macht

Feind betrachten. Die Gegenseite argumentiert eher verschwörungstheoretisch: »Je mehr Technologie wir verwenden, desto leichter wird Orwells Welt.«

Hip-Hop-Märchen vom demokratischen Sozialismus

Als etwas schier Unglaubliches ist für das gleiche Jahr das Zustandekommen des Films BULWORTH (USA 1998) von und mit Warren Beatty zu vermelden. Hier werden die Schmuddelkampagnen des US-Wahlkampfes mit Klartext über die wahren Obzönitäten der herrschenden Verhältnisse konfrontiert. Senator Jay Billington Bulworth aus Kalifornien steht 1996 mitten im Wahlkampf-Stress. Ein schwarzer Obdachloser verkündet das Orakel: »Bulworth, you gotta be a spirit, not a ghost!« Das scheintote Gespenst Bulworth leidet an Schlafmangel, innerer Leere und Ekel. Als ehemals linker Demokrat ist er angewidert von seinem eigenen Opportunismus und seiner gewissenlosen Politik. Apathisch verspricht er einem Krankenversicherungslobbyisten die Verhinderung einer Sozialreform und lässt sich dafür eine millionenschwere Versicherungspolice zur privaten Absicherung der Familie ausstellen. Seinem eigenen Leben will er mit Hilfe eines selbst bestellten Auftragskillers ein Ende bereiten.

Diese Aussicht auf den baldigen Tod wirkt im Wahlkampf wie ein Wahrheitsserum. Der schwarzen Fan-Gemeinde verkündet er, sie rechne doch nicht allen Ernstes damit, dass die Demokraten gegen den Willen der sie finanzierenden Wirtschaftskonzerne afro-amerikanische Interessen vertreten würden. Die Filmindustrie will wissen, wie Bulworth zur Gewaltverherrlichungsdebatte und zu Restriktionen für Medien steht; doch dieser konfrontiert die Anwesenden mit der Frage, warum Hollywood weithin nur teuren Mist – mit oder ohne Gewalt und Sex – produziere. Industriellen wirft er Ausbeutung und Umweltzerstörung vor. Jüdischen Wahlspendern begegnet er mit dreisten Verstößen gegen die höfliche Konvention. (Das ist die einzige Stelle dieses hundertprozentig antirassistischen Films, die im möglichen *Missverständnis* eines »schwarzen Antisemitismus« vor Beifall von der falschen Seite nicht gefeit ist.) Über die Afro-Amerikanerin Nina, die ein scharfes politisches Bewusstsein zeigt und in die er sich später verlieben wird, gelangt der Senator sogar in einen Hip-Hop-Club. Züge an einer Haschisch-Zigarette verhelfen ihm zur Lust am Leben und am Rap. »In einem Fernsehauftritt, der zum Höhepunkt von Bulworth's politischer Odyssee wird, zieht er gegen die Ungleichheit zwischen Reich und Arm, gegen den Mangel an vernünftigen Arbeitsplätzen, gegen die miserable Gesundheitsversorgung und die systematische Spaltung zwischen Schwarz und Weiß vom Leder. In Amerika, versichert er, seien nicht die Rap-Ausdrücke mit vier Buchstaben unanständig, sondern die wirtschaftlichen und gesellschaftlichen Bedingungen. In seiner Tirade in Rap-Reimen spricht er sogar das Unaussprechliche aus: den Namen Sozialismus.«[99] Gegenüber dem Fernsehmoderator und einem Gegenkandidaten stellt Bulworth klar: »Ich bin schwerreich, Ihr beide seid schwerreich, und alles, was wir tun und sagen, dient dem Interesse anderer Schwerreicher!«[100] Demokraten und Republikaner werden nun als

»ein Abklatsch« entlarvt. Das Liebesrezept gegen den Rassismus in der Gesellschaft: Alle sollen sich durch Paarung so lange vermischen, bis es keine sichtbare ethnische Trennung mehr gibt und endlich die *eigentlichen* Widersprüche in der Gesellschaft zum Vorschein kommen. Überhaupt traut das Drehbuch dem Eros eine subversive Energie wider den Scheintod der Geldmaschinisten zu. Tatsächlich gewinnt der gewandelte Bulworth die Vorwahlen und auch Ninas Liebe. Der Senator hat sein »verlorenes Lied«, die notwendige Kraft der Politik, im schwarzen Ghetto widergefunden. Die neuen Feinde, die er sich geschaffen hat, antworten mit einer Kugel. – Auch dies ist nach dem Ausverkauf aller »Demokraten«-Ideale ein phantastischer Film, jedoch im denkbar größten Abstand zum offiziellen Märchen. Seine Botschaft: »Only the socialist medicine can save the day!«

Populärer und gezähmt greift gegenwärtig die Filmkomödie Head Of State (USA 2003) – »Das Weiße Haus sieht schwarz« – von und mit Chris Rock das Thema Macht und Hip-Hop auf. Das Ganze wirkt wie eine unbedarft fröhliche Mischung aus Capras Mr. Smith Goes To Washington (1939), Dave (1993) und Bulworth (1998). Nach dem Unfalltod des Staatsoberhauptes sucht die Partei einen *aussichtslosen* Bewerber für das Präsidentenamt, weil ihr prominentester Politiker sich nicht in ein Rennen gegen den amtierenden Vizepräsidenten Lewis begeben möchte. Die Wahl fällt auf den schwarzen Stadtrat Mays Gilliam. Der findet von dummen Sprüchen über Milch, Kirche und Cowboys sehr bald zu relevanteren Themen, die er unter der Überschrift »Das ist nicht fair!« anspricht: Viele müssen mehrere Jobs annehmen und enden trotzdem als Pleitiers; große Unternehmen klauen das ganze Geld und namentlich die Altersvorsorge; Krankenschwestern arbeiten in Gesundheitseinrichtungen, deren Dienste sie sich selbst nie leisten könnten; die Kinder der einfachen Leute lernen im Unterricht nicht einmal Grundrechnen; Homosexuellen und Prostitutionsarbeiterinnen werden Rechte vorenthalten ... Unbedacht vergleicht Gilliam sogar bewaffnete Gewalt an Schulen mit den US-Bombardierungen in anderen Ländern, wofür er sich öffentlich entschuldigt. Derweil verkündet der Gegenspieler aus dem Weißen Haus stereotyp: »Gott schütze Amerika und *nur* Amerika!« Am Stichtag wird eine Wahlbeteiligung der Minderheiten von 90 Prozent vermeldet. Das Märchen endet mit dem Antrittsball für den ersten schwarzen US-Präsidenten der Geschichte, den es freilich schon in Deep Impact (1998) zu sehen gab. Eine neue »demokratische« Ära bricht an: »Gott segne die Vereinigten Staaten von *Nord*-Amerika und alle anderen auf der Erde!« Der neue afro-amerikanische Vizepräsident, Mays Gilliams Bruder, weiß nicht einmal, wofür die Abkürzung NATO steht.

4. Die Grenzen der politischen Machtszenarien aus Hollywood

Die Durchsicht von mehr als vierzig Spielfilmen aus den letzten anderthalb Jahrzehnten ist ernüchternd. Sie kann die verbreitete Annahme, Hollywood fördere scharfe Kritik am höchsten Staatsamt, nicht stützen. Im Einzelfall wird skrupellose Korruption von Aufsteigern inszeniert, um die Vertrauenswürdigkeit der etablierten Machtelite zu unterstreichen. Idealisierende Politkomödien wie DAVE (1993) oder THE AMERICAN PRESIDENT (1995) sind deutlich unkritischer als ihre um ein halbes Jahrhundert älteren Vorbilder, in denen die Liaison von wirtschaftlicher und politischer Macht zum Teil ungeschminkt auf der Bühne erscheint. Kritik am Inhaber des höchsten Staatsamtes verträgt sich, wie CLEAR AND PRESENT DANGER (1993) zeigt, mit einer vom Pentagon geförderten Darstellung des US-Weltpolizistentums. Beschworen werden in diesen und anderen Titeln die *Selbstheilungskräfte* des Systems und die Rolle ehrlicher Individuen bei der Wahrung ursprünglicher US-Ideale. (Die Tugendvorstellungen sind dabei nicht einmal als wertkonservativ zu bezeichnen. Moral wird gegenüber der neoliberalen Wirtschaftselite eigentlich nur durch einen Ehrenkodex des Einzelnen angemahnt, wie es in etwa 2002 Michael Hoffmans THE EMPEROR'S CLUB – im Kontext klassischer Bildungsideale – predigt.) Traute Familien-Idylle wird als Blick ins Herz der Macht verkauft. Der erste Mann im Staat, ein integres Vorbild, verdient das Mitleid der Zuschauer, wenn er schweren Herzens Bombenabwürfe über Libyen befehlen »muss« und damit den Tod von mehreren Dutzend Zivilisten bewirkt (THE AMERICAN PRESIDENT). Kritik richtet sich, wenn das *Department of Defense* wie bei DAVE mit im Produktionsboot sitzt, nicht etwa gegen die astronomischen Rüstungsausgaben der USA, sondern bezieht sich auf die *Lieferrückstände der Rüstungsindustrie*! Die explosiven sozialen Widersprüche der Gesellschaft oder drängende ökologische Fragen werden auf dem Nettigkeitsniveau des massenmedialen Polit-Entertainment abgehandelt.

Ein Teil der vorgestellten Titel bedient unter kritischem Deckmantel die *Charakterdebatte* des US-Wahlkampfs, die wohl am wirkungsvollsten von der Behandlung gesellschaftlich relevanter Fragen ablenkt. Bestenfalls lautet die pseudokritische Botschaft, auch ein Präsident dürfe in seiner Jugend einmal Haschisch geraucht haben und besitze das Recht auf eine erotische Privatsphäre. Die im Weißen Haus angesiedelten Krimis und rein fiktiven Verschwörungs-Thriller sind so abstrus, dass ein Bezug zur politischen Wirklichkeit den Konsumenten kaum in den Sinn kommt. (Beunruhigend hellseherisch wirken allerdings düstere Blicke auf das Thema »Bürgerrechte« im Kino, die uns noch später beschäftigen werden.) Regelrechte Weltmachtpropaganda, zum Teil staatlich subventioniert, betreiben jene Präsidentenfilme, die das Staatsoberhaupt als Held im Antiterror-Kampf oder in StarWars-Operationen zur Rettung der ganzen Menschheit auf die Leinwand bringen. Konstruktionen, die

III. Hollywood und der Weg zur Macht

einen extrem sportlichen Vietnamveteranen als Präsidenten zeigen, sind dabei kein Problem (AIR FORCE ONE). Selbst beim Versuch, schädliche Einflüsse von Militärs, Rüstungsprofiteuren oder Pentagon-Beratern zu zeigen, verhelfen Filme wie THIRTEEN DAYS oder PATH TO WAR ihren prominenten Hauptfiguren zu einem – historisch unangemessenen – günstigen Bild.

Wirklich kritische Potenz beweisen neben der dokumentarischen Beleuchtung des neoliberal aufgerüsteten Clinton-Wahlkampfs durch THE WAR ROOM (1993) die Filme von Oliver Stone sowie die Titel BOB ROBERTS (1992), WAG THE DOG (1997) und schließlich BULWORTH (1998), dessen neueres Imitat HEAD OF STATE (2003) politische Ambitionen zugunsten von Klamauk vernachlässigt. Levinsons WAG THE DOG reißt den Vorhang der inszenierten Politik herunter. Das von ihm gewählte Genre verdeckt aber leicht die bittere *Realität* der gebotenen Insiderperspektive, während der sarkastische Humor noch keine widerständigen Handlungsalternativen entwickelt. (Die Zuschauer könnten den Film auch so sehen: Wir sind einfach ohnmächtige Opfer des aufwendigen Spektakels und würden als illoyale Mitwisser ohnehin ermordet.) Bedenkenswert ist, ob ein »sozialistisches Märchen« wie BULWORTH – vielleicht das letzte dieser Art – mit seiner biophilen und erotisch besetzten Subversivität nicht wirklich Anregungen für die politische Praxis enthält. Es meint: Nicht Disziplin, sondern die Lust am Lebendigsein befördert den Widerspruch.

Möglicher Weise ist der Umstand, dass diese beide herausragenden Titel *Komödien* sind, auch eine Reaktion auf die Zähmung von Oliver Stones unbequemen Anfragen durch *inflationäre* verschwörungstheoretische Szenarien im »ernsten« Hollywoodfilm. Gewöhnung bis zum Überdruss ist eingetreten. Selbst reaktionäre Filme wie ARMAGEDDON können heute den Kennedy-Mord in Randbemerkungen als offene Frage behandeln. Leibhaftig wirkt Regisseur Stone als Verschwörungsexperte in der Präsidenten-Seifenoper DAVE mit. Das ist wohl weniger als Selbstironie zu werten denn als Eingeständnis, dass der eigene Ansatz nicht mehr im Sinne eines seriösen Politikverständnisses wirksam ist. – Vielleicht gäbe es, wenn es denn sein soll, durchaus konspirative Felder zu thematisieren, etwa die 1832 an der Yale University gegründete Bruderschaft »Skull&Bones«.[101] Dieses »Netzwerk im Milieu der amerikanischen Oberschicht« firmiert unter »Totenschädel und gekreuzten Knochen«. Es pflegte einst Kontakte zu Nazis, stellte prominente Vertreter im weltweiten Verbund der so genannten »Eugenik-Forscher« und postulierte eine Überlegenheit der weißen Rasse. Die Familie von George Bush Senior und Junior – die beiden Präsidenten seit 1948 und 1968 selbst eingeschlossen – ist ihm seit langem verbunden. Auch der Demokrat John Kerry gehört seit 1966 dem Elitebund an. Was Hollywood aus diesem Thema macht, kann man in SKULLS I bis III (USA 2000-2003) sehen. Hier agieren in drei Teilen ein – vor allem pubertärer – Geheimbund und Snobismus mit kriminellen Energien. Staatspolitische Relevanz werden die Zuschauer diesen mörderischen und drittklassigen College-Thrillern kaum zutrauen.

III. Hollywood und der Weg zur Macht

Die Stärke eines Films wie BOB ROBERTS (1992) über das instrumentelle und zum Teil faschistoide Pseudochristentum neokonservativer Kreise liegt auch in seiner zeitlichen Nähe zum Gegenstand. (Unter G. W. Bush Jun. wurde ein Jahrzehnt später der »National Prayer Day« wiederbelebt, an dem fundamentalistische Jugendliche sich mit einem Song-Titel als »New Americans« bekennen: »Von Küste zu Küste ist es ein schwellender Sturm [...] Da ist eine Armee von Jungen, die lebt über der Norm«, kämpft für das Richtige und singt von »Blut und Wahrheit«[102].) Eine Weiterentwicklung dieses gelungenen Beispiels im Verlauf der neunziger Jahre hätte die Destruktion der Demokratie durch eine unvorstellbare wirtschaftliche Machtkonzentration und durch die Symbiose Superreichtum-Wirtschaft-Politik im realistischen Kino beleuchtet, ohne dabei Apathie, zynische Kollaboration oder Ohnmachtgefühle zu bestärken. Entscheidend wäre für einen Ausblick auch, was der politische Film gewöhnlich nicht zeigt, also die Armutsentwicklung im Schatten einer rasant anwachsenden Milliardärs- und Multimillionärsgemeinde, realistische Umweltszenarien jenseits unterhaltsamer Öko-Apokalypsen, der Vorgriff auf eine Welt, in der die jetzt angekündigten taktischen »Mini«-Atomwaffen zur Anwendung kommen und – warum nicht? – eine aktuelle »Familiengeschichte« aus dem Weißen Haus, die sich der Wirklichkeit wenigstens annähert.

Radikal freilich wäre der politische Spielfilm dort, wo er den nur selten zitierten Passus der us-amerikanischen Unabhängigkeitserklärung (4. Juli 1776) über den experimentellen Charakter der Regierungsform als Horizont aufzeigt: Regierungen, so formulierte Jefferson im Gründungsdokument der Vereinigten Staaten, dienen dem Schutz der grundlegenden Menschenrechte und leiten ihre Legitimität von der Zustimmung der Regierten ab.[103] Es wird dabei für selbstverständlich gehalten, »dass wenn jemals eine Regierungsform diesen Zielen zum Schaden gereicht, es das Recht eines Volkes ist, sie zu ändern oder abzuschaffen und eine neue Regierung einzusetzen, die es auf solche Prinzipien gründet und deren Machtbefugnisse es derart organisiert, wie es ihm zu seiner Sicherheit und Glückseligkeit am dienlichsten erscheint ...« Ganz ähnlich mündet die Allgemeine Erklärung der individuellen und sozioökonomischen Menschenrechte vom 10. Dezember 1948 in Artikel 28, der zur Stunde schier revolutionär klingt: »Jeder Mensch hat Anspruch auf eine soziale und internationale Ordnung, in welcher die in der vorliegenden Erklärung angeführten Rechte und Freiheiten voll verwirklicht werden können.«[104] Zu diesen Rechten gehören als Grundvoraussetzungen das Recht auf Leben, das damit zusammenhängende Recht auf Frieden und das Recht der Menschen auf Gestaltung ihres Lebensraumes.

Anmerkungen

[1] Zitiert nach *Schuhler* 2003, 46.

[2] Die Gestalt beschäftigt trotz ihres vergleichsweise kurzen Auftritts in besonderer Weise die Tolkien-Forscher und wird in Internetforen heiß diskutiert. Tolkien selbst wollte sie nicht deuten und zählte sie zu jenen Rätseln, die selbst in einem »mythischen Zeitalter« noch verbleiben müssten. Er betonte jedoch, Tom Bombadil stehe für etwas Wichtiges, das ohne ihn fehlen würde. – Vgl. dazu den folgenden Essay und weiterführende Links: *Hargrove, Gene*: Who is Tom Bombadil? (1996) http://www.cas.unt.edu/%7Ehargrove/bombadil.html.

[3] Theologisch wäre hier auch an den Gottesnamen der hebräischen Bibel (»Ich bin da als der ›Ich bin da‹« und die Selbstbezeichnung Jesu im Johannes-Evangelium (»Ich bin«) zu denken. – Die Charakterisierung von Tom Bombadil erinnert zum Teil auffällig an den zweiten Spruch in Lao Tses »Tao-Te-King«: »Deshalb verweilt der Weise bei allem, was er tut, im Nichts-Tun und lehrt nicht durch Worte. Die zehntausend Dinge gehen aus dem Weg hervor, doch er erhebt keinen Anspruch auf Macht; er schenkt ihnen Leben, doch er erhebt keinen Anspruch auf Besitz; er hilft ihnen, doch er verlangt keinen Dank; er vollendet sein Werk, doch er erhebt keinen Anspruch auf Ehre.« – Der Theologe Karl Barth meint in Band II,1 seiner »Kirchlichen Dogmatik«: »Macht an sich ist ja nicht nur neutral, sondern Macht an sich ist böse. Denn was kann Macht an sich Anderes sein als Entfesselung und Unterdrückung, Ausbruch und Überwältigung.« Grundlegende Reflexionen zum Phänomen und zum Wesen der Macht hat besonders der Philosoph Betrand Russell vorgelegt.

[4] Die Begierlichkeit eines auf Karriere abzielenden Politikers ist nur erfolgreich, wenn er im Rahmen der bestehenden Medienstrukturen und der Soziologie seiner Partei durchsetzungsfähig ist. Dass Konformität mit dem herrschenden ökonomischen Paradigma sich dabei endgültig zur »Conditio sine qua non« gemausert hat, illustrieren die letzten 15 Jahre im Übermaß. – Interessant ist, dass gegenwärtig im kritischen Diskurs nach Eigenschaften von im guten Sinn resistenten Politikern gefragt wird. Besonders kommt dabei die religiöse oder weltanschauliche Beheimatung auf einem biografischen Reifeweg in den Blick.

[5] Zitiert nach: *Berman* 2002, 30. – Vgl. zu den nachfolgend dargestellten Zusammenhängen auch: *ebd.*, 30-94.

[6] Vgl. zu diesem Abschnitt das Gespräch »Neue Technologie der Macht« mit Dan Clawson in: *Fuchs* 2003, 61-81. – Ebenso die Kapitel zur US-amerikanischen Innenpolitik in: *Frey* 2004.

[7] Vgl. zur Bedeutung der Medien für Politik und öffentliche Meinung in den USA den Beitrag von Hans J. Kleinsteuber in: *Lösche/Loeffelholz* 2004, 390-409, bes. 402ff.

[8] Vergleichszahlen der US-Wahlkampfbudgets: 1976 – 540 Millionen; 1980 – 1,2 Milliarden; 1988 – 2,7 Milliarden; 1996/2000 jeweils deutlich über 3 Milliarden Dollar (vgl. in: *Lösche/Loeffelholz* 2004, 339.).

[9] Eine erfreuliche Ausnahmeerscheinung innerhalb dieser »Szene« ist der ungarischstämmige jüdische US-Milliardär George Soros, der Ende 2003 die politische Arbeit gegen die Bush-Administration bereits mit 15 Millionen Dollar gesponsort hatte: »Bush führt die USA und mit ihr die ganze Welt in einen üblen Kreislauf eskalierender Gewalt. Eigentlich ist es unbescheiden, dass eine einzelne Privatperson sich gegen den Präsidenten stellt. Aber das entspricht nun mal der Soros-Doktrin.« (Zitiert nach: *Simon* 2003b.)

[10] Vgl. *Frey* 2004, 229; insgesamt zu diesem Abschnitt *ebd.*, 210-229 und 273-307. Zur vielfach übersehenen Reichtumsschere der Bundesrepublik, deren Milliardärsstatistik direkt nach den USA folgt, vgl. http://www.wem-gehoert-die-welt.de/03/index03.htm .

[11] *Fuchs* 2003, 63. – Freilich sind die Verhältnisse nicht als etwas *völlig* Neues zu betrachten. Um 1900 »fielen auf die ärmsten zehn Prozent der amerikanischen Gesellschaft nur 3,4

III. Hollywood und der Weg zur Macht

% des nationalen Einkommens, während die reichsten zehn Prozent 34 % für sich vereinnahmten.« (Donald H. Avery und Irmgard Steinisch in: *Lösche/Loeffelholz* 2004, 97.)

[12] Vgl. *Stegemann* 2003 und auch Axel Murswieck (in: *Lösche/Loeffelholz* 2004, 643-648), dessen Blick auf die Verhältnisse recht »verständnisvoll« ausfällt. – Dass speziell Obdachlose im Rahmen des neuen Sozialdarwinismus skrupellos als authentisches »Unterhaltungsmaterial« herhalten müssen, zeigen so genannte »Bum-Fight«-Videos, die im Internet angeboten werden. Mit Geld etc. geködert, schlagen sich vor der Kameralinse Obdachlose gegenseitig halb tot.

[13] *Zahl der Armen in den USA steigt um 1,3 Millionen.* In: Spiegel Online, 27.8.2004. http://www.spiegel.de/wirtschaft/0,1518,315334,00.html .

[14] So bewertet es auch US-Prediger Jerry Falwell: »Man hatte uns die Unwahrheit gesagt: Man hat behauptet, Amerika habe über die Wirtschaft und über den Terrorismus abgestimmt. Das ist falsch. Es hat vielmehr so abgestimmt, wie Gott es wollte: Es hat über uns Gläubige und über den Glauben abgestimmt.« (Zitiert nach: *Flores d'Arcais* 2005.)

[15] Vgl. die unglaublichen Beispiele in: *Fuchs* 2003, 77f.; ebenso *Frey* 2004, 434: US-Präsident Bush nutzte die patriotische Stimmung »schamlos aus, als er etwa in das Gesetz zur Gründung des neuen Department of Homeland Security [...] Sonderinteressen wie den Schutz von Pharmafirmen vor Schadensersatzklagen erkrankter Kinder hineinschrieb oder die Gewerkschaftsrechte von Arbeitnehmern einschränkte.«

[16] Vgl. *Rutenberg* 2004, 56.

[17] Bereits Ende der 80er Jahre meinte Georg Seeßlen: »Wenn wir von der Unfähigkeit der Menschen sprechen, aus dem Traum der neuen populären Kultur aufzuwachen, so müssen wir umgekehrt eine Parallelentwicklung in der Gesellschaft beobachten, nämlich die Angleichung der Kommunikation und der Ordnung in der Politik, im Militär, in der Wirtschaft und sogar der Wissenschaft an Aussageformen der populären Kultur. Nur ein eher marginales Symptom sind die personellen Durchdringungen, Schauspieler, die Präsidenten werden [...] Sehr viel bedeutender ist die Ausrichtung all dieser Bereiche auf eine Sprache der Effekte. Wie etwa in einem Star Wars-Film stellen Politiker, Wissenschaftler und Generäle in ihren Selbstaussagen und in ihren Inszenierungen die Macht dar, die Genres und Diskurse zu mischen, das eigentlich Unverbindbare durch den Effekt zu verbinden, um schließlich in uns eine regelrechte Sucht nach dem Effekt zu erzeugen, der alle anderen Möglichkeiten der Kommunikation, wie die Abwägung von Interessen, die historische Einordnung, das Messen von Anspruch und Wirklichkeit etc. verdrängt.« (Zitiert nach: *Reinecke* 1993, 70.)

[18] Zitiert nach: *Tocqueville* 2004.

[19] Zur Akzeptanz des Wirtschaftssystems durch die US-Amerikaner und den gleichzeitigen rapiden Ansehensverlust von »Big Business« vgl. Hans Vorländer in: *Lösche/Loeffelholz* 2004, 307.

[20] *Frey* 2004, 438.

[21] Genannt werden in der zweiten Jahreshälfte 2004 insgesamt 15,6 Prozent (der 294 Millionen US-Bürger), die keinerlei Krankenversicherungsschutz haben.

[22] Vgl. dazu *Techentin-Bauer* 1999: »Nach einer Untersuchung der Kommunikationsforscherin Kathleen Hall Jamieson bestanden in der Schlussphase des Wahlkampfs 33 % aller politischen Werbespots aus persönlichen Angriffen auf den Gegner, 38 % beinhalteten Vergleichswerbung, und nur 27 % hatten einen positiven resp. inhaltlichen Charakter.«

[23] Das Stadt-Land-Gefälle fällt entsprechend extrem aus. Manche Stadtteile von New York City stimmten im November 2004 zu 5/6 für den demokratischen Kandidaten Kerry, in Washington als Regierungssitz waren es 89,5 % der Bürger!

[24] Bereits 1879 klagte der US-Amerikaner Henry George in seinem Buch *Progress und Poverty*:

»Solange der wachsende Reichtum, den der moderne Fortschritt mit sich bringt, lediglich zur Zusammenraffung von Privatvermögen dient und zu größerem Luxus weniger führt, verschärft sich der Gegensatz zwischen den Besitzenden und den Besitzlosen. Aus diesem Grund ist der Fortschritt weder echt, noch kann er von Dauer sein.« (Zitiert nach Donald H. Avery und Irmgard Steinisch, in: *Lösche/Loeffelholz* 2004, 91.)

[25] *Leggewie* 2003. – Titel der deutschen Übersetzung des entsprechendes Buches: *Phillips*, Kevin: Die amerikanische Geldaristokratie – Die politische Geschichte des Reichtums in den USA (2003).

[26] *Berman* 2002, 18.

[27] Vgl. u. a.: *Moore* 2002, 21-51.

[28] Vgl. z. B. die Hinweise von *Pitzke* 2004b. – Die Eindeutigkeit des offiziellen Wahlergebnisses im November 2004 beantwortet keineswegs – wie die Medienberichterstattung nahe legt – die vorangegangenen Anfragen an das US-Wahlprozedere, insbesondere klärt sie nicht die Fragwürdigkeit des antiquierten Mehrheits-Modus (»The winner takes it all.«). Eine Mehrheit der US-Amerikaner ist nach wie vor im ausschlaggebenden Stimmenkontingent nicht berücksichtigt. (Vgl. die Hinweise zur Wahl bei *Morris* 2004.) Die neuen elektronischen Wahlautomaten der Herstellerfirma Diebold, die als Spender für den republikanischen Wahlkampf bekannt ist, sehen keine ausgedruckten Kontroll-Belege für spätere Überprüfungen vor.

[29] So z. B. neben Bush als Öl-Lobbyist auch: Vizepräsident Cheney (Erdölzulieferer Halliburton), Condoleezza Rice (Chevron-Erdölkonzern, der ein nach ihr benanntes Schiff wieder umtaufen ließ), Wirtschaftsminister Evans (Chef einer großen Öl- und Gasgesellschaft), Innenministerin Gale Norton (Anwältin für Ölfirmen). – Vgl. *Moore* 2002, 37-47; *Alt* 2002, 149f.; *Schuhler* 2003, 16-20; speziell zur Rüstungslobby: *Ronnefeldt* 2003, 6f. – Bereits am 26.4.2001 berichtete die Frankfurter Rundschau: »US-Präsident Bush hat Ende April die Stellvertreter von US-Verteidigungsminister Donald Rumsfeld und die Chefs der Teilstreitkräfte benannt. In James Roche vom Rüstungsunternehmen Northrop Grumman sieht er den geeigneten Luftwaffenminister. Für das Heer hat er Thomas White von der Firma Enron Energy ausgesucht und als neuen Marineminister den Vizepräsidenten des Rüstungsunternehmens General Dynamics.« (Zitiert nach: *Ronnefeldt* 2003.) Weitere Verbindungen des stellvertretenden Außenministers Richard Armitage, des stellvertretenden Verteidigungsministers Paul Wolfowitz, des Marineministers Gordon England, des Transportministers Norman Mineta und der Gattin von Vizepräsident Cheney zur Rüstungsindustrie (Boeing, Lockheed, Northrop Grumman etc.) nennt *Schuhler* 2003, 18.

[30] Vgl. *Washington-Connection* 2003.

[31] Vgl. *Schuhler* 2003, 17.

[32] Vgl. *Alt* 2002, 123.

[33] *Mekay* 2004. Vgl. zur aufschlussreichen Studie »Outsourcing the Pentagon« des Center of Public Integrity über Pentagon-Vertragsabschlüsse zwischen 1998 und 2003 und zu Zahlungen der Rüstungsindustrie an Lobbyisten: *Schröder* 2004. Im Januar 2005 legte das kritische »Center for Corporate Policy« (USA) für das Vorjahr eine Liste der zehn wichtigsten Kriegsprofiteure vor. Neben den drei Anführern – dem Rüstungskonzern Lockheed Martin, dem Satellitenhersteller LORAL und dem ehemals von Vizepräsident Cheney geführten Ölzuliefer-Konzern Halliburton – werden der eng mit der Bush-Administration verflochtene Bechtel-Konzern (Platz 4) und das durch seinen Vorsitzenden Charlie Black der Bush-Familie und den Republikanern verbundene Lobbying- und PR-Unternehmen BKSH & Associates genannt. (*Rupp* 2005.)

[34] Nach dem Jahrbuch 2004 des Stockholm International Peace Research Institute stiegen

die weltweiten Rüstungsausgaben 2003 um 11 %. Die Gesamtausgaben betrugen 775 Mrd. Euro; die Hälfte trugen die USA. »Die Ausgaben der hoch entwickelten Staaten für militärische Zwecke zusammen«, so referiert Spiegel Online am 9.6.2004, »liegen derzeit zehnmal so hoch wie ihre Leistungen für die Entwicklungshilfe (2001) und höher als alle Auslandsschulden der armen Länder zusammen«. Deutschland rangiert hinter Russland, den USA und Frankreich bei weltweiten Rüstungsexporten an vierter Stelle. – Die britische Hilfsorganisation Oxfam stellt 2004 in ihrem Bericht »Gewehre oder Wachstum« weltweit eine Jahresausgabe von 900 Milliarden Dollar für Waffen einem Weltbudget von 50 oder 60 Milliarden Dollar für Entwicklungshilfe gegenüber.

35 *Schuhler* 2003, 20. Vgl. *ebd.* zu den Folgen der Rüstungsspenden für das parlamentarische Abstimmungsverhalten. – Die fünf marktbeherrschenden US-Rüstungskonzerne (in Klammern Vertragsabschlüsse mit dem Pentagon zwischen 1998 und 2003) sind: Lockheed-Martin (94 Milliarden US-Dollar), Boeing (ca. 82 Milliarden), Raytheon (40 Milliarden), Northrop Grumman (34 Milliarden) und General Dynamics (33 Milliarden). Lockheed-Martin und Boeing gehören zu den zehn bedeutendsten politischen Spendern. (Quelle: *Schröder* 2004.) – Zu vergleichbaren Vorgängen in der bundesdeutschen Politik teilt *IPPNW* 2004 mit: »Im Jahr 2002 spendete der zu DaimlerChrysler gehörende Rüstungskonzern EADS der SPD 26.000 Euro und der CDU 18.000 Euro. EADS-Großaktionär DaimlerChrysler half mit gut 211.000 für die SPD und mit 150.000 Euro für die CDU nach. EADS erhält umgekehrt vom deutschen Staat Rüstungsaufträge in Milliardenhöhe. Beispielsweise wurde im November von mehreren europäischen Ländern beschlossen, für neue Kampfflugzeuge vom Typ ›Eurofighter‹ 14 Milliarden Euro auszugeben. Der deutsche Anteil an dem Rüstungsgeschäft zugunsten von EADS beläuft sich auf 4,2 Milliarden Euro. Derzeit werden auch Cruise-Missile-Raketen vom Typ ›Taurus‹ an die deutsche Luftwaffe ausgeliefert. Eine deutsche EADS-Tochter profitiert offenbar zu zwei Dritteln von dem 570 Millionen-Auftrag. – Auch der Panzerhersteller Rheinmetall De Tec AG gehört zu den spendierfreudigen Unternehmen. Die SPD erhielt 20.000 Euro und die CDU 17.000 Euro. Rheinmetall stattet die Bundeswehr gemeinsam mit Krauss-Maffei Wegmann mit dem Kampfpanzer ›Leopard‹ aus.«

36 Während des Zweiten Weltkrieges sind im Rahmen der von Roosevelt forcierten Kriegswirtschaft durch die Zusammenarbeit der Machteliten »die sachlichen und personellen Voraussetzungen für den militärisch-industriellen Komplex« geschaffen worden. (Vgl. Detlef Junker, in: *Lösche/Loeffelholz* 2004, 138-141.)

37 *Wieviel verdienst Du am Krieg, Papa?* – Über die Kriegsprofiteure in der Bush-Administration. Aus: Der Pazifist, 20.3.2004. http://www.lebenshaus-alb.de/mt/archives/002185.html. (Vgl. dort die Angaben zur Verbindung von Rüstungsindustrie und Bush-Administration im Rahmen einer Rezension zu *William D. Hartung*: How much are You making on the War, Daddy? A Quick and Dirty Guide to War Profiteering in the Bush Administration, Nation Books, DISARMAMENT TIMES Winter 2004.) – Vgl. auch die Anmerkungen von Gore Vidal in: *Fuchs* 2003, 24. – US-Präsident Dwight D. Eisenhower hatte bereits am 16.4.1953 als Argument gegen die Hochrüstung (als Folge der Militarisierung der Truman-Administration) angeführt: »Jedes Gewehr, das produziert wird, jedes Kriegsschiff, das vom Stapel läuft, jede Rakete, die abgefeuert wird, ist in letzter Konsequenz ein Diebstahl: an denen, die hungern und nicht gespeist werden, an denen, die frieren und die nicht gekleidet werden können.« Mit der gegenwärtigen Bedeutung des militärisch-industriellen Komplexes setzt sich auseinander: WHY WE FIGHT (Why we fight – Amerikas Kriege), USA 2005 (CBC Kanada, BBC, Arte), Dokumentarfilm von Eugene Jarecki (deutsche Erstausstrahlung am 15.2.2005, Arte TV).

³⁸ Jürgen Heideking, in: *Lösche/Loeffelholz* 2004, 17.
³⁹ Zitiert nach: *Bröckers* 2002, 55. – Wiederum 75 Jahre später erhebt ausgerechnet Roosevelt, der Geburtshelfer des militärisch-industriellen Komplexes, gegenüber dem US-Kongress am 29. April 1938 die vielleicht »härteste Anklage gegen die Macht der Monopole und Kartelle sowie gegen die ungleiche Vermögensverteilung in den USA, die je von einem amerikanischen Präsidenten öffentlich erhoben wurde«. (Vgl. Detlef Junker, in: *Lösche/Loeffelholz* 2004, 136.)
⁴⁰ Vgl. u.a. *Birnbaum* 2004; *Ploppa* 2004; *Avnery* 2004.
⁴¹ Zitiert nach: *Scheschkewitz* 2004.
⁴² Kerrys designierter Vize, der sozialpolitisch etwas ambitioniertere Senator und Multimillionär John Edwards, war »einer der Mitautoren jenes Gesetzes, das Präsident Bush einen Blankoscheck für den Krieg gegen den Irak gab. Eines von Edwards Argumenten dafür lautet, dass ›Saddam Hussein eine tödliche Gefahr‹ für Israel darstelle.« (*Pröbsting* 2004.) Im Dezember 2001 bekannte Kerry: »Ich glaube, wir müssen Saddam Hussein einheizen«; noch am 29. Juli 2003 sagte er: »Ich stimme vollständig mit dem Ziel der Regierung überein, einen Regimewechsel im Irak herbeizuführen.« (Zitate nach: *Baur* 2004.)
⁴³ *Klein* 2004 deutet die Zurückhaltung des demokratischen Präsidentschaftskandidaten jedoch als opportunistisches Kalkül: »Mit Rücksicht auf seine Wählbarkeit hat Kerry in den fünf Monaten seiner Kampagne kein einziges Mal die Verletzungen internationalen Rechts auch nur angesprochen, um nur ja nicht den Eindruck zu erwecken, er sei in Sachen Terrorbekämpfung ein Weichei und stünde nicht voll hinter den US- Truppen: Kein Wort über Abu Graihb oder Guantanamo Bay und auch keines zum Angriff auf Falluja. Die Botschaft dieses Schweigens war eindeutig: Irakische Opfer zählen nicht.«
⁴⁴ FBI-Chef J. Edgar Hoover hat sich dem ab 1970 entwickelten Plan zur Überwachung und Infiltration der Friedensbewegung unter Nixon allerdings nur aus Sorge um die Unabhängigkeit des FBI, nicht wegen rechtsstaatlicher Bedenken verweigert. (Vgl. Manfred Berg, in: *Lösche/Loeffelholz* 2004, 172f.)
⁴⁵ Zitiert nach: *Rötzer* 2004h. – Zwei Beispiele für FBI-Aktivitäten gegen politisch nicht konforme Bürger zeigt auch Michael Moores Film FAHRENHEIT 9/11.
⁴⁶ Vgl. *Rauben* 2004.
⁴⁷ *Dische* 2004 schreibt: »Fast 1800 Menschen wurde über 38 Stunden lang in einer mit Stacheldraht umzäunten Sammelstelle auf einem Pier am Hudson River festgehalten – 24 sind das gesetzlich erlaubte Maximum. Sie mussten ohne Decken auf dem Betonboden schlafen und bekamen Reiswaffeln zu essen.«
⁴⁸ Vgl. die links-liberale Zustandsbeschreibung der US-Demokratie von *Flores d'Arcais* 2005, der ich sehr zustimme.
⁴⁹ Die entsprechenden Recherchen eines jungen Krankenhausarztes führen im Film dazu, dass ihm die beteiligte Krankenhausleitung eine paranoide Psychose unterstellt. Der leitende Neurologe rechtfertigt seine Menschenexperimente an New Yorker Obdachlosen so: »Diese Männer frieren oder hängen an der Nadel und haben keine Zukunft. Aber bei uns vollbringen sie Wunder.« Angehörige von Kranken, die sich durch die Experimente Heilung versprechen, beteiligen sich an der mörderischen Arbeit des Projektes. Fragwürdig ist, wie die Ehefrau des führenden Wissenschaftlers am Ende die Forschungsunterlagen übergibt: »Ich glaube, mein Mann hat versucht, etwas Gutes zu tun. Nur war es nicht der richtige Weg. Vielleicht finden Sie den richtigen Weg?« – Abzuwarten bleibt, ob nach DESPERATE MEASURES (USA 1997) über eine Knochenmarktransplantation zum Tode verurteilte Gefängnisinsassen im Kino als geeignete Organspender auch bei lebensbedrohlichen Organentnahmen anvisiert werden.

III. Hollywood und der Weg zur Macht

50 Hauptsponsor von Bushs Gesundheitsminister (!) Tommy Thompson war – nach *Schuhler* 2003, 19 – bezeichnender Weise die Tabak- und Handelsfirma Philip Morris.
51 Auch hier in NEWSBREAK erscheint eine Hauptzeugin (Sekretärin der Bauaufsicht) zunächst als unglaubwürdig, da sie im psychiatrischen Sinn an Paranoia leidet. Journalisten sind wegen ihrer Investigationen ihres Lebens nicht mehr sicher. Aufgrund verwandtschaftlicher Beziehungen zu Beteiligten der Korruption druckt der Zeitungseigentümer ihre Enthüllungen erst gar nicht. Die zynische Antwort auf das journalistische Wahrheitsideal lautet: »Ihre Wahrheit ist das, was für Sie gut ist. Meine Wahrheit ist das, was für mich gut ist.« Am Ende erweist das Eingreifen des FBI den Staat als handlungsfähig.
52 Beim Thema »Rüstungskonzerne« verlegt sich das Kino mit RISING SUN (USA 1993) von Philip Kaufman jedoch lieber auf *japanische* Kartelle.
53 Vgl. zum Thema auch: *Lechler* 2000, *Hollstein* 2003, *Everschor* 2003. – Neuere Veröffentlichungen zur »Politik« im Hollywood-Film, die in dieser Arbeit nicht berücksichtigt sind: Andreas Dörner: Politische Kultur und Medienunterhaltung. Zur Inszenierung politischer Identitäten in der amerikanischen Film- und Fernsehwelt. Konstanz 2000; Peter C. Rollins/ John E. O'Connor (Hg.): Hollywood's White House. The American Presidency in Film and History. Lexington 2003; Philip John Davies / Paul Wells (Hg.): American Film and Politics from Reagan to Bush Jr. Manchester 2002; Harry Keyishian: Screening Politics. The Politician in American Movies – 1931-2001. Lanham/MD 2003.
54 Vgl. die Überlegungen von *Monaco* 1980, 237f.: »Da die Verteilungskanäle beschränkt sind, da durch die hohen Produktionskosten nur die Wohlhabendsten Zugang zum Film haben, unterlag das Medium einer strengen, wenn auch unauffälligen Kontrolle. In Amerika zum Beispiel bildete zwischen 1920 und 1950 das Kino das wichtigste kulturelle Mittel für die Erkundung und Beschreibung der nationalen Identität (nach 1950 wurde das Kino schrittweise vom Fernsehen abgelöst).« Mit Blick auf »die Tatsache, dass Filme bestimmte Aspekte unserer Kultur verstärken, anderen verdrängen«, sieht Monaco die Politik des Films durch folgende Paradoxa bestimmt: »Zum einen ist die Filmform revolutionär; zum anderen beruht der Inhalt meistens auf konservativen und traditionellen Werten. Zudem sind die Politik des Films und die ›reale‹ Politik so eng verflochten, dass normalerweise nicht festgestellt werden kann, wo die Ursache, wo die Folge liegt.« Die Bedeutsamkeit starker Einzelpersönlichkeiten sieht Monaca in einer Resistenz gegenüber der für den US-Film wie folgt beschriebenen Konformität: »durch das homogene Fabriksystem der Studios wurde die sie umgebende politische Kultur besonders genau reflektiert (oder inspiriert). Da Hollywoods Filme Massenprodukte waren, wurde in ihnen die umgebende Kultur – oder präziser, die etablierten Mythen dieser Kultur – genauer wiedergespiegelt als in den Werken starker individueller Künstler.«
55 MR. SMITH GOES TO WASHINGTON (Mr. Smith geht nach Washington), USA 1939, Regie: Frank Capra, Drehbuch: Sidney Buchman. – Zu Capras »moralischen Komödien« vgl. *Heinig* 1999. – Zum »Mythos eines besseren, noch nicht korrumpierten Amerika der einfachen Leute« zur Capra-Zeit vgl. Winfried Fluck (in: *Lösche/Loeffelholz* 2004, 764f.).
56 *Monaco* 1980, 272.
57 Zur Entstehung von CITIZEN KANE (USA 1941) gegen den Widerstand des Medienmagnaten Hearst: RKO 281 (Citizen Kane – Die Hollywood-Legende), USA/Großbritannien 1999, Regie: Benjamin Ross, Drehbuch: John Logan (nach dem Dokumentarfilm THE BATTLE OVER CITIZEN KANE von Richard Ben Cramer und Thomas Lennon). Zur Person vgl. den Artikel: »William Randolph Hearst« in: Wikipedia – Die Freie Enzyklopädie. (http://de.wikipedia.org/wiki/William_Randolph_Hearst): »In den 30ern war Hearsts Vermögen durch die Folgen des Börsencrashs des Oktobers 1929 stark in Mitleidenschaft

gezogen worden, dennoch war 1935 Hearst mit 200 Millionen Dollar einer der reichsten Menschen der Welt. In den 40ern besaß er 25 Tageszeitungen, 24 Wochenzeitungen, 12 Radiosender, zwei weltweite Nachrichtenunternehmen, das *Cosmopolitan* Filmstudio und einige andere Firmen im Medienbereich. 1948 kaufte er einen der ersten Fernsehsender der USA in Baltimore. Hearst verkaufte so täglich mehr als 13 Millionen Zeitungen und erreichte somit etwa 40 Millionen Leser. Beinahe ein Drittel der amerikanischen Erwachsenen lasen eine Zeitung aus dem Hause Hearst, viele erhielten seine Informationen in Form von Filmen und übersetzten Zeitungen auch im Ausland.« – Auch Prescott Sheldon Bush, Vater von Ex-Präsident Bush. Sen., gehörte zum Umkreis US-amerikanischer Unterstützer des deutschen Faschismus und profitierte von Geschäftsverbindungen mit Nazideutschland (vgl. die Hinweise bei: *Bröckers* 2002, 70, 72, 84,98ff., 146.) Im August 2004 reichten der Ehrenpräsident des Auschwitz-Komitees, Kurt Goldstein, und andere Überlebende des »Holocaust« in diesem Zusammenhang eine Sammelklage gegen die Familie Bush ein. (Vgl. *Heilig* 2004.)

[58] Vgl. dazu Beispiele in: *Bürger* 2004.

[59] So berichtet der Neurologe Oliver Sacks (USA) in einem erstmals 1985 erschienenen Buch aus seiner Klinik-Erfahrung: »Was war da los? Aus der Aphasie-Station drang, gerade als die Rede des Präsidenten übertragen wurde, lautes Gelächter, und dabei waren doch alle so gespannt darauf gewesen [...] Da war er also, der alte Charmeur, der Schauspieler mit seiner Rhetorik, seiner Effekthascherei, seinen Appellen an die Emotionen – und alle Patienten wurden von Lachkrämpfen geschüttelt. [...] ›Man lügt wohl mit dem Mund‹, schreibt Nietzsche, ›aber mit dem Maule, das man dabei macht, sagt man doch die Wahrheit.‹ Für einen solchen Gesichtsausdruck, für jede Falschheit der körperlichen Erscheinung und Haltung haben diese Menschen [die Aphasiker, *Anm.*] ein übernatürliches Gespür. [...] Folglich waren es Mimik, die schauspielerischen Übertreibungen, die aufgesetzten Gesten und vor allem der falsche Tonfall, die falsche Satzmelodie des Redners, die diesen sprachlosen, aber ungeheuer sensiblen Patienten heuchlerisch erschien. Auf solche (für sie) höchst offenkundigen, ja grotesken Widersinnigkeiten und Ungereimtheiten reagierten diese Patienten, die sich durch Worte nicht täuschen ließen, weil sie durch Worte nicht zu täuschen waren. Darum lachten sie über die Ansprache des Präsidenten.« (*Sacks* 1990, 115 und 118.)

[60] In diesem Jahr bezieht auch Humphrey Bogart zusammen mit anderen Schauspielern im US-Radio deutlich Stellung gegen die Verletzung der Bürgerrechte von Filmschaffenden. Um seine Existenz nicht zu ruinieren, muss er hernach mit einem Zeitungsbeitrag »Ich bin kein Kommunist!« den Rückzug antreten. (*Marek* 2002.)

[61] Zu Elia Kazan vgl. *Nord* 2003. – Zur Filmzensur der Epoche teilt US-Journalist Dave Robb mit: »Während der McCarthy-Ära wurden die Drehbücher nicht nur auf ihr Rekrutierungs-, sondern auch auf ihr Propagandapotential hin überprüft. Man achtete vor allem darauf, ob ein Film in Europa als antiamerikanische Propaganda verwendet werden konnte. Es wurde also nicht nur die Darstellung des Militärs, sondern auch die politische Ausrichtung der Drehbücher berücksichtigt. In den 30er Jahren waren zahlreiche Autoren und auch einige Regisseure und Schauspieler Mitglied der kommunistischen Partei und blieben dies bis in die 40er und 50er Jahre hinein. Viele von ihnen standen in Hollywood auf der schwarzen Liste.« (Zitiert nach dem Dokumentarfilm: OPÉRATION HOLLYWOOD, Frankreich 2004.)

[62] Ein Seitenblick auf das B-Movie PROJECT SHADOWCHASER (GB 1991) von John E. Eyres zeigt uns im Jahr von J.F.K. folgende Fiktion: Der Leiter einer Forschungsabteilung des Pentagons setzt seine neu entwickelte Killermaschine »Romulus« gegen den US-Präsidenten ein. Das Motiv: Er und seine Mitverschwörer sind gegen die international geachtete Friedenspolitik des Weißen Hauses. Die Welt der Feinde lache über »das neue, weiche

III. Hollywood und der Weg zur Macht

Amerika«. Allerdings hat der Präsident seine eigene Androidenforschung, so dass nur ein künstlicher Doppelgänger des Staatsoberhauptes dem Attentat zum Opfer fällt. (Historisch ist der Einsatz von Doubles z. B. für Winston Churchill und Saddam Hussein bekannt.)

63 Kennedy hatte das »Engagement« der USA in der Tat davon abhängig gemacht, ob in Südvietnam selbst eine *nachweisbare* Basis für eine Staatsgründung gegeben wäre.

64 Vgl. *Etges* 2003, 176f. – Vgl. zur Rezeption des Films auch *Everschor* 2003, 27-29.

65 Der Plot von AMERICA'S MOST WANTED (1997): Die First Lady, Gattin des amtierenden US-Präsidenten, ist eine »Liberale« und ehemalige Bürgerrechtlerin mit großem Einfluss auf ihren Mann. Im Rahmen ihres Wohltätigkeitsengagements für Veteranen plant sie, sich mit ehemaligen Soldaten der 82. Luftwaffeneinheit zu treffen. Nach illegalen Experimenten mit einem unerprobten Impfstoff leiden diese an neurologischen Störungen; der Impfstoff stammt aus der biologischen Waffenforschung der USA. Die Schäden der Veteranen sind nach Ansicht der industriell-militärischen Interessenten nur ein »notwendiges Übel«, denn »der Preis der Freiheit ist hoch«. Ein beteiligter US-General stellt nun aus inhaftierten Soldaten ein geheimes Elitekommando zusammen, bei dessem ersten Einsatz die First Lady ermordet wird. Die Lösung des Komplotts ist radikal. Die Verschwörer werden am Ende – ohne Gerichtsverfahren – kurzerhand exekutiert. Die Öffentlichkeit erfährt von den eigentlichen Hintergründen so gut wie nichts.

66 Eher konstruktiv oder sogar vorbildhaft verhalten sich im Film ebenfalls: Verteidigungsminister McNamara (nur bedingt), der Nationale Sicherheitsberater McGeorge Bundy und der UN-Botschafter der USA Adlai Stevenson als mutigste Stimme der Vernunft. Dass die Zivilisation in diesem Zusammenhang vielleicht auch dem russischen Kommandeur Wassili Archipow zu Dank verpflichtet ist, erfahren wir nicht.

67 Vgl. dazu die Zeitzeugenaussagen von Verteidigungsminister McNamara in THE FOG OF WAR (USA 2004) und die Dokumentationsanteile in der 2-teiligen DVD-Ausgabe von THIRTEEN DAYS. – Die Blockadepolitik der Kennedys hielt General LeMay für schändliche Schwäche, wobei er nachdrücklich an die Rolle des Kennedy-Vaters im Rahmen der europäischen Appeasement-Politik gegenüber Hitler erinnerte.

68 Knud Krakau (in: *Lösche/Loeffelholz* 2004, 190) meint, die vom kleinen Executive Committee des Präsidenten vorbereiteten US-Reaktionen seien zwar »oft als Muster intelligenten Krisenmanagements bezeichnet worden. Angesichts zahlreiche Fehlleistungen und Fehleinschätzungen, Eigenmächtigkeiten der Militärs, der Einsatzbereitschaft taktischer Atomsprengköpfe auf Kuba (was den USA entgangen war), muss eine solche optimistische Wertung erheblich relativiert werden. Das Ergebnis war eher eine Mischung aus Glück und *common sense* auf beiden Seiten.«

69 Vgl. *Everschor* 2003, 222-225 (im Kontext der Beziehung von Geschichte und Kino).

70 Zitiert nach dem Dokumentarfilm: OPÉRATION HOLLYWOOD (Frankreich 2004). Dort gibt es neben Hinweisen auf fundierte Quellen der Produzenten auch folgende bezeichnende Interview-Mitteilungen des Pentagon-Unterhaltungsbeauftragter Philip Strub: »Über THIRTEEN DAYS gibt es nicht viel zu sagen [...] Als wir das Drehbuch erhielten, war es vollkommen unmöglich und sehr unrealistisch. [...] Und sie bestanden auf einigen Dingen, die meine Historiker für unwahr hielten. Das betraf insbesondere die Darstellung von Verteidigungsminister McNamara und den Beziehungen zwischen dem Weißen Haus und dem Militär. Wir hatten den Eindruck, dass man das Militär in THIRTEEN DAYS als brutal und böse darstellen wollte, um den Kennedys einen Heiligenschein zu geben. [...] Über Curtis LeMay, Patton und einige andere Charaktere lässt sich viel diskutieren. Ich habe einmal gehört, dass er an einer neurologischen Störung litt und es dadurch oft so aussah, als würde er die Stirn runzeln. Ich weiß nicht, ob das stimmt. [...] Daran sieht man, dass es auch andere

[71] US-Journalist Dave Robb im Dokumentarfilm OPÉRATION HOLLYWOOD (Frankreich 2004).
[72] Zu Präsident Johnson vgl. Manfred Berg, in: *Lösche/Loeffelholz* 2004, 167-169.
[73] Eine klare Verantwortlichkeit von Präsident Johnson belegen z. B. Regisseur Errol Morris und sein Gesprächspartner McNamara im Dokumentarfilm THE FOG OF WAR (USA). Wegen der verschleiernd vorgetragenen Erinnerungen von McNamara in diesem Werk bietet sich für das politische Kino eine kombinierte Vorstellung mit PATH TO WAR an.
[74] Ein irrationaler Ideologie-Komplex (Antikommunismus, Domino-Theorie, Anti-Apeasement-Dogma bzw. »München-Syndrom«, Eindämmung, eigene Bündniszuverlässigkeit, Sicherheitsideologie etc.) versperrte der US-Politik den Blick auf die – einigen Beratern durchaus bekannte – Tatsache, dass es in Vietnam in erster Linie um ein *antikolonialistisches*, nationales Anliegen ging. In Südostasien führten die Vereinigten Staaten einen Krieg, der wie kein US-Krieg zuvor dem antikolonialistischen Grundimpuls der US-Revolution widersprach.
[75] Noch 1964 hatte McNamara gemeint: »Der wichtigste Beitrag, den Vietnam leistet, besteht darin, dass die Vereinigten Staaten hier die Fähigkeit entwickeln, einen begrenzten Krieg zu führen [...], ohne den Zorn der Öffentlichkeit zu erregen. Wahrscheinlich ist dies die Art von Krieg, mit der wir es in den nächsten fünfzig Jahren zu tun haben werden.« (Zitiert nach: *Reinecke* 1993, 16.)
[76] Seit den Protesten gegen das Diem-Regime im Polizeistaat Südvietnam gab es zuvor schon die Selbstverbrennungen buddhistischer Mönche in Südostasien.
[77] Leider hat dergleichen nicht nur fiktiven Charakter. Die afro-amerikanische Kongressabgeordnete Barbara Lee wurde nach ihrer einsamen Ablehnung des Afghanistankrieges 2001 mit *Morddrohungen* überzogen. (*Morelli* 2004, 130.)
[78] Vgl. *Bröckers* 2002, 39.
[79] Zu CLEAR AND PRESENT DANGER teilt http://www.imdb.com mit: »The U.S. Coast Guard vessel that appears in the opening scenes is the U.S. Coast Guard Cutter Tybee, Patrol Boat Number 1330 (WPB-1330). – The scene in which the convoy of Suburbans is attacked by the drug cartel is now actually used as a training video in US government agencies. The footage was also used in an episode of JAG. [...] The aircraft carrier seen in the middle of the film is the Kitty Hawk (CV-63).«
[80] Ganz nebenbei informiert uns der Drehbuch auch darüber, dass Horrigan einst, als eine Geliebte von Kennedy im Weißen Haus gefunden wurde, diese als zu ihm gehörig ausgegeben habe.
[81] Zur Präsidentschaft von Harry S. Truman (1945-1953) vgl. Manfred Berg, in: *Lösche/Loeffelholz* 2004, 154-156.
[82] Auf Versuche, als Antwort auf solche Titel auch im Kino die Macht von kritischen Medien und Journalisten »moralisch zu untergraben«, weist *Remler* 1998b hin.
[83] Zur eindeutigen Positionierung von Martin Luther King gegen den Vietnamkrieg vgl. *King* 1967.
[84] Zu Ellsberg liegt nach Auskunft der Website http://history.sandiego.edu/gen/filmnotes/pentagonpapers.html folgende Filmproduktion vor: THE PENTAGON PAPERS, USA 2003 (FX-Networks), Regie: Rod Holcomb, Drehbuch: Jason Horwitch (based on the true story of Daniel Ellsberg).
[85] Vgl. *Greiner* 2004, 72.
[86] Für das Jahr 1995 ist dies allerdings eine beachtliche Klarstellung. *Müller-Fahrenholz* 2003b,

III. Hollywood und der Weg zur Macht

145 teilt zum blasphemischen Flaggenkult der USA mit: »1989 wurde das *Flag Protection Statute* verabschiedet, das die bewusste Zerstörung oder Verbrennung der Flagge unter Strafe stellt. [...] Zur Zeit wird über ein Amendment zur Verfassung debattiert, welches dem Kongress und den (Bundes-)Staaten die Macht gibt, die ›physische Entheiligung‹ (*physical desecration*) der Flagge der Vereinigten Staaten von Amerika zu verbieten. Umstritten ist der Begriff *desecration*, der impliziert, dass die Flagge der USA *sacred*, also heilig, ist.«

[87] Vgl. die ausführliche Darstellung des Titels in Kapitel XIII.5.
[88] Vgl. dazu das ganze XI. Kapitel.
[89] *Techentin-Bauer* 1999.
[90] *Techentin-Bauer* 1999.
[91] *Techentin-Bauer* 1999.
[92] Ein interessanter Nebenaspekt in THE SHADOW CONSPIRACY ist der Gebrauch von futuristischem Kriegsspielzeug durch die dubiosen »Staatsagenten« (ferngelenkte Mini-Drohnen als Mordwerkzeuge).
[93] *Bröckers* 2002, 36.
[94] Zum Film WAG THE DOG und zu seinen zeitgeschichtlichen Bezügen vgl. ein eigenes Kapitel in: *Bürger* 2004, 162-169.
[95] *Techentin-Bauer* 1999.
[96] Zitiert nach: *Morelli* 2004, 116f.
[97] Vgl. dazu in *Schuhler* 2003, 76 folgendes Statement der als liberal geltenden Hillary Clinton: »Es ist nun einmal so: Amerika muss die herausragende Stellung akzeptieren, die es derzeit einnimmt. Das heißt eben auch, dass wir bereit sein müssen, unsere Stärke einzusetzen, sogar militärisch, wenn das notwendig ist. Ich habe deshalb auch die Politik des Präsidenten gegenüber Afghanistan und sogar gegenüber dem Irak unterstützt.«
[98] Der Filmvorspann zitiert Abraham Lincoln: »In Zeiten der Not zeigt der Mensch sich meistens von seiner besten Seite. Will man aber den wahren Charakter eines Menschen kennen lernen, so gibt man ihm Macht.«
[99] *Walsh* 1999. – Für den deutschsprachigen Raum liegt nur eine BULWORTH-Fassung mit Untertiteln vor, was möglicher Weise nicht nur durch eine Rettung der originalen Hip-Hop-Passagen, sondern auch durch vertriebspolitische Geringschätzung motiviert ist.
[100] Dieses nur sinngemäße Filmzitat folgt: *Walsh* 1999.
[101] Vgl. dazu: *Krysmanski* 2003, 78f.; *Birnbaum* 2004; *Ploppa* 2004.
[102] Vgl. *Spang* 2004.
[103] Die frühen Federalists, zu denen auch George Washington gehörte, wollten freilich das Land von den »Reichen, Wohlgeborenen und Fähigen« regiert sehen.
[104] Die Wurzel für eine Deklaration der menschlichen Freiheitsrechte liegt – lange vor den Revolutionen US-Amerikas und Frankreichs – in der Antike. So wusste bereits der 406 v. Chr. gestorbene Dichter Euripides: »Die Götter haben alle Menschen frei geschaffen! Niemand ist von Natur als Sklave geboren!« Die in der US-amerikanischen Unabhängigkeitserklärung (1776) nicht enthaltene *soziale* Dimension der universalen Menschenrechte berücksichtigt die vietnamesische Unabhängigkeitserklärung vom 2. September 1945. (Vgl. *Bürger* 2004, 20f., 27.) Dort ist nicht nur die Rede vom bloßen Recht auf Glücksstreben, sondern von einem Recht aller Menschen auf Wohlergehen. Die Allgemeine Erklärung der Menschenrechte von 1948 geht mit ihren *sozialen* Grundrechten ebenfalls über die individuellen Freiheitsrechte der bürgerlichen Revolution hinaus und folgt damit keineswegs, wie manche Marxisten meinen, nur dem »liberalen« Paradigma der *Virginia Bill of Rights* (1776).

IV. John Wayne und die US-amerikanische Revolution: Über Gründungsmythen und das Recht auf Gewalttätigkeit

»*Es gibt keinen ehrenwerten Weg, zu töten, keinen sanften Weg, zu zerstören. Es gibt nichts Gutes am Krieg außer seinem Ende.*« Abraham Lincoln

»*Der Individualismus ist im amerikanischen Kino traditionell positiv besetzt, im Gegensatz zur Zivilisation, die korrupt erscheint.*« Gerhard Midding[1]

»*Mein Sohn, Du bist ein braver Junge, und es ist sehr tapfer von Dir, dass Du bei Deiner Mama bleibst und sie beschützt. Ich weiß, es ist schwer zu verstehen, aber die Katzen, gegen die ich kämpfe, wollen Dir Deine Freiheit wegnehmen. Weißt Du was Freiheit ist, Graham? Das ist, wenn Du Dir selbst aussuchen darfst, was Du anziehen möchtest, und dann rausgehen darfst, um mit Deinen Freunden zu spielen. Manchmal glauben so richtig starke Leute mit großen Gewehren, dass sie die Freiheit einfach nehmen und allen anderen Leuten sagen können, was sie tun sollen. Und darum kämpfe ich – die großen Katzen, nach denen Du mich gefragt hast, wollen unseren Planeten beherrschen und den Leuten weh tun.*« Aus der Anleitung zum elektronischen Weltraum-Kriegsspiel »Wing Armada«[2]

Die Frage, warum die rund um den Globus exportierte US-Massenkultur in großen Teilen einem archaischen Helden- und Gewaltideal zum Ausdruck verhilft und warum dies so völlig schamlos geschieht, lässt sich mit vordergründigen Überlegungen zur kommerziellen Seite des Kulturbetriebes wohl kaum befriedigend beantworten. Andreas Dörner hat die Inszenierung von Gewalt im US-amerikanischen Film als Teil eines »*expressiven Individualismus*« beschrieben, dem allerdings auf das Gemeinwesen bezogene »republikanische« bzw. protestantische Tugendtraditionen gegenüberstehen.[3]

1. Willkürlicher Liberalismus

Das »Express yourself!« bildet in der US-Geschichte eine wirkmächtige Traditionslinie und war einst in der Parteigeschichte der Demokraten mit einem Bekenntnis zur Sklaverei gekoppelt. Begünstigt wird ein individualistischer Kult, in dem die »Freiheit« des Einzelnen, sich auszudrücken und durchzusetzen, kaum Einschränkungen kennt. (Ein Gewaltmonopol des *Staates*, grundlegend für die bürgerliche Zivilisationsidee, ist dabei keineswegs immer selbstverständlich.) Die Wertbindung des Freiheitsbegriffs an Vernunft, Humanität und Gemeinwohl, die den US-amerikanischen Wurzeln Reformation und Aufklärung innewohnt, kann entfallen. Die von der Verfassung nicht weniger geschätzte Gleichheit aller Menschen wird durch eine Reduktion auf hypothetisch gleiche Chancen (equality of opportunity) immer bedeutungsloser. Die grenzenlose »Freiheit des Wilden Westens«, die sich bis zur Gegenwart offen in sozialdarwinistischen Ideologien[4] austobt, duldet keinerlei Bevormundung und verteidigt ein heiliges Grundrecht auf die eigene Waffe. Der New Deal, den das Broadway-Musicals »People« von 1964 noch deutlich spiegelt[5], hat sich nicht durchsetzen können. Innerhalb der US-Massenkultur bilden nicht soziale Verbundenheit und Verbindlichkeit, sondern die Durchsetzungsfähigkeit des Einzelnen und ein zwanghafter Erfolgskult das vorherrschende Leitbild.

Über die merkwürdig inhaltsleere Parole »Freiheit« findet der extreme Kult des Individuums sehr leicht Anschluss an einen militanten Patriotismus (»land of the free«). Die von Dörner unterschiedenen expressiven und instrumentellen Gewaltdimensionen vermischen sich. Die rationalen Argumente für instrumentelle Gewaltanwendung fallen zusehends dürftiger aus. Für Nation und Individuum wird schließlich analog eine Freiheit der blutigen Interessensdurchsetzung und Weltbeherrschung beansprucht, die sich durch nichts reglementieren lässt. Eine ökologische Ethik, die auf die globalen Lebensgrundlagen schaut, hat auf dem Boden einer solchen Mentalität keine Chance, gehört zu werden. Auf scheinbar paradoxe Weise spielt aber auch die Ehrfurcht vor dem Leben eines einzelnen Menschen innerhalb dieses individualistisch-patriotischen Ideologiekomplexes oft keine Rolle mehr. Der ökonomische Liberalismus hat die Freiheit des Wirtschaftens für leibhaftige Individuen und Kleinräume, die den frühen – agrarisch geprägten – »Radikaldemokraten« der US-Revolution so wichtig war, längst abgeschafft. Gleichzeitig unternimmt er gefährliche Attacken gegen jene Errungenschaften der bürgerlichen Freiheitsrevolution, die dem Schutz der Persönlichkeit dienen. Noch nie wurde die Demokratiefeindlichkeit von wirtschaftsliberalen Ideologen so offenkundig wie in der Gegenwart.

Angesichts des um sich greifenden Einheits-Weltbildes dürfte es immer schwerer fallen, für Europa aktuell eine Freiheitstradition geltend zu machen, die der Inhaltsleere von Selbstmarketing oder Ego-Tuning etwas entgegenstellt. Selbstredend können wir an dieser Stelle nicht auf Schablonen zurückgreifen, die im unreflektierten »Anti-Amerikanismus« gerne transportiert werden. Der extreme Individualismus lässt sich eben nicht mit dem Gemeinschaftssinn eines Thomas Jefferson oder dem sozial geformten Menschenrechtsethos einer Eleonore Roosevelt zur Deckung bringen.[6] Aktuelle Widersprüche und *Willkür* des neokonservativen »Liberalismus« sind offenkundig. Sie basieren nur vordergründig auf dem Anti-Etatismus der Rechten, dessen früheste Wurzeln wohl eher progressiv waren, und letztlich auch nicht auf der Wahlkampfallianz mit »christlichen« Fundamentalisten (Moralkonservatismus). Vielmehr beweisen sie die selektive *Instrumentalisierung des Staates* im Dienste einer Minderheit, der auch der militärisch-industrielle Komplex zuzuordnen ist. Wirtschaftspolitisch soll der Staat sich auf internationaler Ebene als stark erweisen, um die dem eigenen Land dienlichen globalen Spielregeln für alle Menschen durchzusetzen. Propagiert werden nach innen die Freiheit des grenzenlosen Konsums, die Freiheit des sozialen Auf- und Abstiegs, die Freiheit von Einschränkungen durch Umweltschutz, die Freiheit von Arbeitsrechtsbestimmungen oder Steuerzahlungen, die Freiheit zur »eigenverantwortlichen« Gesundheitssorge oder die Freiheit der privaten Bewaffnung. Überall hier proklamiert man im Gefolge von Margaret Thatcher und Ronald Reagan: Es gibt keine Gesellschaft, es gibt nur den Einzelnen! Der Staat ist nicht die Lösung, sondern das »eigentliche Problem«. Er schrumpft am besten auf ein niedliches Jackentaschenformat.

Ganz anders jedoch gestaltet sich das Bild, wenn es um Militär, innere Sicherheit oder nationale Einheit geht. Hier wächst der Staatshaushalt ins Uferlose, werden kollektiv »religiöse Wahrheiten« beansprucht und schließlich Bürgerrechte in nie gekanntem Ausmaß beschnitten. FBI-Spitzel schleichen sich in Bürgergruppen ein, und öffentliche Behörden entwerfen Konzepte zur Kontrolle von Regierungsgegnern.[7] Wenn ihre eigenen Redakteure abgehört werden, wird auch die New York Times hellhörig. Das übergeordnete Programm firmiert unter dem Etikett eines »*Ministeriums für Heimatschutz*« (Homeland Security). Die repressive – erfolglose – Drogenpolitik des US-Staates widerspricht allen modernen Erkenntnissen und kann ohne eine irrationale Verteufelung von Rausch kaum hinreichend erklärt werden. Ihre Verfassungskonformität wird jedoch nicht in Frage gestellt.[8] Zur Bedienung der »christlichen« Rechten können die Diskriminierung von Homosexuellen oder puritanische Zensurmaßnahmen gegen den Kulturbetrieb als Staatsangelegenheit verhandelt werden.[9] Der Präsident protegiert »faith based programs«, die sozialstaatliche Strukturen durch bevormundende religiöse »Caritas« ersetzen, und lässt Gebetsforschungen unter dem Paradigma einer infantilen Theologie subventionieren. Auch von religiös motivierten Eingriffen in die Wissenschaftspolitik wird berichtet. Bushs erster Justizminister John Ashcroft, ein bekennender Pfingstchrist und erklärter Anhänger antilibertärer Ideale, ordnete gar an, »Statuen nackter Frauen im Justizministerium in Washington sittsam in Burka-ähnliche Gewänder hüllen zu lassen«[10]. Die sonst verpönte öffentliche Kulturförderung wird im Bereich militärischer und patriotischer Unterhaltungsprodukte hochgerüstet. Meinungs- und Pressefreiheit, die im US-Kontext oftmals wie ein Synonym für Freiheit überhaupt erscheinen, erweisen sich als völlig relativ. Für Regierungskritiker und Friedensbewegte sind sie restriktiv auszulegen. Die Schauspieler Emilie Clark und Lytle Shaw wurden am 16. Februar 2003 festgenommen, weil sie in New York Fotoaufnahmen von Paul Chan plakatiert hatten, die Menschengesichter aus Bagdad zeigten.[11] Für Soldaten im Ausland sperrt die US-Regierung kriegskritische Internet-Seiten. Das Justizministerium langt mit seinem Arm bis hin zu Ausleihlisten von Bibliotheken und Kundenkarteien der Buchhandlungen! Nützliche Propaganda für Gewaltanwendung und Zwietracht zwischen den Kulturen unterliegt indessen auch dort keinen Beschränkungen, wo Bestimmungen des Völkerrechts angetastet werden. Was nun, so fragt man sich, ist »die Freiheit«, für die ein James Woolsey, ehedem CIA-Direktor, einen »Vierten Weltkrieg« zu führen bereits ist?

2. Blutrünstige Pioniere und Patrioten

Anders als in den letzten Jahrzehnten des verstrichenen Jahrtausends hat sich die Außenpolitik der USA in der ersten Hälfte des 20. Jahrhunderts durch Initiativen für eine Ächtung des Krieges als Mittel der Politik (Briand-Kellog-Pakt, Paris 27.8.1928) und für Rechtsstaatlichkeit im Gefüge einer neuen internationalen Ordnung profiliert. US-Präsident Woodrow Wilson verkündete gar, mit dem Ersten Weltkrieg sei der Krieg gewonnen, »der allen Kriegen ein Ende setzt«.[12] (Gleichwohl gestand er am 5. September 1919 trotz des ursprünglichen US-Schlachtrufes »a crusade for democracy«: »Jeder Mann, jede Frau – ja, jedes Kind – ist sich doch darüber im Klaren, dass moderne Kriege durch die Rivalität von Handel und Industrie bedingt sind [...]. Dieser Krieg war ein Industrie- und Handelskrieg.«[13] Zudem war dieser Südstaaten-Idealist kaum ein Gewährsmann für universale Menschenrechte.[14]) Für uns geht es in diesem Kapitel nicht um einen – vergleichenden – historischen Blick auf die Gewalttätigkeit der europäischen und der us-amerikanischen Geschichte. (Zwei Weltkriegsherde im 20. Jahrhundert und der »Tod als Meister aus Deutschland« sind in Europa zu finden!) Der Focus gilt vielmehr einem sich in der Massenkultur zeigenden *Selbstverständnis*. Welche Mythen schickt Hollywood in alle Winkel der Welt, noch bevor von der Weltmacht USA die Rede ist? Welche Identitäten werden im machtvollen Medium Film kultiviert? Was ist massenkulturell aus dem zu Beginn des 20. Jahrhunderts proklamierten »Antimilitarismus« der USA geworden? Wie »erfindet« US-Amerika im Kino und anderswo seine Geschichte?[15]

Chronologisch wäre mit dem us-amerikanischen *Unabhängigkeitskrieg* im 18. Jahrhundert zu beginnen, der freilich unter modernen Kategorien auch Aspekte eines Bürgerkrieges mit ausländischer Beteiligung enthält und für die ursprünglichen Einwohner des Landes als Teil eines langen Kolonialkrieges erscheinen kann. Erhellend ist der Vergleich zweier Filme zum Thema. Hugh Hudson inszeniert die »Geburt Amerikas aus Blut und Flammen« in REVOLUTION (GB/Norwegen 1985) als Aufstand des Volkes gegen Tyrannei. Einfache Leute, mutige Frauen, Indianer, Schwarze und Juden stehen gemeinsam im Kampf für die gute Sache. Der Held bringt es am Ende nicht übers Herz, einen Erzfeind im englischen Militär zu töten. Nach der Befreiung begehrt er vor allem, *lesen* zu lernen. Kritik wird laut, wenn revolutionäre Bürger versprochene Entschädigungen nicht erhalten und der US-Kongress das den mittellosen Kämpfern versprochene Land zur Tilgung der Kriegsschulden lieber an Spekulanten verkauft. Die utopische Vision auf dem Jubelfest der siegreichen Revolution liegt im Ende aller Unterdrückungsverhältnisse und im Beginn einer – von gegenseitigem Vertrauen getragenen – freien und geschwisterlichen Gesellschaft. Dies verkündet die Hauptfigur Tom, ein Angehöriger des »common people«: »Wir werden einen Ort finden, wo wir uns vor niemandem mehr krumm machen müssen. Und da gibt's auch keine Lords und Ladies, die besser sind als man selbst. Und da kann man sagen, was man will und man kann soviel erreichen, wie man will. Und da wird es auch niemanden geben, der einen wie einen Köter treten kann. Ich sehe mich da um [...] und ich sehe alle möglichen Menschen, Männer, Frauen, und sie haben genau wie ich eine Familie. Und wir halten alle zusammen wie Brüder und Schwestern. Und dort werden wir uns ein Zuhause schaffen [...], wo unsere Babys die ganze Nacht geborgen schlafen können.« Hier wird unmissverständlich auf Vorstellungen der englischen Radikaldemokraten[16] des 17. Jahrhunderts zurückgegriffen.

Einen spürbar anderen Geist atmet der – in Anlehnung an einen älteren *Bürgerkriegsstreifen* gedrehte – Film THE PATRIOT (USA 2000) von Regisseur Roland Emmerich, dessen deutsche Herkunft angesichts der von ihm präsentierten Gewaltorgien kritisch angemerkt worden ist.[17] Die Geschichte: Der Landgutbesitzer Benjamin Martin, gespielt von Mel Gibson, hat mutige Kämpfe gegen »Rothäute« und Franzosen hinter sich. Doch dem Kampf gegen das englische Kolonialheer mag er sich 1776 nicht anschließen. Er ist skeptisch gegenüber einer Herrschaft des Volkes und fürchtet, den einen Tyrannen gegen Tausende andere einzutauschen. Deshalb will er neutral bleiben. Seine Söhne denken im Sinne der Unabhängigkeit des Landes patriotischer. Als einer von ihnen von dem skrupellosen englischen Colonel Tavington erschossen wird, setzt Gutsbesitzer Martin als wehrhafter Familienvater zum *Rachefeldzug* an. Er lehrt seine kleinen Kinder das Schießen, schwingt im wilden Blutrausch die Axt und sammelt als Anführer eine Art Untergrundarmee um sich. Zur Abwehr der »Terroristen der Krone«, die sich von den englischen Gentlemen deutlich unterscheiden, tauscht auch der Pastor des nahen Dorfes seinen Hirtenstab gegen das Gewehr ein. Religiös verbrämte Rache, das rechtschaffen wehrhafte und gewalttätige Individuum als Übermensch und ein aufdringlicher Fahnenkult beherrschen diese Inszenierung von »Mordlust und Demokratie« (Gerhard Midding). Die für das Kriegsfilmgenre insgesamt obligate *geschlechtsspezifische* Arbeitsteilung lautet auch hier: Der Mann sorgt als Waffenheld für die Sicherung der Nation, deren familiäres und mütterliches Gesicht durch die Frau gewahrt bleibt.[18] Das brüderliche Ideal wird durch eine devote, hoch peinliche Treue gegenüber dem Helden ersetzt: Der Alibi-Schwarze unter den Freiheitskämpfern baut am Schluss ungefragt das durch die Engländer zerstörte Anwesen des heroischen Gutsbesitzers wieder auf.

Das in THE PATRIOT propagierte Selbstverständnis der guten Guerillas wird politisch brisant, wenn Walter Russel Mead, Mitglied des *US-Council on Foreign Relations*, erklärt: »Als amerikanische Nation haben wir uns die übertriebene europäische Neigung zu Fairness und zur Einhaltung von völkerrechtlichen Regeln des Krieges nie zu Eigen gemacht. Schon im Unabhängigkeitskrieg marschierten die britischen

IV. John Wayne und die us-amerikanische Revolution

Rotröcke in einer Linie, griffen nie in der Nacht an, während unsere Männer aus ihren Verstecken hinter Steinmauern und Hecken hervorschossen. Den größten Sieg errang George Washington in der Schlacht von Trenton, als er die völlig überraschten Briten an einem Weihnachtstag angriff.«[19]

Mit dem Stummfilmklassiker THE BIRTH OF A NATION (USA 1915) inszenierte bereits David Wark Griffith den us-amerikanischen *Bürgerkrieg* (1861-1865) als eigentliche Geburtsstunde der Nation.[20] Dieses Propagandawerk aus Südstaatenperspektive ist mit seinem »angelsächsischen« Rassismus in direkter Nachfolge des Romans »The Clansman« (1905) von Thomas Dixon Jr. einzuordnen. THE BIRTH OF A NATION untermalt einen Angriff des Ku-Klux-Klan gegen eine Miliz von Schwarzen mit Wallküren-Klängen von Richard Wagner und führt als Vergewaltiger eines kleinen Mädchens gezielt einen Schwarzen vor.[21] Noch fast hundert Jahre später wird das Thema anders, jedoch kaum weniger irritierend im US-Spielfilm behandelt. RIDE WITH THE DEVIL (USA 1999) zeigt den Bürgerkrieg parteiisch als Western, als Kampf zwischen »irregulären Truppen« und Nachbarn an der Westgrenze Missouris. Die Unionisten geben den Auftakt zur Gewaltspirale. Einer der besten Kämpfer der Südstaaten-Guerillas, aus deren Perspektive wir die Kämpfe verfolgen, ist ein Schwarzer. Ein Rachemassaker der Südstaatenkämpfer an Zivilisten[22] und andere Kriegsverbrechen werden vordergründig auf einzelne dunkle Gestalten abgewälzt. Der jugendliche Held mit deutscher Abstammung glaubt, sich an Grausamkeiten seiner Südstaaten-Miliz beteiligen zu können und doch die vom Vater gelernten »Regeln von Ehre und Anstand« zu bewahren. Dieser Titel versucht, den Teufelsritt der Krieger mit allerlei Freundlichkeiten zu verzieren. Ronald F. Maxwell hat mit GETTYSBURG (USA 1993) und GODS AND GENERALS (USA 2003) bereits zwei Teile einer literarischen Bürgerkriegstrilogie von Michael Shaara verfilmt. In GETTYSBURG[23] findet man, dass das Preisgeben ganzer Divisionen aus Virginia der Ehre des berühmten General Lee keinen Abbruch tut. Der betet: *»Segne meinen Verstand, Herr, den Krieg zu führen.«* Das Ergebnis sind mehr als 53.000 US-Amerikaner, die 1863 abgeschlachtet auf dem Felde liegen. In mehr als 200 Minuten zeichnet hernach das Schlachtenepos GODS AND GENERALS Porträts ehrenwerter Militärs. Baumwolle steht gegen Banken und Fabriken. (Es dominiert das Bild wertkonservativer, tugendhafter Südstaatler, wie es gerne als Kontrast zu den Profit-Yankees gezeichnet wurde.) Die Nordstaatenperspektive der Sklavenfrage ist – historisch nicht ganz unberechtigt – betont als Nebensache behandelt.[24] Die Südstaaten-Schwarzen verhalten sich durchweg loyal zu ihren weißen Herren und ihrer Südstaatenheimat. Sie haben im funktionierenden Patriarchat zumeist Familienanschluss. Ihre Menschenrechte werden vorbildlich geachtet. Ein General des Südens verheißt gar eine Zukunft ohne Sklaverei. Texaner bestreiten das Truppen-Entertainment. An einer Notwendigkeit der standrechtlichen Erschießung von Deserteuren bleibt nicht der geringste Zweifel. Am unerträglichsten ist jedoch die religiöse – »christliche« – Kriegsideologie dieses pathetischen Machwerks, in dem die

Feldherren gönnerhaft auf abgeschlachtete Massen blicken und Flaggen heilige Fetische sind. Ständig wird gebetet und gesegnet für einen Krieg, der am Ende das Leben von mehr als 600.000 US-Amerikanern[25] gekostet hat. Inflationär wird ein Gott der Heerscharen beschworen und bedrängt. Wörtlich: »*Die Bibel liefert uns Vorbilder für Schlachten und führt den Sieg auf die wahre Ursache, den Segen Gottes, zurück.*« Damit transportiert auch dieser Film Vorstellungen über eine »Heiligkeit« des Krieges, die bereits Abraham Lincoln in seiner zweiten Inauguralrede zurückgewiesen hatte. Unter den Danksagungen im Abspann ist u. a. »The Virginia Military Institute« aufgeführt. – Der Bürgerkriegsfilm COLD MOUNTAIN (USA 2003) von Anthony Minghella bietet im gleichen Jahr allerdings auch einige Gegenthesen zur Kriegstheologie.[26]

Zwei grundsätzliche Beobachtungen zur Erinnerung des Bürgerkrieges seien nachgetragen. Zum einen war dies ein Krieg zur Zeit der frühen Fotografie, was die genannten Filme zum Teil mit Fotodokumenten bzw. Porträts auch erinnern.[27] Zum anderen geht es um einen erschreckenden Wendepunkt mit Bedeutung für alle Menschen. Jörg Nagler schreibt: »Der Amerikanische Bürgerkrieg war in bestimmter Hinsicht der erste moderne totale Krieg in der Weltgeschichte. Alle verfügbaren Reserven an Menschen, Maschinen und technologischer Entwicklung wurden auf beiden Seiten eingesetzt ...«[28]

Zum identitätsstiftenden Mythos schlechthin ist freilich im *Kino* die Inbesitznahme des Westens geworden, und dieser »Frontier-Mythos« hat als Export auf dem ganzen Globus bei Jungen den Wunsch geweckt, ein Cowboy[29] zu sein. Widersprüchliches – wie die *Naturnähe* des einsamen Abenteuerhelden, seine Wiedergeburt fern der Stadtsiedlungen und die Ideologie von einer *zivilisatorischen* Mission des weißen Mannes in der Wildnis – wird dabei miteinander verbunden. Protagonisten der »Guten« reiten im Western über die freie Prärie, schießen Indianer als Freiwild über den Haufen und sind hernach auch in Kriegspropagandafilmen Helden nach dem Strickmuster »schwarz-weiß«. Eduardo Lourenço meint, heute präsentierten die USA als imperiale Macht »ihr Handeln auf der Bühne der Zeitgeschichte [...] noch in der einfachen Struktur des Gegensatzes von Gut und Böse, auf der auch der Kanon des Western beruht.«[30] Western oder Unabhängigkeitskampf, das ist zuweilen einerlei. (Weiße Schurkenrollen wurden im Genre gerne mit Schauspielern besetzt, deren Akzent herkunftsbedingt britisch war.) Wenn Texaner um 1835-40 gegen »Komantschen«, »Apatschen« oder die mexikanische Armee kämpfen, geht es um die Freiheit eines unabhängigen Staates Texas. So zeigen es auch neuere Filme wie DEAD MAN'S WALK (USA 1996) und THE ALAMO (USA 2003).

Der Schriftsteller Time Wise aus Nashville will gegenüber einer »Nation, die stolz auf ihr selektives Gedächtnis ist«, an die Taten von »Kavalleriebanden und sogenannten Pionieren« erinnern: »Ich denke hier an Captain William Tucker, der um 1600 mit seinen Soldaten einen Friedensvertrag mit den Powhatans aushandelte und sie dann überredete, zur Feier vergifteten Wein zu trinken. Zweihundert starben sofort

IV. John Wayne und die us-amerikanische Revolution

und seine Soldaten töteten fünfzig weitere, wobei sie ihre Köpfe als Souvenirs heimbrachten. Und ich denke an Thomas Jefferson, der 153 Jahre später, unzufrieden mit dem Tempo, in dem die Indianer durch ihr Sterben kooperierten, schreiben sollte: ›Nichts wird diese Schufte schneller reduzieren, als den Krieg ins Herz ihres Landes zu tragen. Aber ich würde dabei nicht stehen bleiben. Ich würde nie aufhören, sie mit Krieg zu überziehen, solange noch einer von ihnen am Leben ist.‹ Und ich denke an Andrew Jackson, der die Verstümmelung von 800 Leichen nach der Schlacht am Horseshoe Bend überwachte, als seine Männer die Nasen abschnitten und das Fleisch in Streifen schnitten, um sie als Zügel zu verwenden. Oder vielleicht an die Dritte Colorado Freiwilligen-Kavallerie, die bei Sand Creek am Kampf nicht beteiligte Cheyenne und Araphos massakrierte, dann die Toten skalpierte, die Hoden abtrennte und daraus Tabaksbeutel machte, um dann in den Straßen von Denver mit an ihren Hüten befestigten weiblichen Genitalien zu paradieren.«[31] Nicht der Völkermord an den ursprünglichen Einwohnern Nordamerikas durch die weißen »christlichen« Eroberer aus Europa ist historisch ohne Entsprechungen, sondern die hartnäckige und global exportierte *Verfeierlichung* dieses Genozids im rassistischen Mainstream des Western-Genres.[32] Richard Oehmann spricht hier von »Ausrottungs-Folklore«[33].

Der sich anschließende Mythos vom freien Mann im Wilden Westen lebt. So versichern es uns unentwegt Titeln wie der HBO-Film THE JACK BULL von John Badham (USA 1999), der sich auf Heinrich von Kleists »Michael Kohlhaas« beruft, das triviale Action-Spektakel COYOTE MOON / DESERT HEAT (USA 1999), AMERICAN OUTLAWS (USA 2001) von Les Mayfield oder TEXAS RANGERS (USA 2001) von Steve Miner, in dem die Führergestalt einer texanischen Bürgermiliz ein *Prediger* ist. Die Botschaft von THE JACK BULL: »In einer Stadt ohne Gesetz, da muss sich ein Mann sein eigenes schaffen.«[34] Auch AMERICAN OUTLAWS kreist um einen Gegensatz von Gesetz und Recht, den der Held aus einer bibeltreuen Familie mit unerschrockenem Gebrauch des Colts auflöst. Die TEXAS RANGERS kümmern sich um die innere Ordnung der Heimat, während die staatlichen Organe das »Indianerproblem« lösen.

Kevin Costner präsentiert mit OPEN RANGE (USA 2003) einen »wunderschönen Tag, um für Gerechtigkeit zu sorgen«. 1882 gibt es weit im Westen noch freies Weideland. Dort lassen die »Freegrazer«, die selbst kein Land besitzen, ihre Tiere grasen.[35] In gewisser Weise folgen diese Cowboys noch dem Eigentumsbegriff der Ureinwohner, die das Land als gemeinschaftlichen Lebens-Raum betrachten. Allen steht es zum Gebrauch offen, und keiner darf sich anmaßen, das allen und keinem Gehörende als Privatbesitz zu reklamieren. Doch die großen Ranger zäunen immer mehr »Indianergebiete« mit dem neu erfundenen Stacheldraht ein. Der Großgrundbesitzer Baxter, gedeckt von einem korrupten Marshall, lässt die freien Cowboys mit Gewehren verfolgen und hat es auch auf deren Vieh abgesehen. Die Cowboys setzen sich mit einem großen Gemetzel zur Wehr: »Ein Mann hat das Recht, seinen Besitz zu verteidigen und sein Leben. [...] Es gibt Dinge, die sind für einen Mann schlimmer als der Tod.« Charly, einer der Cowboys, hat schon seit Jugendtagen getötet und als Söldner im Krieg später auch zahlreiche Zivilisten ermordet. Jetzt will er sein Gewehr nur noch im Dienst der gerechten Sache gebrauchen, und das soll auch seine zukünftige Frau wissen: »Heute werden hier einige Männer sterben, und ich werde sie töten. Können Sie das verstehen?« Nicht Baxter, sondern das Drehbuch bereitet dann der »Open Range« durch harmonische Sesshaftigkeit ein Ende. – Wenn ein Western wie dieser Gesetzeshüter zeigt, die sich auf die Seite von Reichen stellen, erinnert man sich an Männer wie den Verfassungsvater James Madison und John Jay, den ersten Vorsitzenden am Obersten Gerichtshof der USA. Diese beabsichtigten, so zitiert Chomsky, »die Minderheit der Wohlhabenden vor der Mehrheit zu schützen« und wünschten, dass »das Land von denen regiert wird, die es besitzen«.[36] Genau diesen Widerspruch machen blutige Filme wie OPEN RANGE nicht transparent.

Die Siedlungsgrenze im Westen, so der bis heute wirksame Mythos der weißen US-Amerikaner, ist immer weiter zu verrücken. Der Historiker Frederic Jackson Turner testierte 1893 unter viel Zuspruch: Die Landnahme ist sinnstiftendes Ideal der Nation. Hinter der Frontier-Linie wartet Raum für grenzenlose Expansion und Missionen. Nicht der überschaubare und zu hütende Garten Eden fasziniert letztlich den neuen »American Adam«, sondern der Horizont des weiten Landes: »Macht euch die ganze Erde untertan!« (Es folgt hernach der Sternenhimmel. John F. Kennedy betrachtete das *Weltall* als »neue Frontier Amerikas«.[37]) Die Wiedergeburt an der Scheidelinie zur Wildnis beinhaltete schon für Turner die Bereitschaft zur gewaltsamen Selbstbehauptung.[38] (Blutberauschte Akte des weißen Mannes, für die historisch und massenkulturell zahllose Beispiele angeführt werden können, wertet sein Vortrag wie ein positives Identitätszeichen, das über das »alte Europa« hinausführt!) Im Klartext könnte man davon sprechen, dass das Verbotene, das Unbekannte in der eigene Tiefe und eine Freiheit von tradierten Konventionen erkundet werden. Doch Turner geht es nicht um moralische Freiräume, sondern vor allem um ein demokratisches Konstrukt, um die Frontier als Quelle für den Geist sozialer Gleichrangigkeit und Selbstverwaltung. Die Philosophie des Wilden Westens lautet: Auf die zivilisatorischen Einrichtungen des korrupten Gemeinwesens ist kein Verlass. Selbstjustiz und eine von mutigen Anführern initiierte Bürgerwehr sind die Alternativen. Ein echter Mann hat sich selbst zu helfen und kann das auch. Dergleichen kann die Rechte als »demokratische« Traditionen verstehen.

Die offizielle Politik rekurriert freilich heute zunächst nicht auf die Outlaws, sondern auf den Sheriff-Stern. US-Präsident G. W. Bush Jun., fest entschlossen, die Freiheit – »egal was es kostet« – zu verteidigen und alle Feinde »auszuräuchern«, verkündete am 17.9.2001 im Zusammenhang mit Usama bin Laden: »Es gibt ein altes Plakat draußen im Westen. Darauf steht: Gesucht! Tot oder lebendig.« Den von internationalen Experten schon vor dem jüngsten Golfkrieg prognostizierten Widerstand gegen die US-Militärpräsenz im Irak nimmt man 2004 vornehmlich unter der Wild-

IV. John Wayne und die us-amerikanische Revolution

west-Kategorie »*Gangstertum*« wahr. (Vorbereitend hatte die »Los Angeles Times« ihre Mitarbeiter intern angewiesen, statt von »Widerstandskämpfer« in Zukunft nur noch von »Rebellen« oder »Guerillas« zu sprechen.) Um auf die in den Käfigen Guantánamos inhaftierten 600 Gefangenen – und zahllose weitere in weniger bekannten Einrichtungen – die allgemeinen Menschenrechte und Kriegsrechtskonventionen nicht anwenden zu müssen, verwenden die USA die Typisierung »gesetzlose Kämpfer bzw. ungesetzliche Kombattanten«, die es nach internationalen Rechtsnormen gar nicht gibt und deren Anwendung auch auf US-Bürger der Präsident per Federstrich vornehmen kann.[39] Der gute Westernheld freilich darf in all seinen Metamorphosen gesetzlos bleiben: 1941 hatte eine Comic-Serie erstmals die monomythische Gestalt des »Captain America« etabliert.[40] Der mit übermenschlichen Kräften ausgestattete Retter ist ein Einzelgänger und steht in seinem Kreuzzug gegen das Böse über den Rechtsnormen der menschlichen Gesellschaft.

In seinem Film ROAD TO PERDITION (USA 2002) zeigt Sam Mendes, wie man den eigenen Vater lieben kann, obwohl dieser als Profikiller für einen Mafiaclan gearbeitet hat. Das löbliche Ansinnen dieser Filmgeschichte enthält auch eine unbehagliche Frage: An welche Vorväter der Geschichte erinnert die US-Massenkultur mit Vorliebe? Nicht minder gewalttätig als der Wilde Westen wird die nationale Historie der USA als *Einwanderungsland* im Kino rekonstruiert. Für die breite Masse ist das Leben in der »Ära der Räuberbarone« und im ungezügelten Laisser-faire-Kapitalismus kein Zuckerschlecken. Der irische Einwanderer Joseph Donelly (Tom Cruise) lernt in Ron Howards FAR AND AWAY (USA 1992), dass man sich Ende des 19. Jahrhunderts in den Vereinigten Staaten blutig durchs Leben *boxen* muss, um es zu etwas zu bringen. Wir sehen am Ende das legendäre »Landrennen von Oklahoma«, in dem 1889 Tausende Siedler miteinander um ein Stück des freigegebenen Indianergebietes ringen.

Martin Scorseses GANGS OF NEW YORK (USA 2002) zeigt, welche Hände »Amerika« gebaut haben und wie »unsere wunderbare Stadt aus Blut und Leiden geschaffen« wurde: Der Bürgerkrieg spielt sich hier 1863 vornehmlich nicht zwischen Unionisten und Separatisten ab, sondern vor Ort zwischen Reichen und Armen, schon Eingesessenen und erst eben Eingereisten. Auf der Straße herrscht ein gewalttätiger »Naturzustand«. Nasen und Ohren werden in den blutigen Gemetzeln zwischen protestantischen Landesgründern und zugewanderten katholischen Papisten (Iren) als Trophäen einbehalten. Die Nativisten der 1850er Jahre haben bereits erheblichen Einfluss: »*Native Americans, beware of foreign influence!*« Morgens wird gehenkt, abends getanzt. Die Furcht hilft, die öffentliche Ordnung aufrecht zu erhalten.[41] Korrupte Politik und organisierte Kriminalität sind liiert. Selbst die gewissenlosesten Verbrecher beten zum Gott der Vergeltung. Man dankt dem Himmel, als »aufrechter Amerikaner, bewaffnet im Kampf« sterben zu dürfen. Iren, Polen und Deutsche sollen – stellvertretend für die wenig bürgerkriegsbegeisterten New Yorker – auf dem Schlachtfeld für Union und Sklavenbefreiung kämpfen; doch diese Proletarier ziehen es vor, stattdessen Neger zu lynchen. Am Ende sprechen die Waffen der Armee. Die Intention des Regisseurs: »Ich zeige einen Ort der Konflikte, Menschen, die aus ihrer Heimat fliehen mussten, weil dort Hungersnot herrschte, die in Amerika auf mehr Menschlichkeit hofften, und die dort mit Rassismus und Verfolgung konfrontiert wurden.«[42]

Aus europäischer Perspektive beleuchtet THE CLAIM (GB/Kanada/Frankreich 2000) die ausgehende Zeit des 1849 einsetzenden Goldrausches. Der irische Auswanderer Dillon verkauft Frau und Kind an einen Goldgräber, um im Gegenzug dessen Goldmine in der Sierra Nevada im Norden Californiens zu erwerben. Später ist er Besitzer, Alleinregierender, Richter und Strafvollstrecker der kleinen Minenstadt Kingdom Come. Zu dieser Zeit herrschen einige Pioniere wie Könige über ihre Neugründungen. Gesungen wird im multikulturellen Kingdom Come englisch, französisch oder auch portugiesisch. Statt Galgen genügen in Dillon's Reich Peitschenhiebe zur Aufrechterhaltung der Ordnung. Doch um 1867 zeichnet sich bereits das Zeitalter der Trusts und des Eisenbahnimperiums ab, das dem Regiment der Goldgräber-Patriarchen ein Ende bereitet. THE CLAIM zeigt den Wilden Westen der Pioniere nicht idealisierend als Demokratiewerkstatt anständiger Christenmenschen. Er wirft Licht auf die moralische Entwurzelung der Erfolgstüchtigen durch Gier und auf die umfängliche Prostitution im Amüsierbetrieb jenseits der zivilisatorischen Zwänge (beides symbolisiert im »Verlust des Rosenkranzes«). Fern der Heimat und ihrer Sozialkontrolle gilt für die bunte Immigranten-Gesellschaft ein anderes Sittengesetz.

Der HBO-Film VENDETTA (USA 1999) von Nicholas Meyer über die Gangs von New Orleans und städtische Korruption erzählt, wie 1890 pauschale Präjustiz gegen italienische Einwanderer[43] zum »größten Lynchmord der amerikanischen Geschichte« führte. Die *New York Times* kommentierte seinerzeit, »das Volk habe die Arbeit der Geschworenen getan«, und auch der Präsident war zufrieden.

Einen eindrucksvollen Titel zum Milieu der Zwanziger Jahre des nächsten Jahrhunderts – unter dem Vorzeichen der Wirtschaftskrise – präsentiert Francis Ford Coppola mit seinem Gangster- und Musikfilm THE COTTON CLUB (USA 1984). Man konsumiert schwarze Kultur in Clubs, in denen kein Afro-Amerikaner Zutritt hat. Ob man Jude ist oder Ire, das spielt eine wichtige Rolle auch im Gefüge der Unterwelt. (Die im Zuge von Industrie-Kapitalismus und Immigration zur Jahrhundertwende ausgeprägte, US-typische Multikulturalität hat zu diesem Zeitpunkt bereits Eingang in die Unterhaltungsindustrie gefunden.)

Immerhin, in solchen Filmen präsentiert sich die »Nation of Nationalities« nicht als eine ideale »Neue Welt«. (Die Bürgerrechtsbewegung hat auch das Kino befruchtet. Hollywood zeigt in den letzten Jahrzehnten oft, wie seit den Anfängen vor allem der Rassismus immer wieder den Anspruch sabotiert, der eigentliche Reichtum des Landes liege – unterschiedslos – in seinen Menschen.) Die bewundernswerte ethnische, weltanschauliche und kulturelle Vielfalt der Vereinigten Staaten birgt Sprengstoff. Sie bedarf eines sozial-ideologischen Kitts, der leicht zu gefährlichen Vereinfachungen

IV. John Wayne und die us-amerikanische Revolution

tendiert.⁴⁴ Das nationale Credo des Amerikanismus formt den für jedermann obligaten Staatskult, auf dass aus den vielen Völkern das eine werde und aus jedem Einwanderer ein »Amerikaner«.⁴⁵ Dieser identitätsstiftende Patriotismus, den vor 170 Jahren schon Alexis Tocqueville irgendwie peinlich fand und der sich bis zur Stunde in einem fast neunundneunzigprozentigem Nationalstolz der US-Bevölkerung wiederspiegelt, ist extrem an nationale *Symbole* gebunden (Flagge, Hymne, Memorials, Freiheitsstatue, Architektur der Superlative, semi-sakrale Inauguration eines neuen Präsidenten). Er kreist vornehmlich um Schlagwörter wie »freedom and liberty«, über deren Gehalt man wenig erfährt. Gesinnungsparolen und Kitsch, so ist gemutmaßt worden, ersetzen weithin eine tiefergehende staatspolitische Identität.⁴⁶ Die große Mehrheit der US-Amerikaner glaubt aber aufrichtig an den idealistischen Anspruch ihres Landes, »Werkstatt der Freiheit« (James Madison) für alle Menschen zu sein. Die offizielle Rhetorik bemüht – wie der aufgeklärte Kosmopolitismus der Frühzeit – ja noch immer das uneigennützige, ganz neue Experiment der Vereinigten Staaten. Dass man diese proklamierte Neuheit anderswo auf der Welt seit den Anfängen des US-Imperialismus nur noch für einen bloßen Vorwand, für eine Ideologie der nationalen Interessenssicherung⁴⁷ hält, werden US-Bürger empört zurückweisen und doch – gut »exzeptionalistisch« – bekennen: »America first!«

Nun hat man seit eh und je etwa »Familieninstinkte« für Kriegszwecke auf das Großkollektiv übertragen.⁴⁸ Wehrhafter Patriotismus erscheint heute jedoch in besonderer Weise als *Heilmittel gegen Gefühle der Vereinzelung*. (Gute Manieren und ein Bezugssystem unverbindlicher Nettigkeiten können das Gift einer alle Bereiche durchdringenden neoliberalen Ökonomie nicht neutralisieren.) Der extreme Individualismus leidet an sich selbst und reproduziert sich im »kollektiven Selbst«: Soziale Dimensionen des Menschlichen werden missbräuchlich in einen »Egozentrismus auf höherer Stufe« (H. E. Richter) überführt.⁴⁹ Das US-Experiment eines multiethnischen »Menschheitsstaates« verliert durch diesen nationalen Ego-Zentrismus seinen Anspruch, Perspektiven für die gesamte Menschheit zu entwickeln. Der innenpolitische Vorteil für ein auf extremer ökonomischer Ungleichheit und Konkurrenz beruhendes System liegt auf der Hand. In *konkreten* Lebensräumen werden soziales Ethos und soziale Verbindlichkeit stets an der erfahrenen Wirklichkeit gemessen.⁵⁰ Verlagert sich Gemeinschaft hingegen in das *Imaginäre* und Abstrakte des »Nationalen«, kann die Überprüfung der Gemeinschafts-Parole an der gesellschaftlichen Realität viel eher verschleiert werden.⁵¹ (Das beachtliche freie Bürger-Engagement in der US-Gesellschaft kann an dieser Stelle nicht als Gegenargument herhalten, es sei denn, man wollte die sozialen Missstände in den Vereinigten Staaten großzügig bagatellisieren.)

Der Film und andere Massenmedien sind heute unersetzlich für jenes »tägliche Plebiszit«, aus dem sich nach Ernest Renan das Prinzip Nation konstituiert. Die in diesem Zusammenhang entscheidende Frage wird von Hollywood – der weltweit einflussreichsten nationalen Bilderwerkstatt – weder gestellt noch beantwortet. Sie bezieht sich auf eine Alternative jenseits der Modelle »Nation« und »nationale Vormachtstellung«. Krieg und Feind mögen die Hebammen im Ursprung von »Nation« sein (Dieter Langewiesche). Doch kein ewiges Naturgesetz besagt, sie *müssten* zur »Konstruktion der kampfbereiten Nation« (Herbert Mehrtens) und ihres »historischen Sinngehäuses« immer wieder reproduziert werden.[52] Die »Notwendigkeit« einer massenkulturell rekrutierten Kriegsnation und ihrer Feindbilder ergibt sich vielmehr aus machtvollen Minderheitsinteressen. Die Rekrutierung wird möglich, wo die Gesellschaft in Ermangelung echter Verbundenheit und solidarischer Strukturen anfällig geworden ist für die nationale Devise.

3. Ronald Reagan hat »Rambo« auch schon gesehen

»Wir haben das Flugzeug erfunden, wir haben einen Mann zum Mond geflogen, und wir haben Polio geheilt. Wir haben den Kaiser geschlagen und Europa vom Faschismus und Kommunismus befreit. Bald werden wir die Welt vom Terrorismus säubern. Kein anderes Land hat eine solche Erfolgsbilanz. Kein anderes Land hat so viel Grund zum Stolz wie unseres.« Joe Pitts[53], republikanischer Kongressabgeordneter, am 14.6.2002

»Wir werden die Täter finden und sie in ihren Löchern ausräuchern.«[54] US-Präsident George W. Bush in Camp David (Kölner Stadtanzeiger, 15.9.2001)

Eine Problemanzeige für die Verständigung über us-amerikanischen Militarismus enthält der vom Pentagon voll unterstützte Film PATTON (USA 1969).[55] Darin verkündete der umstrittene Weltkriegsgeneral George S. Patton vor einer riesigen Nationalflagge seinen Soldaten: »Denkt immer daran, dass kein Schwein je einen Krieg gewonnen hat, in dem er für sein Land gestorben ist. Kriege gewinnt man, indem man dafür sorgt, dass die anderen blöden Schweine für ihr Land sterben. Männer! Alles was Ihr gehört habt von wegen Amerika will nicht kämpfen und sich aus dem Krieg heraushalten, ist blanker Unsinn. Amerikaner sind von jeher kampffreudig. Alle echten Amerikaner lieben den Kitzel beim Kämpfen. Als Ihr Kinder wart, habt Ihr sie alle bewundert, die Murmelkönige, die Schnellläufer, die Torschützenkönige und Boxweltmeister. Amerikaner lieben Gewinner. Verlierer dulden sie nicht. Amerikaner spielen immer, weil sie gewinnen wollen. Ein Mann, der beim Verlieren auch noch lacht, ist ein Dreck. Deswegen haben die Amerikaner noch nie einen Krieg verloren und werden auch nie einen verlieren. Allein der Gedanke ans Verlieren ist dem Amerikaner ein Gräuel.« Kritische Geister fanden ob solcher Überzeichnungen Gefallen an dem Werk. Doch die Militaristen des zeitgleichen Vietnamkrieges applaudierten ebenfalls, weil sie Töne dieser Art aufrichtig bewunderten. US-Historiker Lawrence H. Suid konstatiert ein ambivalentes Selbstbild der Nation: »Einerseits leugnen die Amerikaner, dass sie Krieg und damit auch Gewalt mögen, und sehen sich selbst als friedliebendes Volk. Doch die USA sind im Zuge der amerikanischen Revolution durch Gewalt entstanden und bewahrten sich ihre nationale Einheit durch einen Bürgerkrieg. Ihre gesamte Entwicklung beruhte auf Gewalt. Im ersten und zweiten Weltkrieg machten sie die Welt demokratiefähig, in dem sie für einen guten Zweck Gewalt anwandten. Und Vietnam war nicht nur so dramatisch, weil wir den Krieg verloren haben, sondern weil es zeigte, dass wir Gewalt in Wirklichkeit lieben und uns unter anderem deswegen in diesen Krieg stürzten. Wir können gewinnen, sind die geborenen Sieger. Ein bisschen Gewalt und der Sieg ist unser. Doch in Vietnam funktionierte das nicht.«[56]

Die Wirksamkeit herausragender Mythen bzw. Legenden in der nationalen Identitätsfindung der Vereinigten Staaten lässt sich in der Tat am Beispiel des US-Krieges in Südostasien gut nachvollziehen. »Die Rechte«, so Stefan Reinecke, »war bemüht, das Vietnamengagement in einer Reihe mit den Indianerkriegen und dem Bürgerkrieg, den historisch-legendären Fundamenten nationaler Identität, zu stellen.«[57] Über die im älteren Western-Genre vorherrschenden Muster sagt er u. a.: »Die Verzeichnung der Indianer zu einer amorphen, blutrünstigen Masse von Untermenschen funktionierte gleichsam als geschichtsklitternde Legende, in der der Völkermord, den die Weißen an den Ureinwohnern begingen, als unumgängliches, moralisches Unterfangen erschien.«[58] Im reaktionären Vietnamfilm, als dessen herausragender Prototyp THE GREEN BERETS (USA 1968) mit dem Westernheld John Wayne zu nennen ist, lebt diese rassistische Legendenbildung fort. Die Menschen Vietnams nehmen die Rolle der »Indianer« ein. In Coppolas APOKALYPSE NOW (USA 1979) jagt die US-Hubschrauber-Kavallerie im Stetson-Hut die »Wilden« in Südostasien. (Die US-Unabhängigkeitserklärung hatte 1776 die Indianer als »erbarmungslose Wilde« klassifiziert.) Kritische Vietnamfilme wie FULL METAL JACKET (USA 1987) enthalten Hinweise auf infantile Phantasien über Indianer- und Cowboy-Spiele. Den Vietnam-Berichterstatter Michael Herr begleitete ein US-Captain mit folgender Einladung zum Kriegsgeschehen: »Kommen Sie mit, wir nehmen Sie mit zum Cowboy- und Indianer-Spielen.«[59] In WE WERE SOLDIERS (USA 2001), der jüngsten Hollywood-Pentagon-Produktion zu Vietnam, schaut sich Lt. Colonel Hal Moore vor seinem Einsatz in Südostasien historische Bilder aus dem Krieg gegen die Indianer an. Im Zusammenhang mit dem destruktiven Selbstbild vieler Vietnamkämpfer spricht Robert J. Lifton vom »John-Wayne-Ding«.[60] Die historischen Nachrichten über Massenmorde von US-Soldaten an vietnamesischen Zivilisten lassen im übertragenen Sinn tatsächlich an einen »Wilden Westen« ohne die Zivilisationsregeln der Weltgesellschaft denken.[61] Im Vietnam-Kino erinnern Bordellszenen zudem daran, dass GIs aus streng christlichen Häusern in Südostasien auch die Schlüpfrigkeit der Western-Saloons nacherleben konnten. (Jüngst freilich wurde »schlechtes Benehmen« bei militärischen Auslandseinsätzen – bis zur Veröffentlichung spektakulärer Folterbilder – erst einmal damit erklärt, den »Jungs« sei *fern der Heimat* einfach der Sinn für Recht und Gesetz abhanden gekommen.[62])

IV. John Wayne und die us-amerikanische Revolution

Das Gewaltpotential von seelisch beschädigten Vietnamkriegsheimkehrern taucht im US-Kino der 70er Jahre zunächst als pathologisches Killertum auf.[63] Dabei entsteht beim Zuschauer immer häufiger das Gefühl, es könnte die – vermeintlich – Richtigen treffen. Drogendealer, Rockerbanden, Zuhälter, Mörder, Kinderschänder, Mafiosi, korrupte Mitglieder des Establishments und andere Bösewichte werden durch die ehemaligen Dschungelkämpfer ausfindig gemacht und beseitigt. Weitsichtig hat Martin Scorsese diese Umkehrung schon in TAXI DRIVER (USA 1976) aufgegriffen.[64] Das Strickmuster der entsprechenden Filme »ist denkbar schlicht und schematisiert. Der Veteran, der durch das Stahlbad der Fronterfahrung gegangen ist, handelt wie im Einverständnis mit der Gesellschaft und löst, stoisch und autoritär, soziale Probleme. Was auf legalem Wege nicht abzuschaffen ist, wird liquidiert.«[65] Beispiel dafür ist THE EXTERMINATOR (USA 1980) von James Glickenhaus: Der Vietcong ist brutal. Nur Kameradschaft und Härte sichern das Leben. So vermittelt es uns – rückblendend – die Eingansszene. Vietnamveteran John Eastland besinnt sich auf diese Zeit in Vietnam, als eine Rockerbande in New York seinen schwarzen Kriegsfreund Michael Jefferson angreift. Er übt tödliche Rache an den halbstarken Tätern: »Es war komisch. Als ob wir in Vietnam wären. Es war ganz egal, ob es richtig oder falsch war. Ich hab es einfach getan!« Bis dahin hatte John ein eher unauffälliges Leben geführt. Doch nun meint er, die Bevölkerung New Yorks sei lange genug terrorisiert worden, während Politik und Polizei nur zusehen. Als Vollstrecker von eigenen Gnaden »exterminiert« er am laufenden Band Mafiosi, Drogendealer, gewissenlose Zuhälter, Päderasten und skrupellose Straßendiebe. (Seinen alten Kriegsfreund Michael erlöst er auf der Intensivstation durch einvernehmliche Euthanasie vom Leben.) Einen Ebenbürtigen, der ebenfalls Vietnamveteran ist, findet der »Terminator« bei der Polizei. Der dortige Hauptfahnder ist offenbar sogar gesinnungsverwandt. Auf die Frage seiner Freundin, wie es in Vietnam war, antwortet er: »Ganz schön schlimm! Nicht so schlimm wie hier in New York, aber ganz schön schlimm!« Regierung und CIA fassen die Exterminator-Justiz – kurz vor anstehenden Wahlen – als Angriff auf das Rechtssystem auf. Bei einem geheimen Treffen zwischen John Eastland und seinem ebenbürtigen Polizeifahnder scheint sich ein Einverständnis darüber anzubahnen, dass Opfer wirkungsvoll zu schützen sind. Doch nun schießen die von der Regierung beauftragten CIA-Leute aus dem Hintergrund. Der Exterminator John Eastland stürzt tief ins Wasser. Er wird für tot gehalten, doch er hat überlebt. Das »Happy End« führt im Schlussbild zur Freiheitsstatue.[66]

Diese Art des Action-Dramas läuft unter der Amtszeit des Ex-Schauspielers und US-Präsidenten Ronald Reagan (1981-1989) zur Höchstform an.[67] Sie begleitet propagandistisch die revisionistischen Legenden über den Vietnamkrieg, der nunmehr – ungeachtet aller Botschaften im überschaubaren Kanon *kritischer* Kriegsfilme – offiziell als »ehrenwerte Sache« gilt. Die von den Republikanern beklagte Zeit der Weichlinge ist vorbei. Auf perfide Weise schafft es die Rechte, ihre eigenen Opfer – das

Heer der in Vietnam zerbrochenen Wehrpflichtigen – auf ihre Seite zu ziehen.[68] Als Superheld holt der Vietnamveteran den ihm – u. a. durch »Verrat der Heimatfront« – verwehrten Sieg auf unterschiedlichsten Schauplätzen nach. Muskulöse weiße Leinwandgrößen wie Sylvester Stallone, Bruce Willis und Arnold Schwarzenegger verkörpern die neue Supermachtaction.[69]

Deutlich ist das Zusammengehen von Hollywood und Neuer Rechte an der Entwicklung der Rambo-Filmtrilogie abzulesen. Im ersten Teil FIRST BLOOD (1982) wird die Hauptfigur, ein instinktbegabter archaischer Krieger mit teilweise indianischer Herkunft, als *Opfer* seines Vietnameinsatzes und der ihn nicht verstehenden US-Gesellschaft vorgestellt: »In seinem Schlussmonolog lobt Rambo das Kriegserlebnis (Ehrenkodex, Freundschaft, Verantwortung), beklagt sein Trauma (›Ich kann das nicht vergessen‹) und beteuert seine Unschuld (›Ich kann doch nichts dafür‹). An der Niederlage sind die schuld, die ›gegen mich demonstrierten‹: ›Ich hab nur alles gegeben, um zu gewinnen, aber jemand ließ uns nicht gewinnen.‹«[70] Trotz seiner Gewalttaten im ersten Teil wird Rambo in FIRST BLOOD II (USA 1985) vollständig rehabilitiert, denn nun muss er als Einzelkämpfer die unter der Reagan-Administration als Phantom beschworenen US-Kriegsgefangenen in Vietnam befreien. Um wenige US-Amerikaner aus Südostasien herauszuholen, äschert Rambo ein ganzes Dorf ein, startet vom Hubschrauber aus eine Massenexekution und erledigt einen flüchtenden Vietnamesen. (Der bayrische Jugendschutz befand: Dergleichen suggeriere, der Zweck heilige die menschenverachtendsten Mittel, und das müsse man nicht unbedingt noch im öffentlichen Raum fördern.) Rambo hat bei alldem gelernt: »The war and evrything might be wrong, but god damn it, don't hate your country for it!« In RAMBO III (USA 1988) kämpft der instrumentalisierte Vietnamveteran, der sich eigentlich als guter Buddhist in Thailand niederlassen wollte, schließlich auf der Weltbühne an der Seite afghanischer Freiheitskämpfer – der nachmaligen Taliban – gegen die böse Sowjetunion. Ronald Reagan mochte diesen Rambo, wie ein Zitat belegt. Noch als amtierender US-Präsident sah er in ihm »fürs nächste Mal« eine geeignete Vorlage für seine eigene Politik: »Boy, I saw Rambo last night, now I know what to do next time!«[71]

Der unzählige Male multiplizierte *Actionheld* aus Hollywood ist in Wirklichkeit ein Krieger, der die Niederlage durch vielfältige Siege nachträglich überwindet. Er übt Selbstjustiz und kann auch als Staatsdiener die geltenden Gesetze großzügig missachten. (Nach dieser Vorgabe werden dann später z. B. auch einige bundesdeutsche Krimis die Einhaltung rechtsstaatlicher Normen bei der Verbrecherjagd immer großzügiger auslegen.) Die Genese im Kino enthält folgende Momente: Der Westernheld wird zum Vietnamkrieger.[72] Der im Zuge der Protestbewegung als Täter (und zugleich Verlierer) betrachtete Vietnamveteran findet danach als nationaler Superheld auf der Leinwand seine Rehabilitation und darf nunmehr unter lautem Beifall alle Zivilisationsregeln hinter sich lassen. Im Reaganismus der 80er Jahre transformiert schließlich der ins Weltrettungsgeschehen eingreifende *Actionfilm* – Terroristenjagd und Katastrophenschutz eingeschlossen – sehr geschickt das belastete Genre Kriegsfilm.[73] Der Krieger wird dabei nicht – wie 1977 in STAR WARS – ins Weltall abgeschoben. Die Supermänner der globalen Missionen dürfen wieder unverhohlen Spaß am Abknallen zeigen und siegen. Im Kampf gegen islamische Revolutionäre können motorradfahrende Vietnam-Veteranen 1985 als U.S. Special Forces faschistoide Tötungsorgien veranstalten (DELTA FORCE). Der in den 90er Jahren erneut boomende US-*Kriegsfilm* gibt sich dann zumeist ernster, verzichtet aber selten auf das privatisierte Heroentum Einzelner.[74] Das Gesicht des Elitekämpfers verschafft dem High-Tech-Apparat der Militärmaschinerie jene Personifizierung, die massenkulturell unabdingbar ist.

Der Kult des gewalttätig sich durchsetzenden Individuums ist keineswegs eine unpolitische Geschmacksfrage. Er ist in den USA nachweislich aufs Engste mit der politischen »Kultur« der Supermacht verbunden. Geiko Müller-Fahrenholz macht auf die geradezu kindische Unbefangenheit aufmerksam, mit der das Weiße Haus entsprechende Fremdwahrnehmungen beantwortet: »Am 18.2.2002 erschien der *Spiegel* mit einem provozierenden Titelbild. Vorne steht Bush in der ›Uniform‹ des Rambo, mit einem Maschinengewehr im Anschlag und einem Patronengürtel über der Brust. Links von ihm sieht man Rumsfeld als ›Conan der Barbar‹, dahinter Colin Powell als ›Batman‹. Auf der anderen Seite wird Bush flankiert von Cheney als ›Terminator‹, rechts dahinter sieht man Condoleeza Rice als ›Xena, Warrier Princess‹. [...] Botschafter Coats besuchte die Büros des Wochenmagazins und berichtete, der Präsident sei ›geschmeichelt‹ gewesen. Außerdem bestellte er 33 Kopien des Titelbildes im Posterformat für Angestellte des Präsidenten.«[75] (Eine Wurzel solcher Selbstherrlichkeit ist die unglaubliche Nachsicht gegenüber der Supermacht, die sich nur wenige Jahre nach drei Millionen Toten in Südostasien wieder mit makellos weißer Weste präsentieren durfte. Der Stärkste, so scheint es bis heute, hat immer einen Freibrief. Donald Rumsfeld befand zum Beispiel öffentlich, flüchtende Taliban seien im Krieg »ein attraktives Ziel«. Die Zahl seiner zynischen Ausfälle ist Legion. Seit Ende 2001 favorisierte er zunehmend Verfahrensweisen, die sich mit den Genfer Konventionen nicht vereinbaren lassen. – Auf diese Tabubrüche führen auch US-Autoren jene Methoden des »Antiterror-Krieges« zurück, die erschreckend an das vom CIA für Südvietnam ausgedachte Folterprogramm PHOENIX (1968-1972) erinnern. – Gleichwohl hat in Europa niemand von Rang unmissverständlich geäußert, der US-Verteidigungsminister pflege ein rechtsextremistisches Weltbild. Die so genannten »Neo-Konservativen« dürfen ganz offen nationalistisches Gedankengut vortragen, ohne dass unsere Medien sie »Nationalisten« nennen würden.)

Die Kontinuität des Gewaltkultes harter *Supermänner* in unterschiedlichsten Genres des Kinos wird gemeinhin nicht als anrüchig empfunden. Sobald jedoch der heiliggesprochene Kanon von Western-, Kriegs- oder Actionfilm verlassen und das Serienkillen als *Spiegel der Gesellschaft* und ihrer Medien inszeniert wird, äußert sich das große Entsetzen der Moralisten, die urplötzlich ein gewaltfreies Christentum wiederzuentdecken scheinen. So jedenfalls reagierte man – mehr als zwanzig Jahre nach A Clockwork Orange – auf Oliver Stones Natural Born Killers (USA 1994).[76] In diesem Skandalstreifen der 90er Jahre ermorden Mickey und Mallory im Zeitraum von nur drei Wochen kaltblütig 52 Menschen und stellen Vorläufer wie »Billy the Kid« oder »Bonny & Clyde« weit in den Schatten. (Zu den ersten Opfern zählt Mallorys Vater, der seine Tochter regelmäßig missbraucht hat.) Bezeichnender Weise heißt es: »Sie verwüsten das Land mit einer geradezu *biblischen* Rache.« – Einzig den Mord an einem gastfreundlichen alten *Indianer*, der offenbar Giftschlangen nicht fürchtet (vgl. Markus-Evangelium 16,18), empfinden sie selbst später als »böse«. Dieses Mordopfer wusste jedoch schon beim Eintreffen der beiden Gäste: »Sie sind krank, verloren in einer Welt von Geistern!« – Versatzstücke aus Comic, Talk- und Comedy-Show, Seifenoper-Serie, Western, Melodram, Roadmovie und Gewaltreportage im Live-TV rahmen die endlosen Blutorgien der »natural born killers«. Zuweilen bleiben selbst diese beiden Massenmörder Zuhause am Fernsehen, weil es dort »genug Action« gibt. Die ganze US-Nation ist schließlich im »Mickey- und Mallory-Fieber« gefangen. Die solchermaßen Bewunderten morden – wie die US-Soldaten in mehreren Vietnamfilmen – im *Bewusstsein des eigenen Medienechos* und möchten die höchsten Einschaltquoten erzielen.[77] Mit den Medien, denen sie unentwegt »neues Filmmaterial« liefern, sind sie seit ihrem ersten Mord gleichsam verheiratet. Auf dem Bildschirm gibt es freilich zwischendurch CocaCola-Werbung. Gleich nach einem Baseball-Spiel »geht es weiter mit dem Amerika-Psychopathen-Spezial«. Immerhin lässt der TV-Moderator die Zuschauer darüber nachdenken, ob nicht allein Liebe den Dämon besiegen könne. Im Gefängnis von Mickey und Mallory, das wie üblich zu 200 Prozent überbelegt ist, gibt sich der Fernsehmacher zunächst menschenfreundlich. (Er ist ein Freund Bill Clintons, womit im Film ganz nebenbei die höchst unterschiedliche Toleranzschwelle von Parteigängern der Demokraten hinsichtlich der Gewaltprodukte aus dem einflussreichen Hollywood thematisiert ist.) Sehr gerne nimmt er dann aber die Gelegenheit wahr, ein echtes Blutbad im Zuchthaus live zu übertragen. Vor laufender Kamera richten Mickey und Mallory auch diesen prominenten Vertreter des Reality-Fernsehens hin, bevor sie nach Westernart das Schlussbild verlassen: »Du hast alles nur für Einschaltquoten gemacht [...] Dich umzubringen ist eine Botschaft!« Mit einer vielsagenden Zeitansage hat Superkiller Mickey zuvor schon im Film das Jahrzehnt des neoliberalen Siegeszuges erklärt: »*Ich will Dir mal was sagen: Wir sind in den Neunzigern. Heutzutage muss sich ein Mann aussuchen, was er tun will. Man hat das Recht auf ein bisschen Abwechslung!*« Das Recht auf Selbstjustiz ist zum Recht auf »Spaß« geworden.

4. Christlicher Fundamentalismus

»*Ich habe diesen Glauben, diesen starken Glauben, dass Freiheit nicht das Geschenk dieses Landes an die Welt ist. Freiheit ist das Geschenk des Allmächtigen an jeden Mann und jede Frau. [...] Als stärkste Macht auf dieser Erde haben wir die Verpflichtung, Freiheit zu verbreiten.*«[78] »*Ich bin der Überzeugung, dass die Regierung im Glauben wurzelnde Gruppen willkommen heißen sollte als Verbündete bei der großen Aufgabe, Amerika zu erneuern.*«[79] US-Präsident George W. Bush Jun.

Weiteren Schizophrenien innerhalb der US-Kultur der Gewalt, die mit zentralen Gründungsmythen zusammenhängen, müssen wir noch nachgehen. Der offenkundigste Widerspruch ergibt sich dort, wo die USA als »christliche Nation« oder gar als das christliche Land überhaupt stilisiert werden.[80] Ein Zusatz zum US-Fahneneid beschwört »one nation under God«.[81] Gemeinhin wird dieses wenig bescheidene Selbstbild auf die calvinistischen bzw. puritanischen Pilgerväter zurückgeführt. Sie betreten ab 1620, dem »ägyptischen Sklavenhaus« in Britannien entkommen, nach langer und gefährlicher Seefahrt die »Neue Welt«. Dass sie 1621 ihr erstes legendäres Ernte-Dank-Fest feiern können, verdanken sie vor allem den – so genannten – »Indianern«. Der Glaube dieser Christen, die der Verfolgung in Europa entfliehen, ist der erste prägende »Schauplatz geistigen Lebens in den Neu-England-Staaten«[82]: »›Wir sind eine Stadt, gebaut auf einem Berge, die Augen der Welt sind auf uns gerichtet, weil wir uns im Bund mit Gott wissen‹, propagiert Pfarrer Bulkely [in Worten des Exodus-Anführers John Winthrop von 1630, *Anm.*] um 1640.«[83] Die strengen Pilgrim Fathers fühlen sich als Auserwählte (Chosen People), als moralische Elite und als messianisches Rettungszeichen für die ganze Menschheit. Sie sind nach göttlichem Plan (Manifest Destiny) in das Gelobte Land gekommen (Promised Land, New Jerusalem, New Zion, City Upon Hill, God's Own Country). Ihre – mutmaßliche – Anschauung, die göttliche Gnade zeige sich sichtbar auch in *wirtschaftlichem* Erfolg, wird im Gefolge Max Webers auch als entscheidend für die Entwicklung des kapitalistischen »Ethos« der USA mit seiner quasi-religiösen Überhöhung des Erfolgsdenkens betrachtet.[84] In diesem Ideologiekomplex können Sozialprogramme wortwörtlich als »Werk des Teufels« erscheinen.[85] Das Credo verspricht eine »neue Ordnung der Zeiten« (Novus Ordo Seculorum) und ist seit den 1950er Jahren passend auf der Dollar-Währung zu finden: »In God we trust!«[86]

Hier liegen Wurzeln jener in den USA nahezu selbstverständlichen »politischen Theologie«, die man mit dem Zwitterbegriff »Zivilreligion« bezeichnet.[87] Die der Aufklärung verbundenen politischen Gründungsväter heben freilich ganz allgemein auf ein höchstes »Allmächtiges Wesen« ab und führen damit einen jenseits der Bekenntnisunterschiede instrumentalisierbaren »Gott« ein. – Die Bibel wird daneben zum Fundus, den man nach Belieben für staatliche Institutionen beanspruchen kann.[88]

IV. John Wayne und die us-amerikanische Revolution

So ziert ein Vers aus dem Johannes-Evangelium (8,32) die Vorhalle des CIA-Hauptquartiers: »Und ihr werdet die Wahrheit erkennen, und die Wahrheit wird euch frei machen.« – Auf scheinbar paradoxe Weise werden sich in den USA trotz der strikten Trennung von Kirche und Staat[89] theokratische[90] Ambitionen immer wieder Geltung verschaffen.

George Washington verkündet: »Die Vereinigten Staaten scheinen von der Vorsehung dazu bestimmt, der menschlichen Größe und dem menschlichen Glück eine Heimat zu geben. Das Resultat muss eine Nation sein, die einen verbessernden Einfluss auf die ganze Menschheit ausübt.« Der Gründungsvater John Adams nennt 1765 die Besiedlung Nordamerikas den »Eröffnungsakt einer großen Szene in der Vorsehung für die Erleuchtung der Unwissenden und die Befreiung des versklavten Teils der Menschheit auf der ganzen Erde«[91]. Die Freiheitsstatue verkündet die messianische Einladung so: »Gebt mir eure müden, eure armen, eure kauernden Massen, die sich danach sehnen, frei zu atmen.«[92] Bereits Jefferson begehrte, seinem Land, »dem einzigen Hort des heiligen Feuers«, Kanada und Kuba hinzuzufügen, um dadurch das größte »Reich der Freiheit« der Weltgeschichte entstehen zu lassen. Die klassische Weltmissionsformel lautet nach Benjamin Franklin: »*We fight not just for ourselves but for all mankind.*« Noch im 20. Jahrhundert bekennt Senator Mark Hatfield: »*Die Zivile Religion beinhaltet vor allem den Glauben daran, dass Gott Amerika ebenso erwählte und segnete wie vordem Israel und dass George Washington ebenso wie Moses sein Volk aus der Sklaverei in das Gelobte Land führte. Dieser Begriff schließt ein, dass die Verfassung und die Unabhängigkeitserklärung von Gott erschaffen und beseelt wurden und dass das Gelobte Land sich in ein nahezu vollkommenes Land verwandelte, das eine edle Mission in der Welt erfüllt. Selbst wenn wir Krieg führen, halten wir uns für unfehlbar, und zwar aus dem einfachen Grund, da wir die göttliche Mission erfüllen.*«

Auch ein Liberaler wie Präsident Bill Clinton bedient sich im Januar 1997, alle Ansprüche auf »kritische Rationalität« hinter sich lassend, rhetorisch solcher Vorstellungen: »Guided by the ancient vision of a promised land, let us set our sights upon a land of new promise. [...] May God strengthen our hands for the good world ahead – and always bless our America.«[93] Bei George W. Bush Jun. steigert sich die Zivilreligion nach den Terroranschlägen zu einer mit Bibelzitaten durchsetzten Wahnvorstellung. Bereits am 20.9.2001 erklärt er vor dem US-Kongress: »Gott ist nicht neutral!« Hinter seinem Weg ins Weiße Haus sieht er nach einem Zitat des Redenschreibers David Frum »die Macht Gottes« walten. Mit einem Messiaswort wird national 2001 beansprucht: »Wer nicht für uns ist, der ist für die Terroristen [also: gegen uns].«[94] »Amerikas Mission« ist es, des Allmächtigen Geschenk an die USA – die Freiheit – für alle zu bringen.[95] Das »Ideal Amerikas ist die Hoffnung der ganzen Menschheit [...] Und das Licht scheint in der Finsternis. Und die Finsternis wird es nicht überwinden. [...] Unser Land ist stark, und unser Anliegen ist größer als das unseres Landes.« (11.9.2002)

IV. John Wayne und die us-amerikanische Revolution

Für solche Ideale reklamiert der US-Präsident bei seiner Rede vor dem deutschen Bundestag im Mai 2002 sogar zwei ausgesprochene Kriegsgegner des Christentums: Franz von Assisi und Dietrich Bonhoeffer. Die morgendlichen Besprechungen im Bush-Kabinett werden unter laufender Kamera mit demütigen Gebetsgesten eingeleitet. Mit Tom deLay, dem republikanischen Mehrheitsführer im Repräsentantenhaus, und dem ersten Justizminister John Ashcroft stützen bekennende Endzeit-Christen seine Politik. Wie große deutsche Blätter die Frömmigkeit des us-amerikanischen Kriegspräsidenten Anfang 2003 wahrnehmen, referiert Heinz Loquai: »Vom Washingtoner Korrespondenten der FAZ erfahren wir u. a., Bush studiere die Bibel jeden Tag, er bete regelmäßig und richte sein Handeln nach der Frage aus ›Was würde Jesus tun?‹ Der Präsident sei ein ›Ausbund an Bescheidenheit und Volksverbundenheit‹, es gebe zwar eine ›arrogante Faser [!] im Wesen Bushs‹, doch er sei ›ein Mensch der Liebe‹. Seine ›Portion missionarischen Eifers‹ werde durch ›staatsmännische Besonnenheit abgefedert‹, im ›geduldigen Warten‹ sei die ›Entscheidung des politischen Naturtalents zum Ausdruck‹ gekommen. Zwar wisse Bush, dass er kein Intellektueller ist, sich aber auf ›seinen politischen Instinkt, seine Klugheit und seinen Mutterwitz‹ verlassen könne. Hinter dieser messianischen Verklärung des amerikanischen Präsidenten in der FAZ möchte natürlich auch ›Die Zeit‹ nicht zurückstehen. ›Nach dem Frühgebet geht Bush die Treppe hinunter ins Oval Office [...] Nichts prägt den Menschen George Bush stärker als die Begegnung mit dem Erlöser bei der eigenen Wiedergeburt [...] Mit der Frage des Krieges lebt Bush, so sagt er selbst, in *völligem Frieden*.‹«[96]

Eine wirksame Politisierung der fundamentalistischen Szene ist eigentlich erst seit Ende der 70er Jahre richtig geglückt. Die großen Fernsehkirchen der Christlichen Rechten haben einen erheblichen Anteil daran. In ihnen verkünden die Propheten der Moral Majority bzw. der New Christian Right ihr Programm einer »Battle for America« (pro-life, pro-traditional-family, pro-morality, pro-American) und begründen mit der Bibel die heilige Pflicht eines wachsenden Nuklearwaffenarsenals.[97] Das Wählerpotential aus diesen Kreisen wurde 2004 auf 14 bis 19 Prozent geschätzt. Kirchengemeinden erhielten im Wahlkampf 300.000 DVD-Dokumentationen »George Bush: Faith in the White House«.

Freilich ist mit den Auswüchsen des sich seit etwa hundert Jahren formierenden Fundamentalismus[98] nur ein – einflussreicher und *vielgestaltiger* – Teil des us-amerikanischen Christentums erfasst. Unterscheidung tut Not. Evangelikale sind keineswegs per se Anhänger jener äußerst gefährlichen Endzeit-Ideologen, die spätestens seit Reagans Präsidentschaft Einfluss auf die Republikaner ausüben. Dem im Dienst der Macht inszenierten religiösen Showbusiness steht anderes gegenüber. Jimmy Carter, wie G. W. Bush Jun. ein »wiedergeborener Christ«, vertritt heute im Einklang mit der Ökumene ein Christentum für Frieden, ökologische Wachsamkeit und weltweite Gerechtigkeit. Bischöfe der Methodistischen Kirche, der George W. Bush Jun. als

Mitglied angehört, erhoben 2003 im Namen Jesu Protest gegen die Irakkriegspläne und erhielten deshalb kein Gehör im Weißen Haus. (Alle Initiativen zu einem Gespräch mit dem Präsidenten, so Bischof Clifton Ives, blieben erfolglos. Die methodistischen Bischöfe beschuldigten die Vereinigten Staaten dann 2004, eine Gewaltspirale in Gang gesetzt und damit eine »Herabsetzung der menschlichen Würde« befördert zu haben.) In den USA fanden einst auch Mitglieder der in Europa verfolgten pazifistischer Friedenskirchen Zuflucht (so die Mennoniten). Daneben stand keineswegs eine geschlossene Ökumene der Bellizisten: 1759 predigte Anthony Benezet in Philadelphia, Christen könnten Gott für Kriege niemals danken, auch nicht für gewonnene.[99] Nicht nur vietnamesische Mönche verbrannten sich aus Protest gegen den Südostasienkrieg der US-Administration, sondern auch ein us-amerikanischer Quäker vor dem Kriegsministerium von Robert S. McNamara. Die schon für die Pilgerväter zentrale Exodus-Vorstellung hat seit den Spirituals der afro-amerikanischen Sklaven befreiende Kräfte entfaltet. Einen beachtlichen Beitrag zur Wiedergewinnung eines Gottesbildes jenseits der Angst ist – noch vor Entwicklung des Transzendentalismus[100] – den Unitariern zu verdanken. Zu Beginn des 20. Jahrhundert gab es im Kontrast zum Fundamentalismus des 19. Jahrhunderts und der nachfolgenden 1920er Jahre eine progressive »Social-Gospel«-Bewegung.[101] Der US-Amerikaner Martin Luther King ist eine der zentralen Gestalten des neuzeitlichen Christentums und neben Gandhi der bedeutendste Zeuge dafür, dass die einzige erfolgreiche Widerstandsform in aktiver Gewaltfreiheit besteht. Liberale Grundhaltungen und auch befreiungstheologische[102] Züge sind in lutherischen, anglikanisch geprägten und anderen protestantischen US-Kirchen anzutreffen. Insgesamt sind die Theologinnen und Theologen der großen Kirchen regierungskritischer als die Mehrheit der Gemeindemitglieder. Der Nationale Kirchenrat der USA, eine Vereinigung von 36 protestantischen und orthodoxen Kirchen, ist von der breit gefächerten fundamentalistischen Szene strikt zu unterscheiden. Der Vatikan stützt jene Teile des US-Katholizismus, die in Distanz zur Bush-Administration stehen. Die Presbyterianer stehen aufgrund enormer Gegensätze vielleicht vor einer erneuten Spaltung. Linke Evangelikale wie Jim Wallis (Washington) halten im Präsidentschaftswahlkampf 2004 die Frage der Bekämpfung von Armut in den USA und eine »Allianz zur Beendigung des Hungers« für wichtiger als das Reizthema »Homo-Ehe«. Im Januar 2005 schrieben Rabbiner, Theologen verschiedener christlicher Konfessionen und Bischöfe einen scharfen Anti-Folter-Brief an den neu berufenen Justizminister Alberto R. Gonzales.[103] ... »Ein großer Teil der kritischen Opposition in den USA«, so Noam Chomsky in seinem Buch *Media Control*, »stammt aus dem kirchlichen Umfeld.«

Konfessionell ist überdies der Blick auf die Weltkirche unerlässlich. Der 16 Millionen Mitglieder zählende, rechtslastige Bund der Südlichen Baptisten (SBC), mit 37.000 Gotteshäusern größte protestantische Kirche in den USA, steht in unübersehbaren Spannungen zum Baptistischen Weltbund (BWA). – Ihr Präsident Richard

IV. John Wayne und die us-amerikanische Revolution

Land proklamierte vor dem Irakkrieg, Jesus wolle nicht Frieden, sondern Gerechtigkeit, und führte im Zusammenhang mit Saddam Hussein die Vernichtung der »Armeen des Antichristen« aus der Apokalypse an.[104] – In den Augen dieser Bush-treuen US-Baptisten, in deren Mitte man die Wiederkunft Christi erwartet, wenn Israel alle Gebiete bis zum Jordan kontrolliert, ist der Weltbund zu »liberal« und von einem Linksruck bedroht. Der *Reformierte* Weltbund (RWB), wie die frühen Puritaner in calvinistischer Tradition stehend, hat historisch eine herausragende Resistenz in seinem Kampf gegen Faschismus und Rassismus aufzuweisen. Er muss heute – unter den Vorzeichen kapitalistischer Geldwirtschaft und atomarer Rüstungsszenarien – als *die* treibende christliche Bekenntniskraft wider einen Götzendienst von Mammon, Macht und Krieg betrachtet werden. Derzeitiger Präsident ist der US-Theologe Clifton Kirkpatrick, der im neoliberalen Wirtschaftssystem eine »zunehmende Bedrohung für das Leben« sieht. Die Accra-Beschlüsse des RBW vom 11.8.2004 enthalten die wohl klarste Verurteilung des globalen Turbo-Kapitalismus aus der gesamten Weltkirche.

Weltweit mehren sich die Stimmen, die dem Modell »Supermacht« eine Ökumene der Christen, ja aller Religionen, Weltanschauungen und Kulturen gegenüberstellen wollen. Im extremen Kontrast zur frühesten Christenheit zeichnet sich der rechte Fundamentalismus der USA jedoch durch eine betonte Absage an jeden Internationalismus aus.[105] Menschenrechtlicher Universalismus und religiös motivierter Kosmopolitismus sind dem angelsächsisch-weißen Christianismus ein Gräuel. Namentlich die UNO kann als direktes Forum des *Teufels* gelten. Die Chiffre »Rom«, von Neokonservativen für ein positives Selbstbild der USA aufgegriffen, wird von den Anhängern eines finalen Tausendjahr-Reiches (»Millennialisten«) vorzugsweise auch auf Europa bezogen. Während die meisten Christen der ersten drei Jahrhunderte wie Tertullian eine Standarte Roms als Götzenbildnis betrachteten, findet man es in den USA eher selbstverständlich, dass Sternenbanner und Nationalhymne in Gotteshäusern Heimatrecht genießen. Mit einer Art Frühgebet wird bereits den Kindern suggeriert, die Fahne des Empires sei ein heiliger Kultgegenstand.

In den älteren Bibelverfilmungen aus Hollywood zeigt sich die Faszination für das Monumentale; die Ästhetik ist den Evangelien geradezu entgegengesetzt. Doch die verfolgte – zumeist aus Ärmeren bestehende – christliche Bewegung im Römischen Reich erscheint oft noch als Gegenmacht zum Imperium. Man ahnt in diesen Produktionen immerhin, dass es einstmals das Modell »Weltökumene statt imperiale Weltmacht« gab. (Die strikte Gewaltfreiheit der frühen Kirche wird jedoch nicht transparent.) Bis zur Stunde gibt es im US-Historienfilm Beispiele für eine deutlich antiimperialistische Bearbeitung, so etwa das Teleplay SPARTACUS[106] (USA 2004) von Robert Dornhelm. Daneben jedoch verfilmt Hollywood offensiv – und wohlwollend – imperiale Motive der Geschichte, was allein in den letzten Jahren Material für eine eigenständige Filmstudie hergeben würde. Ein Film wie GLADIATOR (USA 2000) von

IV. John Wayne und die us-amerikanische Revolution

Ridley Scott stellt sich – wie zahlreiche PC-Games – auf die Seite des heidnischen Roms, obwohl auch sein Stoff indirekt auf den Sklavenaufstand des Spartakus (72 v. Chr.) zurückgreift. Er propagiert das individuelle Stärke-Ideal der Muskeln und beschwört jenes »Anarchische im amerikanischen Selbstbild«, von dem Bernd Greiner mit Blick auf den Elitesoldatenkult der Gegenwart spricht. Massenidol ist ein durch Intrigen verschleppter römischer *Feldherr*. (Neuerdings trauen sich auch Stimmen im bundesdeutschen Militär, offen den instinktbegabten »archaischen Krieger« im Kontext moderner Militärtechnologie anzupreisen.[107]) Bereits 2001 hatte Robert Kagan mit seinem Buch »Warrior Politics« für »Rom« votiert und schon im Titel eine Antwort auf die Frage angekündigt, »*warum Führung ein heidnisches Ethos braucht*«; im Vorfeld zum Irakkrieg bewunderten rechte US-Intellektuelle dann in Essays das kriegerische Imperium, mit dem sich nichts in der Geschichte messen lasse.[108] Etwa zeitgleich zur nachfolgenden Tragödie auf eben diesem Kriegsschauplatz, die regelrechte Folterorgien mit sich brachte, reanimierte Hollywood auch den griechischen Heros mit Wolfgang Petersens Film TROY (TROJA, USA 2004).[109] (Griechische Kriegskunst galt bereits in Klassikern wie LION OF SPARTA[110] von 1960 als ein Urbild für die Verteidigung von »Demokratie« und »Freiheit«.) Brad Pitt, der in TROY die Hauptrolle besetzt, verkündete der Presse, er sei bereit, für seine Überzeugungen in den Kampf zu ziehen.[111] Dem Regisseur war es trotz entsprechender Absichten offenbar nicht gelungen, im Zeitsprung von mehr als drei Jahrtausenden die *tragische* Dimension solcher Bekenntnisse zum Kriegerischen zu vermitteln.[112] Wer hernach Abhilfe von Oliver Stones ALEXANDER (USA 2004) erwartet hatte, wurde bitter enttäuscht. Selten hat Hollywood so unkritisch Imperial-Entertainment inszeniert wie in diesem Titel.

Selbst da, wo sich thematisch ein Ausweg förmlich aufdrängt, entkommt das US-Kino letztlich nicht der Gewaltlogik. Beispiel dafür ist INSTINCT (USA 1999) von Jon Turteltaub: Der us-amerikanischer Anthropologe Dr. Ethan Powell lebt in Afrika vier Jahre unter Berggorillas. Seine Forschungen führen ihn zur Überzeugung, dass einstmals die »*Linie der Täter*« sich von der Primatenfamilie abgespalten hat und dass die gegenwärtige Zivilisation Ergebnis dieser unheilvollen Entwicklung ist.[113] Die Methoden seines Widerstands sind jedoch durchweg dem Arsenal der »Täter« entnommen: Dr. Powell tötet zwei Wildhüter, die seine Freunde, die Gorillas, umbringen. In Florida, wo er in einem Hochsicherheitsgefängnis untergebracht ist, scheut er ebenfalls nicht vor tödlicher Gewaltanwendung zurück. Die Möglichkeit, den Paradiesverlust des homo sapiens hilfreich zu beleuchten, ist damit vertan.

Für einen im europäischen Kulturkreis sozialisierten Christen sind US-Phänomene des massenmedialen, politischen und militärischen Gewaltkultes vor allem dort unfassbar, wo diese eng mit der »Christlichen Rechten« verknüpft sind. Zwei Weltkriege haben den Kirchen Europas im 20. Jahrhundert zumindest das allzu *feierliche* Absegnen des Krieges abgewöhnt. Selbst ein ultrakonservativer katholischer Kirchenmann wie Kardinal Ottaviani erkannte 1942 noch vor Abwurf der ersten

IV. John Wayne und die us-amerikanische Revolution

Atombombe, dass von »gerechten Kriegen« im Zeitalter einer revolutionierten Massenvernichtungstechnologie sinnvoll nicht mehr die Rede sein kann. 1948 erklärte der Ökumenische Weltrat der Kirchen: »Krieg soll nach Gottes Willen nicht sein!« Ebenso sprach das II. Vatikanum später eine Ächtung des Krieges aus. Wichtige Stimmen des fundamentalistischen Bibelchristentums in den USA können hingegen bis zur Stunde den Krieg unbekümmert und selbstgewiss als Sache Gottes abhandeln. Die Atombomben auf Hiroshima und Nagasaki wurden mit einem »Segensgebet« auf den Weg geschickt.[114] Die erste, am 16. Juli 1945 in New Mexiko gezündete Atombombe ist gar als *Dreifaltigkeitsbombe* (Trinity) in den Geschichtsbüchern vermerkt. Auch die Namensgebung »*Corpus Christi*« (Leib Christi) für ein Atom-U-Boot hat man nicht als blasphemisch empfunden. Der Tod kommt ganz wörtlich »im Namen des Allmächtigen«. Präsident Nixon, dessen grenzenlose Bombardements auf Nordvietnam bei Papst Paul VI. tiefe Abscheu bewirkten, verstand sich als fromm und gottesfürchtig und konnte gleichwohl einem Kriegsgeist huldigen, der seiner familiären Quäker-Tradition radikal entgegengesetzt war. Seit den 80er Jahren predigen fundamentalistische Fernsehkirchen einen mit Muskeln bepackten Macho-Jesus, der im Einklang mit der gesamten Bibel »nirgendwo einen Tadel für das Tragen von Waffen« ausspreche (Jerry Falwell), entdecken wie Hal Lindsey in der Heiligen Schrift eine Aufforderung an die USA, eine mächtige Militärmacht aufzubauen und Zorn über böse Menschen zu bringen, und sprechen von einer *Pflicht* zur Nuklearbewaffnung, deren Entwicklung als »Teil von Gottes Plan« gilt.[115]

Mit der US-Militärgeschichte ist massenkulturell eine ganze *Kriegstheologie* verbunden, die im fundamentalistischen Auserwähltheits- und Geschichtsglauben von George W. Bush Jun. nur eine neue Aufgipfelung erfahren hat.[116] Bush Jun. gab bereits am 20. November 2001 sein Credo bekannt: »Freiheit und Furcht, Gerechtigkeit und Grausamkeit haben immer (im) Krieg gestanden, und wir wissen, dass Gott nicht neutral ist.« Er proklamierte am 29. Januar 2002: »Das Böse ist wirklich, und es muss bekämpft werden.« Präsident Bush konsultierte dann vor dem Irakkrieg nicht seinen leiblichen, sondern den »höheren Vater« im Himmel und betete, »dass ich der beste Botschafter seines Willens sein kann, den es gibt.«[117] (Leider färbt die Bemühung Gottes in Kriegsfragen auch auf Bündnispartner ab. Im April 2003 offenbarte der britische Premier Tony Blair dem Londoner »Times Magazine« mit Blick auf den Irakkrieg: »Ich bin bereit, vor meinen Schöpfer zu treten und mich für diejenigen zu verantworten, die als Ergebnis meiner Entscheidungen gestorben sind.«)

Das explosive Konglomerat von *Endzeitvorstellungen*, das schon seit Jahrzehnten in den USA seine massenkulturellen Dunstkreise zieht, werden wir im X. Kapitel noch betrachten müssen. Darin sind Motive enthalten, die an islamischen Dschihâdisten zugeschriebene Erwartungen erinnern. Einige strenge Richtungen des *frühen* US-Protestantismus zeigen unverkennbare Parallelen zum Wahhabismus des 19. Jahrhunderts, der in Saudi-Arabien Staatsreligion ist (unerbittliche Konzentration auf den Offenbarungskanon, Bekämpfung der Volksfrömmigkeit, Religionspolizei bzw. Sittenwächter). Doch auch anderes gilt es zu bedenken. Die unbedarfte Feststellung des deutschen Bischofs Reinhard Marx in einer Talkshow, das Christentum habe im Gegensatz zum kriegsführenden Propheten Mohammed eine passiv duldende und Gewalt *erleidende* Zentralgestalt und sei deshalb vermutlich vom Wesen her weniger gewalttätig als der Islam, enthält trotz ihrer Absurdität in historischer Sicht einen richtigen thematischen Hinweis – und zwar für die theologische Analyse eines gewalttätigen *»Christentums«*.[118] Im Jahr 2001 betete die Hauptfigur in dem vom Pentagon gesponserten Kriegsfilm WE WERE SOLDIERS auf der Kinoleinwand, Gott möge den USA zum Sieg verhelfen und die Gebete der Feinde nicht erhören. Der Schauspieler hieß Mel Gibson. – Gibson ist katholisch-traditionalistischer Sektierer, »Lethal Weapon« in einer ganzen Reihe gewaltverherrlichender Kinoprodukte und besonders leidenschaftlich mit blutigem Axthandwerk in THE PATRIOT (USA 2000) zu sehen. Als Filmmacher und Hauptrollendarsteller inszenierte er sich selbst bereits in BRAVEHEART (1994) als heiligen Krieger und Märtyrer des schottischen Freiheitskampfes zwischen 1275 und 1305 nach Christus.[119] In diesem bellizistischen Historienfilm triumphiert der Held auf den Schlachtfeldern über homosexuelle Weichlinge, bevor er am Ende auf dem *Kreuzbalken* der Folterer sein eigenes Blut für die Freiheit hingibt.[120] Er stirbt – im Sinne des zivilreligiösen US-Vokabulars – den »Sacrificial Death«.

In einer bruchlosen Tradition dieser von Rache und »voyeuristischer Grausamkeit« geprägten Kinobilder hat der *Regisseur* Gibson 2004 seinen Film THE PASSION OF THE CHRIST vorgestellt: Das Martyrium der Erlösergestalt wird – auf der Folie antijudaistischer Feindbilder – *extrem* blutig und gewalttätig inszeniert[121], während der Exponent der kreuzigenden Besatzungsmacht in Palästina gut wegkommt. Pilatus, Statthalter des imperialen Roms, erscheint in Gibsons PASSION »geradezu als humanitärer Schöngeist, als Mann von sanfter Menschenfreundlichkeit«[122] (Ruth Lapide). Beifall kommt für dieses Machwerk eigentlich nur aus der evangelikalen Ecke und dem Rechtsaußenrand der katholischen Kirche. (Der Papst sah es immerhin als passend an, den grausamen Kinokrieger Gibson persönlich zu segnen. Der Jesuit und »Medienexperte« Eckhard Bieger charakterisierte die von zahlreichen Theologen vorgetragene Kritik an Gibsons Jesus-Film in der *Welt am Sonntag* vom 20.6.2004 gar als *Nörgelei*![123]) Zustimmung hat dem Autor dieses Buches jedoch auch ein junger Videohändler signalisiert, der meinte, endlich hätte das Christentum Anschluss an die moderne Massenkultur gefunden und präsentiere sich in einer Weise, die einem aus vielen anderen Filmen vertraut sei! Ein Lieblingsthema vieler Kulturkämpfer ist der schiitische Märtyrerkult, der an den im Jahr 680 unserer Zeitrechnung ermordeten Prophetenenkel Hussain erinnert.[124] In Kerbala und Teheran sind sogar kultische Formen einer »Blutmystik« entstanden. Dass Ähnliches in den USA kinoscheue christliche Fundamentalisten zu Scharen in die Filmpaläste treibt, sollte zu denken geben. Eine der religiösen US-Organisationen, die im Irak tätig sind, nennt sich übrigens *Voice of the Martyrs*.

Religionspsychologisch gilt beim Blick auf *alle* Religionen und Konfessionen die gleiche Wachsamkeit. Wer Blut anbetet, der findet am Ende allzu leicht Gefallen daran, den ganzen Erdkreis mit Blut zu bespritzen. Masochistischer *Leidenskult* und sadistische Gewaltverherrlichung gehören zu einem Komplex – ebenso wie die Unterwerfung unter einen gewalttätigen Moralismus (rigoroser Trieb-»Verzicht« als Selbstzweck etc.) und die zugehörigen grausamen *Strafphantasien*.[125] Deshalb bleiben deutsche Bischofsstimmen mit ihrem Hinweis auf den duldenden *Erleider* sträflich an der Oberfläche. Theologisch wie historisch stellt sich nämlich die Frage, ob nicht gerade die fundamentalistisch verzerrte Predigt vom erlösenden bzw. sündentilgenden Kreuzestod, die fast immer mit Sexualunterdrückung bzw. Über-Ich-Terror einhergeht[126], eine Gewaltbereitschaft der Religion unter dem Vorzeichen von Angst fördert und dabei vor allem jene Ideologie vom naturhaft bösen Menschen transportiert, die Grundlage aller militaristischen Konzepte von »Weltordnung« ist. Bezeichnender Weise enthielt bereits die Plakatwerbung für Oliver Stones Vietnamkriegsfilm PLATOON (USA 1986) einen deutlichen Bezug zur Ikonographie des Gekreuzigten, der nicht etwa den vietnamesischen Opfern, sondern dem integren *US-Soldaten* galt. (Die Christus- oder Märtyrerikone ist in Pentagon-geförderten Kinoproduktionen wie ARMAGEDDON, DEEP IMPACT oder PEARL HARBOR und überhaupt im US-Kino ein verbreitetes Stilmittel der Kriegspropaganda. Der leidende »Gerechte« und seine Selbsthingabe stehen für die Erlösernation USA, die *Redeemer Nation*.)

Fundamentalismus besteht stets aus letztlich nichtssagenden Vereinfachungen bzw. bloßen Formeln. Vor allem das individualistische Erlösungsdogma vom bluttriefenden Kreuz spielt im *christlichen* Fundamentalismus eine Rolle. Die Person Jesu und seine Botschaft werden dabei – wie auch in THE PASSION OF THE CHRIST – völlig ausgeblendet. Von einer für andere wahrnehmbaren Glaubwürdigkeit in den Dimensionen des leibhaftigen Lebens ist man so dispensiert. An die Stelle von erlösenden und lebensfördernden Erfahrungen treten narzisstische Größenphantasien, ein Fanatismus für das richtige *Wortbekenntnis* und abstruse Kosmologien bzw. Geschichtstheologien. Das von Jesus selbst gelebte und verkündete Evangelium, der in seiner Angst geheilte Mensch sei – gerade auch im sozialen Kontext – fähig, gewalttätige Ich-Konzepte hinter sich zu lassen, ist dann für eine vermeintlich »christliche« Kultur bedeutungslos. Die willkürlichen Auslegungsideologien der fundamentalistischen Endzeittheologen erklären namentlich die Bergpredigt in der gegenwärtigen Geschichtsepoche für *irrelevant*![127] Jetzt lässt sich schier jede Form des Waffeneinsatzes mit dem »Christsein« vereinbaren. Zahlreiche in diesem Buch behandelte US-Filme enthalten ein gewaltbereites religiöses Pathos, das kein Außerirdischer mit der in der christlichen Bibel enthaltenen Jesus-Gestalt zusammen bringen könnte.

Grundsätzlich ist zu beobachten, dass ernsthafte Bemühungen um ein christlich geprägtes Erbe, wie sie etwa im säkularisierten Kino der romanischen Länder Europas bei so unterschiedlichen Regisseuren wie Pedro Almodóvar oder Gabriele Salvatores zu finden sind, in Hollywood ausbleiben, es sei denn, man will neuerdings LAND OF THE PLENTY[128] (USA/BRD 2004) von Wim Wenders an dieser Stelle berücksichtigen. Vom interkonfessionellen bzw. auch interreligiösen Reichtum der USA und von den zahlreichen Modellen praktischer Zusammenarbeit erfährt man durch die Unterhaltungsindustrie des Landes denkbar wenig.[129] Bei religiösen Bezügen dominieren in Hollywood-Produkten infantile Vorstellungswelten, bigotter Kitsch und primitive Grobheiten.[130] Eine Vermittlung von existentieller bzw. gesellschaftlicher Bedeutsamkeit oder kritischer Potenz für die Gegenwart findet im populären Film nicht statt. (Freilich ergeht es anderen Weltreligionen nicht viel besser. Der durchschnittliche Hollywood-Konsument assoziiert – einigen großen Leinwandbildern zum Trotz – mit Buddhismus womöglich sogar am ehesten Shaolin-Kriegermönche. Vom Islam werden ihm Bilder präsentiert, die bestenfalls als Karikatur gelten können.)

Auch hier spiegelt sich der Umstand, dass die für die USA typische – von den meisten Großkirchen der Vereinigten Staaten freilich nicht geteilte – fundamentalistische Gestalt des Christentums wie zur vorletzten Jahrhundertwende noch immer in einer gefährlichen *Unversöhntheit mit der geistig-wissenschaftlichen Aufklärung* wurzelt. Gleiches gilt für den *sozialen und kulturellen Wandel.* Technologiezeitalter und der Konsumkonsens[131] der Gesellschaft werden von der christlichen Rechten an der Wahlurne faktisch gutgeheißen, doch sie bescheren ihr endlose Konfliktfelder und Abwehrhaltungen. – Die Propagierung heiliger Familienwerte geht in den USA beispielsweise mit astronomischen Ehescheidungsraten einher. Der gewalttätige Schatten »christlicher« Sexualunterdrückung lässt sich schwer übersehen. Die Militanz erinnert zuweilen an jenen aufgehetzten christlichen Pöbel, der 415 n. Chr. in Alexandrien die platonische Philosophin Hypatia, eine Freundin des Bischofs Synesios von Kyrene, grausam ermordete. Tödliche Hetzjagd auf Homosexuelle wird von manchen evangelikalen Gruppen mit Beifall bedacht![132] In den religiösen Zuträgerbewegungen der Republikaner spielt die Sicherung traditioneller »Moral« *die* zentrale Rolle. In Hollywood oder an der liberalen Ost- und Westküste sieht man den Feind am Werk. Spiegelbildlich zum so genannten Islamismus werden wissenschaftliche Hypothesen wie die Evolutionstheorie[133] vom US-Christianismus abgelehnt (so auch von G. W. Bush Jun.), wenn sie mit dem – vermeintlich – wortwörtlichen Befund der Offenbarungsschrift nicht übereinstimmen. (Der Streit wurden von William Jennings Bryan, einem ehemaligen Gefährten des US-Präsidenten Wilson, entfacht und dauert seit dem so genannten »Affenprozess« von 1925 an.) – Der »Bibel-Gürtel«[134] im Mittleren Westen und im Süden der USA fühlt sich in einer säkularen Welt mindestens ebenso bedroht wie eine noch geschlossene islamische Gesellschaftswirklichkeit durch das Eindringen »westlicher« Ideen und Verhaltensweisen. Die hieraus resultierenden *Verunsicherungen* müssen wohl als Hauptquelle für aggressiv-ideologische Religionspropaganda betrachtet werden. Und so gehen die Missionare dieser Art von »Christentum«, die mit dem Glauben eines in der gesamten Weltökumene verehrten

US-Amerikaners wie Martin Luther King nichts gemeinsam hat, auf ihren Kreuzzügen unversöhnlich mit einem Wort aus dem Johannes-Evangelium (3,18) hausieren: »Wer an ihn glaubt, wird nicht gerichtet; wer aber nicht glaubt, ist schon gerichtet, weil er nicht geglaubt hat an den Namen des eingeborenen Sohnes Gottes.« Bereits Kleinkinder lernen als »Wiedergeborene« in evangelikalen Gemeinden der USA, dass der Heiland für ihre Sündigkeit am Kreuz verblutet ist und dass jeder, der dies nicht annimmt, dem Verderben preisgegeben wird.

5. Unschuldskomplex und Todesstrafe

»Es mangelt in der amerikanischen Erfahrung an einer Tradition des Eingestehens von falschem Verhalten und schwerwiegenden Fehlern.« US-Psychiater Prof. Robert Lifton[135]

Allzu offenkundig ist das zentrale Anliegen Jesu, Menschen angstfrei zur Erkenntnis der eigenen – nackten – Menschlichkeit und der in ihr enthaltenen Abgründe und Schönheiten zu führen, auch in der us-amerikanischen Zivilreligion niemals angekommen. Da nützt kein Hinweis auf die rationalistische Aufgeklärtheit und den Deismus wichtiger Gründerväter. Ein wirkliches Rätsel ist es, wie die USA trotz eines mit Millionen Toten gepflasterten Weges sich so präsentieren können, als seien sie die einst von Thomas Jefferson begrüßte »unschuldige Nation inmitten einer verdorbenen Welt«. – Aus großen Teilen der offiziösen Weltöffentlichkeit kommt kein Widerspruch. Die Kulturszenen des eigenen Landes beachten folgsam Tabus wie Hiroshima. Der »gläubige« US-Marineleutnant Oliver North, Nationalheld der Iran-Contra-Affäre und mitverantwortlich für militärisches Morden in Nicaragua und Nahost, erhielt von der christlichen »Liberty University« einen Ehrendoktorhut und wurde durch den fundamentalistischen Starprediger Jerry Falwell so getröstet: »Wir dienen einem Erlöser, der auch angeklagt und verurteilt wurde.«[136] – Die kollektive staatliche Gewaltausübung der militärischen Supermacht USA geht bis heute einher mit einem schier unglaublichen *Unschuldsbewusstsein*[137], selbst wenn in den Medien anderer Länder Tausende und Abertausende zivile Todesopfer von US-Kriegseinsätzen dokumentiert werden.

Auch Individuen, denen als *Kriegsverbrecher* Massenmorde nachgewiesen werden, erfahren als Ausführende staatlicher Operationen in der neueren US-Geschichte größte Milde.[138] US-Lieutenant William Calley, überführter Mörder von mindestens 22 vietnamesischen Zivilisten und als unterer Vorgesetzter verantwortlich für ein Massaker an über 500 unschuldigen Menschen, war nach kürzester Haftzeit wieder freier Bürger und Geschäftsmann. Er durfte als geachteter Veteran bekennen: »Ich war gerne in Vietnam!«[139] (Wegen der bei diesem »Nationalhelden« eingehenden Fan-Post musste eine Brieföffnungsmaschine angeschafft werden.) Die 1967 begangenen Morde von Tiger-Force-Soldaten der USA in Vietnam, bis 2003 vertuscht, blieben ungeahndet. Eine Strafverfolgung, so die offizielle Erklärung, »sei zu jener Zeit nicht ›im besten Interesse‹ der Armee gewesen.«[140]

Im krassen Kontrast zu solchen Gnaden-Exzessen wird im Zusammenhang mit der staatlichen Todesstrafe, die bezeichnender Weise 1976 sehr bald nach dem Vietnamkrieg wieder in Praxis kam, ein geradezu fanatisches Schuldkonzept verfolgt.[141] Es findet selbst auf Minderjährige und geistig (bis Juni 2002) oder psychisch Behinderte Anwendung. Verfolgt wird zudem ein statistisch leicht nachweisbares *rassistisches* Programm. Als »human« gibt sich der »mitfühlende Konservatismus« nach dem Vorbild Ronald Reagans da, wo er die für verunglückte Rennpferde übliche Todesspritze auch bei zu eliminierenden Menschen empfiehlt. Der signifikante Anstieg der Hinrichtungszahlen im Verlauf der 1990er Jahre – nach Ende der Systemkonkurrenz mit dem Kommunismus – sticht ins Auge. Dort, wo man wie in Texas auf eine eifrige Tradition von Selbst- bzw. Lynchjustiz zurückblickt, ist die Todesstrafe besonders beliebt. Sich öffentlich gegen sie auszusprechen, kommt einem »politischen Selbstmord« gleich. Gouverneur Arnold Schwarzenegger punktet Anfang 2005 mit der ersten Exekution seiner Amtszeit. Der Zuschauerraum für das populäre Schauspiel der staatlichen Tötung eines Menschen durch Stromstoß, Gas oder Giftinjektion erinnert unweigerlich an das Setting »Kino«. – Dort freilich werden auf der Leinwand ultimativ perverse Verbrechen ins Bild gesetzt, deren Urheber betonen, *keine* Psychopaten zu sein und einfach aus reinem Spaß Menschen zu zerstückeln.[142] – Welche zivilisatorischen Effekte erwartet man sich in der US-Gesellschaft von diesem Schauspiel?

Dem selbstgerechten Moralismus in der radikalsten Bestrafung des Individuums steht kollektiv eine überhebliche *Gewissheit über das eigene Gutsein* gegenüber. Der bekenntniseifrige Christ US-Präsident George W. Bush Jun., der als Gouverneur von Texas 146 Menschen in die Todeskammer geschickt hat und der das einst von Jimmy Carter verworfene Konzept politischer Geheimdienstmorde[143] offenbar gutheißt, verkörpert beide Seiten dieser Medaille. Blasphemische Phantasien von einer »unbegrenzten Gerechtigkeit« (infinite justice) und politische Rache-Rhetorik zu Beginn des 3. Jahrtausends können durchaus als weltpolitischer Spiegel einer Todesstrafenkultur gesehen werden. (Dass man mehrheitlich die Hinrichtung von 75 Menschen in den USA ohne sicheren Schuldnachweis allein seit 1976 einfach in Kauf nimmt, verheißt in diesem Zusammenhang nichts Gutes.[144]) Militärtribunale erhielten unter der Bush-Administration die Lizenz, auf der Basis geheimen Beweismaterials Todesurteile auszusprechen. Es scheint so, als sei US-Institutionen nach den Terrormorden von New York weltweit alles erlaubt. Die völkerrechtswidrige Militärdoktrin der Bush-Administration von 2002 ist – als Fortentwicklung der »antizipatorischen Selbstverteidigung« des Reaganismus – nichts anderes als die Anmaßung nationaler Selbstjustiz. Zutreffend hat Eugen Drewermann den 2001 ausgerufenen dauerhaften Krieg »als die ins Universelle, ins Internationale und Grenzenlose ausgedehnte Todesstrafe« bezeichnet.[145] Funktionieren kann das zugrunde liegende Selbstbild nur, wenn in den Augen der richtenden Sachwalter des Guten stets ausschließlich die *anderen* schuld sind und der eigene Gewaltschatten vollständig ausgeblendet bleibt. – Warum, so fragen seit mehreren tausend Jahren Menschen, sollen Einzelne, die morden, »Monster« heißen, während man die Verantwortlichen für hunderttausendfache Tode im Krieg »Helden« nennt?[146] Warum landen die einen auf dem elektrischen Stuhl, während die anderen an ihrem Ende ein Staatsbegräbnis erhalten? – Vor diesem Hintergrund ist dem »christlichen« Fundamentalismus in den USA eine Evangelisierung im Sinne des Matthäus-Evangelium (Vers 7,3f.) zu wünschen.

Und vor diesem Hintergrund muss es als Hoffnungszeichen bewertet werden, wenn neuere Kinotitel wie MONSTER'S BALL (USA 2001) von Marc Forster und MONSTER[147] (USA 2003) von Patty Jenkins uns – statt auf großherzige Gnadenappelle zurückzugreifen – Opfer und Exekutoren der Todesstrafe einfach als *Menschen* zeigen.[148] In beiden Titeln geht es nicht um die mögliche (im Kino oftmals unter Zeitdruck zu beweisende) Unschuld von Tätern. Weitere Titel der 90er Jahre zur Todesstrafe, auf die das ebenfalls zutrifft und die sozial-biographisches Verstehen fördern, sind z. B. LAST LIGHT (USA 1993) und DEAD MAN WALKING (USA 1995). Auch in THE CHAMBER (USA 1996) ist der Todeskandidat zweifelsfrei als abscheulicher Rassist dargestellt, doch das geschieht im Kontext von vier Ku-Klux-Klan-Generationen und eines staatlich sanktionierten »Heimatschutzkomitees« der weißen Nobilitäten am Ort. Da seine Verurteilung lange zurückliegt, besteht der Bundesstaat hier übrigens auf die gesetzlich inzwischen nicht mehr vorgesehene Gaskammer-Methode. – In Alan Parkers THE LIFE OF DAVID GALE (USA/GB 2002) provoziert ein US-Menschenrechtler seine eigene staatliche Exekution als *Unschuldiger*, um so gegen die Todesstrafe ein öffentliches Zeichen zu setzen. – Die Steven-King-Verfilmung THE GREEN MILE (USA 1999) kann hingegen auch reaktionären Geschmack bedienen. Neben »rechtmäßig« Verurteilten sitzt im Todestrakt ein geistig etwas zurückgebliebener Afro-Amerikaner. Er hat den ihm – unter rassistischem Vorzeichen – angehängten Kindermord nicht begangen und wurde vor Gericht gezielt schlecht verteidigt, was die »Guten« unter den Vollzugsbeamten auch in Erfahrung bringen. In Wirklichkeit ist er ein wahres Gotteskind mit wundersamer Heilungsgabe, dessen Kreuzweg zum elektrischen Stuhl man uns zeigt.

Durchaus bedenkenswert ist Sam Irvins PRISONER (USA 1991), der sich *vor* den steigenden Hinrichtungszahlen im letzten Jahrzehnt des alten Jahrtausends nicht entscheiden kann, ob er ein schlechter Thriller oder eine bitterböse Komödie sein will: Ein Unternehmer betreibt in den Kellergewölben seiner Großmetzgerei eine eigene – private – Hinrichtungsanlage, in die als *Zuschauer* auch die Angehörigen von Mordopfern geladen werden. Dieser religiöse Fanatiker, der nach Verlust seiner (ermordeten) Familie die vom Staat nicht immer beachtete »göttliche Gerechtigkeit« verwaltet, richtet sich selbst, nachdem beinahe ein Unschuldiger auf seinem elektrischen Stuhl gelandet wäre. (Ein »Stromausfall« verhindert als göttliches Zeichen den Tod dieses Kandidaten.) Zuvor jedoch vollstreckt er die »biblische Strafe« noch an einem skrupellosen Politiker, der den Mord an seiner Geliebten eben diesem Unschuldigen – einem afro-amerikanischen Kleinkriminellen – in die Schuhe geschoben hat. Das Personal des Underground-Todestraktes wird zum Schluss im Milieu der politischen Elite eingesetzt, wo es offenbar interne Rivalitäten auf einfache Art lösen soll.

6. Michael Moore – Ein »unbewaffneter US-Amerikaner« schlägt zurück

»*A well regulated militia, being necessary to the security of a free state, the right of the people to keep and bear arms, shall not be infringed.*« Zweiter Zusatzartikel zur US-amerikanischen Verfassung

»*This is my rifle. My rifle without me, is useless. Without my rifle, I am useless. [...] Before God I swear this creed. My rifle an myself are the defenders of my country. We are the masters of our enemy. We are the saviors of my life.*« Glaubensbekenntnis eines U.S. Marine, von Major General William H. Ruperts[149]

»*Sie sagen, dass alle Menschen gleich sind, verdanken sie nicht Gott, sondern Mister Colt.*« Frank T. Hopkins, Hauptfigur im Film HIDALGO (USA 2004), über Landsleute in den USA

In Western, Veteranenfilmen, Kriegs- und Superman-Produktionen herrscht großes Verständnis für freie Männer, die eine Sache selbst in die Hand nehmen. Warum sollte nicht auch ein einfacher Bürger anlässlich eines Autostaus ausrasten und mit seiner Waffe allen nervigen Zuständen in Los Angeles ein Ende bereiten dürfen? Diese Frage stellt Joel Schumacher's[150] FALLING DOWN (USA 1992). Die Antwort bleibt offen. – Zunehmend entscheidet im Gesundheitswesen der wirtschaftliche Status eines Patienten über die Behandlungsqualität, und viele Versicherungspolicen entpuppen sich im Ernstfall als wertlos. Vielleicht werden Bürger demnächst mit dem Gewehr lebensrettende Therapien für ihre Angehörigen erzwingen? Diese Möglichkeit zeigt JOHN Q (USA 2001), einer der wenigen Filme, die gegenwärtig die sozialen Verhältnisse der USA spiegeln. In MAD CITY (USA 1997) ging es zuvor darum, mit Hilfe einer Eindruck schindenden Knarre den eben verlorenen Arbeitsplatz wieder zu bekommen ...

Wider den Kult des gewalttätigen Individuums hat sich im US-Kino eine inzwischen weltweit äußerst populäre Stimme gemeldet: Michael Moore, der sich selbst in einem seiner Buchtitel als »unbewaffneter Amerikaner« vorstellt, ist ein Kulturschaffender mit Mission. Sein Film BOWLING FOR COLUMBINE (USA/Kanada/BRD 2002) eröffnet uns schier unglaubliche Einblicke in die Gewalttätigkeit einer Gesellschaft, in der sehr viele – aufgrund einer absurden Interpretation des 2. Zusatzarti-

IV. John Wayne und die us-amerikanische Revolution

kels – den *privaten* Waffenbesitz als fundamentales, unabänderliches *Verfassungsrecht* betrachten.[151] (Die dafür einstehende »National Rifle Association« mit 3,4 Millionen Mitgliedern hat sich bislang noch gegenüber jeder US-Regierung als allmächtig erwiesen! 2004 erreichte die NRA sogar eine Lockerung der Restriktionen für halbautomatische Waffen. Die statistische Häufung von Tötungsfällen in Bundesstaaten mit besonders laxen Waffengesetzen ist nachgewiesen.) Zur Eröffnung eines neuen Bankkontos gibt es ein Gewehr als Gratis-Geschenk. Das individuelle Gewaltkonzept wird in Bürgermilizen »kultiviert«. (Manche Autoren sprechen von sieben Millionen US-Waffennarren, die in Milizen organisiert sind.) Ein rechtsradikaler Terrorsympathisant[152] stellt in BOWLING FOR COLUMBINE mit dem eigenen Waffenarsenal seinen Patriotismus unter Beweis ... Das Mordopfer eines blutigen Schulmassakers ist noch nicht beerdigt, da halten die NRA-Waffenlobbyisten vor Ort vorsorglich eine große Propagandashow gegen neue Waffengesetze ab. Der greise NRA-Präsident Charlton Heston weiß bei diesem Anlass, dass es ohne Knarre in der eigenen »*kalten* Hand« keinen »echten Amerikaner« gibt. Später wird Moore ihm bei einem Hausbesuch das Foto des erschossenen Schulmädchen zeigen. Es wird sich bei diesem großen »weißen Mann« mit einfältigem Weltbild auch dann kein Mitgefühl regen.

Das von Moore beleuchtete Thema findet im neueren Kino einige Beachtung. Im politisch ambitionierten Thriller LIBERTY STANDS STILL (USA 2002) lässt Kari Skogland mit scheinbarer Paradoxie einen ehemaligen CIA-Geheimoperateur mit High Tech gegen die größte US-Waffenfirma agieren, die Millionengeschäfte mit jedem beliebigen Land abschließt, korrupte Senatoren und Polizeipräsidenten an ihrer Seite weiß, sich jeder Einschränkung der Waffengesetze widersetzt und deren Produkte in die Hände von Kindern gelangen, die den Umgang damit von ihren eigenen Vätern erlernen. Dieser verzweifelte Amokläufer nimmt zunächst die Co-Präsidentin des Waffenkonzerns als Geisel, deren Urururgroßvater bereits mit der Entwicklung eines neuen Gewehrs den US-Bürgerkrieg verändert hat. Er will der Öffentlichkeit klar machen, dass dreijährige Kinder im Namen der Verfassung und des Freiheitsrechts auf die eigene Waffe sterben. Die eigene Tochter des amoklaufenden CIA-Manns ist tot, weil ein Mitschüler sie mit einer vom besagten Konzern produzierten Waffe erschossen hat.

Auch Gary Fleder lenkt in seiner Grisham-Verfilmung RUNAWAY JURY (USA 2003) den Blick auf die Schusswaffenindustrie, die sich zur Sicherung ihrer Milliardenumsätze mit allen Mitteln den Klagen von Hinterbliebenen zu entziehen versucht.[153] Gus van Sant hat in den Rückblenden seines Films ELEPHANT[154] (USA 2003) die Amokläufer von Littleton in banaler Alltagstristesse, beim Aufsuchen von Waffenseiten im Internet und beim Konsum von Ego-Shootern am Computer ins Bild gesetzt. Michael Moore zeigt die Welt eines alltäglichen Waffenwahnsinns nun im Gesamtbild und darin auch das Massaker an der Columbine High School vom 20. April 1999. Politik und Medien vermitteln den Nährboden: *Angst!* TV-Serien, die im Reality-Format fast ausschließlich die Kriminalität von Schwarzen ins Bild setzen, provozieren paranoide – und profitträchtige – Sicherungssysteme an der privaten Haustür. (Seit dem »11.9.« sind Produktpalette und Umsatz der entsprechenden Wirtschaftszweige rasant angewachsen.) Ein *Grundgefühl der allgegenwärtigen Bedrohung* drängt US-Bürger zur Wehrhaftigkeit in allen Lebensbereichen und verwandelt Privathäuser in regelrechte Festungen. Schüler und Erwachsene, die Moore im benachbarten Kanada auf der Straße interviewt, halten diese Mentalität schlicht für verrückt. Trotz zahlreicher privater Schusswaffen fallen die Tötungsdeliktzahlen in Kanada übrigens deutlich bescheidener aus. Die Frage drängt sich auf: Gibt es gewalttätige Dimensionen in Wirtschaft, Gesellschaft und Kultur der USA, die den ausufernden Waffenbesitz besonders gefährlich machen? Welche Rolle spielt der US-Militarismus?

Die Vereinigten Staaten sind bei Mord und Totschlag Spitzenreiter unter den westlichen Industrieländern: Allein 2002 wurden rund 16.000 Menschen dort umgebracht.[155] Statistisch ist in zwei Dritteln der Fälle eine der 250 Millionen Schusswaffen von 44 Millionen Privatleuten im Spiel. Bei anderen Kriminalitätsdelikten schneiden die USA jedoch besser ab als die meisten europäischen Länder. Prozentual sitzen mit gegenwärtig über 2,2 Millionen Häftlingen dennoch mehr Menschen in US-Gefängnissen als in jedem anderen Staat der Erde, »darunter mehr Schwarze als Weiße (803.000 zu 684.000), dazu 283.000 Latinos«[156]. *Private* Profitunternehmen übernehmen unter Protest der katholischen Bischofskonferenz immer mehr Justizvollzugsanstalten. In diese sperrt man neben lebenslang kriminalisierten Drogenkonsumenten auch zahlreiche Kranke, die eigentlich in psychiatrische Behandlung gehören. Das gigantische Ausmaß der Strafverwahrung in den USA übertrifft jede Diktatur auf dem Globus. Es ist von antikapitalistischen Autoren auch als perverses »sozialpolitisches« Instrument angesichts von Massenverarmung beleuchtet worden.[157] Neuerdings wird über die personelle Kontinuität bei Folter im US-Strafvollzug und in US-Gefängnissen im Irak berichtet.[158]

Die Militarisierung der US-Gesellschaft und die Gestalt des Strafvollzugs gehören zum Komplex der selben Gesellschaftsideologie. Zu nennen sind auch die Umerziehungslager »für straffällig gewordene Jugendliche in den Boot-Camps nach den Drill-Methoden der Special Forces der US-Army«[159]. Jugendliche Gewalttäter fallen nicht vom Himmel, wie Moore zeigt. Die alleinerziehende Mutter eines »Mörders«, der noch *Kind* ist, wird durch »vorbildliche« neoliberale Sozialprogramme in einen fern gelegenen Billig-Job verfrachtet. Für ihr Kind ist sie durch diese gnadenlose Mobilisierung des Arbeitsmarktes abwesend. Wer ist anständig? Der schrille Horror-Musiker Marylin Manson gilt der moralischen »US-Mehrheit« als Gräuel. Ein Interview zeigt: Er ist um vieles friedfertiger als seine Gegner, die »Anständigen«. Aberwitzig wirken die Lamentos eines Vertreters des Lockheed-Konzerns zum Schulmassaker in der Heimat des Filmemachers. Im Hintergrund zeigt die Kamera eine riesige Rakete aus der aktuellen Rüstungsproduktion, in welcher der Vater eines der Täter beschäftigt ist.

IV. John Wayne und die us-amerikanische Revolution

Dokumentarische Einblendungen von US-Militäreinsätzen drängen zur Frage, ob es zwischen dem offiziellen Einsatz von Massenmordwaffen und dem privaten Coltgebrauch nicht doch unsichtbare Zusammenhänge gibt.

Michael Moore macht uns mit einer unvorstellbar traurigen Wirklichkeit bekannt, ohne zum *humorlosen* Moralisten zu werden. Wenn er im Zeichentrick-Cartoon eine »kleine Geschichte der USA« vorführt, wissen wir nicht, ob wir nun lachen oder weinen sollen. Die Antwort, so vermittelt der Film selbst, liegt nicht in depressiver Weltklage. Sind wir wirklich ohnmächtig? Moore begleitet zwei überlebende Opfer des Schulmassakers in einen Supermarkt, aus dessen Sortiment die chirurgisch nicht operablen Geschosse in ihren Körpern stammen. Unter laufenden Fernsehkameras möchten die körperlich versehrten Jugendlichen diese Kugeln nun an der Kasse zurückgeben. Opfer und Filmemacher sind erfolgreich. Die Waren-Kette verpflichtet sich öffentlich, fortan keine Waffenmunition mehr zu verkaufen.

Michael Moore entwaffnet als Regisseur prominente Gesprächspartner aus der Welt der Waffen und Konzerne mit seiner unbefangenen, penetranten Menschlichkeit. Er macht sie sprachlos mit seinen kindlichen Fragen. Entlang der Fakten ist seine Sprache so einfach, als wäre sie dem Zynismus der Gutmenschen-Verächter noch nie begegnet. – In ROGER & ME (USA 1989) wird Roger Smith von General Motors mit den menschlichen Folgen seiner Geschäftspolitik konfrontiert und zeigt sich gleichgültig. Phil Knight, Aufsichtsratsvorsitzender des milliardenschweren Nike-Konzerns, führt sich im Moore-Film THE BIG ONE (USA/GB 1997) selbst als armselige Gestalt vor. Er gesteht ohne Scham, dass vierzehnjährige Mädchen in den indonesischen Fabriken seines Konzerns für einen lächerlichen Lohn arbeiten. Über eine primitive Geldlogik hinaus sind ihm Fragen nach einem verantwortlichen Wirtschaften offenbar nicht einmal verständlich.

Michael Moore ist optisch ein typischer Fast-Food-Konsument aus den USA und ein Mensch, den man spätestens in BOWLING FOR COLUMBINE lieben lernt. Er hat das Genre »Dokumentarfilm« unverschämt persönlich geprägt, was das Publikum in Cannes mit tobendem Beifall bedacht hat. Bei der Oscar-Verleihung am 23. März 2003 beschämte Moore mit einem Satz, der durch die vom Irakkrieg aufgewühlte Welt ging, den obersten Waffenherrn der USA: »Shame on you!« Moores Film FAHRENHEIT 9/11 – THE TEMPERATURE WHERE FREEDOM BURNS (USA 2004) wurde im Jahr der Präsidentschaftswahl dann als so bedrohlich empfunden, dass der – traditionell eher »demokratische« – Disney-Konzern sich politisch unter Druck sah und sein Tochterunternehmen Miramax anwies, diesen von ihr produzierten Bush-kritischen Dokumentarfilm selbst nicht zu vertreiben.[160] In Cannes erhielt der Film im Mai 2004 die »Goldene Palme«. In kurzer Zeit wurden 120 Millionen Dollar mit dem Werk umgesetzt. Der Regisseur ermutigte seine Mitbürger, FAHRENHEIT 9/11 auch kostenlos in Form von Raubkopien aus dem Internet zu verbreiten und wünschte unter Verzicht auf Oscar-Ambitionen eine frühzeitige Ausstrahlung des Titels im Fernsehen. Erregte Republikaner zeigten im August 2004, wie sehr sie der Widersacher verunsichert. Moore war als Berichterstatter von »USA today« auf dem New Yorker Parteitag. Ein Delegierter aus Maryland rief: »Moore, you loser! Get out!« Im Puppenfilm TEAM AMERICA: WORLD POLICE (USA 2004) zeigen die neuen Kulturmacher der Rechten gar mit Genuss, wie der »Altsozialist Moore« bei einem Selbstmordanschlag auf die Zentrale der U.S. Antiterror-Intelligence in tausend Stücke zersprengt wird.

Michael Moore ist kein Avantgardist. Seine von interessierter Seite betont kritisch betrachtete Popularität ging sehr früh einher mit dem Mut, den publizierten Konsens eines gleichgeschalteten Patriotismus zu durchbrechen. BOWLING FOR COLUMBINE stellt in der Ursachenforschung keine einfachen Kurzschlussverbindungen zwischen kommerziellen Gewaltszenarien der Medien und gesellschaftlichen Wirklichkeiten her. Zentral ist die Beobachtung, dass die individualistische Waffenideologie in den USA mit einem gesellschaftlichen Klima von Angst und Misstrauen einhergeht, dessen ökonomische und politische Nutznießer benennbar sind.

Anmerkungen

1. *Midding* 2000.
2. Zitiert nach: *Streibl* 1996, 3.
3. Vgl. *Dörner* 2002, 17-37.
4. John D. Rockefeller, Gründer der Standard Oil Trusts (1882), hatte den us-amerikanischen Kapitalismus ausdrücklich als »Sieg der Stärkeren über die Schwächeren […] ein Gesetz der Natur und ein Gesetz Gottes« betrachtet. (Zitiert nach: Donald H. Avery und Irmgard Steinisch, in: *Lösche/Loeffelholz* 2004, 84.) Durchaus ernst zu nehmen sind auch die biologistischen Hintergründe. Ab 1880 wurden imperialistische Ambitionen der USA mit einem auf die Überlegenheit der weißen angelsächsische Rasse abzielenden Sozialdarwinismus untermauert. (Vgl. Donald H. Avery und Irmgard Steinisch, in: *Lösche/Loeffelholz* 2004, 104.)
5. Vgl. dazu den Titelsong »People« des gleichnamigen Broadway Musicals (Text: Bob Merill, Komponist: Jule Styne, 1964): »People, who need people / Are the luckiest people in the world. / We're children, needing other children / And yet letting our grown up pride / Hide all the need inside, / Acting more like children than children. / Lovers are very special people. / They're the luckiest people in the world. / With one person, one very special person / A feeling deep in your soul / Says you were half, now you're whole. / No more hunger and thirst, / But first be a person who needs people. / People who need people / Are the luckiest people in the world.«
6. *Techentin-Bauer* 1999 meint, die widersprüchlichen Traditionen würden im Kino auf folgender Weise miteinander verbunden: »Die politischen Helden des Kinofilms verkörpern oftmals eine Variante des ›maverick hero‹, der uns im amerikanischen Mainstream-Kino in unterschiedlichen Genres – u. a. als Cowboy, Soldat, Polizist, Superman, Actionheld und aufrechter Bürger – begegnet. Er ist ein Held wider Willen, der weder Streit noch Macht sucht, sondern dort zupackt, wo augenscheinliches Unrecht ihn dazu zwingt. Dabei stützt er sich auf die eigene Kraft (seiner Fäuste, seiner Waffen, seines Verstandes) im Kampf mit seinem Gegenüber und verlässt – nach dem klassischen ›Showdown‹ – die Szene ohne Aufhebens (und meist als Sieger). Der ›maverick hero‹ ist einerseits Individualist und Außenseiter,

der die Dinge auf seine Art regelt und gesellschaftlichen Institutionen und Organisationen misstraut, andererseits aber fühlt er sich den Idealen und Werten der Gemeinschaft verbunden und verpflichtet. Auf diese Weise vereinigt er in sich zwei grundlegende und einander in der Realität oft widersprechende politische Traditionen der amerikanischen Geschichte: den utilitaristischen Individualismus (Benjamin Franklin) und den (biblischen) Gemeinschaftssinn des Republikanismus (Thomas Jefferson).« (Dort angegebener Literaturhinweis: Andreas Dörner / Ludgera Vogt: Die Präsenz des Politischen. Politische Bildwelten in neueren amerikanischen Filmen. In: Wilhelm Hofmann, Hg.: Sinnwelt Film. Baden-Baden 1996, 10.)

7   Vgl. *Ostermann* 2003b; *Pitzke* 2003c; *Rötzer* 2004h.
8   Die Kriminalisierung z. B. von Gebrauchern des 1898 von der Pharmaindustrie synthetisierten Opiates Heroin und die *allein* dadurch produzierten Körperschädigungen bis hin zur *Todesfolge* entsprechen auch in Deutschland keineswegs der demokratischen Verfassungstradition von 1945. (Nicht durch Straßenhandel verunreinigtes Diamorphin/Heroin, das vom Erfinder – dem Leverkusener BAYER-Konzern – bis 1940 freizügig in Apotheken vertrieben wurde, beeinträchtigt – von Darmträgheit abgesehen – weder Körperfunktionen noch Lebenserwartung. Hauptursache für die Verbreitung von lebensbedrohlichen Infektionen durch gemeinsame Nutzung von Spritzenbestecken, Beschaffungsprostitution etc. sind allein die Bedingungen des illegalisierten Konsums.) Vom Umfang her ist der internationale Drogenhandel nach *Chossudovsky* 2002, 363-365 mit dem globalen Ölgeschäft zu vergleichen. Repressive Drogenpolitik garantiert weiterhin, dass Jahr für Jahr weltweit vermutlich mehr als 200 Milliarden Dollar an Drogengeldern zur Finanzierung von Gewalt- und Geheimdienstoperationen zur Verfügung stehen. Besonders dramatisch beurteilt *Scott* 2004 diesen Zusammenhang.
9   Vgl. dazu den beispielhaften Film DIRTY PICTURES (USA 2000) über die politische Hetzkampagne gegen eine Ausstellung mit Fotos von Robert Mapplethorpe im Jahr 1990. – Zur »religiös« motivierten Antihomosexualität in den USA: *Bürger* 2001, 77f., 81. Anfang Dezember 2004 meldeten einige Medien, dass die Sender CBS und NBC einen TV-Spot der zu Recht als liberal geltenden United Church Of Christ (UCC) abgesetzt hatten. Darin waren ein Männer- und ein Frauenpaar ausdrücklich in die Toleranzwerbung einbezogen worden.
10 *Berman* 2004, 244.
11 Vgl. *Morelli* 2004, 132, 156.
12 Im Kino der 90er Jahre ist der Erste Weltkrieg z. B. vertreten mit IN LOVE AND WAR (USA 1996) über Hemmingway's Romanze mit der Red-Cross-Schwester Agnes von Kurowsky während seines Einsatzes als Sanitäter in Norditalien. Hier leisten idealistische Freiwillige aus den USA auf Wilsons Ruf hin »humanitäre Ermutigung« für die italienischen Truppen an der Front.
13 Zitiert nach: *Morelli* 2004, 46. – Zu bedenken bleibt, dass der US-»Internationalismus« (als Gegenposition zum Isolationismus!) von Anfang an natürlich das nationale Interesse der Vereinigten Staaten verfolgte und nach der Teilnahme an zwei Weltkriegen auch erfolgreich zur Supermachtstellung geführt hat. Verbunden war dieser »Internationalismus« mit liberaler Demokratie, Menschrechtsethos und dem Ideal eines sozial kontrolliertem Kapitalismus. – Seit Reaganismus/Thatcherismus hat sich das Paradigma im Zuge der neoliberalen Globalisierung grundlegend verändert: reiner Wirtschaftsliberalismus ohne sozialen Ausgleich, Umformung der Demokratie durch ein antilibertäres Gesellschaftskonzept, unverhohlener Relativismus in der Frage der Menschenrechte und unilaterale Hegemonie der USA unter Aushebelung der internationalen Rechtsordnung.

[14] Die afro-amerikanische Bevölkerung der USA konnte vom demokratischen Präsidenten Wilson »noch nicht einmal gesetzliche Hilfe gegen die Lynchjustiz des weißen Mobs erhoffen.« (Donald H. Avery und Irmgard Steinisch, in: *Lösche/Loeffelholz* 2004, 107.) 1914 gedachte er, in Washingtoner Regierungsbehörden gar Rassentrennungsregelungen einzuführen! (So Klaus Schwabe, in: *Lösche/Loeffelholz* 2004, 110.)

[15] Vgl. dazu Eduardo Lourenço, in: *Fuchs* 2003, 86; ebenso das grundsätzliche Kapitel »›Film‹: Die Politik« in: *Monaco* 1980, 236-255. – Merkwürdig mutet es heute an, wenn *Monaco* 1980, 254 seine Beobachtungen in reiner Vergangenheitsform darstellt: »Wie alle Formen der Massenunterhaltung war der Film in starkem Maße mythenbildend, gerade indem er unterhielt. Hollywood half gewaltig mit, Amerikas nationale Mythen (und damit sein Selbstbewusstsein) zu formen – und oft zu übertreiben.«

[16] Vgl. zu den englischen Radikaldemokraten und zum Schicksal ihres Erbes in der us-amerikanischen Revolution: *Chomsky* 2003, 78f.

[17] Vgl. zum Film THE PATRIOT bes. die kritische Rezension: *Midding* 2000. – Die Geschichte folgt, so Midding, von der Grundidee her: SHENANDOAH (Der Mann vom großen Fluss), USA 1964, Regie: Andrew Victor McLaglen. Einige interessante Hintergrundinformationen zu THE PATRIOT bietet http://www.imdb.com: »Mel Gibson's character was originally scripted to be the real historical figure Francis Marion, ›The Swamp Fox‹, but after historians informed the filmmakers of some of the more sordid aspects of Marion's life (slaughtering Indians, raping his female slaves) they decided to create a fictional story and a more likeable hero. [...] The character of Col. Tavington is loosely based on Col. Banestre Tarleton, who was Cornwallis's cavalry commander. Cornwallis disliked Tarleton's brutal treatment of the colonials and threatened to have him court martialed on several occasions, but was overruled by General Clinton who was in command of all British troops in America. Like the fictional Tavington, Tarleton was vain and impetuous and often disregarded orders from Cornwallis that he disagreed with. Unlike Tavington, Tarleton survived the war and returned to England where he spent the rest of his life defending his actions in America. [...] When teaching Mel Gibson and Heath Ledger how to shoot a muzzle-loading rifle, technical advisor Mark Baker gave them the advice to ›aim small, miss small‹, meaning that if you aim at a man and miss, you miss the man, while if you aim at a button (for instance) and miss, you still hit the man. Gibson liked this bit advice so much he incorporated it into the movie, just prior to the ambush scene. [...] Tagline: Before they were soldiers, they were family. Before they were legends, they were heros. Before there was a nation, there was a fight for freedom.« – Zur einhelligen kritischen Beurteilung von THE PATRIOT in den bundesdeutschen Selbstkontroll-Gremien von Fernsehen und Filmwirtschaft vgl. *Mikat* 2003,47f.: »Kinder als Mörder, deren Gewalttaten durch Rache« motiviert sind; Gewalt »für die gute Sache«; Krieg »als Folie für den Beweis von wahrer (weißer) Männlichkeit«.

[18] Vgl. die geschlechtsspezifischen Hinweise zum evolutionären und sozialpsychologischen Hintergrund (»Die Männer und der Krieg«) in: *Drewermann* 2002a, 114-117; ausführlicher im Kontext der kollektiven Dimensionen des modernen Krieges: *Drewermann* 2001, 76-109.

[19] Zitiert nach: *Blomert* 2003, 5.

[20] Vgl. *Monaco* 1980, 244; *Hölzl/Peipp* 1991, 14f. – In seinem folgenden Monumentalwerk INTOLERANCE (USA 1916) ringt Griffith jedoch um eine humanistische Botschaft wider die Tragödie der Menschheit. (Lenin, so das Lexikon des Internationalen Films, ließ INTOLERANCE in der Sowjetunion aufführen.)

[21] Vgl. *Fröschle/Mottel* 2003, 119-122, die auf analoge Inszenierungen mit Wagners Musik in der »Deutschen Wochenschau« von 1941 und in Coppolas Vietnamkriegsfilm APOKALYPSE

IV. John Wayne und die us-amerikanische Revolution

Now (USA 1979) hinweisen. Zu Griffith ebenso: *Baumeister* 2003, 261f.; *Paul* 2003, 11; *Virilio* 1989, 25ff.
22 Der Film greift das historische Massaker von Lawrence am 21. August 1863 auf. Im Dokumentarfilm THE FOG OF WAR erinnert auch Robert S. McNamara an die verbürgte Gnadenlosigkeit der Bürgerkriegsregeln: Mit dem Hinweis auf die *naturgemäße* Grausamkeit des Krieges lehnt ein Kommandeur die Bitte einer Stadt um Verschonung pauschal ab.
23 Die Tagline von GETTYBURG: »Same Land. Same God. Different Dreams.«
24 »Zweifelsohne wurde der Kampf des Nordens in der ersten Kriegsphase für die Einheit der Nation, nicht aber die Abschaffung der Sklaverei geführt.« (Jörg Nagler, in: *Lösche/Loeffelholz* 2004, 63f.) Das neue Kriegsziel brachte viele strategische Vorteile.
25 Es gab 360.000 Tote auf Seiten der Union, 260.000 im Süden.
26 COLD MOUNTAIN zeigt die grenzenlose Grausamkeit beider Seiten, speziell auch den unterirdischen Einsatz von Sprengstoff gegen ganze Truppenkontingente. (»Ich habe getötet, tagelang, meine Füße gegen die Füße meines Feindes.« »Sollte ich je Güte gehabt haben, so habe ich sie verloren.«) Die Hauptfigur äußert: »Ich könnte mir vorstellen, dass Gott es leid ist, von zwei verschiedenen Parteien angefleht zu werden.« Ein alter Pfarrer lehnt es ab, in der Kirche den Krieg zu predigen bzw. zu verteidigen. Kritisch werden die Kriegsgründe hier bezogen auf die Südstaatenperspektive erhellt: Südstaaten-Soldaten sollen sterben, damit die Reichen auf ihren Baumwollfeldern Sklaven halten können. Der Pastor einer strengen, bigotten Gemeinde will unter Tränen die von ihm geschwängerte schwarze Magd töten, da ihm bei Bekanntwerden des Sittlichkeitsvergehens die Lynchjustiz der weißen Christen droht. In der Südstaatenheimat führt eine grausame »Heimatgarde« während des Krieges das staatliche Regiment und tyrannisiert die Menschen; sie hat es namentlich auf die – als vogelfrei geltenden – Deserteure abgesehen, denen der Film seine Sympathie widmet. – Ein Votum gegen die Waffenwelt wird jedoch faktisch zurückgenommen. Eine Kriegerwitwe sagt: »Am besten wäre, jedes Gewehr und jede Klinge aus dieser Welt zu verbannen.« Wenig später wird sie von einer kleinen Nordstaatentruppe überfallen und rächt sich selbst durch die Tötung eines flüchtenden Soldaten.
27 Winfried Fluck (in: *Lösche/Loeffelholz* 2004, 737) nennt als Zeitdokument Alexander Gardners »Photographic Sketchbook of the Civil War« von 1866. Vgl. *Paul* 2004, 65-69, 87f.
28 In: *Lösche/Loeffelholz* 2004, 65.
29 An die rassistischen und implizit sozialdarwinistischen Wurzeln des Cowboy-Mythos (der Cowboy als angelsächsischer Ritter bzw. Krieger) erinnert Winfried Fluck, in: *Lösche/Loeffelholz* 2004, 746.
30 In: *Fuchs* 2003, 87. – Ähnlich meint der US-Journalist Dave Robb: »Amerikaner mögen Kriegsfilme, weil darin Helden und Schurken vorkommen. Amerikaner lieben Helden und sie lieben Schurken, und Kriegsfilme bieten beides. Es gibt Konflikte, Dramen, Gewalt, Action, und am Ende gewinnen immer die Guten. Das ist die Erklärung.« (Zitiert nach dem Dokumentarfilm: OPÉRATION HOLLYWOOD, Frankreich 2004.)
31 *Wise* 2001, 65f.
32 Natürlich knüpft auch der Mainstream-Western an die nostalgische Verklärung der »Indianer« an, die man schon im Zuge der »Jacksonian Period« (1820-1865) mit völliger Ignoranz gegenüber Genozid und den zeitgleichen Leiden der so Verherrlichten pflegen konnte (vgl. Winfried Fluck, in: *Lösche/Loeffelholz* 2004, 722-726). Gegenüber den frühen politischen Selbsterkenntnissen ist der Western auch dabei eindeutig revisionistisch. Immerhin hatte bereits US-Präsident Rutherford B. Hayes in seiner Jahresbotschaft 1877 geklagt, dass »viele, wenn nicht sogar die meisten unserer Kriege gegen die Indianer ihre Ursache in gebrochenen Versprechen und in von uns begangenen Ungerechtigkeiten haben.« (Zitiert nach:

Donald H. Avery und Irmgard Steinisch, in: *Lösche/Loeffelholz* 2004, 78.) Das US-Bürgerrecht erhielten die »Indianer« übrigens erst 1924.

33 Im Rahmen einer Rezension zu THE LAST SAMURAI: *Oehmann* 2004a. – Zu erinnern ist freilich daran, dass die »weißen Angelsachsen« der us-amerikanischen Rechten den millionenfachen Mord an Afrikanern ebenfalls aus den Konstrukten ihres historischen Selbstbewusstseins ausklammern.

34 Eine australische Volkshelden-Legende über einen berühmten Gesetzlosen, der sich mit seiner Gang gegen erlittenes Unrecht zur Wehr setzt, bietet: NED KELLY (Gesetzlos – Die Geschichte des Ned Kelly), Australien/GB/F 2003, Regie: Gregor Jordan.

35 *Marsiske* 2004 schreibt in seiner – sehr wohlwollenden – Filmkritik: Open Range »bezeichnet eine historische Epoche, die von etwa 1865 bis 1890 reicht. Es ist die Zeit des American Cowboy, der seine Rinder dort grasen lässt, wo sie saftige Weiden finden, und das schlachtreife Vieh dann zur nächst gelegenen Bahnstation treibt. Open Range ist eine Produktionsweise, die den Bedürfnissen am Ende des Amerikanischen Bürgerkriegs entsprach: Neue Kühltechniken erweiterten die Märkte für Rindfleisch im Osten, zugleich erschloss die Armee neue Weidegründe im Westen, und das Eisenbahnnetz ermöglichte den Transport. Im Lauf der Zeit litt das Open-Range-System aber zunehmend unter seinem eigenen Erfolg und geriet in Konflikt mit den Interessen von Großgrundbesitzern.«

36 *Chomsky* 2001, 133. Vgl. auch *Chomsky* 2003, 70f.

37 Im Januar 2004 erklärte auch Präsident Bush vor der NASA: »Wir werden neue Schiffe bauen, um die Menschen weiter ins Universum hinauszutragen, ein neues Standbein auf dem Mond zu haben und uns auf neue Reisen in Welten jenseits unserer eigenen vorzubereiten ...« (Zitiert nach: *Haubold* 2005, der ausführlich auch auf die Entsprechungen von Wild-West-Mythos und Science-Fiction-Literatur zur Eroberung des Mars hinweist.)

38 In seinem berühmten Vortrag sagt Turner 1893 über die Wandlung des weißen Mannes in der Wildnis: »Bevor er sich versieht, baut er Mais an und pflügt mit einem spitzen Stock, stößt den indianischen Kriegsruf aus und übernimmt den Brauch des Skalpierens. [...] das Resultat ist nicht mehr das alte Europa [...] Vielmehr entsteht etwas neues, spezifisch amerikanisches.« (Zitiert nach Winfried Fluck, in: *Lösche/Loeffelholz* 2004, 708.) Hier also ist Donald Rumfelds Rede vom »alten Europa« verortet.

39 In THE PATRIOT oder RIDE WITH THE DEVIL hatten wir bereits gesehen, dass die Kategorie »irreguläre Kämpfer« vor allem auch auf den Unabhängigkeitskrieg und den us-amerikanischen Bürgerkrieg zurückgeht!

40 Vgl. *Müller-Fahrenholz* 2003b, 72f.

41 Bill the Butcher, Anführer der »native Americans«, verrät in GANGS OF NEW YORK sein Geheimnis: Er habe stets überleben und regieren können, in dem er ein permanentes »Feuerwerk der Furcht« gezündet habe.

42 Zitiert nach: *Suchsland* 2003a.

43 Zu »Italian American Images« im US-Film vgl. *Wöhlert* 2003, 67-76.

44 Vgl. *Dienes/Holler* 2002, bes. 4 und 7.

45 Das weltweit an allen US-Konsulaten prangende – aggressiv gestaltete – Adler-Wappen bzw. Großsiegel der Vereinigten Staaten verkündet: »E Pluribus Unum.«

46 *Seeßlen/Metz* 2002, 118f. sprechen mit Blick auf die Gegenwart von einem »Diskurs über Isolationismus und Weltmacht, Individuum und Kollektiv, Handlung und Symbol«. Dieser stelle »die Frage, wie sich Amerika in Zukunft verhalten wird, Amerika als Wesen einzelner Menschen, Amerika als mythische Gemeinschaft und Amerika als Großmacht. [...] Die Beschwörung der nationalen Symbole (hemmungsloser Kitsch, hemmungslose Propaganda) ist so besehen nichts anderes als eine Beschwörung des alten Amerika, jenes isolationistische

IV. John Wayne und die us-amerikanische Revolution

Amerika, das nach den Worten von George Washington seine ›true policy‹ verfolgt, ›to stay clear of permanent alliances‹.«

47 Ende 2004 gaben in einer EU-weiten Umfrage 58 % der Befragten an, die USA spiele mit Blick auf den Weltfrieden eine negative Rolle (http://www.sipotec.net/X/Krisenherde/Israel-Archiv.html).

48 So meint auch *Flores d'Arcais* 2005: »Der Krieg schließt den antidemokratischen Kreis des Populismus und heiligt seine Bestandteile: Die Gemeinschaft wird zu einer ›großen Familie‹ (oder gar zur ›Firma‹) verklärt, mit einem ›Vater‹ an der Spitze. Es gilt die Logik des Gehorsams. Der Dissens, der das demokratische Zusammenleben begründet, wird kriminalisiert und Konformismus zur Bürgertugend.«

49 Vgl. *Richter* 2002, 149-154, 177; vgl. zum sozialen Leben in den USA auch die Anmerkungen in: *Berman* 2002, 36f. und 80. – Die Brüchigkeit eines Gemeinschaftsgefühls, das unversehens aus Trauer in Ideologie umschlägt und schließlich die Betroffenheit durch zynische Spaltung ersetzt bzw. erträglich macht, benennen *Seeßlen/Metz* 2002, 46: »Wie das funktioniert, kann man in jeder amerikanischen Fernsehserie sehen. Eine Vereinigung von egomanischen und neurotischen Zynikern schaltet blitzschnell auf das sentimentale Wir-Engineering um, bricht aber genauso schnell wieder in die zynischen oder ironischen Individuen auseinander, wenn die äußere Bedrohung zu groß wird (if you can't beat them, join them) oder sich als überwunden zeigt.«

50 Deshalb sind z. B. auch die meisten *Kommunalpolitiker* der bundesdeutschen Volksparteien viel kritischer gegenüber der gegenwärtigen Gestalt des Monopolkapitalismus eingestellt als die nationalen Funktionäre von SPD und CDU.

51 Bekannt ist die Feststellung von Arthur Schopenhauer: »Aber jeder erbärmliche Tropf, der nichts in der Welt hat, darauf er stolz sein könnte, ergreift das letzte Mittel, auf die Nation, der er gerade angehört, stolz zu sein. Hieran erholt er sich und ist nun dankbarlich bereit, alle Fehler und Torheiten, die ihr eigen sind, mit Händen und Füßen zu verteidigen.« Der Vorgang ist in massenkultureller Hinsicht jedoch gerade »von oben« her zu erhellen.

52 Vgl. bei *Mehrtens* 2003, 181-183, 195f. den im Rahmen einer Filmanalyse von DEEP IMPACT (1998) angewandten Terminus »*Konstruktion der kampfbereiten Nation*« und auch die Hinweise auf Renan und Langewiesche.

53 Zitiert nach: *Frey* 2004, 351.

54 Die Zeitung *Bild am Sonntag* zitierte am 31.10.2004 wenige Stunden vor den US-Wahlen auch den demokratischen Präsidentschaftskandidaten John Kerry mit einem ähnlichen Votum: »Wir Amerikaner sind in der Entschlossenheit, Osama bin Laden und die Terroristen zur Strecke zu bringen und zu zerstören, absolut vereint. [...] Es sind Barbaren. Und nichts wird mich davon abhalten, sie zu jagen, zu fangen oder sie zu töten, wo immer sie sind und wessen immer es bedarf.«

55 Dazu arglos der Pentagon-Filmbeauftragte Philip Strub: »An dem Film PATTON waren wir beteiligt – und wie ich gehört habe, hat er sowohl Patton's Gegnern als auch seinen Bewunderern gefallen, weil er als ein komplexer Charakter dargestellt wurde. Wir hätten ja oft lieber komplexere Charaktere als die eindimensionalen, die man uns üblicher Weise auftischt.« (Zitiert nach dem Dokumentarfilm: OPÉRATION HOLLYWOOD, Frankreich 2004.)

56 Zitiert nach dem Dokumentarfilm: OPÉRATION HOLLYWOOD (Frankreich 2004).

57 *Reinecke* 1993, 42; vgl. zu »Ideologie und Wandlungen des Western« ebd., 21-26. – Zum »Frontier-Mythos« auch: *Koppold* 1989, 48 und *Hölzl/Peipp* 1991, 45f.

58 *Reinecke* 1993, 22. – Freilich ist daran zu erinnern, dass aus dem Western-Genre auch kritische Anfragen erwuchsen. Als Beispiele, in denen sich abweichend vom Mainstream-Western eine menschlichere Sicht zeigt oder »ewige Wahrheiten« des Westernmythos revisionis-

tisch zumindest in Frage gestellt werden, nennt *Monaco* 1980, 246, 277f.: THE INDIAN MASSACRE (USA 1913) von Thomas Ince, BROKEN ARROW (USA 1950) von Delmer Daves, THE SEARCHERS (USA 1956) und CHEYENNE AUTUMN (USA 1964) von John Ford. SOLDIER BLUE (USA 1969) wurde als verklausulierte Anklage gegen das Massaker von US-Soldaten im vietnamesischen My Lai verstanden. Im gleichen Jahr bot LITTLE BIG MAN eine nicht konforme Sicht auf den Umgang der weißen US-Pioniere mit den ursprünglichen Einwohnern des Landes. – Der Vergleich mit Vietnam prägt die Wahrnehmung. Über SOUTHERN COMFORT (Die letzten Amerikaner, USA 1981) heißt es z. B. im *Lexikon des Internationalen Films*: »Während einer Wochenendübung für Reservisten der Nationalgarde verirren sich neun Soldaten in den Sümpfen Lousianas, fangen Streit mit den dort lebenden Cajun-Indianern an und werden von diesen gejagt, bis nur zwei übrig bleiben. [...] Seine Naturmetaphorik der klaustrophobischen Sumpfgebiete fügt sich als zusätzliche Bedeutungsebene in eine politische Parabel über den Vietnamkrieg.«

[59] Zitiert nach: *Holert/Terkessidis* 2002, 29.
[60] Vgl. *Lifton* 1994, 81. Vgl. zum »Indianer-Spiel« im Vietnamkriegsfilm auch: *Bürger* 2004, 74, 119.
[61] Vgl. *Bürger* 2004, 136-144 (über »besondere Morde im Krieg«).
[62] So referiert es *Bönisch* 2004 – im Zusammenhang mit gehäuften Sexualdelikten *innerhalb* des US-Militärs.
[63] Vgl. *Bürger* 2004, 53-56, auch 182-197.
[64] Vgl. zu TAXI DRIVER: *Bürger* 2004, 55f.
[65] *Reinecke* 1993, 60.
[66] Noch mörderischer und menschenverachtender wird eine gnadenlose Selbstjustiz als »Schmutzbeseitigung in New York« im nachfolgenden THE EXTERMINATOR II (USA 1984) präsentiert.
[67] Wenn ein Tiger-Force-Vietnamveteran in EYE OF THE TIGER (1986) an Stelle der zuständigen, jedoch korrupten Staatsbeamten ein Rocker-Lager mit schwersten Geschützen aushebt, gibt es im Drehbuch keine Hinweise mehr, dass dergleichen eigentlich ja nicht in Ordnung ist.
[68] Dazu *Koppold* 1989, 52: »Handfeste Politik wird versprochen und das Ende der Herrschaft der intellektuellen Eierköpfe. Dass für diese Zwecke ein Rambo taugt, der sich kaum verbal äußern kann, der eine Abneigung gegen die Schwätzer da oben hat, der sich von ihnen im Stich gelassen fühlt, dass so einer also zur Identifikation der Betrogenen da unten mit rechter Politik missbraucht wird, ist besonders perfide und erklärt den Erfolg dieser Figur.«
[69] Vgl. u. a.: *Hölzl/Peipp* 1991, 185-205; *Reinecke* 1993, 56-92; *Hoff* 1995; *Scherz* 2003, 34-44.
[70] So *Holert/Terkessidis* 2002, 50. – Zum (sachlich gut begründeten) Urteil des bundesdeutschen Jugendschutzes über die RAMBO-Filme vgl. *Gottberg* 2004, 94-98; *Büttner* 2004, 83f.
[71] Zitat nach: *Strübel* 2002a, 64. (Seine Quelle beruft sich auf die New York Times vom 1.7.1988); *Reinecke* 1993, 60 zitiert das Reagan-Bekenntnis nach »Der Spiegel« 29/1985, 81: »Jungs, ich bin froh, dass ich Rambo gesehen habe. Jetzt weiß ich, was ich das nächste Mal zu tun habe.«
[72] So Georg Seeßlen, in: *Reinecke* 1993, 158: »Der Held des Vietnamfilms ist krank und in einer Form süchtig nach diesem Land, das sich nicht erobern lässt [...] Vietnam wird zum Ersatzmythos für den verlorenen Westernmythos.«
[73] Vgl. dazu: *Scherz* 2003, 34-50.
[74] *Brinkemper* 2003 sieht den bleibenden Einfluss des Action-Genres so: »In den 90er Jahren wurde durch das allgegenwärtige Action-Konzept und die Technik der immer schnelleren

IV. John Wayne und die us-amerikanische Revolution

Schnitte, Stunts, Special Effects und digitalen Tricks auch der Kriegsfilm immer weiter entpolitisiert und zum terroristischen Schaustück der Explosionen und sterbenden Helden getrimmt: [...] Konforme Handlungszusammenhänge wurden in Einzelkämpfer-Szenarien zerlegt. Special Forces und gemeine Soldaten arbeiten zum Teil unverhohlen mit terroristischen Methoden, die sich an die Clausewitzsche Symmetrie oder Völkerrechtskonventionen nicht mehr halten. Die Perspektive der High-Tech-Kämpfer wurde weiter ausgebaut: in Kampfjets, Hubschraubern, U-Booten, Panzern und auf Schlachtkreuzern. Mythische, historische, aktuelle und zukünftige Kriege sind mittlerweile in voller Reichweite der digitalisierten Hollywood-Dramaturgie. Die Archivierung und Musealisierung aller Kampfarten schreitet weiter fort. Sie sind jederzeit abrufbar, um neue Battle-Creatures zu schaffen. – Die Schockreize des Vietnamkriegs sind in Film und Fernsehen mittlerweile zum Unterhaltungsmaterial eines zynischen Militainments heruntergekommen, das im Vordergrund jede Schreckensnachricht durch beschwichtigende Kommentare ›einbettet‹ und abfedert.«

75 *Müller-Fahrenholz* 2003a, 53.
76 Vgl. *Everschor* 2003, 203 und 217. Der ehedem aussichtsreiche Anwärter auf die republikanische Präsidentschaftskandidatur, Bob Dole, zählte NATURAL BORN KILLERS zu jenen »Albträumen der Verworfenheit«, die die USA überschwemmen und die Kinder vergiften. Es wurde sogar ein Gerichtsverfahren gegen diesen Film angestrengt.
77 Vgl. zum ausgeprägten Interesse der US-Vietnamsoldaten an den Fotografen und Filmern auch: *Holert/Terkessidis* 2002, 29.
78 Zitiert nach: *Spang* 2004.
79 *Bush* 2003a. Kontext ist die Präsidentenrede am 10.2.2003 in Nashville, die ganz mit Predigtanteilen durchsetzt ist. Darin enthalten ist kurz vor dem Irakkrieg die moderne Version des Kreuzzugsrufes »Gott will es«: »Gott hat uns aufgerufen, unser Land zu verteidigen und die Welt zum Frieden zu führen.«
80 Vgl. *Frey* 2004, 333-345. – Im Jahr 2004 sind 76 Prozent der erwachsenen US-Amerikaner Mitglied einer Kirche; die Kirchgangsquote wird mit 50 Prozent beziffert.
81 Die Kinder der USA lässt man auf dem Schulhof »Treue auf die Fahne der Vereinigten Staaten von Amerika und die Republik, für die sie steht« schwören. Eine – den Zusatz »One Nation Under God« (Lincoln) betreffende – »Entscheidung des Supreme Court gab es am 14. Juni 2004. Danach ist es zulässig, dass in der ›Pledge of Allegiance‹, dem Loyalitätsgelöbnis zur Fahne, das täglich von Millionen US-Schulkindern geleistet wird, die Formel ›eine Nation unter Gott‹ beibehalten wird.« (Der Standard, 1.7.2004) Verboten waren per Gesetz in den USA bereits 1918 »illoyale, lästerliche, unflätige oder beleidigende Äußerungen, oder Äußerungen, die darauf abzielen, die Regierungsform der Vereinigten Staaten, die Verfassung, die Flagge sowie die Uniform von Armee oder Flotte mit Verachtung, Spott, Beleidigung oder Verleumdung zu behandeln ...« (*Chomsky* 2003, 239.)
82 *Dienes/Holler* 2002, 2f. – Dass die strengen Christen der ersten Einwanderergenerationen auch Vorstellungen über Teufel und Hexen mit auf den Kontinent brachten, illustriert ein – im Kontext des McCarthyismus zu verstehendes – Bühnenstück (1953) von Arthur Miller über Ereignisse an der amerikanischen Ostküste im Jahr 1692, verfilmt in THE CRUCIBLE (Hexenjagd, USA 1996). Zur theokratischen Kirchenzucht in frühen calvinistisch geprägten Kolonialgemeinden zur Mitte des 17. Jahrhunderts, zur Abneigung gegenüber Quäkern und zur vorherrschenden Einstellung gegenüber den ursprünglichen Einwohnern vermittelt THE SCARLET LETTER (USA 1995) ein Bild, nach Werken von Wim Wenders (1972) und Rick Hauser (1974) eine weitere Verfilmung des gleichnamigen US-Literaturklassikers (1850) von Nathaniel Hawthorne. Gegenpositionen zu Moralterror, religiöser Intoleranz und Krieg gegen die »Indianer« werden hier durch einen hochgebildeten charismatischen

Theologen der Gemeinde und seine heimliche Geliebte vertreten. – Historiker wie Adam Rothman (Washington) erinnern daran, dass im einseitigen Bild der Puritaner demokratische Traditionen und Gemeinschaftssinn oft unterschlagen werden. Gegenüber späteren kulturkritischen Verzerrungen bemüht sich auch Winfried Fluck (in: *Lösche/Loeffelholz* 2004, 714-719) um ein gerechteres Bild.

83 *Bahr* 2003. Die biblische Rede von einer »Stadt auf dem Berge« und einem »Neuen Bund« (Convenant), die für die Zivilreligion der USA so wichtig werden sollte, hatte zuvor bereits 1630 John Winthrop, Anführer des Exodus von Puritanern auf dem Schiff Arbella und erster Gouverneur von Massachusetts, bemüht. Er betrachtete in seiner berühmten Predigt »A Model of Christian Charity« die Ankunft in Amerika heilsgeschichtlich als Anbruch eines Neuen Zeitalters.

84 Vgl. dazu Hans Vorländer und Winfried Fluck, in: *Lösche/Loeffelholz* 2004, 304-310, 706-708. – Vgl. zur kapitalistischen Ideologie im neueren Fundamentalismus der USA die nachfolgenden und andere Zitate nach *Payer* 2002: »Das fundamentale praktische Prinzip des Christentums lautet ›Gib, und dir wird gegeben.‹ Ohne Privateigentum kann man nichts geben, weil einem nichts gehört [...] Der Sozialismus ist prinzipiell christentumsfeindlich, der Kapitalismus hingegen ist seinem Wesen nach die am stärksten mit der religiösen Wahrheit übereinstimmende Lebensform.« »Die tiefsten Wahrheiten des Kapitalismus sind Glaube, Hoffnung und Liebe.« (Georg Gilder, evangelikaler Wirtschaftswissenschaftler) »Ich glaube an den Kapitalismus, an die freie Marktwirtschaft und an das Privateigentum [...] Die Menschen sollen das Recht haben, Eigentum zu besitzen, hart zu arbeiten, etwas zu erreichen, zu verdienen und zu gewinnen.« »Gott liebt Freiheit, Privateigentum, Wettbewerb, Fleiß, Arbeit und Erwerb. All das wird im Wort Gottes vermittelt, im Alten wie auch im Neuen Testament.« (Jerry Falwell)

85 So seit langem z. B. die rechten US-Evangelikalen Pat Buchanan oder Pat Robertson. – Ähnlich verkünden Chefökonomen der neoliberalen Weltreligion wie Roland Baader und Norbert Walter heute ein ganz besonderes »Evangelium«, in dem sie ein solidarisches Wirtschaften geradewegs als *Götzendienst* denunzieren. Der Sozialstaat sei »Aberglauben«, »quasi-religiöser Götzenkult« bzw. »Ersatzreligion«. Er zerstöre das »Gefühl der Nächstenliebe« und lösche in Gestalt des vergötzten »Kollektiv-Sozialen« das »Feuer des wahrhaft Menschlichen« aus. Soziale Gerechtigkeit zeuge von »Machbarkeitswahn« und erweise sich »in letzter Konsequenz als Gotteslästerung«. Der Neoliberalismus, so resümiert der Theologe Franz Segbers in seinen Arbeiten, wird hingegen als *»schöpfungsgemäß«* und der Egoismus unverfroren als Tugend bezeichnet. Diese Ideologien verweisen geradewegs auf eine US-amerikanische Wurzel. – G. W. Bush Jun. favorisiert als »mitfühlender Konservativer« die christlichen »Armeen der Barmherzigkeit«, die ausdrücklich an Einfluss gewinnen sollen und dann offenbar als freie Initiativen die sozialen Fragen des Gemeinwesens zugewiesen bekommen.

86 Auch über den Säulen hinter der Rednertribüne im Kapitol und in vielen anderen öffentlichen Räumen prangt das Bekenntnis »In God we trust.«

87 Vgl. *Dienes/Holler* 2002 (dort auch Quellenangaben zu den im Text folgenden Zitaten von Washington und Hatfield); *Müller-Fahrenholz* 2003b, 33-49.

88 *Sloderdijk* 2001, 17-24 erinnert daran, dass bereits Thomas Jefferson sich die von ihm akzeptierten Passagen aus seiner Evangelienausgabe regelrecht ausgeschnitten und zusammengeklebt und das Ergebnis hernach als »Jefferson-Bibel« ediert hat.

89 An die Grundlagen erinnert *Der Standard* vom 1. Juli 2004 (http://derstandard.at/?id=1713959): »In der US-Verfassung ist die Trennung von Kirche und Staat im Grundrechte-Zusatz, dem ›First Amendment‹ von 1791, verankert. ›Der Kongress soll keine Ge-

setze zur Gründung einer Religion erlassen‹, heißt es dort, wobei damit vor allem die Schaffung einer Staatskirche wie in England abgelehnt wird. 1802 präzisierte Thomas Jefferson, der dritte Präsident der USA, dass damit ›eine Mauer ewiger Trennung zwischen Kirche und Staat‹ errichtet worden sei. [...] 1971 formulierte der Supreme Court den Grundsatz, wonach direkte Regierungshilfe für religiöse Schulen verfassungswidrig ist. Gesetze müssten zudem einen nichtreligiösen Zweck haben und Religionen gegenüber neutral sein.«

90 Nach Willi Paul Adams (in: *Lösche/Loeffelholz* 2004, 14.) beabsichtigten die frühen Puritaner mehrheitlich keine Theokratie in dem Sinn, dass die Bibel anstelle des weltlichen Gesetzes treten und Theologen die politischen Ämter besetzten sollten; doch sie wollten eine enge Verzahnung ihrer religiösen Normen für den Lebenswandel mit den »Regeln des gesellschaftlich-staatlichen Zusammenlebens« erreichen.

91 Zitiert nach: Gebhard Schweigler, in: *Lösche/Loeffelholz* 2004, 415.

92 Zitiert nach: *Frey* 2004, 73. Der Vers auf der »Liberty« ist eine Zeile aus einem Gedicht der jüdisch-amerikanischen Dichterin Emma Lazarus. (Er erinnert auch an ein Jesus-Wort in Matthäus 11,28: »Kommt alle zu mir, die ihr euch plagt und schwere Lasten zu tragen habt. Ich werde euch Ruhe verschaffen.«) Die Freiheitsstatue im Hafen New Yorks ist ein Geschenk Frankreichs zum hundertsten Jahrestag der US-amerikanischen Revolution.

93 Zitiert nach: Hans Vorländer, in: *Lösche/Loeffelholz* 2004, 290.

94 Der Bibelvers dazu ist Matthäus 12,30: »Wer nicht für mich ist, der ist gegen mich.« – Ein gegenteiliges Jesuswort bietet Markus 9,40: »Denn wer nicht gegen uns ist, der ist für uns.« (Vgl. auch Lukas 9,50.)

95 Vgl. dazu: *Spang* 2004. – Vor den Vereinten Nationen erklärte Bush am 12. September 2002: »Die Freiheit, die wir so hoch schätzen, ist nicht Amerikas Gabe an die Welt, sondern Gottes Geschenk an die Menschheit ... Der Ruf der Geschichte ist an das richtige Land gegangen [...] Wir opfern uns für die Freiheit von Fremden.«

96 *Loquai* 2003. (Dort angegebene Quellen: Matthias Rüb: Der fromme Mann im Weißen Haus. In: FAZ, 29.1.2003; Thomas Kleine-Brockdorf: Der Wiedergeborene. In: Die Zeit, 13.3.2003.)

97 Vgl. *Scherer-Emunds* 1989, 19, 80-85. *Payer* 2001 bietet neuere Zitate, die u. a. die Erhebung von Kapitalismus und Erfolg zu Dogmen des Fundamentalismus belegen.

98 *Scherer-Emunds* 1989, 28f. nennt als Eckdaten u. a. die Niagara-Konferenz von 1878 und den erstmals 1923 in der Zeitung »Christian Century« veröffentlichten Fünfer-Kanon der »Fundamentals« (wörtliche Irrtumslosigkeit und göttliche Inspiration der Bibel; Gottheit Christi; stellvertretendes Sühneopfer des Erlösers; Auferstehung Christi; baldige Wiederkehr Christi).

99 A. Benezet war französischstämmig. – Vgl. die gedruckte Fassung des 1766 veröffentlichten Sermons im Internet: *Benezet*, Anthony: Thoughts on the Nature of War. A Thanksgiving Sermon. (1759) http://peacefile.org/phpnuke/index.php . – Zur Kriminalisierung christlicher Pazifisten in den USA während des Ersten Weltkriegs vgl. die Hinweise in: *Chomsky* 2003, 240.

100 Vgl. Winfried Fluck, in: *Lösche/Loeffelholz* 2004, 727-729.

101 Vgl. Klaus Schwabe, in: *Lösche/Loeffelholz* 2004, 111.

102 Im populären Kino hat das Anliegen der Befreiungstheologie z. B. mit THE MISSION (GB 1986) von Roland Joffé und ROMERO (USA 1989) von John Duigan Aufnahme gefunden.

103 Vgl. *Church Folks for a Better America* 2005.

104 Vgl. *Begegnungen* (Wolfgang Huber und Richard Land). In: Chrismon. Das evangelische Magazin Nr. 4/2003, 24-27. – *Hoyng/Spörl* 2003, 99 sprechen von 41.500 Kirchen der Southern Baptist Convention und zitieren Land als Präsidenten der Ethikkommission des

Konvents: »Einen gerechten Krieg zu führen ist ein Akt christlicher Nächstenliebe. Das Böse muss bestraft, das Gute belohnt werden. Die Zeit für Gewalt ist gekommen.«

[105] Vgl. zum Internationalismus in THE SAND PEBBLES (USA 1966) von Robert Wise und zu einem klassischen christlichen Text von Lactantius: *Bürger* 2004, 46.

[106] In diesem aktuellsten SPARTACUS-Film ist der Befreiungskampf bzw. Sklavenaufstand nachdrücklich im Licht der Ursprungsideale der us-amerikanischen Revolution gezeichnet – wobei kritische Anspielungen auf die Imperial-Rhetorik der Neokonservativen schwer zu überhören sind. Das Imperium Romanum um 70 v. Chr. ist eine Sklavenhaltergesellschaft, betreibt globalen Rohstoffimperialismus und sichert seine Weltherrschaft mit Militärterror und Kreuzigungen. Bezeichnend für Rom ist auch die menschenverachtende Unterhaltungsmaschinerie der Arena (Gladiatoren; grausame Tötungen als öffentliche Belustigung). Sklaven – Schwarze, Weiße, Angehörige aller Nationen, Religionslose, Polytheisten und Juden – ziehen durch das Imperium und befreien überall andere Sklaven. Sie wollen »Rom ein Ende bereiten und eine neue Welt errichten, in der es nie wieder Sklaven und nie mehr Herren gibt«. – Auf der Stufe der globalen Weltherrschaft ist gleichzeitig die Republik bedroht, da die Superreichen in Rom nach einer tyrannischen Regierungsform streben. Im Senat verkörpert Crassus, der »reichste Mann der Welt«, das Konzept »Nationale Sicherheit versus Demokratie«. Einem Verbündeten der Sklaven droht er: »Wir sind die größte Nation der Menschheit. [...] Entweder Du bist für mich oder Du bist gegen mich.« (»... either you are with me or you are against me.«) Crassus lässt 200 Sklaven in Rom verbrennen, was den »Geruch seiner neuen Weltordnung« eindringlich vermittelt. Am Ende wird immerhin die Möglichkeit der Umkehr Einzelner innerhalb der Elite Roms gezeigt. Ein Senator, Verfechter der alten Republik, zeigt sich beeindruckt von der Freiheitsbotschaft des Sklavenaufstandes. – Eine »antifranzösische« Randnotiz – wie sie im gegenwärtigen US-Kino beliebt ist – könnte in der Gestalt eines gallischen Gladiators erblickt werden. Dieser schert aus dem gemeinsamen Bündnis der Sklaven aus und wird hernach mit seinen Anhängern als erster von den Römern abgeschlachtet.

[107] Vgl. dazu »*Archaische Krieger« für die Bundeswehr* 2004: »Heeresinspekteur, Generalmajor Budde, hatte zuvor erläutert, welcher Soldatentypus dadurch moralische Rückendeckung erhalten soll. ›Wir brauchen den archaischen Kämpfer und den, der den High-Tech-Krieg führen kann‹, erklärte er. Die Äußerung spielt auf animalische Eigenschaften an, die dem Menschenbild der Vorgeschichte entsprechen und die zivilisatorische Einhegung des Tötens entgrenzen. Den deutschen Soldaten der Zukunft müsse man sich als einen ›Kolonialkrieger‹ vorstellen, ›der fern der Heimat bei dieser Art von Existenz in Gefahr steht, nach eigenen Gesetzen zu handeln‹.« – (Dort angegebene Quellen: Mit einem politischen Paukenschlag in den Ruhestand. In: Die Welt, 5.3.2004; Bundeswehr braucht archaische Kämpfer. In: Welt am Sonntag, 29.2.2004.) – Wie es heute um das Bundeswehr-Ideal des »Staatsbürgers in Uniform« steht, ist nachzulesen im kritischen Beitrag von: *Gessenharter* 2004.

[108] Der Buchtitel: *Kagan*, Robert: Warrior Politics: Why Leadership Demands a Pagan Ethos. New York 2001. – Dass ein Blatt wie die Frankfurter Allgemeine Sonntagszeitung für primitiven Bellizismus rechter Intellektueller aus den USA im Jahr 2002 ein Forum bietet, gibt zu denken: *Hanson* 2002. – Der eher »liberale« Robert D. Kaplan wünscht, dass die multiethnische U.S. Army nach dem Vorbild Roms im 2. Jahrhundert ihre »Sozialkompetenz und den Mentalitätenmix« nutzt, wobei das aktuelle Geschick vieler US-Söldner freilich unberücksichtigt bleibt (vgl. *Misik* 2003; dort auch der Hinweis auf: *Greiner*, Bernd: Die amerikanische Guerilla. Zur Wiederentdeckung der Special Forces. In: Blätter für deutsche und internationale Politik, 7, 2003, 834-842). Vollständig widerlegt werden die Thesen

Kaplans durch die Realität im Irak.
[109] Der Film wurde für das bundesdeutsche Kino unwesentlich gekürzt, um – aus kommerziellen Gründen – eine niedrigere Altersfreigabe zu erwirken.
[110] In LION OF SPARTA / THE 300 SPARTANS verteidigen 300 Spartaner um 480 v. Chr. das zur Einheit findende freie Griechenland gegen einen Einfall des Perserkönigs Xerxes. Der historische Stoff ist verarbeitet zu einem Krieg der Demokratie gegen die Übergriffe eines unfreien, versklavenden Imperiums. Auch einfache Leute stehen ein für die Idee Griechenlands. Propagiert wird ein bellizistisches Männlichkeitsideal (»Wie schön Du bist. Im roten Kriegsmantel siehst Du aus wie ein richtiger Mann!«). Der Tod für die Zukunft eines freien Griechenlands wird über alle Maßen verherrlicht. Spartas Kriegsethos wird am Schluss bekräftigt: »Wanderer, kommst Du nach Sparta, so verkünde dorten, Du habest uns hier liegen gesehen, wie das Gesetz es befahl.« – Diese Produktion von 1960 im Kontext des Kalten Krieges gibt im Nachspann die Mitwirkung des Königshauses, der Regierung und der Königlichen Armee Griechenlands bekannt. (Erklärter Bewunderer des im Film dargestellten Geschehens war übrigens Hermann Göring; vgl. *Reichel* 2004, 84.)
[111] Freilich besteht wenig Aussicht, dass der Schauspieler und Multimillionär Brad Pitt zusammen mit den sozial überwiegend unterprivilegierten US-Soldaten in Kriege der US-Regierung zieht.
[112] Vgl. dagegen die hilfreichen Bezüge zu Homers Ilias in einer Arbeit über das Vietnamtrauma US-amerikanischer Soldaten: *Shay* 1998. Hier wird vor allem auf die von Homer bemühte »*thémis*« (als »Verrat an dem, was recht ist«) zurückgegriffen, die den Krieger letztlich zerstört. (Die sich anschließenden Ratschläge an das US-Militär sind freilich zu Recht als Widerspruch zum Grundanliegen des Buches scharf kritisiert worden.) – Einen kritischen Bezug auf Rom findet man auch »in einem Leitartikel in der New York Times vom 24.9.2002 über >The Bush doctrine<: >An anderen Punkten klingt das Strategiedokument mehr wie eine Verlautbarung, die das Imperium Romanum oder Napoleon erlassen haben könnten ...<« (*Küng* 2003.) Zum Versuch von Peter Bender (Weltmacht Amerika – Das Neue Rom, 2003), die neuere US-Politik mit dem Imperialismus des Römischen Reiches zu vergleichen: *Rebenich* 2003. Kapitol, Jefferson- und Lincoln-Memorial sowie andere Staatsbauten in Washington sind übrigens bewusst nach dem Vorbild der römischen Imperialarchitektur gestaltet. Vgl. zum »Rom-Kino« insgesamt: *Junkelmann* 2004.
[113] Folgende Drehbuchpassagen der Literaturverfilmung INSTINCT erhellen diese Bewertung der Zivilisation aus Ethan Powells Sicht: »Als ich die Kamera weglegte, war es das erste Mal, dass ich sie [die Gorillas] sah [...] Ich mochte sie, ich brauchte sie [...] Ich war fasziniert von dieser langsamen Annäherung. Ich fühlte mich privilegiert, und ich fühlte, wie etwas zu mir zurückkehrte, das schon vor langer Zeit verloren gegangen war und an das ich mich nun wieder erinnerte. Und plötzlich, einfach so, geschah es: Ich stand nicht mehr außerhalb der Gruppe.« »Da draußen, tief in den Wäldern, weit weg von allem, was man kennt, was man in der Schule gelernt hat durch Bücher, Lieder, Gedichte, findet man Frieden, Zugehörigkeit, Harmonie, sogar Sicherheit. Jeden Tag sind Sie in unseren Städten mehr Gefahren ausgesetzt als jemals im Schutz dieser Wälder.« »Ich habe als Mensch mit Tieren gelebt, so wie die Menschheit vor zehntausend Jahren. Damals wussten die Menschen noch, wie man zu leben hatte, bevor [...] Sie kamen und Ihresgleichen [die Täter].« Die wahre Geschichte der Menschheit – vor zwei Millionen Jahren in Afrika beginnend – hat nach Powell die Zivilisationsrichtung der Täter zu berücksichtigen. Vor zehntausend Jahren gab es noch ein Gegenmodell, das der »Stammesgemeinschaften, Jäger, Siedler, Sammler. Sie töteten nie mehr Tiere, als sie für ihren Lebensunterhalt brauchten, kultivierten nie mehr Land als sie benötigten. Sie mussten kämpfen, aber sie führten niemals Kriege, haben nie

Völker ausgerottet. Sie hatten ihren Platz in dieser Welt und waren Teil dieser Welt. Und sie teilten miteinander. Wir haben das alles verändert.« »Wir müssen nur eine Sache endlich aufgeben, unsere Vorherrschaft. Die Welt gehört uns nicht. Wir sind keine Könige und auch keine Götter. Können wir das aufgeben, diesen Zwang, alles zu kontrollieren, diesen Drang, wie ein Gott zu sein?« – Überzeugend wird im Film das menschenverachtende Kontroll- und Machtsystem innerhalb des Strafvollzuges gezeigt. Ein psychiatrischer Gutachter ebnet, nachdem Powell ihm die Augen über die Strukturen der Anstalt geöffnet hat, den Weg zu einer Solidarisierung der Gefangenen.

[114] Der lutherische US-Feldgeistliche William B. Downey, sprach zur Befehlsausgabe für die Atombombe über Nagasaki am 9.8.1945 folgendes Gebet: »Allmächtiger Gott, Vater der Gnade, wir bitten Dich, Deine Gnade den Männern zuteil werden zu lassen, die in dieser Nacht fliegen werden. Hüte und beschütze diejenigen unter uns, die sich in die Finsternis Deines Himmels wagen werden. Führe sie auf Deinen Schwingen. Schütze ihre Körper und ihre Seele und bring sie zu uns zurück. Gib uns allen Mut und Kraft für die Stunden, die vor uns liegen; und belohne sie ihren Bemühungen entsprechend. Vor allem aber, mein Vater, schenke Deiner Welt den Frieden. Lass uns unseren Weg gehen im Vertrauen auf Dich und im Wissen, dass Du uns nun und für alle Ewigkeit gegenwärtig bist. Amen.« (Zitiert nach: *Michael Schmid* 2004.)

[115] Vgl. *Scherer-Emunds* 1989, 82f., 90. Vgl. *ebd.*, 75 den zitierten Bericht über eine El Salvador-Reise des US-Evangelikalen John Steer: »Mehr als 3700 Männer, deren Durchschnittsalter achtzehn Jahre war, hörten [...], wie sehr Gott den Soldaten liebt. [...] Bruder John Steer sprach von seiner Erfahrung in Vietnam. [...] Töten nur aus Freude am Töten sei falsch. Doch es sei nicht nur richtig, sondern die Pflicht eines jeden Christen, zu töten, weil es notwendig sei, gegen ein antichristliches System, Kommunismus, zu kämpfen.« – In ähnlicher Weise bezeichnete in zwei Weltkriegen die deutsche Militärseelsorge das Töten als Werk Gottes, wenn es nicht von Hass getragen sei. Bei seinem obligaten »Soldatengottesdienst« predigte der Kölner Kardinal Joachim Meisner im Jahr 1996 die moderne Version: »In betenden Händen ist die Waffe vor Missbrauch sicher.«

[116] Zur Kriegstheologie von Bush Jun. vgl. unter dem Titel »Krieg aus Nächstenliebe«: *Hoyng/Spörl* 2003.

[117] Zitiert nach: *Spang* 2004. – Der Bush-Berater Bob Woodward sagte über den Präsidenten: »Er glaubt wirklich, dass ihn der Herr hierher gesetzt hat, um einen göttlichen Plan zu erfüllen.« (Zitiert nach: *Frey* 2004, 442.)

[118] Erinnert sei daran, wie auffällig häufig auch der aus dem SPD-Lager kommende Bischof Wolfgang Huber als Ratsvorsitzender der EKD sich öffentlich mit islamkritischen Äußerungen profiliert hat.

[119] In der Danksagungsliste von BRAVEHEART tauchen als Unterstützer u. a. auf: The Department of Defence and the Combined Irish Defence Forces; Department of Defence - Property Management, Ireland. – Dass »authentischer Kriegsgeist« auf eine Beteiligung von Statisten aus dem Militär in BRAVEHEART zurückgeht, legt eine Mitteilung in http://www.imdb.com nahe: »The extras used for the battle scenes were mostly members of the F.C.A., the Irish version of the territorial army. As they were drawn from many different army companies, and the members of these are usually drawn from the same locality, local rivalry between such companies is common. Apparently, some of the battle scenes seen in the movie are far more realistic than you might imagine, with rival companies actually using the occasion to try the beat the lard out of each other.« – Als weiterer Film, in dem Mel Gibson als Regisseur *und* Hauptdarsteller fungiert, ist THE MAN WITHOUT A FACE (USA 1993) zu nennen: Ein ehemaliger Lehrer, dessen Gesicht durch einen Unfall verunstaltet ist, bereitet

einen zwölfjährigen, vaterlosen Jungen, der seine Hilfe sucht, auf die Aufnahmeprüfung für die Kadettenschule vor. Nachdem ein Vertrauensverhältnis entstanden ist, muss sich der Mentor bzw. Ersatzvater gegen den ungerechten Vorwurf der Pädophilie zur Wehr setzen. Bezeichnend: Der »pädagogische Eros« zielt hier auf die Vorbereitung einer Militärlaufbahn.

[120] Die »Christus«-Ikonographie zum Schluss (Tragen eines Balken-Jochs; Kreuzigung im Liegen) ist schwer zu übersehen. – Das Opus erhielt 1995 fünf Oscars (u. a. bester Film, beste Regie) und einen Golden Globe!

[121] Vgl. *Schorlemmer* 2004; zum Film grundsätzlich auch den Sonderteil in: *Chrismon – Das evangelische Magazin* Nr. 4/2004, 12-20; und: *Schmithals* 2004.

[122] *Lapide* 2004.

[123] Vielleicht erklärt die Aufnahme von Jesuiten (»The Jesuits«) in die Danksagungsliste der Produktion diese positive Stellungnahme zum blutigen Gibson-Film?

[124] Vgl. dazu *Heine* 2004, 40-42, 84f., der darauf hinweist, Mohammeds Enkel Hussain solle »in seinem Martyrium die Möglichkeit gesehen haben, für die Sünden der Menschheit zu sühnen«. Während mit dem Koran die christliche Vorstellung vom rettenden Leiden und Erlösertod eines *Gottessohnes* nicht vereinbar ist, hätte sich demnach über den schiitischen Märtyrerkult die Vorstellung eines stellvertretenden Sühneleidens im Islam Eingang verschafft. – Im 9. Jahrhundert strebten fanatische *christlich*-mozarabische Kreise übrigens in ihrem Widerstand gegen die islamische Herrschaft in Andalusien das freiwillige Martyrium an. Daraufhin ließ der muslimische Herrscher ein christliches Konzil unter dem Vorsitz des Bischofs von Sevilla einberufen, welches das vorsätzliche Martyrium verbieten sollte. (Vgl. *Clot* 2004, 65-67.)

[125] In seinem Buch »Masochismus und Moral« meint Günter *Gödde* 1983, 111, »dass jeder Masochist ein potentieller Sadist ist: Wer sich selbst zum Feind nimmt und seine Aggressionen gegen sich selbst richtet, kann sich schwerlich von sadistischen Impulsen freihalten.«

[126] Vgl. zur Triebunterdrückung im Christentum und zur patriarchalischen Kulturgeschichte als Wurzel des Krieges: *Drewermann* 1982, 184ff., bes. 232-253.

[127] Vgl. *Scherer-Emunds* 1989, 39 und 77-85. – Die Parallelen zwischen christlichem und islamischem Fundamentalismus bezogen auf das Offenbarungsbuch sind evident. Die Losungen lauten »Ich kenne meinen Koran – Der Islam ist die Antwort auf alle Fragen« oder »Die Bibel ist die Antwort auf alle Fragen«. Sowohl im evangelikalen als auch im islamischen Fundamentalismus haben sich – im strengen Gegensatz zum eigenen Anspruch der Unmittelbarkeit aller Gläubigen – doch privilegierte Ausleger der Heiligen Schriften etabliert. Beide lehnen die historisch-kritischen Voraussetzungen einer religiösen Exegese ab.

[128] Dieser Film von Wenders zeigt die Hauptdarstellerin mit einer Frömmigkeitsmentalität, die von Evangelikalen durchaus verstanden wird. Doch die Ideale der jungen us-amerikanischen Christin, die der Friedensbewegung in Israel verbunden ist, liegen fern vom Fundamentalismus. Sie arbeitet in einem Gemeindezentrum für Obdachlose, das in der Tradition Martin Luther Kings klare soziale Kriterien ins Zentrum der christlichen Praxis rückt.

[129] Vgl. zu Projekten wie interreligiösen theologischen Ausbildungsstätten (*Graduate Theological Union* in Berkeley, California) – und auch als guten Überblick über die religiöse bzw. konfessionelle Landschaft der USA: *Payer* 2001 und 2002.

[130] Beim Blick auf die meisten Gegenwartsproduktionen lernt man einen liebenswürdigen Film über das Miteinander christlicher Konfessionen in den USA wie Lilies Of The Field (USA 1963) von Ralph Nelson besonders schätzen. – Gegenüber Gibson's The Passion Of The Christ ist freilich an das theologische und künstlerische Niveau von Scorsese's The Last Temptation Of Christ (USA 1988) nach einem Roman von Nikos Kazantzakis zu er-

innern. Einen nicht von Klischees bestimmten Ausschnitt aus dem kirchlichen Klima zu Anfang des 20. Jahrhunderts zeigt A RIVER RUNS THROUGH IT (USA 1992) von Robert Redford über zwei ungleiche Söhne aus einem presbyterianischen Pfarrershaus in Montana, in dem man den Menschen für eine »von Natur aus verlorene Seele« hält, als Heilmittel neben der Bibel aber auch Naturverbundenheit und Kultur schätzt. – Unter dem Titel »Popularkino als Ersatzkirche?« untersucht Marianne *Skarics* 2004 die archetypisch bzw. tiefenpsychologisch gestaltete religiöse Ersatzfunktion der Hollywood-Blockbuster.

[131] Für das beginnende 20. Jahrhundert bemerken Donald H. Avery und Irmgard Steinisch: »Nicht im Konsum selbst, sondern im Streben nach Konsum vereinten sich Reich und Arm und kamen so zu einem neuen gesellschaftlichen Basiskonsens, auf dem die amerikanische Gesellschaft bis heute beruht.« (In: *Lösche/Loeffelholz* 2004, 103.)

[132] Vgl. *Bürger* 2001, 38. – Zum dort genannten Schwulenmord vgl. den »dokumentarisch« gestalteten Film THE LARAMIE PROJECT (USA 2001) von Moisés Kaufman. – Zur aktuellen Situation homosexueller Minderheiten in den USA vgl. Axel Murswieck, in: *Lösche/Loeffelholz* 2004, 629-635.

[133] Nach einer US-Studie von Gallup (Der Standard, 21.10.2004) glauben 45 Prozent der US-Amerikaner im wörtlichen Sinn an die biblische Schöpfungsgeschichte und dass Gott den Menschen innerhalb der letzten 10.000 Jahre geschaffen habe. (In Europa belaufen sich die Vergleichszahlen auf 20 Prozent.) In 31 von 50 US-Bundesstaaten wird darüber gestritten, wie die Entwicklungsgeschichte in den Schulen unterricht werden soll.

[134] Nach *Steinbeiß* 2004 gehören zum Bible-Belt besonders: Texas, Georgia, North Carolina, Tennessee und Alabama.

[135] Zitiert nach: FOLTER IM NAMEN DER FREIHEIT (BRD 2004), Dokumentarfilm von Arnim Stauth und Jörg Armbruster (ausgestrahlt am 10.6.2004 im TV-Sender Phoenix). – Polemisch meint *Sloderdijk* 2001, 17, dass »die USA bis heute das furchtbarste Selbstlobkollektiv unter den politischen Einheiten der aktuellen ›Völkerfamilie‹ darstellen, man könnte auch sagen die Gesellschaft, zu deren Gründungsbedingungen es gehörte, den Abbau von kulturellen Hemmungen gegen die Verwendung von erhöhenden Superlativen im demokratischen Selbstbezug so weit wie möglich voranzutreiben.« Die USA betrachtet er als »Produkt einer Erklärung der Unabhängigkeit – von Bescheidenheit«.

[136] Zitiert nach: *Scherer-Emunds* 1989, 23. – Zu erinnern ist bei solch frommen Worten daran, dass das von Oliver North und anderen Regierungsbeamten geleitete geheime Netzwerk (Deckmantel: Office of Public Democracy) bis zu seiner Entlarvung im Jahr 1986 Waffen an den Iran und die Contra-Terroristen in Nicaragua geliefert und umfangreiche Kokaingeschäfte getätigt hatte. (Vgl. *Bröckers* 2004.) Gegenwärtig ist North als nationaler Medienstar Kriegsberichterstatter für Fox-News und Moderator der Sendung »War Stories«. (Vgl. *Rutenberg* 2004.)

[137] Sogar Jimmy Carter verwies als US-Präsident – in Abwehr eines Schuldbekenntnisses – auf gegenseitige Schuld von US-Amerikanern und Vietnamesen, was einer merkwürdigen Aufrechnung gleichkam. Zum Ausbleiben eines wirklichen Schuldbekenntnisses des ehemaligen Kriegsministers Robert S. McNamara auch nach seiner – zum Teil überschätzten – Umkehr vgl. die Anmerkung 1 im VI. Kapitel. – Entsprechend dieser Tradition verhalten sich auch US-Militärs wie Generalmajor James Mattis, der nach der Bombardierung einer Hochzeitsgesellschaft im Irak durch die USA meinte: »In Kriegen geschehen üble Dinge. Ich muss mich nicht für das Verhalten meiner Männer entschuldigen.« (Zitiert nach: *US-General findet es »lustig, einige Leute zu erschießen«*. In: Der Standard Online, 3.2.2005. http://derstandard.at/?id=1940415 .)

[138] Vgl. *Bürger* 2004, 136-147.

[139] Zu Calley's Selbstbekenntnissen vgl. *Sack* 1972. Zu My Lai: *Linder* (ohne Jahresangabe); *Klose* 1999; *Giesenfeld* 2000; *Bürger* 2004, 136-144. Zur Verfilmung des Kriegsgerichtsverfahrens »My Lai« in der Reihe »Judgement« (THE COURT-MARTIAL OF LT. WILLIAM CALLEY, USA 1975) für den TV-Sender ABC vgl. *Kuzina* 2005.

[140] *Mahr* 2004, 57. Zu allen Zeiten ist eine entsprechende »Milde« für Kriegsregierungen unerlässlich. Nicht nur die Berichte aus Vietnam und aus Tschetschenien über Militärpraktiken zur Einschüchterung der Zivilbevölkerung ähneln sich verblüffend. In mehrfacher Hinsicht ist z. B. der Fall des russischen Oberst Juri Budanow mit dem des My-Lai-Mörders Lieutenant William Calley vergleichbar. Budanow hatte im März 2000 das tschetschenische Mädchen Elsa Kungajewa eigenhändig erwürgt, nachdem er sie – so Menschenrechtsorganisationen und die Überzeugung des Militärstaatsanwaltes – zuvor vergewaltigt hatte. Trotz heftiger Proteste »patriotischer« Kreise (jedoch durchaus im Sinne der russischen Zentralregierung) wurde Oberst Budanow im Juli 2003 von der russischen Justiz zu zehn Jahren Haft und zur Aberkennung aller Auszeichnungen verurteilt. (Er war bis dahin Träger des Ordens »Held Russlands«.) Im September 2004 meldeten die Medien, Gouverneur W. Schamanow habe für den Mörder ein Gnadengesuch an Präsident Putin unterzeichnet. – Im Oktober 2004 befasste sich der Europäische Gerichtshof für Menschenrechte erstmals mit einer Klage von in Tschetschenien lebenden Russen. Diese werfen dem russischen Militär vor, »zwischen Oktober 1999 und Februar 2000 in der Kaukasusrepublik Zivilisten gefoltert und getötet sowie einen Konvoi von Flüchtlingen und eine Kleinstadt bombardiert zu haben.« (Frankfurter Rundschau, 4.10.2004.) – Hierzulande ist freilich an die Milde der Justiz zu erinnern, wenn es um den gewaltsam verursachten Tod eines afrikanischen Asylbewerbers geht. Die am Tod des Sudanesen Aamir Ageeb – im Rahmen einer Abschiebeaktion auf dem Frankfurter Flughafen – beteiligten drei Bundesgrenzschutzbeamten erhielten 2004 *Bewährungsstrafen* von neun Monaten und verblieben im Dienst.

[141] Vgl. zur Todesstrafe in den USA: *Amnesty International* 2002, 599-601; *Frey* 2004, 263-272. – Der genannte US-Lieutenant William Calley Jr., einziger Verurteilter der Mörder beim My Lai-Massaker (über 500 ermordete Zivilisten), machte 1979 militärischen Gehorsam für sein Massenmorden geltend: »Ich führe meine Befehle aus. Dafür ist die Armee da. Wenn die Amerikaner sagen: ›Löscht Südamerika aus‹, wird es die Army tun. Wenn eine Mehrheit sagt, ›Lieutenant, los, massakrieren Sie tausend Feinde‹, werde ich tausend Feinde massakrieren.« (Zitiert nach: *Rose* 2004a.)

[142] Diese Botschaft dient im Film EIGHT MILIMETER (USA 1999) von Joel Schumacher als moralische Rechtfertigung für Selbstjustiz: Die Täter eines sadistischen Sexualmordes, der für die von einem Superreichen bestellten Echt-Aufnahmen (»Snuff«) gefilmt wird, sind nachdrücklich als »*nicht* krank« vorgestellt. Tiefenpsychologische Einblicke in die Psyche eines Sexualmörders und hirnphysiologische Diagnosen wie in THE CELL (USA 2000) von Tarsem Singh sind im populären US-Film eher die Ausnahme.

[143] Dazu *Bittner* 2003, 17 über das »Target killing« von Terrorverdächtigen: »Den kürzesten Prozess erleben diejenigen, die US-Spezialeinheiten über den Weg laufen oder ins Visier einer Predator-Drohne der CIA geraten. Wie viele Terrorverdächtige bereits auf diese Art exekutiert worden sind, ist unbekannt. Offiziell sind die außergerichtlichen Tötungen nur zulässig, wenn eine ›Gefangennahme unmöglich ist und Opfer unter Zivilisten gering gehalten werden.‹ Aber wer will das überprüfen?«

[144] Ein aus dem Amt *scheidender* Gouverneur wie der Republikaner George Ryan sah sich 2003 nach Bekanntwerden von 13 Fehlurteilen allerdings aus Gewissensgründen dazu gezwungen, alle Todesurteile in Illinois in lebenslange Haftstrafen umzuwandeln.

[145] *Drewermann* 2002a, 20.

IV. John Wayne und die us-amerikanische Revolution

[146] Cyprian, Bischof von Karthago (+ 258), schrieb an Donatus: »*Sieh nur, [...] wie Kriege mit dem blutigen Gräuel des Lagerlebens über alle Länder verbreitet sind! Es trieft die ganze Erde von gegenseitigem Blutvergießen; und begeht der einzelne einen Mord, so ist es ein Verbrechen; Tapferkeit aber nennt man es, wenn das Morden im Namen des Staates geschieht. Nicht Unschuld ist der Grund, der dem Frevel Straflosigkeit sichert, sondern die Größe der Grausamkeit.*« Ähnlich hatte bereits Seneca zur Moral des Staatslebens angemerkt: »*Einzelne Mordfälle bringen wir zwar unter Kontrolle, wie aber steht es mit dem dauernden Kriegführen und dem glorreichen Verbrechen des Völkermords?*« (Zitiert nach: Wengst 1986, 31.)

[147] Dieser Film über eine Massenmörderin, die als Kind missbraucht wurde und seit dem 13. Lebensjahr durch Prostitution ihren Lebensunterhalt bestreiten muss, ist in seiner Ausnahmestellung bemerkenswert. Das Ermorden von Freiern wird nicht auf Fälle wie Notwehr oder »Selbstjustiz« reduziert; ausdrücklich zeigt Patty Jenkins in MONSTER (USA 2003) z. B. die Tötung eines arglosen Kunden, der aufgrund seiner kranken (behinderten) Ehefrau auf Sexdienstleistungen zurückgreift. Die Mörderin bekennt unter Hinweis auf das Töten für Religion oder Politik durch offiziell anerkannte Helden: »Ich komme mit Gott gut zurecht. [...] Du sollst nicht töten? [...] So ist das Leben nicht!« Auf dem Weg in die Todeszelle lässt uns die Stimme der Verurteilten an ihren Gedanken teilhaben; sie erinnert die Phrasen, die man ihr mit auf den Weg gegeben hat: »Liebe kann alles überwinden. Es gibt immer wieder einen Silberstreifen am Horizont. Der Glaube kann Berge versetzen. Liebe findet immer einen Weg. Nichts geschieht ohne Grund. Die Hoffnung stirbt zuletzt. – Na ja, irgendwas müssen sie einem ja erzählen.« – Nach zwei Jahren in der Todeszelle wurde Aleen Wuornos, deren Geschichte dem Film zugrunde liegt, am 9. Oktober 2002 durch eine Giftspritze in Florida vom Staat getötet.

[148] Abgesehen von MONSTER erreicht Hollywood wohl nirgends das Niveau, mit dem sich Lars von Trier in DANCER IN THE DARK (Dänemark/Schweden/Finnland 2000) dem Thema widmet.

[149] Vollständig zitiert in: Gieselmann 2002, 63. Zur Aufnahme des Textes in Kubricks Film FULL METAL JACKET (1987) vgl. *Bürger* 2004, 111-113. Der Text dort: »Das hier ist mein Gewehr. Es gibt viele andere, aber dies ist meins. Mein Gewehr ist mein bester Freund. Es ist mein Leben. Ich muss es meistern wie ich mein Leben meistern muss. Ohne mich ist mein Gewehr nutzlos. Ohne mein Gewehr bin auch ich nutzlos. Mein Gewehr verfehlt sein Ziel nie. Ich muss schneller schießen als mein Feind, denn sonst tötet er mich. Ich muss ihn erschießen, bevor er mich erschießt. Das werde ich. Vor Gott glaube ich und schwöre: Mein Gewehr und ich werden mein Vaterland verteidigen. Wir sind die Bezwinger unserer Feinde. Wir sind die Bewahrer meines Lebens. Das schwöre ich, bis kein Feind mehr ist, nur Frieden. Amen.«

[150] Bezeichnend für diesen Regisseur ist auch die Komödie FLAWLESS (USA 1999), in der sogar eine Drag-Queen lernt, sich mit der Schusswaffe zur Wehr zu setzen. Die Freunde (Freundinnen) aus der Travestie-Show schlagen am Ende mit Regenschirmen und Fäusten auf den Leichensack des getöteten Eindringlings ein, was offenbar lustig sein soll.

[151] Vgl. zum gesamten Thema: *Frey* 2004, 244-253. – Der die Milizen betreffende Verfassungszusatz intendierte ursprünglich, dem Militarismus stehender Heere in den despotischen Staaten Europas eine republikanische Alternative (von unten) gegenüberzustellen. (Vgl. Jürgen Heideking, in: *Lösche/Loeffelholz* 2004, 23, 40.) Spätestens mit dem Aufkommen des US-Imperialismus konnte dieses Versprechen freilich nicht mehr eingelöst werden.

[152] Es handelt sich um James Nichols, dessen Bruder wegen Beteiligung am Bombenanschlag von Oklahoma City im Gefängnis sitzt. Nichols propagiert die bewaffnete »Revolution«.

Auf Nachfrage muss Michael Moore erfahren, dass ihm der Name Gandhi nicht einmal bekannt ist.

[153] Anders als in LIBERTY STANDS STILL sind hier die Waffenkonzerne direkt als Haupttäter auszumachen. Sie produzieren zum Beispiel gezielt Fingerabdruck-resistente Schusswaffen für Kriminelle und behaupten, das diene dem Rostschutz. Der Widerstand gegen die Methoden der Waffenkonzerne und ihres Vertriebssystems zeichnet sich in RUNAWAY JURY durch höchste Intelligenz aus und verzichtet auf tödliche Gewaltanwendung. (Dieses konstruktive Lösungsangebot ist für einen US-Spielfilm ungewöhnlich.) Die Gegenseite ist hingegen bereit, über Leichen zu gehen.

[154] *Suchsland* 2004c bewertet diesen Film, der in Cannes 2003 beide Hauptpreise gewann, als meisterliches »Gegenstück zu Michael Moores rechthaberischem ›Bowling for Columbine‹«. – Nicht berücksichtigen konnte ich die beiden folgenden Titel: THE BIBLE AND GUN CLUB (USA 1997), eine Spielfilm-Doku-Satire über US-amerikanischen Waffen- und Religionswahn, und den Spielfilm AMERICAN GUN (USA 2001), in dem der Vater eines Mordopfers in Erfahrung bringen will, wie die Tatwaffe in die Hände des Täters gekommen ist.

[155] Vgl. zur Verbrechensstatistik Axel Murswieck (in: *Lösche/Loeffelholz* 2004, 639-643), der einen steten Rückgang der Tötungsdeliktzahlen seit 1994 konstatiert und ein bezeichnendes Erklärungsangebot für die hohe US-Kriminalitätsrate referiert: der hohe gesellschaftliche Leistungs- bzw. Erfolgsdruck bewegt viele dazu, sich auf illegale Weise Geld und Ansehen zu verschaffen.

[156] *Köster* 2003, 106. – Ende 2003 betrug die Gesamtzahl der Häftlinge 2,2 Millionen. Unter der Bush-Administration stieg die Zahl der Häftlinge in privat betriebenen Anstalten um 40 Prozent auf 95.000.

[157] So: *Vogel* 2003 und *Köster* 2003 (= Rezension zu: Angela Y Davis, Are Prisons Obsolete?). – Zur Privatisierung des US-Strafvollzugs vgl. *Peters* 2003; zur Menschenrechtssituation im US-Strafvollzug in Anlehnung an einen Beitrag von Butterfield in der New York Times vom 8.5.2004: *Mellenthin* 2004.

[158] Vgl. *Reimann*, 2004. (Einen Fernsehbericht dazu sendete NDR Panorama am 2.9.2004.)

[159] Eugen Drewermann, in: *Müller-Fahrenholz* 2003b, 20. Die Idee militärischer Umerziehungslager für ungezogene Schüler treibt der Film BATORU ROWAIARU / BATTLE ROYAL (Japan 2000) auf die Spitze. Die Drill-Pädagogik wird dort zu einem tödlichen Überlebenskampf.

[160] Vgl. *Rötzer* 2004d. – Zu Michael Moore vgl. auch *Berman* 2002, 174-176.

V. Die Rückkehr des Zweiten Weltkrieges ins US-Kino

»*Es kommt nicht darauf an, den Krieg zu hassen. Hass ist ein positiver Affekt. Es ist notwendig, ihn zu entzaubern. Man muss dem Bewusstsein der Menschen eintränken, wie banal, wie schmutzig dieses Handwerk ist [...] Übermorgen wissen das alle und wissen es für ein paar Jahre. Aber lassen Sie nur ein Jahrzehnt herankommen, da werden Sie's erleben, wie die Mythen wieder wachsen wollen wie Löwenzahn. Und da werden wir zur Stelle sein müssen, jeder ein guter Sensemann.*«[1] Albrecht Goes: Unruhige Nacht (1959)

Bezogen auf die »Logistik der Wahrnehmung« hat vor allem Paul Virilio die Entwicklung von Kriegstechnologie und Kino seit Ende des 19. Jahrhunderts aufs Engste zusammen gesehen.[2] Während des Ersten Weltkrieges wurden entscheidende Weichen gestellt für das moderne Hollywood der industriellen Massenkultur[3], das für die zweite Hälfte des 20. Jahrhunderts eine kommerzielle Kulturhegemonie der USA begründen wird. Der eigentliche Durchbruch für die US-amerikanische Bilderfabrik fällt zusammen mit dem Eintritt der Vereinigten Staaten in den Zweiten Weltkrieg. Die bereits traditionsreiche Kooperation von Staat, Militär und privater Kulturindustrie findet in der Kriegsfilmproduktion zu Strukturen, die ohne Verstaatlichung funktionieren und im Grunde bis heute ihre Effektivität nicht eingebüßt haben.[4] »Auch nach Ende des Weltkrieges blieb eine enge Verbindung zwischen dem ›Department of Defense‹ und dem international wichtigsten Bildproduzenten in Hollywood bestehen. Von den geschätzten 5000 Kriegsfilmen, die zwischen 1945 und 1965 entstanden, wurden um die 1200 mit Hilfe des Kriegsministeriums produziert.«[5] In diesem Kapitel interessiert uns allerdings nicht die historische Vorgeschichte der massenkulturellen Kriegspropaganda auf der Leinwand, sondern eine Renaissance des Zweiten Weltkrieges im Kino der 1990er Jahre.

Vorab werden wir uns in zwei Abschnitten einigen Besonderheiten der kulturellen und politischen Rezeption des »Themas« zuwenden, die eine bundesdeutsche Publikation an dieser Stelle nicht übergehen kann. Bevor wir im nächsten Kapitel den Revisionismus des US-Vietnamkriegskinos behandeln, ist auch an die massenkulturellen Strategien der deutschen Geschichtspolitik zu erinnern.

1. Weichzeichnung und instrumentalisierte Erinnerung

Anfang Februar 2003 war der Wandbehang mit Picassos »Guernica« – dem gleichnamigen, von Nazifliegern am 26. April 1937 zerbombten Baskendorf gewidmet – im Foyer des UNO-Sicherheitsrates nicht mehr zu sehen. »Guernica« war zugehängt worden, weil US-Außenminister Colin Powell vor Ort seine Gründe für eine Invasion des Iraks darlegen wollte. Wochen später konnte man im Fernsehen dann während des US-Angriffskrieges auf den Irak Bilder sehen, die auf Seiten der westlichen Streitkräfte Geschützrohre besonderer Art zeigten. Sie trugen mit Schablonen-Aufschrift die deutschsprachige Losung »*Blut und Eisen*«. Solch ein gruseliges »Zitat« ist nur vor dem Hintergrund einer Erinnerungskultur zu verstehen, die nicht 55 oder 60 Millionen Opfer der deutschen Kriegsmaschinerie und die Opfer anderer Achsenmächte im Blick hat, sondern das Thema »Zweiter Weltkrieg« im Dienste aktueller militärischer Interessen immer wieder nach Belieben verharmlost oder instrumentalisiert.[6]

Der summa summarum rücksichtsvolle Umgang mit dem verbrecherischen NS-Regime bis Ende der 30er Jahre ist gewiss kein Ruhmesblatt für Hollywood.[7] (Chaplins THE GREAT DICTATOR[8] stand noch 1940 zusammen mit wenigen Warner-Brothers-Titeln ziemlich einsam da! Im Folgejahr produzierte Hollywood allerdings bis zum Angriff auf Pearl Harbor im Dezember an die 40 Filme über den Krieg in Europa.[9]) Antifaschismus galt in den noch neutralen USA mehrheitlich als unschicklich. Nicht zuletzt spielten auch kommerzielle Erwägungen eine Rolle, gemäß den Vorgaben des »Hays Office«[10] auf sogenannte »Hassfilme« (Bilder über den brutalen Antisemitismus in Deutschland, Bücherverbrennung etc.) zu verzichten und Produktionen für den Export umzuschneiden.[11]

Unter dem Vorzeichen transatlantischer Bündnispolitik und bundesdeutscher Wiederbewaffnung wird auch der – als Rückblick produzierte – US-Weltkriegsfilm ab den 50er Jahren wieder denkbare Schonung üben und in Deutschland auch jene ansprechen, die in der *Kriegsniederlage* die eigentliche Tragödie sehen. Man unterscheidet allzu sauber zwischen »bösen Nazis«, »guten Deutschen« und »anständigen Wehrmachtssoldaten«. Deutsche Schauspieler in Wehrmachtsuniform gelangen über US-Filme zu Berühmtheit. Marlene Dietrich teilt in JUDGEMENT AT NUREMBERG (USA 1961) schließlich mit, die Deutschen hätten von der Vergasung der Juden nichts gewusst.[12] – Mit umfangreicher US-Militärhilfe wird die Landung an der Normandie unter dem Titel THE LONGEST DAY (USA 1961) wie ein Co-Projekt verfilmt. THE LONGEST DAY ist ein typisches Beispiel für die genannte Tendenz. Szenen wie die Massakrierung französischer Resistance-Kämpfer durch Deutsche fallen dem Schneidetisch zum Opfer. Die deutschen Generäle erscheinen fast als Opfer eines Führers, der lieber Schlaftabletten konsumiert als militärische Entscheidungen zu treffen. Mit der Nazi-Ideologie haben sie offenbar wenig am Hut.[13]

Auf diese Weise fühlt sich das Land der Täter gut verstanden. Hannes Heer spricht von einer hartnäckigen »Obsession der Deutschen, sich eine Vergangenheit zu suchen, die passend ist«, und nimmt ab 1945 vier geschichts- bzw. erinnerungspolitische Umbau-Manöver wahr[14]:

1. Der Masse der Deutschen – die Wehrmacht eingeschlossen – wird ein böser Rest entgegengestellt (Hitler und seine Helfer, »die Nazis« und einige wenige Generäle).

2. Deutschland und die Deutschen stilisieren sich zu »Opfern des Versailler Vertrages, der Weltwirtschaftkrise und des NS-Regimes«.
3. Der Judenmord wird fernab vom »deutschen Volk« platziert (»Blackbox Holocaust«; »Der Vernichtungskrieg fand statt, aber keiner war dabei«).
4. Seit der Wiedervereinigung im Wendejahr 1989 diene der Umbau der Erinnerungspolitik dem Ziel, eine *neue »militärische Großmacht Deutschland«* in der Weltpolitik zu platzieren (neu entdecktes Nationalbewusstsein ehemals linker Intellektueller; Gleichstellung der Opfer von Kommunismus und Faschismus; gezielte sprachliche Vergleiche zwischen Judenmord und Städtebombardierungen in Deutschland; Darstellung der Nazi-Größen im »Meldodram«).

Das deutsche Kino zeigt 1945 mit Wolfgang Staudtes DIE MÖRDER SIND UNTER UNS einen verheißungsvollen Neuanfang, in dem immerhin (!) an eine von der Wehrmacht begangene Geiselerschießung in Polen erinnert wird. Durchsetzen werden sich jedoch auf der Leinwand der zu remilitarisierenden Bundesrepublik Schicksalsschwangeres, eine *Weichzeichnung der Wehrmacht* und ein kollektiver Gedächtnisschwund: Kriegsfilme wie CANARIS (1954) – die Film-Hagiographie eines nationalistischen Generals, HAIE UND KLEINE FISCHE (1957) und DIE BRÜCKE (1959).[15] (Die Filme dieser Zeit sind heute in den Verleih- und Verkaufskollektionen der Videotheken wieder gut zugänglich.) Dem Massenmord an den Juden wird sich der »deutsche Film« hingegen nicht stellen. Melodramatisches und deutsche Menschlichkeit will das Publikum sehen. In seiner wichtigen Arbeit »Erfundene Erinnerung« macht Peter Reichel deutlich, wie selbst die sogenannten Antikriegsfilme das Wunschgebilde der unbefleckten und ehrenvollen Wehrmacht stützen und als Medium der Remilitarisierung funktionieren.[16] Der überkommene Drill wird schließlich im »08/15«-Komplex in die wieder eröffneten Kasernentore eingeschleust. Die »personelle Verflechtung zwischen dem NS-Film und dem Nachkriegsfilm« ist groß; ein Regisseur wie Veit Harlan, der für die Nazis antisemitische Propaganda produziert hatte, präsentiert sich 1950 als »Unbelasteter« mit einem neuen Werk.[17] Nicht auf die alte Garde, sondern auf ihre Kritiker zeigt man mit Fingern. Wenn – wie im Stalingradfilm HUNDE, WOLLT IHR EWIG LEBEN (BRD 1958) – ein Militär, den die *Deutsche Soldatenzeitung* als Landesverräter betrachtet, vorurteilsfrei dargestellt wird, macht Verteidigungsminister Franz Josef Strauß »sittliche Gründe« gegen eine Kooperation der Bundeswehr bei den Dreharbeiten geltend.[18]

Wie immer man mit Rezeptionsdebatten die Sache auch beschönigen mag: Die an der »Ostfront« eingesetzten Soldaten und ihre Angehörigen finden im Kulturgeschehen kaum Impulse, das selbst Erlebte oder Gehörte in der sich neu formierenden Gesellschaft zur Sprache zu bringen. Die am Massenmord beteiligten Täter aus NS-Gliederungen, Wehrmacht und Zivilgesellschaft erhalten keine Gedächtnishilfen, sondern werden in ihrer Verdrängung allseitig bestärkt. Der Durchschnittsdeutsche erfährt etwas über seine Anständigkeit, seine tragische Verstrickung und den

Missbrauch seiner edlen Gesinnung. (Dass etwa eine halbe Millionen Beteiligte auf unterschiedliche Weise in die antisemitische Völkermord-Maschinerie eingebunden waren, kommt nicht zur Sprache. Hans Globke, Nazikommentator der Nürnberger Rassengesetze, wird unter Adenauer Staatssekretär.) Diese frühe Phase der Verharmlosung und Verdrängung vermeidet den Blick auf die deutsche Gesellschaft, in dem sie diese als Opfer und einen *kleinen* Kreis diabolischer Drahtzieher als Täter vorstellt. Vor allem trennt sie den »Krieg an sich« und das Militärische vom nazistischen Kontext. Konstruiert werden die Verführung von »kleinen Fischen« und die Legende einer »sauberen Wehrmacht«. (Konrad Adenauer sieht in einer »außerordentlich geringen Zahl« wirklich schuldiger Offiziere keinen Abbruch für die *»Ehre der früheren deutschen Wehrmacht«*. In seiner ersten Ehrenerklärung wünscht er, das »Kapitel der Kollektivschuld der Militaristen« würde ein für allemal beendet. Wehrmachtsdeserteure und Befehlsverweigerer können auf eine vergleichbare Solidarisierung kaum hoffen.) Das leitende Interesse besteht in der Einbindung der Bundesrepublik in die NATO (1955) und zielt auf Akzeptanz der Wiederbewaffnung. Von wenigen christlichen Pazifisten abgesehen, die sich Hetzkampagnen ausgesetzt sehen, stützen vor allem die als »Moralinstanzen« fungierenden Großkirchen diesen Prozess.[19] – Von ca. 600 Filmen, die bis 1959 für den westdeutschen Filmmarkt dokumentiert sind, setzen sich lediglich 20 kritisch mit dem Krieg auseinander; einige ausgesprochene »Antikriegsfilme« werden »zensiert, verboten oder entstellt und grob verfälschend synchronisiert«[20]. Zutreffend spricht Wilfried von Bedrow von »Filmpropaganda für die Wehrbereitschaft«.

Die Folgen der zynischen Kulturstrategie, die sich nicht nur im Kriegsfilm der 50er Jahre spiegelt, dauern an. Am Gipfelpunkt der von Franz Josef Strauß angemahnten Sittlichkeit weiß der »deutsche Film«, dass der deutsche Soldat eigentlich nur um seines eigenen Überlebens willen alles gegeben hat und lieber heute als morgen mit den US-Amerikanern konspiriert hätte: STEINER – DAS EISERNE KREUZ I und II (1976/78). Das nachfolgende Kinogeschehen wendet sich in Wolfgang Petersens DAS BOOT[21] (BRD 1984) und Joseph Vilsmaiers aufwendigem Panzerstreifen STALINGRAD (BRD 1991/92) lieber den Schauplätzen der anerkannten Kriegsgeschichtsschreibung zu.[22]

Ein halbes Jahrhundert nach Kriegsende bricht die Ausstellung »Vernichtungskrieg – Verbrechen der Wehrmacht 1941 bis 1944« ein hartnäckiges Tabu, in dem sie das deutsche Militär nicht länger vom verbrecherischen NS-System abspaltet. Die systematische Beteiligung der Streitkräfte am Völkermord kommt unmissverständlich zum Vorschein. Die ehrwürdige Wehrmacht selbst, größte Organisation im NS-Staat, wird als operierender Täter vorgestellt. In ihrem Einsatzbereich, so erfährt man endlich, sind allein zwei Millionen Juden ermordet worden! Im Kampf gegen diese traurige Wahrheit der Geschichte werden dann vor allem der Begriff »Ehre« und schließlich Recherchen zu einigen irrtümlichen Fotozuschreibungen mobilisiert. Konservative

V. Die Rückkehr des Zweiten Weltkrieges

und Rechtsextremisten laufen Sturm und verhindern an machen Orten – so in Düsseldorf[23] die CDU im Einklang mit den Republikanern – das Ausstellungsprojekt. Auch die vielfach gerühmte Debatte im Bundestag erzielt als Stellungnahme keinen Klartext, der dem historischen Forschungsstand gerecht würde. Indessen scheint eine an Hitlers Streitkräften orientierte »Traditionspflege«, wie sie jährlich Gebirgsjäger aus kriegsverbrecherischen Wehrmachtsdivisionen *und* aus der Bundeswehr im oberbayrischen Mittenwald betreiben, im Militär heute immer weniger Tabu oder Anlass für Disziplinarmaßnahmen zu sein. Eine Kaserne im niedersächsischen Visselhövede und das an der Donau stationierte Jagdgeschwader 74 der Bundeswehr waren bis Januar 2005 nach Werner Mölders (+ 1941) benannt, dem höchstdekorierten Offizier in Hitlers Luftwaffe.[24] Hartes Vorgehen der Polizei gilt seit Jahren eher antifaschistischen Gruppen, vor deren Protest Neonazi-Aufmärsche »geschützt« werden sollen.[25]

Spektakuläre Ereignisse im Kultur- bzw. Museumsbetrieb der 90er Jahre oder die Verschärfung des »Volksverhetzungsparagraphen« im Jahr 1994 vermitteln leicht ein zu optimistisches Bild. Seit Ende des Kalten Krieges und der Wiedervereinigung Deutschlands tritt in einer bedeutsamen Linie des öffentlichen Diskurses das gewachsene Bewusstsein einer historisch begründeten – einzigartigen – Verantwortung zur Erinnerung immer wieder zurück. Intellektuelle stützen in einem neuen Anlauf den Ruf nach einer »Normalisierung«.[26] Die Kirchen leugnen bis heute, dass Christen wie Dietrich Bonhoeffer und der Jesuit Alfred Delp in ihren eigenen Reihen isoliert waren. Historiker greifen in ihren akademischen Antworten auf Daniel Jonah Goldhagens Buch »Hitlers Willige Vollstrecker« (1996) den darin enthaltenen Paradigmenwechsel (Blick auf die »Endlöser«[27] und ihre gesellschaftliche Basis statt auf die »Endlösung«) mehrheitlich überhaupt nicht auf. (Nach einer 2004 vom Bielefelder Soziologen Wilhelm Heitmeyer herausgegebenen Studie ärgern sich 70 % der Befragten, dass den Deutschen die Verbrechen an den Juden immer noch vorgeworfen werden, und 23 % meinen gar, dass es zu viele Juden in Deutschland gibt.) Inzwischen wird die lange erprobte Anwendung der *Opferperspektive* auf »Deutschland« auch von »gehobenen« Kreisen des Kulturbetriebs nicht mehr als Tabubruch empfunden. (Hannes Herr spricht von einer erinnerungspolitischen Wende und verweist auf unbekümmerte Analogiebildungen zwischen dem »Holocaust« und der völkerrechtswidrigen Bombardierung deutscher Städte.) Im Rückblick sichtet wiederum Peter Reichel auch beim Thema des Judenmordes »erfundene Erinnerungen«, mit denen die deutsche Kulturindustrie Geschichtspolitik für das Gebilde der Nation betreibt.[28] Das Kino der Gegenwart, so meint Rüdiger Suchsland, wirkt nicht selten wie eine Versöhnungsfabrik, wo es sich der Geschichte zuwendet.[29] Offenbar soll der neue Film über das »Dritte Reich« dem »Geschichtsgefühl« (Martin Walser, 1998) Vorrang geben.

Unkommentiert und weltmarkttauglich, so bekundet neuerdings UNTERGANG-Produzent Bernd Eichinger, will man nunmehr die Geschichte erzählen.[30] Im Spiel-

V. Die Rückkehr des Zweiten Weltkrieges

film NICHTS ALS DIE WAHRHEIT[31] (BRD 1998/99) scheint es, als habe Roland Suso Richter die neue Linie bereits vor Jahren befürchtet.

Massenkulturell wird auch die nach 1945 ungebrochen fortgeführte Rede vom »ehrbaren Waffenhandwerk« wieder ungenierter transportiert. Das geht – wie schon in den 50er Jahren – mit einem militärischen Interesse einher: Die Bundeswehr des wiedervereinigten Deutschlands verlässt den verfassungsmäßigen Rahmen der reinen Landesverteidigung, agiert für unsere Freiheit am Hindukusch und wandelt sich zu einer Interventionsarmee, die sich von nun an Schritt für Schritt auch mit den Realitäten des Krieges (Prostitution, Folter, archaische Kampfmethoden etc.) auseinander zu setzen hat . Bezeichnender Weise dient gerade in diesem Kontext der Rückgriff auf den Nationalsozialismus zur *Rechtfertigung* für militärisches Handeln. Wo eben noch einem »Schlussstrich« unter die Vergangenheit das Wort geredet wurde, wird sie bei Bedarf doch wieder hervorgeholt. Nach 1945 hatten bundesdeutsches Grundgesetz, UN-Charta und ausgeführtes Völkerrecht den Krieg als »Mittel der Politik« geächtet. Zumindest zeitweilig galt als neuer Weg: *Si vis pacem, para pacem!* (Wenn du Frieden willst, dann betreibe präventive Friedenspolitik!) Im wiedervereinigten Deutschland präsentiert man als »Lehre aus der Geschichte« eine geradezu umgekehrte Logik. 1945 galt als Konsens: »Nie wieder Faschismus! Nie wieder Krieg!« Jetzt lautet die Parole immer häufiger: »Nie wieder Nazi-Tyrannei und deshalb immer wieder Kriege!« Parallel zur schleichenden Relativierung zentraler Nachkriegs-Errungenschaften in Deutschland, zu denen auch Artikel 26 des Grundgesetzes und die konsequente parlamentarische Kontrolle von Militäreinsätzen zählen, kommt das Phänomen der Instrumentalisierung des Nazi-Komplexes auf die Tagesordnung.[32] Anfang der 90er Jahre hatten vor allem US-Publizisten Vergleiche zwischen Vorgängen auf dem Balkan und dem unvergleichbaren Völkermord der Nazis etabliert. Ende März 1999 zieht der SPD-Verteidigungsminister Rudolf Scharping – mit einer beispiellosen Propagandarhetorik – Analogien zwischen dem Kosovo und Auschwitz (»Ich sage bewusst KZ!«), besucht in diesem Rahmen kurz vor Kriegsbeginn mit Bundeswehrsoldaten Auschwitz, untermauert mit einer dubiosen Foto-Vorführung im Bundestag seine Völkermordthese und beruft sich pathetisch auf die »compassion« des Friedensnobelpreisträgers Willy Brandt.[33] Außenminister Joseph Fischer sekundiert mit ausdrücklichen Verweisen auf den Hitlerfaschismus und hält bis heute – trotz aller zwischenzeitlichen Erkenntnisse über den NATO-Bombenkrieg auf Zivilisten und sozialisierte Wirtschaftsbetriebe in Jugoslawien und trotz der durch den *Krieg* produzierten Gewalteskalationen auf dem Balkan – an seiner so vollzogenen Bekehrung zu Militärinterventionen fest. Der *emotionale* Eifer rot-grüner Politiker für den ersten bundesdeutschen Kriegseinsatz nach 1945, festgemacht vor allem an inzwischen entlarvten Konstruktionen und gezielten Falschinformationen, veranlasste Altbundeskanzler Helmut Schmidt im April 1999 zur nüchternen Feststellung: »Gegängelt von den USA haben wir das internationale Recht und die Charta der Vereinten Nationen missachtet.«[34] Bundeskanzler Schröder mutmaßte indessen laut Frankfurter Rundschau vom 24.7.1999, der Bundeswehreinsatz sei möglicher Weise geeignet, »die ›historische Schuld‹ Deutschlands auf dem Balkan verblassen zu lassen« [sic!].

Was sich hier jeweils als neue Art eines historischen Verantwortungsbewusstseins präsentiert, hat in Europa Flüchtlingsströme anschwellen lassen und neue langlebige Konfliktherde produziert, obwohl die Altlasten von zwei Weltkriegen noch lange nicht abgetragen sind. Es erfüllt nach Ansicht von Kritikern mitunter auch den Tatbestand der »Holocaust«-Verharmlosung. (In diesem Sinne meldete sich z. B. der Auschwitz-Überlebende Elie Wiesel zu Wort.) Bereits zum Golfkrieg 1991 hatte George Bush Sen. den irakischen Diktator gezielt mit Hitler verglichen und in Deutschland Hans-Magnus Enzensberger von »Hitlers Wiedergänger« gesprochen. Das US-Wochenmagazin *Newsweek* zeigte den Doppelgänger entsprechend retuschiert mit verkürztem Schnurrbart.[35] Der Ertrag dieser Strategie: Die inflationäre Hitlerisierung von Feindgestalten (Slobodan Milošević als »Hitlerosevic« oder Ussama bin Laden und Saddam Hussein) wird nach dem Ende des Kalten Krieges zum Freibrief für das Kriegführen. Die bislang so legitimierten Interventionen entlarven den »humanitären Militäreinsatz« jedoch durchweg als interessegeleitete Lüge und als Utopie, was man freilich verdrängt oder – mit gegenteiliger Aussagerichtung – auf den Pazifismus projiziert.

Karl Jaspers sah sehr früh mit Schrecken, wie man mit einer Rede vom »Dämonischen« die nackte Wirklichkeit des deutschen Faschismus vernebeln könnte.[36] Heute hilft das Kino, das mythologisierte Böse in die Gegenwart zu transformieren.[37] In HELLBOY (USA 2004) von Guillermo del Toro ist das Tor zur Hölle, einst geöffnet durch Nazi-Okkultisten und ihren russischen Helfershelfer Rasputin, auch nach sechs Jahrzehnten nicht geschlossen. Die gezähmte Kraft aus der Unterwelt (der Hellboy) arbeitet nunmehr allerdings für die »paranormale Forschung und Verteidigung« der USA. Gebändigt werden sollen die – dem Unbewussten der Nacht entsteigenden – Schreckensgestalten, darunter der Zombie-ähnliche Nazi-Scherge Kroenen. Nur die Guten dürfen über den unterirdischen Schlüssel zur Weltvorherrschaft verfügen.

Welche Aussichten bieten sich auf europäischer Seite? Erst vier Jahrzehnte nach dem Sieg über den deutschen Faschismus wird Richard von Weizsäcker in seiner Rede vom 8. Mai 1985 als erster Bundespräsident das Ende des Zweiten Weltkrieges als Datum der *Befreiung* erinnern. Bis dahin hatten die nationalen Deutungsbegriffe »Niederlage« und »Untergang« dominiert. Es steht nun zu befürchten, dass sich im sechzigsten Jahr eine neue Interpretation des »Achten Mai« durchsetzt: im Dienste eines militarisierten Europas – mit Deutschland im Kern – und zugunsten des Interventionsprogramms »Krieg«.

2. Der deutsche Faschismus als Spiegel und Chiffre für Unmenschlichkeit

In der jungen Bundesrepublik gelangten bereits verurteilte Nazi-Massenmörder wieder auf freien Fuß.[38] Die Entnazifizierung verkehrte sich in ein umfassendes Rehabilitierungsprogramm, aus dem Justiz und Politik nicht selten ihr Personal rekrutierten.[39] Kriegsverbrecher erfuhren öffentliche Ehrungen. Die Strafverfolgung konstruierte immer wieder so etwas wie eine rechtmäßige Obrigkeit im NS-Staat und verfing sich im juristischen Rückwirkungsverbot ... Das alles widersprach in krasser Form dem ursprünglichen Programm der US-Politik für Deutschland. Dennoch stellt sich die Frage, ob man im Vorzeichen des Kalten Krieges dem »Gnadenfieber« und den Verjährungs-Sehnsüchten der deutschen Gesellschaft ab 1949 von US-Seite nicht allzu bereitwillig entgegenkam. Zumal in Hollywood war jedenfalls das Kriegsfilmgenre bemüht, der neuen Bündnisstrategie zuzuarbeiten.

Die Ungereimtheiten der instrumentellen Erinnerungskultur hinterlassen auch später im US-amerikanischen Kulturbetrieb denkwürdige Spuren, was nicht nur den Gebrauch des Hakenkreuzes durch weiße Rassisten in den USA betrifft. Über das Buch »The Green Devils« (1965) gelangt ein Waffenmann des Dritten Reiches unbemerkt in den ersten maßgeblichen Vietnam-Propagandastoff der USA, der mit THE GREEN BERETS (1968) auch verfilmt wurde.[40] Vorbild für die Gestalt des Elitekämpfers »Steve Kornie« in der Literaturvorlage von Robin Moore ist nämlich der Finne Lauri Allan Törni, der im Weltkrieg eine Offiziersausbildung bei der Waffen-SS erhalten hatte und 1954 unter dem Namen Larry Thorne in die U.S. Army eingetreten war. Der Weltkriegsfilm PATTON (USA 1969) von Franklin J. Schaffner, angeregt im Kontext von Vietnam und mit aufwendiger Militärbeteiligung gedreht, präsentiert mit dem US-Panzergeneral George S. Patton einen höchst zwiespältigen Helden.[41] Er hasst die »Roten« und ist sich überhaupt nicht sicher, ob man mit Nazideutschland »den Richtigen« besiegt hat. Seine Verwaltung duldet im Affront gegen die offizielle Entnazifizierungspolitik die Rückkehr von Altnazis in wichtige Ämter und Positionen. Am liebsten würde er sogleich – mit Hitlers Wehrmacht an seiner Seite – gegen einen Alliierten, die Sowjetunion, in den Krieg ziehen, um den Kommunismus auszulöschen. Richard Nixon sah sich den Film über diese umstrittene Gestalt wenige Tage vor seiner Invasion in Kambodscha wiederholt an. Wie soll man diese Rezeption deuten? – In Oliver Stones Film NIXON (1995) spricht der US-Präsident ganz offen über Methoden der deutschen Wehrmacht in besetzten Städten als Modell für die *eigene* Politik! Mit Blick auf die Vietnamkriegsenthüllungen des mutigen US-Bürgers Daniel Ellsberg sah sich Richard Nixon gar als Opfer einer »jüdischen Verschwörung«.[42] – Historisch ist bezogen auf PATTON z. B. daran zu erinnern, dass die USA nach dem Zweiten Weltkrieg von Hitler aufgebaute Armeen in der Ukraine und ganz Osteuropa unterstützten und in diesem Zusammenhang den ehemaligen Leiter der Wehrmachts-Geheimdienstabteilung »Fremde Heere Ost« unter Hitler, Reinhard Gehlen,

V. Die Rückkehr des Zweiten Weltkrieges

ganz zentral einsetzten.[43] Der ganze Komplex wird unmissverständlich aufgegriffen im Kriminalfilm BELARUS FILE (USA 1985) von Robert Markowitz, in dem Mordkommissar Kojak an der Unmoral des US-Staates sichtlich verzweifelt. In Stones JFK gibt es zumindest einen einzelnen Hinweis auf Nazis mit CIA-Lohntüte. Der Umfang, in dem US-Geheimdienste *wissentlich* Nazis und Kriegsverbrecher des »Dritten Reiches« – darunter sogar Mitarbeiter von Adolf Eichmann – deckten und im Dienste des Kalten Krieges einspannten, scheint erst neuerdings ans Tageslicht zu kommen.[44] Gegenwärtig, so Spiegel-Online am 1.2.2005, fordern der republikanische Senator Mike DeWine und die demokratische Angeordnete Carolyn Maloney eine – gesetzlich bereits 1998 durchgesetzte – lückenlose Freigabe der sechs Jahrzehnte verschlossenen CIA-Geheimakten über die mit den USA kollaborierenden Ex-Nazis.

Fündig wird man hinsichtlich einer fragwürdigen historischen Erinnerungslinie auch im us-amerikanischen Computerspiel-Genre, das sich wegen günstiger Variablen (starke Armeen auf beiden Seiten; siegreicher Krieg; unumstritten gerechte Sache) ohnehin mit einer besonderen Vorliebe dem Zweiten Weltkrieg widmet.[45] Das erfolgreiche Echtzeitstrategiespiel *Alarmstufe Rot* (Red Alert) lässt Adolf Hitler durch Albert Einstein via Zeitreisemaschine bereits 1926 beseitigen. Nunmehr verbleibt die Sowjetunion – verkörpert durch Joseph Stalin – als Kriegsgegner, der Westeuropa angreift. Der Zweite Weltkrieg ist im Handumdrehen zum Schauplatz für den Kampf gegen die »Rote Weltgefahr« geworden.[46]

Mit völlig anderer Zielrichtung benutzen US-Filmemacher den deutschen Faschismus mehr oder weniger offen bei der Darstellung ihres *eigenen* Landes, und zwar als Chiffre für Unmenschlichkeit und Wahnsinn. Der verrückte Wissenschaftler Dr. Seltsam in Stanley Kubricks DR. STRANGLOVE OR HOW I LEARNED TO STOPP WORRYING AND LOVE THE BOMB (GB 1963) ist ein ehemaliger Nazi-Physiker. Er berät US-Politik und Militär, unterdrückt nur mit Mühe seinen reflexartigen »Heil Hitler-Gruß« und kann es nicht abwarten, dass der Kalte Krieg in ein Inferno der Atompilze mündet. Nur die Elite des Landes soll im Bunker überleben. In Coppolas APOKALPYSE NOW bzw. APOKALYPSE NOW REDUX (USA 1979/2000) untermalt Musik von Richard Wagner die Jagd der US-Luftinfanterie auf »wilde Vietnamesen«; die böse Hauptgestalt des US-Militärs trägt gemäß Literaturvorlage den deutschen Namen »Kurtz« und huldigt einer nach Nazi-Art verstandenen Nietzsche-Moral von Übermenschen, die »jenseits von Gut und Böse« stehen.[47] (Im bundesdeutschen Film NICHTS ALS DIE WAHRHEIT von Roland Suso Richter erinnert die Figur des Auschwitz-Arztes Josef Mengele mit ihrer »Kultiviertheit« und ihren Rechtfertigungen wiederum sehr stark an diesen Kurtz aus APOKALYPSE NOW.) Wer am DVD-Gerät Oliver Stones Vietnamfilm PLATOON (USA 1986) an der richtigen Stelle anhält, erkennt klar und deutlich die *Naziflagge* auf einem Panzer der US-Truppen. Kubricks FULL METAL JACKET (1987) stellt die Ausbildung der U.S. Marines unter eine kollektive Corps-Ideologie, die mitunter wörtlich an den »Volksbegriff« der Nationalsozialisten erinnert.[48] Es handelt sich hier nicht um bloße Kino-Zitate. Auf dem von Bertram Russell und anderen initiierten Internationalen Kriegsverbrechertribunal in Stockholm (Mai 1967) hatte der Franzose Jean-Paul Sartre den militärischen Massenmord in Vietnam mit den Massenmorden der Nazis an Juden verglichen. Im Prozess gegen den einzigen angeklagten Verantwortlichen des My Lai-Massakers von US-Soldaten in Vietnam konnte ein Beteiligter äußern, es habe sich um »einfach so ein Nazi-Ding« gehandelt.[49] Im Mai 2004 kommentierte Seymour Hersh, jener Journalist, der 1969 als erster über My Lai publiziert hatte, Folterbilder aus dem irakischen US-Gefängnis Abu Ghureib so: »Das ist eine bekannte Szene aus dem, wissen Sie, aus dem Dritten Reich ...«[50]

Da die Militärs unermüdlich zynisches Verschleierungsvokabular für Kriegsverbrechen erfinden, ließe sich der Rückgriff auf allgemein anerkannte Gräuel- und Verbrechernamen mitunter auch als verzweifelte Notwehr deuten. Doch vor dem Hintergrund der »Shoa« erscheinen Versuche, mit Hilfe der Chiffre »Nazi-Faschismus« Verbrechen zu benennen und besonders den Judenmord von der *konkreten* Historie abzulösen, in jeder Richtung unangemessen. Dass es dennoch immer wieder zu entsprechenden Unternehmungen kommt, zeigt zweierlei: zum einen Leichtfertigkeit und Skrupellosigkeit bei der Instrumentalisierung der Geschichte, zum anderen das Fehlen einer hilfreichen *universellen* Sprachkultur zur Benennung von Verbrechen gegen die Menschheit und die dadurch genährte Versuchung, mit drastischen Analogien zu operieren.

Indessen gibt es in *engen* Grenzen auch heute einen hilfreichen Rekurs, der den Nürnberger Prozess von 1945 betrifft und der sich – einzig und allein – auf den dort erstmals unmissverständlich formulierten Tatbestand des *Angriffskrieges* bezieht. Der völkerrechtliche Diskurs differenzierte 1945 auf alliierter Seite durchaus das Verbrechen des Krieges (bzw. Verbrechen gegen den Frieden), Kriegsverbrechen und Verbrechen gegen die Menschlichkeit bzw. Völkermord. (Die unseligen Folgen einer fehlenden Genozid-Definition und der unklaren Unterscheidung dieser drei Komplexe können hier nicht dargestellt werden. In Nürnberg lag der Schwerpunkt zunächst auf dem ersten Punkt, dem »Verbrechen gegen den Frieden«. Auch daraus erklärt sich zum Teil die anfängliche »Vernachlässigung« des NS-Massenmordes an den Juden Europas und der Sowjetunion, welcher zudem unzulässig einfach als Teil der »War Crimes« betrachtet werden konnte.)

Die USA hatten bereits nach dem Ersten Weltkrieg und erneut 1929 eine allgemeine Ächtung des Angriffskrieges angestrebt. Der US-Chefankläger Robert Jackson erklärte nun in Nürnberg, die prinzipielle Verurteilung *jedes* Angriffskrieges als Verbrechen werde in Zukunft der Maßstab sein, mit dem »auch wir morgen von der Geschichte gemessen werden. Den Angeklagten einen Giftbecher reichen, heißt, ihn auch an unsere Lippen setzen. Wir müssen an unsere Aufgabe mit soviel innerer Überlegenheit und geistiger Unbestechlichkeit herantreten, dass dieser Prozess einmal der Nachwelt als die Erfüllung menschlichen Sehnens nach Gerechtigkeit erscheinen möge.«[51]

3. Memphis Belle (1990): Die größte Luftschlacht der Geschichte als Kulisse für sportliche Rekrutenwerbung

Der erste unter den uns nun interessierenden Filmen hat eine bezeichnende Vorgeschichte. Während des Zweiten Weltkrieges produzierte Regisseur William Wyler im Auftrag des »Office of War Information« (OWI) den dokumentarischen Propagandafilm THE MEMPHIS BELLE – A STORY OF A FLYING FORTRESS (USA 1944).[52] Er zeigte den berühmtesten B-17 Bomber der US-Luftwaffe bei seinem letzten Einsatz. 46 Jahre später realisiert Regisseur Michael Caton-Jones diesen Stoff als Spielfilm unter dem Titel MEMPHIS BELLE. Produzentin ist Catherine Wyler, deren Vater für das Vorbild von 1944 verantwortlich zeichnete. Diese Produktion gehört wie TOP GUN und FLIGHT OF THE INTRUDER zu jenem Kino-Kanon, der in den Jahren vor dem Golfkrieg der USA auf unterschiedlichen Schauplätzen eine siegreiche Luftwaffe präsentiert.

Es verwundert, mit welcher Harmlosigkeit hier 1990 der Zweite Weltkrieg auf der US-Leinwand erscheint: Zu den erfolgreichsten Mannschaften der U.S. Air Force, die von England aus ihre Einsätze gegen deutsche Ziele startet, gehört die Besatzung der »Memphis Belle«. (Im Vergleich zu den Namensgebungen auf aktuellen Kriegsschauplätzen muten die Namen aller US-Bomber in diesem Film geradezu pazifistisch an! Paul Virilio erinnert an die historische Aufheiterung der Weltkriegsflieger: »Auf die Tarnfarben der Bomber wurden in lebhaften Farben die Helden von Zeichenfilmen und riesige Pin-ups mit beziehungsvollen Namen gemalt.«[53]) Die jungen, sportlichen Helden der Memphis Belle werden einzeln vorgestellt mit ihrer unterschiedlichen Persönlichkeit, Herkunft und Zukunftsplanung.[54] Sie repräsentieren einen sozialen Querschnitt der Gesellschaft, soweit es das »weiße Amerika« betrifft. Ein Teammitglied sinniert unentwegt über die Hamburger-Kette, die es Zuhause eröffnen will. Ein anderes trachtet danach, im Flugzeug auch mal das MG bedienen zu dürfen: »Wie soll ich denn in der Heimat ein Mädchen kriegen, wenn ich nicht mal einen einzigen Nazi gekillt habe?« Der Poet in der jugendlichen Fliegermannschaft bekennt mit Worten des irischen Dichters William Butler Yeats, dass nur Einsamkeit ihn in die Höhe getrieben hat: »Die ich bekämpfe, hasse ich nicht! Die ich beschütze, liebe ich nicht!«

Wenn nicht gerade die Flieger im Einsatz bangend zurück erwartet werden, ist das Leben am Stützpunkt bestimmt von Mannschaftssport, Entertainment, Tanzmusik, Alkohol, Liebschaften und einer vorbildhaften Kameradschaftlichkeit. Wer Zuhause keine Brüder hat, empfindet die Jungs »wie Brüder«! Der Umgang untereinander ist zuweilen pubertär flapsig, manchmal aber auch betont zärtlich. Auffällig sind die flotten, stets legere getragenen Fliegerjacken. Das gepflegte Outfit ist von disziplinierter Zugeknüpftheit und vom dreckigen Krieg gleich weit entfernt. Der Leitspruch nach erfüllter Mission: »In Ordnung Jungs! Wir haben unsere Pflicht für Onkel Sam getan. *Jetzt fliegen wir für uns*!«

Der Presseoffizier möchte die Mitglieder des Memphis-Teams mit Foto und Story zuhause exklusiv in die Promotion des Militärs einbringen. Der Colonel, der im Kondolenz-Briefverkehr die ungeheuren Opferzahlen an seinem Standort überblickt, hat für diese Bevorzugung wenig Sinn. Aus dem Brief einer Soldatenfrau zitiert er: »Wenn der Krieg vorbei ist, wird die Menschheit hoffentlich gelernt haben, dass es andere Wege gibt, Probleme zu lösen!«

Am 17. Mai 1943 fliegen die jungen Männer der Memphis Belle vor ihrer Heimkehr in die USA den letzten Einsatz. Dazu stimmen sie jetzt allerdings nicht die Hits vom Vorabend, sondern »Amazing Grace« an. Ziel der Mission ist eine Rüstungsfabrik in Bremen. Detailliert werden die zivilen Gebäude im Umkreis erklärt. Wegen schlechter Sicht besteht der Einsatzleiter auf einen erneuten Anflug: »Da unten sind Zivilisten!« Bei diesem gefährlichen Auftrag wird das Hollywood-Paradigma im Film auf die Spitze getrieben. Während rings herum andere US-Bomber abgeschossen werden, geht für die Memphis Belle rein jede Katastrophe doch gut aus. Sogar »Blut« im Cockpit erweist sich als Ausfluss eine getroffenen Ketchup-Flasche. Bis zum Schluss geht das Bangen: »Wir sterben nicht, wir sterben nicht! Wir haben es geschafft. Wir sind wieder zuhause!« Am Ende hat jeder aus dieser Identifikationsgruppe für angehende junge Kampfpiloten überlebt, was auch historisch für die 25 Einsätze der echten Memphis Belle zutrifft.

Dieser Film zeichnet sich durch eine eher sparsame nationale Choreographie und einen soften Militarismus aus. Die Produzenten fühlen sich unter anderem Mitgliedern der britischen Air Force und dem britischen Verteidigungsministerium verpflichtet. Die Widmung bezieht sich auf *alle* Flieger des Zweiten Weltkrieges, unabhängig von ihrer Nationalität: »This film is dedicated to all the brave young men, whatever their nationality, who flew and fought in history's greatest airborne confrontation.« MEMPHIS BELLE ist ein Rekrutierungsfilm, der nach Ende des Kalten Krieges auf plakative Feindbilder verzichtet, den Top-Gun-Individualismus des neoliberalen Zeitalters bedient und mit einem kameradschaftlichen Abenteuer ganz normaler Jungs wirbt. Die Luftschlacht gegen Nazideutschland dient dabei als bloße Kulisse.

Die Regie folgt der Tradition einer Verharmlosung der eigenen Kriegsleiden zugunsten der Verherrlichung der eigenen Kriegstechnik und der Nachwuchswerbung. Auch in einem »guten Krieg« zerbrechen die eigenen Soldaten, aber das darf nicht gezeigt werden. Für den U.S. Army Pictorial Service hatte John Huston in seinem Film LET THERE BE LIGHT (USA 1945/46) die unvorstellbaren physischen und vor allem psychischen Leiden der eigenen Veteranen in einem Militärhospital dargestellt. Das Werk blieb im Archiv unter Verschluss und wurde erst 1982 im Fernsehen der

USA ausgestrahlt. Wenig erfreut war das Militär, als zeitgleich zur Vietnam-Protestbewegung die Kriegssatire CATCH 22 (USA 1970) von Mike Nichols ausgerechnet unter dem Deckmantel des Themas »Zweiter Weltkrieg« die Absurdität des Krieges und die Gleichgültigkeit gegenüber Soldatenschicksalen auf der Leinwand zeigte.[55]

Zunächst folgen nun im Kino keine erfolgreichen Schlachtenfilme. 1992 versucht Keith Gordon, mit A MIDNIGHT CLEAR den am Ende gescheiterten Deal eines *Scheingefechtes* zwischen US-Amerikanern und Wehrmachtssoldaten im Jahre 1944 auf die Leinwand zu bringen. Neues ist dabei nicht zu sehen. Als herausragender Versuch, den Zweiten Weltkrieg jenseits herkömmlicher Klischees zum Schauplatz eines anspruchsvollen Spielfilms zu machen, muss THE ENGLISH PATIENT (USA/GB 1996) genannt werden. Im Folgejahr erzählt PARADISE ROAD (USA 1997) die Leidensgeschichte europäischer Frauen in japanischer Gefangenschaft auf Sumatra ab 1941. Gegen den Lager-Terror entsteht jenseits nationaler Unterschiede eine Gemeinschaft, deren Überlebenskraft allein in Menschlichkeit besteht. – Ein halbes Jahrzehnt später wird TO END ALL WARS (GB/USA/Thailand 2002) britische Soldaten eines schottischen Bataillons und einige Männer der U.S. Army als Gefangene in einem japanischen Dschungelcamp zeigen. Diese »wahre Brücke am Kwai« von David L. Cunningham erinnert mit authentischem Anspruch noch einmal an die Zwangsarbeiter einer Bahnstrecke von Singapur nach Thailand während des Zweiten Weltkrieges und die Missachtung der Genfer Konventionen durch das Kaiserreich Japan. An einer Stelle folgt die Tortur gezielt der Kreuzigungsmethode. (Mit Blick auf den neueren Kriegsfilm aus den USA ist die christlich motivierte Absage an Vergeltung zum Schluss von TO END ALL WARS eine echte Ausnahme.[56]) Gegenwärtig müsste sich die Rezeption der beiden zuletzt genannten Filme, die von der Grausamkeit des japanischen Militärs handeln, vor allem die Realität in *bestehenden* Einrichtungen für Kriegsgefangene vor Augen halten.

4. Der beste aller Kriege: Die Befreiung von Tyrannei und Unterdrückung

Ein halbes Jahrhundert nach dem alliierten Sieg über den deutschen Faschismus wird ein banales Weltkriegs-Entertainment nach Art von MEMPHIS BELLE bei US-Veteranen wohl Beklemmungen und Empörung hervorrufen. Das Bedürfnis, die Schrecken dieses Krieges, in dem 16 Millionen US-Amerikaner Wehrdienst leisteten und 292.000 US-Soldaten starben, angemessen darzustellen und zu erinnern, meldet sich. (Ohne Zweifel gibt es Nachholbedarf an Geschichtsunterricht: Die *New York Times* berichtete 1995 von einer Umfrage, der zufolge 40 Prozent der amerikanischen Erwachsenen nicht wussten, dass Deutschland im Zweiten Weltkrieg Feind der USA war.[57]) Es kommt – vergleichbar mit einer Filmwelle in den 60er Jahren – zu einer

V. Die Rückkehr des Zweiten Weltkrieges

Rückkehr des Zweiten Weltkriegs ins US-Kino. Bereits 1990 hatte die »News Week« den US-Militäreinsatz als striktes *Gegenbild zu Vietnam* beschrieben, als den fraglos guten Krieg, frei von moralischen und politischen Ambivalenzen. Daran anknüpfend konstatiert Andreas Etges: »Spätestens mit dem 50. Jahrestag von D-Day im Jahre 1994 wurde der Zweite Weltkrieg in den USA dann endgültig ›the best war ever‹. Paradigmatisch sind die Aufzeichnungen von Tom Brokaw, einem der prominentesten Fernsehjournalisten der USA, der den Feierlichkeiten in der Normandie beiwohnte. Diese gewöhnlichen Menschen, geht es Brokaw beim Anblick der versammelten Veteranen durch den Kopf, hätten die Last auf sich genommen und die Welt von den beiden schlimmsten und stärksten Mächten befreit, die je existiert hätten. [...] ›I think this is the greatest generation any society has ever produced.‹«[58] Es kommt zu einem Boom an populärwissenschaftlicher Literatur, zur Fixierung der Generationenüberlieferung in Form von »oral history« und zur Planung eines zentralen Denkmals für die Gefallenen des Zweiten Weltkriegs, dessen Errichtung unter Präsident G. W. Bush Jr. im Mai 2001 ein Gesetz beschleunigen soll.

Saving Private Ryan (1998)

Spielberg's Film SAVING PRIVATE RYAN bringt die in dieser Entwicklung sich zeigende ideale Bewertung in dichter Form auf die Leinwand.[59] Er wird immer wieder als maßgeblicher Auftakt zur Renaissance des gesamten Kriegsfilm-Genres und zur Militarisierung des Kinos um die Jahrtausendwende genannt. Der 70 Millionen Dollar teure und kommerziell außerordentlich erfolgreiche Titel erschien 1998 und konnte auf die Mitwirkung von 250 irischen Soldaten zurückgreifen. – Fünf Jahre zuvor hatte der Regisseur mit SCHINDLER'S LIST[60] (USA 1993) die nach der TV-Serie HOLCAUST[61] (USA 1978) vielleicht wichtigste massenkulturelle Erinnerung an die Ermordung von über sechs Millionen Juden vorgelegt. (Oscar Schindler, an dessen widerständige Rettungsaktionen der Film erinnert, ist ein Fabrikant mit NSDAP-Parteibuch!) Diesem Film folgte die Gründung einer Stiftung, die bis heute weltweit wider das Vergessen und für die universale Achtung der Menschenwürde arbeitet.

SAVING PRIVATE RYAN wurde vor dem Kosovokrieg der NATO 1999 noch rechtzeitig mit Oscar-Ehrungen bedacht; der etwa zeitgleiche Weltkriegsfilm THE THIN RED LINE (USA 1998) von Terrence Malick, untauglich im Sinne der Pentagon-Förderrichtlinien und denkbar ungeeignet für positive Reflexionen über das Programm Krieg, ging leer aus.[62] In der ersten Viertelstunde zeigt Spielberg die Bootslandung US-amerikanischer Bodentruppen in der Normandie am 6. Juni 1944. Dieser Teil zum D-Day versucht an keinem einzigen Punkt, die Schrecken durch ein idealisierendes Heldenkonzept zu relativieren. Anders als in THE LONGEST DAY (USA 1961), wo ohnehin auf weiten Strecken die Feldherren beider Seiten das Bild bestimmen, verrecken ganze Bootsbesatzungen auf Omaha-Beach im deutschen Flak-Feuer, sobald die Luken sich geöffnet haben. Die eingesetzte Handkamera nimmt den Zuschauer mit

V. Die Rückkehr des Zweiten Weltkrieges

in die »Wirklichkeit« des Krieges. Spielbergs bis ins Detail perfektionierte Bild- und Toninszenierung lässt uns dabei selbst im blutgefärbten Meer ertrinken oder einen Hörsturz erleiden. Nicht einen Moment lang halten wir Körperteile oder herausquellende Gedärme für Attrappen. Die Soldaten kotzen, schreien, haben Angst, rufen nach ihrer Mama oder fallen in eine Apathie des Entsetzens. Die Schauspieler haben die Dreharbeiten zu diesen Szenen als »echten Krieg« erlebt. Spezielle Filterungen und andere Verfahren verleihen den Eingangsszenen den Effekt des frühen Farbfilmmaterials. Zum Teil wurde die Verschlussgeschwindigkeit an die alter Wochenschau-Kameras angeglichen. Veteranen bescheinigen später dem Film unglaubliche Authentizität. Steven Spielberg hat, wie die DVD-Ausgabe dokumentiert, bereits als Heranwachsender mehrere Kriegsfilme mit Super-8-Kamera und Mitschülern produziert und das Genre in seinem Gesamtwerk immer wieder verfolgt.[63] Mit der Einleitung zu SAVING PRIVATE RYAN bringt er einen neuen Prototyp für *Realismus* auf die Leinwand. (Leider gebrauchen einige Autoren in diesem Zusammenhang den höchst irreführenden Begriff »Naturalismus«, der suggeriert, moderne Kriege seien ein gleichsam unvermeidliches Epiphänomen der so genannten »Natur«!) In der Richtung zahlreicher Rezensenten konstatiert Andreas Kilb, Spielberg komme in den ersten zwanzig Minuten der »Wahrheit des Gemetzels so nahe, wie man ohne Mord am Zuschauer kommen kann.«[64]

Es folgt ein Bruch. Der Hauptteil des Films erzählt nun die Geschichte der Suche nach Private James Ryan aus Iowa. Seine Mutter hat soeben drei ihrer Söhne auf dem »Altar der Freiheit« geopfert. – Der Plot lehnt sich an die »wahre Geschichte von Fritz Niland« an.[65] Ein ähnliches Familienschicksal im Bürgerkrieg hatte bereits Lincoln bewegt. Authentisch wird der Kriegstod aller Söhne einer Familie, wie er auf ungezählten Gedenksteinen in der ganzen Welt nachzulesen ist, auch in den DVD-Features dokumentiert.[66] – Der vierte Sohn der Ryans soll nun in der Normandie ausfindig gemacht und nach Hause geholt werden. (Den Befehl dazu erteilt – der Phantasie des Drehbuchs zufolge – der zutiefst menschliche US-General George Marshall.) Captain John Miller und eine ihm unterstellte Gruppe von sieben Soldaten sind mit dieser Spezialmission beauftragt. Im Film selbst wird die fragwürdige individualistische Wende des Drehbuchs zumindest im Ansatz problematisiert. Mit Unverstand hat man zum Schutz eines einzelnen US-Generals eine Stahlplatte in einen Bomber installiert, die hernach einen Absturz verursacht. Wie viele Männer aus der kleiner werdenden Sondergruppe darf man opfern, um den *einen* zu retten? Ryan – »rien« (*nichts*)? Warum das *eine* Schicksal, wo doch Berge von Trauerbriefen an den Schreibmaschinen der U.S. Army produziert werden? Darf man ein französisches Mädchen in der Gefahr zurücklassen? Kann man Menschenleben aufrechnen? Als College-Lehrer hatte der feinsinnige Captain Miller »tausend Jungens« wie den endlich gefundenen James Ryan.

Ryan selbst besteht darauf, den gefährlichen Einsatz seiner Einheit an einer strategisch wichtigen Brücke nicht zu verlassen. Allein dadurch ist die spätere Mahnung des sterbenden Captain Millers, er solle sich der Opfer für seine Rettung aus dem Kriegsschauplatz würdig erweisen, bereits im Voraus positiv beantwortet. Doch als alter Mann, der zu Anfang und Ende des Films auf einem US-Soldatenfriedhof in der Normandie gezeigt wird, stellt sich James am Grab des Captain im Beisein seiner Frau, Kinder und Enkelkinder rückblickend die Frage: »Bin ich in meinem Leben ein guter Mensch gewesen?« Die Gräber zeigen ein »V« für Victory. Das Wehen eines durchscheinenden Sternenbanners rahmt als erstes und letztes Bild den Film.

Doch dazwischen sind Pathos und ideologische Einsinnigkeiten nicht so dominant. (Der angestrebte Realismus wäre durch eine zu aufdringliche Metaebene augenblicklich zunichte gemacht.) Über Kriegskameradschaft zwischen Männern will der äußerst unbeholfene und ängstliche Dolmetscher des Sondertrupps ein Buch schreiben, was eher skurril wirkt. (Die behutsamen Annäherungen zwischen den Soldaten wirken indessen manchmal glaubwürdig.)

Aus Düsseldorf vermeldet die deutsche Radio-Propaganda: »Die Freiheitsstatue ist kaputt!« Der Film antwortet an keiner Stelle mit einer schablonenhaften Feindbildzeichnung der Deutschen. Ein jüdischer US-Soldat weint und schreit deutschen Kriegsgefangenen zu: »Jude, ich bin Jude!« US-Soldaten erschießen auch Gegner, die sich bereits ergeben haben.[67] Ein deutscher Gefangener wird verschont. Doch der Freigelassene kehrt später als tödlicher Krieger zurück. Ein Wehrmachtsoldat, der soeben im erbitterten Nahkampf einen US-Soldaten erstochen hat, lässt den weinenden Dolmetscher des US-Sondertrupps unbehelligt. (Tatsächlich hatten bereits während des D-Day die meisten Soldaten *aller* Seiten absichtliche *Fehltreffer* abgegeben. Die gezielte Trefferrate lag unter 20 Prozent. Frühe Untersuchungen von deutschen Wehrmachtspsychologen zu diesem für sie unerwünschten Phänomen der menschlichen Tötungshemmung verwendete die U.S. Army später zur konditionierenden Steigerung der Kill-Rate, die dann in Vietnam 90 Prozent betrug![68]) Der »begnadete« Scharfschütze des US-Sondertrupps leitet jeden Schuss mit präzis gewählten Psalmversen ein. Doch sonst dienen Gebet, Rosenkranz und Kreuz-Talisman im Film nirgends der Überhöhung. Sie sind Ausdruck purer Angst. Die vorzügliche Identifikationsfigur Captain Miller (Tom Hanks) fühlt sich im Krieg nicht am richtigen Ort und wird durchgehend von einem unerklärlichen Angstzittern der rechten Hand geplagt: »Jeder Mann, den ich töte, bringt mich weiter von Zuhause weg!«

Die Produktion, so Spielberg, ist den US-Soldaten des Krieges gewidmet. Die DVD-Beigaben lassen ausführlich Veteranen, Vertreter der »greatest generation«, zu Wort kommen: »*Freiheit gibt es nicht umsonst!*« Kameradschaft wird von ihnen vor allem als Offenheit und Intimität beschrieben: »Im zivilen Leben gibt es nichts Vergleichbares!« Der D-Day gilt als Drehpunkt der Geschichte angesichts der Alternative »Nazis oder Demokratie« und als Auftakt eines Feldzugs zur »Befreiung der Welt von Tyrannei und Unterdrückung« (great campaign to rid the world of tyranny and oppression). Die Mitwirkung offizieller irischer militärischer Stellen am Drehort und die Aufnahme des »U.S. Department of Defense« in die Danksagungsliste beziehen sich nicht auf das Training der Schauspieler. Deren zehntägige Grundausbildung hat kommerziell der Veteran Captain Dale Dye mit seiner Firma Warriors Inc. übernommen. Dass das Pentagon vor Ort nicht mit direkter Materialhilfe zur Seite stand, hat nach Auskunft von Philip Strub einfach mit dem Drehort Europa zu tun, an dem die U.S. Army selbst über kein Second-World-War-Equipment verfügt.[69]

Abenteuerliche Werbeszenen für das Militär fehlen in den DVD-Specials dieses *militärfreundlichen* Filmes über den »gerechten Krieg«. In weiten Teilen kann dieser Titel als *kollektive* Erinnerung der Leiden des Krieges gesehen werden, vor allem aber transportiert er die »Best War«-Botschaft der 90er Jahre. Das patriotische Paradigma von SAVING PRIVATE RYAN ist indessen im Vergleich zu anderen Produktionen, die uns noch beschäftigen werden, eher moderat. – Es konzentriert sich von seiner plakativen Seite her vor allem auf die Fahnen-Choreographie der melodramatischen Rahmenszenen, die Veteranen und ihre Angehörigen zur Identifikation einladen.[70] – Spielberg liefert jedoch im ersten Teil einen neuen Maßstab für »Kriegsrealismus« im Kino, an dem sich fortan die explizit propagandistischen Kulturmacher orientieren. Der schmutzige Realismus des modernen Kriegskinos scheint zu bieten, was die sterile bzw. körperlose Fernsehberichterstattung – gezielt oder mangels Frontzugang – unterschlägt. Filme wie BLACK HAWK DOWN (USA 2002) werden zeigen, dass dergleichen keineswegs Erkennungsmerkmal für ein kriegskritisches Paradigma ist.

When Trumpets Fade (1998)

Im selben Jahr wie Spielbergs PRIVATE RYAN erscheint beim Fernsehsender HBO John Irvins WHEN TRUMPETS FADE. Gewidmet ist der Film den Kämpfern der Schlacht von »Hurtgen Forest«. Entlang der Siegfried-Linie an der belgischen Grenze kommt es im Herbst 1944 zu erbitterten Gefechten mit den Deutschen. US-Soldaten lassen dort – trotz des sich abzeichnenden Sieges über Nazideutschland – als regelrechtes Kanonenfutter zu Zehntausenden ihr Leben. Das soll u. a. eine lange Leichenreihe entlang der alliierten Zufahrtswege vermitteln. Die Toten werden nicht abtransportiert, weil die Lastwagen für den ständigen Truppennachschub reserviert sind. Sammlungen blutverschmierter »Hundemarken«, eigentlich obligat für das Genre, stehen für die »Ergebnisse« einzelner Frontoperationen.

Die eigentliche Story personalisiert das Schlachtgeschehen allerdings. Soldat David Mannings überlebt als einziger eine Operation seiner Einheit. Auf der Rückkehr von diesem Einsatz versucht er, einen schwer verwundeten Kameraden durch den Hürtgenwald zu tragen. Hin und her gerissen zwischen seinem Rettungsvorsatz und Zweifeln an der Aussicht dieses Vorhabens, beschließt er, allein weiterzugehen. Sein Kamerad reagiert ebenfalls ambivalent: »Versprich mir, dass du mich nicht mehr weiter schleppst [...] Ich weiß, dass ich sterbe!« »Du gehst doch nicht allein weiter?« Er bittet schließlich Mannings darum, erschossen zu werden!

Diese und ähnliche Episoden sind undeutlich bzw. widersprüchlich gestaltet. Ob David Mannings wirklich ein Kameradenschwein ist, wie missgünstige Widersacher vermuten, bleibt mehr als einmal offen. Auf jeden Fall ist er ein erprobter Kämpfer und Überlebenskünstler, der den völlig unerfahrenen jungen US-Soldaten keine Illusionen macht. Wider Willen wird Mannings, der doch um jeden Preis weg von der Front möchte, zum Sergeant und später sogar zum Lieutenant befördert. Durchgehend verfolgt er ganz offen seine Linie: Er will überall helfen und einspringen, solange er dabei sein eigenes Leben nicht gefährdet. Gefährliche Operationen gegen den Feind unternimmt er einzig und allein, um seine eigenen Überlebenschancen zu verbessern! Er weiß, dass sich die ehrgeizigen Vorgesetzten darum jedenfalls nicht kümmern werden. In der offenen Schlussszene ist es Mannings, der als Schwerverwundeter von einem seiner jungen Soldaten durch den Wald getragen wird. Der glaubt, ihm die Rettung schuldig zu sein.

Der Dank im Abspann dieses in Osteuropa gedrehten Films geht u. a. an das ungarische Verteidigungsministerium, die U.S. Army (Operation Joint Guard, Ungarn) und das U.S. Marine Corps (Security Detachment, American Embassy, Budapest). Ethische Auswegslosigkeiten stehen im Mittelpunkt dieses Irvin-Filmes, der deshalb auch als Vorbote einer relativistischen neuen Kriegsmoral gesehen werden könnte. Die Differenz zu Irvins HAMBURGER HILL: Kein todesmutiges Heldenpathos, sondern der nackte Überlebenswille lädt zur Identifikation ein.

Band Of Brothers (2001): Gerechte Krieger in Serie?

Im Jahr 2000 erscheint – in der Tradition älterer U-Bootfilme – U-571, dem das »U.S. Navy Office of Information, West« Beistand leistet. Der Plot: Unter Beteiligung des Geheimdienstes gelangt die U.S. Army in den Besitz einer Dechiffriermaschine aus einem deutschen U-Boot. (Hollywood schlägt damit eine historisch von den *Briten* vollführte Militäraktion den Vereinigten Staaten zu!)[71] Rob Green versucht mit THE BUNKER (GB/USA 2001) eine neue Version des surrealistischen Kriegs-Horrors; er beleuchtet den NS-Wahn mit »Geistersoldaten« und Paranoia vor allem als inneres Psychodrama.[72]

Der zeitliche Abstand zum Thema scheint bei weiteren Filmtiteln zur völligen Relativierung historischer Ansprüche zu führen. Im Kampf gegen Hitler fielen 13,6 Millionen Rotarmisten, und das sind bezogen auf die beteiligten Alliierten immerhin dreiundfünfzigmal mehr tote sowjetische als us-amerikanische Soldaten.[73] Das westliche Kriegskino schreckt in der Unterdrückung solcher Relationen vor keiner Unanständigkeit zurück. Mit der multinationalen Produktion ENEMY AT THE GATES (BRD/GB/Irland/USA 2000) gelangt Stalingrad als Schauplatz für einen fiktiven *Zweikampf* auf unkonventionelle Weise ins Kino. Die subjektivistische Wende im Kriegsfilmparadigma – zu Ungunsten der Erinnerung kollektiver Leiden – wird hier in Anbetracht von 27 Millionen Toten[74], die der Zweite Weltkrieg in der Sowjetunion forderte, schier unerträglich. In den Mittelpunkt rückt Regisseur Jean-Jacques Annaud den russischen Scharfschützen Vassili Zaitsev, von einem wenig uneigennützigen kommunistischen Parteioffizier zum Volkshelden stilisiert, und dessen ebenbürtigen nazideutschen Gegner. In diesem *Duell* zwischen zwei professionellen Individuen gibt es ganz am Rande eigentlich nur eine Feindbildzeichnung, und die richtet sich gegen das *stalinistische* Establishment. (Damit ist der Weg frei für den deutschen Filmemacher Hardy Martins, der 2001 in SO WEIT DIE FÜSSE TRAGEN die Flucht eines Soldaten der Wehrmacht aus sibirischer Kriegsgefangenschaft erzählt, auch dies als persönliches Duell des deutschen Opfers mit einem Exponenten des sowjetischen Militärs, erweitert durch einen Tribut an den bayrischen Heimatfilm. Das Lager in Sibirien drängt mit seinen Bettstellen, willkürlichen Morden durch Kugel oder Übergabe nackter Gefangener an die Kälte, Tod durch Zwangsarbeit etc. Assoziationen zu den KZs der Nazis auf. Wider den stalinistischen Funktionär geht ausgerechnet ein Jude aus Polen ein Bündnis mit dem deutschen Soldaten ein.) Zum Weltkriegsgeschehen auf der griechischen Insel Kephalonia vermittelt CAPTAIN CORELLI'S MANDOLIN (USA/GB/F 2001) statt Massenmorde der Wehrmacht vor allem die Liebesgeschichte zwischen einem italienischen Hauptmann und der Tochter eines griechischen Landarztes.[75]

Steven Spielberg und Tom Hanks, Regisseur und Hauptdarsteller von SAVING PRIVATE RYAN, präsentieren in den USA als Produzenten 2001 die – mit einem Budget von 125 Millionen Dollar höchst aufwendige – zehnteilige TV-Produktion BAND OF BROTHERS.[76] Sie folgt dem gleichnamigen Buch des Historikers Stephen Ambrose. Premierminister Tony Blair setzte sich nach einem Gespräch mit Spielberg persönlich dafür ein, dass die Serie an britischen Drehorten entstehen konnte. Hier ist ohne Mühe eine direkte Nachfolge von SAVING PRIVATE RYAN auszumachen. Die Serie startete am 9. September 2001 im Fernsehen. Zu den anfänglich 10 Millionen Fernsehzuschauern kamen nach den Anschlägen vom 11. September bei jeder Episode etwa 6 bis 7 Millionen neue hinzu. Die gesamte Reihe umfasst 600 Minuten und wird seit 2002 auf dem Weltmarkt als fünfteilige, aufwendig gestaltete Video/DVD-Kollektion breit vermarktet. Die Filmmacher begleiten die Easy Company der us-amerikanischen Fallschirmspringer zwischen 1942 und 1945: Ausbildung in Georgia, D-Day-Einsatz über der Normandie, Vorstoßversuch über die Niederlande, Wintereinsatz in Belgien, Frontüberschreitung vom Elsass aus, Befreiung der Häftlinge in einem deutschen Konzentrationslager und Stationierung in Berchtesgarden bis Kriegsende (bzw. bis zum erneuten Einsatz im Pazifik). Im Rahmen historischer Handlungsstränge erzählt BAND OF BROTHERS zugleich eine Kompaniechronik und unterschiedlichste persönliche Geschicke, den Stereotyp der Liebe zu einer Krankenschwester eingeschlossen. Selbstkritisch: Antisemitische Töne in den Reihen der U.S. Army – als Reflex einer heute vielfach verdrängten Wirklichkeit in den Vereinigten Staaten der ersten Jahrhunderthälfte – sind kein Tabu. (Noch 1944, so Eric Frey, identifizierten 24 Prozent der US-Amerikaner »die Juden als größte Bedrohung der Nation«!) Suggestiv: Nicht

V. Die Rückkehr des Zweiten Weltkrieges

nur die deutschen Einwohner geben sich ahnungslos hinsichtlich des am Rande ihres Städtchen gelegenen KZ; auch den US-Militärs ist bis dahin offenbar das Ausmaß der deutschen Judenverfolgung völlig unbekannt. (So propagiert es 1994 auch FATHERLAND. In den rund 180 Anti-Nazi-Filmen, die Hollywood zwischen 1939 und 1945 produziert hat, wurde die Ideologie des deutschen Faschismus nur unklar vermittelt. Die Konzentrationslager waren jedoch nahezu ganz ausgeblendet.) Die wechselnde Regiebesetzung der einzelnen Teile führt zu Inkonsequenzen. Ein US-Militär bietet unbewaffneten deutschen Gefangenen freundlich Zigaretten an und erschießt sie im gleichen Atemzug. Doch später erscheint dieser Vorfall, den die US-Soldaten unter sich weiter erzählen, als trügerische Erinnerung. Der vermeintliche Kriegsverbrecher in den eigenen Reihen ist als tauglicher und integrer Militär vollständig rehabilitiert. Vergehen von US-Armeeangehörigen an europäischen Zivilisten – wie etwa Vergewaltigungen[77] – kommen in BAND OF BROTHERS nicht vor.

Der erste Teil endet mit einem Zitat, in dem General Eisenhower den Segen des Allmächtigen Gottes für die alliierten Truppen erbittet, auf die die Augen der ganzen Welt schauen. Eingeleitet wird jeder der zehn Serienteile mit »authentischen« Erinnerungen von Weltkriegsveteranen, die schon von den Filmemachern konsultiert worden waren. – Auch in dieser Produktion steht die historische Mahnung an den Kampf von US-Soldaten für die Freiheit Europas im Vordergrund. Die Vereinigten Staaten sind – wie überhaupt im Hollywoodfilm – unter allen gegen Hitlerdeutschland kämpfenden Nationen offenbar *die* Befreier schlechthin. (Diese historisch verzerrte Sicht ist auch in der Bundesrepublik sehr verbreitet.) Vertan wurde leider die Chance, die strikten Tabus, in deren Hintergrund der Düsseldorfer Jurist Peter Wolz seit 2004 von der US-Regierung 40 Milliarden Dollar Schadenersatz für Holocaust-Überlebende vor US-Gerichten erstreiten will, zumindest ansatzweise zu durchbrechen. Der us-amerikanische Weltkriegs-Spielfilm zeigt prinzipiell *nicht*, dass Verantwortliche der US-Administration frühes Wissen um die NS-Planung der sogenannte »Endlösung« (ab Mitte 1942) und um Auschwitz lange unter Verschluss hielten, dass von der polnischen Exilregierung bereits im August 1943 erfolglos militärische Operationen gegen die Zufahrtswege zur »NS-Todesfabrik« in Auschwitz gefordert worden waren und dass eine Grundsatzentscheidung des US-Luftwaffenministeriums die mögliche Rettung von 430.000 ungarischen Juden ab April 1944 von vornherein verhinderte.[78] Das Tabu ist umso unverständlicher, als gravierende Beispiele für unterlassene Hilfeleistungen der US-Administration bereits 1944 von Mitarbeitern des US-Finanzministers Henry Morgenthau aufgedeckt worden waren und Präsident Roosevelt selbst in keiner Weise die zynische Politik etwa von Vertretern des US-Außenministeriums deckte.

So passend wie BAND OF BROTHERS konnte nach dem 11.9.2001 zunächst nur die Vertriebspolitik für digital reanimierte World-War-Klassiker das aktuelle Bedürfnis nach Erinnerung des Guten Krieges bedienen. »Schon bevor der Abgesandte von Präsident Bush in Hollywood vorstellig wurde, hatten die Studios die Weichen umgestellt. [...] Sie entsannen sich ihrer klassischen Kriegsfilme, mit denen sie zur Zeit des Zweiten Weltkriegs die Größe der amerikanischen Nation gefeiert haben. Es war vor allem die 20th Century Fox, die eine ganze Kollektion solcher Klassiker auf den DVD-Markt warf – von Anthony Quinn in GUADALCANAL DIARY (1943) bis zu Richard Widmark in OKINAWA (1950).«[79] (Die so gefüllten Werberegale mit Sonderangeboten sind hierzulande noch Ende 2004 in Videotheken aufgestellt.)

Derweil setzte das Kino die Serie der Brüderbünde schon bald mit neuen Titeln fort. HART's WAR (USA 2002) verlegt den Weltkrieg in ein deutsches Kriegsgefangenenlager bei Augsburg. Dorthin wird Ende 1944 der junge US-Stabsoffizier Thomas Hart nach seiner Gefangennahme an der belgischen Grenze verlegt. (Die bereits internierten US-Amerikaner mutmaßen – offenbar nicht ganz zu Unrecht – dass Hart unter Folter Informationen über die Logistik der US-Armee preisgegeben hat.) Zwei schwarze US-Piloten kommen ebenfalls als Gefangene in das Lager. Einem von ihnen wird von einem weißen Südstaaten-Rassisten eine Waffe untergeschoben. Das führt zu seiner Erschießung durch die deutschen Bewacher. Doch auch der Rassist liegt eines Nachts tot vor der Schlafbaracke. Über den tatverdächtigen zweiten Schwarzen soll ein selbstverwaltetes Tribunal unter der Leitung des ranghöchsten US-Offiziers im Lager richten. Das wird vom deutschen Lagerkommandanten gewährt. Es ist ihm eine Genugtuung, dass der demokratische Anspruch auf ein faires Verfahren hier *scheinbar* von einem rassistisch korrumpierten Justizverfahren des US-Militärs ad absurdum geführt wird. Thomas Hart, im Zivilleben Jurastudent, muss die Verteidigung des schwarzen Piloten übernehmen. Er teilt die Einschätzung des deutschen Kommandanten hinsichtlich rassistischer Vor-Urteile des Tribunals. Was er nicht weiß: In Wirklichkeit ist das selbstverwaltete Militärgerichtsverfahren nur Ablenkungsmanöver für einen gut vorbereiteten *Ausbruchsversuch* der gefangenen US-Soldaten, bei dem auch eine nahe Munitionsfabrik gesprengt werden soll. Mitten im Film scheint es zeitweilig so, als sollten Südstaaten-Rassismus und deutscher Antisemitismus konfrontiert werden. Am Ende geht es um mutigen Widerstand der US-Soldaten. – Aus dem Rahmen der Best-War-Propagierung fällt im gleichen Jahr PATH TO WAR (USA 2002) von John Frankenheimer, in dem Unterstaatssekretär George Ball bei seiner Ablehnung der Vietnam-Luftkriegoperation »Rolling Thunder« an die in seinen Augen verbrecherischen Bombardierungen Dresdens und japanischer Großstädte erinnert.

Beachtung verdient in der Nachfolge von BAND OF BROTHERS eine unspektakuläre Produktion: SAINTS AND SOLDIERS (USA 2003) von Ryan Little. Das Drehbuch beruft sich auf eine »wahre Begebenheit« während der Ardennenschlacht und entwickelt seine Themen (Beziehungen zwischen den Soldaten, Tod, Religion, Feindbild) mit einer Behutsamkeit, die dem kriegsubventionierenden Kino fern steht. Unter Verzicht auf peinliche Klischees gestaltet die Regie die Kollaboration von zwei deutschen Soldaten mit einer alliierten Aufklärungstruppe. Anderseits zeigt Ryan Little die Wehrmacht realistisch als Organisation, die ohne weiteres 72 gefangene GIs massakriert. – Der jüngste in diesem Buch (VII. Kapitel) berücksichtigte Spielfilm zum Thema ist der mit Pentagon-Unterstützung gedrehte Titel WINDTALKERS (USA 2003).[80]

Massenkulturelle Erinnerungen an einen Krieg, in dem US-Soldaten altruistisch die Barbarei bekämpfen, sind hier nur im Ausschnitt vorgestellt. Das bloße Phänomen einer Filmwelle zum Zweiten Weltkrieg – etwa zeitgleich mit dem NATO-Krieg im ehemaligen Jugoslawien – hat bereits politische Relevanz. Im krassen Gegensatz zum Schauplatz Vietnam ist hier in den USA und anderswo mit einem breiten Konsens zu rechnen: Der Krieg gegen den Faschismus ist *der* gute Krieg schlechthin. Alle Welt weiß, wo damals die Guten und wo die Bösen kämpften. – Wenn Pazifisten auf *diesen* Krieg angesprochen, dann werden sie in den meisten Fällen »nur« geltend machen, dass eine präventive Politik im Sinne des US-Präsidenten Wilson und eine überzeugende Internationale Friedensordnung dem aufstrebenden Nationalsozialismus den Boden entzogen hätten, dass historisch gesehen die Verhinderung eines millionenfachen Genozids bestenfalls ein untergeordnetes Motiv der alliierten Militäroperationen war und dass schließlich mehr als ein halbes Jahrhundert (!) nach Gründung der UNO der Rekurs auf weltpolitische Verhältnisse in der ersten Hälfte des 20. Jahrhunderts höchst befremdlich erscheint, wenn er zur Rechtfertigung des Programms »Krieg« im dritten Jahrtausend herhalten soll.[81] - An den prototypisch guten Krieg knüpfen Politiker an, die heute Kriege für eine neue Weltordnung als »Nazi-Bekämpfung« etikettieren. Indessen ist allen bislang genannten Filmen gemessen an dem Titel, den der folgende Abschnitt behandelt, aus meiner Sicht noch eher ideologische Bescheidenheit zu bescheinigen.

5. Pearl Harbor (2001): Aufrüstung zur unterhaltenden Staatskunst

Der japanische Angriff auf den US-Militärstützpunkt Pearl Harbor wurde bis zu den Terroranschlägen vom 11.9.2001 als die US-amerikanische Katastrophe schlechthin erinnert. Den massenmörderischen Terror des 11. Septembers hat man – mit Blick auf die in New York und Washington widerlegte Annahme eigener Unverwundbarkeit – vielfach als zweites oder »neues Pearl Habor« bezeichnet. Politisch taucht die Erinnerung an jenes Ereignis, das zum Eintritt der USA in den Zweiten Weltkrieg geführt hat, früher auf. Im September 2000 legte die 1997 gegründete neokonservative Gruppe »Project for the New American Century« das Strategiepapier »Rebuilding America's Defenses – Strategy, Forces and Resources For a New Century« vor. Es präsentierte Ideen, die Anfang der 90er Jahre auch unter Republikanern noch schlicht als verrückt galten. »Zu den wesentlichen Autoren dieser äußerst einflussreichen neokonservativen Gruppe gehören u. a. Paul Wolfowitz, Lewis Libby, Stabschef von Vizepräsident Cheney, Jeb Bush, Gouverneur in Florida und Bruder von Georg W. Bush, William Kristol, Robert Kagan und John R. Bolton. Ein Kernpunkt ihres

V. Die Rückkehr des Zweiten Weltkrieges

Papiers ist folgender: *Derzeit sieht sich die USA keinem globalen Rivalen ausgesetzt. Die Grand Strategy der USA sollte darauf abzielen, diese vorteilhafte Position so weit wie möglich in die Zukunft zu bewahren und auszuweiten.* Auf Seite 51 ihres Dokumentes, das die Dominanz der USA für die nächsten Jahrzehnte zum Inhalt hat, findet sich vor dem Hintergrund des 11.9.2001 ein Satz von fast hellseherisch-prophetischer Klarheit: ›*Further, the process of transformation, even if it brings revolutionary change, is likely to be a long one, absent some catastrophic and catalyzing event - like a new Pearl Harbor.*‹«[82] Mit einem katastrophalen und katalysierenden Ereignis, das Pearl Harbor ähnelt, wäre demnach die öffentliche Unterstützung für eine Militärpolitik, die den USA eine globale Vorherrschaftsrolle sichert, viel eher zu erwarten. – Ähnliche Gedanken waren zuvor schon von David Rockefeller und Zbigniew Brzezinski vorgetragen worden.[83] Der Kern einer geschichtspolitischen Instrumentalisierung des Pearl-Harbor-Mythos für die Gegenwart ist leicht auszumachen: Fremdbild und Selbstbild der militärischen Supermacht sind nicht auf die Rolle eines Aggressors, sondern auf die des Opfers festgelegt. (So freilich hat es in der Geschichte noch jedes kriegsführende Land gehalten.)

Wer nüchtern konstatiert, dass der 11.9. als »*neues* Pearl Harbor« tatsächlich die Wende der us-amerikanischen Politik im Sinne des zitierten rechtsrepublikanischen Think Tank ermöglicht hat, muss kein Verschwörungstheoretiker sein. Auch vor dem Hintergrund der synchronen Verweise werde ich eine US-Kinoproduktion der Superlative, die seit 2001 PEARL HARBOR neu auf der Leinwand zeigt, an dieser Stelle ausführlich darstellen.[84] Der Film des Produzenten Jerry Bruckheimer und des ehemaligen Werbefilmers Michael Bay[85] ist mit über 150 Millionen Euro Produktionskosten einer der teuersten Filme der Zelluloid-Geschichte. (Dass solcher Aufwand nicht unbedingt für ästhetische Qualität bürgt, haben zahlreiche Rezensenten angemerkt.)

Das Dilemma der USA um 1940 erläutert im Film Präsident Franklin D. Roosevelt: Das us-amerikanische Volk denkt, »dass Hitler und seine Nazischergen allein Europas Problem« seien. Es »baut Kühlschränke, während unsere Feinde munter Bomben bauen.« (Etwa zu dieser Zeit setzt jene Entwicklung ein, in der Machteliten als Aktionszentrum die Außenpolitik zunehmend aus dem demokratischen Prozess der US-Gesellschaft herauslösen.) Nach Pearl Harbor kann Roosevelt den Kongress zum Eintritt in den Zweiten Weltkrieg bewegen: »Am gestrigen Tage, dem 7. Dezember 1941, einem Tag der Schande, den wir nie vergessen werden, wurden die Vereinigten Staaten von Amerika auf heimtückische und mutwillige Weise von den See- und Luftstreitkräften des Kaiserreichs Japan überfallen. Es liegt auf der Hand, dass der Überfall bereits viele Wochen zuvor geplant worden ist, während die japanische Regierung sich bemüht hat, die Vereinigten Staaten durch vorgetäuschte Gesprächsbereitschaft in Bezug auf die Fortsetzung der friedlichen Bemühungen absichtlich hinters Licht zu führen. Der gestrige Angriff auf Pearl Harbor hat den amerikanischen Streitkräften schwere Schäden zugefügt. Ich bedaure, Ihnen mitteilen zu müssen, dass über 3000

V. Die Rückkehr des Zweiten Weltkrieges

Amerikaner dabei ihr Leben ließen. Egal wie lange es dauern mag, diesen von langer Hand geplanten böswilligen Angriff zu vergelten: Das amerikanische Volk, stark in seiner gerechten Sache, kämpft, bis der Sieg errungen ist!«[86]

Eine Heldengeschichte

Erzählt wird die Geschichte von Pearl Harbor vor allem durch einen patriotischen Hollywoodismus. Emotionale persönliche Geschicke, so die Macher, sollen Pearl Harbor noch einmal »erlebbar« machen und die Identifikation mit den Opfern der eigenen Nation erleichtern. Vermutlich deshalb schauen die heroischen Krankenschwestern im Film beim Impfen auf »den süßen Po« ausgewählter Kampfpiloten. Sie wollen »dem Vaterland dienen und Männer kennen lernen.« Sie werden die »romantischste Liebesgeschichte« ihres Lebens hören, im blutigen Meer der Opfer von Pearl Harbor später die Nerven behalten und in sterilisierte *CocaCola*-Flaschen frische Blutkonserven leiten.

Die eigentlichen Helden präsentiert uns das Drehbuch als Pilotenduo. Bereits 1923 haben Rafe und Danny in Tennesee als spielende Nachbarskinder auf einem Landwirtschaftsflugzeug Einsätze für die Freiheit und für US-Amerika geflogen: »Land of the free, home of the brave!« So werden sie es auch als erwachsene Kampfpiloten der Navy tun. Die beiden sind »nicht auf den Tod, sondern auf die Tat« versessen. Zuerst meldet sich Rafe freiwillig, um in einer Sonderstaffel für US-Piloten am Luftkampf der Briten gegen die Nazis teilzunehmen: »Good Hunting!« Fälschlich kommt eine Meldung, er sei dabei tödlich abgestürzt. Nach Monaten der Trauer beginnen Danny und die Krankenschwester Evelyn, Freundin des tot geglaubten Rafe, auf Pearl Harbor eine melodramatische Romanze. Bei Rafe's plötzlicher Heimkehr kommt es deshalb zum tiefen Bruch: Das Duo liebt *eine* Frau.[87] Erst ein gemeinsamer Luftcoup gegen die angreifenden Japaner ebnet den Weg zurück zur Freundschaft. Beide beteiligen sich dann auch am Racheflug auf Tokio. Rafe kehrt danach aus China mit Danny's Sarg zurück. Nun hat Evelyn noch immer Rafe, ihre erste unsterbliche Liebe. Rafe heiratet sie und kümmert sich um Danny's inzwischen geborenen Sohn wie ein leiblicher Vater. Den Zuschauern ist gewiss: Auch der kleine Danny wird einmal Kampfpilot für die Freiheit werden.

Bauchkribbeln und ungeknackte Geheimcodes: Geschichtslüge als Methode ?

John Fords früher Pearl-Harbor-Film December 7th wird vor seiner Neufassung (1943) »von der Navy konfisziert. Offenbar haben seine Mitarbeiter zu viele unbequeme Fragen gestellt, wie sich Amerikas Seemacht habe überraschen lassen.«[88] Eine »*ausgewogene historische Perspektive*« und »*wahrheitsgetreue Darstellung*« macht nun 2001 die Regie von Pearl Harbor in Statements der DVD-Edition ausdrücklich als Ziele ihres Films geltend! – Ganz sicher jedoch hat man das 2000 veröffentlichte Er-

V. Die Rückkehr des Zweiten Weltkrieges

gebnis der siebzehnjährigen Recherchen und Quellenstudien von Robert B. Stinnett dabei vollständig ignoriert.[89] – Ausschlaggebend für das Skript seien *Augenzeugenberichte* über den Angriff gewesen. Über siebzig »Pearl Harbor-Survivors« hat Michael Bay zum 7.12.1941 interviewt. Viele dieser Veteranen kommen in den DVD-Specials ausführlich zu Wort. Besser kann man nicht verschleiern, dass der beauftragte Drehbuchautor Randall Wallace im Gewühl der vielen Nebenschauplätze eine wirkungsvolle Geschichtsfälschung betreibt. (Später hat Wallace sich kritisch zum eigenen Drehbuch geäußert.[90]) Mit einem Verwirrspiel aus kribbelnden Intuitionen, Rätselraten und anderen Bauchschmerzen umgeht das Drehbuch die simple historische Frage: Gab es ein Vorwissen über den japanischen Angriff auf die US-Pazifikflotte in Hawaii und wenn ja, warum führte es zu keiner militärischen Vorsorge auf Seiten der USA? Stattdessen erhalten die Zuschauer ausgiebige Erklärungen zu Fragen, die keiner gestellt hat. Ein prophetischer US-Militär proklamiert: »Der clevere Feind schlägt da zu, wo man es *nicht* erwartet!« Die Japaner senden inflationär Funksprüche über militärische Ziele im ganzen Pazifik – einschließlich Hawaii, die leicht zu entschlüsseln sind. Die US-Amerikaner sollen diese abhören und dadurch völlig verwirrt werden. US-Aufklärungsflugzeuge fahnden in allen Himmelsrichtungen vergeblich nach zwei verschwundenen japanischen Trägergruppen im Pazifik, den die USA doch als »Mare nostrum« betrachten. Der Diplomatenschlüssel für die japanische Verhandlungsdelegation in Washington ist perfekt und synchron zu dechiffrieren. Vom maßgeblichen *Marine*-Code der Japaner kann das Kryptologen-Team des Marine-Nachrichtendienstes hingegen nur verstümmelte Fragmente abfangen und interpretieren! Es ist wie »im Dunkeln Schach spielen«. Im Netz all der vagen Mutmaßungen versteht man als Kinobesucher allzu leicht, dass die führenden US-Militärs nicht ihre ganze *Flotte* (sic!) für »zig Millionen Dollar« in den Pazifik schicken. (Angesichts der militärischen Erkenntnisse über *mögliche* Bedrohungsszenarien vor Ort stellt sich allerdings die Frage, welchen Schutz eine Verstärkung der *Flotte* hätte bieten können. Historisch wurde ja auch eher abgezogen.)

Derweil nun schießen die Japaner auf Pearl Harbor heimlich Spionagefotos und befragen am Telefon einen (ahnungslosen?) japanischen Zahnarzt über die Lage im US-Militärhafen. Am 6. Dezember 1941 hören sie die liebliche Musik von Radio Honolulu und wissen: »Wenn die Amerikaner unseren Angriff erwarten würden, würde es uns ihr Radio wissen lassen!« Der Kalender zeigt das Katastrophendatum 7. Dezember. Jetzt erst darf der Zuschauer entlang der historischen Tageschronologie empörendes Versagen wahrnehmen. Völlig ignorante Vorgesetzte übergehen die Erkenntnisse aus einer Radarstation, die trotz ihrer technischen Unausgereiftheit ungewohnt viele Echos – und zwar Echos von 350 japanischen Flugzeugen – empfängt. Nachrichten über ein nahes feindliches U-Boot, über die japanische Verhandlungsführung und schließlich über einen unmittelbar bevorstehenden Schlag (»Ort und Zeit *unbestimmt*«!) kommen zu spät, im letzten Fall eine Stunde *nach* dem Angriff auf

Pearl Harbor. Betont selbstkritisch resümiert später ein Militärberater im Film: »Mr. President, Pearl Harbor traf uns so *unvorbereitet*, weil wir die Wahrheit nicht sehen wollten!« Ohne Zweifel gelingt es dem Film, in seiner Überlänge eine stimmige Version der Vorgeschichte unterzubringen, die niemanden allzu sehr beunruhigen muss. Mit Roosevelt erkennen die Zuschauer im Kino den Kern der Katastrophe: »*Wir wurden in dem Glauben erzogen, dass wir unbesiegbar sind, und nun wurden unsere stolzesten Schiffe von einem Feind zerstört, den wir für den Schwächeren hielten!*«

Jetzt aber bleiben wir allein bei jenen spannenden Fragen, für deren Verbreitung niemand 150 Millionen Euro auftreiben kann. Wurden die wertvollsten US-Flugzeugträger vor dem Angriff auf Pearl Harbor abgezogen, so dass später nur »ein Haufen alter Hardware« der Zerstörung preisgegeben war – und wenn ja, warum?[91] Wie ist die nachfolgende Tagebuchbemerkung über die Japaner zu verstehen, die US-Verteidigungsminister Henry Stimson am 25.11.1941 nach einer Unterredung mit Präsident Roosevelt notierte: »Die Frage war, wie man sie in eine Position manövrieren könnte, in der sie den ersten Schuss abgeben würden, ohne dass uns allzu viel passiert [...] es war wünschenswert, sicherzustellen, dass die Japaner dies wären (die den ersten Schuss abgeben), sodass niemand auch nur den geringsten Zweifel haben könnte, wer der Aggressor war.«[92] Warum notierte der selbe Stimson am 7.12.1941 mit Blick auf die Pearl Harbor-Katastrophe als »erstes Gefühl *Erleichterung*«, da jetzt »die Unentschiedenheit vorbei war«? Warum hatte Admiral Richardson sich Roosevelts Befehl widersetzt, die Flotte nach Pearl Harbor zu verlegen, in jenen Hafen also, den zwei US-Übungsmanöver 1932 und 1938 – auch mit Blick auf den *Luftraum* – als äußerst verwundbar erwiesen hatten? Warum wurde er ersetzt? Warum beklagt später sein Nachfolger Admiral Kimmel, ihm seien alle maßgeblichen Informationen aus dechiffrierten japanischen Nachrichten vorenthalten worden? Wer sonst in Politik und Militär besaß jene Kenntnisse, die dem Hauptverantwortlichen vor Ort verheimlicht wurden? Warum hat Washington damals Warnungen der niederländischen, britischen und russischen Nachrichtendienste ignoriert? Warum kennt im Nachhinein ein US-Marinebericht aus dem Jahr 1946 über 180 entschlüsselte Nachrichten, die auf den bevorstehenden Angriff der Japaner mit Datum und Uhrzeit hinweisen? ...

Beruhigend angesichts all dieser im Film *nicht* gestellten Fragen wirkt in den DVD-Specials das Bekenntnis des Hauptdarstellers Ben Affleck: »An einem Propagandafilm hätte ich nicht mitgearbeitet!« Die propagandistische Qualität lässt sich indessen schon mit einem einfachen Vergleich unzweifelhaft belegen. Bereits 1969 hat der US-Regisseur Richard Fleischer zusammen mit den Japanern Toshio Masuda und Kinji Fukasaku den Angriff auf Pearl Harbor nach einem Drehbuch von Larry Forrester, Hideo Uguni und Ryuzo Kikushima ins Kino gebracht – und dafür auch Militärhilfe[93] erhalten. Der Titel dieser erstmaligen us-amerikanisch-japanischen Koproduktion, die beide Seiten zu gleichen Teilen zu »Wort« kommen lässt und die strategisch gewollte japanische Zwangslage[94] nicht übergeht: TORA! TORA! TORA! Der über dreißig Jahre alte Film, dessen Ausgewogenheit das US-Publikum nicht honoriert hat, konnte die inzwischen freigegebenen und ausgewerteten US-Regierungsakten – als brisante historische Quellen – noch nicht berücksichtigen.[95] Seine dokumentarische Offenheit muss dennoch – im Vergleich zum Machwerk von Bruckheimer und Bay – förmlich als subversiv bezeichnet werden. Das Drehbuch zitiert den Stabschef der US-Armee, General George Marshall, mit einer – ausdrücklich als doppelzüngig qualifizierten – Weisung: »Wenn Feindseligkeiten nicht vermieden werden können, wünschen die Vereinigten Staaten, dass Japan diese Feindseligkeiten eröffnet.«[96] Das Missverhältnis zwischen dechiffrierten Informationen über einen bevorstehenden japanischen Angriff und ihrer Verwertung durch US-Administration und Army wird den Zuschauern ohne Ablenkungsmanöver vermittelt. In TORA! TORA! TORA! wird betont, dass weder der Kommandeur der Luftwaffe Hap Arnold, noch ein einziger verantwortlicher Kommandeur in Übersee auf der Liste derjenigen stehen, die über die Erkenntnisse des Dechiffrier-Zentrums (Operation »Magie«) informiert werden. Dreimal wundert sich die japanische Seite im Film darüber, warum die für sie besonders interessanten US-Flugzeugträger in Pearl Harbor offenkundig abgezogen worden sind. Ein US-Militärberater schlägt vor, Admiral Husband E. Kimmel, den Oberbefehlshaber der US-Pazifikflotte, wegen der sich verdichtenden Hinweise auf einen Angriff am 7. Dezember *sofort* zu benachrichtigen; doch Admiral Harold R. Stark findet es wichtiger, erst einmal mit Präsident Roosevelt Rücksprache zu halten. ... Mit Blick auf 2.476 us-amerikanische Todesopfer entsteht der Eindruck gröbster Fahrlässigkeit und der Verdacht, dass einige der gezeigten Pannen vielleicht doch nicht zufälliger Natur sind.

US-Historiker Lawrence H. Suid meint: »Der Film ›Pearl Harbor‹ ist so schlecht, dass man nicht viel über Geschichte wissen muss, um seine Absurdität zu erkennen. Nur wer gar nichts weiß, wird ihn für geschichtstreu halten. Und genau das ist ein Teil des Problems. Wäre er unter seinem Arbeitstitel ›Tennessee‹ gelaufen, würde klar, dass es sich um eine erfundene Liebesgeschichte handelt. [...] Doch wenn man den Titel ›Pearl Harbor‹ wählt, muss das Publikum davon ausgehen, dass er auch von Pearl Harbor handelt.«[97] Philip Strub, Pentagon-Beauftragter für Unterhaltungsmedien, der seine Historiker gegen eine Army-Beteiligung beim militärkritischen Film THIRTEEN DAYS in Stellung brachte, findet in diesem Fall die Großzügigkeit im Umgang mit geschichtlichen Fakten ganz normal. Dabei stellt er Behauptungen über die geschichtsbezogenen Intentionen der Filmemacher auf, die man in der DVD-Ausgabe durch Beiträge von Regisseur und Produzent schnell widerlegt findet: »Uns war klar, dass ›Pearl Harbor‹ im Wesentlichen ein Action-Film mit romantischen Elementen werden sollte. Der Film erhob gar nicht den Anspruch, in dokumentarischer Form geschichtliche Zusammenhänge darzustellen. Das war uns durchaus bewusst. Wir haben unsere Zusammenarbeit mit den Produzenten von ›Pearl Harbor‹ nicht in dem Glauben begonnen, dass dies ein Historiendrama werden würde. Das war auch nicht der Tenor der Filmwerbung. Die Filmemacher gaben nichts Derartiges vor. Wir wussten also, dass man die Geschichte in gewissem Maße in den Dienst von Drama und Action stellen würde. Andererseits waren wir der Ansicht, und das hat sich ja später auch bewahrheitet, dass der Film Interesse an dieser Zeit und an den schnell aussterbenden Überlebenden wecken würde. Wir waren hoch erfreut, dass bereits vor und noch lange nach dem Anlaufen des Films das öffentliche Interesse an Pearl Harbor, den Überlebenden und Kriegsteilnehmern sehr viel höher war als zum 50. Jahrestag des Angriffs. Dies lässt sich sogar statistisch untermauern, weil Disney eine Studie in Auftrag gab, in der die neu erschienenen Berichte gezählt wurden. Die Presse schrieb dreimal häufiger über den Film als über den 50. Jahrestag von Pearl Harbor.«[98]

Sieg trotz Niederlage

Die eigentliche Katastrophe von Pearl Harbor setzt PEARL HARBOR mit einem gigantischen Feuerwerk ins Bild, das die äußerst zahlreichen Computerspiele[99] zum Thema in den Schatten stellt. Kameras sind inmitten der Stuntmen platziert. Auf viszerale Blutorgien wird weitgehend verzichtet – vielleicht, wie Andreas Borcholte gemutmaßt hat, mit Blick auf die profitable untere Altersfreigabe. Der Realismus konzentriert sich vor allem auf effektvolle Bombardements und das »echte Sinken« der Arizona. Unterwasseraufnahmen zeigen tote US-Amerikaner und eine schwebende US-Flagge. Zweimal können wir in »Titanic-Szenen« das Los der – größtenteils im Schiffswrack eingeschlossenen – Ertrinkenden mit erleben. Jedes Mal kommt direkt danach in einer Szene der mitfühlende oder entschlossene US-Präsident zu Wort.

Jede *propagandistische* Re-Inszenierung einer militärischen Niederlage muss jedoch einen Sieg der eigenen Helden zeigen. So ist es auch in PEARL HARBOR. Inmitten der Katastrophe sind es vor allem Rafe und Danny, die beherzt die Initiative zur Gegenwehr ergreifen. Trotz Dauerbeschuss starten sie vom nahe gelegenen Militärflughafen aus ihr Himmelfahrtskommando. Sie schießen mehrere der japanischen Flugzeuge, die sie verfolgen, ab. Waghalsige Top-Gun-Manöver, die ihnen früher nur militärische Rügen eingebracht haben, kommen ihnen dabei zugute. Im Hafen rufen schwimmende US-Soldaten dem Duo von unten zu: »*Macht sie fertig!*« Rafe und Danny sind selbst von ihrer Überlegenheit überzeugt: »Was du kannst, kann ich schon lange. Gleich hab ich dich am Arsch!« Den Japanern wird es nun zu brenzlig, »doch nach Hause lassen wir die Bande heute nicht mehr!« Die feindlichen Piloten werden also feige, sobald die besten Leute der USA die Möglichkeit zum Einsatz haben. Passend lässt der Film direkt nach dieser Heldenoffensive Admiral Yamamoto zu Wort kommen: »Jetzt haben wir nicht länger den Überraschungseffekt. Wir werden auf die dritte Angriffswelle verzichten!«

»Wir fliegen auf Tokio« – US-Selbstmordkommando für die Rache

Den eigentlichen US-Sieg zeigt der Film jedoch im Rachefeldzug auf Tokio, der erstmals mit 30 SECONDS OVER TOKYO (USA 1944) von Mervyn LeRoy auf der Leinwand zu sehen war: Präsident Roosevelt hat Sinn für Militärs, die nicht lange nachdenken, sondern handeln. Er selbst will ein schnelles Zurückschlagen, auch wenn es Risiken birgt: »*Ich spreche von einem Stich in das Herz Japans, so wie sie uns getroffen haben!*« Rafe und Danny, inzwischen zum Captain befördert und mit dem Silver Star dekoriert, gehören zu den jungen Kampffliegern dieser Mission, die trotz der außergewöhnlichen Gefährlichkeit geschlossen vortreten: »In Zeiten wie dieser wagen sie sich heraus, heraus aus der Menge. Nichts schlägt so hart wie das Herz eines Freiwilligen.« Es geht bei diesem von Roosevelt höchst persönlich erteilten Sonderauftrag darum, »Amerika den Glauben an den Sieg« wiederzugeben. Als Colonel Doolittle am 2. April 1942 das geheime Ziel bekannt gibt (»Wir fliegen auf Tokio!«), jubeln die todesmutigen Piloten. Es handelt sich um »eine Operation, wie es sie in der Luftfahrtsgeschichte noch nicht gegeben hat!« Erstmalig sollen – extrem abgespeckte – B25-Bomber im Meer von einem Flugzeugträger aus starten. Da es später aufgrund frühzeitiger Entdeckung zu einem vorverlegten Start kommt, bleibt fraglich, ob die Treibstoffreserven nach Tokio für einen Weiterflug bis China reichen werden.

Das Drehbuch charakterisiert den Angriff auf Tokio im Jahr 1942 dreifach. Zunächst handelt es sich um einen leidenschaftlichen *Racheakt*. Eine der Bomben dient z. B. der Vergeltung für eine in Pearl Harbor getötete Krankenschwester: »This is for Betty!« Heuchlerische Freundschaftsmedaillen der Japaner werden auf Wunsch der US-Administration an die Bomben gehängt und so »den Japsen zurückgegeben«. Die Operation selbst, bei der von 80 Freiwilligen 67 zurückkehrten, ist ohne Zweifel eine Art *Selbstmordkommando*. Colonel James H. Doolittle fliegt – gegen den Wunsch seiner Vorgesetzten – selbst mit. Auf Nachfrage der jungen Piloten erklärt er, wie er sich bei einer ausweglosen Situation verhalten würde. Er will sich dann in Tokio ein »geeignetes militärisches Ziel« aussuchen und mit seinem Flugzeug hineinfliegen! (Ob sein Copilot damit einverstanden wäre, erfahren wir nicht.) Ausdrücklich wird nach der Operation im Film vermerkt: »This really was a suicide mission!« Unabhängig davon handelt es sich aber – scheinbar – um eine einwandfreie *Militäroperation nach internationalem Recht*. Vor dem Einsatz wird klar gestellt: »Wir fliegen unseren Angriff auf militärische Ziele, Flugzeug- und Panzerfabriken!« Noch während des Bombardements wiederholt Doolittle per Funk: »Die Fabriken, nur die Fabriken!« Vorab bereits hatte er diesen US-Angriff »direkt ins japanische Herz« im Vergleich mit dem feindlichen »Hammerschlag« auf Pearl Harbor als »Nadelstich« qualifiziert. Es handelt sich schließlich »nur« um 16 US-Flugzeuge. – Unverfrorener ist wohl selten von den schrecklichen Daten dieses historischen Komplexes abgelenkt worden. Drei Jahre nach dem gezeigten »Nadelstich« warfen die USA im März 1945 Brandbomben auf

V. Die Rückkehr des Zweiten Weltkrieges

Tokio, das damals fast ausschließlich aus Holzhäusern bestand! Nach unterschiedlichen Schätzungen kamen zwischen 80.000 und 200.000 Japaner dabei ums Leben. Eine Million Einwohner hatten kein Obdach mehr. Das U.S. Strategic Bombing Survey konstatierte nach dem Krieg, dass »in Tokio innerhalb von sechs Stunden wahrscheinlich mehr Menschen durch Feuer umgekommen sind als zu irgendeiner anderen Zeit in der Menschheitsgeschichte.«[100] Doch wie in Tokio waren in zahlreichen anderen Großstädten Japans zigtausende Zivilisten noch vor Hiroshima durch die Brandmunition der tief fliegenden US-Bomber getötet worden; US-General Curtis LeMay, einer der gewissenlosesten Militärs der neueren Geschichte, war sich bewusst, dabei nach geltenden Völkerrechtsnormen als Kriegsverbrecher zu agieren.[101]

Keine »bösen Japaner«?

Der US-amerikanische Weltkriegsfilm bietet zahlreiche beschämende Beispiele für Rassismus, wenn Japaner auf der Leinwand zu sehen sind.[102] Diesen widerfährt selten jene Differenzierung, die man den europäischen Deutschen angedeihen lässt. Die asiatischen »Affen« (»mustard-colored monkeys«) oder »schlitzäugigen Teufel« (»slant-eyed devils«) kommen hinterhältig daher, sobald man sie nach Kriegsrecht fair behandelt. Einzig gut sind »frittierte Japs« oder solche, die – gemäß einem Sprichwort aus den Indianerkriegen – »schon seit sechs Monaten tot sind«. Flammen erscheinen besonders geeignet, die gelben Feinde zu vernichten. Die zusammen mit japanischen Filmmachern bewerkstelligte Produktion TORA! TORA! TORA! von 1969 ist nach dieser Vorgeschichte als echtes Versöhnungswerk zu betrachten. Die schändliche Diplomatie der Japaner kommt ungeschönt zum Vorschein. Doch nicht ein Hauch von Rassismus und Rachsucht ist in den Bildern zu finden.

Höchst erstaunlich für Konsumenten der DVD-Ausgabe von PEARL HARBOR ist nun ein knappes Beigabekapitel »Die japanische Perspektive.« Es klärt uns darüber auf, dass man 2001 ein *internationales* Publikum ansprechen will und bewusst auf Feindbilder verzichtet.[103] Beweis dafür soll die Darstellung des japanischen Admirals Isoroku Yamamoto sein. Der weist im Film ein Kompliment zurück: »Ein Genie würde einen Weg finden, Krieg zu vermeiden!« Nach dem Blitzangriff im Pazifik ist er besorgt: »Ich fürchte, alles was wir getan haben, ist, dass wir einen schlafenden Giganten geweckt haben.« Offenbar soll auch das shintoistische Ahnengebet eines japanischen Piloten, der bereit ist zum Opfer für Familienehre und Nation, Respekt provozieren. Dass einige Kamikazeflieger der roten Sonne unter ihren Stirnbändern grimmig aussehen, bildet sich der Zuschauer nur ein. Die Produktion versichert nämlich: »Immer, wenn Japaner gefilmt wurden, waren japanische Berater dabei.« Spätestens bei der Tonregie waren diese ethnischen Spezialisten bereits entlassen. Ausnahmslos jede japanische Sequenz ist mit einem dumpfen Trommelrhythmus unterlegt, während sonst der – mit eigenem Filmclip vermark-

217

tete – romantische Titelsong oder Choralmusik für die US-Opfer den Hintergrund dominieren. Der Titel verfolgt Feindbild und Vergeltungsbotschaft gleichermaßen ohne Hemmungen.

Dass es nach Pearl Harbor und noch vor dem Doolittle-Angriff auf Tokio in den USA Menschen mit japanischer Abstammung schlecht erging, verdichtet der Film zu einem einzigen Satz. Ein verwundeter US-Soldat weist auf Pearl Harbor die Hilfe eines japanisch-stämmigen Arztes zurück: »Pack mich nicht an, du Scheißkerl!« Gemäß einer Verfügung Roosevelts kamen sehr bald etwa 120.000 Japaner – loyale Japanese-Americans mit US-Bürgerrecht – in Masseninternierungslager.[104] (Schlimmste Diskriminierungen und Hassverbrechen gegen japanische Bürger gingen dem voraus.) Ihre Grundrechte wurden außer Kraft gesetzt. – Der verantwortliche General John L. DeWitt machte im Vorfeld 112.000 potentielle Feinde allein an der Pazifikküste aus: »Die japanische Rasse ist eine Feindrasse, und obwohl viele Japaner der zweiten und dritten Generation ›amerikanisiert‹ worden sind, bleibt die rassische Herkunft unverwässert.« – Erst im Dezember 1944 setzte der Oberste Gerichtshof der USA Grenzen für die menschenverachtenden Lager, in denen es zu tödlichen Konflikten gekommen war. Das unselige Kapitel ist im National Museum of American History in Washington ausführlich dokumentiert und von US-Präsidenten – namentlich auch von Präsident George W. Bush Jun. – öffentlich als dunkler Fleck der US-Geschichte erinnert. Mit seinem Film COME, SEE THE PARADISE (1990) hat Alan Parker diesen beschämenden Anweg vor Hiroshima im Rahmen der Liebesgeschichte zwischen einem US-Gewerkschafter mit irischer Herkunft und der japanisch-stämmigen US-Bürgerin Lilly Kawamura erzählt.[105] SNOW FALLING ON CEDARS[106] (2000) zum gleichen Thema gehört zum Kanon der beeindruckenden Hollywoodfilme.[107] Doch in der 180 Minuten langen Mammutproduktion von Bruckheimer und Bay meldet sich an dieser Stelle ein schwarzes Loch. Das stimmt einen angesichts der langatmigen Nachgeschichte im Drehbuch – inklusive Rache-Orgie – sehr nachdenklich.

Stärke durch Leiden – Die patriotische Propagandabotschaft

Ganz anders als bei Spielberg entwickelt sich in PEARL HARBOR das *religiöse* Thema. Zunächst sinnieren die Krankenschwestern am Perlenwasser, wie sie ihre beim Sonntagskirchgang rein gewaschene Seele wieder »beflecken« können. Doch nach der Katastrophe spricht der Militärseelsorger einem sterbenden Soldaten folgenden Trost zu: »Mein Sohn, halte fest an deinem Glauben. Jesus sagt: Heute noch wirst du mit mir im Paradies sein! Also fürchte dich nicht. Im Stande der Gnade wirst du sterben!« Präsident Roosevelt ist an Gottes Beistand hörbar gelegen. Sogar Colonel James H. Doolittle, dessen Glaube sich offenbar in einer weltlichen, patriotischen Berufung erschöpft, bittet seinen Co-Piloten beim Flug auf Tokio: »Beten Sie für uns beide!« Allerdings stellt sich vor den Särgen der Pearl Harbor-Opfer die Frage, welche Antwort der christliche Gott auf den »göttlichen Wind« (Kamikaze) der Japaner bereit hält.

Die Theologie des Filmes gipfelt in einer Christus-Ikone: Die beiden Flugzeuge des Heldenduos stürzen nach dem Tokio-Angriff – unter japanischem Beschuss – an der chinesischen Küste ab. Am Boden legen die japanischen Besatzungstruppen Danny ein *Holzjoch* auf die Schultern. Doch der so Gekreuzigte kann seinem Freund Rafe noch vor seinem Tod das Leben retten. (Erst danach kommen freundlich gesonnene Chinesen, die die US-Flagge schwenken, hinzu.) Der treue Danny hatte immer »wie ein Held ausgesehen«, sich aber nie so gefühlt. Nun hat er die Reifeprüfung als Mann bestanden und sein Leben als Märtyrer geopfert.

Die zentrale Botschaft im Film – nationaler Zusammenhalt als Rettung – kann noch das schlichteste Gemüt erfassen. Im »Making Of« (DVD) rücken jene »schwersten Umstände« in den Mittelpunkt, die eine Nation »für immer verändern« und ihren »Charakter« deutlich werden lassen. Nach der Katastrophe verweist Präsident Roosevelt auf einen Kairos, in dem »wir uns besinnen sollten, wer wir sind«, statt aufzugeben oder uns zu beugen. Er schließt einen geheimen Sinn seines Rollstuhlschicksals nicht aus. Nach Pearl Harbor stellt er sich in Gegenwart skeptischer Berater mit seinen Beinprothesen am Konferenztisch aufrecht: »Erzählen Sie mir nicht, was möglich ist und was nicht!« Millionen US-amerikanische Arbeiter schließen sich jetzt in der Rüstungsproduktion zusammen, »um Pearl Harbor zu rächen«. Der Präsident verkündet (vor einer Comic-Hitlerfigur im Radiostudio[108]), dass man »uns in Berlin, Rom oder Tokio« fortan nicht mehr »als ein Volk von Schwächlingen und Playboys« schildern kann, das andere für sich kämpfen lässt. Wer es immer noch nicht verstanden hat, hört zu den Schlussbildern das von einer Frauenstimme vorgetragene Resümee: Vor dem Angriff auf Tokio »sahen die Amerikaner sich als Verlierer. Danach gab es Hoffnung auf einen Sieg [...] Amerika war siegesgewiss und ging in die Offensive [...] Amerika hat gelitten, aber auch an Stärke gewonnen, was nicht selbstverständlich war. Die Zeiten haben uns auf eine harte Probe gestellt, und wir sind daran gewachsen!«[109]

Kooperation mit allen Gattungen des US-Militärs

Die Kooperation mit allen Abteilungen der stärksten Streitmacht der ganzen Welt geben die Macher dieser Filmbotschaft dankbar zur Kenntnis: »*We gratefully acknowledge the support and cooperation of the Department of Defense and all the branches of the U.S. Military in the making of this film: Department of Defense, United States Navy, United States Army, United States Air Force, United States Marine Corps, United States Coast Guard ...*« Man fragt sich als Zuschauer, was denn neben dem eingesetzten Kriegsmaterial auch nur ein einziger Arbeitstag all der angeführten Militärbeteiligten dem US-Steuerzahler wohl kostet. Neben Schauspielern und Stuntmen sehen wir im Film nämlich hauptsächlich echte »Soldaten, Matrosen und Nationalgardisten als Statisten«. Paradigmatisch vermittelt die DVD die tagelange Rekrutenausbildung der Schauspieler. Der Regisseur bekundet Mitgefühl: »Die armen Kerle wurden hart geprüft!« Ben Affleck kommentiert: »Das war für mich die schwerste körperliche und psychische Erfahrung meines Lebens!« Sein Duo-Partner versichert: »Ich habe Respekt vor den Männern und Frauen der U.S. Army!«

Zunächst spricht Michael Bay ganz offen über den enormen staatlichen Anteil der Produktion: »Wir sprachen mit dem Pentagon und dem Verteidigungsministerium. Wir baten um noch nie da gewesene Hilfe!« Doch dann will man dem Publikum eine äußerst harmlose Variante dieser Kooperation präsentieren. Ganz einfache *Animationssequenzen* hätten beim Militär das Interesse hervorgerufen: »Sie waren begeistert!« Zu den strengen Auflagen gehört die Maßgabe, die ausgedienten Marineschiffe in Pearl Harbor nicht zu beschädigen. Die Drehzeit auf dem Sechs-Milliarden-Dollar-Flugzeugträger ist äußerst begrenzt! (Doch dann erfährt man, dass dieser teure Militärschauplatz sich eigens für die Dreharbeiten in ein Schönwettergebiet begibt. Für die spektakuläre Premiere-Party des Films auf Hawaii, an der Navy und der ehemalige US-Verteidigungsminister William Cohen teilnehmen, steht er dann später auch wieder zur Verfügung!) Bei der bahnbrechenden digitalen Bearbeitung des Bildmaterials hat sich Michael Bay am technologischen Standard des Pentagon orientiert: »Ich wählte ILM, deren Computerpower der der U.S. Army gleicht.«

Am Memorial des gesunkenen Schlachtschiffs Arizona salutieren alle Mitwirkenden des Films. In einem feierlichen Akt werfen sie Blumen ins Wasser für die 1102 Opfer, deren Überreste im Wrack noch immer eingeschlossen sind. PEARL HARBOR dient auch in dieser Making-Of-Szene dem *Heldengedenken*. Offenbar will man das als entscheidendes Motiv für den beteiligten Chef der Pentagon-Öffentlichkeitsarbeit, Philip Strub, ausgeben. Der Film, so sein knappes Statement, solle den Überlebenden und vor allem auch den Toten Ehre erweisen. Dazu bekunden Regisseur und Produzent: »Diese Leute taten alles für ihr Land und setzten dafür ihr Leben ein.« »Man muss weinen!« »Für die Freiheit. Das fühlt man in Pearl Harbor!« Der zweite DVD-Teil schließt mit einem Text von Präsident Franklin D. Roosevelt: Für »unsere Prinzipien« zu sterben, ist heroisch, doch für diese Prinzipien eine Schlacht siegreich zu schlagen, das ist noch mehr als Heroismus![110] – Man befürchtet mit Kurt Tucholsky auch bei diesem hochgerüsteten Staatskunstwerk von 2001, dass im Gewande des Totengedenkens Reklame für einen neuen Krieg gemacht wird. Das Leitwort im reanimierten Propaganda-Genre lautet: Vergeltung.

6. Nachtrag: Hiroshima und Nagasaki – Das große Tabu

»Wenn wir Amerikaner uns im Krieg mit einem feigen und verräterischen Feind befinden, halten wir uns an keine Regeln mehr. Der schäbige japanische Angriff auf Pearl Harbor brachte das amerikanische Volk so in Rage, dass es regelrecht aufjubelte, als wir gegen Ende des Krieges mehr als neunhunderttausendend japanische Zivilisten töteten, dreiundachtzigtausend davon in einer einzigen Nacht in Tokio. Die Atombomben auf Hiroshima und Nagasaki sind bis heute ausgesprochen populär. Der 11. September hat ein für alle Mal

unsere gegenwärtigen Feinde als Feiglinge und Verräter definiert. Die Amerikaner fühlen sich dazu berechtigt, sie zu jagen und auszurotten wie Ratten.« Walter Russell Mead (USA), Mitglied des Council on Foreign Relations[111]

Der im US-Kriegsfilm gern zitierte Jesus von Nazareth, von George W. Bush Jun. »als größter politischer Philosoph der Weltgeschichte« bezeichnet und täglich um Rat befragt, hatte vor zweitausend Jahren seine Hörer gefragt: »Was siehst du den Splitter im Auge deines Bruders, den Balken im eigenen aber nicht?«[112] Zumindest etwas von diesem zeitlosen Ruf zur Selbsterkenntnis des eigenen Schattens wurde erhört, als das mit riesigen Schuldbalken beladene Japan in einer offiziellen Entschuldigung die eigene Vergangenheit »aufrichtig bedauerte«, unter Einschluss jener »Aggression und Kolonialherrschaft«, die *»unerträgliches Leid* verursacht haben.«[113] In den USA wurde diese Bekundung als wertlos abgetan, da sie einen Hinweis auf die Verbrechen anderer Imperialmächte enthielt. Offenbar hatten die Japaner ein striktes Tabu der US-Gesellschaft angetastet, als sie unausgesprochen den Höhepunkt der Rache für Pearl Harbor mit erinnerten.

Dieses Tabu gilt nicht nur für die USA. Anfang August 2002 wurde eine christliche Friedensgruppe in Düsseldorf als »antiamerikanisch« beschimpft, weil sie folgende Information anbot: »Am 6. August 1945 warf die us-amerikanische Luftwaffe eine 4,5 t schwere Uranbombe mit dem Spitznamen ›Little Boy‹ über Hiroshima ab. Eine gewaltige Explosion und Hitzewellen von mehreren tausend Grad verwandelten die Stadt in Bruchteilen von Sekunden in ein Inferno. Bis Ende 1945 starben von den 350.000 Hiroshima-Einwohnern ca. 140.000 Menschen an den Folgen der Atombombenexplosion; bis zum Jahre 1950 starben weitere 60.000 Menschen. Am 9. August 1945 warf die selbe Luftwaffe eine zweite Atombombe über Nagasaki ab, die Plutoniumbombe ›Fat Man‹. [...] Von den 270.000 Einwohnern kamen ca. 70.000 Menschen um. In den nächsten fünf Jahren stieg die Zahl der Opfer um weitere 70.000. Die Überlebenden von Nagasaki, die *hibakusha*, sollten wie ihre Leidensgenossen in Hiroshima noch auf Jahrzehnte von schweren Erkrankungen, genetischen Fehlentwicklungen bei ihren Nachkommen und seelischen Schmerzen gezeichnet sein. Jahrelang mussten sie die medizinische und soziale Versorgung aus eigenen Mitteln bestreiten. Die von der us-amerikanischen Regierung eingesetzte wissenschaftliche Untersuchungskommission führte mit den Opfern demütigende Tests durch, leistete aber keine medizinische Hilfe.«[114]

Paul Virilio erinnert an Fred Astaire, der in *Blue Skies* »unmittelbar nach Hiroshima einen zugleich strahlenden und trübseligen Himmel besang, einen Technicolor-Himmel, wie ihn während des Krieges die in den Ruinen Überlebenden als fernen Reflex ihrer Melancholie erlebt hatten.«[115] Keine Regierung der Vereinigten Staaten hat die »Verbrechen gegen die Menschheit« (II. Vatikanum) durch nuklearistische Hybris bislang als solche benannt. Hiroshima-Pilot Claude Eatherly, der die Rolle des »nationalen Helden« nicht mitspielte und bekannte: »Mein Gott, was haben wir getan!«, verschwand 1959 in einer psychiatrischen Anstalt. Die offizielle Doktrin für Politik und Kulturbetrieb in den USA transportiert weiterhin die Legende, ohne Einsatz der Atombombe sei der Krieg mit Japan nicht zu beenden gewesen und auch die *zweite* (!) Bombe über Nagasaki habe allein diesem Ziel gedient.[116]

Damit der Massenmord an Zivilisten durch US-Atombomben im öffentlichen Bewusstsein möglichst wenig verankert würde, arbeiten die USA ab 1945 vor Ort zunächst mit Zensurmaßnahmen. Sie konfiszieren Dokumentarbildmaterial und verhindern, verbieten oder zensieren japanische Filmproduktionen zum Thema.[117] Daheim preist in den 40er und 50er Jahren eine ganze Propagandawelle das »Atom«. In den USA wird das Tabu des Mitfühlens so wirksam, dass Wasserstoffbombenerfinder Edward Teller in seinem Buch »Das Vermächtnis von Hiroshima« schreiben kann: »Rationales Verhalten basiert auf dem Mut, Kernwaffen einzusetzen, wenn es taktisch angezeigt ist.«[118] US-Major Charles Sweeny, der Bomberpilot über Nagasaki, versuchte 1995 im deutschen Fernsehen seinen inneren Frieden zu demonstrieren und beantwortete eine kritische Rückfrage mit spürbarer Verärgerung: »Ich bin Soldat, Befehl ist Befehl, ich habe gemacht, was ich tun musste. Jeder andere Soldat der Welt würde so handeln.«[119] Als 1994/95 – ein halbes Jahrhundert nach dem ersten Atombombenabwurf – das Smithsonian Institut als nationaler Museums-Kurator eine Ausstellung mit dem »Hiroshima-Flugzeug« Enola Gay im »National Air and Space Museum« der USA vorbereitete, durften nicht einmal zweifelnde Stimmen zu Wort kommen, geschweige denn Zeugnisse über japanische Opfer. Überlegungen aus Erinnerungen von General Dwight D. Eisenhower, dem »Mennoniten«, und Admiral William D. Leahy (War Japan nicht schon besiegt? War der Atombombenabwurf notwendig und gab es dafür im Sinne einer Rettung der USA ein Mandat?) wurden auf öffentlichen Druck hin nicht in den Text der – zeitweilig ganz abgesagten – Ausstellung aufgenommen. Es bleiben also Mythen und die Radioansprache von Präsident Truman vom 9. August 1945: »Nachdem wir die Bombe gefunden haben, haben wir sie auch eingesetzt [...] gegen jene, die uns in Pearl Harbor attackierten ...« In dieser Tradition kann General Richard E. Hawley, ehemaliger Kommandeur der Allied Air Forces Central Europe in Ramstein, bekunden: »Ich kennt die Aufkleber ›Nie wieder Hiroshima!‹ Ich hätte lieber einen, auf dem steht: ›Ihr zuerst! Nie wieder Pearl Harbor!‹«[120]

Zum Thema Atomwaffen bieten Filmemacher der USA ein ganzes Heer an Dokumentar- und Spielfilmen an.[121] Kubricks Dr. Stranglove (1963), in dem das Unglück zunächst durch einen paranoiden US-General seinen Lauf nimmt, ist vielleicht – auch wirkungsgeschichtlich – der wichtigste Titel zum Atomwahn des Kalten Krieges. The Day After (USA 1983) konnte ungeachtet seiner patriotischen Anteile durchaus aufrüttelnd wirken.[122] (Bezeichnender Weise gibt es keinen Gegenwartsfilm, der die USA vergleichbar als großflächiges Ziel eines »regulären« Atomangriffs zeigt.) Thirteen Days (USA 2000) über die »Kuba-Krise« im Oktober 1962 erinnert trotz seiner geschönten Darstellung der Kennedy-Administration daran, an welch dünnen Faden das atomare Wettrüsten das Schicksal der Zivilisation über Jahrzehnte gehängt hat. Zeitgleich greift auch der als Theaterstück inszenierte Fernsehfilm FAIL SAFE (USA 2000) von Steven Frears auf den Kalten Krieg zurück. Dieses Remake eines Titels von Sidney Lumet aus dem Jahr 1963 zeigt die beiden Großmächte nach einem nicht revidierbaren Falschbefehl auf US-Seite in einer ausweglosen Situation. Auf Moskau fällt wegen eines defekten Schaltelements die Atombombe, und der US-Präsident lässt hernach New York durch eine eigene Nuklearwaffe in einem »Abrahamsopfer« zerstören. (Der ehemalige Oberkommandierende der US-Nuklearstreitkräfte General Lee Butler gestand am 11.3.1999 eine ganze Reihe erschreckender technischer Unfälle im Zusammenhang mit Atombomben ein; die Zahl bekannter Fehlalarmmeldungen ist Legion.[123])

Seit den 90er Jahren herrscht scheinbar allgemeine Gleichgültigkeit gegenüber dem nuklearen Damoklesschwert. Ein nachvollziehbarer Grund dafür liegt nicht vor. Heute wird so offen wie nie zuvor der Ersteinsatz von Nuklearwaffen (im »Miniaturformat«) angekündigt! Indessen wendet sich das Kino seit dem Ende der Sowjetunion nicht mehr den offiziellen Atommächten und dem jederzeit möglichen Versagen von Sicherheitsmechanismen zu, sondern inszeniert inflationär das Gespenst des Atomterrorismus mit schmutzigen Bomben. (Zeitgleich werben vom *Pentagon* gesponserte Katastrophenfilme für die neue Generation der taktischen Atombomben.[124]) In den Blick kommt seit WAR GAMES (USA 1982) immer wieder die Möglichkeit der Einflussnahme auf militärische Computersysteme durch Hacker. Merkwürdiger Weise fehlt jedoch lange Zeit im Kino das – spätestens seit den 80er Jahren von Experten immer wieder angemahnte – Thema der Verwundbarkeit durch *Terroranschläge auf Atomreaktoren*. (Der US-Film THE CHINA SYNDROME vermittelte 1978 immerhin höchste Skepsis gegenüber der angeblich hundertprozentig sicheren zivilen Nutzung der Atomenergie.[125]) Abhilfe verschaffen hier neuere Titel wie HONOR & DUTY (THE SUBSTITUTE IV): FAILURE IS NOT AN OPTION (USA 2000) oder AIR PANIC (USA 2001). Daneben werden *optische Atompilzerlebnisse* versprochen, etwa im Posterversand[126], in Computerspielen oder im Dokumentarfilm TRINITY & BEYOND (USA 1995), dessen Videobewerbung Dreidimensionalität verspricht.[127] Sogar in THIRTEEN DAYS beginnt die Warnung mit »wunderschönen« Bildern, wobei die bislang einzigen Zielorte von Atombomben schamhaft aus dem Drehbuch herausgehalten werden. Brigadegeneral Farrel hatte als Augenzeuge und Berichterstatter für den US-Präsidenten das Geschehen einst »erhaben, schön, gewaltig und erschreckend« gefunden.[128] Der direkt beteiligte Dutch van Kirk erinnert zu Hiroshima: »Für uns war das wie der Blitz eines Fotografen. Wir waren alle froh, dass die Bombe funktioniert hatte, denn sie hätte ja auch ein Blindgänger sein können. Dann dachten wir, dieser Krieg ist jetzt zu Ende.«

So darf man reden, wenn die Opfer keine Bürger der Vereinigten Staaten sind. Hiroshima und Nagasaki haben im US-Spielfilm als *zentrales* Thema nur dann etwas verloren, wenn es um die beteiligten US-Wissenschaftler und Forschungszentren oder – wie in ENOLA GAY (USA 1980) – um den mutigen Einsatz der eigenen Armeeangehörigen geht.[129] Bereits das Spielfilm-Porträt ABOVE AND BEYOND (USA 1952) über den B-29-Bomber Colonel Paul Tibett wurde »als patriotischer Tribut an die Bombenschützen verstanden«[130] und verbindet »moralische« Skrupel mit ideellen *Rechtfertigungen*.

Immer wieder spitzt sich der Ehrgeiz seit THE BEGINNING OF THE END (USA 1947) über das Manhattan-Project auch auf die Frage zu: »Wer hat die besten Atompilzbilder?« (Während die US-Regierung wie die Sowjetunion durch Atomtests Bürger des eigenen Staates tödlich bedrohte, produzierten geheime Filmteams uferloses Filmmaterial.[131])

Ein äußerst trauriges – und schwer erträgliches – Beispiel für die auch sonst geübte Strategie der *Leidensverkehrung* in der US-Erinnerungskultur bietet MISSION OF THE SHARK (USA 1991) – mit »special thanks to the U.S.S. Alabama Battleship Commission«: 1945 sank die U.S.S Indianapolis und zwar nach dem Schiffstransport von Teilen der Atombomben über Hiroshima und Nagasaki. Im Film sehen wir nun den harten Überlebenskampf der US-Schiffsbesatzung und schließlich die ungerechte Verurteilung von Kapitän Charles McVay, den die U.S. Navy als Sündenbock missbraucht. Ohne Zweifel will uns dieser Titel, dessen Stoff 2001 gleich zu *zwei* weiteren Verfilmungen auf der Tagesordnung stand, im Kontext der Atombombe mit Helden konfrontieren und mit Leidenden der *US-amerikanischen* Nation nach einem Torpedo-Beschuss durch Japaner.[132]

Wie unbekümmert die USA ihre Mythen zur Atombombe reproduzieren, zeigt die HBO-Produktion TRUMAN (USA 1995): Der bescheidene Präsident Harry S. Truman stammt aus einfachen Verhältnissen und betet als Politiker wie der biblische König Salomon um Weisheit. Sein Berater meint, etwaige moralische Grenzen seien durch 30.000 Tote in Dresden und 100.000 Brandopfer in Tokio längst überschritten. Wir hören immerhin, dass einige beteiligte Wissenschaftler des Manhattan-Projekts wünschen, es würde nie zu einem Einsatz der Atombombe kommen. Im Nebensatz klingt sogar die Möglichkeit an, Japan lediglich durch eine Vorwarnung – durch eine demonstrative bzw. dokumentierte Explosion auf einem Testgelände – zum Einlenken zu zwingen. Doch all das erweist sich im Statement von Präsident Truman als unsinnig: »Wenn wir die Bombe nicht werfen, werden noch viel mehr unserer jungen Männer bei der vorgesehenen Invasion in Japan sterben, Japaner auch und deren Frauen und Kinder. Wie könnte ich vor die Menschen treten, wenn das alles vorüber ist, und ihnen sagen, dass ich die Macht hatte, das alles zu beenden, dass ich die Chance hatte, ihr Leben und das ihrer Angehörigen zu retten und dass ich diese Chance einfach nicht genutzt habe? Wie könnte ich in ihre Gesichter sehen und ihnen das sagen?« Geschickt umgeht es das Drehbuch, nach der ersten Zündung auch das zweite Ziel Nagasaki zu benennen. Infam geht der Filmschnitt nach wenigen Gräuelbildern direkt zum Friedensschluss in Japan über. Irgendeine glaubwürdige Gewissenskrise von Truman wird nicht gezeigt.

Ein früher japanischer Versuch, das Trauma der Atombomben im Kino zu verarbeiten, ist der Film GOJIRA (Japan 1954).[133] Dem Titel folgen zahlreiche populäre Varianten, darunter NANKAI NO DAIKETTO (Japan 1966). Unschwer ist in diesem – künstlerisch unbeholfenen – Film von 1966 *nicht* das vorzeitliche Wesen »Godzilla« als Ungeheuer verstanden, sondern die Bombe! In den Bildern von NANKAI NO DAIKETTO lässt sich wie im Erstling eine Solidarisierung mit jenen Inselbewohnern des Pazifiks ausmachen, die durch Atombombentests der USA Mitte der 50er Jahre ihre einfachen Paradiese und ihr Leben verloren. (Zwischen 1946 und 1958 testeten die USA auf dem Bikini- und dem benachbarten Eniwetok-Atoll annähernd 70 Atom- und Wasserstoffbomben.) Bezeichnend ist nun, wie Roland Emmerich mit seiner Großproduktion GODZILLA (USA 1998) den – oberflächlich gesehen trivialen – Stoff für die Vereinigten Staaten verarbeitet: Mutierte Riesenregenwürmer im Umkreis von *Tschernobyl* weisen jetzt den Weg zur Erklärung des Godzilla-Phänomens. Ursache für die Entstehung des Echsen-Monsters sind die *französischen* Atomwaffentests. Als Opfer wird uns in diesem Katastrophenfilm dann aber die Bevölkerung von *New York* präsentiert!

All diese Beispiele zeigen: Hollywood sieht sich außer Stande, eine ernste Spielfilmproduktion zu den Atompilzen über Japan anzugehen, in der die USA auch als *Täter* auftauchen und in der die Leidensgeschichte von Menschen in Hiroshima oder Nagasaki im Mittelpunkt steht. – Zurückgreifen muss man in Mediotheken auf Titel wie HIROSHIMA, MON AMOR (Frankreich/Japan 1959) oder KUROI AME / SCHWARZER REGEN (Japan 1988). – Doch eben auch mit dem Tabuthema des nuklearen Massenmordes könnten US-Filmemacher das Weltkriegskino wirklich »innovativ« bereichern. Ansonsten gilt: Im Westen nichts Neues, nur die längst totgesagten Botschaften von vorgestern für die Kriege von morgen.

Anmerkungen

[1] Zitiert nach: *Reichel* 2004, 126.
[2] Vgl. *Virilio* 1989.
[3] Winfried Fluck (in: *Lösche/Loeffelholz* 2004, 748f., 760f.) erinnert daran, dass die typisch US-amerikanischen Anfänge des populären Kinos früher liegen – noch vor der Zeit der industriellen Unterhaltungskonzerne, die u. a. auf der technischen Mitgift eines Thomas Edison aufbauen. – Über die ideologische Funktion des Kinos zum Auftakt des »American Century« schreiben *Deppe* u. a. 2004, 42: »Neben der Massenproduktion bildete sich ein kapitalistischer Sektor der Unterhaltungs- und Freizeitindustrie (Hollywood) heraus, der zugleich die Ideologie (den ›American Dream‹) des Modells einer Mittelklasse-, Konsum- und Freizeitgesellschaft propagierte.«
[4] Vgl. *Monaco* 1980, 252f.; *Fuchs* 2003, 89 und *Schäfli* 2003, der unter 1700 Spielfilmen, die zwischen 1942 und 1945 entstanden sind, 500 Titel mit Kriegsthematik ausmacht. Anders

Paul 2003, 34: »Die US-amerikanische Filmindustrie produzierte bis 1945 insgesamt 1282 Filme, die sich auf den Zweiten Weltkrieg bezogen.« – Zu Etappen des US-amerikanischen Kriegsfilms auch: *Hölzl/Peipp* 1991, 9-42 und als filmgeschichtlichen Aufriss *Monaco* 1980, 213-338. Einen knappen Überblick zur Entwicklung des populären Films bietet: *Hermann* 2002, 78-93. – Der Dokumentarfilm OPÉRATION HOLLYWOOD (Frankreich 2004) fasst die Entwicklung bis zum Zweiten Weltkrieg so zusammen: »Ende der 20er Jahre richtete das amerikanische Verteidigungsministerium eine eigene Abteilung für die Zusammenarbeit zwischen Filmindustrie und Streitkräften ein. [...] Die amerikanischen Streitkräfte wissen seit den Anfängen des Kinos, wie wichtig es ist, die Produktion von Kriegsfilmen zu fördern. Bei dem Film WINGS [1927 – William A. Wellman], der ersten umfangreichen Zusammenarbeit zwischen Hollywood und dem Pentagon, ging das Militär sogar über die rein technische Unterstützung hinaus und beteiligte sich direkt an der Produktion. Bereits zwischen dem 1. und dem 2. Weltkrieg stimmten die amerikanischen Produktionen ein Loblied auf die Tapferkeit ihrer Soldaten an und gaben ihrer Armee den Nimbus der Unbesiegbarkeit. [...] Ab 1941 beteiligt sich die Filmindustrie aktiv an den Kriegsanstrengungen. 1943 stehen über 26.000 Mitarbeiter der Filmindustrie unter der Fahne. Noch nie waren Hollywood und Militär so eng verbunden. Die Stars machen an der Front mobil, um die Moral der Truppe zu stärken. Techniker, Arbeiter, Künstler – alle Produktionsbereiche werden einbezogen. Die Armee setzt die Hollywoodveteranen als Kriegsberichterstatter ein: John Ford filmt die Pazifik-Front, William Wyler und John Sturges den Luftkrieg in Europa und George Stevens die Landung in der Normandie.« Vgl. zum Thema auch: *Paul* 2004, 223-310.

5 *Paul* 2003, 34. – Vgl. *ebd.*, 34f zu den institutionellen Trägern der Kooperation von Hollywood und Pentagon. – Der Gesamtumfang des Materials nach dem Zweiten Weltkrieg ist vermutlich sehr viel größer als bekannt. Über den von ihm aufgefundenen Propaganda-Film THE POWER OF DECISION (1955) teilt Dokumentarfilmer Hartmut Bitomsky z. B. mit: »Ich bin im National Archive darauf gestoßen. ›Power of Decision‹ ist eine endlos lange Reihe von ungeschnittenen Aufnahmen, ungeschnitten bis auf den nuklearen Schlagabtausch zwischen den USA und der UdSSR [...] Das ganze ist offensichtlich eine Hollywood Produktion, besetzt mit Schauspielern, in Auftrag gegeben und finanziert vom Strategic Air Command. SAC hatte damals viel Geld, sogar soviel Geld, einen Film zu produzieren und niemals zu beenden. [...] Dieser Film steht nicht allein, wir haben im National Archive mindestens mehr als zehn von dieser Art Filme gefunden, alles 35mm Produktionen, die niemals geschnitten oder beendet wurden, von der Airforce produziert und finanziert und dann schlichtweg versteckt: aber dann in den Weg von Filmemachern wie mich gelegt, damit sie den gesponnen Faden wieder aufnehmen und in einen neuen Kontext integrieren.« (*Woznicki* 2002b.)

6 Vgl. zum folgenden: *Bürger* 2004, 8f. (Anmerkung 4); *Paul* 2003, 42-48; *Reichel* 2003; *Schäfli* 2003, 13-24, 71, 76-89 (dessen Diktion ich jedoch an vielen Stellen für unangemessen halte); Wolfgang *Schmidt* 2003, 441-452; *Hugo* 2003, 453-477.

7 Vgl. *Schäfli* 2003, 13-24 und *Marek* 2002. Im US-Kongress legen die Isolationisten – im Gegensatz zu den Intentionen von Roosevelt – die USA strikt auf Neutralität und eine Politik des Heraushaltens fest, nicht zuletzt auch, um die Wirtschaftsbeziehungen mit dem Deutschen Nazi-Reich nicht zu gefährden. Noch im September 1939 wenden sich in einer Gallup-Umfrage 84 Prozent der befragten US-Amerikaner gegen eine militärische US-Beteiligung an der Front wider Hitler-Deutschland. In den 30er Jahren und auch bei Kriegsbeginn wünscht Hollywood aus Profitgründen keine Verstimmung der deutschen Faschisten: Das kritische Bühnenstück »Everybody comes to Rick's« von Morray Burnett und Joan Alison findet Anfang 1940 keinen Interessenten. (Erst am 8.12.1941 – einen Tag nach dem

Angriff auf Pearl Harbor – wird es bei Warner Brothers einen Eingangsstempel erhalten und dann 1942 mit CASABLANCA, dem bis heute erfolgreichsten Titel der »Anti-Nazi-Unterhaltung«, verfilmt sein.) Goldwyn-Mayer streicht sogar jüdische Namen aus den Film-Abspännen heraus! Ausgenommen von diesem Entgegenkommen ist das Studio der Warner Brothers, das seine Außenstellen aus Deutschland bereits ganz zurückgezogen hat und mit CONFESSIONS OF A NAZI SPY schon 1939 einen Anti-Nazi-Spielfilm vorlegt. Einige positive *kritische* Kino-Beispiele, die *vor* dem Kriegseintritt der USA gedreht wurden, nennt auch *Noack* 2001.

8 Ausführlich zitiert *Stolte* 2004, 162 Chaplins Schlussappell in THE GREAT DICTATOR für eine globale Humanität im Zeitalter von Aeroplane und Radio. »Es ist das erste Mal, dass Chaplin in einem seiner Filme selbst das Wort ergreift«.

9 So *Becker* 2002.

10 Vgl. *Monaco* 1980, 250: »Hays Office« wurde die 1922 gegründete Organisation der Motion Picture Producers und Distributors of America (MPPA) nach ihrem ersten Präsident genannt. Ab 1934 wurde der »Production Code«, der formal nicht als Zensur galt, strenger angewendet.

11 Mit ALL QUIET ON THE WESTERN FRONT (USA 1929/30) von Lewis Milestone nach dem Roman »Im Westen nichts Neues« von Erich Maria Remarque hatte Hollywood jedoch sehr früh einen »wehrkraftzersetzenden« Film gedreht, den Deutschland 1930 *dringend* gebraucht hätte. Dort jedoch folgten der Uraufführung in Berlin vom Dezember 1930 – aufgrund der organisierten Krawalle und Massenproteste der Nazis und der gesamten Rechten – staatliche Aufführungsverbote und weitere Verstümmelungen der Urfassung. Tragischer Weise wurde die »bereinigte deutsche Fassung« dem gesamten internationalen Verleih zugrunde gelegt. Vgl. zum Film und zu seiner Geschichte: *Becker* 1989. – Inzwischen liegen Rekonstruktionen der Urfassung vor sowie eine ebenfalls eindrucksvolle Neuverfilmung des antimilitaristischen Stoffes in ALL QUIET ON THE WESTERN FRONT (GB 1980) von Delbert Mann.

12 Der Film rekonstruiert Einzelfälle des Jahres 1948 und spiegelt bereits eine Veränderung der anfänglich kompromisslosen Grundhaltung unter dem Vorzeichen des Kalten Krieges. – Vgl. ausführlich zu JUDGEMENT AT NUREMBERG: *Kuzina* 2005. Dem Titel von 1961 gehen voraus die Dokumentarfilme NÜRNBERG UND SEINE LEHRE (Deutschland 1946/47, im Auftrag der US-Militärregierung) und WIEDER AUFGEROLLT: DER NÜRNBERGER PROZESS (Bundesrepublik 1958). Jüngster »Spielfilm«-Titel ist die TV-Produktion NUREMBERG (USA/Kanada 2000).

13 Am Ende des Jahrzehnts zeigt auch THE BRIDGE AT REMAGEN (USA 1968) kaum Interesse an der Naziideologie und zeichnet die Wehrmacht als Gegner der U.S. Army streckenweise mit viel Wohlwollen. Im gleichen Jahr erscheint ein deutscher Soldat in Sidney Pollak's surrealem CASTLE KEEP als personifizierte abendländische Kultur. Er bietet seine Hilfe beim Stimmen der Flöte an und wird im gleichen Atemzug von einem US-Soldaten erschossen.

14 Ich folge hier der Rezension des Heer-Buches (2004) »Vom Verschwinden der Täter«: *Klarmann* 2004.

15 Vgl. dazu *Hugo* 2003, der dies exemplarisch – unter aufschlussreichem Blick auf die Rezeption – anhand der drei genannten Titel aufzeigt. Vgl. zu CANARIS und DIE BRÜCKE ebenfalls die gute Darstellung bei *Reichel* 2004, 64-70, 119-126.

16 Dazu *Reichel* 2004, 16-126. – DIE BRÜCKE, gefeiert als »bitterster Kriegsfilm«, der je über die Leinwand gegangen ist, konnte z. B. im südamerikanischen Verleih unter dem Titel »Die Helden sterben aufrecht« in die Kinos gelangen. – Um zu zeigen, welche Erfahrungen unterschlagen werden, zitiert *Reichel* 2004, 29 aus einem Brief des 24jährigen Gefreiten

V. Die Rückkehr des Zweiten Weltkrieges

Heinrich Böll: »Der Krieg, jeder Krieg ist ein Verbrechen [...]; ich hasse den Krieg, und all diejenigen, die Freude an ihm finden, hasse ich noch mehr; [...] ich hasse ihn aus tiefster Seele, den Krieg und jedes Lied, jedes Wort, jede Geste, jeden, der irgendwie etwas anderes für den Krieg kennt als Hass.«

[17] Vgl. zum Fall »Harlan/Lüth«: *Reichel* 2003, 129-138.

[18] Dazu *Reichel* 2004, 95: »Über ein zweites deutsches Stalingrad, ein ›Atomkriegs-Stalingrad‹ wurde in dieser Zeit viel diskutiert. In diesem Zusammenhang gewinnt auch die Antwort des Bundesverteidigungsministers Gewicht, den Wisbar gebeten hatte, seine Dreharbeiten mit Waffen und Mannschaften zu unterstützen. Franz Josef Strauß lehnte ab. ›Derartige Filme liegen nicht im Interesse der Bundeswehr‹, schrieb er dem Regisseur. Denn sie würden sich auf ›Einzelvorgänge‹ beschränken, ›ohne ihnen die – vorhandenen – sittlichen Gründe für eine Verteidigungsbereitschaft gegenüberzustellen.‹ [...] Zeitgenössische Kritiker vermuteten kaum zu Unrecht, dass diese Zurückhaltung nicht wenig mit der unvoreingenommenen Darstellung des Generals von Seydlitz (Carl Lange) durch Wisbar zu tun hatte.«

[19] Zu nennen sind unter den angefeindeten Abweichlern Namen wie Martin Niemöller oder Reinhold Schneider.

[20] *Strübel* 2002a, 47.

[21] Vgl. zu DAS BOOT: *Wiedemann* 2003, 36-38. Der Verleiher Eichinger drängte schon im Vorfeld auf Spektakuläres, da die von ihm aus Profitgründen anvisierte junge Zielgruppe »voll von einer gewissen Lust an der Zerstörung« sei.

[22] Mit LEO UND CLAIRE hat Vilsmeier jedoch 2001 einen Film vorgelegt, der im Ansatz die *Alltagskollaboration* der deutschen Gesellschaft mit dem NS-System zeigt! – Erschreckend ist, wie verfassungsfeindliche Videopropaganda unter dem Deckmantel von Folklore und Geschichtsdokumentation bis heute in Videotheken gelangt. Als Beispiel nenne ich ein 2004 in Düsseldorf erstandenes Video-Produkt: KAMERADEN VON EINST ... DAS WAREN DIE SOLDATEN DER WEHRMACHT – ABTEILUNG MARINE, Bundesrepublik Deutschland 1990.

[23] Die aktuellen Verhältnisse in der NRW-Landeshauptstadt sind schier unbeschreiblich. Ende Januar 2005, zeitgleich zu den Auschwitz-Gedenkfeiern, plante der Düsseldorfer Oberbürgermeister Joachim Erwin, dem rechtsextremistischen Kommunalpolitiker Jürgen Krüger (Republikaner) die Ehrennadel der Stadt zu verleihen. Krüger hatte sich u. a. in einer Bezirksvertretung mit offener Volksverhetzung profiliert: »Wenn das so weitergeht, haben wir irgendwann mehr Mahn- und Gedenkstätten in Deutschland als ermordete Juden.« Die vorgesehene Ehrung konnte nach einer Initiative linker Kommunalpolitiker, der auch einige CDU-Mitglieder folgten, einen Tag vorher noch verhindert werden.

[24] Verteidigungsminister Scharping (SPD) hatte – gegen einen Bundestagsbeschluss aus dem Jahr 1998 zu Namensgebungen aus dem Bereich der Legion Condor – an diesen Namensgebungen festgehalten. Nach Berichten der ARD-Sendung »Kontraste« vom April 2004 zu öffentlich zugänglichen Bundesarchivalien war sein Nachfolger Peter Struck gezwungen, die Namensgebung »Werner Mölders« für die Bundeswehr auszuschließen. (So Spiegel-Online am 31.1.2005.)

[25] Im Januar 2004 wurde der Auschwitzüberlebenden Esther Bejarano zeitgleich zu einem Neonazi-Aufmarsch in Hamburg das Mikrofon abgedreht. Die antifaschistische Kundgebung, auf der sie sprach, löste die Polizei mit Wasserwerfern auf. – Insgesamt ist für das Jahr 2004 ein erschreckender Anstieg von massenwirksamen Aktivitäten der Neonazi-Szene zu verzeichnen (fremdenfeindliche Mailaktionen, Verbreitung nationalistischer und faschistischer Musik über CD-Verteilaktionen an Schulen, Aufmärsche etc.). Ausgerechnet in Leverkusen, dem Konzernsitz der Zyklon-B-Produktion von IG Farben, skandierten am 9. November 2004 die Teilnehmer eines rechtsextremistischen Aufmarsches »gegen einseitige

Vergangenheitsbewältigung« Rufe wie »Die schönsten Nächte sind aus Kristall«. (Pressemitteilung der *Coordination gegen BAYER-Gefahren e.V.* vom 29.11.2004.) Wie schon seit Jahren von Kritikern vorhergesagt, wird – auch als Reaktion auf die sozialpolitische Wende in der nunmehr neoliberalen SPD – vor allem wieder ein »anti-kapitalistisches« Profil für den neuen Nationalismus präsentiert. Indessen bestreiten die »Parteien der Mitte« unisono ihre Mitverantwortung für die Wahlerfolge rechtsradikaler Parteien im Jahr 2004. – Im Januar 2005 soll die Deutsche Bahn AG – im Vorfeld zur Berliner Sechzig-Jahr-Gedenkfeier der Befreiung von Auschwitz – eine Ausstellung zur Erinnerung an Kinderdeportationen nach Auschwitz via Reichsbahnschienen auf ihren Publikumsbahnhöfen untersagt haben (http://www.german-foreign-policy.com/de/news/article/1106351494.php).

[26] Revisionistische Geschichtsdeutungen werden als Ergebnis solcher Voten heute ungehemmter denn je verbreitet. So meint ein Beitrag »Hitler spielen« in der Frankfurter Allgemeinen Sonntagszeitung vom 22.8.2004 im Zusammenhang mit der NS-Rüstungspolitik, Hitler habe „*in der Tat überragende Erfolge gehabt, in unglaublich kurzer Zeit und nicht nur innenpolitisch: Millionen Arbeitslose zur Vollbeschäftigung gebracht, außenpolitisch wurde Deutschland als Staat akzeptiert*«. (Zitiert nach: http://www.german-foreign-policy.com/de/news/article/1093730400.php .) – Das neuere Kinogeschehen lässt befürchten, dass der von Autoren wie Erich Fromm schon lange vorgelegte Blick auf Hitlers Psychogramm zukünftig nicht mehr eine unpolitisch-irrationale Dämonisierung abwehrt, sondern – in ganz anderer Gestalt – einer Verharmlosung des deutschen Faschismus zuarbeitet. Bei der (durchaus eindrucksvollen) Vermittlung von »deutschem Weltschmerz« und suizidaler Ästhetik der 20er Jahre in Was nützt die Liebe in Gedanken (BRD 2003) wünscht man sich, es würde in einer Bonus-Beigabe zur DVD zumindest diskutiert, wie die von ihr gezeigte Kulturstimmung im Bürgertum dem Faschismus auch den Boden bereitet hat.

[27] Zumindest Epsteins Nacht (BRD 2002) von Urs Egger nimmt sich dieser Blickrichtung im Kino an. Ein biederer katholischer Pfarrer im Berlin der Gegenwart erweist sich als ehemaliger KZ-Aufseher der SS und wird von einem jüdischen Bürger wiedererkannt.

[28] Vgl. *Reichel* 2004, 129-324.

[29] Vgl. *Suchsland* 2004b (mit zahlreichen Beispielen). Suchsland verweist neben der Arbeit von *Reichel* 2004 auf folgende Veröffentlichung, die in dieser Arbeit nicht berücksichtigt ist: Sven Kramer (Hg.): Die Shoah im Bild. Augsburg: edition text+kritik 2003. – Im Gesamtbild der gegenwärtigen Kulturszene muss man fast vermuten, der von Spielberg in Schindler's List gezeigte widerständige »Deutsche« solle nunmehr in Filmen, die wie The Pianist (F/BRD/PL/GB 2002) oder Rosenstrasse (Deutschland 2003) an Judenverfolgung und Shoa erinnern, stets eine obligate oder gar zentrale Rolle spielen. Belastete Mitläufer finden jüdische Fürsprecher (Taking Sides – BRD/Frankreich 2001). In Rosenstrasse wird immerhin verdienstvoll die Möglichkeit eines intelligenten Widerstandes unter den Bedingungen des »Dritten Reiches« gezeigt.

[30] Zu Eichingers Der Untergang meint Hannes Heer, nach *Klarmann* 2004: »Die letzten Tage in der ›Zentrale des NS-Staates‹ würden so zum ›Melodram‹, mit sympathischen Menschen, deren Funktionen, etwa als KZ-Leiter, SS-Standartenführer, Kriegsgeneral und Propagandaminister, fast unerwähnt blieben.« – Im Kontrast zu älteren Filmen über Nazi-Elite-Internate – Hitlerjunge Salomon (BRD/Frankreich 1989) und Der Unhold (BRD/Frankreich/GB 1996) – setzt neuerdings auch Napola – Elite für den Führer (BRD 2004) einen deutlichen Akzent in Richtung »mehr Verständnis«. Robert Dzugan merkt in einer Napola-Rezension an: »... aus den angehenden nationalsozialistischen Gauleitern kurzerhand kritisch denkende und im Grunde gegen das NS-System stehende Jugendliche zu machen, ist fragwürdig.«

V. Die Rückkehr des Zweiten Weltkrieges

[31] NICHTS ALS DIE WAHRHEIT zeigt *fiktiv*, wie der berüchtigte KZ-Arzt Josef Mengele (gestorben am 7.2.1979 in Brasilien) in der Bundesrepublik vor Gericht gestellt wird. Der Staatsanwalt entlarvt die Selbstinszenierungen des »Engels von Auschwitz«: »Ob Josef Mengele Nazi war oder nicht, spielt keine Rolle. [...] Er hat es geschafft, seinem eigenen Mythos das Gesicht eines Menschen aus Fleisch und Blut zu geben.« Am Ende findet auch der Rechtsanwalt des Massenmörders, der zeitweilig opportunistisch erscheint und ehemalige Opfer im Zeugenstand fertig macht, zur einer eindeutigen Stellungnahme: »Ich habe versucht, den Angeklagten aus der Zeit heraus zu verstehen, in der seine Verbrechen geschehen sind. Stattdessen habe ich ertragen müssen, dass Herr Mengele bis heute nicht begreifen will, dass das, was er damals im KZ Auschwitz getan hat, zu den schlimmsten Verbrechen gehört, die sich überhaupt einer vorstellen kann. Wir haben ertragen müssen, dass er diese Verbrechen als einen Akt der Gnade und der Sterbehilfe rechtfertigen wollte. Bis heute hat Josef Mengele nicht die kleinste Regung der Reue gezeigt. Eine größere Menschenverachtung ist nicht vorstellbar.« – Folgende Aspekte des gesellschaftlichen Gesamtzusammenhangs werden dargestellt: Mengele ist keine dämonische Einzelgestalt; alle sind verführbar und der Schritt zum »Verlust all unserer menschlichen Werte« ist oft nur ein kleiner Schritt; Ärzte, die für ihre Taten im Nazi-Reich nie belangt wurden, können unbehelligt in der Bundesrepublik praktizieren. Neonazis und (eine betont militant dargestellte) Antifa liefern sich Straßenschlachten; die Propaganda der »Auschwitz-Lüge« blüht. Eine humanitär begründete, in Wahrheit aber ökonomisch motivierte Sterbehilfe-Praxis bahnt sich gegenwärtig den Weg.

[32] Vgl. zum Folgenden: *Holert/Terkessidis* 2002, 178, 184f.; *Ronnefeldt* 2002; *Elsässer* 2004a, bes. 43-70; 131-134, *Morelli* 2004, 40f.

[33] Vgl. *Elsässer* 2004a; *Freyberg* 2001; *Prokop* 2002, 37f. und *Gaus* 2004, 29, 98f., die an ein erfreuliches Kapitel deutscher Medienpolitik erinnert: WDR-Juristen reagierten sehr gelassen und kühl auf den Versuch von Rudolf Scharping, bezogen auf den 2001 ausgestrahlten Dokumentarfilm ES BEGANN MIT EINER LÜGE von Jo Angerer und Mathias Wert eine Unterlassungsverpflichtung zu erwirken.

[34] Zitiert nach: *Ronnefeldt* 2002, 132 (angegebene Quelle: Frankfurter Rundschau, 3./4.4.1999).

[35] Vgl. dieses und weitere Beispiele in: *Morelli* 2004, 40f.

[36] Vgl. dazu *Gansera* 1989, 45f. In einer Antwort an Hannah Arendt schreibt Jaspers, die Banalität des unaussprechlichen Verbrechens dürfe nicht mit Mythos und Legende oder Reden von »satanischer Größe« und vom »Dämonischen« in Hitler verdeckt werden. Hannah Arendt erwidert zustimmend: »Alle Ansätze von Mythen der Schrecklichkeit sind zu bekämpfen [...]. Vielleicht steckt hinter dem allen nur, dass nicht einzelne Menschen aus menschlichen Gründen von anderen einzelnen Menschen totgeschlagen werden, sondern organisiert versucht wird, den Begriff des Menschen auszurotten.« – Wenn *Reichel* 2004, 107 daran erinnert, dass Jaspers in seiner Schrift *Die Schuldfrage* 1945 selbst von »Teufeln« spricht, die »auf uns eingehauen und uns mitgerissen« haben, ist der von Rainer Gansera angeführte Briefwechsel mit zu berücksichtigen.

[37] Der Nordmänner-Film BERSERKER (Südafrika 2001) reanimiert – offenkundig mit Blick auf ein rechtes Publikum – die Welt der Odin-Krieger und lässt diese im Zeitsprung von zwei tausend Jahren in die Gegenwart hineinreichen. Die peinliche Billigproduktion gehört in kommerziellen Videotheken zum Sortiment.

[38] Vgl. zu diesem Abschnitt die zahlreichen Beispiele in: *Reichel* 2003.

[39] Eine revisionistische (und in Ansätzen »antiamerikanisch« verstehbare) Darstellung der Entnazifizierung im Sinne der gegenwärtig dominanten Deutungspolitik verfolgt der Film TAKING SIDES (Der Fall Furtwängler – BRD/Frankreich 2001) von István Szabó: Steve Arnold,

V. Die Rückkehr des Zweiten Weltkrieges

Major der U.S. Army, lässt – auch nach Interventionen eines hochgestellten sowjetischen Musikliebhabers – im Entnazifizierungsverfahren keine Gnade gegen den weltberühmten deutschen Dirigenten Wilhelm Furtwängler walten. Dieser war preußischer Staatsrat, wurde von den Nazigrößen verehrt und hat für Hitler ein Geburtstagskonzert und eine Musikdarbietung am Vorabend des Nürnberger Reichsparteitages dirigiert. Auf der einen Seite stehen seine bezeugten Hilfshandlungen für Juden, auf der anderen Seite antisemitische Äußerungen (z. B.: »Der jüdische Musiker Schönberg wird bewundert von der jüdischen Internationale.« »Jüdischen Musikern fehlt die natürliche Affinität zu unserer Musik.« »Jüdische Musiker sind fabelhafte Geschäftsleute; sie kennen keine Skrupel.«). US-Major Arnold kann das opportune Arrangement des berühmten Dirigenten nur vor dem Hintergrund des millionenfachen Judenmordes und des Leichengestanks der Konzentrationslager bewerten. Er entlarvt die Konstruktionen eines unschuldigen Selbstbildes. Doch im Untersuchungsteam ergreifen der unter dem NS-Regime emigrierte *Jude* David und die Tochter eines erst kurz vor Kriegsende widerständig gewordenen Wehrmacht-Generals verständnisvoll Partei für Furtwängler! Diese beiden erscheinen als kultiviert, während US-Major Arnold einen ungezügelten und unsympathischen Fanatiker abgibt. Der Film wirbt summa summarum am ehesten für klassische Entlastungsstereotypen, situationsbezogenes Verständnis und Mitleid für Mitläufer (»Man musste sich ihrer Sprache angleichen.« »Es dachten damals doch alle antisemitisch.« »Gab es denn nur die Alternative Exil oder Galgen?« »Wir konnten nicht ahnen, wozu die fähig wären, keiner wusste es.« etc.). Zum guten Schluss wird noch vermerkt, dass Furtwängler trotz Entlastungsspruchs bis zu seinem Tod 1954 nie in den USA dirigieren durfte.

[40] Vgl. *Fröschle/Mottel* 2003, 132f.
[41] Vgl. *Bürger* 2004, 48; *Schäfli* 2003, 127-129. – Als eigenständigen, sehr differenzierten Beitrag zu PATTON, der als einer der berühmtesten Leinwandhelden gilt: *Machura* 2005. Die dort vollständig zitierte Dialogpassage: »Aber der Krieg sollte noch nicht vorbei sein, und wir sollten nicht katzbuckeln vor den verdammten Russen. Früher oder später müssen wir doch gegen sie antreten. Warum nicht jetzt, wo wir die Armee dafür hier haben? Anstatt die deutschen Truppen zu entwaffnen, sollten wir sie mit uns gegen die Bolschewisten kämpfen lassen. [...] wir haben bis jetzt gegen die Falschen gekämpft.«
[42] Vgl. *Greiner* 2004.
[43] Vgl. *Chomsky* 2003, 84.
[44] Vgl. *Rötzer* 2004f.
[45] Vgl. *Gieselmann*, 2002, 53-57, 70, 102.
[46] Nach Morris *Berman* 2002, 202 gibt es unter der Überschrift »Virtual History« im Science-Fiction-Genre eine ganze Reihe von Bemühungen um eine »alternative Geschichte«, und er nennt als ein Beispiel auch Philip Dicks Fiktion »The Man in the High Tower«, nach der Deutschland »natürlich« den II. Weltkrieg gewonnen habe. Vgl. auch: FATHERLAND (1994).
[47] Vgl. *Bürger* 2004, 70-84.
[48] Vgl. *Bürger* 2004, 109-116.
[49] Vgl. *Famous American Trials*. The My Lai Courts-Martial 1970. http://www.law.umke.edu/faculty/projects/ftrials/mylai/mylai.htm .
[50] Zitiert nach: *Pitzke* 2004a.
[51] US-Präsident Roosevelt hatte am 3. Januar 1945 in einem Memorandum an seinen Außenminister für das Nürnberger Tribunal verlangt: »Die Anklage sollte auch eine Verurteilung wegen der *Einleitung eines Angriffskriegs* enthalten.« Diese klare Forderung in der Tradition der US-Politik in der ersten Hälfte des 20. Jahrhunderts setzte sich durch. Am 21.11.1945 erklärte der Chefankläger des Nürnberger Prozesses Robert H. Jackson, ehemaliger Jus-

tizminister der USA, in seinem Eröffnungs-Plädoyer zum *Angriffskrieg*: „Jede Zuflucht zu einem Krieg, zu jeder Art von Krieg, ist eine Zuflucht zu Mitteln, die ihrem Wesen nach verbrecherisch sind. Der Krieg ist unvermeidlich eine Kette von Tötung, Überfall, Freiheitsberaubung und Zerstörung von Eigentum [...] Unsere Auffassung ist: Welche Beschwerden eine Nation auch immer haben mag, wie unbefriedigend sie auch immer den bestehenden Zustand findet, ein Angriffskrieg ist ein ungesetzliches Mittel, solche Beschwerden zu beheben oder solche Verhältnisse zu ändern."

52 Vgl. *Paul* 2003, 36. – Der Vorspann dokumentiert die Produktion des Films durch das US-Militär: »The War Department presents: THE MEMPHIS BELLE – A STORY OF A FLYING FORTRESS. Photographed by the U.S. 8th AirForce Photographers and Combat Crew Members. In Technicolor from a 16 mm Original. Produced in Cooperation with the Army Air Forces First Motion Picture Unit. Distributed by Paramount Pictures Inc. Under the Auspices of the Office of War Information, through the War Activities Comittee – Motion Picture Industry. All Aerial Combat Film was exposed during Air Battles over Enemy Territory.« (Der Sender ARTE hat den Film am 29.10.2004 um 23.45 ausgestrahlt.)

53 *Virilio* 1989, 43.

54 Unter »Trivia« stellt http://www.imdb.com die berühmten Besatzungsmitglieder der echten Memphis Belle und ihre Kriegstaten detailliert vor.

55 Vgl. zu CATCH 22: *Bürger* 2004, 48-50. – Im Jahr darauf zeigt Dalton Trumbo in JOHNNY GOT HIS GUN (USA 1971) im Kontext des Ersten Weltkrieges das erschütternde Schicksal eines – scheinbar – hirntoten Veteranen.

56 Der entsprechende Text des Drehbuches zu TO END ALL WARS ist wohl auf die literarische Vorlage von Ernest Gordon (Dekan der Universitätskirche von Princeton) zurückzuführen und folgt im Film einem Verzicht auf die Tötung eines der japanischen Lagerfolterer: »Wohin führt es, wenn ein einzelnes Leben weniger Gewicht hat als eine Feder? Wohin führt uns der Hass? Wenn du in die Augen deines Feindes blickst und dich selbst siehst, wie steht es dann mit Gnade und Barmherzigkeit? Wer ist mein Nächster? Wie oft soll ich meinem Bruder vergeben? Was heißt es, seinen Feind zu lieben? Was kann der Mensch geben, um seine Seele zu erlösen? Das sind die Fragen, die sich mir im Lager stellten, und die Antworten haben mein Leben für immer verändert.« Am Schluss des Films trifft sich Dekan Gordon im Alter mit dem ehemaligen japanischen Lagersoldaten Takashi Nagase, der buddhistischer Priester geworden ist.

57 Vgl. *Berman* 2002, 53.

58 *Etges* 2003, 173f. – Zum Deutungswandel in den 90er Jahren vgl. den ganzen Beitrag.

59 Vgl. zu den Filmdaten: *Saving Private Ryan* http://history.sandiego.edu/gen/filmnotes/savingprivateryan.html . – Zum Film: *Kothenschulte*, Daniel: Der Soldat Ryan, USA 1998. In: Zweitausendeins – Lexikon des Internationalen Films. Band 3. Frankfurt: Zweitausendeins 2002, 31-34. – Unter »Trivia« teilt http://www.imdb.com zu SAVING PRIVATE RYAN u. a. mit: »All the principal actors underwent several days of grueling army training [...] – Filming switched from the UK to Ireland after the British Ministry of Defence declined to provide the huge numbers of soldiers to act as extras in the film. The Irish Defence forces supplied 250 men drawn from a mix of units of the FCA (Army Reserve) and Slua Muiri (Navy) reserves. They spent four weeks in the surf on the beaches while filming the landing scenes. [...] The opening and closing of the film features a US flag backlit by the sun. This is exactly the same as a shot in Leni Riefenstahl's Tag der Freiheit – Unsere Wehrmacht (1935). In that film, a Nazi flag gently sways in the wind, with the sun shining through it from behind, rendering the flag somewhat translucent.«

60 Vgl. zu SCHINDLER'S LIST: *Reichel* 2004, 301-320.

[61] *Reichel* 2004, 250 schreibt, dass die Ausstrahlung der Fernsehserie HOLOCAUST sich auf die bevorstehende Verjährungsdebatte im deutschen Bundestag positiv ausgewirkt hat. Die gesellschaftliche Wirkung dieses neuartigen Versuchs zur Erinnerung ist – bei aller berechtigten Kritik – insgesamt sehr hoch anzusetzen.

[62] Vgl. zu THE THIN RED LINE ein eigenes Kapitel in: *Bürger* 2004, 170-181; *Assheuer* 1999 sowie die ästhetischen Überlegungen in: Georg Joachim *Schmitt* 2004, 116-121. Zu Spielberg's Film SAVING PRIVATE RYAN vgl. auch: *Etges* 2003; *Schäfli* 2003, 135-137 und zur unterschiedlichen Beurteilung der Jugendschutzgremien *Mikat* 2003. Die Freiwillige Selbstkontrolle Fernsehen (FSF) betrachtete das Werk eindeutig als Antikriegsfilm, die Freiwillige Selbstkontrolle der Filmwirtschaft (FSK) sah hingegen (wie der Verfasser) im zweiten Teil einen »genreüblichen Kriegsfilm«.

[63] Zu nennen sind Spielberg-Titel wie: 1941 (Wo, bitte, geht's nach Hollywood) USA 1979 [Pearl-Harbor-Kontext]; EMPIRE OF THE SUN (Das Reich der Sonne) USA 1987 und die INDIANA JONES-Filme (1983/1988).

[64] *Kilb*, Andreas: Der Soldat James Ryan. http://de. movies.yahoo.com/fa/1/089/.html; vgl. *Paul* 2003, 56f., der hinter dem Kinoversprechen des »authentischen Krieges« die »Illusion der prinzipiellen filmischen Abbildbarkeit des Krieges« problematisiert.

[65] Der Encyclopedia Britannica zufolge: »The plot is inspired in part by the true story of Fritz Niland, one of four brothers from New York state who saw action during the war. Two Niland brothers were killed on D-Day, while another went missing in action in Burma and was presumed dead, although he actually survived. Fritz was located in Normandy by an Army chaplain, Reverend Francis Sampson, and taken out of the combat zone.« (Zitiert nach: Saving Private Ryan http://history.sandiego.edu/gen/filmnotes/savingprivateryan.html .)

[66] *Schäfli* 2003, 102 erinnert an den Film THE SULLIVANS (1944), der den Untergang von fünf Brüdern auf dem Kreuzer »Juneau« thematisierte.

[67] Das war bereits in in THE LONGEST DAY zu sehen. Dort rufen sich ergebende Wehrmachtssoldaten »Bitte, Bitte!«, und der sie erschießende US-Soldat fragt sich: »I wonder what *Bitte-Bitte* means?« – Die deutsche Synchronisation ersetzt die Passage so: »Tut mir leid, ich hab zu spät geschaltet.« (Vgl. *Schäfli* 2003, 80.)

[68] Vgl. *Schock für Militärexperten. Soldaten töten seltener als angenommen.* (ZDF 18.6.2003) http://www.zdf.de/ZDF.de/inhalt/17/0,1872,2051441,00.html . Im Vietnamkontext: *Das Rätsel der Tötungshemmung: »Lone Ranger« Larry – Die Lebensgeschichte eines Vietnamveteranen.* http://www.zdf.de/ZDFde/inhalt/3/0,1872,2051555,00.html .

[69] Vgl. *Campbell* 2001.

[70] Sehr kritisch bewertet *Strübel* 2002a, 69 Spielbergs Film.

[71] Dazu http://www.imdb.com: »The caption before the end credits, detailing the fact that the Royal Navy captured the first Enigma machine, was only added after an outcry in Britain, where it was believed that Hollywood was trying to claim the credit for the Americans (whose forces captured no German Naval Enigma material until 1944).«

[72] Für eine Gruppe deutscher Wehrmachtssoldaten wird 1944 ein Gefechtsbunker zur Horrorkatakombe. Hinter den scheinbaren »Gespenstern« deutet der Film THE BUNKER als Hintergrund eine Kette menschlicher Gräuel an: die Ausstoßung von kranken Dorfbewohnern am Ort zu Pestzeiten, der NS-Massenmord an Zwangsarbeitern im Zusammenhang mit dem Bunkerbau (ein regelrechtes Massenarsenal von Skeletten befindet sich in den unterirdischen Gängen) und auch eine nicht lange zurückliegende Erschießung von Wehrmachtsdeserteuren. (Die älteste lokale Dorflegende spricht von einem fremden »Priester des Unheils«, der die Dorfbewohner einst gegeneinander aufgehetzt und sie angestachelt hat, ihre Pestkranken wegzutreiben, abzuschlachten und zum Teil lebendig zu vergraben.) – Einer der

fanatisch am Endsieg festhaltenden NS-Soldaten, ein Verführer des jüngsten Truppenmitglieds, konsumiert pausenlos Amphetamine. Das »Geheimnisvolle« und Paranoide ist nach dem Verlust des Menschlichen letztlich im Inneren verortet. Der Filmvorspann beginnt mit einem Nietzsche-Zitat: »Wenn man lange in einen Abgrund blickt, dann blickt auch der Abgrund in einen selbst.«

[73] Daran erinnert Detlef Junker, in: *Lösche/Loeffelholz* 2004, 147.

[74] Die Weltkriegsstatistik zählt für die Sowjetunion 19.180.000 tote Soldaten und mehr als 7.400.000 getötete Zivilisten.

[75] Zur Ermordung von mindestens 4.000 italienischen Kriegsgefangenen auf Kephalonia am 13. September 1943 durch die deutsche Wehrmacht und zur unverfrorenen Traditionspflege der beteiligten Gebirgstruppen bis hin zur Gegenwart vgl. *Tornau* 2003.

[76] Vgl. zu den Filmdaten: *Band of Brothers.* http://history.sandiego.edu/gen/filmnotes/bandofbrothers.html . – Unter »Trivia« teilt http://www.imdb.com zu BAND OF BROTHERS mit: »Tom Hanks, Steven Spielberg, and ›Ambose, Steven‹ passed each of the scripts around to real-life soldiers of Easy-Company to guarantee the authenticity of the mini-series. – UK Prime Minister, Tony Blair, personally met Steven Spielberg to request that the series be filmed in the UK. In return Spielberg gave Blair's son, Euan, a job as a runner in the production. [...] Around 700 authentic weapons and almost 400 rubber prop weapons were used in production. – A heavy day of filming required up to 14.000 rounds of ammunition. – The Hatfield Aerodrome in Hertfordshire, previously host to part of the SAVING PRIVATE RYAN (1998) shoot, became the principal location, and sets of the English, Dutch and French sites, including a river and massive dykes, were created there. – Hatfield offered 1.000 acres of open space as well as empty airplane hangars – perfect for indoor sets and construction needs – as well as office space. – The actors endured a grueling two-week boot camp where they learned the basics, from how to wear a uniform and stand at attention, to sophisticated field tactics and parachute jump training. The average day was 16 hours long, beginning at 5:00 a.m., rain or shine, with strenuous calisthenics and a three-to-five-mile run, followed by hours of tactical training, including weapons handling and jump preparation. [...] The total budget for the miniseries was $120.000.000. Of that, construction costs were $17.000.000. [...] The series was previewed for the Corps of Cadets at Texas A&M University several weeks prior to its air date.« Der Titel lehnt sich an Shakespeares »Henry V« (Act 4, Scene 3) an: »We few, we happy few, we band of brothers.«

[77] Vgl. *Morelli* 2004, 61, die auf eine neuere Schätzung des US-Autors Prof. J. Robert Lilly hinweist, nach der »amerikanische GIs im Zweiten Weltkrieg rund 17.000 englische, französische und deutsche Frauen aller Altersgruppen vergewaltigt« hätten. (Über die Zuverlässigkeit der genannten Quelle kann hier keine Aussage gemacht werden.)

[78] Vgl. dazu zusammenfassend: *Frey* 2004, 97-100; zum Antisemitismus in den USA: *ebd.*, 76f. (Seit Jahrhundertanfang gab es in den Vereinigten Staaten Schilder vor Einrichtungen und Lokalen, die mitteilten: »Hunde und Juden nicht zugelassen.«) – Die deutlich moderateren Diskriminierungs-Verhältnisse nach dem Weltkrieg vermittelt Barry Levinson in seinem Film LIBERTY HIGHTS (USA 2000).

[79] *Everschor* 2003, 232.

[80] Zu verfolgen ist weiterhin David Finchers angekündigtes Projekt »*They Fought Alone*«. Nach einem Drehbuch von William Nicholson soll Regisseur Fincher für Columbia Pictures die Geschichte des US-Colonel Wendel Fertig verfilmen, der mit seiner Truppe im Zweiten Weltkrieg auf einer philippinischen Insel einen regelrechten Guerilla-Krieg gegen die Japaner führt. Der Stoff erinnert an BACK TO BATAAN (USA 1945) und passt in den aktuellen Kult der Elite-Einheiten.

81 Vgl. zum Thema »Faschismus-Bekämpfung und Pazifismus« die Entlarvung der gängigen Argumentationsmuster durch *Buro/Klönne* 2004. – Mit Blick auf Geschichte und Gegenwart erweisen sich militärische Konzepte der »Weltordnung« (und eben nicht andere Konfliktlösungsstrategien!) durchgehend als Utopie.

82 *Ronnefeldt* 2003b.

83 So *Chossudovsky* 2003a: »Der PNAC-Entwurf stellt auch für die Kriegspropaganda ein ausgearbeitetes System bereit. Ein Jahr vor dem 11. September sprach das PNAC von der Notwendigkeit ›eines katastrophalen und klärenden Ereignisses, einem neuen Pearl Harbor‹, welches die öffentliche Meinung in den Vereinigten Staaten für die Unterstützung eines Kriegsplanes mobilisieren könnte. [...] Die Rede des PNAC von einem ›katastrophalen und klärenden Ereignis‹ erinnert an eine ähnliche Bemerkung David Rockefellers vor dem Wirtschaftsausschuss der Vereinten Nationen (›UN Business Council‹) aus dem Jahr 1994: ›Wir stehen am Beginn eines weltweiten Umbruchs. Alles, was wir brauchen, ist die eine richtig große Krise und die Nationen werden die Neue Weltordnung akzeptieren.‹ Ähnlich Zbigniew Brzezinski in seinem Buch ›The Grand Chessboard‹: ›Es scheint schwieriger, (in den USA) eine Übereinstimmung in der Außenpolitik erreichen zu können, es sei denn für den Fall einer riesigen und weitreichend wahrgenommenen direkten Bedrohung.‹ Brzezinski, Sicherheitsberater von James Carter, war eine der Schlüsselfiguren beim Aufbau des Al-Qaida-Netzwerks durch die CIA anlässlich des Krieges zwischen der Sowjetunion und Afghanistan (1979–1989).«

84 Vgl. zum Film auch: *Schäfli* 2003, , 59, 131, 138f.; *Hüetlin* 2001; *Borcholte* 2001 und *Walsh* 2001b. – Zu weiteren 14 Dokumentar- und Spielfilmtiteln über den Pearl Harbor-Angriff zwischen 1942 und 2001: *Films about Pearl Harbor* http://history.sandiego.edu/gen/filmnotes/pearl-films.html .

85 Mit Blick auf seine Pentagon-geförderten Titel ARMAGEDDON (1989) und PEARL HARBOR (2001) sowie die beiden BAD BOYS-Teile (1995/2003) und THE ROCK (1996) darf Regisseur Michael Bay als kongenialer Partner des reaktionären Produzenten Bruckheimer gelten.

86 So der gekürzte Text nach der deutschen Synchronisation. Vgl. den Orginaltext: *Franklin D. Roosevelt's Pearl Harbor Speech* (December 8, 1941) http://ben.boulder.co.us/government/national/speeches/spch2.html . – US-Historiker Lawrence H. Suid meint zur Wirkung der vorangegangenen Kriegsfilmproduktionen: »Dem Militär war natürlich klar, dass es Krieg geben würde. [...] Man drehte viele Filme, die die Kriegsbereitschaft demonstrieren sollten: I WANTED WINGS, FLIGHT COMMAND und schließlich DIVE BOMBER, den ersten farbigen Kriegsfilm. Alle diese Filme zeigten, wie sich das Militär auf die Verteidigung der USA vorbereitete. Das Problematische an diesen Filmen war, dass sie das amerikanische Volk in Sicherheit wiegten. ›Wir haben den Atlantik und Pazifik und sind somit unangreifbar.‹ Das Traumatische an ›Pearl Harbor‹ war also nicht nur die Zerstörung der Flotte, sondern vor allem, dass all diese Ende der 30er, Anfang der 40er gedrehten Filme Lügen gestraft wurden. (Zitiert nach dem Dokumentarfilm: OPÉRATION HOLLYWOOD, Frankreich 2004.)

87 Vgl. *Schäfli* 2003, 41, 139, der die »simple Dreiecksgeschichte« mit Beispielen als »zeitgemäße Entsprechung zahlloser früherer Kriegsfilme« bewertet. Vorbild für das Klischee ist bereits FLYING TIGERS (USA 1942).

88 *Schäfli* 2003, 57.

89 Die von Karl Heinz Siber besorgte deutschsprachige Ausgabe des Buches von Robert B. Stinnett hat der Frankfurter Verlag Zweitausendeins unter einem etwas reißerischen Titel 2003 herausgegeben: »Pearl Harbor – Wie die amerikanische Regierung den Angriff provozierte und 2476 ihrer Bürger sterben ließ«. Die Diktion des Buches ist indessen eher nüchtern. Wenn auch nur ein Zehntel der mit akribischen Quellennachweisen belegten Erkenntnisse

allein zum Thema »kryptologische Dechiffrierung« zutreffen, muss sich das Drehbuch von PEARL HARBOR nicht nur Nachlässigkeit, sondern auch bösartige Geschichtspolitik vorwerfen lassen.

[90] Mit BRAVEHEART (1995), PEARL HARBOR (2001) und WE WERE SOLDIERS (2002) hat Wallace zu drei rechtslastigen Kriegsfilmproduktionen unter Militärbeteiligung das Drehbuch geliefert.

[91] Vgl. *Hüetlin* 2001.

[92] Zitiert nach: *Bröckers* 2002, 79; vgl. zum folgenden: *ebd.*, 78f.; 100f.; *Stinnett* 2003, sowie als Quellenfundus zu den Untersuchungen im US-Kongress: *Morgenstern* 1998.

[93] Zur Militärbeteiligung bei TORA! TORA! TORA! teilt http://www.imdb.com neben Hinweisen auf benutzte Schiffe etc. mit: »The U.S. Navy's Office of Information was inundated with complaints from U.S. citizens when the military agreed to allow active U.S. servicepersons to participate in the recreation of the attack on Pearl Harbor, which some viewed as glorifying Japanese aggression and showing Americans as unprepared. [...] Although numerous active duty US Navy personnel appeared in the movie, they were only allowed by the Navy to work during their off-duty hours, and the production had to pay them as they would any other extras.«

[94] An die kriegsfördernde US-Strategie eines faktischen Ölembargos für Japan (u. a. Einfrieren der japanischen Guthaben im Juli 1941, Sanktionen Großbritanniens und der Niederlande) erinnert Detlef Junker, in: *Lösche/Loeffelholz* 2004, 146.

[95] Der Freedom of Information Act (FOIA) regelte in den USA bereits seit 1966 den Zugang zu Regierungsinformationen. Beschlossen hatte der Kongress das Gesetz, nachdem Bürgerrechtsorganisationen vergeblich Auskünfte über die Verstrahlung durch Atomtests und andere Fragen verlangt hatten. (Besonders auch Recherchen zum Mord an J.F. Kennedy stützen sich auf die im Gesetz eröffneten Möglichkeiten.) Die z. B. in *Stinnett* 2003 (US-Erscheinungsjahr 2000) berücksichtigten Aktenbestände wären für die Macher von PEARL HARBOR leicht erschließbar gewesen; Richard Fleischer und Drehbuchautor Larry Forrester konnten sie hingegen 1969 für TORA! TORA! TORA! noch nicht berücksichtigen. – In vielen Details, die die Frage nach einem Vorwissen nicht berühren, folgt die Bruckheimer-Produktion dem älteren Vorbild und überzeichnet. Der Einsatz von zwei US-Piloten wird z. B. dramatisiert und in den Mittelpunkt gestellt.

[96] Nach *Stinnett* 2003, 458-461 (Faksimiles) handelt es sich historisch um einen Hinweis, den – mit der Unterschrift »Marshall« – Kriegsminister Henry L. Stimson am 27. November 1941 auf Wunsch des US-Präsidenten verschickt hat.

[97] Zitiert nach dem Dokumentarfilm: OPÉRATION HOLLYWOOD (Frankreich 2004).

[98] Zitiert nach dem Dokumentarfilm: OPÉRATION HOLLYWOOD (Frankreich 2004).

[99] Für Flugsimulationen bietet der Stoff »Pearl Harbor« einen häufig benutzten Rahmen. – Zu Computerspielen, die sich eng an die Weltkriegsfilme SAVING PRIVATE RYAN, PEARL HARBOR und ENEMY AT THE GATES anlehnen vgl. *Gieselmann* 2002, 69f.

[100] Zitiert nach: *Chomsky* 2001, 117; vgl. *ebd.* zum Thema: S. 116f. – Zum Hintergrund der Brandangriffe teilt *Assheuer* 2004 in seiner Besprechung des Dokumentarfilms THE FOG OF WAR mit: »McNamara [später Kriegsminister unter Kennedy und Johnson, *Anm.*] war damals [...] eine Art Effizienzberater der Air Force. Er kam gerade von der Harvard Business School, übertrug sein betriebswirtschaftliches Einmaleins auf die Ökonomie des Krieges und fand heraus, dass sich die Einsätze der B-29 ›nicht rechneten‹. Ab sofort wurden die Maschinen mit Brandbomben bestückt [...] Der furchtbare Curtis E. LeMay, der McNamaras Bericht in die Finger bekam, legte Tokyo und 66 andere Städte in Schutt und Asche. [...] Dabei starben fast eine Million Zivilisten, schon vor dem Abwurf der Atombombe.«

V. Die Rückkehr des Zweiten Weltkrieges

[101] In THE FOG OF WAR (USA 2004) bestätigt Robert S. McNamara als Zeitzeuge recht deutlich, dass die Brandbombeneinsätze über Japan vom US-Militär als *vorsätzliches* Kriegsverbrechen begangen wurden! Eindrucksvoll werden in diesem Dokumentarfilm die japanischen Ziele (nebst Opferzahlen) mit US-amerikanischen Städten gleicher Größenordnung verglichen.

[102] Vgl. Beispiele bei *Schäfli* 2003, 37, 41, 45, 52, 89-92. *Noack* 2001 teilt über US-Filme während des Zweiten Weltkriegs mit: »Für die unerfreuliche Regel stehen Machwerke wie Robert Floreys GOD IS MY CO-PILOT (1945), in dem der liebe Gott persönlich einen Piloten (Dennis Morgan) dazu ermuntert, Bomben auf japanische Zivilisten zu werfen. In Howard Hawks' AIR FORCE (1943) fällt der Ausdruck ›fried Jap‹ – Peter Stein würde sagen: ›gegrillter Japaner‹. In Ray Enrights GUNG HO! (1943) werden Japaner als ›Affen‹ bezeichnet, ›die in den Bäumen leben‹. Der Hauptdarsteller Randolph Scott erklärt ganz unverhohlen, wie die Mission der Soldaten lautet: ›Wir müssen jeden Jap auf der Insel töten‹. In Lewis Seilers GUADALCANAL DIARY (1943) sagt Lloyd Nolan: ›Man tötet oder wird getötet – und außerdem sind diese Japaner ja gar keine richtigen Menschen‹. 1944 ergab eine Umfrage, dass 13 Prozent der Amerikaner die Liquidierung aller Japaner befürworteten. Eine unbeabsichtigte Nebenwirkung der rassistischen anti-japanischen Filme war übrigens, dass schwarze US-Soldaten mit dem Feind sympathisierten.« Der Stereotyp des asiatischen Schurken taucht freilich bereits im Science Fiction der 30er Jahre auf: vgl. *Fritsch/Lindwedel/Schärtl* 2003, 15. Auf die Dehumanisierung der Japaner (»Affen, Ratten, Tiere«) weist im Zusammenhang der Atombombe auch *Richter* 2002, 111 hin. – Sogar für das Hollywood der Gegenwart berichtet *Remler* 1998a von rassistisch wirkenden Ressentiments gegenüber Asiaten.

[103] Im Gegensatz zu *Noack* 2001 kann ich (gerade auch beim Vergleich mit TORA! TORA! TORA!) nicht erkennen, dass dieser Anspruch wo eingelöst wird.

[104] Vgl. *Etges* 2003, 169; *Frey* 2004, 88-91 (dort auch das nachfolgende DeWitt-Zitat).

[105] Die Geschichte von COME, SEE THE PARADISE (USA 1990): Jack Mc Gurn, US-Gewerkschafter mit irischer Herkunft, und Lilly Kawamura, japanisch-stämmige US-Bürgerin, verlieben sich. Lillys Vater ist mit einer Heirat nicht einverstanden. Doch auch den kalifornischen Gesetzen müssen die beiden nach Seattle entkommen, wo Japaner auch Nicht-Japaner heiraten dürfen. Jack ist wegen erneuten gewerkschaftlichen Engagements in der Fischfabrik (trotz des seit 1914 verbrieften Demonstrationsrechts) verhaftet worden. Später wird ihm der Dienst in der U.S. Army als Alternative zum Gefängnis angeboten. Lilly kehrt mit der kleinen Tochter zur Familie zurück. Nach dem japanischen Angriff auf Pearl Harbor ist ihr Vater bereits verhaftet worden. Das FBI durchsucht alle japanischen Haushalte. Im Alltag geraten japanische Erwachsene und Kinder in allen Lebensbereichen in Situationen von Hass und Diskriminierung. Japanische Geschäfte werden demoliert. Mit Schildern wird die Unerwünschtheit japanischer Kunden angezeigt. (Der Weihnachtsmann weigert sich, die Tochter, die kleine Mini, auf den Schoß zu nehmen.) Trotz US-Bürgerschaft gilt: »Für sie waren wir keine Amerikaner mehr. Für sie waren wir Feinde.« Nach Roosevelts Verfügung Nummer neun kommt es tatsächlich zur Internierung aller Japaner. Dass viele als hier Geborene die US-Staatsbürgerschaft haben, ausgesprochen US-patriotisch gesonnen sind, oft nicht einmal japanisch sprechen und voll und ganz in der US-Kultur assimiliert sind, all das spielt keine Rolle. Lillys kleiner Bruder Frank fragt: »Ob die uns wohl zurück nach Japan schicken? Ich war noch nie in Japan!« – Vor der Internierung müssen die japanischen Familien ihr Hab und Gut für Schleuderpreise verkaufen. Das erste Lager von Lillys Familie besteht aus ehemaligen Pferdeställen. Das zweite Lager ist mit Stacheldraht geschützt. Frauen, die die US-Staatsangehörigkeit haben, dürfen dort für 14 Dollar im Monat Tarnnetze für das Militär herstellen. Hier wird es zu Aufständen kommen, bei denen Japaner erschossen

werden. In den Internierungslagern gibt es die patriotisch Duldenden, die auch im Lager die US-Flagge ehren, und die Widerständler. Lilly steht dazwischen: »Welches Gesetz schützt denn unschuldige amerikanische Bürger davor, grundlos eingesperrt zu werden?« Wer den patriotischen Fragebogen richtig ausfüllt, darf zum Militär. Viele »Neinsager« werden mit Japan für gefangene US-Soldaten ausgetauscht. Einer von Lillys Brüdern fällt im Krieg für die USA, und die Mutter bewahrt ein Fähnchen »Serving our Country« auf. Ihre Schwester wird auf einem Ernteeinsatz, für den sie das Lager verlassen durfte, schwanger. – Lillys Vater, von den Landsleuten im Lager zu Unrecht verdächtigt, bei seiner FBI-Festnahme Denunzierungen vorgenommen zu haben, zerbricht seelisch und findet während der Internierung den Tod. Jack wird immer wieder – auch unter unrechtmäßiger Entfernung vom Militär – seine Frau Lilly und seine kleine Tochter im Lager besuchen. Überall unter anderen US-Amerikanern findet er keinen, der die Ungerechtigkeit der Situation vorurteilsfrei versteht. – Im Dezember 1944 erklärt der Oberste Gerichtshof der USA die Internierungslager für verfassungswidrig. Lillys Familie hat ihr Heim verloren und wohnt auf der Erdbeerplantage einer Tante. Lilly erzählt nach Kriegsende der kleinen Tochter von Hiroshima, wo am 6. August über 100.000 Menschen in nur neun Sekunden den Tod gefunden hätten. Die beiden sind auf dem Weg zum Bahnhof, wo sie Jack als Kriegsheimkehrer in Empfang nehmen wollen. Das ist das Happy End des Films.

[106] In dieser Literaturverfilmung wehrt sich die Ehefrau eines japanisch-amerikanischen Angeklagten gegen pauschale Lamentos über »die Ungerechtigkeit der Welt«: »Ich spreche nicht gleich vom ganzen Universum. Ich meine die Menschen.« – Menschen mit Namen und Gesicht sind für die Internierung japanisch-stämmiger US-Bürger während des Zweiten Weltkrieges in kalifornischen Lagern, für hinterlistigen Landraub an einer internierten Familie und schließlich für die rassistische Justiz gegen einen Japano-Amerikaner noch am 9. Jahrestag des Pearl-Harbor-Angriffs verantwortlich! – Man erinnert sich an Bertolt Brecht: »*Wenig Mut ist dazu nötig, über die Schlechtigkeit der Welt und den Triumph der Rohheit im allgemeinen zu klagen und mit dem Triumphe des Geistes zu drohen, in einem Teile der Welt, wo dies noch erlaubt ist.*« (Brecht, Bertolt: *Fünf Schwierigkeiten beim Schreiben der Wahrheit, Paris 1938.*) – Der unbestechliche Rechtsanwalt in SNOW FALLING ON CEDARS formuliert seinen Einspruch gegen Gleichgültigkeit und Prä-Justiz bescheidener: »*Das Schicksal beherrscht jeden Winkel der Welt – mit Ausnahme vielleicht der innersten Tiefen unseres Herzens.*« Am Ende erweist sich der Anlass zur Mordanklage als nichtig; es handelt sich schlicht um ein Unglück. Leider präsentiert der Film die Erinnerung an den US-Kriegsdienst des verdächtigten Japaners fast wie ein entlastendes Indiz.

[107] Noack 2001 nennt auf dem Hintergrund anti-japanischer Lynchaktionen noch den Spätwestern BAD DAY AT BLACK ROCK (1955) von John Sturges und zu den Internierungen John Kortys TV-Drama FAREWELL TO MANZANAR (1976).

[108] Der Film suggeriert mit anderen Bildern, Chaplin's THE GREAT DICTATOR werde in allen Kinos des Landes gezeigt. – Der machtbewusste Roosevelt wird in der Literatur zuweilen als erster medienbewusster PR-Präsident der USA charakterisiert.

[109] Orig.: »America suffered, but America grew stronger. It was not inevitable. The times tried our souls and through the trial we overcame.«

[110] Original: »To stand upon ramparts and die for our principles is heroic, but to sally forth to battle and win for our principles is something more than heroic.«

[111] Zitiert nach: *Blomert* 2003, 6.

[112] Für die US-Politik ist diese Anfrage offenbar stets unerträglich. Präsident Carter konstatierte 1977, die USA trügen weder Schuld noch Verantwortung gegenüber Vietnam. Als nach dem Golfkrieg 1991 durch eine US-amerikanische Lenkrakete ein Airbus über dem

V. Die Rückkehr des Zweiten Weltkrieges

Arabischen Golf mit über 200 Menschen abgeschossen wurde, erklärte Präsident Bush Sen., er werde sich niemals für die Vereinigten Staaten von Amerika entschuldigen.

[113] Vgl. dazu *Chomsky* 2001, 117f. – Selbstredend geht es hier nicht um einen historischen Vergleich zwischen Japan und den USA!

[114] Flugblatt der »Menschen für den Frieden« und des »Ökumenischen Friedensnetzes Düsseldorfer Christinnen & Christen« vom August 2002.

[115] *Virilio* 1989, 17.

[116] Vgl. die zusammenfassende Darstellung des Themas in: *Frey* 2004, 101-108; zum Hiroshima-Piloten Eatherly und zu weiteren Aspekten auch: *Richter* 2002, 106-114.

[117] Vgl. dazu den Abschnitt »3. Das Thema ›Atombombe‹ im Spielfilm« in: *Geschwinde* 1994.

[118] Zitiert nach: *Lifton* 1994, 164.

[119] Vgl. *Drewermann* 2002a, 56f.

[120] Zitiert nach: *Fuchs* 2003. – Der dort zitierte, schier unglaubliche Redetext des Generals enthält auch folgende Passage: »Wir sind die Guten, die anderen sind die Bösen, nichts ist relativ! Sprecht es mir nach, macht euch endlich frei von euren Skrupeln! Leute, denkt einfach daran, wenn wir sagen, ›wir sind die Guten‹, dann heißt das nicht, ›wir sind perfekt‹! Klar? Aber es ist Tatsache, dass unser Land trotz aller Fehler und Missgriffe historisch immer das größte Leuchtfeuer der Freiheit, der Wohltätigkeit, der Tüchtigkeit und des Mitgefühls war. Wenn ihr einen Beweis dafür braucht, öffnet alle Grenzen dieser Welt und schaut, was passiert. In zwölf Stunden wird die Welt nur noch eine Geisterstadt sein.«

[121] Vgl. die Auswahl von 100 Titeln auf: http://www.conelrad.com/conelrad100/index.html; ebenso den Abschnitt »Atomkriegsfilme« bei: *Strübel* 2002a, 51-61.

[122] Die Handlung von THE DAY AFTER: Das »Unvorstellbare«, der beidseitige Einsatz von Atomwaffen durch die USA und die Sowjetunion, ist eingetreten. Kansas City liegt in Trümmern. Ein zivilisationsloser Urzustand, in dem jeder gegen jeden kämpft, dominiert das Straßenbild. Plünderungen und Mord sind an der Tagesordnung. (Private Schusswaffen sind offenbar noch reichlich vorhanden.) In den Krankenhäusern kämpfen Mediziner wie Dr. Oates mit einem Übermaß an Leiden. Schöne Menschen sind über Nacht zu unansehnlichen Greisen geworden. – Den Ausgangspunkt erfahren wir nur im Licht von US-Medien, die die UdSSR als Aggressor vorstellen und einen russischen Einmarsch in Teile der Bundesrepublik berichten. Die Kommentare im Vorfeld der sich anbahnenden Katastrophe sind kennzeichnend. Ein Kollege von Dr. Oates: »Wissen Sie, wir sprechen jetzt nicht mehr über Hiroshima. Hiroshima war dagegen ein Kinderspiel!« Eine Studentin will nicht an die drohende Eskalation glauben: »Um die Deutschen zu retten, werden wir doch keine Atombomben werfen. Ich meine, wenn es um das Öl in Saudi-Arabien ginge, dann würde ich mir Sorgen machen!« – Eine schwangere Frau konstatiert nach der Katastrophe: »Wir wussten seit 40 Jahren, dass das passieren kann. Niemanden hat es wirklich interessiert!« – Die US-Flagge hängt zerfetzt an einem umgeworfenen Gestell. Ein Prediger bezieht die Texte der Apokalypse auf das nukleare Ereignis: »Feuer fiel auf die Erde [...] aus dem Rauch kamen Heuschrecken!« Die in einer Kirchenruine versammelte Gemeinde will er von jenen unterscheiden, die nicht das Siegel Gottes auf ihrer Stirn tragen: »Wir aber, die wir hier heute versammelt sind, zählen zu Gottes Dienern. Wir danken Dir o Gott, Allmächtiger Gott, dass Du Deine Diener belohnst und diejenigen, ob groß oder klein, die Deinen Namen ehren [...] und dafür, dass Du die Zerstörer dieser Welt zerstörst.« (Man fühlt sich an Passagen aus »Die Pest« von Albert Camus erinnert.) – Der US-Präsident hält am Radio mit sicherer Stimme eine Ansprache. Es seien vornehmlich militärische und industrielle Ziele getroffen worden. (Der Zuschauer weiß, dass das eine große Lüge ist.) Inzwischen gäbe es

einen Waffenstillstand mit der Sowjetunion. Er teilt die Trauer und Leiden der Menschen und spricht Mut für den Wiederaufbau zu. Wer nun wirklich den Erstschlag zu verantworten hat, darüber spricht er nicht: »In dieser Stunde [...] darf ich Ihnen versichern, dass Amerika diese schreckliche Prüfung überlebt hat. Wir haben nicht kapituliert. Amerika ist nicht abgewichen von den Prinzipien der Freiheit und Demokratie, deren Bewahrung wir der freien Welt gegenüber einzustehen haben. Wir sind weiterhin unerschrocken gegenüber allem, außer dem Allmächtigen Gott. [...] Wir zählen auf Sie, auf Ihre Kraft, Ihre Geduld, Ihren Willen und Ihren Mut, diese unsere große Nation wieder aufbauen zu helfen. Gott segne Sie alle!« Ausdrücklich fragt einer der Radiozuhörer: »Das war's? Mehr hat er nicht zu sagen? [...] Ich will wissen, wer den ersten Schlag getan hat!« – Die Bilder des Films hinterlassen eine tiefe Resignation. Sie zeigen Apathie und Fatalismus. Mit Einstein weiß man, dass im vierten Weltkrieg mit Keulen und Steinen gekämpft werden wird. Leichenberge säumen die Straßen. In der neuen Wildwest-Zivilisation hilft nur das Kriegsrecht. Plünderer werden standrechtlich erschossen. Ein altes Kriegerdenkmal verkündet: »In Ehrung derer, die die Freiheit verteidigt haben!« Eine Mutter will ihr Kind nicht gebären. Das Weinen geschieht lautlos. Hinter den Ratschlägen des »Amtes für nationalen Wiederaufbau« lässt sich die Wahrheit kaum verbergen: Niemand weiß wirklich, wie auf den verseuchten Böden überhaupt irgend etwas weiter gehen kann. Das Beharren auf Besitzansprüchen aus der alten Ordnung wirkt absurd. Am Schluss sucht ein Funkspruch Antwort, und man assoziiert als Suchraum das gesamte Universum: »Hallo, ist da jemand? Irgend jemand?« Im Nachspann erläutern die Macher des Films, der mögliche Atomkriegsfolgen aus US-amerikanischer Perspektive zeigt, ihre Intention: »The catastrophic events you leave just witnessed are, in all likelihood, less severe than the destruction that would actually occur in the event of a full nuclear strike against the United States. – It is hoped that the images of this film will inspire the nations of this earth, their peoples and leaders, to find the mean to avert the fateful day.« – Sehr kritisch zu diesem Film äußert sich – abweichend von unserer Bewertung: *Strübel* 2002a, 59f.

[123] General Butler zog daraus das Resümee: *Wir sind im Kalten Krieg dem atomaren Holocaust nur durch eine Mischung von Sachverstand, Glück und göttlicher Fügung entgangen, und ich befürchte, das letztere hatte den größten Anteil daran.* (*Butler* 1999.) Vgl. auch *Richter* 2002, 155 und den Abschnitt »Atomare Bedrohung« bei *Chomsky* 2004. – Als Verfilmung solcher Zusammenhänge ist etwa das B-Movie Desaster at Silo 7 (USA 1988) über die Explosion des Treibstofftanks einer Titan-Rakete in Texas am 30.8.1982 zu nennen. Die ernsten Bedrohungen für die Zivilbevölkerung werden von höchster Stelle ignoriert; in Teilen bietet der Film vor allem das gemeinsame Gebet (!) als Lösungsmöglichkeit an. Der Covertext der Videoausgabe beansprucht die Verarbeitung einer »wahren Begebenheit« und spricht von über 100 Unfällen auf US-Atomraketenstützpunkten zwischen 1977 und 1982. – Als Dokumentarfilm zum Bereich spektakulärer Unfälle mit Atombomben liegt inzwischen Nuclear 911 (USA 2004) von Peter Kuran vor. Dazu *Roth* 2004c: »32 Unfälle mit scharfen Atom- und Wasserstoffbomben von 1950 bis 1980, bei denen sechs Bomben sogar spurlos verschwanden, sind die Folgen der amerikanischen Atomwaffenpolitik im kalten Krieg. Von in der Öffentlichkeit kaum wahrgenommenen Bomberabstürzen, verschollenen U-Booten und explodierten Atomraketen-Silos berichtet« die Filmdokumentation.

[124] Vgl. dazu Kapitel XI dieses Buches.

[125] *Monaco* 1980, 254 schreibt, dass im Gegensatz zum französischen oder italienischen Kino der US-Film jener Zeit nur selten Skandale aufdeckte und politische Wirkung besaß. The China Syndrome sei »die bedeutendste Ausnahme; der Film lief nur wenige Wochen,

ehe die Fast-Katastrophe von Three Mile Island seine Story in der Realität nachvollzog«.
– Neben einer postapokalyptischen Katastrophe nach einem Atomkrieg (7. Episode »Der weinende Menschenfresser«) enthält AKIRA KUROSAWA'S DREAMS / KONNA YUME WO MITA (USA/Japan 1990) mit der 6. Episode »Fuijama in Rot« auch das Schreckensszenario nach einem zivilen Atomkraftwerk-Unglück. Dieses als Spielberg-Produktion realisierte Kurosawa-Werk ist vielleicht die weitgehendste Konzession von Hollywood an das japanische Leidensgedächtnis.

[126] Vgl. die Atombomben-Motive auf: www.myposterstore.net .

[127] Beim Dokumentar-Genre hegt auch die Armee keine großen Berührungsängste, wenn es um optische Sensationen aus Orginalaufnahmen geht. Zur Danksagungsliste des Dokumentarfilms THE ATOMIC CAFÉ (USA 1982) gehören nach http://www.imdb.com/title/tt0083590/ combined: U.S. Defense Nuclear Agency, U.S. Department of the Air Force, U.S. Department of the Army, U.S. Department of the Navy, United States Marines Corps.

[128] Dazu der Hiroshima-Augenzeugenbericht von Thomas Farrel an Präsident Truman: »Man könnte die Wirkung beispiellos, erhaben schön, gewaltig und erschreckend nennen. Nie zuvor hatte der Mensch etwas derart Übermächtiges geschaffen [...] Dreißig Sekunden nach der Explosion kam zuerst die mächtige Druckwelle, und fast unmittelbar darauf folgte das starke, anhaltende Donnern, ein Signal des Jüngsten Gerichts, bei dem wir Winzlinge uns fühlten, als sei es eine Blasphemie, dass wir es wagten, jene Kräfte zu entfesseln, die bis dahin dem Allmächtigen vorbehalten waren.« (Zitiert nach: *Richter* 2002, 110f.)

[129] Zu berücksichtigen wären freilich auch *kritische* Anspielungen im Rahmen von Spielfilmen. *Etges* 2003, 168 zitiert z. B. folgenden Dialog zwischen Sohn und Vater aus THE BEST YEARS OF OUR LIVES (USA 1946) von William Wyler (und Howard Koch) über US-Heimkehrer aus dem Zweiten Weltkrieg: »*Rob*: Say, you were at Hiroshima, weren't you Dad? Well, did you happen to notice any of the effects of radioactivity on the people who survived the blast? *Al*: No, I didn't. Should I have? *Rob*: We've been having lectures in atomic energy at school, and Mr. McLaughlin, he's our physics teacher, he says that we've reached a point where the whole human race has either to go to find a way to live together, or else uhm ...!? *Al*: Or else ...? *Rob*: That's right. Ore else ...«

[130] *Schäfli* 2003, 144. Der Plot von ABOVE AND BEYOND nach http://www.imdb.com: »The story of Colonel Paul Tibbets, the pilot of the Enola Gay, the bomber that dropped the atomic bomb on Hiroshima. Although unaware of the full potential of this new weapon, he knows that it is capable of doing tremendously more damage than any other weapon used before, and that the death toll resulting from it will be enormous. He is reluctant to be the person who will end so many lives, but if using it may bring an end to the war, then not doing so may result in even more lives being lost in continued ground assaults as the fighting goes on. At the same time, the intense secrecy surrounding this mission leaves him with no one he can express his thoughts and doubts to, not even his wife. As time goes on, the pressure upon him only increase.«

[131] Vgl. *Roth* 2004b.

[132] Von 1196 Besatzungsmitgliedern überlebten etwa 900; wegen des späten Eintreffens von Rettungsschiffen starben noch einmal 500. Captain McVay beging 1968 im Alter von 70 Jahren Selbstmord. Nach Pressemeldungen von 2001 plante Barry Levinson – basierend auf Doug Stanton's Buch »In Harm's Way« eine erneute Verfilmung des Stoffs mit dem Titel »The Captain and the Shark« für Warner Brothers. Bei Universal Pictures sollte der Stoff unter dem Titel »The Good Sailor« (Drehbuch: Marc Norman, David McKenna) noch einmal umgesetzt werden.

[133] Dazu schreibt *Jakoby* 1998: »Der Original-Godzilla ›Gojira‹ (Regie: Inoshiro Honda, ein

Schüler Akira Kurosawas) erstand 1954 als mutierte Meerechse aus den radioaktiv verseuchten Gewässern Japans – damals ein Land, dessen Stimmung von einem seit 45 anhaltenden Nukleartrauma gezeichnet war. Der eigentliche Entschluss zur Realisierung von Godzilla kam, als japanische Fischer 1953 im Südpazifik in den Fallout amerikanischer Atombombentests gerieten und durch die Verstrahlung bedingt (unter Anteilnahme der gesamten japanischen Bevölkerung) binnen Wochen qualvoll verstarben. Der Film, so bezeugen es seine Macher noch heute, hatte heilsam austreibende Wirkungen auf die von solchen Realängsten gequälten Japaner. Nach dem Erstling folgten bis dato 40 Nachfolgefilme. In diesen Filmen wandelte sich das Monster sehr schnell vom bösartig-schuppigen Menschenfeind zum rundlich-freundlichen Märchenmonster, zum Menschenfreund und -verteidiger.«

VI. Der »neue« Vietnam-Film: Wir waren Helden!

»Das Bild der größten Supermacht der Welt, die wöchentlich 1000 Zivilisten tötet oder schwer verwundet, um ein kleines, zurückgebliebenes Land zum Einlenken zu zwingen für ein höchst umstrittenes Ziel, ist kein schönes.« US-Verteidigungsminister Robert McNamara, Mai 1967[1]

»Die Amerikaner massakrieren diejenigen, die sie beschützen wollten. Es ist die Bankrotterklärung der Politik der USA in Vietnam.« Tageszeitung »Het Vrije Volk« (Den Haag), 1969 nach Aufdeckung der von US-Soldaten begangenen Massenmorde in My Lai[2]

Im Buch »Napalm am Morgen« stelle ich eine ganze Reihe kommerziell erfolgreicher US-Spielfilme vor, die zum Amtsantritt von Jimmy Carter und dann wieder zum Ausgang der Reagan-Ära in der zweiten Hälfte der 80er Jahre das Thema »Vietnam« mit einem durchaus *kritischen* Paradigma behandeln.[3] Dazu zählen auf unterschiedliche Weise COMING HOME (1978), THE DEER HUNTER[4] (1978), APOKALYPSE NOW[5] (1979), PLATOON[6] (1986), FULL METAL JACKET (1987), GOOD MORNING VIETNAM (1987), BORN ON THE FOURTH OF JULY (1989), CASUALTIES OF WAR (1989) und HEAVEN AND EARTH (1993). Im Vordergrund stehen die Leiden der US-Soldaten und Veteranen. Aber auch auf Massenvernichtungstechnologie der Supermacht gegen die Zivilisten eines der ärmsten Entwicklungsländer, auf Folter, Vergewaltigung und besondere Morde als Kriegsverbrechen sowie auf die Verformung von Individuen zu Killern in der Militärausbildung fällt Licht. Die breite Protestbewegung in den USA wird im Ansatz gewürdigt. Einzelnen Titeln gelingt sogar ein zaghaftes Hineinfinden in die *vietnamesische* Perspektive. Dieser Kanon, in dem zum Teil Veteranen ihre eigenen Erfahrungen als Kulturschaffende verarbeiten und mit dem Hollywood wertvolle oppositionelle Entwicklungen in der US-Gesellschaft aufgreift, fungiert bis heute als Sand im Getriebe der Militarisierung.[7] Einzelne Autoren führen die kritische Tradition fort. Phillip Noyce hat beispielsweise die Verunstaltung einer kritischen Romanvorlage von Graham Greene über US-Vietnamoperationen der frühen 50er Jahre durch das Hollywood-Kino nach fast fünf Jahrzehnten revidiert: THE QUIET AMERICAN (USA/Australien 2002).[8]

1. Die Geschichte muss korrigiert werden

Die für US-Kriegspolitiker gefährlichste Parole beschwört immer noch »ein neues Vietnam«.[9] Gegenwärtig zeigen die Eskalationen im Irak, wie phantasierte oder konstruierte Geschichtserinnerungen noch nach drei Jahrzehnten eine rationale Analyse

VI. Der „neue" Vietnam-Film

wirklicher Verhältnisse verhindern. Selbst bürgerliche, US-freundliche Zeitungen verlassen in Europa den zurückhaltenden Ton. So heißt es am 15.11.2004 in der *Welt*: »Es war nur ein Detail, aber es sagte viel über das amerikanische Vorgehen in Falludscha. In Dokumentaraufnahmen des britischen Senders Channel 4 war ein US-Soldat zu sehen, in einiger Entfernung ein verletzter irakischer Kämpfer. Der Soldat zielte und schoss. Dann sagte er: ›He's gone‹ (›Weg ist er‹). Vor der Schlacht war diesem Soldaten wie allen US-Truppen klar und im Beisein der ›eingebetteten‹ Journalisten gesagt worden, wie sie sich in der Stadt verhalten sollten: ›Tötet alle, die ihr töten könnt.‹ Mit Ausnahme erkennbarer Zivilisten, also Frauen und Kinder. Es gab während der Schlacht vereinzelt Szenen der Menschlichkeit. Aber die meisten nichtamerikanischen Augenzeugenberichte zeichnen das Bild einer Operation, deren Ziel es war, keine Gefangenen zu machen. Die Zahlen sprechen für sich: Das US-Militär spricht von 1200 getöteten Rebellen und nur 200 Gefangenen. Verwundete kommen in dieser Statistik gar nicht vor. Die Schlacht von Falludscha war ein kalkulierter Treibkessel, die Stadt hermetisch abgeriegelt, die angreifenden Truppen auf maximales Töten aus. [...] Bomben und Granaten, und zum Schluss ›Bunkerbuster‹-Bomben, lassen die Nachricht von der ›Befreiung‹ Falludschas hohl klingen. Operation gelungen, Patient tot, so könnte das Ergebnis zusammengefasst werden.«[10]

Nach dem Krieg in Südostasien sprachen die reaktionärsten Kreise der US-Politik gerne vom Vietnamsyndrom, von einer »krankhaften Hemmung« der USA, ihre militärische Stärke auch wirksam einzusetzen. Im Grunde genommen war damit die neue Aufgeklärtheit der US-Amerikaner gemeint, die nicht mehr ohne weiteres bereit waren, den Weltmachts- und Kriegsplänen ihrer Regierenden zu folgen und die Außenpolitik des »militärisch-industriellen Komplexes« weiterhin als etwas zu akzeptieren, das vom demokratischen Prozess der Gesellschaft völlig abgekoppelt ist. Die sich daraus ergebende Notwendigkeit bringt Noam Chomsky auf den Punkt: »Seit dem Ende des Vietnamkriegs hat es *gewaltige* Anstrengungen gegeben, seine Geschichte umzuschreiben. Zu viele Leute, darunter Soldaten und jugendliche Kriegsgegner, hatten begriffen, was sich in Vietnam wirklich ereignet hatte. Das war schlecht und musste korrigiert werden. Die Leute sollten einsehen, dass alles, was wir machen, edel und rechtens ist.«[11]

Wie könnte es nun gelingen, die Erinnerung an Kriegslügen von drei Präsidenten, an schwerste Kriegsverbrechen der eigenen Nation, an eine unberechenbare Politik im Weißen Haus, an drei oder vier Millionen Tote in Südostasien, an 58.167 – zumeist sehr junge – tote US-Soldaten, an Napalm und Anti-Personen-Minen, an die vermutlich umfangreichste und grausamste chemische Kriegsführung der gesamten Geschichte, an kaputte Kriegsprostituierte und Waisen in Vietnam, an die Leiden der US-Veteranen und an das historisch nachhaltigste Widerstandsmodell der Menschen in den Vereinigten Staaten schleichend aus dem kollektiven Gedächtnis zu verdrängen?[12] Diese Frage wird exemplarisch auch beantwortet durch die in diesem Kapitel

VI. Der „neue" Vietnam-Film

berücksichtigten Modelle des US-Kinos bis hin zu WE WERE SOLDIERS (USA 2001), dem derzeit aktuellsten Vietnamprodukt aus Hollywood und dem Pentagon.

Abweichend vom sonstigen Vorgehen in dieser Studie benenne ich in diesem Kapitel vorab grundlegende Elemente und Strategien der propagandistischen Vietnamkriegs-Geschichtsschreibung im Kino, die sich bereits aus meiner ersten Veröffentlichung zum Kriegsfilm ergeben.[13] Sie lassen sich einfach zusammenfassen:

1. Das eigentlich Schändliche dieses Krieges liegt im *Verrat der »Heimatfront«* (Protestbewegung, zögernde Politiker, kritische Medien etc.). Diese »Dolchstoßlegende« vom Feind im Inneren hat ab 1969 bereits Richard Nixon geschürt. Ihr prominentester Erzähler ist später Ronald Reagan. Der Vietnamfilm transportiert diesen Mythos der Rechten in zahlreichen Beispielen. In der Gegenwart erscheint fehlender Patriotismus in Kriegszeiten wieder als »unamerikanisch« und fast kriminell.
2. Da die US-Truppen nach Ansicht der Revisionisten selbst nie eine Schlacht in Vietnam verloren haben, lässt sich der Krieg ehrenvoll im Ausschnitt und zwar in Form *siegreicher Etappen* erinnern. Dieses Muster kommt aktuell wieder zum Tragen.[14] Schon sehr früh ist es im Kino weiterentwickelt worden: Muskelstrotzende Vietnamveteranen erscheinen als fähige Einzelkämpfer gegen Kriminalität und Ungerechtigkeit in der US-Gesellschaft oder verhelfen auf internationalen Schauplätzen der »Freiheit« zum Sieg. In diese Kategorie gehört der bereits in Kapitel IV.3 besprochene Rambo-Komplex. Das Ziel: *Supermacht-Action* soll die Kriegsmoral der Bevölkerung anheben.
3. Naheliegende historische Fragen zu Kriegsgründen und zu Kriegslügen von drei US-Präsidenten sind auszublenden. Da die eigenen Motive in Südostasien durchweg ehrenvoller Natur waren, ist dem internationalen *Tätervorwurf* entgegenzuhalten, welche *Leiden* die Vereinigten Staaten für ihre hohe Mission erdulden mussten. Am Ende sind nicht die Vietnamesen, sondern die USA das eigentliche, unschuldige Opfer! Sogar Jimmy Carter hat als Präsident diese infame Verdrehung der historischen Verhältnisse aufgegriffen und – als bekennender Christ – eine Vergebungsbitte seiner Nation abgelehnt.[15] Am harmlosesten verarbeiten solche Filme diese Sicht, die wie der vom Militär unterstützte Titel JACKNIFE[16] (USA 1988) beim Blick auf das Elend von US-Veteranen die Leiden der Menschen Vietnams einfach ausklammern. (Fehlende Empathie hinsichtlich des verwundeten oder getöteten Feindes ist im Kriegsfilmgenre ohnehin obligat.) Eine hysterische Kampagne der *eigenen Opferstilisierung* wurde während der Reagan-Ära in die Medien und Kinos lanciert. Man behauptete im Rahmen eines wahren Kreuzzuges – frei erfunden – eine anhaltende Kriegsgefangenschaft zahlreicher US-Soldaten in Südostasien.[17] Mit welchen reaktionären Wahnbildern in diesem Zusammenhang die Leiden der Soldateneltern und Veteranen instrumentalisiert werden, zeigt – stilbildend – UNCOMMON VALOR[18] (USA 1983). Diese menschenverachtende und rassistische Milius-Produktion missbraucht den Ruf des Protestes (»Bring our brothers

VI. Der „neue" Vietnam-Film

home!«), um den sinnlosen Tod so vieler junger US-Amerikaner zu verleugnen und das Kriegshandwerk zu verherrlichen.

4. Eine Antwort auf die angeblich zerfleischende und deprimierende Selbstkritik des »Vietnamkomplexes« bieten im Kino auch *komödiantisch* angelegte Filmproduktionen, die für Kinder zugeschnittene US-Lieferung eines heiligen Elefanten an ein vietnamesisches Bergdorf (OPERATION DUMBO DROP[19], 1995), das heilende Melodrama, in dem die Aufnahme kritischer Reflexe suggeriert wird, der Blick auf die Gräueltaten der *anderen* oder die rückwirkende Beleuchtung der vermeintlich guten Absichten von Kriegspolitikern wie Präsident Johnson im historisch angelegten Politfilm.[20] Einige Titel – so etwa GARDENS OF STONE[21] (1987), HAMBURGER HILL (1987) und auch Schumachers TIGERLAND[22] (2000) – greifen das unbequeme Vietnamfilmparadigma irgendwie auf, machen es jedoch durch reaktionäre Weltbilder oder eine militärfreundliche Grundhaltung unschädlich. Dergleichen kann nach Pentagon-Richtlinien problemlos gefördert werden.

5. Das Ziel ist erreicht, wenn ohne jede Rücksicht auf die Geschichte »Vietnam« wieder zum Schauplatz eines gleichsam *zeitlosen Heldentums* werden kann. Einen solchen fraglosen Ausgangspunkt hatte der im nächsten Abschnitt behandelte Klassiker der Vietnamkriegs-Propaganda noch nicht zu bieten.

2. The Green Berets (1968):
Ein Klassiker, über den Präsident Johnson gut unterrichtet ist

Zur Vorbereitung des US-»Engagements« in Südostasien und zur Flankierung des Vietnamkrieges hat das Kino der Vereinigten Staaten einige Beiträge geleistet.[23] Das Sponsoring einiger Titel steht in der Tradition jener US-Kriegsfilme, die als *Staatskunstwerke* auf den Markt kommen. To THE SHORES OF HELL (1965) erzählt im Rahmen der Landung von Marines in Da Nang von der Grausamkeit des »Vietcong«. »Der Film wurde mit großer Unterstützung des Marine Corps realisiert und war als eine Art Propaganda für diese Truppengattung gedacht. Zur Verfügung gestellt wurden, neben zahlreichen Marines als Statisten, auch umfangreiches Gerät wie Hubschrauber, Landungsboote usw. Darüber hinaus beschwört beispielsweise der Titel die Hymne des Marine Corps ›From the halls of Montezuma, to the shores of Tripoli ... ‹«[24]

Um einen geheimen vietnamesischen Goldfundus geht es in RUN WITH THE DEVIL (USA 1966). »In der ursprünglichen Fassung war der Hinweis enthalten, dass der Goldschatz von dem südvietnamesischen Präsidenten Ngo Dinh Diem versteckt wurde. Diese Version missfiel den US-Behörden, die Bayers Film großzügig mit Geldern unterstützt hatten. Zu leicht konnte der Eindruck entstehen, dass die amerikanische Finanzhilfe für das südvietnamesische Regime in die Taschen korrupter Politiker floss.«[25] Ersetzt wurde Diktator Diem, ein Zögling der USA, im Drehbuch dann kurzerhand durch eine andere Korruptionsquelle: den »Vietcong«.

VI. Der „neue" Vietnam-Film

Volle Unterstützung des Verteidigungsministeriums genoss hernach das Vietnamkriegsepos THE GREEN BERETS (1968) von und mit John Wayne. Zum Stab gehörten ein Project Officer des Department of Defense, ein Special Forces Advisor und ein hochrangiger Vertreter des Fort Benning Project Office. Zur Verfügung gestellt wurden Armeelager, Hubschrauber, ein umfangreiches Waffenarsenal und Truppendienste. – » Much of the film was shot in 1967 at Ft. Benning, Georgia, hence the large pine forests in the background rather than tropical jungle trees. Some of the ›Vietnamese village‹ sets were so realistic they were left intact, and were later used by the Army for training troops destined for Vietnam. [!] The colonel who ran the jump school (and who was seen shooting trap with John Wayne) was the real jump school commandant and a legendary commander of U.S. paratroopers.«[26] – Von den Gesamtkosten, die der kritische Kongressabgeordnete Benjamin S. Rosenthal auf etwa eine Million Dollar schätzte, wurden weniger als 19.000 Dollar in Rechnung gestellt.[27] Dieses herausragende Projekt der US-Vietnamkriegs-Propaganda hatte zudem »die uneingeschränkte Billigung Präsident Johnsons gefunden, der laufend über den Stand der Dreharbeiten unterrichtet wurde.«[28] Johnson, der seinen Militärs diesen Krieg im Fall eines Wahlsiegs versprochen und gleichzeitig seine Wähler mit Friedensrhetorik gewonnen hatte, brauchte die Schützenhilfe im Kino.

US-Journalist Dave Robb erinnert an die historische Bedeutung des Films in der politischen Auseinandersetzung um Staatskunst: »THE GREEN BERETS war ein Projekt, das John Wayne machen wollte, und er schickte Briefe an Lyndon Johnson, in denen er bat, ihm die Hilfe des Militärs zu verschaffen, was Johnson auch tat. Sie rollten praktisch den roten Teppich aus und gaben den Filmmachern alles umsonst. Die im Film gezeigten Truppen sind echte amerikanische Armeeangehörige, die Geschütze, die Waffen, alles wurde praktisch kostenfrei geliefert. Es gab dazu auch eine Anhörung im Kongress. Ein mutiger Kongressangehöriger stand auf und kritisierte, dass hier ein kriegsverherrlichender Film mit amerikanischen Steuergeldern finanziert werde. Letztendlich behauptete das Militär dann, nichts mit der Produktion des Films zu tun zu haben, was in gewisser Weise auch stimmte. Die Idee wurde Johnson von John Wayne unterbreitet. Johnson förderte den Film. Doch das Militär hat ihn von Anfang an geprägt. Es machte Dialogvorschläge und beeinflusste die Handlung. Das Militär war stark beteiligt und log bei diesen Anhörungen, indem es behauptete, nichts mit dem Inhalt des Films zu tun zu haben.«[29]

Dem Film THE GREEN BERETS liegt der gleichnamige Bestseller von Robin Moore zugrunde, der 1965 die von Kennedy als Freiheitsmissionare forcierten Spezialeinheiten in den USA sehr populär werden ließ. Die rassischen Anschauungen der Vorlage spiegeln sich im Film wieder, auch wenn das Casting einige Rollen mit Alibi-Afroamerikanern besetzt. Die südvietnamesische Befreiungsfront, so offenbarte Produzent Michael Wayne in Stellungnahmen ganz offen, ist nach dem Western-Feindbild des bösen Indianers gezeichnet. Patriotismus und Militarismus überschreiten durchge-

VI. Der „neue" Vietnam-Film

hend – nicht nur nach pazifistischen Maßstäben – die Erträglichkeitsgrenze. Die propagandistischen Muster sind denkbar schlicht gestrickt: Die *Special Forces* sind überall auf dem Globus einsetzbar, »um befreundeten Nationen gegen feindliche Aggression und Infiltration Hilfe zu leisten, auch bei unkonventioneller Kriegsführung«. Die Waffenfunde in Vietnam beweisen mit ihren sowjetischen oder chinesischen Kalibern, dass es nicht um einen Bürgerkrieg, sondern um »kommunistische Weltherrschaft« geht. Das einzige Ziel des »Vietcong« ist die Ermordung von zivilen Führungskräften sowie die Folterung von Frauen und Kindern. Presseanfragen nach dem *langwierigen* Weg zu einer Demokratie in Südvietnam sind mit einem historischen Hinweis auf die Bearbeitungsdauer der US-Verfassung (1776-87) zufriedenstellend beantwortet.

Die US-Soldaten reißen sich förmlich um einen Einsatz in Südvietnam und strahlen bei ihrer Ankunft in Südostasien. Colonel Kirby (John Wayne) behandelt die südvietnamesischen Hilfsmilitärs, die ihn bewundern und Military-*Cowboyhüte* tragen, mit jovialem Wohlwollen. Unentwegt betont er, wie schön Vietnam und Gottes wunderbare Welt ohne den Krieg sein könnten. Das zu schützende südvietnamesische Wehrdorf heißt »Dodge City«! Die US-Präsenz dort dient dem Schutz ängstlicher Zivilisten. Die ethnischen Minderheiten aus den Bergdörfern und ihre »Häuptlinge« sind auch wortlos als Freunde der Supermacht zu erkennen. Die US-Sanitäter kümmern sich unentwegt – mit großer Kinderliebe – um die Gesundheitssorge der einheimischen »Vietcong«-Opfer und helfen unter Lebensgefahr bei der Entbindung von »Eingeborenen-Babys«. Kurzum: »*In Vietnam brauchen sie uns, und sie wollen uns!*«

Das dunkle Gegenbild dazu präsentieren die »Vietcong«. Diese »Schweine« schleichen sich sogar in die südvietnamesische Armee ein. (Die breite Sympathie der Bevölkerung für die Befreiungsfront wird einfach als Infiltration gedeutet.) Sie töten einen humanitären Green-Beret-Kämpfer und entwenden sein ZIP-Feuerzeug, (welches die Regie offenkundig noch nicht mit brennenden Strohhütten assoziiert). Sie ermorden in den Bergdörfern alle männlichen Bewohner, die sich ihnen nicht anschließen, und vergewaltigen die hilflosen Mädchen. (Sie vollbringen unentwegt solche Gräuel, wie sie die US-Öffentlichkeit ein Jahr nach Erscheinen des Films als Werk von US-amerikanischen Soldaten im Dorf My Lai und anderswo zur Kenntnis nehmen muss.) Die archaischen »Vietcong« kämpfen mit grausamen Aufspießfallen und durchweg heimtückischen Methoden. Dagegen ist die US-Massenvernichtungstechnologie sauber. Colonel Kirby, der nie die Ruhe verliert und nur präzise Befehle erteilt, weiß die Eliminierung sämtlicher asiatischen Feinde im Bodenkampf durch einen US-Bomber trefflich zu kommentieren: »Alle Achtung, das war Maßarbeit!«

Neben den Gefechten führen die Green Berets hochprofessionelle Spezialoperationen aus, denen auch etwas Agentenspannung beigemischt wird. Infantilitäten und Geschmacklosigkeiten aller Art sind im Film kein Tabu. Der sterbende US-Sergeant Provo äußert als letzten Willen, dass ein Soldatenklo ehrenhalber nach ihm benannt werden soll. Der Sprengexperte der US-Armee erinnert sich daran, dass er schon als

Schüler viel Unsinn mit seinem *Chemiebaukasten* angestellt hat. Die freundlichen Südvietnamesen werden respektiert. Sie lernen durch die Grausamkeit der Kommunisten, dass man sich nicht durch Neutralität aus allem heraushalten kann: Für seine Freiheit muss jeder selbst eintreten und ein Opfer bringen können. (Analog zu der antikommunistisch fixierten, blinden US-Politik blendet auch THE GREEN BERETS alle nationalen, sozialen, kulturellen und religiösen Motive der vietnamesischen Gegner aus. Dergleichen erfreut Menschen mit einfachem Weltbild: »Schon 1979 hatte Reagan in ›Readers Digest‹ über den ›unforgettable John Wayne‹ geschrieben und erklärt, der habe als einziger den Mut gehabt, den gerechten Krieg schon damals auch filmisch zu unterstützen.«[30])

Der Film suggeriert, die US-Presse sei zu kriegskritisch und informiere ihre Leser nicht über die wahren Verhältnissen. (Historisch ist nur dem zweiten Punkt zuzustimmen. Ohne die regierungstreuen US-Medien wäre die Protestbewegung viel früher angewachsen.) Erst vor Ort lernt der äußerst skeptische Journalist George Beckworth, dem die Army alle erdenkliche Hilfestellung gibt, wie berechtigt der Vietnamkrieg der US-Regierung ist. Das Ende ist ein Melodram: Der vietnamesische Waisenjunge Hamchunk, der schon seinen kleinen Hund bei einem »Vietcong«-Angriff verloren hat, weint um seinen großen Freund, den lustigen US-Sergeant Petersen. Sofort will er wissen, ob Petersen auch *tapfer* im Kampf gestorben ist. Beim Sonnenuntergang versichert ihm der Übervater Colonel Kirby: »Lass mich sorgen! Wir lassen Dich nicht im Stich!« – Damit ist bis zum Kriegsende das Thema für die US-Filmindustrie abgehandelt, soweit es Pentagon-Kooperationen betrifft.[31]

Natürlich lässt sich heute allein mit solch platten Propagandastereotypen keine Werbung für Kriege mehr machen. Ästhetik und Dramaturgie von THE GREEN BERETS waren schon beim Erscheinungsdatum – trotz ihres Erfolges – antiquiert. Einige Etappen des revisionistischen Vietnamfilms bis hin zum aktuellen Standard werden uns nachfolgend mit neuen Methoden bekannt machen.

3. Hamburger Hill (1987): Die US-Soldaten wurden verraten, noch bevor man sie zu Hackfleisch machte

Das »spannende« Vietnamkriegskino um 1977 muss dem kritischen Diskurs der US-Gesellschaft und den bekannten Kriegsfakten zumindest im Ansatz Rechnung tragen. Es entsteht ein Film wie APOKALYPSE NOW, dem das Pentagon seine Beteiligung versagt und der bis heute die Filmwissenschaft beschäftigt. – Zweifelsfrei hat dieses Kunstwerk den Kult des Krieges nachhaltig geprägt. Über den US-Kriegseinsatz gegen die irakische 300.000-Einwohner-Stadt Falludscha im November meldete der »Berichterstatter der Chicago Tribune, der mit US-Einheiten in die Stadt vorrückte […], eine Einheit für psychologische Kriegsführung sei hinter ihnen her gefahren und habe über Lautsprecher Wagners ›Walkürenritt‹ gespielt – die Musik, mit der Francis

VI. Der „neue" Vietnam-Film

Ford Coppola in ›Apocalyse Now‹ ein Massaker an vietnamesischen Zivilisten untermalt.«[32] – Der umstrittene Titel THE DEER HUNTER (1978) basiert zumindest für die inländische US-Perspektive auf einem unbequemen Drehbuch.

An die nonkonformen Kinovorstellungen knüpft danach erst wieder Stones PLATOON (USA 1986) an. Im Folgejahr legt der britische Regisseur John Irvin im Kontext einer zweiten Vietnamkriegsfilmwelle seinen Titel HAMBURGER HILL (USA 1987) vor und glaubt, damit die »ganze moralische Verlogenheit von Krieg mit Ehre, Land mit Ehre etc.« anzuprangern.[33] Die patriotischen Parolen, denen Ende der 60er Jahre kaum ein einfacher US-Soldat noch Glauben schenkte, werden von Irvin tatsächlich nicht mehr aufgewärmt. Doch der Film ist unverkennbar ein Kind der Reagan-Ära und steht keineswegs in einer Reihe mit anderen Neuerscheinungen des Jahres 1987 wie FULL METAL JACKET oder GOOD MORNING VIETNAM, die den *Kritikansatz* der späten 70er Jahre wieder aufgreifen. Den historischen Hintergrund zu HAMBURGER HILL liefert die am 10. Mai 1969 eingeleitete »Operation Apache Snow«: Im Kampf gegen die Nordvietnamesen versuchen US-Soldaten den als »strategisch vollkommen unbedeutend« charakterisierten »Hill 937« zu stürmen. In dieser – auch aus militärischer Sicht – sinnlosen Pentagon-Operation werden 420 von 600 US-Kämpfern zu »Hackfleisch« gemacht: *Hamburger Hill.* – Das Drehbuch geht auf Jim Carabatsos, einen Überlebenden dieser Schlacht, zurück.[34] Zwei weitere Veteranen aus den Gefechten um »Hill 937« waren bei den Dreharbeiten als militärische Berater tätig. Regisseur Irvin selbst konnte auf seine Erfahrungen als Dokumentarfilmer der BBC in Vietnam zurückgreifen.

Der Vorspann lenkt den Blick auf das Vietnam Memorial in Washington mit den endlosen Namen gefallener »Helden«. Die Vorgeschichte zur eigentlichen Film-Schlacht macht uns dann ausgiebig mit den sexuellen Bedürfnissen in der U.S. Army und ihrer Befriedigung in Mama Sans Freudenhaus bekannt. Vulgärsprache am laufenden Band, coole Hintergrundmusik, rührende Gesundheitssorge gegen Karies und Tripper, ja sogar fröhliche junge US-Amerikaner begegnen uns noch. Vor einer Unterschätzung des Gegners wird ausdrücklich gewarnt. Für den Fall aller Fälle, den des Ablebens, sind testamentarische Formalitäten für jeden obligat. Beim Helikopterabsprung zur Operation küsst ein Soldat sein Gewehr, so wie es der katholische Priester vor der Messe seiner Stola angedeihen lässt. Von nun an werden wir bis zum Filmschluss Zeuge pausenloser Gefechte und zahlreicher Tode von *US*-Soldaten. Mit etwa zwei Ausnahmen bekommen wir Gesichter von gegnerischen Vietnamesen erst gar nicht zu sehen. Die Kugeln aus US-Gewehren verlieren sich im Nirgendwo, die anderen aber treffen Menschen.

»Ich muss wissen, wer Du bist!«, sagt der Doc weinend zu einem kopflosen Torso, an dem keine Identitätsmarke mehr zu finden ist. »Erinnere Dich an mich!«, bittet ein sterbendes Milchgesicht seinen Nachbarn. Mehrere Schwarze sprechen die tröstende Losung: »*Es* bedeutet gar nichts, nicht das geringste. *Du* bedeutest gar nichts, Bruder, nicht das geringste!« Für »*nichts*« stirbt man auf dem Hamburger Hill. Oder gibt es doch einen verborgenen Sinn? »*Es erwischte ihn für Dich und für die 3. Schwadron!*«

Bemüht ist der Film, rassische Differenzen – nicht nur zur »scheiß Niggermusik« – zu zeigen. »Leute, seid Euch darüber klar, dass wir Nigger hier sind, weil wir uns eine Ausbildung nicht leisten können [...] Ich bin [anders als Ihr] in der Scheiße [schon] geboren!« Doch auch Weiße sind ja oft nur durch Einberufungsbefehl rekrutiert: »Meinen Arsch hat keiner gefragt, ob ich her will!« Letztendlich ist das Wort »Bruder« vielleicht doch nicht nur eine Frage der Hautfarbe? Die Abschiedsworte eines getroffenen schwarzen Soldaten: »Wir sind hier *alle* bloß verdammte Nigger, hier auf diesem Hügel, Blut und Sehnen. Wir waren hier zehnmal auf diesem Hügel, und die nehmen uns immer noch nicht für voll. Nehmt den Hügel, und diese *Bastarde zuhause* werden mir das nicht mehr nehmen können!«

Die Vietnamvariante der Dolchstoßlegende nimmt breiten Platz in diesem Combat-Movie ein. So wird auch die Tagline der Filmwerbung verständlich: »*War at it worst. Men at their Best!*« Man hat die tapferen Männer der U.S. Army in Vietnam verraten und sie am Sieg gehindert, den sie zweifellos hätten erringen können. Die Soldaten müssen nicht nur Beschuss aus eigenen US-Helikoptern erdulden. Das nordvietnamesische Propaganda-Radio sendet laufend, sogar unter Beteiligung von US-Kollaborateuren, psychologische Demoralisierungen: »Eure Regierung betrügt Euch! Sie schickt Euch sinnlos in den dunklen Tod!« US-Berichterstatter vor Ort geben wenig einfühlsam zu verstehen, dass in den Staaten Senator Kennedy und viele andere einen Sieg am »Hill 937« für unmöglich halten. Zuhause, so heißt es im Trennungsbrief einer Soldatenfreundin, hätten Leute an der Uni ihr erklärt, Liebeszeilen an die Front seien unmoralisch. In den USA rufen College-Studenten den Vater eines Gefallenen an und versichern ihm, wie glücklich sie sind, dass sein Sohn von der heldenhaften nordvietnamesischen Armee getötet wurde. »Weil so was geschieht«, meint ein Freiwilliger, »bin ich hier!« Auf der Kassette einer Postsendung hören wir immerhin auch freundlichere Töne einer Braut: »Versuch doch, auf den nächsten Fotos etwas zu lächeln. Das würde Deiner Mutter sehr helfen. Ich bin stolz auf Dich und glaube auch nicht, was sie über Euch erzählen.« – Hier wird (trotz eines eigenen Treueversprechens der Freundin) vom Adressaten an der Front nicht einmal sexuelle Abstinenz erwartet. – Zuhause, in den USA, da leben allerdings im Zusammenspiel von freier Liebe, Peace-Zeichen und Flower-Power fröhliche Hippies, die Soldatenfrauen für sich gewinnen. Da liebt inzwischen jeder jeden, egal ob Latino, Schwarzer oder was auch immer. »*Und die schleimigsten Typen lieben sogar den Vietcong. Sie lieben alle, bloß uns nicht!*«

Im ersten Filmdrittel gab es noch bessere Episoden für die Soldiers: »Wir waren gut heute, stimmt's Sergeant? Wir haben viele von denen umgelegt!« Sinnlos sterben in dieser Geschichte nicht die – stets unsichtbaren – »dreckigen Vietcongs«, sondern nur die namenlosen Heroes, deren Blick wir einnehmen sollen. John Irvin möchte

VI. Der „neue" Vietnam-Film

uns nach eigenem Bekunden in einem »realistischen Film« zeigen, wie sinnlos die Jugend verheizt wird und wie anonym der Einzelne ist.[35] Die Schlusseinstellung zeigt das Gesicht eines US-Soldaten, dem lautlos die Tränen fließen.

Nach kurzeitiger Einnahme der Hügelspitze wurde die »Operation Apache Snow« mit einem kompletten Abzug eingestellt. Eine absurde US-Militäroperation mit sehr hohen eigenen Verlusten als militärisch sinnlos zu erinnern, das ist noch keine Kritik des Krieges. Es bleibt ein Rätsel, warum die deutsche DVD-Vermarktung diese Produktion als »*Antikriegsfilm*« bewirbt und selbst kritische Autoren ihn als solchen behandeln.[36] Der Abspann erhellt, wie die Anteile von überlebenden Vietnam-Veteranen des »Hill 937« am Filmprojekt zu verstehen sind. Ein Gedenken an die »sanften Helden« am Maschinengewehr, ausgesprochen von Major Michael Davis o' Donell am 1.1.1970 im vietnamesischen Dak To, wird uns vor Augen gestellt. Mögen Leute auch den Krieg für geisteskrank erklären, so sollen die Überlebenden sich doch einen hintergründigen Schimmerglanz der Toten bewahren: »If you are able, save for them a place inside of you and save one backward glance, when you are leaving for the places, they can no longer go. Be not ashamed to say you loved them, though you may or may not have always. Take what they have left and what they have taught you with their dying and keep it with your own. And in that time, when men decide and feel safe to call the war insane, take one moment to embrace those gentle heroes you left behind.« War die zehntägige Hackfleischmaschinerie am Hill 937 vielleicht doch nicht ganz vergebens?

Gleich in sechs Unterabteilungen erfolgt hernach der Dank des Filmprojektes an das United States Department of Defense. Dazu Regisseur John Irvin: »*Das Militär hat uns sogar unterstützt. [...] Hätten wir diese Hilfe nicht gehabt, hätten wir mit dem geringen Budget von sechseinhalb Millionen Dollar den Film so gar nicht realisieren können.*«[37] Betont wird zum »Making Of«, dass alle Darsteller sich einem harten militärischen Training auf dem philippinischen US-Marinestützpunkt Subic Bay unterziehen mussten. Unterstützung kam am Drehort auch vom Militär des Gastgeberlandes: »Ministry of National Defense and the New Armed Forces of the Philippines«. HAMBURGER HILL illustriert, wie Kulturmacher, die aufs engste mit dem Militär zusammenarbeiten, selbst aus der offenkundigsten Sinnlosigkeit des Krieges eine Heldengeschichte kreieren können. Hier finden wir eine der frühen Realisierungen des Pentagon-Paradigmas im Vietnamfilm, das mit WE WERE SOLDIERS (2001) von Randall Wallace vorerst seinen Höhepunkt erreicht hat.

Das Bedürfnis, Etappenkriege in Vietnam zu gewinnen, wird das Genre nach HAMBURGER HILL auch ohne Subventionen weiterhin bedienen. Ein entsprechender Film wie LAST STAND AT LANG MEI (1990) gehört zu den zahlreichen billig produzierten Kriegsbildern mit Fahnenchoreographie und Rambo-Action. Ellenlange Ballerszenen, exzessives Abschlachten und regelrechte Blutorgien sind zu ertragen. Die Botschaft ist denkbar einfach: Major Verdun ist ein guter Vorgesetzter, ein verkannter und ungerecht verfolgter Held der U.S. Army. Die Truppe, für die er väterlich sorgt, liebt ihn. Der vietnamesische Feind fürchtet ihn. Sein enormer militärischer Erfolg beruht auch auf unkonventionellem Umgang mit den übergeordneten Befehlsstrukturen der Army. Verdun entscheidet, wo immer es nötig ist, vor Ort im Gefecht. In Notwehr hat er einen Deserteur erschossen und wird deshalb von seinem missgünstigen General des Mordes angeklagt. Sein Nachfolger für die Truppe ist der junge, höchst unerfahrene Karrierist Captain Wheeler. Er gehört wie jene, die den Major vors Kriegsgericht stellen wollen, zu den Papiertigern. Er besitzt höchst abstrakte akademische Kenntnisse, aber keinerlei praktische militärische Fähigkeiten. Er baut nicht auf Kameradschaft, sondern arbeitet mit Befehl, Haschisch-Verbot und Disziplin. Von Spionen, die sich am Gefechtsstand als Journalisten ausgeben, lässt er sich eitel interviewen und ablichten. Wegen seiner Karriere will dieses völlig unfähige, aber ehrgeizige Greenhorn ohne Anforderung von Verstärkung die Stellung halten. Indessen wird die durch multiethnische Kameradschaft ausgezeichnete Truppe nicht müde, mit bewährter Kampferfahrung den ständigen Angriffen des *übermächtigen* Feindes zu trotzen. Wheeler, inzwischen vor Angst verrückt geworden, fällt im Gefecht. Wie zuvor zwei Soldaten gibt auch er sich als Verwundeter den eigenen Gnadenschuss. Major Verdun lässt seine Truppe im entscheidenden Gefecht nicht in Stich. Er türmt aus dem Militärgefängnis, organisiert die so lange verwehrte Luftunterstützung und rettet als Held die Jungens. Last Stand At Lang Mai ist die *Siegesstory* einer kleinen Vietnam-Truppe gegen einen übermächtigen Feind, dessen einziges Gesicht ein gegnerischer General ist. Für den Kino-Zuschauer ist der Krieg mit dieser kleinen Episode auf ehrenvolle Art beendet.

4. My Father, My Son (1988): Wie schädlich ist Agent Orange?

Über Vietnam haben die US-Streitkräfte nach einigen Berechnungen 72 Millionen Liter giftiger Herbizide, davon mehr als 40 Millionen Liter mit dem so genannten Agent Orange, versprüht. Das Vietnamesische Rote Kreuz schätzt die Opfer mit Spätfolgen auf eine Millionen, darunter etwa 100.000 Kinder. »In einer vor kurzem durchgeführten Studie der Columbia University in New York fand man heraus, dass in Vietnam viermal soviel Agent Orange und andere Herbizide versprüht wurden wie bisher angenommen. Agent Orange enthielt Dioxin, eines der tödlichsten bekannten Gifte. In einer zu Beginn Operation Hades, dann mit dem freundlicheren Namen Operation Ranch Hand bezeichneten Operation zerstörten die Amerikaner in Vietnam, in ca. 10.000 ›Missionen‹ zum Versprühen von Agent Orange, fast die Hälfte der Urwälder Südvietnams und unzählige Menschenleben. Das war der bisher heimtückischste und vielleicht verheerendste Einsatz chemischer Massenvernichtungswaffen. Immer noch werden heute in Vietnam Kinder mit verschiedensten

Missbildungen geboren, kommen tot auf die Welt oder der Fötus geht ab.«[38] Der Vietnamese Tran Duc Loi erinnert: »Ein Nanogramm – das heißt: ein Milliardstel Gramm! – Dioxin reicht, um bei einem Menschen Krebs zu verursachen. 80 Tausendstel Gramm verteilt im Trinkwasser können acht Millionen Menschen töten. In Vietnam wurden von den US-Truppen fast 400 Kilogramm dieses Ultragiftes eingesetzt.« (junge Welt, 1.2.2005) Über kontaminierte Böden gelangt das Dioxin weiterhin in die Nahrungskette. – Später wird der verantwortliche US-Kriegsminister McNamara fragen, welches Gesetz den Einsatz solcher Waffen für legal erklärt (THE FOG OF WAR, USA 2004). Die Frage müsste aber lauten, wie man angesichts des Genfer Protokolls von 1925 Mitte der 1960er Jahre überhaupt noch auf die Idee eines solchen Einsatzes von Giften kommen kann!

Verfälschende Agent-Orange-Studien der Armee schützten den US-Staat vor Ansprüchen auf Wiedergutmachung. Mit überschaubaren Entschädigungen in Millionenhöhe an US-Vietnamveteranen kamen die Produzenten einem Prozess zuvor. Ausschließlich mit diesen Seiten des Themas beschäftigt sich der Film MY FATHER, MY SON (USA 1988). Diese gottlob weniger bekannte – und auch wenig anspruchsvolle – Produktion illustriert eindrücklich die Relativität des »Antikriegsfilm«-Genres. Sie versteht sich als »recreation of a true story«: Die liebevolle Vater-Sohn-Beziehung zwischen Admiral Elmo R. Zumwalt, dem patriotischen Marinechef unter Richard Nixon, und seinem Sohn Lieutenant Elmo R. Zumwalt Jun. bildet den Hauptrahmen der Geschichte. Es geht in erster Linie um den Sohn des Marinechefs. Er gehört zu jenen Vietnamveteranen, die von den Spätfolgen ihres Kriegseinsatzes unerwartet eingeholt werden. Bereits als Kind entscheidet sich der junge Elmo erst für eine Herzoperation, als der Vater ihm zusichert, er könne später wie er auch Soldat werden. Zur Zeit des Vietnamkrieges, den das us-amerikanische Volk nach Aussage von Vater Elmo nicht will, ist auch der Junior bei der Navy. Er meldet sich freiwillig und wird trotz seines ranghohen Vaters keine Vergünstigungen erfahren. Seine Freundin Kathy arbeitet, wie es *humorvoll* heißt, »für die andere Seite« – für die Friedensbewegung: »Du brauchst diesen Krieg nicht, um deine Männlichkeit zu beweisen. Dieser Krieg ist kriminell!« Doch das trübt die Beziehung nicht im geringsten. Elmo versteht »diese Ansichten«, verlangt aber auch Respekt gegenüber seiner Form des kriegsbereiten Patriotismus. Bereits zu Anfang ist der Film geradezu krampfhaft bemüht, Friedensbewegung und zukünftige Vietnam-Veteranen nicht durch einen Graben zu trennen. Eine Soldatenfrau, nach deren Meinung »eigentlich niemand nach Vietnam gehört«, bittet Lieutenant Elmo R. Zumwalt Jun. vor dem Vietnameinsatz auf einem Kanonenboot: »Sorgen Sie, dass mein Kind einen Vater hat!« Die angekündigte »Hölle« bekommen wir an keiner Stelle des Films zu sehen. Gezeigt wird nur ein einziges Gefecht an der Grenze zu Kambodscha, in dem Elmo Jun. mit seiner Mannschaft ohne eigene Verluste mehre Bootsbesatzungen des »Vietcong« komplett niederschießt und hernach – unter *Witzen* – jubelnd die Waffen des Gegners erbeutet.

VI. Der „neue" Vietnam-Film

Hilfreich für die US-Operationen an Flussgebieten ist der Einsatz des Entlaubungsmittels Agent Orange. Er geht auch zurück auf eine Entscheidung von Admiral Elmo R. Zumwalt, dem Vater des jungen Lieutenant. Dieser hat sich anhand eines Pentagon-Berichtes »gewissenhaft« versichert, dass das chemische Entlaubungskonzept für Mensch und Tier völlig unschädlich ist.

Am Flughafen wird Elmo Zumwalt Junior nach Ende seines Kriegseinsatzes von den Eltern empfangen. Mit dabei ist Kathy, der er von Vietnam aus erfolgreich einen Heiratsantrag gemacht hat. Allerdings sehen wir auch Friedensprotestler, die eine US-Flagge verbrennen. Ohne Übergang zeigt der Film nun mit einem Zeitsprung die glückliche Familie von Elmo Jun. und Kathy. Allerdings leidet deren Sohn Russell an einer Dysfunktion des Gehirns, eine Behinderung, die »vielleicht mit giftigen Substanzen« zusammenhängt. Elmo Jun. selbst hustet seit Wochen. In der Folge werden – völlig untypisch für sein Alter – zwei verschiedene Lymphomkrebs-Arten diagnostiziert. Mediziner sehen aufgrund von Beobachtungen bei vielen Veteranen *inoffiziell* eine Verbindung zu Agent Orange.

Die Familie steht Elmo bei. Seine Schwester wird freudig Rückenmark spenden. Sein Vater, der Admiral, recherchiert über Behandlungsmethoden und Lebensversicherungen. Es plagen ihn Schuldgefühle, da er am Einsatz von Agent Orange maßgeblich beteiligt war: »Ich habe die richtigen Fragen gestellt und die falschen Antworten erhalten. Ich nehme an, dass sie mehr wussten, als sie uns gesagt haben. Aber es wird schwer sein, das zu beweisen.« Tatsächlich sind alte Einsatzpläne scheinbar spurlos verschwunden. Sterbende Vietnamveteranen, so heißt es, rufen bei Elmo nach einem Zeitungsbericht an. Die Chemiekonzerne dementieren, dass Agent Orange schädlich sei. (Die mittelbare Beteiligung des deutschen BAYER-Konzerns an der Dioxin-Herstellung ist nur wenig bekannt.[39]) An diesem Punkt weigert sich der Film beharrlich, die Andeutungen zu einem wirklich *politischen* Protest oder gar zu einer Klage gegen das Pentagon zu verdichten. Stattdessen tauschen sich die Mitglieder der alten Bootsbesatzung bei einem privaten Wiedersehen ganz unverbindlich aus. Sie ärgern sich über die *Medien*, die in jedem Veteranen einen Psychopathen wittern oder aus reiner *Skandalsucht* die »Entlaubungsopfer« bedrängen, und unternehmen eine Reise zur Vietnam-Gedenkstätte in Washington. Zu Weihnachten kann Elmo Jun. seiner Kathy den lang ersehnten teuren Sportwagen schenken, mit dem die Familie eine musicalreife Gesangsfahrt ins Blaue unternimmt. Die gefährliche immunsupressive Therapie für die Knochenmarktransplantation übersteht Elmo dank Zusammenhalt der Familie. Für den Vater ist der so vernünftige krebskranke Sohn ein »leuchtendes Vorbild« und der »tapferste Mann«, den er kennt. Durch ihn erfährt der Admiral – der wie gelähmt ist, »auch durch die Sinnlosigkeit des Krieges« – großen Trost. Im Briefvermächtnis, das der Vater eigentlich nur im Fall des Todes von Elmo Jun. hätte öffnen sollen, heißt es: »Lieber Vater, in Vietnam und gegen den Krebs haben wir gekämpft und verloren. Und doch wussten wir, selbst als wir am Verlieren waren, dass unsere Liebe immer tief und kompromisslos sein würde und dass wir, wie schlecht unsere Karten auch sind, niemals aufgeben [...] Wie gerne hätte ich weiter an Deiner Seite gekämpft. Du hast meinem Leben immer etwas Besonderes gegeben. Du hast meine letzte Schlacht erträglicher, menschlicher gemacht. Ich liebe Dich!« Nach dem dick aufgetragenen Happy End am Strand vermeldet der Nachspann bei Elmo Jun. ein erneutes Rezidiv der Lymphome nach einem Jahr: »Aber sein Wille bleibt ungebrochen.«

Dieser Film über ein hochbrisantes Thema lässt viele Fragen offen. Warum beteiligt sich der Vater als Admiral – und Marinechef – engagiert an einem Krieg, den er doch für falsch hält? Warum wird er von seinen berechtigten Schuldgefühlen mit übereilter Gnade suspendiert? Warum wird die eigentliche Kriegserfahrung des Sohnes im Rahmen illegaler Geheimmissionen so plakativ als letztlich ungefährliches und fröhliches Abenteuer vorgeführt? Warum wird jeder Ansatz, aus dem sich ein politischer Protest der Agent-Orange-Opfer entwickeln könnte, im Keim erstickt? Warum kommt niemand auf die Idee, auch Vietnamesen könnten Opfer des Giftes sein? Warum hat die ehedem friedensbewegte Aktivistin Kathy eine Aversion gegenüber investigativen Journalisten? Warum bleibt bei den Zuschauern hauptsächlich die Geschichte einer harmonischen Militärsfamilie mit letztlich gutem Ausgang zurück? Anders gefragt: Wie viele Verbrechen des Pentagon vermag eine Liebesgeschichte zwischen Vater und Sohn zu relativieren? Dass dieser Titel mit dem Vater-Sohn-Imago einen zentralen Topos pro-militärischer Filme in den Mittelpunkt rückt, verstärkt den Verdacht, dass es um die richtigen Fragen und um Antworten gerade nicht geht.

5. Flight Of The Intruder (1989): Hollywood und Pentagon bringen Nixons Bombenteppiche rechtzeitig zum Golfkrieg ganz anders auf die Leinwand

Die von Noam Chomsky konstatierte Unerwünschtheit der kritischen Erinnerungen an Vietnam ist mit Blick auf das von Neo-Konservativen beschworene neue US-amerikanische Jahrhundert besonders zu unterstreichen. Vor dem 1991er Golfkrieg, der vermutlich als der eigentliche Auftakt zu einer anderen »Weltordnung« betrachtet werden muss, bedient John Milius mit staatlicher Unterstützung entsprechende Amnesie-Konzepte der US-Weltmachtsideologen mit seinem reaktionären Vietnamfilm FLIGHT OF THE INTRUDER (USA 1989). Das allzu offenkundige Anliegen dieser Produktion ist die nachträgliche Rechtfertigung jener eskalierenden Luftbombardements über Nordvietnam, die Ende 1972 die Empörung der internationalen Öffentlichkeit und namentlich eine Bekundung von Abscheu durch Papst Paul VI. provozierten. Über den besagten Kriegsabschnitt schreibt Marc Frey: »Die Wertschätzung Amerikas in der westlichen Welt erreichte einen Tiefpunkt.«[40]

FLIGHT OF THE INTRUDER präsentiert den Bombenwahnsinn Richard Nixons mit zahlreichen Argumenten allerdings als weitsichtige Politik. Wahre Helden der Luftwaffe nehmen diese vorweg. Der A6-Pilot Jake Crafton verliert am 10. September

1972 durch Bodenbeschuss seinen Bordschützen Morgan. Die A-6-Angriffsbomber der Navy, genannt »Intruder« (Eindringlinge), sind in allen Wetterlagen einsetzbar und unterlaufen das feindliche Radar durch riskante Tiefflüge. Sie haben allerdings keine Verteidigungswaffen an Bord. Nach Ansicht von Crafton sind die angeflogenen Angriffsziele in Vietnam völlig unwichtig. Sie werden »nach politischen Gesichtspunkten vom besten Nachrichtendienst der Welt ausgesucht«. Doch lohnenswerte Ziele in Nordvietnam, darunter Hanoi und der Hafen von Haiphong, sind dabei Tabu. Crafton besorgt sich heimlich Kartenmaterial über Hanoi, denn er will keinen weiteren sinnlosen Tod wie den seines Kameraden: »Da gibt es Jungs wie Morgan. Jeden Tag sterben welche von ihnen, jeden Tag. Dieser verfluchte Krieg nimmt einfach kein Ende.« Wenn man nun den »*wirklichen* Feind«, etwa eine nordvietnamesische Parteizentrale, treffen würde, könnte man sein Leben endlich für etwas Sinnvolles riskieren: »Es wäre etwas auch für alle, die der Krieg schon gefressen hat.« Besonders verärgert sind die US-Piloten über den Park des Volkswiderstandes (Hanoi), in dem die beim Abschuss ihrer Kameraden erbeuteten US-Waffen als Trophäen ausgestellt werden.

In dem kampflustigen neuen Bordschützen Cole findet Crafton einen Verbündeten. Bei ihrer nächsten Operation gegen ein Kraftwerk behalten sie Bomben zurück und fliegen eigenmächtig nach Hanoi. Mit Worten des 23. Psalms fürchten sie auch »im finsteren Tal« kein Unheil. Sie überstehen die nordvietnamesische Raketenabwehr, werfen ihre Bomben u. a. auf den verhassten Park des Volkswiderstandes und singen anschließend fröhlich: »Down Town, ... forget all your trouble ...!«

Für diese eigenmächtige Aktion müssen sich die beiden A-6-Piloten nun vor dem Militärgericht verantworten, zumal die nordvietnamesische Propaganda ihnen die Zerstörung eines Kinderkrankenhauses zur Last legt und die Friedensverhandlungen zum Stocken bringt. Crafton begründet seinen Eidbruch durch Ungehorsam so: »Wir bombardierten Nacht für Nacht wertlose Ziele [...], drei Zelte auf einer Wiese, Reparaturwerkstätten für Boote Einheimischer. Sie kennen die Liste besser als ich. Mein erster Bordschütze und 50.000 andere Amerikaner sind tot, und kann mir jemand sagen wofür? [...] Dieser Krieg ist immer konfuser geworden. Niemand scheint mehr zu kämpfen, niemand scheint mehr gewinnen zu wollen. Aber wenn das so ist, sterben die Menschen einen *sinnlosen* Tod. Vielleicht berührt mich das so persönlich, weil ich einen Unterschied sehe zwischen Sterben für etwas Wichtiges und Sterben für nichts ...« Craftons Mittäter Cole ist froh über die Hanoi-Aktion und glaubt nicht einmal, dass sie einen Bruch des militärischen Gelübdes bedeutet.

Kurz darauf werden die Anklagen gegen die beiden Männer tatsächlich fallengelassen, als ob es sie nie gegeben habe. Die Zuschauer und ein erstaunter Vorgesetzter erfahren aus dem Kreis des Militärgerichts dafür folgende Begründung: Der Präsident der Vereinigten Staaten, Richard M. Nixon, ist ziemlich irritiert, »weil die Gegenseite die Friedensverhandlungen abgebrochen hat. Er hat gerade die Operation LINEBA-

VI. Der „neue" Vietnam-Film

CKER II befohlen, die *uneingeschränkte* Bombardierung aller militärischen Ziele in Nordvietnam. Wir stünden wie Vollidioten da, wollten wir eine A6-Crew für etwas vor Gericht stellen, das der Präsident uns jetzt zu tun befiehlt."

Auf dem Flugzeugträger bereiten sich danach die Truppen auf LINEBACKER II vor. Verladen werden Bomben mit kreativen Aufschriften: »Eat shit and die!« Alle beantworten den Ruf »Auf in Feindesland!« mit jubelnden Yeah-Rufen. Die A-6-Mannschaften fliegen gefährliche Tageslichteinsätze gegen die nordvietnamesische Luftabwehr, um den B52-Bombern freie Fahrt zu verschaffen. Alle Missstimmungen finden nun ein Ende. Cole, dem zu Unrecht nachgesagt wurde, früher einen Kameraden im Stich gelassen zu haben, opfert sein Leben als Märtyrer für die anderen. Crafton rettet am Boden seinen Vorgesetzten Camparelli, der abgeschossen wurde. Ein Hubschrauber bringt die beiden, die sich unter Lebensgefahr versöhnt haben, in Sicherheit, bevor »der ganze Hügel mit Napalm eingedeckt« wird. Am Schluss sehen wir strahlende Gesichter. Sogar die Möglichkeit, dass Camparelli als Schwarzer einmal Admiral werden könnte, scheint nicht ausgeschlossen zu sein.

Das Drehbuch erweist an einigen Stellen der kritischen Hollywood-Tradition *scheinbare* Referenzen, um die Glaubwürdigkeit seiner schier unglaublichen Botschaft zu untermauern. So antwortet Pilot Crafton auf eine stolze Vermeldung von 36 getöteten »Feinden« mitfühlend: »Sie müssten wissen, dass diese Menschen Bauern waren!« Suggeriert wird hier eigentlich, die *»richtigen«* Zielbestimmungen für die Bomber würden solche unnötigen Zivilopfer überflüssig machen. In der Freizeit tanzt Crafton seine ganz persönliche Note aus der »Hippiezeit«. Sein Vorgesetzter Camparelli verbindet seinen Appell an das Zusammengehörigkeitsgefühl mit einem Brückenschlag zur Protestbewegung: »Sie wissen, was Zuhause los ist: Bomben, Krawall, Menschen bespucken unsere Soldaten auf den Flughäfen. Das ganze Land droht zu zerreißen. Gibt es irgend etwas in diesem beschissenen Krieg, das das wert ist? Herrgott, was haben wir denn noch, wenn nicht einander?« Das offizielle Verhör der beiden eigenwilligen Bomberpiloten wird mit einem Bekenntnis zur demokratischen Kontrolle des Militärs eingeleitet: »Das Militär gehorcht den gewählten Zivilisten, auch wenn sie *nicht* klug handeln, sonst wären die USA nicht besser als jedes beliebige Militärregime.« Mit Blick auf die nachfolgende Lösung des Films klingt das geradezu absurd. Pilot Crafton, der wichtigste Held, propagiert später jenen vorauseilenden Gehorsam, der als eigentliche Botschaft zurückbleibt: »Da sterben täglich gute Jungs, und wir kümmern uns um die Vorschriften!«

FLIGHT OF THE INTRUDER soll bei den Zuschauern rückwirkend folgende Erinnerungsstücke produzieren: Die USA und ihre Piloten waren Opfer. Das Militär braucht eine entschlossene Politik. Gewisse, vorauseilende Eigenmächtigkeiten aufgrund besserer Kenntnisse sind beim Militär zumindest tolerierbar. Sinnlos war nicht der Vietnamkrieg selbst, sondern nur die Aussparung wichtiger Angriffsziele in Nordvietnam. Mit *mehr* Aggressivität kann man Zivilopfer vermeiden. Nach den richtigen Entscheidungen der Nixon-Administration konnten die U.S. Army und ihre Helden in siegreichen Operationen ihre Fähigkeit endlich unter Beweis stellen und das Ende des Krieges beschleunigen. Erst danach gab es Grund zum Lachen.

Nicht informiert wird der Zuschauer über den historischen Horror von LINEBACKER II und über die Wirkungen von B52-Bomberladungen.[41] Allein zwischen dem 18. und 29. Dezember 1972 warfen US-Kampfflugzeuge in fast 3.500 Einsätzen nahezu 100.000 Tonnen Bomben ab, beschädigten Wohnviertel in Hanoi, töteten über 2.000 Zivilisten, hinterließen 1.500 verletzte Zivilisten und bereiteten so den Weg zu einem »Friedensvertrag«, der sich nur unwesentlich vom vorangegangenen Status unterschied. Regisseur Milius verschont uns mit allen Erkenntnissen über den Wahnsinn von Richard Nixon, die ein Vietnam-Luftkriegsfilm im Jahr 1989 hätte behandeln können.[42] Seit 1969 hatte Nixon heimliche Angriffe gegen Kambodscha fliegen lassen, die dem Kongress gegenüber durch Fälschungen als Vietnameinsätze präsentiert wurden. Fünf Mitglieder des Nationalen Sicherheitsrates traten später aus Protest gegen die Kambodscha-Bombardierungen 1970/71 zurück. Mitnichten gedachte Nixon, sein Wahlversprechen für die zweite Amtszeit einzuhalten und für einen Rückzug aus Vietnam zu sorgen. Gnadenloser Luftkrieg war sein Programm. Noch nach dem Pariser Friedensabkommen vom Januar 1973 soll er nach Auskunft seines Stabschefs General Alexander Haig einen Nuklearwaffeneinsatz in Südostasien erwogen haben, um den Krieg zu gewinnen.

Wohl wenige Apologien von Kriegsverbrechen und Völkerrechtsbrüchen im Kino sind so menschenverachtend wie FLIGHT OF THE INTRUDER. Die imponierende Beteiligung von Staat und Militär ist im Nachspann nachzuvollziehen. Spezieller Dank geht an 27 Piloten der U.S. Navy. Als Konsultor ist ein Captain der Navy dabei, flankiert von drei technischen Beratern seiner Waffengattung. Eigens für »Goverment Relations« verantwortlich ist John E. Horton. Erfreut schreiben die Filmmacher: »*The cooperation of the Department of Defense and the Department of the Navy is gratefully acknowledged ...*« Es folgen spezielle Danksagungen an 16 Einzelpersonen, Einrichtungen und Einheiten aus diesem Kreis. Zum weiteren öffentlichen Support gehört u. a. die Air National Guard des Staates Georgia.

Jugendliche Computer-Kriegsspieler können übrigens mit dem passenden PC-Game-Produkt »Flight of the Intruder« nach dem Vorbild von Jake Crafton die handbuchwidrigen Tiefflüge der A6-Bomber vom Golf von Tonking aus angehen. Zuweilen ist »alles, was auf dem Radarschirm erscheint, Freiwild und darf abgeschossen werden«.[43]

6. Forrest Gump (1994): US-Amerika lernt, die Welt wieder mit unschuldigen Augen zu sehen

»Ich wusste nie, wo der Himmel aufhörte und die Erde anfing. Es war wunderschön.«
Forrest Gump über seine Armee-Zeit in Vietnam

Wie kommt das Heer der Vietnam-Veteranen im Alltag der USA zurecht – oder auch nicht? Wie leben sie mit ihren zerbrochenen Idealen, ihren Verstümmelungen und seelischen Traumata? Gelingt ihnen die Versöhnung mit dem Geschick einer verpfuschten Jugend? Wie sieht ihre soziale Wirklichkeit aus? Solchen Fragen gehen Filmtitel wie COMING HOME (1978), BIRDY (1984) oder BORN ON THE FOURTH OF JULY (1989) nach.[44] Viele bekannte Heimkehrerfilme zeigen deutliche Merkmale des *kritischen* Vietnamfilm-Paradigmas. Das ist bei FORREST GUMP (1994) von Robert Zemeckis – wider allen Anschein – nicht der Fall.[45]

Forrest Gump ist nach jenem Bürgerkriegsgeneral benannt, der auch zu den Begründern einer merkwürdigen Gesellschaft mit weißen Gewändern und spitzen Kapuzen gehört.[46] Das soll ihn immer daran erinnern, dass man im Leben nicht nur Dinge tut, die sinnvoll sind. Die mit *neun* Oscars ausgezeichnete Verfilmung der Novelle von Winston Groom zeigt die unglaubliche Lebensgeschichte eines vollständig unschuldigen US-Amerikaners. Sie soll offenbar auch alle Zuschauer wieder mit dem Leben versöhnen: »Meine Mama hat immer gesagt: Das Leben ist wie eine Pralinenschachtel. Man weiß nie, was man kriegt!« Nicht nur mit KuKluxKlan-»Albernheiten«, die es Mitte der 90er Jahre übrigens noch gibt, sondern auch mit der neueren Geschichte der USA hat dieser Film seinen Frieden geschlossen. Wenn man die Flagge so unschuldig sehen will, wie sie als gemaltes Kinderbild über dem Bett des kleinen Forrest hängt, dann muss man die Geschichte einfach mit den Augen von Forrest Gump sehen.

Die Jungen werfen Steine nach dem Dorftrottel Forrest Gump, dessen Intelligenzquotient 75 angeblich nicht übersteigt und der ein ernstes orthopädisches Handicap hat. Auf Zuruf seiner Freundin Jenny beginnt er zu rennen, und seine Beinstützen fallen ab. Von nun ab ist er – jedenfalls in körperlicher Hinsicht – alles andere als langsam. Jenny, vom Vater missbraucht, wird ein Leben lang auf unterschiedlichsten Irrwegen versuchen, der Schwere des Lebens wie ein Vogel *davonzufliegen*. Forrest hingegen läuft und läuft, bevor er schließlich wieder daheim ist. Viele verschiedene Schuhe wird er tragen: die Schuhe des schnellsten Football-Spielers im College-Team, Army-Stiefel, Schuhe eines Tischtennis-Champions, Schuhe eines millionenschweren Shrimps-Unternehmers und schließlich als Welt-Marathon-Läufer Schuhe nebst T-Shirt von *Nike* Inc., einem der Sponsoren des Films.

Nach dem College, das Gump mit einem speziellen »Sportdiplom« abschließt, entdeckt auch die U.S. Army den schnellen Läufer. Dort schließt Forrest gleich am ersten Tag Freundschaft mit Babba, einem – ebenfalls etwas einfältigen – schwarzen Shrimps-Fischer. Der Vorgesetzte entdeckt bald das neue Talent: »Gump, wozu sind Sie eigentlich einzig und allein in der Army?« »Um das zu tun, was Sie mir befehlen, Drill Sergeant!« »Gump, Sie sind ein verfluchtes Genie. Sie haben wohl einen Intelligenzquotienten von 160. Sie sind eine außergewöhnliche Begabung, Private Gump!« Gump findet, dass er richtig gelandet ist: »Ich hab in die Army gepasst wie der Deckel auf den Topf. Es ist gar nicht schwer. Man muss sein Bett richtig machen und immer dran denken, schön stramm zu stehen und jedes Mal antworten: ›Zu Befehl, Drill Sergeant!‹« Nach der Ausbildung geht es an die Front: »Sie haben uns erzählt, Vietnam wäre ganz anders als die Vereinigten Staaten von Amerika. Abgesehen von dem Barbecue und den Bierdosen war es das auch!« Vom Vorgesetzten Lt. Dan Tailor, aus dessen Familie immer irgendeiner in irgendeinem amerikanischen Krieg gefallen ist, merkt er sich den wichtigsten Rat: »Sorgt immer für trockene Füße!«

Forrest erlebt Vietnam auf ganz besondere Weise: »Ich hab sehr viel von der Gegend da zu sehen gekriegt. Wir haben immer ganz ganz lange Wanderungen gemacht. Und wir waren dauernd auf der Suche nach einem gewissen Charly [...] Es hat nicht immer Spaß gemacht. Der Lieutenant hat dann Warnungen gegeben und gesagt: ›In Deckung gehen! Schnauze halten!‹« »Viel versteh ich ja nicht davon, aber ich glaube, in dem Krieg da dienten viele der besten jungen Amerikaner ...« »Das Gute an Vietnam war, dass man immer irgendwas vorhatte, und es gab auch immer irgendwas zu tun. [Der Film zeigt die Explosion einer Granate auf dem Marschweg ...] Eines Tages fing es an zu regnen, und es hörte vier Monate lang nicht wieder auf. Wir haben so ziemlich jeden Regen gehabt, den es gibt. Regen mit kleinen prasselnden Tropfen, richtig schönen dicken Trocken, Regen, der von der Seite kam, und manchmal sogar Regen, der von unten nach oben zu kommen schien. Und so ein Mist, es regnete sogar nachts.« Als er mit seinem besten Freund im Schlamm sitzt, sagt Babba: »Weißt Du, warum wir so gute Kameraden sind, Forrest? Wir passen aufeinander auf! Wie Brüder ist so was!«

»Dann«, so erzählt Forrest Gump weiter, »kam ein Tag, da hat plötzlich jemand den Regen abgestellt, einfach so. Und die Sonne kam raus.« Und mit der Sonne kommt auch der Beschuss durch eine übermächtige »Vietcong«-Einheit. Erst auf Babbas Zuruf beginnt auch Forrest davonzulaufen. »Babba war mein bester guter Freund. Ich musste nachsehen, ob es ihm gut geht. Da hat auf einmal der Junge auf der Erde gelegen. Ich konnte ihn doch nicht einfach so liegen lassen. Also hob ich ihn auf und bin mit ihm da raus. Und jedes Mal, wenn ich wieder zurück lief, um Babba zu suchen, sagte irgend ein anderer zu mir: ›Hilf mir Forrest, hilf mir!‹ [...] Allmählich kriegte ich Angst, dass ich Babba nicht mehr finde.« Als Forrest Gump den schwerverwundeten Lt. Dan rettet, der doch an der Front sterben möchte, bekommt auch er einen Schuss – am Allerwertesten – ab: »Dann hat mich irgendwas angesprungen und gebissen.« Trotz der angeforderten US-Luftunterstützung sucht Forrest

VI. Der „neue" Vietnam-Film

im heiklen Gebiet weiter nach Babba und trägt ihn – den Napalm-Flammen davon rennend – zum sicheren Sammelplatz. »Hätte ich gewusst, dass ich das letzte Mal mit Babba rede, hätt' ich mir was besseres einfallen lassen.« – »Hey Babba!« »Forrest, wieso ist das passiert?« »Du hast einen Schuss abgekriegt!« – »Dann hat Babba etwas gesagt, das ich niemals vergessen werden: ›Ich möchte nach Hause!‹ Babba war mein bester guter Freund, und sogar ich weiß, dass man so was nicht an der nächsten Straßenecke finden kann. Babba wollte Captain auf seinem Shrimps-Cutter werden. Stattdessen ist er an dem Fluss in Vietnam gestorben. Das ist alles, was ich darüber sagen kann.«

Im Militärkrankenhaus genießt Forrest die vielen Eisportionen. Nur der jetzt beidseitig beinamputierte Lt. Dan Tailor ist schwer sauer auf ihn: »Ich hätte an der Seite meiner Männer sterben sollen. [...] Jetzt bin ich ein gottverdammter Krüppel. [...] Ich war dazu auserkoren, an der Front zu sterben, ehrenvoll. Und Du hast mich darum betrogen!« Forrest Gump erhält im Weißen Haus die Tapferkeitsmedaille durch Präsident Johnson, dem er auf Anfrage auch ganz unschuldig den Einschuss am Allerwertesten zeigt. (TV-Kommentar im Film: »Die Zeremonie wurde eröffnet mit einem eindeutigen Bekenntnis des Präsidenten zur Eskalation des Krieges in Vietnam.«)

In der Hauptstadt gerät Forrest unversehens auf die Bühne des großen Friedensmarsches. Der Chef-Agitator bittet ihn, den Uniformierten, ein bisschen vom »scheiß Krieg in Vietnam« zu erzählen. »Na ja, eigentlich gibt es nur eins, was ich über den Krieg in Vietnam zu sagen habe. [... Hier unterbricht eine technische Polizeisabotage die Tonübertragung der Rede bis zum Schlusssatz:] Und das ist alles, was ich darüber sagen kann. Mein Name ist Forrest, Forrest Gump.« In Washington begegnet Forrest übrigens nicht nur den verrückten Hippie-Typen, die mit Bewusstseinserweiterung experimentieren und Harmonie suchen, sondern vor allem auch ganz ekelhaften Politaktivisten und militanten Black Panthers.

Im Freizeitraum des Militärhospitals hatte man Gumps Begabung für Tischtennis entdeckt. Er soll deshalb nicht zurück nach Vietnam, sondern den Kommunismus durch Ping Pong-Spielen in der Nationalmannschaft bekämpfen. Das Ende vom Ping Pong ist auch das Ende seiner Militärlaufbahn: »Und da war meine Dienstzeit in der Armee der Vereinigten Staaten vorbei. Einfach so.«

Nicht ganz so versöhnlich sind die Erinnerungen von Lt. Dan, der 1971 ohne Beine im Rollstuhl sitzt, im »gottverdammten Amerika« an »der Titte der Wohlfahrt« nuckelt und sich in Rotlichtvierteln besäuft, um von den Ladies auch mal als »Niete« oder »Monster« verachtet zu werden. Die üblichen Tröstungen behagen ihm nicht so recht: »Sag mal, hast Du Jesus schon gefunden, Gump?« »Ich hab überhaupt nicht gewusst, dass ich ihn suchen muss, Sir!« »Ha, ich sag Dir, alle Krüppel im Versehrtenheim reden von nichts anderem: Jesus hier, Jesus da. Habe ich Jesus gefunden? [...] Wenn ich also Jesus in mein Herz lasse, dann gehe ich mit ihm zusammen in sein himmlisches Königreich. [...] Der soll mich am Arsch lecken! Gott hört alles.« Doch Forrest weiß von seiner Mutter, dass er einmal in den Himmel kommt, und er wird auch Lt. Dan später wieder dankbar mit dem Leben versöhnen. Gemeinsam mit ihm betreibt er gemäß Babbas altem Traum ein Shrimpskutter-Geschäft. Zum Konzern angewachsen, sponsert die Shrimps-Company Kirchen, Hospitäler [...] und Babbas Familie mit reichem Geldsegen. Fürsorglicher kann der freie Markt nicht mehr werden.

Mama konnte immer alle Sachen so erklären, dass Forrest Gump sie verstehen konnte: »Du musst aus allem, was Gott Dir mitgegeben hat, das Beste machen!« So ist Forrest eben ein Kriegsheld, eine nationale Sportberühmtheit, ein Multimillionär und schließlich auch Familienvater geworden. Große Stars hat er auf seinem Weg inspiriert. Keine Berühmtheit, keine Regierungsgröße und kein Politskandal der USA fehlen in seiner selbst erzählten Geschichte. Aber es ist eben alles nicht aus der griesgrämigen Perspektive der kritischen Intellektuellen gesehen, sondern mit den Augen eines Gotteskindes: »Ich wusste nie, wo der Himmel aufhörte und die Erde anfing.« Manchmal hatte der Regen in Vietnam ja so lange aufgehört, dass man die Sterne sehen konnte. Das ist eigentlich alles, was Gump darüber sagen kann. Weltanschaulich ist er sich nach dem friedlichen Tod seiner Mutter und seiner geliebten Jenny nicht ganz sicher. Ob wir nun alle eine Bestimmung haben oder ob wir dahingleiten wie ein Blatt im Wind, das weiß er nicht. »Vielleicht stimmt beides. Vielleicht geschieht ja beides zur selben Zeit!« Und so bleibt als Filmbotschaft nicht nur die auf Videokassetten zitierte Pralinen-Weisheit der Mama (»Life is like a box of chocolates.«), sondern das Selbstbekenntnis des Filmhelden: »Ich bin kein kluger Mann, aber ich weiß, was Liebe ist!«

Das Pentagon konnte man mit Blick auf Intelligenzdefizite der Hauptfigur nicht ins Boot holen.[47] In diesem Fall waren Sponsoren des »Product Placements« – darunter der Milliarden-Konzern Nike – zuständig. Liebevoller als mit den Unschuldsaugen von Forrest Gump kann man die Versöhnungspropaganda für ein ehedem vom Vietnamkrieg zerrissenes US-Amerika nicht auf die Leinwand bringen. Und diese Augen sehen eben nicht, wer den Befehl zum Napalm-Einsatz gibt, wer im Napalm verbrennt und was dergleichen mehr diejenigen, die nicht eine so große Liebe leben, bekümmern mag. Der Zuspruch für dieses Angebot blieb nicht aus. Nach THE LION KING hatte FORREST GUMP die höchste Kinobesucherzahl des Jahres 1994 zu verbuchen.

Offenbar ist die erfolgreiche Methode dieses Blockbusters stilbildend geworden. Während des Irakkrieges 2003 kursierte auch in Deutschland eine Kettenmail besonderer Art. Die Beerdigung eines in Vietnam gefallenen US-Soldaten war darin der passende Anlass, eine Geschichte über Mitmenschlichkeit im Mikrokosmos unserer Alltagswelt zu erzählen.[48] Die Botschaft: »Jeder Mensch ist unendlich kostbar, und das sollten wir einander auch sagen! Seid nett zueinander!« Wer wollte solches auf dreieinhalb Millionen Kriegsopfer in Südostasien beziehen, wenn es doch so naheliegende Angebote wie in dieser Mail gibt?

VI. Der „neue" Vietnam-Film

7. We Were Soldiers (2001): Subventionierter Heldenmythos in Zeiten einer neuen Militärdoktrin

»*Fathers, Brothers, Husbands & Sons.*« Tagline von WE WERE SOLDIERS

WE WERE SOLDIERS (USA 2001) von Regisseur und Drehbuchsschreiber Randall Wallace lief bei uns unter dem äußerst zutreffenden Titel »Wir waren Helden!« Die aufwendige Produktion basiert auf einem erfolgreichen Bestseller, dem Kriegstagebuch von Lt. General Harold G. Moore und Kriegsreporter Joseph L. Galloway. Aus der subjektiven Erinnerung heraus vermittelt dieser Prototyp des »innovativen« Vietnamfilms ein wirklich neues Image der US-Soldaten. Er zeigt im Jahre 2001 den Krieg – als Krieg – aus einer sehr frühen Perspektive, so als habe es kritische Reflektionen zum historischen Stoff oder Apologien gegenüber der Friedensbewegung nie gegeben.

Die Geschichte führt uns zurück in das Jahr 1965, in die erste größere Vietnam-Schlacht einer US-Truppe an der kambodschanischen Grenze, im Tal von Ia-Drang. (Eine Rückblende zeigt, wie elf Jahre zuvor grausame Asiaten in eben diesem Gebiet französische Kolonialsoldaten abschlachten – »ohne Gefangene zu machen«.[49]) Ein US-Bataillon mit vierhundert Mann wird hier gegen eine fünffache Übermacht der »kommunistischen Aggressoren« antreten und trotz feuriger Luftunterstützung in wenigen Tagen aufgerieben sein. Die zivilisierten US-Soldaten werden Gefangene nicht abmetzeln und ihre 1.800 erschossenen Gegner respektvoll in ordentlichen Leichenbergen zusammenlegen.

Die Hauptfigur Lt. Colonel Hal Moore (Mel Gibson), ein militärhistorisch hoch versierter und strategisch äußerst fähiger Militär, leitet das Bataillon. Er ist frommer Katholik, aber tolerant und konfessionsverschieden verheiratet. Er betet mit seinen Kindern und erklärt ihnen auch, warum es den Krieg, den es eigentlich nicht geben sollte, doch gibt: In einem anderen Land versuchen Leute, andere Menschen umzubringen, und das muss verhindert werden. Er betet auch mit einem seiner Soldaten, der soeben Vater geworden. Dieser gute junge Mensch hat zuvor mit seiner Frau in Afrika *humanitäre* Hilfe geleistet; er fragt sich nun, ob man als Papa eines Babys überhaupt Soldat sein kann und im Krieg möglicherweise Kinder zu Waisen machen darf. Im Gebet tröstet ihn der Vorgesetzte Moore. Doch er kreiert ein neues Gebet, das er vielleicht einem Army-Prayer-Book, jedenfalls nicht dem katholischen, methodistischen oder presbyterianischen Liedgut entlehnt: »Erhöre unsere Gebete! Die Gebete unserer heidnischen Feinde erhöre bitte *nicht* – und lass uns diese Bastarde in die Hölle schicken!«

Moore steht fest in der Tradition der U.S. Army und ist zugleich Meister der integrativen, multiethnischen Truppenführung. Zuhause hält er sich Rothäutejäger General George A. Custer vor Augen, der im Juni 1876 in seiner letzten Ausrottungsschlacht gegen eine Übermacht von amerikanischen Ureinwohnern das Ende fand.[50] Doch auf dem Truppenplatz proklamiert er *indianischen* Familiensinn für seine Einheit. Bei der Entsendung nach Vietnam erklärt er feierlich alle Grenzen von Rasse und Religion unter dem Wehen der Flagge für aufgehoben.

Bei der Ankunft im Ia-Drang-Tal erfährt die Truppe, was auch historisch von der militärischen Führung als Devise ausgegeben wurde: »Einfacher Befehl. Finde den Feind und kill ihn!« Bei dieser napalmgestützten Aufgabe wird der katholische Held Moore viele Kreuzzeichen auf der Leinwand schlagen, was vor dem Hintergrund einer eher kriegskritischen US-Bischofskonferenz aktuell angesagt zu sein scheint. Inmitten der Leichen, die zum Teil leider auch Opfer eines unvermeidlichen »friendly fire« sind, betet er von Gottes großer Barmherzigkeit und weiß später gar, dass sein toter Lieblingsschützling »bei Gott und den Engeln« weilt.

Einer der ersten sterbenden US-Soldiers verkündet: »Ich bin glücklich, für mein Land sterben zu können!« (I am glad I could die for my country.) Hunderte von Angehörigen der vietnamesischen Volksarmee, denen der Film in einer zweiten Widmung auch zugedacht sein soll, werden in der Ferne zerfetzt. Dagegen rückt die Kamera die getroffenen Soldaten der U.S. Army entschieden häufiger individuell und hautnah ins Licht. Napalm wird vor allem als Lebensretter für die Kameraden dieser armen Jungen gezeigt. Mit einer allzu anständigen Alibi-Episode soll diese Perspektive eines eingebetteten Kameramanns offenkundig verschleiert werden. Der Film zeigt, wie Moore das Tagebuch eines toten vietnamesischen Kämpfers empfängt und es später an dessen Frau schickt. Moores Gattin hatte vor einem rosenkranzgeschmückten Foto gewartet. Die Vietnamesin wird die Erinnerungen ihres toten Mannes vor einer Buddha-Figur lesen.

Zuhause am Armeestützpunkt Fort Benning wachen »Stars and Stripes« über eine patriotischen Familienfront. Hier gibt es Waschsalons »nur für Weiße« – Menschen, nicht Kleider sind gemeint. Doch das hindert eine afro-amerikanische Soldatengattin keineswegs daran, in der Kaffeeklatschrunde ein vaterländisches Bekenntnis abzulegen: »Trotzdem sind wir für die Sache!« Namentlich Moores starke Ehefrau Julie spielt beim Zusammenhalt der Soldatenfrauen eine zentrale Rolle, wenn sie die Verteilung der Trauertelegramme übernimmt und unentwegt tröstet. »Der perfideste Schnitt des ganzen Films blendet vom blutigen Schlachtfeld [...] zu Moores Frau, die mit dem Staubsauger die Krümel vom Teppich holt.«[51] Beabsichtigt oder nicht entsteht, wie Wolfgang Hübner zu Recht anmerkt, die üble Assoziation, Helden und Ehefrauen bekämpften an ihrem jeweiligen Ort gleichermaßen den »Schmutz«.

Am Schluss der US-Auftaktschlacht in Vietnam stehen neben einem Rückzug der vietnamesischen Volksarmee die strategische Leistung und die Tapferkeit der U.S. Army. (Militärhistoriker haben offenbar wenig zum Drehbuch beigetragen.) Lieutenant Moore wendet sich an den späteren Co-Autor seiner Erinnerungen: »*Erzähle dem amerikanischen Volk, was diese Männer hier taten!*« Die Journalisten kommen in

VI. Der „neue" Vietnam-Film

Scharen auf das noch nicht geräumte Schlachtfeld, um aus erster Hand objektiv berichten zu können. (Die verfeinerte Medienpolitik der Nixon-Administration wird noch einige Zeit auf sich warten lassen.) Die obligate Choreografie des nationalen Symbols platziert die US-Flagge auf einem Baumstumpf.

Colonel Harold Moore hat überlebt. Der Held kommt heil aus Vietnam zurück und kann ein frohes Wiedersehen mit den Kindern feiern. Es werden auch verwundete Heimkehrer im Krankenhausflur gezeigt: »*Am Ende kämpften sie nicht für ihr Land oder für die Flagge, sondern für einander!*« (In Stones PLATOON hieß es 1986 noch zum Schluss: »Ich denke [...], wir haben nicht gegen den Feind gekämpft, wir haben gegen uns selbst gekämpft!«) Wenn die undankbare Heimat den hohen Sinn der Mission nicht nachvollzieht, dann bleiben also noch immer der Heroismus als *Selbstzweck* und das Kameradschafts-Ethos der Krieger, die eine »Family of Men« bilden.

Moore erinnert vor dem Helden-Memorial die einzelnen Namen seiner toten Soldaten, bevor der Abspann, musikalisch begleitet von der United States Military Academy, sie mit einer symphonischen Hymne ehrt und den Ewigen Hallen jenes »Gottes« anvertraut, dessen eigenes Land die USA sind: »*For fallen soldiers let us sing / Where no rockets fly, nor bullets wing. / Our broken brothers let us bring / To the mansions of the Lord. / No more bleeding, no more fight. / No prayers pleading through the night. / Just divine embrace, eternal light / In the mansions of the Lord. / Where no mothers cry and no children weep, / We will stand and guard, / Though the angels sleep, / While through the ages safely keep / The mansions of the Lord.*«

Im Interview hat Regisseur Wallace, von dem u. a. auch das Drehbuch zu PEARL HARBOR stammt, einige bemerkenswerte Erläuterungen zu seinem Film gegeben.[52] Die Vorlage zu WE WERE SOLDIERS unterscheide sich *von allen anderen* Geschichten über den Vietnamkrieg. Sie erzähle von einem integren Offizier »mit Herz und Verstand«, zeige die Familien »jenseits aller politischen Fragen« als Menschen und verzichte auf eine Stilisierung des vietnamesischen Gegners nach Feindbildschema. Wallace erinnert im Gefolge Ronald Reagans an den ursprünglichen Idealismus, mit dem »Amerika in Vietnam durchaus rechtschaffene Motive hatte«. Ausdrücklich wendet er sich gegen die Diffamierung der Vietnamveteranen: »Diese Männer hatten sich damals genauso als Helden bewiesen wie jeder andere Soldat. Aber für sie gab es eben keine Paraden, kein Willkommen, kein Danke.« Dieser Komplex wird im Film selbst allerdings nicht besonders nachdrücklich beklagt. Die US-Amerikaner sollen ja endlich – unbelastet von Problematisierungen – »Dankbarkeit dafür empfinden, was ganz normale Amerikaner in Vietnam *geleistet* haben.« Für seine Art, »die moralischen und spirituellen Werte von Heldentum, Ehre und Opferbereitschaft« zu vermitteln, rechnet der Regisseur vor allem mit Wertschätzung in Asien und Europa! Moore und Galloway, die Autoren der adaptierten »authentischen« Erinnerungen, haben sich unter Tränen bei Wallace bedankt.

VI. Der „neue" Vietnam-Film

Angesichts der Legion von Vietnamfilmen stellt sich die Frage, womit WE WERE SOLIDIERS das Genre nun im Jahre 2001 bereichern möchte. Im Vergleich mit zeitnahen Produktionen wie A BRIGHT SHINING LIE (2001) oder GOING BACK (2001), deren Drehbücher im Pentagon kein vergleichbares Wohlgefallen auslösten, fällt die Antwort darauf nicht schwer.[53] Im Film von Wallace sind die Scham angesichts der endlos dokumentierten US-Verbrechen im Vietnamkrieg und das Trauma der Niederlage endgültig überwunden. Das konstruierte unschuldige Heldenideal ist letztlich siegreich und bedarf – anders als noch in HAMBURGER HILL – keiner Rechtfertigung mehr. Die Verweise auf höhere Bestimmung und göttlichen Beistand im Krieg sind – anders als in FORREST GUMP – todernst gemeint. Der Anschluss an die realistische und individualistische Wende im neuen Kriegsfilm ist dabei vollzogen. Hinter der *vermeintlichen* politischen Abstinenz des Films versteckt sich ein aufdringliches patriotisches Paradigma, das die Geschichte verdrängt, indem es sie umschreibt, und das massiv »religiöse« bzw. »moralische« Aufrüstung betreibt. Stillschweigend sind ein ganzes Hollywood-Kapitel und vor allem die historische Erfahrung des US-Widerstands gegen den Vietnamkrieg auf der Leinwand beerdigt.

WE WERE SOLDIERS gehört als besonders häßliches Beispiel zum neuen Kanon jener US-Staatskunst, die in Kooperation mit dem Pentagon produziert wird und dies am Ende der Fahnenstange auch zur Kenntnis gibt: »*The producers acknowledge the cooperation of the Department of Defense, the Department of the Army and the National Guard Bureau, specifically: Philip M. Strub – Department of Defense, SFC William F. Homann – Department of Defense project office, CPT Chip Colbert – Army Technical Advisor. – With special thanks to: US Army Public Affairs – Los Angeles Branch, General John LeMoyne and the 3rd Ranger Training Batallion, Fort Benning GA, Fort Hunter Liggett CA, 40th Infantry Division Artillery, I/II 2th Aviation Regiment – I/I 40th Aviation Regiment of the California National Guard, 1st Aviation Group of the Gregoria National Guard.*« Man hat angemerkt, die blutigen Nahaufnahmen des frommen Filmes seien zur Soldatenwerbung ungeeignet: »Wir hörten die Schreie in der Nacht. Wir waren Soldaten, und wir waren jung!« Die wenigsten angehenden Rekruten hegen heute wohl bewusst Sehnsucht nach dem »finsteren Tal des Todes« und nach jenem kalten Grund, in den hinein – nach dem Text eines der Filmsongs – so viele Männer vor ihnen gingen. Doch sie müssen, so meinte man 2001 bei der Fertigstellung noch allgemein, keine Angst haben. Sie wissen, dass der Bodenkampf im Ia-Drang-Tal für die modernste Streitmacht der Welt ein auslaufendes Modell oder gar bereits ein abgeschlossenes historisches Kapitel ist.

In HAMBURGER HILL kann das Heldenideal nur in Auseinandersetzung mit der Protestbewegung gegen den Vietnamkrieg als Selbstzweck gefunden werden. Auch wenn eigene Kriegsverbrechen kein Thema sind, so müssen doch weniger ideale Züge im Alltagstreiben der US-Soldaten auf einem längst erreichten Filmniveau präsentiert

VI. Der „neue" Vietnam-Film

werden. Der Film ist hochpolitisch, in dem er unter dem Stichwort Heimatverrat die propagandistische Dolchstoßlegende der Reagan-Ära transportiert. Der ehemalige Hollywoodschauspieler Ronald Reagan hatte als US-Präsident kurz nach Amtsantritt dem Gründer der Veteranen-Stiftung erklärt: »Das Schlimme an Vietnam war, das wir euch nie erlaubt haben, den Krieg zu kämpfen, den ihr hättet kämpfen können. Und damit haben wir euch den Sieg verweigert, den all unsere anderen Veteranen genießen durften. Das wird nie wieder passieren ...«[54] Auch FLIGHT OF THE INTRUDER muss seine bösartige Geschichtsklitterung im Dienste von »New World Order« noch als Antwort auf die Kritik in der Gesellschaft entwickeln. Diese gezielte Propaganda für Luftkriege im Jahr 1989 kann kaum als zufällig bewertet werden.

Die scheinbar moralische Alternative von FORREST GUMP liegt im Verzicht auf jegliche *Reflektion*, sei sie philosophisch, religiös oder politisch, sei sie kritisch oder rechtfertigend: Deine Liebe muss nur groß genug sein! Dann kannst du selbst das düsterste Kapitel der neueren US-Geschichte mit Kinderaugen betrachten, die Verbrechen des Krieges wie ein Naturereignis geschehen lassen, Pralinen essen und in den Schuhen von *Nike* das Leben erkunden! Für diese glückliche Blödheit eines unterbemittelten, sympathischen Veteranen gab es keine Assistenz aus dem US-Verteidigungsministerium. Die großen Marken waren indessen bereit, etwas zu diesem neoliberalen Kultfilm der 90er Jahre beizusteuern.

WE WERE SOLDIERS gelangt schließlich durch ein forsches Überspringen der Geschichte zu einem als siegreich inszenierten Vietnamausschnitt *und* zum glasklaren Ideal ursprünglicher Unschuld. Soldaten sind hier wieder ehrbare Soldaten und keine Babymörder, konstatiert mit Genugtuung Brendan Miniter, stellvertretender Herausgeber des Wall Street Journal.[55] Ausgeflippte Killer auf Drogentrip, Times-Artikel über Gräueltaten der eigenen Jungs und über Regierungslügen oder misstrauisch werdende Angehörige daheim, das alles gibt es einfach nicht (und hat es ja zum historischen Zeitpunkt der Handlung im öffentlichen Bewusstsein auch nicht gegeben). Das religiöse Kriegsbekenntnis ist – wieder – eindeutig und der Held eine metaphysische Tatsache. Selbst der vietnamesische Volksarmist muss deshalb nicht als rundherum böser Wolf auf die Bühne treten. Und weil Philip M. Strub vom Pentagon seinen Segen dazu erteilt, ist der US-Steuerzahler auch bei dieser schlussendlichen Überwindung des Vietnam-Syndroms nicht nur als privater Kinobesucher dabei. (»Demokratisch« ist solche Kriegsreklame auf jeden Fall hinsichtlich ihrer Finanzierung, an der sie alle teilhaben lässt.)

Wie vorausschauend WE WERE SOLDIERS seine Propaganda-Aufgabe erfüllt, zeigt dann die Irakkriegsdiskussion im Jahr 2003. Das herausragende Reizwort *Vietnam* lässt sich offenbar nur schwer neutralisieren. Der erneute Einsatz von Napalm in MK-77-Bomben wird mit Blick auf Bilder des Krieges in Südostasien behandelt. Folter und andere Verstöße von US-Soldaten gegen die Genfer Konventionen in der Behandlung afghanischer und irakischer Menschen werden gleichzeitig mit neuen

Erkenntnissen über noch unerforschte US-Massaker in Südvietnam bekannt.⁵⁶ Die Informationstaktik des Pentagons hinsichtlich der uranabgereicherten Munition, die seit dem 1991er Golfkrieg bis heute ohne jede Rücksicht auf die verheerenden Folgen eingesetzt wird, ist mit dem Agent Orange-Komplex durchaus vergleichbar. Schließlich sprechen 2004 nicht nur einzelne Veröffentlichungen davon, der endlose Besatzungskrieg der US-Truppen gegen den einheimischen Widerstand lasse den Irak zum »neuen Vietnam« werden. Bei der drohenden Ausweitung des entzündeten Brandherdes im Nahen Osten werden Erinnerungen an Laos und Kambodscha wach.

Anmerkungen

1. Zitiert nach: *Frey* 2002, 127. – Robert S. McNamara steht im Mittelpunkt des Oscar-prämierten Dokumentarfilms THE FOG OF WAR (USA 2004) von Errol Morris. Die selbstkritischen Memoiren sind auch deutschsprachig erschienen (Robert S. McNamara, Brian VanDeMark: Vietnam – das Trauma einer Weltmacht. Hamburg 1996). McNamara hatte im März 1965 die völkerrechtswidrige Vernichtungsoperation Rolling Thunder und später auch den Einsatz von Napalm und Chemiewaffen befohlen. Ende 1967 »schied das [...] intellektuelle Wunderkind überraschend aus dem Amt. McNamara wurde Präsident der Weltbank und organisierte Feldzüge gegen Elend und Hochrüstung. Der Architekt des Vietnamkrieges verwandelte sich in einen Nato-Kritiker und einen Anwalt der Armen.« (*Assheuer* 2004.) Vor einer Würdigung der Umkehr dieses ehemaligen Ford-Spitzenmanagers und prominenten Kriegsverbrechers ist auf jeden Fall der zynische – geradewegs einer »ökonomischen Logik« folgende – Opferzahlenfetischismus McNamaras zu erinnern. (Vgl. *Frey* 2004, 164.) Zudem zeigt Errol Morris in seinem *bemerkenswerten* Film gerade nicht jenen zur Reue bereiten Kriegsherrn, den einige Rezensenten dem Kinobesucher versprechen. Vergeblich versucht der Regisseur, McNamara eine Entschuldigung oder ein »Es tut mir leid« zu entlocken. Die religiöse Kategorie eigener Schulderkenntnis wird in keinem Wortbeitrag erreicht. Ob er selbst den Agent-Orange-Einsatz persönlich befohlen hat, weiß McNamara auf Nachfrage nicht mehr ganz genau! Die Verantwortlichkeit für Vietnam legt der ehemalige Kriegsminister schließlich allein auf den Präsidenten (Johnson). Bei allen unbequemen Themen befolgt er in THE FOG OF WAR seine eigene Regel: »Beantworte nicht die Frage, die dir gestellt wird, sondern jene, von der du gewünscht hattest, dass sie dir gestellt wird.«
2. Zitiert nach: *Frey* 2002.
3. Vgl. zu den nachfolgend genannten Filmen jeweils die ausführlichen Kapitel in *Bürger* 2004; eine gute Zusammenfassung der einzelnen Phasen des Vietnamkriegsfilms bietet: *Koppold* 1989.
4. Zu THE DEER HUNTER vgl. auch: *Arns* 1989; *Heinecke* 2002.
5. Zu APOKALYPSE NOW vgl. auch: *Karpf* 1989; *Krause/Schwelling* 2002. – Zu APOKALYPSE NOW REDUX: *Ondaatje* 2001.
6. Zu PLATOON vgl. auch: *Drexler/Guntner* 1995.
7. Vgl. zur anhaltenden Bedeutsamkeit der oppositionellen Kultur der Sechziger Jahre: *Chomsky* 2003, 39-41.
8. Vgl. *Bürger* 2004, 20-22. – Joseph L. Mankiewicz hatte in seiner frühen Verfilmung THE QUIET AMERICAN (USA 1957) die über zahlreiche Leichen gehenden US-Geheimdienstoperationen in Südostasien verschleiert. Aus Greenes Warnung vor dem Gewaltpotential der Freiheits-Apostel war ein gewöhnliches antikommunistisches Plädoyer für Weltpolizisten-

tum der USA geworden.
9 Das betrifft gegenwärtig alle wichtigen Analogien wie Supermachttechnologie versus Rebellenkrieg, Illusionen über den Rückhalt in der Zivilbevölkerung des besetzten Landes oder Wahlkampflügen zu einer Vietnamisierung bzw. Irakisierung des Krieges, Probleme und fehlende Kompetenz der U.S. Army in einem völlig fremden Kulturkreis, heimkehrende Soldatensärge, zunehmend mehr Deserteure, Bekanntwerden eigener Kriegsverbrechen in der Weltöffentlichkeit etc. (Vgl. auch *Palm* 2003.)
10 *Kalnoky* 2004.
11 *Chomsky* 2003, 38.
12 Vgl. als knappen Überblick zu all diesen Stichworten das Kapitel »II. Der Vietnamkrieg, oder: Wenn Giganten sich hilflos fühlen« in: *Bürger* 2004, 20-43. (Vollständig ist dieses Kapitel auch zu finden auf: www.napalm-am-morgen.de). Als Gesamtdarstellungen zum Vietnamkrieg ergänzen sich gut die Arbeiten von Marc *Frey* 2002 und *Schneider* 2001. Als Filmmedium informiert: APOKALYPSE VIETNAM (BRD 2000), MDR-Dokumentarfilm in zwei Teilen von Sebastian Dehnhardt (Der Krieg in Indochina 1945-1968) und Jürgen Eike (Der Krieg in Indochina 1968-1975). Zum Bilderkrieg vgl. *Paul* 2004, 311-364.
13 *Bürger* 2004.
14 Dem Klischee widersetzt sich allerdings der Film ULEE'S GOLD (USA 1997), der das menschliche »Heldentum« eines gealterten Vietnam-Veteranen gerade nicht kriegerisch versteht.
15 Vgl. *Frey* 2002, 233; *Chomsky* 2003, 90ff. – Die Opferrolle der US-Soldaten in Vietnam propagieren sehr lange Filme nach Art von BAT* 21 (1987).
16 Zur Danksagungsliste von JACKNIFE gehören nach http://www.imdb.com/title/tt0097607/combined: U.S. Department of Defense, U.S. Airforce und United States National Guard. Zu JACKNIFE vgl. *Bürger* 2004, 58.
17 Zur erfundenen Faktenlage der Vermissten-Kampagne vgl. *Frey* 2002, 229; *Chomsky* 2003, 94 und die Hinweise zum entsprechenden Filmgeschehen in: *Bürger* 2004, 55.
18 In UNCOMMON VALOR heuern ein US-Colonel und ein texanischer Ölmagnat, der das Ganze auch finanziert, Vietnamveteranen an, um ihre Söhne aus einem (vom fiktiven Drehbuch behaupteten) Kriegsgefangenenlager in Laos zu befreien. (Politik und US-Armee – »die da oben« – sind untätig. Sie haben die Soldaten verraten und vergessen.) Im Rahmen dieser Befreiungsaktion für vier US-Amerikaner werden zahlreiche laotische Grenzbeamte, die Opiumschmuggler kontrollieren, einfach niedergeschossen. Eine laotische Kleinfamilie, die der Operation sklavenähnlich zu Diensten steht, verliert ebenfalls eine Tochter, deren Opfer selbstverständlich erscheint und unbeweint bleibt, sowie den Vater. Auf dem Höhepunkt der Erstürmung des Kriegsgefangenen-Camps werden noch einmal etwa 200 laotische Bewacher mit Munition zerfetzt. Ausdrücklich vermitteln die Drehbuchtexte bei all dem: Die Südostasiaten sind grausam; die Kriegsführung von US-Amerikanern ist gerecht. Nach mehreren hundert Toten (darunter einer der US-Veteranen) können vier von »unseren Jungens« heimkehren.
19 Der Plot von OPERATION DUMBO DROP (USA 1995), der sich angeblich an eine wahre Geschichte anlehnt: Die bösen »Vietcong« töten den Elefanten des südvietnamesischen Bergdorfes Dak Nhe, weil Nestle-Schokolade bei einem Kind die Kollaboration mit den USA beweist. Die guten US-amerikanischen Soldaten besorgen nun mit einer abenteuerlichen Operation Ersatz für das heilige Tier und scheuen dabei keine Mühen. Für das Dorf sind die noblen Beschützer und ihr Land – die USA – jetzt die Nummer Eins. – Mit den dankbaren Gesichtern von Vietnamesen darf man nunmehr auch Kindern ab sechs Jahren (deutsche Altersfreigabe) den »dreckigen Krieg« zeigen – ohne B52-Bomber und Napalm: »Amerika hat heute einen Sieg errungen – und dabei ist kein einziger Schuss gefallen.« Selbst

als unter viel Gelächter und Jubel ein Boot des »Vietcong« zerbombt wird, kommt keiner der Feinde ums Leben. Die US-Vorgesetzen decken die Elefanten-Operation übrigens nur, weil das besagte Dorf nahe am Ho-Chi-Minh-Pfad liegt und man seine treue Unterstützung braucht. Die sagenhafte Freundschaft zwischen einem US-Colonel und einem kleinen vietnamesischen Waisenjungen ist – unschwer erkennbar – nach dem Vorbild von THE GREEN BERETS (USA 1968) gestaltet. Die Zuschauer dieses »Kinderfilms« lernen, wie viel Spaß man auch als Dreikäsehoch in einem Militärflugzeug haben kann. (Gedreht wurde der Film in Thailand mit Hilfe der königlich-thailändischen Armee und Luftwaffe.)

[20] Elemente dieser Art enthalten auch viele der eher kritischen Vietnamfilme, die ich in meinem Buch »Napalm am Morgen« behandle: *Bürger* 2004. Vgl. *ebd.*, 123ff; 147; 197 (besonders auch die Fußnote). GOOD MORNING VIETNAM (1987) ist z. B. zugleich »befreiende« Komödie und Beispiel für das kriegskritische Paradigma. – Vgl. auch die bereits unter III.3 in dieser Arbeit angeführten Titel mit einem Bezug zum Thema Vietnam. – Leider werden offenkundige Lücken im Vietnamfilm-Kanon auch durch bekannte Titel zu Südostasien, die nicht us-amerikanische Produktionen sind, kaum gefüllt: THE KILLING FIELDS (GB 1984) über das unsägliche Leid in Kambodscha nach der Machtübernahme durch die Roten Khmer vermittelt im Grunde nichts von der Mitverantwortung der USA für die traurige Entwicklung. (Das gilt freilich noch mehr für us-amerikanische Produktionen wie ESCAPE TO NOWHERE, USA 1995). Auch INDOCHINE (Frankreich 1991) verschleiert eher die kolonialistische und imperialistische Vergewaltigung Südostasiens.

[21] Vgl. *Bürger* 2004, 130-34.

[22] Vgl. *Tigerland* 2001 und ausführlich: *Bürger* 2004, 123-128. Die Militärbeteiligung ist bei TIGERLAND im Nachspann durch das Mitwirken der »Florida Army National Guard« ausgewiesen. – *Seeßlen* 1989, 30 zeigt, dass diese Art der Integration »militarismuskritischer« Aspekte im Kriegsfilm nicht neu ist: »Der kritische Soldat bleibt im Krieg, bleibt in der Militärmaschine, verliert aber weder seine Distanz noch seine Zweifel. Die Kriegsmaschine, so scheint es, beginnt nun, zu Anfang der sechziger Jahre, mit Außenseitern, Kritikern und Dissidenten leben zu lernen.«

[23] Vgl. zum vorbereitenden bzw. frühen Vietnamkriegskino: *Hölzl/Peipp* 1991, 47-74. Die Autoren behandeln u. a. folgende Filmtitel: SAIGON (1947), ROGUES' REGIMENT (1948), A YANK IN INDOCHINA (1952), JUMP INTO HELL (1955), CHINA GATE (1957), THE QUIET AMERICAN (1957), FIVE GATES TO HELL (1961), BRUSHFIRE (1961), THE UGLY AMERICAN (1962), A YANK IN VIETNAM (1963), TO THE SHORES OF HELL (1965), OPERATION C.I.A. (1965), THE LOST COMMAND (1965), RUN WITH THE DEVIL (1966), THE GREEN BERETS (1968). – Zu regierungsamtlichen Filmtiteln bzw. Rekrutierungsfilmen zum Vietnamkrieg vgl. auch *Paul* 2003, 49.

[24] *Hölzl/Peipp* 1991, 59f.

[25] *Hölzl/Peipp* 1991, 61. – Zu diesem Titel konnte ich keine weiteren Angaben recherchieren.

[26] http://www.imdb.com .

[27] Vgl. *Hölzl/Peipp* 1991, 69; zum gesamten Film: *ebd.*, 62-74.

[28] *Hölzl/Peipp* 1991, 69.

[29] Zitiert nach dem Dokumentarfilm: OPÉRATION HOLLYWOOD (Frankreich 2004).

[30] *Koppold* 1989, 52.

[31] Nach THE GREEN BERETS entstehen während des Vietnamkrieges nur noch wenige US-Kriegsfilmtitel (mit durchweg anderen Themen), die – abgesehen vom Pearl-Harbor-Film TORA! TORA! TORA (1969) – alle auf Militärunterstützung verzichten müssen und wie schon 1966 THE SAND PEBBLES auf historisch früheren Schauplätzen ihre verdeckte Kritik am aktuellen Geschehen inszenieren (vgl. *Bürger* 2004, 44-50): M.A.S.H. (1969), CATCH 22

VI. Der „neue" Vietnam-Film

(1970), JOHNNY GOT HIS GUN (1971). US-Historiker Lawrence H. Suid konstatiert zu THE GREEN BERETS: »Bis Kriegsende kamen die Produzenten dann jedoch nicht mehr ins Pentagon, um Unterstützung zu beantragen. Hollywood wollte Geld verdienen, und der Krieg war inzwischen umstritten. Man wusste auch nicht, wann er zu Ende sein würde, und wollte keinen Film über einen Krieg, der bereits vorbei war. Das Verhältnis hat sich also nicht während, sondern erst nach dem Vietnamkrieg verändert. Denn nach Kriegsende kritisierten die Medien die Armee und die Marines wegen ihrer Gewalttaten. Als dann wieder Drehbücher vorgelegt wurden, in denen die Filmemacher ihre Sicht des Krieges verarbeiteten, wies das Militär sie als absolut inkorrekt zurück und verweigerte jegliche Zusammenarbeit.« (Zitiert nach dem Dokumentarfilm: OPÉRATION HOLLYWOOD, Frankreich 2004.)

32 *Schwarz* 2004. Wie sehr auch die eher kritischen Titel den modernen massenkulturellen Krieg mitgeprägt haben, zeigen *Holert/Terkessidis* 2002. Auf weitere Bezüge des Irakkrieges 2003 zu Szenen aus Vietnamfilmen verweist *Brinkemper* 2003: »Wenn US-Militärsprecher Brooks in Katar als eine offizielle Maßnahme der US-Fahndung Spielkarten mit den Köpfen des alten irakischen Regimes vorstellt, allen voran Saddam Hussein als Pik Ass, dann erinnert dies daran, wie Hubschrauber-Kavallerist Kilgore in Francis Ford Coppolas ›Apocalypse Now‹ (1979) über die toten Vietnamesen vor laufenden Kameras die Spielkarten seiner Einheit wirft. Das Signal ist unverkennbar: Man hat sich gegen die Niederlage in Vietnam immunisiert, die Bush Senior noch als Hintergrund für den Abbruch des Marsches auf Bagdad anführte. Und der Korpsgeist setzt unerbittlich seine Marken. [...] Die im Irak derzeit interviewten Soldaten, die davon schwafeln, dass die Iraker mit ihrer neuen Freiheit noch nichts anfangen konnten, und ein Rumsfeld, der auf einer Pressekonferenz den losgelassenen Eingeborenen ein bisschen Gewalt im Sinne der American Rifle Association zubilligt, erinnern an die Aussagen eines schwarzen Marines in Kubricks ›Full Metal Jacket‹ (1987): ›Sie haben uns die Freiheit genommen, und die Schlitzaugen wollen sie nicht haben. Die wollen lieber leben als frei sein.‹«

33 Zitat in: *Hölzl/Peipp* 1991, 138.
34 Mit den Drehbüchern zu HEARTBREAK RIDGE (1986) und HAMBURGER HILL entfernt sich Carabatsos von seinem noch eher kritischen Veteranenfilm-Drehbuch zu HEROES (1977).
35 Vgl. das Interview mit dem Regisseur in: *Hölzl/Peipp* 1991, 138f.
36 Vgl. auch: *Hölzl/Peipp* 1991, 134-140.
37 Zitiert nach: *Hölzl/Peipp* 1991, 139.
38 *Pilger* 2003b; vgl. auch *Rufener/Studer/Leuenberger* (ohne Jahresangabe).
39 Vgl. *Pehrke* 2003.
40 *Frey* 2002, 211.
41 Vgl. *Schneider* 2001, 43; *Frey* 2002, 210f.
42 Vgl. zu den »Menue«-Protokollen über geheime Kambodscha-Einsätze ab 1969 (!) und Nixons Eskalationspläne für den Luftkrieg während der zweiten Amtszeit: *Greiner* 2004, 72. (Vgl. im Kino: AIR AMERICA, 1990.) Dass wir über die Lügen des Vietnamkriegs so viel wissen, verdanken wir u. a. dem beispiellosen zivilen Ungehorsam eines US-Bürgers: Der Geheimnisträger Daniel Ellsberg entschied sich, Mitte 1971 die sogenannten »Pentagon Papers« der Öffentlichkeit zugänglich zu machen. Nixon wählte Ellsberg zum Erzfeind, da er – nicht zu Unrecht – befürchtete, dieser könne auch Dokumente über Straftaten preisgeben, die unmittelbar die Kriegspolitik seiner eigenen Amtszeit betrafen.
43 *Flight of the Intruder*. http://www.amigafuture.de/GTT/amiga/f/33/k.html .
44 Vgl. *Bürger* 2004, 13f., 52-58, 93-99.
45 Vgl. zu FORREST GUMP auch: *Hermann* 2002, 154-168.
46 Gemeint ist der Bürgerkriegsgeneral Nathan B. Forrest, »Großer Hexenmeister« des Ku-

Klux-Klans bis Ende der 1860er Jahre. Der Klan wurde bereits am 24. Dezember 1865 in Pulaski (Tennessee) durch ehemalige Armeeoffiziere der Südstaaten ins Leben gerufen und gab sich 1867 in Nashville (Tennesee) eine geheime Verfassung. Er wirkte fortan als die berüchtigtste rassistische Geheimgesellschaft im Süden und wird später zeitweilig mehrere Millionen Mitglieder zählen. Bereits 1871 verabschiedete der US-Kongress gegen den Terror der Clansmen den Ku-Klux-Klan-Act. Nach einer Neubegründung 1915 in Georgia erhielt der Klan nach dem Ersten Weltkrieg erneut großen Zulauf. 1940 kam es in New Jersey – mit Finanzhilfe der Nazis – zu einer gemeinsamen Veranstaltung mit dem deutschamerikanischen Bund. Bei Verabschiedung der Bürgerrechts-Gesetze von 1964 hatte der KKK schon wieder etwa 40.000 Mitglieder. Zur Mitte der 90er Jahre (also zeitgleich zu FORREST GUMP) nahm die Organisation ihre Brandanschläge gegen afro-amerikanische Kirchengemeinden erneut auf.

47 *Campbell* 2001 teilt mit: »One internal army memo about FORREST GUMP, which starred Tom Hanks, suggested that ›the generalised impression that the army of the 1960s was staffed by the guileless or by soldiers of limited intelligence‹ was unacceptable. ›This impression is neither accurate nor beneficial to the army.‹ Of the scene when Tom Hanks shows a scar on his buttock to President Johnson, a navy memo states: ›The mooning of a president by a uniformed solider is not acceptable cinematic licence.‹«

48 Der deutsche Text dieser parallel zum Irakkrieg 2003 kursierenden *Kettenmail*, deren Herkunft ich nicht recherchieren konnte: »Zum Nachdenken: Eines Tages bat eine Lehrerin ihre Schüler, die Namen aller anderen Schüler in der Klasse auf ein Blatt Papier zu schreiben und ein wenig Platz neben den Namen zu lassen. Dann sagte sie zu den Schülern, sie sollten überlegen, was das Netteste ist, das sie über jeden ihrer Klassenkameraden sagen können und das sollten sie neben die Namen schreiben. Es dauerte die ganze Stunde, bis jeder fertig war, und bevor sie den Klassenraum verließen, gaben sie ihre Blätter der Lehrerin. – Am Wochenende schrieb die Lehrerin jeden Schülernamen auf ein Blatt Papier und daneben die Liste der netten Bemerkungen, die ihre Mitschüler über den einzelnen aufgeschrieben hatten. Am Montag gab sie jedem Schüler seine oder ihre Liste. Schon nach kurzer Zeit lächelten alle. ›Wirklich?‹ hörte man flüstern. ›Ich wusste gar nicht, dass ich irgend jemandem was bedeute!‹ und ›Ich wusste nicht, dass mich andere so mögen‹ waren die Kommentare. Niemand erwähnte danach die Listen wieder. Die Lehrerin wusste nicht, ob die Schüler sie untereinander oder mit ihren Eltern diskutiert hatten, aber das machte nichts aus. Die Übung hatte ihren Zweck erfüllt. Die Schüler waren glücklich mit sich und mit den anderen. – Einige Jahre später war einer der Schüler in Vietnam gefallen und die Lehrerin ging zum Begräbnis dieses Schülers. Sie hatte noch nie einen Soldaten in einem Sarg gesehen – er sah so stolz aus, so erwachsen. Die Kirche war überfüllt mit vielen Freunden. Einer nach dem anderen, der den jungen Mann geliebt hatte, ging am Sarg vorbei und erteilte ihm die letzte Ehre. Die Lehrerin ging als letzte und betete vor dem Sarg. – Als sie dort stand, sagte einer der Soldaten, die den Sarg trugen zu ihr: ›Waren Sie Mark's Mathe-Lehrerin?‹ Sie nickte: ›Ja‹. Dann sagte er: ›Mark hat sehr oft von Ihnen gesprochen.‹ Nach dem Begräbnis waren die meisten von Mark's früheren Schulfreunden versammelt. Mark's Eltern waren auch da, und sie warteten offenbar sehnsüchtig darauf, mit der Lehrerin zu sprechen. ›Wir wollen Ihnen etwas zeigen‹, sagte der Vater und zog eine Geldbörse aus seiner Tasche. ›Das wurde gefunden, als Mark gefallen ist. Wir dachten, Sie würden es erkennen.‹ Aus der Geldbörse zog er ein stark abgenutztes Blatt, das offensichtlich zusammengeklebt, viele Male gefaltet und auseinandergefaltet worden war. Die Lehrerin wusste ohne hinzusehen, dass dies eines der Blätter war, auf denen die netten Dinge standen, die seine Klassenkameraden über Mark geschrieben hatten. ›Wir möchten Ihnen so sehr dafür danken, dass Sie das gemacht haben‹

sagte Mark's Mutter. >Wie Sie sehen können, hat Mark das sehr geschätzt.< Alle früheren Schüler versammelten sich um die Lehrerin. Charlie lächelte ein bisschen und sagte, >Ich habe meine Liste auch noch. Sie ist in der obersten Lade in meinem Schreibtisch<. Chuck's Frau sagte, >Chuck bat mich, die Liste in unser Hochzeitsalbum zu kleben.< >Ich habe meine auch noch< sagte Marilyn. >Sie ist in meinem Tagebuch.< Dann griff Vicki, eine andere Mitschülerin, in ihren Taschenkalender und zeigte ihre abgegriffene und ausgefranste Liste den anderen. >Ich trage sie immer bei mir<, sagte Vicki und meinte dann ohne mit der Wimper zu zucken: >Ich glaube, wir haben alle die Listen aufbewahrt.< Die Lehrerin war so gerührt, dass sie sich setzen musste und weinte. Sie weinte um Mark und für alle seine Freunde, die ihn nie mehr sehen würden. – Im Zusammenleben mit unseren Mitmenschen vergessen wir oft, dass jedes Leben eines Tages endet. Und dass wir nicht wissen, wann dieser Tag sein wird. Deshalb sollte man den Menschen, die man besonders mag und um die man sich sorgt, sagen, dass sie etwas Besonderes und Wichtiges sind. Sag es ihnen, bevor es zu spät ist. – Du kannst dies auch tun, indem Du diese Nachricht weiterleitest. Wenn Du dies nicht tust, wirst Du wieder einmal eine wunderbare Gelegenheit verpasst haben, etwas Nettes und Schönes zu tun. – Wenn Du diese Mail bekommen hast, dann deshalb, weil jemand an Dich gedacht hat und sich um Dich sorgt. Es bedeutet, dass es zumindest einen Menschen gibt, dem Du etwas bedeutest. Wenn Du zu beschäftigt bist, die paar Minuten zu opfern um diese Nachricht weiter zu leiten, ist dies vielleicht das erste Mal, dass Du nichts getan hast, um einem Mitmenschen eine Freude zu machen?! Je mehr Menschen Du diese Mail weiterleitest, desto mehr Menschen kannst Du eine Freude machen. Denke daran, Du erntest, was Du säest. Was man in die Leben der anderen einbringt, kommt auch ins eigene Leben zurück. Dieser Tag soll ein gesegneter Tag sein und genau so etwas Besonderes wie Du es bist.« Mit Hilfe solcher Appelle finden der *stolz* aussehende Vietnamheld und sein Ehrenbegräbnis weite Verbreitung.

49 Den entscheidenden Sieg des vietnamesischen Befreiungskampfes gegen die französische Kolonialmacht 1954 zeigt im europäischen Kino der Film Diên Biên Phú (Frankreich 1991).
50 Dazu teilt http://www.imdb.com mit: »Col. Moore has been said to be mightily motivated to not repeat what happened to a previous 7th Cavalry unit at Little Bighorn. However, his courage, drive and support of his men while grossly outnumbered was >right out of the book< of the commander of a different 7th Cavalry (Tenn), Gen. Nathan Bedford Forrest.« (Die Rezension bezieht sich damit positiv auf einen Ku-Klux-Klan-Gründer!)
51 *Hübner* 2002.
52 In: *Kreye* 2002. – Vgl. zum Film auch die Kritiken von *Kay* 2002 und *Kohler* 2002.
53 Vgl. zu den beiden genannten neueren Titeln *Bürger* 2004, 182-197. – Sidney Furie setzt im Vergleich zu seinen früheren Titeln wie THE BOYS IN COMPANY C (1978), PURPLE HEARTS (1984; vgl. zu diesem Titel *Bürger* 2004, 59 – Anmerkung 6) oder den IRON EAGLE-Filmen ab 1986 mit GOING BACK (2001) deutlich kritischere Akzente. Ob dies auch auf seine Regiearbeit des Jahres 2004 (AMERICAN SOLDIERS) zutrifft, bleibt abzuwarten.
54 Zitiert nach: *Holert/Terkessidis* 2002, 49.
55 Vgl. den Hinweis bei: *Kay* 2002.
56 Vgl. dazu das Kapitel »X. Casualties of War (1989) – Über besondere Morde im Krieg« in: *Bürger* 2004, 136-147. – Die seit Ende 2001 im Internet nahezu täglich aktualisierten Meldungen über US-Kriegsverbrechen, die den (von allen Medien schnell vergessenen) Einsatz von Massenvernichtungswaffen in Afghanistan und im Irak offenbar systematisch mit Foltermethoden und Zivilistenmorden »ergänzen«, sind in Kapitel IX dieser Arbeit noch einmal Thema. Sie werden hoffentlich in naher Zukunft durch eine Dokumentation der Internationalen Kriegsverbrechertribunale möglichst vollständig dargestellt.

VII. Ehrenmänner und Windflüsterer: Multiethnische Werbung für die US-Streitkräfte

Politiker der US-Administration »*finden es akzeptabel, dass in Hollywood und anderswo pro-amerikanische Filme gedreht werden, die junge Männer und Frauen dazu ermutigen, in einem Krieg zu kämpfen und zu sterben. Dahinter steht die Vorstellung, dass eine Supermacht den Krieg verherrlichen muss, damit die Öffentlichkeit die Tatsache akzeptiert, dass sie ihre Söhne und Töchter in den Tod schickt.*« US-Medienbeobachter Joe Trento[1]

»*Als Offizier der U.S. Army setze ich jeden Tag mein Leben an der Front ein, ohne zu zögern. Dennoch trage ich einen Konflikt in mir. Was empfinde ich für mein Vaterland, und was empfindet dieses Land seinerseits für mich?*« Ein afro-amerikanischer Kampfpilot (um 1944) im Film THE TUSKEGEE AIRMEN

Die Rekrutierungs-Kampagnen der US-Streitkräfte sind äußerst kostspielig, werden professionell auf der Basis von Umfrageergebnissen gestaltet und umfassen jedes moderne Medium. Anfang 2001 reagierte die Armee im Rahmen »einer rund 300 Millionen Mark teuren Kampagne« auf das verbreitete Image, der Einzelne sei in ihr nur ein anonymes Rädchen. Ein Videoclip warb mit Individualismus: »And I'll be the first to tell you the might of the U.S. Army doesn't lie in numbers. It lies in me. I am an Army of one.«[2] Nicht nur die schon genannten Computer-Kriegsspiele des Pentagon, sondern auch offensive, zum Teil geradezu militaristische Armeeaktivitäten im Schulbetrieb erreichen ganz junge Leute.[3] Einige unglaubliche Einblicke in die Arbeitsweise von Anwerbern vermittelt auch Michael Moores jüngster Dokumentarfilm FAHRENHEIT 9/11. Die gegenwärtige Aufrüstung der Militärwerbung sollte nicht verwundern. In Kriegszeiten ist der Soldatenberuf lebensgefährlich. Das spricht sich schneller herum als es der Army lieb ist. Die Gleichgültigkeit gegenüber den Leiden der US-Soldaten ist in den Vereinigten Staaten groß, und noch weniger Mitgefühl gibt es vermutlich im Rest der Welt.[4]

1. Top Gun (1985) und Probleme für das Rekrutierungskino

Wegweisend für die neue Ära der massenmedialen Rekrutierung ist TOP GUN (USA 1985) von Tony Scott, der legendäre Werbespielfilm für angehende Kampfpiloten. Die beim Pentagon gut angesehene Produktionswerkstatt Bruckheimer erhielt für diesen Titel umfangreiche Unterstützung seitens des Militärs.[5] Vermittelt werden die Formung eines stürmischen Draufgängers in der Eliteausbildung, Action und die Attraktivität von Militärpiloten in den Augen von Frauen. Fast in einem Viertel der Spielzeit sind direkte patriotische Elemente enthalten; mehr als sieben Minuten lang ist allein die US-amerikanische Flagge zu sehen.[6] Bis heute, so US-Filmkritiker Jim Hoberman, wirkt das Konzept nach: »TOP GUN ist eine Art glänzend gemachter Kriegsporno. Mit einem Elite-Corps von gut aussehenden, jungen und technisch hervorragend ausgebildeten Soldaten, die sich nicht durch Sümpfe schleppen und erschießen lassen müssen, sondern hoch über den Wolken Loopings fliegen. Es werden zwar auch Bomben abgeworfen und Bilder von Gewalt gezeigt, aber das wird von Rock'n'Roll-Musik untermalt und ist unterhaltsam und lustvoll. Durch diesen Film wurde die latente Zuneigung zwischen dem Pentagon und Hollywood offensichtlich neu entflammt, und der Grund dafür lag meiner Meinung nach in seinem hohen Rekrutierungspotential. Inzwischen hat jeder den Film vergessen, doch als der Präsident seine Siegesrede [zum Irakkrieg auf dem Flugzeugträger »Abraham Lincoln« im Mai 2003; *Anm.*] hielt, war klar, dass die Inszenierung aus TOP GUN stammte. Alle Amerikaner wussten das, aber es war interessanter Weise fast unwichtig. Letztendlich war jedem bewusst, dass dies ein triumphaler Moment war, weil er das aus dem Film gelernt hatte.«[7]

TOP GUN gelangt an die Spitze der Kino-Charts. Der kommerzielle Part dieser Image-Produktion verbucht eine Einspielsumme von fast 350 Millionen Dollar. (Begleitet von einer Werbekampagne wurde der Titel im Herbst 2004 auch im deutschen Privatfernsehen wieder einmal ausgestrahlt. Für das Frühjahr 2005 plant Paramount eine aufwendige Special-Edition-DVD.) Das Signal von TOP GUN an die Filmindustrie lautet: Kooperation mit dem Militär macht sich bezahlt. Ausdrücklich bemerkt der Pentagon-Unterhaltungschef Philip Strub vor dem Hintergrund der kriegskritischen Vietnamkriegs-Ära: »TOP GUN war meiner Meinung nach ein Meilenstein der Kinogeschichte, weil der Film das Militär als akzeptables Thema in einem positiven Kontext rehabilitierte. Er bewies mir und vielen anderen Menschen, dass man mit einem positiven Bild des amerikanischen Militärs Geld verdienen kann, ohne in Hollywood zum Ausgestoßenen zu werden. Ich behaupte nicht, dass dies der erste Film dieser Art war, aber er war der wichtigste, denn er stand für einen Wandel der öffentlichen Meinung.«[8]

Das Konzept, eine Mischung aus High-Tech-Flugabenteuern und privater Romanze, lockt zahlreiche junge Männer in die Büros der Luftwaffe. Die so Rekrutierten kommen allerdings mit etwas fehlgeleiteten Vorstellungen zur U.S. Army, so dass TOP GUN nach dem Irakkrieg 1991 im Zusammenhang mit sexuellen Belästigungen durch Armeeangehörige ausdrücklich Erwähnung findet.[9] Bei einem Pro-Militär-Film wie GI JANE (USA 1997), der für die Aufnahme von Frauen in den Kreis einer Elitekampfeinheit (Navy SEALs) votiert, wird das Pentagon später seine Mitwirkung versagen.[10] – Das *Rekrutierungskino* spielt natürlich nicht erst seit TOP GUN eine zentrale Rolle. Bereits über einen Film aus dem Jahr 1943 schreibt Roland Schäfli: »Das

Marines-Korps ist so zufrieden mit dem universalen Approach von ›Guadalcanal Diary‹, dass es die Kino-Foyers mit Rekrutierungsplakaten zupflastert. In der Nähe von Kinos werden temporäre Rekrutierungszentren eröffnet, und bald zählt das Korps 12.000 Neulinge mehr.«[11]

Ein Jahr nach TOP GUN führt HEARTBREAK RIDGE (USA 1986) Rekruten am Ende ihrer Formung zu »echten Marines« in einen richtigen Krieg. Zu den jungen Soldaten, die nach überstandenem Drill den strengen Ausbilder wie einen Vater betrachten, gehören Kiffer, Rock'n'Roller und ein deutlich ins Auge fallender Anteil an Afro-Amerikanern. Der reaktionäre Ausbilder, ein altgedienter Veteran, vermittelt zwischen der lässigen Haltung der nachwachsenden Disco-Generation und der Disziplin seiner alten Schule. Am Ende gewinnt er Vertrauen und Respekt aller jungen Männer in seiner Truppe. Zur Belohnung dürfen sie am 25. Oktober 1983 zusammen mit 5.000 anderen U.S. Marines auf Grenada landen und dort mitmachen beim ersten »schönen kleinen Krieg«, mit dem die Reagan-Administration beweist, dass das Vietnam-Trauma erledigt ist. (Ausdrücklich weiß der Ausbildungs-Sergeant mit Blick auf Korea und Vietnam: *»Aber die Schlachten haben wir gewonnen!«*) Der Film bemüht sich nicht besonders, die Widersprüchlichkeit der offiziellen Propaganda zur Grenada-Invasion der Vereinigten Staaten aufzulösen. Dankbare Medizinstudenten sollen zeigen, dass es um die Evakuierung von US-Amerikanern geht. (Historisch immerhin korrekt werden sie nicht als wirklich bedroht vorgestellt.) Warum jedoch *nach* »Befreiung der US-Bürger« Soldaten durch Schüsse oder US-Granaten getötet und Hügel erobert werden, warum ein nach Auskunft des US-Außenministeriums angeblich bestehendes Massengrab[12] auf der Insel nie gefunden wird und warum der Einmarsch der USA mit der erwünschten Absetzung des Premierministers von Grenada endet, all das erfahren wir in HEARTBREAK RIDGE nicht.

Wofür nun soll man als Rekrut, zumal wenn man aus dem schwarzen Getto kommt, kämpfen? Hinter dem Mythos vom gelobten Land der Freiheit lauerte einst das hässliche Gesicht einer Sklavenhaltergesellschaft, die aus Afrika etwa zehn Millionen Menschen »importieren« ließ – wobei vermutlich noch einmal so viele auf Überfahrten starben. Gründungsväter der USA wie George Washington und Thomas Jefferson[13] predigten Freiheit und hielten Zuhause selbst Sklaven. Dem Ende der Sklaverei folgte jener Rassismus, der im Süden der USA noch bis in die 1960er Jahre Lynchmord-Orgien hervorbrachte. Die entsprechenden »Partys« der White-Anglo-Saxons nannte man »Negergrillfeste«. Die ihnen zugrunde liegende Gesinnung kann sich immer wieder auf der Geschworenenbank oder in Polizeidezernaten niederlassen.[14] Das alles wird der Hollywood-Geschichtsunterricht nach MANDINGO[15] (USA 1974), ROOTS (TV-Serie nach dem Buch von Alex Haley, USA 1977), AMISTAD (USA 1997), MISSISSIPPI BURNING (USA 1988) oder Filmen über Martin Luther King und Malcom X nie mehr übergehen können.[16] Afro-Amerikaner sind stolz auf ihren erfolgreichen Kampf um Bürgerrechte und auf ihre kritische Erinnerungskultur. Doch gegenwärtig müssen sie zur Kenntnis nehmen, dass sich die US-Regierung im internationalen Kontext einer gerechten Aufarbeitung des Völkermordes an Afrikanern und der Sklaverei-Vergangenheit widersetzt[17] und dass viele afro-amerikanische Wähler mit dubiosen Methoden aus den Wählerlisten entfernt werden. (Europa freilich steht an dieser Stelle kein Urteil an! Auf deutschen Bahnhöfen und Bahngleisen werden von Bundesgrenzschutz und Polizei gezielt Menschen mit einer von der Mehrheit abweichenden Hautfarbe kontrolliert. Einige Mitbürger zeigen inzwischen bei entsprechenden Maßnahmen solidarisch auch ihre Ausweise vor.)

Schon während des Zweiten Weltkrieges waren die US-Kriegsfilme zumindest bemüht, einen multiethnischen Querschnitt der Gesellschaft innerhalb der gezeigten Truppe zu präsentieren, obwohl die Traumfabrik sonst ein fast ausschließlich »weißes Amerika« suggerierte.[18] Entsprechende Filmtitel »porträtierten beispielsweise eine U-Boot-Besatzung, der jeweils ein Italiener oder Jude aus Brooklyn, ein Farmersohn aus dem Mittleren Westen oder dem Süden, gelegentlich ein Stahlarbeiter osteuropäischer Herkunft oder, in späteren Filmen, ein schwarzer Soldat angehörten.«[19] (Die Realität während des Zweiten Weltkrieges: Afro-amerikanische Soldaten aßen auch beim Militär separat; sie sollten nur administrative Aufgaben erledigen; Blutspenden wurden durch Rotes Kreuz und Army nach »*Rasse*« sortiert.[20]) Der Film A SOLDIER'S STORY (USA 1984) von Norman Jewison vermittelt – mit einigen bemerkenswerten psychologischen Ansätzen – das rassistische Klima in der U.S. Army um 1944. Das Verteidigungsministerium hat bei diesem Titel kooperiert[21]; das Drehbuch fand also Gefallen: Der zu klärende Mordfall an einem afro-amerikanischen Sergeant geht nicht – wie zunächst vermutet – auf weiße Offiziere oder den Ku-Klux-Klan zurück, sondern ist Werk von »schwarzen« Soldaten in der Kaserne von Tynin/Lousiana. (Das Mordopfer Sergeant Waters hatte die »eigenen Leute« aus verstecktem Selbsthass und wegen des Wunsches nach Anerkennung durch die weiße Hierarchie geschunden, einige sogar in den Tod getrieben. Ein besonderes Gräuel waren ihm andere Schwarze, die mit ihrem guten »Blues« das Klischee des »Unterhaltungs-Niggers« bedienen.) Nebenbei bahnt sich in der Gestalt des ermittelnden Militärjuristen Akzeptanz für einen Afro-Amerikaner im Rang eines Captain an.

Während des Vietnamkrieges klärte die Bürgerrechtsbewegung darüber auf, dass proportional viel mehr schwarze als weiße Soldaten unter den US-amerikanischen Todesopfern zu finden waren. In vielen bekannten Vietnamfilmen mit eher kritischem Anspruch lassen sich entsprechende Konfliktszenen finden.[22] Sogar der vom Pentagon gesponserte Streifen HAMBURGER HILL lässt keinen Zweifel daran, aufgrund welcher sozialen Verhältnisse Afro-Amerikaner in Südostasien ihren Unterhalt unter Lebensgefahr verdienen müssen.

Die Rassenunruhen in den USA zu Beginn der 90er Jahre sind ohne Zweifel für Rekrutierungskampagnen unter afro-amerikanischen Männern nicht förderlich gewesen. Vielleicht hat sich das Verteidigungsministerium auch deshalb für eine Kooperation bei Joel Schumacher's A TIME TO KILL (USA 1996) entschieden. Diese Grisham-Verfilmung weckt im Drehbuchtext ausdrücklich »*Verständnis für einen Mann, der das Gesetz in seine Hand nimmt, auch wenn er ein Schwarzer ist.*« Die zehnjährige Tochter eines afro-amerikanischen Arbeiters und Vietnamveteranen wird von zwei weißen Rassisten vergewaltigt und gefoltert. Aus Angst vor einem – in Mississippi durchaus nicht ungewöhnlichen – Freispruch erschießt der Vater die beiden Täter im Foyer des Gerichtsgebäudes. In der Stadt gründet sich nun eine neue Ortsgruppe des »gottesfürchtigen« Ku-Klux-Klans. Diese »Soldaten zum Schutz der christlichen Heime und Familien«, aus deren Mitte die Vergewaltiger kamen, wollen den Tod des Afro-Amerikaners. Staatsanwalt und Richter sind voreingenommen. Vor dem Gericht kommt es zu gewalttätigen Tumulten. Negativ werden die Vertreter der Bürgerrechtsbewegung in der Tradition Martin Luther Kings und ein schwarzer Prediger gezeichnet; sie wollen den Fall für eigene Zwecke instrumentalisieren. Der eigentliche Held ist ein *weißer* Rechtsanwalt, der am Ende einen Freispruch für den afro-amerikanischen Vater bewirkt.

Alle »Guten« in diesem Film votieren für die Rechtmäßigkeit von Selbstjustiz und grundsätzlich auch für die Todesstrafe. (Ausgenommen davon ist lediglich eine Jurastudentin aus reichem Haus, die der Verteidigung freiwillig ihre Dienste anbietet und die »radikale Bürgerrechtspositionen« vertritt.) Das entscheidende Schlussplädoyer nimmt nicht mehr Bezug auf den entlastenden Umstand »Unzurechnungsfähigkeit«, sondern will die Jury von der berechtigten Rache eines Vaters an den Vergewaltigern seiner Tochter überzeugen. Bezeichnend für die rechtstaatlichen Ideale im US-Militär ist der Förderkreis dieses angeblich antirassistischen Films: »*We gratefully acknowledge the cooperation of the Department of Defense, the Department of the Army and the National Guard Bureau. – Special thanks to: Mississippi National Guard, 112th Military Police Batallion.*«

Höchst ungünstig für die U.S. Army fällt in den späten 90er Jahren ein *historischer* Rückblick zum Zweiten Weltkrieg aus, den der NBC-Film MUTINY (USA 1999) von Kevin Hooks zeigt: In der U.S. Marine der 40er Jahre haben schwarze Matrosen höchstens die Chance, zum Verladen von Munition eingeteilt zu werden. Sie erhalten keine Unterweisung im Umgang mit dem *hochexplosiven* Material. Rassistische Vorgesetzte schließen überdies Wetten über die höchste Arbeitsleistung ihrer jeweiligen Mannschaften ab, schikanieren die Matrosen und setzen sie unter Zeitdruck. Am 17. Juli 1944 kommt es deshalb im Hafen von Port Chicago zu einer Explosion, bei der 320 – zumeist afro-amerikanische – Matrosen sterben. Daraufhin weigern sich die schwarzen Matrosen, unter den lebensgefährlichen Bedingungen weiter zu arbeiten. Alle werden bestraft und unehrenhaft entlassen. Ein Teil der Mannschaft wird vor dem Kriegsgericht sogar wegen Meuterei verurteilt. Die wirklichen Hintergründe bleiben unberücksichtigt. Bemühungen um eine späte Rehabilitation durch den US-Kongress sind erfolglos.

VII. Ehrenmänner und Windflüsterer

Die Problemanzeige für moderne Rekrutierungskampagnen enthält auch ein Film wie ALI (USA 2001), in dem der berühmteste afro-amerikanische Boxchampion unter Hinweis auf den Rassismus innerhalb der US-Gesellschaft den Militärdienst in Südostasien verweigert: »Die Vietcong? Mann, ich habe keinen Ärger mit dem Vietcong. Kein Vietcong hat mich jemals Nigger genannt. [...] Ich drück mich nicht, ich verbrenne keine Fahne und ich fliehe nicht nach Kanada. Ich bleibe hier! Ihr wollt mich ins Gefängnis stecken? Nur zu, ich war 400 Jahre im Gefängnis, dann schaffe ich auch noch 4 Jahre mehr. Aber ich fliege keine 10.000 Meilen, um zu helfen, andere Menschen zu ermorden. Wenn ich sterben will, dann sterbe ich hier und jetzt, im Kampf gegen Euch! Ihr seid mein Feind, nicht die Chinesen, die Vietcong oder die Japaner. Ihr seid mein Gegner, wenn ich Gerechtigkeit will [...], wenn ich Gleichheit will. Ich soll irgendwo hin fliegen und für Euch kämpfen? *Ihr* tretet nicht einmal in Amerika für mich ein ... !«[23]

Das hier Thematisierte ist noch nach Jahrzehnten aktuell, auch wenn Afro-Amerikaner längst General oder auch Außenminister werden können. Für den US-Militäreinsatz im Irak formulierte Arundhati Roy im Jahr 2003 eine scharfe Kritik: »Und wer kämpft eigentlich in diesem Krieg? Wieder einmal die Armen Amerikas. Die Soldaten, die unter irakischer Wüstensonne schmoren, sind nicht die Kinder der Reichen. Unter allen Abgeordneten des Repräsentantenhauses und des Senats hat ein einziger ein Kind, das im Irak kämpft. Die amerikanische ›Freiwilligenarmee‹ ist angewiesen auf die Armuts-Wehrpflichtigen, arme Weiße, Schwarze, Latinos und Asiaten, die nach einem Weg suchen, sich eine Ausbildung, und den Lebensunterhalt zu sichern. Bundesstatistiken zeigen, dass Afroamerikaner 21 Prozent der gesamten bewaffneten Streitmacht und 29 Prozent der US-Armee stellen. Sie stellen nur 12 Prozent der Gesamtbevölkerung. Es ist eine Ironie, nicht wahr – in der Armee und im Gefängnis sind Afroamerikaner unproportional oft vertreten.«[24] Inzwischen ist öffentlich bekannt, in welchem Umfang Söldneragenturen und private »Sicherheits«-Dienstleister den Antiterror-Krieg der USA als privates Geschäft prägen. Fast 40.000 Kämpfer der US-Streitkräfte im Irak, so klagte der britische Parlamentsabgeordnete George Galloway im Oktober 2003, seien so etwas wie »Green Card Soldiers«, denen nach Bewährung im Einsatz die Aussicht auf eine US-Staatsbürgerschaft winke. (Wie irreführend der häufig zu hörende Hinweis ist, dass im Gegensatz zum Vietnamkrieg heute ja Berufssoldaten ihr Leben riskierten, zeigt gegenwärtig auch die Not von Tausenden Reservisten. Seit Beginn des Irakkrieges bis Dezember 2004 waren laut CBS-News bereits über 5.500 US-Soldaten auf unterschiedliche Weise desertiert.)

Auf jeden Fall bleibt besonders das »rassische« Ungleichgewicht in der U.S. Army erklärungsbedürftig. Ein mit patriotischer Theatralik inszenierter Film wie GLORY (1989) klärt das Publikum über den Einsatz von ausschließlich schwarzen Regimentern während des us-amerikanischen Bürgerkrieges auf[25]; 180.000 Afro-Amerikaner wurden nach einem Kongressentscheid rekrutiert, und 40.000 Afro-Amerikaner verloren im »Kampf gegen die Sklaverei und das Auseinanderbrechen der Union« als Soldaten ihr Leben. Die Mitglieder des *ersten* afro-amerikanischen Regiments der Union reißen sich 1863 darum, unter der Flagge endlich »mit dem Gewehr in der einen Hand und der Heiligen Schrift in der anderen« in die Schlacht ziehen zu dürfen (statt nur grobe Hilfsarbeiten zu verrichten). Edward Zwick inszeniert ihren Weg ins Massengrab mit Gospel, Mannesehre, Gemetzel und »charakterstarkem« Militarismus. Im Tod sind sie dann endgültig vereint mit ihren weißen Offizieren. (Nicht mehr erfahren wir, was einige Überlebende noch in ihrer Generation erleiden müssen. In den 1890er Jahren gab es jährlich durchschnittlich 153 bekannt gewordene Lynchmorde an Afro-Amerikanern.)

Der U-Bootfilm U-571 (USA 2000) über den II. Weltkrieg, in dessen Danksagungsliste neben der italienischen Marine und Vertretern der Royal Navy auch das »U.S. Navy Office of Information, West« auftaucht, zeigt auf geradezu phantastische Weise einen »Quotenschwarzen«, dessen Rolle als Kriegsheld mit historischen Verhältnissen rein gar nichts mehr zu tun hat. Filme, die mit militärischer Unterstützung gedreht werden, enthalten bezogen auf die Darstellung der Army viel seltener jene negativen Stereotypen und ethnischen Vorurteile, die das Kino im multiethnischen Nationenprojekt USA sonst immer noch zu bieten hat.[26] Die (Re-)Konstruktion des militärischen »Selbstbewusstseins« von ethnischen Minderheiten ist in Koproduktionen von Hollywood und Pentagon obligat und kann zum Angelpunkt ganzer Drehbücher werden.

2. The Tuskegee Airmen (1995)

Paradigmatisch geschieht das in der vom Pentagon geförderten HBO-Produktion THE TUSKEGEE AIRMEN (USA 1995). Der Afro-Amerikaner Hannibal Lee hat bereits als kleiner Junge auf den Feldern seines Heimatstädtchen in Iowa mit einem Miniaturflugzeug gespielt.[27] 1943 kommt er zum US-Fliegerstützpunkt Tuskegee, wo in einem »experimentellen Programm« die ersten schwarzen Kampfpiloten der USA ausgebildet werden sollen: »Negro Pilots get wings.« Auf der Zugfahrt müssen die schwarzen US-Soldaten ihre Plätze für weiße *deutsche* Kriegsgefangene räumen! Der rassistische Ausbilder Major Roy in Tuskegee kommentiert ihre patriotische Motivation folgendermaßen: »Das hier ist nicht *Ihr* Land. Ihr Land ist voller Affen und Gorillas!« Im zivilen Leben sind die ersten schwarzen Flugkadetten durchweg Akademiker (Politik- und Wirtschaftswissenschaftler, Medizinstudenten, Flugzeugingenieure, Literatur- und Kunsthistoriker …). Einer von ihnen erinnert sich, wie man im Süden noch vor kurzem einen hochdekorierten schwarzen Veteran des Ersten Weltkrieges kurzerhand gelyncht hat, um keinen Übermut aufkommen zu lassen.[28] Der Film zeigt, wie stolz andere Schwarze (Verwandte, arbeitende Häftlinge auf einem Feld) auf »ihre Leute« bei der U.S. Army sind. Das Weiße Haus verkündet: »Das amerikanische Volk ist

VII. Ehrenmänner und Windflüsterer

bereit, gemeinsam hohe Opfer in diesem Krieg zu bringen. Das bedeutet eine nationale Einheit, die hinsichtlich der Rasse und des Glaubens keine Vorurteile zulässt.« Die First Lady Frau Roosevelt fliegt demonstrativ vor der Presse im Flugzeug eines schwarzen Kampfpiloten mit.

Doch rassistische Politiker wie Senator Conyers geben an der »anthropologischen Fakultät einer der berühmtesten Universitäten des Landes« ein Gutachten zum Tuskegee-Projekt in Auftrag. Mit unanfechtbarem Ruf und unanfechtbaren Ergebnissen kommen dessen Verfasser zum Ergebnis, dass Schwarze, deren rassische Merkmale u.a. »engere Blutgefäße« umfassen würden, kaum die intellektuellen Fähigkeiten zur Handhabung von komplizierten Maschinen hätten. (Hier ist im Ansatz daran erinnert, dass die USA Anfang des 20. Jahrhunderts Hochburgen für rassistische Anthropologie und akademische »Erbhygiene-Forschung« beherbergten, die oft enge Beziehungen zu deutschen Faschisten pflegten.[29]) Die zunächst in Nordafrika eingesetzte Staffel der schwarzen Piloten wird auch im Krieg gegen »Hitlers Herrenrasse« schikaniert, ausgetrickst und als unfähig diffamiert, obwohl das Kriegskino der U.S. Army vor Ort ihre Treffer dokumentiert. Senator Conyers agitiert ohne Unterlass gegen die »Bande College-verzogener Nigger, die sich einbilden, teure Kriegsflugzeuge fliegen zu müssen«. Sie sind nach seiner Überzeugung kindisch, impulsiv und unfähig zur exakten Zielidentifizierung.

Beim Einsatz in Europa kommt es wieder zu rein schwarzen Einheiten, die lediglich als Eskorten für die bedrohten Bomber fungieren. Dabei erringen sich die Afro-Amerikaner aufgrund ihrer Leistungen enormen Respekt. Mit Theatralik und unerschütterter Fliegerehre wird im Film der Heldentod von Lieutenant Billy Roberts inszeniert. (Die Rolle spielt Cuba Gooding Jr., der in den Filmbeispielen dieses Kapitels gleich dreimal auftaucht.) Ein Ex-Rassist verabschiedet sich nun von seinen »texanischen Soziologiekenntnissen« und fordert die inzwischen berühmte schwarze Division ausdrücklich als Eskorte für die gefährliche Bombardierung Berlins an. – Der Schluss verkündet zu historischen Bildern: Die schwarzen Tuskegee-Flieger im Zweiten Weltkrieg erhielten im Kampf 850 Orden, hatten 66 gefallene Piloten zu beklagen und verloren nie auch nur einen einzigen der von ihnen begleiteten Bomber durch Feindabschuss. Der Abspann: *»We gratefully acknowledge the Cooperation of the Department of Defense, the Department of the Army, the National Guard Bureau, specifically: Philip M. Strub (Department of Defense Liaison), Major Thomas D. Mc. Collum (Military Coordinator, Technical Advisor), Lt. Colonel Mitchell E. Marovitz (Army Office of Public Affairs, Los Angeles Branch), Fort Chaffee, Arkansas, Oklahoma National Guard.«* Die in THE TUSKEGEE AIRMEN gezeigten Kampfeinsätze gegen feindliche Piloten, Züge, Kraftwerke, Militärschiffe oder Städte sind überwiegend nach dem Simulationsmuster elektronischer Kriegsspiele gestaltet und vollziehen sich meistens unter gut gelaunten Abenteuerparolen.

3. Men Of Honor (2000)

Zur Jahrtausendwende sieht auch die Navy Nachholbedarf in Sachen Rassen-Integration. Sie legt mit einem ähnlich gestrickten Kinofilm, der viele Parallelen enthält, nach.[30] MEN OF HONOR (USA 2000) erzählt, wie ein armer afro-amerikanischer Bauernsohn aus Kentucky Ende der 40er Jahre des letzten Jahrhunderts gegen alle Widrigkeiten eine Ausbildung zum Navy-Taucher übersteht und sich schließlich den Rang eines »Master Chief Sergeant« erkämpft. Bereits als Kind schläft der kleine Carl, ein begeisterter Taucher, mit einer Navy-Anzeige im Life-Magazin ein: »Fight – Let's go! Join the Navy!« Als ihn nach sieben Schuljahren später die Army-Anwerber abholen, lautet die Bitte des Vaters: »Bring es mal weiter als ich. Kämpfe, sei der Beste!« Bei der Navy hat ein Schwarzer drei Möglichkeiten: Koch, Offiziersbursche oder: Verschwinden. Als einziger schafft Carl den Weg in die Taucherschule. Obwohl 1948 Truman offiziell die Rassentrennung in der U.S. Army aufgehoben hat, wird er dort bis hin zur manipulierten Schlussprüfung mit einer Drohung verfolgt: »Wir ertränken Dich, Nigger!« Die ihm zustehende Medaille für eine Lebensrettung geht an einen weißen Feigling. Mit Hilfe seiner zukünftigen Frau, einer schwarzen Medizinstudentin, bewältigt er die theoretischen Anforderungen. Sein Werkzeugbeutel beim Unterwasserexamen wird dann absichtlich zerschnitten, und die Prüfung kann er nur unter Lebensgefahr absolvieren. Die begonnene Karriere ist Jahre später zu Ende, als Carl bei der Bergung einer vor Spanien im Meer versunkenen US-Atombombe durch Heldentum fast ein Bein verliert. Er lässt es sich ohne Not amputieren, um mit einer Prothese den Weg zum Master Chief hartnäckig weiter zu verfolgen. Ausgerechnet der rassistische und sadistische Ausbilder seiner Anfangsjahre hilft ihm jetzt dabei. Die Presse, die sich sonst offenbar nirgends um die Rechte von Schwarzen kümmert, ist an dem ehrgeizigen Vaterlandshelden interessiert. Bei einer öffentlichen Anhörung[31] geht es um seinen Verbleib beim Militär im aktiven Tauchdienst. Carl präsentiert sich als Verfechter der alten Schule: »Die Navy ist kein Geschäft für mich. Wir haben viele Traditionen [...] Manche waren gut, manche waren schlecht. Aber ich wäre nicht hier, wenn es nicht um die wichtigste unserer Traditionen gehen würde, ... die Ehre!« 1968 kehrt Carl Brashear, dessen »wahre Geschichte« der Film aufgreift, als erster amputierter Navy-Taucher in den aktiven Dienst zurück und wird der erste Afro-Amerikaner im Rang eines »Master Diver«. Was man nicht erfährt, obwohl es ausgezeichnet zum zeitlichen Ausgangspunkt des Drehbuches passen würde: Dem Kampf schwarzer Veteranen des Zweiten Weltkriegs um Menschenrechte und Wahlrecht folgte 1946 und 1947 in den Südstaaten wieder eine Welle rassistischer Gewalttaten.[32] Es fällt schwer, anzunehmen, hier werde im Kino ein historisches Interesse verfolgt. Die Filmbotschaft lautet eher: Der schlimme Navy-Rassismus ist im Jahr 2000 wirklich Vergangenheit geworden; herzlich willkommen an einem Ort, an dem Du auch heute gesellschaftliche Anerkennung finden kannst! – Die *Ehre*, so weiß es der schwarze Held in MEN OF HONOR, ist das *Allerwichtigste* in der Navy!

Das Markenzeichen erscheint im Abspann: »*We gratefully acknowledge the support and cooperation of the United States Department of Defense and the Department of the Navy*«; »specials thanks« gehen u. a. an: Divers Institute of Technology of Seattle (WA), Philip M. Strub, Special Assistant for audio visual (DoD) und USNS Navajo, Military Sealift command, Pacific Fleet.

Das Thema wird im Rahmen des bereits ausführlich vorgestellten Bruckheimer-Bay-Films PEARL HARBOR (2001) weiter zurückverfolgt. Dieses Staatskunstwerk würdigt erstmals die historische Figur des schwarzen Schiffkochs Dorie Miller in einer längeren Filmepisode. (Die einzige schwarze Persönlichkeit, die der Film daneben als Individuum zeigt, ist Roosevelts privater Diener. Dieser privilegierte Butler darf den Rollstuhl des US-Präsidenten schieben und ihm im Garten eine weiße Rose zuschneiden!) Obwohl Miller (auch hier: Cuba Gooding Jr.) auf seinem US-Schiff im Hafen von Pearl Harbor nur für die Arbeit in der Küche zugelassen ist, verdient er sich durch außerordentliche Box-Leistungen den Respekt des – von ihm sehr verehrten – weißen Captains. Der versichert ihm väterlich: »Das Schiff ist stolz auf Sie!« Während des Angriffs der Japaner bedient Miller – trotz fehlender Ausbildung sehr erfolgreich – das verwaiste Flugabwehrmaschinengewehr an Bord. Dazu stößt er im Film gewaltige *Urschreie* aus. (Von Scham kann bei einer solchen Regie wirklich keine Rede mehr sein!) Im Schlussresümee heißt es dann: »Dorie Miller wurde als erstem Schwarzen das Navy Cross verliehen, und er sollte nicht der letzte bleiben! Er reihte sich ein in die Liste der Helden!«

4. Windtalkers (2002)

Im Vietnam-Kriegsepos WE WERE SOLDIERS (2001) erklärt wenig später ein Vorgesetzter jegliche Rassenschranke im Raum des Militärs für nicht existent, und diese Ansage bestimmt im Voraus auch die Drehbuchwirklichkeit. (Eine schwarze Soldatengattin hält ihre eigenen Diskriminierungserfahrungen mit Blick auf den bevorstehenden Kampf in Südostasien für nebensächlich!) – Eine fast märchenhafte »Heldenfreundschaft« zwischen dem US-Marine Joe Enders und seinem Funker Ben Yahzee, einem Navajo-Indianer, erzählt WINDTALKERS (2002). 1944 bilden die beiden ein Team bei jenen US-Truppen, die die Japaner auf der Insel Saipan besiegen und zu Hitlers Niedergang beitragen sollen. – Saipan, so heißt es nebenbei, bietet Reichweiten für »unseren Bomben auf Tokio«. – Historisch erinnert der Film an den kaum bekannten und lange Zeit geheim gehaltenen militärischen »Navajo-Code«. Er ist im Ernstfall auch durch Tötung seiner indianischen Träger als geheim zu schützen. Dieser Film bemüht sich allzu offensichtlich, den Nachfahren der Ureinwohner Amerikas patriotische Identität zu vermitteln, was freilich keinem nennenswerten Rekrutierungsinteresse mehr dienen kann. Parallel zum Filmprojekt verlieh George W. Bush Jun. den überlebenden Navajo-Indianern, die den beschriebenen Militärdienst geleistet hatten, die Goldmedaille des Kongresses. Die Geschichte der Diskriminierung – bis hin zum Verbot der Navajo-Sprache z. B. in der katholischen Kirche – klingt (zumeist in eher nachrangigen Details) immerhin an. Weiße Rassisten in der Armee sehen in der Uniform den einzigen Unterschied zwischen den »verdammten Rothäuten« und den »Japsen«. Der weiße Soldat, dem der Indianer Whitehouse das Leben gerettet hat, erinnert sich: »Ich weiß noch, wie mein Großvater auf der Veranda über die Jagd auf Indianer geredet hat – so als würde er über Eichhörnchen sprechen oder so. Er hat damals für jedes Comanchen-Ohr drei Dollar gekriegt.[33] Ich weiß, das gibt einem zu denken ...« Doch die indianische Hauptfigur bekennt: »Es ist auch mein Krieg. Ich kämpfe für meine Nation, für mein Land, für meinen Stamm!« Das indianische Kriegerideal ist jetzt ein patriotisches und wird in der nächsten Generation an einen Sohn weitergegeben, der »George Washington« heißt.

Strittigster Punkt der Filmgeschichte war der Befehl, die Navajo-Codeträger zu töten, falls diese in feindliche Hand geraten sollten.[34] Der Kasus ist von Überlebenden und in einem schriftlichen Bericht des Kongresses (2000) eindeutig belegt. Den »Filmoffizieren des Pentagon, die den Dreh neun Monate lang überwachten, waren auch noch die Andeutungen, die der Vorgesetzte des Corporals bezüglich dieser Order macht, zu deutlich. Obwohl er vom US-Kongress bestätigt wurde, bestreitet das Pentagon bis heute, dass es einen Befehl zur Tötung der Code-Talker gegeben habe.«[35] In diesem Zusammenhang wird Matt Morgan vom Pentagon Film Office zitiert: »Ich habe das Skript, das mir ursprünglich vorgelegt wurde, ändern lassen. Wir vom Pentagon passen genau auf, dass unsere Geschichte absolut korrekt dargestellt wird.«[36] Gegen alle – öffentlich dokumentierten – historischen Fakten behauptet Philip M. Strub, Chef der Unterhaltungsindustrieaktivitäten des Pentagon, dreist: »*Kein Soldat hatte Order, einen Codefunker zu töten, um dessen Gefangennahme zu verhindern.*«[37] Drehbuchautor John Rice lässt sich umstimmen, streicht im Dialog der Schlüsselszene das Wort »Töten« und findet das im Nachhinein »sowieso besser als richtig direkt«: »... Unter keinen Umständen darf Ihr Funker in die Hände des Feindes fallen. Ihre Mission ist es, den Code zu beschützen, um jeden Preis. Haben Sie mich verstanden?« De facto zeigt der Film aber dann doch in schnellen Schnitten und Großaufnahmen die Ausführung des Tötungsbefehls, was Jim Dever, der zuständige Pentagon-Militärberater für WINDTALKERS, auf ein hohes Ethos des betroffenen Indianers zurückführt: »Er will nicht in Kriegsgefangenschaft geraten, denn ihm ist klar, dass es das Leben vieler Männer bei den Marines gefährdet, wenn die Japaner mit seinem Wissen den Code knacken.«

Um zu belegen, dass die Kunst auch bei Kooperationen mit dem US-Militär ganz frei bleibt, resümiert Philip Strub: »Ich muss sagen, als ich den Film sah, dachte ich, wir haben den Kürzeren gezogen. Jetzt sieht es so aus, als hätten die Marines diesen Befehl wirklich erhalten. In diesem Fall haben wir nicht das erreicht, was wir uns vorgenommen haben.«

Eine weitere Korrektur an WINDTALKERS bezieht sich auf die Rolle eines Zahnarztes in der U.S. Army. Obwohl historische Aufnahmen belegen, dass US-Soldaten toten Japanern im Zweiten Weltkrieg Goldzähne herausgebrochen haben, besteht Pentagon-Unterhaltungsexperte Philip Strub in einem internen Vermerk auf eine Streichung der betreffenden Stelle: »Die Figur des Zahnarztes legt ein Verhalten an den Tag, das für Marines undenkbar ist.«[38] Was vom Pentagon unabhängige Produktionen wie THE THIN RED LINE (1998) ins Bild setzen, soll ein militärisch »korrekter« Film nicht zeigen.[39] Zu sehen ist stattdessen auf der Leinwand, wie ein US-Amerikaner mit seinen letzten Schmerzpillen einem unschuldigen Kind hilft. Aktuelle Rekrutierungspropaganda hält die DVD-Version von WINDTALKERS im Link »Trainingslager« bereit. Die Teamerfahrung des Army-Drills ist für die Beteiligten »a great experience« und wie üblich »unbelieveable«.

Außerhalb der in Kooperation mit dem Pentagon gezielt multiethnisch konzipierten Kriegsfilme präsentiert Hollywood in MATRIX RELOADED (2003) neuerdings eine Armee, in der fast alle militärischen Leitungsfunktionen mit »Schwarzen« besetzt sind. Diese Armee der Menschheitsretter erscheint zugleich als *der* angesagte Ort einer modernen afro-amerikanischen Kulturszene.

5. Antwone Fisher (2003)

Im ersten Jahr des Irakfeldzugs der USA vervollständigt Denzel Washington mit seinem Regiedebüt ANTWONE FISHER (2003) das Filmcurriculum-Kapitel »Rassenintegration im Militär« sehr eigenwillig und ohne Kriegsszenen: Immer wieder kommt es beim jungen Matrosen Antwone Fisher zu unkontrollierten Gewaltausbrüchen. Nach seiner Geburt in einem Gefängnis, dem Aufwachsen in einer Pflegefamilie und kurzer Zeit im Wohnungslosenasyl hat er – statt im Milieu der Straßenkriminalität zu enden – bei der Navy seinen Platz gefunden. Doch selbst arglose Anrede durch weiße Soldaten empfindet er als rassistische Provokation. »Brothers«, die mit Weißen rumhängen, mag er nicht. Es kommt zu Schlägereien, Disziplinarstrafen und zur Verordnung einer psychiatrischen Begutachtung. Der afro-amerikanische Navy-Psychologe Dr. Davensport, gespielt vom Regisseur selbst, zeigt zunächst klare professionelle Distanz. Er besteht auf Respekt vor seinem militärischen Dienstgrad und lässt den Matrosen Fisher auch zwangsweise in sein Büro bringen. Nach mehreren Schweigestunden öffnet sich Fisher, und die lebensgeschichtlichen Wurzeln seiner Aggressivität treten nach und nach zutage. Letztlich ist er Opfer der *Sklavengesellschaft*, deren zerstörerische Auswirkungen auf Familienzusammenhalt und Selbstwertgefühl über Generationen hinweg andauern.[40] Fishers schwarze Waisenmutter hat ihre Zöglinge sadistisch gequält, gegeneinander ausgespielt und stets nur mit »Nigger« gerufen. Bevorzugt wurde von ihr der einzige Mischling. Ihre Tochter hat den nur sechsjährigen Antwone regelmäßig sexuell missbraucht, der deshalb später in der Beziehung zu Frauen gehemmt ist. Der einzige Freund seiner Jugendzeit wurde bei einem versuchten Ladendiebstahl erschossen ...

Die Lösungen des autobiographisch inspirierten Drehbuches sind phantastisch. Der Militärpsychologe bietet dem jungen Matrosen nicht nur Hilfe, sondern auch Freundschaft an und lädt ihn zu sich nach Hause ein. Antwone pflegt seine geistig-kulturellen Begabungen und findet eine schwarze Freundin, die ebenfalls bei der Navy arbeitet. Gegen die psychiatrische Begleitung hat sie nichts einzuwenden, weil sie das von ihrem Vater, einem Navy-Vietnamveteranen, kennt. Schließlich gelingt es Fisher, die eigene Vergangenheit aufzusuchen. Von der Waisenmutter verabschiedet er sich endgültig: »Sie konnten mich nicht zerstören. Ich bin hier, stark! Und das werde ich auch immer sein!« Er macht die Familie seines schon vor der Geburt erschossenen Vaters ausfindig. Dort wird er von allen mit einer schier unglaublichen Herzlichkeit und Wärme aufgenommen. Der in ärmlichen Verhältnissen lebenden leiblichen Rabenmutter, die er zuvor nie gesehen hat und die im Film nur hilflos zurückbleibt, kann Antwone zumindest seine Enttäuschung mitteilen: »Ich habe viel gelesen, bin nie mit dem Gesetz in Konflikt gekommen. [...] Ich habe die Welt bereist und meinem Land gedient. [...] Ich habe immer von Dir geträumt.«

Die ideologische Zielrichtung dieses Titels wird beim Vergleich mit dem etwas früheren Film CONVICTION (USA 2002) nach der Biographie von Carl Upchurch besonders deutlich. Im Rahmen einer Resozialisierungsgeschichte gab es in CONVICTION ernsthafte Ansätze einer politischen Bewusstseinsentwicklung.[41] In ANTWONE FISHER entpuppt sich rassistische Anmache im US-Militär bei näherem Hinsehen als Paranoia. Die Wurzeln der Probleme heutiger Afro-Amerikaner liegen, wie wir erfahren, *weit* zurück in der Vergangenheit. Die Botschaften des melodramatisch und psychologisch außerordentlich geschickt inszenierten Films: Wenn Du keine Perspektive und kein Zuhause hast, findest Du beides in der U.S. Army; obendrein einen Psychiater, der den Stein von deinem Seelengrab nimmt und deine Lebenswunden heilt, und sogar eine Gefährtin fürs Leben. Die Navy ist für dich eine Familie und hilft dir dabei, deine leibliche Familie wieder zu finden. Bei solchen Aussichten erklären nicht nur kostspielige Kulissen – wie ein echter Flugzeugträger – die lange Liste der dokumentierten Hilfestellung durch Pentagon und U.S. Army: »*The producers wish to thank for their Assistance: Department of Defense; U.S. Navy; special Assistant for Entertainment Media Philip Strub; Navy Office of Information West; CDR Robert Anderson (USN); Lt. Tanya Wallace (USN); Lt. Marc Williams (USN); JOI Tyler Swartz (USN); Commander – Navy Region Southwest; Commander – Naval Air Force (U.S. Pacific Fleet); Naval Station San Diego; Naval Base Coccoada; Naval Medical Center San Diego; Space and Naval Warfare Systems Center San Diego; Navy Ships: USS Tarawa (LHA-1); USS Belleau Wood (LHA-3); USS Nimitz (CVN-68); USS Constellation (CV-64); USS Peleliu (LHA-5).*«[42] Passend wird ANTWONE FISHER zusammen mit MEN OF HONOR im DVD-Verkauf als Kombi-»Marines Pack« angeboten.

Anmerkungen

1 Zitiert nach dem Dokumentarfilm: OPÉRATION HOLLYWOOD (Frankreich 2004).
2 Zitiert nach: *Göckenjan* 2001.
3 Vgl. *Kullmann* 2002; *Böhm* 2003a; *Ostermann* 2003a. – Vgl. eine Rekrutierungs-Schulszene auch im Spielfilm BORN ON THE FOURTH OF JULY (USA 1989) von Oliver Stone.
4 So meint Paul Button: »In Europa glauben viele Leute, dass die U.S. Army eine Berufsarmee auf Freiwilligenbasis sei und dass jeder, der da mitmacht, selbst dran schuld ist. Dementsprechend gering ist die Anteilnahme am Schicksal der zu Tausenden Verwundeten, die zur ersten medizinischen Notbehandlung ins Militärhospital Landstuhl bei Kaiserslautern ausgeflogen werden. Da wir täglich von neuen Verbrechen gegen die Menschlichkeit hören, verdrängen wir die Tatsache, dass hier eine belogene, verratene und verkaufte Generation um Hilfe ruft. Für diese jungen Leute, die schon als Schüler einer massiven Gehirnwäsche in Form von altersgerechten Army-Werbecampagnen unterzogen wurden und die man mit traumhaften Karriereversprechen aus ihren sozialen Elendsvierteln gelockt hat, war der Einstieg ins Militär oft nicht mehr als ein Verzweiflungsakt in ihrer Auswegslosigkeit. Einst als Helden gefeiert und an die Front geschickt, sind diese verwundeten Männer nun froh, wenn sich überhaupt noch jemand für ihr Schicksal interessiert.« (*Button* 2004.)
5 »When *Top Gun*, starring Tom Cruise, opened in the US, navy recruiting booths were set up in cinemas. Cooperation had been given after the character played by Kelly McGillis was changed from an enlisted woman to someone outside the service, as relationships between officers and enlisted personnel are forbidden in the navy.« (*Campbell* 2001.)
6 Vgl. *Scherz* 2003, 80f.
7 Zitiert nach dem Film: OPÉRATION HOLLYWOOD (Frankreich 2004). – Bereits Bill Clinton wurde am Ende der 5. Woche des Kosovokrieges 1999 bei den US-Soldaten in der BRD mit Bomberjacke vorstellig und bekräftigte: »Ihr kämpft gegen das Böse.« (*Prokop* 2002, 39.)
8 Zitiert nach dem Dokumentarfilm: OPÉRATION HOLLYWOOD (Frankreich 2004).
9 Dazu teilt eine TV-Sendung über die Air-Force mit: »… the success of ›Top Gun‹ backfired on the Navy just five months after the end of the Gulf War when the story broke about sexual harassment at the 1991 Tailhook Convention, an annual gathering of naval aviators. The Pentagon's own investigation into the scandal cited ›Top Gun‹ by name and reported that ›Some senior officers […] told us that the movie fueled misconceptions on the part of junior officers as to what was expected of them and also served to increase the general awareness of naval aviation and glorify naval pilots in the eyes of many young women.‹« (*Show Transcript. The Military in the Movies.* Produced January 27, 1997. http://www.cdi.org/adm/1020/transcript.html .) Die im Tailhook-Skandal (Las Vegas) vom September 1991 beschuldigten jungen Offizieren fühlten sich, wie es auch eine Verfilmung der Vorfälle für das Kabel-Fernsehen zeigt, als Tom-Cruise-Verschnitt (vgl. *Kuzina* 2005).
10 *Campbell* 2001 teilt mit: »In *GI Jane*, the 1997 film starring Demi Moore, one scene in a foxhole originally showed a male serviceman having difficulty relieving himself in her presence. ›While addressing issues related to the presence of women in front-line ground combat, the urination scene in the foxhole carries no benefit to the US navy,‹ wrote US navy commander Gary Shrout to the director, Ridley Scott. Scott wrote back that ›this scene has been eliminated‹ and agreed to other changes, but the end result was still unacceptable.«
11 *Schäfli* 2003, 29.
12 Daneben war behauptet worden, die Regierung von Grenada habe die Stationierung kubanischer Raketen zugelassen, die eine Bedrohung der USA darstellten.
13 Nach Gebhard Schweigler hinderten die Gesetze des Staates Virginia und enorme wirt-

VII. Ehrenmänner und Windflüsterer

schaftliche Schwierigkeiten den Abolitionisten Jefferson daran, die eigenen Sklaven in die Freiheit zu entlassen. (Vgl. in: *Lösche/Loeffelholz* 2004, 415.) Für eine Person wie Jefferson, der eine »unschuldige Nation« beschwört und dessen erklärtes Ethos so hoch ansetzt, kann man solche pragmatischen Entschuldigungen wohl kaum gelten lassen.

14 Der Jahresbericht *Amnesty International* 2003, 597 nennt z. B. den 19-jährigen Afro-Amerikaner Timothy Thomas, der im April 2001 in Cincinnati – unbewaffnet – vor einem weißen Polizisten floh und erschossen wurde. (T. Thomas war im Zeitraum von fünf Monaten bereits der vierte Schwarze, der von der Polizei von Cincinnati getötet wurde.) Die Tat und später der Freispruch des Mörders lösten neue Unruhen aus. – Nach Hans Vorländer (in: *Lösche/Loeffelholz* 2004, 315) sind nur 17 % der befragten Afro-Amerikaner der Überzeugung, »dass Schwarz und Weiß vor dem Rechtssystem gleich behandelt werden (Weiße: 51 %).«

15 In MANDINGO von Richard Fleischer sehen sich die Sklavenhalter des Südens als Viehzüchter: Beim Sklavenhandel begutachtet man wie beim Pferdekauf zuerst das Gebiss. Eine schwarze Frau hat bis zu zwei Dutzend Kinder in die Welt zu setzen. Ein Veterinär (!) versorgt die Afrikaner und tötet sie bei Arbeitsunfähigkeit im Alter mit einem Giftpulver. Die »Kampf-Neger« müssen sich als Gladiatoren gegenseitig töten. Als gefährlich sehen es die weißen Herren an, wenn Sklaven mit der *Religion* in Kontakt kommen und womöglich glauben, sie hätten eine – unsterbliche – Seele.

16 Vgl. zu Sklaverei und Rassismus: *Frey* 2004, 37-49, 230-243; Donald H. Avery und Irmgard Steinisch, in: *Lösche/Loeffelholz* 2004, 90f. und die Hinweise bei *Wise* 2001. – Bezeichnend ist, dass in MISSISSIPPI BURNING (USA 1988), dem vielleicht bekanntesten Titel zum Rassismus der 60er, der Weg zu verwertbaren Geständnissen und zu einem ersten Strafverfahren gegen die Mörder von drei Bürgerrechtlern 1964 erst durch die Anwendung von *Folter* durch das FBI eröffnet wird. Der Film erinnert auch an das Abbrennen von Kirchen durch den KuKluxKlan. (1963 kamen dabei in Birmingham vier afro-amerikanische Schulmädchen ums Leben.) Von einem der rassistisch motivierten Mordfälle der frühen 60er Jahre handelt ebenso der Film GHOSTS OF MISSISSIPPI (USA 1996), in dem Strafverfolgung bzw. Verurteilung erst Jahrzehnte nach der Tat erfolgen. – Einen beachtenswerten Versuch, die tiefen Wunden der ersten nach dem Bürgerkrieg in Freiheit lebenden Ex-Sklaven zu beleuchten, bietet die Literaturverfilmung BELOVED (USA 1998) von Jonathan Demme.

17 Auf der 3. Weltkonferenz der UNO gegen Rassismus im September 2001 in Durban war die US-Delegation aufgrund dieser Haltung vollständig isoliert und verließ vorzeitig die Konferenz. Wer aber, wenn nicht die multiethnisch reiche Gesellschaft der Vereinigten Staaten, sollte heute Brücken zum afrikanischen Kontinent bauen?

18 Vgl. *Schäfli* 2003, 29, 139-141. – Zum frühen Army-Film für die Akzeptanz afro-amerikanischer Soldaten THE NEGRO SOLDIER (USA 1942/43) vgl.: http://history.sandiego.edu/gen/filmnotes/negrosoldier.html (mit zahlreichen weiterführenden Links).

19 *Walsh* 2001b.

20 Vgl. *Schäfli* 2003, 141. – THE COURT-MARTIAL OF JACKIE ROBINSON (USA 1990) zeigt den Fall des schwarzen Baseball-Champions Jackie Robinson, der 1941 zum »Sportler des Jahres« gekürt wird und den die Militärpolizei in Texas belangt, weil er einen für Weiße reservierten Platz einnimmt. (Vgl. *Kuzina* 2005.)

21 Vermerk im Abspann von A SOLDIER'S STORY: »The Producers wish to thank the following for their cooperation: The Department of Defense; United States Army ...«

22 Vgl. dazu auch Beispiele in *Bürger* 2004.

23 Vgl. jedoch zur Einbindung des Muslims und Box-Champions M. Ali in die patriotischen Kampagnen nach dem 11.9.2001, speziell in Form eines Werbeclips: *Claßen* 2003a.

24 *Roy* 2003.

VII. Ehrenmänner und Windflüsterer

[25] Zum frühen Kriegsgerichtsfilm SERGEANT RUTLEDGE (USA 1960) von John Ford über diese Zeit vgl. ausführlich Kuzina 2005: Ein untadeliger Feldwebel der rein schwarzen Kavallerieregimenter der postbellum-Periode wird 1881 zu Unrecht der Ermordung seines weißen Regimentskommandeurs beschuldigt. – Ein rassistisch motiviertes Militärgerichtsverfahren gegen den ersten afro-amerikanischen Kadetten von West Point im Jahr 1880 thematisiert der TV-Film ASSAULT AT WEST POINT: THE COURT-MARTIAL OF JOHNSON WHITTAKER (USA 1993). Vgl. auch dazu: Kuzina 2005.

[26] Vgl. dazu: *Wöhlert*, Romy: Mafiosi Gangsters, Drug Dealers & Fanatical Terrorists – Racial and Ethnic Stereotypes in American Film, Bielefeld, Univ., Magisterarbeit 2003. (Mailkontakt der Autorin: romy.woehlert@uni-bielefeld.de) und *Monaco* 1980, 243-246. Als Erfolg der Bürgerrechtsbewegung könnte der Umstand gewertet werden, dass speziell »African American Images« im US-Film (vgl. *Wöhlert* 2003, 76-95) inzwischen insgesamt wesentlich erfreulicher ausfallen. Der Sozialkritiker Benjamin DeMott gibt jedoch zu bedenken: »Die große Zahl von Filmen, in denen in jüngster Zeit Weiße und Schwarze einander mit liebenswürdiger Offenheit begrüßen, ist kaum etwas, das uns Hoffnung schöpfen lassen sollte. Die guten Nachrichten aus den Filmtheatern verschleiern nur die schlechten Nachrichten aus den Straßen unserer Städte.« (Zitiert nach: *Everschor* 2003, 173.) Franz Everschor weist darauf hin, dass aufgrund solcher Widersprüche sich etwa Regisseur Spike Lee weigert, »seine Filme zum Schauplatz von rassischem Integrationsoptimismus zu machen.«

[27] In PEARL HARBOR (USA 2001) ist das Kinderspielzeug der angehenden Helden bereits ein echtes landwirtschaftlich genutztes Flugzeug.

[28] Den Rassenkrawallen nach dem Ersten Weltkrieg folgte in den 1920er Jahren eine Hoch-Zeit des KuKluxKlans, dem zeitweilig 5 Millionen weiße US-Amerikaner angehörten.

[29] Zum Versuch einer genetischen Erklärung schlechterer Schulleistungen von afro-amerikanischen Kindern noch in den 1990er Jahren vgl. *Frey* 2004, 48, 239.

[30] Die Anklänge zu THE TUSKEGEE AIRMEN gehen bis ins Detail: Das obligate Feld der Kindheit auf dem Lande taucht in beiden Filmen auf. In MEN OF HONOR erhält die Hauptfigur keine Uhr, sondern ein selbstgebasteltes Radio vom Vater. Schauspieler Cuba Gooding Jr. rückt jetzt, nachdem er 1995 bereits den Heldentod als Pilot gestorben ist, zur Hauptrolle auf. Rassisten werden im Film aufgrund der *Leistungen* von Schwarzen bekehrt usw.

[31] Mit dem Tribunal vor Vorgesetzten lehnt sich MEN OF HONOR an zahlreiche Militärgerichtsfilme an, in denen dem Helden ein unfaires Verfahren droht, das es abzuwenden gilt.

[32] Vgl. *Frey* 2004, 231.

[33] Die Sammlung von »feindlichen Ohren« durch US-Soldaten, bereits aus Korea bekannt, ist später besonders für den Vietnamkrieg äußerst breit belegt. (Vgl. *Bürger* 2004, 33, 77, 137; *Sallah/Weiss* 2004, 59.) Der Film GANGS OF NEW YORK (USA 2002) zeigt das Trophäensammeln von Nasen und Ohren für das Jahr 1863 auch als Praxis im Stadtkrieg zwischen »native Americans« und »papistischen« Einwanderern. In RIDE WITH THE DEVIL (USA 1999) wird in einer Bürgerkriegs-Miliz des Südens mit den Skalps von Feinden Karten gespielt.

[34] Vgl. dazu die Darstellung im Dokumentarfilm MARSCHBEFEHL FÜR HOLLYWOOD (NDR 2004), aus dem die nachfolgenden Zitate ohne Quellenangabe stammen.

[35] *Der neue Film »Windtalkers«.* http://www3.mdr.de/kulturreport/2107202/thema1.html . Dazu auch *Down* 2001: »John Woo's upcoming Windtalkers stars Nicolas Cage as a Marine bodyguard protecting Navajo Indian code encrypters in World War Two. During production, the Marine Corps threatened to withdraw support unless all reference to the bodyguards' order to kill Navajo charges who risked capture by the Japanese was removed. Congress had explicitly acknowledged this order in an honorary bill later signed by President Clinton. But the Marines got their way.«

VII. Ehrenmänner und Windflüsterer

36 Zitiert nach: *Der neue Film »Windtalkers«.* http://www3.mdr.de/kulturreport/2107202/thema1.html .
37 Einen ähnlich gelagerten, berühmten Fall erläutert Philip Strub: »Die von uns nicht unterstützten Filme lassen sich in zwei Kategorien einteilen. Zur ersten gehören Filme, die sich inhaltlich disqualifizieren. In APOKALYPSE NOW zum Beispiel erhält ein Offizier den Auftrag, einen anderen zu liquidieren. [...] So etwas ist nicht nur illegal, sondern vollkommen absurd. Warum dann noch darüber diskutieren, ob der andere Offizier wirklich Wagner spielen wird. Es hat keinen Sinn, sich mit Details aus anderen Szenen zu befassen, wenn dieses eine große Problem nicht gelöst werden kann.« (Zitiert nach dem Dokumentarfilm: OPÉRATION HOLLYWOOD, Frankreich 2004). Auch andere Absagen für Filmprojekte wie COURAGE UNDER FIRE zeigen, dass in Pentagon-geförderten Filmen Gewalt und Tötungen *innerhalb* der Army ein Tabu darstellen.
38 Zitiert nach dem Dokumentarfilm: OPÉRATION HOLLYWOOD (Frankreich 2004). Dort wird auch als Widerlegung ein historischer Filmausschnitt gezeigt. – Turley 2003: »... the producers of the recent film *Windtalkers* yielded to Pentagon demands for script changes. For example, the original script featured a Marine called ›the Dentist‹ who methodically removed the gold in the mouths of dead Japanese – a practice known to have occurred during World War II. The military objected and the scene was eventually removed, as was a scene of a Marine killing a surrendering Japanese soldier.« – Vgl. auch *Schäfli* 2003, 98 zum Weltkriegs-Film THE NAKED AND THE DEAD (USA 1958): »Der verhasste Sergeant Aldo Ray, der toten Japanern die Goldzähne herausbricht, erzieht die Mannschaft zum Killen – und wird ihr erstes Opfer.« (Über das gewohnheitsmäßige Herausbrechen von Goldzähnen durch Tiger-Force-Soldaten in Vietnam berichten *Sallah/Weiss* 2004, 59.) – Ein Resümee zur Pentagonbeteiligung bei WINDTALKERS: »If you want to use the military's toys to make your movie, they have a perfect right to dictate how their toys are going to reflect on them.« *Professor Douglas Rushkoff, NYU-based media critic, author and syndicated columnist.* www.mgm.com/windtalkers/ (Hier zitiert nach: *Down* 2001).
39 Im Weltkriegsfilm PARADISE ROAD (USA 1997) reißen sogar europäische Frauen in japanischer Gefangenschaft ihren Toten das Gold aus dem Mund, um mit den Japanern Medikamentenhandel etc. treiben zu können.
40 Für die erste Generation der Freigelassenen thematisiert dies ausdrücklich die bereits genannte Literaturverfilmung BELOVED.
41 CONVICTION zeigt staatliche Gewalt und die Festigung einer kriminellen Sozialisierung im Strafvollzug. Die Antwort von Carl Upchurch, der selbst Getto und Gefängniskarriere durchlaufen hat, besteht vor allem im Programm »Bildung versus Verniggerung«. (Das zeitgleiche Programm der Reagan-Leute in den 70er Jahren beinhaltet noch strengere Strafen für schwarze Jugend-Gangs.) Vernachlässigung und Unwissenheit gelten als früher Boden der Gewaltbereitschaft. Ökonomische Kritik wird jedoch nicht ganz ausgeblendet: Upchurch will nie wieder Banken ausrauben, aber er sieht deren Ursprung auch in Raub und Diebstahl. Die Heuchelei am Quäker-College, das ihm ein Stipendium gewährt, kann er durch politische Arbeit transparent machen. Am Ende beschließt das Quäker-Kuratorium, künftig wegen der Apartheid keine Investitionen in Südafrika mehr zu tätigen. Im Rahmen der Gewaltwelle nach dem Rodney-King-Prozess 1992 wird L.A.-County mit jährlich tausend Todesopfern zum *Kriegsgebiet*. C. Upchurch antwortet mit einer eigenen Initiative. In Kansas City kann er mit einem zentralen Treffen der afro-amerikanischen Bandenführer einen Rückgang der Gewalt einleiten.
42 Vgl. in der Internet Movie Database auch unter »other companies« die bei ANTWONE FISHER beteiligten Militärpartner: http://www.imdb.com/title/tt0168786/combined .

VIII. Re-Inszenierungen:
Militärschauplätze der neunziger Jahre auf der Kinoleinwand

»*Aber sie [die US-amerikanische Nation] geht nicht in andere Länder, um Ungeheuer zu vernichten [...] Die grundlegende Maxime ihrer Politik würden sich unmerklich von Freiheit zur Gewalt verlagern. Sie würde zur Diktatorin der Welt werden. Sie würde ihren eigenen Geist verleugnen.*« John Quincy Adams[1], sechster Präsident der USA (1821)

»*Dass die USA in denen von ihnen relativ schnell besiegten Ländern anschließend keine stabile, demokratisch legitimierte Regimes aufbauen können, ist keine Schwäche ihres Konzepts der Weltordnungskriege, sondern gehört zu seiner Logik. Der als Weltpolizist auftretende Hegemon braucht Spannungen, Konflikte, ›Rechtsbrüche‹, um für seine permanente Kontrolle legitimiert zu sein und Weltpolitik weithin mit den Mitteln entscheiden zu können, in denen er nach Quantität und Qualität gegenüber dem Rest der Welt ein Monopol hat.*« Conrad Schuhler[2]

»*Wer die Vergangenheit kontrolliert, kontrolliert die Zukunft. Wer die Gegenwart kontrolliert, kontrolliert die Vergangenheit.*« George Orwell: Nineteen Eighty-Four (1949)

Das kriegskritische Paradigma in Vietnamfilmen findet Mitte der 80er Jahre – zeitgleich zu den ideologischen Aufrüstungen von Margret Thatcher und Ronald Reagan – im US-Kino ein Gegengewicht, das dem Militär selbst zu einem besseren Image verhilft.[3] Zu nennen ist auch an dieser Stelle wieder der Kampfpilotenfilm TOP GUN (1985) als Prototyp einer neuen Kooperationsära zwischen Hollywood und Pentagon, die mit einer Verherrlichung der US-amerikanischen Militärtechnologie beginnt.[4] Die Schlüsselstellung von TOP GUN wird von Seiten der Pentagon-Filmförderung bestätigt. Phil Strub bekennt: »›Top Gun‹ was significant to me and to others because it marked a rehabilitation in the portrayal of the military. For the first time in many, many years, you could make a movie that was positive about the military, actors could portray military personnel who were well-motivated, well-intentioned and not see their careers suffer as a consequence.«[5] Dr. Lawrence Suid, Autor mehrerer Veröffentlichungen über die Geschichte der Militärkooperation bei Filmprojekten, sieht in diesem Auftakt gar eine wesentliche Vorbereitung der US-amerikanischen Bevölkerung auf den Golfkrieg 1991: »›Top Gun‹ also in large measure, in my view, prepared the American people for the Gulf War. Before the completion of the rehabilitation, the American people had more or less decided the United States military couldn't do what it said it could do. ›Top Gun‹ showed that we could shoot down airplanes, that our aircraft carriers could go anyplace, and that our pilots were the best. And so, when the Gulf War comes along, there's no reason for any American civilian to believe that we can't beat Saddam Hussein.«[6] Dass der »stählerne Adler« bald wieder fliegen wird, kündigen freilich auch andere Titel zwischen IRON EAGLE[7] (USA 1985) und dem mit Pentagon-Hilfe gedrehten FLIGHT OF THE INTRUDER[8] (USA 1989) an.

Auffällig sind später die Zurückhaltung von Hollywood und die Abstinenz der Pentagon-Filmförderung bezogen auf das Filmthema »Golfkrieg 1991«, soweit es die Kinoleinwand betrifft.[9] Der wirkliche Grund dafür liegt wohl kaum in der asymmetrischen Konstellation, die den Schauplatz für das Kriegsfilmgenre uninteressant macht.[10] Die politische Konstruktion dieses Krieges durch die US-Administration und die ungeheuerlichen Kriegsverbrechen der U.S. Army im Rahmen der Operation *Desert Storm* sind innerhalb der Vereinigten Staaten kaum bekannt. Die Propaganda konnte 1991 der Weltöffentlichkeit mit einigem Erfolg suggerieren, die vom Ersten Weltkrieg bis hin zu Vietnam potenzierten Zivilopferanteile gehörten endgültig der Vergangenheit an. Die Reanimation des Kriegsschauplatzes Irak im Kino könnte bei zu kurzem Zeitabstand schlafende Hunde wecken und die gelungene Inszenierung eines High-Tech- und High-Ethics-War ohne Blut schrittweise entlarven. Zu bedenken gilt es für die zweite Hälfte der 90er Jahre auch, ob bei der »unsichtbaren« Fortführung des Luftkrieges und bei Planungen für eine neuerliche Militäroperation im Irak eine massenmediale Darstellung des Vorläuferkrieges opportun ist. (1998 wurde der Iraq Liberation Act im US-Kongress verabschiedet und von Präsident Clinton unterschrieben.) Was US-Filme in diesem Zeitraum hingegen bieten, sind zahlreiche Hinweise auf die bleibende Gefahr, die von Saddam Hussein ausgeht.[11] Der Diktator, dessen Verbleib die USA 1991 nach Ansicht einiger Autoren mit Berechnung absichern, leistet für die Kriegspropaganda eines ganzen Jahrzehnts herausragende Dienste.

Unter den Re-Inszenierungen von Kriegsschauplätzen, die in diesem Kapitel exemplarisch behandelt werden sollen, nimmt das Staatskunstwerk BLACK HAWK DOWN (USA 2001) ohne Zweifel eine besondere Rolle ein. Der enorme Erfolg dieses Films bekräftigt die Vermutung, dass Hollywood und Pentagon hier zu einer neuen »zukunftsträchtigen« Form gefunden haben.

1. Das Ende des Kalten Krieges, das Fehlen »geeigneter Schurken« und Agent 007

»Man kann nie wissen, wann der Feind zurückschlägt, wenn es überhaupt noch einen Feind gibt.« – »Es gibt immer einen Feind, [...] man muss ihn nur als solchen erkennen!«
Dialog aus: THE AVENGERS – »Mit Schirm, Charme und Melone« (USA 1998)

»Es ist sehr wichtig, dass wir Feinde haben. Deshalb erschaffen wir immer wieder neue.«
Gore Vidal über die US-Außenpolitik (FAZ vom 18.10.2001)

Der Pentagon-Beauftragte für die Unterhaltungsindustrie, Philip Strub, erinnerte 1997 rückblickend das Ende des Kalten Krieges als Problem für *Hollywood*, da nunmehr den Drehbuchschreibern die geeigneten Schurken fehlten: »The end of the Cold War has meant for Hollywood a big problem because we no longer have the great villain in the form of the Soviet Union. And so, they're finding it difficult to come up with appropriate villains for us to fight.«[12] In Barry Levinson's Film Toys (USA 1992) erläutert ein Drei-Sterne-General der U.S. Army den gleichen Ausgangspunkt allerdings als Problem für den milliardenschweren *Militärapparat*: »Weißt du, unser Militär hat im Augenblick mit Problemen zu kämpfen. Es geht darum, ob der Apparat das ganze Geld wert ist. Schande, der Kommunismus ist den Bach runtergegangen, und so wurde dem Militär das Budget gekürzt [...] Es wird keine neuen Kriege mehr geben, jedenfalls nicht so, wie wir sie kennen. Der Krieg hat sich verändert.« Vor diesem Hintergrund sieht der investigative US-Medienkritiker Joe Trento (National Security News Service) 1997 auch die Vermittlung neuer Feindbilder motiviert: »This is directly related to keeping the base of public support for the military at a very high level in order to get money they need to operate in Congress. You've got to look at some things. They've been very successful. We've had a huge collapse of all our enemies around the world. There has not been a similar collapse in the Pentagon budget or, for that matter, in the national security budget on the intelligence side. Why is that? It's because they've kept saying, ›There are dangers. There are dangers. There are dangers.‹«[13] Die herrschende Elite der USA braucht die identitätsstiftende Angst vor den Anderen. Was wäre, wenn da draußen niemand mehr bekämpft werden muss?

Zunächst greift das vom Militär unterstützte Kino mit THE HUNT FOR RED OCTOBER (USA 1990) einfach auf die guten alten Zeiten und ihre klaren Fronten zurück.[14] Der Film legt seine Handlung in das Jahr 1984, also kurz vor die Ära Gorbatschow. Das sowjetische System ist instabil und erscheint umso unberechenbarer. Der Kommandant eines sowjetischen U-Bootes und seine Offiziere wollen zum Land der Freien überlaufen und halten Kurs auf die us-amerikanische Ostküste. – Damit dieser Plan gelingen kann, wird vom Kapitän zunächst der kommunistische Politoffizier an Bord ermordet. Das Mordopfer steht für ein Weltbild, das keine Privatsphäre kennt, sondern nur »das Kollektiv«. – Weder Sowjets noch US-Amerikaner wissen nun, wie sie die Route des Atom-U-Bootes der UdSSR einschätzen sollen. Der erprobte CIA-Mann Jack Ryan kann seine Seite schließlich davon überzeugen, dass die Führung des U-Bootes friedliche Absichten hegt. Der sowjetische Kommandant simuliert einen Reaktorunfall an Bord und evakuiert die einfachen Besatzungsmitglieder. Zusammen mit den US-Amerikanern wird ebenfalls eine Zerstörung des sowjetischen U-Bootes vorgetäuscht, das durch sein neuartiges – lautloses – Antriebssystem eine gefährliche Operationsbasis für atomare Erstschläge darstellt. Am Ende ist für die ersten guten Russen der Weg frei, die Neue Welt zu betreten.[15] Dem US-Militär war an dieser Filmproduktion viel gelegen[16]: »*The Cooperation of the Department of*

Defense and the Department of the Navy is gratefully acknowledged, specifically the following indidividuals: Captain Michael T. Sherman, USN; Lt. Commander George Billy, USN; Lt. Commander Ronald F. Pinkard, USNR; Lt. Scott D. Campbell, USN; Lt. James E. Brooks, USN. – Grateful Appreciation to: The Secretary of the Navy; the Chief of Naval Operations; the Commander in Chief, U.S. Pacific Fleet; the Commander Naval Air Force; U.S. Pacific Fleet; the Commander Submarine Group Five; the Navy Chief of Information.« Die Jack-Ryan-Gestalt nach Romanen von Tom Clancy ist, wie auch PATRIOT GAMES, CLEAR AND PRESENT DANGER oder zuletzt THE SUM OF ALL FEARS zeigen, bevorzugter Stoff für Kooperationsprojekte.[17]

Mehr als zehn Jahre nach diesem U-Boot-Titel hält Hollywood es für angesagt, noch weiter in der Geschichte zurückzugehen: K-19 THE WIDOWMAKER (USA 2002) beruft sich auf eine authentische Geschichte und spielt im Jahr 1961 zur Zeit der Hochrüstung. Die Sowjetunion kann mit ihren Atomwaffen die Erde zweimal zerstören, die USA können dies etwa zehnmal. In der Reichweite von Leningrad bedrohen US-amerikanische Atom-Unterseeboote die UdSSR. Die Parteiführung drängt unter diesen Umständen auf ein zu frühes Auslaufen des eigenen, noch unerprobten Atom-U-Bootes K-19. Ein inkompetenter – streng hierarchischer – Polit-Apparat, falscher Ehrgeiz, personelle Fehlbesetzungen und eine dilettantische Materialwirtschaft machen die Katastrophe geradezu unausweichlich. Es kommt zu einem Reaktor-Unfall im U-Boot. Die Reparaturen können nur unter Lebenseinsatz durchgeführt werden. Zum Strahlenschutz stehen lediglich »Regenmäntel« zur Verfügung. Moskau befiehlt, auf die Hilfsangebote der US-Amerikaner zur Evakuierung des verstrahlten U-Bootes nicht einzugehen. Die Überlebenden werden nach ihrer Rückkehr in der UdSSR schikaniert. 1989 brechen sie ihr jahrzehntelanges Schweigen und finden wieder zueinander. Am Schluss erfahren wir über die toten Helden, dass sie »ihre Pflicht erfüllt haben, nicht für die Marine oder den Staat, sondern für uns, ihre Kameraden.« Damit ist, so die Intention, ein nationenübergreifender Militär-Ehrenkodex als bleibender Wert aus einem verwerflichen System erinnert. (Dass manche Kritiker in K-19 THE WIDOWMAKER eine Versöhnungsgeste entdecken wollen, muss befremden. Die Brücke zu den alten Feinden ist militaristisch und chauvinistisch, sonst bietet sie keine Perspektive.) Die Produzenten richten ihren Dank u. a. an »Commander, Maritime Forces Atlantic and Canadian Forces Base Halifax« und »San Francisco Maritime National Park Association & the Crew of the U.S.S. Pampanito«, besonders aber an die noch lebenden Besatzungsmitglieder des K-19.[18] Peinlich an dieser stellvertretenden »Vergangenheitsbewältigung« für ein anderes Land ist vor allem auch der Umstand, dass Hollywood bislang keinen Film in vergleichbarer Größenordnung zu den unzähligen Unfällen und Technikdefekten in der Geschichte der militärischen Atomtechnologie der U.S. Army vorgelegt hat. Leider hat sich mit Kathryn Bigelow eine durchaus anspruchsvolle Regisseurin für das Unternehmen zur Verfügung gestellt. Besonders schmerzvoll, so möchte man meinen, fällt der Zusammenbruch des Kommunismus für das Genre des Agenten- und Spionagefilms aus und speziell für seinen erfolgreichsten Vertreter, Jan Flemming's »James Bond 007«.[19] Mit den Bond-Filmen erreicht die Propaganda ein Publikum, dessen Stilvorliebe nicht unbedingt im Bereich des platten Kriegsfilms oder realitätsnaher Agentengeschichten liegt. Die Ästhetik ist anspruchsvoller. Speziell der verzögerte »Vorspann«, der den Titelsong und das jeweilige weibliche Top-Model präsentiert, hat Kultcharakter. Der Krieger ist ein Gentleman des britischen Geheimdienstes. Als Playboy kultiviert er seine wiederholt erklärte Beziehungsunfähigkeit, indem er sich ohne Unterlass – jedoch stets erneut mit wahrer Liebe – auf den Konsum attraktiver Frauen verlegt. (Die legendäre Money-Penny muss einstweilen bis zur Berentung des Agenten warten, wenn eine treue Gefährtin vielleicht gute Dienste leisten kann.) Archetypisch verkörpert Bond immer wieder den ritterlichen Helden, der die Prinzessin aus der Höhle des Drachen erlöst. Während der muskulöse Elite-Soldat aus Hollywood eine betont »männliche«, aber eher asexuelle Rolle zugeschrieben bekommt und das CIA-Pendant Jack Ryan als anständiger Familienvater[20] sein Privatleben gestaltet, darf der feine Agent der englischen Königin alles tun, was die Werbung verspricht: »Ich schätze Frauen mit Vorliebe fürs Militär.« (GOLDENEYE) Er bekommt zudem in jeder Folge das neuste Männerspielzeug, ein mit allen Raffinessen und diversen Raketentypen ausgestattetes Auto. (Das exzessive Product-Placement – vom geschüttelten Smirnoff-Wodka bis hin zum BMW – zielt insgesamt auf gehobene Ansprüche.[21]) Die *Foltermethoden* von Bond und seine inflationären Morde sind durch den Geheimdienststatus per se legitimiert und überdies als ästhetische »Kunstwerke« gestaltet. (In GOLDENEYE heißt es: »Sie haben eine Lizenz zu töten, nicht Verkehrsregeln zu brechen!«) Bond selbst kann man nicht töten; sein vitaler Kern ist unverwundbar. Der Agent bereichert sich nie, während seine Gegner die Gier nach Geld verkörpern.[22] (James Bond agiert für den demokratischen Kapitalismus, kann aber in den 90ern den Großmachtstatus der Konzerne nicht mehr ignorieren.) Obligat verfolgt jedes Drehbuch die angelsächsische Schiene London-Washington, wobei mit 007 – ausgleichend zum sonstigen Leinwandgeschehen – der kleinere Partner England die Hauptrolle besetzt und in London eine recht kühle Geheimdienstchefin als *Mutterfigur* im Hintergrund steht.[23] Kritische Anmerkungen zur USA rangieren auf der Ebene von Neckereien. Die weltpolitischen Szenarien der Bond-Titel sind immerhin so bedeutsam, dass das Militär sie als förderungswürdig erachtet. – Die 007-Kinopolitik zwischen »Spiel und Beschwörung«[24] (Eco) ist ernst zu nehmen! – Die surrealistisch anmutende Technologie nimmt zum Großteil einfach reale Entwicklungen aus den Zukunftswerkstätten der Rüstungsindustrie vorweg.[25]

In GOLDENEYE (USA/GB 1995) ist der Kalte Krieg eigentlich auch für James Bond zu Ende, obwohl der Vorspann das »Reich des Bösen« noch einmal großartig Revue passieren lässt. Doch: »Regime kommen und gehen, die Lügen bleiben dieselben!« Russland ist Schauplatz der Waffenmafia, die – wie es heißt – bereits Saddam Hussein im Golfkrieg 1991 beliefert hat. Nun allerdings bemächtigt sich Bonds britischer Agentenkollege einer satellitengesteuerten Waffentechnologie Russlands, um London zu zerstören. (Sein Rachemotiv: Die Eltern waren als »Linzer Kosaken« Nazi-Kollaborateure und wurden von den Briten zurück nach Russland geschickt, wo Stalin sie umbrachte.) Bond verhindert die Katastrophe und tötet den Gegenspieler – ausnahmsweise nicht »für England«, sondern für sich ganz persönlich. Als Herzdame fungiert diesmal eine Russin. Eine kleine Drehbuchänderung war aus Sicht der assistierenden U.S. Army erforderlich: »In GoldenEye, the 1995 James Bond film, the original script had a US Navy admiral betraying state secrets, but this was changed to make the traitor a member of the French navy – after which cooperation was forthcoming.«[26]

Die Sorge um die Waffenbestände der alten Sowjetunion ist auch in TOMORROW NEVER DIES (GB 1997) noch nicht überwunden.[27] An der russischen Grenze wird ein regelrechter Waffenbasar – ein »Flohmarkt für Terroristen« – abgehalten. Bond zieht dort eine Atomrakete aus dem Gefahrenbereich und löst die gesamte Versammlung kurzerhand in Rauch auf. (Unter den Ausgeschalteten befindet sich u. a. ein ehemaliger »Berkeley-Radikaler« aus den USA, der seine Überzeugungen inzwischen für Geld verkauft.) Im Hauptstück bietet sich eine noch größere Herausforderung an: Ein Medienmogul[28], dessen Satellitennetz alle Länder und bereits eine Milliarde Menschen erreicht, verfolgt zwei Ziele: Erstens wünscht er *schlechte* Weltnachrichten, über die er exklusives Bildmaterial besitzt. (Sein offizielles Medienethos ist selbstverständlich freiheitlich, humanitär etc.) Zweitens erhofft er sich von einem Machtwechsel in China auch dort exklusive Senderechte. Seine Mitarbeiter starten mit chinesischer Munition Angriffe auf ein britisches Militärschiff, um einen Schlag gegen China zu provozieren und dann den genehmen Machtwechsel in Peking herbei zu führen. Bond kann binnen 48 Stunden die gemachte Weltkriegskrise auflösen. Der gewissenlose Medienzar landet im Reißwolf. Wer sein Medienmonopol übernimmt, erfahren wir nicht. (Assoziationen zum omnipotenten Satelliten-Projekt des Murdoch-Imperiums, das die chinesische Staatsführung freilich nicht stürzte, sondern hofierte, sind unvermeidlich.) – Die Agentenliebe ist diesmal britisch-chinesisch! Geholfen haben bei dieser Produktion laut Dankesliste u. a. das U.S. Department of Defense, die U.S. Air Force sowie das Londoner Ministry of Defence und ihm unterstellte Einheiten.[29] Henry Kissinger hat als Berater der Produktion eine Drehbuchänderung erwirkt.[30]

Auf andere Weise verfolgt später THE ART OF WAR (USA 2000) von Christian Dugay die Öffnung Chinas für den Weltmarkt, wobei die UNO – ausgestattet mit Agenten und Killern – vor allem als Ordnungsmacht für eine »freie« globale Wirtschaft vorgestellt wird.[31] Über Menschenrechte und Demokratiebewegung wollen diese Filmtitel, die einen neuen chinesischen Kapitalismus ankündigen, nicht ernsthaft nachsinnen.

VIII. Militärschauplätze der neunziger Jahre

THE WORLD IS NOT ENOUGH[32] (GB/USA 1999) zeigt, wo zur Jahrtausendwende die entscheidenden weltpolitischen Felder liegen: Wer baut die Pipelines, um die großen Ölvorkommen unter dem Kaspischen Meer zu erschließen und damit »die Versorgung des Westens für das nächste Jahrhundert sicherzustellen«? Wer erringt die Vorherrschaft auf dem Rohstoffmarkt? Der Topterrorist Renard ist vom britischen Geheimdienst bereits an »all den romantischen Urlaubsorten« gesichtet worden, an denen sich Bösewichte so rumtreiben: Moskau, Nordkorea, Afghanistan, Bosnien, Irak, Iran, Beirut und Kambodscha. Im Auftrag der Ölmilliardärin Elektra King will der Terrorist in Istanbul geklautes Plutonium aus Kasachstan für eine Atomexplosion einsetzen. Die Konkurrenz von Pipelines, die durch die Türkei führen, soll damit ausgeschaltet werden. Wegen der Bond-Verdienste um Britannien wurden sogar Einsprüche des britischen Geheimdienstes gegen Dreharbeiten im Umfeld von dessen Hauptquartier »politisch« gelöst.[33]

Der neueste »James-Bond« – DIE ANOTHER DAY (USA/GB 2002) – präsentiert passend zum Erscheinungsjahr ein Drittel der von George W. Bush Jun. proklamierten »Achse des Bösen«. In der entmilitarisierten Zone zum Süden hat *Nordkorea* einen riesigen Waffenpark mit neuester Technologie, darunter Militärfahrzeuge, die über Minenfeldern schweben, und spezielle Urangeschosse. (Dort überlebt Bond nur mit Mühe die stalinistischen Folterkeller, in denen u. a. »*iranische* Todesskorpione« zum Einsatz kommen.) Ein junger Generalssohn aus Nordkorea lässt sich in einer *kubanischen* Spezial-Klinik, die Straßenkinder als »Gentechnik-Lager« betrachtet, eine neue Identität verschaffen. Mit Hilfe von Blut-Diamanten aus Sierra Leone kann er die Entwicklung eines Ikarus-Weltraum-Programms finanzieren, das angeblich durch reflektorische Umlenkung des Sonnenlichtes gute Dienste für die Zivilisation leistet. In Wirklichkeit soll »Ikarus« Nordkorea eine militärische Überlegenheit verschaffen.[34] Dort haben sich nämlich die kommunistischen Hardliner durchgesetzt, die eine Einverleibung Südkoreas planen. Der britische Bond liebt diesmal die us-amerikanische NSA-Agentin Jinx. Mit ihr kann er in Nordkorea das Schlimmste noch rechtzeitig verhindern. – Bezeichnend ist, wie der Film das arme Nordkorea mit einer ultimativen Militärtechnologie ausstattet, zu der auch global einsetzbare »Wetterwaffen« gehören. Bond selbst hat bereits einen chamäleon-getarnten unsichtbaren Rennwagen und trainiert mit den allerneusten virtuellen Militärsimulationen.[35] Das Pentagon ist in der Förderliste nicht vermerkt. Dank geht jedoch an das Britische Verteidigungsministerium und diverse Abteilungen der britischen Armee, darunter die »Royal School of Mechanical Engineering, British Army«. In Südkorea wurde der Titel, der das Nachbarland anvisiert, nicht freundlich aufgenommen.[36]

Eine überzeugende Enttarnung der 007-Welten und ihrer Interessenslage hat John Boorman ins Kino gebracht. Seine John-Le-Carré-Verfilmung THE TAILOR OF PANAMA (USA/Irland 2001) bietet sich schon aufgrund des äußeren Handlungsrahmens für einen Vergleich an, zumal auch hier Bond-Darsteller Pierce Brosnan die Agentenrolle spielt. Der Plot, nach 1999 angesiedelt: Infolge einer Strafversetzung kommt der britische Geheimagent Osnard nach Panama. Er glaubt in einem Schneider, der alle wichtigen Leute in Panama einkleidet, den geeigneten Informanten gefunden zu haben. Bedrängt und unter Geldnot stehend, erfindet der Schneider Geschichten, darunter das Wirken einer »stillen Opposition« und Pläne des Präsidenten von Panama, den Kanal an China zu verkaufen. Der britische Geheimdienst stellt 15 Millionen Dollar für die (angeblich existierende) »demokratische Opposition« zur Verfügung. Die USA nehmen den vermeintlichen Mord an einem der vermeintlichen Oppositionellen zum Vorwand, in Panama einzumarschieren. – Zur Vorgeschichte hören wir zunächst, dass US-amerikanische Ingenieure den Kanal gebaut haben. (1903 erreichten die Vereinigten Staaten durch eine militärische Intervention »immerwährende« Nutzungs- und Kontrollrechte über die Kanalzone.) Nach dem er 65 Jahre der U.S. Army unterstanden hatte, führte 1999 die »umstrittene Rückgabe« an Panama zu »Spekulationen über die Zukunft dieses wichtigen Handelsweges«. Den Einmarsch von mehr als 24.000 US-amerikanischen Soldaten ab 20. Dezember 1989 kommentiert im Film ein britischer Botschaftsangehöriger in folgenden Zügen: Als CIA-Chef hat George Bush Sen. einst das »Monster Noriega« geschaffen. Als Präsident unternahm er später jedoch alles, ihn wieder auszuschalten. Drogenhandel und Brutalität Noriegas waren inzwischen »selbst dem CIA zuviel«. Die offizielle Panama-Propaganda aus Washington wird an dieser Stelle des Films noch nicht ernsthaft hinterfragt. Vor Ort weiß man aber zumindest um die rücksichtslose Zerbombung der Altstadt von Panama City. (Der letzte Punkt bezieht sich auf eine der zynischen Fälschungen in der US-Kriegsgeschichtsschreibung[37]: Nach offiziellen Angaben kamen 1989 beim US-Einmarsch 314 Soldaten Panamas und 202 Zivilisten ums Leben. UNO und Menschenrechtsstellen ermittelten hingegen etwa 2.500 Tote dieser Operation mit dem Namen »Gerechte Sache«; eine Untersuchung des ehemaligen US-Justizministers Ramsey Clark nannte mehr als 4.000 Tote!) – Die Vergleichspunkte in THE TAILOR OF PANAMA zu den Bond-Drehbuchmustern erweisen den Film als gezielte Satire: Der britische Agent hält sein Playboy-Image nur durch peinliche Belästigungen von Frauen aufrecht und sucht dazwischen im Freudenhaus Trost. Er ist ein Hochstapler und wird am Ende hohe Summen in die eigene Tasche wirtschaften. Ohne Belege bewilligt der inkompetente Geheimdienstchef aus London 15 Millionen Dollar für verdeckte Operationen. Die Militärkrise ist allein das Produkt der britischen Einmischung. Die Interessenslage maßgeblicher Kreise in den USA lautet: »*Es fehlt noch ein Stern auf unserer Flagge!*« Die »Amis nutzen ihre Chance, sich den Kanal zurück zu holen.« Der »Schneider von Panama«, der widerwillige Falschinformant, ist trotz seiner dunklen Vergangenheit die einzige integre Hauptfigur des Films und ein wahrer Gentleman.

Zur Ideologie des Agentenfilms gehört es, Morde und andere kriminelle Taten von Geheimdiensten als ganz gewöhnliche bzw. notwendige Operationen darzustellen. Dass es darüber hinaus, wie wir bereits gesehen haben, um weltpolitische Entwürfe geht, zeigt auch das an eine französische Vorlage anknüpfende Remake THE JACKAL (USA 1997) von Michael Caton-Jones. Im Auftrag der russischen Mafia soll der »Schakal«, ein geheimnisvoller Profi-Killer der Spitzenklasse, eine hochgestellte US-amerikanische Persönlichkeit umbringen. Wir glauben lange, es handle sich dabei um den Direktor des FBI, doch am Ende erweist sich die First Lady der Vereinigten Staaten als das ausgesuchte Zielobjekt. Mit Hilfe eines inhaftierten IRA-Mitglieds und einer Majorin der Nationalen Russischen Sicherheit kann das FBI den »Schakal« und seine Urangeschosse noch kurz vor dem Attentat aufspüren. Der »Schakal« findet sein Ende in einer Holzkiste. Der Friedhof, auf dem er beerdigt wird, liegt direkt neben einer *Mülldeponie*! – Bezeichnend ist, welche weiteren Mitteilungen der Film rund um die Killerjagd platziert. Der Vorspann suggeriert, was in den USA die meisten Menschen für ausgemacht halten: Reagans Berliner Appell »Mister Gorbatschow, reißen Sie diese Mauer ein!« hat den Kalten Krieg beendet. FBI-Beamte arbeiten in Russland Seite an Seite mit der Russischen Nationalen Sicherheit gegen die Mafia. (Daraus resultiert das Rachemotiv für das von der Mafia in Auftrag gegebene Attentat in den USA.) Dass Zeugen »drogeninduziert verhört« werden und dann aus Versehen sterben, gilt zumindest auf russischer Seite im Rahmen dieser FBI-Kooperation als ganz legal. Für unseren Kontext ist wiederum der Abspann dieses Titels von besonderem Interesse: »*The Director and the Producers wish to thank the following for their assistance [...] Department of Defense – Philip Strub, United States Marine Corps – Major Nancy J. LaLuntas & 1ˢᵗ Lt. Douglas L. Constant, the Men and Women of II Marine Expeditionary Force.*« Die Filmmacher kamen dem Marine Corps u. a. mit einer besseren Gewichtung der Helikopter-Piloten entgegen.[38]

2. Courage Under Fire (1996): Was bedeutete im Golfkrieg 1991 Mut?

»Ich bin gerne hier [...] Es ist wegen der Kinder. Ich sehe ihnen gerne zu. Sie machen die verrücktesten Sache und sind sich gar nicht der Konsequenzen bewusst. Das muss man sich mal vorstellen: Durchs Leben zu gehen, ohne an die Konsequenzen zu denken.« Ein US-Golfkriegsveteran von 1991 in: COURAGE UNDER FIRE

»Schuld hat das kostbare Gold. Es gab keinen Krieg, als der Becher, den man beim Mahle gebraucht, einfach aus Buchenholz war.« Tibullus[39] (ca. 50 bis 19 v. Chr.)

Verschwommene Satellitenbilder und schemenhafte Videoaufnahmen im Vorspann von Edward Zwick's COURAGE UNDER FIRE (USA 1996) zeigen den Golfkrieg 1991, wie ihn die Welt gesehen hat. Die beteiligten 28 Länder der Allianz, so heißt es, haben »alle vernünftigen Lösungen« zu einer friedlichen Klärung ausgeschöpft. Es bleibt ihnen »keine andere Wahl als Saddam Hussein gewaltsam aus Kuwait zu vertreiben.«

VIII. Militärschauplätze der neunziger Jahre

In diesem Krieg nun trägt Lt. Colonel Nathan Serling als US-Befehlshabender die Verantwortung für ein »friendly fire« mit tödlichem Ausgang: Irakische Panzer sind hinter die Linie der US-Fahrzeuge gelangt. Unter Dauerbeschuss hat ein Mitglied aus Serlings Mannschaft irrtümlich einen der *eigenen* Panzer als Ziel bestimmt. Das Pentagon deckt später diesen Fehler und teilt den Eltern des getöteten US-Soldaten mit, ihr Sohn sei als Held gefallen.

Das zweite Handlungsthema dieser *Nachgeschichte* zur Operation Desert Storm ist die beabsichtigte Verleihung der Tapferkeitsmedaille (Medal of Honour) an die gefallene Hubschrauberpilotin Captain Karen Walden.[40] Sie wäre die erste Frau, der diese Ehrung zuteil wird. Das Weiße Haus plant eine großartige Inszenierung mit dem Präsidenten und der kleinen Tochter der toten Kampfpilotin: »Das verspreche ich Ihnen, da bleibt kein Auge trocken!« Das Pentagon hat Nat Serling mit den üblichen Recherchen zur Berechtigung der Auszeichnung beauftragt. Nach Unstimmigkeiten in den Aussagen der Beteiligten weigert er sich trotz Drucks, an seinen vorgesetzten General einen eilig abgeschlossenen Bericht abzugeben. Er entdeckt schließlich, dass es innerhalb der Hubschrauberbesatzung der Medaillenkandidatin dramatische Auseinandersetzungen und einen Schuss auf die Chefin gab. Aus Angst vor einem Kriegsgerichtsverfahren wurde sie von einem Beteiligten »für tot erklärt« und schwer verwundet zurückgelassen. Gleichwohl ist Serling am Ende seiner Recherchen von der Ehrenwürdigkeit der toten Pilotin überzeugt. Die patriotische Inszenierung der posthumen Tapferkeitsmedaille ergänzt er durch eine persönliche Ehrengabe auf ihrem Grabstein.

Auch in eigener Sache kann Serling seine Antwort auf die Leitfragen des Films geben: »Was ist Mut? Was ist Ehre? Was ist Wahrheit?« Er spielt dem recherchierenden Journalisten der Washington Post einen entscheidenden Hinweis auf das von ihm selbst zu verantwortende »friendly fire« zu. Vor Gott und den Eltern des dabei getöteten Kameraden bittet er unter Tränen um Verzeihung.

Der Film verfolgt unverkennbar ein patriotisches Wahrhaftigkeitsideal. Im Wüstensturm gegen die Irakis hatte Nat Serling, der Sympathieträger dieser Produktion, mit seiner Mannschaft gebetet: »Herr beschütze uns, wie wir unser Land beschützen, das wir von Herzen lieben! [...] Vernichten wir sie!« Ausdrücklich stellt der Film den Golfkrieg als gerecht und unvermeidbar dar. Kriegsverbrechen an irakischen Soldaten und Zivilisten werden mit keinem Sterbenswörtchen angesprochen. Es geht um US-Amerikaner. Als Indiz für das »friendly fire« wird immerhin angemerkt: Der eigene »Panzer wurde von *uranbeschichteten* Granaten getroffen. Wir sind das einzige Land, das diese Granaten benutzt.« (Über die Folgen des bis heute andauernden US-Einsatzes von uranabgereicherter Munition für Soldaten und Zivilisten erfährt der Zuschauer nichts.[41]) Innenpolitisch gibt es einen scheinbar kritischen Hinweis zur Informationspolitik des Pentagon: »Den Zeitpunkt, an dem die Öffentlichkeit über die Höhe unserer Verluste informiert wird, bestimmen wir!« Für Lt. Colonel Serling ist die Tapferkeitsmedaille eine äußerst ernste Angelegenheit, für seinen zynischen Vorgesetzten im Pentagon hingegen nur ein opportuner Deal mit den hohen Tieren der Politik: »Jeder will die Verleihung sehen, nichts weiter als ein kleines Stückchen Metall, an das die Menschen glauben, nichts weiter als eine Farce.«

Trotz des tugendhaften Patriotismus der Hauptfigur und der grundsätzlichen Bejahung des Krieges ist das Drehbuch dem Pentagon offenbar noch zu problembeladen gewesen: Machtpragmatiker in der Militärführung, ein Alkoholproblem des gewissenhaften Helden, Mannschaften, die versehentlich – oder im Einzelfall gar *gezielt* – auf eigene Leute schießen, ein US-Veteran, der seine Kriegserlebnisse nur mit Opiathilfe verarbeiten kann, durchweg fragwürdige oder gebrochene Existenzen in der alten Hubschrauber-Crew von Captain Karen Walden ... »Kein einziger guter Soldat«, so der Pentagon-Unterhaltungsbeauftragte Philip M. Strub, sei zu sehen; überdies werde die Integrität des militärischen Systems durch die Vertuschung eines »friendly fire« in Frage gestellt.[42] Folglich gab es auch keine kooperative und subventionierende Unterstützung für diese »nihilistische« Produktion.

Laut Aussage von COURAGE UNDER FIRE-Regisseur Zwick »war es seine Absicht, das wahre, *menschliche* Gesicht des Medienspektakels Golfkrieg zu zeigen.«[43] Das »Menschliche« bezieht sich ausschließlich auf eine Innensicht des US-Militärs. Über die »Wahrheit dieses Krieges«, die doch mutig enthüllt werden soll, erfahren wir indessen rein gar nichts.[44] Unter Reagan hatten die USA spätesten seit den Irakreisen des Sonderbeauftragten Donald Rumsfeld ab Dezember 1983 den irakischen Diktator Saddam Hussein wieder als gesponserten Verbündeten geführt und gedeckt. Seine schlimmsten Verbrechen, darunter Giftgasmassenmorde im Irankrieg und an Kurden im eigenen Land, änderten nichts am Wohlwollen der USA. 1988 schloss die den Republikanern verbundene Bechtel-Gruppe Verträge mit der irakischen Regierung über den Bau eines Chemie-Betriebes in Bagdad. Signale der US-Botschafterin April Glaspie vom 25.7.1990 mussten auf Saddam Hussein wie ein Freibrief für seinen – durch Truppenbewegungen bereits vorbereiteten – Einmarsch in Kuwait am 2.8.1990 wirken. Die diplomatischen bzw. friedlichen Möglichkeiten, einen Rückzug des Iraks aus Kuwait zu bewirken, waren im Februar 1991 mitnichten ausgeschöpft. Die USA wollten diesen Krieg um jeden Preis und sabotierten jede Möglichkeit, den Konflikt auf andere Weise zu lösen. Den Saudis wurden gigantische Truppenkontingente des Iraks an ihrer Grenze präsentiert, die gar nicht existierten.[45] (Ein zentrales Ziel dieses lange vorbereiteten Krieges: US-Militärpräsenz in Saudi-Arabien unter dem Deckmantel einer Schutzmacht.) Die erwiesene Propagandalüge vom Massenmord an Frühgeborenen in Kuwait tauchte in einem halben Dutzend Präsidentenreden auf. Die USA übten auf Mitglieder des UN-Sicherheitsrates massiven Druck aus, um eine Zustimmung zur Resolution 678 zu erwirken.[46] Die Folgen: Die USA bombten mit einem erpressten Freibrief der UNO die gesamte zivile Infrastruktur des Iraks in die Steinzeit zurück. Hinter den präzisen Schlägen der offiziellen Presseversion vollzog

VIII. Militärschauplätze der neunziger Jahre

sich ein wahlloser Massenmord an unbeteiligten Menschen. »Der zweite Golfkrieg forderte das Leben von mindestens 120.000 irakische Soldaten und rund 25.000 Zivilisten.«[47] Werden die Zivilopfer des nachfolgenden »Bürgerkrieges« und die Flüchtlingsopfer hinzugerechnet, könnte die Zahl der Toten bei über 200.000 liegen. Laut Unicef starben infolge der – aufgrund des US-Vetos nicht aufgehobenen – Sanktionen seit 1991 fast 1,6 Millionen Menschen im Irak, darunter mehr als 550.000 Kinder. (Namentlich das Massensterben der Kinder war nach einer Erklärung der UN-Botschafterin Madeleine Albright *kein* Argument, die Sanktionen aufzuheben.) Zu den geleugneten Spätfolgen der eingesetzten uranabgereicherten Munition zählen die Geburten von ungezählten missgebildeten und nicht lebensfähigen Säuglingen im Irak.

Das wahre »menschliche Erleben« hätte Regisseur Edward Zwick mit den Worten eines US-Golfkriegsveteranen von 1991 so beschreiben müssen: »Soldaten der Gegenseite habe ich nie zu Gesicht bekommen. Es kam nie einer aus den Panzern raus, die ich beschossen habe. Dieser moderne Krieg mit seinen High-Tech-Waffen bringt es mit sich, dass man weit von der menschlichen Tragödie entfernt ist und nicht mehr das Gefühl hat, jemanden getötet zu haben. Die Zerstörungen, die wir anrichteten, habe ich nur im Fernsehen gesehen.«[48] Bei einer reinen Innensicht hätte Zwick zumindest das Anliegen von 160.000 US-Golfkriegsveteranen mit auffälligen Krankheitssymptomen bedenken müssen. Für mutige Recherchen hätte der Drehbuchschreiber von COURAGE UNDER FIRE ganz andere Tabus als einen unglücklichen Beschuss eigener Leute ins Visier nehmen können, so die »bis heute völlig unaufgeklärten Kriegsverbrechen der US-amerikanischen Streitkräfte im Golfkrieg, darunter das Massaker an mutmaßlich mehreren zehntausend auf dem Rückzug befindlichen irakischen Soldaten entlang der Wüstenstraße zwischen Basra und Bagdad.«[49] Solche Courage wird es in Hollywood auch nach diesem ganz freiwilligen Propagandabeitrag nicht geben.

Bereits 1992 hatte Miramax mit FIRES OF KUWAIT die im Krieg angezündeten Ölquellen als optische Kinosensationen präsentiert. Doch sonst fällt den Filmemachern wenig zum Thema ein. Die COURAGE UNDER FIRE nachfolgende Golfkriegs-Satire THREE KINGS (USA 1999) verlegt sich bezeichnender Weise ebenfalls auf das Kriegsende.[50] Der Nachkriegs-Irak von 1991 wird zum Schauplatz für ein Schatzsucher-Abenteuer von drei US-Soldaten, die von der eigentlichen Wüstensturm-Operation offenbar wenig mitbekommen haben. Die anale Leibesvisite eines irakischen Gefangenen fördert eine Karte zutage, die ihnen den Weg zu Saddam Hussein's Gold-Bunker weist. Die US-Reservisten – three kings aus dem Abendland – machen sich auf den Weg, diesen Schatz für sich zu heben. (Der Plot ist angesichts des jüngsten Irakkrieges durchaus aktuell.[51] Unschätzbare Kulturgüter der Menschheitsgeschichte gingen 2003 verloren, während das US-Militär sich im Irak auf das schwarze Gold, auf die Sicherung der Ölförder-Infrastruktur verlegte. Noch im Januar 2005 kam es durch Aktivitäten der Besatzer zu Beschädigungen an den Ausgrabungsstätten von Babylon. Nachrichtenagenturen vermeldeten zudem nennenswerte Diebstähle im Rahmen von Hausdurchsuchungen des US-Militärs.[52]) Nun allerdings müssen die auf Reichtum bedachten Schatzsucher aus den Reihen der U.S. Army verwundert zur Kenntnis nehmen, dass nicht alle Iraker dem Diktator in Bagdad wohl gesonnen sind. Sie entwickeln ein Mitgefühl für die von Saddams Soldaten traktierten Schiiten, mit denen sie sich schließlich gar verbünden. Die Schatzsuche stellen sie zeitweilig zurück, um den schiitischen Zivilisten beizustehen. (Somit wäre ein Versäumnis der USA im Kino nachgeholt.)

Nicht wenige Kritiker haben diesen Film gerühmt, weil er so etwas wie Anti-Helden präsentiere.[53] Ein US-Soldat erfährt vor der Stromfolter von seinem irakischen Peiniger, dass dieser sein Handwerk von den US-Amerikanern gelernt hat, als diese den Krieg gegen den Iran sehr unterstützenswert fanden. Zudem gibt es Anspielungen auf Präsident George Bush Sen., der die Schiiten zum Widerstand ermutigte und sie im darauf folgenden Gemetzel allein ließ. Darin erschöpft sich allerdings auch schon der politische Gehalt des Drehbuchs. Einer der drei Könige stellt die Frage, ob man auch *nach* einem Waffenstillstand noch schießen darf. Wie treffend genau diese Frage bezogen auf das reale Geschehen von 1991 wäre, wird wohl keinem arglosen Zuschauer deutlich. Präsident Bill Clinton lobte den Unterhaltungswert von THE THREE KINGS und hielt das Produkt für »extrem nützlich, um den Amerikanern zu zeigen, wie der Krieg wirklich ausging und was bei solchen Aktionen auf dem Spiel steht, damit in Zukunft – sollte es jemals wieder passieren – die Menschen eine Vorstellung davon haben, was erforderlich ist, um eine humanitäre Intervention umfassend zu Ende zu bringen – ohne ein Chaos zu hinterlassen.«[54] Nicht der Krieg war also falsch, sondern sein vorzeitiges Ende.

Regisseur David O. Russell und Hauptdarsteller George Clooney gehören zu den prominenten Gegnern des Irakkriegs 2003.[55] Würden sie heute ihr Werk noch einmal so drehen? THREE KINGS meint, nachdem ernste Beiträge zum Thema ausbleiben, das Ganze vor allem mit viel Humor nehmen zu müssen, und klammert dabei die wirklich unbequemen Fragen der US-Kriegsführung im Irak 1991 aus. Ob sie diese Art der Betrachtung angemessen finden, können die zweihunderttausend Todesopfer der Operation Golfkrieg uns nicht mehr mitteilen.

3. Black Hawk Down (2001):
Was wäre die UNO in Somalia ohne die U.S. Army?

»*Entweder helfen wir, oder wir sehen uns auf CNN an, wie Land und Menschen vor die Hunde gehen.*« Einer der US-Elitesoldaten in: BLACK HAWK DOWN

Je verschwommener uns die Tagesnachrichten nichtssagende Computersimulationen, Satellitenbilder und Live-Schaltungen von real existierenden Kriegsschauplätzen präsentieren, desto realistischer wird das *hautnahe* Erleben im neuen US-Kriegsfilm. Dieser kombiniert den Abenteuermodus bekannter Vietnamfilme mit dem Anspruch auf größt möglichen Realismus. Beachtung verdient in diesem Zusammenhang vor allem Ridley Scott's BLACK HAWK DOWN[56] (USA 2001), ein Film, dem die Website des Rüstungskonzerns Sikorsky – mit Blick auf die eingesetzten Hubschrauber – viel Aufmerksamkeit angedeihen ließ. Seine 90 Millionen Dollar teure Produktion soll bis zum 11.9.2001 noch nicht ganz abgeschlossen gewesen sein; der Filmstart wurde von März 2002 auf Dezember 2001 vorverlegt. Der Drehort Marokko wird vielleicht für die Re-Inszenierung von US-Kriegen in der arabischen Welt das werden, was die Philippinen für den Vietnamfilm seit langem sind.

BLACK HAWK DOWN will nach Aussage des Regisseurs US-Soldaten im Dienst »einer gerechten Sache mit UN-Mandat«[57] zeigen. Grundlage sind – ähnlich wie für PEARL HARBOR – *Augenzeugenberichte*, die der Journalist Mark Bowden in einem Buch verarbeitet hat. Bowden begrüßt es, »dass der Film in erster Linie eine Gruppe amerikanischer Soldaten zeigt, die gemeinsam diese Feuerprobe bestehen. Er erzählt die Geschichte aus der Sicht dieser Soldaten. Das habe ich in meinem Buch größtenteils genauso gemacht.«[58]

Zum Hintergrund[59]: Somalia beklagt bereits 300.000 Hungertote. US-Soldaten sollen ab 1992 unter dem Dach der Vereinten Nationen die durch Übergriffe und Nahrungsmittelraub von Warlords ständig bedrohte humanitäre UN-Mission »Restore Hope!« in Somalia schützen. (Die Landung von US-Streitkräften am 8. Dezember 1992 an der Küste nahe Mogadischu wurde gezielt auf die beste TV-Zeit gelegt und als US-Medienspektakel begangen!) Sicherheit, so wird versichert, gibt es nur in dem kurzen Zeitraum, in dem 20.000 U.S. Marines Schutz gewähren. Washington strebt eine »dauerhafte Lösung« an und hat als personalisierte Ursache den Hauptschuldigen gefunden. Ohne Wissen der UN-Mitarbeiter kommt es am 3. Oktober 1993 zu einer waghalsigen Operation der U.S. Delta Forces und U.S. Rangers in Südmogadischu, mit dem Ziel, den Warlord Mohamed Farrah Aidid oder zumindest einige seiner Schlüsselleute bei einem Geheimtreffen festzunehmen. Dieser forsche Alleingang der US-Militärs gerät zu einem Desaster, das Präsident Bill Clinton später als eine der »dunkelsten Stunden seiner Amtszeit« bezeichnet hat. Somalische Milizen Aidids, die das Viertel kontrollieren, schießen zwei US-Hubschrauber ab. Die zur Hilfe eilenden Elitetruppen, die gemäß ihrem Wahlspruch keinen zurücklassen, geraten – umringt von Feinden – in einen tödlichen Kugelhagel: »They are shooting us!« »So shoot back!« Die halbstündige Blitzaktion wandelt sich zum langen Gefecht. Das »Endergebnis« des Schusswechsels bis zum anderen Morgen: Achtzehn tote US-Soldaten, die der Film mit einer sakralen Zelthalle, einer Hymne und im Abspann als Medaillenträger *namentlich* würdigt. (Einen von ihnen zerrten Somalis nach dem Gefecht höhnisch vor laufenden Kameras durch die Straßen.) Ohne Namen dagegen: Etwa *tausend* – oder nach manchen Angaben bedeutend mehr – tote Somalis und dreiundzwanzig Todesopfer der pakistanischen Blauhelmtruppe während ihres Einsatzes in Somalia.

Warum mussten so viele Menschen sterben? Für eine fixe Idee? Glaubten die US-Amerikaner wirklich, wie im Film ein somalischer Söldner fragt, der Bürgerkrieg wäre vorbei, wenn sie Aidid töten? War die High-Tech-Operation der US-Militärs, zu der schließlich UN-Hilfe nachgefordert wurde, so wirklich vom UN-Mandat abgedeckt, oder lag sie eher in der Grauzone US-amerikanischer Eigenmächtigkeit? War sie vielleicht doch nicht ganz professionell und verantwortlich geplant? Wie genau ist die Weisheit Washingtons zu veranschlagen, über die US-General William F. Garrison laut Drehbuch eine kritische Andeutung verliert?[60] Solche Fragen will der Film nicht vertiefen. Aber der Regisseur weiß, wer die tausend toten Afrikaner auf dem Gewissen hat: »Die Milizen des Warlords Aidid haben sich hinter Passanten versteckt und durch sie hindurchgeschossen.«[61] BLACK HAWK DOWN bietet in der Art von RULES OF ENGAGEMENT noch andere Deutungsmöglichkeiten: Eine somalische Frau kommt scheinbar unbeteiligt des Weges und zückt augenblicklich ein Gewehr unter ihrem Gewand hervor. Der bedrohte US-Soldat *muss* sie erschießen. – Ganz Mogadischu ist von einem Warnsystem durchzogen, mit dem die Bevölkerung Aktivitäten der US-Helikopter weiter meldet. Das Operationsziel, der Bakara-Markt, »ist wie der Wilde Westen«. Der Film stellt die nicht abgesprochene Angriffsoperation in dem von Aidid kontrollierten Gebiet wie eine durchgehende *Verteidigungsaktion gegen feindselige Massen* dar: »Wir haben in ein Hornissennest gestochen, wir kämpfen gegen die ganze Stadt!« Schier pausenlos sind dabei die automatischen Gewehre und das Walkman-Repertoire der Filmmusik in Betrieb. (Rock'n'Roll-Akkorde erklingen passend zum Volltreffer auf einen somalischen Geschützstand.) Die Feinde sind klar als *Muslime* identifiziert. Die Heckenschützen beten, wenn von der Moschee die Aufforderung dazu kommt. Einer der Milizionäre hat eine Koran-Tafel in seinem Zimmer hängen. Arabische Musik begleitet die sich anbahnende Gefahr. Wer in die Hände des somalischen Mob gerät, ist verloren. Die Sprecher der fremden Kultur versichern, wie weit man von den Zivilisationsidealen der US-Demokratie entfernt ist: »Töten wird immer dazu gehören, so läuft das in *unserer* Welt!« US-Regisseur Philip Noyce, unbeteiligt bei diesem Werk, meint zu solchen Ansätzen des Drehbuches: »BLACK HAWK DOWN war ein hervorragend produzierter Film, aber dennoch ein Teil des Problems und nicht der Lösung. Er zeigte zwar die Folgen des Krieges [...], stellte aber den Feind als fanatischen und hirnlosen Mob dar, der nichts Menschliches an sich hatte und noch dazu dumm war. Das entsprach dem alten Muster der Kriegsfilme und der Denkweise vor dem 11. September.«[62]

Man findet in diesem Film keine Hinweise auf andere US-Militäraktionen in Somalia zwischen 1992 und 1994, auf Erdöl- und Gasvorkommen im Land oder auf geographische Ambitionen im Rahmen eines weltweiten militärischen Netzes. Dass die vom Ausland bzw. von US-dominierten Weltinstitutionen diktierten »Wirtschaftsreformen« nicht ganz unschuldig am Bürgerkrieg waren und neben der Dürre einen wesentlichen Hintergrund der somalischen Hungerkatastrophe bildeten[63], interessiert nicht einmal das äußerst umfangreiche Menü der zweiteiligen DVD-Ausgabe. Alles ist mit Aidid monokausal erklärt. Komplizierte Differenzierungen, so weiß einer der Filmsoldaten, spielen beim ersten Schuss des Gegners auch keine Rolle: »Once that first bullet goes past your head, politics and all that shit goes out the window.« Der Zuschauer sieht entsprechend Hungerskelette und wohlernährte Terroristen, US-Soldaten, die einander als todesmutige Helden beistehen, und tendenziell unbrauchbare UN-Blauhelmsoldaten, die ihnen an manchen Stellen gar Hilfe zu verweigern scheinen. (Die Schuld am ganzen Debakel versuchten die USA tatsächlich später der UNO zuzuschieben.) Die Darstellung der UNO im Film spricht Bände: Über Gebieten mit UN-Zuständigkeit müssen die Helikopter der USA untätig mit ansehen, wie Aidids Leute wehrlose Zivilisten erschießen. Die konsultierten Blauhelme brauchen später trotz höchster Dringlichkeit Stunden, um Soldaten und Fahrzeuge zur Rettung der US-Soldaten zu mobilisieren. Die entsprechende Meldung suggeriert dem Zuschauer eine Trotzreaktion: »Der pakistanische General sagt, da wir es nicht für nötig gehalten haben, ihn über unseren Einsatz zu informieren, braucht er einige Zeit ...« Ein Fahrer der Blauhelme ist ausgesprochen barsch zu den US-Amerikanern, die doch gerade erst die Hölle durchgemacht haben. Im UN-Konvoi ist nicht für alle Platz, und so müssen viele US-Soldaten trotz anhaltenden Beschusses zu Fuß hinter den Fahrzeugen herrennen. Die brauchbarsten UN-Vertreter sind offenbar Bedienstete im »Pakistanischen Stadion«, die den Elitekämpfern der USA auf Tabletts Wasser servieren.

Immerhin gibt es in der gesicherten Zone für die ermatteten US-Soldaten bei der Rückkehr im Morgengrauen fröhliche Kindergesichter, die ihren Einsatz zu würdigen wissen und sie nicht außer Landes haben möchten. Wenn der Nachspann den Abzug der Delta Forces und Rangers durch Clinton zwei Wochen nach diesem Vorfall einfach nur mit einem Datum vermerkt, sich über das vollständige Ausklinken der USA aus der »humanitären UN-Mission« ausschweigt und den späteren Tod von Aidid am 2. August 1996 vermeldet, so bewahrt auch dies die Zuschauer vor unnötigen Frustrationen.

Das Hollywood-Periodikum Variety befand, dass BLACK HAWK DOWN einen »sehr ausgewogenen philosophischen Standpunkt gegenüber dem Stoff«[64] aufweise. Die

VIII. Militärschauplätze der neunziger Jahre

Afrikaexpertin und Journalistin Bettina Gaus[65] bietet Hintergründe und Bewertungen zum behandelten Stoff, die ein anderes Resümee nahe legen: Auf etwa fünf Milliarden Dollar beliefen sich am Schluss die Gesamtkosten der Militäroperationen in Somalia. Beim intendierten Kampf gegen den Hunger der Somalier musste hingegen auf Seiten der Hilfsorganisationen um Millionenbeträge gerungen werden. Niemand dachte an eine längerfristige Verantwortungsperspektive, an »substantielle Hilfe beim Aufbau der zerstörten Infrastruktur« und an ein intelligentes Signal an die Kriegsparteien, »Friede könne (für sie) einträglicher sein als Kampf«. Die US-Truppen mutierten – gegen alle UNO-Ideale – »allmählich zur Kriegspartei«. Sie glaubten, »mit den paar barfüßigen Banditen werde man schnell fertig«. Mit ihrer irrationalen Fixierung auf den Schurken Farrah Aidid zeigten die US-Verantwortlichen, »dass sie von dem diffizilen Beziehungsgeflecht in Somalia wenig verstanden«. Dieser Kriegsfürst »hätte vermutlich bald jeden Einfluss verloren«. Seine kampfbereite Anhängerschaft war bereits im Schwinden. Doch als die USA ihn steckbrieflich suchen ließen und bei ihrer Fahndung zivile Gebäude angriffen, fanden viele Wankelmütige zur Loyalität gegenüber Aidid zurück. So hat die Armee der Vereinigten Staaten Aidid »buchstäblich an die Macht zurückgebombt«. Bettina Gaus zieht ein klares Fazit: »Der Militäreinsatz hat sehr viel mehr geschadet als genutzt.« Nach Abzug der Truppen war die Sicherheitslage schlechter als vor ihrer Ankunft. (Die Hilfsorganisationen verließen den Ort des Elends deshalb wieder!) Der Tod von Aidid im Jahr 1996 hatte »weder eine stabilisierende noch eine destabilisierende Wirkung«. Der Fundamentalismus gewinnt in Somalia inzwischen beständig an Einfluss.

BLACK HAWK DAWN verschont uns mit solchen Analysen, die der neuen, sich humanistisch nennenden Militärideologie abträglich sind. Offenbar bleibt aber Erklärungsbedarf bei diesem »Krieg für andere«, wenn einer der Soldaten im Film mutmaßt: »*Die zuhause, die werden nicht verstehen, warum wir es gemacht haben.*« Noch stärker als die humanitäre Rechtfertigung klingt das Ethos der Kameradschaft durch, um das es letztlich allein geht: »*Wenn es zum Kampf kommt, gibt es keine Fragen mehr, sondern nur noch Deinen Nebenmann!*« Die innere Wandlung des Elitekämpfers zeigt, das man doch etwas bewirkt hat: »Es hat sich alles geändert, zumindest *ich* habe mich geändert!« Die US-Version des Presseheftes zum Film spricht von der »wahren Natur des Heldentums« und von »Tapferkeit, Engagement und Selbstlosigkeit« in diesem Einsatz. Ein sterbender Soldat im Film: »Erzähle meinen Eltern, wie tapfer ich heute gekämpft habe!« Ein anderer Todeskandidat fragt seinen Vorgesetzten im Lazarett: »Gehen wir noch mal raus gegen die? Gehen Sie nicht ohne mich!« Regisseur Scott, durch seinen Oscar-gekrönten THE GLADIATOR bereits als Heldenepiker ausgewiesen, antwortet auf die Frage, warum die USA in fremden Ländern kämpfen: »Niemand anders übernimmt die Rolle als Weltpolizei. Unser Ziel sollte sein, dass die UNO diese Aufgabe wahrnimmt, aber wir wissen, dass sie teilweise ineffektiv ist.«[66] Sein Produzent Jerry Bruckheimer weiß, was die USA dafür brauchen: »Akzeptanz ist nur eine Frage der Öffentlichkeitsarbeit [...] Der Afghanistankrieg ist ein gutes Beispiel: Es gab eine große PR-Kampagne.« Und: »Bush macht das richtig: Gib ihnen zu essen, erziehe sie und vernichte jene, die dich hassen.«[67]

Für die Produktion des Films hat sich das Pentagon außergewöhnlich stark engagiert.[68] Kathleen Canham Ross, die das Filmbüro der U.S. Army in Los Angeles leitet, erklärt ganz offen: »Acht Helikopter und um die 135 Mann. Es war, als würden wir mit einer kleinen Armee in Marokko einmarschieren, und das ohne ein offizielles Militärabkommen mit dem Land. Also hat das Verteidigungsministerium mit der marokkanischen Regierung verhandelt, dass die Soldaten dort sein durften, denn es gab zuvor keine Erlaubnis dafür.« Acht Hubschrauber, eine Hundertschaft Elitesoldaten, das alles abgestellt für dreimonatige Dreharbeiten mit einer Vergütung von 3 Millionen Dollar: »Peanuts für die Produktionsgesellschaft«[69]. Wie sehr dem Pentagon an diesem Titel gelegen haben muß, ist auch aus dem Filmnachspann ersichtlich: »*We gratefully acknowledge the support and cooperation of the Department of Defense and the U.S. Army in the making of this film: Philip Strub, Special Assistent for Entertainment Media; Major Andres Ortegon, USA – Project Officer; Office of Chief of Public Affairs, Los Angeles – Kathleen Canham Ross; The Joint Staff Special Operations Directorate; United States Special Operations Command; United States European Command; Special Operations Command, Europe; United States Defense Attache Office, Morocco; United States Army Special Operations Command, United States Army Special Forces Command (Airborne); 75th Ranger Regiment; 160th Special Operations Aviation Regiment (Airborne). – And our special Thanks to: General Henry H. Shetton, U.S. Army (Retired), former Chairman, Joint Chief of Staff.*«

Die Filmmacher kamen ihrerseits dem Pentagon sehr entgegen. Sie änderten den Namen eines US-Soldaten, der ein paar Jahre nach dem Somalia-Einsatz wegen Vergewaltigung und Kindesmissbrauch verurteilt worden war. Neben einer als unpassend empfundenen Einzelkämpferaktion fiel eine Szenenfolge dem Schneidetisch zum Opfer, die nach K. C. Ross die Beziehungen der beteiligten US-Armeeinheiten nicht korrekt wiedergibt und nach Aussage des Regisseurs einfach »aus gestalterischen Gründen« keine Verwendung gefunden hat.[70] Das verworfene Material erläutert Mark Bowden, Autor der auf Berichten von Beteiligten fußenden Buchvorlage, so: »Diese Szene zeigt einen Vorfall, der tatsächlich stattgefunden hat. Rangers nahmen versehentlich Soldaten der Delta-Spezialeinheit unter Beschuss – und wie Sie sehen können, versuchen diese per Funk, den Kommandanten der Rangers zum Feuereinstellen zu bringen. So was kommt im Krieg häufiger vor. Und sie haben es letztlich so gedreht, aus dem Film aber herausgeschnitten.«

Indessen bestreitet Produzent Bruckheimer besondere patriotische Ambitionen seiner »modernen Heldengeschichte« aus Somalia.[71] In BLACK HAWK DAWN gehe es darum, »wie junge Männer in einer Extremsituation über sich hinaus wachsen.« Eher zufällig seien sie hier junge Amerikaner: »Es hätten auch Deutsche [sic!] im

Zweiten Weltkrieg sein können ...« Dieses Über-sich-hinaus-wachsen junger Männer lässt aber doch Zweifel an der von Regisseur Ridley Scott geäußerten Vermutung aufkommen, nach diesem Film werde sich keiner mehr zum Militär melden. Gewiss wird der Zuschauer die Todesopfer-Relation von tausend Somaliern und achtzehn US-Amerikanern emotional eher im umgekehrten Verhältnis wahrnehmen. Bevor jedoch nach Art von Spielbergs SAVING PRIVATE RYAN viszerale Abscheulichkeiten[72] ins Bild kommen, gibt es den Schießsportplatz, eine »Wildschweinjagd« und einen »fabelhaften Strand mit blauem Himmel«, an dem man »wunderbar Urlaub machen« könnte. »Insbesondere seit dem Vietnamkrieg dürfen einige negative Bilder gezeigt werden, weil solche Bilder eben die Realität sind. Wenn sie für Heldentum und die Erfüllung einer Mission stehen, können sie [die Verantwortlichen vom Pentagon-Filmbüro] damit leben.« (Lawrence Suid) Bei der Darstellung des toten US-Soldaten, der von Somaliern durch die Straßen geschleift wird, stoppt der Realismus des Films jedoch eben an jener Grenze, die mit der intendierten Rekrutierungswirkung nicht mehr vereinbar ist.

Ist die aufwendige Schützenhilfe des Pentagon für BLACK HAWK DOWN wirklich schlecht investiert? Ein Blick in die DVD-Beigaben bringt weitere Klärungen. Neben der Filmmusik (»Hymn To The Fallen«), Digital Warriors-Effekten und anderem erleben wir einen militärischen »Crash Course«: Die Schauspieler, die unentwegt ihren »hohen Respekt für die wahren Kämpfer« versichern, begleiten wir bei einem ganz realen Grundausbildungsgang der U.S. Army. Truppensingen, Annäherungen an den Army-Codex, Waffenhandhabung, Haus- und Nahkampftraining – und das alles unter professioneller Anleitung: »*Seid aggressiv!*« Am Killer-Simulator gelangt einer der Schauspieler zu wahrer Begeisterung: »Oh, ich habe sie killt! Verdammt, wie habe ich das gemacht?« Das sieht nach einem verlockenden, sportlichen Männerabenteuer aus und bringt den attraktiven jungen Darstellern am Schluss gar ein Lob der Vorgesetzten ein: »The actors are rangers!« *Echte* Soldaten! Hier hat sich Teil Zwei der Rekrutenanwerbung versteckt.

BLACK HAWK DOWN verabschiedet sich weitgehend von der konservativen Melodramatik des Genres und trifft mit seiner Darstellung des Elite-Soldaten den aktuellen Zeitgeschmack. Das wurde in den USA mit Platz Eins der Kino-Charts belohnt. Der Film erinnert in weiten Teilen an eine hochentwickelte Militär-Simulation, Taubheitserlebnis und echter Kugelhagel inbegriffen. *Electronic Arts*-Computerspiele auf dem Markt lehnen sich 2003 und 2004 an BLACK HAWK DOWN an.[73] Hier kann das Zuschauer-Ego selbst schießen. Auch das zeigt die vielfältigen Vermarktungsfelder des modernen Militainment an. Die Identifikationen, die in diesem Fall eine 90 Millionen Dollar teure Produktion ermöglicht, gehen weit über den eigentlichen Film hinaus. In jeder zukünftigen »Kulturgeschichte« der Kriegspropaganda wird BLACK HAWK DOWN einen prominenten Platz einnehmen.

4. Im Fadenkreuz (2001):
Moderne Weltpolizisten und Nazijagd in Bosnien

Einen weiteren Einsatz der USA als der humanitären Weltpolizei, diesmal nicht unter dem Label der UNO, zeigt der erfahrene Werbefilmer John Moore in BEHIND ENEMY LINES (USA 2001, dt. »Im Fadenkreuz«). Hier findet die neue NATO der 90er Jahre, soweit es die USA betrifft, ihre Legitimation am Beispiel des »Engagements« über und in Bosnien. Der Film startete in US-Amerika am 30. November 2001, fast zwei Monate früher als ursprünglich vorgesehen, als erster Leinwandkrieg nach dem »11. September«. Er lehnt sich an ein »wirkliches Soldatenschicksal« auf dem Balkan an: Am 2. Juni 1995 wurde der US-Pilot Scott O' Grady über dem südlichen Bosnien abgeschossen und versteckte sich sechs Tage in Wäldern, bis er von einem Einsatzkommando der U.S. Marines gerettet wurde.[74]

Im Film verkörpert der junge Navigator Burnett die Hauptfigur. Es ist die Missachtung einer offiziell vereinbarten *Flugverbotszone*, die auf seinem routinemäßigen Patrouillenflug über Bosnien-Herzegowina ein serbisches Massaker bekannt werden lässt. Wegen seiner entlarvenden Luftbilder wird das US-Aufklärungsflugzeug abgeschossen. Die serbischen Milizen haben einen Spezial-Killer bei sich, einen bosnischen Überläufer ohne Uniform, der Burnetts Co-Piloten kurzerhand hinrichtet. (Der Film endet nicht ohne Liquidierung dieses Kriegsverbrechers.) Burnett selbst wird von den bosnischen Serben und ihrem Spezialisten gejagt, damit die Wahrheit über den Genozid nicht ans Licht kommt. Auf seiner Flucht muss er sich sogar zwischen Leichenberge legen. – Die Toten sollen vielleicht die moslemischen Opfer des von Serben verübten Massakers im ostbosnischen Srebrenica (Juli 1995) darstellen, das hier vom Drehbuch einen Monat »vorverlegt« wird. – Ein portugiesischer NATO-General und seine untergebenen Truppen erweisen sich in dieser Situation als völlig unfähig. Formale Abkommen und Friedensverhandlungen sind den europäischen NATO-Verbündeten wichtiger als das Leben des abgeschossenen Navy-Piloten. Doch US-Admiral Reigart, der übrigens die Presse immer aufdringlich findet, stellt klar: *»Ich weiß nur eines: Amerika will seinen Piloten zurück!«* Das ist jetzt das eigentliche Hauptthema. Energisch und wie ein Vater besorgt setzt Reigart sich selbst an die Spitze der waghalsigen Rettungsoperation. Auch das Filmmaterial zur Aufklärung und Dokumentation serbischer Genozidverbrechen kann vor dem guten Ende noch aus dem abgestürzten US-Flieger geborgen werden.

Was erfahren die Zuschauer in diesem Film über die U.S. Army? Die anfänglich demoralisierten, weil gelangweilten US-Soldaten warten auf ihrem hochmodernen Flugzeugträger vor der kroatischen Küste oder machen Spazierfahrten mit ihrem High-Tech-Fluggerät. Sie wollen bei diesem NATO-Einsatz im Jahre 1995 einen »richtigen Krieg«, einen Kampf, den sie verstehen: »Jeder glaubt, er kriegt die Chance, Nazis aus dem Weg zu räumen. [...], aber die Zeiten sind vorbei. Ich habe mich als

Kampfpilot verpflichtet, nicht als Polizist!« Die unspektakuläre Routine macht Burnett fertig, bis er hinter die feindlichen Linien – in wildes Gebiet – gerät. Jetzt begegnet er den bösartigen Charakteren der serbischen Gegner und erfährt auch etwas vom Schicksal der bosnischen Muslime, die im Film eine Vorliebe für Elvis, Hip-Hop und Coca Cola hegen. (Dass die Vereinigten Staaten just in Bosnien Kämpfer protegieren, die sie heute als islamistische Terroristen bezeichnen, erfährt der Kinozuschauer des Jahres 2001 nicht.[75]) Am guten Ende bleibt Top-Pilot Burnett nach seiner öffentlich bejubelten Heldenheimkehr doch bei der U.S. Navy. Viele junge Zuschauer sollen seinem Beispiel offenbar folgen, denn die Army sorgt in BEHIND ENEMY LINES wie eine Mutter für die Ihrigen. Auch einen neuen Vater kann man dort als Vorgesetzten bekommen. Mit Blick auf zukünftige *altruistische* Einsätze der Supermacht stellt dieser Film über »Nazijagd« in Bosnien allerdings die Schlussfrage: »Ist Amerika noch einmal zu einem Einsatz bereit?«

Bereits Michael Winterbottoms Bosnien-Film WELCOME TO SARAJEVO (GB/USA 1997) enthielt so genanntes Dokumentarfilmmaterial, das nach Recherchen von Medienkritikern Inszeniertes und Suggestives zeigt. In BEHIND ENEMY LINES wird eine PR-Version des NATO-Engagements auf dem Balkan zu holzschnittartiger Propaganda verarbeitet.[76] Beharrlich werden die Erkenntnisse über Konfliktanteile der muslimischen Bosnier und über serbische Opfer ausgeblendet. (In den Kriegsvoten eines westlichen Politikers wie Rudolf Scharping kam es daneben zu einer *Verdreifachung* der unbelegten Höchstzahl von 8.000 Opfern des Massenmordes an Muslimen in Srebrenica.) Die Attacken auf die europäischen Verbündeten im Film sollen vielleicht rechtfertigend erklären, warum die USA nach Beobachtungen norwegischer Offiziere heimlich – unter Umgehung der übrigen NATO-Partner und trotz eines UN-Waffenembargos – die bosnisch-kroatische Seite kräftig aufgerüstet und damit den Krieg vorsätzlich verlängert haben.[77] Selbst die Republikaner warfen 1997 der Clinton-Administration vor, an einer Umwandlung Bosniens in einen Stützpunkt militanter Islamisten beteiligt zu sein.

Spätestens seit 2000 sind öffentlich, wie der Bundestagsabgeordnete Willy Wimmer (CDU) betont, auch die eigentlichen Gründe der USA für den nachfolgenden NATO-Krieg gegen die Bundesrepublik Jugoslawien bekannt.[78] Warum wurden neben einem dutzend Panzern mehrheitlich Zivilisten außerhalb militärischer Angriffsziele und Wirtschaftsbetriebe in Gemeinschaftseigentum getroffen? Warum ließ die NATO ihre Piloten so hoch fliegen, dass von »Treffgenauigkeit« keine Rede mehr sein konnte? Sollten Splitterbomben, 31.000 Uran-abgereicherte Granaten und andere Waffen am Ende Marktwirtschaft und ein geostrategisch unentbehrliches Territorium herbeibomben? (Bezogen auf die vorgeschobenen Kriegsgründe ist wieder an das stets gleiche Muster zu erinnern: Während sich die OSZE mit Millionenbeträgen für zivile Konfliktlösungsstrategien begnügen und um bessere personelle Ausstattung betteln musste, waren für den Krieg über Nacht Milliardenbeträge locker gemacht.)

Dieser Krieg hat die Gewalt weiter eskalieren lassen und denen, die angeblich gerettet werden sollten, *mehr* Leiden gebracht.[79] Die Rüstungsindustrie erlebte einen Boom, die Flüchtlingsströme schwollen an und Europa wurde im Rahmen der US-Strategie nachhaltig geschwächt. Die Erfolgsbilanz der Bombardierungen kann seit fünf Jahren laufend an traurigen Meldungen verifiziert werden.

Im Kino erleben wir – weit entfernt von all dem – die offizielle Version der massenmedialen Geschichtsschreibung, im Fall von BEHIND ENEMY LINES über den vorangegangenen Schauplatz Bosnien wiederum produziert mit reichhaltiger Hilfe des US-Militärs: »*Department of Defense, Philip Strub; Navy Office of Information, West – Cor. Bob Anderson; Naval Air Forces U.S. Pacific Fleet – Cor. Andy Gallop, Cor. Jack Papp; the Officers and the Crew of the USS Carl Vinson (CVN 70) [...]; the Officers and the Crew of the USS Constellation (CV 64) [...]; U.S. Marine Corps Motion Picture Liaison Office – Capt. Shawn Haney; Strike Fighter Squadron 112 [...] 125; Air Test and Evaluation Squadron 9; Naval Weapon Test Squadron PT MUGU; Helicopter Anti-Submarine Squadron 6; Naval Air Station Lemodre, CA; Aviation Survival Training Center; Naval Air Station North Island, CA; Cruiser Destroyer Group 1; Carrier Air Wing 2; Marine Light Assault Helicopter Squadron 775; Expeditionary Warfare Training Group, Pacific ...*«

Ein kritischer Spielfilm, der im europäischen Kino etwas anderes zeigt als die offizielle NATO-Version zu den Kriegsschauplätzen im ehemaligen Jugoslawien, steht meines Wissens aus. Der ehemalige bosnische Armee-Kameramann Danis Tanovi gestaltet mit seiner Kriegssatire NO MAN'S LAND (2001) den Bosnien-Krieg 1993 als Stellvertreter-Duell in einem Schützengraben. In der persönlichen Begegnung wirken die Rechtfertigungen des Serben Nino und des Bosniers Chiki gleichermaßen absurd. Die internationalen Medienvertreter betrachten den Krieg als profitable Fundgrube für Sensationen. Die Befehlskette der UNPROFOR-Truppen hindert gutwillige Blauhelm-Soldaten daran, unparteiische Hilfe zu leisten. Der politische Kontext dieser Groteske konzentriert sich auf einen Originalausschnitt aus einer Karadzic-Fernsehrede. Immerhin stützt dieses Werk nicht die Wahnvorstellung, auf dem Balkan ließen sich »Gut und Böse« nach ethnischen Kategorien auseinanderhalten.

Ein Jahr vor der spanischen Beteiligung am Irakkrieg der USA zeigt Daniel Calparsoro in GUERREROS (Spanien 2002) Soldatinnen und Soldaten seines Landes, die Ende 1999 im Grenzgebiet zwischen Serbien und Kosovo stationiert sind. Im Rahmen der Internationalen Kfor-Schutztruppen ist ihr Auftrag rein humanitärer Art. Selbst bei offenkundigen Gräueltaten von kosovo-albanischen Milizen und Serben dürfen sie nicht eingreifen und müssen stattdessen Kirchen renovieren. Im Rahmen einer Mission, bei der das regionale Stromnetz wieder hergestellt werden soll, geraten die spanischen Blauhelme jedoch unfreiwillig in die Realitäten des Krieges: Erbitterte Schusswechsel, Nahkampf, Massengräber, Vergewaltigung, Folter und sogar die »Notwendigkeit«, die eigene verwundete Dolmetscherin zu ersticken. (Von den 100.000

Serben, die unter den Augen von UN-Truppen aus dem Kosovo vertrieben wurden, sehen wir im Bild etwa 200.) Mit der Attitüde eines »Antikriegsfilms« führt GUERREROS die spanischen Elitesoldaten aus der Zuschauerrolle heraus. Der schwer zu entziffernde Videoabspann gibt die Beteiligung von »Ministerio de Defensa« und »Ejercito de Tierra ...« (Spanisches Verteidigungsministerium, Infanterie ...) bekannt.

Wie Hollywood beim Thema Golfkrieg 1991, so werden Filmemacher sich beim Thema »Kosovo 1999« an das Verfahren jenes NATO-Filmschnitts halten, der das zweifache Bombardement eines Eisenbahnzuges und die dabei erfolgte Tötung von 14 Zivilisten im manipulierten Video als Versehen präsentiert.[80] Amnesty International und das ARD-Magazin Monitor haben seit 2000 öffentlich bekannt gemacht, dass im Kosovo Zwangsbordelle für das Militärwesen eingerichtet worden sind und dass auch Kfor-Soldaten der Bundeswehr zu den Kunden dieser Einrichtungen des Menschenhandels zählen. Ein Nachtrag zur hiesigen Erinnerungskultur sei nicht verschwiegen: Die deutsche Bundesregierung, so berichtete die Frankfurter Rundschau am 12.8.2004, hält es mit ihrer humanitär begründeten Militärdoktrin für Ex-Jugoslawien für vereinbar, selbst traumatisierte bosnische Kriegsopfer abzuschieben.

5. Collateral Damage (2001): Zeit für Vergeltung in Kolumbien

Den Menschen des amerikanischen Kontinents ist die Rolle der nahen Freiheitswerkstatt, die nach 1890 ihren besonderen Imperialismus entwickelt hat, bekanntlich nicht immer gut bekommen. Die »covert actions« der USA in Guatemala (1954) waren z. B. Auslöser für mehr als drei Jahrzehnte Bürgerkrieg. Marionetten-Regierungen in Süd- und Mittelamerika sorgten und sorgen dafür, dass ihre Länder der Supermacht als Freihandelszone dienen. Der gesamte Komplex der Film-Propaganda im Dienste der US-Politik in dieser Erdregion bleibt in der vorliegenden Darstellung fast unberücksichtigt.[81] Bei einer Sichtung der militärischen Konzepte nach dem Ende des Kalten Krieges ist ein Blick auf dieses Feld jedoch unerlässlich, zumal der »11. September« als Begründung für eine Fortschreibung der US-Lateinamerikapolitik der 90er Jahre herhalten[82] muss und der Widerspruch aus betroffenen Ländern immer hörbarer wird. Von der als Drogenkrieg verpackten Invasion der US-Truppen vom Dezember 1989, die mindestens 2000 Menschen in Panama das Leben gekostet hat, war bereits die Rede. Drei Monate vor dieser Operation verkündet US-Präsident George Bush Sen. am 15. September 1989, die USA böten im Anti-Drogenkrieg erstmals jeder Regierung, die dies wünsche, ihre Hilfe an. Der mit umfangreicher Militärunterstützung und prominenter Rollenbesetzung realisierte Film FIRE BIRDS (USA 1990) von David Greene präsentiert dazu im Vorspann den Originaltext aus dem Weißen Haus: »Our message to the drug cartels is this: The rules have changed. We will help any goverment that wants our help. When requested, we will for the first time make available the appropiate resources of America's Armed Forces.« Die Umsetzung dieser Botschaft in FIRE BIRDS ist denkbar einfach und bezieht sich pauschal auf ganz Südamerika: Vor dem Kongressausschuss erläutert ein Militär, dass die U.S. Army den südamerikanischen Drogenkartellen personell, technisch und finanziell unterlegen sei. Mit einem Trainingsprogramm (modernste Simulatoren, Flugstunden) formiert sich die Apachi-Kampftruppe. Der US-Nachrichtendienst entdeckt in »Südamerika« eine neue Drogen-Fabrikationsanlage. Mit Hilfe der – nicht gezeigten – örtlichen Drogenfahnder gelingt den Apachi-Helikoptern der USA eine vollständige Zerstörung des Drogenzentrums. Auch ein gefürchteter Scorpion-Pilot des Drogenkartells wird eliminiert. Nur ein Todesopfer ist auf US-Seite zu beklagen. – Die Anti-Drogen-Operationen der USA im Ausland werden (ebenso wie die inländische Politik gegenüber Drogengebrauchern) durchgehend mit expliziter *Kriegsrhetorik* erläutert. Die gesamte Geschichte ist – noch unverblümter als in TOP GUN – als Heldengeschichte und Romanze eines Kampfpiloten gestaltet: »Ich bin der Größte, der Allergrößte!« Die Geliebte dieses Helden gehört ebenfalls zur US-Armee und fliegt im Kampfeinsatz mit.

Beteiligt waren an der Produktion von FIRE BIRDS u. a.: Arizona National Guard, Army Aviation Support Facility # 2, 4th Squadron – 6th Cavalry, Apache Training Brigade, 2nd Military Police Brigade, U.S. Army Aviation System Command – Apache Program Office St. Louis (Missouri), U.S. Army Electronic Proving Ground. Die offizielle Danksagung: »*The filmmakers wish to acknowledge and give special thanks to the Department of the Army and the following Military Organisations for their cooperation in this production: General Maxwell R. Truman – Commander-in-Chief, U.S. Southern Command; Major General Pat Brady; Brigadier General C. Lou Hennies; Office of the Asst Secretary of Defense, Public Affairs, Phil Strub, Don Baruch ...*« Es folgen mehr als 20 weitere Stellen und Personen aus verschiedenen Sparten der Streitkräfte sowie Kooperationspartner aus der Industrie (*General Dynamics – Valley Systems Division; MBB Helicopter; Aeromarine Dynamics, Inc.*).

Ein besonderes Augenmerk lenken Filmemacher auf den vermeintlichen »Anti-Drogen-Krieg« in Kolumbien, so etwa mit Pentagonunterstützung in CLEAR AND PRESENT DANGER (USA 1993) oder in den Filmen DELTA FORCE 2 – THE COLUMBIAN CONNECTION (USA 1989/90) und THE PRESIDENT'S MAN (USA 2000) mit Chuck Norris, die beide eine Lanze für Elitesoldaten im Dienst des US-Präsidenten brechen. Die schier unübersehbare Vielzahl der entsprechenden Titel ergänzt COLLATERAL DAMAGE (USA 2001). Der Kinostart dieses ohne Pentagon-Beteiligung gedrehten Films wurde, wie es hieß, mit Rücksicht auf den »Elften Neunten« verzögert. Die deutsche Homepage der Produktion ist »powered by t-online«.

Die anhaltenden Kriegszustände in Kolumbien werden in COLLATERAL DAMAGE vor allem als terroristische Bedrohung für *US-Amerikaner* vermittelt. Die Geschichte des Films wäre so verstanden eigentlich erst in einem späteren Kapitel unter der

Überschrift »Krieg gegen den Terror« abzuhandeln: Gordon Brewer (Arnold Schwarzenegger) ist ein Feuermann in Los Angeles, der unter größten Gefahren Leben rettet, und er ist ein guter Familienvater. Bei einem Bombenattentat vor dem Hochhaus des kolumbianischen Generalkonsulats in den USA kommen seine Frau und sein Junge ums Leben. Die Terroristen hatten es eigentlich auf kolumbianische Beamte, CIA-Leute für den Bereich Kolumbien und auf einen für Lateinamerika zuständigen Staatssekretär im US-Außenministerium abgesehen. Insgesamt sind neun Tote und zwei dutzend Verletzte zu beklagen. Zum Anschlag in Los Angeles, der als »Akt der Selbstverteidigung gegen die amerikanischen Kriegsverbrecher« deklariert wird, bekennt sich der kolumbianische Guerilla-Führer »El Lobo«. FBI und CIA erweisen sich bei der Verfolgung als unfähig. Die Kritik des Films an diesen staatlichen Institutionen der USA richtet sich gegen zu liberale Diplomatie-Konzepte. Offenbar sind neben Kompetenzstreitigkeiten Rücksichten auf innerkolumbianische Friedensverhandlungen Hintergrund ihrer Untätigkeit. Deshalb übernimmt Feuermann Brewer selbst die Terroristenjagd auf den Mörder seiner Familie. In Kolumbien gerät er dabei zeitweilig in die Hände von El Lobo. Zurück in den USA kann er, nachdem bereits erneut ein Hochhausdach in Washington explodiert ist, die Zündung einer gewaltigen Sprengstoffladung in der Tiefgarage des Außenministeriums verhindern. (Sie hätte *mehrere Häuserblocks* in die Luft sprengen können!) Den Terroristen El Lobo und dessen Frau bringt Brewer regelrecht zur Strecke. Vom Präsidenten erhält er die höchste Auszeichnung, die ein Zivilist bekommen kann: die »medal of freedom«.

Wie werden die politischen Hintergründe der Terroristen im Film beleuchtet? Im Fernsehen verkündet Top-Guerillero El Lobo der US-Bevölkerung: »*Solange Amerika mit seiner Unterdrückung in Kolumbien weitermacht, werden wir den Krieg zu Ihnen nach Hause bringen, und Sie werden sich in Ihren eigenen Wänden nicht sicher fühlen. Kolumbien ist nicht Ihr Land! Verlassen Sie es sofort!*« Die Sympathisanten für solche Botschaften werden durch den Sprecher einer linken Lateinamerika-Solidaritätsgruppe in den USA repräsentiert. Dieser spricht im Fernsehen von Befreiungskampf und nennt – im NATO-Jargon – den »Tod eines kleinen Jungen und seiner Mutter« einen bedauerlichen »*Kollateralschaden*«[83]. (Das FBI hindert Brewer daran, die Räume der Solidaritätsgruppe vollständig zu demolieren.) In Kolumbien sehen wir das wahre Gesicht der Terroristen. Ein indigenes Dorf – der Kollaboration mit den Paramilitärs verdächtigt – ist von ihnen niedergemetzelt worden. Eine riesige Kokainfabrikation sorgt für den Geldzufluss der Guerilla. Diese hat es auf die Geiselnahme von Ausländern abgesehen, um hohe Lösegelder einzutreiben. Eigene Leute, denen Fehler unterlaufen, lässt El Lobo auf bestialische Weise ermorden. Dieser Anführer ist ein Feigling, der die Tötung von Frauen und Kindern für Freiheit hält. Seine Programmatik: »Die Amerikaner verstecken sich hinter Familienwerten, falschen Idealen. Sie haben nämlich die Realität des Krieges vergessen. Wir nicht!« In seiner Zentrale hängt ein Lenin-Foto.

Das kolumbianische Gewaltgefüge von Armee, rechten Paramilitärs und revolutionärer Guerilla kommt eigentlich nur in der kurzen Randbemerkung eines Kanadiers zur Sprache: »Die Todesschwadronen kennen die Guerilleros, die Guerilleros kennen die Soldaten. Nur die Bauern stecken mitten drin und werden von allen getötet.« Dass die CIA-Station in Kolumbien offenbar mit rechtsextremistischen Paramilitärs kooperiert, gilt nur zeitweilig als suspekt. Die Kritik am Handeln der CIA ist stark personalisiert. Dem US-Geheimdienstchef vor Ort kommt die Entführung des US-Amerikaners Brewer nicht ganz ungelegen, da sie der Regierung in Washington die Unmöglichkeit vor Augen führt, mit der Guerilla zu verhandeln. Überdies ist sie ihm ein willkommener Grund, den gesamten Stützpunkt der Befreiungskämpfer – einschließlich Frauen und Kinder – in die Luft zu jagen. Der Terrorismus soll ausdrücklich mit Terror bekämpft werden.

Eine zentrale Frage von Claudio, alias El Lobo, lautet: »Ihr Amerikaner seid ja so naiv! Wenn Ihr einen Campesino mit einem Gewehr in den Nachrichten seht, dann wechselt Ihr das Programm. Aber Ihr fragt Euch nie, wieso dieser Campesino ein Gewehr braucht. Warum fragt Ihr Euch das nicht? Weil Ihr glaubt, dass Ihr die einzigen seid, die das Recht haben, für ihre Freiheit zu kämpfen!« Einen Augenblick lang scheint es, die Ehefrau dieses Terroristen könne dem US-Feuerwehrmann lateinamerikanische Zusammenhänge vermitteln: »Als ich Claudio damals kennen lernte, war er Lehrer in Guatemala. [...] Eines Nachts kamen Soldaten in unser Dorf. Sie wurden von amerikanischen Beratern geführt. Wir krochen auf die Felder, aber sie warfen Handgranaten. Sophia (unsere Tochter), sie war noch ein Baby [...], verblutete in Claudios Armen. [...] Claudio schloss sich der Guerilla an, und jetzt ist er ein von Hass erfüllter und von Wut getriebener Mann, genau wie Sie!« Doch die Terroristengattin, die sich durch solche Gespräche Brewer's Vertrauen erschleicht, wird später bei den schlimmsten Bombenplänen in Washington als skrupellose Verbrecherin entlarvt.

Der Plan der Vereinigten Staaten für Kolumbien (Plan Columbia, seit 2001 »Anden-Initiative«) ist herausragendes Beispiel für die Privatisierung des modernen Krieges.[84] Er besteht im Kern vor allem in einer weiteren Militarisierung des Landes durch US-Waffenlieferungen und Militärhilfe.[85] (Daneben flossen allein 2003 insgesamt 99 Millionen US-Dollar für »Schutzmaßnahmen« an einer Öl-Pipeline, die die Menschenrechtslage vor Ort noch trauriger haben werden lassen.[86]) Die Kampagne für den Anti-Drogen-Krieg im Ausland verschleiert nebenbei das völlige Versagen der Drogenpolitik innerhalb der Vereinigten Staaten. Während sich nun in der Realität die rechten Paramilitärs ebenso mit Drogengeldern finanzieren wie ihre revolutionären Kontrahenten, ist es in COLLATERAL DAMAGE nur die Guerilla, die hinter den kolumbianischen Kokainfabriken steht. Sie versteckt hinter einem angeblichen Befreiungskampf grausame Verbrechen und einen Angriff auf US-amerikanische Werte. Opfer des kolumbianischen Gewaltdramas sind in erster Linie Menschen in den USA. Ein einzelner Bürger tut nun, was eigentlich US-Regierung, CIA und andere Behörden tun sollten: Er macht die linken Terroristen unschädlich und zwar mit Brandbomben, Gasexplosionen und anderen militärischen Raffinessen, bei denen trotz großflächiger Wirkweise offenbar nie Unschuldige in Mitleidenschaft gezogen werden. Joseph Kay konstatiert mit Blick auf das Erscheinungsdatum: »Der typische Wesenszug des Films *Kollateralschaden* ist [...] seine Befürwortung von Rache und Mord als angemessene Antwort auf terroristische Anschläge, die amerikanische Zivilisten töten. Im Licht der jüngsten Ereignisse hat dies den Effekt einer Rechtfertigung der jüngsten US-Militärkampagne, in der die Tötung angeblicher Terroristen als eines der wichtigsten Ziele der amerikanischen Militärintervention hingestellt wird.«[87]

Unter der Bush-Administration ist die Militärhilfe für Lateinamerika 2004 auf fast 900 Millionen Dollar angewachsen, während die sogenannte Wirtschaftshilfe sich nach unten diesem Niveau annähert. Die Bekämpfung »islamistischer Terrornetze« wird neben dem Drogenkrieg immer häufiger als Überschrift für die US-Strategie in der Region genannt. Mit Blick auf Regierungen wie in Venezuela, die sich der neoliberalen Doktrin verweigern, fordert vor allem der Demokrat John Kerry ein noch »energischeres« Vorgehen der USA.

6. Tears Of The Sun (2003): Krokodilstränen für Afrika

»Wir wissen noch nicht, wie die Vereinten Nationen auf den Staatsstreich in Nigeria reagiert haben, aber Truppen der Vereinigten Staaten haben bereits begonnen, die Botschaft zu evakuieren.« Nachrichtensprecher in: TEARS OF THE SUN

»Mit ›Tränen der Sonne‹ [...] ist der amerikanische Kriegsfilm in ein durchaus interessantes Stadium totaler Autosuggestion eingetreten. Er ist sich so sicher, dass US-Invasionen eine grundsätzlich humanitäre Angelegenheit sind, dass er es gar nicht mehr nötig hat, diese Botschaft auch nur ein klein wenig glaubwürdig zu motivieren.« Katja Nicodemus[88]

Der letzte in diesem Kapitel vorzustellende Titel – TEARS OF THE SUN (USA 2003) von Antoine Fuqua – benutzt zwar die Militärtechnologie der Jahrtausendwende und ist mit Hilfe der modernen U.S. Army gedreht worden, doch er zeigt einen fiktiven Kriegsschauplatz. Hier wird nicht re-inszeniert, sondern – offenbar in Erwartung künftiger Ereignisse – pro-inszeniert. Die Idee geht auf einen ursprünglich geplanten DIE HARD-Teil 4 zurück. Die Drehbuchautoren haben für dieses Projekt ein Klischee-Bild von Afrika konstruiert, das zur Begründung weltpolizeilicher Missionen auf dem Kontinent im populären Kino maßgeschneiderte Dienste leistet. Der Zuschauer glaubt, er befinde sich im Nigeria der *Gegenwart*. Erst Zusatzinformationen der DVD klären darüber auf, dass Geschehnisse Mitte der sechziger Jahre (!) das Drehbuch inspiriert hätten.[89]

VIII. Militärschauplätze der neunziger Jahre

Die Ausgangslage vermittelt im Film die Stimme eines Nachrichtensprechers so: Der im Exil lebende General Mustafa Yakubu hat einen brutalen Staatsstreich gegen die demokratisch gewählte Regierung von Präsident Samuel Azuka unternommen. Nigeria zählt 120 Millionen Einwohner und 250 verschiedene ethnische Gruppen. Schon lange bestehen ethnische Feindschaften, »*insbesondere zwischen Fulani-Moslems im Norden und den christlichen Ibo im Süden.*« Die Fulani-Moslems kontrollieren das Land und übersäen es mit Gewaltexzessen. Die christlichen Ibo befinden sich aus Angst vor »ethnischen Säuberungen« auf der Flucht. – Die gesamte nigerianische Präsidentenfamilie ist nach vorliegenden Meldungen ermordet worden. Bei den Kämpfen sollen, so wird beiläufig mitgeteilt, auch »gewaltige Erdölvorkommen« eine Rolle spielen.

Auf einem Atom-Flugzeugträger der USA, der USS Harry S. Truman, werden ausländische Staatsangehörige aus allen Teilen der Welt evakuiert. Eine Spezialeinheit der Navy SEALs bekommt indessen einen anderen Evakuierungsauftrag »irgendwo an der Küste von Afrika«. Sie soll Dr. Lena Fiore Kendricks, als Ärztin für »International Relief Services« tätig und US-Staatsangehörige durch Heirat, außer Landes bringen.[90] Zwei Nonnen und ein Priester auf der christlichen Missionsstation erhalten ebenfalls ein Rettungsangebot, doch sie wollen bei den Kranken zurück bleiben. Dr. Lena Kendricks besteht darauf, das auch siebzig bedrohte Nigerianer (Ibo) mitgenommen werden. Der Leiter der US-Elitekämpfer, Lieutenant A. K. Waters (Bruce Willis), geht zum Schein darauf ein, lässt die mitgenommenen Afrikaner jedoch nach einem langen Marschweg am Hubschrauberlandeplatz stehen. Der Plot erschöpft sich nun darin, dass Lieutenant Waters und seine Leute sich inmitten der brutalen Realität gegen die Weisung ihres Vorgesetzten entscheiden und die Ibo-Flüchtlinge auf ihrem Weg zur rettenden Grenze Kameruns begleiten. Dabei müssen einige US-Soldaten im Kampf gegen die verfolgenden Fulani-Rebellen ihr Leben lassen. (Die Tagline von TEARS OF THE SUN: »He was trained to follow orders. He became a hero by defying them.«)

Die propagandistischen Stränge der Filmgeschichte sind leicht aufzuzeigen. Zunächst wird der Bürgerkrieg als reiner *Religionskonflikt* gestaltet. Die Fulani-Rebellen sind Moslems. »Sie töten jeden, der in eine andere« – nämlich die christliche – »Kirche geht.« Vor dem Blutbad in der Missionsstation nimmt der finster dreinblickende Fulani-Kommandant höhnisch das Kreuz des um Gnade bittenden Priesters in seine Hände. Danach werden die in der Kirche versammelten Kranken und die drei westlichen Christen ermordet. Die flüchtenden Ibo sind – u. a. durch Halskette – als missionierte Christen erkennbar.

Offenbar soll die erfundene Nigeria-Geschichte für das Gegenwartskino auch so etwas wie ein Platzhalter für den Völkermord in Ruanda (1994) sein, in dessen Vorfeld die Clinton-Administration eine unselige Rolle gespielt hat.[91] Das zweite große Thema von TEARS OF THE SUN lautet: *Genozid.* Die US-Soldaten und die von ihnen beschützten Afrikaner werden auf dem Weg nach Kamerun Zeugen eines unvorstellbaren Massakers. Die Bewohner eines Dorfes werden ohne Rücksicht auf Alter und Geschlecht von einer Fulani-Rebelleneinheit ermordet. In jeder Hütte wird eine Frau vergewaltigt. Den Müttern schneidet man die Brüste ab, damit sie nicht mehr stillen können. Gräuel dieser Art sind eine übliche Landessitte: »Das ist immer so!« (Archaische Grausamkeit wird hier mit Bildern assoziiert, die an den massenmedialen Shaka Zulu-Kult erinnern.) Trotz gegenteiliger Operationsbefehle greifen die zutiefst erschütterten US-Soldaten ein. Sie töten durch Schusswaffen oder Messer sämtliche Mitglieder der Fulani-Mördertruppe. Ihr hartes Vorgehen ist durch die Unmenschlichkeit der Rebellen als reine Notwehr zur Rettung anderer erklärt. Das gilt offenbar auch für nachfolgende Verhörmethoden von Lt. Waters, der ein noch nicht identifiziertes Mitglied der flüchtenden Gruppe zu einer Aussage bewegen will: »*Wenn keiner redet, lege ich einen anderen um!*«

Die mehrfachen Befehlsmissachtungen erscheinen in den Drehbuchdialogen am Ende nicht als ernsthaftes militärisches Problem. Stellvertretend für ihre Nation durchleben Waters und seinen Elitesoldaten einen Umkehrprozess. Sie lassen sich nunmehr berühren vom Schicksal der Menschen, obwohl man ihnen über Jahre hinweg eingeschärft hat, sich herauszuhalten. Ihre Losung auf dem neuen Weg: »*Für unsere Sünden!*« Ein afro-amerikanischer Soldat bekennt gar: »*Lieutenant, diese Afrikaner sind auch mein Volk!*« (Die entsprechende Szene wirkt wie ein TV-Wahlkampf-Spot für schwarze US-Amerikaner. Der multiethnische Reichtum der USA wird also – statt als Brücke für eine nachhaltige Solidarität mit Afrika zu dienen – für Krieg instrumentalisiert.) Gepaart ist der militärische Abschied von der alten »Diplomatie« mit humanitärem Engagement: Die Navy SEALs der USA teilen ihren Proviant mit den Flüchtlingen, bekleiden ein nacktes Vergewaltigungsopfer und beten für die Opfer des Dorfmassakers. – Den Zuschauer will der Film davon überzeugen, das die U.S. Army sich in Afrika einmischen muss. Ein Zitat von Edmund Burke im Nachspann unterstreicht diese Botschaft: »*The only thing necessary for the triumph of evil is for good men to do nothing.*«

In einer letzten Schicht entwickelt sich der Film zu einem *demokratischen Afrika-Epos*. In der Flüchtlingsgruppe entpuppt sich ein Mitglied als überlebender Sohn des ermordeten Präsidenten. Sein Vater war nicht nur Kämpfer für die Demokratie, sondern auch Stammeskönig der Ibo. Auf den geborenen Erben des Ibo-Königthrons haben es die Fulani abgesehen. Doch die US-Amerikaner ermutigen ihn zum mannhaften Durchhalten und bringen ihn ins sichere Kamerun. Es erklingen Afrika-Hymnen von Hans Zimmer, der auch die Musik für die Disney-Animation THE LION KING (USA 1993) komponiert hat. Die Ibo sammeln sich um ihren jungen Stammesfürsten und tanzen. Es fließen viele Tränen – und stellvertretend spricht eine Afrikanerin den Dank an den US-Lieutenant aus: »Das mit Ihren Männern tut mir leid. Ich werde sie nie vergessen. Gott wird sie nie vergessen!«

Immerhin wird eine Sünde des Auslands am Rande erwähnt: Die USA haben an die Regierung Nigerias zu lange Waffen geliefert, und diese Bestände werden zur Basis des Rebellenkrieges. Doch sonst sind westliche Menschen in TEARS OF THE SUN durchweg Helfer, Beschützer und Retter. Maßgeblich ist das bewährte Muster, Probleme als ethnisch-religiöse Konflikte zu simplifizieren und die Bösen stets als Muslime zu identifizieren. (Derweil ruft an der Elfenbeinküste Staatschef Laurent Gbagbo, ein fanatisch-evangelikaler Christ, zum Vernichtungskrieg gegen Muslime.) Die restlichen Sünden am afrikanischen Kontinent, zumal die aktuellen, bleiben unerwähnt: eine neue Weltwirtschaftsordnung, die Afrika ökonomisch in ein schwarzes Loch verwandelt, Milliarden-Coups wie das Tschad-Kamerun-Öl- und Pipeline-Projekt, bei denen die Bedürfnisse und Rechte der Menschen vor Ort an unterster Stelle rangieren[92], der Handel großer westlicher Konzerne mit Bürgerkriegsparteien, der Massenmord der Pharma-Industrie[93] durch verweigerte Hilfeleistung und das nicht einmal im Ansatz gefüllte Konto der UNO für ein als notwendig erkanntes AIDS-Programm, ein Europa, das Tausende afrikanischer Flüchtlinge lieber ertrinken lässt als sie aufzunehmen[94], europäische Hilfsgelder, die nur einen Bruchteil der auf dem Kontinent eingeholten Profite ausmachen, und namentlich Entwicklungshilfe-Budgets der USA, deren Höhe sich im Kompetenzbereich von Sachbearbeitern bewegt.

Dringlich wäre eine *präventive* Friedenspolitik mit Programmen für eine faire Ökonomie, Trinkwasser und Gesundheit – unter Einstellung aller westlichen Waffenexporte. Der Sudan, dessen Zustände zeitgleich wohl am ehesten den Szenarien des Films von Antoine Fuqua ähneln, unterliegt 2004 nicht einmal einem internationalen Waffenembargo. Ernsthaftes Interesse an der Region zeigten die mächtigen Staaten der Welt überhaupt erst, als die Vermutungen zu ausgedehnten Erdölvorkommen im Südsudan Bestätigung fanden. Ungezählten Sudanesen ist der – bis heute andauernder – Kampf unterschiedlichster Gruppen um Anteile an den Ölprofiten nicht gut bekommen. (Eine Abspaltung der ölreichen »christlich-animistischen« Provinzen im Süden ist in Aussicht gestellt. Sie entspräche den geostrategischen und ökonomischen Interessen der USA, die hier mit China und Russland konkurrieren, aber offenbar auch den Interessen Deutschlands.[95]) Die zehntausendfachen Morde des Jahres 2004 in der westsudanesischen Provinz Darfur sind – wenngleich nur mittelbar – auch Folge von Krieg und Vertreibung nach Bekanntwerden der Ölquellen. Die desolate Versorgungssituation resultiert nicht zuletzt aus der Afrika-Politik von IWF und Weltbank. (Das Hauptübel heißt *Hunger!*) Das hochkomplexe Gefüge wird jedoch ähnlich wie in TEARS OF THE SUN auf die ethnisch-religiösen[96] Konflikte reduziert (zwischen muslimischen Nomaden und christlichen Bauern oder zwischen Arabern und Schwarzafrikanern). Entsprechend spricht man zumeist nur von einem Teil der Akteure.[97] 350.000 Menschen, so UN-Mitarbeiter im Herbst 2004, drohen zu verhungern. Internationale Hilfsorganisationen klagen, es gebe mehr Resolutionen als konkrete *humanitäre* Hilfsunternehmungen. Doch das Lieblingsthema der Internationalen Politik ist wieder einmal die Planung eines Militäreinsatzes, den Welthungerhilfe oder Rotes Kreuz gerade nicht für hilfreich halten, weil er bestenfalls wirkungslos ist, schlimmstenfalls zur weiteren Eskalation beiträgt. Erst verzögert erfahren Menschen hierzulande, dass deutsche Unternehmen und Investoren im Südsudan die »Grundausstattung für einen kompletten Staat – made in Germany«[98] übernehmen wollen. (Daneben hat man den Eindruck, dass bei den eilfertigen Äußerungen über eine Bundeswehrbeteiligung an einer angestrebten Intervention neben dem Engagement deutscher Firmen vor Ort auch Ambitionen auf einen festen Sitz im UN-Sicherheitsrat eine Rolle spielen.) Indessen zeigt der Blick auf einen etwas längeren Zeitraum auch beim Thema Sudan: Aneignung der Landesreichtümer durch Minderheiten, Ausbeutungsverhältnisse, Massenmorde und Vertreibungen bleiben international unbeachtet, solange keine Ausweitung droht und westliche Interessen (Geostrategie in Afrika, Kontrolle über Ölvorkommen oder andere Ressourcen) unberührt bleiben. Auf dem Höhepunkt eskalierender Entwicklungen wird dann mit moralischem Anspruch regelmäßig das Programm »Krieg« vorgetragen.

Die zu einer Einblendefunktion der DVD-Ausgabe von TEARS OF THE SUN versprochenen »Informationen über Afrika« entpuppen sich beim Einschalten zum Großteil als technische Infos zu den eingesetzten Waffentypen[99] und zum sonstigen Militärgerät! Die Dankbarkeit der Filmmacher richtet sich an Adressen, die für das Afrika-Engagement der Vereinigten Staaten nichts Gutes verheißen: »*The Producers wish to thank: The United States Department of Defense; Philip Strub, Special Assistant for Entertainment Media; Commander Robert Anderson, Navy Office of Information West; Lt. Christy Hagan, U.S. Navy, DoD Project Officer; Commander, Naval Special Warfare Command; U.S. Navy Parachute Team ›Leap Frogs‹; SEAL Delivery Vehicle Team ONE; Commander, Naval Air Force U.S. Atlantic Fleet; USS HARRY S. TRUMAN (CVN-75); Fleet Logistics Support Squadron FORTY ›Rawhides‹; Helicopter Anti-Submarine Squadron THREE ›Tridents‹; Commander, Naval Air Force Reserve; Strike Fighter Squadron TWO ZERO THREE ›Blue Dolphins‹; Commander, Naval Air Force, U.S. Pacific Fleet; Helicopter Anti-Submarine Squadron Light THIRTY SEVEN ›Easy Riders‹; Fleet Logistics Support Squadron THIRTY ›Providers‹; United States Army, 2nd Battalion (Assault), 25th Aviation Regiment, 25th Infantry Division (Light).*«

Als Resümee dieses Kapitels bietet sich ein Leitsatz von Anne Morelli an: »Triebfeder des Krieges ist in der Regel der Wille zur geopolitischen Vorherrschaft verbunden mit ökonomischen Interessen. Für die öffentliche Meinung darf das jedoch nicht transparent gemacht werden.«[100]

VIII. Militärschauplätze der neunziger Jahre

Anmerkungen

1   Zitiert nach: *Palm* 2003. – Als Verteidiger versklavter Afrikaner in den USA, für deren Widerstandsrecht votiert wird, zeigt Spielberg den späten John Quincy Adams in AMISTAD. Nach Ende seiner Amtszeit 1829 wurde Adams ein prominenter Kämpfer gegen die Sklaverei. Die sog. Indianer bezeichnete er im vorgerückten Alter als jene »unglückliche Rasse der eingeborenen Amerikaner, die wir so grausam und gnadenlos ausrotten«. (*Chomsky* 2001, 111.)
2   *Schuhler* 2003, 50. – Michael Radford erhellt in seiner Orwell-Verfilmung »1984« (GB 1984) gemäß Literaturvorlage in anderer Richtung, warum es keinen Sieg des Friedens geben darf: »Der Krieg darf nicht gewonnen werden, sondern muss immer weiter gehen. [...] Eine hierarchische Gesellschaftsordnung ist nur möglich auf der Grundlage von Armut und Unwissenheit. Mit anderen Worten heißt das: Das Volk muss immer am Rande der Hungersnot gehalten werden. Krieg wird immer geführt von der herrschenden Klasse gegen die eigenen Untergebenen. Sein Ziel besteht nicht darin, über Eurasien oder Ostasien zu siegen, sondern darin, die Gesellschaftsstruktur zu bewahren.«
3   Frühes Beispiel für diese Entwicklung ist bereits der Film AN OFFICER AND A GENTLEMAN (USA 1982) von Taylor Hackford: Zack Mayo, Sohn einer verzweifelten Selbstmörderin und eines versoffenen Marine-Matrosen auf den Philippinen, will Jet-Pilot werden. Er beginnt auf der Marine-Akademie seine Offizierslaufbahn. Der strenge Ausbilder nimmt die Vaterrolle ein. Als Zack wegen krummer Mauschel-Geschäfte entlassen werden soll, fleht er: »Ich weiß nicht, wo ich sonst hin soll. Ich hab sonst [außer der Army] nichts anderes!« Erst die Armee formt ihn zu einem »Gentleman«, der auch den Abschluss des Lehrgangs besteht. Am Ende entscheidet sich der zuvor bindungsscheue Zack sogar für die Heirat mit einer armen Fabrikarbeiterin, die somit – statt nur eine Affäre zu sein – Offiziersfrau wird. Das Drehbuch scheint dem Pentagon jedoch trotz der deutlichen Pro-Militär-Botschaft zu problembeladen gewesen zu sein. (Ein Freund von Zack Mayo erhängt sich, nachdem er erfährt, dass seine Freundin ihn nur wegen der Pilotenlaufbahn begehrt hat. Die Handlung ist vorwiegend im Bereich der Unterschicht angesiedelt.) Zur verweigerten Army-Kooperation teilt Dr. Suid mit: »The Navy would have nothing to do with ›An Officer and a Gentleman‹ because of the sex, the language, and the fact that one of their guys commits suicide when he washes out. So, it's made without Navy cooperation, and yet it's real good for the Navy because the character, the hero, is really a very nice guy and at the end, just like in all the earlier Navy movies, in his white uniform he comes along and rescues the girl.« (Zitiert nach: *Show Transcript. The Military in the Movies.* Produced January 27, 1997. http://www.cdi.org/adm/1020/transcript.html .) Das patriotische Paradigma dieser Produktion ist gleichwohl deutlich diskreter als später das von TOP GUN.
4   Die TV-Sendung »America's Defense Monitor« informiert 1997 über TOP GUN: »NARRATOR: This process of rebuilding the military's image in the wake of Vietnam reached its peak with the release of ›Top Gun‹ in 1986, that year's top-grossing movie. The Navy saw this peacetime story of naval fighter pilot school as an opportunity to significantly boost its image and lent unparalleled support in the form of a carrier, aircraft, and technical advice. – MR. TRENTO: How did they get the cooperation? They allowed the military to rewrite their script. They essentially gave them the script and anything in the script that the military did not like or didn't think reflected well on the military was edited out and rewritten.« (*Show Transcript. The Military in the Movies.* Produced January 27, 1997. http://www.cdi.org/adm/1020/transcript.html .)
5   Zitiert nach: *Show Transcript. The Military in the Movies.* Produced January 27, 1997. http://

6   Zitiert nach: *Show Transcript. The Military in the Movies.* Produced January 27, 1997. http://www.cdi.org/adm/1020/transcript.html .
7   Zu IRON EAGLE (USA 1985) schreibt *Koppold* 1989: »>Der Held ist [...] nicht ein bis an die Zähne bewaffneter Vietnam-Veteran mit seelischem Knacks [...], sondern es ist ein typisch amerikanischer Junge von nebenan<, heißt es im Presseheft zu *Der Stählerne Adler* [...], und dieser Junge legt mit seinem Düsenjäger einen renitenten Araberstaat an der Mittelmeerküste in Schutt und Asche. Kurz darauf >erhört< Reagan die (Kino-)Wünsche und lässt Libyen >echt< bombardieren.« – In IRON EAGLE II (USA 1988) werden dann in einem Atemzug Feindbilder zwischen US-Amerikanern und Sowjets abgebaut sowie die Atomraketenstellungen eines nahöstlichen Staates zerstört.
8   Zu FLIGHT OF THE INTRUDER in diesem Buch bereits das Filmkapitel VI.5.
9   *Keller* 2004 betont, in diesem Zusammenhang dürften jedoch B- und TV-Filme nicht unberücksichtigt bleiben, »denn ein Fernsehfilm erreicht im jeweiligen Herstellungsland unter Umständen an einem Abend mehr Zuschauer als ein leidlich erfolgreicher Kinofilm über mehrere Wochen. In unmittelbarer Nähe zu den Ereignissen entstand 1991 der semidokumentarische Spielfilm >Operation Wüstensturm – Die Helden von Kuwait<.«
10 So meinen die Autoren des Dokumentarfilms OPÉRATION HOLLYWOOD (Frankreich 2004): »Ist eine glaubwürdige Darstellung des Krieges im Kino überhaupt noch möglich, wenn die Amerikaner ihre Gegner in allem übertreffen? Die Vorführung einer erdrückenden Überlegenheit lässt jegliche dramatische Spannung erlöschen. Wahrscheinlich produzierten die Hollywood-Studios deswegen keinen einzigen Film über den Golfkrieg.«
11 In James-Bond-Filmen oder THE PEACEMAKER (USA 1997)wird z. B. am Rande vermerkt, dass gefährliche Waffen in den Irak gelangen. In AIR FORCE ONE (USA 1996) gibt es auffällige Truppenbewegungen im Irak (was in der realen Geschichte 1990 nicht einmal Grund für diplomatische Interventionen war). Im Actionfilm OPERATION DELTA FORCE II: MAYDAY (USA 1997) absolvieren US-Elitesoldaten vor einem großen Anti-Terror-Einsatz zunächst einen Angriff auf die nordirakische Militärbasis Amadiya an der türkischen Grenze. Zur Befreiung von us-amerikanischen Gefangenen töten sie nahezu sämtliche Soldaten des irakischen Stützpunktes. In ARMAGEDDON (1998) glauben die New Yorker zunächst, Saddam Hussein werfe Bomben auf ihre Stadt.
12 Zitiert nach: *Show Transcript. The Military in the Movies.* Produced January 27, 1997. http://www.cdi.org/adm/1020/transcript.html . – In der Tat zeigt sich das Kino zum Ende der 80er Jahre mit B-Filmen wie THE RESCUE (USA 1988) über einen SEAL-Spezialeinsatz in Nordkorea ziemlich ratlos.
13 Zitiert nach: *Show Transcript. The Military in the Movies.* Produced January 27, 1997. http://www.cdi.org/adm/1020/transcript.html .)
14 Mit dem Agententhriller THE COMPANY (USA 1990) versucht Harry Winer im selben Jahr immerhin den Anschluss an die gewandelten weltpolitischen Verhältnisse. Glasnost und Perestroika sind keine Fremdwörter. – 1995 bringen Regisseur Tony Scott und Produzent Jerry Bruckheimer mit CRIMSON TIDE die Angst vor einer Machtübernahme durch russische Nationalisten ins Kino, erhalten jedoch für ihr reanimiertes Atomkriegsszenario trotz guter Pentagonkontakte keine Militärunterstützung.
15 Vgl. ausführlicher zu THE HUNT FOR RED OCTOBER: *Scherz* 2003, 50-52.
16 Folgende Internet-Informationen illustrieren auch den Eindruck der Dreharbeiten für THE HUNT FOR RED OCTOBER auf beteiligte Soldaten: »During filming, several of the actors portraying USS Dallas crewmen took a cruise on a real submarine. To train for his role as the Dallas' commander, Scott Glenn was installed as the >commander< of the real sub and gave

orders to the crewmen as the real captain would. – The crew of the U.S.S. Dallas adopted the tagline >The Hunt Is On< as an unofficial ship's motto. – The enlisted crew of the Red October consisted of several midshipmen from the United States Naval Academy at Annapolis, Maryland. These extras were paid extra to shave their heads. […] >Lt. Cmdr. Mike Hewitt< is the torpedo operator on the surface ship who calls out the range of the torpedo fired on the Red October, only for it to be remotely detonated by James Greer (James Earl Jones) just prior to impact (to fool the Red October's crew being rescued on the surface). He is not referred to by name in the movie, but his character and the actor's name is listed in the credits. >Mike Hewitt< is a real person, although at the time of filming he was Captain Michael Hewitt (now retired – he was Captain of the USS Fulton, a >sub-tender< ship stationed at the Naval Base in Groton, CT). He was a technical advisor on the film and they gave his name to the character as thank you. – The ship escorting the Red October out of port is the USSGC Blackcaw, a buoy tender stationed in San Francisco California. […] The USS Blueback features in the film. It is seen dramatically breaching the surface. Also, shots inside the Russian Alfa were taken in the Blueback's torpedo room.« (http://www.imdb.com)

[17] In den Clancy-Romanen agieren die USA zumeist unilateral und weltweit sehr freizügig; die Kriegs- und Konfliktprävention durch US-Dienste (OpCenter) verlegt sich in »Machtspiele« gar auf spanisches Territorium. *Niebel* 2000 verweist auch auf Tom Clancys »Einsatz als Sachbuchautor« und Produzent von PC-Games. Er betrachtet den Erfolgsautor als »multimedialen Apologeten« der Supermacht: »Er schrieb über die Reise in einem Atom-U-Boot, ein Jagdgeschwader der Air Force und über die >gepanzerte Kavallerie< sowie deren Einsatz im Golfkrieg. Letzteres ist nicht nur ein Lobgesang auf die Wüstenkrieger, sondern auch ein detailliertes Handbuch zur Technik, Strategie und Taktik der heutigen Panzerwaffe. Das Buch endet mit realistischen Einsatzszenarien in Nordkorea und Uganda. – Das Umsetzen von Szenarien in Computerbildern ist der dritte Bereich, in dem Roman- und Sachbuchautor Tom Clancy tätig ist. Sein Unternehmen >Jack Ryan Enterprises Ltd.< stellt auch Computerspiele her. Neben einer U-Boot-Simulation finden sich mit >Rainbow Six< und >Rogue Spear< zwei Strategie- und Action-Spiele, in denen es um Geiselbefreiung beziehungsweise Sabotageunternehmen geht.«

[18] Unter »Trivia« teilt http://www.imdb.com zu K-19 THE WIDOWMAKER u. a. mit: »Upon reading the film's script, the surviving crewmembers were so incensed that they sent an open letter to Ford, Bigelow, Whitaker, and Jaffe, expressing their dismay. Among the less-than-credible details they objected to were profane language, the animosity between the two highest commanding officers, insubordination among the crew, drunk crewmembers, the attempted mutiny, the guns (which are kept under seal in a secret location), and the handcuffs (which were only used by and available to cops).«

[19] *Suchsland* 2002 schreibt über den neueren James Bond unter der Überschrift »Cold War-Zombie«.

[20] Erst in der neuen Clancy-Verfilmung THE SUM OF ALL FEARS (USA 2002) ist der Familienstand des jungen Dr. Ryan noch nicht ganz geordnet. Er verliebt sich in eine junge Ärztin, mit er intim verkehrt und die er erst dreimal getroffen hat. Die Option ist jedoch auch hier eindeutig monogam.

[21] Zu DIE ANOTHER DAY (USA/GB 2002) teilt http://www.imdb.com unter »Trivia« z. B. mit: »This movie set a new record for product placement with $ 120 million worth of deals with various companies from Aston Martin and Jaguar to Revlon and Brioni.« – Bereits zu TOMORROW NEVER DIES (1997) teilte die gleiche Internetquelle mit: »This is the first movie in film history to have its entire budget be covered in product placement campaigns: BMW, L'Oréal cosmetics, Heineken beer, and other companies each chipped in enough in endorse-

VIII. Militärschauplätze der neunziger Jahre

ments to allow for the film's 100 $ million budget.«

22 *Seeßlen/Metz* 2002, 99f. sprechen vom »Profitgangster, der um des Geldes willen Katastrophen auslöst, wie es die Gegner von James Bond tun, der Mann, der mit dem Goldpreis die Welt ruinieren kann wie in GOLDFINGER, der Medienzar, der für die Auflage den dritten Weltkrieg anzettelt, wie in TOMORROW NEVER DIES, oder im Kampf der Konzerne um das Öl wie in THE WORLD IS NOT ENOUGH.«

23 Das Genre des Agentenfilms scheint besonders geeignet zu sein, die »angelsächsische Freundschaft« zwischen Großbritannien und den USA beidseitig zu pflegen. In PATRIOT GAMES (USA 1991) schützt CIA-Analytiker Jack Ryan einen Verwandten des britischen Königshauses vor einem Anschlag von irischen Terroristen. Die britische Presse feiert den US-Amerikaner als Helden, und die Königin erhebt ihn zum »Sir«. Danach werden Ryan und seiner Familie Zielscheibe einer ultraradikalen IRA-Fraktion. Der Titel enthält zahlreiche Voten für »illegale« Methoden, wie sie für den Agentenfilm überhaupt typisch sind. Die IRA-Häftlinge werden von den britischen Behörden körperlich gezüchtigt. Dr. Ryan erpresst durch *Folter* (Schuss ins Knie) eine Auskunft über die Pläne der Terroristen. Ein nordafrikanisches Terroristencamp, in dem von der PLO bis hin zur IRA der ganze internationale Terrorismus vertreten ist, kann in Minutenschnelle – samt allen Insassen – vollständig ausgelöscht werden. (Beim CIA verfolgt man diese »Aktion« über Satellitenbilder live!) Die Ehefrau von Ryan bittet um radikalen Schutz vor einem irischen Terroristen: »Leg ihn um, Jack; es ist mir egal, was du dafür tun musst!« Die übliche Assistenz für Ryan-Filme ist bei PATRIOT GAMES wie folgt angezeigt: »*The Producers wish to thank: Department of Defense, Department of the Navy, United States Naval Academy* ...«

24 Den Hinweis auf dieses Eco-Zitat entnehme ich: *Suchsland* 2002.

25 In dieser Hinsicht versucht auch die Agentenfilm-Satire THE AVENGERS (USA 1998) – nach der TV-Serie »Mit Schirm, Charme und Melone« – den Anschluss. Sir August Winter, einst Wissenschaftler im geheimen Wetterforschungsprogramm »Prosperos« des britischen Militärs, bündelt in der Londoner Firma »Wonderland Weather« alle Fähigkeiten zur Klimamanipulation. Nun setzt er seine »Wetterwaffe« profitträchtig zur Erpressung ein: Alle Regierungen der Welt sollen – gegen 10 Prozent des jährlichen Bruttosozialproduktes – das Wetter bei ihm einkaufen. Die britischen Agenten John Steed und Emma Peel werden im Film von ferngesteuerten Killer-*Drohnen* verfolgt, die witziger Weise wie große Insekten aussehen. (Vgl. speziell zu den Bond-Filmen die nachfolgenden Anmerkungen 29 und 35.)

26 *Campbell* 2001.

27 Zahlreiche Filme wie THE PEACEMAKER (USA 1997) oder DEN OF LIONS (USA 2003) variieren immer wieder neue Möglichkeiten, wie Waffen und speziell Atomraketen aus ehemaligen »Ostblock-Ländern« in die Hände von Terroristen bzw. Schurkenstaaten (Irak etc.) gelangen. – Nach einer Aussage des pakistanischen Journalisten Hamad Mir soll ihm »Osama bin Ladens Stellvertreter Ayman al Sawahiri« im November von der Existenz schmutziger Bomben im Bestand seines Netzwerkes erzählt haben. Die entsprechende – wiedergegebene - Mitteilung könnte wörtlich aus Spielfilmen der 90er Jahre stammen: »Herr Mir, wenn Sie 30 Millionen Dollar haben, dann gehen Sie auf den Schwarzmarkt in Zentralasien, nehmen Kontakt zu einem verstimmten sowjetischen Wissenschaftler auf, und schon bekommen Sie eine Menge schlauer Kofferbomben.« (Zitiert nach: *Uhlemann* 2004.)

28 Dieser Medienmagnat hat zugleich auch eine monopolartige Stellung im Bereich der PC-Software.

29 Zur Waffentechnologie in TOMORROW NEVER DIES teilt http://www.imdb.com unter »Trivia« mit: »James Bond has a new gun in this film. It is the Walther P99, which is the replacement for his trademark Walther PPK. He picks up the gun in Wai Lin's apartment.

VIII. Militärschauplätze der neunziger Jahre

30 – The ships used in the film are Type 23 Duke Class Anti-Submarine Frigates. The interior shots were all filmed at HMS DRYAD ship simulator, and most of the personnel in the background are real Royal Navy personnel. Most of the dialogue and commands are very accurate, though some has been modified so the viewing public can understand it. – The stealth ship is not a fictional invention. Lockheed secretly constructed and demonstrated one in the early 1980s, but the US Navy finally decided they didn't want any. The prototype, called the Sea Shadow, was 160 feet long and the movie's ship closely resembles it in shape. [...] Sales of real and toy replica Walther P-99 pistols went through the roof after this movie was released.«

30 »The first draft of the script was set during the transfer of Hong Kong from British to Chinese rule with Carver a zealot bent on destroying Hong Kong rather that hand it over to the Chinese. According to director Roger Spottiswoode, this plotline was dropped when former US Secretary of State Henry Kissinger, who was acting as a consultant on the production, warned that if something actually did occur during the handover in real life the film (which was set to open a few months later) would look ridiculous. This lead to a last-minute rewrite.« (http://www.imdb.com zu TOMORROW NEVER DIES.)

31 THE ART OF WAR zeigt ein aufschlussreiches Bild der UNO: Mit Hilfe eines Geheimdienstsystems der Vereinten Nationen gelingt es, durch Erpressung die Politführung Nordkoreas wieder an den Verhandlungstisch mit Südkorea zu bringen. (Wir erfahren u. a., dass nordkoreanische Militärs Sex mit Minderjährigen bevorzugen und jüngst internationale *Hilfsgelder* – insgesamt 90 Millionen Dollar – in neue Rüstungstechnologie investiert haben.) Die Haupthandlung des Films: In der UNO-Zentrale in New York soll die Öffnung Chinas für den Welthandel besiegelt werden. (Die Devise des UN-Generalsekretärs Douglas Thomas und seiner engsten Mitarbeiterin Eleonore: Die Geschichte hat gezeigt, dass »wirtschaftlicher Wohlstand bei der Friedenserhaltung Wunder wirkt«.) Der für freien Welthandel eintretende Botschafter Chinas wird nun aber ermordet, wodurch das neue »UN-Handelsabkommen« gefährdet ist. Als Verdächtiger wird ein chinesischer Großunternehmer präsentiert, dessen Geschäfte bei einer Öffnung der Weltmärkte für 1,5 Milliarden Chinesen Konkurrenz befürchten müssten. Am Ende jedoch erfahren wir, dass Eleonore, die rechte Hand des UN-Generalsekretärs, das Handelsabkommen mit China heimlich sabotiert und den Mord am chinesischen Botschafter veranlasst hat. Ihre Motive: China wirke bereits seit zwanzig Jahren verschwörerisch im Inneren der USA; ein Handelsabkommen würde diesen »Virus« noch verstärken. Ihre nationalistische Devise: »Amerika den Amerikanern!« Die reaktionäre Eleonore gehört nach eigenem Bekunden zu jener US-amerikanischen Elite, »die dieses Land seit Jahrzehnten im Hintergrund regiert und die Demokratie vor sich selbst beschützt«. Zum Glück kann der afro-amerikanische UNO-Agent Neil Shaw am Ende alles aufklären. – Bezeichnend sind die Vorschläge des sich kritisch gebenden Drehbuchs für die Gestalt der Vereinten Nationen: Mit verdeckten – unkonventionellen – Geheimdienstoperationen und erfolgreichen Initiativen für einen neoliberal organisierten Globus könnte die UNO »Weltmacht« werden. (Im Film ist hingegen ihre Situation so betrüblich, dass kaum jemand in den USA den Namen des UN-Generalsekretärs kennt. Viele UNO-Mitarbeiter sind nicht einmal krankenversichert!) Bei Problemen der UNO bietet es sich an, den US-Präsidenten einzuschalten. Der fähige Generalsekretär der Vereinten Nationen gelobt eine *»Politik der Intervention und aggressiven Friedenssicherung«* (aggressive peacekeeping). – In den 90er Jahren bot sich mit China überhaupt noch ein Feld zur Pflege der Vorstellungswelt des Kalten Krieges an, so in RED CORNER (USA 1997) von John Avnet. Bezeichnender Weise geht es auch in diesem Titel um Öffnung der Märkte – speziell für Produkte der US-Filmindustrie. (Mitte der 90er gab es real enorme Probleme mit Raubkopien von US-Film-

produkten in China. Gegen diese Video-Piraterie ließ Bill Clinton nach *Everschor* 2003, 207 sogar Sanktionen androhen.) Wie in TOMORROW NEVER DIES gibt es – stellvertretend für eine größere Perspektive – auch in RED CORNER die private Annäherung an eine Chinesin.

32 »›Orbis non sufficit‹, Latin for ›the world is not enough‹, is the motto of the Bond family as given in both the novel and the film *On Her Majestys Secret Service* (1969).« (http://www.imdb.com .)

33 »When M.I. 6, the actual British Foreign Intelligence agency, learned that a scene from this film would shot around their headquarters building, they moved to prohibit it citing a security risk. However, Foreign Secretary Robin Cook, at the urging of Arts Minister Janet Anderson moved to overrule them and allow the shoot, stating ›After all Bond has done for Britain, it was the least we could do for Bond.‹« (http://www.imdb.com .)

34 Die veröffentlichten Alarmmeldungen über nordkoreanische Bedrohungen halten an. Im August 2004 meldete die Presse z. B. unter Berufung auf die britischen Militärzeitschrift *Jane's Defence Weekly*, deren Quelle ungenannt bleibt, Nordkorea könne mit zwei neuen Raketensystemen möglicher Weise bald in der Lage sein, Ziele in den USA zu erreichen.

35 Zur Waffentechnologie in DIE ANOTHER DAY teilt http://www.imdb.com unter »Trivia« mit: »When Q explains how the Vanquish works, he is explaining technology that the U.S. Air Force is actually developing for use in a new ›daylight‹ stealth aircraft. However, the ›invisibility‹ capability is only useful at extreme distance (miles), and would not in any way be as good as depicted on the car in this film. […] The futuristic weapon that Colonel Moon uses during parts of the chase after the opening sequence did really exist when the movie was made, at least in prototype form. It's a Heckler & Koch OICW (Objective Individual Combat Weapon), a weapon developed as the future's infantry assault rifle as part of the US Army's ›Soldier 2000‹ program. It consist of a grenade launcher mounted on top of a ›regular‹ 5.56mm (.223) caliber assault rifle, as well as a digital camera within the optic sights. This digital camera is supposed to be linked to a display within the soldier's helmet, enabling him to look/shoot around corners, as well as transmitting live footage of a combat situation to his troop commander or a higher superior. […] The odd-looking weapon Colonel Moon uses in the opening sequence is a prototype of the Heckler and Koch Objective Individual Combat Weapon (OICW), part of a current U.S. Army research and development effort. It really does fire grenades, although they aren't ›anti-tank‹.«

36 Dazu teilt http://www.imdb.com unter »Trivia« mit: »Although it ranked fifth in the box office on its opening weekend in South Korea, Koreans began protesting the movie's unfavorable depiction of North Korea and it dropped out of the top ten by its second week. One theater in Seoul pulled it from the screens in response to the protests, and the smaller theaters that usually get second-run movies would not pick it up.«

37 Vgl. Thomas *Schmid* 2003; *Frey* 2004, 67f., 207f.; *Morelli* 2004, 55.

38 »*The Jackal*, starring Bruce Willis and Richard Gere, received help after the marines were given a better role. Major Nancy LaLuntas had objected that the helicopter pilots had no ›integral part in the action – they are effectively taxi drivers.‹ A letter from film's director, Michael Caton-Jones, stated: ›I am certain that we can address the points that you raised […] and effect the appropriate changes in the screenplay that you requested.‹« (*Campbell* 2001.)

39 Zitiert nach: *Wengst* 1986, 62.

40 *Brinkemper*, 2003 schreibt über diese Heldin: »… den zweiten Paradefall bildet die selbstlose Supermutter und Frontkämpferin Karen Walden (Meg Ryan), die im Stich gelassen, bis zur letzten Patrone für sich, ihre treulosen Kameraden und ihr Land gegen die Irakis ankämpft, bis es Napalm regnet.«

VIII. Militärschauplätze der neunziger Jahre

[41] Ende 2004 scheint es endlich so, als wolle sich die US-Regierung dem Golfkriegssyndrom stellen. Im Vordergrund stehen jedoch vermutete Kontakte mit chemischen Kampfstoffen des Iraks, die 1991 durch US-Bombardierungen freigesetzt worden sein sollen. Die wissenschaftliche Aufklärung der Folgen uranabgereicherter, radioaktiver Munition (vgl. *Günther/ Cüppers* 2004) soll offenbar weiterhin sabotiert werden.

[42] Vgl. *Norris* 2003; *Pentagon provides for Hollywood* 2001; *Sabar* 2002. – Als knappes Statement zur Ablehnung einer Pentagon-Kooperation bei COURAGE UNDER FIRE auch: »We are under no obligation to work on a film simply because some people think it accurate.« *Phil Strub, Special Assistant for Entertainment Media at the US Department of Defence.* http://users.aol.com/vets3/c_photos.htm (hier zitiert nach: *Down* 2001).

[43] *Stieglbauer*, Florian: Courage Under Fire. http://artechock.de/arte/text/kritik/c/counfi.htm – Zwick's Filmografie trägt mit GLORY (1989), COURAGE UNDER FIRE (1996), THE SIEGE (1998) und THE LAST SAMURAI (2003) nichts zur Gestaltung eines kriegskritischen Paradigma bei.

[44] Vgl. als Darstellungen zum 2. Golfkrieg: *Frey* 2004, 445-450; *Paul* 2004, 365-395.

[45] Vgl. dazu die Hinweise in: DIE WAHRE GESCHICHTE DES GOLFKRIEGES, USA 2000 (Free-Will Productions), Dokumentarfilm von Andrey Brohy und Gerard Ungerman (TV-Ausstrahlung im Sender Arte am 8.1.2003).

[46] Vgl. *Pilger* 2003a, besonders auch die harten Folgen, die Jemen für sein »Nein« zu tragen hatte. – Über die Anwendung von Druck und Erpressung schreibt der ehemalige US-Außenminister Baker ganz offen in seinen veröffentlichten Erinnerungen.

[47] *Sponeck/Zumach* 2003, 110. – Auf alliierter Seite starben während des Golfkrieges 1991 weniger als 200 Soldaten.

[48] Zitiert nach: *Streibl* 1996, 6.

[49] *Sponeck/Zumach* 2003, 16. *Rose* 2004a notiert als Erinnerung: »Kuwait, 23./24. Februar 1991: Drei Brigaden der 1. US-Infanteriedivision verschütten und begraben mit gepanzerten Planierraupen, die mit Räumschilden ausgerüstet sind, 6.000 irakische Soldaten bei lebendigem Leibe in ihrem mehr als 70 Meilen langen Schützengrabensystem – eine zweite Bulldozerwelle schüttet die Gräben mit Sand zu.« Ein Standardwerk zu den US-Kriegsverbrechen im Golfkrieg 1991: *Clark* 1995. – Auch ein Film wie AMERICA'S MOST WANTED (USA 1997), der in Randbemerkungen fiktiv an die Vergewaltigung eines 15jährigen Mädchens durch einen US-Soldaten und den Schussbefehl auf ein Kind im Irak erinnert, stellt die offizielle Geschichtsschreibung nicht in Frage.

[50] Der Film ist im Kontext berühmter Kriegsfilmsatiren wie SHOULDER ARMS (USA 1918) von Charles Chaplin, DR. STRANGLOVE OR HOW I LEARNED TO STOPP WORRYING AND LOVE THE BOMB (GB 1963), HOW I WON THE WAR (GB 1967), M.A.S.H. (USA 1969), CATCH 22 (USA 1970) oder M.A.S.H – GOODBYE, FAREWELL AND AMEN (USA 1983) zu sehen. Ein Vergleich legt nahe, dass gerade der Versuch, mit Mitteln der Komik die Absurdität des Krieges zu zeigen, das Regieformat eines Stanley Kubrick erfordert.

[51] Sehr scharf konstatiert *Brinkemper* 2003: »Wenn es einen Film gibt, der den jetzigen Krieg im Irak, das Stop and Go dieses inszenierten Wüstentheaters adäquat bebildert, dann ist es David O. Russells ›Three Kings‹ (1999). In diesem Film treten George Clooney, Ice Cube und Mark Wahlberg als privater-krimineller Seitenarm der U.S. Army am Ende des zweiten Golfkriegs auf der Jagd nach dem von Saddam entwendeten kuwaitischen Goldschatz auf. Dieser Film reflektiert den Golfkrieg als MTV- und CNN-Abenteuerspielplatz normaler Durchschnittsamerikaner, die sich unter allen Umständen im Irak noch bereichern wollen, indem sie die Invasoren und Plünderer Kuwaits im Namen der USA, vor allem aber in blankem Eigeninteresse, ausrauben. Der Wüstenkrieg als flotte Selbstbedienung. Diese

Botschaft ist so aktuell wie nie zuvor.«
52 Vgl. *Rupp* 2003. – Die Bewachung des Ölministeriums wurde allerdings nicht nur über die Sicherung des irakischen Kulturschatzes, sondern auch über den Schutz von *Krankenhäusern* gestellt!
53 In diese Richtung geht auch die ansonsten kritische Arbeit *Scherz* 2003, 68. – Vgl. als Beispiel einer ernsthaften kommerziellen Rezension jedoch: *Serck* 2000. Mit kritischem Wohlwollen wertet den Titel *Everschor* 2003, 219-222, der zu Recht auf die sonstigen – kriegsfreundlichen – Titel des zeitgleichen US-Kinos erinnert.
54 Zitiert nach: *Everschor* 2003, 235.
55 Vgl. *Obert* 2003.
56 Die Deluxe DVD-Edition vom Juni 2003 enthält außerdem den TV-Dokumentarfilm THE TRUE STORY OF BLACKHAWK DOWN (USA 2003) von David Keane.
57 Interview: *Albers* 2002. – Zu BLACK HAWK DOWN vgl. folgende Kritiken: *Brinkemper* 2002; *Kamalzadeh/Pekler* 2002; *Kohler* 2002; *Tegeler* 2002 sowie folgende gute Linksammlung: *Black Hawk Down*. http://www.filmz.de/film_2002/black_hawk_down/links.htm . – Unter »Trivia« teilt http://www.imdb.com zu BLACK HAWK DOWN u. a. mit: »All Black Hawks and Little Birds used during the filming were from the 160th SOAR (Special Operations Aviation Regiment) and most of the pilots were involved in the actual battle on 3/4 October 1993. A lot of the extra Rangers in the film were current Rangers, serving with the 3/75 Ranger Regiment. [...] Army pilot Keith Jones reenacted his real-life rescue of Delta operator Daniel Busch (Richard Tyson) for this film. [...] Eighteen soldiers lost their lives during the raid. The epilogue lists 19. Eighteen of the soldiers who died were Rangers. There was also a soldier, PFC James Martin, from 2-14 Infantry, 10th Mountain Division, who died during the battles of 3/4 October. The 2-14 Infantry was the Army unit sent in to rescue the Rangers. As well, Matt Rierson, who is also in the list, died days after the battle when Somalians attacked the Airport with mortars. – Some of the scenes on the monitors behind Major General Garrison are actual satellite images of the battle. – All the actors portraying Rangers and Deltas went through a two week boot camp program. – Two of the Black Hawk helicopters used in the film were named the ›Armageddon‹ (film produced by Jerry Bruckheimer) and the ›Gladiator‹ (directed by Ridley Scott). Producer Jerry Bruckheimer believed this to be a sign of good luck. – Specialist Grimes, portrayed by ›Ewan McGregor‹, is a fictional character, though given his administrative position and penchant for coffee, he is unabashedly based on the real-life Ranger clerk Spc John Stebbins, who was awarded the Silver Star for his actions during the battle. However, Stebbins was convicted in 2000 for child molestation and is currently serving a 30-year jail term. As a result, the Pentagon apparently pressured screenwriters to alter his name in the film, although a spokeswoman for the movie defended the change as ›a creative decision made by the producers.‹ [...] The scene where Staff Sergeant Eversmann runs unprotected across a street under heavy fire to plant a targeting strobe did not happen in the actual battle. However, a similar action was actually performed by Technical Sergeant Tim Wilkinson, an Air Force Special Operations para-rescue medic, who repeatedly exposed himself to enemy fire to collect medical supplies and to treat wounded Rangers holed up in different locations. For his bravery, he was awarded the Air Force Cross, a medal second only to the Medal of Honor.«
58 Zitiert nach: MARSCHBEFEHL FÜR HOLLYWOOD – DIE US-ARMEE FÜHRT REGIE IM KINO, NDR 2004, Dokumentarfilm von Maria Pia Mascaro.
59 Vgl. als alternative Sicht der Dinge die Darstellung des ehemaligen UN-Generalsekretärs: *Boutros-Ghali* 2000, 116-140 und besonders *Gaus* 2004, 27-33, 47-54. – Zusammenfassend auch: *Frey* 2004, 398f.

[60] Bereits der Vorspann von BLACK HAWK DOWN vermerkt, »Washington« sei sechs Wochen nach Eintreffen der Rangers und Delta Forces in Somalia (wegen ausbleibender Erfolge) *ungeduldig* geworden. General Garrison verkündet dann in der Einsatzbesprechung zur 30-Minuten-Aktion laut Drehbuch: »Washington hat sich in seiner ganzen Weisheit« gegen die angeforderten leichten Schützenpanzer und größeren Kampf-Hubschrauber entschieden.
[61] Zitiert nach: *Albers* 2002.
[62] Zitiert nach dem Dokumentarfilm: OPÉRATION HOLLYWOOD, Frankreich 2004.
[63] Vgl. *Chossudovsky* 2002, 109-117.
[64] Zitiert nach *Craig* 2002.
[65] *Gaus* 2004, 27-33, 47-54.
[66] Zitiert nach: *Albers* 2002.
[67] Zitate nach: *Albers* 2002.
[68] Alle nachfolgenden Zitate und Angaben ohne Quellenvermerk nach: MARSCHBEFEHL FÜR HOLLYWOOD – DIE US-ARMEE FÜHRT REGIE IM KINO, NDR 2004, Dokumentarfilm von Maria Pia Mascaro.
[69] *Büttner* 2004, 80.
[70] Dazu führt K. C. Ross im Interview aus: »Eine andere große Sache war, dass es im Originaldrehbuch eine Menge Konflikte zwischen den beiden Armee-Einheiten, den Rangers und den Spezialkommandos gab. Das hat die Handlung zwar etwas dramatischer gemacht, aber es entsprach nicht den wirklichen Beziehungen zwischen den beiden Einheiten.« – Konflikte zwischen den verschiedenen US-Einheiten sind nach Intervention des Pentagon-Büros im Film bestenfalls angedeutet.
[71] Vgl. *Albers* 2002.
[72] Gezeigt werden u. a.: ein abgerissener Daumen, eine abgetrennte Hand, ein Soldatenrumpf, der sich beim Aufheben ganz löst, die Blut-Fontänen einer getroffenen Femoralis-Aterie, Reanimation und leichenblasses Gesicht eines jungen US-Soldaten, Blutlachen auf dem Boden im Notlazarett ... Ein aufgebahrter Held im Totenzelt ist als Leiche unglaublich perfekt geschminkt. Angesichts aktueller Bildverbote muss der menschenwürdige Umgang mit den Verstorbenen in BLACK HAWK DOWN jedoch auch positiv gewürdigt werden.
[73] *Delta Force – Black Hawk Down* und *Black Hawk Down: Team Sabre* (Add-on).
[74] Unter »Trivia« teilt http://www.imdb.com zu BEHIND ENEMY LINES u. a. mit: »This is the first movie to feature the US Navy's new F/A-18E/F Super Hornet. – The film is based loosely on the experiences of USAF Captain Scott O'Grady, who was shot down over Bosnia. – USAF Captain Scott O'Grady brought a lawsuit down on 20th Century Fox for damages to his character. He claims he didn't curse as much and never disobeyed orders.«
[75] Vgl. zur Unterstützung islamischer Fundamentalisten im Bosnienkrieg: *Chossudovsky* 2002, 366 und 377-387; *Elsässer* 2004b; *Chossudovsky* 2003b.
[76] Vgl. als kritische Darstellungen zu den Propaganda-Botschaften: *Freyberg* 2001; *Ronnefeldt* 2002; *Elsässer* 2004a; *Morelli* 2004, 29f.,56-58, 71-74, 85, 93, 107, 126-129, 136.
[77] Dargestellt z. B. im Dokumentarfilm »*Doppeltes Spiel. Wie die USA ihre Verbündeten im Bosnien-Krieg betrogen*« von Sheena McDonald (WDR); vgl. auch *Chossudovsky* 2002, 280-282, 366, 378f.
[78] In seinem unbeantwortet gebliebenen Brief an Bundeskanzler Gerhard Schröder vom 2.5.2000 schreibt der CDU-Bundestagsabgeordnete Willy Wimmer: »Sehr geehrter Herr Bundeskanzler, am vergangenen Wochenende hatte ich in der slowakischen Hauptstadt Bratislava Gelegenheit, an einer gemeinsam vom US-Außenministerium und American Enterprise Institut (außenpolitisches Institut der republikanischen Partei) veranstalteten Konferenz mit den Schwerpunktthemen Balkan und NATO-Erweiterung teilzunehmen. [...] Von

VIII. Militärschauplätze der neunziger Jahre

den Veranstaltern wurde erklärt, [...] 4. Der Krieg gegen die Bundesrepublik Jugoslawien sei geführt worden, um eine Fehlentscheidung von General Eisenhower aus dem 2. Weltkrieg zu revidieren. Eine Stationierung von US Soldaten habe aus strategischen Gründen dort nachgeholt werden müssen. 5. Die europäischen Verbündeten hätten beim Krieg gegen Jugoslawien deshalb mitgemacht, um de facto das Dilemma überwinden zu können, das sich aus dem im April 1999 verabschiedeten ›Neuen Strategischen Konzept‹ der Allianz und der Neigung der Europäer zu einem vorherigen Mandat der UN oder OSZE ergeben habe.« (*Wimmer* 2001). – *Clark* 2004 meint, im Kosovo seien die sozialisierten bzw. staatlichen Betriebe ein besonderes Ziel gewesen: »Während des Nato-Bombardements 1999 hatten es die reichsten Nationen der Welt speziell auf Staatsunternehmen abgesehen – weniger auf Militäranlagen. Die Nato ›traf‹ 372 Industrieanlagen – zum Beispiel das Autowerk Zastava in Kragujevac, wodurch Hunderttausende arbeitslos wurden – , zerstörte aber lediglich 14 (feindliche) Panzer. Keine einzige private bzw. ausländische Firma wurde bombardiert.« – In Deutschland klagen zivile Opfer der völkerrechtswidrigen NATO- und Bundeswehroperationen übrigens vergeblich; es gäbe – so wird ihnen vor Gericht mitgeteilt – keine Rechtsgrundlage für Entschädigungen nach den Bombenabwürfen.

[79] Vgl. die betont »realpolitisch« orientierte Darstellung von: *Prokop* 2002, 31-62.

[80] Vgl. dazu und zu anderen Lügen des Kosovo-Kriegs: *Lampe* 2002. Prüfstein für das politische Paradigma von Beiträgen zum Jugoslawienkrieg 1999 ist, ob sie gleichermaßen an »ethnische Säuberungen« von Serben und Kosovo-Albanern *vor* Kriegsbeginn erinnern oder ob sie die einseitige PR der Kriegs-Legitimatoren neu auflegen. Ebenso: Wird das Wunschbild der humanitären Problemlösung noch irgendwie aufrecht erhalten oder kommen die verheerenden Auswirkungen des NATO-Einsatzes (Eskalation von Mord und Vertreibung) wahrheitsgetreu zur Sprache? – Zum Bilderkrieg vgl. *Paul* 2004, 407-432.

[81] Als Beispiel für die massenkulturelle Unterstützung der US-Nicaragua-Politik liegt mir das als CBS/Fox-Video vertriebene Teleplay LAST PLANE OUT (USA 1983) vor: Die gewissenlosen Sandinisten verwandeln 1972 Managua in ein blutiges Schlachtfeld, um General Somoza zu stürzen. Der arglose Fernsehjournalist Jack Cox gelangt auf ihre Todesliste und kann erst in letzter Minute mit einem Privatflugzeug außer Landes fliehen. Das Drehbuch scheint als Gegenversion zum eher kritischen Spielfilm UNDER FIRE (USA 1982) von Roger Spottiswoode angelegt zu sein. – Nach US-Filmen, die wie LATINO (USA/Nicaragua 1985) oder SALVADOR (USA 1985) die Rolle der Vereinigten Staaten auf ihrem sogenannten »Vorhof« unvorteilhaft darstellen, muss mühselig gefahndet werden. Einen mit dem Mainstream nicht konformen Plot bietet allerdings das neuere Trash-Movie CORONADO (USA/Mexiko/Schweiz 2003): Ein Waffenhändler beliefert im Auftrag der US-Regierung die Rebellen in dem kleinen zentralamerikanischen Land »Coronado« mit Rüstungsgütern, obwohl die Vereinigten Staaten offiziell in dem herrschenden Diktator ihren Verbündeten sehen. Diese vermeintliche Unterstützung der Rebellen erweist sich dann auch sehr bald als Sabotage-Operation der Vereinigten Staaten. Die Verlobte des US-Waffenhändlers und ein US-Fernsehjournalist schlagen sich ganz auf die Seite der Revolution des Volkes, die am Ende in der Hauptstadt El Coronado siegreich ihr Ziel erreicht. Gleichwohl: Eine Alternative zum Krieg gibt es auch hier nicht.

[82] Vgl. *Plotzki* 2004.

[83] Die zynischste Worterfindung des neueren Militärbericht-Jargons seit dem NATO-Kosovokrieg 1999 wird damit den Terror-Sympathisanten in den Mund gelegt – und gelangt auf diese Weise gar in den Titel des Films.

[84] Vgl. den zweiten Teil in: *Die Privatisierung von Krieg Teil 1. und 2* (Procontr@ nach LE MONDE diplomatique: Nov. 2004). In: Indymedia 14.11.2004. http://de.indymedia.

org/2004/11/98887.shtml .
85 Vgl. zur Situation in Kolumbien die Beiträge von Thomas Schulz und Ricardo Avila in: *DGB-Bildungswerk/FIAN/terre des hommes* 2003 sowie *Schmalz* 2004.
86 Vgl. *Hilton* 2004.
87 *Kay* 2002, 2.
88 *Nicodemus* 2003. – Ebd. als weitere Charakterisierung des Films: »Da in ›Tränen der Sonne‹ alles zum Ornament eines auf weitere Sinngebung verzichtenden militärischen Missionsgedankens wird, bewegt sich die Handlung permanent auf karnevalistischem Niveau.«
89 Die dort gebotene Information zu Nigeria: »Die dargestellte Krise im Film bezieht sich auf den Putsch der Igbo und den Gegenputsch der Hausa-Fulani 1966. [...] Als Antwort auf die Massaker an ihrem Volk gründeten die Igbos 1967 im Süden den Sezessionsstaat Biafra. Das Land begann einen dreijährigen Bürgerkrieg, der über eine Millionen Leben kostete. Seit 1970 ist Nigeria relativ stabil, obwohl es immer wieder von korrupten und diktatorischen Militärführern beherrscht wird.«
90 Im Film erfahren wir auch, dass Dr. Lena Kendricks bereits in Sierra Leone ärztliche Hilfe geleistet hat und dort Rebellen ihren Ehemann ermordet haben. – Eine sich entwickelnde Liebesgeschichte zwischen der Ärztin und dem Navy SEAL-Lieutenant Waters, also zwischen den Exponenten humanitärer Hilfe und militärischer Intervention, ist Nebenschauplatz von TEARS OF THE SUN.
91 Zur Rolle der USA im Vorfeld des millionenfachen Völkermordes in Ruanda vgl. *Frey* 2004, 399f. Zu den sozialen und ökonomischen Hintergründen vgl. *Chossudovsky* 2002, 118-143. – Ruanda wäre wohl als überzeugendstes »Argument« für die Real-Utopie einer UN-Friedenstruppe mit Gewaltmonopol zu nennen. (Gleichwohl müssen alle Überlegungen in dieser Richtung gegenwärtig immer damit rechnen, im Sinne einer Revision der UN-Charta missbraucht zu werden!) Doch ausgerechnet in diesem Fall pochten die USA auf einen Abzug der Blauhelmsoldaten. – *Lehmann* 2004, 172 weist darauf hin, dass ein nicht-militärisches »Jamming«-Mannöver gegen die rassistischen Hetzkampagnen des ruandischen Radios »Mille Collines« technisch machbar gewesen wäre. Doch selbst hierzu fehlte der politische Wille. Im Kino neuerdings: HOTEL RWANDA (2004).
92 Vgl. dazu *AG Erdölprojekt Tschad-Kamerun* 2003 (gefördert vom Evangelischen Entwicklungsdienst und EIRENE). – Dieses Projekt böte u. a. auch die Perspektive, bei einer Landesteilung der Erdölvorkommen im Süden des Sudan unter Umgehung des Nordens zu »vermarkten«.
93 Der Jesuit Angelo D' Agostino sprach angesichts der Preispolitik für AIDS-Medikamente und des Massensterbens in Afrika im Januar 2004 bei einer Messe für Papst Johannes Paul II. gar von einem »Völkermordverhalten der Pharma-Kartelle«. Die Patente sind nicht heilig, wenn der Westen selbst betroffen ist. Bezeichnender Weise übte die US-Regierung nach den Milzbrand-Fällen vom Oktober 2001 Druck auf den Bayer-Konzern aus, das gegen Anthrax wirksame Antibiotikum Cibrobay preiswerter zu liefern.
94 Am 17.7.2004 meldete die taz: »Mehr als 5.000 Flüchtlinge sind laut der Flüchtlingsorganisation ›Pro Asyl‹ in den vergangenen zehn Jahren im Mittelmeer ertrunken. Vorstand Heiko Kauffmann machte in der Neuen Osnabrücker Zeitung eine verfehlte Asyl- und Migrationspolitik der EU verantwortlich für dieses ›Sterben an der Außengrenze der EU‹. (epd)« – Zu den zynischen Plänen des deutschen Innenministers Schily, in Nordafrika Auffanglager für Flüchtlinge zu schaffen, vgl. *Gaserow* 2004.
95 Vgl. die erhellenden Darstellungen von Jürgen *Wagner* 2004a und *Nassauer* 2004 (mit grundsätzlichen Überlegungen zum militärischen »Afrika-Engagement« des Westens).
96 75 % der sudanesischen Bevölkerung gelten als Muslime, etwa 10 % als Christen und die

übrigen als Anhänger »animistischer Glaubensrichtungen«.
97 Nach Nennung der sudanesischen Zentralregierung in Khartum und der Dschandschawid (zumeist als »arabische Reitermilizen« bezeichnet) werden die Rebellenorganisationen Sudan Liberation Army (SLA) und Justice and Equality Movement (JEM) in der Berichterstattung oft ausgelassen. Sie kämpfen gegen die Vernachlässigung ihrer Provinz durch die Regierung und haben im März 2003 einen gezielt terminierten Aufstand in der Provinz Dafur begonnen. In der Folge kam es zu den grausamen Verbrechen der Dschandschawid in der Region. Im Januar 2005 ist zwar ein Friedensschluss im Südsudan erreicht, doch die Lage in Dafur ist nach wie vor beklagenswert.
98 *Meyer* 2004. Ende November 2004 fasste der Bundestag den Entschluss zur kurzzeitigen Entsendung von Bundeswehr-Kontingenten zum Einfliegen von Soldaten der Afrikanischen Union in den Sudan.
99 Unter »Trivia« teilt auch http://www.imdb.com waffenspezifische Details zu TEARS OF THE SUN mit: »Emerson knives were used in this film. These knives are handcrafted and extremely popular in law enforcement and military communities. – The U.S. Navy SH-60B ›Seahawk‹ helicopters used during the filming are from HSL-37 ›Easy Riders‹ stationed at Kaneohe Marine Corps Base Hawaii, Oahu. – This is the first film to be filmed on the Nimitz Class Nuclear Aircraft Carrier, Harry S Truman (CVN-75). [...] All the actors who played Navy SEALs had to go through a two week boot camp.«
100 *Morelli* 2004, 45. Vgl. dort auf S. 49f. die präzise Darlegung der entsprechenden Lösung bereits durch Emile Zola (1840-1902): »Gründe für den Krieg zu erfinden, wird zunehmend schwierig [...]. Nach langem Überlegen kam mir ein wunderbarer Gedanke. Dass wir uns nämlich immer für die anderen schlagen sollten, nie für uns selbst [...]. Bedenken Sie nur, wie viel Ehre uns solche Feldzüge einbringen werden. Wir werden uns den Titel ›Wohltäter der Völker‹ zueignen, lautstark unsere Selbstlosigkeit verkünden, uns bescheiden als Verfechter einer guten Sache darstellen, als bescheidene Ausführer großer Ideen [...]. Unsere glühende Bereitschaft, mit unserer Armee denen zu helfen, die unserer Hilfe bedürfen, beruht auf dem großmütigen Wunsch, die Welt zu befrieden, sie mit dem Schwert zu befrieden. Unsere Soldaten werden als Zivilisatoren durch die Welt wandeln und allen die Kehle durchschneiden, die sich nicht schnell genug zivilisieren lassen.«

IX. Was bringt gute Patrioten vor ein Militärgericht? Hollywoods Regeln für Straßenkampf und internationale Strafgerichtsbarkeit

»Und vergessen Sie nicht, wir wollen unschuldigen Menschen kein Leid zufügen.« Auszug aus einem Propaganda-Flugblatt der US-Streitkräfte in Afghanistan, 2001

»On World Freedom Day, Americans express gratitude for our freedom and dedicate ourselves to upholding the ideals of democracy. Today, we are working with other nations to bring freedom to people around the world. American and coalition forces are sacrificing to bring peace, security, and liberty to Iraq, Afghanistan, and elsewhere. This is a mission for all who believe in democracy, tolerance, and freedom.« George W. Bush Jr.[1] zur Ausrufung eines »Weltfreiheitstages« am 11.9.2003

»Es ist sehr wichtig für die Menschen im Nahen Osten zu verstehen, dass unsere Soldaten im Ausland anständige und ehrenwerte Bürger sind, die sich um Freiheit und Frieden kümmern, die täglich im Irak dafür arbeiten, dass sich das Leben der Irakis verbessert.« George W. Bush Jr. im Mai 2004 nach Veröffentlichung der Folterfotos aus dem Irak

Individuelle Grausamkeit und willkürliche Morde, sadistische Gruppennormen und unkontrollierbare Blutexzesse können die USA – und jedes andere Land – im Rahmen von Kriegen kaum unterbinden.[2] Sie scheinen sich überall da, wo man technologischen Massenmord unbedenklich findet und ethische Normen der Zivilgesellschaft außer Kraft setzt, wie von selbst einzustellen. (Auch die Bundeswehr wird beim Umbau zur Interventionsarmee immer häufiger in Dinge verstrickt, die dem sauberen Bild vom demokratischen Militär widersprechen.[3]) Indessen ist der aktuelle Chor der Empörungen über Kriegsverbrechen – militärhistorisch gesehen – noch in anderer Hinsicht blauäugig.[4] Im Vietnamkrieg gehörten von der CIA entwickelte Foltermethoden zum obligaten Instrumentarium des US-Militärs. In der vom US-Staat betriebenen »School of the Americas«[5] dienten (seit 1963 entwickelte) Folterhandbücher als Ausbildungslektüre für angehende Spezialkräfte im Dienste südamerikanischer Diktatoren. Die Aversion der US-Administration gegen die internationale Initiative zur wirksamen Durchsetzung der Anti-Folter-Konvention resultiert nicht erst aus der Zeit nach dem »Elften September«.[6] Massenkulturell ließen sich zudem zahllose Hollywood-Titel anführen, die eine Folterakzeptanz propagieren.[7] Real ist geschehen, was im Action-Film schon lange Standard ist. Im Rahmen geheimer Gefangenenverschiebungen waren Orte in Ägypten, Jordanien und anderswo mit »günstigen Verhörmöglichkeiten« schon Jahre vor den Skandalen von 2004 ein Pressethema.[8] Über die speziellen Gefangenen der CIA ist so gut wie nichts bekannt. Nach wie vor steht die Möglichkeit im Raum, dass Häftlinge des Antiterror-Krieges lebenslang ohne Gerichtsverfahren unter Verschluss bleiben.

Abschied von den Genfer Konventionen

Die Geschwindigkeitskultur des Vergessens lässt sich zuweilen noch immer unterbrechen. Massaker US-amerikanischer Soldaten an Zivilisten während des Korea- oder Vietnamkriegs werden noch nach Jahrzehnten als neue Enthüllungen präsentiert, im Einzelfall gar in der *New York Times* und anderen renommierten Blättern.[9] Recherchen über die Ermordung von Tausenden kriegsgefangenen Taliban Ende 2001 in Nordafghanistan unter den Augen US-amerikanischer Soldaten und Dienste gelangen mitunter in europäische Massenmedien.[10] Menschenrechtsorganisationen publizieren seit Anfang 2003 Berichte über getötete irakische Zivilisten und über Gepflogenheiten von US-Besatzungssoldaten, denen offenbar weder die Genfer Konventionen noch die Allgemeine Erklärung der Menschenrechte bekannt sind.[11] Das hinderte Vizepräsident Cheney am 11. Oktober des gleichen Jahres nicht daran, Saddam Husseins nunmehr »leere Folterkammern« als Beweis für die Richtigkeit des Irak-Krieges anzuführen.[12] Verteidigungsminister Rumsfeld hatte im September 2002 auf einer Pressekonferenz erklärt, die Streitkräfte der USA müssten die Jagd auf Menschen möglicher Weise erst noch lernen. Anfang 2004 verfolgten Millionen Zuschauer auf Videobildern im Sender ABC, wie drei US-Soldaten aus ihrem Hubschrauber unter offenkundigem Bruch der Genfer Konventionen drei Iraker kaltblütig »abknallten«. Diese Präsentation rief in den USA keineswegs Protestreaktionen hervor. »Die Vorführung des Videos, das vor allem auf den Angeboten rechter Militär- und Game-Freaks in den USA kursiert, sei eingebettet gewesen in den für das US-Fernsehen momentan so typischen Diskurs von Ex-Generälen und Pentagon-Experten, so [Prof. Bernhard] Debatin. Diese hätten im Rahmen der von Washington vorgelegten ›Rules of Engagement‹, die das gnadenlose und präemptive Vorgehen gegen irakische Widerstandskämpfer doktrinär festschreiben, die nächtliche Blutrauschaktion als berechtigten Eingriff bezeichnet. Kennzeichnend seien für den televisionären Kriegsdiskurs jenseits des Atlantiks neben der Einbeziehung der regierungsnahen Propagandaindustrie die fehlende Kontextualisierung von Ereignissen sowie die Ausblendung kritischer Stimmen und ethischer Fragen.«[13]

Es bedurfte erst noch der spektakulären Folteraufnahmen aus irakischen Gefängnissen, um weltweit eine deutliche Kritik herauszufordern. (Die Bilder waren scheinbar nur Zufallsprodukte der – inzwischen vom US-Militär im Einsatz verbotenen – digitalen Bildtechnik für *private* Nutzer.[14] Der couragierte Reservist Joseph Darby führte sie Ermittlern zu. Der lange Weg bis hin zur Veröffentlichung sagt viel über die Funktionsweise der Mainstream-Medien aus.[15)] Nun kam die späte Erkenntnis, dass »Guantánamo« nur Teil eines viel größeren Netzwerkes ist. Die vorläufige Bilanz:

IX. Was bringt gute Patrioten vor ein Militärgericht?

Weltweit mehr als 20 tote Gefangene der USA und mehr als 100 »Einzelfälle« von Folter wurden im Dezember 2004 gezählt.

Mitnichten, so wissen wir heute, fällt die Verantwortlichkeit lediglich auf einige ungehorsame Soldaten. Kritische Beiträge fördern rückblickende Erkenntnisse zutage über beteiligte Intellektuelle, »Kulturwissenschaftler«, Fernsehkommentatoren, Politiker, Regierungsmitglieder, Gutachter des Justizministeriums, Militärs, Geheimdienste, private Sicherheitsdienstleister, kollaborierende Mediziner und folterbelastete Spezialisten aus dem US-Strafvollzug. Einer der maßgeblichen Architekten des völkerrechtswidrigen Umgangs mit Kriegsgefangenen und der Neudefinition von Folter durch die US-Administration ist der Jurist Alberto Gonzales, den Präsident Bush am 10. November 2004 als seinen neuen Justizminister präsentierte. Er lieferte dem Weißen Haus im Januar 2002 ein Folter-Memo[16] zur Hinfälligkeit der Genfer Konventionen und gab das Gutachten des Office of Legal Counsel vom August 2002 in Auftrag, dessen großzügige »Schmerzgrenze« inzwischen offiziell etwas restriktiver gefasst wird.[17] – Man fühlt sich an eine amtliche Fernsehmitteilung aus der Orwell-Verfilmung »1984« von Michael Radford erinnert: »Der Feind zwingt uns, die alten Prinzipien der Menschlichkeit, die bislang noch bestanden, zu verlassen!« – Seymour Hersh, der 1969 auch als erster in einer Zeitung über das Massaker von My Lai berichtet hatte, drängte darauf, die von Donald Rumsfeld und anderen Teilen der Bush-Administration sanktionierten neuen Einstellungen zu Folterverhörmethoden und Völkerrechtskonventionen bis Ende 2001 zurückzuverfolgen. (Spätestens im Herbst 2002, so Hersh in einer Vorankündigung seines Buches »Chain of Command«[18], wusste die US-Regierung um die Misshandlungspraktiken – und explizite Foltertechniken – auf Guantánamo Bay. Zum Kontext gehörte ein geheimes Pentagon-Programm.) Sogar die Chefredaktion der *Washington Post* koinzidierte in einem Leitartikel, die Gesetzlosigkeit habe begonnen, als Rumsfeld im Januar 2002 öffentlich erklärt habe, dass Hunderten von Gefangenen in Afghanistan »keine Rechte« nach der Genfer Konvention zustünden.[19]

Nicht ohne Grund befürchtete die Regierung der USA bei diesem neuen Diskurs noch mehr als zuvor, dass ihren Mitgliedern und US-Soldaten bei weltweiten Einsätzen – »rein politisch motivierte« – Anklagen beim Internationalen Strafgerichtshof (ICC) in Den Haag drohen.[20] Während eine Koalition von tausend Nichtregierungsorganisationen und die gesamte Völkerwelt 2003 den Internationalen Strafgerichtshof als einen Frühling der Weltzivilisation feierten, blickten die USA auf ihren vergeblichen diplomatischen Krieg gegen dieses Projekt globaler Rechtsstaatlichkeit und sein unglaublich erfolgreiches Ratifikationsverfahren zurück. Unter der Regierung Bush Junior hatte das nicht ratifizierende US-Amerika sogar seine Unterschrift unter das Statut von Rom zurückgezogen. Diese hätte lediglich die Verpflichtung bedeutet, die Ahndung von Völkermord, Kriegsverbrechen, Verbrechen gegen die Menschheit und Aggression durch den ICC nicht zu *behindern*. 2002 erschreckte der US-Senat die

IX. Was bringt gute Patrioten vor ein Militärgericht?

Weltöffentlichkeit mit einem »American Servicemembers' Protection Act«, das dem US-Präsident sogar das Recht zur *militärischen* »Befreiung« von vor dem ICC angeklagten US-Soldaten zuerkennt! Die Presseszenarien zeigten entsprechend mögliche US-Lufteinsätze über den Niederlanden. Einige Dutzend Staaten haben inzwischen auf Druck hin mit den USA Nichtauslieferungsverträge abgeschlossen, die US-Bürger vor dem ICC »schützen« sollen. Die diplomatischen und materiellen Preise dieser bilateralen Abkommen sind zum Teil bekannt. Bei belgischen Gerichten lagen 2003 zudem u. a. Klagen von Irakern gegen George Bush Senior und Junior vor, die sich zum Beispiel auf den Einsatz von US-Splitterbomben in bewohnten Gebieten bezogen. Nachdem Verteidigungsminister Rumsfeld gedroht hatte, Brüssel als Ort des geplanten NATO-Neubaus oder überhaupt als NATO-Sitz aus dem Rennen zu werfen, änderte das belgische Parlament im Juli 2003 über Nacht jenes Gesetz von 1993, das solche Anklagen ermöglichte.

Rules of Engagement

Interessant ist nun, wie Hollywood unter *Pentagon*-Beteiligung »politisch motivierte« Strafverfolgung von US-Soldaten im Rahmen eines Militärgerichtsdramas als vermeintlich *innenpolitisches* Thema präsentiert. Genau das geschieht nämlich in RULES OF ENGAGEMENT. Der kommerziell sehr erfolgreiche Streifen, eine unverhohlene Wahlkampfhilfe für George W. Bush Junior[21], kam bereits 2000 als Kassenschlager in die US-Kinos. Er führte zu heftigen Protesten arabisch-muslimischer Bürgerrechtsverbände in den Vereinigten Staaten.[22] Ich stelle diesen äußerst wichtigen Titel ausführlich vor, um die darin – ein Jahr vor dem 11.9.2001 – dargebotenen »neuen Regeln« für militärische US-Operationen in der islamischen Welt transparent werden zu lassen. Die Romanvorlage zum Film lieferte übrigens ein prominenter Autor: James Webb, ehemaliger Marineminister der USA unter Ronald Reagan.[23]

Die Story: Die US-Botschaft im Jemen[24] ist von einer großen demonstrierenden Masse umringt. Marines-Colonel Terry Childers wird umgehend mit drei Hubschraubern an den Schauplatz geschickt, um die Botschaftsangehörigen zu evakuieren (und die US-Flagge in Sicherheit zu bringen). Seine Soldaten geraten bei dieser Operation, die als »Babysitting« beginnt, unter Beschuss. Der Colonel lässt daraufhin in die Menge schießen. 83 arabische Demonstranten sterben, 100 werden verletzt: unbewaffnete Zivilisten, darunter viele Frauen, Kinder und Greise.

Die deutsche Fassung synchronisiert den Dialog zu diesem Geschehen so: *Childers*: »Anwendung von Gewalt ist freigegeben!« Zweiter Offizier *Redman*: »Negativ, negativ! Habe Frauen und Kinder in meiner Schusslinie. Heckenschützen sind auf dem Gebäude vierhundert Meter entfernt, over!« *Childers*: »Was soll das heißen? Wieso verstehen Sie nicht, was ich befohlen habe?« *Redman*: »Sir, geben Sie mir den Befehl, in die Menge zu feuern?« *Childers*: »Ja, verdammt noch mal! Macht die Mistsäue fertig!« (»Waste the mother-fuckers!«)

IX. Was bringt gute Patrioten vor ein Militärgericht?

Die Politik lässt den verantwortlichen Childers ob eines drohenden internationalen Eklats – mit »gemäßigten [!] Ländern wie Ägypten, Jordanien und Saudi-Arabien« – auf verräterische Weise fallen. Sein alter Vietnamkamerad Hodges, dem er einst im Dschungel das Leben gerettet hat, verteidigt ihn vor dem Kriegsgericht. Und nun sehen wir nach und nach – geschickt inszeniert – eine neue Version auf der Leinwand. Die Bilder der Rückblende zeigen jetzt zunehmend deutlicher terroristische Scharfschützen, die sich unter die demonstrierenden Zivilisten gemischt haben, und Menschen mit Brandbombensätzen. Die Menge selbst gilt pauschal als feindselig. Das Massaker an über 80 arabischen Demonstrantinnen und Demonstranten erscheint als unvermeidlich. Childers Rolle als Kriegsverbrecher wandelt sich jetzt in die eines zu Unrecht angeklagten Patrioten. Nicht zuletzt findet auch eine drei Jahrzehnte zurückliegende, kriegsrechtswidrige Exekution durch den Colonel in Vietnam im Gerichtssaal ihre nachträgliche Rechtfertigung.

Die Person des angeklagten Colonel Childers

Childers ist hochdekorierter Vollblutsoldat, hat ein Navy Cross, zwei Silverstars, keine Familie, nur das Corps: »Ach Scheiße, wenn die mir die Uniform wegnehmen, können sie mich auch gleich abknallen!« Childers war in Vietnam, Beirut, Panama und am Persischen Golf. Allerdings offenbart er seinem Freund Hodges, der als Vietnamgeschädigter seiner »blutgemäßen Kampfnatur« am Schreibtisch nicht mehr nachgehen kann: »Du verpasst gar nichts. Ist ein ganz neues Spiel. Keine Freunde, keine Feinde, keine Front. Keine Siege, keine Niederlagen. Kein Papa, keine Mama. Wir sind Waisen da draußen!« Childers und Hodges pflegen übrigens eine richtige Männerfreundschaft, in der es unter Whisky-Konsum auch mal zu einer blutigen Schlägerei kommen kann.

Ein junger Militärjurist holt sich bei Childers eine Abfuhr, als er ein ärztliches Gutachten für die Verteidigung vorschlägt: »Keine Multiple-Choice-Fragen mehr über Selbstachtung. Als ich 18 war, bin ich in das Marines Corps eingetreten. Ich habe darum gebeten, zur Infanterie zu kommen. Ich habe darum gebeten, nach Vietnam zu kommen. Ich lebe für das Privileg, Truppen zu befehlen. Ich finde, das ist die höchste Ehre, die einem Amerikaner zuteil werden kann! Wissen Sie, wie viele Geburtstage und Weihnachtsfeiern ich verpasst habe, weil ich im Dschungel oder in der Wüste fest saß, nur damit Sie auf der Akademie Krieg spielen konnten?«

Childers war – so heißt es – »unser Bester«, und eben deswegen hat man ihn mit seiner Sondereinheit in den Jemen geschickt. Unter feindlichem Beschuss hat er dort trotz höchster Lebensgefahr und gebotener Eile die US-Flagge vom Botschaftsgebäude gerettet. Vor der Flagge wird er auch später ganz andächtig und vor allem traurig. (Friedensdemonstranten empfangen ihn am Stützpunkt mit dem Schild »Babykiller«. Ein aggressives »Pickelgesicht« unter diesen Protestlern wird er zusammenschlagen.) Childers ist ein Profi, denn auch beim Anblick von fast hundert toten

IX. Was bringt gute Patrioten vor ein Militärgericht?

Jemeniten kann er *unverzüglich* seiner Befehlsgewalt nachkommen: »Alle Stationen kontaktieren! Mission ist beendet! Sanitätstrupp anfordern. Tote und Verletzte zuerst ausfliegen!«

Gegenüber der Anklage auf dreiundachtzigfachen Mord steht für Childers fest: »Die Menge war feindselig. Sie haben auf uns geschossen!« »Ich habe das getan, was die von mir verlangt haben! Ich habe Marines verloren! Wenn ich in diesem Fall schuldig bin, dann bin ich in allem schuldig, was ich in den letzten 30 Jahren im Kampf getan habe!« Er möchte unbedingt von jemandem verteidigt werden, der selbst schon im Gefecht war, auf den auch schon einmal geschossen worden ist und der weiß, was läuft. Der Ankläger zeigt ihm die Leichenfotos der getöteten Zivilisten: »Sind das die Mistsäue, die man auf ihren Befehl hin fertig machen sollte?« Childers: »Sie hatten Waffen. Glauben Sie, man kann nach Drehbuch Krieg führen, ohne dass jemand in der Scheiße landet? Befolgt die Regeln, dann wird keiner verletzt? Ja, es wurden wahrscheinlich unschuldige Menschen getötet. Immer werden unschuldige Menschen getötet. Aber ich habe keinen der Befehle missachtet. [...] Wie konnte ich untätig zusehen, wie noch mehr *Marines* sterben, nur um mich an diese verdammten Regeln zu halten?«

Korrupte Politiker und ihre Motive

Verraten wird Childers von einer unheiligen Allianz aus Außenministerium und Leuten im Pentagon. Die Argumentation von Sicherheitsberater Sokal angesichts der Massakerfotos auf den Titelseiten in aller Welt: »Hier liegt eine internationale Krise von Mega-Ausmaßen vor. [...] Es ist ja nicht so, dass die restliche Welt uns dafür verantwortlich machen will. Wir *sind* dafür verantwortlich! [...] Es besteht die Gefahr, dass wir unsere Präsenz bei allen Gemäßigten in der Region verlieren. Wir könnten unsere Botschaften verlieren in Saudi Arabien, Jordanien und Ägypten.« Damit er das Bauernopfer Childers »total verantwortlich« machen kann und eine außenpolitische Vertrauenskrise abgewendet wird, vernichtet er das einzige entlastende Beweisstück, ein Videoband von der intakten Überwachungskamera am Botschaftsgebäude. Er erreicht sogar, dass US-Botschafter Morrain, dessen Familie Childers unter Lebenseinsatz gerettet hat, vor Gericht schändlich lügt. (Spätestens mit dieser Szene hat der Angeklagte unsere Sympathien!)

Vor dem eigentlichen Abspann erfahren wir: »Sicherheitsberater William Sokal wurde schuldig befunden, Beweismaterial vernichtet zu haben. [...] Botschafter Morrain wurde aus dem diplomatischen Corps entlassen und wegen eidlicher Falschaussage angeklagt.« So suggeriert man eine wahre Begebenheit, während das Kleingedruckte erst viel später, wenn alle das Kino schon verlassen haben, klar stellt: Alles fiktiv! Jede mögliche Ähnlichkeit mit Personen und Geschehnissen (der Clinton-Ära) ist unbeabsichtigt!

IX. Was bringt gute Patrioten vor ein Militärgericht?

Der junge Ankläger beim Militärgericht

Der junge Militärjurist, der vor Gericht die Anklage vertritt, war noch nie im Gefecht. Vermutlich hat er deshalb eine etwas andere Sicht der Dinge: »Was würde wohl geschehen, wenn ein Jemenit 83 Amerikaner getötet hätte? Er würde einen Prozess kriegen, der einen Tag dauert, und dann würde er geköpft!« Später überlegt er sogar, eine alte »Vietnamgeschichte« Childers gerichtlich wieder aufzurollen. Seine Ansichten über das Militär sind noch etwas praxisfern: »Als Marines können wir uns nicht den Luxus leisten, unsere Fehler zu vertuschen. Wir müssen sie öffentlich machen und damit gewährleisten, dass sie nie wieder geschehen.« Gleichwohl, dieser junge Militärakademiker will keinen unfairen politischen Prozess. Er schließt von Anfang an die theoretisch denkbare Todesstrafe für einen hochverdienten Marine kategorisch aus und weiß: »Ob ein Mann des Mordes angeklagt oder als Held bejubelt wird, liegt oft nah beieinander!«

»Der übliche Blödsinn« – Die Sicht der islamischen Welt

Gedreht wurden weite Teile des Films in Marokko. Marokkanische Piloten haben die marokkanischen »US-Hubschrauber« geflogen, wegen der eigentümlich schweren US-Manöver freilich erst nach einem Training durch us-amerikanische Spezialisten! Der Abspann bedankt sich beim marokkanischen Königshaus, bei der königlichen Armee, beim Gouverneur von Quarzzate und allen Nordmarokkanern, die im Film als Statisten mitgewirkt haben. Von Freundlichkeit und Kooperation ist die Rede. Nach solchen Erfahrungen am Drehort sollte man nun erwarten, der Film zeige etwas Sensibilität für die arabische bzw. islamische Welt.

Sicherheitsberater Sokal weiß laut Drehbuch, worum es sich bei den wöchentlichen Demonstrationen vor der US-Botschaft im Jemen gehandelt hat: »Der übliche Blödsinn wegen der amerikanischen Präsenz am Golf.« Propaganda-Kassetten für Analphabeten, die Verteidiger Hodges gleich mehrfach bei seiner Jemenreise herumliegen sieht, klären uns darüber auf, was die wöchentlichen Teilnehmer dieses »Blödsinns« bewegt: »Deklaration des Islamischen Dschihad gegen die Vereinigten Staaten: Wir fordern jeden Moslem auf, der an Gott glaubt, der auf seinen Lohn hofft, Gottes Befehl zu befolgen, die Amerikaner zu töten und ihren Besitz zu plündern, wo auch immer es möglich ist. Die Amerikaner und ihre Verbündeten zu töten, sowohl Zivilisten als auch Militärs, ist die Pflicht eines jeden Moslem, der dazu in der Lage ist!« *Welche* »Gerechtigkeit« verlangen sie von Allah? Warum nennen die jemenitischen Kinder auch Hodges einen Mörder? Wieso verlegt das mächtigste Land der Welt seine Botschaft in einem der ärmsten Länder in einen weit abgelegen Bunker, den ein etwa ein Kilometer langer Stacheldrahtzaun sichert? Warum sind die hundert schwer, z.T. tödlich verwundeten Überlebenden des Massakers in primitivsten Krankenhausbaracken untergebracht? All das müssen wir nicht reflektieren. Wir erkennen nur, dass auch der jemenitische Arzt, der Hodges so nahe an von US-Gewehren zerfetzte Kindergliedmaßen herangeführt hat, sich vor Gericht als Lügner und Heuchler erweist. Damit kommt im gesamten Film kein einziger sympathischer oder »guter« Araber vor. (Die Besetzung der Rolle von Colonel Childers mit einem schwarzen Schauspieler kann den Rassismus des Films kaum verschleiern.) Der Islam erscheint grundsätzlich als gewalttätige Religion. Dem Jemen, vor dessen US-Botschaft sich nie ein vergleichbarer Anschlag auf U.S. Marines abgespielt hat, wird vom Drehbuch fiktiv ein extrem gefährliches Image verpasst.

Die Argumente der Verteidigung

Wenn man in RULES zum zwanzigsten Mal gehört hat, dass Childers drei seiner U.S. Marines bei der Botschaft in Jemen verloren hat, ist die Frage, wie viele von den 83 getöteten arabischen Zivilisten denn »vielleicht« unschuldig waren, längst vergessen. Militärverteidiger Hodges weiß, dass er bei anderen, denen Kampf und Soldatenethos im »Blut« stecken, auf Verständnis für Childers rechnen kann: »Der Kerl ist ein echter Marine. [...] Wenn die das mit ihm machen können, wenn sie ihm das anhängen, dann können sie es mit jedem machen. Das bedeutet, Deine Belobigungen und Orden sind einen Scheiß wert, wenn sie es auf Dich abgesehen haben!« Die erste Verteidigungsrede: »Er [Childers] sagte mir, er hätte getan, was er tun musste. Und nun hoffe ich, dass wir ihn nicht im Stich lassen. Wir schickten Terry Childers auf eine schwierige Mission. Nachdem es eskalierte und er alles in seiner Macht Stehende tat, um das Leben seiner Marines, das Leben der Menschen in der Botschaft zu retten, wenden Sie sich von ihm ab und geben ihm die Schuld an dem Schlamassel, stecken ihn ins Gefängnis, möglicher Weise für den Rest seines Lebens. Das ist nicht fair. Das ist nicht richtig! Das ist es, weshalb mir heute morgen übel wurde!« Das Schlussplädoyer: »Er wartete, bis drei seiner Marines tot waren [...], bis er sah, dass in der Menge einige Waffen hatten. Erst dann hat er seinen Leuten befohlen, das Feuer zu erwidern. [...] Nach den Regeln des Kampfeinsatzes ist ein Zivilist, der eine Waffe trägt, kein Zivilist mehr. Die Anwendung tödlicher Gewalt ist zulässig, wenn sie der Rettung von [US-amerikanischem?] Leben dient. Das war kein Mord, sondern ein Gefecht! [...] 32 heldenhafte Jahre als Marine der Vereinigten Staaten [...] Von ihm zu fordern, sein Leben für sein Land zu riskieren, zu fordern, zuzusehen, wie seine Marines sterben, und es dann Mord zu nennen, wenn er sich selbst *verteidigt* [...], wenn er bei Beschuss das Feuer erwidert [...], wenn er seinen Landsmännern das Leben rettet unter absolut extremen Umständen, das heißt, meine Kameraden von den Marines, ihn im Regen stehen lassen. Das ist schlimmer, als ihn auf dem Schlachtfeld verwundet liegen zu lassen. Das ist etwas, was man nicht tut, wenn man Marine der Vereinigten Staaten ist. Und ich bete zu Gott, dass Sie das hier auch nicht tun werden!« Die Argumente sind in erster Linie nicht juristischer Natur, sondern zielen auf den Korpsgeist der Marines. In Kubricks antimilitaristischen Film PATHS OF GLORY (USA 1957) wollte einst ein

Regimentskommandeur vor einem korrupten Kriegsgericht »nicht glauben, dass das vornehmste Gefühl des Menschen, das Mitgefühl, hier auf Ablehnung stößt.« Dieses Plädoyer galt einer Wahrheitsfindung ohne Rücksichtsnahmen. Ein ähnlich klingender Appell in RULES OF ENGAGEMENT fordert dazu auf, die Kriegsverbrecheranklage unter dem Gesichtspunkt kameradschaftlicher Solidarität zu betrachten.

Die Technik des Perspektivenwechsels im Film

Bis zum Prozess hat der Zuschauer genauso wenig Einblick in das »wirkliche Geschehen« vor dem Massaker wie der zweite Offizier, der nur die Scharfschützen auf den benachbarten Dächern wahrgenommen hat. Man sieht einzelne militante Jemeniten in der Menge schon zu Beginn, wie sie etwa mit »Benzinbomben« hantieren. Doch den wirklichen Durchblick gewähren uns erst Childers *innere Erinnerungsbilder* während der Gerichtsverhandlung. Jetzt stehen in der Demonstrationsmenge sogar *mehrheitlich* bewaffnete Gotteskämpfer im Vordergrund. Hat man denn am Anfang im Kino nicht richtig hingeguckt? Zuhause kann man das Videoband mehrmals zurückspulen und bleibt doch ratlos. In den Händen des kleinen Mädchens, das uns in einer früheren Version nur mit großen Augen anschaute, sehen wir jetzt im Schwenk nach unten eine Pistole. Damit ist klar, dass die niedergeschossenen Kinder, Frauen und Greise tatsächlich keine Zivilisten waren. Das überlebende jemenitische Kleinkind im Leichenberg hat man soeben von seinen verbrecherischen Angehörigen befreit. Da es um Loyalitäten geht, sollte man das Ganze nicht analytisch überstrapazieren, indem man etwa kritische Fragen nach dem Schusswinkel zwischen Scharfschützen, Botschaftsplateau und Demonstrationsplatz oder nach den exklusiven Sichtvorzügen von Childers Winkelplatz stellt. Das Videoband, der *einzige* objektive Beweis, ist ja beseitigt, und so bleibt dem Gericht eben nur die Möglichkeit, nach Ehre und kameradschaftlicher »Fairness« zu urteilen.

Die angewandte Technik des Perspektivwechsels verdeckt sämtliche Widersprüche, die der Film spätestens bei einer zweiten Ansicht offenbart. Das Gesamtschema ist spiegelbildlich *konträr* zur Anlage des ohne Pentagon-Assistenz produzierten Films HIGH CRIMES (USA 2002). Dort wird ein ehemaliger US-Soldat schwerwiegender Kriegsverbrechen in El Salvador bezichtigt. Der Zuschauer ist über weite Strecken eher von der Unschuld des Angeklagten überzeugt. Am Ende erweist sich der Umfang der von ihm wirklich begangenen Verbrechen als wesentlich erschreckender. Ein Freispruch erfolgt in HIGH CRIMES offenbar allein zum Schutz ranghoher US-Militärs, die darin verstrickt sind.

Erinnerungen an Vietnam

Gleichsam zur Vorbereitung seiner schweren Aufgabe als Verteidiger seines Vietnamkameraden Childers sucht Colonel Hodges das Vietnam-Memorial in Washington auf. Vor den Namen »seiner« gefallenen Marines steckt er eine Fahne in den Boden.

IX. Was bringt gute Patrioten vor ein Militärgericht?

Auch der Ankläger wird später an diese Zeit erinnern und dazu den nordvietnamesischen Colonel Cao als Zeuge laden. Childers hatte 1968 einen feindlichen Funker durch Kopfschuss exekutiert und auch Cao mit dieser Maßnahme bedroht, um den Abzug der Feinde zu erzwingen. Diese Tat wird ihm Hodges nie vergessen: »Sein Handeln zielte darauf ab, das Leben *amerikanischer* Marines zu retten!« Auch Colonel Cao hätte so gehandelt. Was all die Friedensdemonstranten nicht verstehen, das versteht dieser Nordvietnamese, wenn er nach dem Freispruch vor Childers, dem unverstandenen Patrioten, salutiert.

Welche andere Absolution für den Vorfall in Vietnam wäre jetzt noch nötig? Zugleich versteht der Zuschauer, dass auch damals das Leben *US-amerikanischer* Soldaten auf dem Spiel stand. Die Erinnerung an Vietnam ist hier wiederum konträr angelegt zu einer nicht vom Pentagon geförderten Produktion wie GOING BACK (2001), die dem US-Publikum ein moderates *Schuldbekenntnis* hinsichtlich der Vietnam-Gräuel nahe bringen will.

Bekenntnisse von Regisseur William Friedkin

Die special features (DVD) zum Film klären uns weiter auf. Es geht »um Loyalität gegenüber der Fahne«, um »die Rolle einer modernen Armee« und um »eine Regierung, die Soldaten in den Kampf schickt und sie dann allein lässt!« Das Ergebnis, so Regisseur William Friedkin: »Der *bedeutendste* Film, den ich je gedreht habe.« Bei der Darstellung der Charaktere habe er sich um völlige Neutralität bemüht, damit dem Zuschauer eine eigene Bewertung überlassen bleibe. Ist Childers z. B. ein »blutrünstiger Mörder oder ein engagierter Marine«? Friedkins eigene Wertung: Er ist »ein wahrer Held, ein wahrer Patriot«! Und nun erfahren wir, welche militärischen Insiderkenntnisse und aktuellen Bezüge die Regie leiten: »Die Regeln für den Kampfeinsatz im Stadtgebiet sind aufgestellt worden in einem getäfelten Raum, von Leuten, die dabei Kaffee trinken. Diese Regeln funktionieren auf dem Papier sehr gut. Aber sie lassen sich nicht umsetzen!« »Regeln für den Einsatz werden bei jedem Konflikt aufgestellt, an dem die USA beteiligt sind. Sie werden in einem klimatisierten Raum in Washington von Leuten verfasst, die damit bestimmen, was amerikanische Marines und andere Soldaten bei Einsätzen im Ausland tun dürfen. Und sehr oft sind die Regeln für den Kampfeinsatz mehr dazu da, die Empfindlichkeiten des Gastgeberlandes zu berücksichtigen, als die Sicherheit der amerikanischen Truppen zu garantieren.« So gilt als Resümee: »Für Amerika ist es heutzutage eine große Belastung, als Weltpolizei angesehen zu werden. Und daher gehen wir die verschiedenen Einsätze so vorsichtig wie möglich an, wie ein Chirurg, dessen oberstes Gebot es ist, keinen Schaden anzurichten. Oft sind dann die Truppen nicht mehr in der Lage, ihre Aufgabe zu erfüllen.«

Die militärische Assistenz dieses Films

Weil es in diesem Film um »die Rolle einer modernen Armee« geht, assistiert das »moderne Militär« der Produktion sinnvoller Weise auch: »*Special thanks to the Department of Defense, United States Marine Corps and United States Navy for their assistance in the production of this film.*« Als production consultants dabei: Phil Strub, der oberste Pentagon-Ansprechpartner für die Unterhaltungsmedien, und Lieutenant Melissa Schuermann, USN. James Webb, Urheber der Story, hat sich »von seinen Erfahrungen als Vietnamveteran und als Marineminister während der Golfkrise inspirieren lassen«. Die Filmsoldaten trainierten für die Dschungel-Szenen mit richtigen Marines. Veteran Captain Dale Dyle, obligater Berater in Vietnamfilmklassikern – zuletzt auch bei Forrest Gump und Saving Private Ryan – und selbst Schauspieler im B-Kriegsfilm, lässt sie nachempfinden, wie junge U.S. Marines sich in Vietnam »wirklich« gefühlt haben. Eine Ausnahmegenehmigung für Filmaufnahmen auf dem Flugzeugträger U.S.S Tarawa ist sogleich verbunden mit einer schauspielerischen Ertüchtigung der echten Militärbesatzung. Junge interessierte Zuschauer erhalten in der DVD-Fassung genaue Aufklärung über die Modelle der eingesetzten Waffen. Schließlich bekennt der Hauptdarsteller Samuel L. Jackson: »Wir waren lange mit den jungen Marines zusammen. Wir erfuhren, warum sie das für ihr Land tun. Das färbte ab und gab mir eine andere Haltung, wenn ich die Uniform anzog.«

Rules Of Engagement belegt, dass die folgende Maßgabe des Pentagon-Filmzensors Philip Strub reiner Willkür nicht im Wege steht: »Wenn wir Drehbücher lesen, betreiben wir vor allem Schadensbegrenzung. Es ist nicht meine Aufgabe, die Streitkräfte zu diffamieren, denn ich glaube an die Armee. Wenn dem nicht so wäre, würde ich nicht hier arbeiten. [...] Wir sind also davon überzeugt, dass das Militär als Institution dem Wohl der Vereinigten Staaten dient, und jeder Film, der dieser Prämisse widerspricht, stellt für uns ein Problem dar. Vergehen sind natürlich etwas anderes. Und es wäre unaufrichtig, zu behaupten, dass es so etwas in der Armee nicht gäbe. Wir sind nur gegen eine nihilistische Darstellung solcher Vergehen. Sie dürfen nicht toleriert und als normale Realität dargestellt werden und müssen eine Bestrafung nach sich ziehen.«[25]

Krieg führen nach Drehbuch?

Die propagandistische Qualität dieses Filmes, dessen Pentagon-Förderung im Licht internationaler Zivilisationsstandards viele Fragen aufwirft, kann auch im Vergleich aufgezeigt werden. So verbindet zum Beispiel der erfolgreichste US-Militärgerichtsfilm zu Beginn der neunziger Jahre, A Few Good Men (1991), der ein nur wenige Jahre altes internes Verbrechen auf dem kubanischen US-Marinestützpunkt Guantánamo zum Ausgang nimmt, ausgesprochenen Patriotismus mit der letztlich unerbittlichen Strafverfolgung eines sich rechtsfrei dünkenden, militaristischen Vorgesetzten. »Die moralische Integrität der Militärmaschinerie«, so meint Matthias Kuzina über A Few Good Men, »wird dabei nicht in Zweifel gezogen. Nach den Ästhetisierungsversuchen des Films zu urteilen soll sogar eine Faszination vom US-Militär ausgehen.«[26] Dieser Titel hatte beim Pentagon Unterstützung beantragt und sie nicht erhalten.[27] Ähnlich ist auch im seichten Film Goodbye America (1997), der die Räumung des US-Militärstützpunkts von Subic Bay und damit gleichsam den Schlusspunkt der kolonialistischen Ära der Philippinen zeigt, die Strafverfolgung innerhalb der U.S. Army unparteiisch und über jeden moralischen Zweifel erhaben. Selbst im Militärkrimi The General's Daughter (1999), der mit rechtsstaatlichen Prinzipien mehr als freizügig umgeht und zunächst mit militärfreundlicher Vertuschung liebäugelt, bleibt am Ende sogar ein angesehener General vom Richterspruch nicht verschont.[28]

Die Botschaft von Rules of Engagement (2000) hat sich indessen von unbeugsamer Justiz entfernt. Sie setzt für das dritte Jahrtausend den Anti-Islamismus so auf die Agenda, dass im Rechtsverständnis mit zweierlei Menschenmaß gemessen wird: Ein Massaker an dreiundachtzig – zumindest mehrheitlich unbewaffneten – arabischen Demonstranten jeden Alters ist ohne weiteres gut und patriotisch, wenn sich terroristische Scharfschützen in ihrer Nähe aufhalten. (Die Filmmacher sehen offenbar kein Problem darin, Menschen einer anderen Kultur im fiktiven Kontext einfach als »feindliche Menge« darzustellen.) Die Aufrüstung des Militärgerichtsfilms besteht hier darin, dass die us-amerikanischen Gefechtsregeln (Rules of Engagement) und das militärische Wertesystem sich nicht mehr ohne weiteres mit den Genfer Konventionen decken. Beim Zuschauer entsteht auch die vorauseilende Gewissheit, dass US-Soldaten gewiss niemals dem Befugnisbereich eines Internationalen Strafgerichtshofes unterstellt werden dürfen, wenn ihnen schon daheim Intrigen einer illoyalen, »unamerikanischen« Politikerclique drohen.

»Man kann«, so meinen der Film und seine Macher, »nicht nach Drehbuch Krieg führen.« Mit Blick auf gegenwärtige Schauplätze ist dieser Erkenntnis durchaus etwas abzugewinnen. Möglicher Weise aber kann man mit Hilfe von Drehbüchern die eigene Bevölkerung auf Kriege mit zivilen Todesopfern – auf »Kollateralschäden der Terrorismusbekämpfung« – vorbereiten? Bereits lange vor kollektiven Bestrafungsangriffen der U.S. Army in Samarra und anderen irakischen Städten beauftragte die U.S. Army das Institute for Creative Technologies zur Entwicklung spezieller Trainingssimulationen: Der Computerspieler kann in »C-Force« eine Spezialeinheit kommandieren, »die Terroristen in einem Gebäudekomplex bekämpfen oder eine amerikanische Botschaft gegen eine aufgebrachte Menschenmenge verteidigen soll.«[29] Der Kooperationspartner Futur Combat Systems (FCS) meint, das seien »die Aufgaben, die auf die Armee in den nächsten 15 bis 20 Jahren zukommen«[30]. (Spannende Games dieser Art werden im deutschsprachigen TV-Programm des Senders NBC von jungen Leuten ausprobiert.)

IX. Was bringt gute Patrioten vor ein Militärgericht?

Die Untauglichkeit von Militärhandbüchern und Genfer Konventionen für Gefechte in einer arabischen Stadt wurde den Bürgern der USA schon im Vorfeld des Irakkrieges 2003 von den US-Medien vor Augen gestellt.[31] In Bagdad, so hieß es bereits im Herbst 2002, könne aufgrund der Skrupellosigkeit von Saddam Hussein ein Stadtkampf mit vielen Zivilopfern vielleicht unausweichlich werden. Auch seit der Gefangennahme von Saddam Hussein führen die US-Streitkräfte im Irak Krieg gegen die Zivilbevölkerung und unternehmen Luftangriffe auf Wohnsiedlungen in Falludscha, Nadschaf, Mosul, Ramadi und anderen Städten. Im Fall von Falludscha verbreitete die US-Propaganda weltweit die vorauseilende Rechtfertigung, unvermeidliche Massentötungen von Zivilisten gingen allein auf das Konto von unverantwortlich agierenden Terroristen. (Vor Bekanntwerden der in Falludscha begangenen Kriegsgräuel beteten fast alle deutsche Medien diese Kanzelverkündigung nach. Filmaufnahmen zeigten dann u. a. die Ermordung eines verwundeten Irakers durch einen US-Soldaten in Falludscha. Tom Buhrow, Leiter des ARD-Büros in Washington, kommentierte dies im bundesdeutschen Fernsehen am 17.11.2004 folgendermaßen: »Es sind Partisanenkämpfe, hier kämpfen amerikanische Einheiten nicht gegen eine reguläre Armee, da gelten andere Grundsätze. Ganz klar kann man sich vorstellen, dass nicht mit der Zurückhaltung gekämpft wird, möglicherweise mit angezogener Bremse, wie man in regulären Kämpfen vorgeht.«[32])

Im Kino war mit RULES OF ENGAGEMENT diese Art von vorbereitender Öffentlichkeitsarbeit schon Jahre im Voraus zu sehen. Besonders infam erscheint dabei, wie hier die normative Wirkung des Genres »Gerichtsfilm« auf das Rechtsempfinden der Zuschauer für Kriegszwecke missbraucht wird.[33] Bleibt abzuwarten, ob ein internationales Kriegsverbrecherprozess-Drama diesem erschreckenden Staatskunstwerk in den nächsten Jahren folgen wird.

Die Botschaft des Pentagon im deutschen Privatfernsehen

Im September 2002 zeigten US-Diplomaten gezieltes Interesse am algero-italienischen Film LA BATAILLE D'ALGER (1965) über die französische Folterpraxis im Algerienkrieg. Im Jahr darauf wurde der Film in einer Sondervorstellung des Pentagon präsentiert[34], und im Januar 2004 kam es zu einem Kino-Comeback in den USA. Im Feld der us-eigenen Produktionen ist RULES OF ENGAGEMENT kein Einzelbeispiel, sondern vielmehr Muster für einen ganzen Propagandakomplex. Bettina Gaus verweist auf die US-Militärserie JAG, die das Pentagon laut New York Times 2002 als »Instrument der Politik in Kriegszeiten« nutzt.[35] Seit 1996 strahlt bei uns der Sender Sat 1 diese Fernsehserie aus. Der Untertitel lautet »Im Namen der Ehre«. Einige Teile sind bereits viermal gezeigt worden. Die Problemanzeige der von Gaus vorgestellten Folge »Die blutige Entscheidung«: »Politiker und Reporter haben die Miesmacherei des Militärs zu einer Kunstform entwickelt.« Ein US-Colonel ist verbittert, weil »unsere Führer ihre politischen Interessen über das stellen, was richtig ist.« »Während un-

IX. Was bringt gute Patrioten vor ein Militärgericht?

sere Leute abgeschlachtet wurden, haben die Politiker nur verhandelt.« Bettina Gaus erläutert uns anhand der Filmgeschichte, worum es hier geht: »Grausame Rebellen hielten auf Haiti einige Marines gefangen, die sie misshandelten und der Reihe nach ermordeten. Die US-Soldaten waren in einem humanitären Auftrag unterwegs. Sie sollten, wie der Colonel erklärte, ›hungernde Menschen‹ versorgen. Die Rebellen aber – wen wundert's – wussten die edlen Motive nicht zu würdigen. Daher sah besagter Colonel keine andere Möglichkeit mehr, als einen Befehl zu missachten, der ihm auferlegte, das Ergebnis diplomatischer Bemühungen abzuwarten. Bei der bevorstehenden Befreiungsaktion kamen leider auch etwa 20 Frauen und Kinder ums Leben, was dazu führte, dass der Offizier sich vor einem Militärgericht verantworten musste. Es sah nicht gut für ihn aus, bis ihn dann die haitianische Mutter eines getöteten Kindes entlastete. Sie erzählte dem Gericht, wie ein Rebell ihren Sohn als lebenden Schutzschild missbraucht hatte – und sie machte die USA nur für eine einzige Sache verantwortlich: dass sie nämlich nicht früh genug und nicht hart genug durchgegriffen hatten. Das galt für alle, außer für den Colonel. ›Endlich schickte er Soldaten, um uns zu helfen. Und nun wollen Sie ihn dafür bestrafen. Ich kann Ihr Land nicht verstehen. Können Sie es?‹«[36] Das Ende ist uns schon aus RULES OF ENGAGEMENT bekannt. Der angeklagte Offizier geht straffrei aus. Das infame Muster: Offenkundige Kriegsverbrechen werden – ex machina – in letzter Minute durch phantastische Beweismittel als Ehrensache erwiesen. Kronzeugen für die Unschuld der beteiligten Soldaten sind deren Opfer, die obendrein rigorose »humanitäre Militärinterventionen« fordern. Unter dem Deckmantel einer Kritik an den Regierenden der USA findet die Militärdoktrin der Administration ihre Rechtfertigung. Die Motive für Operationen innerhalb fremder Landesgrenzen sind durchweg moralischer Natur. Der Richterspruch befreit zum Schluss die Zuschauer von allen Zweifeln.

Militainment dieser Art wird auch bei uns zunehmend zum festen Bestandteil des Fernsehprogramms. Doch wer wollte gleichzeitig von Lehrerinnen und Lehrern erwarten, im Sozialkundeunterricht Grundlagen unseres Gemeinwesens und international geltendes Recht wirkungsvoll zu vermitteln? Sehr zu Recht bezieht Dieter Stolte[37] – als Konservativer – eine Weisung aus Schillers Gedicht »Die Künstler« auf alle Kulturschaffenden in den Medien: »Der Menschheit Würde ist in eure Hand gegeben, / bewahret sie! / Sie sinkt mit euch! / Mit euch wird sie sich heben.«

Anmerkungen

[1] *Bush* 2003b.
[2] *Seeßlen* 1989, 19 geht aus von den im Krieg wirksamen widersprüchlichen Grundimpulsen, darunter: Expansion und territoriale Sicherung des Staates; technologische Revolution als Motor (Explosion des Wissens, Umwälzung der Produktionssphäre); »Strukturierung destruktiver und anarchischer Impulse: die ›Verstaatlichung‹ der menschlichen Aggressivität«; Kulturrevolution (Abschied von traditionellen Werten; neue Kommunikationsstrukturen);

Umgestaltung der Gesellschaft und Umverteilung ihrer Reichtümer; »gewaltsamer Therapieversuch einer kranken Gesellschaft« und »Neudefinition von Persönlichkeit«; ökonomische Revolution (größere und konzentriertere Unternehmen; neue Zugänge zu Arbeitskraft). – Er zeichnet den Krieg jedoch nicht als »rationales« Projekt: »Der Eindruck, es könne sich beim Krieg um eine geplante und kontrollierbare Unternehmung aufgrund einer zwar zynischen, aber dennoch nachvollziehbaren Vernunft handeln, verschwindet schnell angesichts des manifesten Wahnsinns, als der alle Taten erscheinen müssten, würden wir sie an unserer ›normalen‹ Moral messen. Um also einen Krieg überhaupt führen zu können, muss eine Gesellschaft diese normale Moral des Menschlichen außer Kraft setzen. Sie muss nicht nur abgrundtiefen Hass auf den Gegner, eine Lust an der Gewalt und die Hoffnung auf Belohnungen in materieller und ideeller Hinsicht erzeugen, sondern überdies alle eigentlichen Anlässe und Impulse des Krieges verheimlichen.« – Traurige Aktualität erlangt im Licht der US-Gefängnisse des »Antiterror-Krieges« der Film Das Experiment (BRD 2000), der im Anschluss an klassische »Laborexperimente« (Einteilung einer Versuchsgruppe in Wächter und Gefangene, Gehorsam bzw. Autoritätshörigkeit und sadistische Akte, Gewaltbereitschaft im Gruppenprozess etc.) sozial- und individualpsychologische Bedingungen der Folterpraxis thematisiert.

3 »Schon 1991 konstatierte [...] General von Kielmansegg: ›Gar keine Frage: Der Zivilisierungsmöglichkeit einer Armee, die einsatzfähig sein soll, sind verhältnismäßig enge Grenzen gesetzt.‹ [...] Der amtierende Inspekteur des Heeres, General Hans-Otto Budde, hatte zu Beginn des Jahres von einem ›archaischen Kämpfer‹ gesprochen, ›der den High-Tech-Krieg führen kann.‹ Und ein ehemaliger Kampfgefährte sekundierte kongenial: ›Diesen Typus müssen wir uns wohl vorstellen als einen Kolonialkrieger, der fern der Heimat bei dieser Existenz in Gefahr steht, nach eigenen Gesetzen zu handeln.‹« (*Rose* 2004b.) – Im November 2004 wurde bekannt, dass die Staatsanwaltschaft Münster gegen 21 Vorgesetzte der Bundeswehr ermittelt. In Coesfeld sollen 80 Rekruten bei einer simulierten »Geiselbefragung« gequält worden sein: »Im Rahmen der Grundausbildung wurde eine Übung mit einer so genannten Geiselbefragung gemacht. Die jungen Soldaten wurden mit Kabeln gefesselt, mussten mit einem Sack über dem Kopf stundenlang knien und wurden dabei mit Wasser besprizt, einige mit Stromstößen gequält.« (*Föderl-Schmid* 2004.) Vgl. dazu auch: *Bundeswehr – Quälereien bei Geiselübung in Ahlen.* In: Spiegel-Online, 27.11.2004. http://www.spiegel.de/politik/deutschland/0,1518,329886,00.html . Einem Rekruten wurde eine Zigarette am Nacken ausgedrückt, ein anderer erlitt als Folge von Torturen eine Knochenhautentzündung. Die quälenden Ausbilder waren zum Teil alkoholisiert. Nach den öffentlichen Berichten meldeten sich weitere Reservisten mit ähnlichen Erfahrungen, darunter sogar erlebten »Schein-Erschießungen«. General Alois Bach gestand im Zuge des sich ausweitenden Skandals öffentlich ein, das Rollenspiel »Verhalten als Geisel« gehöre bei der Bundeswehr zur *regulären* Vorbereitung auf Auslandseinsätze. – Zu erinnern ist auch an den Jahre zurückliegenden Bundeswehr-Skandal von Hammelburg. Zwischen dem 18. und 20. April 1996 hatten sechs Soldaten auf dem dortigen Übungsplatz während der Vorbereitung für einen Bosnieneinsatz ein Gewaltvideo aufgenommen. Darin wurden Folterszenen, die Vergewaltigung einer Frau und die Hinrichtung von Zivilisten nachgestellt.

4 Vgl. *Schäfer* 2004; *Elken* 2004b.

5 *Schäfer* 2004, 283 schreibt: »Die berüchtigte Ausbildungsstätte der US-Armee ›School of the Americas‹ (USARSA) vermittelte das Material mit den Folterinstruktionen noch zwischen 1987 und 1991 an Studenten aus zehn Ländern, darunter aus Bolivien, Costa Rica, Dominikanische Republik, Honduras, Mexiko und Venezuela. An dieser Schule sind zuerst

in Panama und dann ab 1984 in Fort Benning (USA) in knapp 50 Jahren mehr als 60.000 Militärs aus Lateinamerika ausgebildet worden.« Heute gibt sich die Schule, die auf dem amerikanischen Kontinent durch ihre Schüler Folter und Mord verbreitet hat, zivilisiert. Sie heißt »Western Hemisphere Institute for Security Cooperation«. Über die Einrichtung informiert u. a. die vom kath. Priester Roy Bourgeois gegründete Organisation »School of the Americas Watch« (www.soaw.org). – Der Mord an drei US-amerikanischen Nonnen in Guatemala (1980) und neun Jesuiten in El Salvador (1989) wird ebenso mit der School of the Americas in Verbindung gebracht wie die Auftraggeber der Erschießung von Erzbischof San Oscar Arnulfo Romero am 24. März 1980 in San Salvador. – Vgl. zum größeren US-Kontext der aktuellen Foltermeldungen auch *Rose* 2004a.

6 Die USA haben die UN-Konvention »gegen Folter und andere grausame, unmenschliche oder erniedrigende Behandlung oder Strafe« ratifiziert, wollten aber Ende 2002 ein Zusatzprotokoll blockieren, das präventive Maßnahmen, unabhängige Beobachter der UN in Gefängniseinrichtungen etc. vorsieht. Die zivilisatorische Selbstverständlichkeit des Folterverbots erklärt bereits Artikel 5 der Allgemeinen Menschenrechtserklärung vom 10. Dezember 1948: »Niemand darf der Folter oder grausamer, unmenschlicher oder erniedrigender Behandlung oder Strafe unterzogen werden.«

7 Parallel zu den Skandalen des US-Militärs unter der Bush-Administration bietet z. B. das Selbstjustiz-Kino (THE PUNISHER) Folterszenarien an. In MAN ON FIRE (USA 2004) von Tony Scott soll der ehemalige CIA-Agent Creasy in Mexiko City die Tochter eines Großindustriellen beschützen. Als diese entführt wird, versucht Creasy mit Foltermethoden das Opfer zu retten. – Zu erinnern sind jedoch auch die Folterpraktiken und Staatsmorde in vom US-Verteidigungsministerium geförderten Agentenfilmen wie GOLDENEYE, TOMORROW NEVER DIES, PATRIOT GAMES, CLEAR AND PRESENT DANGER oder THE SUM OF ALL FEARS, ebenso im vom Pentagon unterstützten Afrikainterventionsfilm TEARS OF THE SUN. – Als ganz üblich erscheint eine Folter-Verhörpraxis bei der Untersuchung eines Mordfalls durch Kriminalisten der U.S. Army im spannenden Militärkrimi THE GENERAL'S DAUGHTER (USA 1999) von Simon West. Als frühes Beispiel im Kontext der Bekämpfung islamischer Terroristen ist bereits DELTA FORCE (USA 1985) zu nennen. – Im Gegensatz zu all diesen Produktionen stehen Hollywood-Filme, die – wie IN THE NAME OF THE FATHER (Irland/GB/USA 1993) über Folter und bewusste Bestrafung von Unschuldigen im Rahmen des britischen Feldzuges gegen IRA-Terror – unmissverständlich für die Wahrung rechtsstaatlicher Prinzipien und Menschenrechte plädieren.

8 *Böhm* 2003b, 17f. schreibt: »Spätestens seit Dezember 2002 ist bekannt, dass Al-Quaida- und Taliban-Mitglieder – oder solche, die dafür gehalten werden – auf den amerikanischen Militärstützpunkten in Afghanistan und Diego Garcia im Indischen Ozean nach den Methoden von stress and duress verhört werden: Schläge, Schlafentzug, stundenlanges Knien mit verbundenen Augen, Fesselung in schmerzhaften Positionen. Wer dann immer noch nicht kooperiert, den übergibt die CIA an befreundete Länder wie Marokko, Ägypten oder Jordanien. Dort gehören das Herausreißen von Fingernägeln und Elektroschocks zur Verhörpraxis, was das amerikanische Außenministerium jedes Jahr in seinem Menschenrechtsbericht gebührend beklagt. Mutmaßliche Terroristen zum Zweck der Folter an Polizeistaaten zu übergeben, ist ein klarer Verstoß gegen die Anti-Folter-Konvention [...] Aber ›wer hier nicht hin und wieder Menschenrechte verletzt‹, erklärte ein CIA-Beamter auf Mission in Afghanistan, ›der macht seinen Job nicht‹.« – Im Dezember 2004 bekräftigte der stellvertretende Generalstaatsanwalt Brian Boyle, dass die vom Obersten US-Gericht im Juni 2004 eingeforderten Rechte von Gefangenen mit einer Berufungsmöglichkeit vor

Militärtribunalen (eingerichtet vom Pentagon) hinreichend gewährleistet seien. Gleichzeitig betonte er, unter Folter zustande gekommene Informationen dürften bei den Anhörungen der Tribunale verwendet werden.

9 Vgl. *Sallah/Weiss* 2003 und 2004; *US-Spezialeinheit tötete in Vietnam hunderte Zivilisten* 2003; *Bürger* 2004, 136-142.
10 Vgl. *Hinweise auf ein Massaker neutral prüfen* 2002.
11 Der US-Kriegsdienstverweigerer Camilo Mejía Castillo beschreibt die Tötung von Zivilisten, darunter auch von Kindern, im Irak. Er erklärt: »Ich wurde Zeuge des Leidens eines Volkes, dessen Land zerstört wurde und das weiterhin durch die Razzien, Patrouillen und Ausgangssperren einer Besatzungsarmee erniedrigt wird. Wie ich diesen Krieg erlebt habe, hat mich für immer verändert. [...] Die Gefühle, die ich in diesem Krieg hatte, machten es mir unmöglich, noch länger an ihm teilzunehmen. Ich konnte nicht meinen Prinzipien treu bleiben und gleichzeitig weiter im Militär aktiv sein. Als ich meine Waffen niederlegte, traf ich die Wahl, mir selbst als Mensch treu zu sein.« (*USA: Soldat verweigerte Dienst im Irak – 1 Jahr Haft.* 2004. http://www2.amnesty.de/internet/deall.nsf/windexde/KA2004049.)
12 In der Demokratischen Partei befand später allein Ted Kennedy, die Bush-Administration habe offenbar die Einrichtungen von Saddam Hussein lediglich unter US-Verwaltung gestellt.
13 *Krempl* 2004. Vgl. zu Kriegsverbrechen in Korea, Vietnam und Afghanistan auch: *Bürger* 2004, 136-147. – Zu frühen Vorboten der US-Folterdiskussion: »Nach den Anschlägen vom 11. September hatte [...] der Anwalt und Rechtsprofessor an der Harvard-Universität, Alan Dershowitz, eine Zulassung der Folter verlangt, wenn damit geplante Straftaten aufgedeckt werden könnten. Und auch für den Fernsehkommentator und konservativen Ex-Präsidentschaftskandidaten Pat Buchanan ist Folter in Zeiten höchster Gefahr ein ›Naturrecht‹.« (*Weiland* 2004.) Sehr bald nach dem Elften Neunten hatte auch Jonathan Alter einen Beitrag »Time to Think about Torture« verfasst, der dann am 5.11.2001 in *Newsweek* veröffentlicht wurde. – In Deutschland meinte später der Historiker Michael Wolfssohn, einen Beitrag zur Enttabuisierung der Folter im Antiterrorkrieg leisten zu müssen.
14 Dem steht z. B. die Aussage eines ehemaligen Guantánamo-Häftlings gegenüber, die Peiniger hätten Grausamkeiten nie ohne laufende Digitalkameras ausgeführt. (Vgl. FOLTER IM NAMEN DER FREIHEIT, BRD 2004, Dokumentarfilm von Arnim Stauth und Jörg Armbruster.)
15 Vgl. *Griffin* 2004; *Baum* 2004.
16 Gonzales schrieb am 25.1.2002 an Bush: »Das Ziel muss sein, von gefangenen Terroristen und Unterstützern schnell Informationen zu erhalten, um weitere Gräueltaten gegen amerikanische Zivilisten zu verhindern. [...] Dieses neue Paradigma macht die strengen Auflagen der Genfer Konvention für Verhöre gefangener Kriegsgegner hinfällig.« (Zitiert nach: FOLTER IM NAMEN DER FREIHEIT, BRD 2004, Dokumentarfilm von Arnim Stauth und Jörg Armbruster.)
17 Vgl. dazu detailliert: *Rötzer* 2005.
18 Inzwischen ist die deutschsprachige Ausgabe erschienen (Seymour Hersh: Die Befehlskette. Vom 11. September bis Abu Ghraib. Reinbeck: Rowohlt Verlag 2004).
19 Vgl. *Mellenthin* 2004; außerdem zu Rumsfeld: *Rötzer*, 2004g; *Rötzer* 2004e. – Zum frühen Folter-»Think Tank« in den USA bereits Ende 2001: *Woznicki* 2004a. Einen erschreckenden Einblick in die Zusammenhänge bietet der Dokumentarfilm FOLTER IM NAMEN DER FREIHEIT (BRD 2004) von Arnim Stauth und Jörg Armbruster (ausgestrahlt am 10.6.2004

IX. Was bringt gute Patrioten vor ein Militärgericht?

im TV-Sender Phoenix). – Bereits am 5.9.2002 klagte Jimmy Carter: »Früher von den meisten Ländern als Champion der Menschenrechte bewundert, beargwöhnen respektable internationale Organisationen nun, ob unser Land noch zu den Grundprinzipien des demokratischen Lebens steht. Über das Unrecht in den Ländern, die uns beim Kampf um den Terrorismus unterstützten, haben wir hinweg gesehen. Bei uns im eigenen Land wurden amerikanische Bürger als Feinde inhaftiert, ohne Anschuldigung und ohne juristischen Beistand. Trotz aller Kritik der Bundesgerichte verweigert sich das Justizministerium diesem Problem. Und mit Blick auf die Gefangenen in Guantánamo erklärt der Verteidigungsminister, dass sie selbst dann nicht freigelassen werden würden, wenn sich ihre Unschuld erwiesen hat. All das passt zu Unrechtsstaaten, die von amerikanischen Präsidenten in der Vergangenheit immer verurteilt wurden.« (*Carter* 2002.) – Horst-Eberhard Richter sprach im November 2004 mit Blick auf die Folter-Mentoren der Bush-Administration von einer »menschenverachtenden Mentalität der hohen Verantwortlichen«.

[20] Zur Internationalen Strafgerichtsbarkeit und zur US-Haltung vgl. *Büchner* 2003; *Bummel* 2003; *Jäggi* 2003; *Jänicke/Rötzer* 2003. – Anfang 2004 ließ Justizminister Ashcroft passend auch ein unbequemes US-amerikanisches Gesetz aus dem Jahr 1789 vom Obersten Gericht »überprüfen«: den *Alien Tort Claims Act* (ATCA), der Opfern von Verletzungen der Menschenrechte und des Völkerrechts erlaubt, ihre Peiniger an US-Gerichten anzuklagen, soweit diese in den USA Geschäfte betreiben. Zu ATCA informieren u. a.: http://www.hrw.org/campaigns/atca/ und http://cyber.law.harvard.edu/torts3y/readings/update-a-02.html .

[21] So *Hollstein* 2000, die Robert von Rimscha mit einer Rezension zum Film zitiert: »Wenn Hollywoods Macht über das kollektive Unbewusste tatsächlich so groß ist, braucht George W. Bush nur genügend Wähler ins Kino schicken, und er wird Präsident.« Kritisch zu RULES OF ENGAGEMENT auch: *Wöhlert* 2003, 110f.

[22] Vgl. *Donnelly* 2000; *Gorguissian* 2000.

[23] Vgl. *Hollstein* 2003.

[24] Im Zusammenhang mit dem hier gewählten Land ist zu erinnern an das »teuerste Nein« des Jemen, der sich im UN-Sicherheitsrat bis zuletzt einer Zustimmung zum Golfkrieg 1991 verweigert hatte. »Wenige Minuten nach der entscheidenden Sitzung, in der Jemen an seinem Nein festhielt, sagte ein US-Diplomat dem jemenitischen Gesandten, dass er soeben eine folgenreiche Stimme abgegeben habe. [...] innerhalb von drei Tagen stoppten die Vereinigten Staaten ein mit 70 Millionen Dollar dotiertes Hilfsprogramm für eines der ärmsten Länder der Erde. Der Jemen bekam plötzlich Schwierigkeiten mit dem IWF und der Weltbank. Etwa 80.000 jemenitische Gastarbeiter wurden umgehend aus Saudi-Arabien ausgewiesen.« (*Pilger* 2003a, 32.) Der Anschlag auf die vor Jemen gelegene U.S.S. Cole Ende 2000 liegt zeitlich später als die Produktion von RULES OF ENGAGEMENT.

[25] Zitiert nach dem Dokumentarfilm: OPÉRATION HOLLYWOOD (Frankreich 2004).

[26] *Kuzina* 2005, der sich ausführlicher mit A FEW GOOD MEN auseinandersetzt. – Zu den übergeordneten Genres Kriegsgerichtsfilm und Gerichtsfilm vgl.: *Kuzina* 2000; *Machural Ulbrich* 2002.

[27] Zu A FEW GOOD MEN meint allerdings Lt. Joshua Rushing, stellvertretender Chef des Filmverbindungsbüros der U.S. Marines: »Dies ist ein Film, den wir nicht unterstützt haben [...] Ich glaube, den haben wir damals nicht unterstützt, weil es um einen Mord an einem Marineinfanteristen durch einen Kameraden geht. Heute hätten wir das wohl gemacht, weil der Mörder ja auch gefasst wird und die Wahrheit ans Licht kommt.« (Interview im Dokumentarfilm: MARSCHBEFEHL FÜR HOLLYWOOD – DIE US-ARMEE FÜHRT REGIE IM KINO von Maria Pia Mascaro, NDR 2004.)

[28] Zum Plot von THE GENERAL'S DAUGHTER: Eine Dozentin (mit Militärrang) für psychologische Kriegsführung wird ermordet aufgefunden. Zunächst gilt scheinbar die Devise: »Es gibt drei Vorgehensweisen: die richtige, die falsche und die der Army.« Bei seinen Recherchen erfährt der Ermittler, dass die Ermordete viele Jahre zuvor während ihrer Ausbildung auf der Militärakademie West Point bei einem Manöver von mehreren Soldaten vergewaltigt worden war. Ihr Vater, General der U.S. Army, hatte damals auf Drängen der Vorgesetzten Druck auf seine Tochter ausgeübt, den Vorfall auf sich beruhen zu lassen. Obwohl der aktuelle – nur psychologisch mit der Vergangenheit in Verbindung stehende – Mordfall bereits geklärt ist, entschließt sich der Armee-Kriminalist, den General wegen Vertuschung eines Sexualverbrechens vor Gericht zu stellen. Der Nachspann vermerkt eine Verurteilung.

[29] *Seeßlen/Metz* 2002, 131.

[30] *Gieselmann* 2002, 94.

[31] Den Hinweis auf entsprechende frühe Beiträge der US-Massenmedien enthält: *Vann* 2002a.

[32] Zitiert nach: junge Welt, 18.11.2004. Der US-Abgeordnete Sylvstre Reyes (Demokratische Partei) bot zeitgleich folgende Lösung an: »Wir wollen nicht alles wissen, was auf dem Feld geschieht.« – Bei Abschluss dieses Textes lag die offizielle Zahl der bei diesem US-Angriff getöteten Iraker bei 1200. Eine Viertelmillionen Menschen sollen aus der Stadt geflohen sein; demnach wären 50.000 Einwohner vor Ort geblieben. Wie man aus dieser Menge bei der beschriebenen Kriegsführung gezielt »Terroristen« getötet hat, wird nicht erklärt. – NBC-Reporter Kevin Sites, der in Falludscha einen der Morde an unbewaffneten Irakern in einer Moschee gefilmt hatte, teilt seine Betroffenheit in einem Offenen Brief an die beteiligte Militäreinheit »Devil Dogs« mit: »I interviewed your Commanding Officer, Lieutenant Colonel Willy Buhl, before the battle for Falluja began. He said something very powerful at the time – something that now seems prophetic. It was this: ›We're the good guys. We are Americans. We are fighting a gentleman's war here -- because we don't behead people, we don't come down to the same level of the people we're combating. That's a very difficult thing for a young 18-year-old Marine who's been trained to locate, close with and destroy the enemy with fire and close combat. That's a very difficult thing for a 42-year-old lieutenant colonel with 23 years experience in the service who was trained to do the same thing once upon a time, and who now has a thousand-plus men to lead, guide, coach, mentor -- and ensure we remain the good guys and keep the moral high ground.‹ [...] The burdens of war, as you so well know, are unforgiving for all of us. I pray for your soon and safe return.« (*Sites* 2004.)

[33] Dass es »Wirkungen von Rechtsfilmen« (TV, Kino) auf die Meinungen der Zuschauer gibt, schließen *Machura/Asimov* 2004 in einer speziellen Studie über die Einflüsse von Anwaltfilmen nicht aus. – Zur Inflation von Gerichts- und Anwaltfilmen im aktuellen Fernsehgeschehen, die als Shows den »Schein einer moralischen Instanz erwecken«, vgl. kritisch auch *Stolte* 2004, 111-119.

[34] Vgl. *Böhm* 2003, 17. Über das Interesse der USA am Folterfilm LA BATAILLE D'ALGER teilt Bernhard *Schmid* 2004 mit: »Im September 2002, also sechs Monate bevor der Angriff auf den Irak effektiv erfolgte, wurden zwei US-Diplomaten in Algier in der Villa des seinerzeitigen Hauptdarstellers *Yacef Saadi* vorstellig. [...] Der Wunsch der Diplomaten war es, er möge *La bataille d'Alger* in Nordamerika vorführen und auch für Nachfragen und Diskussionen zur Verfügung stehe. Das tat Yacef Saadi denn auch; ein längeres Interview mit gezielten politischen Fragen wurde im Januar 2004 durch CNN ausgestrahlt. [...] In diesem Kontext kam es am 27. August 2003 zu einer Sondervorstellung im Pentagon, welche die *Direktion*

IX. Was bringt gute Patrioten vor ein Militärgericht?

für besondere Operationen und low intensity conflicts organisiert hatte. Auf dem Einladungskarton hieß es unter anderem: ›Kinder schießen aus nächster Nähe auf Soldaten. Frauen legen Bomben in Cafés. Bald wird die gesamte arabische Bevölkerung von einem verrückten Fieber erfasst sein. Erinnert Sie das an etwas? [...] Die Franzosen haben einen Plan [*einen Folterapparat*, Anm.]. Sie erzielen einen taktischen Erfolg, aber erleiden eine strategische Niederlage. Um zu verstehen warum, kommen Sie zu dieser seltenen Vorführung.‹« Colonel Mathieu begründet im Film die Folterpraxis: »Wir haben eine grundsätzliche Wahl getroffen: Wir wollen in Algerien bleiben, während diese Leute uns hier nicht haben wollen. Sie, meine Damen und Herren von der Presse, haben diese Entscheidung geteilt. Dann müssen Sie aber auch die Konsequenzen, die daraus erwachsen, mit uns ziehen. [...] Wir kämpfen gegen einen unsichtbaren Feind, der sich überall verbergen, der ständig nachwachsen kann, solange wir den Kopf nicht gefasst haben. Wir benötigen Informationen über ihn. Die Mitglieder der gegnerischen Organisation haben Anweisung, während der ersten 48 Stunden im Verhör durchzuhalten. Danach dürfen sie losplaudern, denn nach zwei Tagen sind die Informationen wertlos, die sie uns geben können. Also tun wir alles, um diese Informationen vor Ablauf der 48 Stunden zu erhalten.« (Zitiert nach: Bernhard *Schmid* 2004.)

[35] Bettina *Gaus* 2004, 105f. referiert die Argumente der New York Times zu dieser Bewertung der TV-Serie JAG: »Seit Jahren dürften die Fernsehleute an Originalschauplätzen drehen und bekämen militärisches Gerät zur Verfügung gestellt. Mehr noch: Ein Serienautor habe Einzelheiten über die Planung der umstrittenen Militärtribunale für mutmaßliche Terroristen erfahren – und zwar Wochen, bevor US-Verteidigungsminister Donald Rumsfeld die entsprechenden Informationen öffentlich verkündete. Das, so die *New York Times,* sei ein erstaunlicher Beweis dafür, dass Hollywood vom Pentagon mit der Imagepflege mindestens genauso ernst genommen werde wie die Nachrichtenmedien. ›Wenn nicht sogar mehr.‹«

[36] *Gaus* 2004, 106f.

[37] *Stolte* 2004, 180.

X. Die große Schlacht zwischen Gut und Böse: Endzeitmythen, Sternenbanner und Star Wars

»Je schlimmer, um so besser, das ist das fundamentalistische apokalyptische Denken. In unserer heutigen Welt ist der Fundamentalismus wohl die wichtigste Denkform, die der Zerstörung einen positiven Sinn abgewinnen kann. Je schlimmer es wird, um so besser, denn jede Katastrophe ist ein Zeichen der Zeit, das die Wiederkunft Christi ankündigt. Der Fundamentalismus ist daher auch wohl die einzige, viele Menschen bewegende Ideologie, die dem Atomkrieg einen Sinn abgewinnt. Als Atom-Armageddon wird er als Hoffnungszeichen in die Sicht der Zukunft aufgenommen. Wo alles zerstört wird, da wird alles gut.« Franz J. Hinkelammert[1] (1989)

Der Krieg zeigt sich im populären Kino in allen Genres, darunter vorzugsweise auch in Thriller, Fantasy, Science-Fiction oder Katastrophenfilm. Diese Verkleidungen sind nicht als bloße Platzhalter für die alten Schauplätze des Kalten Kriegs zu deuten. Sie gehören schon immer zum Spektrum des massenkulturellen Krieges und passen sich den jeweiligen Propaganda-Bedürfnissen an. Im Gegenzug gelingt es der politischen PR-Arbeit immer wieder, durch »Framing« komplexe Zusammenhänge für viele Menschen auf die einfachen Muster der Leinwandmythen zu reduzieren. In zwei Durchgängen sollen jetzt globale Bedrohungsszenarien beleuchtet werden, die das US-Kino besonders seit den 90er Jahren entwickelt hat. Zunächst wenden wir uns vor allem irrationalen bzw. mythischen Dimensionen zu, jenen Ungeheuern, die der Schlaf der Vernunft gebiert oder die aus den Designer-Werkstätten der Kulturindustrie kommen.[2] Dabei sollen angesichts des us-amerikanischen Kontextes auch theologische Überlegungen zu Rate gezogen werden. Im nächsten Kapitel geht es dann um pseudo-rationale Drehbücher, die im Filmbüro des Pentagon durchweg günstig aufgenommen worden sind.

1. Die apokalyptischen Propheten der »Christian Right« und ihre Umkehrung der biblischen Enthüllungsvision

»Ihr wisst, dass die, die als Herrscher gelten, ihre Völker unterdrücken und die Mächtigen ihre Macht über die Menschen missbrauchen. Bei euch aber soll es nicht so sein.« Jesus von Nazareth (Markus-Evangelium 10, 42-44)

Die massenkulturell bedeutsamen Motive vieler Filmtitel sind eng verknüpft mit den Anschauungen us-amerikanischer Endzeitchristen. Die gefährliche Breitenwirkung von »christlichen« Extremisten, die in den Vereinigten Staaten seit dem Erfolg der

1979 gegründeten »Moral Majority« als politisches Sprachrohr fundamentalistischer Kreise fungieren, ist nicht zu unterschätzen.[3] Ihre Geschichtsprophetie zielt auf eine »letzte Schlacht um Gottes Reich« und *benötigt* zwingend die Weltverschwörung (wahlweise durch Kommunisten, säkulare Humanisten, Friedensaktivisten, »Perverse«, liberale Christen, Katholiken, UNO[4], Europa oder aktuell in erster Linie durch den Islam). Zu ihren Heilsstrategien auf dem Weg zum »Ende aller Tage« gehören uneingeschränkter Kapitalismus, Militarismus – einschließlich Atomwaffengebrauch – und us-amerikanische Vormachtstellung bzw. Supernationalismus. (Globaler Kulturdialog, Interreligiöse Begegnung, Weltökumene, Weltkirchenrat und internationale Rechtsordnung gelten als Teufelswerk.) Ihren angeblich wortwörtlichen Biblizismus verbinden sie mit Auslegungssystemen, die den friedensfördernden und solidarischen Grundbestand des christlichen Evangeliums willkürlich außer Kraft setzen. Die Bibel gerät unter der Hand dieser »Propheten von heute« zu einem Munitionslager für Chauvinismus, Aufrüstung und Krieg. Das Erlöserbild wird dem Rambo-Komplex angeglichen: »Der Mann [Jesus, *Anm.*], der auf dieser Erde lebte, war ein Mann mit Muskeln. [...] Christus war ein Macho!« (Jerry Falwell[5]) Hinter einer instrumentellen Pro-Israel-Haltung verbergen die Bibeltreuen eine im Kern antijudaistische Theologie[6], zumal für sie die USA längst die Rolle des auserwählten Volkes übernommen haben. (Falwell und Reagan glauben: »Keine andere Nation auf der ganzen Erde wurde so von Gott dem Allmächtigen gesegnet wie das Volk der Vereinigten Staaten.«[7]) Der Kontext, in dem sie die Zukunftsfragen der menschlichen Zivilisation betrachten, ist die unausweichliche und willkommen geheißene Katastrophe. Dass Gott das Monopol über das »Ende der Welt« verloren hat und nunmehr der Mensch die Instrumente für eine jederzeit mögliche Totalvernichtung besitzt, gilt als *gutes* Zeichen. Immanuel Kant mochte – in völligem Einklang mit dem Jüngsten Gericht des Matthäus-Evangelium (25,31-46) – die »letzten Dinge« nur als Ernstfall der Gegenwart betrachten: Ist der Mensch fähig, im anderen Menschen und in der Menschheit seinesgleichen wieder zu erkennen?[8] Solche Selbstbescheidung liegt der Exzentrik des US-Fundamentalismus völlig fern. Sie verlangt vielmehr nach Art des Psychopathen in David Fincher's SEVEN (USA 1995) ohne Aufschub die Todesstrafe für so genannte Todsünden.[9]

Die extremen Apokalyptiker sind für das Christentum in den Vereinigten Staaten eben so wenig oder so viel repräsentativ wie der militante Islamismus für den Islam.[10] Sie sind nicht einmal repräsentativ für das gesamte fundamentalistische Spektrum. Bei der Politisierung der vielfältigen fundamentalistischen Szene im Dienste der Republikaner bzw. der Neokonservativen spielen sie jedoch eine zentrale Rolle. Die meisten Führer der christlichen Rechten bekennen sich zu Endzeitspekulationen vom Armageddon-Typ. Die Vorgeschichte hätte man schon vor zwei Jahrzehnten ernst nehmen sollen. Unter der Überschrift »Der Einfluss der Propheten« berichtete die Frankfurter Rundschau am 31.10.1983: »US-Präsident Ronald Reagan hält es nach Darstellung eines Washingtoner Lobbyisten für durchaus möglich, dass sich die Welt gemäß der Offenbarung Johannis dem Jüngsten Gericht und der Entscheidungsschlacht von Armageddon zwischen Gut und Böse nähert. Thomas Dine, Geschäftsführer eines für gute Beziehungen zwischen den USA und Israel werbenden Komitees, sagte am Wochenende, dass der Präsident ihm am 18. Oktober erzählt habe, dass er, Reagan, am Abend zuvor mit den Eltern eines in Beirut ums Leben gekommenen US-Marineinfanteristen gesprochen hat. Der Präsident habe das Gespräch mit den Worten fortgesetzt: »Wie Sie wissen, gehe ich immer wieder auf Eure alten Propheten im Alten Testament und auf die Anzeichen zurück, die Armageddon ankündigen. Ich ertappe mich dabei, dass ich mich frage, ob wir die Generation sind, die erlebt, wie das auf uns zukommt. Ich weiß nicht, ob Sie in letzter Zeit eine dieser Prophezeiungen wahrgenommen haben. Aber glauben Sie mir, sie beschreiben ganz gewiss die Zeit, die wir jetzt erleben.« Heute scheinen fast sechzig (!) Prozent der US-Amerikaner in einem wörtlichen Sinn davon überzeugt zu sein, »dass die Johannes-Offenbarung sich erfüllen wird.«[11]

Seit mehr als zwei Jahrzehnten verbreiten die »elektronischen TV-Kirchen« von Pat Robertson, Jim Bakker, Jerry Falwell, James Robison & Co oder Bücher wie Hal Lindsey's Bestseller »Late Great Planet Earth« (1970) das endzeitliche Gedankengut der maßgeblichen Fanatiker. Bis 1990 wurden von »Late Great Planet Earth« 28 Millionen Exemplare ausgeliefert. Etwa ein Viertel der US-Bevölkerung kauft apokalyptische Bücher dieser Art, und mehr als jeder dritte denkt laut einer Time-Umfrage regelmäßig über das Ende der Welt nach; säkulare und neuerdings auch explizit »christliche« Kampfspiele am Computer greifen die Entscheidungsschlacht zwischen Licht und Finsternis auf.[12] Äußerst massenwirksam ist das auf zwölf Bände angelegte Romanwerk »Left Behind« (deutsch: »Finale«) über die letzten Jahre der Menschheit, das bereits eine Auflage von 40 Millionen (!) erreicht hat. Zur Charakterisierung dieses Politikums lasse ich ausführlich Geiko Müller-Fahrenholz zu Wort kommen: »Die Endzeit beginnt mit der ›Entrückung‹ der Heiligen (nach 1. Thess. 4,17). Plötzlich sind Menschen fort. [...] Es sind die Erwählten, die Gott gnädigerweise zu sich ›nach oben‹ entrückt hat, um sie den Schrecken der Endzeit zu entziehen. Tim LaHaye und Jerry Jenkins, die beiden Autoren dieses ›Romans‹, beschreiben die endzeitliche Auseinandersetzung als einen eskalierenden Krieg zwischen den Soldaten Christi, die überwiegend aus den ›Vereinigten Nordamerikanischen Staaten‹ (!) kommen, und dem Rest der Menschheit, die vom Antichrist, einem aus Rumänien stammenden Potentaten, geführt werden. Er heißt Nicolai Carpathia, lässt also zugleich an Nicolai Ceaucescu und an transsylvanische Drakulafiguren denken. Dass dieser ›Weltenherrscher‹ ein ehemaliger Generalsekretär der Vereinten Nationen war, wirft ein bezeichnendes Licht auf die tiefe Verachtung, mit der diese Einrichtung in weiten Teilen des frommen Amerika bedacht wird! Ökologische Katastrophen gehören mit in das Szenario des Schreckens. Alles läuft auf die ›Endlösung‹ in der Schlacht von

Armageddon zu, wo mitten in Israel die Riesenheere der Welt in einem entsetzlichen Blutbad aufeinander treffen, bis Christus alle Feinde besiegen und das Tausendjährige Reich aufrichten wird.«[13]

In diesem Kontext kann man es verstehen, dass einige Theologen der apokalyptischen Szene den »*Anti*-Christen« in Anlehnung an Daniel 9,27 namentlich auch als Friedensstifter im Nahen Osten erwarten. Die Eskalation ist im Sinne des beschriebenen Fahrplans ja erwünscht und darf nicht aufgehalten werden. Ausdrücklich gilt es nach James Robison als Irrlehre, *vor* der Wiederkunft Christi Lehren vom Frieden zu verbreiten. Erwartet wird überdies die Ankunft Christi als die eines Kriegsfürsten, der auf der Erde unter den Verderbten ein nie da gewesenes *Massenblutbad* anrichten wird![14] Die Anschläge von New York und Washington am 11.9.2001 werden von Fundamentalisten nicht nur als Strafe Gottes für Sittenverfall bewertet, sondern vor allem auch als Anzeichen dafür, dass diese Ereignisse nicht mehr fern liegen. Unter den wiedergeborenen Christen, so eine Umfrage des Endzeitpropheten Hal Lindsay, stimmen über 70 Prozent dem Satz zu: »Ich glaube daran, dass wir derzeit die Anfänge jenes Krieges sehen, der zum Antichristen und zu Armageddon führt.«[15]

Im politisch instrumentalisierten »christlichen« Fundamentalismus der USA wird bei all dem das ursprüngliche Anliegen der Bibel geradewegs auf den Kopf gestellt. Worum geht es im letzten Bibelbuch, in der Offenbarung oder Apokalypse (Enthüllung) des Johannes? »Wir schreiben das Jahr 100 nach Christus. Der Kaiser in Rom ist der faktische Beherrscher der Welt. Er sitzt auf dem Thron inmitten ›seiner‹ Völker. Das ist der faktische römische Universalismus, die *pax romana*. In diese Situation hinein, in diesen theopolitischen Zusammenhang hinein wird die Frage formuliert: Aut Caesar – aut Christus? Es ist die Frage von Bedrängten, die hoffen, dass es nicht so weiter geht, dass es nicht so bleiben wird, wie es ist. Wenn alles so weiterginge – das wäre die eigentliche Katastrophe.«[16] Die Christen Kleinasiens gehören zu den Verlierern des Imperiums und spüren mit vielen Menschen die vom System bewirkte allgemeine Verunsicherung. Darin sind sie soziologisch jenen Bewohnern der agrarisch geprägten ländlichen Zonen (»bible belt«) und den Angehörigen der unteren Mittelschichten in den Städten verwandt, aus denen sich heute in den USA der Fundamentalismus vor allem rekrutiert. In der Johannes-Apokalypse retten sich die Ohnmächtigen mit Gewaltphantasien, die das Ende des Imperiums und seiner dreisten Machthaber bereits als ausgemachte Sache beschreiben. Doch darin ist – viel mehr als ein »massenkulturell« und fast lustvoll gestaltetes Untergangsszenarium – auch die Stimme der Vernunft, das prophetische Erbe der hebräischen Bibel enthalten. Wie die Propheten (Enthüller, Aufdecker) Israels, so spricht auch das letzte Buch der Christenbibel in seiner äußeren Schicht ein Urteil über imperiale Machtanmaßung und ungerechte Ökonomie: Das Imperium handelt nicht nur mit wertvollen Stoffen und Thujaholz aus Nordafrika, sondern auch mit »Sklaven und Menschenseelen« (Offenbarung 18,1-24). Die zeitgenössische Weltmacht Rom erscheint als Bestie, als »Hure Babylon«. Die Potenzen der Weltherrscher kulminieren im Antichristen schlechthin, dem alle Nationen gewaltsam unterworfen sind. (»Alle Reiche dieser Erde« liegen ihm gemäß der Macht-Vergötzung in Matthäus 4,1-11 zu Füßen.) Dieser Superregent beansprucht göttliche Attribute und spielt sich wie eine letzte Instanz auf. Das Verbot, ihn anzubeten, zielt eindeutig auf die römische Supermachtideologie, in der sich der altorientalische Herrscherkult neu ausgestaltet (Offenbarung 13). Christen dürfen sich in keiner Weise an der Verehrung des römischen Imperators beteiligen. Sie sind unter allen Bewohnern der Erde – neben den Juden – die einzigen, die nicht den politischen Weltherrscher, sondern Gott um das tägliche Brot bitten (13,8). Die verfolgten Gemeinden in Kleinasien stellen die drängende Frage, ob die Geschichte wirklich den Weltgroßmächten und einem blinden Schicksal überlassen ist. Die mächtige Stadt Babylon (Rom) ist vom Blut schon betrunken (17,6). Doch die Zeugen sehen »das neue Jerusalem von Gott her aus dem Himmel herabkommen« (21,2) und versagen dem »Reich des Tieres« ihre Gefolgschaft. Ihr dringlichster Wunsch ist auch im täglichen Achtzehnbittengebet der jüdischen Synagoge enthalten: »... die freche Regierung [= Rom] mögest Du eilends ausrotten in unseren Tagen.«

In den Vereinigten Staaten ist es den politischen Funktionären des massenmedial und kirchlich organisierten Fundamentalismus gelungen, diese antiimperialistische Vision vollständig zu verdrehen und in eine Option für die gegenwärtige Supermacht umzufunktionieren. Man wendet sich – ähnlich dem Ursprungskontext der Apokalypse – vor allem an die Masse der Verlierer und Benachteiligten. Dabei wird absurder Weise ausgerechnet die UNO – Synonym für eine *gleichberechtigte* Völkerwelt – als neues »Rom« präsentiert, während die konkrete Hegemonialmacht des eigenen Landes und seine Elite zum Instrument Gottes aufsteigen. Hier ist der Glaube selbst, wie es die Gestalt der Prostituierten »Faith« in STRANGE DAYS (USA 1995) von Kathryn Bigelow andeutet, zu einer »Hure Babylons« geworden.

Dass die letzte Jahrtausendwende in den Vereinigten Staaten einen Aufschwung für endzeitliche Phantasien mit sich gebracht hat, ist vielleicht nicht ganz zufällig: »Im Jahr 1899 erschien das Buch eines gewissen Arthur Bird mit dem Titel ›Looking Forward: A Dream of the United States of the Americas in 1999‹. [...] Dabei geht er davon aus, dass sich die Apokalypse im Westen ereignen wird und bemüht damit das puritanische Geschichtsmodell des 17. Jahrhunderts. [...] Es ging um eine geschichtlich verstandene Errichtung des ›New Jerusalem‹ – ganz so, wie es die Offenbarung des Johannes versprochen hatte. [...] Als Manifestation des Endes der Zeit ist Los Angeles die Stadt der Engel, und zwar der apokalyptischen Engel. Der Zeitpunkt dieses Finales ist von Bird präzise datiert: 31.12.1999. Judgement Day und Armageddon.«[17] CITY OF ANGELS (USA 1998) von Brad Silberling, das hollywoodisierte Remake von Wim Wenders' Meisterwerk DER HIMMEL ÜBER BERLIN, ist vielleicht die liebenswürdigste Anknüpfung an dieses historische Dokument zur Glaubensgeschichte in den Vereinigten Staaten. An die sozialen und existentiellen Dimensionen des biblischen Ursprungstextes hatte bereits Kathryn Bigelow in ihrem schon genannten Film STRANGE DAYS angeknüpft: »Ort des Geschehens ist Los Angeles, die Stadt der sozialen Unruhen und Rassenkonflikte im Ausnahmezustand. Eine Art Endzeitstimmung liegt über der Stadt, die Menschen beginnen einen Tanz auf dem Vulkan, weil sie nicht wissen, was sie im nächsten Jahrtausend erwartet, ob sie überhaupt noch etwas erwartet. Die Welt steuert auf den Abgrund zu, aber niemand kümmert sich darum.«[18] (Margret Köhler) Die Regisseurin erläutert zu ihrem Werk: »Es sollte wie eine *war zone* aussehen, eine präapokalyptische Situation, die jede Sekunde in die Luft fliegen und sich in ein Armageddon verwandeln könnte. Diese Stimmung sollte Teil jedes Bildes sein, Teil der Landschaft, des Sozialen; ein Gefühl von Chaos und Unordnung, eine Negierung des Gesellschaftlichen.«[19] Endzeitlich ist die Stimmung im Vorfeld der Millenniumsparty in Los Angeles vor allem auch deswegen, weil die Menschen kein eigenes Leben mehr leben. Sie sind süchtig nach synthetischen – geklauten – Erfahrungen, die man mit Hilfe digitaler Trips für die Großhirnrinde käuflich erwerben kann.[20] Diese Trips können den Sturz vom Wolkenkratzer in die bodenlose Tiefe nicht aufhalten, sondern beschleunigen ihn. Die Endzeit besteht nicht aus einem nach außen projizierten objektiven Geschichtsfahrplan. Sie wird vielmehr als – massenkulturell vermittelte – Ausweglosigkeit von Menschen verstanden. Als Anwalt dieser Menschen stellt sich der Film gegen den Mainstream.[21]

Prophetische Zeitansagen dieser Art stehen abseits der Kino-Apokalypse des letzten Jahrzehnts, die uns nachfolgend noch begegnen wird. Im Grunde ist allerdings auch die erfolgreichste Untergangskatastrophe der 90er Jahre, das Melodram TITANIC (USA 1997), noch eher der überkommenen Zivilisationskritik verbunden.[22] Das Unglück vollzieht sich im Spannungsfeld von überheblicher Technologiegläubigkeit und Klassengesellschaft. Der Traum des Proletariers, eine neue Welt zu betreten, ersäuft darin. Eine politische Antwort gibt es freilich nicht. Als Tröstung bleibt allein der transzendente Horizont einer unsterblichen Liebesgeschichte.

2. Das Ende aller Tage: Die Jahrtausendwende entfesselt den Satan

»*Wir werden das Böse in den kommenden Jahren in der ganzen Welt bekämpfen, und wir werden siegen.*« US-Präsident George W. Bush Jun. in Fort Campbell, Kentucky, 21.11.2001

In theologischer Hinsicht muss die Apokalyptik der Fundamentalisten besonders auch als Regression zu einem primitiven Dualismus bewertet werden. Die Sehn-Sucht nach Reinheit pervertiert in ein gefährliches Hygiene-Programm, mit dem alles »Unreine« ausgemerzt werden soll.[23] Damit ist die mit der Begrenztheit und Doppeldeutigkeit

X. Die große Schlacht zwischen Gut und Böse

des Lebens versöhnte Menschlichkeit Jesu von Nazareth endgültig verlassen. Die Menschheit ist jetzt klar geschieden in Erlöste und Unerlöste, Wiedergeborene und Verdammte, Auserwählte und Verworfene. Dem entspricht eine »*Verschwörungstheorie von kosmischen Ausmaßen*«, der zufolge Gott und Satan, das absolut Gute und das absolut Böse, miteinander Krieg führen.[24] Projizierte religiöse Bildaussagen, die man schon in den Alten Kirche allegorisch auslegte und die heute tiefenpsychologisch[25] zu beleuchten wären, werden »wörtlich« als *Fahrplan der äußeren Geschichte* verstanden. Nicht nur die Aufklärung, sondern auch eine zweitausendjährige theologische Tradition des Christentums sind damit verabschiedet.

Genau auf dieser Folie ist nun die manichäisch geprägte Kreuzzugsrhetorik mehrerer republikanischer US-Präsidenten zu verstehen, die das Weltgeschehen als Bühne oder Manifestation des dramatischen Kampfes zwischen »Gut« und »Böse« deuten. Bereits für frühe kalte Krieger wie John Forster Dulles war »der Kommunismus ein Werk des Teufels, das ein guter Christ bekämpfen müsse.«[26] Sodann unternimmt es Richard M. Nixon, »die ›beiden Pole menschlicher Lebensform, repräsentiert durch die Vereinigten Staaten und die Sowjetunion, [...] mit Gut und Böse, Licht und Dunkel, Gott und Teufel‹«[27] gleichzusetzen. Er proklamiert wörtlich, »dass unser Glaube mit Kreuzzugeifer erfüllt werden müsse, um [...] die Schlacht für die Freiheit zu gewinnen.«[28] Präsident Ronald Reagan beglückt sein evangelikales Publikum 1983 in einer berühmt gewordenen Rede damit, die Sowjetunion als »*Evil Empire*« (Reich des Bösen) zu identifizieren. Rhetorisch hat Reagan die Armageddon-Bilder seiner fundamentalistischen Verbündeten explizit übernommen und dabei selbst vor größten Peinlichkeiten keinen Halt gemacht.[29] Sein Nachfolger Bush Sen. präsentiert, nachdem er 1990 endgültig seinen »pro-irakischen« Kurs zugunsten des Diktators verlassen hat, Saddam Hussein mit berechnendem Kalkül als leibhaftige Gestalt des Bösen. Nach den Terror-Anschlägen vom 11.9.2001 überschlägt sich die apokalyptisch-dualistische Vergeltungs-Propaganda zwischen »Gut und Böse« oder »Licht und Finsternis« in den Reden von Präsident George W. Bush Junior. Am 14. September 2001 verkündet er in der National Cathedral in Washington die Mission der Vereinigten Staaten: »*Aber unsere Verantwortung vor der Geschichte ist bereits klar: auf diese Anschläge reagieren und die Welt vom Übel zu befreien.*«[30] Als bekennender »Wiedergeborener« deckt der Präsident schließlich gar eine »*Axis of Evil*« (Achse des Bösen) aus Iran-Irak-Nordkorea auf, die zufällig auch mit neokonservativen Strategiedokumenten korreliert.

Die gezielt ausgewählten Reizwörter finden in den USA Beifall, weil das ihnen zugrunde liegende Weltbild für viele Zuhörer fraglos richtig und »wahr« ist. Die fundamentalistischen Seminare bestreiten eine Lehre von Satan, in der das Ringen der christlichen Theologiegeschichte um ein nicht-dualistisches Verstehen des »Bösen« ausgeblendet wird.[31] Im spanischen Sprichwort wird davor warnt, dem Teufel den Gefallen zu tun, ihn allzu ernst zu nehmen. Genau entgegengesetzt predigen die TV-

X. Die große Schlacht zwischen Gut und Böse

Evangelisten der USA, es sei die größte List Satans, den Menschen weiszumachen, er existiere nicht. Sie können allerdings mit dem Credo ihrer Gott gehörenden Nation sehr zufrieden sein: »94 % der Amerikaner glauben an Gott, nur 70 % der Briten und 67 % der Westdeutschen teilen diesen Glauben. – 86 % der Amerikaner glauben an die Bedeutung des Himmels, in England tun dies nur 54 %, in Westdeutschland nur 43 %. – *69 % der Amerikaner bejahen die Existenz des Teufels*, allerdings nur 33 % der Briten und nur 18 % der Westdeutschen.«[32] Vor diesem Hintergrund sollte das exorzistische und weltverschwörerische Satans-Kino aus Hollywood nicht nur als Nervenkitzel betrachtet werden. Klassiker wie ROSEMARY'S BABY (USA 1967) oder THE OMEN (USA 1975), der bis 1990 drei Fortsetzungen gefunden hat, und neuere Titel wie ANGEL HEART (USA 1986) oder THE DEVIL'S ADVOCAT (USA 1997) gewinnen auf dem Boden eines ausgeprägten Teufels-Credo leibhaftige Bedeutsamkeit. Tagfüllend kann man sich in der mehrteiligen Stephen-King-Verfilmung THE STAND (USA 1994) das letzte Gefecht zwischen Gut und Böse gemäß den Prophezeiungen des letzten Bibelbuches vor Augen führen. Satan rekrutiert in Gestalt eines sexuell potenten Rockers Schwerstkriminelle, Lüstlinge und psychisch Kranke. Die Auserwählten, durchweg anständige *US-Amerikaner*, bleiben indessen von der grassierenden Seuche verschont, finden auf geheimnisvolle Weise zueinander und organisieren wie Zivilisationspioniere den Kampf gegen das Böse.

Etwas vorauseilend behandelt der Dolph-Lundgren-Streifen MINION – KNIGHT OF THE APOCALYPSE (USA 1997) die »apokalyptische Saat des Bösen« am Vorabend eines neuen Millenniums. Die guten Kreuzritter des Templerordens haben bereits vor 1000 Jahren im Heiligen Land gegen die Ungläubigen und gegen den Teufel gekämpft. Zum Christfest 1999 müssen sie von Jerusalem aus erneut einen Ritter entsenden, diesmal nach New York, um zu verhindern, dass das Böse seinem Verlies entweichen kann. (Indiz für die zunehmende Macht des Satans sind z. B. die Kriegshandlungen in Bosnien.) Wie schon zu Zeiten der Kreuzfahrer gewinnen – unterstützt von nordamerikanischen »Indianern« – die Verteidiger des Christentums. – Zu erinnern ist historisch an die apokalyptische Färbung des Crusader-Motivs: »Schon die Kreuzritter kleideten sich buchstäblich in die Rüstung des endzeitlichen Heeres, um den Massenmord vor den Toren Jerusalems zu rechtfertigen.«[33]

Passender zu Jahrtausendwende präsentiert danach END OF DAYS (USA 1998/99) den derzeitigen Gouverneur von Kalifornien, Arnold Schwarzenegger, als Gegenspieler des Anti-Christen. Geheime Graffitis in den Straßen, versteckte »666«-Zeichen, Sprengstoff-Explosionen, Aktivitäten der allgegenwärtigen Verschwörungsfamilie des Widersachers und triebhafte Visionen kündigen in New York einen »Regressus Diaboli« an. Satan will mit der von ihm auserwählten – aber unschuldigen – Christine *York* sein Kind zeugen und Macht über die ganze Erde gewinnen. Nur noch wenige Stunden bleiben bis zum neuen Millennium, um dies zu verhindern. Der ehemalige Cop Jericho Cane (Arnold Schwarzenegger) greift dazu in ein gewaltiges Waffenarsenal und ist mit fantastischer Polizeitechnik ausgestattet. Er entkommt selbst da, wo der Teufel ihn über den Straßen New Yorks an einen Stahlbalken *kreuzigt*. Am Ende seines eigenen Bekehrungsweges spießt sich Jericho als Selbstopfer in einer katholischen Kirche auf dem Schwert der St. Michaels-Skulptur auf, weil Satan sich seines Körpers bemächtigt hat, um mit diesem Christines Jungfräulichkeit zu zerstören und den finsteren Fürsten der Welt zu zeugen. Das neue Jahrtausend und Christine York sind auf diese Weise in letzter Minute gerettet worden. Das Reich des Bösen ist vorerst gebannt.

Gleich in drei Teilen präsentiert die Tolkien-Verfilmung THE LORD OF THE RINGS die große Schlacht zwischen Gut und Böse als Fantasy für das Massenpublikum: THE FELLOWSHIP OF THE RING (Neuseeland/USA 2001), THE TWO TOWERS (2002) und THE RETURN OF THE KING (2003). Der Terror des Bösen bedroht das letzte freie Königreich. Sodann entpuppen sich die beiden letzten Teile als reine Kriegsfilme, was die nicht bellizistische Fraktion der Fantasy-Fans außerordentlich enttäuscht hat. Christina Schildmann spricht von einem »cineastischen Plädoyer für den moralischen Krieg« und konstatiert in ihrer Untersuchung zum zweiten Teil: »Die Romanvorlage von J. R. R. Tolkien liefert bereits das entsprechenden Weltbild, und das stammt geradewegs aus der Erfahrungswelt des Zweiten Weltkrieges. So findet sich hier auch das passende Personal für einen dualistischen Weltentwurf: Die freien Völker – Menschen, Elben, Zwerge und Ents – setzen sich gegen den Vormarsch des Bösen zur Wehr, das mit Hilfe des Ringes die Macht über die Welt zu erringen sucht. Doch in *Two Towers* gibt es exponierte Szenen, in denen Regisseur Jackson sehr viel dicker aufträgt als Buchautor Tolkien. Genau diese Schlüsselszenen sind es, in denen möglicherweise Kosovokriegs-Flashbacks die Kamera geführt haben.«[34] Indessen ist die Ausstattung des Films »gotisch« und präsentiert uns die *»freien Menschen des Westens«* wie frühe Vorfahren der *Kreuzritter*. Optisch drängt sich überdies in Teil zwei und drei bei Augenblicksaufnahmen der »Armeen des Bösen« der Verdacht auf, dass sich der Regisseur – ganz im Sinne des aktuellen weltpolitischen Kontextes – muselmanische Reiter aus Kreuzfahrergemälden zum Vorbild genommen hat. Mit archetypischen Geschützen von großer Wucht sorgt LORD OF THE RINGS dafür, dass das Märchen vom ewigen Krieg auch im dritten Jahrtausend nicht in Vergessenheit gerät: »Es gibt etwas Gutes in dieser Welt, und dafür lohnt es sich zu kämpfen.«

Parallel zu dieser Kunde aus mythischer Vorzeit stellt sich ein *futuristisches* Erlösungsmärchen ganz in den Dienst der Kriegspropaganda: die Trilogie THE MATRIX (USA 1999), THE MATRIX RELOADED (2003) und THE MATRIX REVOLUTIONS (2003) von Andy und Larry Wachowski. Sehr zu Recht weist Christina Schildmann darauf hin, dass der – vor dem 11.9.2001 datierte – Auftakt von MATRIX noch eine subversive oder gar anarchische Potenz aufweist. Peter Sloterdijk hat THE MATRIX gar als den einzigen philosophisch relevanten Film des Kinojahrgangs 1999 bezeichnet.[35] »Der Film handelt von Neo, dem Auserwählten. Bevor er zum modernen Messias mutiert, wird ihm folgende Offenbarung zuteil: Eine Spezie Künstlicher Intelligenzen hat die gesamte Menschheit versklavt – und hält sie nun mit einer gigantischen Computersimulation bei Laune. Denn in Wirklichkeit hat die Apokalypse bereits stattgefunden – nur keiner hat es bemerkt. Keiner, außer einigen wenigen unbeugsamen Rebellen, die sich im Inneren der Erde eine Stadt Namens Zion gebaut haben und von dort aus Widerstand gegen die Matrix leisten. [...] Neo ist der Angestellte eines *global players*, eines weltweit agierenden Softwareherstellers. Laut Order seines Chefs soll er sich ganz dem Prinzip von Dienstleistung und Gewinnmaximierung hingeben, doch Neo wirft das Handtuch und taucht ab.«[36] Vordergründig versklaven in der Matrix-Welt vom Menschen selbst geschaffene künstliche Roboter-Intelligenzen die Menschheit. Das »Böse«, die verselbständigte Technologie, gebraucht menschliche Individuen als bloße Batterien. Lebendige Proteine liefern dem Apparat die nötige Energie. (Die Biosphäre ist nach einem nuklearen High-Tech-Krieg zwischen der Menschheit und dem entfesselten Roboter-Heer bereits zerstört.)

Thematisiert wird ein totaler Computer-Zugriff auf das Menschsein, der in der postapokalyptischen Zeit von THE MATRIX schon eingetreten ist.[37] Andeutungsweise geht es dabei ausdrücklich auch um die Geldvermehrungsmaschine, die offiziell eine *individualistische* Ideologie propagiert. Faktisch degradiert sie jedoch das Individuum zum Teil einer wesenlosen Masse, die das Getriebe am Laufen hält. Der homo sapiens der Matrix ist zwar im Sinne von Karl Marx ein geknechtete Wesen, doch er kann es – wie der schon 1967 von Herbert Marcuse beschriebene »eindimensionale Mensch« – nicht wissen. Der Ausbeuter hat das perfekte Opiat gefunden, das jedes Fühlen von Qual betäubt. Die Matrix-Menschen befinden sich wie konservierte Leichen in »Uterus«-Zellen, die sie in der Illusion eines wirklichen Lebens halten. Dabei ist die leibhaftige Existenz längst in eine künstliche verwandelt. Der Körper lagert regungslos im »Kunst-Uterus« (äußere Matrix). Die Gehirne sind verbunden mit den *virtuellen* Scheingebilden einer Elektronik, die ihnen das *leidlose* »Glück« und unbegrenzten Konsum suggeriert (unsichtbare innere Matrix des Geistes). Damit kommen totale mentale Kontrolle und »spirituelle Diktatur« des Konzernapparates zur Sprache. Das mythische Grundmuster von Entfremdung und Erlösung ist in MATRIX exakt nach dem Vorbild der antiken Gnosis gestaltet, deren Dualismus eine wichtige Schnittstelle zur Apokalyptik darstellt: Wir sind in eine Welt der totalen Fremde geworfen und haben unsere eigentliche Heimat – uns selbst – verloren. Es gilt, unser wahres Wesen zu erinnern und nach entsprechenden Impulsen das Schlupfloch zu finden, durch das wir dem scheinlebendigen Totsein entkommen können. Festplatte und Software des bösen Demiurgen müssen mit einem Computer-Virus infiziert werden. Den Eingeweihten, den Hackern, ist die Wiedergeburt möglich. Sie durchschauen den virtuellen Schein, die *totale Simulation*. Sie klinken sich aus auf »Offline«.

Nicht politische Aufklärung, sondern ein pseudo-spirituelles Erwachen wird der PC-Generation verheißen: »Ich werde [...] den Menschen zeigen, was sie nicht sehen sollen. [...] eine Welt ohne euch. Eine Welt ohne Gesetze, ohne Kontrolle, ohne Grenzen. Eine Welt, in der alles möglich ist.« Mit diesem Ansatz zur gnostischen Subversion trifft MATRIX den Nerv der Zeit, zumal dabei die widerständige Cyberpunk-Kultur ein Zueinanderfinden der »Unangepassten und Verweigerer«[38] verspricht. Umso wirkungsvoller kann der Film die Entfremdungsgefühle vieler Menschen und das Bedürfnis nach »Rebirthing« nun zu seinem eigentlichen Erlösungsangebot, zum Programm »Krieg« hinführen. Die Rhetorik des Drehbuchs ist 2003 nicht mehr von dem zu unterscheiden, was die US-Telenachrichten jeweils beim Kinostart senden. Bereits im zweiten Teil entpuppt sich der Befreiungskampf des Individuums als kollektiver, ja nationaler Aufbruch im Rahmen reaktivierter Staatsorgane (Senat etc.) und eines riesigen Militärapparates. Aus der Untergrund-Guerilla der Hacker ist eine Armee geworden. Ein wirklich neuer Schlüssel wird nicht gefunden. Die Kriegsmittel sind letztlich wieder die gleichen wie die der bekämpften Maschinenwelt. Von den gesellschaftskritischen Aspekten älterer Motiv-Vorbilder bleibt rein nichts mehr übrig. Das Gnostische wird mit einer – zum Teil eindrucksvollen – Zeichentrick-Produktion THE ANIMATRIX (2003) ausgelagert. Im Rahmen der Trilogie verwandelt sich die Gnosis derweil unter der Hand zum Armageddon-Feldzug gegen das Böse. Die nationale Predigt dazu erklingt im Tempel von Zion, dem noch verbliebenen Hort der Freiheit: *»Zion, hear me! It is true, what many of you have heard. The machines have gathered an army and as I speak, that army is drawing nearer to our home. But if we are to be prepared for it, we must first shed our fear of. [...] I stand here, before you now, truthfully unafraid. [...] Today, let us send a message to that army. Tonight, let us shake this cave. Tonight, let us tremble these halls of earth, and stone, let us be heard from red tar to black sky. Tonight, let us make them remember, this is Zion and we are not afraid.«*[39] Orakelweisungen, eine Jungfrau-Gestalt namens »Trinity« und die Tugend eines unerklärlichen Glaubens flankieren den Heiligen Krieg. Der Teufel, Agent Smith, ist gleich tausendfach multipliziert. Im dritten Teil mutiert die Cyberkultur von MATRIX endgültig zu einem »biblischen« Endzeitspektakel mit vielen todesbereiten Martyrern: *»Wenn es unsere Zeit ist, zu sterben, dann werden wir sterben. Ich verlange nur eins: Wenn wir diesen Bastarden unser Leben geben müssen, dann werden wir ihnen vorher die Hölle bereiten.«* In den Hallen der letzten Entscheidungsschlacht bilden kreuzförmig angeordnete Lichter das Heilszeichen der Erlösung. Der Messias wider die Maschinenwelt stirbt in Kreuzes-Pose, und den Zuschauern wird das Ende der Passion versichert: »Es ist vollbracht!«[40]

Die Beobachtungen zum extremen Militarismus, den die beiden aufwendigen Trilogien von Peter Jackson und den Wachowski-Brüdern jeweils ab dem zweiten Teil entwickeln, sind alles andere als Fußnoten. Schließlich »handelt es sich bei *The Lord of the Rings* und *The Matrix* nicht um Spartenfilme fürs Programmkino, sondern um *die* Riesenfilmproduktionen der letzten Jahrtausendwende schlechthin.« (Christina Schildmann)

3. Wie das Postamt der Vereinigten Staaten die Zivilisation wieder aufbaut

»... nur ein paar Menschen überleben die Katastrophe. Sie ziehen über das wieder barbarisch und unschuldig gewordene Land, bis sie sich erneut mit dem Gedanken an Sesshaftigkeit tragen.«[41]

Der ursprüngliche religiöse oder säkulare »Millenarismus« der US-amerikanischen Gründungsväter geht von einem Fortschritt der Zivilisation aus und bedenkt die Vereinigten Staaten im Licht göttlicher Vorsehung mit einer Sonderrolle für das *Friedens*-Millennium. Sie sind das verheißene Land und Freiheitsbringer für die ganze Welt. Kontext ist die Entdeckung der Geschichtsphilosophie im 18. Jahrhundert. Die »*Post*-Millenaristen« des 18. und 19. Jahrhunderts erwarteten entsprechend die Wiederkunft Christi auf der Grundlage einer fortschreitenden Christianisierung und *Besserung* der Welt. (Sie finden in US-Präsidenten wie Wilson oder auch Kennedy willige Schüler. Auch das 1989 von Francis Fukuyama mit Zufriedenheit proklamierte »Ende der Geschichte« steht – ganz im Gegensatz zu dem von Samuel P. Huntington 1993 beschworenen »Clash of Civilizations« – in einer post-millenaristischen Tradition.[42]) Diesen endzeitlichen Optimisten folgten jedoch die heute weitaus dominierenden Anhänger des »*Prä*-Millenarismus«. Sie nehmen (*vor* dem ersehnten Gottesreich) eine unweigerlich *fortschreitende Verderbnis* in der Gegenwart wahr. Es kommt zum »Knall« in der Welt, und eben dies werten sie als Zeichen des baldigen Endgerichts. (Wie ähnlich dies einigen apokalyptischen Anschauungen in Teilen des Islam ist, dürfte kaum einem Prä-Millenaristen bewusst sein.[43]) Für diese Ungeduldigen und Unduldsamen ist die Welt ein »untergehendes Schiff«. Im eigentlichen Sinn kann man nicht einmal von Kulturpessimismus sprechen, denn der heilsgewisse Gläubige hat Gott für schlechte Weltnachrichten regelrecht zu danken. – Die politische Brisanz dieses religiösen *Fatalismus* liegt auf der Hand. Ronald Reagans erster Innenminister James Watt glaubte das Jüngste Gericht nahe und lehnte deshalb zum Beispiel »jede Art des Umweltschutzes ab«[44]. Während die christliche Weltökumene die reale Möglichkeit einer Selbstvernichtung der Menschheit als Sünde betrachtet, zu der es nicht kommen darf und soll, können fundamentalistische US-Apokalyptiker das nukleare Zerstörungspotential als Erfüllung einer Prophezeiung begrüßen und von einer moralischen Pflicht zum Einsatz von Atombomben sprechen.[45] Weltweit wünschen immer mehr Christen, diesen gefährlichen Nihilismus, dem die konkrete Geschichte längst gleichgültig ist, durch Lebensbekenntnisse der Ökumene zu exkommunizieren.

In letzter Konsequenz kann sich das zynische Endzeitdenken natürlich weder in der Politik noch in der Gesellschaft direkt umsetzen. Bereits Reagan musste die wirklich »gläubigen« Apokalyptiker am Ende seiner Amtszeit enttäuschen. Die offizielle neokonservative Parole der 90er Jahre lautet »Fortschrittsmission«, und an einem *ernsthaften* Spiel mit dem Feuer findet die Mehrheit aller Menschen wenig Gefallen. Die fatalistische Apokalyptik des »Prämillenarismus« hat sich indessen in der Massenkultur längst breit gemacht. Gezeigt wird im Kino bis hin zu Emmerichs »Ökologiefilm« THE DAY AFTER TOMORROW (2004) keineswegs, mit welchen Strategien und Modellen die Menschheit *vorbeugend* einem drohenden Untergang entkommen könnte. Gezeigt werden vielmehr *Post*-Apokalpysen. Die Katastrophe gilt bereits als Faktum.[46] Im Zeitreisemodus heißt es in TWELVE MONKEYS (USA 1995) ausdrücklich: »Alles ist schon passiert!« In der Tagline dazu wird verkündet: »Die Zukunft ist Geschichte.« Militärische und technologische Potenzen für globales Unheil erfahren keine ernsthafte Kritik.[47] Erst muss alles kaputt gehen, und dann kann man im Kreis der Auserwählten über einen Neuanfang nachsinnen. Die ordnende Mission inmitten der Wildnis wird in die Hände neuer Pioniere gelegt. Unter solchen Voraussetzungen gelingt es Hollywood immer wieder, die Neugierde auf eine schreckliche Zukunft zu bedienen, ohne dass wir darüber erschrecken müssten, was wir unseren Nachfahren, den noch nicht Geborenen, antun.

Im Gefolge der MAD MAX-Trilogie (Australien 1978-1985) über unseren verwüsteten Planeten setzt WATERWORLD (USA 1994/95) die ganze Erde förmlich unter Wasser.[48] Der Zuschauer erfährt vage, dass die Polarkappen (infolge eines Klimawandels) geschmolzen sind. Ein Weiser im Film ahnt: »Unsere Vorfahren haben etwas Schreckliches getan. Sie sind schuld am Wasser, viele hundert Jahre ist das her.« Alle Menschen in WATERWORLD siedeln auf künstlichen »Atoll-Burgen« inmitten der Meere oder kämpfen auf unterschiedlichsten Wasserfahrzeugen um ihr Überleben. Pure Erde, über deren Herkunftsort keiner etwas weiß, wird wie Gold gehandelt, ähnlich auch echtes »Hydro«-Trinkwasser. Damit sich das Ganze als »demokratischer Kriegsfilm« zur See gestalten lässt, gibt es einen bösen »Diktator auf Lebenszeit«, dessen Reich unschwer als Sklavenschiff auszumachen ist. Er verkündet als ein falscher Moses »Fortschritt und Wachstum« und das legendäre »Dryland«. Ein höchst einzelgängerischer Mutant (Kevin Costner), der mit seinen Kiemen tief tauchen kann, weiß um die auf dem Meeresgrund liegenden Zivilisationsstätten. Sein Wissen ist Basis für ein neues Weltbild: »Die Welt ist nicht durch eine Sintflut geschaffen, sie ist von ihr überflutet worden.« Am Ende finden die Guten auf einem Luftschiff mit Hilfe der Tätowierung des Mädchen Enola, die eine verschlüsselte Karte enthält, das verlorene grüne Paradies wieder. Eine Möwe ist Vorbote von »Dryland«, dem Festland. – Dieser Titel verarbeitet biblische Archetypen (Arche bzw. Noahs Taube, Moses-Gestalt, verheißenes Land, rettendes Kind). Er ergänzt seine militärischen Kampfszenarien mit ökologischen Anspielungen und naturverbundenen Metaphern (»Du redest zu viel, sonst könntest du den Klang der Welt hören!«). Der Abspann nennt als Mitwirkende auch »*The U.S. Army Corps of Engineers, Stanley Tulledo – The U.S. Army 25th. Infantry Division Hawaii.*« Positiv zu vermerken ist, dass es in WATERWORLD weder »Stars and Stripes« noch Ansätze zu einer us-amerikanischen Erlöserfunktion gibt.

Deutlich patriotischer inszeniert THE POSTMAN (USA 1997) von und auch wieder mit Kevin Costner den Neuanfang der Zivilisation nach einem verheerenden nuklearen Krieg.[49] Im Jahr 2013 erzählt man sich an den großen Salzseen in Utah Geschichten vom Winter, der drei Jahre währte und vom schwarzen Schneefall, der nicht aufhören wollte. (Die Leute kleiden sich, als wären wir im 18. Jahrhundert. Man spielt vornehmlich Folk-Musik und lebt zum Teil unter nostalgischen Kulissen. Auf Bretterbühnen wird »Shakespeare« gegeben. Einige Filmrollen sind gerettet, doch nur die Liebes-Schnulzen finden Beifall.) Ein Demagoge versetzt mit seiner Armee die friedlichen Siedlungen der Überlebenden in Angst und Schrecken. Er ist Rassist, strikt antidemokratisch und Gegner der alten U.S.-Ideale. Hoffnung verbreitet hingegen der »Postman«, der sich nach dem Fund einer Postuniform als Gesandter der neuen Regierung der Vereinigten Staaten und des Präsidenten ausgibt. Aus seiner »Hoffnungslüge« entsteht durch junge Idealisten ein sich schnell ausbreitendes Postkurier-Netz[50]. Neben Briefen werden auch Handzettel mit der Botschaft »Tod dem Tyrannen« verteilt. US-amerikanische Postuniform, Post-Eid und Flagge der Vereinigten Staaten garantieren den Sieg über die Tyrannei und das Wiederauferstehen der Zivilisation. Auf Seiten der Guten agiert auch ein betagter Ingenieur, dessen Kampfkunst noch auf den *Vietnamkrieg* zurückgeht! Das Credo des »Postman« lautet: »Ich glaube an die Vereinigten Staaten!« Seine Tochter Hope wird Jahrzehnte später das Denkmal des reitenden Helden enthüllen: »The Postman – He delivered a message of hope, embraced by a new generation (1973-2043).« Ihre Laudatio: »Mein Vater sah, dass einfache Männer Mut und Tapferkeit aufbringen können, wenn sie über sich hinaus wachsen. Er wusste, dass wir nur dann stark werden können, wenn wir wieder anfangen, eine Nation zu werden.« Nach der nuklearen Katastrophe hat dieser Film den passenden Schauplatz gefunden, Unabhängigkeits- und Bürgerkrieg als rettende *Zukunftsaussichten* zu reinszenieren. – Ein Gegenbild präsentiert im Folgejahr das völlig anspruchslose B-Movie SHEPHERD – CYBERCITY (1998). Dort ist die unterirdische Zivilisation nach dem letzten großen Krieg von Sekten bevölkert und wird von einem religiösen Fanatiker regiert.

NAUTILUS (USA 1998) von Rodney McDonald zeigt vor allem, wie unentschieden sich das konfuse Katastrophenkino zu ökologischen Ambitionen verhält: Im Jahr 2100 ist die Erde verwüstet, das Wasser verseucht und die Menschheit von einem Diktator unterjocht. Captain »Noah« will mit seinem Zeitreise-U-Boot »Nautilus« hundert Jahre *zurück* reisen, um die in der Vergangenheit liegende Ursache der Umweltkatastrophe zu verhindern: Ein profitsüchtiger Konzernchef will trotz unkontrollierbarer Kettenreaktionen den Erdkern aufreißen bzw. anzapfen und sich so ein Energiemonopol sichern. Am Ende des Filmes ist jedoch nicht dieses »Prometheus-Projekt«, sondern das Zeitreisesschiff »Nautilus« Schuld am globalen Erdbeben! Die mitspielenden Öko-Terroristen sind für das Drehbuch einfach Terroristen ohne ein nachvollziehbares Anliegen.

X. Die große Schlacht zwischen Gut und Böse

Auf primitivem Propagandaniveau bearbeitet Sheldon Lettich's THE LAST PATROL (USA 1999) das Themenfeld. Zum Intro gehören Lamentos über »erbärmliche Militäretats« aus jener Zeit *vor* der – nicht näher erklärten – globalen Katastrophe. Das Antlitz der Erde hat sich durch ein Beben verändert. Eine Flutwelle trennt den Staat vom Rest der USA. Das alte Kalifornien und der alte Way of Life existieren nicht mehr. Die Kinder im Endzeit-Gospelbus müssen ihre Hoffnung auf ein Trio setzen, in dem die unterschiedlichen Waffengattungen der alten U.S. Army vertreten sind. Die feindliche Gegenwelt bilden ehemalige Insassen und Todeszellenkandidaten eines Gefängnisses, die man wie »lästige Nager« einfach überfahren sollte. Das verwüstete Land braucht jemanden wie US-Captain Nick Preston, den heldenhaften Kämpfer für Zivilisation und Ordnung, – und es braucht auf der Suche nach einer neuen Zukunft die US-amerikanische Flagge!

Tim Burton gelingt es mit THE PLANET OF THE APES (USA 2001), einen der wichtigsten Klassiker des postapokalyptischen Kinos für die Bedürfnisse der neuen Weltordnung zu zähmen. – Das Vorbild ist THE PLANET OF THE APES (USA 1967) von Franklin J. Schaffner. In diesem Science-Fiction hatte man dem 20. Jahrhundert, dieser Epoche verheerender Kriege, keine Träne nachgeweint: Weltraumexilanten kehren nach langer Zeit zurück auf die Erde, um das Drama ihrer menschlichen Gattung zu verstehen. Sie entdecken, dass die Menschen einst den Planeten verwüstet haben. Unter dem Schutt der atomaren Katastrophe ist die Ruine der Freiheitsstatue fast vollständig begraben. In einem erhaltenen Lebensraum gestalten andere Primaten, weiter entwickelte Affenrassen, ihr Gemeinwesen. Die Menschen haben hingegen ihre Kultur und Sprache verloren. Sie werden von den Affen wie »Haustiere« klein gehalten. Bis zum Ende des Films glaubt man, der oberste Wissenschaftsminister der Affen – und zugleich höchste Verkünder des Glaubens – wolle aus böswilliger Ignoranz die Intelligenz der menschlichen Spezies verleugnen. Doch aus den Heiligen Schriften der Affen (29. Rolle, 6. Vers) erfahren wir den wahren Grund seiner Verleugnung: »Nimm dich in acht vor dem Menschen, denn er ist des Teufels Verbündeter. Er allein unter Gottes Primaten tötet aus Sport, aus Lust oder Gier. Ja, er wird seinen Bruder morden, um seines Bruders Land zu besitzen. Sorgt dafür, dass er sich nicht zu stark vermehrt, denn sonst macht er aus seiner und deiner Heimat [erneut] eine Wüste. Meide ihn, treib ihn wieder zurück in sein Dschungel-Lager, denn er ist der Bote des Todes.« Zu wünschen wäre, dass jede Generation diesen bedeutsamen Kultfilm für sich entdeckt. – Im Remake von 2001 findet nun der menschliche Held im Weltraum einen Planeten vor, auf dem Affen Mitglieder seiner Spezies versklaven. Dieser weltraumfahrende »Moses« bringt seinen unterdrückten Geschwistern auf einem fernen Stern den Geist der Freiheit wieder und besiegt das Unterdrückungsregime der Gorillas. Hier wird eine messianische Befreiungsaktion unter dem Vorzeichen des US-amerikanischen Patriotismus gestaltet. (Der Weltraumpilot betont: »Ich komme von der U.S. Airforce, und dahin gehe ich auch zurück!«) Nun sind es die nichtmenschlichen Primaten, die sich als Kriegergesellschaft organisieren. Die zweite Hälfte des Films entpuppt sich auch als reiner Kriegsfilm (mit allen Peinlichkeiten des Genres und US-amerikanischer Technologie). Es gibt Anklänge an das Original (»Kein Wesen ist so verschlagen und gewalttätig wie die Menschen. Ihr Erfindungsreichtum geht einher mit ihrer Grausamkeit.«), doch für diese Versatzstücke gibt es jetzt keinen sinnvollen Kontext mehr. Der Witz des Klassiker-Vorbilds und die in MARS ATTACKS! unter Beweis gestellte Ironiefähigkeit des Remake-Regisseurs sind unter die Räder gekommen.

Noch ein anderes Remake ist an dieser Stelle zu nennen: THE TIME MACHINE (USA 2001), die neueste Filmauflage der »Zeitmaschine« nach H. G. Wells Klassiker von 1895.[51] Prof. Hartdegen lässt sich mit seiner neuen Erfindung zunächst in das Jahr 2030 versetzen. Sodann erlebt er 2037 die *Zerstörung New Yorks* (und der gesamten Zivilisation) aufgrund der missglückten Sprengung einer Mondkolonie. (Das Bildmaterial zu dieser Szenerie wurde nach dem 11.9.2001 stark gekürzt.) Der nächste enorme Zeitsprung führt schließlich in das Jahr 800.000, aus der verwüsteten Zivilisation heraus in die *Zukunft* einer »ursprünglicheren« Menschenwelt. (Schauplatz ist immer noch New York.) – Die Menschheit hat sich jedoch in zwei ganz unterschiedliche Gattungen differenziert. In den Schluchten eines Flusstales wohnen die guten Eloi in Korbhäusern am Felsen. Sie tradieren durch Erinnerungen an das einstige Kulturerbe sogar noch die *englische* Sprache. (Die Eloi lernen vom Zeitreisenden Courage und Kampfwillen: »Es gibt Augenblicke zu ertragen und Augenblicke zu kämpfen!«) Die unterirdischen Morlocks wirken wie Monster und werden von einer intelligenten Elite geführt. Sie jagen vor allem jene Eloi-Menschen, die sich dagegen wehren, einmal in die Morlock-Küche zu geraten. Die Technologie der Zeitmaschine besiegt am Schluss die Morlocks. Ein Steindenkmal aus den uralten Zeiten verkündet im Film die beruhigende Botschaft: »Eine Generation scheidet dahin, und eine andere kommt. Aber die Erde bleibt ewig bestehen.«

Nachdem ausgerechnet reanimierte Dinosaurier im Kino schon lange endzeitlichen Schrecken bereiten, präsentiert REIGN OF FIRE (USA 2002) geflügelte Drachen, deren uralte Höhle bei unterirdischen Schachtarbeiten in London freigelegt worden ist. Die Feuer speienden Ungeheuer vernichten aus der Höhe fast die gesamte Menschheit und die moderne Zivilisation. Wie andere Gruppen auf der Erde versuchen die Bewohner eines alten Burggeländes zu überleben. Sie sind skeptisch, als eine Armee von Drachenkampfspezialisten aus den Vereinigten Staaten ihr Refugium erreicht. Mit ihrer rigorosen Kampfideologie hat die US-Elitetruppe ohne Zweifel Recht. Doch ihr Arsenal an Militärtechnologie ist allein nicht erfolgreich. Die Tötung des Ur-Drachens und damit die Befreiung der Menschheit gelingt gleichsam erst in US-amerikanisch-britischer Teamarbeit. Die Dialoge dieses kriegsertüchtigenden Fantasy-Films zeichnen sich – im Vorfeld des Irakkrieges – entsprechend durch eine allzu vordergründige Aktualität aus.

Sogar in subversiven Titeln des Science-Fiction-Genres scheint der Atomkrieg ein fast unvermeidliches Muster abzugeben. Hier freilich könnte man mit Morris Berman ein literarisches Mittel vermuten. Die eigentliche Dimension des Verfalls liegt darin, »*dass die großindustrielle Konsumkultur einem atomaren Angriff auf den menschlichen Geist gleichkommt.*«[52] Von solchen intellektuellen Leiden hält sich der populäre Film fern. Doch auch der äußere Ernstfall, der keine Überlebensgarantien für unsere Spezies kennt, kommt nicht wirklich vor. Einige der in diesem Abschnitt genannten Titel verheißen im Zeichen des Untergangs so etwas wie eine Rückkehr zu Natur und Abenteuer.[53] Sie suggerieren auf diese Weise: Eine globale Katastrophe könnte heilsam sein und enorme Probleme der Zivilisation lösen. (Die DVD-Ausgabe von The Postman informiert zum Beispiel darüber, wie sehr das apokalyptische Szenarium mit seiner Chance zu neuem Pioniergeist doch fasziniert und zugleich Lösungen – etwa angesichts der hoffnungslosen Überbevölkerung des Planeten – anbietet!) Konstruktive *Lösungen* im Sinne von Katastrophen-Prävention und Ökologie sind durchgehend kein Thema. Die apokalyptische Schlacht zwischen Gut und Böse wird auf das jeweilige Format zurecht geschnitten. Häufig lautete die zentrale Botschaft: *Ein Neubeginn der Zivilisation wird auf jeden Fall im Zeichen des »nordamerikanischen« Patriotismus stehen!* Auch im nächsten Abschnitt werden wir noch zwei Katastrophenfilme der 90er Jahre kennen lernen, die der weltweiten Kinogemeinde nahe legen, ihr Schicksal mit dem der USA zu identifizieren.

4. Star Wars und Independence Day

»*Ich besitze die Sterne, da niemand vor mir daran gedacht hat, sie zu besitzen.*« »*Das ist wahr*«, sagte der kleine Prinz. »*Und was machst du damit?*« Antoine de Saint-Exupéry (1946)

»*Wir müssen den Weltraum beherrschen, weil es sehr schwierig sein würde, einen Krieg ohne unsere Weltraummittel und die Möglichkeiten, die sie uns bieten, zu führen.*« US-General Franklin Blaisdell[54]

Expansive Weltraum-Science-Fiction ist herausragendes Beispiel für die Kongenialität von Hollywood und US-Politik. Wegweisend ist seit 1936 der Science-Fiction-Held Flash Gordon, »ein Amerikaner, der ins All zieht, um die Menschheit zu retten«.[55] Aufdringlicher »Amerikanismus«, völkerrechtliche Ideale, Humanismus und bürgerrechtliche Impulse der 60er Jahre sind gleichermaßen im höchst heterogenen »Star-Trek«-Komplex versammelt.[56] Vietnam bringt am Ende eine neue Tendenz. Nach der Niederlage in Südostasien waren Bodenkriege nicht besonders populär. »George Lucas [...] trug mit dem Film *Star Wars* (1977) entscheidend dazu bei, dass in den USA nach dem Vietnamschock wieder eine positiv besetzte Kriegskultur entstehen konnte.«[57] In den 90er Jahren werden dann Titel wie STARSHIP TROOPERS (USA 1997) unter dem Deckmantel von Satire oder avantgardistischem Nonsens »der Glorifizierung des Militarismus und der Verbreitung faschistischen Gedankenguts«[58] Vorschub leisten. Einen Überblick zum Science-Fiction-Film und der in ihm transportierten Weltbilder sowie einzelne Hinweise zu politischen Ideologien in Drehbüchern bieten Matthias Fritsch, Martin Lindwedel und Thomas Schärtl mit ihrem Buch »Wo nie zuvor ein Mensch gewesen ist« (2003). Sie konstatieren speziell, dass »etwa alle *Star Wars*-Filme von einer grundlegend dualistischen Situation geprägt« sind, in der »sich Schwarz und Weiß, Gut und Böse gegenüber stehen in einem Kampf um das Ganze des Universums, um eine kosmische Ordnung, die gefährdet ist und durch Anstrengungen der Helden bewahrt und wieder hergestellt werden muss.«[59] Mit Lucas beginnt nach Ansicht dieser Autoren eine »Gegenbewegung zur Intellektualisierung des Science-Fiction-Genres«. Die äußerst zahlreichen religiösen und speziell biblischen Metaphern der *Star Wars*-Trilogien entsprechen Mustern, die uns in diesem Kapitel fast durchgehend begegnet sind.[60] – Am 23. März 1983 – zwei Wochen nach seiner Rede vom »Reich des Bösen« – präsentierte Präsident Ronald Reagan trotz des ABM-Vertrages von 1972 seinen Plan einer Strategic Defense Initiative (SDI), für den der Kongress nach 1985 über neun Milliarden Dollar zur Verfügung stellte.[61] Sowjetische Raketen sollten vor einem Einschlag vom Himmel geholt werden können. Als Schritt zur Militarisierung des Weltraums und wegen der größeren Möglichkeit zu einem »führbaren« Atomkrieg wurde der Plan von der restlichen Völkerwelt einhellig abgelehnt. George Lucas war offenbar nicht glücklich darüber, dass man das wahnwitzige Projekt der SDI nach der von ihm 1977 begonnenen Filmtrilogie – zumeist spöttisch – »Star Wars« taufte.[62] Eine Korrespondenz zwischen dem Sternenkrieg im Kino und dem »Star Wars« der Militärideologen lässt sich in diesem Fall jedoch kaum leugnen, zumal die Ursprünge der Raumfahrt selbst militärtechnologischer Art sind.[63] 1999 kam nun der erste Teil der neuen Prä-Trilogie *Star Wars* in die Kinos, die im Jahr 2005 abgeschlossen sein soll. (Das vorangehende Sternenkrieg-Trio wird gegenwärtig als DVD-Kollektion offensiv beworben. Episode eins der neuen Folge hatte bis zum Ende seines Erscheinungsjahres bereits eine halbe Milliarde Dollar zum Hollywood-Umsatz beigesteuert.) In diesem Fall hat Lucas das »Pech«, dass US-Präsident Bush Jun. eine 1999 von Clinton vor allem aus Wahlkampfgründen anvisierte Neuauflage des Raketenabwehrschildes ernsthaft anpackt, den dabei hinderlichen ABM-Vertrag am 13. Dezember 2001 einseitig aufkündigt und inzwischen mit seiner Administration ganz unverhohlen die absolute militärische Vormachtstellung der USA im Weltraum durch neue Systeme besiegeln will.[64] Die absehbaren Endlosinvestitionen (Gesamthöhe 240 Milliarden Dollar) sind bereits angelaufen. Mit »Terrorbekämpfung« können solche Pläne, die ratifizierte internationale Abkommen missachten, schwerlich begründet werden. Wenn die Weltraum-Utopie der Bushisten auch nur im Ansatz Gestalt annimmt, würden alle Regierungen und Menschen der Erde – auch ohne atomare Erpressung – endgültig unter dem »Ring der Macht« eines einzigen Landes stehen.[65] In diesem Kontext können neuere Science-Fiction-Großprojekte wie die geplante Verfilmung des Wells-Klassikers »Krieg der Welten« durch Steven Spielberg nicht als unschuldig gelten. Aktuell regt der Film THE CHRONICLES OF RIDDICK (USA 2004) bei der weltraumweiten Bekämpfung des Bösen bezeichnender Weise eine Austreibung des Teufels durch Beelzebub an.

Mit Produktionen über Sternenkriege und Außerirdische bedient Hollywood ohne Zweifel eine Nachfrage des Publikums. Dabei geht es nicht nur um Unterhaltung. Science-Fiction bietet angstlösende Fluchtwelten. Die Bilder korrespondieren mit gesellschaftlichen Stimmungen und Projektionen.[66] 1947 erfasste eine erste große Welle der UFO-Hysterie die USA. In den 50er Jahren grassierte die Paranoia, die Furcht vor kommunistischer Unterwanderung und Landesbedrohung durch sowjetische »Aliens«, während im Kino Invasionen durch Außerirdische ihre Blütezeit erlebten. – Der Alien-Komplex ist Folie für Ängste aller Art. In einer Filmkritik zu MEN IN BLACK (USA 1997) von Regisseur Barry Sonnenfeld meint Roya Jakoby über Aliens zusammenfassend: »Wahlweise sind diese Eindringlinge entweder Metaphern für einen gewaltigen Sexualkomplex oder für diverse Ängste vor korrupten Politikern, Europäern, Kommunisten, illegalen Einwanderern, Liberalen, oder, oder. Aliens sind für das amerikanische 20. Jahrhundert aber auch das, was Hexenwahn, Vampirhysterie, Besessenheit und anderer übernatürlicher Schabernack in den vergangenen Jahrhunderten für die westlichen Zivilisationen bedeuteten.«[67]

Umgekehrt stellt sich allerdings die Frage, ob die Vorgaben der Massenkultur nicht auch zentrale Nährquelle für die in den Vereinigten Staaten weit verbreitete Beschäftigung mit fliegenden Untertassen, Aliens und anderen Himmelserscheinungen sind. (Bereits 1938 versetzte Orson Welles Hörspielversion vom »Krieg der Welten«[68] die US-Amerikaner im Umkreis von New York in eine Massenpanik, weil sie von einer Radiomeldung über eine echte Invasion aus dem All ausgingen. Mit FIRE IN THE SKY verfilmte Hollywood 1993 die »wahre Geschichte des Waldarbeiters Travis Walton«, den außerirdische UFO-Wesen am 5.11.1975 im Nordosten Arizonas eine zeitlang in ihr Labor entführen.) Nützlich ist der Focus auf den weiten Himmelsraum und auf unbekannte Flugobjekte allemal für jene, denen an einer genaueren Ansicht der *nahe* liegenden Dinge nicht gelegen ist. »Sehr wenige Amerikaner«, so bemerkt Morris Berman, »verstehen, in welchem Ausmaß die Konzerne ihr Leben bestimmen. Aber einer Meinungsumfrage des Magazins *Time* zufolge glauben fast 70 Prozent an die Existenz von Engeln; und eine andere Studie förderte die Tatsache zu Tage, dass 50 Prozent an die Präsenz von UFOs und extraterrestrischen Wesen auf der Erde glauben, während eine Umfrage von Gallup (laut Bericht von CNN vom 19. August 1997) ergab, dass 71 Prozent glauben, dass die amerikanische Regierung dieses Thema bewusst vertuscht.«[69]

X. Die große Schlacht zwischen Gut und Böse

Historisch gilt das irrationale Dogma, der erste Fußtritt des US-Astronauten Neil Armstrong auf dem Mond sei »*ein großer Schritt für die gesamte Menschheit*« gewesen. Mit Martin Luther King wäre jedoch grundsätzlich zu überlegen, ob unsere Spezies ihre Jahrtausende alten kosmologischen Spekulationen wirklich durch eine expansive Raumfahrt ins Weltall ergänzen muss, solange sie auf dem hiesigen Planeten den einfachsten Erfordernissen eines vernunftgemäßen und fairen Zusammenlebens nicht genügen kann.[70] Wie einen Spiegel müssten wir bei der Suche nach einer Antwort Roland Emmerichs INDEPENDENCE DAY (USA 1996) ansehen. Der Film selbst hegt keinen Zweifel am Sinn galaktischer Missionen. Er zeigt gleich zu Anfang die Mondoberfläche, die vor Ort eingepflanzte Fahne der Vereinigten Staaten und die zurück gelassene Tafel der ersten Mond-Astronauten: »Here men from the Planet Earth first set foot upon the Moon. July 1969, A.D. We came in peace for all Mankind.« Nun allerdings bekommen die USA – und andere nicht gezeigte Länder der Erde – Jahrzehnte später selbst Besuch von einem anderen Planeten. Es handelt sich um ein riesiges Raumschiff, das seinen Schatten auf die Twin Towers und das Weiße Haus wirft. Ausgeflippte UFO-Fangemeinden jubeln und wollen die Aliens willkommen heißen. Nachdem das Empire State Building in Flammen steht und die Freiheitsstatue am Boden liegt, gibt es allerdings keinen Zweifel am feindlichen Charakter der Invasion. Das Raumschiff erweist sich aufgrund einer unsichtbaren Schutzhülle als immun gegenüber allen Raketenangriffen der Air Force. Sogar der US-Präsident, ein Veteran von 1991, ist eine zeitlang ratlos: »Im Golfkrieg wussten wir, was wir zu tun hatten. Heute ist das alles nicht mehr so einfach.« Langsam wächst das Wissen über die hochintelligenten Aliens: »*Wie Wanderheuschrecken wandern sie von Planet zu Planet; wenn alle natürlichen Ressourcen verbraucht sind, ziehen sie weiter.*« Mehrfach erscheinen Überlegungen zum Einsatz von Atomwaffen vor allem eine Domäne der suspekten Gestalten im Beraterstab des Weißen Hauses zu sein. Nachdem ein Fernsehtechniker mit Hilfe von Computerviren die Schutzhülle des fremden Riesenraumschiffes ausschaltet, gelingt der letztlich entscheidende Schlag jedoch genau mit Hilfe eines Nuklearsprengsatzes.

Bezeichnend ist, wie der Präsident seinen Mitbürgern jovial den Krieg gegen die Aliens erklärt, in dem er selbst als Pilot einen Jagdbomber fliegen wird. Es ist Independence Day. Diesmal geht es nicht um Tyrannei und Verfolgung, sondern um einen Freiheitskampf gegen die Vernichtung: »*Wir kämpfen für unser Recht auf Leben. Und sollten wir diesen Tag überleben, wird der 4. Juli nicht länger nur ein amerikanischer Feiertag sein, sondern der Tag, an dem die Welt mit einer Stimme erklären wird:* ›*Wir werden nicht schweigend in der Nacht untergehen. Wir werden nicht ohne zu kämpfen vergehen. Wir werden überleben. [...] Heute feiern wir gemeinsam unseren Independence Day.*« Der Schlag gelingt, ein greller Blitz zeigt die erfolgreiche Zündung der Atombombe und mit Hilfe der USA sind auch die Riesen-UFOs in anderen Erdteilen ausgeschaltet. Mit diesem guten Ausgang wird den Vereinigten Staaten und, wie es heißt, uns allen

X. Die große Schlacht zwischen Gut und Böse

der – von Oliver Stone's BORN ON THE FOURTH OF JULY (1989) besudelte – Nationalfeiertag zurück gegeben. Roland Emmerich beteiligt nicht nur das US-Staatsoberhaupt, sondern auch den einfachen Mann und den vergessenen Vietnamveteran an der Rettung der Menschheit.[71] Im Angesicht der Katastrophe können sogar die First Lady und eine afro-amerikanische Bar-Tänzerin so etwas wie Freundinnen werden. Sein Credo als bekennender »Grüner« verlegt der Regisseur dieser Nuklear-Operation vor allem auf das Recycling von Cola-Dosen und auf die »ironische« Randbemerkung, bei einer radikaleren Umweltzerstörung wäre die Erde wohl kaum ein attraktives Ziel für die Besucher aus dem All gewesen.

Anlauftermin dieses Kinofilms, der später mit einem Einspielergebnis von fast 800 Millionen Dollar abschließen sollte, war der 4. Juli 1996. Das Pentagon hatte eine Beteiligung an INDEPENDENCE DAY verweigert. Philip Strub erläutert die Gründe der Army: »Der Film war einfach nur albern. Er erfüllt alle Klischees aus den Fünfzigern. Riesenmonster aus dem All greifen das Land an. Das US-Militär hat dem nichts entgegen zu setzen, scheitert immer wieder, bis es vernichtet ist, und ein besoffener Düngemittelflieger rettet die Welt zusammen mit einem Präsidenten, der seit zehn Jahren nicht mehr geflogen ist. Das war einfach nur lächerlich. Und übrigens, die wollten kein bisschen verhandeln, nicht im geringsten.«[72] So kann man diese neopatriotische Produktion mit Clinton-freundlichen Anteilen also auch bewerten. Welche Verhandlungsergebnisse denn akzeptabel gewesen wären, werden wir im nächsten Buchkapitel noch sehen. (Exklusive Militärunterstützung erhielt bzw. erhält die seit 1997 ausgestrahlte TV-Serie STARGATE SG-1.[73]) INDEPENDENCE DAY ist wegweisend für die offene Politisierung des Weltraumthemas im Kino der 90er Jahre, bei der das US-Militär sich in großem Umfang beteiligt. Die simple Grundbotschaft: Die Technologie der USA ist allmächtig, in Washington sitzt das Oberhaupt unserer Erde, und beides dient dem Wohl der ganzen Menschheit.

Am 20. Juli 2019 sollen nach – wohl voreiligen – Plänen der NASA im fünfzigsten Jubiläumsjahr der Apollo-Mondlandung erstmals Menschen (aus den USA) den Mars betreten.[74] Während RED PLANET (USA 2000) den Mars als dereinst letzten Zufluchtsort einer Menschheit präsentiert, die ihren Mutterplaneten unbewohnbar gemacht hat, lässt Roger Christian mit BATTLEFIELD EARTH (USA 2000) – nach einer Romanvorlage des Scientology-Begründers Hubbard – wiederum die Erde zum Schauplatz einer Invasion werden. Unsere Zivilisation ist nicht etwa bedroht durch eine ökologische Katastrophe oder durch das Damoklesschwert der atomaren Massenmordwaffen. Es sind grausame *Außerirdische* vom fernen Planeten Psychlo, die ungefähr zu unserer Zeit auf der Erde landen und unserer Gattung den Garaus machen wollen.[75] Wie überall in den Galaxien beuten diese hochtechnisierten menschenähnlichen Monster auch bei uns die natürlichen Ressourcen – insbesondere Goldvorkommen – aus und planen anschließend die totale »Extermination« der Erde. (In zahlreichen anderen Titeln nach Art von SHADOWCHASER II haben es Besucher aus anderen

375

Milchstraßen vor allem auf die Rüstungsgeheimnisse der USA abgesehen!) Im Jahr 3000 n. Chr. sind die psychlotischen Weltraum-Imperialisten bereits ein Jahrtausend da. Die menschliche Bevölkerung ist schon beträchtlich dezimiert und steht kurz vor dem Aussterben. Kleine menschliche Kolonien in nahrungsarmen, verstrahlten Zonen – fernab der Psychlos-Zentren – kämpfen in der Wildnis um ihr Überleben. Die Zivilisation der früheren Menschen wird von ihnen als ein Reich der Götter erinnert, die den Planeten einstmals schützten, bevor die außerirdischen »Dämonen« kamen. Doch einige Erdlinge im Umkreis des erlösenden Retters erkennen, dass die alte Zivilisation das Werk ihrer eigenen menschlichen Vorfahren war. Nach deren Vermächtnis wollen sie für die *Freiheit* einstehen: »Man soll später einmal sagen, wir hätten die Gelegenheit genutzt und gekämpft« für unsere Freiheit und die unserer Kinder! Nun erfahren wir die Wahrheit über die Menschheit als solche. Die Bibliothek von *Denver* hat das gesamte Kulturwissen unserer Spezies – vorab die Unabhängigkeitserklärung der Vereinigten Staaten – aufbewahrt. In den Überresten einer Großstadt erkennen wir deutlich Säulen und Kuppel des *Kapitols*: »Diese Siedlung war das Zentrum *all* unserer Stämme! Hier wurde die Geschichte unseres Volkes begraben!« Und nun erweist es sich als überlebenswichtig, dass die zivilisierten Vorfahren einmal *atomar* (!) gerüstet waren. Mit einer *US-amerikanischen Strahlenbombe* aus alten Army-Einrichtungen kann nämlich Psychlo, der Mutterplanet der gewaltsamen Besatzer, ein für alle mal zerstört werden. Das Überleben der Spezies homo sapiens, deren Zentrum wohlgemerkt einst im Kapitol – in Washington – lag, ist gesichert.

Die jüngste Variation über außerirdischen Besuch bietet die Steven-King-Verfilmung DREAMCATCHER (USA 2003). Der Plot beginnt eigentlich als parapsychologischer Thriller über einen Freundeskreis, der sich seit frühester Jugend um ein Medium, den behinderten Jungen Duddits, gebildet hat und durch besondere Sehergaben verbunden ist. Die Vorsehung führt diesen Kreis in ein Waldgebiet des Bundesstaates Maine, in dem eine schreckliche *Alien*-Seuche grassiert. Nun befinden wir uns in einer 1979 von Ridley Scott begonnenen Genretradition.[76] Die Außerirdischen sind wurmartige Wesen, die Menschen befallen und als Wirt zur eigenen Vermehrung benutzen. Sie werden anal ausgetragen und öffnen ihren Wurmleib zu einer mit Zähnen bestückten glitschigen Spalte! Bösartiger Weise können diese Wesen auch den Geist infizieren. Jeder ist potentiell längst ein Teil des Feindes, was im Ernstfall allerdings nur wenige wahrnehmen. Ganz unverhofft präsentiert das Drehbuch jetzt militärische Szenarien. US-Colonel Abraham Curtis ist den Aliens ohne Wissen der Öffentlichkeit schon seit 25 Jahren unentwegt auf der Spur. Seine geheime Spezialeinheit bekämpft den Wurm, der die ganze Welt zu verseuchen droht, mit modernsten Beobachtungssystemen, Helikoptern, Pyrotechnik und polizeistaatlichen Quarantäne-Maßnahmen. »Manchmal«, so erfahren wir über die Notwendigkeiten der Elitesoldaten-Einsätze, »müssen wir töten, obwohl es unsere Aufgabe ist, Leben zu retten.« Letztlich besiegt das Medium Duddits das Böse, doch es gibt im konfusen Drehbuch keine einleuchtende Alternative zu den Weisheiten des erfahrenen Alien-Jägers Colonel Curtis. – Auch hier wird ein traditionelles Kinothema mit Blick auf neue Erfordernisse transformiert. DREAMCATCHER ist eines von unzähligen Beispielen, die zeigen, wie uferlos sich gegenwärtig die Recherche für eine Arbeit über Kriegs- und Terrorfilme gestaltet.

Anmerkungen

[1] In: *Scherer-Emunds* 1989, 10.
[2] Zum Weltuntergangskino der 90er Jahre vgl. den hervorragenden Sammelband: *Frölich/Middell/Visarius* 2001.
[3] Vgl. als Gesamtdarstellung speziell des »dispensationalistischen Prämillennialismus«: *Scherer-Emunds* 1989.
[4] Für die fundamentalistischen Christen »sind die Vereinten Nationen die bevorzugte Wirkungsstätte des Antichristen, weil Offenbarung 17,12 lehrt, dass die Könige der Erde ›ihre Macht und Gewalt dem Tier übertragen‹. Der Papst, Kriegsgegner auch er, gilt als ›Hure Babylons‹, weil die nach Offenbarung 17,9 auf ›sieben Bergen‹ thront, wie Rom auf sieben Hügeln liegt. Dass die EU ihre Existenz den Römischen Verträgen verdankt, macht ganz Europa zum Werkzeug des Teufels.« (*Hoyng/Spörl* 2003, 98.) – Im Vorfeld der Präsidentschaftswahlen vom November 2004 verkündeten die US-Fundamentalisten im Internet: »The Antichrist: The EU is looking for a new President.«
[5] Zitiert nach: *Scherer-Emunds* 1989, 90. – Außerdem war Jesus nach weiteren Fundamentalisten-Zitaten, die dieser Autor bietet, explizit »Kapitalist« und Lehrer des »Individualismus«.
[6] Vgl. *Scherer-Emunds* 1989, 48-59; vor allem auch die zynischen Kommentare von Millenaristen zum »Holocaust«. – Im Gegensatz zur großkirchlichen Weltökumene kennt die prämillenaristische Theologie keinen bleibenden *eigenständigen* »Wert« des Judentums. Eine »Stärkung« des Staates Israel ist ihr nur vorübergehend als Erfüllung des apokalyptischen Fahrplans von Bedeutung. Am Ende der Tage werden nach ihrem System nur jene Juden, die sich zu Christus bekehren und evangelisieren, gerettet werden. Der Rest kommt um bzw. wird der Verdammnis anheim gegeben. – Der pro-israelischen Wandlung der christlichen Rechten ist also mitnichten eine »pro-judaische« Wandlung gefolgt. Noch 1981 hatte Baily Smith als Vorsitzender der Southern Baptist Convention erklärt: »Gott erhört nicht die Gebete eines Juden.« (Zitiert nach: *Hoyng/Spörl* 2003, 98.)
[7] *Scherer-Emunds* 1989, 91.
[8] Vgl. *Bahr* 2001, 21-23, die ausdrücklich auf Kants diesseitige »Gegenthesen« zur apokalyptischen Rede hinweist (kategorischer Imperativ, Theorie von der Gerechtigkeit, Traktat vom ewigen Frieden). – Das *einzige* endzeitliche Gerichtskriterium in Matthäus 25,35f. lautet: »Ich war hungrig, und ihr habt mir zu essen gegeben; ich war durstig, und ihr habt mir zu trinken gegeben; ich war fremd und obdachlos, und ihr habt mich aufgenommen; ich war nackt, und ihr habt mir Kleidung gegeben; ich war krank, und ihr habt mich besucht; ich war im Gefängnis, und ihr seid zu mir gekommen.« Nach diesem Entwurf zeigt sich ein zeitenloser Maßstab für Menschen nicht in spektakulären und katastrophalen Geschichtsereignissen, sondern in einer verifizierbaren Menschlichkeit, die selbstredend alle Lebensbezüge betrifft und für Kant ausdrücklich nur in einem universellen Kontext als glaubwürdig galt.
[9] In SEVEN geschehen nacheinander Morde, die als Richttakte jeweils im Zusammenhang mit

einer der sieben Todsünden stehen (Maßlosigkeit, Habsucht, Trägheit, Zorn, Hochmut, Wollust, Neid). Der letzte Kasus dieser Krimi-Apokalypse offenbart immerhin ein Wissen des strafenden Mörders um die grenzenlose Anmaßung, das Endgericht an sich zu reißen.

[10] Vgl. zur konfessionellen bzw. religiösen Demographie der USA: *Frey* 2004, 337. Baptisten und Pfingstgemeinden, die durchaus nicht per se die besagten Anschauungen teilen, sind mit einem Bevölkerungsanteil von 16 % ausgewiesen. – *Voigt* 2005b teilt jedoch mit, fast jeder zweite US-Amerikaner betrachte sich als »wiedergeborenen Christen«. Der Stimmenanteil der Evangelikalen sei von rund 19 Prozent im Jahr 1987 auf 24 Prozent der Gesamtstimmen im Jahr 2000 angestiegen. Der Fundamentalist Jerry Falwell beziffere die Gruppe der Evangelikalen mit 70 Millionen.

[11] *Frey* 2004, 337.

[12] Vgl. zum kanadischen Ego-Shooter »Eternal War: Shadows of Light« und zur Christian Game Developers Conference: *Rötzer* 2003d; zur Zahl der Konsumenten von Apokalyptik-Fantasy vgl. *Müller-Fahrenholz* 2003b, 60 und zur Verbreitung von Endzeitgedanken: *Voigt* 2005b.

[13] *Müller-Fahrenholz* 2003a, 52; vgl. auch *Frey* 2004, 337.

[14] In diesem Zusammenhang führt *Scherer-Emunds* 1989, 98 unglaubliche Zitate über die tiefe Unzufriedenheit der Fundamentalisten mit dem ersten Kommen Christi an: »Bei seinem ersten Kommen auf dieser Erde wurde Jesus Christus in einem Stall geboren, relativ unbemerkt von der Welt [...] in einer Zeit relativen Friedens [...] Das zweite Kommen Christi wird keine ruhige Krippenszene sein. Es wird das dramatischste und erschütterndste Ereignis in der gesamten Geschichte des Universums sein. [...] Alle bösen Heerscharen werden vernichtet [...] Städte werden buchstäblich zusammenfallen, Inseln versinken und Berge verschwinden. [...] Und so werden die Herrscher und Armeen, die sich der Wiederkehr Christi widersetzen, in einem Massenblutbad vernichtet.« (John F. und John E. Walvoord) – Hal Lindsey verkündet das entsprechende Szenario so: »Er kam als Lamm Gottes [...] Wenn Jesus das zweite Mal wiederkommt, wird er als Löwe kommen [...] Sein Kommen wird von einem gewaltsamen Gericht begleitet sein.«

[15] *Hoyng/Spörl* 2003, 99.

[16] *Neuhaus* 2001, 41.

[17] *Düker* 2001, 130.

[18] Zitiert nach: *Martig*, 57.

[19] Zitiert nach: *Düker* 2001, 131. Vgl. diesen Beitrag insgesamt zum Film STRANGE DAYS.

[20] Diese »Trips« werden in STRANGE DAYS vermittelt durch sogenannte SQUID-Tapes (SQUID = Superconducting Quantum Interference Device).

[21] *Martig* 2001, 57 stellt STRANGE DAYS unter die bedenkenswerte Überschrift »Bürgerkrieg in einer entfesselten Erlebnisgesellschaft als Dekonstruktion des Mainstreams«.

[22] Vgl. zu TITANIC: *Skarics* 2004, 192-247. Die Autorin stellt fest, dass der Film nicht auf Gott rekurriert (Strafgericht oder Rechtfertigung Gottes angesichts der Katastrophe), sondern die Anthropodizeefrage behandelt.

[23] Vgl. *Bahr* 2001, 15f.

[24] Vgl. *Scherer-Emunds* 1989, 64f.

[25] Vgl. zur tiefenpsychologischen Erhellung von »Eschatologien und Apokalypsen«: *Drewermann* 1985, 436-591.

[26] *Frey* 2004, 198.

[27] *Klüber* 1984, 113.

[28] Zitiert nach: *Müller-Fahrenholz* 2003b, 38.

[29] Vgl. *Scherer-Emunds* 1989, 14 und den bereits oben zitierten Beitrag: *Der Einfluss der Pro-*

pheten. In: Frankfurter Rundschau, 31.10.1983.
30 Vgl. zum religiösen Hintergrund bei George W. Bush auch Kapitel IV.4 und: *Müller-Fahrenholz*, 2003b. Aus christlicher Sicht ist das gesamte Phänomen mit Hilfe der geradezu gesetzmäßigen Beobachtung zu bewerten, »dass die Dämonisierung des Feindes mit der Verabsolutierung der eigenen ›Unschuld‹ zusammenfällt.« (*Müller-Fahrenholz* 2003a, 55.).
31 Bereits ORIGENES († 253/54 n.Chr.), Pionier für alle christliche Schultheologie, kannte die Vorstellung von der Allversöhnung, die auch den Satan nicht ausschließt. Der hl. Bischof GREGOR VON NYSSA († 394 n.Chr.) folgte ihm darin. Das Credo dieser Schule, die wie die US-Apokalyptiker von einer Korrespondenz »kosmischer« und irdischer Gegebenheiten ausgeht, meint: Am Ende der Zeiten, wenn Gott *alles* in *allem* sein wird (1 Korinther 15,28), werde selbst der Teufel Versöhnung, Frieden und Leben finden. Der abtrünnige Lichtträger werde heimkehren in das Vaterhaus und auch der »Erfinder des Bösen« in den großen, wunderbaren *Dankeshymnus* aller Kreaturen einstimmen, wenn Gott alles wieder gesund werden lässt (vgl. Apostelgeschichte 3,21). Nicht werde Gott es dulden, dass die Freude seines Festes durch aufsteigende Rauchschwaden eines *nie endenden* Höllenfeuers getrübt würde. – Hier wird das »Böse« dem jüdischen Monotheismus und dem neuplatonischen Monismus entsprechend nicht als absolutes Gegenprinzip zu Gott betrachtet. Noch deutlicher ist die von der Alten Kirche bis hin zur mittelalterlichen Scholastik reflektierte Anschauung, das »Böse« sei keine eigenständige Macht oder Wirklichkeit, sondern viel eher ein »*Mangel an Sein*« (also Nicht-Sein) bzw. ein Fehlen des Guten. Von hier aus wäre die Wurzel des so genannten »Bösen« im *menschlichen* Abgrund der Angst (vor dem Nichts) zu suchen (vgl. *Drewermann* 2001, 110-151), was psychologisch hinreichend eine »Personalität« oder ein »personales Gesicht des Bösen« erhellt. – Für die seriöse abendländische Theologie kann der »Teufel« niemals »positiver« Gegenstand des christlichen Glaubensbekenntnisses sein. Schließlich ist eine dualistische Aufteilung der Menschheit in »die Guten« und »die Bösen« anhand der jüdischen und christlichen Bibeltexte nur mit völlig willkürlichen Auslegungsverfahren und Selektionen zu bewerkstelligen.
32 *Dienes/Holler* 2002, 5. (Angegebene Quelle: Hans Vorländer: Politische Kultur. In: Willi Paul Adams, Peter Lösche [Hg.]: Länderbericht USA 1998.) – Kursivsetzung hier vom Verfasser.
33 *Bahr* 2001, 13. – Erinnert sei im Zusammenhang der Kreuzfahrer-Renaissance an die von Roland Emmerich präsentierte pubertäre Filmkomödie THE HIGH CRUSADE (BRD 1993/94) der Regisseure Holger Neuhäuser und Klaus Knoesel: Englische Kreuzritter spießen 1345 kurzerhand vier Sarazenen auf und treten dann per Raumschiff eine Reise nach Jerusalem an, die aber auf einem Planeten potentieller Erderoberer endet. Im Weltraum bietet sich den Kreuzfahrern die Gelegenheit, »Frikassee« aus Aliens-Sarazenen zu machen. Diesen unsäglichen – und schlecht gemachten – Klamauk fand die bayrische Filmförderung unterstützenswert.
34 *Schildmann* 2005.
35 So *Martig* 2001, 60. – Das Prädikat verwundert nicht, wenn man bedenkt, dass Sloterdijk maßgeblicher Editor und philosophischer Anwalt des gnostischen Erbes ist.
36 *Schildmann* 2005.
37 Sehr gut fasst *Martig* 2001, 60 zusammen: »In der Imagination von THE MATRIX gibt es zwei Existenzweisen, die das Leben bestimmen: *Online* ist die Welt der Computersimulation im Jahr 1999 ein gewaltiger Verblendungsmechanismus, der das Leben als normale Alltäglichkeit vortäuscht. *Offline* bedeutet ein Leben im Zustand der Erkenntnis, dass die Welt sich einem postapokalyptischen Stadium befindet und von einer künstlichen Maschinenintelligenz kontrolliert wird.«

[38] *Martig* 2001, 61.
[39] Zitiert nach: *Schildmann* 2005, die den zweiten MATRIX-Teil eingehend mit der politischen Kriegs-Rhetorik der Bush-Administration vergleicht. – Zum ersten Teil der Trilogie vgl. ausführlich – unter Beleuchtung der Vorbilder zum Stoff und der zahlreichen religiösen (eklektischen) Anspielungen: *Fritsch/Lindwedel/Schärtl* 2003, 58, 126-144.
[40] Das Kreuz-Motiv gibt es bereits im ersten Teil. – Vgl. auch *Fritsch/Lindwedel/Schärtl* 2003, 137.
[41] *Seeßlen/Metz* 2002, 111.
[42] Vgl. dazu: *Auffarth* 2001, 33.
[43] Auch bei uns wird oft übersehen, dass zahlreiche Vorstellungen der US-Fundamentalisten sich mit eschatologischen bzw. messianistischen Tendenzen vor allem in Traditionen des schiitischen Islams – und in der Frömmigkeit vieler Armer in der arabischen Welt – eng berühren (vgl. *Heine* 2004, 22f., 31, 51f., 67, 158). Die zugrunde liegenden Bilder hier wie da stehen in einem Traditionszusammenhang: Nach dem *Mahdi* (zentrale Erlösergestalt), der dem Geschlecht des Propheten Mohammed entstammt, wird auch *Isa* (der Prophet Jesus) herabsteigen und den *Dajjâl* (»Antichristen«) töten. Je nachdem können bei islamischen Apokalyptikern ebenfalls der Schrecken einer zunehmenden Verderbnis der Welt und die endzeitliche Entscheidungsschlacht oder die Heilserwartungen eines Friedensreiches betont werden. Gegenwärtig wird für Dschihâdisten bzw. terrorbereite »Märtyrer« nach Peter Heine oft ein endzeitlich gestimmtes Weltbild angenommen.
[44] *Frey* 2004, 193. – Dort auch Beispiele seiner unverantwortlichen Politik. Speziell zur republikanischen Umweltpolitik: *ebd.*, 308-317.
[45] Vgl. dazu Darstellung und Zitate bei: *Scherer-Emunds* 1989, 80-85. – Zur katholischen Ethik z. B. *Klüber* 1984, der den Theologen Karl Rahner zitiert: »Die Zündung einer Atombombe durch einen katholischen Christen ist objektiv schwere Sünde, und zwar in jedem Fall [...] Eine solche Zündung darf auch dann nicht getan werden, wenn die Verweigerung einem das Leben kostet.« (S. 78) *Klüber* stellt freilich auch die verfälschende Ethik speziell der *deutschen* Bischofskonferenz noch in den 80er Jahren dar – und die gotteslästerliche Atomkriegsideologie des Jesuiten Gustav Gundlach von 1959 (S. 50-57). Ähnlich wie die US-Endzeitfundamentalisten hatte Gundlach so etwa wie einen Sühnetod der ganzen Menschheit für ein verletztes Gottesrecht nicht ausgeschlossen: »Ja, wenn die Welt untergehen sollte dabei, wäre das auch kein Argument gegen unsere Argumentation.« (S. 53).
[46] Sehr treffend konstatieren *Seeßlen/Metz* 2002, 74 in ihrer »Abhandlung über die Katastrophe und die mediale Wirklichkeit« die folgende Voraussetzung des Hollywood-Films: »Der Weltuntergang ist beschlossene Sache. Die Frage ist nur, wo er beginnt, in der Seele des kranken Menschen oder in der Verschwörung äußerer Mächte, im unergründlichen Wesen des menschlichen Denkens und Empfindens, oder in einer Technik, die Hybris und Begehren ausdrückt und nicht mehr zu kontrollieren ist?« – Zur schieren Verantwortungslosigkeit der TV-Apokalypsen vgl. auch *Stolte* 2004, 120-124.
[47] Beispiel dafür ist wiederum TWELVE MONKEYS (USA 1995) von Terry Gilliam. Aus dem Jahr 2035 gelingt einem der wenigen Überlebenden einer globalen Virusepidemie eine Zeitreise in die Vergangenheit. Die Quelle der Katastrophe, die er dort aufdeckt, liegt nicht in den offiziellen Forschungen über Bio-Waffen. Ursache ist vielmehr ein in dieser Forschung beschäftigter einzelner Psychopath. Gleichzeitig präsentiert und verschleiert wird die Gefahr durch neue Waffentechnologien (Wetterwaffe) in THE CORE (USA 2003), bei dem das Pentagon kooperiert hat.
[48] Als Parallele lässt sich z. B. WATERLAND (USA 1998) von Prior nennen. Dort kämpft ein Einzelgänger gegen eine Despotin, die alle verbleibenden Trinkwasser-Ressourcen unter ihre

Kontrolle bringen will.
49 Der Plot kann als idyllisch gehaltene Neuauflage älterer postatomarer Actionfilme gelten. Zu denken ist etwa an: THE LAST WARRIOR (Italien 1983) von David Worth. (In einer vom Atomkrieg zerstörten Welt verhilft ein Einzelgänger einer Rebellengruppe zum Sieg gegen die Tyrannei.)
50 Das frühe Postwesen war in der Tat zentral für das Zusammengehörigkeitsgefühl der amerikanischen Kolonien. Nach Willi Paul Adams (in: *Lösche/Loeffelholz* 2004, 6) förderte bereits die britische Kolonialverwaltung ab 1710 den strategisch wichtigen Aufbau eines regulären Postverkehrs, an den ab 1732 auch die südlichen Kolonien angeschlossen wurden Unter dem königlichen Postmaster General Benjamin Franklin wurden ab 1758 Zeitungen in den Vertrieb der Postreiter genommen.
51 Vgl. als Hintergrundinformation zum Film: *Breitsameter* 2002.
52 *Berman* 2002, 122. Vgl. zum Roman »Lobgesang auf Leibowitz« von Walter Miller, zu »Fahrenheit 451« von Ray Bradbury und anderen Titeln: *ebd.*, 117-129 und 219.
53 Ein Unbehagen an der Zivilisation und die Sehnsucht nach einem ursprünglicheren Leben sind Kernthemen einer herausragenden Blockbuster-Produktionen zur Jahrtausendwende: CAST AWAY (USA 2000) von Robert Zemeckis. Zu diesem Film vgl. ausführlich: *Skarics* 2004, 283-314.
54 Zitiert nach: *Rötzer* 2003b.
55 *Fritsch/Lindwedel/Schärtl* 2003, 15.
56 Vgl. *Fritsch/Lindwedel/Schärtl* 2003, 42, 72, 85, 144-157. – Zum Genre orientiert mit einigen Links auch der Artikel: *Science-Fiction-Film – aus Wikipedia, der freien Enzyklopädie*. http://de.wikipedia.org/wiki/Sciencefiction-Film . Eine hilfreiche Zusammenstellung vor allem von Titeln der 90er Jahre bietet: *Science-FictionFilmdatenbank*. http://home.t-online. de/home/eckhard.pfahl/filme/filme.html . – Gerade anspruchsvolle Science Fiction ist nicht auf ein reaktionäres Paradigma festgelegt. *Suchsland* 2003b charakterisiert sogar X-MEN 2 (USA 2003) von Bryan Singer als »Versuch einer liberalen Mythologie, die [...] mit den Mitteln der Populärkultur eine Geschichte über Toleranz und Fanatismus, den Umgang mit Außenseitern und der offenen Identität des modernen Menschen erzählt.«
57 *Holert/Terkessidis* 2002, 103.
58 Dieser scharfen Wertung aus dem *Lexikon des Internationalen Films* stimme ich zu. Wohlwollende Rezensenten übersehen, dass der unerträgliche Militarismus in diesem Film bei allen Überzeichnungen nirgendwo in Frage gestellt wird. In STARSHIP TROOPERS verteidigt eine Militär-Weltregierung den Planeten gegen intelligente Insekten-Monster. Bei diesem Feind können ungehemmt radikale Losungen (»Legt sie alle um, macht sie platt! Radiert den ganzen Planeten aus!«) ausgegeben werden. Die lächerlichen Rekrutierungs-Spots für die »Mobile Infanterie« und das Training mit Kriegsspiel-Simulationen versprechen Spaß und liegen zum Teil nicht weit entfernt von »echten« Militainment-Produkten der Gegenwart. Die Realität des globalen Krieges erweist die Überzeugung von Zivilisten, dass »Gewalt niemals Probleme lösen kann«, als naiv. Das positive Image des modernen High-Tech-Soldaten ist eingebettet in menschenverachtende Militärstrukturen. Kampferfolge werden am Ende auch erotisch bzw. sexuell belohnt! Mit einer kritischen Auffassung nach Art elitärer Science-Fiction-Zirkel ist in der breiten Rezeption wohl kaum zu rechnen.
59 *Fritsch/Lindwedel/Schärtl* 2003, 110. (Star Wars-Kapitel: 109-117) – *Ebd.*, 109 nennen sie die beiden Trilogien: *Star Wars* (USA 1976, George Lucas), *Das Imperium schlägt zurück* (USA 1979, Irvin Kershner), *Die Rückkehr der Jedi* (USA 1983, Richard Marqquand). – Die als Vorgeschichte angelegte neure Prä-Trilogie: *Star Wars – Die dunkle Bedrohung* (USA 1999, George Lucas), *Angriff der Klonkrieger* (USA 2002, George Lucas) und der ausständige, für

2005 erwartete Schluss. – Als aktuelle Beobachtung zu einem anderen Titel des Genres schreibt Heinz *Kersten* 2003 im Vorfeld des Irakkrieges: »Das neueste Abenteuer der US-Raumfähre ›Enterprise‹ im Weltraum besteht die Besatzung gegen einen Klon – schließlich ist Autor John Logan up to date – , der ›eine Waffe von unvorstellbarer Zerstörungskraft‹ besitzt, genau wie angeblich Saddam auf Erden.«

60 Die Bedeutung des *Star Wars*-Komplexes für eine ganz Generation illustriert sehr gut eine Aussage von Bill Moyers im Gespräch mit Joseph Campbell: »Nachdem unser jüngster Sohn *Krieg der Sterne* zum zwölften- oder dreizehntenmal gesehen hatte, fragte ich ihn: ›Warum gehst du denn so oft?‹ Er sagte: ›Aus dem gleichen Grund, aus dem du dein ganzes Leben lang das Alte Testament gelesen hast.‹« (Zitiert nach: *Skarics* 2004,361.)

61 Vgl. *Frey* 2004, 199f.

62 Vgl. *Seeßlen/Metz* 2002, 107. – Der 1977 vorgelegte Erstling unter den StarWars-Filmen ist keineswegs prinzipiell antiimperialistisch zu verstehen, sondern muss präzise als Votum nur gegen ein »böses Imperium« betrachtet werden. »Macht« wird – irrational – als potentielle Kraft des (bzw. der) Guten verstanden.

63 Zu den rein militärischen Anfängen der Raumfahrt vgl. *Roth* 2004a.

64 Vgl. *Rötzer* 2003b; *Frey* 2004, 415-417.

65 Daneben gibt es allerdings nicht minder beunruhigende Meldungen zur Zusammenarbeit der französisch-deutschen und US-amerikanischen Rüstungsindustrie in der Technologieentwicklung für globale Raketenabwehr und Weltraumrüstung. – Vgl. *Teilhabe* 2004: »Der deutsch-französische Rüstungskonzern EADS wird mit US-amerikanischen Unternehmen bei der Entwicklung eines weltumspannenden Raketenabwehrsystems kooperieren. Mit der Zusammenarbeit verbindet insbesondere die deutsche Seite die Forderung nach ›Technologietransfer‹, den sie seit Jahrzehnten verlangt. Berlin erwartet von den Vereinigten Staaten, dass sie der europäischen Rüstungsindustrie Zugang zu Technologien und Programmen gewähren, mit deren Kenntnis der militärisch-technologische Rückstand Europas gegenüber den USA verringert werden kann. Die Teilhabe soll erklärtermaßen dazu dienen, die notwendige Technologie für eigene Weltraum-Waffensysteme zu entwickeln.« Mithin strebt Europa eine eigenständige »zivilmilitärische Raumfahrtpolitik« an. – Alle Fraktionen im Bundestag befürworten das milliardenschwere transatlantische Luftabwehrprojekt Meads.

66 Vgl. *Gieselmann* 2002, 71; *Fritsch/Lindwedel/Schärtl* 2003, 17f.; *Seeßlen/Metz* 2002, 87.

67 *Jakoby* 1997. Vgl. zur Sexualsymbolik der Aliens auch *Kühn* 2001. – Als Beispiel einer intelligenten Analyse innerhalb des Genres nennt *Monaco* 1980, 253 FORBIDDEN PLANET (USA 1956), in dem die außerirdischen Monster als Produkte (bzw. Projektionen) des Unbewussten transparent werden und nach einem integrativen psychischen Prozess verschwinden.

68 Welles hatte zusammen mit Howard Koch die Science-Fiction-Literaturvorlage des Engländers Herbert George Wells (1897) für das Radio bearbeitet. (Vgl. *Haubold* 2005, 52-54.)

69 *Berman* 2002, 53.

70 Was wäre denn unter den genannten Bedingungen unser Export ins All, wenn die von Hollywood phantasierte zivilisatorische Freiheitsmission auf einem »Affenplaneten« entfällt? – Für das Kino stellt sich analog die Frage, ob es sich uferlos in Science Fiction-Szenarien und im Weltall aufhalten sollte, während die Filmindustrie keinen relevanten Film zu den Überlebensfragen auf dem Planeten Erde hervorbringt. – Martin Luther Kings bekannte Sentenz, auf die ich mich beziehe: »Wir haben gelernt, wie die Vögel zu fliegen, wie die Fische zu schwimmen; doch wir haben die einfache Kunst verlernt, wie Brüder zu leben.«

71 *Fricke* 2001, 117 fasst die allgemeine Mobilisierung der multiethnischen und wehrhaften Demokratie in INDEPENDENCE DAY so zusammen: »Gemeinsam mit einer gemischtrassigen Crew der Air Force und zahllosen Freiwilligen jeglicher Couleur und sozialer Zugehörigkeit

gelingt es der Mannschaft, die Aliens zu besiegen. Zuvor muss jedoch noch ein jüdischer Wissenschaftler hinter das Geheimnis der Abwehrsysteme der Außerirdischen kommen und sich gemeinsam mit einem afroamerikanischen Bomberpiloten in das Raumschiff einschleusen lassen.«

[72] Zitiert nach: MARSCHBEFEHL FÜR HOLLYWOOD – DIE US-ARMEE FÜHRT REGIE IM KINO, NDR 2004, Dokumentarfilm von Maria Pia Mascaro. – Bei TRUE LIES (USA 1993/94) ist der Umstand, dass US-Agent Harry seit zehn Jahren keine Pilotenpraxis mehr besitzt und doch einen Fighter bei der Verfolgung islamischer Terroristen fliegt, hingegen kein Argument gegen eine Pentagon-Kooperation; gleiches gilt für EXECUTIVE DECISION (USA 1995) – ein CIA-Mann, der noch nie allein geflogen ist, steuert darin eine Linienmaschine – und den Film AIR FORCE ONE (USA 1996), in dem der US-Präsident, der zuletzt vor 25 Jahren Hubschrauber in Vietnam gesteuert hat, als Pilot der Air Force One fungiert. (Vgl. Kapitel XIII.5.)

[73] Zur Militärbeteiligung für die TV-Serie STARGATE SG-1 (USA 1997ff) teilt *The Internet Movie Database* http://www.imdb.com u. a. mit: »Stargate SG-1 is the only television series currently endorsed and supported by the United States armed forces (particularly the Air Force). [...] The real Air Force Chief of Staff Michael E. Ryan appeared as himself in the episode Prodigy (4.19) just before his retirement.« Angegebene Partner: »We gratefully acknowdledge the cooperation of: U.S. Department of the Airforce, U.S. Department of Defense, U.S. Space Command.«

[74] Vgl. *Haubold* 2005.

[75] Vgl. zu einem Vorbild von 1997: *Fritsch/Lindwedel/Schärtl* 2003, 156.

[76] Vgl. das Kapitel »Alien – die dunkle Seite der Science-Fition« in: *Fritsch/Lindwedel/Schärtl* 2003, 117-126 und eine treffliche Darstellung des gesamten Alien-Zyklus bei *Kühn* 2001.

XI. Die Technologie der USA rettet den ganzen Erdkreis? Der Katastrophenfilm als Werbung für eine neue Atomwaffengeneration

Am 8. Juli 1996 befand der Internationale Gerichtshof (IGH) in Den Haag per Richterspruch, dass die Androhung des Einsatzes und der Einsatz von Atomwaffen generell gegen das Völkerrecht verstoßen.[1] Im selben Jahr unterschrieben 140 Spitzenpolitiker der Welt, darunter Ex-Präsident Jimmy Carter und der ehemalige Bundeskanzler Helmut Schmidt, einen Aufruf zur Abschaffung der Atomwaffen.[2] Diese Initiative konnte die Weltöffentlichkeit nicht nachhaltig wachrütteln. Horst-Eberhard Richter meint: »Es gibt Anzeichen, dass neben Hiroshima auch die weiterhin gehorteten über 36.000 atomaren Sprengköpfe sowie die kaum unterbrochene Kette von Kriegen eine im wesentlichen unverarbeitete Beunruhigung in den Menschen hinterlassen haben, die nur vorübergehend von den Triumphen des Versöhnungswillens am Ende des Kalten Krieges und bei der Überwindung der Apartheid in Südafrika überdeckt wurde.«[3] Allein die USA haben seit 1945 für Herstellung und Unterhaltung ihres Atomwaffennarsenals 4000 Milliarden Dollar ausgegeben. Sie besitzen derzeit 8000 einsatzfähige Sprengköpfe.

1. Der Wunsch nach Mini Nukes und Erdpenetratoren

Seit dem Ende des Kalten Krieges wird die Angst vor dem Einsatz von Atomwaffen in der Gesellschaft allerdings verdrängt. Zu dieser – scheinbaren – Unbekümmertheit gibt es keinen Anlass.[4] Munition mit uranabgereicherter Ummantelung (DU) kommt seit 1991 trotz ihrer verheerenden Folgen für Zivilisten und Soldaten auf den Kriegsschauplätzen der US-Regierungen zum Einsatz.[5] Kanadische Untersuchungen zur Verstrahlung in Afghanistan werfen die Frage auf, ob nicht weitere, der Weltöffentlichkeit noch unbekannte radioaktive Waffen Verwendung finden. Die Vereinigten Staaten entziehen sich u. a. durch Kündigung des ABM-Vertrages und ausbleibende Ratifizierung des vollständigen Atomteststoppvertrages internationalen Verbindlichkeiten. Die geltende Nukleardoktrin der USA beansprucht das »Recht« zu atomaren Erstschlägen – auch gegen Staaten, die selbst über gar keine Atomwaffen verfügen. (Europa bekundet ähnlich unverhohlen Missachtung gegenüber dem in dieser Sache vom IGH 1996 klar ausgelegten Völkerrecht.[6] Im European Defence Paper vom Mai 2004 heißt es: »Wir haben uns nicht gescheut, auch Szenarien zu präsentieren, in denen die nationalen Nuklearstreitkräfte explizit oder implizit mit einbezogen werden.«) Zusammen mit einer Rhetorik der »Achse des Bösen« ist die US-Doktrin ein gefährlicher Proliferations-Motor für Nuklearwaffen; sie weckt Begehrlichkeiten bei anderen Nuklearwaffenbesitzern und provoziert das Entstehen neuer Atommächte.[7] Der Dammbruch zur Re-Nuklearisierung ist bereits eingetreten. Eine neue Generation sogenannter Mini-Atombomben und Bunker-Knacker ist ausdrücklich für den Einsatz in konventionellen Kriegen vorgesehen.

Das »Spratt-Furse«-Gesetz des US-Kongresses von 1994 verbot – bis zu seiner Aufhebung im Mai 2003 – die Entwicklung neuer Atomwaffen. Doch bereits 1997 wurde es durch die Entwicklung der erddurchdringenden B-61-11-Bombe zur bloßen Makulatur. Die unseligen Anfänge der gegenwärtigen Entwicklung gehen auf die Ära Clinton zurück. Im Sommer 2001 schrieb dann Robert W. Nelson, Rüstungskontrollexperte der Princeton University, in den USA verschaffe sich »zunehmend eine Gruppe von Politikern, Militärs und leitenden Vertretern der us-amerikanischen Atomwaffenlaboratorien Gehör, die die USA dazu drängen, eine neue Generation punktgenauer Atomwaffen mit relativ geringer Sprengkraft zu entwickeln. Anstatt andere Atommächte von einem Krieg abzuschrecken, wollen sie mit diesen Waffen in konventionelle Konflikte mit Ländern der dritten Welt eingreifen.«[8]

Für das Forschungsprojekt eines »*robusten – nuklearen Erdpenetrators*« (RNEP) wiesen die US-Haushalte für 2003 6,1 Millionen und für 2004 7,5 Millionen Dollar aus, wobei für die Folgejahre drastische Steigerungen anstanden.[9] Der Kongress zeigte auf diese Weise stillschweigendes Einverständnis und bewilligte zudem Gelder für eine Anlage zur Produktion von Plutoniumkernen und für Arbeiten auf dem Atomtestgelände in Nevada. Ausgerechnet am 6. August 2003, dem »Hiroshima-Tag«, trafen sich im Zuge der neuen Planungen Vertreter von Pentagon und Atomindustrie auf dem Luftwaffenstützpunkt in Nebraska.

Die Propaganda für die neuen Atombomben verspricht einen sauberen Waffentypus. Man behauptet wider besseres Wissen, er schone Zivilisten, und beharrt auf seiner Unentbehrlichkeit für spezifische Ziele im »Antiterror-Krieg«. (Um eine nukleare Verseuchung der Umgebung durch einen Ein-Kilotonnen-Erdpenetrator auszuschließen, müsste man die derzeit noch utopische Eindringtiefe von 20 Metern fast verfünffachen und zudem für einen dichten Verschluss des Eindringkraters sorgen.[10])

Der Tabu-Bruch wurde dem US-Kongress erstmals im Januar 2002 durch einen geheimen Bericht (Nuclear Posture Review) schmackhaft gemacht. Dieser folgte keineswegs einer spontanen Eingebung. Die massenmediale PR-Kampagne für das Projekt wirklich »brauchbarer« Atombomben war zu diesem Zeitpunkt schon seit Jahren angelaufen. Das möchte ich in diesem Kapitel am Beispiel von drei Hollywoodproduktionen aufzeigen, an denen Verteidigungsministerium, Raumfahrt und Militär der USA mitgewirkt haben. Zu erinnern ist an bereits in Kapitel X.4 vorgestellte Titel wie INDEPENDENCE DAY (USA 1996) und BATTLEFIELD EARTH (USA 2000), die auch ohne offizielle Förderung den Zuschauer von der Nützlichkeit us-amerikanischer Nuklearraketen überzeugen.

Die US-Friedensbewegung hat auf die gesamte Entwicklung mit gezielter Lobby-Arbeit reagiert und fand dabei selbst bei konservativen Volksvertretern Zustimmung. Für Ende 2004 ist ein Hoffnungszeichen zu vermelden. Der US-Kongress verweigerte seine Zustimmung zu zwei Posten im Haushalt 2005, die 9 Millionen Dollar für die Entwicklung von Mini Nukes und 26,6 Millionen für die nuklearen »Bunker Knacker« bereitstellen sollten.[11] In einem Memorandum an das Energieministerium, so Spiegel-Online am 1.2.2005, macht sich Verteidigungsminister Donald Rumsfeld allerdings höchstpersönlich für eine Wiederaufnahme des Projektes stark.

2. Armageddon (1998) und die NASA-Operation »Freedom for all Mankind«

Die New Yorker denken, es sei Krieg und *Saddam Hussein* werfe Bomben auf die Stadt, auf ihre Stadt, zu der sie auf T-Shirts (»I love NY«) ihre Liebe bekennen. Feuer auf allen Straßen, Explosionen und umstürzende Autos, Einschläge in das Empire State Building und andere Hochhäuser, panische Menschen überall ... Was ARMAGEDDON, ein Film der Superlative, hier 1998 zeigt, ist jedoch kein gewöhnlicher Krieg, sondern ein Meteoritenhagel, Vorbote der globalen Katastrophe. Ein Asteroid von riesigem Umfang rast mit einer Geschwindigkeit von 40.000 Stundenkilometern auf den Planeten Erde zu. Sein Aufprall würde Kontinente überschwemmen. »Die halbe Menschheit wird in einem gewaltigen Feuersturm umkommen. Der Rest erfriert im nuklearen Winter. [...] Im Grunde die entsetzlichsten Passagen der Bibel.« (Über ein ähnliches Ereignis zur Dinosaurierzeit erfahren wir im Filmvorspann, es hätte eine Energie von 10.000 *Atombomben* entfesselt.[12])

Nur 18 Tage Zeit bleiben, um die Erde zu retten. Ein *Nuklearsprengsatz* müsste 300 Meter tief im Kern des Asteroiden platziert werden, um diesen in Mondentfernung in zwei Teile zu spalten und so an der Erde vorbei zu lenken. Harry S. Stamper, Unternehmer im Ölgeschäft und zugleich der beste Bohrexperte der Welt, wird dafür von NASA-Direktor Dan Truman engagiert. Stampers von japanischen Investoren finanziertes Projekt wird wie eine Familienfirma vorgestellt, und der Chef besteht darauf, die dreizehn besten Leute aus seinem Bohrinselteam mit ins Weltall zu nehmen. Die von den USA mit »Stars and Stripes« angeführte Weltraummission zur Rettung der Erde heißt »freedom for all mankind«. Dieses streng geheime Gemeinschaftsprojekt von NASA und Air Force wird – trotz des in Absprache mit dem Pentagon verhängten Informations-Stops – öffentlich bekannt. Alle Völker, für die der US-Präsident *stellvertretend* eine große Rede hält, starren wie gebannt auf die Besatzungsmannschaften der Space Shuttles »Freedom« und »Independence« im intelligentesten Raumschifftyp aller Zeiten. Natürlich gibt es in dieser Star-Wars-Mission viele unvorhergesehene Hindernisse zu überwinden, bevor die Menschheit – wie gewohnt *in letzter Minute* – gerettet werden kann. Ölunternehmer Stamper, der »tapferste Mann der ganzen

XI. Die Technologie der USA rettet den ganzen Erdkreis?

Welt«, gibt als Martyrer dafür sein Leben. (Er ist es, der wegen eines beschädigten Mechanismus im Weltraum zurück bleibt und die Atombombe per Hand zündet.) Die beiden Hälften des gesprengten Asteroiden werden die Erde um 100.000 km verfehlen. In Housten, in allen Landstrichen der USA und auf dem ganzen Erdkreis jubelt die Menschheit ihren Erlöserhelden zu.

ARMAGEDDON bemüht sich – vordergründig betrachtet – um »realistische« Szenarien. Die religiösen Vorstellungen aus dem Endzeitkomplex vieler US-Sekten werden nur indirekt durch den Filmtitel und Verweise auf die Bibel bedient, sind aber für die eigentliche Handlung entbehrlich. Phantasien aus dem Reich der UFO-Wesen fehlen. Nur einmal erscheint der Asteroid anlässlich eines Bebens wie ein Subjekt: *»Ich glaube, der hat was gegen uns!«*

Die unverhohlene Sympathiewerbung für die Ölförderindustrie, in der es so geniale, charakterfeste und noble Männer wie Harry S. Stamper gibt, ergänzt der Film durch politische Bekenntnisse. An Stampers Bohrinsel werden Umweltaktivisten von Greenpeace mit ihren Protestbooten gesichtet. Die Besatzung ignoriert sie auf verächtliche Weise, wirft Golfbälle auf ein Boot und macht sich lustig: »Die denken, dass Ölbohren was ganz schlimmes ist!«[13] Bezeichnend ist, dass sich die angehenden Retter angesichts der globalen Bedrohung des Planeten als Belohnung lebenslange Steuerfreiheit wünschen.

ARMAGEDDON integriert mit den Mitgliedern des Bohrteams einfache, höchst unterschiedliche Charaktere in das Heldenimage. Sie müssen zur US-Spitzentechnologie hinzutreten und können sagen: *»Die Regierung hat uns gebeten, die Erde zu retten!«* Für sie steht auch Stampers zukünftiger Schwiegersohn A. J. Frost, der vieles einfach aus dem Bauch heraus macht. Aus dem festgesetzten High-Tech-Raumschiff befreit er seine Kameraden durch einen Kugelhagel auf die Außenwand: *»So machen wir es da, wo ich herkomme [...] Ich habe keine Ahnung, ich weiß nur, dass hier was blinkt, und da versuchen wir hinzukommen.«* Vielsagend ist die Sexualsymbolik im Film. Einer der Männer, beim Asteroiden-Aufenthalt vom Weltraumkollaps etwas verwirrt, setzt sich – »wegen der Kraft zwischen meinen Beinen« – auf die noch nicht gezündete *Atombombe*. Grundsätzlich fragt Horst-Eberhard Richter: »Was ist es denn anders als unreife phallische Protzerei der Männer, immer nur mit neuen Typen von Raketen und Bomben um sich zu feuern und damit eine endlose Kette von Gewalt und Gegengewalt zu produzieren?«[14] In der massenkulturellen Propaganda kommt dieses phallische Image ganz gezielt zum Einsatz.

Die NASA, zu deren vierzigsten Geburtstag ARMAGEDDON scheinbar wie ein Geschenk vom Himmel gefallen ist, kann gute Public Relations im Drehbuch unterbringen. Im Film heißt es: *»Seit 30 Jahren wird die Arbeit der NASA in Frage gestellt. Jetzt zeigen wir allen, was wir können!«* Der NASA-Direktor ist – im Widerstand gegen manche Präsidentenberater – der wichtigste Mentor des Teams und der ganzen Operation. (Er verteidigt vor allem die Erkenntnis, dass nur eindringend – *in der Tiefe*

XI. Die Technologie der USA rettet den ganzen Erdkreis?

– eingesetzte Atomsprengsätze den Meteor aufhalten können.) Dezent hören wir im Krisenstab auch eine Klage über zu niedrige Budgets der StarWars-Logistik: »*Unser Beobachtungsetat beträgt nur 100 Millionen. Das erlaubt es uns, drei Prozent des Himmels zu kontrollieren. Und glauben Sie mir, der Himmel ist verdammt groß!*«

Die NASA kooperiert bei ihrem Weltrettungsprojekt zwar mit Russland, Frankreich und Japan, doch die immer wieder geschickt an Werkhallen, Wohnhäusern, Technik, Astronautenkluft und T-Shirts platzierte Flagge duldet keinen Zweifel, wer der eigentliche Welterlöser ist. Richtig zuverlässig scheint die Technologie der russischen Raumstation, bei der ein Auftanken erfolgt, jedenfalls nicht mehr zu sein. Immerhin, man nimmt den etwas verrückten Astronauten Lev Andropov, den »zuhause jeder kennt«, in den Kreis der Helden auf. Dieser aus den Zeiten der UdSSR übrig gebliebene Raumfahrer kommt mit den »amerikanischen Cowboys« ganz gut aus und ist mehr als einmal wirklich zu gebrauchen.

Rücksprachen mit anderen Regierungen sind indessen nicht erforderlich. Seine nationale bzw. imperiale Programmatik offenbart der Film in einer weltweit ausgestrahlten Rede des US-Präsidenten vor dem Start der vierzehn Helden: »*Heute spreche ich zu Ihnen nicht als Präsident der Vereinigten Staaten, nicht als gewählter Repräsentant dieses Volkes, sondern stellvertretend für alle Menschen dieser Welt. Die Menschheit steht gerade vor ihrer größten denkbaren Herausforderung. Die Bibel nennt dieses Ereignis Armageddon, das Ende aller Tage. Doch zum ersten Mal in der Geschichte dieses Planeten haben seine Bewohner die nötige Technologie, um den drohenden Untergang abzuwenden. Alle, die jetzt mit uns beten, sollen wissen, dass die erforderlichen Maßnahmen, die diese Katastrophe verhindern können, bereits veranlasst worden sind. Das menschliche Streben nach Perfektion und Erkenntnis, jeder Schritt vorwärts in Technik und Wissenschaft, jeder kühne Griff nach den Sternen, alle unsere technischen Errungenschaften und zukunftsweisenden Ideen, selbst die Kriege, die wir geführt haben, haben uns so weit gebracht, dass wir diese Schlacht gewinnen können. Über all das Chaos hinweg, das unsere Geschichte ausmacht, über alle Kriege und Ungerechtigkeiten, da ist etwas, das uns immer wieder getröstet hat und unsere Art über ihre Ursprünge hinaus wachsen ließ, und das ist unser Mut. Die Gedanken der ganzen Menschheit konzentrieren sich heute auf diese vierzehn tapferen Seelen, die sich auf eine Reise ins All begeben [...] Gott sei mit euch, und wir wünschen euch viel Glück!*«

»Als einer der erfolgreichsten Produzenten aller Zeiten«, so teilt die DVD-Werbung mit, »hat Jerry Bruckheimer Filme produziert, die Milliarden eingespielt haben ...« Dass einige seiner erfolgreichen Titel ihr Budget aus dem Etat »Werbungskosten« der U.S. Army aufbessern, erfahren wir bei dieser Gelegenheit nicht. Spätestens seit Bruckheimers schier unglaublicher Materialschlacht ARMAGEDDON, von der Kritik treffend als »Ersatz-Kriegsfilm« enttarnt, wissen wir, was eine US-Flagge auf dem Mond und anderswo im Weltall zu suchen hat.[15] Die Operation »freedom for all mankind« kennt keine Grenzen und dient allen Erdenbewohnern. Sie ist ohne

StarWars-Programme, NASA-Technik, Atomraketen und US-amerikanische Alltagshelden unter der Leitung eines *Ölunternehmers* nicht denkbar. Die Gefahr kommt von außen, und ihr ist mit Militärtechnologie entgegenzutreten. Darin liegt nichts Problematisches: »In ARMAGEDDON wird die Atombombe auf dem Meteoriten kurz vor dem Eintritt in die Erdatmosphäre gezündet – ohne dass irgendein radioaktiver Fallout noch für weitere Risiken sorgen könnte. Die Lösung des Problems bleibt eindimensional, die Folgen werden ausgeklammert.«[16] Der entscheidende Bezug zum Thema der militärischen Bunkerbrecher bzw. Erdpenetratoren: Real in Entwicklung befindliche aktive Eindringtechniken wie das *Deep Digger*-Konzept von »Advanced Power Technologies Inc.« ähneln tatsächlich den Trockenbohr-Techniken der Erdölgewinnung.[17]

Die zahlreichen Unterstützer dieses endzeitlichen Welterlöserkinos aus Pentagon, US-Luftwaffe und NASA müssen wie gewohnt im Filmnachspann aufgespürt werden: »*We gratefully acknowledge the cooperation of the Department of Defense, the Department of the Airforce, the National Guard Bureau and speciality: Department of Defense – Philip Strub [...] North American Aerospace Defense Command, Airforce Space Command [...] Airforce Reserve Command [...] Air Combat Command. We wish to congratulate Nasa on their 40th anniversary and thank all of the men and women at Kennedy Space Center, Johnson Space Center, NASA Headquaters and speciality the following people whose support we could have not done without ...*«[18]

Beiträge von NASA-Mitarbeitern sind ebenfalls in der US-amerikanischen DVD-Kollektion zum Titel enthalten. Besonders die US-Raumfahrt profitiert und hat diese PR auch nötig. Zu erinnern ist in diesem Zusammenhang an die Explosion der Raumfähre Challenger am 28.1.1986, bei der sieben Menschen starben.[19] Spätere Untersuchungen zeigten, dass die NASA Warnhinweise von Ingenieuren zum defizitären Dichtungssystem einfach ignoriert hatte. Das »nationale Ereignis« sollte auf jeden Fall starten. – In den 90er Jahren findet in diesem Themenumfeld zunächst eine Erinnerungsverschiebung durch massenkulturelle Beiträge offizielles Wohlgefallen. Ironische Potenzen, wie sie Kaufman's vom Militär geförderter THE RIGHT STUFF[20] (USA 1983) unter Beweis stellt, verschwinden zugunsten eines einsinnig patriotischen Paradigmas. Zu nennen ist noch vor ARMAGEDDON der Spielfilm APOLLO 13 (USA 1994) von Ron Howard. Ein beschädigtes Heizelement im Bereich der Sauerstofftanks ist 1970 Ursache dafür, dass das Raumschiff Apollo 13 nicht auf dem Mond landen kann und die gesamte Mission in ein tödliches Unglück zu münden droht. Der Film inszeniert diese mögliche Katastrophe als »Sternstunde der NASA«. Die Hauptfigur ist nach der Rückkehr dankbar und rundherum positiv zur Raumfahrt eingestellt. Die Mitwirkung von Militär und Raumfahrt ist auch bei diesem Titel enorm: »*Special Thanks to [...] Mr. Philip Strub, Department of Defense Liaison; GDR Gary S. Shrouts, USN, Project Officer; USS New Orleans (LPH-11); Helicopter Combat Support Squadron 85*

XI. Die Technologie der USA rettet den ganzen Erdkreis?

[...] 11; *Naval Air Station North Island, California; Naval Station San Diego, California; Vandenberg Air Force Base, California; California National Guard; Los Alamitos Armed Forces Reserve Center, California; Navy Office of Information West, Los Angeles, California; Lt. L. Robert Garcia, USN; Army Public Affairs Office Los Angeles, Branch; NASA Lyndon B. Johnson Space Center [...]; NASA Reduced Gravity Office [...]; Pilots [...]; Flight Engineers [...]; Space Center Houston [...]; NASA John F. Kennedy Space Center [...]; NASA Marshall Space Flight Center [...]; U.S. Space Camp; Northrop Grumman Corporation; The Kansas Cosmosphere and Space Center ...«*

Den Pionieren der Raumfahrt erweist Clint Eastwood seine Referenz mit SPACE COWBOYS (USA 2000), bei dem die NASA ebenfalls kooperiert hat. Es geht in diesem Film um einen alten Satelliten der UdSSR. Dieser wurde zur Zeit des Kalten Krieges aufgrund von KGB-Spionage nach US-amerikanischen Plänen programmiert und soll nun vor einem Absturz bewahrt werden. Für diese Rettungsmission muss ein Seniorenteam der USA ins All, das sich mit der überholten Technik bestens auskennt und im übrigen dem Nachwuchs durch manuelle Manövrierkünste überlegen ist. Das eigentliche Übel besteht aus sechs Atomraketen, die die Sowjets dem Satelliten beigesellt haben und die noch immer auf strategische Ziele in den USA programmiert sind. Das Muster ist bekannt: Die defekte Atomwaffentechnik kommt von den »anderen«, während die Retter – den obligaten Märtyrer eingeschlossen – Space-Cowboys der Vereinigten Staaten sind. Nur völlig oberflächlich greift auch dieser Film die Selbstironie von THE RIGHT STUFF (USA 1983) auf; im Zentrum steht ein Erlöserauftrag.

3. Deep Impact (1998): »Konstruktion der kampfbereiten Nation«

Im gleichen Jahr wie ARMAGEDDON erscheint wie ein etwas anspruchsvolleres Zwillingsprodukt DEEP IMPACT von Mimi Leder, die 1997 mit dem Film THE PEACEMAKER über bosnische Atomterroristen ihr Kinodebüt gegeben hatte.[21] Der Ausgangspunkt dieser 80 Millionen Dollar teuren Produktion ist uns aus ARMAGEDDON schon vertraut: Ein riesiger Komet rast zielgenau auf die Erde zu und bedroht das Überleben der ganzen Menschheit. Diese Entdeckung geht u. a. auf einen Amateurastronomen zurück, der noch Schüler ist. Der (afro-amerikanische) US-Präsident Tom Beck erscheint nun als oberster Verantwortlicher eines geheimen Weltrettungsprogramms. Ein von der NASA unter Beteiligung der Russen konstruiertes Raumschiff soll im Zeitraum weniger Monate den Kometen im Weltall zerstören. Auch hier besteht das Mittel der Wahl in tief anzubringenden »Nukes«, Nukelarsprengköpfen. Zum Team gehören auch eine *Pilotin*, ein Russe, ein afro-amerikanischer Navigator und als Senior »Fish«, Ex-Militär und letzter Astronaut auf dem Mond. Die Weltöffentlichkeit wird im Film durch das US-Fernsehen informiert. Ein unterirdisches Bunkersystem in Missouri soll im Fall eines Scheiterns der Mission für nur 800.000 Menschen unter 50 Jahren und für Tierarten das Überleben sichern. (Neben einem Sonderkontingent, zu dem der Präsident und die Familie des Kometen-Entdeckers gehören, trifft ein Computer-Zufallsverfahren die Auswahl für das vom Militär gesicherte Arche-Projekt.)

Tatsächlich gelingt die Weltraumoperation wegen unzulänglicher Tiefenbohrungen auf dem Kometen nur bedingt. Zunächst teilt die Nuklear-Explosion den Kometen in einen großen und einen kleinen Teil. Den größeren Teil kann die noch verbliebene Raumschiff-Crew erst in letzter Minute ausschalten und zwar durch die *selbstaufopfernde* Verwandlung ihres Space Shuttles in eine »Atomrakete«. Der kleinere Komet schlägt jedoch in die Erdatmosphäre ein, landet im Meer und verursacht eine riesige Flutwelle. New York, Freiheitsstatue und ein Teil der Twin Towers stehen unter Wasser. Obwohl es sich doch um eine *globale* Erdkatastrophe handelt, vermittelt auch das Schlussbild den uns aus anderen Filmen bereits bekannten Eindruck, die gesamte Tragödie betreffe eigentlich vor allem die Vereinigten Staaten von Amerika. Der US-Präsident verkündet in Washington vor den Ruinen des eingerüsteten Kapitols salbungsvoll den Neubeginn der zerstörten Zivilisation.[22] Das Versprechen der Filmwerbung ist eingehalten: »Oceans rise. Cities fall. Hope survives!«

Der Film, so möchte man mit Blick auf das afro-amerikanische Staatsoberhaupt und die Einbeziehung eines weiblichen Mitglieds im Rettungsteam meinen, verfolgt eine eher »liberale« Linie. Indessen sprechen die gezeigten Funktionen der U.S. Army unter Katastrophenbedingungen eine andere Sprache. Auch die national-religiöse Metaphorik ist wesentlich ausgeprägter als im einfach strukturierten Macho-Action-Film ARMAGEDDON: Das Raumschiff, dessen Mannschaft zum Selbstopfer bereit ist, trägt den Namen »Messiah«. Die gute Seele der Messias-Crew ist »Fish«, was an das wichtigste Christus-Symbol der frühen Kirche erinnert. Das – zynische – Überlebenssystem für einen kleinen Rest der Menschheit ist unschwer als »Arche Noah« gestaltet. Der noch jugendliche Erstentdecker des Kometen, seine Freundin und ein gerettetes Baby überleben auf einem Berg als paradiesische Urfamilie die – wiederum biblische – Sintflut. Zum Quellenbuch der Präsidentenrede gehört das erste Buch Mose ... Eine »Katharsis« der gesamten Zivilisation (= USA) wird nahegelegt, was allerdings kaum die Militärtechnologie berühren dürfte. (Das rettende »fünfte Element«[23] bleibt die »Bombe«.) Die verwickelten Handlungsstränge des Films und seine komplexen »Familienromane« enthalten zahlreiche weitere Bausteine für die »filmische Konstruktion der kampfbereiten Nation« (Herbert Mehrtens), auf deren Darstellung ich hier verzichte.[24] Die militärische Unterstützung für die Produktion von DEEP IMPACT stellt sich unter anderem wie folgt dar: »*The producers wish to thank the following for their assistance: [...] NASA Dryden Flight Research Center*[25] *[...] United States Army, The Department of Defense, The Department of the Army, the National Guard Bureau, Philip Strub (Special Assistant für Audiovisual), Office for the Assistant Secretary of Defense for Public Affairs, Kathleen Cunham Ross (Chief), U.S. Army Office of the Chief of Public Affairs – Los Angeles [...] California Army National Guard.«*

XI. Die Technologie der USA rettet den ganzen Erdkreis?

Die Idee einer nuklearen Kometenabwehr stand schon für den Film METEOR (USA 1979) Pate, bei dessen Erscheinen bereits ein Programm zur Beobachtung von erdnahen Asteroiden lief. Die 1997 – im Jahr des Hale-Bopp-Fiebers – ausgestrahlte NBC-Miniserie ASTEROID von Bradford May erhielt Hilfe von der U.S. Air Force und brach eine Lanze für die Rüstungsproduktion von General Electric, dem Mutterkonzern von NBC.[26] Zum Hintergrund dieser Titel bis hin zu ARMAGEDDON und DEEP IMPACT bietet Herbert Mehrtens'[27] äußerst aufschlussreiche Hinweise. Ausgangspunkt ist die gegen Ende des Kalten Krieges entwickelte Hypothese, ein Meteoriteneinschlag im Südosten Mexikos habe das Aussterben der Dinosaurier verursacht. Eine ganze Reihe von Merkmalen verbindet die neuere Katastrophentheorie mit den atomaren Bedrohungsszenarien des Kalten Krieges. Die »Phantasie der globalen Zerstörung« inspiriert jenseits überkommener Dogmen offenbar ein neues wissenschaftliches Denken, und namentlich auch Atomwissenschaftler steuern Wissen zur Sicherung der besagten »Dinosaurier-These« bei. Die Zerstörungskraft der so ins Blickfeld geratenen Meteoriten wird bezeichnender Weise mit der für Nuklearsprengköpfe üblichen Maßeinheit Megatonnen TNT angegeben. Ende der 80er Jahre verdichten sich konkrete Pläne zum Einsatz von Atomraketen bei der Abwehr von erdbedrohenden Asteroiden; die NASA wird 1991 mit entsprechenden Studien beauftragt ... In *diesem* wissenschaftlichen Kontext erscheinen die Geschichten von ARMAGEDDON und DEEP IMPACT mit ihrem Ansatz durchaus nicht als abstrus.[28] Als kritische Beobachtung bliebe vor allem die These von Mehrtens, dass in diesen Filmen die Bedrohung des Kalten Krieges re-inszeniert wird: »das heißt, die von Menschenhand bedingte Möglichkeit globaler Zerstörung wird verschoben auf die Bedrohung aus dem Weltraum«. Auch diese äußere Bedrohung durch kosmische Naturgewalten – jenseits irdischer Feinde – erlaubt »eine keineswegs unpolitische Rekonstruktion der dominanten Rolle der Vereinigten Staaten in der und für die ganze Welt.« Überdies bietet sie im reanimierten Katastrophenkino die Gelegenheit, im Gefolge der herkömmlichen Star-Wars-Titel für die militärischen Aktivitäten der USA im Weltraum zu werben.

4. The Core (2003) – Worum es im Kern geht

Hinzuzufügen bleibt: Die von Michael Bay und Mimi Leder inszenierten schicksalhaften Weltuntergangsbilder lenken vor allem von der Möglichkeit ab, dass *menschliches* Versagen oder unverantwortliche Politik der Atommächte eine nukleare Katastrophe auf der Erde verursachen und womöglich auch die USA selbst treffen. Dabei besetzen sie Nuklearwaffen im populären Kino mit einem denkbar *positiven Image* und lassen wohl auch die Weltraumprojekte der NASA mit nuklearen Energie- bzw. Antriebssystemen als unvermeidlich erscheinen.[29] Meine Ausgangsthese, es gehe vor allem auch um solche Image-Arbeit, erhärtet der Film THE CORE (Der Erdkern) von Jon Amiel. Auch dieser Titel aus dem Jahr 2003 verbindet das Überleben der menschlichen Spezies mit dem Einsatz von US-Atomsprengköpfen. Der aufwendige Neuaufguss von ARMAGEDDON und DEEP IMPACT bietet jedoch eine entscheidende Abwandlung: Er verlegt seine Geschichte – als »Reise zum Mittelpunkt der Erde« – direkt auf unseren Planeten. Ursache für die apokalyptische Gefahr sind nicht etwa – nach Art von DANTE'S PEAK oder VOLCANO (1997) – vulkanische Aktivitäten. Der äußere Erdkern hat sich vielmehr aufgrund eines neuartigen *Waffensystems der USA* – zur künstlichen Erzeugung von Erdbeben[30] – von seiner Eigendrehung verabschiedet. Das so verursachte Schwinden des die Erde umgebenden Magnetfeldes droht unserer Zivilisation ein rasches Ende zu bereiten. Nach Wegfall dieses Magnetfeldes wird nichts mehr die Lebewesen des Planeten vor den tödlichen Teilchenstrahlungen der Sonne schützen. Das ist im Film noch lange kein Grund, auf den geheimen Experimenten zu »Wetterwaffen« herumzureiten: »Nur allzu durchschaubar wird mit der Superwaffe der US-Militärs, die für das Unheil verantwortlich ist, vordergründige Technologiekritik geübt. In Wahrheit ist es aber die gleiche Wissenschaft und die gleiche Hochtechnologie [...], mit der der bevorstehenden Katastrophe beizukommen ist.«[31] Ein hochkarätiges Team dringt mit dem in nur drei Monaten entwickelten Spezialschiff »Virgil«, das sich mit Hilfe von Laserstrahltechnik durch alle geologischen Schichten bohrt, zum Erdkern vor. Dort bringt ein Sortiment »thermonuklearer« *Atombomben* den äußeren Erdkern erneut in Schwung, und alles ist – dank Wissenschaft, Militär und Raumfahrt der Vereinigten Staaten – wieder gut.[32] Die Schlussbilder des Films beschwören eine Versöhnung mit der Natur: Das »Erd-U-Boot« kommt im Ozean wieder an die Oberfläche. Wale helfen durch Ultraschallkommunikation. Sie schwimmen im Kreis und singen den Heimkehrern ihr Lied.

Zu den Klischees im Film gehören die »multifunktionelle wie multiethnische Crew« (J. Pietsch) der US-Operation, die Opferbereitschaft der Besatzungsmitglieder, Kommunikationsprobleme in der militärischen Einsatzzentrale, eine Liebesgeschichte, die Anheuerung eines Computer-Hackers aus dem Untergrund und das letztlich erfolglose Bemühen um Geheimhaltung. Die pseudowissenschaftlichen Theorien des Drehbuchs und die dargebotene Technologie müssen selbst auf Science-Fiction-Niveau als grober Unsinn bezeichnet werden.[33] (Für den Laserbohrer gibt es kein Hindernis; das Raumschiff widersteht den Temperaturen des Erdinneren und auch den in der Tiefe entfesselten Atompilzen ...)

Die Produzenten von THE CORE vermelden eine stattliche Liste von Pentagon-Namen und Militärstellen, denen dieses nukleare Rettungsprogramm offenbar am Herzen gelegen hat: »*We gratefully acknowledge the cooperation of the Department of Defense, the Department of the Navy, the U.S. Marine Corps, the National Guard Bureau and specifically: Special Assistant for Entertainment Media Philip Strub, Department of Defense Project Office, Lt. Tanja Wallace USN, CDR Bob Anderson USN, Navy Office of Information West, Commander Naval Air Force, US Pacific Fleet, USS Constellation (CV 68), USS Abraham Lincoln (CVN-72), Helicopter [...] Submarine Squadron [...]*

XI. Die Technologie der USA rettet den ganzen Erdkreis?

United States Marine Corps, Col. Susan Helms USAF/NASA, Astronaut Space Commander [...], Tom D. Jones – Mission Specialist NASA, Nevada National Guard.«[34] In unzähligen Zitaten hat der wiederum namentlich exponierte Philip Strub das Recht des Pentagon verteidigt, aufgrund des hohen *Realismus*-Anspruchs die Kooperation bei abstrusen Produktionen zu verweigern bzw. auf Änderungen im Drehbuch zu drängen. Noch viel deutlicher als bei ARMAGEDDON und DEEP IMPACT erweist sich der Anspruch auf Realitätsnähe im Fall von THE CORE jedoch als eine völlig beliebige Angelegenheit der Pentagon-Zensoren. Die »Flexibilität« der militärischen Filmförderung könnte ein Blick auf das Gemeinsame erhellen. Die Botschaft aller drei Filmtitel lautet: *Wir brauchen, um gegen die schlimmsten Katastrophen gefeit zu sein, unbedingt Atombomben, die tief ins Erdreich bzw. in Gesteinsschichten eindringen können.* In allen Fällen spielen technologische Eindringhilfen, wie sie auch die neuen »Robust Nuclear Earth Penetrators« erhalten sollen, eine wichtige Rolle. In DEEP IMPACT erweist sich die Bohrtechnologie für den tiefen Einsatz von Nuklearsprengköpfen als noch unzureichend. In ARMAGEDDON liefert die Ölförderindustrie die passende High Tech für eine Bohrtiefe von 300 Metern, und in THE CORE stehen fünf Jahre später perfekte Laser-Anwendungen zur Verfügung, die viele tausend Meter bis zum Mittelpunkt der Erde vordringen! Nunmehr kann es dem Kinozuschauer glaubwürdig vermittelt werden, dass atomare Bunkerbrecher bzw. Erdpenetratoren (also nukleare Vergewaltiger der Erde) nicht nur im Weltall das Überleben sichern und dass sie mit Blick auf die bewohnte Oberfläche unseres Planeten niemandem Sorge bereiten müssen. Während die minimale Eindringtiefe der neuen Atomwaffengeneration (bunker busters) real eine große Bedrohung darstellt, gibt es auf der Leinwand schon vorweg die Entwarnung: Die radioaktiven Strahlungen bleiben tief im Erdreich unter Verschluss.[35] Bestätigt wird mit diesem Höhepunkt einer fantastischen Nuklear-Trilogie von Hollywood und Pentagon Paul Virilios Feststellung, »dass der ideale Kriegsfilm nicht unbedingt irgendein bestimmtes kriegerisches Geschehen wiedergeben« muss.

5. The Day After Tomorrow (2004):
Das Pentagon interessiert sich für Klimawandel und Ökologie

Die im Drehbuch von THE CORE dingfest gemachte Katastrophen-Ursache, ein geheimes US-»Waffensystem«, gehört nicht ins Reich der Phantasie. Ganz offensichtlich handelt es sich um eines jener »Instrumente der Wetter- und Klimakriegführung, die im Rahmen des High Altitude Auroral Research Program (HAARP) entwickelt wurden.«[36] – Dass im Film die Kritik an dieser Technologie nicht transparent gemacht, sondern verschleiert wird, muss angesichts der militärischen Assistenz nicht verwundern. – Immerhin ist damit *menschliches* Handeln und nicht blindes Naturschicksal als Ursache der globalen Bedrohung ausgemacht. Diese Innovation des neueren Katastrophenfilms ließe sich politisch relevant weiter entwickeln. Auflösung der schützenden Ozonschicht und Klimawandel resultieren aus dem Ausstoß von Treibhausgasen, der zur Hälfte aus unserem – im wahrsten Sinne – fossilen Energieverbrauch kommt (Öl, Gas, Kohle).[37] Diese Energiequellen bieten eine – höchst fragwürdige – Perspektive nur noch für etwa ein halbes Jahrhundert (Öl, Gas), und so wird wie seit hundert Jahren – allerdings enorm intensiviert – um das verbleibende Öl Krieg geführt. Die seit Jahrzehnten prognostizierten Folgen sind zum Teil bereits eingetreten. Schon zur Mitte dieses Jahrhunderts, so rechnet die Umweltökonomin Claudia Kemfert vom Deutschen Institut für Wirtschaftsforschung vor, könnten Holland und Teile Englands von Wasser überspült werden. Dennoch verhält sich die Zivilisation so, als sei nach uns keine Generation auf den Lebensraum Erde angewiesen. Allein die USA verursachen mit 4 % der Weltbevölkerung ein Viertel aller Treibhausgase. Unter Clinton sorgten sie für eine Verwässerung des globalen Klimaschutz-Projekts, und unter Bush Jun. zogen sie 2003 ihre Unterschrift unter das Kioto-Protokoll sogar wieder zurück.

Mit THE DAY AFTER TOMORROW hat nun Roland Emmerich tatsächlich einen Katastrophenfilm vorgelegt, der sich diesem ernsten Überlebensthema widmet und in dem nicht mehr länger »Öko-Terroristen« die Bösen sind.[38] Der Plot: Auf einem Internationalen Klimagipfel in Indien warnt der US-Wissenschaftler Dr. Jack Hall vor den Folgen des Treibhauseffektes. Die globale Erderwärmung könne zu einem katastrophalen Klima-Umschwung und schließlich auf paradoxe Weise gar zu einer neuen Eiszeit führen. Während andere Konferenzteilnehmer ernsthafte Rückfragen stellen, zeichnet sich der anwesende Vizepräsident der USA durch vollständige Ignoranz aus. Klimaschutz hält er für Quatsch, weil eine Begrenzung des Kohlendioxid-Ausstoßes für die Wirtschaft viel zu teuer sei. Wie die Bush-Administration verficht er ein Grundrecht auf unbegrenzten Energieverbrauch. – Im Film finden die Hypothesen von Dr. Hall, die als etwas ganz *Neues* (!) erscheinen, leider nur allzu bald ihre Bestätigung. Das Eis an den Polen beginnt bereits zu schmelzen. Trotz gravierender Vorboten erteilt der US-Vizepräsident der Wissenschaft noch immer eine Absage: »Überlassen Sie uns die Politik!« Die Hochhäuser von Los Angeles werden durch Tornado-Stürme zerstört. Die Freiheits-Statue wird überflutet und ist schließlich in Eis gehüllt.[39] Die neue Eiszeit bringt den Massentod. Die überlebenden Menschen der USA flüchten nach Süden und wandern illegal ausgerechnet nach Mexiko ein. (Mit der Zusage eines Schuldennachlasses für Lateinamerika öffnen sich dann die Grenzen.) Das alles endet dennoch in einem Happy End. Die Menschheit hat im Gegensatz zu den Mammuts ja schon einmal eine Eiszeit überlebt, und so wird es auch diesmal bei den Folgen des Treibhauseffektes sein. Reumütig bekennt der – zur Nummer Eins aufgerückte – Vizepräsident im Weißen Haus, dass er sich geirrt hat.[40] Sogar die Haltung zur so genannten »Dritten Welt« verändert sich.

Auch Emmerich bietet dem Publikum fast durchgehend eine rein US-amerikanische Perspektive der globalen Katastrophe.[41] (Das darf man *hier* begrüßen, wenn es zur Erkenntnis führt: »Wir sind betroffen von der Politik unseres eigenen Landes!«)

XI. Die Technologie der USA rettet den ganzen Erdkreis?

Allerdings erstarrt die nationale Fahnenchoreografie förmlich zu Eis – und die Freiheitsstatue droht *fast* umzustürzen. Unter den näher beleuchteten Menschen befindet sich sogar einer der zahllosen Obdachlosen Manhattans, die schon Bürgermeister Rudolph Giuliani am liebsten ganz aus dem Stadtbild entfernen wollte.

Es ließe sich eine lange Liste mit kritischen Anfragen an THE DAY AFTER TOMORROW zusammen stellen. (Warum verschweigt das Drehbuch, dass das Internationale Gremium für Klimawandel spätestens 1999 genaue Daten für seine schrecklichen Prognosen vorgelegt hat? Warum wird das zentrale Problem des Kohlendioxid-Ausstoßes gemessen an dem breit ausgewalzten Familienmelodram nur peripher behandelt? Warum kommen konkret die US-Energiekonzerne und der US-Energieverbraucher nicht vor? Wird, solange das Bewusstsein einer Erderwärmung[42] im US-Kino noch nicht angekommen ist, ausgerechnet die paradoxe Folge »Eiszeit« die Ignoranz der gegenwärtigen Politik aufdecken? Warum muss man, obwohl nicht eine einzige der aktuell bekannten Energie-Alternativen in den USA zum Zuge kommt, am Ende den Zuschauer mit solch unverfrorenem Optimismus *beruhigen*?) Gemessen etwa an Schaffner's THE PLANET OF THE APES (1967) oder am Atomkatastrophen-Film THE DAY AFTER (1983) bleibt das Drehbuch weit hinter den kritischen Potenzen alter Hollywoodfilme zurück. Am Ende will der Regisseur gar nicht sagen, das alles sei wirklich ernst. Nur eine kurze Episode, dann ist der böse Traum auch schon wieder vorbei. Mit zwei James-Bond-007-Titeln wäre THE DAY AFTER TOMORROW passend überschrieben: »Die another day!« oder »Tomorrow never dies!« Gleichwohl ist hier mit der – sehr fragwürdigen – Behandlung eines zentralen ökologischen Themas die leise Hoffnung auf einen Paradigmenwechsel geweckt.[43] Zudem ist die relative Distanz zur offiziellen Politik in diesem Titel für das US-*Spielfilmkino* im Jahr 2004 ungewöhnlich.

Noch erstaunlicher jedoch ist, dass ein Kapitel »Department of Defense« im Filmabspann von THE DAY AFTER TOMORROW zu finden ist.[44] Interessiert sich das Pentagon neuerdings für Ökologie und Klimawandel? So verhält es sich in der Tat. Anfang 2004 war bereits eine unter der Aufsicht von Andrew Marshall und Peter Schwartz erstellte Pentagon-Studie bekannt geworden, die – noch vor dem Terrorismus – den Klimawandel als große Gefahr qualifiziert.[45] Die US-Regierung, so meinen der Vordenker für »intelligente Waffen« und der ehemalige Shell-Mitarbeiter, solle die wissenschaftliche Forschung ernst nehmen und in den Folgen des Klimawechsels eine gravierende Bedrohung für die *»Sicherheit des Landes«* erkennen. Die Studie siedelt frühe mögliche Eiszeitzonen zwar nicht in den Vereinigten Staaten an, doch bietet sie sonst nahezu alle Szenarien des Emmerich-Films. (Im November 2004 und auf dem UN-Klimagipfel von Buenos Aires im nachfolgenden Monat schlagen die Klimaforscher dann noch dringlicher Alarm. Indessen bleibt ihr Ruf auch im neoliberalen Mehrheitsflügel der ehemaligen grünen Ökologiebewegung ungehört.) Zu beachten bleibt, dass ökologisches Problembewusstsein im Populärkino der Gegenwart denkwürdige Planspiele für das laufende Jahrhundert hervorbringt. I,Robot (USA 2004) zeigt als Fiktion, wie ein Zentral-Computer, programmiert auf die Sicherheit der Menschen, der selbstmörderischen Herrschaft unserer Gattung ein Ende bereitet: Roboter bilden eine Militärregierung, um in Erfüllung ihres Auftrags die Menschen vor sich selbst zu schützen. Über die »unbestreitbare Logik« des Computerhirns siegt am Ende jedoch die Logik des Herzens. Unbeantwortet bleibt, was daraus hinsichtlich der Überlebenszukunft der heute noch nicht Geborenen folgt.

Im Sicherheits-Paradigma der neuen »Pentagon-Papers« spielen globale sozio-ökonomische Überlegungen und Menschenrechte allerdings keine Rolle. Dass die Hauptursache für eine ausbleibende globale Umweltschutzpolitik in der Ökonomie liegt, wird verschwiegen. Wie sehr wünscht man sich, Wasserknappheit, AIDS-Epidemie, die Zerstörung der Biosphäre durch eine verantwortungslose Energie-, Umwelt- und Militärpolitik und die Bedrohung des Friedens durch das unbeschreibliche wirtschaftliche Ungleichgewicht auf dem Planeten würden endlich als Herausforderungen angenommen. Mit einer Überführung der Rüstungsbudgets in ökologische, humanitäre, kulturelle und sozioökonomische Projekte wäre ein zuversichtlicher Ausblick auf »Übermorgen« definitiv möglich.

Anmerkungen

[1] Vgl. *Deiseroth* 1996 und 2005. Im Mai 2005 sollen in New York Verhandlungen für eine – diesem Ziel entsprechende – Nuklearwaffenkonvention begonnen werden.
[2] Vgl. *Alt* 2002, 96-105.
[3] *Richter* 2004.
[4] Vgl. *Chossudovsky* 2003a; *Chossudovsky* 2004. – Aktuelle und grundsätzliche Informationen über Atomwaffen bietet seit 2004 folgende Website: http://www.atomwaffena-z.info.
[5] Vgl. *Günther/Cüppers* 2004.
[6] Vgl. dazu auch eine am 10.10.2004 veröffentlichte Meldung der »Informationen zur Deutschen Außenpolitik«: »Militärstrategen der Europäischen Union präzisieren die von Berlin angestoßene EU-Sicherheitsstrategie und ziehen einen atomaren Erstschlag in Betracht. Bereits die von Berlin initiierte EU-Militärdoktrin – die erste in der Geschichte der EU – sieht die Möglichkeit zur Führung von Angriffskriegen (›Präventivkriegen‹) ausdrücklich vor. In einem jetzt vorgelegten ›European Defence Paper‹, das unter Mitwirkung eines ehemaligen deutschen Staatssekretärs erarbeitet wurde, werden der EU-Erstschlagstrategie auch Atomwaffen zugeordnet.« (http://www.german-foreign-policy.com/de/news/article/1097359200.php .)
[7] Derzeit werden als Atommächte geführt: USA, Russland, Großbritannien, Frankreich, China, Israel, Pakistan, Indien, Nordkorea. – Die am häufigsten genannten neuen »Kandidaten« sind Iran (aktuell bedroht durch US-Militärschläge), Syrien und Südkorea.
[8] Zitiert nach: *Karl Müller* 2002, 2.
[9] Vgl. dazu *Schröder* 2004a, der insgesamt einen sehr guten Überblick zur neuen Generation der Bunker-brechenden Waffen bietet. Zwischen 2005 und 2009 sollten nach *ursprünglicher* Planung 484,7 Millionen US-Dollar für das Vorhaben fließen.
[10] Vgl. *Schröder* 2004a.
[11] Vgl. *Schlupp-Hauck* 2005.

XI. Die Technologie der USA rettet den ganzen Erdkreis?

[12] Vgl. dazu die Hinweise von *Mehrtens* 2003, 183f.
[13] Zur Fortführung einer feindseligen US-Tradition gegenüber Greenpeace vgl. *Bush takes Greenpeace to court*, 12.5.2004. http://www.greenpeace.org/international_en/news/details?item_id=472552 .
[14] *Richter* 2002, 208.
[15] *Fricke* 2001, 125 schreibt über ARMAGEDDON: »Selten hat man die Flagge der USA häufiger in einem Film sehen können – selbst auf dem Asteroiden wird noch in größter Gefahr das Star-Spangled Banner gehisst.«
[16] *Fricke* 2001, 119.
[17] Vgl. dazu *Schröder* 2004a.
[18] Auf den Image-Ertrag von ARMAGEDDON für das US-Militär hat Disney bereits im Vorfeld hingewiesen: »The film companies are often shown in the documents to be more than anxious to help. >We firmly believe that with the support of the US military, *Armageddon* will be the biggest film of 1998, while illustrating the expertise, leadership and heroism of the US military,< wrote Disney executive Philip Nemy to the Pentagon.« (*Campbell* 2001.) – Zur NASA-Beteiligung bei ARMAGEDDON teilt http://www.imdb.com/title/tt0120591/trivia u. a. mit: »Because of the patriotic nature of the script, and the success of using TOP GUN (1986) as recruitment material, persuaded NASA to allow Bay and Co. to shoot in the normally restricted space agency. This included the neutral buoyancy lab, a 65 million gallon, 40 ft deep pool used to train astronauts for weightlessness and the use of two ten million dollar space suits. The crew was also allowed to shoot in the historic launch pad that went out of service after the Apollo 1 disaster, and parts of the movie were filmed at Edwards Air in California. This was the first movie that the cast was allowed to use genuine NASA spacesuits. The cast are the only civilians to ever wear NASA spacesuits, which cost over 3 million dollars each.«
[19] Vgl. zum Challenger-Unglück *Diefenbach* 2003.
[20] In der Danksagungsliste von THE RIGHT STUFF sind u. a. Department of Defense, Army, Navy und Air Force, United States Coast Guard sowie die Rüstungsproduzenten Lockheed und Northrop aufgeführt. Dieser populäre Titel mit nicht ein künstlerisches Niveau vorzuweisen, das kein Pentagon-geförderter Titel der 90er Jahre (»Philip-Strub-Ära«) erreichen wird. Der patriotische »Stoff, aus dem die Helden sind«, die Einblicke in die US-Gesellschaft und die Darstellung der nationalen Klischee-Produktion der Massenmedien sind voller Überzeichnung und Selbstironie. Dergleichen kann der Rezipient unreflektiert als pure Bewunderung aufnehmen oder in heiterer – nachdenklicher – Distanz als gute Unterhaltung genießen. Namentlich (Vize-)Präsident Johnson glänzt im Film als jovialer Texaner mit peinlichen Auftritten. Die Raumfahrt-Pioniere müssen sich bei Blasendruck mangels geeigneter Vorrichtungen »in die Hose machen« und vergleichen ihre Funktion selbst mit jener der parallel trainierten Schimpansen. In seiner Ambivalenz (Patriotismus und/oder kritische Selbstironie) ist THE RIGHT STUFF am ehesten mit PATTON (USA 1969) vergleichbar.
[21] Zu DEEP IMPACT verweise ich auf die gute Darstellung von *Mehrtens* 2003.
[22] Den Schluss dieser Rede, die zwei Mal an das biblische Zurückweichen der Wasser (Genesis 8,1) erinnert, zitiert *Mehrtens* 2003: »Heroes died, but they are remembered. We honor them with every brick we lay, with every field we sow, with every child we comfort and the teach to rejoice in what we have been regiven, our planet, our home. So, now, let us begin!«
[23] Vgl. dagegen die »spirituelle« Antwort auf eine drohende Invasion der Erde in: LE CINQUIÈME ELEMENT (The 5th Element; Das Fünfte Element), Frankreich 1997.

[24] Dazu ausführlich: *Mehrtens* 2003.
[25] Mit einem kleingedruckten Hinweis der Raumfahrt-Administration, dass Kooperation und Assistenz nicht eine Stellungnahme zu Inhalt oder Charakteren des Films wiederspiegeln.
[26] Die Serie war erstes Kooperationsprojekt für Lieutenant Colonel Bruce Gillman, der das Filmbüro der U.S. Air Force in Kalifornien repräsentiert. Dazu teilt *Down* 2001 mit: »'Take Gillman's first film liaison project: NBC's popular 1997 mini-series Asteroid. The plot is formulaic: a rock hurtling towards earth can only be nudged off-course by a barrage of US nuclear missiles. This was where the Air Force and the producers reached an impasse. ›What they were planning to send up ran counter to all the treaties we signed about the non-proliferation of weapons in space‹, explains Gillman. Film Liaison persuaded the producers to replace the missiles with the USAF's jet-mounted Airborne Laser, a controversial and then obscure weapons technology. The production team agreed, obtained full access to Air Force personnel, bases and aircraft. And the Pentagon got to plug its new weapons system in return. By a happy coincidence NBC's parent company, General Electric, is also a partner in the consortium contracted to develop the Airborne Laser. Everyone's a winner.«
[27] Vgl. *Mehrtens* 2003, 183-186, der sich vor allem auf die Magisterarbeit »Otal War« von Doug Davis beruft.
[28] Zuletzt berichtete die Presse am 20. März 2004 über einen Gesteinsbrocken aus dem All von *30 Meter Umfang*, der die Erde nach NASA-Angaben im Abstand von 43.000 Kilometern passierte. Ein Himmelsobjekt in ähnlicher Größe soll 1908 über Sibirien explodiert sein.
[29] Vgl. zu den Gefahren nuklearer Weltraummissionen, wie sie das NASA-Programm »Prometheus« und die Pläne zu Mars-Landungen verstärkt vorsehen: *Schlupp-Hauck* 2004.
[30] Veränderungen der Erdumdrehung wurden jüngst auch bei Erdbeben in Asien von Geophysikern diskutiert.
[31] *Pietsch* 2003.
[32] Die Lösung wird auch von der unsäglichen Billigproduktion SCORCHER (USA 2002) angeboten: Unterirdische Atomexplosionen Chinas lösen eine Kettenreaktion aus: Vulkanaktivitäten, Plattenbewegung auf der Erdoberfläche, Erhöhung des Treibhauseffektes. Nach wissenschaftlichen Berechnungen müssen die USA mit »thermo-nuklearen Interventionen« am berechneten Ground Zero »Los Angeles« gegensteuern, sonst geht die Welt zugrunde. Benutzt werden dazu Nuklearsprengsätze von 15 Megatonnen oder »hundert mal Hiroshima«. Das US-Staatsoberhaupt hält eine global bedeutsame Rede und erklärt: »Ich werde offenbar der erste Präsident nach Truman, der Befehl gibt, eine Stadt auszulöschen – noch dazu eine eigene.« »Schöne Bilder« vom Atompilz zeigen zum Schluss den Erfolg der Operation an.
[33] Unter »Trivia« suggeriert http://www.imdb.com mit folgender Mitteilung einen hochwissenschaftliche Hintergrund von THE CORE: »One of the scientific experts consulted for the making of the movie was Dr. David Stevenson of Caltech. After talking to the producers, he thought of a scientifically possible way to send an unmanned probe to the core. His idea was published in the prestigious science journal Nature on 15 May 2003.«
[34] Ergänzend teilt http://www.imdb.com mit: »One of the NASA officials in the movie is played by Gerry Griffin, who is a former NASA flight director. Griffin presided over the Apollo 12 mission and later became director of the Johnson Space Center in Houston.«
[35] Im Weltraum gilt das Atomare ohnehin als ungefährlich. Das Auftauchen des »Erdschiffes« von THE CORE im Meer suggeriert den Zuschauern eine saubere Lösung. Auch in INDEPENDENCE DAY schließt sich das riesige Raumschiff der Außerirdischen, *bevor* im Inneren der Nuklearsprengstoff zündet. – Auf frühere Vorbilder der nuklearfreundlichen Verharmlosungsunterhaltung verweist *Roth* 2004d in seinem Beitrag »Ohne Dialer, Esel und Bit-

torrent – und ohne Mitgliedsgebühr« (Telepolis, 17.9.2004) über Prelinger Archive: »Der beliebteste Download ist der Original-Atom-Cartoon »Duck & Cover« aus dem Kalten Krieg, der in aus heutiger Sicht unglaublich naiver Sicht zeigt, wie man dem Atomschlag durch einfaches *Auf-den-Boden-werfen und Hände-über-den-Kopf* entkommt, wenn ein witziges Äffchen die große Bombe wirft. Doch auch andere völlig verharmlosende Promotionfilme des Atomzeitalters sind hier zu finden, über Fische in der Plutoniumfabrik Hanford bis zu einigen originalen Army-Dokumentationen über die Atomtests.« (Ein entsprechender URL zu »Duck & Cover«: http://ia200110.eu.archive.org/hdc1/movies/DuckandC1951/DuckandC1951.gif.)

36 *Chossudovsky* 2004.
37 Vgl. *Alt* 2002; *Frey* 2004, 312, 407, 409f., 413f.
38 *Seeßlen/Metz* 2002, 96f. weisen auf eine hier erinnernswerte ältere Tradition hin; diese Tradition assoziieren sie allerdings mit mythischen Vorstellungen von Reinheit, die nach ihrer Ansicht dem Katastrophenfilm der siebziger Jahre vorausgehen: »Schon 1960 hat Edgar Ulmer in BEYOND THE TIME BARRIER eine Zerstörung der Ozonschicht als Ursache genetischer Katastrophen gesehen. Diese Katastrophe führt zur mehr oder minder vollständigen Auslöschung einer falschen Lebensart und zu einem Neubeginn, so dass sie Schlüssel für eine zyklische Weltsicht ist: Aufbau, Perversion, Katastrophe, Neubeginn und endlos so weiter.«
39 Man fühlt sich an Schlussszene und Filmplakat von Franklin J. Schaffner's THE PLANET OF THE APES (USA 1967) erinnert, die die Freiheitsstatue tief im Sand versunken zeigen. Die Verwüstung der Erde ist hier als Ergebnis eines – atomaren – Weltkrieges zu deuten; das Ende wirkt weit weniger optimistisch und beruhigend als das von THE DAY AFTER TOMORROW.
40 Dass dieser erstrangige Ignorant am Ende sogar mit dem ersten Staatsamt belohnt wird, findet Emmerich offenbar nicht skandalös. – Im Gegensatz zur zynisch wirkenden Präsidentenrede im Atomkriegsfilm THE DAY AFTER (1983) ist das abschließende Ermutigungswort in THE DAY AFTER TOMORROW offenbar auch im Sinne des Drehbuchs völlig ernst gemeint. Unter den aktuellen politischen Verhältnissen wird allerdings auch an dieser Stelle der Film als kritisch wahrgenommen: »Casting Kenneth Welsh as the Vice President was controversial due to his physical resemblance to Dick Cheney, but Ronald Emmerich insisted on it for that very reason.« (http://www.imdb.com)
41 Abgesehen vom obligaten Russen im Weltraum und einigen Wetterstationen auf anderen Kontinenten spielen die Menschen im Rest der Welt keine nennenswerte Rolle.
42 Bezeichnend ist, wie das B-Movie INFERNO / HEATWAVE (USA 1998) das mögliche Szenarium einer Wärme-Katastrophe aufgrund einer sich aus dem All nähernden Hitzequelle präsentiert. Auf der Erde herrscht zeitweilig Chaos (Plünderungen, Vergewaltigungen, Schießereien in Los Angeles), US-General Maxwell ruft auf Anordnung des Präsidenten das Kriegsrecht aus und Teile des Militärs verselbstständigen sich als wären sie in Vietnam. Die bedrohliche Hitzewelle ist jedoch nur eine recht kurze Episode. Unter einem Regenbogen sprechen die Menschen am Schluss ein Gebet.
43 Der Regisseur hat auch seine Produktion an Kriterien der Nachhaltigkeit ausgerichtet: »Roland Emmerich, out of his own pocket, paid $200,000 to make the production ›carbon-neutral‹ – the first of its kind in Hollywood; all carbon dioxide emitted by the production is offset by the planting of trees, and investments in renewable energy.« (http://www.imdb.com)
44 Zur Militärbeteiligung bei THE DAY AFTER TOMORROW auch folgende Nachricht: »The US Army loaned several UH-60 Blackhawk helicopters for the rescue scene at the end, prompt-

ing the Canadian authorities to reassure the people of Montreal that they weren't being invaded by America.« (http://www.imdb.com)

[45] Vgl. *Klimaschwankungen gefährlicher als Terroristen* 2004. – Bemerkenswert ist in diesem Zusammenhang auch folgendes Novum innerhalb der staatlichen Energiepolitik in den USA: Im Sommer 2004 klagten neben New York die US-Bundesstaaten Connecticut, Rhode Island, Vermont, New Yersey, Iowa, Kalifornien und Wisconsin gegen die fünf größten Energiekonzerne der USA, die pro Jahr 650 Millionen Tonnen Treibhausgase ausstoßen. Zur Begründung dieser Klage wurden Treibhauseffekt, öffentliche Gesundheit und Umweltschädigung angeführt.

XII. Kino der Angst:
Verschwörer und Terroristen in Gottes eigenem Land

Wer gute Absichten im Horizont der Gesamtgesellschaft hegt, dem ist an einem Klima des Vertrauens, des Dialogs, der mentalen Gewaltprävention und der Solidarität gelegen, ebenso auch am allgemein rational Nachvollziehbaren. Wer vernebeln und paralysieren will, wer die breite Mehrheit der Bevölkerung nicht als eigenständigen Akteur, sondern als passives Opfer wünscht, der verbreitet Feindbilder und Angst. Entsprechend hat Johannes Rau in seiner letzten Berliner Rede als Bundespräsident am 12. Mai 2004 beklagt, im Zusammenhang mit der Verächtlichmachung solidarischer Gesellschaftsstrukturen betätigten sich »Verantwortliche aus der Mitte von Wirtschaft, Gesellschaft und Politik« immer häufiger als Propheten der Katastrophe: *»Das Ziel ist immer das Gleiche: Untergangsszenarien sollen mithelfen, bestimmte Ziele durchzusetzen und dafür Mehrheiten zu gewinnen.«*

Wer profitiert vom permanent reproduzierten Klima der Angst? Tom Holert und Mark Terkessidis schreiben: »Einerseits kursieren individualisierende Bilder der Gesellschaft, andererseits verliert sich das Spezifische der individuellen Angst in den Produktionen einer kollektiven Angst. Diese öffentliche Traumaproduktion verschleiert den Blick auf die historischen, geopolitischen und ökonomischen Zusammenhänge. Angst wirkt als Katalysator pseudodemokratischer Prozesse, die die trügerische Gleichheit einer Schicksalsgemeinschaft stiften. Außerdem befördert Angst eine ethnozentrische Perspektive. Sie reserviert das Vorrecht der Traumatisierbarkeit für diejenigen, die diese Perspektive einnehmen können. So ist Angst nicht nur eine Machttechnologie der westlichen Therapie-Gesellschaften [...], sondern zudem ihr gewissermaßen exklusiver Besitz. [...] Angstmilieus entstehen nicht nur, wo sich Gesellschaften im Ausnahmezustand erklärter oder unerklärter Kriege befinden. Angst ist vielmehr eine Grundbedingung kapitalistischer Verhältnisse, in deren Eingeweiden die Verteilungskämpfe toben.«[1]

Hollywood bedient mit seinem Kino der Angst nicht nur den westlichen Luxus der unterhaltsamen Adrenalinspritze durch Risiko- und Bedrohungs-Cocktails. Vielmehr erfüllt die Angstproduktion auf der Leinwand alle von Holert und Terkessidis genannten ideologischen Funktionen, zumal sie *reale* Gefahren und Leiden, die aus der herrschenden Politik resultieren, fast durchgängig ausklammert. Die zunehmende wirtschaftliche Unsicherheit breiter Bevölkerungskreise und das daraus erwachsende Lebensgefühl werden im Kino gleichsam durch Phänomene »erklärt«, die rein gar nichts mit Ökonomie zu tun haben.[2] Angstökonomie und Angstgesellschaft gehören zusammen.

XII. Kino der Angst

Die möglichen Dimensionen der konstruierten Angst-Räume sind total. Sie können die Psyche des Einzelnen ansprechen, eine Gemeinschaft der kollektiven Angstpsyche beschwören, transzendente bzw. »spirituell-spiritistische« Unberechenbarkeiten herbeizaubern oder auch kosmologisch aufs »Ganze« gehen. Alle Zeiten – Vergangenheit, Gegenwart und Zukunftsszenarien – bieten sich an. Horizontal können die nächste Nachbarschaft, die Stadt, das eigene Land oder global die Erde ins Blickfeld kommen. Das gegenwärtig vorherrschende Paradigma bevorzugt die Bedrohung durch ein weltweites Terrornetz, über das öffentlich nur wenige fundierte Informationen vorliegen. In diesem Kapitel sollen jedoch einige Themen und Aspekte des Angst-Kinos beleuchtet werden, die sich auf die Gesellschaft der Vereinigten Staaten selbst beziehen.

1. Innere Sicherheit, Paranoia und »hausgemachter« Terror

»Unsere Politiker versuchen die paranoide Vorstellung zu verbreiten, dass die Freiheit der Sicherheit geopfert werden müsse.« Susan Sonntag, 21.2.2002

Ein schier *uferloses* Feld von TV-Serien und Kinoproduktionen der USA widmet sich dem Komplex »Innere Sicherheit«. Michael Moore vermittelt in BOWLING FOR COLUMBINE, wie speziell das sogenannte Reality-Fernsehen gewalttätige Afro-Amerikaner gezielt als permanente Gefahr vorführt. Die Massenmedien zeigen keineswegs, wie manche USA-Kritiker meinen, einfach das Spiegelbild einer gewalttätigen Gesellschaft. Vielmehr produzieren sie ohne Unterlass das *Wahngebilde einer allgegenwärtigen Kriminalität*. Der politische »Benefit« entspricht dem, was Tom Holert und Mark Terkessidis auch für vergleichbare Muster in Deutschland geltend machen: Die »Diskrepanz zwischen statistischer und öffentlicher Wahrnehmung von Gefahr führt [...] zu periodischen Erregungszuständen, die das Phantasma der ›Sicherheit‹ und entsprechende Handlungserfordernisse füttern.«[3] So bahnt sich der Weg für gewalttätige »Konfliktlösungsstrategien« von oben.

Eine der Ursachen für die – im internationalen Vergleich signifikant hohen – Tötungsdeliktzahlen der Vereinigten Staaten, der nahezu obligate private Schusswaffenbesitz, wird durch das vom Gewaltfernsehen mitgestaltete Klima gerade gerechtfertigt. Fast jeder 100. US-Amerikaner sitzt im Gefängnis. Naheliegende soziale und »rassenpolitische« Überlegungen zur planmäßigen Kriminalisierung weiter Bevölkerungskreise bleiben aus. »1999 befanden sich 7,5 Prozent aller 18- bis 65-jährigen Schwarzen und 11,7 Prozent aller 22- bis 30-jährigen in Haft, unter jungen Schwarzen ohne High-School-Abschluss waren es sogar 41 Prozent. 22 Prozent aller schwarzen Männer und 52 Prozent aller schwarzen Schulabbrecher wiesen in ihrem Lebenslauf einen Gefängnisaufenthalt auf. Für einen Schulabbrecher ist die Chance, im Gefängnis zu landen, höher als die Chance, einen neuen Job zu finden. Mit 13

Prozent der Bevölkerung stellen Schwarze heute 44 Prozent aller Häftlinge«[4] Viele Filme bestärken die Menschen der USA darin, in den Insassen der Gefängnisse besonders gefährliche Feinde der Gesellschaft zu erblicken. Differenzierungen zwischen einfachen Konsumenten von illegalen Drogen und – zum Teil äußerst »populären« – Massenmördern sind selten. Der brutale Überlebenskampf im Strafvollzug inspiriert Titel wie ESCAPE FROM ABSOLOM / NO ESCAPE (USA 1993) zu einer speziellen Kino-Arena für Gladiatorenkämpfe. Großproduktionen nach Art von CON AIR (USA 1997) suggerieren, dass eigentlich nur ein starkes Militär die us-amerikanische Zivilisation vor der Bedrohung schützen kann, die von den Schwerstkriminellen in Hochsicherheitstrakten ausgeht. Wenn die Endzeitkatastrophe kommt, wird man vor den Überlebenden des Strafvollzugs besonders auf der Hut sein müssen (THE LAST PATROL, USA 1999).

Feiertage gibt es im Kino der Angst nicht. NAKED CITY – A KILLER CHRISTMAS (USA 1998) zeigt New York auch an Weihnachten als »Dark City«, in der man sich vor Serienkillern fürchten muss. Die sensationslüsternen Medien zeigen sich erfreut. Die Bevölkerung fühlt sich zur Lynchjustiz ermächtigt und erwischt einen Unschuldigen. Zwei Polizisten wahren dem gegenüber zumindest teilweise rechtsstaatliche Verfahrensweisen. Das Motiv des Serienkillers: Er will Rache an all jenen üben, die durch alkoholisiertes Autofahren Todesopfer verursacht haben.

In unserem Zusammenhang steht nicht eine oberflächlich betrachtete Vorbildfunktion von gewaltverherrlichender Massenkultur im Mittelpunkt. Gefährlich ist vor allem die *Dienstleistung für eine »Law and Order«-Politik*, die mit lauten Parolen operiert und sich von jeder sozialen Verantwortung dispensiert. Die massenmedialen Szenarien der Verbrechensbekämpfung gehören zu dieser Dienstleistung. Ein unbürokratischer »kreativer« Umgang mit den Bürgerrechten von Verdächtigen ist im us-amerikanischen Film fast *durchgehend* zu konstatieren. Immer und immer wieder wird »liberales Bürgerrechtsgequatsche« als Bremse für eine gut arbeitende Strafverfolgung vermittelt. Jenes gewalttätige Polizeistreifen-Team, das im März 1991 in Los Angeles den Afro-Amerikaner Rodney King auf offener Straße krankenhausreif prügelte[5], hat auf der Leinwand viele Kollegen. (Dass das so oft benutzte Klischee des kriminellen Cops nicht gerade Vertrauen in die »öffentliche Ordnung« weckt, bekümmert viele Filmemacher wenig.) Bereits die Billigproduktion FUTURE FORCE (USA 1989) von David A. Prior empfahl für die 90er Jahre das effiziente Modell »C.O.P.S. – Civilian Operated Police Systems«. Die US-Polizei ist vollständig *privatisiert* und die Rechtsstaatlichkeit durch ein kommerzielles Computersystem ersetzt. Mit den Detektivmethoden eines Columbo will man jetzt nichts mehr zu tun haben. Gegen Prämienzahlung liquidieren freiberufliche Wildwest-Rocker mit faschistischen Fahndungsmethoden jeden Kriminellen, aber auch eine kritisch recherchierende Fernsehjournalistin. Ansätze, die neue profitorientierte Justiz zu hinterfragen, bietet dieser Film nur, um neue Blutgemetzel präsentieren zu können. – Erschreckend ist auch, welche Phantasien die populistische Zero-Tolerance-Propaganda für Kriminalitätsbekämpfung der Großstadtbehörden in SCARRED CITY (USA 1998), einem anderen B-Movie, hervorbringt: Die massenkulturell propagierte Selbst- bzw. Lynchjustiz von Vietnamveteranen gegenüber »asozialen Elementen« ist in diesem Film ein Programm geworden, das Bürgermeister, Staatsanwalt und Polizeichef der Stadt inoffiziell decken: Eine Spezialeinheit der Polizei lockt afro-amerikanische Diebe in ein Geschäft, um sie dann zu erledigen. Die Sterblichkeitsrate für Verbrecher beträgt bei solchen Einsätzen *hundert* Prozent. (»Amüsement und Blutvergießen« werden den Beamten ausdrücklich garantiert.) Wenn es bei der Menschenjagd auf die Mafia unbeteiligte Personen – etwa Prostituierte – in einem Haus gibt, werden auch diese als unliebsame Zeugen gleich mit eliminiert. Autoblechschäden sind für die Scarred-City-Cops schlimmer als menschliche »Kollateralschäden«. Gegen dieses polizeiliche Morden opponiert ein Teammitglied, das man unter Erpressung in die Einheit versetzt hat. Die Lösung: Der »moralisch« motivierte Abweichler exekutiert als Einzelkämpfer nacheinander alle Cops und den Einsatzleiter des polizeilichen Killerkommandos.

Was sich hier »kritisch« gibt, ist wiederum dem gefährlichen Weltbild jener kleinen oder großen Supermen, Spidermen und Batmen verhaftet, das Marcus Mittermeier mit seiner Filmsatire MUXMÄUSCHENSTILL (BRD 2004) beleuchtet.[6] Es lebe die Selbstjustiz: THE PUNISHER (USA 2004) von Jonathan Hensleigh zeigt, dass Hollywood von der Rachedroge nicht loskommt.[7] Rache heißt jetzt allerdings Bestrafung und substituiert die »Unzulänglichkeiten des Gesetzes«. In diesem neueren Film wird der Comic-Faschismus ausgiebig zelebriert. Der Anschluss an jene Vietnamveteranen, die laut Richard Nixon mit einer »hohen Moral« helfen sollen, »die Nation von ihrer Kriminalität zu befreien«[8], ist in Form einer totalen Kriegsführung erneut hergestellt. (Das explizite Motto des Punishers: »Si vis pacem, para bellum!«) Ein herausragend guter US-Soldat und zugleich der beste verdeckte CIA-Ermittler rächt an Kriminellen die Ermordung seiner ganzen Familie und findet zur eigenen Lebensbestimmung: »Ihr, die Ihr anderen Böses zufügt, Ihr Killer, Vergewaltiger, Psychopathen und Sadisten. Ihr werdet mich gut kennen lernen. [...] Nennt mich den Punisher!« Damit diese Drohung auf unseren Straßen auch bekannt wird, liefern die Videotheken das passende Punisher-T-Shirt gleich mit.

Unsicher wird die Stadt, wenn Scharfschützen ihre Computersimulationen verlassen und sich ein Versteck in dreidimensionalen Lebensräumen einrichten, in denen leibhaftige Menschen als Zielscheibe herhalten. So zeigen es nach Drehbüchern des wahren Lebens die Sniper-Thriller.[9] – Höchst interessant wäre in diesem Zusammenhang eine Filmstudie zu jenen US-amerikanischen Produktionen, in denen sich Großstadt und Land auf der Folie ökonomischer, kultureller und religiöser Differenzen und unter dem Vorzeichen tiefpsychologischer Projektionen jeweils als das Fremde und Bedrohliche sehen. Naturungeheuer und Maschinendrachen stehen sich gegenüber.[10]

XII. Kino der Angst

Auf dem Lande warten inzestuös verursachte Debilität, religiöser Fanatismus und Lebensgesetze des dunklen Unbewussten. Die Großstadt steht für Entwurzelung und Anonymität, für moralischen Zerfall, verbotene Sexualität und hybride Zivilisation.

Neben den Bedrohungsszenarien mit inflationärer Alltagskriminalität – und blutigem Eingeweidehorror wie dem Remake THE TEXAS CHAINSAW MASSACRE (USA 2003)[11] – fördern Bilder eines spektakulären »inneren Terrorismus« die Paranoia. Mit THE TAKING OF BEVERLY HILLS (USA 1990) werden noch die Reichen der Gesellschaft als Opfer und Täter dargestellt. Der Milliardär Masterson lässt in Beverly Hills, dem »Welttreffpunkt der Raffgierigen«, ein Unglück mit giftigen Chemikalien simulieren. Die gesamte Stadt wird evakuiert. Ein straff organisiertes Diebstahlkommando, getarnt als Polizei- und Umweltschutzeinheit, raubt Banken, Juweliergeschäfte und Villen aus. In einer Nacht werden mehr als 700 Millionen Dollar erbeutet. Football-Star »Boomer« bekämpft im Alleingang – mit improvisierten Molotow-Cocktails und Wurfsternen aus Metall – die Einbrecher. Das »soziale Gewissen« Hollywoods rangiert in diesem Titel auf dem Niveau einer Benefiz-Gala für Obdachlose. Am Ende erhält sogar ein unterbezahlter Cop von Beverly Hills die Aussicht auf eine beträchtliche Sondereinnahme.

In SPEED (USA 1994) hat der Top-Mann der Anti-Terror-Einheit von Los Angeles es mit einem gefährlichen Bombenleger zu tun, der Geiseln in einem Hochhaus-Aufzug und wenig später in einem öffentlichen Bus mit seinen Sprengstoffkünsten bedroht. Der Terrorist ist ein ehemaliges Mitglied der U.S. Army. Er will drei Millionen Dollar erpressen und sieht in seinem staatlichen Verfolger einen Privatfeind. – Im Jahr darauf steigert THE ROCK (USA 1995) den Terror durch Leute, die der Staat ausgebildet hat: US-General Hummel verschanzt sich mit einer Truppe aus Elitesoldaten der Marines auf der legendären Bürgerkriegsfestung und Gefängnisinsel Alcatraz.[12] In der Hand dieser – aus Militärbeständen bestens ausgerüsteten – Soldaten befinden sich 81 US-amerikanische Touristen als Geiseln und 15 VX-Giftgasraketen, die jeweils etwa 70.000 Menschen töten können. Der abtrünnige Hummel ist ein hochdekorierter Marine. (Er war der »beste Kommandeur im ganzen Vietnamkrieg«. Auch in Grenada, Panama und im Desert Storm hat er sich bewährt.) Seine Special Forces waren weltweit immer wieder bei *illegalen* Militäroperationen der USA eingesetzt, so in Laos, China und im Golfkrieg 1991 (Lasermarkierungen am irakischen Boden). Wenn sie bei diesen geheimen Einsätzen starben, erhielten ihre Familien keine wahrheitsgemäße Auskunft und nicht einmal eine Versorgungsrente. An diesen »Lügen des Systems« ist General Hummel während seiner Laufbahn fast erstickt. Nun will er von der US-Regierung eine Entschädigung für die Hinterbliebenen der toten Spezialkämpfer erpressen. Die hohe Summe (100 Millionen Dollar) soll u.a. aus einem Schmiergeldfond für illegale US-Waffenverkäufe finanziert werden. Hummel droht, bei Nichterfüllung dieser Forderung ganz San Francisco mit den Giftgasraketen in eine tote Stadt zu verwandeln. – Der US-Präsident entscheidet sich für eine Bombardierung von Alcatraz: »Wie wägt man Menschenleben gegeneinander ab – eine Millionen Zivilisten gegen 81 Geiseln? [...] Wir führen einen Krieg gegen den Terror, und im Krieg gibt es Verluste!« Staatstreue Marines, vor allem aber der FBI-Chemiewaffenexperte Dr. Goodspeed und der britische Geheimdienstagent Mason[13], ein erfahrener Alcatraz-Sträfling, können noch rechtzeitig die Giftgasbomben entschärfen und die Erpresser töten. – Während die Revolte auch U.S. Marines umfasst, die sich nunmehr als Söldner mit Anspruch auf Bezahlung verstehen, wird dem hoch verdienten Anführer General Hummel zum Schluss ein ehrenwertes Motiv nicht rundherum abgesprochen. Er war zu keinem Zeitpunkt ernsthaft zum massenmörderischen Einsatz der VX-Waffen bereit: »Hier geht es nicht um Terrorismus, sondern um Gerechtigkeit!«

In CON AIR (USA 1997), der nächsten Bruckheimer-Produktion über Terror, wird das bereits angesprochene *Feindbild der Schwerkriminellen* auf die Spitze getrieben.[14] Gleichzeitig vermittelt der Film jedoch viel Verständnis für einen des Totschlags angeklagten Soldaten der U.S. Army. Ranger Cameron Poe gehört zu jener »Sperrspitze« des Militärs, die im Krieg niemals einen der ihren zurückgelassen hat. Beim Wiedersehen mit seiner angehenden Frau wehrt er sich – mit Todesfolge – gegen alkoholisierte Rocker, die ihn provozieren und mit dem Messer bedrohen. Unter den Bedingungen einer schlechten Verteidigung wird er als Marine *extra* hart – mit mindestens sieben Jahren Haft – bestraft. Bei seiner Entlassung steckt man Poe in einen Flugzeugtransport des Justizvollzugs, in dem auch die Todeskandidaten und »Stars« eines ganzen Hochsicherheitstraktes sitzen: ein Serienkiller von 30 Kindern, ein Massenmörder mit privatem Rachemotiv, ein siebenunddreißigfacher Vergewaltiger, ein militanter Kämpfer für die Rechte von Schwarzen, hochkarätige Drogenkriminelle ... Es dominiert das in THE SILENCE OF THE LAMBS (USA 1990) prototypisch gestaltete Bild der menschlichen »Bestie«.[15] – Den Häftlingen gelingt es nun, das Flugzeug unter ihre Kontrolle zu bringen. Zeitweilig planen die konkurrierenden US-Behörden einen Abschuss der Maschine. Obwohl Cameron Poe bei einer Zwischenlandung die Chance hat, auszusteigen, bleibt er in der entführten Flugmaschine. Er beschützt eine Strafvollzugsbeamtin vor dem Massenvergewaltiger und rettet – in Treue zum Ranger-Ethos – einem afro-amerikanischen Mithäftling das Leben. Da die Bekämpfung der terroristischen Schwerstkriminellen größtenteils als Kriegsfilm gestaltet ist, hat der gute Marine Poe bis zur Bruchlandung in den Straßen von Las Vegas zahlreiche Gelegenheiten, sein erlerntes Handwerk als Elitekämpfer auszuüben.

Rod Lurie inszeniert in THE LAST CASTLE (USA 2001) später den Aufstand gegen die Unmenschlichkeit einer US-Justizvollzugsanstalt als regelrechten Krieg[16]; der Widerstand der »Guten« ist dabei durch militärischen Ehrenkodex und Respekt vor der Nationalfahne charakterisiert: Der hochdekorierte Drei-Sterne-General Eugene Irwin kommt wegen einer Befehlsmissachtung bei einem Einsatz in Burundi, die acht Männern das Leben kostet, vor das Kriegsgericht. In einem Militärgefängnis der U.S.

XII. Kino der Angst

Army tritt er seine zehnjährige Haftstrafe an. Zunächst sieht es so aus, als wolle der Film militärkritische Inhalte transportieren. (General Irwin spricht abschätzig von der historischen Waffensammlung des Gefängnisdirektors; Säbel, die einem armen Kerl den Bauch aufgeschlitzt hätten, gehörten nicht in eine Vitrine.) Der weitere Verlauf erweist die Produktion jedoch als militaristisch. General Irwin bestärkt seine Mithäftlinge im Widerstand gegen eine Gefängnisleitung, die Häftlinge widerrechtlich quält und sogar tötet. Aufgrund seiner früheren Foltererfahrungen in Hanoi übersteht Irwin selbst alle Torturen. Die Gefangenen beginnen gegen geltendes Verbot, durch verschlüsselte Dienstgrad-Bezeichnungen und – als Kopfkratzen getarntes – Salutieren unter sich die militärische Ordnung wieder herzustellen. Ihre Hoffnung auf ein Ende der unmenschlichen Haftverhältnisse setzen sie – nicht ohne Grund – auf das Pentagon. In der Endschlacht mit der Gefängnisleitung werden Brandsätze benutzt und der Apachi-Hubschrauber der Wache okkupiert. Beim Sieg salutieren alle vor dem gehissten Sternenbanner. Die Schlussworte des Films gelten Irwin, der für seine Mithäftlinge »gefallen« ist: »Ein großer General sagte einmal: ›Sagt zu Euren Männern: Ihr seid Soldaten. Sagt: Das ist unsere Fahne. Sagt ihnen: Niemand nimmt uns unsere Fahne. Hisst unsere Fahne so hoch, dass jeder sie sehen kann. Und dann habt Ihr eine Festung!« (Mitgewirkt haben bei diesem Film u. a. Filmkommission, Staatsgefängnis und Staat von Tennessee sowie »The City of Washington« und das »Los Angeles National Cemetery«.)

Terror, der wie in THE ROCK aus der Mitte der U.S. Army kommt, wird auch von einer Action-Produktion aus der Nachbarschaft gezeigt.[17] In RED ZONE (Kanada 1997) weiß der US-Präsident: Jener Teil in einem Marine, »der skrupellos töten kann, ist notwendig, um ein guter Soldat zu sein«. Leider wendet sich im Film diese Überzeugung gegen das Staatsoberhaupt selbst und auch gegen die Bevölkerung der Vereinigten Staaten. Als Generalstabschef hat der Präsident einst eine Spezialeinheit in den Irak geschickt, um Saddam Hussein auszuschalten. Als man dann in den USA zur Überzeugung kam, diese Operation müsse abgebrochen werden, wurden die *eigenen* Leute gezielt mit einem »friendly fire« tödlich bombardiert. Nun will Douglas, ein überlebender US-Soldat aus dem Saddam-Mordkommando, grenzenlose Rache für diesen Verrat üben. Er bringt den legendären Atomwaffen-Computerkoffer des US-Präsidenten an sich, mit dem weltweit jedes Raketenziel einprogrammiert werden kann. Anschließend besetzt er mit seinen Söldnern ein Nuklearraketen-Silo. Erpresserisch fordert Douglas, dass sich der Präsident vor laufender Kamera erschießt. Gleichzeitig startet er eine Atombombe, die in *Washington* ein Gebiet von fünfzehn Millionen Menschen treffen soll. Die Rakete der Terroristen kann erst in letzter Minute vom Held des Films, einem Major der US-Luftwaffe, gestoppt werden. – Vom Präsidenten wird in diesem Film folgende »Militärdoktrin« vertreten: US-Veteranen ließen ihr Leben, damit auch andere Menschen der Erde die selben Grundrechte genießen können wie die US-Amerikaner; die erfolgreiche Technologie des Golfkriegs

XII. Kino der Angst

1991 hat *Leben gerettet* und soll – unter Personalabbau im Militär – weiterentwickelt werden. Darüber hinaus bemüht sich das Drehbuch um »kritische« Aspekte. Ein US-Pilot hat ohne Befehl den Kurden Reislieferungen gebracht und wird von der Presse gefeiert. Ein Oberstleutnant der U.S. Army, Chef des Raketensilos, hat seine innere Überzeugung zu Atomwaffen geändert, nachdem er einmal »aus Versehen« beinahe den »Dritten Weltkrieg« ausgelöst hätte. (»Danach habe ich wohl zuviel gelesen.«) Der gute Held der ganzen Geschichte will am Schluss den Nuklearkoffer des US-Präsidenten solange behalten, »bis die Politiker geklärt haben, was mit den Atomwaffen passiert«.

Einem ähnlichen Muster folgt Y2K (USA 1999): Im kolumbianischen Dschungel hat sich aufgrund der Computer-Umstellung zur Jahrtausendwende eine US-Atomraketenanlage verselbstständigt. Es droht ein ungewollter Schlag gegen Russland. Das Pentagon schickt eine Spezialtruppe zur Abwendung der Katastrophe. Ein Terrorist aus den Reihen der US-Armee will jedoch die Atomraketen des Silos auf Washington lenken. Sein Motiv ist Rache an der Regierung für die vielen US-Soldaten, die aufgrund der im Golfkrieg 1991 eingesetzten (Uran- oder Gift-)Munition erkrankt sind: »Unsere heutigen modernen Waffen treffen immer beide Seiten.«

Ein Terrorszenarium, das schon in den Bereich des nächsten Kapitels hineinreicht, entwickelt STEALTH FIGHTER (USA 1999). In der Vorgeschichte sehen wir, wie Kampfpilot Mitchell, die positive Heldenfigur des Films, sich 1986 am nicht erklärten Krieg der USA gegen Nicaragua beteiligt. Er bombardiert eine vermeintliche Kokainplantage, ein »feindliches Kraftwerk« und ein Munitionslager der Sandinisten. Für diese – schon 1986 vom Weltgerichtshof streng verurteilten – Terroraktivitäten der USA erhält er inoffiziell höchste Belobigung. – In der Haupthandlung ist jedoch später ein anderer Feind im Visier der Vereinigten Staaten: der Top-Terrorist Roberto Menendez, der einst als Waffenhändler aus Nicaragua beim Contra-Krieg *Partner* der US-Regierung war und dann fallengelassen wurde. Auf seinem Stützpunkt in Angola verfügt Menendez über einen gestohlenen *Stealth Fighter* der Vereinigten Staaten, Nuklearsprengköpfe und EDV-Kontrolle über den Satelliten *Thanatos*, der noch aus Reagans Star-Wars-Programm stammt. Der Afro-Amerikaner Turner, ein abtrünniger und gewissenloser Ex-Pilot der U.S. Army, steht ihm zur Seite. (Über Turner heißt es, er sei jetzt ins »private Kriegsgeschäft« eingestiegen und somit »freier Unternehmer«.) Ein Atom-U-Boot der USA ist bereits versenkt worden. Turner erschießt seinen Auftraggeber Menendez und münzt die Terrorpläne für sein eigenes Geschäft um. Er verlangt von Washington zehn Milliarden Dollar. Wenn diese Forderung nicht erfüllt wird, will er Ziele in Los Angeles und New York oder direkt das Weiße Haus bombardieren. Colonel Mitchell kann im Rahmen eines Spezialeinsatzes alle Katastrophen in letzter Minute verhindern. – Der US-Präsident ist in diesem Film ebenso wie der Bösewicht Tuner ein Afro-Amerikaner. Da er höchstpersönlich und äußerst kompetent alle Militäroperationen leitet, braucht er den Kongress bei seinen Entscheidungen nicht zu konsultieren. – Action- und Terrorstreifen, die nach Art der hier ausgewählten Beispiele den Zuschauer das Fürchten lehren, werden in den Vereinigten Staaten seit vielen Jahren am Fließband produziert.

2. Conspiracy Theory: Die Welt als unbestimmte Verschwörung

Ein umfassendes *Weltbild der Unsicherheit* entwerfen zahlreiche Verschwörungsspielfilme, von denen zum Teil bereits in Kapitel III.3 die Rede war.[18] Damit stellt sich Hollywood in eine lange verschwörungstheoretische Tradition; frühe Spuren wollte der Historiker Richard Hofstadter Anfang der 1960er Jahre bis hin zu protestantischen – aufklärungsfeindlichen – Predigern Bostons zurückverfolgen, die Ende des 18. Jahrhunderts vor den Illuminaten und einer »jakobinischen Verschwörung« warnten. Auch die Rückseite der Unabhängigkeitserklärung trägt eine unsichtbare Geheimschrift; für das Popularkino, so in NATIONAL TREASURE (USA 2004), steht es fest, dass die Gründung der USA irgendwie mit dem Vermächtnis der Tempelritter und der (mit diesen einfach in einen Topf geworfenen) Freimaurer zusammenhängt. – Staatspolitisch oder ökonomisch operierende Drehbücher vermitteln zuhauf »das Gefühl, dass die Welt eine einzige unbestimmte Verschwörung ist.«[19] Daneben zeigen Filme wie Fincher's THE GAME (USA 1997) das private Leben als Manipulationsfeld für unsichtbare Institutionen und bieten paranoide Muster sogar als Erlösung aus einem allzu geregelten Leben an.

Indem auch der »kritische« Verschwörungsfilm Unsicherheit und Angst verbreitet, benutzt er das Instrumentarium jener Kultur, die der Macht dienlich ist. Die traditionell vornehmlich von Reaktionären besetzte »Verschwörungstheorie« lässt sich nur schwer in eine *erkenntniskritische* Verschwörungshypothese übersetzen.[20] Dem Versuch von Oliver Stone und anderen, mit Hilfe des Verschwörungs-Genres im Kino subversive Inhalte zu vermitteln, war keine Nachhaltigkeit beschieden. Zu inflationär und verwirrend sind die entsprechenden Szenarien. (Man beschäftigt sich mit der – wissenschaftlich höchst unwahrscheinlichen – Herkunft des AIDS-Erregers aus CIA-Laboratorien, nicht mit der massenmörderischen Praxis der Pharmakonzerne. Uferlose Archivarbeiten zur Aufklärung des Kennedy-Mordes lassen keine Zeit zum Blick auf Finanzierung und Machttechnologie aktueller Präsidentschaftswahlkämpfe. Nicht Überlegungen zum Sinn vom Weltraummissionen, sondern Spekulationen über eine 1969 lediglich im Studio inszenierte Mondladung besetzen den Kopf. Phantastische Chaos-Theorien vernebeln den Umstand, dass zentrale politische Zusammenhänge sich bereits mit Hilfe eines einfachen Kausal-Schemas hinreichend erklären lassen.) Fast ist man – wiederum verschwörungstheoretisch – versucht, dahinter eine *Strategie* zu vermuten: Das Publikum soll den Wald vor lauter Bäumen nicht mehr sehen und schließlich auch seriöse dokumentarische Filmbeiträge im Licht der uferlosen Fiktionen betrachten. Außerdem spart gerade die Rechte nicht mit »konspirativistischer« Propaganda, um etwa missliebige Sozialreformen zu diskreditieren. Das Naheliegendste und zumindest unter Intellektuellen allgemein Bekannte, nämlich eine »Verschwörung der Superreichen« zur Instrumentalisierung des Staates und der gesamten Volkswirtschaft, ist gerade *kein* konkretes Thema für Hollywood mehr, obwohl die Steuerpolitik eine nie da gewesene Dreistigkeit erreicht hat und die Folgen der Umverteilung nach oben die Schmerzgrenze auch der Mittelschichten längst überschritten haben.[21]

Ein besonders gutes Beispiel für die Konfusions-Strategie der Verschwörungs-Paranoia im Kino ist CONSPIRACY THEORY (USA 1997) von Richard Donner[22]: Der Rahmen – dunkle Machenschaften im Gefüge der mächtigen CIA – ist spätestens seit Pollacks geheimdienstkritischem Politfilm THE THREE DAYS OF THE CONDOR (USA 1974) nicht neu.[23] Der isoliert lebende New Yorker Taxifahrer Jerry Fletcher verbreitet in seiner Zeitung »conspiracy theory«, die *fünf* Abonnementen zählt, Weisheiten wie diese: »Sie glauben, wir leben in einem freien Land und haben eine Demokratie. Die haben wir natürlich nicht. [...] George Bush Sen. wusste genau, was er meinte, als er sagte ›neue Weltordnung‹ [...] Er war Freimaurer. [...] Der ganze Vietnamkrieg geht auf eine alberne Wette von Howard Hughes und Aristoteles Onassis zurück [...] Erstens gibt es ein paar sehr wohlhabende Familien, die sich zusammen getan haben, um das Gleichgewicht der Kräfte aufrecht zu erhalten oder was sie so nennen. Die andere Gruppe ist Eisenhowers industrieller Militärkomplex – und die will das Ungleichgewicht, angeblich. [...] Sie führen auf manchen Ebenen Krieg, aber auf anderen Ebenen ist es dieselbe Gruppe [...] Sie arbeiten Hand in Hand, führen heiße und kalte Kriege und genießen die Show.« Neben dem Kennedy-Mord geistert das ganze Sammelsurium verbreiteter Verschwörungsthesen in Fletcher's Kopf herum: Fluorid im Trinkwasser »schwächt Ihre Willenskraft und macht Sie zum Sklaven des Staates!« UNO-Truppen stehen – im Zusammenhang mit rechten Milizen – kurz vor einer Machtübernahme des Landes. (Real verbreitet wurde in den USA die These von einem UN-Hintergrund für das rechtsextremistische Attentat von Oklahoma im Jahr 1995!) Kontrollsender werden unter unsere Haut eingepflanzt. Überall gibt es schwarze Helikopter. Wasserrohre platzen, obwohl es gar nicht Winter ist ... Ohne Zweifel, dieser Mann hat ein ernsthaftes Problem mit seinen Visionen! – Tatsächlich erfahren wir jedoch, dass vier von fünf Abo-Beziehern der kleinen Konspirationszeitung ermordet worden sind. Fletcher ist nicht einfach Psychotiker, sondern ganz real Opfer des MK-Ultra-Programms, in dessen Rahmen die CIA bis 1973 eine geheime Forschung mit Halluzinogenen – »Grenzbereichsexperimente« zur Gedankenkontrolle und Deprivation – durchführte. Man hat ihn in einen dressierten Killer umgewandelt. Mordopfer sollte u. a. ein Richter sein, der an die Existenz von MK-Ultra glaubte. Nun ist der CIA-Psychiater, der Fletcher »infiziert« hat, jedoch ein irgendwie eigenständig agierendes Verschwörungsbundmitglied. (Sein Veritas-Siegelring verkündet das blasphemisch an den Evangelisten Johannes anknüpfende Geheimdienst-

Motto: »Die Wahrheit wird dich frei machen!«) Mit dem FBI und einer Beamtin aus dem Justizministerium sind es am Ende *staatliche* Stellen, die dem ganzen Spuk ein Ende bereiten und damit auch Fletcher aus seiner Psychose erlösen.

Eisenhowers bekannte »Verschwörungsthese« von 1961 zum militärisch-industriellen Komplex löst sich in solchen Filmen im Dunstkreis des Vagen und Unerklärlichen auf. Doch sie ließe sich im Kino ohne Verfolgungswahn und andere Geisteskrankheiten ganz *konkret* illustrieren. Die Anteile der Rüstungsindustrie an den Wahlkampfspenden für kriegswillige Politiker und die personelle Präsenz der Kriegsgüterproduzenten auf der US-Regierungsbank sind Fakten, die man nicht erst mühselig auf der Basis von Vermutungen oder Gerüchten rekonstruieren muss. Die Zahlungen der Rüstungsindustrie an Abgeordnete des US-Repräsentantenhauses oder Senatsmitglieder und ein offenkundiger Zusammenhang der Höhe dieser Zahlungen mit dem Abstimmungsverhalten in der Irakkriegsfrage sind bekannt.[24] Ohne aufwendige Recherchen könnten Drehbuchschreiber dergleichen in einem Spielfilm aufgreifen. Doch stattdessen beschäftigen uns Science-Fiction-Filme nach Art von INVADER (USA 1991) lieber mit *Außerirdischen*, die ein Projekt des Pentagon unterwandern und zum Zwecke der Weltherrschaft die Superwaffen der USA brauchen. Daneben ist man durch den Film A BEAUTIFUL MIND (USA 2001), der sich an die Lebensgeschichte des Mathematikers und Nobelpreisträgers John Forbes Nash Jr. anlehnt, gewarnt: Wer sich zu tiefschürfend mit den Gefilden eines geheimen Militärapparates beschäftigt, erkrankt an paranoider Schizophrenie.

Unsere Beobachtungen ließen sich bei anderen Aspekten des Conspiracy-Komplexes weiterführen. Der in Staatskunst *äußerst* erprobte Massenkultur-Produzent Jerry Bruckheimer und TOP GUN-Regisseur Tony Scott legten 1998 mit ENEMY OF THE STATE einen Verschwörungsfilm über Bürgerrechte und Überwachungsstaat vor.[25] Darin entwickeln NSA-Kreise eine Welt, in der nur noch die eigene Schädeldecke einen Raum für Privatsphäre bietet. Thomas Y. Levin fragt mit Blick auf diesen und andere Titel: »Warnen diese Filme mit ihrer fast schon pädagogisch anmutenden Auflistung von Überwachungsvorrichtungen und der geduldigen Erklärung ihrer Funktion womöglich das Publikum vor Gefahren und technologischen Möglichkeiten, derer es sich zuvor vielleicht überhaupt nicht bewusst war, und ist dies womöglich ein Beleg für eine plötzliche Politisierung Hollywoods – oder geht es vielmehr um ein ebenso zynisches wie abgekartetes Spiel mit der visuellen Anziehungskraft von Neuheiten aus der technologischen Trickkiste – oder geht es gar um beides in einem?«[26] Die Danksagungsliste von ENEMY OF THE STATE bestätigt die von Levin formulierte Skepsis, wenn sie neben der »City of Washington« Namen wie Sony Information Technologies of America, Sun Microsystems und Philips aufführt. Bezeichnender Weise ist in diesem Film ein *republikanischer* Senator Gegner des totalen Überwachungsprojektes. Das uns bereits aus der Verbrechensbekämpfung bestens bekannte Muster findet auch in ENEMY OF THE STATE Anwendung: Die

»Anständigen« arbeiten im Grunde mit der gleichen hochgerüsteten Überwachungstechnologie wie der verschworene NSA-Zirkel.

Neuerdings vermittelt auch der CIA-Thriller THE RECRUIT (USA 2003) die Aussicht, bei einer Rekrutierung durch den Geheimdienst des eigenen Staates in ein uferloses Netz von Doppeldeutigkeiten und Intrigen zu geraten. Die zentrale Botschaft, ausgesprochen vom Ausbilder des CIA: »Nothing is what it seems. Trust no one!« Keiner weiß mehr, welche Rolle er überhaupt spielt. Die Hauptfigur in THE BOURNE IDENTITY (USA 2002) verliert unter solchen Bedingungen am Ende auch die eigene Identität. Mit HEARTS IN ATLANTIS (USA 2001) erhält ein Verschwörungsfilm über Kindheitserinnerungen aus dem Jahr 1960 sogar militärische Unterstützung: Das FBI unter J. Edgar Hoover sucht nach neuen Methoden, eine Unterwanderung durch Kommunisten auszuschalten. Deshalb werden Menschen gesucht bzw. verfolgt, die hellsehen und Gedanken lesen können. Die geheimnisvoll agierenden FBI-Fahnder sind in dieser Geschichte die »Bösen«, doch der Schauplatz ihres Wirkens ist rückblickend ein Kinderparadies: »Weißt du, wenn man jung ist, erlebt man Momente, die so voller Glück sind, dass man denkt, man lebt an einem verzauberten Ort, wie es vielleicht Atlantis einer war. Dann wachsen wir heran, und unsere Herzen brechen entzwei.« Ein überraschender Teil des Nachspanns erklärt zumindest, warum der Titel am Anfang ziemlich »unmotiviert« das militärische Ehrenbegräbnis des hochverdienten Major Sully Garfield zeigt, der ein Jugendfreund der Hauptfigur ist[27]: »*The Producers Wish to Thank: The U.S. Army Office of Public Affairs, Philip M. Strub and Major Andres Ortegon [...] United States Coast Guard [...] Mercedes Benz USA. Inc.*«

3. Rechtsradikale im Kampf gegen Staat, Multikulturelle und Atheisten

»*Terrorism now comes in Stars and Stripes*« Tagline zum Film MILITIA (USA 2000)

Leitende Parolen der us-amerikanischen Gesellschaft wie »Freiheit« oder das »Sendungsbewusstsein einer auserwählten Nation« sind zentral auch für Ideologien und Bewegungen, die sich gegen den Staat stellen. Im April 1995 sprengten der us-amerikanische Neonazi Timothy McVeigh[28] und sein Komplize Terry Nichols in Oklahoma City das Bürogebäude einer Bundesbehörde in die Luft; 168 Menschen kamen dabei ums Leben. Der Anschlag in Oklahoma wurde zunächst islamistischen Terroristen zugeschrieben. (Entsprechende Querverbindungen werden bis heute behauptet, so 2004 von der Reporterin Jayna Davis in ihrem Buch »The third terrorist«.) Ihm folgten mehr als 200 Einschüchterungen und Angriffe gegen Muslime in den USA.[29] Viele forderten zunächst »einen Vergeltungsschlag gegen den Mittleren Osten, der auch gekommen wäre, wenn es sich um arabische Täter gehandelt hätte.«[30] Zum vielgestaltigen Komplex der rechtsextremistischen Szene gehören »arisches Christentum«, »Heiliger Rassekrieg« und Bücher, in denen ein »nuklearer Bürgerkrieg« als Überlebenskampf propagiert wird.³¹ Ähnlich wie die Endzeitsehnsüchte christlicher Chiliasten – etwa im Bereich der Südstaaten-Baptisten – beinhalten apokalyptische Phantasien und »Nuklearismus« der Neonazis die Vorstellung von *auserwählten* Überlebenden.³² Ihr Elite-Gedanke ist jedoch rassistisch geformt und ausdrücklich mit dem Wunsch einer Vernichtung Israels verbunden. Die Regierung in Washington gilt als »ZOG« (Zionist Occupied Government). Wie in den 60er Jahren will man im eigenen Land mit dem Kampf gegen die Gleichberechtigung von Afro-Amerikanern und anderen Minderheiten dem »Schutz der angelsächsischen Demokratie«³³ dienen.

Es fällt schwer, an dieser Stelle lediglich auf Ku-Klux-Klan-Traditionen zu verweisen. Der schon von Kindesbeinen an eingeübte Kult der Nationalflagge, der ausgeprägte Militarismus der US-Gesellschaft und die Organisation mehrerer Millionen bewaffneter Bürger in sogenannten Bürgermilizen züchten offenbar *gefährliche Patrioten* heran. Es sollte außerdem zu denken geben, dass eine Flut von Filmtiteln ehemalige Mitglieder der U.S. Army als gut ausgebildete Gewaltverbrecher und Terroristen präsentiert. (In einem bei den U.S. Marines bekannten Lied heißt es, so schreibt Mark Baylis: »Werft Süßigkeiten in den Schulhof, seht zu, wie sich die Kinder darum versammeln. Ladet euer M-60 durch, mäht die kleinen Bastarde nieder« und »Wir werden vergewaltigen, morden, plündern und brennen!«³⁴)

Auch die Vorstellungswelt rechter paramilitärischer Gruppen in den USA trägt unverkennbar verschwörungstheoretische Züge und reicht hinein in weite Kreise der Gesellschaft. Selbst ein kritischer Intellektueller wie Morris Berman scheut sich nicht, auf zentrale Motive der Milizenszene Bezug zu nehmen: »Wie sehr ich auch deren Antisemitismus, weißes Vormachtsdenken und Kryptofaschismus verabscheue, diese Gruppen haben in einem Punkt recht: Tag für Tag werden von der Regierung immer detailliertere Informationen über uns alle angehäuft und per Computer erfasst – wichtige Daten wie medizinische Informationen, Einkommen, Konsumverhalten, Kriminalität, psychologische Verfassung usw. – und unter der jeweiligen Sozialversicherungsnummer zentral gespeichert. Wie wir oben gesehen haben, wird das logische Ergebnis von all dem in apokalyptischer Form von Ira Levin in *This perfect Day* beschrieben, ein Szenario, in dem eine computerisierte Gesellschaft von chemisch ruhiggestellten Bürgern von einer kleinen technologischen Elite gefügig gehalten wird.«³⁵ Paradoxer Weise verfolgen die rechten Patrioten – unabhängig von ihrem sozialen Verliererstandort – zumeist eine pauschale Staatsfeindlichkeit, die dem sehr *selektiven* Ruf der ökonomischen Elite nach einem – sozialpolitisch – schwachen Staat durchaus entgegenkommt. Leider gehen liberale Bürgerrechtler bei ihrem Protest gegen Sicherheitsstaat und Patriotic Act offenbar punktuelle Bündnisse mit Vertretern eines militanten, rechten Anti- Etatismus ein.³⁶

Nicht erst seit dem Anschlag in Oklahoma interessieren sich Filmmacher für den Terror von rechts. Bereits im Krimi DEAD BANG (USA 1988) wird ein Neonazi-Mörder von Los Angeles nach Colorado verfolgt. IN THE LINE OF DUTY: THE TWILIGHT

MURDERS (USA 1991) zeigt rechtsradikale, rassistische Terroristen, die sich in North Dakota paramilitärisch organisieren. Bei einer Schießerei tötet der Anführer zwei Polizeibeamte, doch die sympathisierenden Farmer halten ihm weiter die Treue. – Es scheint schwer zu sein, die »Verwandtschaft des inneren und des äußeren Terroristen zur Kenntnis zu nehmen«[37]. Noch schwerer fällt der Blick auf eine andere Schnittmenge: »›Delta-Force‹-Filme sind seit Jahren ein Trash-Genre für das rechte Publikum, in dem die Helden à la Chuck Norris oder Michael Dudikoff in der Welt der Terroristen und Amokläufer aufräumen.«[38] – Möglicherweise ist es der Bush-Administration im Rahmen ihres »Antiterror-Krieges« gelungen, Energien der patriotischen Ultra-Amerikanisten auf ein *äußeres* Feindbild zu lenken und der antisemitisch motivierten Solidarisierung mit militanten »Islamisten« Grenzen zu setzen. Der rechtsextremistische Terrorismus aus der eigenen Mitte ist gegenwärtig jedenfalls kaum noch ein Thema. Ende der neunziger Jahre hat das US-Kino dem Problem jedoch noch reichlich Aufmerksamkeit geschenkt. Hakenkreuz-Skinheads in Venice Beach (Kalifornien) und der rassistische Mord an drei Afro-Amerikanern sind Thema in AMERICAN HISTORY X (USA 1998). Ungewöhnlich ist die konstruktive Resozialisierungsperspektive dieses Films. Ähnliches wird uns in den nachfolgenden Beispielen nicht begegnen.

DIAMONDBACKS (USA 1998) illustriert die Angst vor totaler Überwachung im Umkreis der Bürgermilizen: Die Weltraumbehörde NASA will einen neuen Nachrichtensatelliten in Umlauf bringen und damit die Vorreiterrolle der USA in moderner Kommunikationstechnik weiter vorantreiben. Die Mitglieder der Bürgermiliz »Diamondbacks« glauben jedoch, dass die Regierung dem Volk die Wahrheit vorenthält und dass der neue Satellit in Wirklichkeit »alle aufrechten Bürger, die es wagen, eine eigene Meinung zu haben«, ausspionieren soll. Sie zünden zunächst eine Bombe im lokalen Gerichtsgebäude. Danach besetzen sie eine außen gelegene NASA-Station, um zu verhindern, dass der Satellit in die Erdumlaufbahn gelangt. Ein Gemetzel zwischen FBI und rechten Terroristen vereitelt am Ende diesen Plan. – Die Moderatorin des lokalen Radios[39] (»Lady of Liberty«) und der Sheriff gehören gleichermaßen zum Netz der »Diamondbacks«. Die Vorstellungswelt der Milizionäre: Man hat die Helden ihres Heimatlandes zu Almosenempfängern gemacht, während die Bürokraten ein gutes Auskommen haben. Die Überwachungssysteme der Regierung sind der letzte Beweis dafür, dass die Macht nicht mehr beim Volk liegt. Nun sind sie bereit, im Gedenken an die Vorfahren ihr Leben für ein »freies Amerika« und für ihre Kinder zu opfern und dabei alle Macht einzusetzen, die ihnen der Allmächtige gegeben hat. Für seinen Widerstand beruft sich der Milizanführer auf die Verfassung der Vereinigten Staaten: »Ich berufe mich auf das Grundrecht, alles tun zu dürfen, damit mein Volk die Macht wieder zurück bekommt.«

Ähnlich anspruchslos als Actionfilm gestaltet wie DIAMONDBACKS, richtet LAND OF THE FREE (USA 1998) von Jerry Jameson den Blick auf spezielle Ambitionen von Milizenideologen. Der rechtsradikale Senatorenkandidat Carvell ist Anführer der

Bewegung »Free America«. Weite Kreise der Bevölkerung teilen seine »Ideale« und seine Thesen zu »Law and Order«. (Das entsprechende Buch »Land of the Free« über Drogen, Kriminalität und Erziehung ist längst ein Bestseller.) Eines Tages entdeckt Carvells bis dahin loyaler Wahlkampfleiter Jennings, dass die Wahlkampfgelder der Bewegung für den Aufbau eines breiten Netzes von paramilitärischen Gruppen missbraucht werden. Die »Northern Militia« soll der Bewegung »Free America« zur militärischen Machtübernahme verhelfen. Jennings offenbart sich dem FBI, doch dort gibt es einen Informanten der Rechtsradikalen. Nun ist sein Leben und das seiner Familie bedroht ... Während politisch motivierte Filme wie BOB ROBERTS (USA 1992) uns über die Ideologie der Rechten und ihre Beheimatung im republikanischen Spektrum aufklären, ist LAND OF THE FREE nahezu inhaltsleer.

Immerhin brisant in seiner Themenwahl ist THE PATRIOT (USA 1998) von *Dean Semler*. Nahe einer Kleinstadt in Nebraska hat sich ein Milizenanführer mit seinen rechtsextremistischen Anhängern verschanzt. In die Hände dieser Leute ist ein staatlicher Posten mit *Viren aus den Bio-Kampfstoff-Laboratorien der US-Regierung* gelangt, ebenso ein Sortiment mit passendem Antikörper-Serum.[40] Die Miliz übt sich im Bio-Krieg und verseucht die ganze Kleinstadt. Das FBI erklärt die Stadt unter Kriegsrechtsbedingungen zum Speergebiet. Da es sich um eine mutierte Virenvariante handelt, sind auch die Anti-Toxine in der Hand der Terroristen letztlich wirkungslos. Als Retter in der Not bietet sich ein phantastischer Held mit *indianischer* Herkunft an: Dr. Wesley McClaren. Er ist Cowboy, Landarzt und ehemaliger Wissenschaftler aus dem Bereich der Biowaffen-Forschung. Als Einzelkämpfer erledigt er kurzerhand die noch lebenden Terroristen. Als Heilmittel gegen die resistenten Viren findet er eine alte Medizin seiner Vorfahren (Wildblüten-Tee). – Die Anschauungen des Milizenführers werden im Film wie folgt deutlich: Er möchte auf seinem Land – frei von allen Bundesgesetzen – machen können, was er will. Scheinheilig verteidigt er seine kriminelle Bürgerwehr: »Kein Gesetz verbietet es, Krieg zu spielen!« Seine Anhänger begeistert er mit einem Zitat von Thomas Jefferson: »Der Baum der Freiheit muss von Zeit zu Zeit mit dem Blut von Patrioten und Tyrannen gedüngt werden.«[41] Zustimmung findet bei ihm auch die Feststellung Franklin D. Roosevelts: »Es gibt nur Platz für hundertprozentigen Amerikanismus und nichts anderes.« Für die Miliz sind die »hilflosen Regierungs-Heinis, die ihre Treue den Vereinten Nationen geschworen haben, keine Amerikaner!« – Die Thematisierung der us-amerikanischen Bio-Waffen im Film ist nicht einfach aus der Luft gegriffen: »1995 wurde die – in den USA völlig legale – Lieferung von Pest-Erregern (Yersinia pestis) an den Mikrobiologen Larry Wayne Harris, Ex-Mitglied der Aryan Nations, im letzten Moment gestoppt.«[42]

Heute wird man durch THE PATRIOT von 1998 zudem an die – einzelnen Milzbrandfällen folgende – Anthrax-Kampagne nach dem Elften Neunten erinnert, die in der ganzen westlichen Welt Panik erzeugte und schließlich im Sande verlief, nachdem ab Ende November 2001 Presseberichte über die Verdächtigung eines US-Biowaffenexperten erschienen waren. Die Spurensuche nach fünf Todesfällen führte nicht zu Al Qaida, sondern in Einrichtungen des US-Staates. Der Spielfilm MILITIA (USA 2000) hatte zu diesem Zeitpunkt bereits fiktiv gezeigt, wie eine Ampulle mit Anthrax[43] aus US-Regierungslabors in die Hände einer rechtsradikalen »Bruderschaft der Freiheit« gelangt. Diese Bruderschaft weißer Angelsachsen fürchtet eine »neue Weltordnung«, in deren Rahmen die UNO die Regierung in Washington korrumpiert und fremde NATO-Truppen verfassungswidrig innerhalb der USA stationiert werden. Sie ist antisemitisch, betrachtet den Indianerjäger General Custer als historisches Vorbild und verficht ein Recht auf »Selbstverteidigung« mit automatischen Waffen. Die vermeintlichen »Dorftrottel arbeiten mit Internet und haben alle eine Ausbildung bei der U.S. Army absolviert«. Einer der rechten Top-Helden war acht Jahre lang im Mekong-Delta als Soldat eingesetzt. Die Antiterror-Force der US-Regierung geht mit rigorosen Militäreinsätzen gegen Stützpunkte der Bruderschaft vor, wobei sie offenbar auch den Tod Unschuldiger in Kauf nimmt. Die Terroristen sind ihrerseits bereit, mit einer Anthrax-Rakete alle Teilnehmer eines NATO-Gipfels und die Hälfte der Bevölkerung von L.A. zu töten. Sie wollen ausdrücklich eine Einschränkung der Bürgerrechte durch die Regierung provozieren, weil sie sich davon eine Verbreiterung ihrer Basis erhoffen.[44] Ein Kollaborateur liefert ihnen Militärinformationen zur Raketenabwehr am Pentagon und anderen großen Regierungsgebäuden. Der US-Präsident muss seine Rede auf dem NATO-Gipfel unterbrechen. Erst in letzter Minute kann die Waffe der Bruderschaft entschärft werden.

Dem Sprengstoffattentat von Oklahoma kommt das Drehbuch von ARLINGTON ROAD (USA 1999) wohl am nächsten.[45] (Der ursprünglich vorgesehene Titel enthielt die paranoide Botschaft: »Fürchte deinen Nachbarn!«) Michael Faraday ist Dozent für Terrorismus an der George Washington University und untersucht mit besonderer Vorliebe Netzwerke der Verschwörung. Seine Ehefrau war FBI-Beamtin und wurde bei einem Einsatz gegen das Quartier einer rechten Bürgermiliz erschossen. Eines Tages bekommt er neue Nachbarn. Obwohl Freunde – darunter ein FBI-Mitarbeiter – ihn für paranoid erklären, hält Faraday daran fest, dass mit dieser netten Familie und ihren anständigen Gästen etwas nicht stimmt. Tatsächlich plant der Nachbar Oliver Lang mit seinem Netzwerk einen Bombenanschlag auf den Gebäudekomplex des FBI. Zum Transport der Bombe benutzt er den nichts ahnenden Faraday, der wie viele andere den Tod findet und in der Presse auch noch als verrückter Täter des Sprengstoffattentates präsentiert wird. – Zum sozialen Hintergrund des rechten Terroristen Lang gibt es einen Hinweis auf dessen Kindheitsgeschichte. Bundesbehörden haben das Land seines Vaters und anderer Farmer für ein öffentliches Projekt enteignet. Das hat der Vater in den wirtschaftlichen Ruin und in den Selbstmord getrieben. Seitdem arbeitet Lang mit wechselnden Identitäten gegen den Staat.

Wiederum ein Actionfilm der unteren Kategorie zeigt, wie Neonazis Zug um Zug eine Militärakademie in den Vereinigten Staaten unterwandern: HONOR & DUTY

(THE SUBSTITUTE IV): FAILURE IS NOT AN OPTION (USA 2000). Sie stehen ein für »White Power« der »Herrenmenschen«, hassen Schwarze, Multikultis oder Atheisten, verweigern den US-amerikanischen Teilnehmern des Zweiten Weltkriegs die Ehre und leugnen den »Holocaust«. (Die deutschen Nazis seien nur in berechtigter Weise »gegen Juden, Zigeuner, Schwule und Degenerierte« vorgegangen.) Die rechte Gruppe der »Werwölfe« übt sich nicht nur in verschwörerischen Ritualen, sondern unternimmt Terroranschläge auf eine »Minderheiten-Bank« und auf ein *Kraftwerk*. (An dieser Stelle durchbricht der triviale Titel ein Tabu, indem er die Verwundbarkeit der 103 US-amerikanischen Atomkraftwerke durch Terror zumindest aus der Bodenperspektive zeigt. Eine Flugzeugvariante bietet 2001 AIR PANIC.) Der Geschichtslehrer der Militärakademie, ein verdienter Kriegsveteran, gewinnt Kadetten der Einrichtung für eine Gegentruppe, und nun werden die Nazis regelrecht zur Strecke gebracht. Polizeistellen oder öffentliche Behörden, die man einschalten könnte, gibt es in HONOR & DUTY offenbar nicht. Wie in DIAMONDBACKS, LAND OF THE FREE und THE PATRIOT (1998) werden Probleme mit rechten Milizen und Neonazis durch unerschrockene Einzelkämpfer, gnadenlose Gegengewalt oder Selbstjustiz gelöst. Über die Ideologie der Gegner erhält man in all diesen Titeln eher spärliche Auskünfte. Ihre Methoden werden im Kampf gegen sie weithin übernommen. In MILITIA führt die Antiterror-Force des US-Innenministeriums einen regelrechten Krieg, in dem sie Stützpunkte der Rechten bombardiert und dabei »Kollateralschäden« in Kauf nimmt. Behörden eines Rechtsstaates, die rechtsradikale Aktivitäten analysieren und dann polizeilich verfolgen, tauchen zumeist nicht auf.

Ein Jahr nach der Oklahoma-Bombe, »im Jahre 1996 erhielten als Militia-Mitglieder auftretende FBI-Agenten von zwei Litauern Flugabwehrraketen und taktische Nuklearwaffen aus dem Bestand der ehemaligen Sowjetarmee zum Kauf angeboten.«[46] Diese Nachricht greift der – im nächsten Kapitel (XIII.8) behandelte – Film THE SUM OF ALL FEARS (USA 2002) auf. Drahtzieher sind dort allerdings weltweit vernetzte Neonazis *außerhalb* der USA.

4. Die Vereinigten Staaten als »Fight Club«

»Zudem weiß jeder, dass der innere Krieg, der mit den furchtbarsten Mitteln geführt wird, jeden Tag in den äußeren sich verwandeln kann, der unsern Weltteil vielleicht als einen Trümmerhaufen hinterlassen wird.« Bertolt Brecht[47] (1938)

»Wer eigentlich hat uns gelehrt, wir könnten das aggressivste aller nur denkbaren Wirtschaftssysteme unterhalten und am Ende Frieden erwarten?« Eugen Drewermann[48]

Nicht nur in den Großstadtszenen der USA gibt es eine Gegenkultur, von der wir nur wenig zur Kenntnis nehmen. (Sie ist im massenmedialen Geschehen unsichtbar.) Die

XII. Kino der Angst

Subversion richtet sich gegen eine Umwandlung aller Lebensbereiche in Profitzonen und verweigert sich dem Glaubensbekenntnis des Konsumismus.[49] Dabei wächst das Bewusstsein, dass die *Profiteure der Kulturverflachung* identisch sind mit der ökonomischen Elite.[50] Je vollständiger es gelingt, alles Menschliche im massenmedialen Spektakel auf das Niveau von Albernheit und Gelaber zu reduzieren, desto leichter lassen sich die Massen zu einem Hamsterdasein mit permanentem Konsum und immer neuer Verschuldung verführen. Die totale Show-Time übertönt mit »Vergnügen« jede Verzweiflung und produziert den lethargischen Herdenmenschen. Kultur, die diesen Namen verdient, bedeutet hingegen die Erinnerung an mehre tausend Jahre geistiger Suche von Menschen. Sie birgt Impulse, dem Eigenen nachzusinnen, die Erfahrung, dass herrschende Verhältnisse keine ewigen Naturtatsachen sind, und schließlich Modelle, wie man der Betäubung des offiziell dogmatisierten Weltbildes entkommen könnte. Subversive Kultur ist frei von Zwecklogik, doch sie flüchtet sich nicht in Abstraktionen und selbstgefällige Ästhetik. Wenn das Heer der »grauen Männer« den Kindern ihre Träume raubt und die Lebenszeit in Energieeinheiten verwandelt, zeigt sie mit ihren Märchen Auswege.[51]

Hollywood ist Tempel der uniformen Massenkultur und herausragender Produzent von Belanglosigkeiten, die Aufsehen erregen. Auch deshalb ist von dort heute nur im Glücksfall mit einer kulturkritischen Problemanzeige zu rechnen, wie sie Francois Truffaut schon vor Jahrzehnten mit seinem Film FAHRENHEIT 451 (GB/USA 1966) – nach dem Roman von Ray Bradbury (1953) – ins Kino schickte. Fast glaubt man die Erinnerung daran getilgt, dass vor einem halben Jahrhundert ein Regisseur wie Ingmar Bergman seinen Mitmenschen erschütternde Blicke auf die eigene Existenz ermöglicht hat.[52] Freilich lässt sich die – scheinbar paradoxe – *Angst*, die eine uniforme Massenkultur produziert, dauerhaft nur schwer unterdrücken. So sehr sich Menschen als unsichere und ungesicherte Wesen geregelte, orientierungsweisende Bahnen in ihrem Leben wünschen, so sehr sind sie doch auch durch ein nahtloses Alltagskorsett in ihrer Lebendigkeit bedroht. (In dieser Hinsicht hat auch die Lust am Angst-Kino eine »psycho-hygienische«, entspannende Funktion.) Vorgegebene Schablonen und Anpassung führen dazu, dass wir unsere Eigenständigkeit, unsere Spontaneität, unsere Gefühle – ja uns selbst verlieren. Auf solche existentiellen Bedrohungen antwortet Hollywood mit ALICE (USA 1990) von Woody Allen oder GROUNDHOG DAY (Und täglich grüßt das Murmeltier; USA 1992) zunächst in Form einer komödiantisch durchsetzten »Lebenshilfe« für Oberschicht und Mittelklasse. Anfragen eines Träumers an den »American Way of Life« stellt auch ARIZONA DREAM (Frankreich/USA 1992). Zum Ende der 90er Jahre brechen mehrere nennenswerte Filmproduktionen eine Lanze für das Individuum, das sich der Gleichschaltung widersetzt und ausbricht. Zu nennen sind etwa THE TRUMAN SHOW (USA 1998), BEING JOHN MALKOVICH (USA 1999), AMERICAN BEAUTY (USA 1999), MAGNOLIA (USA 1999) oder auch das Existenzdrama eines reichen Medienverlegers im Remake VANIL-

LA SKY (USA 2001).[53] In diesen Titeln wird zum Teil bestätigt, dass sich – wie Morris Berman meint – das »gesellschaftliche Leben auf die Einkaufszentren beschränkt und die meisten Amerikaner in der Isolation alt werden, indem sie vor dem Fernseher und/oder mit Hilfe von Antidepressiva abschalten«[54]. Es gilt, aufzuwachen und der allgegenwärtigen Banalität zu entkommen. Als Kraftquelle kann den Versprechungen der äußeren Lebenssicherung ein – religiös formuliertes – Grundvertrauen entgegen gehalten werden: »Das war einer von den Tagen, an denen es jeden Moment schneien kann und Elektrizität in der Luft liegt. Man kann sie fast knistern hören, stimmt's? Und diese Tüte hat einfach mit mir getanzt. Wie ein kleines Kind, das darum bettelt, mit mir zu spielen. Fünfzehn Minuten lang. An dem Tag ist mir klar geworden, dass hinter allen Dingen Leben steht. Und diese unglaublich gütige Kraft, die mich wissen lassen wollte, dass es keinen Grund gibt, Angst zu haben. Nie wieder! Ein Video ist ein armseliger Ersatz (ich weiß). Aber es hilft mir, mich zu erinnern. Es gibt manchmal so viel Schönheit auf der Welt, dass ich sie fast nicht ertragen kann. Und mein Herz droht dann daran zu zerbrechen.« (AMERICAN BEAUTY) Mitunter zeigt das Gefühlskino – wie in LIFE AS A HOUSE (USA 2001) – auch Menschen, die es im konkreten Bewusstsein der eigenen Sterblichkeit nicht mehr für sinnvoll halten, sich in fremden Hamsterrädern abzustrampeln. Die Schminke der Bestattungsvisagisten, unverzichtbar für die konsumistische Gesellschaft, bröckelt ein wenig.[55]

In all diesen »Aussteigerfilmen« für Ex-Materialisten haben die enormen sozialen Widersprüche innerhalb der US-Gesellschaft jedoch wenig Platz.[56] Am deutlichsten zeigt noch THE TRUMAN SHOW[57] das individuelle und öffentliche Leben unter dem Gesichtspunkt einer *Lifestyle-Diktatur der Konzerne.* Ging es z. B. in QUIZ SHOW (USA 1993) von Robert Redford lediglich um betrügerische Manipulation in einer beim Publikum um 1958 äußerst beliebten NBC-Rateshow, so wird jetzt ein totaler Zugriff durch Medienmacher und Werbesponsoren vorgestellt: Truman ist das erste legal von einem Konzern adoptierte Baby. Es gibt schon pränatale Aufnahmen von ihm. Er gehört einer riesigen Unterhaltungsschau, die unter einer großen Kuppel auch seinen Wohnort, eine Kleinstadt, unterhält. Die versteckten Kameras sind allgegenwärtig. Der Himmel ist eine Zeltplane. Selbst das Wetter wird nach Drehbuch gemacht. Die zuvorkommende Herzlichkeit der zahlreichen Reklame-Einlagen und die penetrante Fröhlichkeit von Bewohnern, die sich begegnen, gehören zum gleichen Stil. Dass sein Leben als Versicherungsmakler, Ehemann, Konsument, netter Nachbar und Freund vollständig fremdbestimmt ist und zudem von einer riesigen TV-Gemeinde weltweit *live* am Bildschirm mitverfolgt wird, das weiß Truman nicht. Eines Tages jedoch beginnt das schrittweise Erwachen, und die Hauptfigur der hohlen Show spielt nicht mehr mit. Die – voyeuristischen – Fernsehzuschauer solidarisieren sich. Truman kämpft stellvertretend für sie alle: Wenn Truman es schafft, dann könnten wir es vielleicht alle schaffen, der Kunstwelt zu entfliehen. – Die Welt als Big-Brother-Show und Aneinanderreihung von Werbespots ist in diesem Film eine *äußere*

– gleichsam kosmologische – (Un-)Wirklichkeit. Der Demiurg bzw. Produzent der falschen Welt sitzt in einer Raumschiffzentrale des Medienkonzerns, die via Satellit alles steuert, kontrolliert und aufzeichnet. Strukturell erinnert vieles in THE TRUMAN SHOW an DARK CITY (USA 1997) von Alex Proyas: die Ahnung von einer geraubten Individualität, die Suche nach einer seelischen Immunität gegen die Austauschbarkeit von Erinnerungen und schließlich das Durchbrechen der »Himmelskuppel«, die als Fassade das große Gefängnis der Scheinwelt umgibt. Der entscheidende Unterschied zum Psychose-Szenarium der »dunklen Stadt«: Die Drahtzieher der Truman-Show sind keine geheimnisvollen Fremden mit phantastischen Tuner-Fähigkeiten, sondern Akteure, deren reale Arbeitsweise der Kinobesucher zumindest im Ansatz kennt.

Neben der Bedrohung durch die Eindimensionalität des Konsumentendaseins und das massenmediale Kulturmonopol steht die Angst vor *Fremdbestimmung und totaler Kontrolle durch Technologie*. Eine ganze Reihe von Filmen stellt seit langem die Frage nach der Qualität »künstlicher Intelligenzen« und entwickelt dabei Szenarien, in denen sich die Maschinen verselbstständigen und gegen den Menschen kämpfen: u. a. Kubrick's »2001: A SPACE ODYSSEY« (GB 1965-68), BLADE RUNNER (USA 1982), THE TERMINATOR (USA 1984) und zwei nachfolgende Terminator-Teile[58], A.I. – ARTIFICAL INTELLIGENCE (USA 2001) und neuerdings I,ROBOT (USA 2004). Das besondere Problem totalitärer Auslese und Diskriminierung in einer *gentechnologisch* manipulierten Zukunftsgesellschaft zeigt der Science Fiction GATTACA (USA 1997).[59]

Digitalisierung und Gentechnologie betreffen die herausragenden Heilsversprechen der Gegenwart. Die Maschinenwesen oder der geklonte »Androide« auf der Leinwand müssen nicht per se böse sein. Sie können im Einzelfall auch zum verbündeten »Kämpfer gegen das Böse« oder sogar Objekt von Mitleid werden. – In THE ANIMATRIX (Animationsfilm, USA 2003) ist der Mensch durch seine Versklavung der Roboter selbst schuld daran, dass die Maschinen sich schließlich gegen ihn wenden. – Entscheidend aber wird im Zeitalter der Computerelektronik die *Angst vor der totalen Vernetzung*: In JOHNNY MNEMONIC[60] (USA/Kanada 1995) besteht die Gefahr, dass der Mensch als bloßer Datenkurier alles Eigene verliert. Der gesamte neurologische Komplex des Individuums steht als Festplatte den Zeichencodes der Megakonzerne zur Verfügung, die die Welt okkupiert haben. Bereits Computerspiele manipulieren wie in MIND STORM (USA 1995) Gefühle und Körperempfindungen.[61] Sie können aber auch wie in eXistenZ (USA/Kanada/GB 1998) direkt mit dem menschlichen Nervensystem verbunden werden. Die rein privat genutzten Memory-Chip-Implantate aus FINAL CUT (USA 2003) sind im Kino der Vorjahre also schon als Instrumentarium der Fremdkontrolle präsent: Die Psyche ist virtuell gesteuert und eine Cyber-Existenz tritt an die Stelle eigener Identität.

Genau hier setzt die bereits in Kapitel X.2 ausführlicher behandelte Trilogie THE MATRIX, THE MATRIX RELOADED und THE MATRIX REVOLUTIONS (USA 1999-2003)

XII. Kino der Angst

an. Die Bedrohung durch eine Maschinenwelt ist im Kern als Zugriff einer »elektronischen Datenverarbeitung« auf Geist und Psyche des Menschen verstanden.[62] In der TRUMAN SHOW ging es vorrangig um eine *äußere* Scheinwelt, die ein hohles Leben diktiert. Hier kommt der virtuelle Trug aus einer *inneren* Matrix, die uns eine falsche Welt vorgaukelt. Die externe Projektion der gnostischen Verschwörungs-Kosmologie ist bereits, wie es scheint, als innere seelische Entfremdung aufgedeckt und zwar als Programmierung für fremde Interessen. Freilich missbraucht die Trilogie dieses Thema dann wiederum doch zur militaristischen Propaganda für eine *äußeren* »Krieg zwischen Gut und Böse«.

Bezeichnend ist, wie Hollywood gegenwärtig jene Filmtradition fortsetzt, die im Gefolge von George Orwells »1984« Anti-Utopien eine total kontrollierten Gesellschaft zeigt. Im Klassiker SOYLENT GREEN (USA 1973) konnten wir sehen, wie im Jahr 2022 nur noch die Elite Zugang zu herkömmlicher Nahrung hat; das »Problem der Alten« ist durch eine – natürlich human begründete – »Endlösung« geregelt.[63] Eine Neuverfilmung des Orwell-Romans[64] selbst legte Michael Radford mit »1984« (GB 1984) vor. Die Machttechnologie der Kriegspropaganda und die Bedrohung des Individuums durch das Programm Krieg sind selten so erschütternd vermittelt worden wie in diesem Film. Die Subversion agiert »im Namen der Wissensverbreitung von Generation zu Generation«. Sie glaubt nicht an die Allmacht des gegenwärtigen Zustands: »Ihr werdet versagen, weil Hass und Furcht kein Leben haben […] Irgendetwas wird euch besiegen, das Leben wird euch besiegen […] der Geist des Menschen.« Doch das System antwortet: »Wir kontrollieren das Leben auf allen Ebenen. Wir schaffen die menschliche Natur!« Im zeitgleichen britischen Film BRAZIL (1984) gibt es bereits ein Ministerium für »Homeland Security«; es heißt Informationsministerium und hat diverse Außenstellen (Informationsausgleichsstelle, Informationswiederbeschaffung etc.). Die Hochhäuser der neuen Zivilisation wachsen wie Pilze aus dem Boden und überdecken alles. Die Landschaft ist verödet und mit Reklametafeln zugestellt. Es gibt totale Überwachung, staatliche Folter mit Todesfolge, Gehirnwäsche und einen bewaffneten Widerstand. (Offiziell werden die terroristischen Anschläge vom Informationsministerium als »zunehmende Unsportlichkeit von einigen Mitgliedern der Gesellschaft« bewertet.) Man kann sehr deutlich die Welt der Armen unterscheiden von jener der einflussreichen Spitzen der Gesellschaft, die sich durch neue medizinische Verjüngungsverfahren dem ewigen Leben annähern. Die Konsum-Weihnacht wird auch vom Militär mit Liederchören begangen. (Religiöse Riten sind ansonsten bereits restlos zum albernen Entertainment verkommen.) Dem System kann nur der entkommen, dessen Name aus der Datenverarbeitungsmaschine getilgt ist ... Obwohl das Ganze zugleich als eine phantastische Anima-Suche im Sinne C. G. Jungs gestaltet ist und die elektronische Technologie mit nostalgisch anmutender Mechanik arbeitet[65], ahnt man, dass es hier irgendwie um Themen des 21. Jahrhunderts geht.

Mit dem Versprechen, ähnliche Relevanz für Zukünftiges im Jahr 2054 zu präsentieren, wurde Steven Spielbergs MINORITY REPORT (USA 2002) beworben. In einem halben Jahrhundert, so scheint es in diesem Film, sind die USA allgemein noch viel wohlhabender und frei von sozialen Spannungen. (Alle Lebensräume sind totalitär mit Produktwerbung durchzogen, die den Passanten aufgrund gespeicherte Daten »individuell« anspricht. US-Firmen ließen ihre *futuristischen* Modelle in MINORITY REPORT unterbringen. Konsumkritik taucht bei diesem »Product Placement« verständlicher Weise nicht auf.) Wir leben außerdem in einer »Welt ohne Mord«. Das Projekt »Pre-Crime« sorgt dafür, dass jeder angehende Mörder noch *vor* Ausführung seiner Tat verhaftet werden kann. Drei weibliche »Medien« können auf Grund von hirnphysiologischen Veränderungen jeden Mord voraussehen. Das System wird zwar religiös etikettiert (Tempel, Orakel), arbeitet aber streng wissenschaftlich mit rational erklärbaren »Mustererkennungsfeldern«. Bezeichnend ist die Zukunftstechnologie des Films: Gedanken und innere Bilder können optisch sichtbar gemacht werden. Die Kriminellen werden in praktischen »Konservierungseinheiten« aufbewahrt bzw. archiviert, was den »Strafvollzug« sehr vereinfacht.[66] Nach sechs Studienjahren von »Pre-Crime« ist das Land frei von Morden. Dennoch wird das Projekt im Film aufgrund einer entdeckten *Fehlerquelle* (es gibt unter den drei Nornen »Minderheitsvoten«) eingestellt. Es bleiben erschreckende Synchronizitäten zu Vorstellungen der Bush-Administration über präventive Verbrechensbekämpfung und über vorbeugende Kriege, die man mit Intuitionen statt mit Argumenten begründet. Regisseur Spielberg bekannte im Juni 2002 gegenüber der *New York Times*: »Im Augenblick sind die Leute bereit, eine Menge ihrer Freiheiten aufzugeben, um sich sicher zu fühlen. Sie sind bereit, dem FBI und der CIA weitreichende Machtbefugnisse zu geben, um, wie George W. Bush oft sagt, solche Individuen auszurotten, die eine Gefahr für unsere Art zu leben sind. Ich bin in dieser Frage auf der Seite des Präsidenten. [!] Ich bin bereit, einige meiner persönlichen Freiheiten aufzugeben, um zu verhindern, dass jemals wieder ein 11. September passiert. Aber die Frage ist: Wo zieht man eine Grenze? Wie viel Freiheiten ist man bereit aufzugeben? Das ist das Thema des Films.«[67] Dieser Titel muss vielleicht als Spielberg's reaktionärstes Werk betrachtet werden.

Mit AMERICAN PSYCHO (USA 2000) scheint erklärt zu sein, warum es trotz der so friedlich scheinenden Wohlstandsidylle in MINORITY REPORT überhaupt noch Probleme wie (geplanten) Mord und Schusswaffengebrauch gibt.[68] Der moderne Serienkiller ist hier kein deklassierter Perverser, kein durch Inzucht und Einsamkeit geformter Bandsägenmörder vom Land und auch nicht – wie in THE MINUS MAN (USA 1999) – ein unscheinbarer Schizo mit zwanghaften Gedanken über die eigene Macht, durch schmerzlose Giftgaben ein Leben zu nehmen. Der Börsenmakler Patrick Bateman sieht in seinen sadistischen, mit großer Präzision ausgeführten Bluttaten vielmehr so etwas wie eine Freizeitbeschäftigung, mit der er aus seinem streng geregelten Großstadtalltag ausbricht. Das Geschick dieses erfolgreichen Wall-Street-Manns

XII. Kino der Angst

ist die Langeweile. Er »liebt« sich selbst mit Hilfe von Kokain, Bauchmuskeltraining oder Hautpflege. Luxus-Fetische sind unverzichtbar, verlieren aber ihren Wert, wenn sie von Besitztümern der anderen übertrumpft werden. Bateman ist nicht existent. »Außer Gier und Abscheu gibt es bei ihm keine identifizierbare Emotion.« Seine fehlende Identität versteckt er hinter geschwätzigen Kommentaren zu Musikneuerscheinungen, Restaurants, stilvollen Visitenkarten oder auch zu »humanistisch, antimaterialistisch, sozial und konservativ« qualifizierten Werten mit einer Option für »langsameres Nuklearwettrüsten«. (Tom Holert und Mark Terkessidis bescheinigen ihm »ein enzyklopädisches Herrschaftswissen zu allen Aspekten der Populärkultur«.) Menschen – auch »Freunde« – sind in seiner Datenbank wie Objekte verbucht. (Beim Sex schläft er eigentlich nur mit sich selbst; eine bevorzugte »Geliebte« steht ständig unter Valium.) Ungenau hält dieser Pedant es bei seinem speziellen Hobby mit der Statistik. Fünf oder zehn Obdachlose, unzählige Mädchen vom Strich und auch ein gesellschaftlicher Konkurrent aus der eigenen Klasse – insgesamt ungefähr »zwanzig oder vierzig« Leute – gehen auf Batemans Mordkonto. Letztlich ist allerdings nicht »Spaß«, sondern eine blockierte Trauer sein Motiv: »Ich will, dass mein Schmerz auch anderen zugefügt wird. Ich will, dass niemand davon kommt!« Was für eine Kultur schafft solche Verzweiflung? Welche »kulturellen Anregungen« stehen im Hintergrund dieses »American Psychos«, der am Ende den Wahn der Bilderwelt und das, was wir Wirklichkeit nennen, nicht mehr unterscheiden kann?
– In MEMENTO (USA 2000) stehen Morde der – unter völliger Amnesie leidenden – Hauptfigur im Zusammenhang mit dem Versuch, die eigene Identität zu rekonstruieren. Neuerdings lässt der US-Film mit ADAPTION (USA 2002) die Vermutung aufkommen, auch ein Drehbuchschreiber müsse erst selbst in die Welt von Mord und Totschlag eintauchen, um authentisch zu werden. Für die Inszenierung eines tabulosen Schusswaffengebrauchs mit Kultfilm-Ambitionen sorgt zehn Jahre nach PULP FICTION (USA 1993) erneut Quentin Tarantino mit dem zweiteiligen Werk KILL BILL (USA 2003/2004).[69]

Weltweit entstehen gegenwärtig die – ursprünglich in den USA beheimateten – »Gated Communities« von Reichen, die sich als Folge der »Globalisierung der Angst« hinter gesicherten Wohnfestungen verschanzen.[70] Entsprechende Bedrohungsszenarien vermittelt das populäre Kino vor allem aus dem Blickwinkel jener Minderheiten, die sich auf solche Art vor Gewalt von außen schützen wollen. Titel, die nach Art von THEY LIVE (USA 1988) mit *sozialer* Perspektive die Gleichschaltung der Gesellschaft thematisieren und nach den Urhebern fragen, sind für Hollywood derzeit nicht zu vermelden. THEY LIVE (USA 1988) macht sich die Wahnideen über Außerirdische und Verschwörungen zunutze. Die schlichte These dieses Films, so Hans Jürgen Krysmanski: »Die herrschende Elite auf diesem Planeten setzt sich aus ›Aliens in disguise‹ (Außerirdischen in Verkleidung) zusammen. Ihr Ziel: die Menschen in einem Zustand des blinden Konsumismus zu halten. Die uns überflutende Werbung, die bunten Plakate, die Titelblätter der Hochglanzmagazine enthalten allesamt eine unterschwellige Botschaft, die da sagt: ›Gehorche‹, ›Konsumiere‹, ›Verzichte auf eigene Gedanken‹. Unsere Geldscheine flüstern: ›Ich bin dein Gott‹. Die menschlichen Protagonisten des Films kommen schließlich in den Besitz spezieller Sonnenbrillen; damit erkennen sie, dass hinter den menschlichen Masken der Aliens schreckliche froschäugige Monster stecken.«[71] Die »Aliens« der Geldmaschine sind mit Röntgenblick vor allem auch als Skelette, als Tote zu identifizieren. Man ist ihnen keineswegs auf Gedeih und Verderb ausgeliefert. Man muss nur eine der *Sehhilfen* bekommen, die der Widerstand in Form von Spezial-Brillen in einer Gospel-Kirche versteckt hält. Dann kann man sie selbst und ihre allgegenwärtigen Geheim-Menetekel (ihre werbepsychologische Propaganda) entlarven. Wirklich neue Methoden hat die Opposition allerdings nicht zu bieten. Der populäre Bedarf an Action wird bedient.

Ein alternatives Modell ist nun ebenso wenig in David Finchers FIGHT CLUB (USA 1999) auszumachen.[72] Viel ernster als sonst in den neueren Aussteigerfilmen geht es in diesem Film darum, einer allgegenwärtigen Banalität und dem Schicksal des gleichgeschalteten Konsumenten bzw. Mitspielers zu entkommen. (Der Regisseur hat früher einmal sein Geld mit Nike-Commercials verdient.[73]) Die Hauptfigur Jack verkündet: »Eine ganze Generation zapft Benzin, räumt Tische ab, schuftet als Schreibtischsklaven. Durch die Werbung sind wir heiß auf Klamotten, auf Autos, machen Jobs, die wir hassen, kaufen dann Scheiße, die wir nicht brauchen. Wir sind die Zweitgeborenen der Geschichte. Männer ohne Zweck, ohne Ziel. Wir haben keinen großen Krieg, wir haben keine große Depression. Unser großer Krieg ist ein spiritueller. Unsere große Depression ist unser Leben. Wir wurden vor dem Fernsehen erzogen in dem Glauben, dass wir alle Millionäre werden, Filmgötter, Rockstars. Werden wir aber nicht, und das wird uns langsam klar.«[74] Der Ausbruch zeigt sich zunächst in einer Sprengung der Designer-Wohnung und in einer Rückkehr zu nackter »Männlichkeit«, zum Schmerz und zum Nahkampf ohne Waffen. (Die Ekelgrenze des *realen* Zweikampf-Entertainment in US-amerikanischen TV-Shows wird dabei noch nicht ganz erreicht.) In einem zweiten Schritt »ziehen die Single-Krieger aus der Krise der Männlichkeit in den protofaschistischen Krieg gegen die Gesellschaft«[75] und zwar mit viel Dynamit. Erlösung besteht für sie in einer Regression zum archetypischen Männerbund, und dessen nicht-staatliche Form ist auch im Film die in den USA vorherrschende Variante, die Bürgermiliz. Zu Recht suchen T. Holert und M. Terkessidis die »Idee« von FIGHT CLUB nicht in Gewaltverherrlichung, sondern in folgender Frage: »Was geschähe, wenn all die Sinnangebote der Fitnessstudio- und Lifestyle-Industrie versagten; wenn der Sinnverlust im Leben amerikanischer Männer so überwältigend wäre, dass selbst diese strengen Schulen der Körperpanzerung und Psychohygiene beim Einzelnen nicht mehr den Eindruck erwecken könnten, er hätte alles im Griff?«[76]

Der Fight Club ist jedoch nicht allein eine kriegerische Antwort auf die Krise der verletzten Männlichkeit. Jack, dessen schizophrenes »Alter Ego« der anfangs zitierte Tyler ist, möchte nicht nur der Langeweile, der Blödheit und dem Diktat von Lifestyle-Katalogen entkommen. Jack steigt aus einem mörderischen System aus, das zynisch auf den Rückruf einer fehlkonstruierten Autoserie verzichtet, wenn die Höhe der zu erwartenden Entschädigungsforderungen unter den Kosten einer Rückrufaktion liegt.[77] Während ein neoliberaler Ideologe wie Francis Fukuyama den weltanschaulichen Sieg des demokratischen Kapitalismus 1989 als »The End of History« und Gipfel der menschlichen Evolution verkündet, gilt es nach der literarischen Vorlage zum FIGHT CLUB, »die Welt frei von Geschichte zu bomben«. Es sollen Bankenhochhäuser in die Luft gesprengt werden, damit nach dem Ende des *Verschuldungsprinzips* alle auf einem gleichen Level neu beginnen können. Das Subversive wird im »Fightclub« als das Krankhafte, eben als Psychose eines *Terroristen* thematisiert und ist am Ende womöglich nicht mehr als eine Wahnvorstellung. Während die erfolgreichen Widerstandsstrategien in der neueren US-Geschichte gewaltfrei waren, zeigt Hollywood nur *gewalttätigen* Widerstand[78] gegen das System, und dieser wird zur Abschreckung psychiatrisiert. Zum Schluss von FIGHT CLUB sehen wir dann eine jener zahllosen Filmszenen, die uns brennende Hochhaustürme schon *vor* dem 11.9.2001 zeigen.

Anmerkungen

[1] *Holert/Terkessidis* 2002, 172; vgl. *ebd.*, 166-173 den gesamten Abschnitt »Kommunizierende Angst-Räume« und zur gegenwärtigen bundesdeutschen Politik: *Negt* 2004. – Vgl. auch das Kapitel »Sprengladung USA: Armut, Angst, Paranoia« in: *Schuhler* 2003, 62-77.

[2] Zu erinnern ist mit Brecht an eine einfache Wahrheit: »*Es ist Mut nötig, zu solchen Zeiten von so niedrigen und kleinen Dingen wie dem Essen und Wohnen der Arbeitenden zu sprechen, mitten in einem gewaltigen Geschrei, dass Opfersinn die Hauptsache sei.*« (Brecht, Bertolt: Fünf Schwierigkeiten beim Schreiben der Wahrheit, Paris 1938. http://www.mauthner-gesellschaft.de/mauthner/tex/brecht.html .)

[3] *Holert/Terkessidis* 2002, 169.

[4] *Frey* 2004, 241. – Zur Menschenrechtssituation im US-Strafvollzug vgl. *Amnesty International* 2002, 598f.

[5] Vgl. *Frey* 2004, 242: Die Täter wurden – trotz einer öffentlich bekannten Videodokumentation – ein Jahr darauf von einem weißen Geschworenengericht frei gesprochen; es folgten »die schlimmsten Rassenunruhen seit den 60er Jahren: 50 Tote, 4000 Verletzte, 12.000 Verhaftungen und mindestens 1 Milliarde Dollar an Sachschäden«. – An einen jüngeren Vorfall (»Die 41 Schüsse von New York«) erinnert *Gieselmann* 2002, 87f: Es handelt sich um eine »Schießerei, bei der am 4. Februar 1999 vier Polizisten der New Yorker Polizei den unbewaffneten 22-jährigen Afrikaner Amadou Diallo vor seiner Haustür mit 41 Schüssen töteten. Die beteiligten Polizisten wurden im Februar 2000 freigesprochen. Der Vorfall hatte zu heftigen Protesten gegen die wegen ihrer rassistischen Übergriffe berüchtigte New Yorker Polizei und die übertriebene Law-&-Order-Politik des New Yorker Bürgermeisters Rudolph Giuliani geführt.« Zum Fall des polizeilich getöteten Afro-Amerikaners Timothy Thomas (April 2001) vgl. Anmerkung 14 zu Kapitel VII. bzw. *Amnesty International* 2003, 597.

XII. Kino der Angst

6. Die Bundeszentrale für politische Bildung bewirbt auf ihrer Homepage das Filmheft zu MUXMÄUSCHENSTILL mit folgender Inhaltsangabe: »Der Weltverbesserer Mux ist stets auf der Suche nach dem Bösen. Er stellt Vergewaltiger und Mörder, aber auch Schwarzfahrer und Graffiti-Sprüher. Willkürlich bestraft der ehemalige Philosophiestudent Täterinnen und Täter und setzt sich dabei über die grundlegenden Prinzipien des Rechtsstaats hinweg. – Mux engagiert den Langzeitarbeitslosen Gerd, der den heroischen Kampf gegen das Verbrechen mit der Videokamera dokumentieren soll. Aus der fixen Idee eines selbst ernannten Ordnungshüters wird nach und nach eine populistische Bewegung.«
7. Auch der Prüfungsausschuss der FSK bescheinigt diesem Film »exzessive Gewaltdarstellung und rechtsstaatlich bedenkliche Tendenzen bei menschenverachtender Grundhaltung«, so schreibt *Groh* 2004, der THE PUNISHER von älteren Titeln des Selbstjustizfilms unterscheidet und dem vor allem die Kürzung bzw. Zensur von zwei Minuten für den Deutschland-Vertrieb nicht behagt.
8. Zitiert nach: *Hölzl/Peipp* 1991, 194.
9. Vgl. z. B. auch den Film PHONE BOOTH (USA 2002) von Joel Schumacher.
10. Georg Seeßlen sieht darin zwei unterschiedliche Genre-Themen: »Das Problem des Science Fiction ist die Technik, das Problem des Horror ist die Natur.« (Zitiert nach: *Skarics* 2004, 247.)
11. Der Film vermittelt mitten in den USA eine bedrohliche ländliche Enklave, in der es scheinbar keinen durch Zivilisation und staatliche Behörden garantierten Schutz mehr gibt. Anzumerken ist, dass dieser neu aufgelegte Massenmörder-Film ähnlich wie einst der Horrortitel NIGHT OF THE LIVING DEAD (USA 1968) parallel zu Folter- und Massakeraktivitäten von US-Soldaten im Ausland besonderen Rezeptionsbedingungen unterliegt. Zu nennen ist an dieser Stelle auch DAWN OF THE DEAD (USA 2004, Regie: Zack Snyder) über »Zombies«, die es auf das Fleisch der Lebenden abgesehen haben.
12. THE ROCK enthält zahlreiche militaristische und patriotische Szenen, erreicht allerdings noch nicht die propagandistische »Qualität« des sechs Jahre später ebenfalls von Produzent Bruckheimer und Regisseur Bay vorgelegten Rache-Kriegsfilms PEARL HARBOR (USA 2001). Es gibt trotz der heiklen Thematik keine grundsätzliche Anfrage an das Militär. Nebenbei werden im FBI-Labor Kinderpakete für bosnische Flüchtlingslager untersucht, in denen serbische Immigranten in den USA Sprengstoffpakete mit Sarin-Giftgas untergebracht haben. Die im Nachspann aufgeführte staatliche Kooperation umfasst nicht das Pentagon: »The Producers wish to thank: Department of Interior, [...] San Francisco Port Commission and San Francisco Police Department.«
13. Diese »007«-Rolle spielt sinniger Weise Sean Connery. Weil er Mikrofilme mit den von FBI-Chef J. Edgar Hoover angelegten Geheimdossiers über berühmte Persönlichkeiten (und auch mit Informationen zum wahren Hintergrund des Kennedy-Mordes) entwendet hat, wurde Mason als britischer Agent in Alcatraz und – nach gelungenen Fluchtversuchen – in anderen Geheimgefängnissen festgesetzt. General Hummel erläutert ihm mit einem Jefferson-Zitat seine Alcatraz-Aktion: »Von Zeit zu Zeit muss der Baum der Freiheit mit dem Blut von Tyrannen und Patrioten gedüngt werden.« (Dieses Zitat wird uns im Kontext von Filmen über rechtsradikale Bürgermilizen noch einmal begegnen.) Der Brite Mason antwortet mit einem Wort von Oscar Wilde: »Patriotismus ist die Tugend der Boshaften!«
14. Wie schon in THE ROCK spielt Nicolas Cage den Sympathieträger der Story von CON AIR.
15. Ähnlich auch in DESPERATE MEASURES (USA 1997).
16. In MEAN MACHINE (GB/USA 2001) ist sogar die Auseinandersetzung um ein Fußballspiel zwischen Gefängnisinsassen und Wärtern kriegsähnlich ausgeführt; ein Todesopfer ist dabei zu beklagen.

427

[17] Ein weiterer Vergleichstitel: Im B-Movie AIRBORNE (USA 1997) von Julian Grant werden gefährliche bakteriologische Waffen aus Beständen der USA entwendet, weil sie auf dem Weltmarkt hohe Preise erzielen. Offenbar ist auch hier ein »Insider« auf der Seite der Bösen beteiligt. (Die Videoausgabe nennt – abweichend vom »Lexikon des Internationalen Films« als Produktionsland: Kanada.)

[18] Vgl. insgesamt *Winkler* 1997 (ein kleiner Kanon von Verschwörungsstichwörtern); *Bröckers* 2002, 25-66 (über Konspirationstheorien); *Frey* 2004, 11ff., 124f. (zu historischen Hintergründen konspirativistischer Strömungen in den Vereinigten Staaten und paranoiden Neigungen in der US-Politik) und im Kontext von Filmen besonders *Krysmanski* 2003.

[19] *Krysmanski* 2003, 74.

[20] Vgl. die anregenden Hinweise in: *Bröckers* 2002, bes. 25-66. Bröckers »conspirologische« Überlegungen sind strikt zu unterscheiden vom Ausgangspunkt solcher Autoren, die zu Recht mit dem negativ besetzten Namen »Verschwörungstheoretiker« belegt werden.

[21] Dazu *Krysmanski* 2003,75: »Amerika ist eine Plutokratie, keine Demokratie. [...] In den USA ist diese Einsicht unter Intellektuellen und auch Sozialwissenschaftlern ein offenes Geheimnis, zu dem man sich interessanterweise auf zwei Arten verhalten kann: leugnet man es wider besseres Wissen und beteiligt sich aktiv an seiner Verschleierung, winken Karrieren in Medien und Wissenschaft; spricht man es aus, wird man an die Peripherie der medialen und wissenschaftlichen Institutionen gedrängt.« – Die Entwicklung der 90er Jahre erregt merkwürdig wenig Aufsehen. »Waren 1982 die 400 reichsten Amerikaner im Durchschnitt noch jeweils 230 Millionen Dollar wert, so betrug ihr durchschnittliches Vermögen 1999 das Zehnfache, 2,6 Milliarden Dollar.« (*Krysmansky* 2003, 77.) Die gesamten Früchte des Börsenbooms der 90er Jahre führten – nicht nur aufgrund von *gezielten* kriminellen Strategien der Betrügerkonzerne – zu einem enormen Vermögensverlust der Mittelklasse. Das Ergebnis ist »eine der spektakulärsten Enteignungen in der Geschichte des Kapitalismus«. (Robert Brenner, zitiert nach: *Schuhler* 2003, 63. Vgl. zur »Umverteilung« nach oben: *ebd.*, 62ff.)

[22] Ein Äquivalent ist der deutsche Titel 23 – NICHTS IST SO WIE ES SCHEINT (1998), in dem ein äußerst begabter junger Computer-Hacker sich Mitte der 80er Jahre durch Illuminaten-Lektüre, Zahlenmystik und Kokain-Konsum immer tiefer in paranoide Vorstellungen verstrickt und obendrein ganz real für den KGB arbeitet.

[23] Zum Film THE THREE DAYS OF THE CONDOR, der die vom Blick auf Ölressourcen bestimmte Nahost-Politik der USA bereits 1974 sehr klar thematisiert, vgl. die Hinweise von Michael C. Ruppert in: *Thoden* 2004, 93f.

[24] Vgl. *Schuhler* 2003, 20.

[25] Vgl. zu ENEMY OF THE STATE auch die Ausführungen in Kapitel III.3. – Zur Aktualität des Films sei darauf hingewiesen, dass allein für eine Stadt wie Chicago 2000 behördliche Überwachungskameras gemeldet werden und die Medien stetig über neue Konzepte berichten, wie Bewegungen im öffentlichen Raum zu scannen sind.

[26] Levin, Thomas Y.: Die Rhetorik der Überwachung – Angst vor Beobachtung in den zeitgenössischen Medien. http://www.nachdemfilm.de/no3/lev01dts.html . Vgl. diesen guten Beitrag insgesamt zum Komplex der Angst vor totaler Überwachung. Die dort im Inhalt berücksichtigte Filmografie: AM ENDE DER GEWALT, F/D/USA 1997, Regie: Wim Wenders; BLOW UP (GB 1966), Regie: Michelangelo Antonioni; THE CONVERSATION (Der Dialog), USA 1974, Regie: Francis Ford Coppola; LOST HIGHWAY (F/USA 1996), Regie: David Lynch; SLIVER, USA 1993, Regie: Philipp Noyce, USA 1993; SNAKE EYES (Spiel auf Zeit), USA 1998, Regie: Brian DePalma; ENEMY OF THE STATE (Staatsfeind Nr. 1), USA 1998, Regie: Tony Scott; THE TRUMAN SHOW, USA 1998, Regie: Peter Weir. – Zum Filmthema

»Überwachung« vgl. auch: *Grötker* 2002.

27 Außerdem bemerkt *Campbell* 2001: »In *Hearts in Atlantis*, due out later this year and starring Anthony Hopkins, there is no military plot but the film-makers wanted to use land belonging to the army. The Pentagon agreed and suggested that the film could include a shot of an army recruiting booth in a carnival scene.«

28 Timothy McVeigh wurde im Juni 2001 vom US-Staat gemäß Todesurteil getötet.

29 Vgl. *Wöhlert* 2003, 114.

30 *Chomsky* 2002, 15.

31 Vgl. *Grumke* 2002. – Nicht berücksichtigt habe ich die Dissertation dieses Autors: *Grumke*, Thomas: Rechtsextremismus in den USA. Opladen: Leske & Budrich 2001.

32 Vgl. *Lifton* 1994, 132f.

33 Bereits im »späten neunzehnten Jahrhundert wurde argumentiert, dass die freiheitliche Demokratie aus uralten angelsächsischen Sitten und Gebräuchen hervorgegangen sei und sich aus rassischen Gründen niemals über die angelsächsische Welt hinaus verbreiten werde.« (*Bermann* 2004, 204.)

34 Zitiert nach: *Gotteskrieger* 2005 (dort angegebene Quelle ist ein Beitrag von Mark Baylis auf: http://www.lompocrecord.com/articles/2005/01/28/news/news20.txt).

35 *Berman* 2002, 208.

36 Darüber berichtet *Böhm* 2003b, 15f. Die Staatsfeindlichkeit der Rechten bezieht sich z. B. auf Steuerbehörden, Schulgesetze, Waffengesetze oder polizeiliche Ausweispflicht. Am ehesten ist ihr Ideal des schwachen Staates in der texanischen Verfassung verwirklicht, die nach *Böhm* 2003b, 16 »weder dem Gouverneur noch dem Parlament nennenswerte politische Gestaltungsmacht« erlaubt.

37 *Seeßlen/Metz* 2002, 85.

38 *Seeßlen/Metz* 2002, 55.

39 *Wessel* 2004, 31 weist darauf hin, dass sich das Talkradio in der USA heute durch einen strammen »Rechts-Drall« auszeichnet und nach Ansicht von Lawrence Grossmann fast völlig vom seriösen Journalismus verabschiedet hat. Praktiziert wird in den Medien der Rechten Hass-Propaganda: hate-talk.

40 Damit liegt dieses Drehbuch näher an konkreten Problemstellungen als der Film TWELVE MONKEYS (USA 1995), in dem eine weltweite Virusepidemie sich am Ende einfach als Werk eines einzelnen Mitarbeiters der Biochemie-Forschung »erklärt«, über dessen Motive wir nichts erfahren.

41 Nach dem Sturz von Allende am 11. September 1993 erklärte ähnlich lautend der chilenische Diktator Pinochet: »Die Demokratie muss gelegentlich in Blut gebadet werden.« – *Berman* 2004, 157 zitiert entsprechende Vorstellungen, die an das Jefferson-Wort erinnern, lediglich als typisch islamistisch und zwar mit einem Ausspruch des algerischen Islamistenführers Ali Benhadji: »Wenn ein Glaube, eine Glaubensvorstellung, nicht mit Blut begossen und gewässert wird, wächst er nicht.«

42 *Grumke* 2002.

43 So jedenfalls wird die Biowaffe in der mir vorliegenden deutschen Synchronisation von MILITIA gekennzeichnet.

44 Reale Nachrichten über punktuelle Bündnisse von Bürgerrechtlern und Waffenideologen in den USA müssen auch vor dem Hintergrund solcher Strategien beunruhigen.

45 Vgl. ausführlicher zum Plot: *Krysmanski* 2003, 73.

46 *Grumke* 2002.

47 Brecht, Bertolt: *Fünf Schwierigkeiten beim Schreiben der Wahrheit, Paris 1938*. http://www.mauthner-gesellschaft.de/mauthner/tex/brecht.html .

XII. Kino der Angst

[48] Zitiert nach: *Müller-Fahrenholz* 2003b, 15 (Vorwort von E. Drewermann).

[49] Vgl. zur Kritik der eindimensionalen »Kultur« unter den Bedingungen der Vermarktung aller Lebensbereiche und der konsumistischen Religion: *Berman* 2002, bes. 117-162. – Der Hinweis auf subversive Szenen in den USA beruht auf persönlichen Berichten.

[50] Dazu auch *Chomsky* 2001, 135: »Im 20. Jahrhundert hält die Literatur der PR-Industrie einen reichen und instruktiven Vorrat an Informationen darüber bereit, wie man den ›neuen Zeitgeist‹ vermittelt, sei es durch die Erzeugung künstlicher Bedürfnisse oder durch die Lenkung des öffentlichen Bewusstseins (Edward Bernays) oder durch die Verbreitung einer ›Philosophie der Vergeblichkeit‹ und des fehlenden Lebenssinns, um die Aufmerksamkeit auf die ›eher überflüssigen Dinge‹ zu lenken, die ›Ausdruck modebewusster Konsumtion sind‹.« *Deppe* u.a. 2004, 139 schreiben über den neuen »Schub der Kommerzialisierung der Alltagskulturen«: »Diese zielt auf Entpolitisierung der breiten Massen durch Unterhaltung, Sex, Verbrechen, Sensationsjournalismus (einschließlich der Kriegsberichterstattung als Medienereignis), Sport, Lotterie – wobei sich diejenigen, die die Medien beherrschen, ganz eindeutig im Lager des Neoliberalismus und des neuen Imperialismus positionieren«.

[51] So z. B. MOMO (BRD 1985-86) nach dem Kultroman von Michael Ende oder LA CITE DES ENFANTES PERDUS (Die Stadt der verlorenen Kinder; Frankreich/Spanien/BRD 1994) von Jean-Pierre Jeunet und Marc Caro.

[52] Mit Blick auf die nachfolgenden Titel denke ich besonders an: SMULTRON STÄLLET (Wilde Erdbeeren), Schweden 1957, Regie und Drehbuch: Ingmar Bergman.

[53] Aus reaktionärer Sicht erfahren »anti-konsumistische« Filme wenig Gegenliebe. So erklärt John Milius, profiliert vor allem als militaristischer Drehbuchautor und Regisseur, in einem Interview: »Mit dem 11. September werden wir eine ganz andere Art von Filmen bekommen. Schauen Sie sich doch an, was so im Kino lief: Filme über Yuppies und ihre Probleme. Wie kann ich es ernst nehmen, wenn der Held in ›American Beauty‹ übers Leben beklagt, wenn ich an die toten Feuerwehrleute im World Trade Center denke? Über Nacht ist der proletarische Mann wieder zum Helden geworden. Und von diesen echten Helden werden wir wieder mehr sehen.« (Zitiert nach: *Steding* 2002.)

[54] *Berman* 2002, 36f. – Dass es im Kino einen Nachholbedarf an Anregungen für ein Ausbrechen im Alter gibt, zeigen Filme wie ABOUT SCHMIDT (USA 2002), THE HUMAN STAIN (USA 2003) und auch THE MOTHER (GB 2003).

[55] Vgl. zur Thematisierung von Tod und Sterblichkeit im US-Kino auch: *Everschor* 2003, 194-202.

[56] Bekannte US-Filme der Gegenwart, die wie BRINGING OUT THE DEAD (USA 1999) von Martin Scorsese oder Werke von Spike Lee ein realitätsnahes Bild der sozialen Großstadtwirklichkeit zeigen, sind Ausnahmen.

[57] Die kritische Pointe der TRUMAN SHOW wird besonders deutlich, wenn man zum Vergleich den ebenfalls 1998 herausgekommenen Film EDTV ansieht, der mit seinem oberflächlichen »Truth-TV« nur scheinbar ein ähnliches Drehbuch verfolgt. – *Grötker* 2002 weist auf Bertrand Taverniers Film DER VERKAUFTE TOD (1979) als Vorläufer der Truman Show hin. Dort wird eine sterbenskranke Frau Opfer der TV-Sendung »Death-Watch«. Innerhalb des Komplexes »Film über Live- bzw. Reality-Film« ist unbedingt der Titel C'EST ARRIVE PRES DE CHEZ VOUS (Mann beißt Hund, Belgien 1992) zu berücksichtigen: Ein Dokumentarfilm-Team begleitet einen berufsmäßigen Mörder bei seinen Hausbesuchen. Nach und nach filmen die Teamer nicht nur das Verbrechen, sondern nehmen selbst teil an Mord und Vergewaltigung. (Das bitterböse Drehbuch böte Anregungen für einen Film über zivile Kriegsfilm-Teams bzw. »embedded journalists«.) – In MAD CITY (USA 1997) ist die zufällige Präsenz des Fernsehens mitschuldig daran, dass die Auseinandersetzung eines eben ent-

lassenen Museumswärters mit seiner Chefin zu einem Geiseldrama eskaliert. – Erschreckend sind reale Meldungen über Gewaltvideo-Produktionen, bei denen z. B. Obdachlose mit Bezahlung oder Alkohol zu brutalen Live-Aktionen (Bum-Fight) vor der Kamera überredet werden.

58 Zu TERMINATOR 2 – JUDGEMENT DAY (USA 1990) und seinen »religiösen« Angeboten vgl. ausführlich: Skarics 2004, 247-283. Zur Kriegermoral dieses Cameron-Films und zur verdeckten »Kriegsphilosophie«, die in der DVD-Fassung noch deutlich wird, vgl. *Brinkemper* 2002.

59 Diskriminiert werden die »natürlich« Gezeugten. Eine gewisse Gegenrichtung verfolgt der Film X-MEN 2 (USA 2003), in dem »Mutanten« verfolgt werden.

60 In JOHNNY MNEMONIC wird gemäß Cyberpunk-Muster ein guter Untergrund gezeigt, der sich der totalen Okkupierung widersetzt. Der Plot nach *Everschor* 2003, 53: »In VERNETZT – JOHNNY MNEMONIC ist die Menschheit einer von den Konzernen verbreiteten tödlichen Epidemie ausgesetzt. Widerstandsgruppen arbeiten im Untergrund daran, die Übermacht der Konzerne zu besiegen. Aber eine Chance erhalten sie erst, als der Agent Johnny unter ihnen auftaucht, der das Schicksal der ganzen Welt verändern kann, weil die in sein Gehirn implantierten Daten das Heilmittel gegen die Seuche umfassen.« Nach Auskunft dieses Drehbuches kann die allgemeine Infizierung also nur aufhalten, wer die Programmierungs-Codes der Konzerne kennt.

61 Bezeichnend ist, dass eine verbreitete eklektische Psychotherapierichtung explizit mit dem Terminus »neurolinguistisches *Programmieren*« (NLP) arbeitet.

62 *Seeßlen* 1989, 23 meint: »Die medial vernetzten Menschen unserer Gesellschaften erhalten noch mehr Verhaltensvorgaben als Menschen in der militärischen Hierarchie. Die Lenkung vollzieht sich allerdings nicht über den Befehl, sondern über den Konformitätsdruck und die Wahrnehmungsstrukturierung.«

63 Der Plot von SOYLENT GREEN – nach dem *Lexikon des Internationalen Films,* Band 2, S. 1554: »Im übervölkerten New York kämpfen 40 Millionen Menschen ums nackte Dasein. Ein paar Privilegierte wissen noch, was Fleisch und Brot ist. Der Rest der Bevölkerung ernährt sich von öffentlich verteilten, oblaten-ähnlichen Nahrungsmitteln, die angeblich aus Algen gewonnen werden. Ein hartgesottener Großstadtpolizist entdeckt zusammen mit seinem Zimmergenossen [...] das Geheimnis hinter diesem neuen Nahrungsmittel [Anm., das aus den Proteinen jener besteht, die durch einen komfortabel gestalteten Euthanasie-Service aus dem Leben scheiden] ... Einer der frühesten ökologischen Thriller.«

64 Die erste Verfilmung von »1984« ist bereits 1955/56 in Großbritannien unter der Regie von Michael Anderson unternommen worden.

65 Mit diesem Stilmittel, das an den Bruch des menschlichen Selbstverständnisses durch das *mechanistische* Weltbild erinnert, arbeiten z. B. auch LA CITE DES ENFANTES PERDUS (Frankreich/Spanien/BRD 1994) und DARK CITY (USA 1997). – Freilich kann das in seiner Funktionalität auch sinnlich nachvollziehbare Reich des Mechanischen im digitalen Zeitalter ebenso ein Kontrastbild abgeben zu einer nicht mehr durchschaubaren Lebenswelt.

66 Bereits in PROJECT SHADOWCHASER (GB 1991) wird ein ähnliches, allerdings weniger aufwendiges Verfahren präsentiert. Der US-Strafvollzug besteht dort einfach wie ein Leichenschauhaus aus Kühlboxen, in denen die Häftlinge tiefgefroren ihre Haftzeit verbringen. Sie sind regungslos, doch ihre mentalen Funktionen werden aufrecht erhalten.

67 Zitiert nach: *Walsh* 2002; vgl. dort insgesamt die Überlegungen zur völligen Ausblendung *sozialer* Fragen bei Spielberg und auch die Hinweise zur frühen Folterdebatte in den USA ab Ende 2001.

68 Vgl. zu den literarischen Vorlagen für den Film – *American Psycho* (1991) und *Glamorama*

(1998) von Bret Easton Ellis: *Holert/Terkessidis* 2002, 104-108; *ebd.* 235-239 ergänzend auch die Hinweise zur Wiederkehr der Gewalt in den »Wohlstandsinseln der Sicherheit« für reiche Senioren und andere Privilegierte.

[69] Ausdrücklich ist m. E. der »Film-Kult des coolen Killens« zu unterscheiden von der künstlerischen Leistung, im Rahmen eines »Killer-Weltbildes« ohne Kitsch und billige Sentimentalität berührende Menschlichkeit zu zeigen. Das zweite gelingt zum Beispiel Luc Besson mit der Erstfassung von LEON (Frankreich 1994).

[70] Vgl. *Falksohn* 2004.

[71] *Krysmanski* 2003, 80.

[72] Vgl. zu diesem Titel auch: *Holert/Terkessidis* 2002, 108-111.

[73] Vgl. *Everschor* 2003, 179.

[74] Zitiert nach: *Fritsch/Lindwedel/Schärtl* 2003, 130.

[75] *Holert/Terkessidis* 2002, 109.

[76] *Holert/Terkessidis* 2002, 109.

[77] Diese Praxis der Automobilindustrie ist Thema von CLASS ACTION (USA 1990).

[78] Dass es unter den Bedingungen einer ausgeprägten Klassenmedizin möglicherweise zu gewaltsamen Szenen auch im Gesundheitswesen kommen könnte, zeigt der von der US-Kritik wenig geliebte Film JOHN Q (USA 2001): Der Sohn des Arbeiters John Q. braucht eine Herztransplantation, doch seine Krankenversicherung will die 250.000 Dollar für diese Operation nicht bezahlen wird. John Q entsinnt sich der Western-Weisung, dass ein Mann unter bestimmten Umständen selbst für Gerechtigkeit sorgen muss. Bewaffnet mit einem Gewehr, nimmt er im Krankenhaus Geiseln, um die lebensrettende medizinische Behandlung für sein Kind zu erzwingen. (Das Gewehr ist in Wirklichkeit nicht geladen.)

XIII. Die USA im Kampf gegen den Terror und das Böse in der Welt

»*An jedem beliebigen Tag vor dem 11. September waren Angaben des US-Verteidigungsministeriums zufolge mehr als 60.000 Militärangehörige in etwa hundert Ländern mit der Ausführung zeitlich begrenzter Operationen oder Manövern befasst.*« Los Angeles Times, 6.1.2002

»*Von meinem Schreibtisch aus sehe ich mehrmals täglich, wie tieffliegende Flugzeuge hinter dem Düsseldorfer Thyssen-Hochhaus kurzzeitig verschwinden und dann wieder zum Vorschein kommen. Jedes Mal werde ich an die Anschläge in New York vom 11. September 2001 erinnert. Die von den Medien aufbereitete Wucht und die Folgen des traurigen Datums haben mein Sehen verändert – und auch mein Weltgefühl.*« Tagebucheintrag des Autors, Sommer 2003

Der dem Elften September nachfolgende »Krieg gegen den Terror« soll einstweilen unbegrenzt sein. Er sorgt dafür, dass das Entsetzen nicht schwindet. Mehr als hunderttausend Zivilisten sind den Präzisionswerkzeugen der Antiterror-Fahnder bereits zum Opfer gefallen. Das Dinosaurier-Programm »Krieg« verwandelt die Welt an seinen Schauplätzen in einen brennenden Jurassic-Park. Es entfacht neue Gewaltherde und rekrutiert die Hassgeneration von morgen. Doch die Propheten dieses Programms verkünden unverdrossen, es könne Probleme auf unserer Erdkugel lösen. Mohnfelder im Opiumanbau sind indessen das einzige, was in Afghanistan außerhalb von Kabul wirklich aufblüht. Eine anschwellende Militarisierung im gesamten Nahen Osten zeigt, wie der Krieg Tag für Tag jenes Schreckgespenst hervorbringt, das man zuvor an die Wand gemalt hat. Zum Szenarium innerhalb den Vereinigten Staaten gehören ein Neu-Sprech in Orwellscher Manier, ökonomische Gewalttätigkeit, polizeistaatliche Gesetze und Medienpropaganda.

Der us-amerikanische Journalist Paul Berman hatte nach den Anschlägen gehofft, »die Menschen würden verstehen, dass am 11. September ein Tabu verletzt worden war, nämlich das Verbot des Versuchs, gezielt eine große Anzahl Unschuldiger zu töten«[1]. US-Präsident George W. Bush Jun. erklärte das Datum im Jahr 2003 zu einem immerwährenden »Weltfreiheitstag«. Gedankenlose Feuilletonisten sprechen gar von einem »Ende der Neuzeit«. Gegen diese Fixierungen auf einen vermeintlich neuen Orientierungspunkt für unsere Zeitrechnung muss Einspruch erhoben werden. Der immer wieder getätigte Hinweis auf die hohe *Zahl* von dreitausend unschuldigen Mordopfern in den USA[2], den Donald Rumsfeld im September 2004 – statt einfach Mitgefühl zu zeigen – auch beim tausendsten toten US-Soldaten für angemessen hielt, suggeriert, es gehe um *quantitative* Einmaligkeiten oder Abrechnungen. Mit einer solchen Meßlatte gerieten wir in Teufels Küche. Allein aufgrund einer vernünftig nicht zu erklärenden Embargo-Strategie starben nach dem Golfkrieg 1991 etwa 500.000 irakische Kinder. Die UN-Botschafterin der USA, Madeleine Albright, meinte 1996 in einem CBS-Fernsehinterview für »60 Minutes«: »Wir glauben, es ist den Preis wert.«[3] Studien unter Leitung von US-Wissenschaftlern zeigten Ende Oktober 2004 die Möglichkeit auf, dass seit 2003 mehr als zehnmal oder zwanzigmal so viele Zivilisten im Irak in Folge von Krieg und Besatzung getötet wurden als bis dahin allgemein einfach angenommen wurde.[4] Mehrere zehntausend Menschen sterben täglich auf dem Globus aufgrund westlicher Ignoranz und warten vergeblich auf eine Operation für dauerhafte Gerechtigkeit. Wenn wir nun noch anfingen, Millionen unschuldige Opfer westlicher Militäroperationen und Rüstungslieferungen seit dem Zweiten Weltkrieg zu addieren, müssten die zynischen Mathematiker mit ihren Berechnungen verstummen. Die Ausblendung unaussprechlicher Opferzahlen im Dienste der eigenen Geschichtsschreibung oder aktueller Bündnisstrategien ist an der Tagesordnung. Tote Menschen in Asien, Süd- und Mittelamerika, im Kongo[5] oder in Tschetschenien gelten unseren Medien seit vielen Jahren weniger wert als nordamerikanische oder europäische Gewaltopfer. Doch dieses selektive Zählen verbreitet auf der Erde Wut und Ohnmacht.

Kein Kommentator hat es unanständig genannt, dass Mitglieder der US-Administration im September 2001 die Orte der Trauer unverzüglich in ein politisches Forum für ihre Vergeltungsrhetorik und Kriegspläne verwandelten.[6] Nicht eine unvergleichliche Opferzahl macht den »Elften September« zu einem geschichtlichen Wendepunkt, sondern seine – von medialer Aufbereitung flankierte – *Instrumentalisierung* für eine »neue Weltordnung«, deren Programm man in den neunziger Jahren des letzten Jahrhunderts entwickelt hat. Dem Paradigma der offiziellen Fixierung auf das Datum und dem Verhängnis dieser Fixierung können wir nur entkommen, wenn wir uns der Zeit *vor* dem 11.9.2001 zuwenden.[7]

1. Drehbücher für den Terror?

»Das Fernsehen ist nicht länger Spiegel der Gesellschaft, sondern umgekehrt, die postmoderne Gesellschaft ist der Spiegel des Fernsehens.«[8]

»Wir sind die Antinihilisten – wir sollten es jedenfalls sein.« US-Journalist Paul Berman[9]

»Mein Name ist Caine, Ihr Reiseleiter in die Dunkelheit. [...] Dieser Flug Nummer 672 wird ein Meilenstein der Inspiration für leere Leinwände. Man wird Lieder darüber schreiben, Filme werden produziert. Ein lauter Knall und Sie gehen mit dem Absturz in die Geschichte ein.« Ein US-amerikanischer Flugzeugterrorist im Film AIR PANIC (USA 2001)

»Das ›Projekt‹ der Zerstörung der Twin Towers«, so schreiben Georg Seeßlen und Markus Metz in ihrer Abhandlung über die Katastrophe, »wurde in den unterschiedlichsten Köpfen ersonnen, drinnen und draußen.«[10] Robert Altman gab im Oktober 2001 zu bedenken, ob Hollywood mit immer spektakulärer werdenden Explosionen und Massenvernichtungsszenen in Actionfilmen die Terroristen nicht beeinflusst haben könnte. Er meinte, niemand würde auf die Idee kommen, eine solche Orgie der Zerstörung anzurichten, wenn Filme nicht zuvor das Vorbild geliefert hätten: »Ich glaube, wir haben diese Atmosphäre geschaffen und ihnen gezeigt, wie es geht.«[11] (In der Tat waren Hollywoods Filmemacher eine zeitlang als Sachverständige im Gespräch, die über Strategien und Szenarien von Terrorismus Nachhilfe erteilen können.)

Das Kino als »Ort, wo die ›Katastrophe‹ vernünftigerweise hingehört« (Klaus Theweleit), hätte demnach die Unschuld eines Spiel-Raumes verloren. Oliver Stone soll bei einem Podiumsgespräch in New York noch eine andere Sichtweise geäußert haben; er bezeichnete »die Terrorakte zum Erstaunen der Anwesenden sogar als ›Revolte gegen die multinationalen Unternehmen‹, welche die Kreativität der Regisseure behindere«[12]. Empörung erntete der Versuch von Karlheinz Stockhausen und anderen, das Verbrechen als »größtes Kunstwerk aller Zeiten« zu sichten.[13] Originalität kann diese Überspanntheit indessen nicht beanspruchen. Im Film AIR PANIC (USA 2001) hatte sich bereits ein US-Flugzeugterrorist in der Ankündigung einer epochalen Inspiration geübt.

Für nicht wenige Kreative aus Musik-, Literatur-, Film- und Werbe-Szenen bedurfte es keiner Inspiration durch ein »echtes« Verbrechen. Sie wussten – irgendwie und als hätten sie das zweite Gesicht – vom »Elften September«, bevor er eintraf.[14] Bereits 1999 erzählte der Roman »Crisis Four« eines britischen Autors (Pseudonym Andy McNab) folgende Geschichte: Eine Engländerin wird von bin Ladens Terrororganisation als Doppelagentin angeworben und in den US-Geheimdienst eingeschleust; sie soll im Weißen Haus eine Bombe zünden und den US-Präsidenten töten.[15] Das Ende 2000 erschienene Comand-&-Conquer-Spiel »Red Alert 2« (Alarmstufe Rot 2) wurde im September 2001 von Wal-Mart und anderen Supermarktketten in den USA aus dem Sortiment genommen. Das Cover zeigt eine brennende Skyline von New York; die Spieler können Pearl Harbor, Pentagon, Weißes Haus und Freiheitsstatue in die Luft sprengen. Bereits Mitte der neunziger Jahren durfte man in »Tiberian Dawn« im Kampf um einen außerirdischen Rohstoff das Weiße Haus am PC zerstören und im Vorspann betrachten, wie das World Trade Center in die Luft gesprengt wird. Eine – wenige Wochen vor den Anschlägen herausgekommene – CD der Gruppe »The Coup« zeigt auf dem Cover die brennenden Zwillingstürme und enthält den Rap-Slogan »Bring The House Down«. Kurz vor dem 11.9.2001 wurde ein Werbefilm für Telegate von Joachim Grüninger fertig, der zeigt, wie sich ein Passagierflugzeug durch das Billboard eines Wolkenkratzers bohrt. Ein Trailer für den Film SPIDER-MAN (USA

2001) wurde nach dem Elften September gestoppt, weil sich darin ein Hubschrauber zwischen den WTC-Türmen im Netz des Spinnenmannes verfing.¹⁶ Der bereits fertig geschnittene Titel THE TIME MACHINE präsentierte ursprünglich Mondteile, die auf New York herab fielen.¹⁷

Die Grenzen zwischen Fiktion und Ernstfall seien aufgehoben, so wurde in zahlreichen Essays nach dem Elften September angemerkt. Phantasie und Wirklichkeit müssten nunmehr als Ebenen eines übergreifenden Zusammenhangs betrachtet werden. Der Fundus an Vor-Bildern im Kino ist in der Tat unerschöpflich. Das Hochhaus war schon vor dem Aufkommen digitaler Bildtechnik und vor INDEPENDENCE DAY, ARMAGEDDON & Co eine Herausforderung für Filmemacher. In THE TOWERING INFERNO (USA 1972) entflammt am Tag seiner Einweihung ein 137 Stockwerke hoher Wolkenkratzer in San Francisco. Nur ein Teil der in den obersten Etagen versammelten Gäste kann gerettet werden. Verursacher des Brandes sind ein beteiligter Unternehmer und auch der Bauherr. Beide wollten aus reiner Profitgier die vom Architekten vorgegebenen Sicherheitsstandards nicht erfüllen. Grundsätzlich wird aber auch die Hybris einer gigantomanen Architektur in Frage gestellt. – Die zum Himmel reichenden Riesen der Zivilisation sind im Kino mit Vorliebe von Ungeheuern aus der Tiefe bedroht, so in den dreißiger Jahren in KING KONG, dessen Remake von 1976 auf dem World Trade Center endet. Roland Emmerichs GODZILLA (USA 1998) zertrampelt mit Leichtigkeit die Hochhauszeilen Manhattans.¹⁸ Das Unbewusste, so die Deutung der Tiefenpsychologen, reagiert unkontrolliert auf babylonische Türme, die sich zu weit vom Erdboden entfernen. In DOWN (USA/NL 2001), einem Remake nach »Fahrstuhl des Grauens« (1982), bringt ein – mittels eingebauter Gentechnologie verselbstständigter – Lift auf den 102 Stockwerken eines New Yorker »Millenium-Building« den Tod. Wenn schließlich dürftige Drehbücher nichts anderes zur Herstellung von Spannung hergeben, bemüht man wie im Actionfilm EPICENTER (USA 2000) ein Erdbeben, das in Los Angeles Hochhaustürme aufeinander fallen lässt.¹⁹

Viele Autoren erinnern an die Terror-Trilogie mit Bruce Willis: DIE HARD (USA 1987), DIE HARD 2 / DIE HARDER (1989), DIE HARD WITH A VENGEANCE (1994). »Im ersten Teil [...] besetzten Gangster 1987 einen Wolkenkratzer in Los Angeles und drohten mit dessen Sprengung. In der ›Die Hard‹-Fortsetzung [...] manipuliert ein Terrorkommando die Flugsicherung über Washington und bringt eine Maschine zum Absturz. Im dritten Teil wird dann Manhattan Opfer eines Bombenattentates. Zusammengenommen und um die Happy Ends gekürzt, ergeben diese Filme eine gruselige Blaupause für den Terroranschlag vom 11. September 2001.«²⁰ Das DVD-Cover des ersten DIE HARD-Teils zeigt übrigens einen Wolkenkratzer, auf den ein Helikopter zufliegt und dessen obere Stockwerke brennen. In Hochhäusern angebrachte Sprengsätze wie in THE ASSASSIN – POINT OF NO RETURN (USA 1992), FIGHT CLUB (USA 1999) oder COLLATERAL DAMAGE (USA 2001/2002) sind längst nichts Spektakuläres mehr.

XIII. Die USA im Kampf gegen den Terror

Bereits im letzten Kapitel haben wir gesehen: An terroristischen Bedrohungen *innerhalb* der Landesgrenzen oder Attacken auf auswärts weilende US-Amerikaner ist im US-Kino der neunziger Jahre kein Mangel. In THE ROCK (USA 1995) ist die Bevölkerung bedroht durch 15 VX-Giftgasraketen in der Hand aufständischer US-Militärs, die jeweils etwa 70.000 Menschen töten können. In THE PEACEMAKER (USA 1997) sind Atomsprengköpfe aus der ehemaligen Sowjetunion eigentlich für den Iran bestimmt; doch ein Satz gelangt durch bosnische Terroristen nach New York. Dort soll das UN-Gebäude in die Luft gejagt werden.[21] In OPERATION DELTA FORCE II: MAYDAY (USA 1997) erfreut sich ein von Geldgier geleiteter Chefterrorist an dem »bloßen Gedanken, dreitausend fette Amerikaner auf den Grund des Meeres zu verfrachten«; US-Elitesoldaten agieren in diesem Film auf russischem Boden, weil das dortige Militär die Terroristen nicht erfolgreich schlagen kann. Das noch anspruchslosere B-Movie AIRBORNE (USA 1997) kreist um eine Biowaffe, die sich erst zum guten Schluss als Attrappe erweist. STEALTH FIGHTER (USA 1999) und Y2K (USA 1999) bieten als mögliches Schreckensszenarium Atombomben auf Washington.

Flugzeugentführungen sind im Grunde seit langem Klischee und können, wie Georg Seeßlen und Markus Metz erinnern, im Film gar Anlass zur Belustigung sein.[22] Von AIRPORT (USA 1969) bis PASSANGER 57 (USA 1992) präsentiert man geisteskranke bzw. psychopathische Entführer. In der albernen Produktion CRASH POINT ZERO (USA 2000) haben es Luftterroristen auf eine esoterisch funktionierende Wunderwaffe abgesehen. Wesentlich ist mit Blick auf den Elften September, dass Hollywood eine ganze Reihe von unglaublichen Beispielen liefert, in denen das Flugzeug selbst zur Waffe verwandelt wird. In TRUE LIES (1993/94) fliegt Arnold Schwarzenegger als Terroristenjäger mit einem US-Fighter in die Glasfronten eines Hochhauses. In Emmerichs INDEPENDENCE DAY (USA 1996) steuern die US-Helden unter Einsatz des eigenen Lebens ein Kampfflugzeug in den Rachen des außerirdischen Schlachtschiffes. (Die Aliens haben zuvor Weißes Haus und Kapitol in Brand gesetzt.) Arabische Terroristen versehen in EXECUTIVE DECISION (1995) das entführte Flugzeug mit Sprengsätzen, die das Nervengas DZ-5 enthalten. Diese sollen bei der Landung in den USA selbsttätig zünden und die »halbe Ostküste« umbringen.

Wenn in AIR PANIC (USA 2001) nacheinander mehrere Flugmaschinen auf mysteriöse Art abstürzen, vermutet man auch hier ausländische Terroristen als Drahtzieher, zumal sich bereits eine palästinensische Gruppe verantwortlich erklärt hat. In Wirklichkeit aber ist ein psychopathischer US-Bürger, ehemals Programmierer bei einem Luftfahrtunternehmen, verantwortlich. (Sein Motiv ist Rache. Bei einem Flugzeugunglück wurde sein ganzes Gesicht verbrannt. Der Arbeitgeber hat ihn danach mit einer hohen Abfindung – als Schweigegeld – abgespeist.) Ihm gelingt es, die Eigensteuerung eines bestimmten Flugzeugtyps ganz auszuschalten und zwei Abstürze zu programmieren. Mit Hilfe seines Bodencomputers lenkt er eine dritte Maschine in den höchsten Wolkenkratzer von Denver. Sein letzter Plan soll, dokumentiert durch

Bildaufzeichnungssysteme und Medienpräsenz, an einem 4. Juli ausgeführt werden: »Heute ist der Unabhängigkeitstag. Wir haben gerade noch genügend Treibstoff, um das größte Feuerwerk der Geschichte zu entfachen. [...] Ich will endlich, dass meine Genialität von allen anerkannt wird. Ich will meinen Platz in der Geschichte, und am liebsten will ich, dass alles brennt.« Das Flugzeug soll nach dem Willen dieses Verrückten in Maryland und zwar in den größten *Atomreaktor* an der Ostküste einschlagen. F-16-Jets der U.S. Army sind bereits in der Luft, um die Linienmaschine abzuschießen. (Ein interner Einwand: »Das können Sie nicht tun, das ist Mord an US-Bürgern!«) Erst in letzter Minute gelingt es einem an Bord befindlichen Computerspezialisten des FBI, die Fernsteuerungssysteme des Hacker-Terroristen zu überlisten. – Im gleichen unheilvollen Jahr wie diese Produktion empfiehlt auch das Staatskunstwerk PEARL HARBOR (USA 2001) suizidale Flugoperationen: Der legendäre Colonel James H. Doolittle beabsichtigt 1942 bei der Racheoperation der USA gegen Tokio laut Drehbuch, seinen Flieger in einer ausweglosen Situation auf ein »geeignetes militärisches Ziel« zu lenken.

Mit Treffern auf das Pentagon ermöglichten Computerspiele Schläge gegen die Zentrale der mächtigsten Militärmacht der Welt. Im Film FIGHT CLUB standen Bankenhochhäuser für ein Verschuldungssystem, das es zu zerstören galt. Massenkulturell war speziell das World Trade Center schon vor den Anschlägen als Symbol verstanden, das »Kapitalismus« und »alles Amerikanische« repräsentiert.[23] Vor diesem Hintergrund bietet THE ELITE (USA 2001) von Terry Cunningham ein denkwürdiges Antiterror-Szenarium an: 1987 stürzen die »mächtigsten Wirtschaftsbosse der Welt« aufgrund eines Terroranschlags mit ihrem Flugzeug ins Meer. Die U.S. Army bildet in einem geheimen Projekt die überlebenden *Kinder* der Opfer zu Antiterror-Elitekräften aus. Diese begegnen uns dann als jung, schön, mehrheitlich blond und durchweg hoch intelligent. Namentlich mit allen Raffinessen moderner Elektronik sind sie spielend vertraut. Wenn die Mitglieder des Elite-Teams nicht gerade eine aus der alten UdSSR stammende Atombombe entschärfen oder auf Befehl des US-Präsidenten die Sicherheit auf einem Japan-Flug »hochrangiger Finanzbosse« gewährleisten, genießen sie Konsum und Luxus-Freizeitbeschäftigungen. Mit Hilfe eines entführten Kriegsschiffs planen nun Terroristen einen tödlichen Giftraketenangriff auf eine große Messe in Griechenland. (Dort sind die »Säulen der Weltwirtschaft« vertreten, und auch das US-Verteidigungsministerium bietet einen PR-Stand an.) Die von Kindesbeinen an trainierten Special Forces können zusammen mit einem reichen Computer-Yuppie das Schlimmste vereiteln. Sie erfahren außerdem, dass die besiegten Terroristen Nachfahren des Mörders ihrer wohlhabenden Eltern sind. – Ein Votum des Ur-Terroristen lautet: »Eure amerikanische Gier wird eines Tages die ganze Welt vernichten. Dann werden alle zu Sklaven ihres eigenen selbstgerechten Weltbildes.« Es geht beim Kampf gegen die ökonomisch Mächtigen in THE ELITE jedoch keineswegs um Kritik am Neoliberalismus oder um Ideale wie soziale

Gerechtigkeit. Einziges Handlungsmotiv der Terroristen ist »Macht, unbezahlbare Vormachtstellung«.

Die Festlegung von Drehbüchern auf arabische bzw. islamische Terroristen wird uns in diesem Kapitel noch ausgiebig beschäftigen. Der Film BLACK SUNDAY (USA 1976) von John Frankenheimer lehnt sich an das Münchener Olympia-Massaker von 1972 an. Er »schildert das realistische Szenario (wir sehen bei einem Kameraschwenk Jimmy Carter unter den Zuschauern) eines terroristischen Anschlags durch palästinensische Terroristen auf ein Football-Stadion während eines *Superbowl*-Spieles. Arabische Terroristen drohen, das Stadion mitsamt den Besuchern in die Luft zu jagen, wenn ihre Forderungen nicht erfüllt werden. Ein Zeppelin mit Kamera für die Direktübertragung trägt für die 80.000 Zuschauer tödliche Waffen.«[24] In DELTA FORCE (USA 1985) erweist sich eine US-Spezialeinheit als siegreich im Kampf gegen arabische Flugzeugentführer.[25] – Dieser menschenverachtende Action-Kriegsfilm muss als früher Höhepunkt des Kulturkampfes bewertet werden. Die islamischen Terroristen kündigen an, irgendwann mit einem Sprengstoff-beladenen Wagen auch zum Weißen Haus zu fahren. Eine US-Geisel antwortet: »Das ist glatter Selbstmord!« und »Da brauchen Sie aber viel Sprengstoff!« – UNDER SIEGE (USA 1986) präsentiert dann bereits Granaten, die im Namen Allahs auf die Kuppel des Kapitols abgeschossen werden. In DEMOLITION U (USA 1997) hilft ein frustrierter US-Golfkriegsveteran islamistischen Terroristen bei der Besetzung eines US-amerikanischen Wasserwerkes. Hier soll die Freilassung eines Gesinnungsgenossen erpresst werden; man droht mit einer Vergiftung des Trinkwassers. THE SIEGE (USA 1998) versetzt schließlich aufgrund eskalierender Anschläge von arabischen Terroristen die gesamten Vereinigten Staaten in einen Ausnahmestand.

Nicht-staatlicher Terrorismus wird seit langem vor allem als Kommunikationsstrategie beleuchtet: als Symbolhandlung, als gewalttätige Kommunikationsform der Ohnmächtigen, als Antwort auf verweigerte Kommunikation und Schwerhörigkeit etc. Dabei kommen Massenmedien als mögliche Komplizen des Verbrechens ins Spiel.[26] Sie liefern zum Beispiel Weltöffentlichkeit und bestellen den Nährboden »Angst«. Ohne Medien ist weder die Psyche des pathologischen Attentäters, noch das Ansinnen des politischen Terroristen zufrieden zu stellen. Schließlich verbreiten Massenmedien, wie Robert Altman als Filmemacher vermutet, Anregungen oder Vorbilder zur Nachahmung. Beim Materialbefund dieses Abschnitts drängen sich zwei Aspekte eines Echo-Effektes auf, die oft vernachlässigt werden. Der erste betrifft die durch Massenmedien vorgegebene *Art der Verständigung*: die Eskalation der Sensationen in der Bildersprache und die normative Wirkung der dargebotenen Konfliktlösungsmodelle.[27] Straßenschießereien sind längst obligat im jugendfreien Programm. Erbauliches gilt als langweilig, Destruktives als attraktiv. Subtiles ist für den, dessen Sehgewohnheiten am Hollywood-Film geschult sind, kaum wahrnehmbar. Auf dem Markt der Massenkultur ist das Spektakuläre, Unvorstellbare und Unmögliche gefragt.

XIII. Die USA im Kampf gegen den Terror

(Daneben gilt die Verfügbarkeit über die besten Elitekämpfer und Militärtechnologien als Anzeichen einer überlegenen *Kultur*!) Geduldige Langzeitstrategien eines intelligenten Humanismus sind für Drehbücher vollständig unbrauchbar. »Alle gelenkten oder zufälligen Katastrophen« – so schreiben Georg Seeßlen und Markus Metz über das »merkwürdige Gefühl eines Déjà-vu« nach dem Elften Neunten – »sind in unserer ›Katastrophenphantasie‹ der populären Kultur bereits gespeichert und beliebig abrufbar.«[28] Ähnliches ließe sich über post-katastrophale Reaktionen auf den Terror mutmaßen. »Vielleicht werden Psychohistoriker kommender Generationen feststellen, dass unsere Art von Fundamentalismus und unser gewaltbereiter Fanatismus direkt aus dem Fernsehen kommt.«[29] Die Inflation der Katastrophe (und des massenmedialen Kriegskultes!) im Film formt die moderne Gesellschaft. Sie muss jedoch – nicht nur von außen betrachtet – auch als *Selbstausdruck* einer Kultur oder eines Systems verstanden werden. Insofern enthält die ausufernde Bilderwelt der Apokalypse (und des Krieges) ein Verständigungssignal für die Kommunikation. In einer dem militanten Islamismus zugeschriebenen Annahme klingt das etwa so: »*Der Feind versteht nur die Sprache der brennenden Türme und der zerstörten Interessen sowie die Sprache des Tötens.*«[30] Der Produktionskanon von Hollywood ist eine traurige Bestätigung dieser These. Beim Blick auf das Phänomen »Terrorismus« lässt sich jedenfalls die Frage nicht umgehen, welche Kommunikationsvorgaben die eigene Kultur liefert.

Damit hängt auch eine – massenkulturell produzierte – *Erwartungshaltung* zusammen.[31] Wir kommen zu spät, wenn wir einfach analysieren, Terroristen wollten repressive Überreaktionen provozieren und ihre Gegner antworteten darauf regelmäßig wie vorausgesehen – etwa durch einen unbegrenzten Antiterror-Krieg.[32] Die Filmbeispiele dieses Kapitels beschwören ja Anschläge von mitunter unvorstellbaren Ausmaßen, wie es sie beim jeweiligen Produktionszeitpunkt noch gar nicht gegeben hat, und sie kennen bereits seit einem Vierteljahrhundert die Täter künftiger Verbrechen. Auch die US-Geheimdienste wollen schon in den neunziger Jahren wiederholt vor dem Unfassbaren gewarnt haben. Beim rechtsextremistischen Bombenanschlag von Oklahoma 1995 war die US-Öffentlichkeit unbeirrbar von einem »islamistischen Hintergrund« überzeugt, was sogar zu Ausschreitungen gegen arabisch-amerikanische Mitbürger führte. Als 1999 »us-amerikanische Zeitungen über den Absturz des Fluges 990 der EgyptAir über dem Atlantik berichteten, war deren Meinung, dass hier ein fanatischer Muslimpilot Selbstmord verübt habe, in den Medien der USA auch dann nicht zu erschüttern, als die ägyptische Presse Fotos des Piloten mit seiner Tochter vor christlichem Weihnachtsschmuck veröffentlichte.«[33] Entsprechend den Erwartungen inszenierte man im September 2001 zu den Bildern der eingestürzten Twin Towers umgehend Bilder mit einigen jubelnden Palästinensern.[34] Über Nacht wusste hierzulande Bundeskanzler Gerhard Schröder, dass es sich um eine »Kriegserklärung an die zivilisierte Völkergemeinschaft« (und an »unsere Art, zu leben«) und um einen »Konflikt zwischen Mittelalter [...] und Moderne« (*Die Zeit*, 18.10.2001) handelte.

Auch die nach Endzeitzeichen Ausschau haltenden Christen in den USA fühlten sich bestätigt. ... Selbsterfüllende Prophezeiungen kann man auf vielerlei Weise beschwören und wahr werden lassen.

2. Welche historische und politische Perspektive gilt?

»Wir werden Tod und Gewalt tragen in alle Himmelsrichtungen, um dieses wunderbare Land zu schützen und die Welt vom Bösen zu befreien.« George W. Bush Jun.[35]

»Nicht die furchtbarste Katastrophe und auch nicht der blutigste Anschlag in Bombay würde einen Deutschen auf die Idee bringen, sich zu einem Inder zu erklären.« Georg Seeßlen und Markus Metz zur Solidaritätsbekundung »Wir sind alle Amerikaner« nach den Terroranschlägen vom 11.9.2001[36]

Ende 2001 soll der Silvester-Stallone-Titel RAMBO III (USA 1987) in Videotheken der USA aus dem Programm genommen worden sein.[37] In diesem Afghanistan-Actionfilm kämpfen reitende Mudschaheddin mit Hilfe US-amerikanischer Waffenlieferungen und »Militärberater« einen Heiligen Krieg gegen die Sowjetunion. Wie sonst nie wird hier der religiöse Ernst von Muslimen gewürdigt. Einer der afghanischen Glaubenskrieger ist noch im Kindesalter. Er schaut wie alle seine Landsleute auf zum Elitekämpfer John Rambo aus den USA.[38] Höhlen sind Unterschlupf der Afghanen im Widerstand. Die atheistischen Sowjets haben Foltergefängnisse, in denen sie die nachmaligen Taliban und sogar muslimische Frauen misshandeln.

Nicht weniger kompromittierend wirkt heute THE BEAST OF WAR (USA 1988) von Kevin Reynolds. Das moderne Panzerkommando der UdSSR nimmt bei seinen – aus der Luft unterstützten – Kämpfen gegen die Mudschaheddin keine Rücksicht auf die Zivilisten in den afghanischen Dörfern. Wer glaubt, er könne Koran und dialektischen Materialismus als moderner Afghane miteinander verbinden, muss am eigenen Leibe seinen tödlichen Irrtum erfahren. Die Grausamkeit des russischen Vorgesetzten Daskal kennt keine Grenzen. Wohlwollend wird hingegen die ethische Tradition, wie sie in Stammescodices Afghanistans oder auch Tschetscheniens als heilig gilt, vermittelt: Sie umfasst nicht nur einen Rachekodex[39], sondern auch das unantastbare Gastrecht und die unbedingte Pflicht, allen, die darum bitten, Zuflucht zu gewähren – sogar dem Feind. Constantine Koverchenko, ein philosophisch gebildeter Soldat der Sowjetarmee, erklärt seinem Kommandeur: »Dieser Krieg ist kein großer Krieg, Genosse, kein Stalingrad! Diesmal sind wir die Bösen. Wer hätte das gedacht? [...] In einem schmutzigen Krieg kann man kein guter Soldat sein.«

Nach erfolgreichem Abschluss des in diesen Filmen verarbeiteten Kapitels wird Madeleine Albright für die USA den Einzug der Taliban in Kabul begrüßen. Den frühen Beginn der in RAMBO III behandelten CIA-Operationen in Afghanistan hat Zbigniew Brzezinski, US-Sicherheitsberater unter Präsident Carter und immer noch als Politstrategie für die US-Politik im Bereich der ehemaligen Sowjetunion aktiv, 1998 in einem Interview bestätigt.[40] Die Sowjets, so Film und Sicherheitsberater, sollten ihr eigenes »Vietnam« bekommen, und die Vereinigten Staaten wollten es ihnen verschaffen. Die Strategie dafür bestand aus einer Sternstunde für Dschihâdisten aus aller Welt. Seit Juli 1979 unterstützte die CIA die Mudschaheddin mit geheimer Militärhilfe im Kampf gegen die säkulare sozialistische Regierung in Kabul. Ronald Reagan führte diese Geheimpolitik fort, rüstete sie nach Amtsantritt von Michail Gorbatschow noch auf und betrachtete die afghanischen Freiheitskämpfer als »moralisches Gegenstück zu den amerikanischen Gründungsvätern«. Ab 1984 schleuste eine von Usama bin Laden gegründete Militäragentur islamische Kämpfer aus vielen Ländern der Erde nach Afghanistan. Finanziert wurde der Gotteskrieg – über den pakistanischen Geheimdienst – vom CIA und vom explodierenden Opiumanbau.[41] US-Autor Paul Berman betrachtet diese Politik als positives »Beispiel für Amerikas Bereitschaft, Muslime in den abgelegenen Weltgegenden in ihrem Kampf zu unterstützen.«[42] – Zur Vorgeschichte des Terrorismus von Muslimen nennt Berman vor allem Unterstützer aus Saudi-Arabien, den Einfluss deutscher Philosophien in der islamischen Welt, deutsche Nazis und deutsche Linksterroristen sowie die selektive Indienstnahme der ägyptischen Muslimbruderschaft durch Anwar Sadat. – Die »pro-muslimische Bereitschaft« der USA zur Zeit des Kalten Krieges bestand vor allem darin, säkulare und aufgeklärte Kräfte in islamischen Gesellschaften zu bekämpfen. Sie wäre danach auch für die NATO-Kriegsaktivitäten im ehemaligen Jugoslawien zu erinnern. Noch Mitte der neunziger Jahre wurde dabei jenes internationale Kämpfernetzwerk von den Vereinigten Staaten protegiert, das heute in den Medien vornehmlich unter »al Qaida« firmiert. Beteiligt war wiederum Usama bin Laden; vier der von den USA präsentierten Drahtzieher des 11/9 haben in Bosnien gegen Serben gekämpft.[43] Ein weltweiter Sponsor von bewaffneten islamischen Fundamentalisten, das wahabitische Königreich Saudi-Arabien, ist mit der ökonomischen und politischen Elite der USA zum Teil symbiotisch verbunden. Schließlich sind die USA seit Jahrzehnten der wichtigste Waffenlieferant für den Nahen und Mittleren Osten.

Die us-amerikanische Erinnerung fällt auf eine Kette von Ereignissen, die mit John Rambo & Co scheinbar nichts zu tun hat. Vom November 1979 bis Januar 1981 besetzen Anhänger von Ayatollah Khomeini die US-Botschaft in Teheran und nehmen 52 US-Bürger in Geiselhaft. 1981 ermorden die radikalen Fundamentalisten, die man zeitgleich für Afghanistan anheuert, den an der Rekrutierung maßgeblich beteiligten ägyptischen Staatschef Anwar Sadat. 1983 führen todesbereite Mitglieder der Hisbollah Sprengstoffattentate gegen U.S. Marines im Libanon durch. Im Juni 1985 wird eine WTA-Maschine mit über hundert US-Bürgern an Bord 17 Tage lang von Terroristen entführt, die zum palästinensischen Befreiungskampf gerechnet werden. Am 5. April 1986 explodiert in der Berliner Diskothek »La Belle« eine Bombe; zwei US-Militärangehörige und eine Türkin werden getötet; mehr als

XIII. Die USA im Kampf gegen den Terror

200 Menschen verletzt. (Ronald Reagan lässt zur Vergeltung zehn Tage darauf die libyschen Städte Tripolis und Bengasi während der Hauptsendezeit des US-Fernsehens bombardieren; Hollywood hatte diese Bombardements im Vorjahr mit IRON EAGLE[44] »vorweggenommen«. – Der Absturz einer Passagiermaschine der PanAm im Dezember 1988 über Lockerbie in Schottland, bei dem 259 Menschen umkommen, folgt als von Muammat el Gaddafi beauftragter Racheakt.) 1993 – im Jahr der gescheiterten US-Mission in Somalia und des Osloer Abkommens – verübt eine dem ägyptischen Islamisten Sheik Omar Abdel Rahman zugeordnete Gruppe einen ersten Anschlag auf das World Trade Center.[45] Dabei werden, obwohl die CIA über die Pläne informiert ist, sechs Menschen ermordet. (Wären *alle* angebrachten Sprengladungen explodiert, so hätte es vielleicht viele tausend Tote in New York gegeben.) 1995 attackiert ein Sprengstoff-Lastwagen US-Soldaten in der saudischen Hauptstatt Riad. 1996 folgt ein Bombenanschlag auf die Khobar-Türme (Wohnkomplex der US-Luftwaffe) im saudi-arabischen Dhahran.[46] Im August 1998 kommt es zu Anschlägen auf US-Botschaften in Ostafrika (Tansania und Kenia). Zu betrauern sind 224 Tote in Nairobi, darunter mehr als 200 Kenianer und zwölf US-Amerikaner, sowie mehrere hundert Verletzte. Als Drahtzieher verdächtigt wird Usama bin Laden, der von nun an den USA als erklärter Staatsfeind Nummer Eins gilt. (Präsident Clinton antwortet mit 66 Marschflugkörpern auf ein Trainingslager in Ostafghanistan und lässt – obwohl die sudanesische Regierung zuvor schon ihre Bereitschaft zur Auslieferung Usama bin Ladens an die USA signalisiert hat – im Sudan die größte Arzneimittel-Fabrik bombardieren.) Im Oktober 2000, einen Monat vor den US-Präsidentschaftswahlen, werden bei einem Terrorakt gegen das Kriegsschiff USS Cole vor Jemen, im Hafen von Aden, 17 U.S. Marines getötet und 26 U.S. Marines verletzt.

Anders gestaltet sich das für westliche Massenmedien unwichtige Opfergedächtnis in islamischen Ländern. Chomsky erinnert in seinem Buch »Media Control« zum Beispiel daran, dass Winston Churchill 1919 Giftgas zum Einsatz gegen »unzivilisierte Stämme« im Gebiet des heutigen Iraks und in Afghanistan empfohlen hatte. – Diese Mentalität darzustellen, halten Drehbuchschreiber nicht für angesagt. Von KHARTOUM (USA 1965) bis THE FOUR FEATHERS[47] (USA 2002) über die Politik des Britischen Imperiums im Sudan transportiert das Unterhaltungskino lieber Menschenbild, Perspektive und Propaganda der westlichen Kolonialgeschichtsschreibung. – 1953 bewirkten geheime Operationen der CIA den Sturz des iranischen Premiers Mohammed Mossadegh, der 1951 eine Verstaatlichung der Anglo-Iranian Oil Company betrieben hatte. (Seinem Beispiel folgte später z. B. der libysche Staatschef Gaddafi.) Ersetzt wurde der linke Demokrat durch das – bis zu seinem Sturz 1979 eng mit den US-Regierungen verbundene – Schreckensregime von Schah Reza Pahlevi, das die Ölverstaatlichung rückgängig machte. (Die folgenreiche islamische Revolution im Iran ist letztlich ein Produkt dieser US-Außenpolitik.) In Indonesien betrachteten die Vereinigten Staaten ab 1965 den »islamischen« Tyrannen und Massenmörder Suharto als ihren Typen.

XIII. Die USA im Kampf gegen den Terror

1982 besetzt Israel mit Unterstützung der Reagan-Administration den Libanon, was 17.500 Menschen das Leben kostet.[48] In den Flüchtlingslagern Sabra und Shatila ermorden christliche Verbündete der Israelis 1.800 Palästinenser. In ganz Israel erwacht eine breite Friedensbewegung. Die Mehrheit der Menschen in Israel betrachtet Minister Ariel Sharon, der den Falangisten den Zugang zu den Flüchtlingslagern nicht verwehrt hatte, als einen Militär ohne jeden Skrupel. Man erinnert auch die lange Kette seiner eigenen Eliminierungs-Operationen. Auf den Plan gerufen werden in diesem Jahr Widerstandsgruppen, die – anders als die PLO – in Palästina das heilige Martyrium von Selbstmordattentätern propagieren. – Wie unsere Spielfilmmacher die Terrorproduktion von 1982 vermitteln, zeigt WAR ZONE (Israel/BRD 1987): Fanatische Palästinenserführer, die trotz Vorwarnungen ihre Leute zum Ausharren überreden, sind bei den Massakern von Sabra und Shatila die eigentlichen Schuldigen. In unzähligen Produktionen nach Art von TRIDENT FORCE (USA 1987), NAVY SEALS[49] (USA 1989), JERICHO FEVER[50] (Teleplay, USA 1993) oder THE POINT MEN (USA 2001) zeichnet man ein hässliches Gesicht der Palästinenser. – Ein Film wie ME' ACHOREI HASORAGIM / BEYOND THE WALLS[51] (Israel 1984) von Uri Barbash, der »jenseits der Mauern« beide Seiten zusammenführt, ist die Ausnahme.

Der Massenmord des israelischen Extremisten Baruch Goldstein an 30 Muslimen in der Moschee von Hebron am 25. Februar 1994 war im nächsten Jahrzehnt Auftakt zu weiterer Eskalation. Sprengstoffgürtel wurden für Attentate junger Palästinenser obligat; die vom Koran verbotene Tötung unschuldiger Israelis wurde immer willkürlicher gerechtfertigt. Ein Vierteljahrhundert nach Beirut sind wir heute – nach riesigen Rückwärtsschritten – wieder am Ausgangspunkt. Sharons gezielte Provokation auf dem Tempelberg im September 2000 und die Politikwende durch George Bush Jun. zeigen eine unheimliche Synchronizität. Die eigennützige Parteinahme[52] der USA im israelisch-palästinensischen Konflikt ist Hauptursache für den beklagten »Hass der Araber« auf die Vereinigten Staaten und auch mit schuldig daran, dass der Terror in diesem Konflikt kein Ende findet.[53] An eine Veränderung der destruktiven Schutzmachtpolitik, die viele als Alibi für das interessegeleitete US-Engagement im Nahen Osten deuten, wird indessen in Washington nicht gedacht. Die Fragen ziviler und militärischer Nukleartechnik in der Region (Israel, Iran) könnten unter dem Vorzeichen einer selbstmörderischen Kulturkampfpolitik in eine Katastrophe münden.

Bis heute ist für Muslime nicht nachvollziehbar, was denn westliche Werte sein sollen, wenn sie speziell auf die mit den Vereinigten Staaten verbündeten Regimes der islamischen Welt schauen, wenn ihnen die mit den USA kooperierenden Mordtruppen der afghanischen Nordallianz als »good guys« präsentiert werden oder wenn die U.S. Army im Irak »routinemäßig Raketen auf Fallujah und andere dicht besiedelte städtische Gebiete«[54] abwirft. Die US-Präsidenten Reagan und Bush Sen. hofierten nacheinander bis Ende der 80er Jahre Saddam Hussein und zeigten sich unbeeindruckt von allen Verbrechen des Diktators.[55] Der US-Sonderbeauftragte Donald Rumsfeld führte bei seinen Bagdad-Besuchen 1983/84 gar Milzbrand-Erreger »im Gepäck« mit sich. Bei der Zerstückelung von iranischen Menschen im ersten Golfkrieg leisteten die Vereinigten Staaten dem Irak logistische Beihilfe. Zu Giftgaseinsätzen gegen Kurden 1988 schwiegen sie. 1990 besetzte Saddam Hussein das seit den Grenzziehungen der britischen Kolonialmacht eigenständige Kuwait, nachdem die US-Diplomatie signalisiert hatte, man werde sich nicht in *innerarabische* Angelegenheiten mischen. Die mit UN-Mandat dann doch erfolgte Einmischung der USA forderte mehr als 200.000 Menschenleben; auf einer Straße des Todes schossen US-Soldaten auf flüchtende Mitglieder der irakischen Armee, ganz so, als befänden sie sich in einem Computerkriegsspiel. 20.000 Kurden und 30.000 oder 60.000 Schiiten mussten sterben, weil sie dem US-Ratschlag gefolgt waren, gegen Saddam Hussein zu rebellieren. Weit über eine Million Iraker starben in der Folgezeit aufgrund einer massenmörderischen Embargopolitik. Die USA hielten mit britischer Rückendeckung bis Juli 2002 humanitäre Hilfsgüter im Wert von über 5 Milliarden Dollar zurück.[56] Für den Irakkrieg 2003 wählten die USA das Motto »shock and awe« – Angst und Schrecken. »Terreur« lautet also die Losung. Seit Ende 2001 weiß man um Streumunitionseinsatz, Massenmorde an Zivilisten, Folter und andere US-Kriegsverbrechen in Afghanistan und im Irak. In beiden Ländern werden neue politische Führer präsentiert, deren Auswahl man zuvor in Washington entschieden hat. Arabische Pioniere für freie Medien sind Zielscheibe von US-Waffen. Nach einer Ende 2004 vorgestellten UNICEF-Expertise sterben im Irak täglich 200 Kinder an Krieg und Kriegsfolgen. ... Nach all dem erwartet die Regierung der Vereinigten Staaten noch immer, dass man sie in der Region liebt.

»Doch die Iraker wollen nicht unter einem Besatzungsregime leben, zumal sie fest davon überzeugt sind, dass die Interessen der Besatzer nur dem Öl und der strategischen Lage ihres Landes gelten. Das Kolonialzeitalter ist endgültig vorbei. Im Irak ist der Aufstand gegen die britischen Besatzer in den 1920er-Jahren, der seit Jahrzehnten gefeiert wird, für das kollektive Gedächtnis der Nation ebenso bedeutsam wie in Frankreich die Résistance und die Befreiung von der Nazi-Okkupation.«[57] Georg Seeßlen und Markus Metz erinnern: 1988, drei Jahre vor dem Golfkrieg, ließ Ulli Lommel im Film WAR BIRDS »die amerikanischen Special Forces das Scheichtum Ak Alahaim angreifen, weil es mitsamt seinen Ölquellen von Terroristen übernommen worden ist. Wir wissen alles, fast alles, und haben fast alles akzeptiert.«[58] In der wirklichen Geschichte übernahm der irakische Diktator die Funktion der Terroristen. Im Zuge des Golfkrieges stationierten die USA 1990/91 ihr Militär in Saudi-Arabien, um ihren wichtigsten Öllieferanten zu schützen: ein feudales Regime, das unter religiösen Vorwänden seine Untertanen mit Grausamkeit regiert. (Diese neuen US-Stützpunkte[59] bewegten Usama bin Laden, mit der saudischen Regierung zu brechen und in den Sudan, später nach Afghanistan auszuweichen!) Obwohl lange bekannt ist, dass die Präsenz von US-Soldaten an den Heiligen Städten in der ganzen islamischen Welt als unannehmbares Sakrileg gilt, denkt die Supermacht bestenfalls an eine kostensparende Verringerung der stationierten Truppenkontingente ... Die verschiedenen Blickweisen kann dieser Exkurs nur mit Beispielen skizzieren. Die Frage bleibt: Welche Erinnerung oder Perspektive ist die maßgebliche? Was ist angesichts historischer Eckdaten davon zu halten, dass westliche Diagnostiker dem Islam und der arabischen Kultur heute eine »narzisstische Kränkung« bescheinigen?

3. Der Heilige Krieg: Hollywood als Kulturkampf-Werkstatt

»Von Blut viel Ströme fließen, / indem wir ohn' Verdrießen / das Volk des Irrtums spießen – / Jerusalem, frohlocke!« Lied christlicher Kreuzfahrer, gesungen nach der Eroberung Jerusalems 1099[60]

»D'rum glaub' ich nicht, dass vor dem Gott der Welten / Des Talmuds und des Alkoran / Bekenner weniger als Christen gelten, / Verschieden zwar, doch Alle beten an.« Aus dem »Scrap-Book« von Ludwig Nissen (1855-1924), dem Gründer und ersten Präsidenten der Handelskammer von New York[61]

Italiens Premier Silvio Berlusconi griff kurz nach dem 11.9.2001 die Kreuzzugsrhetorik aus dem Weißen Haus auf und qualifizierte die islamische Kultur als minderwertig und rückständig.[62] Arabische Fernsehsender rufen, wie berichtet wird, bis heute diese Prädikatzuschreibung ihren Zuschauern regelmäßig in Erinnerung. Dass europäische Regierungen und neuerdings sogar der Vatikan sich von Kulturkampfparolen beeinflussen lassen, ergänzt das Bild.[63] Die Art, in der Politiker, Medien und Kirchenleute verlangen, die Muslime in Europa sollten sich *kollektiv* von Massenmorden distanzieren, wird immer grotesker und befördert den infamen Generalverdacht. Die Bundeszentrale für politische Aufklärung bewirbt seit Herbst 2004 ihre Publikation »Terror in Allahs Namen« mit dem Klappentext: »Der radikale Islam – die neue Gefahr für uns alle.«[64] Seit 2001 bestimmen Überschriften dieser Art die westlichen Massenmedien und das Wahlkampfgebaren konservativer Parteien. Rechtsradikale Kräfte befinden sich im Aufwind. Auf einmal klappt das friedliche Zusammenleben mit Muslimen in Köln oder in den traditionell toleranten Niederlanden nicht mehr. (Über Feindbilder speziell in Deutschland gibt es Ende 2004 *äußerst* beunruhigende Meldungen.[65]) Die Islamophobie hat im Kontext eines aggressiven Wirtschaftssystems *scheinbare* Vorteile: Europas neue Politikprogramme gegen »illegale Immigration« und für interventionistische Militarisierung stoßen kaum auf Widerstand. Proteste gegen soziale Ungerechtigkeit ersticken in rassistischen (auch antisemitischen) Kanälen. Nicht Massenarbeitslosigkeit, sondern das Kopftuch bestimmt die Schlagzeilen. Dass die Übernahme des von den USA vorgegebenen antiislamischen Paradigmas für Europa ähnlich gefährlich und schwächend sein könnte wie für Russland[66], nehmen indessen erst wenige wahr.

Die demonstrative Tuchfühlung der US-Politik mit den etwa sieben Millionen Muslimen im eigenen Land täuscht. Besonders das fundamentalistische Umfeld der Bush-Administration fühlt sich definitiv als Teilnehmer einer Schlacht der Kulturen. Es bedient als Kreuzfahrerheer spiegelbildlich alle Erwartungen der Gegenseite. »So nannte der Baptistenprediger Jerry Falwell den Propheten Mohammed in einem Interview ›einen Terroristen‹, während sein Kollege Pat Robertson im ›Club 700‹ einen Kampf der Religionen beschwor: ›Die Frage ist, ob Hubal[67], der Mondgott von Mekka, besser bekannt als Allah, die Oberhand behält oder Jehova, der jüdisch-christliche Gott der Bibel.‹«[68] Der Südstaatenbaptist Franklin Graham predigte nach den Anschlägen des 11. Septembers: »Der Gott des Islam ist nicht unser Gott. Es ist ein anderer Gott, und ich glaube, dass dies eine üble und böse Religion ist.«[69] (Graham hat bei der Amtseinführung von Bush Jun. das Bittgebet gesprochen und im Jahr 2003 auch die Karfreitagspredigt im Pentagon gehalten.) Hauptpastor Jerry Vines von der First Baptist Church Jacksonville nannte den Propheten Mohamed »einen von Dämonen besessenen Pädophilen, der zwölf Frauen hatte – und die letzte war ein neun Jahre altes Mädchen.«[70]

Alain Gresh berichtet über den Einfluss und Auswirkungen des anti-islamischen Missionsgedankens: »Im Juni 2003 wurde General William G. Boykin, ein Veteran der Antiterroreingreiftruppe ›Delta Force‹, als Geheimdienstberater im Rang eines Staatssekretärs ins US-Verteidigungsministerium berufen. ›Jerry‹ Boykin, ein bekennender Protestant, nahm kein Blatt vor den Mund. Bei einem Auftritt in Oregon meinte er zum Beispiel, der Hass der radikalen Islamisten auf Amerika erkläre sich daraus, ›dass wir eine christliche Nation sind, dass wir unsere Wurzeln in der jüdisch-christlichen Tradition haben‹. Zu seinem Einsatz gegen die Warlords in Somalia erklärte er: ›Ich wusste, dass mein Gott größer war als seiner; ich wusste, dass meiner ein wirklicher Gott ist und seiner nur ein Götze.‹ Während Boykin von Verteidigungsminister Donald Rumsfeld verteidigt wurde, versicherte Condoleezza Rice: ›Wir führen keinen Religionskrieg.‹ Das möchte man bezweifeln, wenn die Folteropfer von Bagdad berichten, dass sie gezwungen wurden, Schweinefleisch zu essen und ihrem Glauben abzuschwören.«[71] Der Koran-Skandal von G-Bay folgte im Mai 2005.

Auffälligerweise zählen zu den Praktiken, die im Rahmen der Folterskandale der US-Militärs bekannt geworden sind, vor allem solche, in denen besonders ausgeprägte Tabus der arabisch-islamischen Welt missachtet werden – drunter: Demütigung von Männern durch weibliche US-Soldaten, erzwungene homosexuelle Handlungen sowie der Einsatz von Fäkalien, Hunden und Hundeleinen für Menschen. In Bezug auf die offiziell gepflegten Feindbilder wird Anfang 2005 auch die Lust am Töten ganz unverhohlen eingestanden. US-Generalleutnant James Mattis, tätig in der Ausbildung von Marines, erklärt über seine Einsätze im Irak und Afghanistan: »Also, ich muss sagen, das Kämpfen macht viel Spaß. Es macht eine ganze Menge Spaß [...] Du gehst nach Afghanistan und gerätst an Leute, die ihre Frauen fünf Jahre lang verprügeln, weil sie sich nicht verschleiert haben. Solche Leute sind eh keine richtigen Männer mehr. So macht es denn unheimlich viel Spaß, sie zu erschießen.«[72]

Wieder müssen wir den Blick weiter zurück richten. Neokonservative, zu deren Lehrvätern der deutsch-nationalistische Staatstheoretiker Carl Schmitt und der Philosoph Leo Strauss gehören, sehen Politik durch »den Feind« bestimmt. Seit Ende des Kalten Krieges hat »die« islamische Welt die entsprechende Rolle des Weltkommunismus zugewiesen bekommen. »Weit gefährlicher als der Kommunismus, hieß es jetzt, und wesentlich schwerer zu packen seien die Terroristen und all die Schurkenstaaten im Besitz von Massenvernichtungswaffen. Zugleich wurde in wissenschaftlichen und journalistischen Publikationen ein neues Schreckgespenst herausgestellt: ›der Islam‹, der angeblich über eine ›machtvolle Ideologie‹ und ein Potenzial von mehr als einer Milliarde Menschen verfüge.«[73] Das gesamte Sprachfeld »Islamismus« ist durchsetzt von dieser Sichtweise und müsste deshalb eigentlich durchgehend mit Anführungszeichen versehen werden.[74] Die intellektuelle Rechtfertigung für das neue Feindbild hat man vor allem den Arbeiten von Samuel P. Huntington entnommen, der bereits 1993 in *Foreign Affairs* von einem Zusammenprall der Zivilisationen schrieb und dann 1996 in London sein Buch »The Clash of Civilisations and the Remaking of World Order« erscheinen ließ. Nicht ökonomische Widersprüche und Interessen, so die willkommene These, sondern Auseinandersetzungen der unterschiedlichen Kulturen bestimmten zukünftig die Weltpolitik. Ein zentraler ökonomischer Aspekt fällt mit dem beschworenen Konfliktszenarium scheinbar zufällig zusammen. Weltregionen, in denen vorwiegend Muslime wohnen, sind mit dem fragwürdigen Segen großer Erdölvorkommen gesegnet. US-Vizepräsident Dick Cheney hatte das als Chef von Halliburton 1998 so gedeutet: »Der Liebe Gott hielt es nicht für angebracht, Erdöl und Erdgas nur dort hinzutun, wo es demokratisch gewählte, den USA freundlich gesinnte Regierungen gibt.«[75] Bei uns können Zwölfjährige im PC-Game »Stronghold-Crusader« der Firefly Studios als Kreuzritter erkunden, mit welchem historischen Modell diesem Problem vielleicht beizukommen ist. Im Großmaßstab erfahren Muslime der betroffenen Regionen aus der »National Security Directive 54« der Vereinigten Staaten, was auf sie zukommt: »Zugang zum Öl des Persischen Golfes ist für die nationale Sicherheit der USA von entscheidender Bedeutung. Falls erforderlich werden wir diese Interessen auch mit militärischer Gewalt verteidigen.«[76]

Der »Clash of Civilisations« ist für Hollywood kein neueres Phänomen. Gemäß einer langen literarischen Tradition – und weit entfernt von multiethnischer Neutralität – ist die Art, wie viele Filme Araber zeigen, von bösartiger Verzerrung bestimmt. Romy Wöhlert summiert folgende Stereotypen und Images: Araber sind reiche und gierige Ölscheichs, die in Palästen leben, arrogant und pompös; Angeber, schmierige wollüstige Schurken, Terroristen, sexbesessene Bestien; der Islam ist eine gewalttätige Religion, die meisten Araber sind islamische Fundamentalisten; arabische Frauen sind Männern unterwürfig.[77] Jack Shaheen hat über einen Zeitraum von zwanzig Jahren die Darstellung von Arabern im US-Film untersucht; in mehr als 900 der von ihm gesichteten Spielfilme werden sie als Schurken präsentiert.[78] Fabelhafter Reichtum, unzivilisierte Barbarei und bedrohliche Triebhaftigkeit kennzeichnen die arabischen Länder, die mit Vorliebe als exotische und gefährliche Kulisse für US-amerikanische Action-Helden herhalten müssen. In den neunziger Jahren dominiert als negativer Stereotyp für Araber eindeutig der des Terroristen.

Vor der Mischehe mit einem Muslim ist nach NOT WITHOUT MY DAUGHTER (USA 1990/91) jede westliche Frau gewarnt, sofern sie sich nicht auf das Unberechenbare einlassen will: Ein aus dem Iran stammender Arzt leidet sichtlich daran, im Krankenhaus von Kollegen diskriminiert zu werden. Mit seiner Familie besucht er im Urlaub die alte Heimat. In Teheran werden die US-amerikanische Ehefrau und die siebenjährige Tochter wider Willen festgehalten. Der ehedem liebende Familienvater zeigt sein wahres, brutales Gesicht. Das Land entpuppt sich als Hölle ohne Menschenrechte.[79]

Hollywoods Klassiker bedienen Klischees wie orientalische Nächte und feudales Palastleben samt Harem und Prinzen. Man sollte erwarten, das märchenhafte Bild des Orients lebt wenigstens im Animationsfilm[80] ungetrübt fort. Romy Wöhlert weist jedoch darauf hin, dass das Arab Americans Anti-Discrimination Committee sogar gegen die Disney-Produktion ALADDIN (USA 1992) Einspruch einlegen musste. Dort galt das Abschneiden von Ohren als typisch für eine arabische Heimat: »Oh I come frome a land, from a faraway place, where the caravan camels roam; Where they cut off your ear if they don't like your face; It's barbaric, but hey, it's home.«[81] In einer revidierten Fassung wurde diese Passage 1993 allerdings gestrichen.

Der alltägliche Arab-American von nebenan führt im Film ein Schattendasein. Auch in der Wirklichkeit bilden diese Immigranten in den USA so etwas wie eine »versteckte oder unsichtbare Minderheit« (Romy Wöhlert). Das Kino bietet für Araber indessen die Chance, eine gute Ausnahmeerscheinung abzugeben. Das Muster dafür hat sich seit EL CID (USA/Italien 1961) nicht geändert. In THE 13TH WARRIOR (USA 1999) fällt ein arabischer Edelmann um 922 n. Chr. am Hof von Bagdad in Ungnade und kämpft danach an der Seite der Wikinger in Nordischen Ländern gegen das Böse. – Über solche Weitherzigkeit kommt auch die um Vermittlung bemühte Produktion CROCIATI / DIE KREUZRITTER (Italien/Deutschland 2001) letztlich nicht hinaus.[82] – Wer wie Rashid in TRIDENT FORCE (USA 1987) einen britischen Vater hat, in London aufwächst und an der Seite westlicher Eliteeinheiten den Kopf eines palästinensischen Topterroristen absäbelt, kann in den Kreis der Helden gelangen.[83] Ein gewisses Wohlwollen gilt auch arabisch-stämmigen Menschen wie Frank Haddad, der als Agent beim FBI arbeitet (THE SIEGE, USA 1998).

Wenn in ENEMY OF THE STATE (USA 1998) von Einwanderern die Rede ist, die im Terrorismus eine gerechte Sache sehen und die USA in Wirklichkeit als ihren Feind betrachten, weiß der Zuschauer, um wen es sich handelt. Im Spielfilm der neunziger Jahre ist für Terrorfahnder und Elitesoldaten geklärt, welcher Kulturkreis als gefährlich zu betrachten ist. Bei Einberufungen zu Militäreinsätzen stellt sich nur noch die Frage: »Iran, Irak oder Syrien?«[84] Wenn US-Maschinengewehre auf libysche Soldaten (G.I. JANE, USA 1997) oder jemenitische Zivilisten (RULES OF ENGAGEMENT, USA 2000) gerichtet sind, genügen im Drehbuch vage Verdachtsmomente und diffuse Erklärungen als Begründung fürs Schießen.

Erregt über die Foltermeldungen 2004, schreibt Robert Fisk aus britischer Sicht: »... Hinzu kommen hundert Hollywood-Streifen, aus denen vergiftender Rassismus träufelt, in denen Araber als schmutzige, lüsterne, unzuverlässige, gewalttätige Leute dargestellt werden – und Soldaten sind kinosüchtig. Da fällt es nicht schwer, sich vorzustellen, dass einige britische Drecksäcke es fertig bringen, in das Gesicht eines Mannes mit Kapuze zu urinieren und ein paar amerikanische Sadisten einen Iraker mit Kapuze auf eine Kiste stellen – mit Kabeln, die an beiden Händen befestigt sind. – Sexueller Sadismus (ein Bobbysox-Soldatenmädchen weist auf die Genitalien eines Mannes, eine Verhöhnungs-Orgie im Gefängnis von Abu Ghraib, ein britisches Gewehr im Mund eines Gefangenen), womöglich ist das der geisteskranke Versuch, auf all die Lügen über die arabische Welt zu reagieren: Ausgleich für die Potenz der Wüstenkämpfer, für Harem und Polygamie. – Noch heute senden unsere Fernsehprogramme den empörenden Spielfilm ›Ashanti‹, in dem die Ehefrau eines britischen Arztes durch arabische Sklavenhändler entführt wird. Im Film werden die Araber fast ausnahmslos als Kinderschänder, Vergewaltiger, Mörder, Lügner und Diebe gezeigt. [...] Tatsächlich stellen wir in unseren Filmen die Araber heute so dar, wie einst die Nazis die Juden dargestellt haben.«[85]

Ein wohlwollenderes Bild der arabischen Welt und des Islam, des »Gottesfriedens«, müsste seine Inhalte nicht mühsam konstruieren.[86] Vor einem Jahrtausend hatten islamische Hochschulen ein Aufklärungsniveau vorzuweisen, das manche fundamentalistische Christen-Kollegs in den Vereinigten Staaten vielleicht nie erreichen werden. Die Dynamik der Weltsicht war ungleich beweglicher als im europäischen Abendland. Das Studium der griechischen Philosophie entsprach der Weisung des Korans, vorurteilsfrei nach Wissen zu streben. Die Scholastik des christlichen Mittelalters, den Diskurs über »Glauben und Wissen« und die Vermittlung eines induktiven Wissenschaftsbegriffs durch Gelehrte wie Thomas von Aquin hätte es ohne die vorangehende Lektüre der Arbeiten islamischer Gelehrter nicht gegeben. In Andalusien[87] und anderswo regelte der Islam nach Konsolidierung von Machtverhältnissen die Koexistenz unterschiedlicher Bekenntnisse durch das – vergleichsweise gewaltfreie – Instrument einer Religionssteuer, während die christliche Welt sich durch staatskirchliche Repression Andersgläubiger und Schlimmeres hervortat. Die ökumenische Gastfreundschaft im »islamischen« Imperialismus war historisch gesehen mit Abstand großzügiger als die des Heiligen Römischen Reiches. Mohammed beruft sich auf den Allbarmherzigen, der die Gütigen liebt (Koran 5,13). Er wendet sich explizit gegen

Religionszwang und fordert zu einem friedlichen – pluralistischen – Wettstreit der Religionen auf. Die Gemeinschaft mit Juden und Christen wird dabei sehr betont.[88]
Man stilisiert den Religionsgründer gerne als Heerführer, doch »die Kriege des Propheten füllten weniger als einen Monat seiner 63. Lebensjahre.«[89] Der Koran kennt – anders als westliche Militärdoktrinen – keine Kollateralschäden und warnt davor, sich durch Hass zu ungerechter Gewalt verleiten zu lassen.[90] (Am deutlichsten erklärt heute Scheich Abdel Muati Bayum von der ägyptischen Azhar-Universität, dass im Dschihâd alle Zivilisten tabu sind.) Eine ambivalente Haltung zur Gewalt ist Judentum, Christentum und Islam gleichermaßen eigen. Anweisungen zum Genozid, wie sie das auch für Christen normative »Alte Testament« im Buch Deuteronomium (7,1.2.5.16)[91] unterbreitet, sind zum Teil erschreckender als die Koranverse zum heiligen Kriegshandwerk. Für die breite Frömmigkeitstradition – und nicht nur für wenige Mystiker – gilt der *große* Dschihâd. Dieser ist kein Waffengang, sondern ein inneres Glaubensringen und eine »Anstrengung auf dem Weg Gottes«. Das Offenbarungsbuch des Islam verbietet die Selbsttötung (Koran 4,29-30). Es verbindet wie der Talmud das Lebensrecht jedes Menschen mit einem universellen Horizont: »Wer einen Menschen umbringt, handelt so, als habe er alle Menschen umgebracht. Wer aber eines einzigen Menschen Leben rettet […], sei es, als habe er das Leben aller Menschen erhalten.« (Sure 5,33)
Der dem Koran gemäße Islam schaut auf die gesamte, gleichberechtigte Weltgesellschaft und nicht auf Nationen. (Der moderne arabische Nationalismus ist erst im Zuge des Widerstandes gegen westlichen Imperialismus entstanden.[92]) In der Tat haben viele islamische Intellektuelle ein Sozialethos bewahrt, das als rückständig gilt, weil es mit dem modernen Turbo-Kapitalismus nicht zu vereinbaren ist.[93] Manche Autoren begründen ihre Ablehnung feudalistischer bzw. theokratischer Herrschaftsanmaßungen mit der Allein-Ursprünglichkeit des einen Gottes. Weil sie jegliche Vergötzung von Menschen ablehnen, fordern sie eine Demokratisierung der irdischen Macht, zumal das Prinzip der »Schura«, der gegenseitigen Beratung, im Koran ausdrücklich verankert ist.[94] (Solange »Demokratie« – statt von hier aus entwickelt zu werden – als »christlich-imperialer« Export ankommt, solange wird sie in der islamischen Welt keine Basis finden können.) Die zwischenmenschlichen Reichtümer islamischer Gesellschaften versetzen Reisende aus unserem Kulturkreis immer wieder in Erstaunen. ... Von all dem jedoch spiegelt das massenkulturelle Weltbild aus Hollywood so gut wie nichts wieder. Stattdessen stürzt man sich auf traurige Verhältnisse, die westliche Imperialpolitik aus purer Habgier hervorgebracht oder zementiert hat. Niemand käme auf die Idee, alle Katholiken der Welt nach dem Vorbild etwa der katholischen Diktatoren Franco und Pinochet darzustellen. Ähnliche Verfahren werden im Kino jedoch gemeinhin akzeptiert, wenn es sich um Muslime handelt.[95]
In einer von Machtstreben bestimmten Kommunikation kann man sein Gegenüber auf eine Rolle förmlich festnageln und schließlich das Unterstellte wirklich wer-

den lassen. Wie die Politik verbreitet die Filmwelt seit langem Bedrohungsszenarien, die eine unweigerliche Vergegnung der Kulturen beschwören. Sie lässt die Vertreter eines modernen Islam erst gar nicht zu Wort kommen.[96] Sie rechnet nirgends mit der Möglichkeit, dass die islamische Welt einen wertvollen Beitrag für die Zivilisation leisten könnte. Und schließlich multipliziert sie Terroristen zu einer ganzen Völkerspezies. Man sollte beim Blick auf das umfangreiche Material meinen, die Macher der entsprechenden Bilder hätten im letzten Jahrzehnt selbst erschrecken und im Sinne einer Verständigung einlenken müssen. Anderswo jedenfalls sann man auf Lösungen statt auf Feindbilder und Kampfparolen. In den neunziger Jahren gab es im internationalen Horizont nennenswerte Initiativen, das globale Miteinander der Kulturen anders zu verhandeln als Huntington. Bereits im September 1993 verabschiedete das Parlament der Weltreligionen eine Weltethos-Erklärung.[97] Auf UNO-Ebene gipfelten die Initiativen eines ganzen Jahrzehnts 2001 in einem Internationalen Jahr des Dialogs der Kulturen.[98] In den US-Medien, so bedauerte Hans Küng im März 2003 auf dem 9. Bundeskongress für Politische Bildung, fand die Idee einer friedensfördernden Dialogkultur keine Resonanz.

Den maßgeblichen Paradigmen-Machern in Politik und Kultur der Vereinigten Staaten fehlt entweder die Kompetenz oder der Wille zum Dialog. Erst zur Vorbereitung der Kriege in Afghanistan und im Irak – und begleitet von Drohgebärden Richtung Iran[99] oder Syrien – startete man eine große PR-Kampagne in der islamischen Welt. Man erwartete allen Ernstes, auf diese Weise Pluspunkte sammeln zu können, und wunderte sich 2004 über das Ausbleiben eines Erfolgs.

Auch ohne profunde Kenntnisse der Sozialpsychologie kann man verstehen, warum das aktuelle Politikraster des Westens destruktiv wirken muss. Der Kolonialismus und speziell sein blutiger Ölraub[100] provozierten vor mehr als hundert Jahren die Entstehung von Nationalismus in der arabischen Welt. Gegenwärtig befördert der westliche Imperialismus unter dem Überbau eines Kulturkampfes nicht weniger eine Abwehrhaltung. Er verstärkt mit seiner Überlegenheitsrhetorik die – von ihm gleichermaßen geschürten und unterstellten – Minderwertigkeitskomplexe. Er schafft mit seinen völkerrechtswidrigen Eingriffen in die Integrität islamischer Länder neue Ohnmachtgefühle. Er bewirkt mit seiner förmlich zur Schau gestellten Verachtung für das Leben muslimischer Zivilisten den Ruf nach Rache. Verhärtung tritt ein. Auf diese Weise blockiert man am wirkungsvollsten geistige, kulturelle und gesellschaftliche Entwicklungen in der islamischen Welt. Es stellt sich die Frage, ob nicht genau darin die eigentliche Absicht besteht.[101]

Zu den aktuellen Erträgen des us-amerikanischen Kulturkrieges zählen Feindseligkeit und Gewalt gegen die vormals integrierten chaldäischen Christen im Irak, die man nunmehr als Vorhut des Westens betrachtet. Unter Muslimen findet die militaristische Interpretation des Dschihâd Tag um Tag mehr Anhänger. Die meisten islamischen Rechtsgelehrten verurteilen unter Berufung auf den Koran Geiselnahmen, Enthauptungsvideos und andere Gräuel, doch immer mehr sind bereit, alle US-Amerikaner im Irak (und Menschen in Israel) unterschiedslos als Kombattanten zu betrachten. In Ländern, deren religiöse Tradition einem islamischen Fundamentalismus wahabitischer oder schiitischer Prägung denkbar fern steht, sympathisieren immer mehr junge Leute mit den Gotteskriegern. Reformkräfte im Iran und in der arabischen Welt hatten noch nie einen so schwierigen Stand wie heute.

4. Under Siege (1986): Bomben auf Washington

»Das Land, das uns so etwas unter dem Deckmantel des Terrorismus antut, begeht einen furchtbaren Fehler. Diese Anschläge sind nichts anderes als der Überfall auf Pearl Harbor. Sie bedeuten die Erklärung einer neuen Art von Krieg, die wir annehmen.« US-Senator Harding im Film UNDER SIEGE (USA 1986)

»Wer uns angreift, muss damit rechnen, dass wir es ihm in gleicher Münze heimzahlen. [...] Vielleicht muss man zur Bekämpfung des Terrorismus selbst zum Terroristen werden.« US-Präsident Maxwell Monroe in: UNDER SIEGE (USA 1986)

Ronald Reagan war als Präsident besonders versessen auf Feinde, und er traute dem Kalten Krieg schon nicht mehr zu, dieses Bedürfnis dauerhaft zu befriedigen. Den Kampf gegen den weltweiten Terrorismus stellte seine Administration ganz oben auf die PR-Agenda. (Als die UN-Vollversammlung Ende 1987 den sogenannten Internationalen Terrorismus mit nur zwei Gegenstimmen verurteilte, votierten die USA jedoch mit »Nein«; die Resolution enthielt einen Hinweis auf das in der UN-Charta verbürgte Recht der Völker auf Selbstbestimmung und Unabhängigkeit.) Den diffusen Mix der reaganistischen Terrorhysterie spiegeln Filme wie NIGHTHAWKS[102] (USA 1980) mit Silvester Stallone, FRENCH QUARTER UNDER COVER (USA 1985), COUNTERFORCE[103] (USA 1986) oder die DIE HARD-Trilogie[104] (USA 1987, 1989, 1994) mit Bruce Willis. Dubiose Lateinamerikaner, Drogenbosse, Psychopathen mit Geltungsdrang und von unerbittlicher Geldgier getriebene linke Revolutionäre, sie alle sind irgendwie miteinander verbunden. FRENCH QUARTER UNDER COVER gibt sich gar dokumentarisch und präsentiert im Vorspann folgende Analyse: »Since 1967 terrorism throughout the world has creased at an alarming rate. Terrorists chosen arena of conflict has always been within the boundaries of a free society. At the beginning of 1980 it was apparent that the terrorist mind had a new focus, savage and suicidal attacks within the borders of the continental United States.« Kriminelle Kubaner, darunter ein brutaler Knabenschänder[105], KGB-Agenten und ein Nordvietnamese versuchen hier 1984 auf der Weltausstellung in New Orleans, das gesamte Trinkwasser mit einer Bio-Waffe zu vergiften.

»Dass die Welt von terroristischen Gruppen durchseucht ist, scheint in den achtziger Jahren schon fast selbstverständlich.«[106] In welchem Umfang Interpretationsrahmen, Reaktionsmuster und Sprachregelungen speziell zum Phänomen »islamistischer Terror« zur Mitte des Jahrzehnts ausgeformt sind, zeigt die Telepictures-Produktion UNDER SIEGE (USA 1986!) von Regisseur Roger Young.[107] Philip Noyce meint neuerdings: »Schon vor etwa zehn Jahren schien klar, dass der nächste große Konflikt ein Krieg zwischen blockfreien Soldaten und Amerika als dem vermeintlichen Feind so vieler Menschen werden würde. Es ist also kein Zufall, dass der Terrorismus – lange bevor er in New York Schlagzeilen machte – bereits in den Kinofilmen auftauchte.«[108] Doch UNDER SIEGE (USA 1986) widerlegt die Annahme, erst nach dem Anschlag auf das World Trade Center von 1993 hätten Filmemacher den Focus auf Terrorziele von radikalen Islamisten *innerhalb* der Vereinigten Staaten gerichtet.

Die Inhalte des Drehbuchs sprechen für sich selbst: »Der amerikanische Alptraum, zu Hause angegriffen zu werden, wird von einer Gruppe Terroristen in die Tat umgesetzt. Am Beginn einer beispiellosen Terrorwelle steht ein Selbstmordattentat à la Beirut auf dem Militärstützpunkt Fort Bladenburg in Maryland, bei dem 200 junge Rekruten sterben. Dann explodieren zur selben Zeit in Boston, Los Angeles und Chicago Verkehrsmaschinen kurz nach dem Start. Eine Sicherheitshysterie ungekannten Ausmaßes bricht aus; ›man könnte meinen, wir sind in Südamerika‹, sagt die Frau des FBI-Chefs John Gary, als sie von einem Wochenende auf dem Lande nach Washington zurückkehrt.«[109] Weitere Ziele der Terroraktionen: Von einer nahe gelegenen Restaurantterrasse aus wird die Kuppel des Weißen Hauses mit Granatwerfern zweimal getroffen. Daneben kommt es aufgrund einer Bombendrohung zur Evakuierung des World Trade Center. Schließlich werfen die Terroristen Sprengstoffsätze in beliebige Ladenlokale. Der politische Kommentar dazu: »Staatsgebäude und Flugplätze sind eine Sache, aber wenn sie jetzt Geschäfte bombardieren und große Einkaufszentren, dann trifft das genau ins Herz aller Amerikaner.« Zwei Täter töten sich im Zuge ihrer Verhaftung selbst und rufen zuvor »Allah, Allah!« bzw. »Ich bin schon jetzt im Paradies von Allah!« Ein pensionierter US-Journalist, Weltkriegs-, Korea- und Vietnamveteran, ist erschüttert über die Massenmorde. Er selbst fühlt sich zu alt für eine Gegenwehr und fordert am Fernsehen unter Tränen: »Irgend jemand muss weiter kämpfen!«

Die Identität der Terroristen ist zunächst völlig unklar. Alle möglichen Gruppen bekennen sich zu den Anschlägen. Der Präsident lädt seine Berater ins Weiße Haus ein: »Wir haben gewusst, dass die auch bei uns mal zuschlagen. Wie reagieren wir?« Die Hardliner erinnern an die Anschläge auf das US-Militär im Libanon. Sie wünschen, dass bereits jetzt pauschal der Nahe Osten als Herkunftsregion der Täter genannt wird. Die CIA bevorzugt einen Schlag gegen Libyen, während das Außenministerium einen Angriff auf den Iran wünscht. Beide fordern schnelles Handeln: »Die Israelis habe uns bewiesen, dass die beste Abschreckung sofortige Vergeltung ist. Ihre gezielten Liquidierungen nach dem Olympiamassaker waren eine beeindruckende Warnung.« Der besonnene Vertreter des Verteidigungsministeriums sieht diese Behauptung durch den Einmarsch Israels im Libanon als widerlegt an: »Wenn Sie glauben, dass es gegen den Terrorismus eine militärische Lösung gibt, so ist dies Selbsttäuschung. Das Verteidigungsministerium wird sich nicht mit Gaddafi auf ein ›Wie du mir so ich dir‹ einlassen. Das brächte ihm Sympathien und uns Angriffe ein. [...] Mister President, wenn wir überstürzt handeln, könnten wir etwas tun, das wir später bereuen. Es besteht die Gefahr, dass unsere Vergeltung den Terror eskalieren lässt.« FBI-Chef John Gary hält den Beratern nüchtern seine Aufgabe entgegen: »Das FBI ist nur für die Aufklärung des Verbrechens zuständig – und bis jetzt haben wir keinen Beweis, dass hinter dem Anschlag eine Regierung oder Organisation steht. Wir müssen sogar die Möglichkeit in Betracht ziehen, dass die Terroristen Amerikaner sind.«

In Camp David werden die Argumente in einer zweiten Runde ausgetauscht. Das Volk, so die Hardliner, erwartet vom Präsidenten Vergeltungsmaßnahmen: »Denken Sie mal an Jimmy Carter und welche Folgen sein Stillhalten [bei der Geiselnahme in der iranischen US-Botschaft] hatte!« »Wir haben die perfekte Begründung für einen Einmarsch in Libyen und eine Vernichtung dieser Terroristen-Camps!« »Was nützt die schlagkräftigste Armee der Welt, wenn man sich fürchtet, sie einzusetzen? Wir müssen der Welt zeigen, dass wir so etwas nicht hinnehmen. [...] Militärische Macht ist das Einzige, womit man [martyriumsbereite] Kräfte bekämpfen kann, die vor Massenmord nicht zurückschrecken.« (An anderer Stelle meldet sich die Frau des Außenministers zu Wort, die in Vietnam ihren Sohn verloren hat und sich damit tröstet, ihr Junge habe ja sein Leben für sein Vaterland hingegeben: »*Der Hass wird nicht eher aufhören, bis unsere Ehre wieder hergestellt ist!*«) – Die Gegenseite argumentiert: »Wenn Sie gegen Gaddafi Vergeltungsmaßnahmen ergreifen, erreichen Sie damit nur, dass diese Fanatiker sich an unseren unschuldigen Bürgern rächen.« »Wenn wir das tun [Militäranschläge gegen verdächtige Länder], laufen wir Gefahr, das zu zerstören, woran wir glauben und was wir sind.«

Tatsächlich führt die Stimmung im Land zu einer Bedrohung der Bürgerrechte. Es scheint, als hätten die Terroristen – bei anhaltender Verwundbarkeit des Landes – »bereits gewonnen«. Ausdrücklich verweist der FBI-Chef darauf, dass die USA kein Polizeistaat sind und »illegale Verfolgungsmethoden« für ihn nicht in Frage kommen. US-Amerikaner aus arabischen Ländern demonstrieren unter dem Slogan: »Wir sind Amerikaner wie Ihr und wollen keinen Terror hier!« Berittene Polizisten lösen diese friedliche Demonstration auf und schauen zu, wie Passanten einige Teilnehmer der Veranstaltung brutal zusammenschlagen: »Araber, ab in die Wüste mit Euch!« Taxifahrer verweigern ihre Hilfe. Läden arabisch-stämmiger Geschäftsleute werden demoliert. Ein christlicher Iraner sagt: »Wir sind wegen der Freiheit und Humanität hierher gekommen; aber jetzt sieht es so aus, als wenn auch Amerika seine Barbaren hätte.«

Die FBI-Ermittlungen führen zur Erkenntnis, dass keine Terroristen im Dienste islamischer Länder, sondern eine *unabhängige* Gruppe hinter den Anschlägen steht.

Dabei ist unter anderem die in Stuttgart geborene Tochter eines evangelischen Pfarrers. Kopf ist ein algerisch-französischer Schiit, der sich »Abulladin« nennt. Sein Sohn kam bei einem Anschlag der Geheimdienstpolizei des Schahs in Paris ums Leben. Mit jeder neuen Zelle, so meint er, hätten mehr Kompromisse den revolutionären Geist geschwächt. Die Kämpfer hätten zuerst für die Sowjets, dann für die Amerikaner gekläfft und damit »Schande über die Gräber der Väter« gebracht. Für Abulladin, der mit Khomeini sympathisiert, gibt es »Wichtigeres als unser kleines Leben«. Er glaubt zwar nicht mehr an die Weltrevolution, möchte aber, dass »Amerika« durch Leiden lernt: »Der Unterricht geht weiter. Unsere Waffen mögen nur 18 Dollar kosten oder 92 Cent, eine einfache Ausrüstung und Kämpfer, deren Einsatz kostenlos ist. Die Uniform, die die Guerillas tragen, ist die Uniform ihrer Feinde. Ja, Amerika ist stark und ich bin schwach. Ich habe keine Schiffe, keine Flugzeuge, keine Nuklearwaffen. Aber der schwache David wird dem Goliath Amerika schwere Wunden zufügen. Es wird noch mehr Blut fließen, wenn die Amerikaner vom Himmel fallen.« In einer letzten Tonbandnachricht erklärt Abudallin: »Ich wollte erleben, wie mein Sohn aufwächst, ich wollte erleben, dass viele Enkel auf meinen Knien herumhüpfen, wenn ich alt bin. Doch mein Schicksal wollte es anders. Nicht einmal meine Forderungen können sie erfüllen, denn ich habe keine. Mein einziges Ziel ist es, euch zu lehren. Ich lehre euer Amerika, was Leiden und Angst bedeuten. Ihr sollt nachfühlen können, welch unaussprechliches Leid die Völker der Dritten Welt bewältigen müssen. Noch mehr Amerikaner werden getötet. Noch mehr Blut wird fließen.« Verraten wird Abudallin, der sich in den USA versteckt hält, übrigens durch den Botschafter des Iran. Dieser möchte nicht, dass unschuldige Iraner aufgrund der Aktionen dieses Algeriers sterben.

Bezeichnender Weise ist im Film der einzige Sympathieträger, der aus einem islamischen Land kommt, Christ! Obwohl UNDER SIEGE bemerkenswerte Einsprüche gegen eine politische Instrumentalisierung von Terroranschlägen enthält, wird das vorherrschende Deutungsmuster hinsichtlich der arabischen Welt nicht in Frage gestellt: Abudallin wendet sich in einem Dialog gegen das US-amerikanische Vorurteil, alle Muslime seien Glaubensfanatiker; doch seine Terroristen sind ohne Zweifel vom Martyrium für Allah motiviert. Ein Votum des integren FBI-Chef John Gary lässt vermuten, »Andersartigkeit« sei in erster Linie kein Anlass für Respekt, sondern müsse wegen ihrer Gefährlichkeit ernst genommen werden: Die Menschen aus den islamischen Kulturen »haben eine andere Mentalität und ihre eigene Vorstellung davon, wofür es sich lohnt zu leben und zu sterben. Doch wir ignorieren das und bestehen darauf, sie wie unseresgleichen zu behandeln. Es wird Zeit, dass wir aufwachen.« In einer TV-Talkshow erheben die Gegenparts spiegelbildliche Vorwürfe. Der rechte Senator Harding sagt dem iranischen Vertreter: »Ihre Regierung hat einen fanatischen Hass auf die Vereinigten Staaten, unsere Bevölkerung, unseren Way of Life. Deshalb unterstützen Sie den Terrorismus!« Der iranische Botschafter verweist auf viele tausend Opfer des Schah-Regimes, das die USA installiert haben, und kontert: »Wir wissen doch, dass es die Politik Amerikas ist, einen fanatischen Hass gegen unsere [islamische] Lebensweise zu schüren.«

Der Präsident ist unglücklich, weil die Presse ihn als unentschlossen bezeichnet und der größte Geldgeber seiner Partei seine Unterstützung für eine zweite Amtszeit verweigern will. Staatliche Stellen schieben der Presse ein Dossier zu, das geeignet ist, Handlungsdruck herzustellen. Ohne Benachrichtigung des gesetzestreuen FBI-Chefs John Gary schaltet das Weiße Haus – auf höchste Weisung hin – außerdem eine Sondereinheit des CIA ein. (Dieses Abwehrteam geht auf Vietnam zurück. Seine »Aufgabe ist eine Art vorbeugender Gegenterrorismus« im *Ausland*.) Dem FBI gelingt die Verhaftung Abudallins in seinem Unterschlupf. Nun könnte er ein Gerichtsverfahren erhalten. Ein Scharfschütze der CIA-Truppe erschießt jedoch den Verhafteten und trifft dabei ebenso einen FBI-Beamten mit einem tödlichen Schuss. Offiziell werden diese Morde des CIA als Tat eines rivalisierenden Terroristen bezeichnet. Der junge FBI-Chef John Gary muss endlich erkennen, welches Spiel in seiner Liga gespielt wird. Er erhebt im Zweiergespräch mit dem Präsidenten seine Anklage: »Nicht einmal im Krieg erschießen Amerikaner ihre Gefangenen, Mister President! [...] Wir können unsere Gesetze nicht einfach ignorieren aus irgendwelchen zweckmäßigen Gründen, und wir haben kein Recht zu – wie auch immer begründeter – Selbstjustiz. [...] Ich habe die Pflicht, das Gesetz zu verteidigen. Sie hatten kein Recht zum Exekutieren dieser zwei Menschen. Was Sie getan haben, macht uns zu dem, was Abudallin war.«

Dieser Titel aus dem Jahre 1986 erinnert eindrucksvoll daran, dass das nachfolgende Terrorkino nicht einfach aus der neuen weltpolitischen Lage der 90er Jahre resultiert. Vielmehr werden politische Strategien und Kulturideologien weitergesponnen, von denen man längst gehört hat. Bereits 1988 war das islamistische Schreckgespenst mit L'Union Sacree[110] von Alexandre Arcady auch im französischen Action-Kino angekommen.

5. True Lies (1993/94), Executive Decision (1995) und Airforce One (1996): Drei Varianten des vom Pentagon geförderten Terrorfilms

»Nach dem Fall der Berliner Mauer geht der Trend in den 90er Jahren hin zu Drehbüchern, in denen der Feind technologische Schwachstellen ausfindig macht, um dann die Verwundbarkeit des amerikanischen Verteidigungssystems auszunutzen. Diese Filme kündigen eine neue Ära an, die des asymmetrischen Krieges.« Kommentar im Dokumentarfilm Opération Hollywood (Frankreich 2004)

»Wir beide wissen um die Bedeutung dramatischer Erklärungen an die Welt.« Terrorist Altan zu einem potentiellen US-Präsidentschaftskandidaten in: Executive Decision (USA 1995)

XIII. Die USA im Kampf gegen den Terror

In den jetzt vorzustellenden Filmen aus der Mitte der 90er Jahre sind die USA ebenfalls Zielscheibe von Terror. Mit Blick auf den WTC-Anschlag von 1993 ist es erstaunlich, mit welcher Leichtigkeit zunächst der Action-Film TRUE LIES (USA 1993/94) von James Cameron das nunmehr reale Bedrohungsszenario innerhalb der US-Grenzen aufgreift: »Das ist das Problem mit Terroristen; die sind unglaublich rücksichtslos, wenn es um Geburtstage fremder Leute geht.« Surreales, wie wir es aus James-Bond-Filmen kennen, wird übersteigert und parodiert. Die familiären Verwicklungen von Agent Harry (Arnold Schwarzenegger), der sich zu Hause als Computervertreter ausgibt, ergeben gar eine Komödie. (Die Ehefrau steigt schließlich als biedere US-Amerikanerin ein in den Antiterror-Kampf.) – Auf Seiten des US-Geheimdienstes sind arabische Sprach- und Kulturkenntnisse kein Problem. Mit Blick auf den Milliardär Jamal Khaled sind sie auch erforderlich. Khaled finanziert den geheimen Ankauf von vier Atomsprengköpfen aus Beständen der früheren Sowjetrepublik Kasachstan. Mit seiner Hilfe wird ein Netz muslimischer Terroristen, das sich »Crimson Dschihad« nennt, zur Nuklearmacht.

Die islamistischen Terroristen sind zwar schwer bewaffnet, doch äußerst unbeholfen bei ihrer Jagd auf US-Agent Harry. Bezeichnend ist der Umgang mit Kulturschätzen aus den Böden Irans, Iraks oder Syriens. Für Crimson Dschihad ist es kein Problem, persische Skulpturen aus der Zeit des Darius-Reiches um 500 vor Christus einfach zu zertrümmern. (Rückblickend wird man heute daran erinnert, dass US-Truppen bei ihrem Einmarsch in den Irak 2003 zwar das Ölministerium bewachten, dem Raub unersetzlicher Kulturgüter mit Bedeutung für die gesamte Menschheit jedoch freien Lauf ließen.) Eine westliche Mitarbeiterin der heiligen Krieger beteiligt sich wegen äußerst guter Bezahlung. Auf Seiten der Terroristen gibt es krankhaften Fanatismus und die Bereitschaft, zu sterben: »Keine Macht der Welt kann uns aufhalten!« Die Aufstellung der ersten Atombombe ist als sakraler Akt gestaltet: »Eine heilige Feuersäule wird zum Himmel aufsteigen ...«

Bei der Aufnahme eines Terroristen-Videos erfahren wir etwas über die Motive des Crimson Dschihad: »Ihr habt unsere Frauen umgebracht und unsere Kinder. Immer wieder habt Ihr unsere Städte bombardiert wie Feiglinge. Und Ihr wagt es, uns Terroristen zu nennen? Jetzt aber ist den Unterdrückten ein mächtiges Schwert gegeben worden, mit dem sie ihre Feinde bekämpfen können. Solange Ihr, die Vereinigten Staaten, nicht alle Streitkräfte aus dem persischen Golf zurückzieht, sofort und für immer, wird Crimson Dschihad ein fürchterliches Feuer auf eine amerikanische Großstadt regnen lassen, jede Woche, bis unsere Forderungen erfüllt sind. Zuerst wird eine Bombe auf dieser unbewohnten Insel explodieren – als eine Demonstration unserer furchtbaren Kraft. [Hier geht der Videokamera die Batterie aus.] So zeigt Crimson Dschihad die Bereitschaft zur Menschlichkeit. Werden aber unsere gerechten Forderungen nicht erfüllt, wird Crimson Dschihad ein fürchterliches Feuer auf eine amerikanische Großstadt regnen lassen ...« Das Leben von zwei Millionen US-Amerikanern ist in Gefahr.

Bezeichnend sind die Elemente der Terrorbekämpfung. Bei Eheproblemen des US-Agenten rät der Kollege: »Wir schnappen uns ein paar Terroristen; an denen kannst du deine Wut auslassen.« (»We're gonna catch some terrorists and we're gonna beat the hell out of 'em. And you'll feel a lot better.«) Beim Anzapfen von Telefonen wird freie Hand gewährt. Auf magische Weise tötet ein heruntergefallenes Maschinengewehr selbsttätig ein halbes Dutzend Araber. Das US-Militär sprengt eine Brücke, auf der die Terroristen entlang fahren. In einiger Entfernung – unter Wasser – explodiert der erste Nuklearsprengsatz und produziert einen Atompilz, der offenbar für Menschen keine Gefahr darstellt. Agent Harry steuert schließlich einen F-16-Fighter, obwohl er seit zehn Jahren nicht mehr geflogen ist. Sein Kampf-Jet fliegt in eine Hochhauswand. Einen Terroristen, der sich am Fighter festklammert, befördert Harry mittels Raketenabschuss ebenfalls in eine Hochhausfront.

Der Dank der Filmemacher ergeht im Abspann von TRUE LIES an verschiedene Sponsoren aus der Wirtschaft, darunter Mercedes-Benz AG und Mercedes-Benz NA, an diverse öffentliche Departments mit regionalem Auftrag und schließlich an das Pentagon: »*We gratefully acknowledge the cooperation of the Department of Defense and the United States Marine Corps; Marine Attack Squadron 223, Cherry Point & 214, Yuma; Marine Corps Air Station Yuma & Cherry Point.*«[111] Der republikanische Hollywoodkritiker Bob Dole, der den US-Filmmachern sonst die Propagierung von Gewalt und Sex vorwirft, erklärte Schwarzeneggers TRUE LIES übrigens zum »erfolgreichen Familienfilm«[112]. US-Bürger mit arabischer Herkunft riefen zum Boykott des Titels auf: »When the film was initially released, the American-Arab Anti-Discrimination Committee was one of several groups to hold a protest at a Washington, D.C., theater. The groups attacked the film for its ›depiction of Middle Easterners as homicidal, religious zealots‹. A demand for the boycott of the movie was called, as well as a ban of its distribution in fifty-four Arab and Muslim countries.«[113]

Als nächster vom Pentagon geförderter Film über islamische Terroristen folgt EXECUTIVE DECISION (USA 1995) von Stuart Baird. Folgende Ereignisse geben den Rahmen der Handlung vor:
- Eine Antiterror-Einheit der U.S. Army Special Forces fahndet am 17.5.1993 in *Italien* (Triest) erfolglos nach Beständen des Nervengas DZ-5, die vermutlich von der osteuropäischen Mafia aus sowjetischen Beständen entwendet worden sind. (Dabei werden in einem verdächtigen Wohnsitz mehrere Menschen erschossen.)
- Nicht genannte Entführer kidnappen den Nahost-Terroristen Abu Jaffa anlässlich der Hochzeit seiner Tochter auf Zypern und übergeben ihn den us-amerikanischen Behörden zur Sicherheitsverwahrung auf einem US-Kriegsschiff im Mittelmeer. (Bei der Gefangennahme werden zahlreiche Hochzeitsgäste von Waffen getroffen.[114]) Jaffa gilt als einer der weltweit meistgesuchten Terroristen und hat seit 15 Jahren Terroranschläge verübt.

XIII. Die USA im Kampf gegen den Terror

- In London begibt sich ein Selbstmordattentäter der sogenannten Altan-Gruppe mit Sprengstoffgürtel in ein Restaurant und tötet alle Anwesenden.
- Die in Griechenland gestartete Linienflugmaschine 343 wird von islamischen Terroristen entführt. Ihr Anführer ist Nagi Hassan, der sich »Altan« (Rache) nennt. Mit einer Botschaft an den US-Präsidenten wird gefordert, Abu Jaffa freizulassen. Es drohe sonst ein noch viel schlimmer Anschlag gegen die Bewohner Londons.[115]
- Im Krisenstab des Pentagon ist CIA-Terrorspezialist David Grant strikt dagegen, der entführten Maschine Landeerlaubnis in Dallas oder überhaupt ein Eindringen in den us-amerikanischen Luftraum zu gestatten. Er geht davon aus, dass in Wirklichkeit ein »vernichtender Schlag gegen die Vereinigten Staaten« geplant ist – und zwar mit dem bereits erwähnten Nervengas DZ-5, das als »Atombombe für Arme« gilt und vermutlich in einer Menge vorliegt, die die »halbe Ostküste« umbringen kann.

Da die US-Richtlinien ohnehin eine Verhandlung mit den Terroristen ausschließen und der Verdacht auf einen Anschlag innerhalb der US-Grenzen besteht, soll das entführte Flugzeug mit Hilfe eine F-14-Fighter-Staffel abgeschossen werden. Diese Option hat zwei Nachteile: 400 US-Amerikaner müssten geopfert werden. Beweise für die Berechtigung des Vorgehens wären jedoch nachher nicht mehr zu erbringen. (Das hieße, der Präsident müsste seinen Hut nehmen.) Als Alternative dazu kommt eine Technologie aus der Raumfahrt zum Einsatz, die bereits beim Transfer von Bomber-Besatzungen erfolgreich war. Mit Hilfe eines Andock-Systems für Operationen im Luftraum gelangen Mitglieder einer Antiterror-Spezialeinheit der USA unbemerkt in die entführte Maschine. (Darunter: ein Latino, ein asiatischer US-Bürger, ein Afro-Amerikaner und CIA-Mann David Grant.) Im Pentagon ist der Erfolg dieser Andock-Aktion aufgrund einer ausgefallenen Funkverbindung nicht bekannt.

Tatsächlich befindet sich an Bord, wie vermutet, das Nervengas DZ-5. Es ist in einen äußerst komplizierten Bombenmechanismus integriert. (Nach Erkenntnissen des israelischen Geheimdienstes ist die Bombe Werk eines Franzosen algerischer Herkunft. Er war ehemals Atomingenieur im Irak, hat seine Familie im Golfkrieg 1991 verloren und von da an für die Jaffa-Gruppe gearbeitet.) Als die Forderung nach Freilassung von Jaffa erfüllt wird, offenbart Nagi Hassan seinen eigenmächtigen Plan: »Gott ist mit uns, Abu Jaffa! Er hat eine große Aufgabe für uns vorgesehen. In wenigen Stunden werde ich einen Sieg für dich erringen, der dich über alle erheben wird. Unsere Freunde in der ganzen Welt werden dich willkommen heißen, und deine Feinde werde ich vernichten. Alle unsere Gegner werde ich unbarmherzig bis in den Tod verfolgen. [...] Wir sind die Auserwählten für den Kampf. Wir werden nicht dulden, dass man uns beleidigt, von keinem Menschen, denn meine Rache wird furchtbar sein.«

Eine Stewardess und ein Passagier aus der Sicherheitsbranche erfahren, dass »unsere Jungens« an Bord sind und kooperieren. Von Washington aus ist bereits definitiv

XIII. Die USA im Kampf gegen den Terror

der Befehl zum Abschuss der Maschine erteilt worden. Dem Eliteteam gelingen jedoch in letzter Minute ein Signal an die bereits für den Abschuss bereite F-14-Staffel, eine Entschärfung der Nervengasbombe und die Tötung der Terroristen. CIA-Spezialist Grant, der bei seinen privaten Flugstunden auf einem Zweisitzer bislang noch nie ohne Anleitung geflogen ist, bringt die Maschine samt Überlebenden mit einer Bruchlandung ins Ziel und zwar auf der Landebahn seiner Flugschule. (Das Manöver gelingt ihm ohne Funkkontakt. Hinreichend sind die Anweisungen einer Stewardess, die das Flughandbuch im Cockpit durchblättert.)

Die militärische Beihilfe für EXECUTIVE DECISION gestaltet sich folgendermaßen: *»We gratefully acknowledge the cooperation of the Department of Defense, the Department of the Army, the Department of the Navy, the National Guard Bureau. Special Thanks to: Army Public Affairs – Los Angeles, California National Guard, U.S. Army 63rd Regional Support Command, Navy Office of Information West, Commander Naval Air Forces – U.S. Atlantic Fleet, Nas Key West – Florida, Commander Naval Air Forces – U.S. Pacific Fleet; Nas Miramar – California, Commander Naval Air Systems Command, Fighter Squadron 41/84/101, Airborne Early Warning Squadron 117, Helicopter Light Anti-Submarine Squadron 48, USS John C. Stennis (CVN-74) ...«*

Mit seinem Film AIR FORCE ONE (USA 1996) legt Wolfgang Petersen beim Thema Anti-Terror-Kampf den Focus ganz auf die Gestalt des US-Präsidenten und wirbt gleichzeitig für eine neue außenpolitische Agenda der Vereinigten Staaten. AIR FORCE ONE beginnt mit einem gemeinsamen Einsatz von Elitekämpfern des russischen und US-amerikanischen Militärs in Kasachstan. Dort wird der »selbsternannte Staatschef General Radek« entführt, der die Demokratiebewegung blutig unterdrückt hat und wegen Atomwaffenbesitz eine Gefahr für den Weltfrieden darstellt. Bei dieser US-Operation werden Sprengsätze benutzt und auch zahlreiche Wachsoldaten am kasachischen Präsidentenpalast getötet. (Dass Kasachstan zu den ehemaligen Sowjetrepubliken mit großen Öl- und Erdgasvorkommen gehört, findet im Rahmen der Filmfiktion übrigens keine Erwähnung. Kreml und Weißes Haus hegen für die Region offenbar gemeinsame guten Absichten.)

In Moskau, so zeigt die nächste Szene, hat die Regierung zu einem Empfang geladen. US-Präsident James Marshall wird wegen des gelungenen Einsatzes gefeiert. Doch der wehrt ab. Er hat die Flüchtlinge Kasachstans in Lagern des Roten Kreuzes besucht. Er erinnert daran, dass das Regime 200.000 Menschen wie Vieh abgeschlachtet habe, was die Welt ein Jahr lang bequem vor dem Fernseher verfolgt hat. Darauf könne man nicht stolz sein: *»Die Wahrheit ist, dass wir zu spät gehandelt haben. Wir haben erst gehandelt, als unsere eigene nationale Sicherheit bedroht war. [...] Wir verhängten Handelsembargos, verschanzten uns hinter der Rhetorik der Diplomatie. [...] Doch wahrer Friede ist nicht nur die Abschaffung von Krieg. Er ist vielmehr der Sieg der Gerechtigkeit. Unsere Außenpolitik wird sich von heute an ändern, das verspreche ich.*

XIII. Die USA im Kampf gegen den Terror

Nie wieder werde ich zulassen, dass unsere politische Engstirnigkeit uns daran hindert, irgend etwas zu tun, was wir für moralisch richtig halten. Folter und Terror sind keine politischen Mittel. Denen, die sie einsetzen, sage ich: >Eure Zeit ist um! Wir werden nicht verhandeln, wir werden auch nicht mehr die Augen verschließen, und wir werden auch keine Angst mehr haben. Jetzt sollt Ihr Angst haben!<« Dieser Präsident, so erfahren wir, hat keine Probleme damit, sich mit dem Kongress anzulegen oder seine Militärdoktrin ohne Absprache mit den Verbündeten zu verändern. Zur »Wende der gesamten Außenpolitik« gehört auch ein härteres Vorgehen gegen Saddam Hussein, der gerade Panzerbrigaden seiner Nationalgarde nach Norden verlegt. Kritische Blicke fallen auch auf Algerien und Libyen.

Der US-Staatsbesuch in Russland wird unter Jubel der Moskauer Bevölkerung beendet. Terroristen entführen nun beim Rückflug die Präsidentenmaschine Air Force One. Es handelt sich um russische Nationalisten, die »anti-amerikanisch« und antikapitalistisch eingestellt sind. Ihre Forderung besteht in der Freilassung von General Radek. Der Anführer wendet sich gegen Mafia und Prostitution. Für sein geliebtes »Mütterchen Russland« ist er bereit, »sich an Gott zu versündigen«. Freiheit ist für ihn ein Bazillus, ein Inhalt ohne Bedeutung. Eine moralische Überlegenheit des US-Präsidenten mag er nicht anerkennen. (Das Weiße Haus sei bereit, per Telefon und Lenkraketenbefehl 100.000 Irakis zu töten, damit der Benzinpreis sinkt.)

Eine erste Rettungsoperation vom europäischen US-Luftstützpunkt Ramstein aus scheitert. In Washington neigen – mit Ausnahme der loyalen Vizepräsidentin – die Mitglieder der Regierung dazu, dem Verteidigungsminister den Oberbefehl zu übertragen. Doch ein General im Krisenstab des Weißen Hauses ist zuversichtlicher: »Vergessen Sie nicht, der Präsident ist Träger der Ehrenmedaille. Er hat in Vietnam mehr Einsätze geflogen als jeder andere unter meinem Kommando. Er weiß, wie man kämpft!« Tatsächlich erweist sich Präsident Marshall im Film nicht nur als liebevoller Familienvater, sondern als vietnamerprobter Elitekämpfer. Er versteckt sich im Flugzeug und erwürgt eigenhändig einen Terroristen. Andere Feinde erschießt Marshall; der Anführer wird am Ende von ihm mit Hilfe eines Fallschirms gehenkt. Schließlich vermag er die große »Air Force One« selbst zu steuern, obwohl er seit 25 Jahren nicht mehr geflogen ist. ... In den USA versammeln sich zeitgleich zu diesen Ereignissen die Menschen zu Fackelzügen und beten auf Wunsch der Vizepräsidentin für die entführten US-Amerikaner. Die Indiskretion der Medien verrät den Terroristen, dass sich der Präsident noch an Bord der von ihnen entführten Maschine befindet. In der Luft evakuiert der US-Flieger »Liberty 24« alle Überlebenden, bevor die »Air Force One« abstürzt. Als letzter lässt sich das Staatsoberhaupt der Vereinigten Staaten, der Held des Films, abseilen.

Dieser Titel erreichte bei seinem Erscheinen unter allen nicht für Jugendliche freigegebenen Produktionen am schnellsten die 100-Millionen-Dollar-Marke. »Mit AIR FORCE ONE hat Petersen beim amerikanischen Publikum einen Nerv getroffen. Sogar politische Kommentatoren fühlten sich bewogen, die Parteien im Land aufzufordern, sich an diesem Hollywood-Film ein Beispiel zu nehmen.«[116] (Franz Everschor) In formaler Hinsicht qualifiziert wiederum der Abspann das Werk als Staatskunst: »*We gratefully acknowledge the cooperation of the Department of Defense; the Department of the Air Force; the Department of the Army; the National Guard Bureau and specifically: Dept. of Defense Public Affairs – Philip Strub; Dept. of Defense – Project Officer Charles E. Davis; Lt. Col. Bruce Gillman, Director (U.S. Air Force Public Affairs, Western Region); Lt. Col. Alfred Lott, Chief (U.S. Army Public Affairs, Los Angeles); Headquarters Air Combat Command; 33rd Fight Wing [...]; Headquarters Air Mobility Command; [...] Airlift Wing Andrews [...]; the Presidential Pilots Office; [...] Air Mobilty Wing Mc Guire AFB N.J. & Travis AFB Calif.; Headquarters Air Force Special Operations Command; [...] Special Operations Squadron Hariburt Field ...*«[117]

Eine äußerliche Gemeinsamkeit aller drei Filme besteht in Flugkünsten von an sich dafür nicht qualifizierter Helden. (Einen vergleichbaren Sachverhalt hat Philip Strub als Argument für die Weigerung des Pentagon angeführt, bei INDEPENDENCE DAY zu kooperieren.) In technischer Hinsicht werden die Zuschauer mit unterschiedlichen Vorgehensweisen gegen Flugzeuge in der Hand von Terroristen vertraut gemacht, das Abschießen durch Abfangjäger eingeschlossen. Bedenken zu innenpolitischen Gefahren einer instrumentalisierten Terrorbekämpfung wie in UNDER SIEGE (1986) gibt es nicht. In EXECUTIVE DECISION ist mittels einer Nervengasbombe, die beim Landen selbsttätig explodieren soll, das Flugzeug zur Waffe umfunktioniert. Islamische Gewalttäter zeichnen die beiden ersten Titel nach jenen Stereotypen, die wir bereits in einem früheren Abschnitt gesichtet haben. Die Entwicklung der Antiterror-Agenda spitzt sich zu. Sie wird schließlich auf höchster Ebene angesiedelt – personifiziert durch den US-Präsidenten als Kämpfer – und mit einem neuen außenpolitischen Programm gekoppelt. Auch AIR FORCE ONE betrifft mit einer härteren Irak-Politik, die an Clinton denken lässt, die islamische Welt. Die Bedeutsamkeit des Terror-Themas für Verbündete unterstreicht der Film EXECUTIVE DECISION, in dem London erstes Anschlagsziel der Terroristen ist. Mit großem Selbstbewusstsein steigert die mit Pentagon-Assistenz produzierte »Trilogie« die Weltpolizei-Einsätze der Vereinigten Staaten. In TRUE LIES (1993/94) agiert der US-Geheimdienst mit Sprengsätzen beim Bankett eines arabischen Milliardärs in der Schweiz. EXECUTIVE DECISION (1995) zeigt Italien als ganz gewöhnlichen Einsatzort für eine Antiterror-Einheit der U.S. Army Special Forces. In AIRFORCE ONE (1996) stürzen dann US-Elitesoldaten an der Seite des neuen Russlands die Regierung von Kasachstan.

6. Ausnahmezustand (1998):
Visionärer Vorgriff auf den Elften September und Bürgerrechtsfilm?

»Souverän ist, wer über den Ausnahmezustand entscheidet.« Carl Schmitt: Politische Theologie[118]

»Amerikaner bedienen sich derzeit des Ausnahmezustands nicht nur als eines Instruments der Innenpolitik, sondern auch und vor allem, um ihre Außenpolitik zu legitimieren.« Giorgio Agamben, italienischer Philosoph (FAZ, 19.4.2003)

»Regierungen müssen die Prinzipien der Demokratie aufrecht erhalten, wenn sie die Feinde der Demokratie bekämpfen.« US-Präsident George W. Bush zu politischen Neuordnungen und Gouverneurs-Berufungen durch den russischen Präsidenten W. Putin (Berliner Zeitung, 17.9.2004)

Mit Blick auf UNDER SIEGE (USA 1986) ist THE SIEGE (Ausnahmezustand, USA 1998) von Edward Zwick nicht so originell, wie oft angenommen.[119] Die in THE SIEGE auf der Leinwand präsentierte Bedrohung durch »islamistischen« Terror löst jedoch noch immer Erstaunen aus und wird von vielen als erschreckende Voraus-Sicht auf die Anschläge vom 11.9.2001 gesehen.[120] Auf dem Cover der Verleihausgabe sieht man die Skyline von New York vor einem Flammenmeer. Der Kino-Trailer verkündet: »We never had to question our liberty, because we never had a reason to.« Muslime-Fundamentalisten sprengen am 26. Juni 1996 eine US-Kaserne in Dhahran (Saudi-Arabien) in die Luft. Danach verkündet Präsident Clinton im Fernsehen: »Wir dürfen die Mörder nicht ungestraft davon kommen lassen!« Später setzen die fanatischen Selbstmordattentäter ganz New York mit einer Welle von Sprengstoffanschlägen in Angst und Schrecken. Ein Linienbus voller Menschen explodiert – passend zum Start der »angeforderten« Fernsehkameras, eine ganze Schulklasse gerät in Geiselnahme, und schließlich trifft es »die Reichen und Schönen der New Yorker Gesellschaft, als eine Bombe in einem ausverkauften Theater explodierte. Die Liste der Opfer liest sich wie das Who-is-Who der kulturellen Prominenz dieser Stadt.« Ägyptische Baumwollfasern am Tatort weisen auf das Totenhemd, das die angehenden Märtyrer sich gleichsam rituell vor ihren Terrorakten anlegen. Der vierte Selbstmordanschlag der Terrorzellen macht das FBI-Hochhaus in New York dem Erdboden gleich. Hier entsteht eine »Tragödie von entsetzlichem Ausmaß.« Feuerwehrleute räumen Trümmer beiseite und bergen Leute. Viele Krankenwagen für die Verletzten stehen bereit. Mehr als 600 Menschen sterben. New York wird von Panik erfasst, und die Straßen sind gespenstig leer.

Oberster Drahtzieher der Terroristen ist Sheik Ahmed bin Talal, dessen Geheimdaten ein Mossad-Dossier am Computer-Bildschirm liefert. Er ist – ohne Wissen des Präsidenten – von den USA entführt worden. (Die US-Behörden vermuten, da

XIII. Die USA im Kampf gegen den Terror

keine Forderungen vorliegen, seine Freilassung solle erpresst werden.) Bin Talal erinnert nicht nur wegen der Beschreibung seines Netzwerkes, sondern auch optisch an Usama bin Laden. Libyen, Iran, Irak und Syrien werden im Krisenstab als mögliche Hintergrundländer des Terrors genannt: »Findet diese Schweine und gebt ihnen ihre Bomben zu fressen!«

FBI, CIA, Regierungsstellen und Militär ziehen im Anti-Terror-Kampf keineswegs an einem Strang. Tatverdächtige sind auf unerklärliche Weise mit Visum ins Land gelangt, obwohl sie auf Fahndungslisten stehen. Alte Verbindungen des CIA zum geistlichen Führer der Terrorzellen kommen zum Vorschein. Bin Talal war früher ein Verbündeter, und seine Leute erhielten ihre Ausbildung durch US-Spezialisten. Ein Mitarbeiter des Präsidenten bekundet auf dem Höhepunkt der Terrorwelle: »*Sie greifen unsere Lebensart an. Das hört jetzt auf!*« Der Präsident ist »jetzt zu den notwendigen Schritten bereit« bzw. »bereit als Präsident zu handeln«.

General Devereaux ist ein ranghoher US-Militär, der schon länger »private Außenpolitik« betreibt, um den Antiterrorkampf zu forcieren. Er nutzt die Gunst der Stunde, um den Ausnahmezustand[121] und uneingeschränkte Befugnisse des Militärs zu erwirken: »*Dies ist ein Angriff! Wir haben Krieg! Dass er innerhalb unserer Grenzen stattfindet, zeigt bloß, dass es eine neue Art von Krieg ist!*«

Tausende Muslime bzw. arabisch sprechende Menschen werden in einem Stadion mit Stacheldraht interniert. Die Parallele zum Schicksal japanischstämmiger US-Bürger nach dem Angriff auf Pearl Harbour wird ausdrücklich gezogen. Es kommt zu Folter und auch zur Tötung von arabischen Häftlingen.[122] Auf den Straßen erwacht eine neue Bürgerrechtsbewegung aus Schwarzen, Weißen und Arabern – Muslimen, Juden, Christen – zum Schutz der US-amerikanischen Moslems und der Verfassung. Die Parole lautet: »Nie wieder Hass!« Die Armee geht gewaltsam gegen die Demonstranten vor und droht mit Schusswaffengebrauch.

Doch nicht das Militär, sondern Agent Hubbard und Elisa, die Protagonisten von FBI und CIA, machen die letzte Terrorzelle unschädlich. General Devereaux wird wegen Folter und Mord verhaftet.[123] Der militärische Ausnahmezustand ist beendet. Die Menschen auf den Straßen und vor dem jetzt geöffneten Internierungslager jubeln. Angehörige nehmen sich weinend in die Arme. – In der zweiten Hälfte hat sich dieser Actionfilm damit zu einem Plädoyer für den Schutz der US-Verfassung in Zeiten der Terrorismusbekämpfung entwickelt.

Das Drehbuch von THE SIEGE ist durchsetzt mit Zitaten, die fast wörtlich drei Jahre später in der öffentlichen Debatte nach dem 11.9.2001 wieder auftauchen. Eine Vorstellung der Hauptakteure erhellt unterschiedliche Sichtweisen und Wertvorstellungen, die der Film miteinander konfrontiert:

FBI-Special-Agent Anthony Hubbard steht für eine rechtstaatliche Antwort auf den Terror, so sehr ihn auch Rechtsbestimmungen oftmals nerven. (»Wenn ich sie nicht vorschriftsmäßig festnehme, sind sie nach zwei Stunden wieder draußen, egal ob ich

XIII. Die USA im Kampf gegen den Terror

[...] Plutonium oder selbstzündende Holzkohlebriketts bei ihnen finde.«) Hubbard ist mit seinem polizeilichen Konzept am guten Ende erfolgreich. Gleich zu Anfang der ersten Krisensitzung beim FBI stellt er klar, dass alle Führer der Arabischen Vereinigungen den Terror verurteilen. Case-Officer Elise Kraft als Mitarbeiterin des CIA erhält von ihm zuweilen deutlichen Widerspruch: »Tut mir leid, dass der kalte Krieg vorbei ist und ihr Master-of-the-universe-Typen der CIA nicht mehr gefragt seid. [...] In Afghanistan oder Russland oder im Iran oder weiß der Geier wo. Wir sind hier nicht im Nahen Osten!« (Elise: »Ach, wirklich?«) Als General Devereaux später mit seinen Verhörmethoden den Boden der Verfassung verlässt, hält Hubbard genau das für einen Erfolg der Islamisten: »Was ist, wenn die den Scheich gar nicht wollen [...]? Was ist, wenn die uns im Grunde nur dazu bringen wollen, Kinder in ein Stadion einzupferchen, Soldaten auf die Straße zu schicken, damit amerikanische Bürger zu Duckmäusern werden? [...] Pfeift auf das Gesetz und zerfleddert die Verfassung ein bisschen. Wenn wir diesen Mann foltern, General, ist alles, wofür wir mal bluten und kämpfen und sterben mussten, zum Teufel. Und sie gewinnen. Sie haben schon gewonnen!« Für ihn steht jetzt fest: »Die Army ist eine Bedrohung, außer Kontrolle!« Bei der Verhaftung des Generals betont Hubbard am Ende des Films: »Sie haben das Recht auf einen fairen Prozess, und Sie haben das Recht, nicht gefoltert und nicht ermordet zu werden [...] Und diese Rechte, General, verdanken Sie den Männern, die vor Ihnen diese Uniform trugen!«

Case officer *Elise Kraft*, die in offiziellen Zusammenhängen als Sharon Bridger vorgestellt wird, personifiziert die Verstrickungen der CIA in die fundamentalistische Szene. Als CIA-Expertin erläutert sie das neue Paradigma der Terrornetze, die sich für »von Gott bevollmächtigt« halten: »Jede Zelle operiert unabhängig von der anderen. Wird ein Kopf abgeschnitten, nimmt ein anderer sofort seinen Platz ein.«[124] Zu ihrer eigenen Geschichte erzählt Elise, die in Beirut die amerikanischen Universität besucht hat, dem FBI-Agenten Hubbard: »Mein erster Freund war Palästinenser. Mein Vater hat gesagt: ›Sie verführen Dich mit ihrer Opferhaltung.‹ Waren Sie schon mal in den Camps? Oh, diese Leute, ihre unbeschreibliche Gastfreundschaft und Wärme, obwohl sie an diesem schrecklichen Ort leben müssen.« Elise arbeitet nach eigenem Bekunden nur gegen die »Durchgedrehten« im Nahen Osten. Sie bekennt, dass die CIA Sheik Ahmed Bin Talal einst gut gebrauchen konnte: »Ich hatte im Irak zwei Jahre die Fäden in der Hand. Samir hat die Männer aus dem Umfeld des Scheichs rekrutiert, und ich hab sie im Norden ausgebildet. Der Scheich sollte uns helfen, Saddam zu stürzen. Er war unser Verbündeter. Wir haben ihn finanziert, und dann gab es bei uns diesen Richtungswechsel. Also, wir haben sie in dem Sinne nicht verkauft. Wir haben ihnen nur nicht mehr geholfen. Sie wurden abgeschlachtet.« Elisa wird von Schuldgefühlen wegen solcher CIA-Operationen geplagt. Das Vertrauensverhältnis zu Samir (siehe im nächsten Absatz) wird ihr zum tödlichen Verhängnis. Sterbend betet sie das Vater Unser: »Vergib uns unsere

Schuld, wie auch wir vergeben unseren Schuldigern.« Doch sie schließt mit dem letzten Wort »salaam«.

Samir Nazhde, ein Palästinenser, hält sich offenbar mit Wissen des Geheimdienstes in den USA auf. Er war an US-gesteuerten Operationen der Anhänger von Sheik bin Talal im Irak beteiligt und hatte vom US-Geheimdienst Nachhilfe im Bombenbauen erhalten. Zu ihm hat Case Officer Elise Kraft ein intimes, von der CIA »genehmigtes Verhältnis«. (Darin wird auch gemeinsam Wein getrunken.) Über seinen Bruder, auf dessen Konto ein Selbstmordattentat in Tel Aviv geht, erzählt Samir: Er »war im Camp wie tot, lebte nur noch für Filme. Da kam der Scheich, erzählte ihm ›Für Allah sterben ist wunderschön‹ und wenn er dies tut, dann wird jemand sich um unsere Eltern kümmern. – Auf ihn wartete das Paradies mit siebzig Jungfrauen. Mein Bruder, er musste daran glauben. Also klebte er zehn Stangen Dynamit an seinem Körper fest und machte sich auf den Weg ins Kino.« Samir selbst, so wird gegen Ende des Filmes offenbar, ist die letzte noch gesuchte Terrorzelle. Er bereitet sich durch Waschungen und Anlegung eines Totenhemds auf das Martyrium mittels Sprengstoff vor: »Es wird nie eine letzte Zelle geben. Wir sind erst am Anfang. [...] Ihr glaubt, dass Geld Macht ist. Glaube ist Macht!« (Elisa entgegnet: »Jetzt erzähl mir nicht, dass wir Euch finanziert haben!« Sie macht die Koran-Verse zur Tötung Unschuldiger geltend.) »Erzähl Du mir nichts vom Koran, Frau! Zuerst lässt Du uns wie ein Stück Scheiße im Irak zurück. Dann entführt Ihr unser Oberhaupt, einen heiligen Mann. Ihr sperrt ihn dafür ein, dass er das Wort Allahs predigt. Jetzt werdet Ihr erfahren, welche Konsequenzen es hat, wenn man der Welt vorschreiben will, wie sie leben soll.«

General William Devereaux verkörpert als rechter US-Militär einen gefährlichen Patriotismus. Er war wie FBI-Agent Hubbard bei der Airborne und meint rückblickend: »Gott, Pflicht, Ehre, Vaterland! Wissen Sie noch? Was Capitol Hill, die Wall Street oder Hollywood angeht, haben Sie da in den letzten zehn Jahren jemals diese Worte gehört?« Er berichtet von der Besorgnis des amtierenden Präsidenten über den Terrorismus, doch: »Bei aller Zuneigung zu diesem Mann, ohne meine Spickzettel wüsste er 'nen Scheiß über den Terrorismus oder den Nahen Osten. Er ist Experte darin, seinen Arsch aus der Schusslinie zu bringen, falls Sie mich verstehen!«

Über lange Zeit gelingt es Devereaux, seine Entschlossenheit zu einer militärischen Terrorbekämpfung verborgen zu halten. Doch dann zeigt er sein wahres Gesicht: »Ich scheiß auf das FBI. Ich diene meinem Vaterland!« (Auch von der CIA hat er keine hohe Meinung.) Ein enger Mitarbeiter des Präsidenten klärt Agent Hubbard über den General auf: »Es war Devereaux, der den Scheich damals entführte.«... »Was glauben Sie? Dass die Regierung wie eine geschlossene Einheit handelt? Jeder im Land, auch wir beide, wir wollten doch den Kopf des Scheichs auf einem Silbertablett. Devereaux hat die Terroristenjagd nicht auf die Tagesordnung gesetzt. Er hat nur ein bisschen nachgeholfen!« Es sind andere, die der General vorpreschen lässt. Ein Mitglied des Krisenstabes verkündet: »Man bekämpft einen tollwütigen Hund nicht mit Tierschutzbestimmungen, sondern man hetzt seinen eigenen Hund auf ihn, der gemeiner und noch bissiger ist!«[125] Kollaborierende Medien erzeugen Handlungsdruck. In einer Talkshow wird gefragt: »Wie viele Menschen müssen noch sterben, bis wir das Militär zum Einsatz bringen?« Die U.S. Army lässt dann in Kellern nackte Araber fesseln und quälen. Die Foltermethoden im Kampf gegen Terroristen begründet Devereaux nach Ausrufung des Kriegsrechts so: »Wir haben hier einen Mann, der leiden muss, damit Hunderte gerettet werden.« (»The time has come for one man to suffer in order to save hundreds of lifes.«)

Die Stimme »*loyaler*« *US-Bürger arabischer Herkunft* ergreift im Film ein Vertreter der Arabischen Antidiffamierungsliga: »Ganz gleich, welche Ungerechtigkeit mein Volk in dieser schweren Zeit erdulden muss, wir demonstrieren weiter unser Engagement für dieses Land!« Im Fernsehen wirbt ein Kommentator – angesichts brutaler Übergriffe auf muslimische Geschäftsleute: »Die Menschen hier müssen verstehen, dass das Wort Araber nicht mit dem Wort Terrorist gleichzusetzen ist. Der Islam ist eine friedliebende Religion. Diese Leute [die Terroristen] besudeln den Koran, wenn sie seine Worte benutzen.« Opfer der Jagd des Militärs auf Muslime ist auch der arabischstämmige FBI-Mann Frank Haddad[126], dessen Sohn interniert wird: »Wie oft habe ich meinen Hals für dieses Land riskiert? Zwanzig Jahre amerikanischer Staatsbürger, zehn Jahre beim FBI. Sie haben sie [meine Frau] niedergeschlagen und ihn [meinen Jungen] aus meiner Wohnung geholt!« (Agent Hubbard: »Es ist Unrecht!«) Haddad gibt seinen FBI-Ausweis zurück: »Bestell ihnen, dass ich nicht mehr ihr Wüstennigger bin!«

Obwohl im Film größere Militärszenen enthalten sind, fehlt das Pentagon in der Danksagungsliste. Die Produzenten erhielten von dort eine Absage. Das »Federal Bureau of Investigation – New York Office« ist dort hingegen genannt. Dem FBI und FBI-Consultant Jaime Cedeno gefiel offenbar das Drehbuch. Steht THE SIEGE für ein kritisches Hollywood-Paradigma, das den Rechtsstaat schützen will? Drei Jahre vor dem 11.9.2001 zeigt der Film Hass auf die Supermacht USA, Terroranschläge in New York und islamische Terroristen. THE SIEGE beschwört wie viele andere Titel Attacken, die einen bloßen Rückgriff auf den WTC-Anschlag von 1993 weit übersteigen. Auch hier kommt die politische Perspektive der arabischen Welt nur in Andeutungen zum Tragen. Das »Council on American Islamic Relations« protestierte gegen den Film. Entgegen seiner ausdrücklichen Intention, die Gefährlichkeit von Stereotypen in der Wahrnehmung von Arab Americans zu vermitteln, stellt Regisseur Edward Zwick die US-amerikanischen Muslime – mit zwei Ausnahmen – doch wieder als Menge oder als dunkle Gestalten dar.[127] Die ideal gezeichnete Bürgerrechtsbewegung des Films bietet immerhin Antworten an: »Nie wieder Hass!«[128] Umso erschreckender ist der Umstand, dass *präventive* Ansätze zur Veränderung des Weltklimas gleichzeitig in der US-Politik nicht zu verzeichnen sind. Die offizielle Doktrin war 1998 – im Sinne eines General Devereaux – schon längst auf den Zusammenprall von Kulturen programmiert.

7. Welche Grenzen verträgt das Passwort »Freiheit«?

»*Wir führen den totalen Krieg, weil wir im Namen einer Idee kämpfen – der Freiheit.*« Michael Ledeen, in einem Essay (2003) für den Think-Tank »American Enterprise Institute«[129]

Attacken gegen muslimische US-Bürger im Alltag, Verhaftungen von Arab Americans ohne Haftbefehl und ohne Benachrichtigung der Angehörigen, Folter arabischer Männer ... Mit all dem zeigt THE SIEGE von 1998 Dinge, die inzwischen wirklich geworden sind: Über tausend Immigranten mit arabischer oder südasiatischer Herkunft gerieten in den USA nach dem Elften Neunten – ohne Kontakt zur Außenwelt und oft für Monate – in Haft[130]; Menschenrechtsorganisationen berichten daneben 2004 über das Verschwinden von Terrorverdächtigen in US-Haft. Auch die Drehbuchpassagen über militärstaatliche Verhältnisse sind heute nicht mehr nur als reine Fiktion zu sehen. Bereits im September 2000 hatte das »Project for the New American Century« ein »katastrophales und klärendes Ereignis« nach Art von Pearl Harbor beschworen.[131] Beunruhigendes über eine Gefährdung der US-Demokratie durch Militarisierungs-Phantasien, die an solche Menetekel anknüpfen, teilt Michael Chossudovsky mit: »General Tommy Franks, der den Angriff gegen den Irak leitete, stellte erst vor kurzem (Oktober 2003) die Bedeutung eines ›zivile Opfer in großer Menge fordernden Anschlags‹ für die Errichtung einer Militärherrschaft in den USA heraus. Franks beschreibt das Szenario: ›Ein zivile Opfer in großer Menge fordernder terroristischer Anschlag wird irgendwo in der westlichen Welt eintreten – es könnte in den USA sein. Dies wird die Bevölkerung dazu veranlassen, unsere eigene Verfassung in Frage zu stellen und der Militarisierung unserer Gesellschaft zuzustimmen, um ein weiteres solches Ereignis zu verhindern.‹ Diese Äußerung eines Mannes, der aktiv an militärischen und geheimdienstlichen Planungen auf höchster Ebene beteiligt war, lässt vermuten, dass es sich bei der ›Militarisierung unseres Landes‹ um eine sich bereits vollziehende operationale Voraussetzung handelt. Sie ist Teil des weiterreichenden ›Washington consensus‹.«[132] Nicht Freiheit, sondern das Sicherheitsparadigma des beschworenen Ausnahmezustands steht im Zentrum der Politik.

Wie weit darf man in einem »Krieg gegen Terror« gehen? Muss man gar, wie es einige der bereits behandelten Filmtitel empfehlen, selbst zum Terroristen werden? Im kriegskritischen Film SAVIOR (USA 1997) von Peter Antonijevic wird ein solches Reaktionsmuster als individuelle Handlung an den Anfang gestellt: Der US-Sicherheitsbeamte Joshua Rose verliert beim Bombenanschlag einer muslimischen Fundamentalistengruppe seine Frau und seinen kleinen Sohn. Er verlässt die Särge der beiden und geht zur nächstbesten Moschee in der Stadt. Dort erschießt er willkürlich mehrere Männer, die auf Teppichen ihr Gebet verrichten.[133] (Fernsehbilder, die NBC-Korrespondent Kevin Sites bei der Begleitung von US-Soldaten am 14.11.2004 in Falludscha aufgenommen hat, erinnern erschreckend an diese Filmszene: In einer Moschee erschießt ein GI einen der bereits verwundeten Iraker.)

Analoge Aktionen von Regierungen werden heute – in Anlehnung an Noam Chomsky und andere Autoren – oft als Staatsterrorismus bezeichnet. (Warum sollte die Gewalt der »Ohnmächtigen« Terrorismus heißen, die staatliche Schreckensverbreitung der Starken aber nicht?) Der Geheimdienstfilm SPY GAME (USA 2001) von Tony Scott thematisiert ganz ungeniert internationale Killeraufträge des CIA. Mit Blick auf 74 Tote wird aber Selbstkritik laut: »Irgendwie haben wir eine perverse Definition von Erfolg.« Kompromittierend ist an der Geschichte des Films, dass für ein CIA-gesteuertes Attentat im Libanon des Jahres 1985 einheimische *Selbstmordattentäter* angeheuert werden! Die Erinnerung bezieht sich auf eine Operation der Reagan-Administration gegen einen missliebigen Scheich, bei der 80 unschuldige muslimische Menschen getötet und 250 verletzt wurden.[134]

SWORDFISH (Passwort Swordfish, USA 2001) von Dominic Sena vermittelt einen Antiterror-Feldzug, der auch vor dem Leben von US-Amerikanern nicht halt macht. Innerhalb dieses Hacker-Thrillers kommt ein überraschender Hintergrund zutage: Seit den fünfziger Jahren finanziert sich eine Freiheitsorganisation namens Black Sell – aus dem Umkreis von Edgar Hoover – mit Schwarzgeldern. Ihr Auftrag: Um jeden Preis die Freiheit des Landes zu schützen. Zu den Hintermännern gehört auch ein Senator, der dem Ausschuss für Verbrechensbekämpfung vorsteht. Die Organisation hat »feste Regeln und Grundsätze«. Diese sind vereinbar mit drastischen Mitteln: Autobomben[135] und Sprengsätze vor Hochhäusern explodieren. 22 Geiseln erhalten am Körper Dynamitgürtel mit Fernsteuerung, ein Helikopter rammt eine Hochhausfront ... Der patriotische Kopf des US-Netzwerks, gespielt von John Travolta, hat unkonventionelle Vorstellungen von Kino und Wirklichkeit: »Hollywood produziert Scheiße, weil es an Realismus mangelt.« Das Leben, so meint er, sei manchmal unwirklicher als der Film. Er phantasiert, wie man weltweit auf allen Fernsehsendern die Tötung von Geiseln verfolgen kann und zwar in einer hohen Bildauflösung. Die Leute sollen endlich wach werden, um das Thema Terrorismus ernst zu nehmen.

Seit den achtziger Jahren sind nun enorme Summen im Zuge des Drogengeschäfts angelaufen. Ein Computerhacker wird angeheuert, um an diese Milliardenbeträge auf geheimen Regierungskonten heran zu kommen. Der Topchef der Organisation wendet sich an den Hacker, der »wie weitere 200 Millionen Amerikaner seine Freiheit für selbstverständlich« halte: »Du hast keine Ahnung, was wir zum Schutz dieser Freiheit aufbringen müssen. Das ist mein Job, Deinen Lebensstil zu schützen und zu bewahren. [...] Wir führen Krieg gegen jeden, der die Freiheit Amerikas bedroht. [...] Terroristenstaaten. Jemand muss ihren Krieg wieder zu ihnen zurückbringen. [...] Sie sprengen eine Kirche, wir zehn. Sie entführen ein Flugzeug, wir zerstören einen Flughafen. Sie töten einen Touristen, wir legen eine Stadt in Schutt und Asche.« Dieser Terror gegen den Terror legitimiert sich so: »Ich habe Dir gesagt, ich schütze dieses

Land. Dafür würde ich so viele Menschenleben opfern wie ich muss, sogar mein eigenes. [...] Stell Dir vor, Du hast die Macht, alle Krankheiten der Welt zu heilen. Aber der Preis dafür wäre das Leben eines einzigen unschuldigen Kindes. [...] Wie wäre es mit tausend Unschuldigen, nur um unsere Freiheit zu verteidigen?« Der Einwand des Hackers lautet: »Du bist nicht besser als die anderen Terroristen!« Der Ertrag der erfolgreichen Geldoperation von Black Sell, dieser Terrororganisation für US-Patriotismus und Freiheit, wird vor dem Filmabspann vermeldet: Im Laufe weniger Wochen werden weltweit mehrere bedeutende Terroristenführer aus dem arabischen Lager ermordet. [...] Der Gegenterror ist größenwahnsinnig und verbrecherisch, aber erfolgreich. SWORDFISH zeigt die Bandbreite dessen, was US-Kultur im Jahr 2001 – noch *vor* den Anschlägen des Elften Septembers – an Ideologien und Strategien einer terroristischen Terrorbekämpfung phantasiert.

Wird nun auch der Staat selbst sich verändern? Droht, wie Richard Falk, Professor für Völkerrecht (Princeton University, USA) befürchtet, unter bestimmten Umständen »das Risiko eines Polizeistaates zu Hause«? Auf 30 Milliarden Dollar beläuft sich das jährliche Budget des Ministeriums für Heimatschutz, wovon nicht zuletzt die der Politik verbundene *security industry* profitiert. Angst sorgt an dieser Stelle für Wirtschaftswachstum. Die Schriftstellerin Francine Prose erläutert, warum so viele US-Bürger sich dem neuen Überwachungswesen einfach ergeben: »Wenn sie doch protestieren, wie mein Mann es tat, werden sie darüber belehrt [...], dass solche drastischen Maßnahmen notwendig sind, weil die Terroristen demnächst kleine Mädchen als Selbstmordattentäter einsetzen werden.«[136] Arundhati Roy spricht in diesem Zusammenhang von einem »fein ausgearbeiteten Netz der Paranoia«, »welches der US-Sarkar, die Massenmedien der Konzerne und Hollywood gesponnen haben. Gewöhnliche AmerikanerInnen sind so manipuliert worden, dass sie sich für ein Volk im Belagerungszustand halten, deren einzige Rettung und deren einziger Beschützer ihre Regierung ist. Wenn es nicht die Kommunisten sind, ist es al-Kaida. Wenn es nicht Kuba ist, ist es Nicaragua. Als Konsequenz wird diese mächtigste Nation der Welt – mit ihrem konkurrenzlosen Waffenarsenal, ihrer historischen Bereitschaft, endlose Kriege zu führen und zu unterstützen, und diese einzige Nation, welche jemals wirklich Atombomben benutzt hat – von einer von Angst gepeinigten Bürgerschaft bewohnt, welche aufspringt, wenn ein Schatten vorbeihuscht, einem Volk, welches nicht durch soziale Dienste oder öffentliche Gesundheitsversorgung oder Arbeitsgarantien an den Staat gebunden ist, sondern durch Furcht. Diese synthetisch hergestellte Furcht wird dazu benutzt, öffentliche Duldung für weitere Akte der Aggression zu erhalten. Und so geht es weiter, so baut man einen Turm von sich selbst erfüllenden Hysterien, welche nun ganz formell durch die verblüffenden, in technicolor gehaltenen, Terroralarmstufen der US-Regierung feinabgestimmt werden: Fuchsia, Türkis, Lachsrosa.«[137]

Seit nunmehr drei Jahren werden die Menschen in den USA Monat um Monat von neuen bzw. neu aufgelegten Meldungen beunruhigt.[138] Am 11. Oktober 2003 meldeten die Online-Nachrichten von Yahoo, US-Vizepräsident Dick Cheney habe eindringlich vor Terrorangriffen mit Massenvernichtungswaffen gewarnt. An »einem einzigen Tag des Horrors« könnten womöglich Hunderttausende US-Amerikaner den Tod finden. ... Im Juli 2004 kehrte ein US-Passagierflugzeug auf dem Weg nach Los Angeles wieder zum Ausgangsflughafen Sydney zurück, weil man auf der Toilette eine Papiertüte mit der Aufschrift »BOB« gefunden hatte. (Gelesen wurde: bomb on board.) Während des Wahlkampfes 2004 erklärte Präsident Bush: »We are a nation in danger.« New Yorks Bürgermeister Michael Bloomberg versicherte unentwegte Wachsamkeit: »We are deploying a full array of counterterrorism resources. We will spare no expense, and we will take no chances. We will be watching and protecting the city through never-ending vigilance.« Aufgrund von zum Teil drei und vier Jahre alten Informationen hatten die Behörden am 1. August den Gefahren-Farb-Code für New York, Washington und Newark auf Orange erhöht. Im gleichen Monat gaben FBI und Heimatschutzministerium der USA Anweisungen für das Melden verdächtiger Personen und Aktivitäten. – Ähnlich forderte man auch in Großbritannien die Bürger auf: »If you have vital information. If you hear, see or come across anything that may be linked with terrorist activity, please tell the police. They want to hear from you.« Der Brite Thomas Scott setzte als Reaktion auf solche Homepageinformationen seiner Regierung eine Satire-Seite »HM Department of Vague Paranoia« ins Netz und wurde prompt amtlich gerügt. – In den USA schürt besonders der republikanertreue und führende Kabelkanal Fox News Panik. In Sendungen wie »How to save your life« erklären »Experten das richtige Verhalten an Bord eines entführten Flugzeugs, bei der Detonation einer ›schmutzigen Bombe‹ oder im Falle eines biochemischen Angriffs.«[139] Abstrakte »Bedrohungen für den demokratischen Prozess« und ein Videoband mit der Ankündigung von blutüberströmten Straßen kursierten in der Endphase der Wahlkampagne 2004. Deutliche Worte zum Angstwahlkampf der Bush-Administration fand sogar Francis Fukuyama, einer der prominenten Vordenker der Neokonservativen: »Die große Frage diesmal ist, ob die Republikaner in der Lage sein werden, 9/11 zu nutzen: ob es grundlegend genug Schrecken verursacht, dem sich Amerikaner hingeben. Ich finde, es ist so etwas von schamlos, 9/11 auszunutzen, um zu sagen: Also, wir sind die Einzigen, die euch schützen können.« (Der Standard, 12.9.2004.) Der nächste Abschnitt zeigt, wie drastisch auch das Kino die Öffentlichkeitsarbeit der Bush-Regierung unterstützt.

8. The Sum Of All Fears (2002): Ein CIA-Film über Atomterrorismus und Weltpolitik

Brandaktuell präsentierte sich im Sommer 2002 das Weltkrisen- und Verschwörungsszenario THE SUM OF ALL FEARS. Es gelangte im Handumdrehen an die Spitze der US-Kino-Charts.[140] In diesem Thriller ist zu sehen, was nach einer – im Juni 2002 zeitlich sehr passenden – Erklärung von Justizminister John Ashcroft CIA und FBI im wirklichen Leben verhindert haben: ein Terroranschlag mit einer »schmutzigen«, radioaktiven Bombe.[141] Ashcroft sprach von Aktivitäten des US-Bürgers Abdullah Al Mujahir, alias Jose Padilla, der am 8. Mai 2002 – von Pakistan kommend – auf dem Flughafen von Chicago gelandet und dort vom FBI verhaftet worden war. Die Sensation entpuppte sich im Nachhinein als wenig stichhaltig. Eine Gefahr der beschriebenen Art hatte nicht bestanden. Das Anschlagsszenario mit den Folgen einer schmutzigen Bombe in Washington war bereits im März 2002 vom Zentrum für Strategische und Internationale Studien (CSIS) vorgestellt worden.[142] Die Synchronizität von Sicherheitspolitik und Kino ist verblüffend.

Als »schmutzige Bombe« wird in der aktuellen Alarmierungs-Berichterstattung ein konventioneller Sprengsatz, »verschmutzt« mit radioaktivem Material aus ziviler (z. B. medizinischer) Nutzung, vorgestellt. Die Explosion setzt Radioaktivität frei und verseucht ganze Stadtteile. In SUM OF ALL FEARS stammt das Ausgangsmaterial hingegen aus einer »echten« Atombombe. Held des Films, in dem halb Baltimore zerstört wird, ist der noch junge Dr. Jack Ryan, Russlandexperte bei der CIA.[143] Die Geschichte: Während des Jom-Kippur-Krieges stürzt 1973 ein israelisches Kampfflugzeug mit einer Atombombe an Bord ab. 29 Jahre später – also zur Zeit des Kinostarts – gelangt ein Netz rechtsextremistischer Weltverschwörer unter Leitung des österreichischen Milliardärs Dressler in den Besitz dieser Bombe und zwar über einen europäischen Mittelsmann in Syrien. Araber hatten die im Wüstensand lange begrabene Bombe entdeckt und als wertlosen Schrott verkauft.

Zeitgleich stirbt in Russland der Präsident, dessen Züge an Boris Jelzin erinnern. Im Weißen Haus herrscht Unklarheit darüber, ob sein Nachfolger Nemerow, der wohl Putin zeigen soll, ein Hardliner oder ein Gemäßigter ist. Nervengaseinsätze in Tschetschenien[144], die in Wirklichkeit allein von Militärs der alten Garde zu verantworten sind, bestärken die Skeptiker. In dieser weltpolitischen Lage hat der Plan der rechtsradikalen Verschwörer, Russland und die USA miteinander in einen atomaren Weltkrieg zu verwickeln, gute Aussichten. In der Ukraine lassen sie den syrischen Fund von drei – in Russland vermissten – Atomwissenschaftlern zu einer schmutzigen Bombe verarbeiten.[145] Auf dem Seeweg gelangt diese in die USA, wo sie explodiert, während das Football-Stadion von Baltimore voll besetzt ist.[146] Ein hoher Atompilz zeigt von weitem die unvorstellbare Katastrophe an. Im Umkreis von einem halben Quadratkilometer ist »einfach alles weg«. Parallel sorgt ein bezahlter Kollaborateur der Verschwörer im russischen Militär für eine Bombardierung von US-Schiffen in der Nordsee.

Der US-Präsident hält trotz zahlreicher Unklarheiten die Zerstörung von Baltimore für einen russischen Kriegsangriff und schenkt den Dementis aus Moskau keinen Glauben. In einer Gewaltspirale erreichen USA und Russland schließlich die Befehlsstufe eines atomaren Weltkrieges. (Die US-Regierung hält es für gewiss, dass Russland aus Überlebensgründen lediglich begrenzt auf sein Nuklearpotential zurückgreifen wird.) Nur CIA-Mann Ryan, dessen intelligente Agency längst alle wahren Hintergründe des Terroranschlags aufgeklärt hat, kann durch eigenmächtige Kommunikation mit dem russischen Präsidenten in letzter Minute die Eskalation verhindern. Alle Verschwörer werden geheimdienstlich »unschädlich« gemacht. (Die CIA tötet den Waffenlieferanten in Syrien; ein russischer Agent platziert eine Autobombe im Wagen des Naziverschwörers Dressler.) Der Terrorfilm, dessen erklärtes Anliegen – so Regisseur Robinson – die Verbreitung von Optimismus sein soll, endet mit einem russisch-amerikanischen Freundschaftsvertrag.

Die eigentliche Filmhandlung beginnt mit einer Planspiel-Übung in der unterirdischen US-Befehlszentrale in Virginia. Das dabei verwandte Paradigma aus dem Kalten Krieg wird anschließend jedoch in Frage gestellt. CIA-Chef William Cabot: »Ich finde, wir müssen uns auch mal einen anderen Feind aussuchen als immer nur die Russen.« Der Präsident: »Wirklich? Mal sehen. Wer sonst hätte 27.000 Nuklearwaffen, die uns Kummer bereiten?« Cabot: »Der Mann mit der *einen* bereitet mir Kummer!«

Vor dem nuklearen Terroranschlag sehen wir später im Stadion von Baltimore einen bunten Querschnitt der US-Gesellschaft: frohe Gesichter, originelle Kostüme und die Freiheit des unbeschwerten Amüsements. Nach einer modernen Interpretation der Nationalhymne folgt die Showtime des Präsidenten. Er und seine Sicherheitscrew sind im Film-Timing die einzigen, die noch rechtzeitig vor der Katastrophe gerettet werden können. Wie in anderen Filmen, bei denen das Pentagon mitwirkt, wird das atomare Bedrohungsszenarium im eigenen Land eher verharmlost.[147] Es handelt sich um eine »schmutzige Bombe« mit begrenztem Wirkradius, »viel kleiner als die in Hiroshima«. (Trotzdem sehen wir Detonationen, die mit konventionellen Sprengsätzen nicht zu erklären sind, und einen großen *Atompilz!*) Die Freundin des CIA-Analysten Jack Ryan arbeitet am Explosionsort Baltimore als Ärztin in einem Krankenhaus und bleibt völlig unversehrt.

Die DVD-Features betonen eine völlig *unbeabsichtigte* Aktualität, so in den Statements der Schauspieler: »Der Film wurde vor dem 11.9. gedreht. Man dachte, dass so etwas in den USA nie passieren könnte.« Aus Sicht der Regie: »Wir haben zufälligerweise ein Jahr zuvor versucht, einen kritischen Film über Terrorismus zu machen. [...] Das Interessante an dem Film ist: Wie reagiert man auf so einen Angriff? Der Film sagt, dass man sich nicht kopfüber in einen Krieg stürzen soll, nicht sofort zurückschlagen soll. Man muss die Fakten prüfen und dann eine Entscheidung fällen.« In der Buchvorlage von Tom Clancy »sind die Terroristen eine Kombination aus palästinensischen Extremisten, deutschen Radikalen und einem entflohenen indianischen Sträfling.« Wegen der Komplexität dieser Verbindung sei die Verschwörung im Film auf die Neonazis reduziert worden.[148] Ausdrücklich vermerkt Robinson, dahinter stehe keine Rücksichtnahme auf arabische Menschen. Der 11.9. habe nicht zu irgendwelchen Veränderungen am Film geführt.

Die offizielle Politik der Regierungen Europas taucht im Film nicht auf. Man hat fast den Eindruck, dass stattdessen faschistische Weltverschwörer die europäische Stimme repräsentieren. Auf einer Konferenz in Wien steht Dressler am Redepult. Die Kamera zeigt in Großaufnahme das eingravierte Hakenkreuz auf der Rückseite seiner abgelegten Armbanduhr. – Später weiß die CIA: »Dressler ist österreichischer Fabrikant, Milliardär. Sein Vater ist im Zuge der Nürnberger Prozesse hingerichtet worden. Vor fünf Jahren kaufte er sich einen Sitz im Parlament, den er wieder verlor, weil er mit den Nazis sympathisierte.« – Seine Botschaft: »Ein Dichter hat einmal geschrieben: Der neue Anführer wird sich genau so verhalten wie der alte Anführer. Er hätte über uns geschrieben haben können, über Europa im 21. Jahrhundert. Über 50 Jahre lang haben die USA und Russland einem Großteil der Europäer ihren Willen aufgezwängt, und wir werden immer noch wie Kinder behandelt, aber ohne Spielzeug und Gute-Nacht-Geschichten. Tag für Tag verlieren wir ein weiteres Stückchen unserer Souveränität und damit die Möglichkeit zur Selbstbestimmung unserer Zukunft. Und Tag für Tag kommt die Welt dem schrecklichen Moment ein Stückchen näher, an dem der Flügelschlag eines Schmetterlings einen Orkan auslösen wird, den selbst Gott nicht stoppen kann.«

»Auf der ganzen Welt arbeiten rechtsradikale Parteien, nationalsozialistische Bewegungen, Nazis, Arier zum ersten Mal alle zusammen.« Die politische Theorie dieser Weltverschwörung wird durch den Österreicher so vorgetragen: »Manche Leute glauben, dass sich das 20. Jahrhundert über den Kampf des Kommunismus gegen den Kapitalismus definiert hat und dass der Faschismus nur eine Art Schluckauf war. Heute wissen wir es besser. Der Kommunismus war ein Reinfall. Die Anhänger von Marx sind so gut wie von der Erde vertilgt. Doch die Anhänger von Hitler wachsen, blühen und gedeihen. Hitler hatte jedoch ein großes Problem. Er lebte in einer Zeit, in der der Faschismus wie ein Virus, wie das Aids-Virus, einen starken Wirt brauchte, um sich verbreiten zu können. Deutschland war dieser Wirt. Doch wie stark es auch war, Deutschland konnte nicht den Sieg davon tragen. Die Welt war zu groß. Glücklicherweise hat sich die Welt verändert. Globale Kommunikation, Kabelfernsehen, das Internet. Heute ist die Welt kleiner, und das Virus braucht keinen starken Wirt, um sich verbreiten zu können. Dieses Virus ist überall. – Noch etwas: Niemand möge uns für verrückt halten. Man hat Hitler für verrückt gehalten. Aber er war nicht verrückt. Er war dumm. Man kämpft nicht gegen Russland und Amerika, sondern man bringt beide Staaten dazu, gegeneinander zu kämpfen und sich gegenseitig zu vernichten.« Aus diesem explosiven Plan will einer der Verschwörer mit französischem Akzent in letzter Minute aussteigen. Seine Alternative: Man könne doch die Russen näher an Europa – »an unsere Denkweise« – anbinden.

Die Darstellung der russischen Politik zeigt mit Nemerow einen moderaten und besonnenen Präsidenten, dem es allerdings nicht immer gelingt, eigenmächtige Militärkreise unter Kontrolle zu halten. Deshalb kommt es zum *Nervengasanschlag* der

Russen auf Grosny, bei dem im Radius von zwölf Meilen alle Menschen bewegungsunfähig werden und eine Todesrate von 80 Prozent zu verzeichnen ist. Indessen macht auch Nemerow mit Blick auf Tschetschenien deutlich: »Was wir da tun, ist unsere Sache. Das ist ein Land von Kriminellen!« In der zugespitzten Krise kommt es zu einem noch deutlicheren Wortgefecht: »Sie haben die Bombe über Hiroshima abgeworfen und die Bombe über Nagasaki. Kommen Sie mir nicht mit Tschetschenien!«

Keineswegs nur vorteilhaft wird die Administration des Weißen Hauses gezeigt. James Cromwell charakterisiert den von ihm gespielten US-Präsidenten so: »Er ist ein hitzköpfiger Typ, der nicht abwarten kann, bis die Fakten auf dem Tisch liegen.« Die einzige kritische Anmerkung zur CIA besteht hingegen in einer Fußnote: Das für die schmutzige Terrorbombe benutzte Plutonium ist 1968 offenbar über Geheimdienstkanäle aus den USA nach Israel gelangt.[149] Dass Ryan mit Foltermethoden, die er bei einem US-Kollaborateur anwendet, an die Hintermänner des Terrors kommen will, erscheint in Anbetracht der gebotenen Eile als unproblematisch; ebenso die geheimdienstliche Liquidierung der Verschwörer. Die CIA erfüllt im Film weitgesteckte Aufgaben, darunter die vertraglich geregelte Inspektion der russischen Atomwaffen. Ansonsten hat sie die maßgeblich richtigen außenpolitischen Expertisen und einen weiten Vorsprung bei den Erkenntnissen zum Terrornetz. Die Krise entwickelt sich vor allem auch deshalb, weil die offizielle Politik dem CIA-Helden nicht zuhört. Zum guten Schluss aber ist das Weiße Haus doch kompetent im Sinne einer weltpolitischen Lösung, die mit dem Schlüsselwort »Zusammenarbeit« operiert.

Im Dezember 2001 hatten die USA einseitig den ABM-Vertrag von 1972 aufgekündigt. Im Jahr 2002 einigte sich die Bush-Regierung einvernehmlich mit Russland darüber, die Zahl der Nuklearsprengköpfe zu reduzieren. (Die Vereinigten Staaten betreiben ohnehin eine Modernisierung ihrer Atomwaffentechnik; das quantitative Nuklearkonzept des Kalten Krieges gilt als überholt.) Wie im vorauseilenden Wissen um die diplomatische Initiative der USA im Jahr 2002 endet das Drehbuch von THE SUM OF ALL FEARS mit einem russisch-amerikanischen Vertragswerk. Nach der Unterzeichnung sagt der US-Präsident: »Es gibt kein passenderes Denkmal für die in dieser Tragödie umgekommenen Menschen als die Schritte, die wir jetzt unternommen haben [...] eine multinationale Kampagne zur Ausschaltung von Massenvernichtungswaffen. Wir haben gelernt, dass der Abschuss der stärksten Waffen nicht aus Wut, sondern aus Angst ausgelöst wird.« Der russische Präsident Nemerow zitiert in seiner Ansprache einen Vorgänger des US-Staatsoberhauptes: »Kennedy hat gesagt: Was uns alle verbindet, ist, dass wir alle auf diesem kleinen Planeten leben. Wir atmen die selbe Luft. Wir alle sorgen uns über die Zukunft unserer Kinder. Und wir alle sind sterblich.« Auf der Ebene der Geheimdienste kommt es ebenfalls zur Übereinkunft, alte persönliche Kanäle zur Abwehr einer nuklearen Katastrophe in neuer Weise fortleben zu lassen. Damit ist das Kapitel des Kalten Krieges im US-Kino erneut abgeschlossen. (Der russische Präsident ist nicht von seiner Geheimdienstbiographie,

XIII. Die USA im Kampf gegen den Terror

sondern vom Humanismus eines J. F. Kennedy bestimmt. Von einer Einmischung in den Tschetschenienkonflikt ist keine Rede mehr. Interessenkonflikte zwischen Washington und Moskau bezogen auf den eurasischen Korridor gibt es nicht.)

Nicht nur die Filmhandlung und eine Game-Adaption für den PC, sondern auch die Schauspielerstimmen in den Special Features der DVD sind zur Sympathiewerbung für die CIA geeignet: »Die Geburtsstunde der CIA hatte wirklich etwas mit Intelligenz zu tun.« Oder: »Die Zusammenarbeit mit der CIA war großartig!« Ben Affleck erzählt als Darsteller des Jack Ryan: »Ich war in Langley, im CIA-Hauptquartier. Ich verbrachte viel Zeit mit dem Russlandspezialisten. Ich habe den obersten Chef und sehr clevere Leute kennen gelernt ...« Die CIA-Berater haben »uns alles gezeigt, sogar welches Telefon man benutzen musste.« (CIA-Direktor George W. Tenet hatte dem Filmteam persönlich die CIA-Zentrale vorgeführt.) Der CIA-Ansprechpartner stellt sich selbst vor: »Ich bin Chase Brandon vom CIA – von der Abteilung für Öffentlichkeitsarbeit. Ich bin der offizielle Sprecher der inoffiziellen Geschehnisse. Ich berichte über unser Tun, ohne dabei Geheimnisse zu verraten.« (Die *New York Times* zitierte später Brandon so: »Wir waren nicht nur der Öffentlichkeit, sondern auch uns selbst einen Film schuldig, der uns ein gutes Gefühl von uns selbst vermittelt.«)

Der Regisseur betont aber auch die große Kooperationsbereitschaft des Pentagon[150]: »Das Verteidigungsministerium gab uns F-16 Kampfflugzeuge, [B2-]Bomber, einen Flugzeugträger [*Anm.*: USS John Stennis, 80 Flugzeuge, 5.000 Mann Besatzung], ein paar Hubschrauber mit Marines, um den Präsidenten zu retten, das Flugzeug des National Airborne Operations Command, das wie Air Force One aussieht. Es sollte in der Luft aufgetankt werden. Wir bekamen echt alles.« Bleibt die Frage, warum ein Film über Atomterrorismus, in dem auch Konzepte internationaler Politik transportiert werden, all diese Privilegien erhält. Die vollständige Liste der militärischen Unterstützer liest sich wie folgt: »*We gratefully acknowledge the cooperation of the Department of Defense, the Department of the Air Force, the Department of the Army, the Department of the Navy, the U.S. Marine Corps, the National Guard Bureau and specifically: Department of Defense Special Assistant for Entertainment Media – Philip Strub; Department of Defense Project Officer Charles J. Davis; U.S. Air Force Technical Advisor MSgt. Tom Giannazzo; Headquarters Air Combat Command, 509th Bomb Wing, 55th Wing; 1st Airborne Command and Control Squadron; U.S. Strategic Command; Headquaters Air Mobility Command; 305th Air Mobility Wing; U.S. Air Force Material Command; 311th HSW (AFIERA); U.S. Air Force Civil Engineer Support Agency; Vermont Air National Guard; 158th Fighter Wing; LTC Dale Brown, U.S. Army Technical Advisor; 10th Montain Div. Ft. Drum NY; Army Aviation and Missile Command, Redstone Arsenal, AL; U.S. Army Office of the Chief of Public Affairs, Los Angeles Branch; U.S. Navy Office of Information West; LT Tanya Wallace; the Crew of the USS John C. Stennis (CVN 74); Commander Naval Air Force, U.S. Pacific Fleet Staff; the Crew of VRC-30; Capt. Matt Morgan, USMC; Capt. Shawn Haney, USMC; the Marines of HMH-772.*

– *Technical Astistance provided by: Lt. Col. William Becker, Capt. Jeff Glenn, MSgt. David Martin, MSgt. John Norris; MSgt. Larry Sanders.«*[151]

9. Saving Jessica Lynch (2003) und Alexander der »Große«: Die Militäroperationen gegen den Terrorismus und das Kriegskino

TV-Sender in den Vereinigten Staaten flankieren mit wehrertüchtigenden Sendungen den Antiterror-Krieg der Administration. Die U.S. Army übt sich im Irak auch selber im Filmgeschäft.[152] Mit einer Nachsichtkamera ausgerüstet, stürmen US-Soldaten am frühen Morgen des 2. Aprils 2003 ein Krankenhaus in Nassiriyah und befreien die dort untergebrachte neunzehnjährige Gefreite Jessica Lynch. Rauchgranaten werden entzündet und Platzpatronen abgeschossen. Das Militär schneidet sogleich einen Bildbericht aus dem eigenen Material, den die Massenmedien dann weltweit ausstrahlen. Army-Sprecher Vincent Brooks verkündet: »Truppen der Koalition haben eine amerikanische Kriegsgefangene im Irak befreit.« Die spektakuläre Heldengeschichte der Jessica Lynch ist geboren: Die 507. Instandsetzungskompanie war in einen irakischen Hinterhalt geraten und hatte sich heftig gewehrt. Jessica Lynch wurde dabei angeschossen und hernach von irakischen Soldaten misshandelt. – Washington Post, der britische »Guardian« und die BBC entlarven sehr bald, dass an dieser Pentagon-Version wenig stimmt. Lynch's Einheit hatte einen Verkehrsunfall gehabt. Die verletzte US-Soldatin war dann in ein Krankenhaus gebracht und dort – nach eigenem Bekunden – gut behandelt worden. Statt sie zu quälen hatten die Iraker sie ins beste Bett des Hospitals gelegt und ihr zwei Bluttransfusionen angedeihen lassen. Ein Krankenwagen sollte sie später sogar zu den US-Truppen fahren, wurde aber von diesen beschossen. Zu einer bewaffneten Befreiungsaktion und zur Fesselung von vier Ärzten und zwei Patienten gab es keinen Anlass. Die angeblich der U.S. Army mitgeteilten Beobachtungen eines irakischen Informanten ohne Namen bestehen aus Erfindungen. Die heroischen Spezial-Einheiten der USA erfuhren bei ihrem nächtlichen Einsatz keinerlei Widerstand. ... Kurzum: Die Story war inszeniert.

Unverdrossen hält das Pentagon auch jetzt noch an seiner Version fest. Eine dreistündige Amnesie der betroffenen Soldatin aus einfachen Verhältnissen erklärt Differenzen. Im Juli 2003 wird Jessica Lynch im Rollstuhl der Presse präsentiert, um vor einem großen Sternenbanner ihren Stolz auf den Dienst in der U.S. Army kundzutun und die neuen Militärorden vorzuführen (Bronze Star for meritorious combat service, Purple Heart, POW medal). Sehr bald verfilmen Fernsehmacher das Helden-Drama unter dem Titel SAVING JESSICA LYNCH für NBC, einen dem Rüstungskonzern General Electric gehörenden Sender.[153] Dan Paulson, der Produzent von SAVING JESSICA LYNCH, holt das Pentagon mit ins Boot und erhält dafür, was er braucht (Black Hawk-Helikopter, Abraham-Panzer, Geländewagen). Das Pentagon ist am Drehort und sorgt mit Änderungen am Drehbuch dafür, dass nicht zuviel BBC-Informationen hineingelangen.[154] Man spricht von einem Kompromiss »mit Elementen beider Versionen«. Ganz unschuldig erklärt Todd Breaseale, der Verantwortliche vom Filmbüro der U.S. Army: »Wenn wir [!] uns strikt an die Army-Version halten, gäbe das einen ganz schön langweiligen Film. Also haben wir [!] versucht, sämtliche Informationen zu verknüpfen, die da draußen herumschwirren.« Das fertige Produkt zeigt eine Heldin. Die Gefangennahme erfolgt jedoch nicht in einem erbitterten Gefecht. (Die verletzte Gefreite wird von Irakern grob aus dem Militärfahrzeug gezerrt.) Jessica Lynch sieht später den einzigen sie betreffenden Missbrauch in einer PR-Kampagne: »Sie haben mich als eine Art Symbol missbraucht.«[155] Derweil sorgen die Filmprodukte dafür, dass – wie immer – die erste Version der Medienberichterstattung in den Köpfen der meisten Menschen hängen bleibt. – Übrigens hatte das Pentagon zuvor bereits den in Afghanistan gefallenen Football-Star Pat Tillman als Helden der Nation präsentiert; Tillman war aber einem »versehentlichen« Beschuss der eigenen Armee zum Opfer gefallen.

Erstaunlich ist, mit welchem Timing das Kino- und Fernsehfilmprogramm dem Verlauf der militärischen US-Operationen entgegen kommt. Passend zum Afghanistankrieg und im Vorfeld des Irak-Angriffs standen zahlreiche große Kriegsfilm- und Terrorproduktionen aus Hollywood zur Verfügung[156]: RULES OF ENGAGEMENT (2000) über neue Kriegsrechtsnormen, PEARL HARBOR (2001), BAND OF BROTHERS (2001), WE WERE SOLDIERS (2001), BEHIND ENEMY LINES (2001), COLLATERAL DAMAGE (2001), BLACK HAWK DOWN (2001), WINDTALKERS (2001/2002) und THE SUM OF ALL FEARS (2002). Diese Filme reichen mit ihren Produktionsdaten zurück in die Zeit vor dem Elften September. Sie sind – außer COLLATERAL DAMAGE – durchweg mit Militärunterstützung realisiert worden und liefen im US-Kino (bzw. TV) – mit Ausnahme von RULES OF ENGAGEMENT, PEARL HARBOR und der September 2001 angelaufenen Serie BAND OF BROTHERS – erst nach Beginn der Afghanistan-Bombardierungen. Ab 2003 präsentierte der von der Pentagon-Unterhaltungsabteilung protegierte Film jedoch entweder eine überschaubare Operation von acht Elitekämpfern (TEARS OF THE SUN von Antoine Fuqua) oder in die Zukunft verlegte Katastrophenszenarien, die dem Verteidigungsministerium relevant erschienen (THE CORE, THE DAY AFTER TOMORROW).

Darüber hinaus wird im US-Kino das Problem »Nordkorea« 2002 ohne erklärten Krieg vorerst vom Geheimagenten James Bond bearbeitet: DIE ANOTHER DAY. »xXx« (USA 2002) führt eine junge Spaßgeneration von Individualisten an das Thema der weltweiten Terrorbekämpfung heran: »It's time to pay back to Uncle Sam the freedom you enjoy.«[157] – 2004 beschreibt ein Triple-X-Folgefilm die globale Terrorgefahr ausdrücklich als Weltkrieg. – Den Schauplatz »Kuba« bestreitet die Bruckheimer-Produktion BAD BOYS II[158] (USA 2003) mit Drogenfahnder-Action. THE ALAMO (USA 2003) von John Lee Hancock ergänzt den Kanon der identitätsstiftenden nationalen US-Kriegsmythen: 1836 besiegen die texanischen »Freiheitskämpfer« nach bitterer

Opfern den mexikanischen General Antonio Lopez de Santa Ana und erreichen, dass dieser ihnen alle seine »Rechte an Texas« abtritt.[159] Neun Jahre später wird Texas 28. Staat der Vereinigten Staaten.

Eine Neigung zum Pazifismus ist im US-Spielfilm der Jahre 2003 und 2004 nicht zu erkennen. Doch Hollywood verzichtet darauf, zeitgleich zum unsichtbaren Sterben von mehr als tausend US-Soldaten den realistischen Krieg – eben das Sterben – als etwas *Gegenwärtiges* auf die Leinwand zu bringen. Ein ausgeprägtes Interesse am Legendären und Historischen und am klassischen Imperialkult kennzeichnet plötzlich die oberen Kinocharts, Titel wie MASTER AND COMMANDER, THE LAST SAMURAI, KING ARTHUR, ALEXANDER oder TROY. Beim näheren Hinsehen werden wir merken, dass auch solche Werke, die sich liberal geben, dem alten Programm verhaftet bleiben.

Reaktionäres *Marionettentheater* macht daneben in TEAM AMERICA: WORLD POLICE (USA 2004) die laufenden Antiterror-Kriege zum Kinoerfolg und übergeht die ernsten Risse im Mythengebäude der Unbesiegbarkeit mit pubertärem Zynismus. In diesem menschenverachtenden Paramount- bzw. Viacom-Film paart sich Rechtsextremismus – jenseits des konservativen Moral-Kodex – mit sexueller »Liberalität«, Kotzorgien und exzessivem Gebrauch von Fuck-Wörtern. In einem Abwasch werden islamische Gotteskrieger, das mit ihnen operierende nordkoreanische Staatsoberhaupt Kim Jong, UNO-Waffeninspektor Hans Blix und sämtliche prominenten Kriegsgegner aus Hollywood zerfetzt, geviertelt, geköpft, zerbombt, aufgespießt, Haien bzw. Raubkatzen zum Fraß vorgeworfen oder verbrannt. Wohlgemerkt, die getreu dargestellten US-Schauspieler werden – unter Nennung ihrer unpatriotischen Politaktivitäten – von Elitesoldaten der USA selbst erledigt. Auch anderes ist erlaubt zur Verhinderung eines Terroranschlages, der den »11. September« tausendfach potenzieren würde: Zu den kollateralen Totalschäden der Einsätze von Team America gehören Eifelturm, Louvre und ägyptische Pyramiden.[160] – Im Bereich der *Animation* betreiben außerdem Disney und Pixar eine familientaugliche Sympathiewerbung für das angeschlagene Superhelden- und Supermachtgeschäft: THE INCREDIBLES (USA 2004). »Es geht nichts über die alte [Superman-]Schule.« »Zweifel ist ein Luxus, den wir uns nicht mehr leisten können!« In diesem Film wünscht man sich, die Welt würde nach US-Heldentaten endlich mal gerettet bleiben. Schließlich will ja auch niemand, dass nach dem Putzen alles wieder schmutzig wird. Der Chor der bundesdeutschen Gazetten-Rezensenten ruft dazu aus: »Genial!«[161]

Mit MASTER AND COMMANDER (USA 2003) verlegt Peter Weir sein Lob für das kultivierte Kriegshandwerk auf den Weltmeeren zurück in die Zeit der Napoleonischen Kriege: Im April 1805 ist Napoleon Herrscher über ganz Europa. Nur die britische Flotte steht ihm auf dem Schlachtfeld des Meeres entgegen. Der englische Kapitän Jack Aubrey liegt mit seinem Schiff HMS Surprise samt 197 Mann vor Brasiliens Nordküste. Laut Admiralsbefehl soll er das französische Kriegsschiff Acheron auf seinem Weg zum Pazifik versenken, niederbrennen oder kapern. Mit mehreren

XIII. Die USA im Kampf gegen den Terror

Anläufen, strategischen Manövrierkünsten und zahlreichen Todesopfern gelingt diese Mission schließlich auch. Die Franzosen sind besiegt. Das Beiwerk zu dieser Geschichte besteht aus Seemannsgarn und gepflegten Herrenrunden: Der britische Captain betrachtet Lord Nelson als Heldenvorbild, ist belesen und spielt exzellent Geige. Der Schiffsarzt ist – wie Charles Darwin[162] – dem Artenreichtum auf den Galapagosinseln auf der Spur. Die Offiziere der britischen Besatzung sind auffällig jugendlich, und unter den Kadetten befinden sich zahlreiche Kinder. Auch diese Minderjährigen töten und sterben »für England, für die Heimat und für die Beute«. (Angesichts von weltweit mehr als 300.000 Kindersoldaten in aktuellen Konflikten kann man diese Art des Militainment für ein jugendliches Publikum kaum als arglos bezeichnen.) In MASTER AND COMMANDER setzt sich die britische Flotte erfolgreich gegen eine Vorherrschaft Frankreichs über ganz Europa zur Wehr. (Die Literaturvorlage sah ursprünglich nicht die Franzosen, sondern die USA als Feind der Engländer vor!ial[163]) Das – technologisch überlegen konstruierte – französische Schlachtschiff ist übrigens ein Werk von Yankees, zur Zeit der transatlantischen Freundschaft der revolutionären Nationen gebaut im Hafen von Boston. Die Militärassistenz für diese pro-britische Kriegsschiffslegende wird so ausgewiesen: »*The Producers wish to Thank the Following for their Assistance: [...] the USS Constitution, the Naval History Detachment Center of Boston, the Unites States Department of the Navy*«.

Eine wahre Geschichte will Joe Johnstone in HIDALGO (USA 2003) aufgreifen: Der Halbindianer Frank T. Hopkins († 1951) muss erleben, wie nach Empfang einer von ihm überbrachten Militärdepesche die U.S. Army unbewaffnete »Indianer« jeden Geschlechts und Alters ermordet. Acht Monate nach diesem Massaker am Wounded Knee Creek vom 29. Dezember 1890 gehört Hopkins mit seinem Mustang – nebst einem alten Indianerhäuptling – bereits zum Wild-West-Inventar der berühmten Bufallo-Bill-Show. Ein arabischer Gast ist empört über die Behauptung, das unscheinbare Pony von Hopkins sei unschlagbar. Im Auftrag seines Scheichs lädt er den Halbindianer-Cowboy zum berühmtesten Pferderennen Arabiens ein. Der Film vermittelt bei der Ankunft am Zielort den Eindruck, dass der Islam, dessen Siegeszug einst gerade die Leibeigenen Persiens, Kleinasiens und Nordafrikas als Befreiung begrüßten[164], vorzugsweise eine Sklavenhaltergesellschaft[165] hervorbringt. Der US-Amerikaner Hopkins geht hingegen menschlich mit seinem kleinen schwarzafrikanischen Diener um. Der Scheich interessiert sich besonders für die Welt der Cowboys. Die Tochter des Scheichs fühlt sich ermutigt, ihren Überzeugungen von Frauenemanzipation zu folgen. Das arabische Pferderennen ist dem zu Filmanfang gezeigten Wild-West-Sport sehr ähnlich. Allerdings führt es durch gefährliche Wüsten, durch den Irak und auch durch Syrien. Unter den Arabern gibt es finstere Gestalten, die Hopkins missgünstig gesonnen sind. Einen besonderen Bösewicht, der auch den Scheich bedroht, muss er foltern und schließlich töten. Die Araber sind fatalistisch, weil sie sich einfach der Vorherbestimmung von Allah ergeben. Der US-Cowboy weiß hingegen, dass man sich einander auch bei einem Wettkampf helfen muss, wenn es darum geht, Leben zu retten. Er selbst ist nicht Nutznießer einer solchen altruistischen Ethik. Die verdrängte indianische Identität kommt Hopkins jedoch zur Hilfe. In der Wüstensonne helfen ihm die Ahnen seines Volkes, durchzuhalten und schließlich zu gewinnen. Die Freundschaft des Scheichs ist ihm am Ende gewiss. Als Geschenk überlässt er dem arabischen Fürsten seinen *Colt*. – Dass Drehbücher dieser Art auch Ergebnis der kulturpolitischen Treffen von US-Administration und Hollywood sind, darf vermutet werden.

Einen ganz ähnlichen Ausgangspunkt beim Western nimmt der Film THE LAST SAMURAI (USA 2003) von Edward Zwick: US-Captain Nathan Algren hat sich unter dem ruhmsüchtigen General Custer daran beteiligt, Indianer abzuschlachten. Das und vor allem auch die toten Soldaten der Schlacht gegen eine Übermacht indianischer Gegner am Little Bighorn River kann er nicht verwinden. 1876 bestreitet er seinen Lebensunterhalt und reichlichen Alkoholverbrauch als Verkaufsentertainer der Firma Winchester. (Die Vereinigten Staaten sind bereits der weltweit wichtigste Waffenhersteller.) Captain Algren wird als Militärberater für das Kaiserreich Japan angeworben. Die USA begehren dort ein Monopol für Rüstungslieferungen: Kanonen, Gewehre und spezielle Haubitzen (Vorläufer des heutigen Maschinengewehrs). In Japan will die Regierung des jungen Gottkaisers durch Militärtechnologie, Eisenbahn und westliche Kultur eine vereinte, unabhängige und moderne Nation schaffen. Captain Algren lernt als US-»Entwicklungshelfer« für dieses Projekt die Welt der Samurai und Katsumoto, ihren letzten großen Vertreter, kennen. Die spirituelle Atmosphäre eines ernsten Buddhismus, die Verbundenheit mit den Vorfahren, eine edle Kampfkultur und schließlich die Liebe zu Katsumotos Schwester schenken ihm inneren Frieden. Die Welt der Samurai, des Schwertes und des Bogens unterliegt – wie zuvor die der Indianer – den grausamen Errungenschaften des Fortschritts. Dennoch entscheidet sich der japanische Kaiser am Ende gegen das Militärhandelsabkommen mit den Vereinigten Staaten. – Wohlwollend könnte der Rezensent in THE LAST SAMURAI Reue gegenüber der Indianerausrottung[166] und eine Versöhnung mit der japanischen Kultur[167] wahrnehmen. Der offene Schluss lässt gar an eine »alternative Zukunft« ohne Hiroshima denken, falls Japan keine moderne Militärmacht wird. Indessen ist die Beförderung eines zeitgemäßen Kriegskultes, der sich hinter Zivilisationskritik, Buddhismus und Poesie versteckt, schwer zu übersehen. Japan ist nach Ansicht des Erzählers »aus einer Handvoll mutiger Männer entstanden, die bereit waren für etwas zu kämpfen, das heute in Vergessenheit geraten zu sein scheint: Ehre.« Wir brauchen, so sagen Militärstrategen, im Kontext der High Tech des dritten Jahrtausends wieder den archaischen Krieger, der nicht reflektiert und seiner Aufgabe bedingungslos ergeben ist. Eben diese neue Kombinationswaffe erhält US-Captain Algren als Abschiedgeschenk vom großen Samurai Katsumoto: »Ich bin das Schwert des Kriegers, in dem sich die alten Werte mit den neuen vereinen.«

XIII. Die USA im Kampf gegen den Terror

Die Bruckheimer-Produktion KING ARTHUR[168] (USA 2004), Antoine Fuquas aktuellste Version über einen kampfbereiten Männerbund und edles Rittertum, ist im 5. Jahrhundert unserer Zeitrechnung angesiedelt und will endlich die wahre Artus-Geschichte erzählen: Arthur ist halb Römer und halb Britannier (und verkörpert auf der ideologischen Ebene des Films den starken US-Amerikaner). Unter seiner Führung kämpfen heidnische Helden, die das römische Heer sich auf seinen Eroberungsfeldzügen als Sondertruppe einverleibt hat. In Britannien gilt der Kampf den Kelten und besonders den grausamen Sachsen. Der Söldner-Ritter Lancelot meint: »Die Welt wird immer ein Schlachtfeld sein – und da finde ich meinen Tod.« Doch Arthur ist Christ und glaubt an ein Rom des Fortschritts, der Kultur und der Ordnung. Sein christlicher Lehrmeister war einst der Mönch Pelagius (+ nach 418), der ein Christentum des freien Willens verkündet: »Pelagius glaubt, dass alle Menschen frei sind und gleich, und er lehrt, dass jeder von uns seines Schicksals eigener Herr ist.«[169] Doch Rom ist längst von der Papst-Kirche übernommen, die Pelagius exkommuniziert und getötet hat. Das römische Staatskirchen-Imperium unterhält im Namen Gottes Folterverliese und wird durch machthungrige Bischöfe repräsentiert. Britannien ist demgegenüber »der letzte Außenposten der Freiheit«. Die Ritterrunde ist rund, damit alle Männer gleich sind. Sie besteht aus »freien Männern«, die »aus freiem Entschluss« in den Krieg ziehen, »auch wenn sie untergehen«. Sie kämpft »für die Freiheit, für unser Land, für unsere Bestimmung, leben zu können, wie es unsere Art ist.« Arthur verkündet den American Dream: »Es gibt kein Schicksal, nur den freien Willen. Ein jeder von Euch ist seit seiner Geburt ein freier Mensch.« Um dies zu illustrieren, besteht der Film hauptsächlich aus Kriegsaction und endlosen Blutgemetzeln.

Die eigentliche Kritik an der Römischen Kirche richtet sich nicht darauf, dass diese Zentralismus und Machtideologie des Imperiums übernommen hat. Vielmehr erscheint die römische Beamtenkirche als diejenige Kraft, die dem »wahren Rom« und seiner humanen Mission ein Ende bereitet. Theologie und Kirchengeschichte werden in KING ARTHUR zurechtgebogen, um das Kriegführen für die Freiheit zu überhöhen. (Dabei wird ausgerechnet ein anthropologisch unkritisches Christentum, wie es die Reformation unter Rückgriff auf Augustinus scharf kritisiert und als papistisch betrachtet hat, als Alternative zum römischen Katholizismus präsentiert. Das Drehbuch transportiert entsprechend mit seinem akzentuierten Anti-Katholizismus keinen Protestantismus, sondern eine primitive Freiheitsideologie, wie sie der historische Pelagius kaum gelehrt hat.) Wir können die theologischen Irrwege des Drehbuchs hier nicht weiter verfolgen. Der Ertrag des *konstruierten* »Pelagius« besteht darin, »Gut und Böse« historisch besonders klar scheiden zu können, viel besser als mit dem augustinischen Erbe, das für Katholizismus und Reformation gleichermaßen bedeutsam ist. Ein zentraler Widerspruch der US-Kultur wird durch die Positionen von Lancelot und Arthur sichtbar: Je nach Bedarf bemüht man das optimistische Mündigkeits- und Machbarkeits-Ideal der US-Zivilreligion, welches auch auf das

Naturrechtsdenken aufgeklärter Verfassungsväter wie Jefferson zurückgeht, oder das an Hobbes orientierte Raubtier-Menschenbild der imperialen US-Ideologien. Eine Reflektion über die *Bedingungen*, unter denen Menschen »frei« oder »unfrei« sind, »schlecht« oder »gut« sein können, kommt in beiden Fällen nicht zum Tragen.

Leider ist an dieser Stelle zu vermerken, dass auch Oliver Stone mit seinem Monumentalfilm ALEXANDER (USA/GB/BRD/NL 2004) einen Beitrag zum Imperial-Entertainment in Zeiten des Antiterror-Krieges leistet. Das Drehbuch lässt den ägyptischen Herrscher des bereits geteilten Hellenen-Reiches rückblickend die Geschichte Alexanders von Mazedonien erzählen, und dies geschieht mit sehr viel Sympathie. Alexander erobert sich nicht einfach ein Weltreich, sondern er verwirklicht eine globale *Freiheitsbotschaft*. Nicht aus berechnender Strategie, sondern scheinbar aus Überzeugung verteidigt er gegenüber den mazedonischen »Nationalisten« die Rechte der bezwungenen Völker. Bevor er einen langjährigen Weggefährten eigenhändig erdolcht, legt ihm der Drehbuchdialog eine ausgiebige Vorwarnung in den Mund. Das Abschlachten einer Gruppe von Kritikern aus den eigenen Reihen wird als Vorgang beschrieben, den jeder anderer Feldherr vermutlich genauso gehandhabt hätte.[170] Exotische Kulissen, bisexuelle Erotik, muskulöse Helden und ein äußerst (!) blutiger Kriegskult bestimmen diesen Film, dessen plakative Psychologie sich letztlich in zu enger Mutterbindung und ödipaler Vaterkonkurrenz erschöpft. Die einzige Kritik des Films, dessen Zielgruppe eindeutig jenseits des religiös-fundamentalistischen Publikums liegt: Alexanders Traum war zu idealistisch, weil er glaubte, Hellenen und Barbaren wirklich vereinen zu können. Aber sein Wille zur Größe bleibt edel: »Immer der Beste sein und hoch über allen anderen stehen!«[171] – Der Gloriole, mit der Hollywood hier nach 2.300 Jahren einen bellizistischen Schulbuchmythos auch für künftige Generationen aufwärmt, steht die verschwiegene Historie gegenüber: Schätzungsweise 750.000 Asiaten fielen den Feldzügen Alexanders zum Opfer. Allein in Tyrus »tötete man nach siebenmonatiger Belagerung und erbittertem Widerstand 8000 Barbaren [...], versklavte 30.000 und kreuzigte weitere 2000 entlang der Küste.«[172] Auf dem Rückzug durch die Wüste des heutigen Pakistans sollen am Ende des größenwahnsinnigen Kriegsprojektes noch einmal 25.000 der eigenen Leute verendet sein. Nun, wenn Cäsar, Augustus und Napoleon dergleichen bewunderten, warum sollte die us-amerikanische Filmindustrie zusammen mit europäischen Partnern dem göttlichen Superkrieger im dritten Jahrtausend nicht auch Verehrung zollen dürfen?

Noch weiter zurück entführt uns – mit einem Gesamtbudget von 300 Millionen Dollar – der Film TROY (USA 2004) von Wolfgang Petersen: 1200 Jahre vor unserer Zeitrechnung ziehen die »Vereinigten Staaten von Griechenland« unter König Agamemnon von Mykene gegen Troja, ihren »mächtigsten Rivalen«, in den Krieg. Vordergründig ist die Entführung Helenas, der Frau des Spartanerkönigs Menelaos, durch den trojanischen Prinzen Paris Kriegsgrund. Doch in Wirklichkeit geht es nicht um Liebe, sondern um Macht: Agamemnon will die Vorherrschaft auch über Troja –

und so müssen »wegen der Habgier eines einzigen Mannes« viele griechische Soldaten ihr Leben lassen. (Achill: »Ein König, der seine Schlachten selber schlägt, das wäre ein Anblick!«[173]) – Einige Drehbuchpassagen unternehmen den Versuch, die Programme Imperialismus und Krieg zu hinterfragen. In Richtung des obersten griechischen Königs heißt es: »Du kannst nicht die ganze Welt erobern, Agamemnon, sie ist zu groß!« Der trojanische Prinz Hektor sagt über die Gefallenen früherer Kriege: »Ich sah zu, wie sie starben, und daran ist überhaupt nichts Ruhmreiches.« Er tadelt Achilleus: »Du sprichst vom Krieg als wäre er nur ein Spiel!« Auch Biseïs, Priesterin des Apollon, rügt den größten Krieger der Griechen: »Du verstehst dich nur aufs Töten, Achill, das ist dein Fluch!« Die Griechen gelangen mit Hilfe ihres trojanisches Pferdes hinter die Schutzmauern, veranstalten ein großes Gemetzel und zerstören Skulpturen und andere Kulturgüter Trojas. Die Helden beider Seiten finden den Tod. – Bedeutsam für uns ist nicht die Diskussion darüber, ob hier so etwas wie ein Fast-Food-Homer geboten wird.[174] Der Regisseur versteht sein Werk als Abkehr vom US-patriotischen Paradigma älterer Titel. Die – zeitgleich zum Irakkrieg – unternommenen Versuche, das antike Werk mit aktuellen Anspielungen zu präsentieren, lösen dieses Versprechen nicht ein. (Ein Blick auf das Tragische ist bei der Vorlage kaum vermeidbar.) Petersens Film bleibt ein Produkt des massenmedialen Kriegskultes. Wir erfahren, dass auch im Krieg Feinde Achtung voreinander haben können. Die Namen Hektor oder Achill, so heißt es ausdrücklich, werden *nie* vergehen; immer wird man davon erzählen, wie leidenschaftlich die Helden liebten und wie tapfer sie kämpften.[175] Eben deshalb kann Achill dem kampfbereiten jungen Patroklos – zu allen Zeiten – versichern: »Es gibt immer einen nächsten Krieg, das verspreche ich dir!«

Anmerkungen

[1] *Berman* 2004, 14.
[2] Als Mordopfer des 11.9.2001 werden 2752 Menschen in New York, 184 in Washington und 40 in Pennsylvania beklagt. Offiziell ist von 19 Selbstmordattentätern die Rede.
[3] Zitiert nach: *Pilger* 2004b. (Auf Druck hin hat der Sender CBS das Bildmaterial zu diesem Statement von M. Albright später unter Verschluss gehalten. Für das fragliche Jahr ist nach *Leidinger* 2003, 442f. von einer CBS-Verflechtung mit der Westinghouse-Rüstungsproduktion auszugehen.)
[4] Vgl. dazu die Quellenangaben von *Guilliard* 2004, der auch die Zahl von 200.000 getöteten Irakern nicht ausschließt. Die wissenschaftliche Diskussion legt nahe, dass die offiziellen Angaben von Opferzahlen – zumal unter Besatzungsbedingungen – völliger Willkür unterliegen. Die britische Regierung verweigerte sich im Dezember 2004 der Forderung namhafter Prominenter nach einer offiziellen Untersuchung der Zivilopferzahlen im Irak.
[5] *Gaus* 2004, 149 weist auf 3,3 Millionen direkte und indirekte Kriegsopfer im Kongo zwischen 1998 und 2002 hin.
[6] Man erinnere beim Blick auf die Trauerkultur nur die Bilder der nachfolgenden Thanks-Giving-Paraden in den USA, die offenkundig dem Motto »The Show must go on« folgten.
[7] Für unsere Darstellung der Massenkultur sind »Verschwörungstheorien« jeder Art entbehr-

lich. Ebenso überflüssig ist die hierzulande betriebene Diffamierung von Autoren, die wie Mathias *Bröckers* (2002) einfach gezielt Fragen stellen und in den offiziellen Berichten der US-Administration keine Antworten finden. (Zur eigenen Standortbestimmung Bröckers – in Abgrenzung zu phantasierenden Teilen der 9/11-Szene und mit besonderem Focus auf die ausbleibenden regierungsamtlichen Untersuchungen – vgl. *Bröckers* 2004/2005.) Wer genau die Anschläge verübt hat und ob die US-Regierung ein Vorwissen besaß, wie in einer Umfrage vom Herbst 2004 immerhin die Hälfte (!) der New Yorker meinen, dazu kann und muss in dieser Arbeit keine Auskunft gegeben werden. Die Analyse der ideologischen Inhalte von Kriegs- und Terrorfilmen ist nicht gebunden an Hypothesen über den Hergang der Ereignisse am 11.9.2001.

8 *Seeßlen/Metz* 2002, 40 (referiert als These der US-Autoren Kroker und Cook).
9 *Berman* 2004, 262.
10 *Seeßlen/Metz* 2002, 91. – Vgl. zum Thema auch: *Paul* 2004, 433-468.
11 Zitiert nach: *Steding* 2002.
12 *Hossli* 2001.
13 Zur Qualifizierung des Elften Neunten als »größtes Kunstwerk aller Zeiten« schreiben *Seeßlen/Metz* 2002, 40: »Er [Stockhausen] hat indes vollkommen unrecht, weil dieses Kunstwerk nicht durch die Terroristen, sondern erst durch die Kamera erzeugt wird. Natürlich und glücklicherweise ging es Karlheinz Stockhausen bei diesem ›größten Kunstwerk, das es je gegeben hat‹, nicht um die Ästhetisierung der Politik, sondern um etwas tieferes, deutscheres, eine Bewunderung dafür, ›dass Geister in einem Akt etwas vollbringen, was wir in der Musik nicht träumen könnten, dass Leute zehn Jahre üben, wie verrückt, total fanatisch für ein Konzert, und dann sterben. Das ist das größte Kunstwerk, das es überhaupt gibt für den ganzen Kosmos.‹ Eine zum Kochen gebrachte Kultur wirft ihre Blasen.«
14 Vgl. *Becker* 2002; *Gieselmann* 2002, 41, 48f., 58-62, 163; *Holert/Terkessidis* 2002, 234f.; *Seeßlen/Metz* 2002, bes. 15, 26, 32; *Steding* 2002.
15 Das Buch »Terror gegen New York« des Briten Robert Charles zeichnet hingegen das Bild inländischer Terroristen. Der Inhalt nach *Steding* 2002: Militante Schwarze, Indianer und Puerto-Ricaner wollen zusammen in New York ein Kraftwerk sprengen, das UNO-Gebäude überfallen und die Freiheitsstatue besetzen.
16 SPIDER-MAN wurde ab Januar 2001 gedreht und kam 2002 in die US-Kinos. Zum Plot: Peter Parker, ein ganz normaler und eher unauffälliger New Yorker Junge, mutiert durch Spinnenbiss zum sagenhaften Spider-Man. Sein Hauptgegner, ein mit Superwaffen ausgestatteter grüner Kobold, ist in Wirklichkeit leitender Forschungsmanager eines Rüstungskonzerns. Die New Yorker identifizieren sich mit dem Kampf von Spider-Man und rufen dem Bösewicht zu: »Legst Du Dich mit einem von uns an, legst Du Dich mit allen an!« – Sehr bezeichnend ist, wie Peter Parker zum ersten Mal seine große Kraft »verantwortungsvoll« nutzt: Ein Ladendieb hat seinen Pflegevater erschossen. Peter weint – wenige Sekunden lang – ein paar stumme Tränen und bricht dann unverzüglich auf, um den Mörder zur Strecke zu bringen.
17 Zu weiteren Kürzungen und Änderungen in der Programmpolitik der Filmverleihe vgl. *Seeßlen/Metz* 2002, 40f.; *Steding* 2002 und *Everschor* 2003, 227-230: Im Mai 2002 sollte ursprünglich im US-Fernsehen eine fünfstündige Mini-Serie »Law and Order« über einen Angriff auf New York mit biologischen Waffen laufen. Zwei Episoden der von Wolfgang Petersen für CBS-Network produzierten TV-Serie »The Agency« wurden aus dem Programm genommen. Die erste handelte von einem Bombenanschlag Usama Bin Ladens (!), die zweite beschäftigte sich mit einem Fall von Milzbrand. Franz Everschor spricht von »fast unheimlicher Koinzidenz«.

[18] Zu älteren Vorbildern des die Großstadt zerstörenden Ungeheuers vgl. *Seeßlen/Metz* 2002, 95 (In THE BEAST FROM 20 000 FATHOMS ist 1953 New York Schauplatz, in GORGO 1959 London).

[19] Der B-Film EPICENTER hat immerhin einen einzelnen kritischen Aspekt aufzuweisen: Nick Constantine, Mitarbeiter einer US-amerikanischen Rüstungsfirma, will Rache an seinem Arbeitgeber üben, weil die schlechten Konditionen der betriebseigenen Krankenkasse die Heilung seiner leukämiekranken Frau mit einem neuen Therapieverfahren verhindert haben. Da seine Industriespionage nicht nur viel Geld verspricht, sondern auch militärische Geheimnisse betrifft, schaltet sich das FBI ein.

[20] *Steding* 2002.

[21] Zum Plot von THE PEACEMAKER: Unter Beteiligung eines russischen Generals, der nationalistisch die Einheit der slawischen Völker beschwört, geraten zur Verschrottung vorgesehene Atomwaffen in die Hände bosnischer Terroristen, die einen Anschlag innerhalb der USA planen. (Daneben wird Iran als Zielort der Sprengköpfe genannt. Wir erfahren auch, der KGB habe Nervengas an Irak verkauft.) Die Fahnder des US-Geheimdienstes oder ihre militärischen Eliteeinheiten müssen und können überall auf dem Globus – in Russland, Sarajewo, Wien – ihrer Arbeit nachgehen. Die Terrorfahndung ist Krieg und verlangt durchgehend eine Tötung der Gegner. Man weiß auf US-Seite immerhin: »Wir haben fast alle Terroristen dieser Welt ausgebildet.« Die Motive des bosnischen Terroristen, dessen Körper (nach Entschärfung des Nuklearanteils) am Ende vor dem Kreuz in einer New Yorker Kirche zersprengt wird, vermittelt das Drehbuch nur unklar. Er ist äußerst kultiviert und bekennt in einer Stellungnahme: »Ich bin Serbe, Kroate, ich bin Moslem.« »Ich bin ein menschliches Wesen. Jahrelang haben wir miteinander gelebt, bis uns ein Krieg aufgedrängt wurde von unseren Politikern. Wer lieferte die Waffen? Der Westen! Und jetzt wollen die Peacemaker [Europa, USA] wieder unser Schicksal fremd bestimmen.« Seine größte Wunde ist jedoch der Tod der Tochter im Krieg. Dieses »*private*« Motiv wird dem Zuschauer eindringlich vor Augen geführt.

[22] Vgl. *Seeßlen/Metz* 2002, 78.

[23] *Holert/Terkessidis* 2002, 234f. schreiben: »Viele Beobachter waren sich einig, dass das World Trade Center auch die architektonische Konkretisierung von Herrschaftsansprüchen einer globalisierten Ökonomie gewesen ist. Typisch für die sich daraus ergebenden Schlussfolgerungen war die suggestive Illustrationspolitik für einen Artikel in der ›Special Davis Edition‹ von *News Week* im Dezember 2001: Neben ein Foto von palästinensischen Kindern mit Steinschleudern wurde ein Bild des Einschlags des ersten Flugzeugs im World Trade Center montiert. Das in solchen Gegenüberstellungen enthaltene ›Wissen‹ um die symbolische Funktion der Twin Towers hatte sich zuvor bereits fest im massenkulturellen Imaginären eingenistet. Von dort wirkt es bis in die tiefen Oberflächen von B-Movies hinein: Das World Trade Center ›repräsentiert Kapitalismus‹, argumentiert ein Terrorist im neuen Jackie-Chan-Film *Nose Bleed* ganz auf der Höhe des Diskurses. Wie ein Ghostwriter all der Feuilleton-Krieger nach dem 11. September erklärt er die Zeichensprache der WTC-Architektur: ›Sie repräsentiert alles Amerikanische. Diese beiden Gebäude zu zerstören würde Amerika auf die Knie zwingen.‹ Der Kinostart von *Nose Bleed* wurde auf unbestimmte Zeit verschoben.« (Zur gewalttätigen Wirkung des WTC-Bauwerks auf die umgebende Stadtlandschaft von Manhattan vgl. *ebd.*, 233.) – Im Oktober 2001 bezeichnete dann auch der Modedesigner Wolfgang Joop die zerstörten Twin Towers als Symbol kapitalistischer Arroganz (*Becker* 2002).

[24] *Seeßlen/Metz* 2002, 84. – Folter schiebt dieser Film auf den israelischen Geheimdienst ab.

[25] Folgende Botschaften transportiert das Drehbuch von DELTA FORCE: 1. Das Scheitern der

Befreiung der US-Geiseln in Teheran geht (wie das Vietnam-Desaster) auf Inkompetenz von »denen da oben« zurück und darf sich nicht noch einmal wiederholen. 2. Die aktuelle Entführung einer ATW-Maschine durch arabische Terroristen macht zum Schutz der entführten US-Amerikaner einen professionellen Einsatz von U.S. Special Forces notwendig. 3. Die Terroristen sind gleichermaßen »antiamerikanisch« und – mit expliziter Sympathie für den Judenmord der Nazis – antisemitisch. (Die Entführer berufen sich auf Allah und kämpfen als »Neue Weltrevolution« gegen »amerikanische Imperialisten und Zionisten«. Zu Unrecht – wie es heißt – gehen sie von einer US-Beteiligung am Libanonkrieg aus. Gezielt werden US-Armeeangehörige und die Juden unter den Fluggästen herausgesucht, darunter auch ein Mann mit »eintätowierter« KZ-Vergangenheit.) 4. Die Terroristen stehen – zumindest ideologisch – in Verbindung mit der iranischen Revolution. (In ihren Räumen sind Bilder von Ayatollah Khomeini zu sehen; Teheran gewährt ihnen eine Landeerlaubnis.) 5. Die im zweiten Filmteil gezeigte Geiselbefreiung im Libanon wird durch den israelischen Geheimdienst ermöglicht und von den US-Elitesoldaten als totaler Action-Krieg gestaltet (Verhör mit *Foltermethode* zum Auffinden der Geiseln; lustvolle Nahkampf-Exekutionen einzelner islamischer Feinde; Auslöschung ganzer gegnerischer »Truppenteile« mit inflationärem Feuerwerk etc.) 6. Der Terror ist ein Angriff auf die Idee der us-amerikanischen Zivilisation, die im Flugzeug von Juden, Orthodoxen, Katholiken u. a. repräsentiert wird. 7. Der Tod eines US-Elitesoldaten im Zuge der Beirut-Operation wird von einem Priester als Martyrium charakterisiert: »Er hat sein Leben geopfert und damit unzähligen Menschen das Leben gerettet.«

26 Bei seinem Vortrag auf der Tagung »Terrorismus und Medien« der Evangelischen Akademie Rheinland in Bad Godesberg am 7.9.2004 hat Prof. Dr. Peter Waldmann folgende verbreitete Annahmen über eine »Komplizenschaft« von Medien referiert: 1. Medien liefern den Terroristen nützliche Informationen, unbeabsichtigt oder auch durch unverantwortliche Berichterstattung während eines Anschlages; 2. Medien können als Partei vereinnahmt werden oder durch ihre spektakuläre Berichterstattung kontraproduktiven Handlungsdruck erzeugen; 3. Medien bieten den Terroristen die erforderliche Bühne bzw. sie verleihen ihnen den erwünschten Status; 4. Medien enthalten Anregungen für die Art von Terroranschlägen oder entfesseln durch ihre Berichterstattung eine ansteckende Kette (Nachahmer, Echoeffekt); 5. Medien sind ein Werkzeug, da sie durch die Terrorberichterstattung Angst und Schrecken verbreiten, realen Terror durch überdimensionale Bilder oder Bewertungen (noch) größer zeigen und auch die Politik zu einer der Wirklichkeit nicht mehr angemessenen Einschätzung verführen. (Diese Vortragsinhalte sind hier frei wiedergegeben.)

27 Im Zusammenhang mit sozialen Bewegungen macht Arundhati Roy geltend: »Keine Verurteilung des Terrorismus durch einen Staat ist glaubwürdig, wenn dieser nicht vorzeigen kann, dass er offen für Veränderungen durch gewaltfreien Dissens ist. Aber anstelle dessen werden gewaltfreie Widerstandsbewegungen zerschlagen. Jede Art von politischer Massenmobilisierung oder -organisation wird bestochen, gebrochen oder einfach ignoriert. Inzwischen widmen die Staaten, die Konzernmedien – und vergessen wir nicht die Filmindustrie – ihre Zeit, ihre Aufmerksamkeit, ihre Technologie, ihre Forschung und ihre Bewunderung dem Krieg und dem Terrorismus. Die Gewalt ist vergöttlicht worden. Die Botschaft, die daraus hervorgeht, ist beunruhigend und gefährlich: Wenn du versuchen willst einem Ärger der Bevölkerung Ausdruck zu verleihen, ist Gewalt effektiver als Gewaltfreiheit.« (*Roy* 2004.)

28 *Seeßlen/Metz* 2002, 15.

29 *Seeßlen/Metz* 2002, 68.

30 Dem »bin-Laden-Stellvertreter« Aiman al-Sawahiri zugeschrieben, laut Spiegel Online vom

21.5.2003. http://www.spiegel.de/panorama/0,1518,249653,00.html .
[31] Was spricht etwa dagegen, in einem Film mit der Menschlichkeit von Terroristen zu rechnen und (wenigstens fiktiv) Brücken zu bauen? Diesen Weg beschreitet z. B. THE CRYING GAME (GB 1991/92) von Neil Jordan. Wenn als Intention dieses Werkes eine Botschaft an potentielle IRA-Aussteiger angenommen würde, müsste der Gestaltung bzw. Umsetzung höchste Tauglichkeit bescheinigt werden.
[32] Diese Aktions-Repressionsspirale hat Prof. Dr. Peter Waldmann – auf der Grundlage seines Buches »Terrorismus und Bürgerkrieg« (München 2003) – bei seinem oben genannten Vortrag erläutert.
[33] *Becker* 2002. (Dort angegebene Quelle: *Soueif,* Ahdaf: Special report – terrorism in US. In: Guardian, 15.9.2001.) An einen analogen Vorfall in der BRD erinnert *Heine* 2004, 11: »Als im Juni 2003 ein mit Sprengstoff gefüllter Koffer auf dem Hauptbahnhof von Dresden gefunden wurde, erklärten hohe Polizeiführer, dass es sich um einen knapp verhinderten Anschlag radikaler Muslime handele. Der Bau der Bombe sei eindeutig einem solchen Täterfeld zuzuordnen. Wie bald darauf bekannt wurde, war der Täter ein sächsischer Geschäftsmann, der die Deutsche Bahn erpressen wollte.«
[34] Gezeigt wurde im Grunde nur ein Bild: stets die gleiche Frau und stets die gleichen Jugendlichen. Die Trauer- und Beileidsbekundungen aus der arabischen Welt (z. B. von palästinensischen Schülern in Ost-Jerusalem und Palästinenserführer Arafat) hatten indessen gar keine Chance, auf vergleichbare Weise in die Hauptprogramme zu gelangen.
[35] Zitiert nach: *Steinbeiß* 2004.
[36] *Seeßlen/Metz* 2002, 39.
[37] So *Seeßlen/Metz* 2002, 41. – RAMBO III vermerkt im Nachspann nicht das Pentagon auf der Danksagungsliste, jedoch unter anderem US-Senator Pete Wilson, dessen Presse-Sekretariat, Daniel Santos vom U.S. Department of State und das U.S. Department of the Interior. – Auf Kinoplakat und Video-Cover zu RAMBO III erscheint der Superman der USA in Übergröße; unter seinem Schutz reiten im Vordergrund die vermummten Gotteskämpfer, darüber fliegt ein Bomber. – Einer Mitteilung von Florian Rötzer ist zu entnehmen, dass der Rambo-Mythos im jüngsten Afghanistankrieg der USA fortlebt: »Amerikanische Soldaten haben, so Rumsfeld, beim Angriff auf die nordafghanische Stadt Masar-e-Sharif mit Kämpfern der Nordallianz zusammengearbeitet. Die US-Soldaten seien wie die Afghanen auf Pferden geritten und hätten den Piloten genaue Angaben machen können, welche Stellungen sie mit Präzisionsbomben zerstören sollten.« (Zitiert nach: *Büttner* 2004, 79.)
[38] Die Freundschaftskonstellation »US-Soldat/Kind« ist z.B. auch im Vietnampropaganda-Klassiker THE GREEN BERETS zu finden.
[39] Rachevorschriften aus diesen Stammestraditionen können sich jedoch gerade nicht auf den Islam berufen, denn der Koran ruft »intensiv dazu auf, von der Rache Abstand zu nehmen und stattdessen eine Kompensation in Form eines ›Blutgeldes‹ zu akzeptieren.« (*Heine* 2004, 43.)
[40] Vgl. ausführlich zur CIA-Operation Afghanistan und insgesamt zur Geburtshilfe der USA für das Netzwerk radikaler islamischer Fundamentalisten: *Chossudovsky* 2002, 359-388, bes. 359-366 und *Frey* 2004, 182f., 424. Quelle des besagten Interviews ist *Le Nouvel Observateur* (Paris, Januar 1998). »Gefragt, ob die US-Hilfe für die Mujaheddin-Opposition 1979 auf eine bewusste Provokation eines sowjetischen Einmarsches nach Afghanistan gezielt habe, antwortet Brzezinski: ›Nicht ganz. Wir haben sie nicht dazu getrieben zu intervenieren, aber wir haben wissentlich die Wahrscheinlichkeit erhöht, dass sie es tun würden.‹ Auf die Frage, ob er das heute bedauere, antwortet er: ›Bedauern? Was? Diese geheime Operation war eine ausgezeichnete Idee. Sie hatte den Effekt, die Sowjets in die afghanische Falle

zu ziehen und Sie schlagen vor, das zu bedauern? An dem Tag, an dem die Sowjets offiziell die Grenze überquerten, schrieb ich an Präsident Carter: *Wir haben jetzt die Möglichkeit, der UdSSR ihren Vietnamkrieg zu geben.* In der Tat, für fast zehn Jahre, musste Moskau einen von der Regierung nicht tragbaren Krieg führen, einen Konflikt, der die Demoralisierung und den endgültigen Zusammenbruch des sowjetischen Imperiums mit sich brachte.«" (*Ehlert* 2004.)

41 *Chossudovsky* 2002, 363-365 erläutert, wie Afghanistan in Folge der CIA-Aktivitäten zum weltweit größten Heroinproduzenten wird.
42 *Berman* 2004, 35. – Zu den von Berman genannten Wurzeln eines islamischen Terrorismus vgl. zum Beispiel: *ebd.*, 80 (Philosophie der deutschen Romantik), 108 (der Goebbels-Mitarbeiter Johann von Leers in Ägypten), 147 und 176 (deutsche Linksterroristen), 231 (Anwar Sadats anti-marxistische Universitätspolitik in Ägypten), 261 (Überschwemmung der islamischen Welt durch deutsche Philosophien).
43 Vgl. *Chossudovsky* 2002, 366 und 377-387; *Elsässer* 2004b. Elsässer schreibt: »Von den sieben Schlüsselfiguren des 9/11-Plots haben mindestens vier in den neunziger Jahren in Bosnien gegen die Serben gekämpft. Für Alhazmi, Almidhar und Chalid Scheich Mohammed wird dies im 09/11-Untersuchungsausschuß des US-Kongresses kurz erwähnt. Die Anwesenheit Binalshibhs im balkanischen Kriegsgebiet wurde von Regina Kreis, der deutschen Ehefrau eines bosnischen Mudschaheddin, gegenüber deutschen Sicherheitsdiensten bezeugt.« *Chossudovsky* 2003b berichtet: »... nur wenige Wochen vor dem 11. September 2001 verübten us-amerikanische Militärberater in privaten Söldneruniformen auf Geheiß des Pentagon zusammen mit Mudschaheddin terroristische Angriffe auf die mazedonischen Sicherheitskräfte.«
44 »Als der 1985 gedrehte Film ›Stählerne Adler‹ [IRON EAGLE] von Sidney J. Furie in den bundesdeutschen Kinos anlaufen sollte, wurde er urplötzlich zurückgezogen – die darin als ›Kinounterhaltung‹ durchgespielte Bombardierung libyscher Städte hatten die Pentagon-Militärs gerade real ausgeführt.« (*Dicks* 2004, 82.) Beim späteren Kinolauf waren dann die auf Libyen bezogenen Dialogpassagen geändert, nicht aber die Zielmarkierung auf einer gezeigten Landkarte.
45 Bereits vier Jahre später strahlte der US-Kabelsender HBO den Film »PATH TO PARADISE: THE UNTOLD STORY OF THE WORLD TRADE CENTER BOMBING« aus (vgl. *Steding* 2002; *Everschor* 2003, 227).
46 Mit dem Nachfolgebau des Khobar-Komplexes wurde die »Bin Laden Group« beauftragt (vgl. *Bröckers* 2002, 170).
47 THE FOUR FEATHERS gibt sich selbst »antikolonialistisch«.
48 Über die eigentlichen – eigenmächtig bestimmten – Kriegsziele, deren Austragungsorte von der Grenzregion bis nach Beirut verschoben wurden, erhielt weder die gesamte israelische Regierung noch die Bevölkerung zutreffende Auskünfte.
49 Die Tagline von NAVY SEALS: »They're America's secret weapon against terrorism.« Der Plot: Terroristen im Mittleren Osten gelangen in den Besitz gefährlicher High-Tech-Waffen; die US-Elitesoldaten lösen den Fall.
50 In JERICHO FEVER erledigt ein deutscher Bader-Meinhoff-Terrorist zusammen mit einem bunt zusammengewürfelten Team gegen Bezahlung Terroranschläge für die Palästinenser.
51 In ME' ACHOREI HASORAGIM / BEYOND THE WALLS überwinden die beiden Häftlingsgruppen (Israelis und Araber) in einem israelischen Gefängnis ihren blutigen Krieg gegeneinander, um gegen das *übergeordnete* Gewaltsystem gemeinsam mit gewaltfreien Mitteln zu rebellieren: Juden und Palästinenser durchschauen, dass die Gefängnisleitung den Krieg der beiden Gruppen entfacht und für ihre Interessen instrumentalisiert. Danach verweigern sie

jedes Komplizentum. Der Film zeigt den Strafvollzug als Kriegssystem und im übertragenen Sinn den Krieg als Gefängnis für die Menschen. Die bemerkenswerte Anregung des Drehbuchs besteht darin, die eigentliche Ursache des Blutvergießens *jenseits* der unmittelbar konfrontierten Kriegsparteien zu suchen.

52 Am 5.9.2002 meinte Ex-Präsident Jimmy Carter: »Tragisch ist auch, dass unsere Regierung substantielle Verhandlungen zwischen Palästinensern und Israelis nicht länger aktiv unterstützt. Offensichtlich besteht unsere gegenwärtige Politik darin, jede Aktion der Israelis in den besetzten Gebieten zu begrüßen und die Palästinenser zum Ziel unseres Krieges gegen den Terrorismus zu erklären, während die Israelis ihre Siedlungen ausdehnen und die palästinensischen Enklaven zusammenschrumpfen.« (*Carter* 2002.) – Das von der Sharon-Administration übernommene militärische Stärkemodell der US-Politik produziert laufend neue Unsicherheit für die Menschen des Landes. Israel selbst wird durch die Allianz mit der Supermacht zu einer schwachen Zielscheibe, die als Repräsentanz der USA gesehen wird. (200 Millionen Araber und eine Milliarde Muslime solidarisieren sich weltweit mit den Palästinensern!) Dieser Weg, so meinte Gush-Shalom-Mitglied Michael Warschawski am 13.10.2004 im »Neuen Deutschland«, steuert Israel mit rasendem Tempo auf einen Abgrund zu.

53 Laut *Berliner Zeitung* vom 29.9.2004 sind seit Beginn der II. Intifada, ausgelöst durch den provozierenden Tempelbergbesuch von Ariel Scharon am 28.9.2000, »bei den gewaltsamen Auseinandersetzungen 3.549 Palästinenser und 1.017 Israelis getötet worden. [...] Die Palästinenser hätten insgesamt 13.508 Angriffe verübt, darunter 138 Selbstmordattentate. Das palästinensische Gesundheitsministerium teilte mit, 159 Palästinenser seien bei gezielten Aktionen der israelischen Armee getötet worden.«

54 *Pilger* 2004a.

55 Vgl. *Sponeck/Zumach* 2003, 11-16, 38f.

56 Vgl. *Pilger* 2004b.

57 *Gresh* 2004.

58 *Seeßlen/Metz* 2002, 91f.

59 Bis dahin hatte das saudische Königreich den USA ab Beginn der 80er Jahre lediglich zugestanden, mit AWACS den Luftraum der Golfregion zu überwachen. (Vgl. *Heine* 2004, 148.)

60 Zitiert nach: *Wollschläger* 1970, 207. Die beiden nächsten Strophen: »2. Des Tempels Pflastersteine / Bedeckt sind vom Gebeine / Der Toten allgemeine – Jerusalem frohlocke! 3. Stoßt sie in Feuersgluten! / Oh, jauchzet auf, ihr Guten, / dieweil die Bösen bluten – Jerusalem frohlocke!«

61 Zitiert nach: *Drewermann* 1989, 193.

62 Daran erinnert *Gresh* 2004: »›Wir sollten uns der Überlegenheit unserer Kultur bewusst sein‹, erklärte Italiens Ministerpräsident Silvio Berlusconi am 26. September 2001 und erläuterte begeistert, dieses Wertesystem habe ›allen Ländern, die es übernahmen, Wohlstand gebracht – und damit auch die Achtung der Menschenrechte und der Religionsfreiheit‹. Der italienische Parlamentspräsident ist der Meinung, dass ›die Überlegenheit der westlichen Werte‹ viele Völker überzeugen werde. Das habe sich ja schon ›in der kommunistischen Welt und in einem Teil der islamischen Welt gezeigt. Leider sind andere Teile dieser Welt noch immer 1400 Jahre im Rückstand.‹« – *Bröckers* 2002, 110 illustriert mit einem Zitat aus Berlusconis Rede beim Berliner Staatsbesuch, wie sehr das italienische Staatsoberhaupt seiner rechtsextremen Herkunft verbunden bleibt: »Wir müssen uns der Überlegenheit unserer Zivilisation bewusst sein [...] Der Westen wird weiterhin Völker erobern, so wie es ihm gelungen ist, die kommunistische Welt und einen Teil der islamischen Welt zu erobern, aber

ein anderer Teil davon ist um 1400 Jahre zurückgeblieben. Die westliche Gesellschaft hat Werte wie Freiheitsliebe, die Freiheit der Völker und des Einzelnen, die sicherlich nicht zum Erbgut anderer Zivilisationen, wie der islamischen, gehören ...«

[63] Zu denken ist keineswegs nur an die unsägliche »Kopftuch-Debatte« in Europa und neue rassistische Bewegungen in Köln (nach einer desolaten und korrupten Kommunalpolitik) oder in den Niederlanden. Die Bundeszentrale für politische Bildung verbreitet z. B. mit Steuermitteln eine von Vorurteilen durchsetzte Kulturkampfschrift aus den USA: *Berman* 2004. – Bei seinen Besuchen in der Türkei, im Sudan, in Marokko, Tunesien, Ägypten und Syrien hatte Johannes Paul II. zur Jahrtausendwende die auf Abraham zurückgehende Geschwisterlichkeit mit dem Islam betont. Er sah auch gemeinsame Werte beim Aufbau einer gerechten Gesellschaft: »Die Begegnung mit den Muslimen muss über einfaches Teilen des täglichen Lebens hinausgehen. Sie muss echte Zusammenarbeit ermöglichen.« In der Omaijiden-Moschee in Damaskus hatte der Papst seinen Wunsch nach Versöhnung ganz dringlich ausgesprochen: »*Für jedes mal, wo Christen und Muslime einander verletzt haben, müssen wir die Vergebung des Allmächtigen erflehen und auch einander verzeihen.*« Das Friedensgebet in Assisi Anfang 2002 wurde weltweit als alternatives Programm zur Kulturkampf-Politik der US-Administration aufgefasst, als Votum auch für menschenrechtlichen Universalismus und christlichen Kosmopolitismus. 2004 jedoch warnten Weisungen des Vatikans vor Mischehen mit Muslimen und untersagten die inzwischen verbreiteten Interreligiösen Gebete in katholischen Gotteshäusern.

[64] *Heine* 2004. – Die Diktion des Autors Peter Heine und die von ihm gebotenen Informationen sind sachlicher. An das mit Steuermitteln – gegen eine geringe Schutzgebühr – verbreitete Buch gibt es, zumal es in der Reihe nach der bereits genannten Schrift des US-Publizisten Paul Berman (*Berman* 2004) erscheint, gleichwohl viele Anfragen: Warum werden alle »fragwürdig« erscheinenden Koranstellen und Lehrmeinungen im Wortlaut zitiert, Suren mit einem hohen Ethos für die gesamte Menschheit aber nur paraphrasiert? Warum rekurriert der Autor beim Thema »Al Qaida« ausführlich auf die Assassinen des 12. Jahrhunderts (fast zwanzig Seiten über zumeist sehr apokryphe Quellen), während er keinen islamischen Reformvertreter der Gegenwart wirklich zu Wort kommen lässt? Warum verzichtet der Autor auf kompromittierende Vergleiche zu den zwei Testamenten der Bibel oder auf naheliegende Analogien zu christlichen Fundamentalisten von heute und verschweigt, dass die von ihm vorgestellten islamischen »Modernisten« des späten 19. Jahrhunderts Vorstellungen anhängen, die gar nicht so weit entfernt sind vom Katholizismus des I. Vatikanums, sogar zum Teil aufgeklärter sind? Die Spekulationen zum »Al Qaida-Netz« werden wie eine objektive Darstellung vorgetragen. Als hilfreicher Beitrag zu einem Dialog kann man das informative Werk jedenfalls nicht verstehen, wenn es in der breiten »politischen Aufklärung« auf Leser trifft, die kaum etwas vom Islam wissen. – Vgl. jedoch als konstruktives Angebot unter bpb-Beteiligung: www.qantara.de – Dialog mit der islamischen Welt. Ein Internetportal von Bundeszentrale für politische Bildung (bpb), Deutsche Welle (DW), Goethe-Institut (GI) und Institut für Auslandsbeziehungen (ifa).

[65] Vera Gaserow hat die im Dezember 2004 präsentierten Ergebnisse eines Bielefelder Wissenschaftsteams um den Sozialforscher Wilhelm Heitmeyer in der *Frankfurter Rundschau* u. a. so referiert: »60 Prozent der Deutschen meinen, ›dass zu viele Ausländer in Deutschland leben‹. 36 Prozent finden, Migranten sollten in ihre Heimat zurückgeschickt werden, wenn hierzulande Arbeitsplätze knapp werden. Und 70 Prozent sind der Überzeugung, dass die moslemische Kultur nicht in die westliche Welt passe. [...] nahezu durchgängig sind die Aversionen gegenüber sozialen Minderheiten wie Homosexuellen oder Obdachlosen gestiegen. Besonders drastisch sind jedoch Fremdenfeindlichkeit und Überfremdungsängste in

Bezug auf den Islam gewachsen. Fast 58 Prozent der Befragten konnten sich nicht vorstellen, in einem Stadtviertel zu wohnen, in dem viele Moslems leben, ergab die Befragung, die noch vor der aktuellen Islam-Debatte nach dem Mord an dem niederländischen Filmemacher Theo van Gogh durchgeführt wurde.«

66 *Ehlers* 2004 meint: »Jetzt rennt Russland, wenn aus US-Sicht alles gut läuft, zum zweiten mal in die Djihad Falle, denn dies kann man nicht deutlich genug herausheben: Die Russen sind von der Kriegserklärung gegen den Terrorismus – was ja in Wirklichkeit nichts anderes ist als Krieg gegen den militanten Islam – um ein unvergleichlich Vielfaches mehr betroffen als die US-Amerikaner: Zu Russland gehört nicht nur der muslimische Kaukasus, zu Russland gehören auch muslimische Republiken in Zentralrussland. Insgesamt rund 25 Millionen Menschen, 17% der Bevölkerung der russischen Föderation sind Muslime bzw. Menschen, die im muslimischen Traditionsstrom leben und sich nach dem Zerfall des sowjetischen Weltbildes nun neu am Islam orientieren, ganz zu schweigen von den muslimischen Nachbarstaaten der ehemaligen Sowjetunion: Afghanistan, Irak, Iran, Türkei. Klar gesagt: Russland kann keinerlei Interesse an einer irgendwie gearteten Eskalation seiner Vielvölker-Kultur zu einem anti-terroristischen Kulturkampf haben! Dieser Kulturkampf ist ein unerwünschter Import aus den USA, der den inneren Zusammenhalt der pluralen Gesellschaft Russlands zu sprengen droht.« Zur politischen Funktion der neuen Islam-Feindlichkeit vgl. auch *Richter* 2005.

67 Gemeint ist »Hobal«, dem zusammen mit drei weiblichen Gottheiten der ursprünglich polytheistische Kult der Kaaba in Mekka galt. Robertson will mit seiner absurden Polemik den Monotheismus des Islam als »heidnisch« qualifizieren und eine Gemeinsamkeit der drei abrahamischen Bekenntnisse leugnen. – Ergänzend zur pseudo-wissenschaftlichen Kulturkampfthese ersetzen die »Theocons« – als Fußtruppe der Neokonservativen – in ihrer Rhetorik die »gottlosen Marxisten« einfach durch »Muslime«.

68 *Spang* 2004. – Quelle dieses kritischen Beitrags ist die *Rheinische Post*, die Ende 2001 allerdings selbst anti-islamische Artikel präsentierte, die zum Teil die Grenze zur Hetze überschreiten, so: *Ulrich Reitz,* Wo wir stehen (RP, 24.12.2001 – mit einem Seitenhieb auf die »seltsam rückwärtsgewandt(e)« Friedensrhetorik des Bundespräsidenten J. Rau. Wörtlich auch: »Wenn die anderen schlechter dran sind als wir, dann weniger, weil wir sie imperialistisch unterdrücken. Nein, sie haben es selber nicht auf der Pfanne [...] In islamischen Ländern fristet die Freiheit des Einzelnen eine Nischenexistenz ...«), und: *Herbert Kremp,* Welteroberer Islam. Im Anspruch eines Gottesstaates »ohne Grenzen« erfüllt sich die Tragödie einer großen Religion, die über eine Milliarde Gläubige zählt (RP, 28.12.2001). – Weitere erschreckende Hinweise zur Islam-Hetze der US-Fundamentalisten bietet: *Steinbeiß* 2004.

69 Zitiert nach: *Kreye* 2003. Dort auch die Mitteilung über den der Familie Bush verbundenen Vater des Predigers: »Reverend Billy Graham, der sich als Berater von Richard Nixon und Antisemit einen Namen gemacht hatte.«

70 Zitiert nach: *Hoyng/Spörl* 2003, 98.

71 *Gresh* 2004. – Zu missionarischen Aktivitäten der Südstaatenbaptisten im Irak vgl. *Kreye* 2003 und *Steinbeiß* 2004. Auch die Peace Presbyterian Church schickte Ende 2004 zahlreiche Bibelausgaben, darunter solche mit dem U.S. Marines Emblem, an die irakische Front. (*Pany* 2004b.)

72 Zitiert nach: US-General findet es »lustig, einige Leute zu erschießen«. In: Spiegel-Online, 3.2.2005. http://www.spiegel.de/politik/ausland/0,1518,340082,00.html .

73 *Gresh* 2004.

74 Da ich in dieser Arbeit den ideologischen Hintergrund der entsprechenden Wortschöpfungen beleuchte, verzichte ich auf eine solche Kennzeichnung. Kritisch muss überhaupt der

inflationäre Gebrauch des Adjektivs »islamisch« untersucht werden. Welche unserer Zeitungen setzt z. B. bei westlichen Soldaten, die foltern oder morden, das Adjektiv »christlich« dazu?

[75] Zitiert nach: *Schuhler* 2003, 19.

[76] Zitiert nach: *Deiseroth* 2004, 17.

[77] *Wöhlert* 2003, 95: »Stereotyps and Images: Arabs being rich and greedy, oil sheiks living in palaces, arrogant & pompous; boasters, greasy lecherous rascals, terrorists, sexual beasts; Islam being a violent religion, most Arabs being Islamic fundamentalists. Arab women being subservient to men.«

[78] Vgl. *Wöhlert* 2003, 96, 101.

[79] Infam ist die Psychologie des Films vor allem auch deshalb, weil sie dem iranischen Immigranten völlig unmotiviert eine radikale Wandlung unterschiebt. Unversehens ist aus dem zärtlichen Gatten ein Unterdrücker geworden. – Die beklagenswerte Frauenrecht-Situation in einem Großteil des islamischen Welt ist in keiner Weise zu beschönigen! Historisch muss jedoch daran erinnert werden, dass der Koran zu seiner *Entstehungszeit* emanzipierende Bestimmungen vorgelegt hat (Ehe- und Scheidungsrecht; eigene Verwaltung der mitgebrachten Mitgift durch die Frau). Schließlich ist nicht einzusehen, warum Voten für die Gleichberechtigung der Frau und andere Menschenrechte selektiv die Kriegspropaganda untermauern sollen (z. B. Afghanistan), während sie bei Staatsbesuchen des bewährten Verbündeten Saudi-Arabien in den USA kein Thema sind. – In ähnlicher Weise fördern andere Filmtitel antiarabische Xenophobie, so z. B. ESCAPE: HUMAN CARGO (USA 1998) von Simon Wincer.

[80] *Rötzer* 2002a berichtet über den Animationsfilm »MUHAMMAD: THE LAST PROPHET« als Gegenversuch aus islamischer Sicht, mit einem Disney-Genre und unter Beachtung des religiösen Bilderverbotes die Geschichte des Propheten Mohammed »auf faszinierende Weise der Welt zu erzählen«.

[81] Zitiert nach: *Wöhlert* 2003, 98. – Wegen entsprechender Taten von US-Amerikanern in Kriegen gegen »Indianer«, Koreaner und Vietnamesen müsste man folgerichtig das Sammeln von Ohr-Trophäen als typisch für die Vereinigten Staaten bezeichnen. – Auf die rassistische Dimension des Kulturkampfs der US-Rechten verweist *Gresh* 2004 mit Zitaten der Kolumnistin Ann Coulter (USA): »Als wir gegen die Kommunisten kämpften, na ja, da gab es Massenmörder und die Gulags, aber wir hatten es mit Weißen zu tun, mit Menschen, die bei Verstand waren. Jetzt treten wir gegen Wilde an.« »Seit zwanzig Jahren bereits greifen uns unzivilisierte fanatische Muslime an. Die Geiselnahme im Iran oder der Anschlag auf die Diskothek in Berlin – das waren doch keine Leute von al-Qaida.«

[82] Die Vermittlungsfigur in diesem europäischen Kreuzzugsepos ist Andreas, der ein Amulett mit dem Namen des »Allerbarmers« (Sure 1) trägt. Er hat einen muslimischen Vater und eine christliche Mutter. Deshalb weist ihm sein Adoptivvater eine Bestimmung als »Mann des Friedens« zu. Tatsächlich wird Andreas später zeitweilig für die Sarazenen und Juden arbeiten, die für die meisten Kreuzfahrer unterschiedslos Feinde sind. (Bezeichnender Weise wird er die überlegene Technik der Moslems bzw. deren byzantinisches Feuer erst funktionsfähig machen!) Er schließt Freundschaft mit einer Jüdin, die sich – als Mann verkleidet – das Recht zum Thora-Studium erschleicht. Der Film vermittelt ein Klima gelehrter Freundschaften zwischen Juden, Muslimen und den Christen jener Riten, die – anders als die Abendländer – friedlich in Jerusalem leben. Er zeigt Massenmorde der Kreuzfahrer an Juden, Goldgier und Vergewaltigungen. Richard, ein Edelmann aus der Normandie, erfährt seine Umkehr: »Ich will nicht mehr kämpfen. Mein christlicher Glaube hat mir die Augen geöffnet. Jetzt weiß ich, dass jedes einzelne Leben heilig ist und dass jeder Tropfen Blut

geweiht ist. Unser Gott ist kein Gott der Gewalt. Diese Stadt ist heilig; es darf kein Blutvergießen mehr geben.« Der Mittler Andreas kehrt am Ende doch in seine christliche Heimat zurück, wo eine »Pilgerkirche des Friedens« gebaut wird.

83 Im B-Movie TRIDENT FORCE verübt eine palästinensische Terrororganisation unter der Leitung von Abbu Hassad grausame Bombenanschläge. (Abu Hassad wird von den Sowjets unterstützt, konsumiert Kokain und missbraucht einen Knaben sexuell.) Im Mittleren Osten soll ein riesiges Feuer entfacht werden – als Hindernis für einen »Frieden mit den Zionisten«. Rashid und sein Bruder, beide halb britisch und halb arabisch, kämpfen auf der Seite einer internationalen Antiterroreinheit der demokratischen Länder, die unter US-Leitung aus Mossad, Delta Force, GSG9, SAS etc. besteht. Sie erringen den Respekt ihrer Mitkämpfer.

84 So wörtlich z. B. die Frage eines Soldaten beim Einsatzbefehl in G.I. JANE: »Iran or Iraq?« und ähnlich in THE SIEGE (1998). Neuerdings wäre vielleicht der Sudan als weiteres überwiegend islamisches Land hinzuzufügen.

85 *Fisk* 2004.

86 Vgl. die hilfreiche Darstellung des Islam in: *Drewermann* 2000, 106-128; ebenso *Sardar* 2004 und *Abid* 2004, dort besonders die Verweise auf die libanesische Autorin Amina Manasseh.

87 Vgl. *Clot* 2004, der 800 Jahre islamischer Hochkultur in Al Andalus – ohne Idealisierungen – würdigt.

88 Die Gemeinsamkeit der abrahamischen Religionen betont der Koran in Sure 2, Vers 62: »Wahrlich, diejenigen die glauben, und die Juden und die Christen und die Sabäer, wer an Gott und den Jüngsten Tag glaubt und Gutes tut – diese haben ihren Lohn bei ihrem Herrn. Keine Furcht wird über sie kommen, und sie werden nicht traurig sein.«

89 *Sardar* 2004, 42.

90 »Ihr, die ihr glaubt! Seid standhafte Zeugen vor Allah für die Gerechtigkeit, und lasst euch nicht durch den Hass anderer Leute (oder: auf andere Leute!) dazu verleiten, anders als gerecht zu handeln. Seid gerecht, denn das ist näher der Gottesfurcht. Und fürchtet Gott. Gott weiß wohl, was ihr tut!« (Koran 5:8)

91 Sowie nicht wenige Passagen in den Psalmen und anderen biblischen Büchern, die unter anderem Wohlwollen über zerschmetterte Kinderköpfe zum Ausdruck bringen. (Innerhalb der christlichen Bibel sind besonders auch Rachephantasien in der Johannes-Apokalypse zu berücksichtigen.) Der Israeli Uri Avnery hält den jüdischen Fundamentalisten, die heute unter Berufung auf solche Bibelstellen Morde rechtfertigen wollen, jenes Judentum entgegen, das in der Neuzeit eine universale Ethik als seinen ursprünglichsten Dienst für alle Völker betrachtet.

92 Die zweifellose Vorzugsstellung der Araber als dem Volk, aus dem der Prophet stammt und der Mahdi kommen wird, ist weniger exklusiv zu verstehen als die ursprüngliche biblische Rede vom auserwählten Volk Gottes.

93 Der Islam (Koran, 2 Sure) hat das (unter jüdischen Volksgenossen) geltende Zinsverbot der hebräischen Bibel, die die wohl älteste Sozialgesetzgebung im Kontext der Geldwirtschaft enthält, übernommen und im Gegensatz zum Christentum später nicht offiziell relativiert.

94 Mehr als fraglich erscheint gegenwärtig der *Alleinvertretungsanspruch* des westlich-parlamentarischen Demokratieverständnisses, der ausgerechnet zu einem Zeitpunkt geltend gemacht wird, zu dem immer mehr Menschen in Europa und in den USA ihren Volksvertretungen das Prädikat »demokratisch« nicht mehr ohne weiteres zugestehen wollen.

95 Ohne Perspektivwechsel kommt aufgrund unserer Gewöhnung die Ungeheuerlichkeit der Befunde in der »westlichen Kultur« nicht ins Blickfeld. Versuchen Sie einmal probeweise,

zumindest einige der in diesem Kapitel vorgestellten Filme mit vertauschten Rollen (jeder Muslim ist dann ein Christ bzw. »westlicher Mensch«) zu sehen. Halten Sie es ebenso mit allen »Qualifikationen« der islamischen oder arabischen Kultur.

[96] Warum sollte z. B. der für die Zivilisationskritik islamischer Bewegungen zentrale Begriff der »Entfremdung« (vgl. *Heine* 2004, 101), der üblicher Weise sogleich als Beleg für Antimodernismus abgetan wird, keine berechtigten Anfragen enthalten?

[97] Darin steht u. a., wie *Küng* 2003 erinnert, folgende weitsichtige Erinnerung an die Universalität der Menschenrechte: »Jeder Mensch – ob Mann oder Frau, Israeli oder Palästinenser, Amerikaner oder Afghane, Russe oder Tschetschene, Soldat oder Kriegsgefangener – soll menschlich, das heißt human und nicht unmenschlich, gar bestialisch behandelt werden.«

[98] Dazu erläutert Hans *Küng* 2003: »Mit Altbundespräsident Richard von Weizsäcker gehörte ich einer zwanzigköpfigen ›Group of Eminent Persons‹ an, von Generalsekretär Kofi Annan berufen, ein Manifest über ein neues Paradigma internationaler Beziehungen auszuarbeiten. Anlass war das Internationale Jahr des Dialogs der Kulturen, vorgeschlagen im übrigen von einem Muslim, dem reformerischen Staatspräsidenten des Iran, Muhammad Chatami. Unser Manifest haben wir am 9. November 2001 dem Generalsekretär und der UN-Vollversammlung vorgestellt unter dem Titel ›Crossing the Divide‹ ...«

[99] Nach Investigationen, die Seymour Hersh Januar 2005 im *The New Yorker* veröffentlicht hat, schwebt nach wie vor das US-amerikanische Kriegsschwert über dem Iran. US-Aufklärungsflüge über dem Land dienen der Vorbereitung möglicher Militärschläge. Drastischer kann die unberechenbare »Risiko-Freudigkeit« der US-Politik wohl nicht mehr vorgeführt werden.

[100] Sogar der US-Film erinnert mit THE GUNS AND THE FURY (dt. Titel: Blutiges Öl; USA 1982) von Tony M. Zarindast an die lange Geschichte der vom Westen angezettelten Ölkriege: Im Jahr 1900 kauft der britische Industriemagnat William Knox D'Arcy vom persischen König Erdölbohrrechte in der Provinz Khuzistan. Auch das zaristische Russland ist am iranischen Öl interessiert und stationiert Kosaken im Land. Zwei US-amerikanische Ingenieure, die 1908 im Auftrag der anglo-persischen Ölgesellschaft Probebohrungen durchführen, schlagen sich am Ende auf die Seite aufständischer Freiheitskämpfer, die ihr Stammesgebiet gegen die Ölimperialisten verteidigen. Im Gegensatz zu Briten und Russen, so das Wunschbild des Films, verfolgen die anwesenden »US-Cowboys« keinerlei kolonialistische Interessen in Persien.

[101] In seinem Buch »Der Fremde Orient« (1999/2002) schreibt der Pakistaner Ziauddin Sardar, Gastprofessor in London und Vertreter einer selbstbewussten islamischen Selbstkritik: »Eine Besserung wird erst eintreten, wenn man die Völker des Orients tatsächlich zu Wort kommen lässt, wenn man ihnen wirklich zuhört und zur Kenntnis nimmt, was sie denken, wissen, fühlen, wie sie zu sich selbst, ihrer Kultur und Geschichte stehen. [...] Allen Kulturen muss zugestanden werden, dass es in ihnen einen Mischung gibt aus Wandel und Kontinuität, aus Verzerrungen und Vorurteilen, dass sie sich immer wieder neu erfinden und ihre Geschichte neu formulieren.« (Zitiert nach: AMOS – Kritische Blätter aus dem Ruhrgebiet. Heft 3/2003, 41.)

[102] Herausragende Terrorgestalt in NIGHTHAWKS ist Wulfgar, ein geltungssüchtiger Psychopath. Er kämpft mit Bombenanschlägen gegen britischen Kolonialismus und pflegt ein hohes Pathos: »Ich spreche für ein armes unterdrücktes Volk, das nichts mehr hat. Ich bin seine Stimme.« Seine Komplizin ist eine 1949 geborene Marokkanerin, »Kind wohlhabender Eltern, verwöhnt und skrupellos«. Wulfgar ist von London nach New York gewechselt, weil dort die größte Publicity wartet. Die Genossen, deren Freilassung er durch Geiselnahme einer UN-Delegation erzwingen will, tragen arabische, asiatische und slawische Namen. Persönliche

XIII. Die USA im Kampf gegen den Terror

Vorlieben des Terroristen: luxuriöse Kleidung, teures Essen, anspruchsvolle Diskotheken und schöne Frauen, die er bei Bedarf ermordet. – Im Film werden zwei brave Straßenpolizisten im Rahmen einer Antiterror-Ausbildung förmlich zu Killern. Man sucht die Kandidaten für den Einsatz z. B. anhand der offiziellen militärischen *Tötungszahlen* von Polizisten, die als US-Soldaten in Vietnam waren. Verbreitet werden populärwissenschaftliche, reaktionäre Thesen über Terrorismus. Silvester Stallone lernt in diesem Film, seine rechtsstaatlichen Bedenken und die Skrupel, Zivilisten zu gefährden, bei der Jagd auf Terroristen abzulegen.

[103] *Seeßlen/Metz* 2002, 91 nennen den Titel, in dem ein US-Söldnerkommando einen nordafrikanischen Exilpolitiker schützt, als Beispiel für Antiterror-Einheiten, die jenseits aller völkerrechtlichen Bindungen agieren.

[104] In Die Hard (USA 1987) leidet Los Angeles wie weltweit viele Städte unter dem Schrecken des Internationalen Terrorismus. Nur scheinbar will die Gruppe der Internationalen Volksfront einen japanischen Großkonzern politisch attackieren; das Motiv besteht einzig und allein aus 600 Millionen Dollar, die erpresst werden sollen. Ein FBI-Mann kommentiert die Terrorbekämpfung mit Helikopter so: »Das ist stärker als Saigon!« – Im Jahr, in dem US-Präsident Bush Sen. sein Militär unter dem Vorwand der Drogenbekämpfung in Panama einmarschieren lässt und Manuel Noriega stürzt, kommt Die hard 2 (USA 1989) in die Kinos: Lateinamerikanische Terroristen legen in Washington den Flughafen lahm, um einen in den USA inhaftierten Drogenkönig bzw. Diktator zu befreien. – In Die hard With A Vengeance (USA 1994) terrorisiert schließlich ein deutscher Krimineller mit seiner Privatarmee und Bomben New York.

[105] Über sexuellen Missbrauch irakischer Jungen im US-Gefängnis in Abu Ghraib berichtet Seymour Hersh, wie Robert Fisk im Independent/Znet vom 28.9.2004 schreibt.

[106] *Seeßlen/Metz* 2002, 78. – *Heine* 2004, 134 meint für den Beginn des Jahrzehnts: »Der erste Selbstmordanschlag vom 30. Mai 1972 in Lod, bei dem die japanische Rotarmistin, Geliebte und Mitkämpferin des christlich-palästinensischen Anführers der PLFP die aus der japanischen Kultur stammende Kamikazementalität zur folgenreichen Anwendung brachte, zeigt, dass die Internationalisierung des Terrors und nicht islamische Glaubensüberzeugungen am Anfang der Selbstmordattentate in Palästina stand.«

[107] Der Titel ist nicht zu verwechseln mit zwei gleichnamigen Terror-Filmen: Under Siege (USA 1992) über Terroristen, die auf einem US-Schlachtschiff Nuklearsprengköpfe entwenden wollen, und Under Siege 2 (USA 1995), in dem ein Wissenschaftler aus der Militärforschung Satellitenwaffen zum Einsatz bringen will und von einem Antiterror-Spezialisten außer Dienst gestoppt wird. – Für eine breitere Untersuchung müssen vermutlich besonders weitere Fernsehfilme herangezogen werden. Leider nur spärliche Informationen bietet das Internet zu einer us-amerikanischen TV-Produktion aus dem Jahr 1988: Terrorist On Trial: The United States Vs. Salim Ajami von Jeff Bleckner. Ein Araber wird von geheimen Spezialkräften aus West-Beirut entführt, um in den USA vor Gericht des Mordes an US-Amerikanern angeklagt zu werden. Im Prozess soll geklärt werden, ob es sich bei den Aktionen des Angeklagten um politischen Freiheitskampf oder um Kapitalverbrechen handelt. – Viel früher freilich zum Thema: Black Sunday (1976).

[108] Zitiert nach dem Dokumentarfilm: Opération Hollywood (Frankreich 2004).

[109] Plot nach der Hülle der – von 180 auf 138 Minuten gekürzten – *deutschsprachigen* Fassung von Under Siege (»Bomben auf Washington«) der Taurus-Film Video GmbH (1987). – Nur diese Fassung habe ich berücksichtigen können.

[110] In L'Union Sacree (Frankreich 1988) bekämpfen der Algerier Karim Hamida, Mitarbeiter des französischen Geheimdienstes, und sein jüdischer Polizeikollege als Team in Paris den Terror fanatischer Muslime. (Diese töten u. a. durch hochkonzentrierte Heroin-Geschenke

französische Jugendliche.) Die Losung der Terroristen setzt »geistige Werte« gegen westlichen Materialismus. Die Kopftuchdebatte ist in einer Szene bereits aus säkularistischer Perspektive dargestellt. (Allerdings darf auch der jüdische Polizist das »Schema Israel« nicht an der Tür seines Büros anbringen.) Scheinheilig beanspruchen die islamistischen Drahtzieher Menschenrechte und diplomatischen Schutz. Zumindest wird der Terror im Film als Missbrauch des Koran interpretiert. (»Sie fälschen die Botschaft des Islam und machen ihn zu einem Instrument von Hass und Gewalt.«) Herausragende Antiterror-Strategie sind die Verletzung von Dienstvorschriften und der Gebrauch von Schusswaffen. Am Ende steht der Gegenterror durch eine Bombe, die das Auto des führenden Islamisten in die Luft sprengt. Die deutschsprachige Fassung des Films vermerkt hernach immerhin in Schriftform: »Vielleicht ist diese Rache nur geträumt. Selbstjustiz ist nie eine Lösung.«

[111] Zur Militärbeteiligung bei TRUE LIES teilt http://www.imdb.com mit: »The US Government supplied three Marine Harriers and their pilots for a fee of $100,736 ($2,410 per hour). [...] The military aircraft seen late in the movie were McDonnel Douglas AV-8B Harriers of the Marine Attack Squadron 223 (VMA-223) which is nicknamed the ›Bulldogs‹.«

[112] Vgl. *Everschor* 2003, 205.

[113] http://www.imdb.com .

[114] Im weiteren Verlauf wird die unbestätigte *Vermutung* geäußert, ein rivalisierender Terrorführer aus den eigenen Reihen der Gotteskrieger könne verantwortlich für dieses Kidnapping sein. Nach dieser Version fiele das Massaker im Zuge der Verhaftungs-Aktion nicht auf eine den USA freundlich gesonnene Gruppe oder Institution zurück.

[115] An Bord befindet sich auch ein US-Senator mit Ambitionen auf das Präsidentenamt, der später getötet wird. Dieser Senator erhofft sich zunächst, aus der Entführung politisches Kapital schlagen zu können. Terrorist »Altan« antwortet ihm: »Wir beide wissen um die Bedeutung dramatischer Erklärungen an die Welt.«

[116] *Everschor* 2003, 213; vgl. dort auch S. 125.

[117] Weiterhin: »Special Thanks to: Ohio Adjutant General's Department, Major James T. Boling; Ohio Air National Guard; 121st Air [...] Wing Rickenbecker ANGB Ohio; 179th Airlift Wing, Mansfield Ohio; Ohio Army National Guard; Army Aviation Support Facilities 1 & 2; California Air National Guard; 146th Airlift Wing [...] Calif.; California Army National Guard; [...] Aviation Brigade, Los Alamitos, Calif.« (Alle Auslassungen aufgrund der schlechten Lesbarkeit im Videoformat.)

[118] Zitiert nach: *Bahr* 2001, 18.

[119] Das innenpolitische Motiv »Ausnahmezustand« taucht im Kontext einer Entführungswelle bereits im dokumentarisch gestalteten Spielfilm LES ORDRES (Kanada 1974) von Michel Brault auf.

[120] Vgl. ausführlich zu THE SIEGE *Kozlowski* 2002, mit zentralen Drehbuchpassagen des Originals.

[121] General Devereaux hält zum Ausnahmezustand in Manhattan folgende Presseansprache: »Today with the invocation of the War Powers Act by the president, I am declaring a state of martial law in this city. To the best of our knowledge we are not more opposed by more than 20 of the enemy. He's hiding among a population of roughly 2 million. Intelligence tells us that he's most likely arab-speaking, between the age of 14 and 30 – narrowing the target to 15.000 suspects. We can further reduce that number down to those that have been in this country less than 6 months. Now you have 20 hiding among 2.000. If you're one of these 20 young men [die Mitglieder der Terrorzelle], you can hide in a population of similar ethnic background. Unfortunately for you, you can only hide there. And that classical im-

migration pattern is concentrated here, in Brooklyn. We're gonna seal off this borough and intend to squeeze it. This is the land of opportunity gentlemen. The opportunity to turn yourselves in. After sundown tonight any young man fitting the profile I described who is not cooperating will be arrested and detained. There is historically nothing more corrosive to the morale of a population than policing its own citizens. But the enemy would be sadly mistaken if they were to doubt our resolve. They're now face-to-face with the most fearsome military machine in the history of mankind, and I intend to use it and be back on base in time for the playoffs.« (Drehbuchtext nach: *Kozlowski* 2002.)

[122] Zur entsprechenden Szene *Kozlowski* 2002: »Als Hubbard einen Verdächtigen verhaftet und der ihm von der Armee abgenommen wird, verlangt der FBI-Agent später, seinen Gefangenen zu sehen. Devereaux führt ihn in eine leere Toilette des Stadions, wo Tariq Huseini, der Gefangene, nackt auf einem Stuhl sitzt und von Sharon verhört wird. Aber Huseini schweigt, so dass die CIA-Agentin zusammen mit den Militärs in Anwesenheit des Gefangenen und in erschreckend nüchternem Ton diskutiert, wie erfolgreich verschiedene Foltermethoden sind.«

[123] *Brinkemper* 2003 kommentiert diese Szene so: »Am Ende gibt der Film eine wichtige Definition für staatlichen Terror oder Mord: Die Ausübung von beliebig motivierter Gewalt ohne kontrollierte Rückbindung an Recht und Gesetz.«

[124] Im Original: »I'm sure everyone here knows the traditional model of the terrorist network. One cell controls all others. Cut off the head, the body will wither. Unfortunately, the old wisdom no longer applies. The new paradigm is, each cell operates independent of the other.« (Text nach: *Kozlowski* 2002.) Nach diesem Muster sind auch die spekulativen Beschreibungen von al-Qaida gestaltet.

[125] Auf eine erschreckende Aktualität solcher Drehbuchpassagen stößt man durch einen Hinweis von Horst-Eberhard Richter: »Laut BBC-News vom 15. Juni hatte die US-Generalin Karpinski eine Losung bekannt gemacht, die lautete: ›Sie (die Gefangenen – d. Red.) sind wie Hunde, und wenn man ihnen nur einen Moment erlaubt zu glauben, dass sie keine Hunde sind, hat man schon die Kontrolle verloren.‹« (*Richter* 2004.)

[126] Der muslimische Polizist bzw. Antiterror-Kämpfer auf Seiten des Westens, der angepasst und aufgeklärt ist, muss als Stereotyp betrachtet werden. Er begegnet uns z. B. auch in TRIDENT FORCE (USA 1987) und L'UNION SACRÉE (Frankreich 1988).

[127] Vgl. *Wöhlert* 2003, 104.

[128] Zu seinem Werk THE SIEGE teilt Regisseur Edward Zwick mit: »Für ein Melodram braucht man einen Gegner und dieser Gegner hatte im Laufe der Zeit viele Gesichter. Man brauchte nicht viel Phantasie, um sich der Entwicklung in Europa [sic!] bewusst zu sein. Mit dieser Art von radikalem Fundamentalismus und den Problemen, die ich angesprochen habe, musste man an vielen Orten der Welt fertig werden. Ich habe mir das also nicht aus den Fingern gesogen. Das lag einfach nahe. Doch die Gefühle der in Amerika lebenden Araber waren etwas Neues, das man berücksichtigen musste. [...] Ich wollte über Gewalt und ihre Folgen sprechen und über die Tatsache, dass Geschichte von Menschen gemacht wird. Es gibt Gewinner und es gibt Verlierer. Es muss immer ein Preis bezahlt werden. Und alles ist irgendwie eine Folge der Geschichte. Die Filme, gegen die ich persönliche und politische Einwände erhebe, objektivieren die Kriegsteilnehmer und ignorieren den politischen Kontext und die menschlichen Konsequenzen von Gewalt und Krieg.« (Zitiert nach dem Dokumentarfilm: OPÉRATION HOLLYWOOD, Frankreich 2004.)

[129] Zitiert nach: *Bröckers* 2004.

[130] Vgl. *Böhm* 2003b, 15.

[131] Vgl. dazu unter Kapitel V.5.

XIII. Die USA im Kampf gegen den Terror

[132] *Chossudovsky* 2003a. Zu den Ausführungen von General Franks vgl. auch: *Wisnewski* 2004.
[133] Auch dieser Film enthält den Hinweis auf wiederholte Terror-Alarmmeldungen in den USA aufgrund von Bombendrohungen muslimischer Fundamentalisten! Der weitere Plot von SAVIOR: Ein angeschossener Muslim kommt nach diesem Blutbad aus der Moschee und droht seinerseits Rose zu erschießen. Er wird von einem Kollegen, der Rose gefolgt war, getötet. – Joshua Rose flüchtet aus den USA und ermordet 1993 in Bosnien als Söldner viele Muslime. (»Er suchte eine Sache, an die er glaubt.«) Regisseur Antonijevic ist bemüht, die Grausamkeit von Serben und bosnischen Muslim-Truppen gleichermaßen darzustellen und daran zu erinnern, dass vor dem Krieg alle ethnischen Gruppen in Jugoslawien sehr friedlich zusammen lebten. (Allerdings fällt die Bilanz der gezeigten Bilder – der Wandlung des Muslim-Jägers entsprechend und passend zur erwünschten Sicht im Erscheinungsjahr – eindeutig zuungunsten der serbischen Kriegspartei aus.) In Bosnien verliert der Söldner Rose seinen Glauben an den Krieg und bekehrt sich wieder zum Leben. Er hilft, das Kind einer von Muslimen vergewaltigten Serbin zur Welt zu bringen und zu retten. Nachdem die (serbische) Mutter auf der Flucht bei einem Massaker an *muslimischen* Frauen, Jugendlichen und Alten ermordet worden ist, nimmt er das Kind als Vater an und bezahlt die Busfahrt auf der Flucht mit dem Gold-Kruzifix seiner in den USA getöteten Frau.
[134] Dazu *Chomsky* 2002, 29: »Alle hier bei uns waren entsetzt über den Bombenanschlag von Oklahoma, und einige Schlagzeilen verkündeten damals: ›Oklahoma City sieht aus wie Beirut.‹ Nirgendwo wurde darauf hingewiesen, dass auch Beirut wie Beirut aussieht, was zum Teil damit zusammenhängt, dass die Regierung Reagan dort 1985 einen terroristischen Bombenanschlag verübte, der dem von Oklahoma City sehr ähnelte. Vor einer Moschee war ein Lastwagen mit einer Bombe geparkt worden, deren Zünder so eingestellt war, dass möglichst viele Leute beim Verlassen der Moschee getötet werden sollten. Einem Bericht der *Washington Post* zufolge, der erst drei Jahre danach erschien, wurden 80 Menschen getötet und 250 verletzt, darunter sehr viele Frauen und Kinder. Zielobjekt des Anschlags war ein muslimischer Geistlicher, den die US-Regierung hasste. Aber sie verfehlte ihn.«
[135] Die Fahrzeuge des Films sind gesponsert von TVR Engineering, General Motors Corporation, Ford Motor Company, Mercedes Benz USA.
[136] *Prose* 2003b.
[137] *Roy* 2004.
[138] Dass die Menschen dieser Dauer-Alarmierung einmal überdrüssig werden könnten, zeigt LAND OF THE PLENTY (2004) von Wim Wenders. In diesem Film klagt eine bettlägerige alte Frau, seit Monaten könne sie nur immer das gleiche TV-Programm empfangen. (Am Bildschirm hält US-Präsident Bush gerade wieder eine seiner Antiterror-Reden.)
[139] *Rutenberg* 2004, 56.
[140] Vgl. zu THE SUM OF ALL FEARS auch: *Christmann* 2002; *Rupp* 2002a. – Zur weiteren Vertiefung der Filmbotschaft am Computer brachte der Spieleproduzent Ubi Soft einen passenden Ego-Shooter heraus.
[141] Die Kette der Alarm-Berichterstattung reißt nicht ab. Ende August 2004 kursierten Pressemeldungen, islamistische Kreise hätten versucht, sich in Deutschland, Frankreich und Italien radioaktives Material zum Bau einer »schmutzigen Bombe« zu besorgen. Anfang Oktober 2004 wurde für Großbritannien berichtet, Terroristen hätten versucht, mit Hilfe der in Rauchmeldern enthaltenen Kleinstdosen an »Americium 241« eine »schmutzige Bombe« zu bauen (ein völlig unsinniges Unterfangen). Ende November 2004 wurde Europas Bevölkerung erneut auf »schmutzige Bomben von Islamisten« vorbereitet (ein typisches Beispiel der Panikberichterstattung in der Rheinischen Post: *Uhlemann* 2004) etc. etc.
[142] Das Szenarium: »Anrücken der Einsatzkräfte, Evakuierung des Regierungsbezirks, Verbrei-

tung von Anschlags-Meldungen, Ausbruch von Panik, Menschen eilen nach Hause und verstrahlen ihre Familien.« (*Uhlemann* 2004.)

[143] Ben Affleck, bereits in Pearl Harbor mit einer patriotischen Heldenrolle bedacht, spielt in diesem Film einen Jack Ryan, der sich spürbar der James-Bond-Gestalt (vgl. Kapitel VIII.1) annähert.

[144] *Pilger* 2004a teilt zur russischen Kriegsführung in Tschetschenien z. B. mit: »Am 4. Februar 2000 attackierten russische Flugzeuge das tschetschenische Dorf Katyr Yurt. Sie benutzten ›Vacuum-Bomben‹, die Benzingas freigeben und menschliche Lungen aussaugen und durch die Genfer Konvention verboten sind.« Dem Filmhinweis folgte real der rigorose Nervengaseinsatz beim Terroranschlag auf das Moskauer Theater.

[145] Filme der neunziger Jahre, die wie THE PEACEMAKER (USA 1997), OPERATION DELTA FORCE II: MAYDAY (USA 1997), STEALTH FIGHTER (USA 1999) oder Y2K (USA 1999) mögliche Atomangriffe auf die USA thematisieren und dabei meistens alte UdSSR-Bestände als Lager für Nuklearwaffenhandel betrachten, sind Legion.

[146] Die Szene erinnert – unschwer erkennbar – an BLACK SUNDAY (USA 1976) von Frankenheimer, in dem es sich bei den Tätern explizit um arabische Terroristen handelt.

[147] Dass eine *begrenzte* Nuklearexplosion innerhalb der USA nicht zu den Tabus des US-Kinos gehört, zeigt auch der im Komplex des Rüstungskonzerns General Electric produzierte NBC-Fernsehfilm ATOMIC TRAIN (USA 1998). Auf Denver rast ein Zug zu, der wegen eines Bremsdefektes nicht gestoppt werden kann. Neben gefährlichen Chemikalien gehört zur Fracht eine illegal entsorgte Atomrakete der alten UdSSR, die – ganz anders als moderne US-Waffen [!] – bei einem Aufprall explodieren könnte. (Eben dies geschieht später auch.) Ausdrücklich werden die Frachtanteile der U.S. Army als harmlos bezeichnet. Die staatlichen Organe sorgen trotz anarchischer Zustände in Denver am Ende erfolgreich für eine Evakuierung. Die in den USA lange geheim gehaltenen Zugtransporte von Nuklearabfällen sind nach dem Lexikon des Internationalen Films der Hintergrund von ATOMIC TRAIN, doch gerade sie werden vom Drehbuch nicht problematisiert. (General Electric ist auch im Energiesektor vertreten.)

[148] Auf http://www.imdb.com wird folgende Begründung geliefert: »The movie changed the villains from Islamic extremists (in the novel) to Neo-Nazis. This was done to increase realism because before the terrorist attacks on the USA of 11 September 2001, Islamic extremists were considered unable to carry out intensive terrorist act on US soil. After 9/11 the production staff had to review how to present the movie to the public.«

[149] Der französische Hintergrund der frühesten israelischen Atomwaffen wird im Film nicht berücksichtigt.

[150] Die Seite http://www.kino-potsdam.de/kino/newslist.php?nid=87&act=full berichtete 2003 unter der Überschrift »Hollywood und das Militär« allerdings auch über Eingriffe bei THE SUM OF ALL FEARS. Phil Strub, der Sonderbeauftragte des Pentagon für Unterhaltungsmedien, belehrte den Regisseur, der ursprünglich mit nur zwei Cruise Missiles einen U.S.-Flugzeugträger versenken lassen wollte, »dass es aus Gründen der Glaubwürdigkeit erstens schon ein paar mehr Marschflugkörper sein müssten, weil die bordeigenen Kampfflieger vom Typ F-14 oder der Raketenkreuzer im Flottenverband angreifende Bomber abschießen würde, und dass zweitens der Flugzeugträger am Ende höchstens nicht mehr funktionstüchtig sei, aber bestimmt nicht sinken würde. Die Korrektur kostete den Produzenten zusätzlich neun Millionen Dollar – dafür durfte das Team dann unter anderem mit zwei echten B-2-Bombern und einer umgebauten Boeing 747 drehen, die im Fall eines wirklichen Nuklearangriffs dem Präsidenten als Kommandozentrum dient.«

[151] http://www.imdb.com teilt lediglich mit: »The U.S. aircraft carrier shown in the movie is

XIII. Die USA im Kampf gegen den Terror

CVN-74, the U.S.S. John C. Stennis, identified by the large white >74< on the side of the ship. [...] Real soldiers were used for the sequence of rescuing Fowler from the wrecked motorcade.«

[152] Vgl. zum folgenden: Turley 2003; Dorsey 2003 (sehr gute Chronologie der Ereignisse); Claßen 2004, 26; Gaus 2004, 111-113; sowie: MARSCHBEFEHL FÜR HOLLYWOOD – DIE US-ARMEE FÜHRT REGIE IM KINO (NDR 2004; ausgestrahlt am 14.1.2004 um 23.00 Uhr in der ARD), Dokumentarfilm von Maria Pia Mascaro (daraus, sofern nicht anders vermerkt, die nachfolgenden Zitate). – Zu neuen US-Filmproduktion über den Antiterror-Krieg der USA, die für 2005 angekündigt sind und in dieser Arbeit nicht berücksichtigt werden können, vgl. Pany 2005 und Beier/Evers 2005. Genannt werden u.a. der Dokumentarfilm GUNNER PALACE (USA, Start im März 2005) sowie der Hollywood-Spielfilm NO TRUE GLORY: THE BATTLE FOR FALLUJAH (angekündigt für November 2005). – »Seit Januar gib es im amerikanischen Fernsehen den >Military Channel<, neben dem >Pentagon Channel< und dem >Military History Channel< der mittlerweile dritte Fernsehkanal, der ganz militärischen Stoffen gewidmet ist.« (Pany 2005.)

[153] Irrtümlich nennt Claßen 2004, 26 in diesem Zusammenhang auch die CBS-Entführungsdokumentation THE ELIZABETH SMART STORY (USA 2003), die Dorsey 2003 nur als Vergleich für die Publikumsgunst anführt.

[154] Im Dokumentarfilm MARSCHBEFEHL FÜR HOLLYWOOD werden allein 30 Drehbuchseiten mit Änderungswünschen für einen einzigen Tag gezeigt, die auf dem Schreibtisch des Pentagon-Mitarbeiters Todd Breaseale liegen.

[155] Zitiert nach: Gaus 2004, 112.

[156] Aus dem Rahmen der militaristischen Produktionen des Jahres 2001 fällt die Satire BUFFALO SOLDIERS (USA 2001) des australischen Regisseurs Gregor Jordan, die den 1989 in der Bundesrepublik stationierten US-Truppen mit völliger Respektlosigkeit begegnet, die soziale Wirklichkeit in der U.S. Army beleuchtet und als gefährlichen Spaßverderber einen Veteranen zeigt, der nach eigenem Bekenntnis Spaß am Töten in Vietnam gehabt hat.

[157] Zitiert nach: Scherz 2003, 93. Triple-X, Identifikationsfigur des Films, ist Extremsportler, Vertreter eines unbegrenzten Rechtes auf Spaß und Held der Jugendszene. Durch Videos seiner spektakulären Aktionen im Internet wird der US-Geheimdienst auf ihn aufmerksam und macht ein Angebot: Bei Kooperation soll »X« eine Tilgung seines Strafregisters erhalten. Die erste Einzelkämpfer-Prüfung besteht er in Kolumbien bei einer Operation gegen Kokainanbau und Drogenringe. In Osteuropa soll er hernach eine internationale Terrorgruppe unschädlich machen, die Biowaffen besitzt und mit diesen eine neue Weltordnung erzwingen will.

[158] In BAD BOYS II von Michael Bay agieren zwei afro-amerikanische Drogenfahnder vom Miami Police Department – gleichsam auf Einladung der kubanischen Nichtregierungsorganisation »Alpha 66« – im Nachbarland Kuba gegen eine Drogenmafia, die unter anderem mit dem Ku-Klux-Klan zusammenarbeitet. Der Drogenkampf dient diesem Film als hinreichender Grund für Tötungen oder für die Zerstörung eines kubanischen Armenviertels. Niebel 2004 konstatiert zu BAD BOYS II salopp: »US-Polizisten begehen bestenfalls ein Dienstvergehen, wenn sie schwer bewaffnet und heimlich auf Kuba landen. Die kubanische Armee ist verbrecherisch, denn sie schützt Drogenbosse. Deshalb sind ihre Soldaten strohdumm, denn sie merken nicht, wie drei Kampfhubschrauber von Florida kommend in den kubanischen Luftraum eindringen. Die kubanische Spionageabwehr ist noch bekloppter, denn ihr entgeht es, wie eine Handvoll muskelbepackter >Gringos< im Rambo-Format sich direkt neben der Villa des Drogenbarons einnisten und von dort einen Tunnel zu dessen Anwesen graben. Der Einsatz von Landminen ist gut und überhaupt nicht verboten, denn

XIII. Die USA im Kampf gegen den Terror

er schützt die US-Basis in Guantanamo vor den kubanischen Soldaten und ihren dealenden Mitbürgern. Auf Kuba zu landen ist ein Kinderspiel, Drogenlabors mit dem Hummvee-Jeep platt zu machen, ist abgefahren, und überhaupt ist so eine Aktion echt easy, denn alle Wege auf der Insel führen zu den US-Marines in Guantanamo.«

[159] THE ALAMO enthält alle Grundelemente der klassischen Kriegspropaganda: Der mexikanische Diktator Santa Ana, der »Napoleon des Westens«, terrorisiert die Menschen in Mexiko, achtet das Leben seiner Soldaten so gering wie das eines Huhnes und hält sich im Kampf gegen texanische Siedler (Bürgerwehr) bzw. reguläre »amerikanische« Truppen an kein Kriegsrecht. In der – 1718 als spanische Mission gegründeten – Festung Alamo fallen sämtliche Freiheitssoldaten für Texas diesem abgrundtief bösen und arroganten General zum Opfer. Zunächst sieht es so aus, als hätten US-Politiker und die »Armee« des sich anfänglich konstituierenden Texas diese Märtyrer angesichts der erdrückenden mexikanischen Übermacht einfach im Stich gelassen. Doch später gelingt durch kluge Strategie in nur 18 Minuten ein vernichtender »Waterloo«-Sieg auf freiem Feld. (Der US-General in diesem »Unabhängigkeitskampf« von Texas erhält seine klugen Eingebungen offenbar im Gebet.) Die bittere Niederlage von Alamo kann also durch einen viel bedeutenderen Sieg überwunden werden. Der Staat Texas, der dieses Filmprojekt auch unterstützt hat, ist geboren. – Aus dem Rahmen des übrigen Drehbuches fällt der kurze Kommentar eines Mexikaners über die angehenden »Texaner«: »General Ana will nur Mexiko regieren, aber dieses Gesindel die ganze Welt!« Der erste Teil von THE ALAMO ist als Remake des gleichnamigen bellizistischen John-Wayne-Klassikers (USA 1960) zu sehen. – Zur US-Expansionspolitik bis 1867 bezogen auf Texas und Mexiko vgl. Jörg Nagler, in: *Lösche/Loeffelholz* 2004, 43-46.

[160] TEAM AMERICA: WORLD POLICE teilt die Menschen in Harte (Antiterror-Krieger), Pussys (Weichlinge, Friedenspropheten) und Arschlöcher (Terroristen) auf. Da die Weichlinge mit den Terroristen kollaborieren, müssen auch sie bekämpft werden, wenn sie nicht schon – wie Hans Blix – ihrer eigenen Naivität zum Opfer gefallen sind. Das propagandistische Repertoire dieses Hetzfilms ist schier unerschöpflich. In Paris müssen US-Elitesoldaten einfliegen, um einen islamistischen Bombenanschlag zu vereiteln. Der einzige »gute« Schauspieler im Film verabschiedet sich von der sozialkritischen AIDS-Solidaritäts-Kultur am Broadway, um beim Team America mitzumachen (Einsatz für die Freiheit und Rettung der »verdammten Welt«). Von US-Soldaten getötete Ziegen eines Muslims werden als Grund für den Dschihad vorgegeben. Der nordkoreanische Diktator will zusammen mit den Islamisten durch globale Anschläge eine Zivilisationsstufe herstellen, in der jeder jeden frisst. (Bei seinem Tod entweicht ein Satanskäfer seinem Mund, der eine erneute Inkarnation verspricht.) Das Land »Dörka-Dörkistan« muss als Sitz von Terroristen bombardiert werden. ... Die von der Kritik angemerkten Ansätze zur Selbstironie sind im Gesamtkontext lediglich als selbstherrliches Augenzwinkern zu bewerten (z. B. pathetische Überhöhung aller für die USA wichtigen Memorials; oberflächliche Qualitäts-Kritik am patriotischen Propagandafilm PEARL HARBOR; ironische Übernahme eines apokalyptischen Bibelbezugs der Präsidentenrede in ARMAGEDDON; alberne Schlager für das Martyrium der Freiheit; Entfernungsangabe aller globalen Schauplätze zur Metropole des US-Imperiums). Mit den kulturellen Tabubrüchen soll ein junges Erwachsenenpublikum erreicht werden, das sonst Extrem- oder Ekel-TV konsumiert und christlichen Puritanismus meidet.

[161] Das Oberhaupt der Superman-Familie und seine Kollegen in THE INCREDIBLES müssen wegen Kollateralschäden bzw. Schadensersatzklagen (gegen die Supermacht) eine zeitlang untertauchen und ein ganz gewöhnliches Leben führen. Die Supermänner (darunter *ein* Afro-Amerikaner) und Superfrauen sind herausragende Individuen: die Begabtesten und Besten. Sie werden von den Mittelmäßigen neidisch beäugt. Ausdrücklich hat es ein Zu-

kurzgekommener, der fehlende Genialität technologisch ausgleichen will, auf sie abgesehen. Seine Vision: »Wenn alle super sind, wird es keiner mehr sein.« (Der gute Superheld wird in Kreuzes-Pose einer Elektrofolter unterworfen.) In diesem Film bedrohen Raketen die Skyline einer US-Großstadt. Verbrecher werden nach ihrer Verhaftung von der »Müllabfuhr« abgeholt. Zu den gejagten Schurken gehört – sehr demonstrativ – ein Franzose. Am Ende dürfen Supermenschen – wie in alten Zeiten – wieder Supermenschen sein. Eine Fortsetzung kündigt der »dunkle Tunnelgräber« an, der »Glück und Frieden den Krieg erklärt hat«.
– Wie devot selbst vermeintlich kritische Medien bei uns sich solchen massenkulturellen Produkten ergeben, zeigt die Dezemberausgabe der Gewerkschaftszeitung ver.di-Publik 2004: Die Kulturseite qualifiziert den Kriegsfilm TROY (TROJA) als Appetitanreger für das Original (von Homer) und spricht obendrein eine Empfehlung für THE INCREDIBLES aus.

[162] Darwins bahnbrechendes Werk »Vom Ursprung der Arten« erschien erst 1859.

[163] Unter »Trivia« teilt http://www.imdb.com zu MASTER AND COMMANDER mit: »In the original novel, the enemy ship was USS Norfolk, but the plot was changed so that the French would be the bad guys instead of the Americans.«

[164] So *Drewermann* 2000, 111.

[165] Sklavereiverhältnisse im Kontext des arabischen Imperialismus standen stets im Gegensatz zu einer expliziten Weisung des Koran: »Was weist dir den Weg ins Himmelreich? Einen Sklaven zu befreien.«

[166] So z. B.: *Oehmann* 2004a. Ein *begrüßenswerter* Revisionismus hinsichtlich der Erinnerung an die Ermordung der ursprünglichen Einwohner Nordamerikas hat sich im Kino weithin durchgesetzt. Beleg dafür sind z. B. auch Drehbuchpassagen von THE ALAMO (USA 2003).

[167] Wer auf die Idee kommt, die Motive dieses Kriegsfilms vor dem Hintergrund der Kriegsbilder von Akira Kurosawa zu sehen, sollte AKIRA KUROSAWA'S DREAMS / KONNA YUME WO MITA (USA/Japan 1990) als entscheidende Selbstaussage dieses Regisseurs bedenken, darin besonders die vierte Episode (Der Tunnel): Der verzweifelte Hauptmann einer vollständig getöteten Kompanie ruft den Erscheinungen der Gefallenen zu: »Man hat gesagt, dass Ihr für das Vaterland gestorben seid, für eine gute Sache. Aber Ihr seid krepiert wie Hunde.«

[168] Vgl. zum Film KING ARTHUR auch die Rezension von *Suchsland* 2004a, die Bezüge zu Themen wie Imperium, humanitäres Kriegshandwerk, barbarisches Kriegertum (»Ah, finally a man worth killing.« »Burn every village!«) oder pelagianisches Christentum berücksichtigt.
– In regelmäßigen Abständen variiert Hollywood die Artus-Tafelrunde als Ort für christliches Rittertum. Sehr typisch ist der Stoff verarbeitet in THE FIRST KNIGHT (USA 1995), nämlich als *Kriegsfilm* über den Kampf gegen das gottlose Böse, kombiniert mit dem Liebeskonflikt der Königin.

[169] Historisch gesehen hätte man im Drehbuch für ein kosmopolitisches Menschenrechtsideal im noch nicht imperialen Christentum wohl eher Schriften des römischen Kirchenschriftstellers Lactantius (Divinae Institutiones) bemühen können, die *vor* der Wende zum römischen Staatskirchentum (313) entstanden sind.

[170] Das von innerer Schwäche angetriebene »Heldentum«, sei es kriegerisch, politisch, wirtschaftlich oder geistig, ist prinzipiell paranoid; es sieht sich stets Feinden gegenübergestellt, Konkurrenten, die seine Größe und Geltung bedrohen. Folgende Episode aus der Vita des – »göttlich gezeugten« – Alexanders bietet *Norfolk* 1992, 730: »Hermolaos, ein junger Diener Alexander des Grossen, Makedonier wie sein König, begleitete diesen eines Tages zur Jagd, als ein wilder Eber auftauchte, den Hermolaos erlegte, ehe Alexander zum Zuge kam. Der König war darüber so erbost, dass er befahl, Hermolaos auszupeitschen. Das erzürnte diesen so sehr, dass er eine Verschwörung anzettelte, die aber entdeckt wurde. Als Alexander fragte, was ihn zu seinem Tun bewegt habe, antwortete Hermolaos, es zieme sich nicht für

den König, seine getreuesten Diener wie Sklaven zu behandeln und ihr Blut erbarmungslos zu vergießen. Daraufhin ließ der König ihn töten.« In Stone's ALEXANDER entsteht der Eindruck, der selbstverliebte Herrscher schätze es in Wirklichkeit, wenn ein guter Freund ihn *nicht* absichtlich gewinnen lässt. – Notwendig wäre es, im Gegenwartskino endlich mit solchen »Vorbildern« der offiziellen Feldherren-Geschichtsschreibung zu brechen.

[171] Nach *Schütt* 2004 der Lieblingsvers Alexanders aus Homers Epen.
[172] *Schütt* 2004.
[173] Diese Floskel ist im Kriegskino nicht neu. Ähnlich meint bereits in ALL QUIET ON THE WESTERN FRONT (USA 1929/30) ein Soldat, »dass zwei Völker sich schlechterdings nicht beleidigen könnten, und ein anderer schlägt vor, dass in Zukunft die Kriegshetzer, die Fürsten und Generäle sich bekriegen sollten.« (*Becker* 1989, 79f.)
[174] Hierzulande mochte sich die Kritik auf keine ernsthafte Debatte einlassen. Die wohl humorvollste Rezension des Films hat Jens Jessen unter der Überschrift »Hollywoods Troja« für das Feuilleton der *Zeit* (13.5.2004) in klassische Verse gesetzt; am selbigen Datum bot auch Richard Oehmann als TROY-Rezensent den Lesern des Online-Magazins *Telepolis* einiges zum herzhaften Lachen: »Ignore the politics!«
[175] An dieser Stelle bietet der Film eben keine glaubwürdige Gegenthese zu jener faschistischen Instrumentalisierung des Heroen-Mythos, an die *Reichel* 2004, 84 erinnert: »Göring, der versprochen hatte, Stalingrad aus der Luft zu versorgen, scheute sich nicht, dieses Desaster, bei dem auf deutscher Seite 200.000 Soldaten ums Leben kamen und 90.000 in Gefangenschaft gingen, mit dem Kampf von Leonidas und seinen dreihundert Spartanern gegen die Übermacht des Perserkönigs Xerxes zu vergleichen und mit dem Kampf der Nibelungen: ›Auch sie standen in einer Halle voll Feuer und Brand, löschten den Durst mit dem eigenen Blut, aber sie kämpften bis zum Letzten.‹ Folglich stilisierte er das Opfer zum Beispiel ›höchsten Soldatentums‹.«

XIV. War-Entertainment ist kein Naturereignis: Ergebnisse und politische Perspektiven

»Wer [...] den Krieg, die großen Katastrophen, welche keine Naturkatastrophen sind, beschreiben will, muss eine praktikable Wahrheit herstellen.« Bertolt Brecht[1] (1938)

»Die fast unlösbare Aufgabe besteht darin, weder von der Macht der anderen noch von der eigenen Ohnmacht sich dumm machen zu lassen.« Theodor W. Adorno

Der elfte Lehrsatz im Nebel des Krieges, mit dem der ehemalige US-Verteidigungsminister Robert S. McNamara im Dokumentarfilm THE FOG OF WAR zur Sprache kommt, lautet: »Du kannst die menschliche Natur nicht verändern.« Viele Humanisten und Aufklärer glaubten immerhin, man könne im Menschen auf vielerlei Weise das Gute fördern. Im übrigen dachten sie von der menschlichen Natur keineswegs geringschätzig. Von den Religionsstiftern und antiken Philosophen, über die frühen Theologen der Ostkirche bis hin zu Bert Brecht ist immer wieder die Kunde von einer möglichen Güte des Menschen in Umlauf gesetzt worden. (Merkwürdiger Weise hält ein Teil der Menschen diese Güte für eine alltägliche *Erfahrungstatsache*, während sie von anderen vehement bestritten wird.) In der konkreten Geschichte, so wusste man, kann unsere ursprüngliche und so verführerische Befähigung zur Menschlichkeit verschüttet werden. Doch was verschüttet ist, das kann auch wieder freigelegt werden.[2] Dazu hielt man es für unerlässlich, dass Menschen ein menschenwürdiges Auskommen haben, dass sie sich ansehen und miteinander sprechen.

Die Totalitäten der modernen Massenkultur führen trotz ihrer Versprechen zu einem Abbau von echter Kommunikation. Sie machen heute ein radikales Umdenken erforderlich. Viele Vertreter eines hohen Menschenbildes gehen noch immer vom unversehrten bzw. unvernetzten Individuum aus. Sie wollen die tiefgreifende Umwälzung der Welt einfach nicht wahrnehmen. Man kann die »menschliche Natur«, soweit es größere Räume der Spezies betrifft, sehr wohl verändern.[3] Die Richtung, die dabei gegenwärtig eingeschlagen wird, ist ganz und gar nicht nach dem Geschmack der Gutgläubigen, die durch Begegnung, Pädagogik, Sinn für das Schöne, freien Diskurs, Recht und gerechte Verhältnisse das Beste im Menschen zu fördern gedachten. Die globale Massenkultur verändert zunächst die Kleinräume: ihre Identitäten, Integritäten, sozialen Bezüge und konkreten Gestaltungsversuche. Sie erreicht auf Bildschirmen jeden Winkel und jedes Hirn.

Wenige, sehr wenige Monopole bestimmen, was wir auf diesen Bildschirmen zu sehen bekommen. Sie entscheiden, welche Glasfarbe das Fenster zur Welt hat und wie weit es geöffnet wird. Manchmal kommt es heraus, dass sie Artefakte und aufgebaute

XIV. War-Entertainment ist kein Naturereignis

Kulissen als »wirkliche Welt« präsentieren. Mitnichten sieht die Masse der Zuschauer die vielen wunderbaren und ganz verschiedenen Menschen auf dem Planeten, ihre vielfältigen Lebensräume, ihre sozialen, religiösen und kulturellen Reichtümer, ihre Glücksquellen und Leiden. Auf dem Bildschirm dominiert die Einheitskultur des Empires.[4] Propagiert werden Angst, Feindseligkeit und Gewinnerkult, all jene Grundgestimmtheiten und Haltungen, die man früher als schädlich für die Entfaltung der menschlichen Natur und des Gemeinwesens erachtete. Die qualitativen Niveauabfälle der Unterhaltungskunst haben mit einer – angeblich wesensmäßigen – Minderwertigkeit von Populärkultur[5], wie sie Avantgardisten zuweilen annehmen, nichts zu tun. Der rasante Trend zur billig produzierten Blödheit auf immer mehr Kanälen verkauft sich als grenzenlose Auswahl. (Die Herstelleretiketten der weltweit am meisten konsumierten Unterhaltungsprodukte sind indessen an zwölf Fingern abzuzählen.) Angesagt ist – nicht nur in den USA – der telegene Staatsmann, der beharrlich jeglichen Tiefgang unterlässt. Auf paradoxe Weise schwindet mit einer Zunahme der Kanäle und Vernetzungen das wirkliche Widerwort. »Sie können«, so meinte unlängst ein Politiker, »heute viel freier in der Öffentlichkeit Ihre abweichende Meinung sagen. Aber es hört Sie keiner mehr!« Inmitten der uferlosen Beliebigkeiten setzt sich irgendwie überall der gleiche Programmdirektor durch.

Im Vergleich zur globalen Monolog-Kultur unserer Tage wirkt der einheitsstiftende und machterhaltene Kaiserkult des römischen Imperiums geradezu dilettantisch. Die potenzierte Massen-»Kommunikation« verheißt weltweite Demokratisierung und wirkt im Verbund von ökonomischer und politischer Macht das genaue Gegenteil. Die Macht über Deutung und Bedeutung liegt konzentriert bei einer Minderheit. Die Kulturfähigkeiten der Vielen scheint man systematisch auf ein Minimum reduzieren zu wollen. An den klaren Verstand wird jedenfalls immer seltener appelliert. Mit der Möglichkeit einer völligen Umwertung von Begriffen wie »menschliche Natur«[6], Freiheit, Geschichte, Überlieferung, Demokratie oder Zivilisation ist zu rechnen. Außer Frage steht bei all dem etwas, für das es seit Jahren wieder uferloses Anschauungsmaterial gibt: Man kann das Wesen der menschlichen Gesellschaft – heute wie nie zuvor – auf Krieg programmieren. Das Ergebnis ist kein Naturphänomen, sondern ein gemachtes – künstliches – Produkt. Wer diesen Vorgang und seine totalen Dimensionen hilfreich beschreiben will, sollte es nicht fatalistisch tun.

1. Logistik des massenkulturellen Krieges und Verbraucherschutz

In seiner Darstellung eines hegemonialen Medienmarktes, der im Begriff ist, auf zehn Konzerne zusammenzuschrumpfen, meint Franz Everschor: »Die längst zur Primitivvorstellung verkommene Vision von Orwells *1984* wird auf eine revidierte Art wiederauferstehen. Nicht der politische Diktator ist diesmal zu fürchten, sondern die Diktatur einer in immer weniger Händen sich konzentrierenden Medienmacht. [...]

XIV. War-Entertainment ist kein Naturereignis

Sie nennen es Synergie, in Wirklichkeit ist es Monopolismus.«[7] Es gehe bei diesem geistigen Kolonialismus »um nicht weniger als die Frage, wer in Zukunft die Vermittlung von Gedanken und Ideen kontrollieren wird«[8]. Medienmacht ist unter diesen Vorzeichen nicht einfach isolierte Wirtschaftsmacht, sondern ein zentrales Instrument zur Formung der (Welt-)Gesellschaft. Beim globalen Export der USA rangiert die Unterhaltungsindustrie gleich nach der Kriegsrüstung.

Zu den wichtigen Feldern, die diese Studie nicht bearbeiten kann, gehören die direkten Berührungspunkte von Kriegsprofiteuren und Medienproduzenten, die ein außerordentlich komplexes und wenig transparentes Feld darstellen. Wo überall sind Medienmonopole Teil eines Konzerngeflechtes, in dem Rüstungsproduktion einen anteiligen oder gar den dominanten Sektor bildet? Wo sind andere kriegs- oder militärabhängige Wirtschaftsinteressen – etwa im Bereich der Kontrolle über Rohstoffressourcen – leitend für die Geschäftspolitik eines übergeordneten Konzernverbundes, der Einfluss auf die Gestaltung der Medienlandschaft nimmt?[9] (Der Katalog ließe sich fortführen: Wo ist die Produktionsfirma eines Spielfilms über elektronische Überwachung der Gesellschaft liiert mit einem Hersteller der darin behandelten »Kommunikations«-Technologie? ...) – In ihrer wissenschaftlichen Untersuchung »zu Medieninhalten im Zuge transnationaler Konzentrationsprozesse« bietet Christiane Leidinger Informationen, die an einen »Militärisch-Industriell-Medialen Komplex« denken lassen:[10] Am bekanntesten ist das Beispiel der US-Konzerne General Electric[11] (TV-Sender NBC) und Westinghouse (CBS), die gleichzeitig Rüstung produzieren und durch Tochterunternehmen Massenmedien betreiben. (NBC platzierte z.B. schon 1991 in seiner Golfkriegsberichterstattung die – unter Beteiligung von General Electric hergestellte – Patriot-Rakete sehr vorteilhaft; eine NBC-Spielfilmproduktion wie ATOMIC TRAIN vermittelt dem Zuschauer, dass er sich über Unglücke mit US-amerikanischen Nuklearwaffen-Fabrikaten keine Sorge machen müsste. Der Sender gilt als anfällig für staatliche Einschüchterung, da das Pentagon Großkunde der Muttergesellschaft ist.) Über Verflechtungen des europäischen Luftfahrtkonzerns EADS steht DaimlerChrysler in »Medienkontakt«. Auch für den Paramount- und MTV-Eigentümer Viacom wird nach Leidinger eine Verknüpfung mit Rüstungsunternehmen in der Literatur nicht ganz ausgeschlossen, was im Fall einer Verifizierung für das spezielle Thema »Hollywood« ganz neue Fragen aufwerfen würde. Weitere Bereiche, in denen sich Konzerne mit Medienanteilen bewegen oder bewegt haben: Erdöl (News Corporation, Viacom), Erdgas (News Corporation), Energieerzeugung (General Electric) und Atomkraft (Westinghouse). – Besondere Beachtung wird man den Programmgestaltern und Mitwirkenden des privaten *Military Channel* widmen müssen, der 2005 zusätzlich zum *Pentagon Channel* und dem *Military History Channel* als dritter Militär-Fernsehkanal in den USA auf Sendung gegangen ist.

Da im Bereich der Medienkonglomerate Bild, Druckerzeugnisse, digitale Datenträger, Computerprodukte, Sender bzw. Satellitennetze zunehmend im horizontalen Verbund[12] kontrolliert werden, ist eine davon absehende Kritik des klassischen Kriegskinos nicht mehr möglich. Die Sekundärauswertung über DVD, Video, TV-Ausstrahlung, Online-Videotheken etc. ist längst bedeutsamer als die Leinwand und potenziert Hollywoods globale Vormachtstellung.[13] Speziell der Spiele-Sektor erobert sich immer größere Anteile auf dem Unterhaltungsmarkt und formt nach Meinung von Peter Brinkemper zunehmend auch die filmische Rezeption.[14] Durch die digitale Video-Technologie besteht für die großen Programm-Macher die Möglichkeit, *selektiv* hundert Jahre Filmgeschichte durch neue Editionen global zu transportieren. (Speziell im Bereich des Kriegsfilms wird davon seit dem Afghanistankrieg 2001 ausgiebig Gebrauch gemacht.)

Durch die hegemoniale Stellung der US-Medienkonzerne entsteht die absurde Situation, dass die Unterhaltungsindustrie eines Landes, in dem weniger als fünf Prozent der Weltbevölkerung leben, in manchen anderen Regionen der Erde zwei Drittel der Entertainment-Inhalte bestimmt. »Die US-amerikanische Filmindustrie, insbesondere Hollywoodscher Prägung, ist mit 50 % wichtigster Lieferant für das europäische Fernsehen und mit 60 % für das Kino; auch weltweit stammen die meisten TV-Filme von einem Hollywood-Produzenten«[15]. Für Deutschland konstatiert Dieter Prokop, dass »60 % der Fernsehsendezeit und mehr als 80 % des Filmverleihumsatzes mit US-amerikanischen Produktionen bestritten werden.«[16] Dieser Status wird in wohl jeder größeren kommerziellen Videothek noch überboten. In allen Genres überwiegen mit Riesenabstand Kriegs-Unterhaltung, nationale Mythen, Geschichtsthemen, politische Spektakel und kulturelle Spezifikationen von US-Amerika. (Auf diese Weise betrachtet z.B. ein weltweites Publikum die Institution des US-Präsidenten als das globale Film-Staatsoberhaupt.) Kulturkreise außerhalb der Industrienationen sind, wenn überhaupt, nur in Vermittlungen bzw. Ausbeutungen durch westliche Produktionen vertreten. Auch von vielen herausragenden Filmschaffenden etwa in Europa erfährt die Mehrheit der Videokonsumenten sehr wenig.

Die »ästhetische Erziehung« der meisten Menschen haben weithin die Hollywood-Blockbuster mit ihrem Erfolgsmuster übernommen. Konditioniert wird durch Sehgewohnheiten eine Erwartungshaltung, mit der andere Kunstformen als langweilig wahrgenommen werden.[17] Das Geheimnis liegt jedoch kaum allein in der Durchsetzung auf einem »freien Markt«, auf dem die Konsumenten die Produktschablonen der US-Filmindustrie honorieren, sondern wesentlich auch in Werbemillionen, Distributions-Monopolen und Sortimentspolitik. Mitunter starten Hollywood-Filme in unseren Kinos mit dreißig oder vierzig mal so vielen Kopien wie nennenswerte Titel aus anderen Ländern. Große bundesdeutsche Lebensmittel- oder Drogerieketten[18] sind längst zum Umschlagplatz für die aufwendigsten Hollywood-Mythen geworden, wobei wiederum Kriegsfilme besonders ins Auge fallen.

Bezogen auf die Transportmedien muss eine Kritik des kriegssubventionierenden Films bzw. Militainments folgendes Spektrum im Auge behalten: Sehr früh nach

Kinopremiere oder Erstausstrahlung im Fernsehen läuft weltweit – mit immer kürzeren Verzögerungen – die Distribution über DVD/Video-Verkauf und Hausverleih an. Das Internet sorgt für eine weitere beachtliche Multiplizierung, auch wenn der illegale bzw. kriminalisierte Download von der Herstellern nicht erwünscht ist. Private Fernsehkanäle gewährleisten, dass ein Kriegsfilm auch nach seiner heißen PR-Phase immer wieder ins Gespräch kommt. Der engere Bereich der eigentlichen Filmwerbung in vielen öffentlichen Räumen und Medien wird erweitert durch die Flut kommerzieller »Rezensionen«, Berichte in Lifestyle- oder Jugendmagazinen, Fernsehsendungen oder auch durch ergänzende Devotionalien-Produkte und Werbemittel (z. B. Tragetaschen, Schlüsselanhänger und T-Shirts der Videotheken). Im Zuge der Filmverbreitung werden Buchvorlagen neu vermarktet oder erstmalig aufgelegt. Die Adaption eines Kriegsfilms oder Action-Stoffes in Computer- und Videospielen wird zunehmend wahrscheinlicher, wobei die institutionelle Verflechtung der Kreativtechnologie für Games mit dem Militär besonders weit gediehen ist (Kapitel II.3). So lassen sich die Drehbuchbotschaften förmlich ins Hirn programmieren. Die Musik-CD zum Film ist bei Blockbustern obligat. Neue Kompositionen bzw. Hymnen für Kriegshelden von gestern und morgen gelangen in den Charts auf respektable Plätze.

The Internet Movie Database (http://www.imdb.com) erschließt zu den einzelnen Titeln den größeren kommerziellen Kontext; eine bequeme Nutzung des dort angebrachten Amazon-Shop-Link zeigt für Titel wie PEARL HARBOR, BLACK HAWK DOWN oder THE SUM OF ALL FEARS gleich »All Products« an (Film, Musik, PC-Spiele, Buch, Poster etc.). Diese wichtige Film-Datenbank bildet aber mit ihrem nationalen, US-amerikanischen Redaktionsansatz keine Alternative zur Einseitigkeit des übrigen Netzes. (Kritische Produktinformationen gelangen durch unsichtbare Schatten des Internets – Suchmaschinen, Werbe-Präferenzen etc. – auf periphere Plätze und werden damit gegenüber verkaufsorientierten Websites gleichsam ausgefiltert.) Namentlich die unvergleichlich fragmentarischen Hinweise zur Militärbeteiligung bei Filmproduktionen auf den kostenfreien Seiten von www.imdb.com müssen als gezielte Täuschung der breiten Nutzergemeinde bewertet werden.[19]

Für den Blick auf Hersteller und Gestalter von Filmprodukten bietet das vom Katholischen Institut für Medieninformation (KIM) herausgegebene und im Internet fortlaufend ergänzte *Lexikon des Internationalen Films* eine gute Hilfe.[20] Abgesehen von Produktionskosten, Einspielsummen und dem gravierenden Defizit einer durchgehenden Nichtbeachtung von Militär- oder Rüstungsindustriebeteiligung ist das Spektrum der gebotenen Daten vollständig. Erfasst sind zu den Titeln jeweils: Produktionsfirma bzw. Studio, Träger der Distribution (Film, Video), Produzenten, Regie, Drehbuchautoren und verarbeitete Vorlagen (Buch, Theater, Film) und Altersfreigaben. Die verbreitete Reduktion von Filmografien auf Jahreszahl und Regie – unter Ausklammerung z. B. des Drehbuches – ist für die politische Filmkritik nicht sinnvoll. Schon zu Zeiten der Medienmogule konnten sich nur wenige privilegierte

XIV. War-Entertainment ist kein Naturereignis

Regisseure unabhängige Arbeitsmöglichkeiten sichern. Der Druck auf die künstlerischen Gestalter ist heute noch viel größer.[21] Namentlich die Rolle der Produzenten – und damit auch die der beteiligten Marketing-Spezialisten und Bankmanager – wird in der Literatur immer höher angesetzt. Eine qualitative Kriegsfilmkritik, wie sie in diesem Buch unternommen wird, müsste durch eine systematische Darstellung der Akteure und Produktionsdaten fortgeschrieben werden. Der Horizont einer übergreifenden Medienbeobachtung könnte dann z. B. bedeutsame militaristische Produzenten und Regisseure wie Jerry Bruckheimer[22] oder John Milius[23] im Überblick erfassen.

Ein besonderes Augenmerk dieser Studie galt dem Produktionsmerkmal »Kooperation mit dem Pentagon« (Kapitel II.2-3), das seit Mitte der 80er Jahre (wieder) sehr bedeutsam geworden ist. Captain Philip Strub, der Pentagonbeauftragte für die Unterhaltungsmedien, ist vielleicht der in Film-Abspännen des letzten Jahrzehnts am häufigsten genannte Name.[24] Die immer noch verbreitete Annahme, es gehe in diesem Zusammenhang um eine reine Dienstleistung der U.S. Army (Materialausleihe, Personal für den Statistenbedarf, fachliche Beratung für möglichst getreuen Realismus etc.), ist angesichts der dargestellten Befunde unhaltbar. Über die Regulation der Selbstzensur bei Antragstellern und einen sehr aufwendigen Prozess der Drehbuchkontrolle gelingt es, die Inhalte bzw. Botschaften der Massenkultur im Sinne des US-Verteidigungsministeriums und der einzelnen Militärgattungen zu formen. Die seitens des Pentagon mitgeteilten Kriterien für Einsprüche gegen Drehbuchinhalte erweisen sich im Gesamtüberblick als völlig willkürlich. Einmal wird auf Realismus gepocht, ein anderes Mal ist völlig abstruse Science-Fiction förderungswürdig. Bei einem Drehbuch wie THIRTEEN DAYS besteht man auf das Gutachten der eigenen Historiker, während die Macher von PEARL HARBOR Geschichte frei erfinden dürfen. Speziell die Ausklammerung gesetzwidriger Vorgänge ist von Fall zu Fall reine Interpretationsangelegenheit. Einmal erscheinen »Foltermethoden« mit anschließender Tötung als etwas Notwendiges (RULES OF ENGAGEMENT), ein anderes Mal führen auch historisch belegbare Kriegsgräuel zur Zensur (WINDTALKERS). ... Vertraglich ist eine Förderlichkeit für die Rekrutierung verpflichtend. Das Gegenteil sowie kritische Inhalte zu Militär und Krieg lassen sich in den geförderten Produkten nicht finden.

Nahezu alle großen US-Kriegsfilmproduktionen der Gegenwart sind von den so erzielten Eingriffen in das Kunstgeschehen betroffen. Selbst wenn auf Seiten der Medienkonzerne keine sachfremden Interessen bei einer Kooperation mit dem Pentagon anzunehmen wären, so bleibt doch die vielbeschworene »Freiwilligkeit« dieses militärischen Einflusses eine bloße Phrase. Das wirtschaftliche Argument ist schlagkräftig genug. Die digitale Filmtechnik ist – zumindest gegenwärtig – noch nicht so überzeugend, dass auf die – gegen geringe Gebühren gewährte – Verwendung echter Flugzeugträger, Jets, Panzer, Truppenverbände etc. verzichtet werden könnte. Daneben tritt das Pentagon selbst als Anbieter von Massenkulturprodukten auf (kostenlose

Computerspiele als Disc oder online, Filmprodukte von der Front im Kino, TV-Sendungen etc.). Industrielle Kooperationspartner des Militärs machen »Abfallprodukte« neuer technologischer Entwicklungen dem kommerziellen Unterhaltungsmarkt zugänglich. Der militärisch-industrielle Komplex, dessen Einfluss bereits Eisenhower besorgniserregend fand, hat somit – über die nationalen Grenzen der USA hinausgehend – Kontrolle über einen nennenswerten Teil der Massenkultur. Im nächsten Abschnitt soll noch einmal im Überblick gezeigt werden, welcher Kanon an kriegssubventionierenden Filmbotschaften vor allem durch Pentagon-geförderte Produktionen abgedeckt wird. Mit welchem Instrumentarium lässt sich ein solches Ergebnis erzielen? Nach meiner Überzeugung bieten die gut belegten Erkenntnisse über den Drehbuch-Prozess in den Filmbüros des Militärs eine hinreichende Erklärung. Es bleibt in diesem Kontext die Beobachtung, dass in den Jahren 2001 bis 2002 eine auffällig hohe Anzahl an militär- und kriegsfreundlichen Großproduktionen auf den Markt gekommen ist (Kapitel XIII.9). Diese zeitlich sehr »passenden« Filme können aber nicht als Reaktion auf den Afghanistan- oder Irakkrieg verstanden werden. Andererseits blieb das realistische Kriegskino parallel zu den – absehbaren – »Komplikationen« auf dem Schauplatz Irak geschlossen.[25] Die Hypothese eines gezielten *Timings* für das Pentagon-geförderte Kriegskino im Kontext bestehender Militärplanungen müsste durch weitere Untersuchungen – unter Einschluss statistischer Methoden – weiterverfolgt werden.

Das Zorinsky Amendment (1972), das innerhalb der USA die Nutzung staatlicher Budgets für eine Beeinflussung der öffentlichen Meinung untersagt, findet mit Blick auf die Pentagon-Subventionen von Filmen offenkundig keine Anwendung. Philip Strub betont, dass es seitens der Politik keine Einwände gegen die Arbeit seines Büros gibt.[26] Medienbeobachter Joe Trento resümiert mit Blick auf Volksvertreter und Konzerne: »Das Pentagon und seine Public Relations-Maschine ist wie ein riesiger Weißer Hai. Er schwimmt durch das Wasser, hält Ausschau nach Gelegenheiten und frisst alles auf. Das wird sich nie ändern. Die Kongressmitglieder wollen patriotisch aussehen und wieder gewählt werden. Sie werden also nichts dagegen tun. Und die kommerziellen Medien, die innerhalb der Medienlandschaft für die vertikale Verflechtung sorgen, da diesen Firmen inzwischen auch die Filmstudios, die Fernsehsender und die Buchverlage gehören, sehen all dies lange nicht so kritisch, weil sie damit Gewinne erwirtschaften können. Es gibt also keinen ernsthaften Widerstand, so dass dies eher noch schlimmer werden wird. Ich kann dem Publikum als Endverbraucher nur raten: ›Wenn Sie solche Filme sehen, denken Sie daran, dass es sich um Regierungspropaganda handelt.‹«[27]

Die Kritik innerhalb der USA führt unterschiedliche Gesichtspunkte an. Drehbuchautor Bernie Gordon, einst Opfer der von Senator McCarthy initiierten Hetzjagd auf linke Kulturschaffende, hält das Pentagon nicht für befugt, mit öffentlichem Eigentum *selektiv* Filmproduktionen zu fördern.[28] Ähnlich meint der US-Jurist und

XIV. War-Entertainment ist kein Naturereignis

Verfassungsexperte Jonathan Turley: »Der Punkt ist, dass das Militär seine gesamte Ausrüstung nur als Treuhänder verwaltet. Sie gehört nicht der Armee, sondern dem amerikanischen Volk. Wenn das Militär damit also Hollywoodfilme unterstützen möchte, sollte es dies ohne Einflussnahme auf den Inhalt der Drehbücher tun. Sonst führt es dazu, dass ein Einzelner von seinem Schreibtisch aus die amerikanische Kultur prägt. Würde man den Amerikanern erzählen, wer Phil Strub ist, was er tut und für was er steht, wären sie damit nicht einverstanden. Aber genau das ist das Problem. Es erzählt ihnen eben niemand.«[29] Turley betrachtet die Pentagon-Praxis als Prüfstein für Verfassung und Demokratie: »Was könnte schöner und symbolträchtiger sein als ein vom amerikanischen Militär unterstützter Antikriegsfilm. Das Ganze ist ein schwerer Verlust. Die Abteilungen [des Pentagon für die Unterhaltungsindustrie, *Anm.*] könnten Glanzlichter unseres Systems sein und zeigen, dass das amerikanische Militär die Meinungsfreiheit verteidigt, selbst wenn diese Meinung nicht zu seinen Gunsten ausfällt. Stattdessen hat es dieser großen Versuchung nachgegeben. Oscar Wilde hat einmal gesagt: Eine Versuchung wird man nur dadurch los, dass man ihr nachgibt. Und das haben auch die Verbindungsoffiziere des Militärs getan. Sie haben allen kleinen und großen Versuchungen nachgegeben, um die Bilder auf der Kinoleinwand zu kontrollieren.«[30] US-Journalist Dave Robb, der Grundrechte von Filmemachern *und* Zuschauern missachtet sieht, macht zusätzlich geltend, dass die Pentagon-Zensur dem Filmgeschehen in künstlerischer Hinsicht schade.[31]

Über ästhetische Fragen lässt sich freilich streiten. Im November 2004 druckten über 120 US-Zeitungen ein Foto des 20jährigen U.S. Marine James Blake Miller aus Kentucky. Es zeigte Miller als »das Gesicht von Falluja«: »›nach einer über zwölfstündigen mörderischen Schlacht in Falluja‹, mit geschwärztem Gesicht, einer blutigen Schramme auf seiner Nase und frisch angezündeter Zigarette im Mundwinkel«; Naomi Klein meint, dieses Kampfpausen-Foto mit Kultstatus sei in Wirklichkeit eine Kopie: »abgekupfert von der mächtigsten Ikone der US-amerikanischen Werbung (dem Marlboro Mann), die ihrerseits den größten Hollywood-Star aller Zeiten (John Wayne) kopierte, der wiederum Amerikas mächtigsten Gründungsmythos vervielfältigte (den Cowboy im wilden Grenzland).«[32] Briefschreiber aus dem ganzen Land empörten sich darüber, wie hier das Schwerverbrechen des *Rauchens* als cool verherrlicht werde und verlangten andere Soldatenfotos. Dass mit den traurigen Kriegsvorgängen von Falludscha Kult betrieben wurde, störte indessen niemanden.[33]

Zigarettenpackungen in der EG tragen heute fast auf halber Fläche Warnhinweise. Sie informieren darüber, wie der Tabakkonsum sich und seine Umgebung schädigt, dass er tödliche Gefahren in Kauf nimmt und wo er Hilfe findet, um der Bedrohung seiner Gesundheit zu entkommen. Ein analoger Verbraucherschutz ist zu fordern beim Militainment, das durch die Beförderung von Krieg die Gesundheit der Weltgesellschaft ernsthaft gefährdet. Filmkonsumenten haben das Recht, es auf eine praktikable Art zu erfahren, wenn Kriegsministerien, Militär oder Rüstungshersteller an Kulturproduktionen, die ihnen angeboten werden, beteiligt sind. Möglicherweise lassen sich für eine solche Forderung nicht nur politische, sondern auch juristische Argumente anführen. Die zumindest in den 90er Jahren ganz am Filmende aufgenommenen Hinweise auf Pentagon-Kooperationen etc. sind in der Schriftgröße auf die Leinwandprojektion zugeschnitten. In der quantitativ bedeutsameren DVD/Video-Rezeption kann man sie oftmals gar nicht mehr entziffern, und in der Ausstrahlung durch Kabelkanäle entfällt der Abspann unter Umständen ganz. Das Ansinnen des US-Verteidigungsministeriums besteht gerade nicht darin, seine Beteiligung bei Filmproduktionen stark in den Vordergrund zu rücken. Die erwünschte Wirkung wäre am ehesten dann zu erwarten, wenn der Einfluss öffentlich gar nicht bekannt würde. Durch Aufklärung könnte der Effekt der vom Militär in der Unterhaltungsindustrie getätigten Werbe-Investitionen erheblich untergraben werden.

Der öffentliche Diskurs stürzt sich derzeit vor allem auf die subjektiven Rezeptionsbedingungen bei den Konsumenten, was sich etwa in einem inflationären Gebrauch von Wörtern wie Medienpädagogik, Medienkompetenz etc. niederschlägt. Dieser verengte Blickwinkel ist den Anbietern genehm. Demgegenüber soll hier der Schutz von Grundrechten und Verbraucherrechten betont werden. An diesem Punkt stellt sich sehr konkret die Frage, ob – anders als in den USA – Politik und gesellschaftliche Institutionen hierzulande bereit sind, für allgemeine Transparenz zu sorgen. Eine erste Soforthilfe wäre im Rahmen *bestehender* Infrastrukturen möglich. Die Medieninstitutionen der evangelischen und katholischen Kirche könnten z. B. in Zusammenarbeit mit ihren europäischen bzw. weltweiten Partnern Militärbeteiligungen und die – schwerer zu recherchierenden – Kooperationen mit der Rüstungsindustrie[34] in ihren Medieninformationen obligat ausweisen. (Da hier – ermöglicht durch den Kirchensteuerzahler – eine systematische Medienbeobachtung bereits erfolgt, sollte die Aufgabe einer entsprechenden Datenerfassung bzw. Verbraucherinformation nicht an die chronisch überlastete Friedensbewegung oder an unterfinanzierte Einrichtungen der Friedensforschung abgeschoben werden.) Das – »katholische« – *Lexikon des Internationalen Films* und seine Datenbank im Internet werden mehrheitlich außerhalb des kirchlichen Bereichs konsultiert. Auch von den Filmbesprechungen der kirchlichen Filmdienste gehen Synergieeffekte aus. (Sie bieten kritische Alternativen zu den von Internet-Suchmaschinen privilegiert platzierten kommerziellen Verkaufsrezensionen.) Die Multiplikatorenwirkung einer konkreten Medieninitiative der beschriebenen Art wäre ohne großen Kostenaufwand bereits beachtlich.

Selbstredend sind nicht nur Hollywood-Produkte zu berücksichtigen. Es gibt Anzeichen dafür, dass das staatlich subventionierte Militainment in Europa in den nächsten Jahren zunehmen wird und dann auch verbleibende unbequeme Anfragen – wie im SWF-Fernsehfilm DAS KOMMANDO (BRD 2004) von Thomas Bohn über präventive Interventionen einer bundesdeutschen »KSK«-Einheit zugunsten der USA

– entfallen könnten. (Der Protest von Verlegern, Schriftstellern wie Peter Handke und über 1.200 Besuchern auf der Leipziger Buchmesse 2004 richtete sich gegen den »Messemagnet« POL&IS, ein Angebot der Bundeswehr, das sich vor allem an Lehrer und Jugendliche wendet.[35] »POL&IS ist eine strategische Simulation, bei der an konkreten Beispielen u. a. weltweite Ressourcenverteilungs- und Interventionsszenarien durchgespielt werden.« Die Kritiker wenden sich grundsätzlich gegen eine Präsenz der Bundeswehr, die in Leipzig – ohne Bücherangebot – größter Einzelaussteller war. Sie befürchten, Schülerinnen und Schüler sollten »beiläufig daran gewöhnt werden, dass militärische Konfliktlösungen – einschließlich Atomwaffeneinsatz – in der Weltpolitik zur Normalität gehören.«)

Als praktikabler politischer Beitrag bietet sich hernach eine vom Gesetzgeber vorzuschreibende Kennzeichnungspflicht für Unterhaltungs- bzw. Medienprodukte an. Diese wäre analog zu dem für andere Bereiche politisch bereits umgesetzten Verbraucherschutz zu gestalten: Die Mitwirkung von Verteidigungsministerien, Militär und Kriegsgüterproduzenten muss für Käufer und Zuschauer lesbar vermerkt sein, was mit einer Sechs-Punkt-Schriftgröße nicht gewährleistet ist. Videoverpackungen sind z. B. mehr als viermal so groß wie Zigarettenschachteln. Angemessen wäre ein Aufdruck, dessen Fläche dem Konsumentenhinweis bei Tabakwaren zumindest entspricht.

2. Funktionen des kriegssubventionierenden Films

»Ich habe nichts dagegen, wenn Filmemacher die Geschichte verfälschen. Filmkunst ist manipulierbar und Filmmacher können sagen, was sie wollen, auch vollkommen Falsches. Doch wenn das Militär anfängt, den Inhalt der Kunst zu diktieren und die Geschichte nach seinen Vorstellungen umschreibt, führt das oft zu regelrechten Geschichtsverfälschungen.« US-Journalist Dave Robb[36]

Zur Beantwortung der Frage, *warum* Massenkultur das Programm Krieg subventioniert, kommen nun auf Anbieterseite wesentlich fünf denkbare Optionen ins Blickfeld:
1. »Programmdirektoren« und/oder Kulturmacher transportieren freiwillig bzw. spontan die Kriegspolitik der Administration und den vorherrschenden öffentlichen Diskurs (z. B. aufgrund ideologischer Übereinstimmung, aufgrund von Annahmen über Publikumsnachfrage und Einschaltquoten, weil das Thema zum eigenen Medienformat passt).
2. Auf der Medienanbieterseite gibt es das *mittelbare* Interesse an einer Stützung derjenigen Politiker und gesellschaftlichen Kräfte, die Krieg führen wollen oder führen.
3. Auf der Anbieterseite gibt es durch Konzernverflechtung *unmittelbar* eigene wirtschaftliche Interessen an einer kriegsförderlichen Massenkultur (z. B. Sektoren mit

Rüstungsproduktion, Militärtechnologie oder Kriegsbedarfzulieferungen, Konzern-Investitionen im Zusammenhang mit Kriegsschauplätzen), was aufgrund fehlender gesetzlicher Bestimmungen vom Verbraucher fast nie nachvollzogen werden kann.
4. Rüstungsproduzenten oder andere Kriegsprofiteure aus der Wirtschaft nehmen Einfluss auf die Anbieter massenkultureller Produktionen (z. B. durch günstige oder kostenlose »Dienstleistungen«: Product Placement im Film, technologische Hilfen[37] etc.).
5. Administration und Militär nehmen direkten Einfluss auf die Massen- bzw. Unterhaltungskultur, indem sie selbst zum Anbieter werden oder indem sie die Anbieter durch attraktive wirtschaftliche Vorteile dazu bewegen, sich einem Zensurverfahren zu unterwerfen.

Systematisch haben wir in dieser Studie nur die fünfte Möglichkeit berücksichtigt, insbesondere jene Hollywood-Filme, die in Kooperation mit Pentagon, US-Streitkräften, NASA, CIA oder NATO-Militär produziert worden sind. (Zur Einübung der oben geforderten Kennzeichnung und der Einfachheit halber sollen die hier in Frage kommenden Titel ab diesem Abschnitt – und in der Filmografie des Anhangs – mit einem hochgestellten Sternchen* bedacht werden.)

Auf andere nur am Rande bedachte Fragestellungen sei zumindest hingewiesen. Welche Spezifizierungen kennzeichnen die Phasen der Leinwand-Bombardements: ante, in, post bellum? Gibt es bestimmte Rezeptionszyklen und Dosierungsvorschriften für den massenkulturellen Krieg? (Denkbar wäre etwa, dass das Publikum nach einer gewissen Zeitspanne sagt: »Wir haben genug von Bedrohungsszenarien. Wir sind die Kriegspropaganda satt. Lasst uns von etwas anderem erzählen. Zeigt uns mal ein anderes Programm!«[38]) Die alte Streitfrage, in welchem Beziehungs- und Rückkoppelungsgeflecht sich Massenkultur, Gesellschaft und Politik bewegen, birgt ein Vielzahl von Aspekten. (Warum haben kritische Reflexe aus gesellschaftlichen Protestbewegungen erst während der Carter-Administration – und das zunächst nur für wenige Jahre – Eingang in die US-Massenkultur gefunden? Welchen mehr oder weniger unmittelbaren Einfluss übt das Paradigma der offiziellen Politik auf Massenkultur und Unterhaltungsindustrie aus? Wie beeinflussen politische Vorgaben die Publikumsnachfrage nach Entertainment? Welche Wirkungen hat die kommerzielle Massenkultur ihrerseits auf Inhalte, Argumentationsmuster, Inszenierungen und Stile in der Politik? Welche Erwartungshaltungen weckt sie in der Gesellschaft, und wie ist dies wiederum mit Blick auf die politischen Machtverhältnisse zu bewerten? Wie beweglich ist das gesamte Beziehungsgeflecht heute? Wer bestimmt, wenn es als Regelkreislauf beschrieben würde, maßgeblich den »Sollwert«? Augenscheinlich sieht es z. B. manchmal so aus, als könnten Fernsehbilder den Ruf der Öffentlichkeit nach einem bestimmten Regierungshandeln auslösen. Wenn dieser Ruf den Intentionen der Regierenden jedoch »zufällig« sehr entgegenkommt, taugt der erste Anschein vermutlich wenig zur Erklärung des Vorgangs.) Durch konkrete Teilfragen verliert dieser Komplex viel von seiner scheinbaren Undurchdringlichkeit. Seine weitere Erhellung bei der Erforschung des massenkulturellen Krieges ist sehr zu wünschen.

Einen bescheidenen Beitrag dazu können auch die *inhaltsbezogenen* Ergebnisse dieser Studie zum US-Kino leisten. Auf unterschiedlichen Themenfelder zeigen die von uns gesichteten Filme eine Fülle von Handlungsmustern und formalen Gestaltungsmitteln. Die Vielzahl der beschrittenen Wege ließe sich systematisieren und tabellarisch darstellen. Hilfreicher erscheint es indessen, sich in einer zusammenfassenden Reflektion des erschlossenen Materials auf die anvisierten *Ziele* zu konzentrieren. Was soll erreicht werden? Welche zentralen Intentionen sind im kriegssubventionierenden Film erkennbar? Die wichtigsten Funktionen des massenkulturellen Krieges, soweit er im Blickfeld dieses Buches liegt, lassen sich unter folgenden Gesichtspunkten zusammenfassen:

1. Reproduktion der kriegsbereiten Nation
2. Ikonographie der globalen Vorherrschaft
3. Geschichtspolitik für den guten Krieg
4. Massenkulturelle Korrektur einer Polarisierung der Gesellschaft
5. Die Wahrung von Tabus
6. Krieg als universales Programm ohne Alternative
7. Kollektive Psychopolitik durch archaische Mythen und Kriegstheologie
8. Aktivierung des Feindbildschemas – Subvention der Kulturkampf-Agenda
9. Präsentation von Bedrohungsszenarien – Aufbau des Bedrohungsgefühls
10. Positives Militärimage und Rekrutierung
11. Apologie der Massenvernichtungstechnologie
12. Neudefinition von Recht und Wertnormen

Reproduktion der kriegsbereiten Nation (1)

Beharrlich reproduziert Hollywood die nationale Identität von US-Amerika auf historischen Kriegsschauplätzen und durch Gewaltmythen: Unabhängigkeitskrieg, Bürgerkrieg, Eroberung des Westens (Kapitel IV). Die entsprechenden Inszenierungen bestärken die Nation in einem narzisstischen Komplex, denn die schlimmsten Leidenserfahrungen und Verbrechen im eigenen Land werden mit Hilfe von Verklärungen erinnert. Dabei wird jedoch auch einem weltweiten Publikum suggeriert, es handele sich bei diesen Mythen, die für die US-Gesellschaft konsensbildend sind, um *die* Eckdaten der gesamten Weltgeschichte oder um Ursprungstypen jeder zivilisatorischen Mission. Der Fetisch der US-Nationalflagge, dem auch im politischen Diskurs eine sakrale Würde zugestanden wird, steht im Zentrum der Filmchoreographie. Die Leitbegriffe Freiheit und Individuum sind im US-Kino unlösbar verbunden mit dem

Konzept »Bewaffnung«. In der politischen Rhetorik begegnen uns mitunter Anklänge an die Selbstjustiz der Comic-Supermänner und anderer Leinwandhelden. Eine nationale Identitätsstiftung, in der das Militär nicht vorkommt, lässt sich in der Massenkultur nicht finden. Abgesehen von sehr wenigen Ausnahmen ist eine ernsthafte Kritik des Krieges (und der sozialen Verhältnisse) aus dem Politspielfilm der 90er Jahre verbannt worden; bei Titeln wie DAVE* und THE AMERICAN PRESIDENT* geschieht dies mit militärischer Assistenz (Kapitel III.3-4). Der ideale Filmpräsident huldigt der Zivilreligion, verfolgt unbeirrbar eine unilaterale Militärdoktrin und besiegt selbst als Elitekämpfer die Feinde des USA (AIRFORCE ONE*). Das einigende Band für alle besteht in der Selbstvergewisserung »Unsere Mission ist heilig«, ein Leitsatz, den schon Arthur Ponsonby als Stützpfeiler jeder Kriegspropaganda beschrieben hat.

Ikonographie der globalen Vorherrschaft (2)

Das Kino vermittelt der US-amerikanischen Nation − in der Selbstwahrnehmung und in der Wahrnehmung der Welt − die Ikone der Supermacht. Gleichzeitig richtet sich diese Ikonographie an das weltweite Hollywood-Publikum. Die technologische Überlegenheit von Militär und Raumfahrt nimmt in der massenkulturellen Vermittlung die Gestalt von Allmacht an (Kapitel XI). Die nationalen Symbole der Vereinigten Staaten werden globalisiert: Der »4. Juli« soll zum Nationalfeiertag der gesamten Menschheit werden (INDEPENDENCE DAY); der US-Adler liefert das Design für die Operation »Freedom for all Mankind« (ARMAGEDDON*). Zur militärischen Zähmung der grausamen und anarchischen Welt ist die U.S. Army unverzichtbar (Kapitel VIII). Dass die Geschundenen dieser Erde dankbar zur ihren US-Befreiern aufblicken, wird von THE GREEN BERETS* bis hin zu TEARS OF THE SUN* durchgehend ins Bild gesetzt. Dem US-Publikum legt sich in zahlreichen Filmen folgender Eindruck nahe: Entscheidungen, die die ganze Erde betreffen, kann Washington ohne komplizierte Rücksprachen mit anderen Regierungen treffen (z. B. ARMAGEDDON*, DEEP IMPACT*, THE CORE*); im Ausland ist man froh, wenn bei Defiziten des eigenen Staates die USA einspringen (z.B. THE JACKAL*, AIRFORCE ONE*); sogar in Europa können US-Geheimdienste operieren, als wären sie eine inländische Einrichtung (TRUE LIES*, EXECUTIVE DECISION*). Nach endzeitlichen Apokalypsen beginnt ein Neuanfang für die Menschheit stets im Zentrum USA, wo sich die maßgeblichen Urkunden und Erinnerungen der gesamten Zivilisation befinden (Kapitel X.3). Selbst nach einer globalen Klimakatastrophe darf ein Politiker, der sich zuvor dem »Kioto-Protokoll« verweigert hat, als US-Präsident gönnerhaft die neue Ära des Planeten ansagen (THE DAY AFTER TOMORROW*).

Geschichtspolitik für den guten Krieg (3)

Die massenkulturelle Kontrolle über das öffentliche Geschichtsbewusstsein ist eine herausragende Funktion des Kriegsfilms. In der zweite Hälfte der 90er Jahre rückt der Zweite Weltkrieg in den Mittelpunkt (Kapitel V). Gezeigt werden im Film der fraglos gute Krieg (»the best war ever«) und die opferbereite Uneigennützigkeit der USA. Die Vielzahl der Menschen und Nationen, die gegen Hitler-Deutschland gekämpft haben, werden meist als marginales Phänomen abgehandelt. – Auffällig ist daneben, wie viele Filme zur Jahrtausendwende ausgerechnet diesen Krieg als überschaubaren »Familienroman« inszenieren oder gar auf ein Duell von zwei Protagonisten reduzieren. Die historische Dimension von 60 Millionen Toten wird als Erinnerungsperspektive bei einer erneuten Rehabilitierung des Krieges auf der Leinwand verleugnet. – Eine gewisse Ausnahme unter den Großproduktionen bildet 2001 PEARL HARBOR*: Hier wird vor allem die Opferrolle der US-Nation aufgebaut; der Film verlässt das Befreiungspathos, ruft zur nationalen Einigung auf und propagiert mit ungewöhnlicher Schärfe Rache. (Zugleich verschleiert das Drehbuch neue historische Erkenntnisse zu den Ereignissen in Pearl Harbor, die zur Jahrtausendwende vorlagen.)

Die wohl bedeutsamste geschichtspolitische Herausforderung des kriegssubventionierenden US-Kinos markiert – aufgrund einer historisch einmaligen Widerstandsgeschichte von unten – das Thema Vietnam (Kapitel VI). Bearbeitet werden ab der zweiten Hälfte der 80er Jahre jene Problemkreise, die auch nach dem Rambo-Komplex in den USA noch virulent geblieben waren. Die Grundbotschaften: Unsere Sache war gut, wir waren gut, wir taten nur Gutes, es ist alles wieder gut. Am Ende zielt die Geschichtspolitik des Kinos gerade darauf, ein geschichtsloses bzw. zeitlos gültiges Heldentum zu präsentieren: WE WERE SOLDIERS*. Insbesondere beim Vietnamfilm erweist sich im Vergleich unterschiedlicher Produktionen die Pentagonbeteiligung als Gewähr für ein revisionistisches bzw. propagandistisches Paradigma.

Leitbilder der Re-Inszenierungen von Militärschauplätzen der 90er Jahre sind »humanitäre Kriegsführung« als globaler Auftrag der US-Armee, High Tech und Elitesoldatentum. (Kapitel VIII. – Als analoges Beispiel aus Europa ist z. B. die spanische Produktion GUERREROS* zu nennen.) Die massenkulturelle Deutung von Vergangenem wird ergänzt durch prospektive Fiktionen für künftige Einsätze: TEARS OF THE SUN*. Komplexe politische Zusammenhänge gibt es in keinem Titel. Eine Problemreduktion auf einfachste Muster ist obligat. Die eigentlichen Kriegsgründe und Kriegsziele werden im Spielfilm nicht erhellt. Auch Produktionen ohne Pentagon-Assistenz wie COURAGE UNDER FIRE transportieren völlig unkritisch die offizielle Version der administrativen Geschichtsschreibung und erinnern z. B. den Golfkrieg 1991 in einer Art, die mit den historischen Fakten nichts mehr zu tun hat. – Als übergeordnete Beobachtung zur Geschichtspolitik im Kriegskino bleibt anzumerken, dass Filmemacher ihre melodramatischen, freien Gestaltungen gerne mit »oral history«-Quellen rechtfertigen (PEARL HARBOR*, BLACK HAWK DOWN*).

Massenkulturelle Korrektur einer Polarisierung der Gesellschaft (4)

Zum Großteil gehört auch diese Funktion in den Bereich der massenkulturellen Geschichtspolitik. In THE GREEN BERETS* ist die »Umkehr« eines zuvor kriegskritischen Journalisten eines der Drehbuch-Zentren. Bereits 1977 zeigt der Musical-Film HAIR*, wie ein angehender Hippie zum guten Schluss doch der Einberufung folgt. In Vietnamfilmen wie MY FATHER, MY SON oder GARDENS OF STONE* verlieben sich Kriegsgegnerinnen in Soldaten und unterstützen diese in ihrem militärischen Auftrag. (Anders als in Stones BORN ON THE FOURTH OF JULY wird der Protest, wenn er sich nicht selbst auf solche Weise integriert, diffamiert. Die Argumente der Friedensbewegung kommen nicht zur Sprache.) Generell ist der Rückhalt der familiären Heimatfront positiv darzustellen; trotz rassistischer Erfahrungen steht auch eine afroamerikanische Soldatenfrau voll hinter der »Sache« des eigenen Landes in Vietnam (WE WERE SOLDIERS*).

Herausragende Strategie zur Überwindung von Polarisierung ist neben der Pseudoversöhnung die scheinbare Übernahme von Kritik im Kriegskino: In FLIGHT OF THE INTRUDER* dient der Hinweis auf die Bombardierung unschuldiger Reisbauern zur Rechtfertigung einer Eskalation des Luftkrieges; MY FATHER, MY SON zähmt unter Vorspiegelung eines kritischen Ansatzes den Protest gegen den US-Einsatz von Agent Orange und entsprechende Regressforderungen; im Pro-Militär-Film GARDENS OF STONE* dürfen die Hauptfiguren »eigentlich gegen diesen Krieg« sein; in TIGERLAND* ist der aufsässige Rekrut ein guter Soldat und zieht schließlich doch an die Front; Kriegsfilme wie HAMBURGER HILL* verbünden sich mit den Soldaten gegen »die da oben« (Politiker, Medienmacher); Veteranenfilme remilitarisieren die Kriegsopfer, indem sie sich als Anwalt der gesellschaftlich missachteten Kriegsheimkehrer ausgeben und deren Selbstbewusstsein wieder aufbauen ... Der neoliberale Kultfilm FORREST GUMP kittet die letzten Risse, die der Vietnamkrieg in der US-Gesellschaft hinterlassen hat, mit Hilfe einer Pralinenschachtel und pseudospirituellen Lebensweisheiten. – Der vom Pentagon abgelehnte Stone-Film PLATOON wurde außerordentlich erfolgreich; bei der Dokumentarproduktion TOUR OF THE INFERNO: REVISITING PLATOON* (USA 2001) von Charles Kiselyak wurde Unterstützung nicht versagt, was dem Army-Image heute auf jeder DVD-Ausgabe von PLATOON Werbeplatz verschafft.[39]

Die Funktion einer Integration nonkonformer Strömungen in der Gesellschaft ist bei vielen Themen und in allen Genres nachzuweisen. Versuche, im politischen Spielfilm ernsthafte Investigationen zu vermitteln, gehen inzwischen in einer Flut von Verschwörungsfilmen unter (Kapitel III.3; XII.2). Die Preisfrage »Wer hat Kennedy ermordet?« kann heute in jedem reaktionären Film auftauchen (ARMAGGEDON*). CLEAR AND PRESENT DANGER* darf mit Militärhilfe Kritik am höchsten Staatsamt üben und sogar indirekt Drogengeldoperationen der US-Regierung thematisieren. Die sozialen Widersprüche der US-Gesellschaft werden im Präsidentenfilm mit melodramatischer Leichtigkeit aufgelöst oder einfach übergangen und zwar im Kontext der herrschenden politischen Elite (DAVE*, THE AMERICAN PRESIDENT*). Die beiden Fortsetzungsteile von THE MATRIX verwandeln die Untergrundkultur des Cyberpunk unversehens in eine kollektive Kriegskultur mit staatsanalogen Organen. Die individualistischen Außenseiter kehren heim in die Gemeinschaft der Nation; das Leiden an der Gesellschaft wird zum Ausgangspunkt für militärische Ertüchtigung. Ein jugendlicher Computer-Hacker erhält in THE CORE* sogar einen Schreibtisch im Pentagon. Zu beachten bleibt, dass seit Ende der 90er Jahre eine Reihe von Filmen, darunter Filmklassiker mit kritischen Potenzen, durch neue Bearbeitungen des Themas oder Remakes einer Revision unterzogen werden.[40]

Die Wahrung von Tabus (5)

Nicht nur das Umdeuten und Neuschreiben der Historie, sondern auch das Verschweigen gehört zur kriegssubventionierenden Funktion der Geschichtswerkstätten des Kinos. Das bedeutsamste Tabu der US-Massenkultur bilden die Atombomben über Hiroshima und Nagasaki (Kapitel V.6). – Nun wäre es im sechzigsten Jahr nach dem Abwurf wohl an der Zeit, dass sich endlich ein Filmstudio außerhalb der USA des Themas annimmt. – Das Heraushalten eigener Kriegsverbrechen und die Streichung so unschöner Dinge wie Leichenschändung (Herausbrechen von Goldzähnen) oder Gewalt *innerhalb* der U.S. Army gehört bei Kooperationen zu den Zensuraufgaben der Pentagon-Filmbüros. Die endlose Serie verheerender Brandbomben auf japanische Städte soll vom Zuschauer als gezielter Schlag gegen *Rüstungsfabriken* in Tokio erinnert werden (PEARL HARBOR*). Ein eigenständiger Hollywood-Spielfilm über den Hergang des fünfhundertfachen Massenmordes in My Lai ist wohl undenkbar.[41] Ein Film wie THIRTEEN DAYS, der erschreckende historische Wahrheiten über US-Generäle wie Curtis LeMay wenigstens andeutungsweise vermitteln möchte, erhält aus der Unterhaltungsabteilung des Verteidigungsministeriums eine Absage. (Die Politisierung der neueren US-Militärhierarchie wird im Filmgeschehen nicht als Problem gesehen.) Kein Pentagon-geförderter Film kann fiktive Angriffe auf ein Atomkraftwerk zeigen, weil dies die selektive Sicherheitspropaganda von Administration und Energiekonzernen unterminieren würde. Das Kino macht sich auch nicht zum Anwalt der durch Uran-haltige US-Munition verstrahlten Balkan- und Golfkriegsveteranen. (Möglicher Weise ist der unbequeme Komplex »Golfkriegssyndrom« – neben dem unterdrückten Diskurs über US-Kriegsverbrechen und US-Irakkriegsplanungen für die Zukunft – einer der Gründe dafür, warum kein Pentagon-geförderter Film der 90er Jahre das Thema Golfkrieg 1991 bearbeitet.) Was »hochpräzise« und überlegene Militärtechnologie auf dem Boden anrichtet, lassen selbst die realistischsten Kriegsfilme nicht einmal im Ansatz erahnen. Weltweit hinreichend bekannte Kriegslügen wie die Tonking-Story für Vietnam oder die Babymord-Inszenierung für die Mobilisierung zum Golfkrieg 1990/91 werden im Film allenfalls vage angedeutet oder als Anregung für völlig fiktive Drehbücher aufgegriffen (PATH TO WAR, WAG THE DOG). Keine nennenswerte Spielfilmproduktion klärt über die wirklichen – geostrategischen, ökonomischen und militärtaktischen – Gründe für die Kriege der 90er Jahre auf, obwohl sich diese mit Zitaten von US-Politikern belegen ließen.

Ergänzt wird die Wahrung von Tabus durch den Transport des offiziell erwünschten Selbstbildes. Zu dieser – eigenständigen – Funktion gehört es, auf Schauplätzen, die mit einem Versagen (Black Hawk Down*) oder mit offenkundiger Täterschaft der US-Seite (Mission Of The Shark) zusammenhängen, positive Erinnerungen und die eigene Opferrolle zu inszenieren. Die Grundregel lautet: Wir sind *nie* der Aggressor. Die Leichen von eigenen Soldaten, die heldenhaft gestorben sind, gehören in gewissen Grenzen nicht zu den Tabus (Black Hawk Down*).

Krieg als universales Programm ohne Alternative (6)

In der US-amerikanischen Massenkultur erscheint der Krieg – im Verbund mit einem pessimistischen Menschenbild – als Naturtatsache, was von Apokalypse Now bis hin zu The Thin Red Line auch solche Titel vermitteln, die den Krieg als das »Böse« inszenieren. Wenn die Dämme der westlichen Zivilisation verlassen werden, so die Botschaft von Lord Of The Flies (USA 1988), kann der Krieg als archaische Urtatsache jederzeit wieder hervortreten. Krieg wird vom US-Film aber auch positiv als Motor für jeden maßgeblichen Entwicklungsschritt in der nationalen Geschichte der Vereinigten Staaten präsentiert (Kapitel IV).[42] Als bevorzugte (Über-)Lebensstrategie des Individuums und als Mittel der »Freizeitgestaltung« begegnet uns das Kriegshandwerk. (In The Beach gerät 1999 der Urlaub zum Kriegsabenteuer. Sogar die Welt der Haustiere präsentiert Cats & Dogs 2001 explizit als Kriegsschauplatz!) Die Lösung innenpolitischer Probleme – Kriminalität, Drogenkonsum, Revolte im Strafvollzug, Rassismus in Mississippi, rechtsradikaler Terrorismus, Korruption, soziale Spannungen etc. – vollzieht sich fast immer als Krieg (Kapitel XII). Das Kennenlernen anderer Kulturkreise oder früherer Geschichtsepochen geschieht vorzugsweise unter der Wahrnehmung von Krieg. Die Abwehr oder Bekämpfung von Katastrophen ist Aufgabe von Militär und Raumfahrt (Kapitel XI). Die Totalität des Krieges füllt schließlich mit dem Star-Wars-Komplex das gesamte Universum aus.

Indessen kommen gewaltfreie Widerstandsformen, wie sie innerhalb der US-Kultur doch so eindrucksvoll entwickelt worden sind, im kommerziell maßgeblichen Filmgeschehen nicht vor. Große Landsleute wie Henry David Thoreau (1817-62) und Martin Luther King stoßen dort auf wenig Gegenliebe. Drehbücher für Spielfilme, die ohne Kriegsambitionen die Lösung internationaler Konflikte, humanitärer Krisen oder globaler Probleme der Gegenwart auf spannende Weise vermitteln, stehen aus. Das Dogma, welches den Krieg zum universalen Problemlösungsprogramm ohne Alternative erklärt, wird von Hollywood nicht nur nicht in Frage gestellt, sondern unentwegt verkündet. Dabei stehen explizite Kriegsfilme keineswegs im Vordergrund. Alle Werke, die Welt und Mensch auf paranoide Weise beleuchten, befördern das Programm. Schon Hobbes hatte in seinem Leviatan gemeint, die »Natur des Krieges« bestehe »nicht im tatsächlichen Kampfe, sondern in der bekannten Neigung dazu, für die es in der ganzen Zeit keinen Beweis des Gegenteils gibt«[43].

Kollektive Psychopolitik durch archaische Mythen und Kriegstheologie (7)

In Science-Fiction, Apokalypse und Fantasy wird die Universalität des Krieges durch Mythisierung auf einen archaischen Grundgegensatz von Gut und Böse oder auf den ewigen Helden zurückgeführt (Kapitel X). Erfolgreichstes Beispiel für die erste Variante ist zur Jahrtausendwende die Trilogie THE LORD OF THE RINGS. Die Richtung, in der Hollywoodfilme dieser Art psychopolitisch das kollektive Weltgefühl einfärben, kann sich auf Urzeit oder Endzeit beziehen. Die Verwendung religiöser Muster und speziell auch biblischer Metaphern – z. B. in THE MATRIX – ist schier uferlos. (Aus theologischer Sicht kann nicht nachdrücklich genug betont werden, dass der von Hollywood permanent reproduzierte Mythos des Großen Einzelnen in seiner dominanten – destruktiven – Gestaltung dem Christentum diametral entgegengesetzt ist. Die Personalisierung dieses Archetyps durch Jesus von Nazareth und seine Formung im Christus-Symbol führen das gewalttätige Heldentum der Geschichte an seinem Gipfelpunkt dialektisch im Anti-Helden ad absurdum und somit in gewisser Weise zur Vollendung. Die im Wahnkomplex des Übermenschentums enthaltenen Definitionen von »Stärke« und »Schwäche« sind erlöst und ihre Bedeutungen werden umgekehrt: Held ist fortan derjenige, der unbewaffnet die Größe aller anderen wachsen lässt und die Erde nicht zerstört.)

In weniger fiktiven Genres verfolgen daneben zahlreiche Titel eine explizite »christliche« Kriegstheologie (Kapitel IV.2; IV.4; V.5; VI.6). Gerechte Siege führt man in GODS AND GENERALS auf den Segen des Allmächtigen zurück. Der katholische Held in WE WERE SOLDIERS* betet zu einem parteiischen Kriegsgott und weiß seine gefallenen Soldaten in dessen ewigen Hallen gut aufgehoben. In Filmen wie BRAVEHEART*, PEARL HARBOR* oder ARMAGEDDON* lassen schottischer Freiheitsheld, US-Soldat und US-Weltenretter als Märtyrer ihr Leben; in den beiden ersten Fällen nehmen die Krieger auch äußerlich eine Christus-Pose ein.[44] Im Kriegsfilm ist im Rahmen des Martyriums ebenfalls die Bereitschaft zu suizidalen Operationen auf US-Seite kein Tabu (PEARL HARBOR*). Ansonsten lässt sich in den bigotten Produkten der industriellen Massenkultur über den Jesus der Bergpredigt und die Friedensbotschaft des Christentums kaum etwas in Erfahrung zu bringen.

Aktivierung des Feindbildschemas – Subvention der Kulturkampf-Agenda (8)

Die Aktivierung des Feindbildschemas gehört zum Zentrum jeder Kriegspropaganda. Die Effektivität dieser Instrumentalisierung und Transformierung von ursprünglichen Instinkten der menschlichen Kleingruppe ist historisch hinreichend belegt: sozialdemokratische »Internationalisten« fielen im Ersten Weltkrieg über Nacht um und brüllten mit für Deutschlands Sieg, Nazi-Gegner ließen sich auf einmal für Hitlers Krieg begeistern, deutsche Kirchenleute unterließen beim NATO-Krieg gegen Jugoslawien 1999 alle kritischen Rückfragen ...

XIV. War-Entertainment ist kein Naturereignis

Georg Picht meint: »Wo das Freund-Feind-Schema sich mit den magischen Identifikationen amalgamiert, gibt es Krieg.« Und Rainer Gansera ergänzt: »Die Einübung in magische Identifikationen, die Einübung darin, im Freund-Feind-Schema zu denken, zu fühlen und zu sehen – dafür war und ist das Kino der bevorzugte Platz.«[45] Die muslimischen Warlords in Somalia folgen im anarchischen Bandenkrieg einer – der US-Mentalität fremd bleibenden – Urtatsache ihres Kulturkreises (BLACK HAWK DOWN*). Serben exekutieren Kriegsgefangene und massakrieren Massen von bosnischen Zivilisten (BEHIND ENEMY LINES*). Kolumbianische Terroristen sind die Spezialisten für »Kollateral-Schäden« und obendrein verantwortlich für Drogenprobleme in den USA (COLLATERAL DAMAGE). Afrikanische Muslime hassen Christen, schlitzen Schwangeren gewohnheitsmäßig den Bauch auf und ermorden ohne Augenzwinkern Nonnen oder kranke Schwarze (TEARS OF THE SUN*).

Die abgründige Schlechtigkeit der Gegner und ihre Rücksichtslosigkeit gegenüber Wehrlosen sind Angelpunkte jedes propagandistischen Kriegsfilms, da sich nur so Mission und Gewaltanwendung »legitimieren« lassen.[46] Die Schlechtigkeit muss eindeutig identifizierbar sein und das eigene Gutsein exklusiv, weshalb fragwürdige Verbündete (etwa UCK oder afghanische »Nordallianz«) am besten unsichtbar bleiben und komplexe Gewaltspiralen wie in Jugoslawien oder Afrika auf einen einfachen Nenner verkürzt werden. Empathie vermittelt die Dramaturgie nur mit Blick auf die Opfer, die der böse Feind tötet, bzw. die eigenen Kriegsopfer, während der Gegner anonym bleibt oder als exponierter Böser sterben muss.[47] – Während die Feinde in den zuletzt genannten Beispielen grausam und rücksichtslos sind, begegnen uns auf US-Seite nur idealistische junge Männer, gute Familienväter und noble Charaktere, die sich mit den christlichen Werken der Barmherzigkeit auskennen.

Das spezielle Feindbild »Saddam Hussein« ist massenkulturell im letzten Jahrzehnt immer latent geblieben.[48] Doch der Focus auf einzelne »Ersatz-Hitler« ist begrenzt. Wie umfassend das Kino seit langem eine gegen die islamische Welt gerichtete Kulturkampf-Agenda subventioniert, haben wir im letzten Kapitel (XIII) gesehen. Bevorzugt wird »der Feind« in diesem Kontext als feindselige *Menschenmasse* in einem muslimischen Land dargestellt (RULES OF ENGAGEMENT*, BLACK HAWK DOWN*).

Eine noch ganz andere und sehr gefährliche Feindbild-Konditionierung betreiben viele PC- und Videospiele (Kapitel II.3). Während der Spieler in den Militärsimulationen mit seinen Aufgaben beschäftigt ist, liefern im Hintergrund »Sachinformationen« oder »Nachrichtensendungen« einen vermeintlich objektiven politischen Rahmen für die jeweilige Operation. Dabei wird der Bezug zu aktuellen Konflikten immer enger.

Präsentation von Bedrohungsszenarien – Aufbau des Bedrohungsgefühls (9)

Ohne Bedrohungsszenarien, die einen Krieg unvermeidlich machen, ist eine Kriegsbereitschaft der Massen nicht zu erzielen. Grundsätzlich schwächt eine Kultur der Angst und diffusen Unsicherheit die Widerstandskraft einer Gesellschaft gegenüber dem

Programm Krieg. Doch in diesem Kontext sind viele Filme ganz direkt als »Botschafter der Angst« zu verstehen, die dem Krieg einen Weg bereiten. Das traurige Datum des »Elften Septembers« hätte allein genommen – ohne eine öffentliche Kampagne – kaum zu einer hinreichenden Mobilisierung für die Kriege der Bush-Administration geführt. (Das wird von Beteiligten zuweilen stolz betont.) Doch auch die flankierende PR hat ihre Vorgeschichte: Ohne langfristige massenkulturelle Vorbereitung einer Atmosphäre von Islamophobie (Kapitel XIII) wäre es wohl unmöglich gewesen, »Terrorismus und Antiterrorkrieg« so nachhaltig als eine Agenda für die USA und die gesamte Weltpolitik durchzusetzen, die alles andere überwuchert. (Auch Politiker, die sonst als besonnen gelten, übernehmen völlig unkritisch massenkulturelle Argumentationsmuster.) Ein Titel wie THE SUM OF ALL FEARS* baute darüber hinaus 2002 zwischen zwei Kriegen ganz dringlich ein neues, aktuelles Bedrohungsgefühl auf. Diese »Produktion von Gefahr« im Kino wurde durch öffentliche Verlautbarungen der Administration über »schmutzige Bomben« wiederholt bekräftigt.

Positives Militärimage und Rekrutierung (10)

Kriegsubventionierende Massenkultur transportiert den vom Militär propagierten Ehrbegriff, inszeniert mit Respekt oder Bewunderung Hierarchien, Traditionen, Uniformen, Dekorationen, Paraden etc., teilt die religiöse Verehrung der Fahne im Militär, findet Salutieren erhebend und rückt das Soldatentum als Hüter der Moral in den Mittelpunkt der Nation. Die Kriegstoten im eigenen Land sind nicht als Opfer des Krieges zu erinnern, sondern als Helden. ... Dieser für den US-Geschmack sehr übliche – gewöhnliche – Militarismus ist auch im Hollywoodfilm selbstverständlich. Mitunter kooperiert das Militär bei einer Produktion, um etwa im Drehbuch ein eindrucksvolles Ehrenbegräbnis und eine kleine Rekrutierungsszene unterzubringen (HEARTS IN ATLANTIS*).

Die öffentliche Meinung – die Identifizierung mit »unseren Jungens« – ist wichtig, fast noch wichtiger aber scheint die Rekrutierungsfunktion des Kriegskinos zu sein. Ein halbes Jahrzehnt vor dem Golfkrieg 1991 vermittelte dort besonders die US-Luftwaffe ein Bild grenzenloser Überlegenheit und sorgte gleichzeitig für Nachwuchs. Von TOP GUN* bis hin zu BEHIND ENEMY LINES* und BLACK HAWK DOWN* wird jungen Leuten mit Spaß an moderner Technologie gesagt, wo ihr Ort ist. Nebenbei gibt es die Möglichkeit, Extremsport zu betreiben oder unglaubliche Loopings zu fliegen, und ganz primär stellt sich ein auf die eigene Person gerichtetes Begehren beim anderen Geschlecht ein (TOP GUN*). Das kulturelle Bild von »Männlichkeit« ist in Gesellschaft und Kultur der USA wieder stark militärisch definiert, und darin liegt ein wichtiger Anknüpfungspunkt für die Rekrutierung. Mit der Marie in Georg Büchners »Woyzeck« (1836) singen die Verehrerinnen (und Verehrer) auch heute noch: »Soldaten, das sind schöne Bursch!«[49] Nach HAMBURGER HILL* haben Bordellszenen und allzu Anzügliches in Filmen mit Militärassistenz jedoch nichts mehr verloren.

XIV. War-Entertainment ist kein Naturereignis

Der vor allem von Vietnamfilmen – und auch solchen mit kritischem Anspruch – verbreitete Kult des vom Militär im Krieg bezahlten Urlaubsabenteuers hält an (BLACK HAWK DOWN*) und lässt sich auch in einem Film wie GOING BACK am Ende offenbar nicht vermeiden. Special Forces versprechen einem die individuelle Perspektive, sich als Elitekämpfer »selbst zu verwirklichen«.

Allzu kollektivistischen Drill vermeiden die neueren Filme, während die verlockende Aussicht auf einen Ersatzvater beim Militär nach wie vor sehr angesagt ist (BEHIND ENEMY LINES*). Im Rekrutierungskino wird die füreinander einstehende Kameradschaft stärker betont als die humanitären Ideale der offiziellen Kriegsverlautbarungen oder abstrakter Nationalismus. (Entsprechende Dialogpassagen enthalten z. B. HAMBURGER HILL*, TIGERLAND*, WE WERE SOLDIERS* und BLACK HAWK DOWN*.) Die Devise »Dulce et decorum est pro patria mori« ist im Sonderfall des massenkulturell inszenierten Heldentodes zwar noch präsent, doch sie taugt nicht mehr zur Massenrekrutierung.

Ganz offensichtlich richtet sich ein ganzer Filmkanon mit Hilfe des Pentagon direkt an ethnische Minderheiten (Kapitel VII), was im Zusammenhang mit soziologischen Prioritäten der zielgruppenspezifischen Anwerbung steht. Versprochen werden gesellschaftliche Anerkennung, Karriere, Ausstieg aus schwierigen Verhältnissen oder gar kostenlose Psychotherapie und das Finden einer neuen »Familie«. Einzelne afro-amerikanische Pioniere im Militär gelangen als Helden auf die Leinwand. Die U.S. Army legt großen Wert darauf, dass ihr Image frei von Rassismus ist.

Apologie der Massenvernichtungstechnologie (11)

Eine Apologie der modernen Massenvernichtungstechnologie betreiben alle Unterhaltungsproduktionen, die durch sterile Kriegsszenarien die Folgen von Militäreinsätzen unsichtbar machen bzw. verschweigen, vor allem solche Filme und Computerspiele, die an die Technologie-Begeisterung von – zumeist jungen – Konsumenten anknüpfen, die den Einsatz völkerrechtswidriger Waffen als selbstverständlich darstellen und die in ihren Simulationen gerade nicht mit »Blut« operieren. Auf neuartige Entwicklungen aus den Zukunftswerkstätten des Militärs wird die Weltgesellschaft durch futuristische Szenarien in Kultfilmen vorbereitet.[50] Für einen Pentagon-geförderten Titel wie THE CORE* ist es kein Problem, zu zeigen, wie eine »Wetterwaffe« zur künstlichen Erdbebenproduktion weltweit unkontrollierte Wirkungen entfaltet; das Militär selbst stellt ja das Gegengift bereit. Produktionen wie ARMAGEDDON*, DEEP IMPACT* und THE CORE* inszenieren US-Operationen vordergründig als globalen Katastrophenschutz, betreiben aber in Wirklichkeit vorauseilende Werbung für die neue Atomwaffengeneration der Vereinigten Staaten (Kapitel XI). Wie lässt sich der zivilisatorische Konsens darüber, dass die vom Völkerrecht geächteten Nuklearwaffen niemals (wieder) zum Einsatz kommen dürfen, massenkulturell aufbrechen? Seichtes Entertainment begleitet den Tabubruch. Es suggeriert bezogen auf den Einsatz von

Atombomben in »konventionellen« Zusammenhängen, dieser sei alternativlos und völlig ungefährlich.

Neudefinition von Recht und Wertnormen (12)

Eine Massenkultur nach Hollywoodmuster, in der scheinbar gerechtfertigte Selbstjustiz, Eingriffe in die Menschenrechte von Gegnern und auch Formen der Folter fast allgegenwärtig sind, beeinflusst das öffentliche Rechtsempfinden und untergräbt Werte der Zivilgesellschaft.[51] Der Umstand, dass in diesem Rahmen Agentenfilme, in deren Nachspann das US-Verteidigungsministerium auftaucht, die Anwendung von Foltermethoden und Morde durch Staatsdiener ganz sublim oder offen als üblich vermitteln, wird mit Blick auf das angewandte Genre sehr leicht übersehen (z.B. GoldenEye*, Tomorrow Never Dies*, Patriot Games*, Clear And Present Danger*, The Sum Of All Fears*).

Besonders destruktiven Einfluss auf das normative Wertebewusstsein üben Pentagon-geförderte Filme aus, die im Zuge von Kriegsgerichtsverfahren eigene »Regeln für das Gefecht« aufstellen und Situationen *konstruieren*, in denen die Tötung vieler Zivilisten – eines anderes Kulturkreises – unvermeidlich erscheint (Kapitel IX). Diese Titel wirken auf einen oberflächlichen Jugendschützer-Blick unter Umständen wie etwas ganz Unproblematisches. Sie entwickeln ihr Thema ausgehend von einer Schuldvermutung hin zum Freispruch. Die klassische Propagandaparole für den gesamten Komplex lautet: »Der Feind zwingt uns zu Grausamkeiten, die wir nicht wollen.« Den eigentlichen Kern kennzeichnet indessen die positivistische Losung: »Recht ist, was dem Krieg nützt!« Filme wie Casualties Of War[52], A Few Good Men, Courage Under Fire oder High Crimes, die Militär- und Kriegsverbrechen enthüllen statt sie zu verschleiern, weisen bezeichnender Weise keine Assistenz des US-Verteidigungsministeriums auf.

Die US-Sängerin Tina Turner meint: »Wir brauchen keinen neuen Helden!«[53] Sie hält es für überlebenswichtig, dass die Menschen einen Ort jenseits der Donnerkuppel, jenseits der Furcht finden. Unter der Donnerkuppel, dem »thunderdome«, sind Krieg, ökonomischer Darwinismus und Fatalismus hinsichtlich der ökologischen Bedrohungen massenkulturell allgegenwärtig, ja »normal«. Dieses künstlich geschaffene Weltbild lähmt die Opposition gegen jene, die unter seinem Schutz wirklich Krieg führen und sich auf dem Planeten unverantwortlich verhalten. Zur öffentlichen Bloßstellung des Zerstörerischen bräuchten wir eine Massenkultur, die gewaltfreie Lösungswege, Verantwortlichkeit und intelligente Politik als selbstverständlichen Anspruch vermittelt.

3. Klärungen zur »Naturalisierung« des Krieges und zum Kriegsfilm-Paradigma

»Wie fängt so ein Krieg überhaupt an? Irgendjemand muss doch davon Nutzen haben. Beleidigen sich die Nationen oder kommt er wie eine Art Fieber über die Menschen und niemand will ihn wirklich?«[54] ALL QUIET ON THE WESTERN FRONT (USA 1929/30)

Der Krieg ist nicht Schicksal, sondern eine von Menschen gemachte Sache. »Ein sachliches Erwägen der Kriegsursachen wird erweisen, dass alle Kriege zum Vorteil der Fürsten vom Zaun gebrochen und stets zum Nachteil des Volkes geführt wurden.« Erasmus von Rotterdam: Klage des Friedens (1517)

Die Frage, wie der Krieg auf die Leinwand kommen soll oder darf, wird spätestens seit dem Ersten Weltkrieg diskutiert. Peter Reichel sieht in ausbleibenden Klärungen zu den unterschiedlichen Paradigmen eine Ursache für das Scheitern gutwilliger Ansätze in Deutschland nach 1945: »Mochten pazifistisch eingestellte Autoren wie Bert Brecht dezidiert fordern, dass es keine Freiheit geben dürfe für Filme, ›welche den Krieg verherrlichen oder als unvermeidbar hinstellen‹. Mochte die Freiwillige Selbstkontrolle der Filmwirtschaft (FSK) in ihre Richtlinien ausdrücklich hineinschreiben, dass ›kein Film hergestellt, verliehen und öffentlich vorgeführt‹ werden dürfe, der ›militaristische, nationalistische‹ u. ä. Tendenzen fördere – die Abrüstung im Kino ist nicht zuletzt daran gescheitert, weil alle Bemühungen erfolglos blieben, den Antikriegsfilm eindeutig vom Kriegsfilm zu unterscheiden.«[55] Die verbreitete Willkür im Gebrauch der Begriffe und die Befunde der Filmgeschichte drängen an dieser Stelle zu einem scharfen Problembewusstsein: Kann man den Kriegsfilm, der das Programm Krieg subventioniert, mit einem Kriegsfilm beantworten, der als »Antikriegsfilm« funktioniert? Gibt es überhaupt »Antikriegsfilme«, die zugleich Kriegsfilme sind?

Die erste Schicht der Ambivalenzen liegt im Genre selbst begründet. Auch kritische Kriegsfilme tragen zu jenen inflationären Medienszenarien bei, die innerhalb der menschlichen Gesellschaft eine Gewöhnung an das – angeblich unabänderliche – Faktum des Krieges bewirken. Höchst ambivalent ist auch das formale Stilmittel des »Realismus«.[56] Im ersten Teil von SAVING PRIVATE RYAN* entwickelt Steven Spielberg einen schier unglaublichen Realismus, um – gerahmt von Stars and Stripes – das Opferleiden der US-Soldaten in einem fraglos guten Krieg zu zeigen. Im Pentagon-geförderten BLACK HAWK DOWN* wird diese Vorgabe weiterentwickelt, um innerhalb des Genres einen Anschluss an die Erlebnismöglichkeiten der Computerspiel-Simulation zu finden und einen tragischen Somalia-Einsatz als Heldenkampf moderner Elite-Soldaten zu verklären. Beide Beispiele lassen sich schlecht als »Antikriegsfilme« verstehen. Innerhalb bestimmter Grenzen kann eine wirklichkeitsnahe Darstellung der Grausamkeit des Krieges in jedem propagandistischen Drehbuch vorgesehen werden. Was also bleibt als Alternative, wenn man den Krieg nicht selbst ins Kino verfrachten und dort – nach einem Vorschlag von Samuel Fuller – Raketen über die Köpfe der Zuschauer abfeuern will?[57] Die Aporie im Unternehmen eines »realistischen Antikriegsfilms« ist offenkundig. Ihn zu drehen, das hieße nach Andreas Gilb, »den Krieg so langweilig, ekelhaft, sinnlos und zermürbend wie nur möglich zu zeigen und gleichzeitig zwei Stunden lang von nichts anderem zu erzählen.«[58] Mit anderen Worten: Hier müsste ein Film gezeigt werden, den keiner sehen will und der keinen erreicht.

Die Ambivalenz auf Seiten der Filmautoren hat Wim Wenders gut auf den Punkt gebracht: »Im Akt des Filmemachens identifiziert man sich mit dem, was man auf die Leinwand bringt. Deshalb funktioniert ja Propaganda. Man kann sich nicht distanzieren von dem, was man zeigt. Tendenziell ist das, was man filmt, immer das, was man will. Eigentlich ist jeder Kriegsfilm ein Film für den Krieg.«[59] Möglicherweise ist damit ganz einfach erklärt, warum sich so selten Regisseure, die den Krieg verabscheuen und sein Programm distanziert befragen, an Kriegsfilme heranbegeben. François Truffaut erklärt: »Ich filme nie Soldaten, ich filme keine Reiter, keine Leute, die Sport treiben, all das, was ich nicht leiden kann.«[60] Zweifellos gehörte Francis Ford Coppola noch nach dem Vietnamkrieg zu jenen, die sich vom Krieg irgendwie faszinieren ließen.[61] Für sein grandioses Kriegskunstwerk APOKALYPSE NOW[62] war er bereit, mit sich selbst, seinen Mitarbeitern, der Natur, Tieren und den Körpern von Verstorbenen rücksichtslos umzugehen. Dieser Film sollte auf der bewussten Ebene »eine Zukunft ohne Krieg« eröffnen und hat doch bis heute Einfluss auf eine Massenkultur des Militainments, die dem Krieg Zukunft verspricht. (In GARDENS OF STONE* zeigt sich dann, wie unkritisch Coppola wirklich ist, wie bereitwillig er als anspruchsvoller Künstler platten Patriotismus transportiert und wie sehr ihm letztlich der Sinn für den zivilisatorischen Ernst der Frage des Krieges abgeht.)

Mit Blick auf solche Ambivalenzen der Filmautoren ist es nicht unwahrscheinlich, dass man abseits der Kriegs- und Gefechtsfilme bei der Suche nach einer Kultur für den Frieden am ehesten fündig wird. So meinte Rainer Gansera 1988: »Will man im gegenwärtigen Kino so etwas wie ›Anti-Kriegsfilme‹ suchen, würde ich Filme von Eric Rohmer benennen. Nicht, weil der Krieg in ihnen nicht vorkommt, sondern weil Rohmers Ästhetik, seine Inszenierung, sein Umgang mit Menschen, Darstellern, Landschaften und Dingen von einem Respekt durchdrungen sind, der dem militärischen Blick völlig entgegengesetzt ist.«[63] Alan Parker's BIRDY ist trotz einer kurzen Kriegsszene und trotz der im Drehbuch enthaltenen Floskel vom verweigerten Heldentum der Vietnamveteranen kein Kriegsfilm.[64] Doch dieses Werk bietet Reflektionen über Männlichkeitsbilder und autoritäre Systeme, die dem Programm Krieg entgegenarbeiten. Bei zwei neueren Filmen wie MONSIEUR IBRAHIM ET LES FLEURS DU CORAN (Frankreich 2004) und LAND OF THE PLENTY (USA/BRD 2004) müssen die Autoren den Zuschauern nicht erst ausdrücklich sagen, dass ihre Geschichten im Erscheinungsjahr auch kriegskraftzersetzend wirken sollen.

Doch ein Ausweichen auf unkriegerische Filme gegen Krieg beantwortet noch nicht die Frage ob es Kriegsfilmer gibt, die zugleich »Antikriegsfilmer« sind. Die *Intention* des Filmemachers wird von manchen Autoren als maßgeblich für eine Qualifizierung des Paradigmas angesehen, wofür vieles spricht. Welche Werte, welches Menschenbild verfolgt der Künstler? Was ist seine Grundhaltung? Ist die Absage an den Krieg möglicherweise nur eine – opportunistische – Pose oder ist sie durch seine Persönlichkeit gedeckt? Worin besteht sein politisches und historisches »Drehbuch«? Steht er wirklich außerhalb der Logik des Krieges und kann also Menschen diesseits wie jenseits der Frontlinien als Menschen wahrnehmen und darstellen, obwohl sie doch im Krieg nur Funktionen, Rollen oder Material sind? Verfällt er der unreifen Versuchung, dem individuellen Mörder den Krieg zu erklären und nicht den politisch Verantwortlichen? In der Gestaltung wird sich schnell offenbaren, ob lediglich gute Absichten und hehre Ideale am Werk sind. Die Menschlichkeit des Künstlers erweist sich in seiner Ästhetik, und dies bezieht Dieter Lenzen auch auf grausame Kriegsdarstellungen: »Wir wissen, übrigens seit der Antike, dass der Mensch ein mitleidensfähiges Wesen ist, wenn die Ästhetik einer Darstellung es ihm erlaubt, mitzuleiden.«[65] Die Wirkungsintention des Action-Kriegs-Filmemachers ist geradezu gegenläufig. Er will den Betrachter nicht mit intensiven Gefühlen in Kontakt bringen. Seine Zielgruppe soll pure – oberflächliche – Gewalt-*Aktion* als anregend erleben, wobei ein Lebenskonzept Bekräftigung findet, dem Sympathie für das eigene Innere und Mitleid für Andere fremd bleibt. Das Gefühl im Kino sollte ein Kritiker der Kriegskunst an dieser Stelle nicht prinzipiell verachten. Es gilt, präzise die lähmende Tragödie, den unverbindlichen Gefühlseffekt *und* das Gefühllose zu entlarven. Dem nur Sentimentalen ist das unsentimentale, schöpferische Mitleid im Sinne Stefan Zweigs gegenüberzustellen.

Der »Antikriegsfilmer« der Gegenwart hat einen schweren Stand, wenn er den angedeuteten Weg betritt. Die westlichen Militärdoktrinen haben den Krieg rehabilitiert, und so bestätigt er keineswegs eine Gesellschaft, die politisch von einem Anti-Kriegs-Konsens geleitet würde, in ihrer »selbstgerechten Moral«. Mit einer Mobilisierung der neoliberalen Kunstkritik ist zu rechnen.[66] Sie wird den »Antikriegsfilmer« als Moralisten vorführen und ihn bei seiner Mission strukturell als Krieger entlarven. (Das trifft auf den moralistischen Filmemacher ohne glaubwürdigen Ausgangspunkt sehr häufig auch zu.) Sie wird beklagen, dass die moralische Aufrüstung die Kunst verdirbt und Zwitter hervorbringt, in denen die Affektfunktionen der massenkulturellen Gewaltdarstellung untergraben werden.[67] Sie wird den gemeinen Konsumenten verteidigen, dessen vergnügliches Kriegsgeplauder schon Goethe in seinem Faust beobachtet hat.[68] Man wird es als Anmaßung betrachten, dass ein Künstler das Kriegsgespann »Gut und Böse« unterminiert und doch selbst noch wissen will, was gut und was verderblich ist. Schließlich kommt womöglich noch heraus, dass sein Film mit dem Benennen von Tätern, Interessen und Opfern oder Fragen nach dem Befehlsgeber eines Luftbombardements einem typisch bürgerlichen Kausalitätsdenken[69]

XIV. War-Entertainment ist kein Naturereignis

verhaftet bleibt. Und im gleichen Atemzug wird man ein Bild des wahren Künstlers zeichnen, der sich jeglicher Wertung und wertgebundenen Intention enthält. Dieser kann den Krieg ganz unschuldig, ganz absichtslos und ganz künstlerisch zeigen, weil er auch als Filmvorführer Zuschauer bleibt, ohne Einspruch zu erheben. Um so authentischer wird das Chaotische und Undurchdringbare des Grauens zur Anschauung kommen. Einen solchen Ästhetizismus, der seinen Standort fernab von Mitleiden, Vernunft und Politik bezieht, kann sich jeder Kriegsminister als Beitrag von Künstlern nur wünschen. Nun ist aber der real existierende Kriegsfilm alles andere als ästhetisch, unschuldig und unpolitisch. Die Klage der Kunst wäre nicht gegen eine – nicht vorhandene – massenkulturelle »Propaganda der Gutmenschen«, sondern gegen die Propagandakultur des Militärischen zu erheben.

Selbst wenn es nun auf Seiten des »Antikriegsfilmers« keine Ambivalenz und keine getrübten Intentionen gäbe, so bleibt doch der *Zuschauer*, in dessen »Kopf« der Film noch einmal neu entsteht.[70] Formaler Realismus mit drastischen Nahaufnahmen kann dem Publikum helfen, die Angstgesichter oder Todesschreie wirklich wahrzunehmen und mitzufühlen. Er kann jedoch ebenso der Befriedigung von Rachegefühlen dienen oder dunkle Todestriebe wecken; Angstlust und Sadismus fühlen sich dann im Kriegskino gut aufgehoben. Sogar das Getöse und den Schmerz sucht, wer sich auf andere Weise seiner Lebendigkeit nicht mehr versichern kann oder eine Auflösung seines »Ichs« ersehnt. Blutige Uniformen, Folterpraktiken, militärisches Prostitutionswesen und Drogenexzesse lassen die Fassade einer demokratisch-hygienischen Armee zusammenbrechen. Bei einem Teil der Kinobesucher steigern sie indessen die Lust auf ein dreckiges Kriegsabenteuer. Rücksichtslose, brutale Gewalt bestärkt den human sozialisierten Zuschauer in seiner Abscheu und bietet gleichzeitig eine abgründige Projektionsfläche für pubertäre bzw. archaische Größenphantasien. – Das Dilemma von Kriegsfilmen, die zugleich »Antikriegsfilme« sein wollen, besteht darin, dass sie affirmativ sehr leicht auch ein Publikum bedienen, das sie sich gar nicht wünschen oder das sie gerade nicht in seinen Anschauungen bestärken möchten!

Dieter Prokop meint – jenseits der gängigen Annahmen über eine schädliche Wirkung von Mediengewalt: »Wer im täglichen Leben Gewalt als erfolgreichstes Mittel zur Durchsetzung seiner Interessen erlebt hat, wird auch von aggressiven Medieninhalten am stärksten beeindruckt werden.«[71] Solch ein Medienkonsum-Muster kann sich auch auf Bilder des Destruktiven richten, deren Urheber sehr menschliche Künstler sind. Möglichen Vieldeutigkeiten der Rezeption können kritische Filmemacher an dieser Stelle nicht vollständig vorbeugen. Das betrifft den jeweiligen politischen, historischen, kulturellen und sozialen Kontext. Filme, die in einer patriotisierten bzw. gleichgeschalteten Gesellschaft bei ihrem Erscheinen als kritisch empfunden werden, können z. B. im Rahmen eines freiheitlichen Diskurses wie bloße Propaganda wirken. Menschen mit hautnahen Bombenerfahrungen werden bei Bombenszenen im Film Entsetzen verspüren, kaum jedoch einen spannenden »Kick« erleben. Doch dort, wo nahe Kriegserfahrungen fehlen, kann der Kriegsfilmkonsument sich alles mögliche phantasieren und erzählen lassen, ohne auch nur eine leise Ahnung vom wirklichen Krieg zu erlangen. Während DIE BRÜCKE (BRD 1959) in Nachkriegsdeutschland als »Antikriegsfilm« aufgenommen wurde, konnte man den Streifen in Südamerika als Zeugnis eines unbeugsamen Kriegsgeistes sehen; der Kinotitel lautete dort: »Die Helden sterben aufrecht«.[72]

All diese Rücksichten und Differenzierungen sind notwendig, doch sie geben keine Argumente her für einen diffusen Relativismus. Ein Regisseur weiß sehr wohl, welche Erfahrungen er bei seinen Zuschauern begünstigt. Ausgerechnet der militaristische US-Filmemacher John Milius, der am Drehbuch zu APOKALYPSE NOW beteiligt war, hat Coppola den Versuch vorgeworfen, »einen Film gegen den Krieg zu machen, und das ist ungefähr so stupid, wie zu versuchen, einen Film gegen den Regen zu machen. Als wir damit anfingen, war es nicht ein Film gegen den Krieg, es war ein apolitischer Film, der sich mit der Bestialität beschäftigte, die in der menschlichen Natur liegt, und mit dem Krieg als mit einer dem Menschen natürlichen Manifestation.«[73] Demnach wäre es einerlei, Entstehung, Aussehen und Folgen von Regentropfen darzustellen oder das Fallen einer Napalmbombe. In FLIGHT OF THE INTRUDER* (USA 1989) kann man nun sehen, wie weit Milius als eigenständiger Regisseur davon entfernt ist, im Kriegsfilm Naturphänomene beschreiben zu wollen. Er schreibt mit Pentagon-Assistenz einen hochpolitischen »Text« für den Krieg, eine regelrechte Auftragsarbeit für bevorstehende Massenbombardements, und er schreibt dies so platt propagandistisch, dass von Kunst keine Rede sein kann. Besser als mit Filmen dieser Art lässt sich gar nicht illustrieren, dass Krieg und Regen eben keine vergleichbaren Erscheinungen sind.

Ähnlich wie Milius hat sich auch ein Vertreter des deutschen Filmgeschäfts geäußert: »›Es gibt so wenig einen Antikriegsfilm, wie es einen Anti-Erdbeben-Film‹ gibt, äußerte anlässlich der Premiere von DAS BOOT der Verleiher Bernd Eichinger und definierte damit den Krieg als eine Art Naturereignis.«[74] Nun bietet der genannte Film über ein Nazi-U-Boot in der Tat tragische Katastrophenstimmung, jedoch denkbar wenig historische Aufklärung. Von den »Helden der Tiefe« ist offenbar keiner ein richtig überzeugter Nazi; nur die Funktionäre fernab vom Schlachtfeld des Meeres grüßen mit »Heil Hitler«. – Die Produzenten geben dankbar »the cooperation of BMW Marine GmbH« bekannt. Dieter Wiedemann erinnert an den kommerziellen Kontext: »Immerhin hatte der Verleiher des Films, Bernd Eichinger, auf die Zielgruppe der jungen Leute gesetzt und deshalb schon in der Produktionsphase auf die Unentbehrlichkeit von spektakulären Bildern gedrängt, weil diese Generation ›voll von einer gewissen Lust an der Zerstörung‹ sei.«[75] So lässt sich auch hier wiederum wenig von den Wirkungsintentionen eines Naturfilmers entdecken.

Die Argumentationsfigur von John Milius und Bernd Eichinger sollte im Kontext verwandter Sichtweisen gelesen werden. Im Thriller NEMESIS GAME (Kanada 2003)

XIV. War-Entertainment ist kein Naturereignis

von Jesse Warn begründen esoterisch verwirrte Mörder, die sich in einem endlosen Rätselraten verfangen und zweifellos am besten in der Psychiatrie aufgehoben wären, ihr Tun mit folgendem Weltbild: »Ist ein Erdbeben verkehrt, wenn es tötet? Alles ist Teil eines Planes. Es gibt kein richtig und falsch. Wir töten, weil es keinen Grund gibt, es nicht zu tun. Wir müssen alle unsere Rolle spielen.« Wer sich der hier zugewiesenen Rolle verweigern will, für den wird eine grundsätzliche Kritik der militaristisch produzierten »Geschichte« und eine Entlarvung der ihr zugrunde liegenden Menschenbild-Propaganda unerlässlich. Die zunehmende Instrumentalisierung biologischer Kategorien für ein bestimmtes Verständnis gesellschaftlicher und sozialer Vorgänge befördert die Naturalisierung von Ökonomie und Krieg. (Daneben etablieren Esoterik und neue Wirtschaftswissenschaft mit ihren Glaubenssätzen allerlei andere Schicksalsmächte.) »Geschichte« wird nicht mehr als qualitativer Kulturprozess mit moralisch verantwortlichen Akteuren verstanden, sondern als Schauplatz »darwinistischer« Konkurrenz. »Geschichte, das ist jedoch seit über einem halben Jahrhundert potentiell die von unserer Spezies inszenierte atomare Apokalypse des Lebensraums Erde. Die maßgeblichen Geschichtslenker schreiben dem Menschen ein naturhaftes Raubtierwesen zu, um hernach den Grundmotor ihrer ökonomischen Ideologie heilig zu sprechen und zu verewigen. Doch im gleichen Atemzug sind sie es, die den massenkulturellen Text des Krieges schreiben und die Kultur in einem noch nie da gewesenen Ausmaß gewalttätig mobilisieren.

Die Überzeugung jener Religionen, Weltanschauungen und politischen Bewegungen, die uns eine ursprüngliche soziale und mitfühlende Kompetenz zuschreiben, ist durch die ›Erfolge‹ autoritärer Systemkonstellationen und auch durch die historischen Kriege keineswegs widerlegt. Praktisch erweist sich der Glaube an eine mögliche Friedensfähigkeit des Menschen als äußerst gesunde Triebfeder für jegliche Gesellschaft. Krank wären demnach jene *gemachten* Verhältnisse, die dem Menschen gezielt ein ewig Böses andichten und ihn permanent dazu anstacheln, diesem Bild auch gerecht zu werden. Gegen das Wahngebilde, in dem Nuklearzeitalter und neoliberaler Ökonomismus eine Symbiose eingegangen sind, lassen sich sehr wohl alternative Formen eines ›Miteinanders‹ von Natur, Kultur und Zivilisation geltend machen. Auch die aggressive Aufrüstung der Weltwirtschaft, die eine neue Ära des Krieges produziert, entspricht keinem ewigen Naturgesetz. Und was spräche dagegen, wenn unsere Gattung den – abgründigen – Vorzug einer enormen Großhirnrinde dazu benutzen würde, Geschichte im Einklang mit dem Wohl aller Bewohner des Planeten zu gestalten?«[76] In solch grundsätzlicher Weise sind die Reden der vorherrschenden Politik, aber auch die Beiträge von Künstlern und Kulturschaffenden zu befragen.

Die ganz konkreten Merkmale eines kritischen Paradigmas in Kriegsfilmen zeigen, dass von einer völligen Beliebigkeit hinsichtlich Intention und Wirkung einer medialen Darstellung von Krieg vernünftiger Weise nicht die Rede sein kann. Zu diesen

XIV. War-Entertainment ist kein Naturereignis

Merkmalen gehören: die kritische Vermittlung der nationalen Kriegserfahrungen und der offiziellen Politik, die Infragestellung vermeintlich sauberer Interventionsgründe, ein Aufweisen des Widerspruchs zwischen moralischer Rhetorik und praktizierter Unmoral, die Durchbrechung des Grundschemas von »Gut und Böse« bzw. der – oftmals rassistischen – Aufteilung in »Freund und Feind« (Entmenschlichung des Gegners) durch das Ansehen von Gesichtern[77], die Enttabuisierung von Kriegsverbrechen der eigenen Armee, die Entlarvung der Medienlüge als Teil von Militärpropaganda, der Verzicht auf eine Idealisierung des Militärs bis hin zur Aufdeckung einer Zerstörung des Individuums durch die Armee, die Entlarvung der patriotischen Phrase, Abstinenz bezogen auf die sakrale Inszenierung nationaler Symbole (Flagge, Hymne), Entzauberung des Fetischismus im Militär (Medaillen- und Uniformkult), Desillusionierung der Abenteuererwartung, das Fehlen von Heldenstereotypen, menschliche Modelle individueller Verantwortlichkeit jenseits des blinden Gehorsams, die Ersetzung der selbstherrlichen Täter- bzw. Gewinnerperspektive durch die der Opfer und damit nicht zuletzt der *ungeteilte* Blick auf die Folgen des Krieges: die Leiden der Zivilisten, Soldaten, Veteranen und ihrer Angehörigen, die gesundheitlichen, ökologischen und ökonomischen Langzeitverheerungen durch ›Kriegsmittel‹, die nach Zusatzprotokollen der Genfer Konventionen seit Jahrzehnten völkerrechtlich geächtet sind, die soziale und moralische Beschädigung der Gesellschaft durch den Wahn des Krieges, besonders auch die Zerstörung einer bestehenden demokratischen Kultur in kriegsführenden Ländern ... All diese Aspekte spitzen sich zu auf die entscheidende Alternative: Wird der Krieg als »gerechter« oder schicksalhafter Krieg gerechtfertigt und als »normales« Mittel der Politik propagiert oder wird Krieg als Verbrechen an der Menschheit transparent?

Aus gutem Grund sind Filme, die sich an Punkten des eben beschriebenen Paradigmas orientieren, bei kriegswilligen Militärs und Regierungen nicht beliebt. Sie zeigen, wo die offizielle Geschichtsschreibung von Heldentum oder Sieg spricht, sinnloses Sterben und Morde.[78] Sie ermöglichen, was für Propagandisten Tabu ist, eine einfühlsame Identifizierung mit dem so genannten Feind.[79] Sie vermitteln – in völliger Respektlosigkeit für alle Staatsmythen – zutreffende Sachverhalte der Geschichte. Sie weigern sich, physische bzw. technologische Überlegenheit als Anzeichen für Stärke zu deuten ... Trotz aller Vorbehalte ist mit expliziten Kriegsfilmen zu rechnen, die »Antikriegsfilme« sind, und mit Kriegsfilmautoren, die sich mit dem von ihnen dargestellten Krieg eben nicht identifizieren.

Ob Gewalt und Brutalität ins Bild kommen oder nicht, das ist für die Ideologiekritik des Kriegsfilms eine nachrangige Frage – zumal bei der Darstellung individueller Gewalt. »Denn weder sind Kriege unabwendbare Naturkatastrophen, noch sind sie das ›Summenphänomen individueller Aggression‹.«[80] Filme wie Abril despedacado von Walter Salles oder Cidade de Deus von Fernando Meirelles, die die Gewalt nicht verstecken, sind deshalb noch lange keine Filme für die Gewalt.

XIV. War-Entertainment ist kein Naturereignis

Filme, die die Hässlichkeit von Menschen zeigen, können zugleich ihre verschüttete Schönheit andeuten oder ihr den Weg bahnen.[81] Das besonders Brutale und Blutige ist zudem kein herausragendes oder zwingendes Merkmal der Kriegspropaganda. Das alles entscheidende Kriterium liegt auch hier im Kontext. Mit Blick auf die beiden »realistischen Antikriegsfilme« von G. W. Pabst (WESTFRONT 1918) und Lewis Milestone (ALL QUIET ON THE WESTERN FRONT) schrieb bereits Siegfried Kracauer in der *Frankfurter Zeitung* vom 7.12.1930: »Noch nützlicher wären jetzt Filme, die uns nicht nur die Gräuel der Kriege zeigten, sondern ihre Entstehungsursachen aufdeckten und ihre wirklichen Folgen.«[82] Präziser als mit dieser pragmatischen Feststellung lässt sich auch gegenwärtig der Bedarf im Kriegsfilm nicht auf den Punkt bringen. Ein trauriger Beleg dafür ist THE THIN RED LINE[83] (USA 1998). Ohne Zweifel wollte Terrence Malick hier irgendwie einen Film *gegen* Krieg drehen; das Pentagon und die Kritik haben es auch so verstanden. Doch das Grauen ist verwoben in Naturkreisläufe, schöne Bilder, mannigfache Sinnangebote und ein nicht enden wollendes Netz unbeantworteter Scheinfragen. Der Zuschauer wird keinen Einspruch erinnern können, wenn er am Ende den Krieg als Epiphänomen der so genannten Natur begreift. Wir haben es – im Sinne von Brecht – hier mit dem »Immerigen« zu tun. Das »Immerige« aber ist das Unvermeidliche: »Da kann man nichts machen!« Ein so bewerkstelligter Ausstieg aus der Geschichte, die Flut der militaristischen Melodramen oder Historienstücke und die offenkundigen Grenzen der auf Kriegsschauplätzen angesiedelten Filmsatire[84] legen nahe: Kritische Kriegsfilme wird es zu Anfang des dritten Jahrtausends nur mit einem *politischen* Paradigma geben können, und dessen Hauptmerkmal sollte darin bestehen, *konkret* zu sein wie es nur eben möglich ist.

An diesem Punkt kann sich niemand in einen Elfenbeinturm zurückziehen, in dem abstrakt über »Ästhetik« oder »Objektivität« nachgesonnen wird. *Bedingt* stimme ich deshalb Drehbuchautor Jean Aurel zu, wenn er sagt: »Man kann gegen den Krieg ebenso wenig einen Film machen wie gegen die Krankheit, den Krebs. Das sind ja keine Fiktionen, ein Film gegen etwas kann nur ein Dokumentarfilm sein.«[85] Nur scheinbar ähnelt dieses Zitat dem oben angeführten Vergleich von Krieg und Regen, den John Milius vorgebracht hat. Aurel vergleicht den Krieg treffend mit einer *tödlichen Krankheit*, deren Ursache man erforschen oder benennen, deren Leid man beschreiben, deren Prävention oder Früherkennung man befördern und über deren Therapiemöglichkeiten man aufklären kann. (Noch besser freilich ließe sich der Krieg mit einem anderen *Verbrechen* vergleichen.) Die Bedeutsamkeit des Dokumentarfilms zur Zeit des Vietnamkrieges und in der Gegenwart spricht für das Votum von Jean Aurel. Kein Genre sorgt derzeit für vergleichbare Überraschungen. – Dem Irakkrieg gelten z. B. UNCOVERED: THE WHOLE TRUTH ABOUT THE IRAQ WAR[86] (USA 2003), von Robert Greenwald mit Unterstützung der US-Protestbewegung realisiert, sowie CONTROL ROOM (Ägypten/USA 2004) von Jehane Noujaim über die Arbeit des arabischen Senders al-Dschasira. Neben den populären Titeln von Michael Moore

(BOWLING FOR COLUMBINE, FAHRENHEIT 9/11) steht ästhetisch Anspruchsvolles wie der Blick auf die US-Vietnamkriegspolitik in THE FOG OF WAR (USA 2004) von Errol Morris.[87] Tim Robbins hat noch eine andere Genre-Lösung versucht, indem er sein Theaterstück über den Herdentrieb der Irakkriegsberichterstattung aufzeichnete und als Kinofilm EMBEDDED / LIVE (USA 2004) einem größeren Publikum zuführte. – Doch wir bräuchten für einen breiteren Zuschauerkreis auch dokumentarisch gefärbte *Spielfilme*, die sich möglichst zeitnah mit konkreten Kriegsursachen, Kriegsplanungen, Kriegswirkungen etc. befassen oder zumindest im fiktiven Rahmen die Strukturen des gegenwärtigen Kriegsapparates beleuchten. Es wäre unter den Bedingungen der monopolisierten Filmindustrie das Kunststück zu vollbringen, Filme etwa in der Art von JFK, THIRTEEN DAYS oder PATH TO WAR nicht erst drei Jahrzehnte nach den behandelten Zeitabschnitten auf Leinwand oder Bildschirm zu bringen.

4. Zivilisationskonsens und Recht stehen der massenkulturellen Propagierung des Krieges entgegen

»Der WDR soll internationales Verständnis fördern, zum Frieden und zur sozialen Gerechtigkeit mahnen, die demokratischen Freiheiten verteidigen [...] und der Wahrheit verpflichtet sein.« Mediengrundsatz des WDR von 1954

Unabhängig von der Frage, ob Begrenzungen und Verbote im Bereich der Massenmedien irgendeinen Ertrag nach sich ziehen, ist zunächst festzustellen: Internationale wie nationale Urkunden und Rechtsbestimmungen stehen einer massenkulturellen Propagierung des Krieges entgegen; zum Teil enthalten sie die ausdrückliche Verpflichtung, Kriegspropaganda zu unterbinden und eine Kultur im Dienste des Friedens zu fördern. Die Verbindlichkeit der in Frage kommenden Dokumente und Bestimmungen ist sehr unterschiedlich.

Zu nennen sind – ohne Anspruch auf Vollständigkeit:

- die Charta der Vereinten Nationen vom 26. Juni 1945 und die UNESCO-Verfassung vom 16. November 1945;
- die Allgemeine Erklärung der Menschenrechte vom 10. Dezember 1948 und die auf nationaler Ebene rechtsverbindliche Europäische Menschenrechtskonvention;
- der Internationale Pakt über bürgerliche und politische Rechte vom 16. Dezember 1966, Artikel 20 (1);
- das Internationale Übereinkommen zur Beseitigung jeder Form von Rassendiskriminierung vom 21. Dezember 1965;
- das Internationale Übereinkommen gegen Folter und andere unmenschliche oder erniedrigende Behandlung oder Strafe, sowie alle anderen Bestimmungen des Völkerrechts bzw. Internationale Gerichtsentscheide zu Völkermord, Kriegsführung,

Massenvernichtungswaffen und sonstigen Fragen, die auch in der Massenkultur behandelt werden;
- die im Grundgesetz der Bundesrepublik Deutschland (Art. 26) und im Strafgesetzbuch (§§ 80, 80a) enthaltenen Verbotsbestimmungen zur Störung des Völkerfriedens und zur Propagierung eines Angriffskrieges;
- der Gleichheitsgrundsatz der Verfassung (Art. 3 Abs. 3 GG), der »Volksverhetzungsparagraph« des Strafgesetzbuchs bzw. die Straftatbestände der Aufstachelung zum Rassenhass und der Gewaltverherrlichung- und -verharmlosung (§§ 130, 131 StGB), ebenso die generellen Bestimmungen des Rechts zur Billigung von Straftaten;
- das Jugendschutzgesetz (JuSchG[88]);
- der Rundfunkstaatsvertrag.

In der Präambel der UN-Charta erklären die Völker ihre Absicht, »to practice tolerance and to live together in peace with one another as good neighbours«, und in Artikel 1 Absatz 2 verpflichten sie sich, »to develop friendly relations among nations based on the respect for the principle of equal rights and self-determination of peoples and to take appropriate measures to strengthen universal peace«. Der Ächtung des Krieges entsprechen hier positiv formulierte Bemühungen um eine lebendige Kultur der Freundschaft zwischen den Völkern und des Friedens. Die Verfassung der UNESCO zielt auf eine entsprechende weltweite Kommunikationskultur und beginnt mit dem Satz: »Da Kriege im Geiste der Menschen entstehen, muss auch der Frieden im Geist der Menschen verankert werden.«

Die Propagierung des Krieges bedroht das elementarste Menschenrecht, das Recht auf Leben und physische Unversehrtheit. (Im Sinne von UN-Charta und Artikel 3 der Menschenrechtsdeklaration ist von einem individuellen und gemeinschaftlich-zivilisatorischen *Recht auf Frieden* auszugehen.) Darüber hinaus widersprechen z. B. speziell die Feindbild-Mobilisierungen der Kriegspropaganda den universalen Menschenrechten.

Der Internationale Pakt über bürgerliche und politische Rechte beinhaltet für die Vertragsparteien ausdrücklich die Verpflichtung, »jede Kriegspropaganda« und »jedes Eintreten für nationalen, rassischen oder religiösen Hass, durch das zu Diskriminierung, Feindseligkeit oder Gewalt aufgestachelt wird«, durch nationale Gesetze zu verbieten. Im Kontext der UN-Charta wird der Nichtjurist bei diesem Verbot spontan keineswegs nur an Propaganda für einen speziellen Angriffskrieg denken, sondern auch an Propaganda für das Programm Krieg überhaupt.

Das Internationale Übereinkommen zur Beseitigung jeder Form von Rassendiskriminierung[89] wendet sich gegen »jede auf der Rasse, der Hautfarbe, der Abstammung, der nationalen oder ethnischen Herkunft beruhende Unterscheidung, Ausschließung, Beschränkung oder Bevorzugung, die zum Ziel oder zur Folge hat, dass dadurch ein gleichberechtigtes Anerkennen, Genießen oder Ausüben von Menschenrechten und

XIV. War-Entertainment ist kein Naturereignis

Grundfreiheiten im politischen, wirtschaftlichen, sozialen, kulturellen oder jedem sonstigen Bereich des öffentlichen Lebens vereitelt oder beeinträchtigt wird«. In den Vertragsstaaten müssen spezielle Straftatbestände eingeführt werden, nach denen z.b. jede Verbreitung von gegenteiligen (etwa rassistischen) Ideen und alle entsprechenden Propagandatätigkeiten (TV-Spots etc.) verboten sind. Positiv verpflichten sich die Ratifizierenden, insbesondere auf dem Gebiet des Unterrichts, der Erziehung, Kultur und Information Maßnahmen zu treffen, um »Vorurteile zu bekämpfen, die zu Rassendiskriminierung führen,« und »zwischen den Völkern und Rassen- oder Volksgruppen Verständnis, Duldsamkeit und Freundschaft zu fördern«. – Die vor vier Jahrzehnten angenommene Konvention berücksichtigt neben dem (umstrittenen) Begriff der »Rasse« allerdings nicht ausdrücklich Unterscheidungsmerkmale wie »Religion« und »Kultur«, die in Artikel 2 der Allgemeinen Erklärung der Menschenrechte einbezogen sind. – Die Relevanz dieses Übereinkommens für unser Thema betrifft z.B. Filme wie RULES OF ENGAGEMENT*, in denen Hollywood große Gleichgültigkeit gegenüber dem Leben von Menschen eines anderen – arabischen – Kulturkreises an den Tag legt. Ebenso ist an alle anderen Kulturkampf-Inhalte im Film (z. B. Kapitel XIII) zu denken, die bestimmte Menschengruppen im Rahmen eines religiös-ethnisch-kulturellen Gemisches diskriminierend – verächtlich, diffamierend, als minderwertig – darstellen.

Die völkerrechtlichen Bestimmungen zu Folter, Kriegsführung oder Massenvernichtungswaffen sind für unser Thema deshalb sehr bedeutsam, weil sie viele Inhalte bzw. Darstellungen des massenkulturellen Krieges objektiv qualifizieren (z. B. als Straftatbestände, Völkerrechtsbrüche, Einsatz von *geächteten* Waffen).

Das Grundgesetz für die Bundesrepublik Deutschland, das in seiner Präambel den Dienst am Frieden in der Welt als Grundabsicht kundtut, bestimmt in Artikel 26 (1): »Handlungen, die geeignet sind und in der Absicht vorgenommen werden, das friedliche Zusammenleben der Völker zu stören, insbesondere die Führung eines Angriffskrieges vorzubereiten, sind verfassungswidrig. Sie sind unter Strafe zu stellen.« In § 80a des Strafgesetzbuches heißt es: »Wer im räumlichen Geltungsbereich dieses Gesetzes öffentlich, in einer Versammlung oder durch Verbreiten von Schriften (§ 11 Abs. 3) zum Angriffskrieg (§ 80) aufstachelt, wird mit Freiheitsstrafe von drei Monaten bis zu fünf Jahren bestraft.« Götz Frank hat schon vor drei Jahrzehnten in einer Dissertation untersucht, welche Pflichten und Möglichkeiten sich für den Gesetzgeber aus Art. 26 GG bezogen auf eine »Abwehr völkerfriedensgefährdender Presse durch innerstaatliches Recht« ergeben. Diese Arbeit berücksichtigt am Rande bereits andere Massenmedien und behandelt als friedensgefährdende Handlungsweise u. a. auch ausführlich die »Zeichnung eines Feindesbildes«. Frank beklagt allerdings: »Die Rechtswissenschaft verzichtet mit ihrem Beharren auf einem restriktiven Friedensbegriff auf die Teilnahme an einer umfassenderen Friedensplanung und kann so dem Friedensbegriff nur schwer gerecht werden.«[90]

Wie die Europäische Menschenrechtskonvention[91] (Art. 17) kennt das bundesdeutsche Strafrecht einen Missbrauch der Meinungs- und Medienfreiheit (§§ 130, 131 StGB) und zwar speziell durch Volksverhetzung, Aufstachelung zum Rassenhass und Gewaltverherrlichung oder Gewaltverharmlosung. Das betrifft z. B. Medieninhalte, »die zum Hass gegen Teile der Bevölkerung oder gegen eine nationale, rassische, religiöse oder durch ihr Volkstum bestimmte Gruppe aufstacheln, zu Gewalt- oder Willkürmaßnahmen gegen sie auffordern oder die Menschenwürde anderer dadurch angreifen, dass Teile der Bevölkerung oder eine vorbezeichnete Gruppe beschimpft, böswillig verächtlich gemacht oder verleumdet werden.« § 130 Abs. 3 StGB ist in unserem Zusammenhang auch deshalb von Interesse, weil durch ihn massenkulturell beförderte »Geschichtspolitik« bzw. Revisionismus zum Kasus für die Staatsanwaltschaft werden kann, nämlich im Fall von Billigung, Leugnung oder Verharmlosung des Judenmordes und anderer »unter der Herrschaft des Nationalsozialismus« begangener Verbrechen.

Für alle Sender sind durch den Rundfunkstaatsvertrag die Grundwerte der Verfassung, deren Kern aus der unantastbaren Würde des Menschen und dem Friedensauftrag besteht, ein bindender Rahmen. Das Jugendschutzgesetz und seine Umsetzung zeigen in praktischer Hinsicht, wie der Medienfreiheit Grenzen gesetzt sind. § 18 (1) bestimmt: »Träger- und Telemedien, die geeignet sind, die Entwicklung von Kindern oder Jugendlichen oder ihre Erziehung zu einer eigenverantwortlichen und gemeinschaftsfähigen Persönlichkeit zu gefährden, sind von der Bundesprüfstelle für jugendgefährdende Medien in eine Liste jugendgefährdender Medien aufzunehmen. Dazu zählen vor allem unsittliche, verrohend wirkende, zu Gewalttätigkeit, Verbrechen oder Rassenhass anreizende Medien.« Auf die einzelnen Inhalte der entsprechenden Medienbeobachtung kommen wir noch zu sprechen.

Bezogen auf internationale und nationale Rechtsbestimmungen oder Entscheide, die Fragen oder Inhalte einer kriegssubventionierenden Massenkultur berühren, wäre eine Untersuchung bzw. Vermittlung folgender Fragen durch Politik und Rechtswissenschaft zu begrüßen:
- Was ist im Sinne von Völkerrecht und nationalen Rechtsgrundlagen unter »Kriegspropaganda« zu verstehen?
- Welcher Friedensbegriff ist politisch und juristisch anzuwenden?
- Sind die Gesetzgeberpflichten, die sich aus Art. 26 GG und anderen Bestimmungen der in der Verfassung mit höchster Priorität verankerten Friedensstaatlichkeit ergeben, erfüllt?
- Ist die Umsetzung von Völkerrechtsnormen und völkerrechtlich eingegangenen Verpflichtungen auf nationaler Ebene hinreichend und wirksam?
- Werden die geltenden Rechtsnormen und die auf internationaler Ebene eingegangenen Verpflichtungen bezogen auf *alle* staatlichen Bereiche – Legislative, Exekutive und Judikative – wirklich umgesetzt bzw. konkretisiert?

XIV. War-Entertainment ist kein Naturereignis

- Welche *positiven* Gestaltungsmöglichkeiten ergeben sich in politischer, juristischer, sozialer und kultureller Hinsicht für das Gemeinwesen?

Bei der Umsetzung des JuSchG bietet die Bundesprüfstelle für jugendgefährdende Medien (BPjM) inhaltliche Kriterien an, die zumindest diesen Bereich hinsichtlich international eingegangener Verpflichtungen als glaubwürdig erscheinen lassen[92]: »Mediale Gewaltdarstellungen wirken nach der Spruchpraxis der Bundesprüfstelle u. a. dann verrohend, wenn Gewalt in großem Stil und epischer Breite geschildert wird; wenn Gewalt als vorrangiges Konfliktlösungsmittel propagiert wird, wobei in diesen Fällen überwiegend auch auf die Brutalität der Gewaltdarstellung abgestellt wird; wenn die Anwendung von Gewalt im Namen des Gesetzes oder im Dienste einer angeblich guten Sache als völlig selbstverständlich und üblich dargestellt wird, die Gewalt jedoch in Wahrheit Recht und Ordnung negiert; wenn Selbstjustiz als einzig probates Mittel zur Durchsetzung der vermeintlichen Gerechtigkeit dargestellt wird; wenn Mord und Metzelszenen selbstzweckhaft und detailliert geschildert werden.« Weiter heißt es: »Jugendgefährdende Propagierung der NS-Ideologie liegt vor, wenn für die Idee des Nationalsozialismus, seine Rassenlehre, sein autoritäres Führerprinzip, sein Volkserziehungsprogramm, seine Kriegsbereitschaft und seine Kriegsführung geworben wird; wenn die Tötung von Millionen Menschen, insbesondere die systematische Ausrottung jüdischer Menschen im sogenannten 3. Reich geleugnet wird; wenn das NS-Regime durch verfälschte oder unvollständige Information aufgewertet und rehabilitiert werden soll, insbesondere wenn Adolf Hitler und seine Parteigenossen als Vorbilder (oder tragische Helden) dargestellt werden. Zum Rassenhass stachelt ein Medium an, wenn Menschen wegen ihrer Zugehörigkeit zu einer anderen Rasse, Nation, Glaubensgemeinschaft oder ähnlichem als minderwertig und verächtlich dargestellt oder diskriminiert werden.« Zu den »*schwer* jugendgefährdenden Medien« (§ 15 Abs. 2 JuSchG) gehören u. a. solche, »*die den Krieg verherrlichen, wobei eine Kriegsverherrlichung besonders dann gegeben ist, wenn Krieg als reizvoll oder als Möglichkeit beschrieben wird, zu Anerkennung und Ruhm zu gelangen und wenn das Geschehen einen realen Bezug hat.*« Computerspiele indiziert die Bundesprüfstelle, »wenn Gewaltanwendung gegen Menschen als einzig mögliche Spielhandlung dargeboten wird; wenn Gewalttaten gegen Menschen deutlich visualisiert bzw. akustisch untermalt werden (blutende Wunden, zerberstende Körper, Todesschreie); wenn Gewaltanwendung (insbesondere Waffengebrauch) durch aufwendige Inszenierung ästhetisiert wird; wenn Verletzungs- und Tötungsvorgänge zusätzlich zynisch oder vermeintlich komisch kommentiert werden; wenn Gewalttaten gegen Menschen dargeboten werden, wobei die Gewaltanwendung ›belohnt‹ wird (z. B. Punktegewinn, erfolgreiches Durchspielen des Computerspiels nur bei Anwendung von Gewalt). Der Gewalt gegen Menschen ist die gegen *menschenähnliche Wesen* gleichgestellt, sofern diese im Verletzungs- oder Tötungsfalle ›menschlich‹ reagieren.«

XIV. War-Entertainment ist kein Naturereignis

Die hier formulierten Leitpunkte bieten grundsätzliche Perspektiven für eine öffentlich relevante Qualifizierung kriegssubventionierender Massenkultur:

- Die vorrangige oder gar alternativlose Propagierung von Gewalt und Krieg als »Konfliktlösungsmittel« kommt in den Blick.
- Entscheidend ist bei einer Darstellung von Verbrechen (z. B. Selbstjustiz, Angriffskrieg, Folter, Massenmord an Zivilisten, Einsatz völkerrechtlich geächteter Waffen), ob diese direkt oder suggestiv als richtig, üblich und *rechtmäßig* dargestellt werden – zumal, wenn die »Ausführenden« staatliche Akteure sind bzw. als gesetzlich legitimiert erscheinen.
- Die Darstellungsweise von Menschen bezogen auf ihrer »Rasse«, Herkunft oder Religion ist ausdrücklich als Thema der gesetzlich verankerten Medienbeobachtung genannt!
- Der Argumentation zufolge müsste bei allen Darstellungen historischer Kriegsschauplätze beachtet werden, ob Tausenden oder Millionen Todesopfern durch Rechtfertigung, Billigung oder Verleugnung noch post mortem die Menschenwürde abgesprochen wird; der explizite Hinweis auf revisionistische Massenkultur verlangt nach historischem Forschungsstand auch den Blick auf die Leugnung oder Verharmlosung von Wehrmachtsverbrechen in aktuell edierten alten Weltkriegsfilmen.
- Der Hinweis auf die *Ästhetisierung* von Mordwaffen könnte den Versuch einschließen, in scheinbar nicht-militärischen Zusammenhängen z. B. Werbung für völkerrechtswidrige Massenvernichtungswaffen wie die Atombombe (Kapitel XI) zu betreiben.
- Speziell die als *schwer* jugendgefährdend qualifizierte »Kriegsverherrlichung« umfasst implizit auch alle in diesem Buch behandelten Inhalte der Rekrutierungspropaganda (z. B. Sinn- und Abenteuerversprechen für den Soldatenberuf oder ein militaristisch verzerrtes Männlichkeitsbild); dieses Kriterium ist speziell auch hinsichtlich der Jugendangebote der Bundeswehr anzuwenden.
- Die ausdrücklich genannte »zynische Kommentierung« von Tötungsvorgängen könnte auch auf politischen und militärischen Zynismus in der Kriegsdarstellung bezogen werden, wenn dieser als etwas »ganz Normales« oder Richtiges vermittelt wird.

Unschwer lassen sich im Rahmen des Jugendmedienschutzes, in den die Freiwillige Selbstkontrolle von Filmwirtschaft (FSK) und Fernsehen (FSF) eingebunden ist, Unterschiede zu US-amerikanischen »Moralvorstellungen« ausmachen. Ernst Corinth weist zum Beispiel auf den Umstand hin, dass die Jugendschützer der *Motion Picture Association of America* das Foltern bzw. Quälen von Menschen-Klons im Schwarzenegger-Film THE 6TH DAY für 13jährige Kinder unbedenklich finden, während sie die – liebenswürdige – britische Komödie BILLY ELLIOT für Jugendliche unter 17 Jahren nur in Begleitung eines Erziehungsberechtigen freigeben, weil dort »unanständige Wörter« vorkommen.[93]

Ein Schwachpunkt des bundesdeutschen Jugendschutzes ist jedoch immer noch der isolierte Blick auf drastische bzw. realistische Gewaltdarstellung (»blutende Wunden, zerberstende Körper, Todesschreie«), der mit Blick auf kindliche Verarbeitungsmöglichkeiten sinnvoll erscheint, im Zusammenhang mit kriegspropagandistischer Wirkung jedoch in die Irre führt.[94] Nicht auf den Index gelangen z. B. »Spiele, bei denen die Verletzung und/oder Tötung von Menschen eine unter mehreren möglichen Spielhandlungen darstellt und das Ergebnis der Kampfhandlung *unblutig* präsentiert wird.«[95] Zum Teil gilt die Auflage, virtuelles Blut grün einzufärben. Filmbotschaften, die sich deutlich gegen Krieg wenden, können in der Praxis offenbar eine Nachsicht der Jugendschützer hinsichtlich gleichzeitiger realistischer Gewaltdarstellung u. ä. bewirken.[96] Die Frage stellt sich jedoch, mit welchen Kriterien gerade solche Medien bewertet werden sollen, die durch politische Drehbücher, vermeintlich wertneutrale Begeisterung für Militärtechnologie, durch sterile Bilder vom virtuellen Krieg und eben durch Verleugnung der blutigen »Ergebnisse der Kampfhandlung« (unter Einsatz von High-Tech und modernen Massenvernichtungswaffen) eine schleichende Militarisierung vorantreiben. Gerade das besonders »Saubere« kann ja das Dreckigste zeigen, und ein propagandistischer Streifen wird wohl am wenigsten jugendförderlicher durch Schnitte[97] nach den herkömmlichen Vorgaben der Kontrollgremien. Notwendig erscheinen weitere Klärungen zum Kontext. Nicht nur die Charakterisierung von Gewalthandlungen als »cool« oder »sexy«[98] ist bedenklich, sondern mehr noch ein sachlich wirkender politisch-ideologischer Rahmen für mediale Kriegsszenarien. Darüber ist dringlicher ein klarer Diskurs zu führen als über das Dickicht der Mediengewalt-Wirkungshypothesen!

Bei der Sichtung von Gewalt, die als Konfliktlösungsmittel propagiert wird, soll die Bewertung des Jugendschutzes »überwiegend auch auf die Brutalität der Gewaltdarstellung abgestellt« sein. Zahlreiche Inkonsequenzen in den *Altersfreigaben*, die vermutlich auf diesen besonderen Focus zurückgehen, begünstigen kriegsubventionierende Filme, deren Programm gerade in Verharmlosung besteht. Die Vorgabe, dass die Besatzung eines »feindlichen« Bootes vor Ankunft der Granate rechtzeitig von Bord springen muss, lässt sich leicht erfüllen. Der von Disney gezielt als harmlose Kinderkomödie angelegte Vietnamkriegsfilm OPERATION DUMBO DROP hat in Deutschland aufgrund solcher Korrektheit z. B. eine FSK-Freigabe ab dem sechsten Lebensjahr erhalten, erreicht also Zuschauer, die vermutlich erst zehn oder mehr Jahre später etwas vom gezeigten historischen Schauplatz zur Kenntnis nehmen werden. Mit »lustigen« Werken dieser Art ließen sich ganze Vorschulkindergärten hervorragend für Militär und Krieg einnehmen. – Neuerdings können Sechsjährige in Begleitung ihrer Eltern Kinovorstellungen besuchen, die »prinzipiell« erst für Zwölfjährige offen stehen. Was bedeutet dies angesichts des

Umstandes, dass zahlreiche kriegssubventionierende Filme eine Altersfreigabe von 12 Jahren aufweisen?

Die Erträge und Möglichkeiten des Jugendschutzes sind – trotz willkürlich erscheinender Einzelentscheide und mancher Possenspiele bei Indizierungsverfahren – insgesamt positiv zu bewerten. Bislang ist die Ausstrahlung von kriegssubventionierenden Spielfilmen im bundesdeutschen Fernsehen noch kein Hauptprogrammpunkt, was sich z. B. deutlich vom kommerziellen Videoangebot abhebt.[99] Die Möglichkeiten, über eine Altersfreigabe auf den Medienmarkt einzuwirken und speziell auch auf die US-amerikanische Unterhaltungsindustrie, sind bei weitem noch nicht ausgeschöpft. Nach Angaben des Marktforschungsinstituts MarketCast verliert jeder in den USA für Jugendliche nicht freigegebene Film im Durchschnitt zwölf Prozent der Zuschauer.[100] Angenommen, die Europäische Union würde sich auf einheitliche Kriterien für Altersfreigaben einigen, bei denen die Abbildung von drastischer Gewalt, wie es sie auf der Erde zweifellos gibt, als solche keineswegs ganz oben rangiert. Bei Medienprodukten zu Kriegsthemen könnte etwa die Darstellung von menschenrechts- und völkerrechtswidrigen Handlungen, die als *rechtmäßig* erscheinen oder deren Illegalität gezielt verschleiert wird, ein strenges Hauptmerkmal für Jugendgefährdung sein. Durch eine solche Medienpolitik, die Profiteinbußen für Kriegspropaganda bewirkt, wäre ein Gegengewicht zu den materiellen Vorteilen der Pentagon-Medienförderung in den USA hergestellt. Die auf Export-Gewinne bedachten Produzenten müssten sich fragen, an welchen Werten und Interessen sie ihre Inhalte ausrichten. Übrigens wäre die Regulierung über Altersfreigabe eine sehr liberale Sanktion für die massenkulturelle »Belohnung und Billigung von Straftaten«.

Welche Perspektiven Jugendschutz und Medien- oder Kulturpolitik zukünftig eröffnen, hängt von mehreren Faktoren ab. Zunächst sind die Akteure zu nennen. Moralisten, die sich auf eine Zensur der erotischen Kultur und die Ausmerzung einer »schmutzigen« Umgangssprache fixieren, zeichnen sich oft durch eine Grundhaltung aus, die eher als gewalt- und kriegsfördernd bezeichnet werden muss.[101] Oft genug halten sie zudem Puritanismus und eine »patriotische« Heranführung an militärische Themen im gleichen Atemzug für pädagogisch wertvoll. – Sehr zutreffend für die entsprechenden US-amerikanischen Verhältnisse ist immer noch ein Zitat aus APOKALYPSE NOW: »Wir bilden junge Männer aus, um auf Menschen Bomben zu werfen, aber ihre Kommandeure wollen ihnen nicht erlauben, das Wort ›Fuck!‹ auf ihre Flugzeuge zu schreiben, weil das obszön ist!« – Auf der anderen Seite stehen Kulturfachleute und Medienwissenschaftler mit einem neoliberal-relativistischen Ansatz, deren Einflussnahme kaum förderlicher ist. Ästhetisch geleitete Einwände gegen eine moralistische und selbstgerechte Zensur von Gewaltdarstellungen sind berechtigt und notwendig. Auch gegen eine Pauschalverdächtigung von Konsumenten, die in virtueller Form Erfahrungen suchen, die sie sich leibhaftig und politisch niemals wünschen würden, sollte Einspruch erhoben werden.[102] Wenn in diesem Kontext jedoch die politische

XIV. War-Entertainment ist kein Naturereignis

Kritik der massenkulturellen Kriegspropaganda ausgespart bleibt, befördert der vermeintliche Einsatz für die »Freiheit der Kunst« ideologische Produkte, deren Auftraggeber und (unfreie) Urheber Kriegskunst betreiben.[103] Im Vergleich mit manchen »liberalen« Ästhetizisten muss man – wie am Beispiel der RAMBO-Filme erinnert werden kann – den strengen Jugendschützern aus Bayern mitunter eine schärfere *politische* Kritikfähigkeit zugestehen.[104] Hinsichtlich der Grundwerte des Zusammenlebens auf diesem Planeten gibt es eben durchaus einen zivilisatorischen Grundkonsens »über das Unerwünschte bei den Wirkungen medialer Darstellungen«[105]. Gleichwohl kann eine erfolgversprechende und realistische Medienpolitik sich nicht vordergründig auf das Verbotsparadigma stützen. Radikale Restriktionen bewirken oft das Gegenteil des Intendierten und sind im Zeitalter der Satellitenkommunikation ohnehin kaum praktikabel. Die Alternative, so sollten die bisher gemachten Vorschläge zeigen, liegt nicht in einem indifferenten Liberalismus. Zu den Möglichkeiten des Gemeinwesens, rechtliche Grundlagen positiv umzusetzen, gehören:

- gesetzlich verpflichtende Verbraucherinformationen, die bei einer Beteiligung von Verteidigungsministerien, Militär und Rüstungsproduzenten die Herkunft massenmedialer Angebote transparent machen;
- verpflichtende Verbraucherinformationen *und* Altersbeschränkungen bei allen massenmedialen Produkten, in denen (völker-)rechtswidrige Sachverhalte, Handlungsweisen etc. als rechtens oder billigend und belohnend dargestellt werden;
- nationale und internationale Vernetzung bei der wissenschaftlichen Erforschung des massenkulturellen Krieges;
- klare formale und inhaltliche Kriterien in der Medienbeobachtung von kriegssubventionierender Massenkultur durch öffentliche bzw. gesellschaftliche Einrichtungen, in denen auch der politische Rahmen und Fragen der (völkerrechtlichen) Legalität einbezogen werden;
- eine Datenbank zu kriegssubventionierenden Filmen und Spielen (vgl. XIV.1), die auch medienkritische Alternativen zum kommerziell ausgerichteten Informationsangebot der Anbieter erschließt;
- konsequenter Ausschluss von sämtlichen Medienprodukten, die UNO-Ideal und Völkerrecht entgegenarbeiten, von allen öffentlichen Programmangeboten, Verleihbibliotheken, Medienanstalten etc., die staatlich getragen oder unterstützt werden;
- demokratische Kontrolle der Medien- und Öffentlichkeitsarbeit der Bundeswehr;
- Informations- und Beratungsangebote für Investoren der Unterhaltungsindustrie oder Fond-Anleger[106], die aus ethischen Gründen keine kriegssubventionierende Massenkultur finanzieren wollen.

5. Medienmacht und Kultur für den Frieden

»*Alle müssen sich gegen den Krieg verschwören und ihn gemeinsam verlästern. Den Frieden aber sollen sie im öffentlichen Leben und im privaten Kreise predigen, rühmen und einhämmern.*« Erasmus von Rotterdam: Klage des Friedens (1517)

»*We the people of the United Nations, determined to save succeeding generations from the scourge of war …*« Charter of the United Nations, 1945

»*Nicht der Krieg, Frieden ist der Vater aller Dinge!*« Willy Brandt

Albert Camus hat in seinem Essay-Band »L'Homme révolté« (1951) das Drama der menschlichen Revolte zu erhellen versucht. Scheitert die Revolte stets an der Wurzel ihres Protestes, an der Negation? Wo der Widerstand seinen Grundantrieb aus einem »Nein« heraus bezieht, verbleibt er – soweit wir historisch sehen – im Bannkreis jener Unfreiheit, Ungerechtigkeit und Gewalttätigkeit, die er bekämpfen will. Darstellung und Untersuchung einer kriegssubventionierenden Massenkultur können also nur aufklärende Dienstleistungen sein. Die Fixierung auf das Vergiftende versperrt den Blick auf mögliche Heilmittel. Auch »Antikriegsfilme«, Filme gegen den Krieg, Verbote und medienpolitische Abwehrstrategien sind mit dem Destruktiven schon irgendwie kontaminiert. Deshalb gilt es Ausschau zu halten nach einer friedensfördernden Kultur, die sich selbst bereits aus dem Förderlichen entwickelt und die den Zuschauer nicht vergrault. Bertolt Brecht fand es empörend, das Schändliche als Vergnügen zu vermitteln. Doch er wünschte auf dem Weg der Menschlichkeit keine bittern Gesichter und empfand große Lust dabei, seine Mitmenschen zu unterhalten und zu vergnügen. Dass hier gegenüber der bellizistischen Leidenschaft eine ungleich größere Herausforderung an die Kunst wartet, haben Wim Wenders und Peter Handke im Drehbuch zu Der Himmel Über Berlin (BRD/Frankreich 1986/87) bedacht: »Noch niemandem ist es gelungen, ein Epos des Friedens anzustimmen. Was ist denn am Frieden, dass er nicht auf die Dauer begeistert und dass sich von ihm kaum erzählen lässt?«

Wo aber hätte die Suche nach einer Kultur des Friedens heute Aussichten, fündig zu werden? Die Rahmenbedingungen im vorherrschenden Massenkulturbetrieb sind jedenfalls denkbar ungünstig. Die äußerlich Starken haben die globalen Regeln so gestaltet, dass sie allein zum Zuge kommen. In unseren Gesellschaften wird Rücksichtslosigkeit durch zahlreiche Sprachneuschöpfungen zur Tugend umgedeutet. (Wer sich über die Schamlosigkeit aufregt, mit der die Werbung Applaus für schlechtes oder gar kriminelles Benehmen[107] provoziert, wird als »Kulturkonservativer« etikettiert.) Die ökonomische Gewalttätigkeit versteckt sich hinter Innovations-Gerede, Effizienz-Parolen und »ewigen Gesetzen« des Daseins. Medienmonopole sorgen dafür, dass sich Alternativen zu diesen »ewigen Gesetzen« der Wirtschaftsreligion nicht herumsprechen. Der Krieg präsentiert sich derweil im gesellschaftlichen Diskurs als sachliche

XIV. War-Entertainment ist kein Naturereignis

Notwendigkeit. Der deutsche Verteidigungsminister Peter Struck definiert im gleichen Atemzug den »Schutz vor illegaler Immigration« und den »Schutz der Energie- und Rohstoffversorgung« als sicherheitspolitische Aufgabe.[108] Nur aus dem Blickwinkel der *anderen* wird die Feindseligkeit einer solchen Absichtserklärung für das »neue Europa« transparent. Die eigenen Grenzen sollen vor Menschen aus den Verliererregionen des Globus mit hohen Sicherheitszäunen geschützt werden, während man sich selbst für befugt hält, fremde Grenzen zum »Schutz von Rohstoffinteressen« (und zur Verteidigung unserer Konsumfreiheit in fernen Ländern) zu überschreiten. Unter solchen Bedingungen können nur Kriegsspiele gedeihen, keine Friedensspiele.

In einer globalisierten Welt sind die Vorraussetzungen für eine Kultur, in der nach UNESCO-Charta »der Frieden im Geist der Menschen verankert« wird, heute mehr denn je eine Angelegenheit aller Menschen. Satellitenbetreiber, die mit ihren Abstrahlungen Milliarden Menschen erreichen, können sich nicht einfach wie ein Individuum auf freie Rede, Pressefreiheit und Eigentumsrecht berufen. Das universelle Menschenrecht auf freie Meinungsäußerung und freien Austausch von Informationen erfordert angesichts der technologischen Revolutionen demokratische Strukturen, die sich an der Gesamtheit der Menschen und nicht an den Interessen weniger wirtschaftlicher Machtgebilde ausrichten. Der Medienmarkt ist kapitalisiert, die Meinungsäußerung industrialisiert und die internationale Medienmacht in bislang unbekanntem Ausmaß in Monopolen konzentriert. Mit Blick auf diese Verhältnisse meint Verena Metze-Mangold: »Mittlerweile ist es zur Schlüsselfrage der Informations- und Wissensgesellschaft des 21. Jahrhunderts geworden, ob und wie es gelingt, informationelle Selbstbestimmung, demokratische Freiheiten sowie kulturelle Identität und Vielfalt aufrechtzuerhalten *und* Information und Kommunikation für die Entwicklung der Gesellschaft zu nutzen.«[109] Im Rahmen der UNESCO kam es bereits Mitte der 90er Jahre zu einem Umdenken. 1989 noch glaubte man, der liberalisierte Informationsmarkt werde eine Pluralität der Informationen, Vielfalt und Dialog der Kulturen und sozialen Einschluss der armen Länder fördern. Seit 1996 scheint sich jedoch ein neues Paradigma für die internationale Kommunikationspolitik der Vereinten Nationen den Weg zu bahnen. »Wenn das Netz nicht ein neues Mittel der Exklusion werden solle, wenn das Recht auf Kommunikation ernst gemeint sei, erklärte der damalige [UNESCO-]Generaldirektor Federico Mayor, müsse es eine neue Balance zwischen dem *Öffentlichen* und dem *Privaten* geben, eine neue Balance zwischen den Regionen der Erde wie auch eine neue Balance zwischen dem Geist der *Teilhabe* und dem des *Marktes*. Anders sei eine Friedensordnung nicht zu haben.«[110] Mit anderen Worten: Das Menschenrecht auf freie Kommunikation, die zentralen öffentlichen Räume für Austausch und Gestaltung des Gemeinwesens und die vielfältigen Kulturen der Weltgesellschaft dürfen nicht durch wenige Konzerne beraubt werden. Als Perspektive sind völkerrechtliche Instrumente denkbar, die die kulturelle Vielfalt gegen eine globale Einheitskultur der Mediengiganten schützen und mit denen Medienmacht kontrolliert wird. Der Globus ist voller Menschen, die ihr Zusammenleben, ihr Wirtschaften und ihre Kultur nicht so gewalttätig formen, wie es das offizielle Hauptprogramm will. Wir haben das Recht, von diesem Reichtum etwas mitzubekommen.

Welche Rolle wird Europa in diesem Rahmen spielen? Wird es die Erkenntnis wiedererlangen, dass Eigennutz, der die Demokratie zerstört, keinen Vorrang vor dem Gemeinwohl beanspruchen kann? Kann Europa daran erinnern, dass zum Dreiklang neben Freiheit und Gleichheit die »Brüderlichkeit« gehört – und nicht etwa nur ein vages Recht aller, dem Wesen des Menschen entsprechend nach dem Glück zu streben? Will es Dienstleister der Konzerne sein oder den Menschen dienen? Soll Europa politisch unter Teilhabe seiner Bewohnerinnen und Bewohner gestaltet werden oder richtet es seine Architektur nach den Vorgaben der Geldvermehrungsmaschine aus?

Erst anfänglich versteht die Politik auf unserem Kontinent, wie gefährlich das Supermachtparadigma von Kulturkampf und globaler Einheitskultur speziell auch für Europa ist. Noch bestimmen ökonomischer Pragmatismus und Militarisierungspläne die Tagesordnung. Die Veranstalter der Berliner Konferenz »Europa eine Seele geben« vom 26./27. November 2004 konstatieren: »Kultur ist ein Grundbaustein Europas. Doch in der Politik der EU ist Kultur nur eine Randerscheinung.«[111] Die Thesen zu dieser Konferenz enthalten bemerkenswerte Anregungen. Europa solle sich »in den Dienst des Dialoges der Kulturen und Religionen der Welt« begeben und »Formen eines globalen kulturellen Diskurses« entwickeln. Dieser Beitrag wird nicht als neuer Kulturimperialismus verstanden, sondern – im Sinne des Cuéllar-UN-Reports »Our Creative Diversity« (1995) – als Dienst an der Vielfalt. Anstelle von »Kulturexport« steht eine »Lerngemeinschaft« mit anderen Welten. Gerade der universelle Blick der europäischen Kultur erfordere »die Befreiung europäischer Politik von eurozentrischen Kulturmustern«. Jenseits einer Ideologisierung europäischer Identität(en) und Kultur(en) wird also die – nach innen und außen wirkende – Befähigung zu Respekt und Austausch ins Zentrum gerückt. Kultur ist hier keine Kategorie von Macht und Überlegenheit, sondern wesensgemäß ein offener Dialog.

»Europäische Identität« wäre demnach das genaue Gegenteil von Gruppenegoismus, nämlich eine Begabung zu globaler Begegnung mit gleichberechtigten Partnern. Modelle, die auf einseitige Bereicherungen abzielen, sind damit ebenso ausgeschlossen wie ein eurozentrisch motivierter »Anti-US-Amerikanismus«. Das Ideal der US-Revolution sowie bedeutsame Triebfedern der von unten entwickelten, noch nicht kommerzialisierten Kultur der Vereinigten Staaten – wie etwa Regionalität *und* Multikulturalität – sind im Gegenteil unbedingt zu erinnern. Dabei müsste das europäische Projekt eine echte Alternative zum brüchigen Stärkemodell der gegenwärtigen USA entwickeln. Einst wollten die Vereinigten Staaten eine Stadt sein, die nicht auf Sand gebaut ist. Doch eine aggressive, vollständig entsolidarisierte Ökonomie, ein brüchiger Kitt der Angst, nationale Egomanie und Militarismus, das sind – auch aus pragmatischer Sicht – keine soliden Wurzeln.

XIV. War-Entertainment ist kein Naturereignis

Dass auf der Suche nach menschheitlich-menschlichen Alternativen Kunst und Kultur nicht dem neoliberalen Diktat der industriellen Verwertung und des Profits unterworfen werden dürfen, scheint man in Frankreich besser zu verstehen als in Deutschland.[112] Den Spekulationen des Shareholder-Value sind Gemeinwohl und von Verantwortung geleitete Kulturprozesse gleichermaßen gleichgültig. Wichtiger als Quotenregelungen zur Verteidigung gegen die »US-amerikanische Kulturmaschine« sind allerdings eigene, glaubwürdige Angebote. Es gibt konkrete Prüfsteine. Die Frage ist zum Beispiel, ob in Projekten wie dem deutsch-französischen Sender ARTE die kulturelle Stützfunktion für ein militärisch erstarkendes Kerneuropa[113] sich durchsetzt oder der gute Ansatz zu einer Weltbürgerkultur, die von der Ebenbürtigkeit aller Menschen, Völker, Regionen und Kulturen ausgeht. Abseits des Filmmarkenzeichens »Universal« müsste sich gegenüber dem wuchernden Imperial-Entertainment ein wirklich internationales – und kosmopolitisches – Kino entwickeln. Europa könnte durch Foren und Partnerschaften jene Kultur- und Kunstszenen der USA bei uns bekannt machen, die vom Programm der Medienkonzerne ausgeschlossen sind. Europas Kultur könnte zeigen, wie sich christliche Traditionen unter säkularisierten Bedingungen übersetzen lassen, ohne in Verlustangst und Ideologie zu erstarren. Global gilt es im Kontext der Ökumene Gegenmodelle zu entdecken zu den Karikaturen von Weltreligionen, wie sie der US-amerikanische oder der islamistische Fundamentalismus zeichnen. Europa könnte sich weigern, seine christlichen, humanistischen und sozialistischen Werttraditionen, auf die sich Willy Brandt 1971 bei seiner Rede anlässlich der Verleihung des Friedensnobelpreises berief, weiterhin auf dem »freien Weltmarkt« dem Ausverkauf preiszugeben.[114] Europa und speziell *Deutschland* könnten (und müssen) dem neuen Narzissmus widerstehen, jener Versuchung, die eigene dunkle Geschichte zu verharmlosen oder gar ästhetisch zu verfeierlichen.[115] Nur eine reife, innerlich gestärkte Kultur lässt sich bleibend prägen von der Erinnerung an Opfer und Täter. Sie böte Alternativen zu jenem nationalen Unschuldswahn und zu jener pathologischen Leidensverdrängung, die Hollywood seit seinen frühen Tagen auf unheilvolle Weise befördert.

Die Vereinten Nationen haben die »International Decade for a Culture of Peace and Non-violence for the Children of the World« (2001-2010) ausgerufen.[116] Sie definierten bereits zum »International Year for the Culture of Peace« (2000) die Kultur des Friedens als »eine Gesamtheit von Werten, Einstellungen, Verhaltens- und Lebensweisen, die Gewalt ablehnt und Konflikte verhindert, indem sie an deren Wurzeln ansetzt und Probleme durch Dialog und Verständigung unter Individuen, Gruppen und Nationen zu lösen versucht«.[117] Inzwischen bekennen sich zahlreiche Menschen und Initiativen als Botschafter des entsprechenden UNESCO-Manifestes oder als »Culture of Peace Actors« verbindlich zum positiven Friedensbegriff der Dekade. Leider sind all diese Bemühungen in der Bundesrepublik wenig bekannt.[118] Im Bereich des kommerziellen Kulturbetriebs ist ein Echo auf das UNESCO-Ideal einer

XIV. War-Entertainment ist kein Naturereignis

friedensfördernden Kultur kaum auszumachen. Wie ließe sich ohne kommerziellen Missbrauch das »Cinema for Peace« als Kulturlogo promoviert, mit dem sich Künstler, Medienproduzenten, die – in Deutschland sehr zahlreichen – Filminvestoren und das Publikum auf ernst zu nehmende Weise identifizieren? Durchgehend weisen Hollywood-Produktionen ein vorbildliches Tierschutz-Zertifikat auf: »American Human Association monitored the Animal Action. No animal was harmed in the making of this film.« Was spricht gegen einen vergleichbaren Hinweis bezogen auf Menschenrechte, Völkerrecht und Respekt vor anderen Kulturkreisen? Warum sollte ein Film im Abspann nicht vermerken, dass er Geheimdienstmorde, Folter, Angriffskriegshandlungen oder rassistische Verhaltensweisen nicht als etwas Rechtmäßiges darstellt? Warum sollten Filmschaffende nicht kundtun, dass sie sich der UNESCO-Charta, der Culture of Peace, den gewaltfreien Strategien zur Entwicklung der Weltgesellschaft und einem gleichberechtigten Dialog der Kulturen verpflichtet fühlen?

Eine Kunst, die sich ausdrücklich oder unausgesprochen dem Dogma unterwirft, Militärtechnologie der Superlative sei ein Zeichen von Überlegenheit und ein geeignetes Mittel zur »Ordnung« der Welt, kann nur eine gewalttätige und erbärmliche Kunst sein. Im »Cinema for Peace« begegnen uns andere Drehbücher und eine andere Ästhetik als im kriegssubventionierenden Kino. Dort wird nicht nur so genannten Eliten ein guter Geschmack zugetraut. Dort zeigt man das Drama der gegenwärtigen Zivilisation ungeschminkt und versteht unter Kunst auch die Entwicklung eines Kulturbegriffs von Frieden, der sich nicht negativ als Waffenstillstand definiert. Dort kann es gelingen, Vernunft und Schönheit als miteinander sehr verträgliche Dimensionen des Lebens zu entdecken, so dass die Quertreiber in ihrem Widerspruch zur Heiterkeit finden. Dort gibt es abseits der Effekte, Spektakel und Sensationen Raum für jene stilleren Melodien und Gesten, durch die Räume menschlich werden. Dort werden uns nicht nur Raubtiermenschen vorgeführt, sondern auch solche Mitglieder unserer Gattung, die ihre natürliche Begabung für Zärtlichkeit, Mitgefühl und Solidarität entdecken. Dort werden lustvolle Spiele geboren, die mit jener langweiligen Regel brechen, nach der es in einem Spiel Sieger und Besiegte geben muss. Dort verbannen Filmemacher den Tod weder in die Abstellkammer des Thrillers noch zeigen sie ihn als virtuelle Unwirklichkeit; stattdessen fördern sie die Erfahrung, dass unausweichliche Sterblichkeit und produzierter Tod, nach dessen Verursachern zu fragen ist, uns als Menschen betreffen.[119] Dort gelingt es Künstlern, Themen, Gesichter und Geschichte(n) eines anderes Kulturkreises mit so viel Respekt oder Sympathie zu zeigen, dass ihre Werke bei den Menschen der anderen Kultur Interesse, Verwunderung und sogar Wohlwollen bewirken. Dort wird das industrielle Massen-Entertainment nicht unentwegt Apathie, Ohnmachtgefühle, Misstrauen und also latente Aggressivität[120] in der Gesellschaft verstärken. ... Paranoia und unterscheidungsfähiges Vertrauen sind zwei Kräfte, die nicht nur ganz unterschiedliche Weltwahrnehmungen hervorbringen, sondern auch in geradezu entgegengesetzter Weise die Welt gestalten.

XIV. War-Entertainment ist kein Naturereignis

Die leitende Überschrift für einen Filmkanon, der Auswege aus der Gewalt eröffnet, könnte an einen Titel des italienischen Regisseurs Gabriele Salvatores erinnern: Io No Ho PAURA – Ich habe keine Angst.

Anmerkungen

1 *Brecht, Bertolt: Fünf Schwierigkeiten beim Schreiben der Wahrheit. Paris 1938.* http://www.sozialistische-klassiker.org/Brecht/Brecht06.html . Bei weiteren Bezugnahmen auf Brecht in diesem Kapitel folge ich *Wekwerth* 2004.

2 Selbst ein Skeptiker wie Alexander Mitscherlich, der eine Verharmlosung der »aggressiven Grundbegabung der Gattung Mensch« für unverantwortlich hält, mag als Kind der Aufklärung vor dem Faktischen nicht resignieren. Zur Verminderung der Kriegschancen denkt er nach über »eine Veränderung der *psychischen* Konstitution – eine quasi qualitativ neue Stufe der kulturellen Entwicklung, ein erweitertes und gestärktes Bewusstsein«. (*Mitscherlich* 1972, 395.)

3 Das traurigste Beispiel für die kollektive Umformung einer sogenannten »menschlichen Natur« bietet der deutsche Faschismus in der ersten Hälfte des 20. Jahrhunderts mit seiner Zielvorgabe des »neuen Menschen«. In der Orwell-Verfilmung »1984« (GB 1984) von Michael Radford verkündet das »System«, wie bereits in Kapitel XII.4 zitiert: »Wir kontrollieren das Leben auf allen Ebenen. Wir schaffen die menschliche Natur!«

4 Michael Hardt und Antonio Negri sehen für die globale Herrschaft des »Empires« drei Hauptinstrumente: »die Atombombe, das Geld und den Äther«, wobei der Äther im weiten Sinn den gesamten Bereich der Kommunikation umfasst. (Vgl. *Deppe* u. a. 2004, 93.)

5 Vgl. zur US-Kultur den anregenden Beitrag von Winfried Fluck (in: *Lösche/Loeffelholz* 2004, 698-787), der die »Popularität« auch als demokratisch und im guten Sinn »typisch amerikanisch« versteht (Pluralisierung und kulturelle Enthierarchisierung, kulturelle Vermischungsprozesse). Das Entstehen auch den modernen Populärkultur des Kinos siedelt er zur Zeit der Einwandererwellen und multikultureller Prozesse noch vor (!) dem Aufkommen der Unterhaltungsindustrie an (vgl. *ebd.*, 749). Gleichzeitig sieht W. Fluck die Gefahren der nachfolgenden Entwicklung, nämlich die der Kommerzialisierung. – Zur Kritik der aktuellen Massenkultur aus antikapitalistischer Perspektive vgl. *Seppmann* 2004 und *Winkes* 2004.

6 *Stolte* 2004 stellt seinen medienkritischen Essay ausdrücklich unter die Überschrift: »Wie das Fernsehen das Menschenbild verändert«. Diese bemerkenswerte Kulturkritik aus wertkonservativer Perspektive stößt dort an ihre Grenzen, wo sie den vergötterten »freien Markt« nur selektiv – zugunsten des öffentlich-rechtlichen Fernsehens – kritisiert. Ausdrücklich wird gar die leistungs- und konkurrenzbezogene Unterhaltung als wertvoll erachtet (z. B. Seite 76 und 142).

7 Das Wort »Monopolismus« gehört zu den zahlreichen Vokabeln für eine Kritik gegenwärtiger Verhältnisse, die das Microsoft-Rechtschreibprogramm nicht akzeptiert.

8 *Everschor* , 98, 104. (Vgl. in diesem Buchtitel die zahlreichen Kapitel zur aktuellen Medienkonzentration in Hollywood.) Weitere Arbeiten zum Thema: *Prokop* 2002, 164-199 (kapitalismuskritische Medienkritik in der Tradition der Frankfurter Schule, jedoch stärker als diese von einer Mündigkeit der modernen Konsumenten ausgehend und mit – zum Teil sehr weitgehenden – Voten zugunsten der real existierenden Populärkultur); *Leidinger* 2003 (eine wichtige Studie zu Medieninhalten, Medienkonzentration und Verflechtung von Medienbetreibern mit anderen Wirtschaftszweigen). – Dass Robert Altman in einem Interview

Mitte 2002 (*Kothenschulte* 2002) einseitig auf die transnationalen Konzerne abhebt und eine nationale Identität der USA in diesem Zusammenhang fast für irrelevant erklärt, wird weder der nachfolgenden US-Außenpolitik noch dem inhaltlichen Befund zur US-amerikanischen Massenkultur gerecht.

9 Die fehlende Transparenz wirkt sich in vielen anderen Lebensfeldern aus. Ein qualifiziertes und praktikables Aufklärungsangebot für Verbraucher, die Alltagsprodukte von Kriegsprofiteuren boykottieren wollen, steht immer noch aus.

10 Vgl. dazu ausführlich: *Leidinger* 2003, 230-257; 429ff; 442ff; 449; 458 (und weitere Verweise im Sachwortregister). Die Darstellung enthält auch Beispiele für mangelnde Transparenz in der Medienverarbeitung von PR-Material der Rüstungsindustrie und für das Verhalten der Medien gegenüber Pentagon bzw. Militär.

11 Vgl. zum Benefit durch eine NBC-Miniserie das Beispiel in Anmerkung 24 zum Kapitel XI.

12 So bereits *Monaco* 1980, 233f.; vgl. *Everschor* 2003, bes. 109f.

13 Vgl. *Everschor* 2003, 16, 18, 129.

14 Vgl. *Merschmann* 2004, der z. B. für Großbritannien einen Vorsprung der Spielbranche gegenüber dem Film konstatiert: »In den USA rangierte 2003 dagegen noch die Filmindustrie mit 9,5 Mrd. Dollar Umsatz deutlich vor der Spielebranche mit 7,1 Mrd. Dollar.« – Vgl. zur Rezeptionsverschiebung im Film in Richtung Computerspiel: *Brinkemper* 2002.

15 *Leidinger* 2003, 261. Vgl. auch: *Everschor* 2003, 17-20; zur Situation vor zwei Jahrzehnten: *Monaco* 1980, 254f. – Allerdings ist auch an ein Land wie Nigeria zu denken, in dem sich über Video-Distribution ein eigener großer Filmmarkt entwickelt hat, in dem »Hollywood« fast nicht vorkommt.

16 Vgl. *Prokop* 2002, 189.

17 So meint implizit: *Monaco* 1980, 255.

18 Ein 18-teiliges DVD-Sonderangebot der Drogerie-Kette Schlecker enthielt z. B. im Dezember 2004 die beiden Pentagon-geförderten Titel WE WERE SOLDIERS und WINDTALKERS, sowie drei weitere Titel mit Kriegsthematik (APOKALYPSE NOW REDUX, THE THREE KINGS, THE PLANET OF THE APES 2001) und drei Action-Filme.

19 Unter http://www.imdb.com (Detail-Funktion »combined«) werden bei wenigen Titeln – z. T. unter Mehrfachnennung – unter »other companies« aufgeführt: U.S. Department of Defense (9 Titel), U. S. Department of the Air Force (3 Titel), U.S. Space Command (1 Titel), United States Navy (12 Titel), United States Marine Corps (7 Titel), The National Guard Bureau (2 Titel). Im einzelnen handelt es sich um folgende 26 Filme (Kino, Video, TV, Dokumentarfilme), wobei die Unverfänglichkeit der neueren Titel ins Auge sticht: TELL IT TO THE MARINES (1926), THE FLYING FLEET (1929), HELL DIVERS (1931), SUICIDE FLEET (1931), DEVIL DOGS OF THE AIR (1935), THUNDER AFLOAT (1939), THE FLIGHT COMMAND (1940), DIVE BOMBER (1941), IN THE NAVY (1941), FLYING LEATHERNECKS (1951), VICTORY AT SEA (1952, TV-Serie), BATTLE CRY (1955), THE RACE FOR SPACE (1959, TV), LT. ROBIN CRUSOE, USN (1966), THE SAVAGE BEES (1976, TV), THE FORCE BEYOND (1978), THE ATOMIC CAFE (1982), JACKNIFE (1989), THE HORRORS OF WAR (1992, Video), A TIME TO KILL (1996), STARGATE SG-1 (ab 1997; TV-Serie), ANTWONE FISHER (2002), THE JACKAL (1997), WRONGFULL ACCUSED (1998), BRITNEY SPEARS LIVE FROM LAS VERGAS (2001, TV), TOUR OF THE INFERNO: REVISITING PLATOON (2001, Video), STARRING THE JOLLY ROGERS (2004, Video). Bei keinem einzigen kriegssubventionierenden Titel, der in diesem Buch als zentral betrachtet wird, steht die analoge Angabe (z. B. ARMAGEDDON, DEEP IMPACT, THE CORE). Über den Link »Trivia« kann lediglich bei einem kleineren Teil dieser Titel die Beteiligung von Militär oder Pentagon rekonstruiert werden, nicht z. B. bei

SAVING PRIVATE JESSICA LYNCH. – Damit fällt die Internet Movie Database (Stand Januar 2005) als Aufklärungsmedium in unserem Sinn aus.
[20] Mit Blick auf die Vielzahl der Autoren und Lexikonartikel ist inhaltlich jedoch im Einzelfall mit völlig willkürlichen Qualifikationen zu rechnen. So wird z. B. der Kriegspropagandafilm DER LÖWE VON SPARTA (LION OF SPARTA, USA 1960) als »brillant inszenierte« Darstellung von »Kampfszenen« und »authentisches« Bild »antiker ›Kriegskunst‹« bewertet!
[21] Vgl. *Everschor* 2003, 157f.
[22] Die Liste der Bruckheimer-Produktionen mit Pentagon/Militär-Beteiligung umfasst z. B. TOP GUN (1986), ARMAGEDDON (1989), PEARL HARBOR (2001), BLACK HAWK DOWN (2001), PROFILES FROM THE FRONT LINE (TV-Produktion 2003). Daneben kommen aus der selben Werkstatt Filme wie CRIMSON TIDE (1995), BAD BOYS (1995/2003), THE ROCK (1996), CON AIR (1997) und KING ARTHUR (2004).
[23] Als Drehbuchautor, Regisseur oder Produzent ist John Milius u. a. beteiligt an: APOKALYPSE NOW (1977), BIG WEDNESDAY (1978), CONAN THE BARBARIAN (1982), UNCOMMON VALOR (1983), FLIGHT OF THE INTRUDER* (1989; mit Pentagon-Beteiligung) und CLEAR AND PRESENT DANGER* (1994; mit Militärbeteiligung). – Für 2005 ist eine TV-Serie ROME angekündigt, für die er als Drehbuch-Schreiber fungiert.
[24] Hartmut Bitomsky teilt im Gespräch über seinen Film »B-52« mit, dass die Pentagon-Unterhaltungsabteilung bei Dokumentarfilmen nicht involviert ist, es aber andere Schwierigkeiten für Dreharbeiten geben kann: »Phil Strub? Vielleicht weil von Anfang an klar war, dass es sich nicht um Entertainment handelt, war der Mann nicht von der Partie. Natürlich brauchten wir für jeden Drehort die Genehmigung des Pentagon. Anfangs war das kein Problem nachdem es glaubhaft war, dass es sich nicht um das Projekt eines Flugzeugbluffs handelt, der sich eine Drehgenehmigung erschleichen will, um einmal nah ans Objekt seiner dilettierenden Leidenschaft zu gelangen. [...] Das war noch zur Zeit der Clinton Administration. Das US Militär stand noch unter dem Schock des Ende vom Kalten Krieg und suchte krampfhaft nach einem neuen raison d'etre. Also gebärdete die Airforce sich PR-freundlich. Aber inzwischen war dank u. a. Josef Fischer der Kosovo Krieg im Gange, und die B-52s hatten ein paar Bombardierungseinsätze geflogen. An dem Tag, wo wir zu den Dreharbeiten aufbrachen, gab das Pentagon rotes Licht, und alle Drehgenehmigungen für die verschiedenen Airforce Bases wurden uns entzogen. Die Begründung war, dass der Kosovo Krieg die Airforce zu sehr beschäftige. [...] Der Grund für den Stop war meines Erachtens, dass das Militär nicht als so müßig erscheinen sollte, als dass es sich für Filmaufnahmen zur Verfügung stellen konnte.« (*Woznicki* 2002b.)
[25] Dieser Umstand, der an die US-Kriegsfilmflaute zur Zeit des Vietnamkriegs nach THE GREEN BERETS erinnert, kann unter verschiedenen Gesichtspunkten betrachtet werden. Zeitgleich zum Sterben junger US-Soldaten wünschen weder Publikum noch Militär und Regierung eine drastische bzw. »realistische« Darstellung zeitnaher Kriegshandlungen.
[26] Im Dokumentarfilm OPÉRATION HOLLYWOOD (Frankreich 2004) teilt Philip Strub mit: »Ist die amerikanische Öffentlichkeit für oder gegen unsere Beteiligung an diesen Filmen? Ich weiß das nicht, weil es darüber nie irgendwelche Studien gegeben hat. Aber eines kann ich Ihnen sagen: Die gewählten Volksvertreter sind mit Sicherheit nicht dagegen, weil wir das in keiner Weise geheim gehalten. Wir hängen es aber auch nicht an die große Glocke, denn diese Personen des öffentlichen Lebens möchten lieber hinter der Kamera bleiben und nicht davor stehen. Aber es ist sicher auch nichts, was wir verschweigen möchten. Wir haben auch nie irgendwelche Beschwerden oder Aufforderungen von den gewählten Volksvertretern erhalten, hieran etwas zu ändern. Wir bekommen zwar gelegentlich einen Brief mit der Frage, warum wir einen bestimmten Film oder eine Fernsehsendung unterstützt haben. Aber meis-

tens war das dann gar nicht der Fall, sondern ein Irrtum.«

[27] Zitiert nach dem Dokumentarfilm: Opération Hollywood (Frankreich 2004).

[28] Das entsprechende Statement von Bernie Gordon: »Ich war schon immer der Meinung, dass die Schiffe nicht der Navy gehören. Auch die Panzer gehören nicht der Army und die Flugzeuge nicht der Airforce. Das alles ist Eigentum des amerikanischen Volkes und sollte jeder Filmgesellschaft zur Verfügung stehen, die ein berechtigtes Interesse daran hat. Dafür sollte keine Genehmigung der Army, der Navy oder der Airforce erforderlich sein. Ich finde diese Praxis grässlich. Aber in diesem Land geschehen heutzutage eine Menge grässlicher Dinge. Ich bin gegen diese heroische Darstellung der Streitkräfte in Kriegsfilmen. Der derzeitige Militarismus und das amerikanische Imperium, das die ganze verdammte Welt unseren Ölinteressen, unserem glorreichen Volk und unserem Profit- und Machtstreben unterordnet, all das ist falsch und beruht unter anderem auf der Darstellung der amerikanischen Streitkräfte als heroisch und unbezwingbar.« (Zitiert nach dem Dokumentarfilm: Opération Hollywood, Frankreich 2004.)

[29] Zitiert nach dem Dokumentarfilm: Opération Hollywood (Frankreich 2004). – Selbst eine empfehlenswerte kritische US-Medienseite wie http://www.centerforsocialmedia.org klärt in dieser Frage nicht auf, was Turley's Klage bestätigt.

[30] Zitiert nach dem Dokumentarfilm: Opération Hollywood (Frankreich 2004).

[31] »Ein guter Film muss meiner Ansicht nach zeigen, dass Krieg keine Lösung ist. Aber alle vom Militär unterstützten Filme stellen den Krieg als Lösung dar, und jeder Film, den das Militär fördert, ist schlechter als alle nicht unterstützten Filme. [...] Die Filme sind so viel besser, wenn das Militär nicht beteiligt ist, weil dann kein Zensor den Inhalt vorschreibt. Dann entsteht ein Film nach den Vorstellungen der Künstler und nicht nach denen des Militärs.« (Dave Robb, zitiert nach dem Dokumentarfilm: Opération Hollywood, Frankreich 2004.) Sehr krass belegt diese These der Film Gardens Of Stone* (USA 1987), bei dem man in ästhetischer Hinsicht kaum glauben mag, dass er vom »Pate«-Regisseur Francis F. Coppola stammt. – Vgl. zur Beschädigung der von der Verfassung garantierten Rechte auf freie Meinungsäußerung und Information durch die Pentagon-Förderpraxis das in Anmerkung 11 des I. Kapitels zitierte Votum von Robb.

[32] *Klein* 2004. – Vgl. auch die Weltkriegsfotos in *Paul* 2004, 292 und 309.

[33] Unter Bezugnahme auf ein Buchprojekt des US-Kriegskorrespondenten Bing West stehen Ende 2004 gar Hollywood-Pläne zur Verfilmung der Heldenschlacht von Falludscha an. (Vgl. *Rötzer* 2004j.)

[34] Auch das Produktionsmerkmal einer Kooperation mit branchenfremden Kriegsprofiteuren ist im Rahmen der Filmanalysen dieses Buch nicht untersucht worden!

[35] Vgl. das Heft »*Bücher* statt Bomben«: *Huth* 2004 (daraus die nachfolgenden Zitate zur Sicht der Kritiker). Die Proteste, unterstützt von 59 Verlagen, führten in Leipzig unter anderem zu einer polizeilichen Fesselung des Verlegers Dietmar Korschmieder. Auf der *Frankfurter* Buchmesse wird seit 2003 auf Militär-Präsenz verzichtet. Für 2005 ist auch in Leipzig ein Bundeswehrstand nicht mehr zu erwarten, was als Ergebnis der zivilen Proteste gewertet wird.

[36] Zitiert nach dem: Dokumentarfilm: Opération Hollywood (Frankreich 2004).

[37] Beispiel dafür sind z. B. die Aufnahme von Lockheed und Northrop in die Dankesliste von The Right Stuff* (USA 1983) und die Beteiligung von Northrop Grumman Corporation bei Apollo 13* (USA 1994).

[38] Eine Szene, die indirekt diese Aussage enthält, ist in Wenders' Land Of The Plenty zu finden.

[39] Zur Danksagungsliste von Tour Of The Inferno: Revisiting Platoon* gehören nach

http://www.imdb.com/title/tt0368363/combined: U.S. Department of the Army, March Air Force Base, U.S. Army Office of Public Affairs und U.S. Department of Defense.

40 Eine eigenständige Arbeit zu diesem Feld wäre eine Herausforderung. Ich denke z. B. an Gegenüberstellungen folgender Art: Die »Politkomödien« von Frank Capra und Titel wie DAVE* (1993) oder THE AMERICAN PRESIDENT* (1995) – A FEW GOOD MEN (1991) oder klassische Kriegsgerichtsfilme wie PATHS OF GLORY und RULES OF ENGAGEMENT* (2000) – geradezu paradigmatisch: THE PLANET OF THE APES von Franklin J. Schaffner (1967) und von Tim Burton (2001) – PLATOON (1986) oder andere eher kritische Vietnamfilmklassiker und WE WERE SOLDIERS* (2001) – TORA! TORA! TORA! (1969) und PEARL HARBOR* (2001) – GUILTY BY SUSPICION (1991) und THE MAJESTIC (2001) – THE TIME MACHINE (2001) und die klassischen Vorläufer – FAHRENHEIT 451 (1966), 1984 (GB 1984), BRAZIL (GB 1984) und die MATRIX-Trilogie oder MINORITY REPORT (2002) – THE DAY AFTER (1983) und THE DAY AFTER TOMORROW* (2004). – Um zu zeigen, wie sich *innerhalb* der von Militär bzw. Raumfahrt protegierten Filmproduktionen in den 90er Jahren ein künstlerischer Niveauverlust zugunsten eines plakativen Patriotismus vollzieht, bieten sich folgende Vergleiche an: THE RIGHT STUFF* (USA 1983) und APOLLO 13* (USA 1994) oder ARMAGEDDON* (USA 1998) – A SOLDIER'S STORY* (USA 1984) und THE TUSKEGEE AIRMEN* (USA 1995) oder MEN OF HONOR* (USA 2000).

41 Vgl. zu »My Lai« und anderen Vietnamkriegsverbrechen im Film auch: *Bürger* 2004, 136-147.

42 Das Schema, unter dem auch neuere Bürgerkriegsfilme (vgl. Kapitel IV.2) als frommes Kostümdrama die nackte Wirklichkeit von 600.000 abgemetzelten Menschen der USA verarbeiten bzw. verdrängen, muss als Beleg für eine pathologische Erinnerungskultur bewertet werden.

43 Zitiert nach: *Meiksins Wood* 2003, 10.

44 Auch im eher auf Versöhnung bedachten Weltkriegsfilm TO END ALL WARS (GB/USA/Thailand 2002) kreuzigen die Japaner einen »angelsächsischen« Kriegsgefangenen bewusst nach dem Vorbild des christlichen Erlösers.

45 *Gansera* 1989, 29 (auf Seite 37 das Zitat von Georg Picht).

46 Vgl. *Gottberg* 2004, 101. – So zumindest muss es jeder explizite Kriegsfilm halten, der ein größeres westliches Publikum erreichen will.

47 In Filmen mit Jahrzehnte zurückliegenden Schauplätzen wie PEARL HARBOR* (Kapitel V.5) oder WE WERE SOLDIERS* (Kapitel VI.7) scheint es auf den ersten Blick anders zu sein. In beiden Fällen entlarvt der Gesamtblick jedoch die angebliche Korrektheit in der Darstellung der Japaner bzw. das persönliche Andenken an einen vietnamesischen Offizier als Alibi-Beigaben.

48 Vgl. den Hinweis in der Einleitung von Kapitel VIII und die dazu gebotene Fußnote.

49 Zitiert nach: *Gansera* 1989, 34. Rainer Gansera erinnert in diesem Zusammenhang auch an Shakespeares drastische Feststellung aus »Troilus und Cressida«: »Krieg und Geilheit, die bleiben immer in Mode.« Indessen gilt der triebbezogene Zusammenhang von Militärwesen, Krieg und Sexualität, wie er ungeschminkt etwa in FULL METAL JACKET thematisiert wird (vgl. *Bürger* 2004, 109-123), für den vom US-Militär geförderten Spielfilm als Tabu. Hinreichend würde eine Rücksichtnahme auf die fundamentalistischen Christen und den identitätsstiftenden religiösen Aufbruch der US-Nation diesen Sachverhalt erklären. – Im Vietnamkrieg hatten es die U.S. Army und die Menschen Südostasiens mit den Triebbedürfnissen von mehreren hunderttausend jungen Wehrpflichtigen zu tun. Das hat die massenkulturelle Erinnerung ausgiebig verarbeitet. Auffällig ist, dass sich hernach der maskulin-muskulöse Rambo-Komplex des Reaganismus betont asexuell gibt. (Allerdings bekennt

XIV. War-Entertainment ist kein Naturereignis

CONAN THE BARBARIAN auf die Frage hin, was das Schönste im Leben eines Mannes sei: »Zu kämpfen mit dem Feind, ihn zu verfolgen und zu vernichten und sich erfreuen an dem Geschrei der Weiber.« Zitiert nach: *Büttner* 2004, 75.) Der »offizielle« US-Berufssoldat der Gegenwart hat mit einer Kontrolle seiner Triebe kein Problem. (Freilich ist dies 2003/2004 z. B. durch Berichte über militärinterne Probleme und im Rahmen der Folterskandale mit offenkundigen sexuellen Anteilen als Trugbild erwiesen.) Überdies ist eine –analog zu Südostasien – gestaltete »Prostitutionslösung« in derzeit besetzten islamischen Ländern kaum denkbar.

[50] Zum Beispiel in den James-Bond-Filmen und in THE AVENGERS (Kapitel VIII.1 und dort auch die Anmerkungen 25, 29, 35). – Vgl. zu diesem Zusammenhang ebenfalls Kapitel II.3.

[51] Vgl. auch die Anmerkung 7 zum IX. Kapitel mit Beispielen.

[52] Vgl. *Bürger* 2004, 144-147.

[53] Zum Text des Turner-Liedes »We don't need another hero« (T. Britten, G. Lyle), der von Kriegsruinen ausgehend eine Welt ohne den Kriegsmotor Angst herbeisehnt, gehören die Zeilen: »We are the ones they left behind. / And I wonder when we are ever gonna change it. / Living under the fear till nothing else remains. / We don't need another hero. / We don't need to know the way home. / All we want is life beyond the thunderdome.« (http://www.lyricsfreak.com/t/tina-turner/137671.html .)

[54] Zitiert nach: *Becker* 1989, 77 (hier ohne Kenntlichmachung der Auslassungen). – Eine hilfreiche Antwort auf die Frage ist im Drehbuch dieses wichtigen kriegskritischen Films allerdings nicht vorgesehen.

[55] *Reichel* 2004, 115f. – Vgl. zur Diskussion des Kriegsfilmparadigmas (und zur Gewaltdarstellung): *Gansera* 1989; *Strübel* 2002a; *Mikat* 2003; *Mikos* 2003; *Lenzen* 2003; *Büttner* 2004; *Gottberg* 2004; *Schmitt* 2004; *Voigt* 2005a/b. – In diesem Abschnitt übernehme ich ohne Kenntlichmachung mehrere Passagen aus *Bürger* 2004, 10-19.

[56] Dazu schreibt *Reichel* 2004, 116: »Auch ›Antikriegsfilme‹ können [...] auf den Krieg nicht verzichten. Sie brauchen ihn als Kontrastfolie für das zumeist nicht näher beschriebene Modell von einer Gesellschaft ohne Krieg. Auch sie können also nicht darauf verzichten, Bilder vom Krieg zu zeigen, ob sie ihn nun als historisch konkretes Faktum oder als quasi naturwüchsiges Schicksal beschreiben. Ein weiteres Element kommt hinzu: der realistische, ganz auf das Kampfgeschehen eingestellte Kriegsfilm, der den Blick auf das Töten und Sterben richtet und auf die unmittelbaren Folgen des Kampfes, auf das Fremdopfer und Selbstopfer, kann heroisch *und* antimilitaristisch verstanden werden. Kriegsbilder sind mehrdeutig, Kriegsbilder und die Ansichten vom Krieg nicht deckungsgleich. Zugespitzt schrieb Klaus Kreimeier, der Realismus des realistischen Kriegsfilms sei ›tautologisch‹, über die Aussage, dass Kriege Kriege sind, komme er nicht hinaus. Je näher er sich an die Wirklichkeit halte, desto mehr würden die Unterschiede zwischen Heroismus und Pazifismus schrumpfen. Beide Einstellungen seien vor der Wirklichkeit des Krieges nichts ›als Phrase‹.«

[57] Fuller meinte: »Man kann den Krieg nicht auf der Leinwand zeigen, wie er wirklich ist. Vielleicht wäre es besser, wenn man scharfe Munition über die Köpfe der Zuschauer hinweg durch den Kinosaal feuern würde.« (Zitiert nach: *Reinecke* 1993, 114.)

[58] Zitiert nach: *Mikat* 2003, 47. *Schmitt* 2004, 121f. schreibt: »Welcher Film wollte beispielsweise mehrere Stunden lang die eitrigen Wunden eines schwer verletzten, still vor sich hin winselnden kindlichen Kriegsopfers zeigen – ohne Kommentar und dramaturgische Überhöhung, aber auch ohne dokumentarischen Anspruch? Ein solches Bild von Krieg wäre schwer zu ertragen. Daher mildert der Genrefilm das Grauen ab, indem er es in eine Geschichte presst, über die Befindlichkeiten wie Betroffenheit, Trauer, Empörung ausgetauscht

XIV. War-Entertainment ist kein Naturereignis

werden können.«
[59] Zitiert nach: *Reinecke* 1993, 103.
[60] Zitiert nach: *Gansera* 1989, 44.
[61] Vgl. *Gansera* 1989, 39-44, der folgendes Zitat von Coppola anführt: »Es muss eine Schönheit und eine Verführung im Krieg sein, sonst würden die Menschen ihn nicht immer wieder machen.«
[62] Vgl. *Bürger* 2004, 70-84; sowie die Anmerkungen zur inszenatorischen Präsenz von Vietnamfilmen auf aktuellen Kriegsschauplätzen in Kapitel VI.1.
[63] *Gansera* 1989, 36.
[64] Vgl. *Bürger* 2004, 13f.
[65] *Lenzen* 2003, 55. Der Autor zielt auf den Betrachter, der in solchen Filmen sehen kann: »Das könnte ich sein, das ist mein Schmerz ...« (Ansonsten lässt der bedenkenswerte Beitrag leider jedes Problembewusstsein für das politische Kriegsfilmparadigma vermissen, was auch im Zusammenhang der Rezeptionsforschung von Lenzen zu bedauern ist.) Nach *Stolte* 2004, 57 wird für den späten Gotthold Ephraim Lessing – über Aristoteles hinausgehend – »das im Theater verarbeitete Mitleid gerade zu jener sozialen Tugend, die die Menschen ›philanthropisch‹ einander verbindet.« Ausdrücklich hat sich Bertolt Brecht gegen ein der aristotelischen Poetik folgendes Theater gewandt, das »beim Zuschauer Furcht und Mitleiden erregt, um den Zuschauer von Furcht und Mitleiden zu reinigen«. Ihm geht es ja gerade nicht um eine Katharsis, die den Zuschauer ohne jede Empörung entlässt. *Wekwerth* 2004, 42 erinnert in diesem Zusammenhang daran, dass schon Denis Diderot 1773 gegen ein »Theater der bloßen Einfühlung« polemisierte und vom »empfindenden zum denkenden Menschen« zu kommen gedachte. – Bei einer Kritik des populären Films kann es jedoch heute nicht um eine Pauschalattacke gegen das Gefühlskino gehen. Das Kriterium ist einfach: Handelt es sich um puren – narzisstischen – Sentimentalismus, um individuelle »Katharsis« und Fatalismus? Dann werden Kriegstragödien auf der Leinwand dem Krieg nichts entgegenhalten können, ihn vielmehr verewigen. Oder gelingt es, eine Ästhetik des Mitleidens zu entwickeln, die der politischen Aufklärung und dem humanen Protest zuarbeitet? In diesem Fall *müssen* in der Darstellung von Kriegsgräueln die Ursachen für das, was Mitleid erregt, transparent werden.
[66] Ansätze zu einer Polemik gegen den »Antikriegsfilm«, die ästhetisch argumentiert und dabei *politische* Kontexte sehr vernachlässigt, sehe ich bei Georg Joachim *Schmitt* 2004, ehemals Jugendschutzbeauftragter des Privatsenders ProSieben. Ich beziehe mich mit einigen Stichworten auf diesen Beitrag.
[67] Die implizite Kunstnorm lautet: Der Künstler darf sich unterwürfig dem Dogma der Gewalt unterwerfen oder hingeben. Entwickelt er hingegen im Sinne einer humanistischen Passion den Widerspruch, so verlässt er auf unzulässige Weise den Bereich der Kunst.
[68] *Stolte* 2004, 147 zitiert, was Goethes Faust auf seinem Osterspaziergang aus dem Mund einfacher Bürger hört: »Nichts bessers weiß ich mir an Sonn- und Feiertagen / als ein Gespräch von Krieg und Kriegsgeschrei / wenn hinten, weit in der Türkei, / die Völker auf einander schlagen. / Man steht am Fenster, trinkt sein Gläschen aus / und sieht den Fluss hinab die bunten Schiffe gleiten; / dann kehrt man Abends froh nach Haus, / und segnet Fried' und Friedenszeiten.« »Herr Nachbar, ja! So lass ich's auch geschehn, / sie mögen sich die Köpfe spalten, / mag alles durch einander gehen; / doch nur zu Hause bleibt's beim Alten.«
[69] Möglicher Weise blüht uns überhaupt im politischen Diskurs ein neues, sehr relatives Verständnis von Kausalität. *Lenzen* 2003 stellt (in einem anderen Kontext!) Überlegungen darüber an, dass die Kausalität von Lungenkrebs beim Kettenraucher und die Verursachung einer Kopfwunde nach einem gezielten (!) Steinwurf immer multikausal und komplex be-

leuchtet werden müssten. Der bemühte Sophismus erscheint auch im Rahmen einer Widerlegung der platten Annahme, Gewaltdarstellungen der Medien erzeugten Gewalt, nicht besonders hilfreich.

70 Als engagiertes Votum für den Blick auf die Rezipienten vgl. *Lenzen* 2004.
71 *Prokop* 2002, 237. Vgl. *ebd.*, 233-239 das Kapitel zu Mediengewalt und ihren Wirkungen und auf S. 237f. die referierte Vermutung von Michael Kunczik, dass das beschriebene Medienkonsum-Muster bestimmter Rezipienten mit einem »sich selbst verstärkenden Prozess« einhergehen könnte. Prokop weist außerdem sehr zu Recht darauf hin, das z. B. die Verherrlichung kriegerischer Gewalt, selbst wenn sie keine gravierenden Wirkungen auf die Betrachter hätte, dennoch eine (politische) »Meinungsäußerung« darstellen und in demokratischen Medien nicht »vorherrschende Meinungsmacht« werden darf. – Auch an dieser Stelle ist wieder an den politisch-historischen Kontext von Kriegsfilmdrehbüchern zu erinnern, der für die Rezeptionsforschung eine viel bedeutsamere Herausforderung darstellt als die losgelöste Untersuchung von Mediengewalt!
72 Peter Reichel verweist auf Anfragen zeitgenössischer Kritiker an den Film DIE BRÜCKE (BRD 1959), in denen die zentrale Möglichkeitsbedingung dieser entgegengesetzten Rezeptionen bereits erkannt ist: »Wie das schockierend realistisch gezeigte Töten und Sterben möglich wurde, bleibt ungewiss. Der Krieg bricht über die Jungen herein wie ein unvorhersehbare Naturkatastrophe. Dass es auf der Leinwand um eine Episode aus den letzten Tagen eines Gewaltregimes geht, um das Ende eines Weltanschauungs- und Völkervernichtungskrieges, das kommt nicht ins Bild und ins Blickfeld des Zuschauers. [...] Deshalb könne man ihn [den Film] auch nicht [...] als ›Antikriegsfilm schlechthin‹ bezeichnen. Der ›wirkliche Antikriegsfilm‹ dürfe sich nicht nur mit den verheerenden Auswirkungen, er müsse sich auch und vor allem mit den Ursachen und Anlässen des Krieges auseinandersetzen.« (*Reichel* 2004, 122.)
73 Zitiert nach: *Gansera* 1989, 43. – Die Gegenthese enthält die Urteilsbegründung in JUDGEMENT AT NUREMBERG (1961): Die Nazi-Verbrechen waren keine Naturkatastrophen.
74 *Wiedemann* 2003, 36 (unter Hinweis auf den *Spiegel* als Quelle). – Heute sollte man Eichingers Statement auch vor dem Hintergrund bedenken, dass unzählige Opfer der letzten Erdbebenkatastrophe in Asien heute noch leben würden, wenn man einen winzigen Teil des globalen Geldumlaufs in technologisch mögliche Frühwarn-Systeme investiert hätte.
75 *Wiedemann* 2003, 38.
76 *Bürger* 2004, 171 (hier mit unwesentlichen Kürzungen und Änderungen).
77 Ein Blick in die Gesichter der »Anderen« ist wohl das herausragende Heilmittel wider die Gesichtslosigkeit, die den virtuellen Krieg so sehr befördert. Vor dem Irakkrieg hängten Künstler in New Yorks Straßen Plakate mit der Gesichtern von irakischen Menschen auf. In einem Bildungsprojekt in Givat Haviva südöstlich von Haifa lernen israelische bzw. jüdische und arabische Jugendliche gemeinsam den Umgang mit der Kamera und fotografieren sich gegenseitig.
78 Zur Verweigerung gegenüber der offiziellen Sprache schreibt *Brecht* 1938: »Konfutse fälschte einen alten patriotischen Geschichtskalender. Er veränderte nur gewisse Wörter. Wenn es hieß ›Der Herrscher von Kun ließ den Philosophen Wan töten, weil er das und das gesagt hatte‹, setzte Konfutse statt töten ›ermorden‹.« – Die Bedeutung der Sprachkultur kann insgesamt nicht überschätzt werden. Nahezu alle Medien weltweit übernehmen z. B. einen Sprachgebrauch, der viele Nationen des amerikanischen Kontinents zugunsten der Supermacht marginalisiert. Sie schreiben »Amerika« und »amerikanisch«, wenn »US-Amerika« und »us-amerikanisch« gemeint sind. Mit nur zwei Buchstaben lässt sich dem Übelstand abhelfen.

⁷⁹ *Gottberg* 2004, 103 schreibt: »Antikriegsfilme stellen Gewalt nicht als lustvolles Erlebnis für den Zuschauer dar, sie konzentrieren sich auf die Opfer und erzeugen bei dem Rezipienten einen erheblichen Einfühlungsstress.«
⁸⁰ *Lutz* 1977, 190.
⁸¹ Als Beispiel dafür, dass eine Ästhetik des Hässlichen und des Schönen ohne Moralismus eine ethische Botschaft vermitteln kann, nenne ich COBRA VERDE (BRD 1987) von Werner Herzog. (Thematischer Kontext ist der Sklavenhandel.)
⁸² Zitiert nach: *Reichel* 2004, 116.
⁸³ Vgl. zu THE THIN RED LINE ausführlich: *Bürger* 2004, 170-181. – Bezeichnender Weise wird dieser Titel in der aktuellen Video-Distribution als Doppel-DVD angeboten, in der auch der Pentagon-geförderte Film BEHIND ENEMY LINES* enthalten ist. (Vertrieb im Januar 2005 z. B. durch die deutsche Drogerie-Kette Schlecker.)
⁸⁴ Explizit bedient sich das kriegssubventionierende Kino stilistisch der Belustigung (OPERATION DUMBO DROP; FORREST GUMP). Der virtuelle Krieg, der unsere Gleichgültigkeit bekräftigt, wird ergänzt durch »Harmlosigkeiten«, bei denen wir nun auch noch lachen sollen. Eine gewisse Potenz der Leinwandsatire, insbesondere den Militarismus und seine ernsten Posen bloßzulegen, lässt sich filmgeschichtlich kaum leugnen (von Chaplin's SHOULDER ARMS bis hin zu HOW I WON THE WAR; CATCH 22; M.A.S.H oder M.A.S.H – GOODBYE, FARWELL AND AMEN). Doch wo wäre nach Kubricks DR. STRANGLOVE OR HOW I LEARNED TO STOPP WORRYING AND LOVE THE BOMB (GB 1963) noch einmal der Versuch gelungen, das Bitterböse auf die Spitze zu treiben? Zu sehr hat es sich das neuere Massen-Entertainment zur Aufgabe gemacht, uns schier mit jedem Elend der Menschengeschichte zu amüsieren. Es bietet seine schlechte »Komödie« nicht deshalb, weil für das Tragische kein Ausdrucksmittel mehr bleibt, sondern weil ihm die Fähigkeit abhanden gekommen ist, den Ernstfall überhaupt noch wahrzunehmen.
⁸⁵ Zitiert nach: *Gansera* 1989, 44.
⁸⁶ Vgl. *Morris* 2003.
⁸⁷ Zum breiten Zuspruch für neue Dokumentarfilme meint Tim Robbins im Zeit-Interview (*Die Wahrheit ist nur für die Mächtigen* 2004): »Der Erfolg von politischen Dokumentarfilmen wie THE FOG OF WAR, FAHRENHEIT 9/11 und SUPER SIZE ME ist weniger ein Kino- als ein Medienphänomen. Zumindest in Amerika. Die Menschen strömen in Dokumentarfilme, weil sie sich von den amerikanischen Medien nicht oder nur selektiv informiert fühlen. Kino wird zum gemeinsam erlebten Nachrichtenereignis, das die Defizite des Fernsehens ausgleicht. Wenn Sie sich in den Vereinigten Staaten eine Satellitenschüssel kaufen, können Sie etwa 500 Programme empfangen, aber keinen einzigen Dokumentarfilm-Kanal.« – Zur Erinnerung an den radikalen Flügel der Anti-Vietnamkriegs-Bewegung im Dokumentarfilm-Genre vgl. *Lüthge* 2003.
⁸⁸ *Jugendschutzgesetz* (JuSchG) in der Fassung vom 23. Juli 2002. http://www.bundespruefstelle.de/Texte/m4_Aa_txt.htm .
⁸⁹ *Deiseroth* 1995 weist in einer unveröffentlichten Arbeit darauf hin: »Die Bundesregierung und der deutsche Gesetzgeber hielten es – im Gegensatz zu vielen anderen Vertragsstaaten – unter Hinweis auf das im Grundgesetz normierte Diskriminierungsgebot des Art. 3 Abs. 3 GG und § 130 StGB nicht für erforderlich, zur Erfüllung des aus dem Übereinkommen folgenden völkerrechtlichen Verpflichtungen die Initiative zur Schaffung entsprechender gesetzlicher Bestimmungen zu ergreifen. Hierfür ist die BR Deutschland von CERD wiederholt gerügt worden.«
⁹⁰ *Frank* 1974, 51. – Sehr nachdrücklich geht auch Dieter S. *Lutz* 1977 von einem im Grundgesetz verankerten Auftrag zur Verwirklichung des »positiven« Friedens aus. Der verengte

Blick auf das Verbot der Vorbereitung von Angriffskriegen wird nach seiner Überzeugung der Verfassung und der in ihr verankerten Friedensstaatlichkeit nicht gerecht.

91 Gemäß Art 17 EMRK darf die Meinungsäußerung nicht dazu missbraucht werden, Personen oder Bevölkerungsteilen das Recht auf Gleichwertigkeit und Gleichbehandlung mit dem Rest der Bevölkerung abzusprechen.

92 *Bundesprüfstelle für jugendgefährdende Medien* 2004. (Zum Teil im Internet auf: http://www.bundespruefstelle.de .)

93 Vgl. *Corinth* 2000. – Die Pädagogik von BILLY ELLIOT ist emanzipativ; der sehr menschliche Film zeigt Auswege aus einem Männlichkeitsbild, das auch im Militarismus gepflegt wird. Man fragt sich, ob vielleicht gerade diese Inhalte dem US-Jugendschutz als gefährlich erscheinen. – Zu den US-amerikanischen Altersfreigaben vgl. die Filmdatenbank http://www.imdb.com, die sich gleichermaßen durch eine Vorliebe für korrekte Bezeichnungen von Militärgerät und eine nahezu zwanghafte Fahndung nach unschicklichen Wörtern (»fuck« etc.) auszeichnet.

94 Vgl. z. B. diesbezüglich die Probleme von Stanley Kubrick mit dem deutschen Jugendschutz, der eine Freigabe ab 16 für FULL METAL JACKET zunächst nicht erteilen wollte (*Mikat* 2003).

95 *Bundesprüfstelle für jugendgefährdende Medien* 2004. (Kursivsetzung vom Verfasser)

96 Vgl. *Gottberg* 2004, 92.

97 Im DVD-Vertrieb dominieren ohnehin nach der Kino-Laufzeit wieder »ungeschnittene Originalfassungen« in »voller Länge«.

98 Vgl. *Everschor* 2003, 217.

99 *Gottberg* 2004, 92 schreibt zu den geltenden (Jugendschutz-)Normen: »Sendungen, die den Krieg verherrlichen, unterliegen im deutschen Fernsehen einem völligen Ausstrahlungsverbot.« (Wie wichtig in diesen Zusammengang die paradigmatischen Klärungen zu den entsprechenden Medienprodukten sind, braucht nicht betont zu werden. Filme wie RULES OF ENGAGEMENT* und andere Pentagon-geförderte Spielfilme oder TV-Produktionen, die in diesem Buch besonders kritisch bewertet werden, gelangen ja durchaus in das bundesdeutsche Fernsehprogramm der Privatsender.)

100 So *Everschor* 2003, 143.

101 Vgl. auch die Anmerkungen zur Widersprüchlichkeit mancher Index-Hüter bei: *Gottberg* 2004, 108. – Der Ansatz unserer Vorschläge geht davon aus, dass eine nicht-repressive erotische Kultur gewaltmindernd und gewaltpräventiv ist. Dieses Votum gilt nicht für die neoliberale Sexindustrie, die eine fortschreitende Entfremdung und Entmündigung der Menschen hervorbringt und die erotische Kultur gerade zerstört. Die intimsten menschlichen Beziehungen und Erkundungsfelder sexueller Lust sollen in eine profitträchtige Ware verwandelt werden.

102 Bereits unsere Vorfahren hatten das Bedürfnis, durch den Leierkastenmann an Schauermärchen und Moritaten »teilzuhaben«, und sie gedachten nicht, selbst Kindesmörderinnen oder Menschenschlächter zu werden. Das Destruktions-Entertainment der zweiten Hälfte des 20. Jahrhunderts ist davon jedoch strikt zu unterscheiden. Die Frankfurter Rundschau berichtete am 6.7.1976 – also einige Zeit vor den aktuellen Game-Produktionen: »Ein neues Spiel mit dem Namen ›Death Race‹ (›Tödliche Jagd‹) erfreut sich nach Angaben der Hersteller derzeit in amerikanischen Bars und Spielhallen großer Beliebtheit. Gegen Einwurf von 25 c kann der Spieler dabei eine Autofahrt simulieren, bei der er einen Passanten nach dem anderen überfährt. Der Teilnehmer sitzt vor einem mit einem Steuer und einem Gaspedal ausgestatteten Gerät. Auf einem Bildschirm sieht er kleine Figuren von menschlichem Äußeren, die es bei einem Spiel innerhalb von 99 Sek. mit einem Lichtpunkt zu treffen gilt.

Trifft der Spieler, dann geben die Figuren sogar Schreie von sich, die denen eines Kindes ähnlich sind. Anschließend zeigt das Gerät die Zahl der ›überfahrenen‹ Fußgänger an.« (Zitiert nach: *Volmerg* 1977, 70.) Zwei Neffen des Autors weisen darauf hin, dass Ähnliches im Playstation-Produkt »Simsons« und in den PC-Spielen GTA II/III heute gängig ist. Auch TV-Serien wie »Flooders« oder »Eine schrecklich nette Familie« würden kaum nachstehen.

[103] Eine Aussparung der *politischen* Medienkritik und eine äußerst auffällige (dem jeweiligen Thema unangemessene) Abstinenz bezogen auf Werturteile sehe ich z. B. bei: *Schirral/Carl-McGrath* 2002; *Lenzen* 2003; *Schmitt* 2004. – Alle drei Beiträge enthalten jedoch sehr bedenkenswerte Überlegungen!

[104] Vgl. zur RAMBO-Diskussion: *Gottberg* 2004, 94-98; *Büttner* 2004, 83f. Sehr zu Recht beanstandete ein Fachreferat des bayrischen Sozialministeriums zu RAMBO II – im Konflikt mit anderen bundesdeutschen Entscheidungsträgern, bei der Befreiung von US-Soldaten könne nicht ohne weiteres der Tod vieler Südostasiaten in Kauf genommen werden (Einäscherung eines ganzen Dorfes, Massenexekution vom Hubschrauber aus), der Zweck heilige durchaus nicht alle Mittel und die Tötung eines *flüchtenden* Vietnamesen könne schwerlich als Notwehr gelten. Die Entscheidungen zu diesem Film sind auch Beispiele dafür, dass die Bundesprüfstelle politische Rahmenhandlung und die Frage der »Legalität« einbeziehen kann und muss. (Die hier gezeigte »bayrische« Sensibilität hängt möglicherweise historisch auch mit einer Schwerpunktsetzung Friedensförderung der Landesarbeitsgemeinschaft für Jugendfilmarbeit und Medienerziehung in Bayern zusammen. Im Internetauftritt http://www.landesmediendienste-bayern.de/ ist davon leider nicht mehr viel erkennbar. Das dort gebotene »Leitbild«-Profil ist letztlich nichtssagend und spiegelt die neoliberale Werte-Abstinenz der betrieblichen Neuorganisationswelle in allen öffentlichen Bereichen.)

[105] Explizit wende ich mich hier gegen eine Formulierung von: *Lenzen* 2003, 50. – Deutlich betont *Gottberg* 2004, 90: »Unstrittig ist, dass vor allem solche Medien als jugendbeeinträchtigend gelten, die das Handeln, das Fühlen oder Denken des Rezipienten entgegen den im Grundgesetz festgelegten Wertvorstellungen beeinflussen.« Er nennt unter anderem das friedliche Zusammenleben der Völker und problematisiert Filme, »die das Töten von Menschen als normales und erlaubtes Mittel der Konfliktlösung oder zum Erreichen persönlicher Ziele« darstellen. Ebenso deutlich referiert die geltende Rechtsordnung bezogen auf »künstlerische Produkte mit Kriegsthematiken«: *Büttner* 2004, 75.

[106] »Mit fast 2,1 Milliarden Euro jährlich finanzieren nach einem Bericht des Branchenblattes *Screen International* allein deutsche Fondsanleger Filmproduktionen weltweit, darunter nach einer Schätzung der Experten von Merryll-Lynch ca. 15 Prozent der gesamten US-Filmproduktion.« (*Dicks* 2004, 82.)

[107] Im Dezember 2004 verbreitete z. B. eine bundesdeutsche TV-Werbung die Botschaft, dass es zwar niedrige Preise eines bestimmten Anbieters, nicht aber den Weihnachtsmann gibt. In diesem Kontext übte sich ein Nikolaus auf der Straße »cool« darin, einer *blinden* Frau unter laufendem Verkehr durch akustische Imitation des Ampelsignals freien Übergang zu suggerieren. – Welche Funktion Selbstkontrollgremien der Werbewirtschaft haben sollen, wenn solche Spots zur Ausstrahlung kommen, bleibt zu fragen.

[108] Vgl. *Struck* 2004; die entsprechenden Auszüge sind in Anmerkung 16 zur Einleitung dieses Buches zitiert. – In einem Stern-Interview des Jahres 2004 hat der Bundesverteidigungsminister selbst darauf hingewiesen, dass der Ernst der neuen deutschen Militärpolitik (»Transformation« genannt) weder in Politik noch in Gesellschaft wirklich wahrgenommen und diskutiert würde. Die Kritiker sehen indessen in den Reihen der herrschenden Politik wenig Bereitschaft, das Gespräch wirklich demokratisch zu gestalten. Vgl. dazu auch eine Pressemitteilung des Verfassers zur Ausladung von einem Vortrag des Verteidigungsministers auf:

http://www.uni-kassel.de/fb5/frieden/themen/Bundeswehr/struck7.html .
[109] *Metze-Mangold* 2004, 159. Vgl. dort auch die Informationen zum UNESCO-Diskurs. – Als Perspektive zum Schutz der Zivilgesellschaft speziell vor den Auswirkungen des Informationskrieges nennt *Claßen* 2003a, 45 folgende Ansätze: »die Erarbeitung nationaler und internationaler Gesetze und Konventionen zum Schutz der globalen zivilen Informationssphäre vor einer Instrumentalisierung zum Zweck der Kriegsvorbereitung und Kriegsführung; die Etablierung unabhängiger Institutionen auf nationaler und internationaler Ebene, die die zivile und militärische Kriegs- und Krisenkommunikation wissenschaftlich beobachten und auswerten, um Einseitigkeit, Selbstzensur und ›blinde Flecken‹ in den Medien sowie Kriegspropaganda systematisch aufzudecken; die Stärkung der kriegskritischen Gegenöffentlichkeit, die Konfliktstrukturen historisiert und kontextualisiert, Zensur unterläuft und zivile Konfliktlösungen einfordert; sowie die Erarbeitung von Konzepten, die dazu beitragen, die zivile massenmediale Kommunikation im und über den Krieg zu entmilitarisieren, z. B. durch friedensjournalistische Ausbildungsprogramme, Policy Guides für Medienredaktionen in Kriegszeiten oder vielleicht sogar eine Art ›hyppokratischer Eid‹ für JournalistInnen und zivile PR-Fachleute, die sich den Informations- und Propaganda-Offensiven des Militärs entziehen wollen.«
[110] *Metze-Mangold* 2004, 161.
[111] *Europa eine Seele geben*. Berliner Konferenz am 26./27.11.2004. http://www.bpb.de/themen/N33ODC,,0,Die_Thesen_der_Veranstalter.html (oder: http://www.berliner-konferenz.de).
[112] Vgl. den Bericht von *Suchsland* 2003c zum französisch-deutschen Filmtreffen in Lyon 2003. Christina Weiss, Staatsministerin für Kultur im Bundeskanzleramt, deklamierte dort in neoliberaler Tonart: »Wenn man einen Keil zwischen Kultur und Wirtschaft treiben will, dann fällt die Kultur weg.« Indessen plädierte der Franzose Jean-Jacques Aillagon für eine europäische Medienpolitik, die der »Industrialisierung der Kultur« kritisch gegenübersteht und sich als Anwalt der Künstler versteht.
[113] Zur aktuellen Militarisierung der EU empfehle ich als knappen, hervorragenden Überblick die Broschüre: *IMI* 2004.
[114] Willy Brandt sagte 1971: »Wie man dem Krieg wehren kann, ist eine Frage, die zur europäischen Tradition gehört – Europa hat stets Grund gehabt, danach zu fragen. Der Politiker, der im täglichen Widerstreit der Interessen der Sache eines gerechten Friedens zu dienen sucht, zerrt von den ideellen Kräften, die die Generationen vor ihm ausgeformt haben. Bewusst oder unbewusst wird er von ihnen geleitet. Unsere ethischen und sozialen Begriffe sind durch zwei Jahrtausende Christentum vor- und mitgeprägt. Und das heißt – trotz vieler Verirrungen unter dem Feldzeichen des bellum justum, des ›gerechten Krieges‹ – immer wieder neue Versuche und Anstrengungen, um zum Frieden auch auf dieser Welt zu gelangen. Unsere zweite Quelle ist der Humanismus und die ihm verbundene klassische Philosophie. Immanuel Kant verband seine Idee der verfassungsmäßigen Konföderation von Staaten mit einer uns Heutigen sehr deutlichen Fragestellung: Die Menschen werden eines Tages vor der Wahl stehen, entweder sich zu vereinigen unter dem wahren Recht der Völker, oder aber ihre ganze in Jahrtausenden aufgebaute Zivilisation mit ein paar Schlägen wieder zu zerstören; und so wird die Not sie zu dem zwingen, was sie besser längst aus freier Vernunft getan hätten. Eine dritte Quelle ist der Sozialismus mit seinem Streben nach gesellschaftlicher Gerechtigkeit im eigenen Staat und darüber hinaus. Und mit seiner Forderung, dass die Gesetze der Moral nicht nur zwischen einzelnen Bürgern, sondern auch zwischen Völkern und Staaten gelten sollen. [...] Auch ich versuche, mit den Mitteln, die mir zu Gebote stehen, der Vernunft in meinem Lande und in der Welt voranzuhelfen: Jener Vernunft, die uns den Frieden befiehlt, weil der Unfriede ein anderes Wort für die extreme

XIV. War-Entertainment ist kein Naturereignis

Unvernunft geworden ist. Krieg ist nicht mehr die ultima ratio, sondern die ultima irratio. Auch wenn das noch nicht die allgemeine Einsicht ist: Ich begreife eine Politik für den Frieden als wahre Realpolitik dieser Epoche. [...] Wir bedürfen des Friedens nicht nur im Sinne eines gewaltlosen Zustandes. Wir bedürfen seiner als Voraussetzung für jene rettende Zusammenarbeit, die ich meine.« (*Brandt* 1972, 406.)

[115] Vgl. dazu die bedenklichen Ansätze einer revisionistischen Geschichtspolitik, die für das deutsche Kino in Kapitel V.1 genannt werden.

[116] UN Resolution E/1997/47.

[117] UN Resolution A /RES/53/25. – Frederico Mayor hatte bereits im September 1994 im Endreport zu den Beratungen über das UNESCO-Programm »Kultur des Friedens« erläutert: »Lassen Sie uns – um der Kultur des Krieges entgegenzutreten – eine Kultur des Friedens aufbauen, das heißt eine Kultur der sozialen Wechselwirkungen, gegründet auf den Prinzipien Freiheit, Gerechtigkeit und Demokratie, Toleranz und Solidarität sowie dem Respekt vor den Menschenrechten; eine Kultur, die Gewalt ablehnt und stattdessen Problemlösungen durch Dialog und Verhandlung sucht; eine Kultur der Vorbeugung, die sich bemüht, Konfliktursachen und ihre Wurzeln aufzudecken, um mit ihnen wirksam umzugehen und sie soweit wie möglich zu vermeiden.« (Zitiert nach: http://www.uni-muenster.de/PeaCon/wuf/wf-95/9541404m.htm .)

[118] Auf der Website der deutschen UNESCO-Kommission e.V. (www.unesco.de) waren Ende 2004 keine hilfreichen Informationen zur Dekade zu finden. Die »Culture Of Peace«-Internetseite der UNESCO ist: http://www3.unesco.org/iycp/ . – Nach einer persönlichen Mitteilung von Pax-Christi-Generalsekretär Reinhard Voss im Januar 2005 ist das Echo auf die Dekade z. B. in Frankreich ungleich größer als bei uns.

[119] Aufgrund persönlicher Erfahrungen und Begegnungen bin ich der festen Überzeugung, dass Menschen, die privat oder beruflich nicht an der gesellschaftlichen bzw. kulturellen Tabuisierung des Todes teilnehmen, gegenüber den Lügen des virtuellen Krieges in besonderer Weise immun werden. In Düsseldorfer Friedensgruppen ist z. B. die Mitarbeit von Krankenpflegekräften auffällig.

[120] Vgl. zu den Zusammenhängen von Apathie und Aggressivität: *Volmerg* 1977. – Zu wünschen wäre, dass sich wenigstens realpolitisch die Erkenntnis durchsetzt, dass sich auf Angst dauerhaft keine stabile Gesellschaft und auch kein gefestigter Staatenbund gründen lässt.

XV. Anhang

1. Literaturbericht

Zwei neuere US-amerikanische Veröffentlichungen über Kriegsfilme von L. H. Suid und D. Robb, die in dieser Studie unberücksichtigt geblieben sind, sollen hier zumindest vorgestellt werden. Beide Arbeiten können denjenigen Lesern zur Lektüre empfohlen werden, die speziell an weiteren Detailinformationen zur Kooperation von US-Filmindustrie und Pentagon interessiert sind.
Auf das wichtige Buch »Bilder des Krieges – Krieg der Bilder« (2004) von Gerhard Paul konnte ich nur durch einige nachträgliche Seitenverweise im Rahmen der Anmerkungen hinweisen. Die Vorstellung des Titels in diesem Literaturbericht ist als nachdrückliche Empfehlung zu verstehen. Das Werk berücksichtigt im Überblick *alle* Visualisierungsmedien und erschließt einen beachtlichen historischen Horizont: 150 Jahre Bildgeschichte des modernen Krieges. Spezielle Ergebnisse zu fiktionalen Kriegsfilmen hat der Autor auch schon früher (*Paul* 2003) veröffentlicht, wobei sich die Berührungspunkte zum viel engeren Untersuchungsgegenstand unserer Studie »Kino der Angst« nur auf sechs Filmtitel beschränken.

Lawrence H. Suid: Guts and Glory – The Making of the American Military Image in Film. Lexington: University Press of Kentucky 2002.

Guts and Glory von L. H. Suid stellt auf 748 großformatigen Seiten die hundertjährige Geschichte der engen Beziehung zwischen US-Militär und Filmindustrie dar. Gegenstand der Untersuchung sind US-amerikanische Kriegs- und Militärfilme, die sich thematisch auf Kriegsschauplätze des 20. Jahrhunderts und »formal« auf die Pentagon-Filmförderung beziehen. Die Darstellung wird durch Foto-Abbildungen ergänzt ist mit ihrer chronologischen Folge vor allem an der Filmgeschichte ausgerichtet. Die Erstausgabe behandelte als Dissertation den Zeitraum bis 1978, während die stark erweiterte Neuauflage bis in die Gegenwart langt. Das letzte Kapitel untersucht ausführlich den Film PEARL HARBOR (USA 2001). Einige zeitlich nachfolgende Titel werden mit ihrem Inhalt im Nachwort nur noch knapp skizziert.
Suid möchte sein Buch, das der Verlag als Standardwerk (»the definitive examination«) bewirbt, weniger als filmgeschichtliche Darstellung denn als militärhistorische Arbeit verstanden wissen: »a study of the symbiotic relationship between two of the most powerful organizations in the world.« Ausdrücklich betont der Autor bereits im Vorwort, dass es ihm nicht darum geht, die Rechtmäßigkeit der Verflechtung von Pentagon und Filmproduktion in Frage zu stellen oder deren Kosten für den Steuerzahler zu diskutieren: »Congress has legislated that the armed services should have a a public relations operation.«
Dessen ungeachtet ist der Blickwinkel der Studie in manchen Kapiteln kritisch und entspricht dort, wo der Vietnamkrieg thematisiert wird, dem Tenor eines vorangestellten Zitates: »If you glorify war you create a climate for more wars.« (Arthur Hiller, Regisseur von THE AMERICANIZATION OF EMILY) Suid vertritt unter anderem die These, das im Hollywoodfilm kreierte Image einer allmächtigen, stets siegreichen Armee habe sehr dazu beigetragen, dass das politische Establishment die US-amerikanische Nation in den Vietnamkrieg führen konnte. Das Selbstbild einer »friedliebenden Nation, die sich nur zur Selbstverteidigung und zum Schutz demokratischer Ideale« auf Krieg einlässt, hält nach seiner Überzeugung nicht stand (S. 1f).

XV. Anhang

Speziell das Kriegsfilmgenre biete mit seinen »*war is hell*« *images* ein ideales Alibi dafür, eine blutige Gewaltkultur als Unterhaltung zu produzieren. Da dies im »Namen von Patriotismus und historischer Realität« geschieht, erscheine es als gerechtfertigt.

Suid, der auf Kunstkritik verzichten will, bevorzugt gegenüber der Fiktion historisch zutreffende Darstellungen auch im Spielfilm und will Grenzen diskutieren: Wirkt sich der äußerst freie Umgang mit Fakten in der dramaturgischen Behandlung geschichtlicher Geschehnisse nicht auch auf das Wahrheitsverständnis des Publikums aus? Leider formuliert der Autor keine Kriterien dafür, wann »Geschichtsfälschungen« im Kino relevant sind und wann nicht. In seinen Filmanalysen werden »Mücken und Elefanten« oft mit gleicher Ellenlänge gemessen.

Die Filmografie im Anhang des Buches umfasst – ab 1911 – insgesamt 224 US-amerikanische Titel, die dem definierten Untersuchungsfeld entsprechen. [Mit den aufgeführten 150 militärgeförderten Produktionen ist dennoch nur ein vergleichsweise kleiner Teil des gemeinsamen Jahrhundertwerks von Pentagon, US-Streitkräften und Hollywood erfasst. *Paul* 2004, 254 referiert, allein zwischen 1945 und 1965 seien circa 1.200 von schätzungsweise 5.000 US-Kriegsfilmen mit Unterstützung des Kriegsministeriums produziert worden.] Neben Jahreszahl, thematisierter Militärgattung, Kriegsschauplatz, Studio und Regie ist jeweils die Art der Kooperation mit Pentagon bzw. US-Militär vermerkt. Unterschieden werden Filmproduktionen, deren Ersuchen um militärische Unterstützung abgewiesen worden ist (D = Request Denied; 33 Titel), die eine volle Kooperation erhalten haben (FC = Full Cooperation: Men, equipment, locales, technical advice; 128 Titel), die begrenzt unterstützt worden sind (LC = Limited Cooperation: Locales, few personnel, technical advice; 15 Titel), die eine Gefälligkeitsunterstützung in Anspruch nehmen konnten (CC = Courtesy Cooperation: Technical advice, combat footage; 7 Titel) und solche, die um eine Kooperation nicht ersucht oder sie nicht erfordert haben (NR = Not Requested or Not Required; 40 Titel). Diese differenzierten Angaben, die anhand der Filmeditionen selbst kaum in Erfahrung zu bringen sind, machen den Appendix für Kriegsfilmstudien besonders wertvoll. So sind z. B. bei AN OFFICER AND A GENTLEMAN und HEARTBREAK RIDGE »volle Kooperationen« (FC) ausgewiesen, obwohl Pentagon und Militär aufgrund bleibender Beanstandungen am Endprodukt auf der Leinwand unerwähnt bleiben. A FEW GOOD MEN (1992), gemeinhin als abgelehntes Projekt angeführt, gehört bei Suid in die Kategorie »Limited Cooperation«.

Suid weist alle Zitate aus gedruckten Quellen – vor allem aus Zeitschriften – in Fußnoten nach, doch er will er für seine Studie im eigentlichen Sinn keine Bibliografie anbieten. Zentrale Grundlage für seine Untersuchung sind neben Aufzeichnungen des U.S. Department of Defense, die er einsehen konnte, mehr als 300 im Anhang verzeichnete Interviews mit Ansprechpartnern aus den Bereichen Film und Militär. Die leitenden Verantwortlichen der Pentagon-Liaison für die Unterhaltungsmedien, Don Baruch (bis 1989 vier Jahrzehnte im Amt) und dessen Nachfolger Captain Phil Strub, haben nach Auskunft des Vorwortes die Recherchen zusammen mit ihren Mitarbeitern unterstützt. Eigens betont der Autor in seiner Danksagung, Phil Strub habe nicht versucht, den sachlichen Umfang und die Art seiner Darstellung zu beeinflussen.

Der für unsere Studie als Bezugspunkt maßgebliche Teil von *Guts and Glory* hat folgenden Ausgangspunkt: Nach THE GREEN BERETS (1968) fördert das Militär – mit Ausnahme der Navy – zunächst keine Kriegsfilmproduktionen mehr. Ende der 70er Jahre kommen einige »kritische« Vietnamkriegsfilme wie THE DEER HUNTER oder APOKALYPSE NOW ins Kino. Das Militär sieht, dass ihm nicht genehme Drehbücher so oder so – auch ohne seine Kooperation – realisiert werden. Man diskutiert die strengen Richtlinien der Filmförderung: Ist es nicht besser, Einfluss auf ein unbequemes Drehbuch bzw. Militärimage auszuüben als sich durch eine pauschale Ablehnung jede Möglichkeit zu einer Intervention zu nehmen? Ein Aspekt, den man »Schadensbegrenzung« nennen könnte, kommt als Zielvorgabe stärker ins Spiel. In der zweiten

Hälfte der 80er Jahre werden sich Pentagon-geförderte Filme wie HAMBURGER HILL (1987) oder GARDENS OF STONE (1987) unter eine zweite Welle eher kritischer Vietnamkriegstitel mischen, bei denen eine Militärassistenz verweigert worden ist. [1987 genießen auch THE HANOI HILTON über das Martyrium eines US-Soldaten im Gefängnis der vietnamesischen Gegner sowie der thematisch verwandte Titel BAT 21 den Vorzug voller Kooperation.]
Anders als der Film AN OFFICER AND A GENTLEMAN (1982), der ein neues Image des Militärs im Kino bereits angekündigt, erhält TOP GUN (1985) uneingeschränkte Militärunterstützung unter Nachweis im Filmnachspann und wird ein großer Erfolg für die Rekrutierung. – Militärkomödien wie IN THE ARMY NOW oder RENAISSANCE MAN zeigen dann 1994 an, dass die Symbiose Hollywood-Pentagon saniert ist. Im Gegensatz zur zwei Jahre später abgelehnten Militärklamotte SERGEANT BILKO erhalten diese beiden Titel »full cooperation«.
Einige geförderte Filme bis 1990 sind noch dem Paradigma des Kalten Krieges verbunden (HEARTBREAK RIDGE, THE HUNT FOR RED OCTOBER). Spätere Titel wie ASTEROID, ARMAGEDDON und DEEP IMPACT deutet Suid vor allem von der Notwendigkeit her, neue »Feindbilder« bzw. Herausforderungen zu präsentieren. Die positive Verankerung militärischer Nukleartechnologie beim Zuschauer und andere ideologische Funktionen dieser Filme sind für ihn offenbar nicht interessant. Nur am Rande werden einige Produktionen bedacht, in denen Muslime bzw. Araber eine Rolle spielen.
Die Wiederkehr des Themas »Zweiter Weltkrieg« in den 90er Jahren nimmt hingegen in den letzten Kapiteln des Buches einen breiten Raum ein. In Erinnerung der Vorrede müssen viele Passagen der Darstellung den Leser irritieren. Es scheint – im Zusammenhang mit den vom Pentagon als Kooperationsprojekten abgelehnten Filmen DAY ONE und FAT MAN AND LITTLE BOY (1989) – fast, als liege dem Autor daran, verständnisvoll (Hinter-)Gründe für einen Abwurf der beiden Atombomben auf japanische Städte aufzuzeigen (vgl. S. 617ff, bes. S. 620). Man wünscht sich, Historiker Suid würde an den entsprechenden Stellen lieber aus den Aufzeichnungen von General Dwight Eisenhower zitieren oder zumindest abweichende Forschermeinungen referieren. [Nach Überzeugung von Prof. J. K. Galbraith, der 1945 offizieller US-Ermittler in Japan war, fielen die Bomben, *nachdem* die japanische Regierung die Entscheidung zur Kapitulation bereits gefällt hatte.] Das Tabu Hiroshima für die Pentagon-Filmförderung wird bei Suid nicht transparent. [Für seinen TV-Film HIROSHIMA von 1995 beantragt Roger Spottiswoode später keine Militärunterstüzung.]
SAVING PRIVATE RYAN wird streckenweise fast zwanghaft auf seine geschichtliche Akkuratheit hin untersucht. Völlig unangemessen werden historische Kriterien bei der Darstellung von THE THIN RED LINE geltend gemacht. Bei U-571 waltet hingegen auf einmal Nachsicht gegenüber dem Umstand, dass die USA sich in diesem Film fiktional eine historisch von den Briten durchgeführte Weltkriegsoperation ans Revers heften. Auf zwanzig Seiten analysiert Suid die umstrittene Bruckheimer-Produktion PEARL HARBOR (2001). Nachdem er den Vorgänger TORA! TORA! TORA! (1969) als historisch sorgfältigen Film lobt, folgt ein an vielen Einzelheiten aufgehängter Verriss dieses neuen Werkes. Dabei wird z. B. die Ausgeh-Bekleidung der Navy-Krankenschwestern bedacht, während alle zentralen Fragen des historischen Diskurses, die drei Jahrzehnte zuvor bereits in TORA! TORA! TORA! anklingen, ausgeklammert bleiben. Das unglaubliche Resümee zum Film enthält unter anderem folgende Feststellung: »*Pearl Harbor* did provide a reminder to Americans of the bravery of the men and women who withstood the unprovoked attack on December 7 and who then embarked upon the long road to victory. Perhaps that alone justified the assistance which the Pentagon and the Navy provided and the cost of making the film, regardless of how much it rewrote history.« (S. 668)
Im letzten Kapitel und im Nachwort wird eine ganze Reihe neuerer Hollywoodfilme mit Pentagon-Kooperation von Suid kurz und sehr unkritisch abgehandelt (RULES OF ENGAGEMENT,

XV. Anhang

MEN OF HONOR, BEHIND ENEMY LINES, BLACK HAWK DOWN, WE WERE SOLDIERS, WINDTALKERS). Als eine vom US-Militär voll unterstützte aktuelle Produktion nennt er noch den – in unserer Studie nicht berücksichtigten – Titel THE GREEN DRAGON (USA 2001) über vietnamesische Flüchtlinge, die 1975 nach dem Südostasienkrieg in den USA auf dem Marinestützpunkt »Camp Pendleton« ankommen.
Die Stärke von *Guts and Glory* liegt in der Verarbeitung des umfangreichen Interview-Materials und in der chronologischen Präsentation eines breiten Überblicks. Die Wertungen des Verfassers sind nicht selten ambivalent, so als wollten sie gleichermaßen kritische und patriotische Bedürfnisse bedienen. Die historische Kritik bewegt sich mit Vorliebe auch auf Nebenschauplätzen und im Reich der ideologiekritisch eher unbedeutenden Details. Die symbiotische Beziehung von Pentagon und Filmindustrie, das Kernthema des Buches, und Aspekte wie Selbstzensur oder öffentliche Transparenz werden nicht ernsthaft als Probleme beleuchtet. Eine nationale Perspektive, für die mögliche Außenwahrnehmungen wenig Gewicht haben, ist in vielen Abschnitten schwer zu übersehen.

David L. Robb: Operation Hollywood. How the Pentagon Shapes and Censors the Movies [mit einem Vorwort von Jonathan Turley]. New York: Prometheus Books 2004.
In seinem journalistisch geprägten Buch *Operation Hollywood* behandelt auch David L. Robb die Beziehungen zwischen Pentagon und Filmindustrie. Im Index dieser Arbeit sind ohne weitere Angaben knapp 150 Filmtitel verzeichnet. Als Quellen werden im Anhang ausschließlich 75 Interviews mit (oder Stellungnahmen von) Drehbuchschreibern, Produzenten, Regisseuren, Buchautoren, Mitarbeitern der Filmbüros des Militärs, Juristen und einigen anderen Personen aufgeführt. Elf Dokumente (Briefwechsel zwischen Pentagon und Filmemachern; kommentierte oder gestrichene Drehbuchtexte) sind abgedruckt.
Bei Robb findet die materialreiche Studie *Guts and Glory* auf 384 Seiten nur zweimal (im Anhang) als Kurztitel – ohne weitere Bezugnahme – Erwähnung. Der Gegenstand ist im Vergleich zur Darstellung von Lawrence H. Suid stärker (und ganz anders) eingegrenzt: Gezeigt werden soll, wie das US-Militär in den letzten fünfzig Jahren durch Eingriffe in den Drehbuch-Prozess, die nicht selten einer faktischen Zensur gleichkommen, die Gestaltung von Filmen in seinem Sinn beeinflusst und mit einer »editorischen Kontrolle« bei Kooperationen (und *anderen* Produktionen ohne Militärunterstützung!) manchmal Endprodukte erzielt, die mit der künstlerischen Ausgangsidee nicht mehr viel zu tun haben. Die Erträge dieses Buches für eine Ideologiekritik des Kriegsfilms ergeben sich in den meisten Fällen aus dem, was die Zuschauer aufgrund von Streichungen oder Projekt-Verhinderungen am Ende *nicht* zu sehen bekommen.
David Robb verweist auf die Pentagon-Richtlinien für die Assistenz bei Filmproduktionen: »The production must be authentic in its portrayal of actual persons, places, military operations and historical events. Fictional portrayals must depict a feasible interpretation of military life, operations and policies.« (S. 60) In Anlehnung an Phil Strub, für dessen Verbleib als Pentagon-Unterhaltungsbeauftragter sich Jack Valenti, Präsident der Motion Picture Association, 1998 persönlich beim Verteidigungsminister eingesetzt hat (S. 41f), werden drei Basiskriterien für eine Filmförderung genannt: »The depictions of military life must be ›feasible and authentic‹; the film must ›inform the public about the military‹; and the film must ›help military recruiting and retention‹.« (S. 44) Robb zeigt jedoch mit vielen Beispielen, dass der »Producer's Guide to U.S. Army Cooperation with the Entertainment Industry« völlig willkürlich gehandhabt werden kann, solange eine Produktion ein militärfreundliches Image verfolgt und die »Moral der Truppe« (retention) stärkt. Einerseits bleiben historische Verzerrungen und Fälschungen unbeanstandet, wenn sie den PR-Zielen des Department of Defense nicht entgegenstehen oder dienlich sind. Andererseits besteht das Pentagon auf die Streichung

bzw. manipulierte Darstellung missliebiger historischer Fakten, auch wenn diese gut belegt werden können. Entsprechende Fallbeispiele, die zu einer Veränderung oder Ablehnung von Filmen geführt haben, betreffen z.b.: Rassismus oder große Strenge von Armee-Vorgesetzten; Anspielungen auf illegale US-Operationen, die zu Skandalen oder zu einem Urteilsspruch des Internationalen Gerichtshofes (Nicaragua) geführt haben; Thematisierung von US-Biowaffenlabors; Kriegsverbrechen us-amerikanischer Soldaten; sexuelle Belästigung, Drogenmissbrauch und Gewalttätigkeit *innerhalb* der U.S. Army; Darstellung von negativen bzw. unvorteilhaften Zügen historischer Persönlichkeiten des Militärs (z.B. THIRTEEN DAYS); die Wiedergabe menschenverachtender Slogans, die real im Militäralltag nachzuweisen sind (S. 142, 197f.); Vertuschungsmanöver im Militär; Tötungsbefehle, die sich gegen eigene Soldaten richten (z.B. WINDTALKERS).

Während der – in militärischer Zusammenarbeit erprobte – Produzent Jerry Bruckheimer in seinem Statement großes Verständnis für die Maßgaben des Pentagon zeigt (S. 355), wird Oliver Stone im Buch so zitiert: »They make prostitutes of us all because they want us to sell out to their point of view.« Im Gegensatz zu Lawrence H. Suid (s. o.) hält David L. Robb die Filmförderpraxis des US-Militärs ausdrücklich für verfassungswidrig: »a conspiracy against the First Amendment between Hollywood and the Pentagon.« – Er beruft sich dabei auf die Staatsrechtler bzw. Verfassungsexperten Floyd Abrams (First Amendment attorney), Prof. Irwin Chemerinsky und Prof. Jonathan Turley, die implizit den Weg einer gerichtlichen Klärung weisen. – Die Freiheit der Kunst und das Recht auf freie Rede würden missachtet. Die *selektive*, nicht von Gleichbehandlung getragene Förderung bzw. Begünstigung (oder Ausschließung) künstlerischer Meinungsäußerungen durch den Staat (viewpoint discrimination) ist nach Robb mit dem ersten Verfassungszusatz nicht vereinbar. Eine analoge Klärung durch den Obersten Gerichtshof sei bereits 1995 erfolgt im Fall *Rosenberger v. The University of Virginia*, nachdem eine religiös motivierte Studentengruppe von Vergünstigungen der Universität, die anderen gewährt wurden, ausgeschlossen worden war: »In the realm of private speech or expression, government regulation may not favor one speaker over another. […] Discrimination against speech because of its message is presumed to be unconstitutional.« Prof. Turley bezeichnet in seinem Vorwort zu *Operation Hollywood* die Formung der öffentlichen Meinung und populären Kultur durch das Militär als »dark world«. Er beklagt, dass die Praxis, mit der das Militär unter Einsatz von öffentlichem Eigentum Einfluss auf Filme nimmt und sein Image promoviert, der Bevölkerung kaum bekannt ist. Eine entsprechende Autorisierung durch den Kongress liegt nach seiner Meinung [trotz der Etatbewilligungen für die Filmbüros des Militärs?] nicht vor. Robb's Darstellung widerlege die Behauptung des Militärs, weder an Propaganda noch an Zensurvorgängen beteiligt zu sein.

Die im Buch enthaltene Argumentation, die an keiner Stelle völkerrechtliche Aspekte einbezieht, schließt mit ihrer Logik streng genommen auch eine selektive Diskriminierung kriegssubventionierender Inhalte aus. (So beschreiben die Seiten 131 bis 136 den Fall einer Einflussnahme gegen ein antiarabisches bzw. antiislamisches Drehbuchelement, bei dem man dem Pentagon-Mitarbeiter zustimmen möchte. Das gleiche gilt für Entscheidungen wie die Ablehnung z. B. von STARSHIP TROOPERS.)

Gleichwohl bezieht Robb unmissverständlich Stellung gegen Kriegspropaganda. Er geht aus von weitreichenden Folgen der Mitgestaltung und Zensur von Kino- oder Fernsehprogrammen durch das Pentagon: »Certainly, the American people have become a more warlike people in the last fifty years.« (S. 365) Seine Vorschläge: der Kongress sollte zum Schutz der Verfassung tätig werden; von der *Writers Guild of America* wäre zu erwarten, dass sie Maßnahmen zum Schutz ihrer Mitglieder ergreift; ein öffentlicher Boykott entsprechender Produktionen könnte die Kollaboration zwischen Pentagon und Hollywood augenblicklich stoppen.

XV. Anhang

Die wichtigsten weiterführenden Detailinformationen aus *Operation Hollywood* seien abschließend im Telegramm-Stil mitgeteilt:
Mit zwei Beispielen illustriert Robb Einflussnahmen auf James-Bond-Filme (S. 29-32). In TOMMOROW NEVER DIES wird auf Wunsch des Pentagon ein Dialogpart gestrichen, der scherzhaft auf einen neuen Krieg mit Vietnam anspielt und diesmal ein mögliches Gewinnen in Aussicht stellt. In GOLDENEYE wird die Nationalität eines US-amerikanischen Admirals mit Schurkenrolle auf Wunsch der Navy verändert. (Zunächst soll er Franzose sein; am Ende ist er jedoch Kanadier, weil auch eine Mithilfe des französischen Militärs beim Film erwünscht wird.)
In CLEAR AND PRESENT DANGER wird auf Wunsch des U. S. Department of Defense u. a. die negative Darstellung des US-Präsidenten sehr entschärft (S. 33-40).
Trotz zahlreicher Zugeständnisse der Produzenten bei Änderungen verweigert das Pentagon 1993 seine Unterstützung für einen Touchstone-Film *Countermeasures,* und eben deshalb stellt auch die spanische Marine kein Schiff zur Verfügung. Der Film, dessen Skript mit Thematisierung einer verdeckten US-Operation an die Iran-Contra-Affäre erinnert, wird nicht realisiert. (S. 43-46)
Die Ablehnung von FORREST GUMP resultiert unter anderem auch daraus, dass das Drehbuch (ursprünglich noch stärker) an das 100.000-Programm von Verteidigungsminister McNamara (1966) zur Rekrutierung von Soldaten mit niedrigem Intelligenz-Quotient erinnert (S. 77-80).
Das Drehbuch zur Filmkomödie RENAISSANCE MAN (1994) wurde nach Wünschen des Pentagon-Project-Officer regelrecht umgeschrieben, um dem erwünschten Militärimage zu entsprechen (S. 81-90).
Ausnahmsweise erhielt auch die Bruckheimer-Produktion CRIMSON TIDE eine Absage, weil das Pentagon sich mit der Meuterei auf einem Nuklear-U-Boot der USA nicht anfreunden konnte (S. 96).
Im Drehbuch für TUSKEGEE AIRMEN [vgl. Kapitel VII.2] wurde auf Wunsch des Pentagon die Rolle des Rassisten von einem General des US-Militärs auf einen Senator verlagert (S. 106f).
Der Film AFTERBURN wurde als Kooperationsprojekt abgelehnt, weil er im Zusammenhang mit einem tödlichen Flugunglück von 1982 – und zwar weithin auf der Basis authentischer Gerichtsakten – einen fahrlässigen Umgang mit bekannten technischen Mängeln der von General Dynamics für das Militär produzierten F-16-Jet-Serie thematisiert (S. 108f).
Anfang der 60er Jahre verweigerte die Pentagon-Filmabteilung unter Don Baruch der mit Blick auf die nukleare Abschreckung kritischen Filmproduktion FAIL SAFE den Gebrauch seines Archivmaterials über Atompilze; das gleiche widerfuhr 1992 unter Phil Strub der HBO-Produktion CITIZEN COHN über die McCarthy-Ära (S. 117f).
1995 erfolgte eine Abfuhr an OUTBREAK, u. a. auch deshalb, weil dem Department of Defense der Ausbruch einer Seuche als Ergebnis der militärischen Bio-Waffen-Entwicklung in den USA missfiel (S. 119).
Im Gegensatz zur NASA verweigerte sich die Air Force bei SPACE COWBOYS, weil sie ihre Rolle in der Entwicklung zur Raumfahrt hin nicht richtig gewürdigt sah (S. 119).
Der (patriotische) CBS-Fernsehfilm MY FATHER, MY SON [vgl. Kapitel VI.4] erhielt keine Unterstützung, weil das Pentagon jeden Zusammenhang von Agent Orange und gehäuften Lymphom-Krebserkrankungen bei Veteranen bestritt (S. 123-125).
James Webb, Vietnamveteran und 1987 ein knappes Jahr lang Secretary of the Navy, scheiterte trotz seiner militärisch-politischen Karriere mit dem Drehbuch *Fields of Fire,* weil das Pentagon wie bei anderen Vietnam-Filmproduktionen historisch korrekt wiedergegebene Sachverhalte aus dem Leben der U.S. Army (fragging von Vorgesetzten, Drogenmissbrauch, Exekutionen von »Vietcong«-Verdächtigen, Niederbrennen von Dörfern) nicht auf der Leinwand sehen wollte (S. 125-130).

XV. Anhang

In der TV-Serie PENSACOLA: WINGS OF GOLD führten die Produzenten nach Intervention des Pentagon folgende Änderungen durch: Jeder Hinweis auf eine Herkunft von Biowaffen aus Labors der us-amerikanischen Waffenforschung wurde gestrichen und die Nationalität der Schurken von der Ukraine auf den Sudan verlagert (S. 138f).
Für die Realisierung der beiden bundesdeutschen TV-Produktionen JETS [AM RANDE DES LIMITS] und *Silver Wings* [?] konnte nach Pentagon-Richtlinien eine Dreherlaubnis auf der Sheppard Air Force Base in Texas, wo viele deutsche Militärpiloten trainierten, eigentlich nicht erteilt werden. Nach einem Brief aus dem deutschen Verteidigungsministerium vom 23. Oktober 1997, in dem nachdrücklich um eine Unterstützung für die beiden wichtigen PR-Projekte der Bundeswehr gebeten wurde, erteilte das Department of Defense eine Ausnahmegenehmigung. (S. 143-145)
Der TV-Produktion FAMILY OF SPIES wurde 1988 trotz großer Faktentreue eine Absage erteilt, weil die Navy eine Thematisierung des Spionagefalls John Walker als inopportun ansah (S. 146-148).
Neben dem Militär haben auch die Geheimdienste, das State Department und das Weiße Haus Ansprechpartner für die Filmindustrie. Seit 1996 pflegt die CIA zur Image-Aufbesserung ein entsprechendes Programm; der Verantwortliche ist Chase Brandon. Unterstützt wurden: die bis 2004 laufende CBS-Serie THE AGENCY, THE SUM OF ALL FEARS, BAD COMPANY (2002), IN THE COMPANY OF SPIES und PATRIOT GAMES (S. 149-152).
Im Drehbuch für THE PRESIDIO kam es zugunsten eines sauberen und ungetrübten Militär-Familienideals nach Pentagonwünschen zu zahlreichen Veränderungen (S. 153-160).
Für THE HUNT FOR RED OCTOBER, dessen Realisierung ohne Kooperation der Navy nicht möglich gewesen wäre, hatten die Filmmacher unter anderem den Abtrünnigen der sowjetischen Armee eine moralisch »bessere« Motivlage für ihre Illoyalität zu verschaffen (S. 171-176).
In STAR TREK IV: THE VOYAGE HOME veränderten die Filmmacher auf Wunsch des militärischen Kooperationspartners Navy-Charaktere und Drehbuchteile, die die Zuverlässigkeit militärischer Sicherheitsstandards betrafen (S. 163-170).
Um die für Rekrutierungszwecke wichtige niedrige Altersfreigabe nicht zu gefährden, wurde THE RIGHT STUFF über Piloten und Weltraumpioniere von »schmutzigem Sprachgebrauch« gereinigt (S. 177). Die Filmkomödienproduktion IN THE ARMY NOW fand trotz des beim Filmbüro der U.S. Army unbeliebten Genres Gefallen, weil 13- bis 18-Jährige als anvisiertes Publikum eine wichtige Zielgruppe für Rekrutierung darstellen (S. 184f). Durch Interventionen im Rahmen der Pentagon-Assistenz wurde auch die Komödie STRIPES ein erfolgreicher Rekrutierungsstoff, während das Ausgangsdrehbuch z. B. einen Drill-Sergeant enthielt, der Untergebene viel stärker quält (S. 191-195). Ähnlich entfielen bei THE GREAT SANTINI sieben Drehbuchseiten, auf denen Auszubildende Torturen unterzogen werden; biografisch bezogen war der vorgestellte Held ein gewalttätiger Familienvater, was das Drehbuch nur abgeschwächt andeutet (S. 247-259).
Beim (militärfreundlichen) Film AN OFFICER AND A GENTLEMAN lehnte die Navy eine Kooperation auch deshalb ab, weil ein in ihren Reihen bekannter »Jodie Call« (Marsch-Singsang) zu den Drehbuchtexten gehört: »Family of gooks are sittin' in a ditch, / Little baby suckin' on his mama's tit. / Chemical burns don't give a shit, / Cause napalm sticks to kids.« Möglicher Weise, so die Darstellung von Robb, hat hernach die kanadische Luftwaffe bei diesem Titel eine anfängliche Zusage auch auf Betreiben der U.S. Navy wieder zurückgenommen. (S. 197-203.)
Mitunter kommt es bei der Militärunterstützung von Filmproduktionen zu Korruption und Bestechungsversuchen (S. 213-220). Der durch Kriegsfilme entstandene Markt für Militär-Equipment bzw. Waffenverleih ist im Einzelfall auch Tummelplatz für illegale Aktivitäten (221-226).

XV. Anhang

HEARTBREAK RIDGE über Rekrutenausbildung und die Grenada-Invasion unter Reagan erhielt volle militärische Unterstützung. Doch weil Clint Eastwood sich unter anderem (anders als die Macher von THE GREEN BERETS oder WINDTALKERS) weigerte, ein US-Kriegsverbrechen – die Erschießung eines verwundeten Gegners – herauszunehmen, ist diese Mitwirkung im Nachspann des edierten Films nicht mehr ausgewiesen (S. 227-240). – Der einzige nachweisbare Fall, bei dem eine umfassende Pentagonbeteiligung aus Propagandagründen im Nachspann bewusst *nicht* vermerkt wird, liegt mit THE GREEN BERETS vor; eine Ausnahme ist der Titel auch aufgrund der scharfen Kritik des New Yorker Kongressabgeordneten Rosenthal an diesem Kooperationsprojekt (S. 277-284). Daneben wurde die Pentagon-Beteiligung beim Koreakriegsfilm INCHON 1981 Anlass zum Skandal, weil der Gründer der Moon-Sekte an dieser Produktion mitgewirkt hatte (S. 267-272; wesentlich klarer: *Suid* 2002, 399f). Nur selten wird der gegenteilige Fall zum Politikum: In den 50er Jahren hatte ein Senats-Komitee nach einem öffentlichen Protest von Regisseur Robert Aldrich bezweifelt, dass es bei der Pentagon-Ablehnung des Films ATTACK fair zugegangen war (S. 297-301).

Die Produzenten eines Films über das Golfskriegsyndrom bei US-Soldaten mit dem Titel THANKS OF A GRATEFUL NATION wandten sich 1998 erst gar nicht an das US-Verteidigungsministerium, erhofften aber beim Department of Veteran Affairs Wohlwollen. Ohne ihre Zustimmung gelangte das Drehbuch dennoch in die Büros des Pentagon (S. 245f).

Das ursprüngliche Drehbuch zu TAPS war 1980 für die National Guard auch deshalb unannehmbar, weil es im Rahmen der Besetzung einer Militärakademie durch die Kadetten zu sehr Assoziationen zum Kent-State-Massaker weckte, bei dem Nationalgardisten am 4. Mai 1970 vier gegen den Vietnamkrieg protestierende US-Studenten erschossen hatten. Im Zuge der Assistenz erreichte die National Guard, im fertigen Film fast als geborener Freund der »Studenten« da zu stehen. (S. 261-265)

1983 ließ das Pentagon wider besseres Wissen die Produzenten des Veteranenfilms MARIA'S LOVERS in dem Glauben, sie bräuchten eine Genehmigung zur Übernahme einer Filmminute aus der Jahrzehnte lang unter Verschluss gehaltenen Army-Produktion LET THERE BE LIGHT über die Leiden von Kriegsveteranen (S. 273-275).

Auf Betreiben des Department of Defense wurde im Warner Brothers-Film BATTLE CRY 1953 eine Rassismusszene um einen vom Militär ausgezeichneten Latino gestrichen, während ein dubioser Latino-Charakter nicht dem Schneidetisch zum Opfer fiel (S. 287-296). 1954 ließ der Pentagon-Filmbeauftragte Don Baruch den Filmemacher Cy Roth wissen, die im Drehbuch zu einem geplanten Film *Air Strike* enthaltenen Vorurteile von Navy-Kreisen gegenüber einem jüdischen und einem afro-amerikanischen Soldaten seien nicht opportun. Nachdem Roth mit einem Protestbrief bei Präsident Eisenhower um Rückendeckung ersucht hatte, unternahm das FBI eine (ergebnislose) Untersuchung seiner Person wegen Subversions-Verdachts. (S. 321-328)

Mit zwei Kapiteln zu den TV-Serien LASSIE und THE MICKEY MOUSE CLUB und anderen Titeln erinnert Robb historisch daran, dass auch Kinder Zielgruppe von Pentagon-»Koproduktionen« sein können (S. 303-314).

Bei Änderungsanweisungen für den Film HELLCATS OF THE NAVY, bei dem Ronald und Nancy Reagan mitspielen, sagten die Produzenten 1956 dem von der Kommunistenhatz bedrohten Drehbuchschreiber Bernie Gordon nicht, dass die Änderungswünsche direkt von der Navy kamen. Nach Überzeugung von Gordon war Reagan übrigens als Schauspielerfunktionär ein FBI-Informant, der ohne Scham linke Kollegen denunziert hat. (S. 329-334)

Wegen Missfallensäußerung der Navy im Jahr 1956 erhielt das Drehbuch zu THREE BRAVE MEN über einen authentischen Diskriminierungsfall eine ganz andere Richtung. Aus Untersuchern des Office of Naval Intelligence wurden nun Zivilisten; Hinweise auf den antisemitischen Hintergrund der wirklichen Geschichte entfielen ganz und eine antikommunistische

Botschaft kam neu hinzu. Die Selbstzensur erfolgte nur, um das Militär bei Laune zu halten, denn in diesem Fall war eine Kooperation gar nicht erforderlich. (S. 337-342)

1954 erreichte das Pentagon-Büro Schönungen im Drehbuch zu THE COURT-MARTIAL OF BILLY MITCHELL über einen gravierenden historischen Fall von Vertuschung im Kontext der Militärjustiz. Den Produzenten wurden ständig »Unrichtigkeiten« vorgehalten, doch eine Einsicht in die Gerichtsakten blieb ihnen verwehrt. Die Filmemacher verwerteten Aussagen einer schließlich entdeckten Zeitzeugin, deren Tod das Militär zuvor behauptet hatte, äußerst militärfreundlich; trotzdem verweigerte das Pentagon am Ende seine Assistenz. (S. 345-350)

Gerhard Paul: Bilder des Krieges – Krieg der Bilder. Die Visualisierung des modernen Krieges. Paderborn: Ferdinand Schöningh und München: Wilhelm Fink 2004.

Zahlreiche Sammelbände und einige Monografien der letzten Jahre zeugen von dem als dringlich erachteten Unterfangen, die »Visualisierung des modernen Krieges« zu erforschen. Der Historiker und Sozialwissenschaftler Gerhard Paul legt mit seinem 2004 erschienenen Werk die »europaweit erste Gesamtdarstellung des modernen Krieges und des Krieges der Bilder« (Buchumschlag) vor. Wer aktuelle Entwicklungen im größeren historischen Zusammenhang seit den Anfängen der Fotografie verstehen will, kommt an dieser materialreichen, methodisch konsequent durchgeführten Studie nicht vorbei.

Paul geht aus »vom prinzipiellen chaotischen Charakter moderner Kriege«, deren Dynamik und Folgen weder kontrollierbar noch kalkulierbar seien. Seiner Untersuchung liegt die Überzeugung zugrunde, »dass sich sowohl der industrialisierte Krieg der Vergangenheit wie der elektronische Krieg der Gegenwart letztlich der bildlichen Repräsentation entzieht. Bereits eine Produktanalyse der visuellen Kriegsberichterstattung macht deutlich, dass die technisch wie die elektronisch erzeugten äußeren Bilder des Krieges bis auf wenige Ausnahmen nichts anderes als der Versuch sind, den Krieg zu humanisieren und den Kriegstod, wenn nicht ganz zu verdammen, so ihn doch zu ästhetisieren bzw. zu entkörperlichen.« Die Grundthese der Arbeit lautet: »*Die modernen Bildmedien Fotografie, Film und Fernsehen [...] versuchten das katastrophisch antizivilisatorische Ereignis des Krieges zu einem zivilisatorischen Akt umzuformen, ihm eine Ordnungsstruktur zu verpassen, die dieser per se nicht besitzt. Auf diese Weise trugen und tragen die medial generierten Bilder des Krieges zur immer wieder neuen Illusion seiner Plan- und Kalkulierbarkeit bei.*« (S. 11) G. Paul wünscht, »mit der Dechiffrierung der Bilder des Krieges und seiner Visualisierungsstrategien einen bescheidenen Beitrag zur Abrüstung in den Köpfen leisten zu können.« (S. 23)

In neun Kapiteln werden historische Etappen des Kriegsbildes untersucht. Die *propagandageschichtliche* Ebene der Studie beleuchtet – bezogen auf die jeweils berücksichtigten Kriege und Medien (Fotografie, Film, Fernsehen, PC-Software, Internet) – die unterschiedlichen Funktionen der Visualisierungen. *Erinnerungsgeschichtlich* kommen die Wirkungsgeschichte der fotografischen bzw. filmischen Überlieferungen sowie die retrospektiven Umdeutungen bzw. Neugestaltungen ins Blickfeld. (Von Francisco José de Goya y Lucientes bis hin zum irischen Dokumentarfilmer Jamie Doran berücksichtigt die Darstellung immer wieder auch Beispiele für das quertreibende, nicht konforme Bild des Krieges.) In jedem Durchgang werden schließlich die jeweiligen technologischen, medienspezifischen, militärgeschichtlichen, ideologischen und künstlerisch-bildstrategischen Besonderheiten bzw. »Innovationen« analysiert. Allen Kapiteln ist ein »Visual Essay« beigegeben. Mit mehr als 200 sorgfältig edierten Abbildungen tritt G. Paul auch formal der von ihm kritisierten Bild-Vergessenheit der Geschichtswissenschaften entgegen und lässt die Ergebnisse seiner Forschung anschaulich werden.

Kapitel I sichtet die »künstlerische Modellierung« vor- und frühmoderner Kriege in Malerei und Grafik. Paul nennt als Ergebnis dieses Durchgangs fünf Grundmuster, die nach seiner

XV. Anhang

Überzeugung auch ein »ikonographisches Passepartout« für die frühe Kriegsfotografie hergeben: religiöse Sinngebung (z. B Opfer und Karitas); »naturwissenschaftlich-geometrische Ordnung des Krieges«; Krieg als dramatische Leidenschaft (napoleonischer Befreiungsmythos); Verbürgerlichung des Krieges; »Darstellung des Krieges als Spaß und Spiel«. Mit dem 1883 fertig gestellten Sedan-Panorama auf dem Berliner Alexanderplatz ist übrigens so etwas wie eine Vorform des Kriegskinos auszumachen.

Paul erinnert daran, dass die unheilige Allianz von Krieg und Fotografie auch im alltäglichen Sprachgebrauch Eingang gefunden hat (»Bajonettverschluss«, »Bilder schießen«, »Schnappschuss«). Ab Mitte des 19. Jahrhunderts nimmt die fotografische Modellierung des Kriegsbildes ihren Anfang (Kapitel II): Krim-Krieg, us-amerikanischer Bürgerkrieg, deutsche Reichseinigungskriege und Kampf um die Pariser Kommune. Der spanisch–us-amerikanische Krieg ist zugleich Wiege des Kriegsfilms. (Als Beispiele nennt Paul die Leinwand-Show THE STORY OF CUBA, USA 1898, und den fiktionalen 3-Minuten-Streifen LOVE AND WAR, USA 1898.) Im Ansatz zeigen sich bereits: militärische Einsetzbarkeit und kriegspropagandistische Möglichkeiten der neuen Bildtechnologie; die Tabuisierung des Todes im angeblich authentischen Fotodokument (was auch ästhetischen Traditionen der Aufklärung entspricht, die der Zurschaustellung von Gewalt und öffentlichem Tod abgeneigt sind); die Popularisierung und Kommerzialisierung des Kriegsbildes; sowie die Delegation des Sehens an das Medium.

Der Erste Weltkrieg (Kapitel III) ist dann für Paul der erste »mediatisierte« Krieg der Geschichte. Handkamera und junge Filmindustrie erweitern die Möglichkeiten der Visualisierung. Die staatliche Bild- und Kinopropaganda beginnt sich – wenn auch noch vergleichsweise bescheiden – zu formieren. (In Deutschland leistet zunächst die Schwerindustrie Geburtshilfe.) Der – ohnehin nicht abbildbare – industrielle Krieg der Moderne wird als »fröhlicher Krieg« und volkspädagogisch geschönt inszeniert; längst überholte Stereotypen prägen das Bild. Retrospektiv ringen Filmproduktionen und Bildpublizistik der Nationalisten und der Anti-Kriegs-Bewegung (z. B. Ernst Friedrich) um maßgebliche Deutung bzw. Bildgedächtnis. Die ordnende, »sinngebende« Modellierung des Kriegsbildes muss keineswegs per se mit einer Verhüllung des Schreckens einhergehen. Der kriegsbesessene, nationalistische Publizist Ernst Jünger verherrlicht die stählerne Kriegsmaschinerie mit Metaphern aus der Industriewelt. Für den Nazi-Film ist das ungeschminkt-grausame »Stahlgewitter« des modernen Krieges ein ideales Feld, auf dem das sozialdarwinistische Weltbild, nach dem nur der »Stärkste« und »rassisch Überlegene« überlebt, anschaulich werden kann. (Allerdings gilt dies nur retrospektiv, nicht aber für Goebbels Leitlinien der begleitenden Kriegspropaganda.)

Der Spanische Bürgerkrieg (Kapitel IV) ist der erste Medienkrieg, in dem Film, Fotografie (Publizistik, Presse) und Rundfunk systematisch als Waffen eingesetzt werden. (In diesem Zusammenhang spricht Paul vom »ersten bellizistischen Sündenfall der europäischen Linken«.) Eine bislang unbekannte Aufrüstung der Medieninstrumentalisierung erfolgt hernach im Zweiten Weltkrieg (Kapitel V): Totaler Krieg und totaler Propagandakrieg gehen Hand in Hand. Die Medien werden jetzt als gleichberechtigte Waffengattung verstanden. Im Aufnahmestudio des Senders Gleiwitz produzieren die Nazis ihren eigenen Kriegsanlass. In Deutschland, Großbritannien und in den USA entstehen Infrastrukturen für die propagandistische Bild- und Filmproduktion, die es so zuvor noch nicht gegeben hat [und die speziell in den Vereinigten Staaten auch nach Kriegsende nachhaltig die Filmindustrie prägen werden]. Die ästhetischen Konzepte und die Propagandainhalte unterscheiden sich natürlich erheblich. – Ausführlich behandelt Paul die retrospektiven Gestaltungen im Rahmen des »kollektiven deutschen Bildgedächtnisses«. Zum westdeutschen Kriegsfilm der 50er Jahre referiert er unterschiedliche Deutungen: Wilfried von Bedrow spricht von Kriegspropaganda für die Wiederbewaffnung; Wolfgang Wegmann sieht in den rehabilitierenden Bildern der »sauberen« Wehrmacht »Mittel zur Rekonstruktion individueller wie kollektiver Identitäten«; Wolfgang Schmidt bewertet sie eher als »massenkulturelle Konsumartikel« (und nicht als Instrumente »geistiger Kriegsführung«); Habo Knoch konstatiert eine Verstärkung der »visuellen Amnesie« und für Philipp von Hugo sind die entsprechenden Filmproduktionen Teil einer Politik mit der Erinnerung, die den besonderen Charakter des deutschen Vernichtungskrieges nivelliert und ihn als (normales) »universelles Phänomen« rekonstruiert. [Warum W. von Bedrow mit seiner Deutung, die mit den anderen Sichtweisen weithin doch kompatibel ist, weniger realistisch sein soll, bleibt m. E. bei Paul erklärungsbedürftig. Propagandistisch-politische Bedürfnislagen, populäre Nachfrage und kommerzielle Interessen bilden keinen notwendigen Gegensatz. Die Hetze gegen die unbequeme Erinnerungsarbeit pazifistischer Kreise und die alsbaldige Relativierung früher Anti-Kriegs-Bekenntnisse der Politik gingen der westdeutschen Wiederbewaffnung voraus. Nach meiner Überzeugung müsste gegenwärtig gerade analog zum Ansatz W. von Bredows das Verhältnis aktueller erinnerungspolitischer Produkte über den Zweiten Weltkrieg zu neuen Militarisierungstendenzen im Rahmen der EU untersucht werden. Die unsägliche Eichinger-Produktion DER UNTERGANG unterscheidet im Zuge einer neuen »deutschen Tragik« z. B. nach Art der 50er Jahre zwischen Hitler und Wehrmacht; vor dem Abspann werden – mit Hilfe inflationärer Konjunktive – ausdrücklich Nichtwissen und unpolitisches Wesen als mildernde Umstände beschworen. Der Regisseur Oliver Hirschbiegel präsentiert sich in den DVD-Beigaben mit Military-Look!]

In der Darstellung des Vietnam-Krieges (Kapitel VI) als dem ersten »Fernseh-Krieg« oder »Living-Room-War« relativiert Paul entlang der historischen Befunde die verbreiteten Annahmen über eine kritische Funktion der US-Medien. Der Südostasienkrieg der USA bietet herausragendes (und uferloses) Anschauungsmaterial für den auf dem Feld der Visualisierung ausgetragenen Deutungskampf. Vor allem retrospektiv führt er zu einem Höhepunkt des non-fiktionalen Kriegsfilms und des fiktionalen Kriegskinos, wobei das Vietnamfilm-Genre nachhaltig das massenkulturelle »Image« des Krieges überhaupt geprägt hat. (Allerdings ist »Vietnam« auch der letzte Kriegsschauplatz, dem eine umfassende retrospektive Verarbeitung im Filmgeschehen zuteil wurde.) Nachdrücklich erinnert der Autor im Kapitel über Vietnam und im abschließenden Resümee seiner Arbeit an die bleibenden Vorzüge der (subversiven) *Kriegsfotografie*. Bezogen auf die kollektive Erinnerung erweise das Standbild – als eine dem Gedächtnis adäquate Grundeinheit (Susan Sonntag) – seine Überlegenheit z. B. gegenüber flüchtigen Filmsequenzen. [Natürlich kann auch die kriegssubventionierende Visualisierung sich diese praktische Erkenntnis im bellizistischen Kultbild zunutze machen.]

Golf-Krieg 1991 und Kosovo-Krieg (Kapitel VII und VIII) sind »die ersten elektronischen Kriege mit globalem Charakter«. Das Militär entwickelt neue Strategien zur Kontrolle der Television und zur Monopolisierung des Bilder-Pools. Desinformation und Propagandaproduktion durch Auftragsarbeiten der PR-Industrie zeigen eine neue Qualität. In den »innovativen« Medienformaten der TV-Kriegsberichterstattung verbinden sich unter Konkurrenzdruck »Echtzeit«-*Inszenierung* und Entertainment. Die exzessive Ausweitung der Kriegsreportage korreliert mit einem qualitativen Vakuum. Je »mehr« gezeigt und je länger gesendet wird, desto weniger erfährt der Zuschauer. Live-Schaltungen zu (angeblich) nah am Kriegsschauplatz befindlichen Korrespondenten, Studio-Talks (vornehmlich mit sogenannten »Experten«), flimmernde Satellitenbilder, digitale Abstraktionen und »sachliche« Schaugrafiken verdecken, dass das eigentliche Kriegsgeschehen unsichtbar bleibt. Die Waffen des Militärs – und nicht etwa Aufnahmegeräte von distanzierten Medienschaffenden – liefern mit ihren integrierten Kameras das maßgebliche TV-Bild. Anderes Bildmaterial bleibt profitbringend, wobei 1991 CNN als eigentlicher Kriegsgewinner zu nennen ist. – Paul zitiert drastische Deutungen des Befundes durch Jean Baudrillard (»Der Golfkrieg hat nicht stattgefunden«) und Fritz J. Rad-

XV. Anhang

datz (»Verglichen mit der Nachrichtenpolitik im Golfkrieg war die Nazi-Wochenschau ein Dokumentarfilm«). Dem selbstkritischen Diskurs der Medien, die ihre fragwürdigen Antworten auf das neue Kriegsformat durchaus wahrnehmen, ist leider keine Nachhaltigkeit beschieden. [Zu erinnern ist besonders an die Berichterstattung über die erste Phase der Irakkrieges 2003!] – Neue Medien (Heimcomputersimulation, Videospiel, Internet etc.) kommen während des Krieges und nachher zum Zuge. Der Kosovo-Krieg 1999 bereitet den »Weg zum virtuellen Krieg der Moderne«.

Kapitel IX zeigt, dass »Nine Eleven« einen Blick auf massenkulturelle Präfigurationen und auf die Konstruktion des Terroranschlags als globalem Fernsehereignis unumgänglich macht. Das Live-Prinzip ist zur terroristischen Waffe geworden. Zur retrospektiven Instrumentalisierung des Ereignisses gehören traditionelle Muster, etwa »Inszenierungen unter Verwendung von vertrauten Symbolen der Nation und des Christentums«. Der Afghanistan-Krieg bringt dann ein neues, paradoxes Phänomen hervor: Im Zeitalter des global problemlos übertragbaren Satellitenbildes handelt es sich hier um den ersten *bilderlosen* – unsichtbaren – Krieg der Postmoderne. Paul konstatiert das »Verschwinden der Bilder auf dem digitalen Kampfplatz«. – Die Medienstrategien des nachfolgenden Irakkrieges 2003 sind nicht mehr Gegenstand des Buches.

Im Resümee (Kapitel X) finden wir die Ergebnisse der aufeinander aufbauenden Einzelstudien. Sie können – gemäß der aufklärerischen Intention des Autors – z. B. für Friedenspädagogik und Geschichtsdidaktik fruchtbar gemacht werden. In der Zusammenschau bedenkt Paul, dass viele Muster überzeitliche und interkulturelle Qualitäten aufweisen. Das moderne Bild des Krieges entfaltet überdies kumulative Wirkungen: »Im Bewusstsein des Massenpublikums verdichten sich die vielen äußeren Bilder einzelner Kriege so zu *einem* allgemeinen und diffusen mentalen Eindruck *des* Krieges« (S. 481). Zentrale Aspekte des Resümees sind: die Ambivalenz »der modernen Bildmedien als widersprüchlicher Einheit von Dokumentations- und Interpretationsmedien«; das trügerische Image der Authentizität; die Medien als Waffen, Komplizen und Zielscheibe des Krieges; bis heute nachwirkende Modellierungstypen der ordnenden Verhüllung des modernen Krieges (der saubere, aseptische Krieg; Karitas und Wohlfahrtspflege; Kriegsdarstellung im Kontext kollektiver industrieller Arbeit; Entertainisierung; Image des Soldaten als Kulturträger); Narrative des fiktionalen Kriegsfilms zur Entdramatisierung und Derealisierung (Love Story, Klamotte, Happy End, Sieg des Guten); die Medien-Images des TV-Krieges (das Spektakuläre, Sensationelle, Authentische und Spannende, Echtzeit, Wohnzimmerkrieg mit Werbeunterbrechung, Emotionalisierung etc.); die Popularisierung – und optische Übernahme – militärischer Sichtweisen; der Krieg als Gegenstand des Amüsements [besonders schamlos seit dem Vietnamkrieg; die Delegation des Sehens an fremde visuelle Medien und der Wechsel vom *aktiven* Prozess des Sehens zur konsumierenden Schaulust; die Loslösung der Wahrnehmung des (post-)modernen Krieges von der sinnlichen Empirie (das entfremdete, konstruierte, synthetische, simulierte Bild); die von der Wirklichkeit abgetrennten und moralisch neutralen Bilder des virtuellen Krieges als wirklichere bzw. eigentliche »Realität«; der Weg vom historischen Bilddokument zum flüchtigen elektronischen Impuls der modernen Bilderflut [u. a. auch ein unverbindlicher, beliebiger Umgang mit Bildmaterial im Internet]; »elektronische Ereignisproduktion« statt Analyse ... Für Paul gilt es als sicher, *»dass die über Jahrzehnte medial erzeugte Illusion des sauberen und geordneten Krieges vor allem in seiner elektronischen Variante als High-Tech-Performance in höchstem Maße destabilisierend wirken dürfte, da sie die Bereitschaft von Gesellschaften zur Führung von Kriegen erhöht.«* (S. 481) Er erinnert an die gegenläufigen Tendenzen zum »dominanten Prozess der Anästhetisierung der Wahrnehmung, der moralischen Neutralisierung und der enthistorisierenden Erinnerung«, die es seit 150 Jahren immer wieder auch gegeben hat. Für die Gegenwart sieht er Chancen zur

XV. Anhang

Dekonstruktion des modernen Kriegsbildes: »*Ein Bewusstsein beginnt sich herauszubilden, demzufolge sich Kriege prinzipiell der technischen und elektronischen Abbildung entziehen, die Wahrheit außerhalb der Frames des Bildschirms existiert.*« (S. 484)
Gerhard Paul bietet mit seiner Gesamtdarstellung zahlreiche Anregungen für weitere interdisziplinäre Forschungen. Das gilt auch für Bereiche, die nicht zu seinem engeren Untersuchungsgegenstand gehören. Neben den Visualisierungen konkreter Kriege stehen ja beispielsweise fiktionale Kriegsfilmprodukte, die – zumindest vordergründig – keinerlei historische Bezüge aufweisen. Diese unternehmen einen »sinngebenden« Zugriff auf das unkontrollierbare Kriegs-Chaos oft nicht durch aseptisch-scheinrationale Darstellungsstrategien, sondern durch archetypische oder phantastische Muster. Neben der zivilisatorischen Maskerade des Kriegsbildes gibt es Filme aus unterschiedlichsten Genres, die gezielt Tabus brechen bzw. den Zivilisationskonsens in Frage stellen, und solche, die den Krieg als »Naturtatsache« inszenieren. Den *Ordnungsangeboten* des Kriegsbildes stehen irrationale *Angst*-Produktionen (vorbereitend) zur Seite. Werden durch all diese massenkulturellen Gestaltungen ergänzende Funktionen wahrgenommen? In welchem Beziehungsgeflecht stehen Bildszenarien des sterilen, virtuellen Krieges und ein blutiger Kino-»Realismus«, der – mit neuen Perfektionsansprüchen seit dem ausgehenden 20. Jahrhundert – ein hautnahes Erleben des Schreckens verspricht? Wie ist der Rekurs auf *archaische* Kriegsmythen und Images im Zeitalter des elektronischen High-Tech-Krieges zu bewerten? – Schließlich drängen sich vor allem praktische bzw. politische Fragestellungen auf: Wie können die gewonnenen historischen Erkenntnisse nicht nur in der reflektierten Analyse des Bestehenden, sondern vor allem auch in erfolgversprechenden Strategien des Gegenbildes umgesetzt werden? Wo und wie können die (in der Mehrzahl) unsichtbaren Kriege sichtbar gemacht werden? Welche *gegenwärtige* Gestalt und Funktionsweise ist für das professionelle Medienmanagement des Krieges auszumachen, das sich seit dem Zweiten Weltkrieg zunehmend perfektioniert hat? *Wer* sind die maßgeblichen Produzenten der kriegssubventionierenden Bilder und welche Macht können (oder dürfen) sie in einer demokratischen Gesellschaft ausüben? Welche gesellschaftspolitischen Perspektiven könnten den aufklärerischen Ansatz (Friedenspädagogik, Geschichtsdidaktik etc.) wirksam werden lassen und – angesichts der übermächtigen Kriegsbildmonopole – über diesen hinausführen?

2. Literaturverzeichnis

»Archaische Krieger« für die Bundeswehr (2004). In: German Foreign Policy, 7.3.2004. http://www.german-foreign-policy.com/de/news/article/1078619017.php .

Abid, Lise J.: Muslimische Gedanken zur gewaltfreien Konfliktlösung. In: Lebenshaus-Website, November 2004. http://www.lebenshaus-alb.de/mt/archives/002609.html .

AG Erdölprojekt Tschad-Kamerun (Hg): Das Tschad-Kamerun-Öl- und Pipeline-Projekt. Öl-Macht-Armut! Mühltal 2003. (36S.)

Albers, Markus (2002): »Vernichte jene, die dich hassen«. Der Regisseur Ridley Scott und der Produzent Jerry Bruckheimer über Kriegsfilme, Helden und die Frage: Soll man in den Irak einmarschieren? http://www.welt.de/daten/2002/10/06/1006kfi360462.htx .

Alt, Franz: Krieg um Öl oder Frieden durch die Sonne. München: Riemann Verlag 2002.

Am Rande des Limits – Warum der »Eurofighter« das Ende der bemannten Kampfjets markiert – Computergesteuerte Manöver kaum beherrschbar. In: News Yahoo, 21.8.2004. http://de.news.yahoo.com/040821/336/46ahl.html .

Amnesty International: Jahresbericht 2002. Frankfurt: Fischer-TB 2002.

Arbeiter-Fotografie – Forum für Engagierte Fotografie. 25. Jahrgang, Heft 89, 2002.

Arns, Alfons: Amerikanische Illusionen – Eine Filmanalyse zu Michael Ciminos The Deer Hunter. In: Evangelische Akademie Arnoldshain/Gemeinschaftswerk der Evangelischen Publizistik (Hg.): Kino und Krieg – Von der Faszination eines tödlichen Genres. Frankfurt am Main 1989, 86-103.

Artikel »Science-Fiction-Film«. In: Wikipedia – Die freien Enzyklopädie. http://de.wikipedia.org/wiki/Sciencefiction-Film .

Artikel »William Randolph Hearst«. In: Wikipedia – Die Freie Enzyklopädie. http://de.wikipedia.org/wiki/William_Randolph_Hearst .

Assheuer, Thomas (1999): Hollywood im Krieg. Oscar für Spielberg, Malick geht leer aus. Das Kommerzkino triumphiert über die Kunst, sagen die Kritiker. Aber Malicks Epos »Der schmale Grat« spiritualisiert die Gewalt. In: Die Zeit Nr. 13 (Feuilleton), 25.3.1999, 51f.

Assheuer, Thomas (2004): Kalter Krieger. In: Die Zeit (Feuilleton) Nr. 14/23.9.2004, 60.

Auffarth, Christoph: Rettung von außen, Rettung von innen. Perspektiven vom Ende her auf die Apokalypse als Botschaft für das 20. Jahrhundert. In: Frölich, Margrit/Middel, Reinhard/Visarius, Karsten (Hg.): Nach dem Ende – Auflösung und Untergänge im Kino an der Jahrtausendwende. Marburg 2001, 25-37.

Avnery, Uri: Die Oligarchen – Oder: Wie die Jungfrau zur Hure wurde. In: Lebenshaus Alb, 2.8.2004. http://www.lebenshaus-alb.de/mt/archives/002433.html .

Bahr, Hans-Eckehard (2003): Das Böse ausrotten? Religiöse Motive amerikanischer Machtpolitik. In: Frankfurter Rundschau, 18.02.2003. http://www.lebenshaus-alb.de/mt/archives/000440.html .

Bahr, Petra (2001): »Das Ende ist da« – Anmerkungen zu einer heiklen Sprechpraxis an der Zeitenwende. In: Frölich, Margrit/Middel, Reinhard/Visarius, Karsten (Hg.): Nach dem Ende – Auflösung und Untergänge im Kino an der Jahrtausendwende. Marburg 2001, 9-23.

Band of Brothers. http://history.sandiego.edu/gen/filmnotes/bandofbrothers.html .

Bastian, Till: Der alte Traum vom Weltbürger. Die weltweite Friedensbewegung im Lichte der Visionen von Immanuel Kant und Stefan Zweig. In: Publik-Forum Nr. 9/6.5.2003, 19f.

Baum, Matthew A.: Der Aufreger des Monats – Spielt es eine Rolle, wie die Amerikaner vom Abu-Ghraib-Skandal erfuhren? In: message – Internationale Fachzeitschrift für Journalismus 3. Quartal 2004, 28-30.

Baumeister, Martin: »L'effet de réel« – Zum Verhältnis von Krieg und Film 1914 bis 1918. In: Chiari, Bernhard/Rogg, Matthias/Schmidt, Wolfgang (Hg.): Krieg und Militär im Film des 20. Jahrhunderts. München 2003, 245-268.
Baumgärtel, Tilmann: Per Monatsabo beim »War On Terror« mitmachen. In: Die Tageszeitung (taz) Nr. 7306/11.3.2004.
Baur, Dominik: Bushs Frontalangriff – Zwölf Minuten Kerry gegen Kerry. In: Spiegel Online, 5.8.2004. http://www.spiegel.de/politik/ausland/0,1518,311745,00.html .
Becker, Jörg (1989): Im Westen nichts Neues. In: Evangelische Akademie Arnoldshain/Gemeinschaftswerk der Evangelischen Publizistik (Hg.): Kino und Krieg – Von der Faszination eines tödlichen Genres. Frankfurt am Main 1989, 73-83.
Becker, Jörg (2002): Afghanistan – der Krieg und die Medien. http://ezwil.uibk.ac.at/ark/becker_11.9.html .
Begegnungen (Wolfgang Huber und Richard Land). In: Chrismon. Das evangelische Magazin Nr. 4/2003, 24-27.
Beier, Lars-Olav/*Evers*, Marco: Filmgeschäft – Feuer frei aufs Patriotenherz. In: Der Spiegel, Nr. 13/26.3.2005. http://www.spiegel.de/spiegel/0,1518,348187,00.html .
Benezet, Anthony: Thoughts on the Nature of War. A Thanksgiving Sermon (1759). http://peacefile.org/phpnuke/index.php .
Berman, Morris (2002): Kultur vor dem Kollaps? Wegbereiter Amerika. Aus dem Amerikanischen von Jürgen Pelzer. Frankfurt am Main: Edition Büchergilde 2002.
Berman, Paul (2004): Terror und Liberalismus. Bonn: Lizenzausgabe für die Bundeszentrale für politische Bildung 2004.
Birnbaum, Norman: John Kerry, Bushs Verbündeter. In: Die Tageszeitung (taz), 18.5.2004. http://www.uni-kassel.de/fb10/frieden/regionen/USA/ploppa2.html .
Bittner, Jochen (2003): Moralisch gestärkt – Die Heimstatt der al-Quaida ist zerstört, aber neue Terrorgruppen fassen Fuß. In: Die Zeit (Dossier) Nr. 38/11.9.2003, 17.
Black Hawk Down (Linksammlung). http://www.filmz.de/film_2002/black_hawk_down/links.htm .
Blomert, Reinhard: Lügen in den Zeiten des Krieges – Die Expansion des Imperiums, das nicht Imperium genannt werden will. In: Berliner Zeitung, 5.7.2003. http://berlineonline.de/berliner-zeitung/archiv/.bin/dump.fegi/2003/0705/magazin/0001/ .
Böhm, Andrea (2003a): Amerikas Kinderarmee. Die Army macht Schule. In: Die Zeit Nr. 3/2003. http://www.zeus.zeit.de/text/2003/03/carver_die_zweite .
Böhm, Andrea (2003b): Kampf an der Heimatfront – Zwei Jahre nach den Terrorangriffen: George W. Bush und seine Republikaner gefährden im eigenen Land demokratische Grundrechte, die sie im Irak einführen wollen. In: Die Zeit (Dossier) Nr. 38/11.9.2003, 13-18.
Böhnel, Max: Werbeagentur soll für besseres Image sorgen. In: Telepolis, 29.10.2001. www.heise.de/tp/deutsch/special/auf/9942/1.html .
Bölsche, Joachim: Dirty Tricks. Wenn Kriegsgründe erfunden werden. In: Spiegel Online, 10.3.2003. http://www.spiegel.de/politik/ausland/0,1518,239340,00.html .
Bönisch, Julia Maria: Sex-Skandal erschüttert US-Army. In: Der Spiegel, 27.2.2004. http://www.spiegel.de/panorama/0,1518,288087,00.html .
Borcholte, Andreas: Pearl Harbor – Japaner-Hatz im Hula-Hemd. In: Spiegel Online, 5.6.2001. http://www.spiegel.de/kultur/kino/0,1518,137780,00.html .
Boutros-Ghali, Boutros: Hinter den Kulissen der Weltpolitik. Hamburg 2000, 116-140.
Brandt, Willy: Friedenspolitik in unserer Zeit. In: Hildebrandt, Dieter/Unseld, Siegfried (Hg.): Deutsches Mosaik – Ein Lesebuch für Zeitgenossen. Frankfurt: Suhrkamp 1972, 405-424.

XV. Anhang

Brecht, Bertolt: Fünf Schwierigkeiten beim Schreiben der Wahrheit. Paris 1938. http://www.sozialistische-klassiker.org/Brecht/Brecht06.html .

Breitsameter, Florian: Die Zeitmaschine (20.3.2002). http://www.sf-fan.de/sf-film/kino/timemachine/kritik.html .

Brinkemper, Peter (2002): Krieg auf DVD – Arnold, der Terminator oder: Wie sich filmische Rezeption in Richtung Computerspiel verändert. In: Telepolis, 21.4.2002. http://www.heise.de/tp/deutsch/inhalt/kino/12243/1.html .

Brinkemper, Peter (2003): Intensiv-Bebilderung zwischen Hollywood und Bagdad? Zum aktuellen Verhältnis von Film, Medien und Krieg. In: Telepolis, 20.4.2003. http://www.heise.de/tp/deutsch/inhalt/kino/14635/1.html .

Bröckers, Mathias (2002): Verschwörungen, Verschwörungstheorien und die Geheimnisse des 11.9. Frankfurt am Main: Zweitausendeins 2002.

Bröckers, Mathias (2004): Iran-Contra Zwei? In: Telepolis, 1.9.2004. http://www.heise.de/tp/deutsch/inhalt/co/18243/1.html .

Bröckers, Mathias (2004/2005): Cointelpro 9/11 / Pods, Flashs und »Peak Oil killed my Daddy«. In: Telepolis, 29.12.2004 und 3.1.2005. http://www.heise.de/tp/r4/artikel/19/19119/1.html und http://www.heise.de/tp/r4/artikel/19/19115/1.html .

Brüggemann, Axel/*Albers*, Markus (2003): Hollywoods pazifistische Patrioten. http://www.wams.de/data/2003/02/16/42552.html .

Büchner, Gerold: Belgien ändert Gesetz zu Kriegsverbrechen. Regierung gibt Druck Washingtons nach. In: Berliner Zeitung, 31.7.2003. http://www.berlinonline.de/berliner-zeitung/archiv/.bin/dump.fcgi/2003/0731/politik/0073 .

Bummel, Andreas: Der Internationale Strafgerichtshof nimmt seine Arbeit auf. In: Telepolis, 9.6.2003. http://www.heise.de/tp/deutsch/inhalt/co/14831/1.html .

Bundesprüfstelle für jugendgefährdende Medien: Info zum Jugendmedienschutz. Zweite Auflage. Bonn: BPjM 2004. (Zum Teil im Internet auf: http://www.bundespruefstelle.de .)

Bundeswehr – Quälereien bei Geiselübung in Ahlen. In: Spiegel Online, 27.11.2004. http://www.spiegel.de/politik/deutschland/0,1518,329886,00.html .

Bürger, Peter (2001): Das Lied der Liebe kennt viele Melodien. Eine befreite Sicht der homosexuellen Liebe. Oberursel 2001.

Bürger, Peter (2004): Napalm am Morgen – Vietnam und der kritische Kriegsfilm aus Hollywood. Düsseldorf: fiftyfifty (asphalt e.V.) 2004. (Homepage und Bestelladresse zum Buch: http://www.napalm-am-morgen.de .)

Bürger, Peter (2005): Paradigmenwechsel im US-Kriegsfilm? Ein Überblick. In: Machura, Stefan/Voigt, Rüdiger (Hg.): Krieg im Film. Münster: Lit-Verlag 2005, 237-264.

Buro, Andreas/*Klönne*, Arno: Der Faschismus konnte nur militärisch besiegt werden, ist also heute Pazifismus absurd? (4.7.2004). http://www.lebenshaus-alb.de/mt/archives/002374.html .

Buse, Uwe: Kampfpiloten auf Speed. In: Der Spiegel, Nr. 10/1.3.2003. http://www.spiegel.de/spiegel/0,1518,238157,00.html .

Bush takes Greenpeace to court (12.5.2004). http://www.greenpeace.org/international_en/news/details?item_id=472552 .

Bush, George W. (2003a): »Armeen der Barmherzigkeit« – Mit Gott fürs Vaterland: aus George W. Bushs Rede über »im Glauben wurzelnde Initiativen« am 10. Februar in Nashville. In: Der Spiegel Nr. 8/2003, 96.

Bush, George W. (2003b): World Freedom Day, 2003. By the President of the United States of America. A Proclamation. http://www.whitehouse.gov/news/releases/2003/11/20031108-1.html .

Butler, Lee (General a.D.; U.S. Air Force): Sind Kernwaffen notwendig? Vortrag bei einem Runde-Tisch-Gespräch für das Canadian Network to Abolish Nuclear Weapons am 11. März 1999. In: Lebenshaus-Website. http://www.lebenshaus-alb.de/mt/archives/000340.html .

Büttner, Christian (2004): Kriegsfilme in Demokratien. In: Büttner/Gottberg/Metze-Mangold (Hg.): Der Krieg in den Medien. Frankfurt-New York 2004, 75-85.

Büttner, Christian/*Gottberg*, Joachim von/*Metze-Mangold*, Verena (Hg.): Der Krieg in den Medien. Frankfurt-New York: Campus 2004.

Button, Paul: Wer versteht schon Soldaten? Fragen und Gedanken eines US-Soldaten. In: Lebenshaus-Website, November 2004. http://www.lebenshaus-alb.de/mt/archives/002623.html .

Campbell, Duncan: Top Gun versus Sergeant Bilko? No contest, says the Pentagon. Scripts can often be the first casualty in Hollywood's theatre of war. In: The Guardian, 29.8.2001. http://film.guardian.co.uk/News_Story/Guardian/0,4029,543821,00.html .

Carter, Jimmy: Die USA wandeln sich zum Unrechtstaat (Washington Post, 5.9.2002). In: Freitag, 20.9.2002. http://www.uni-kassel.de/fb10/frieden/regionen/USA/carter.html .

Catone, Andrea: Die zwei Türme und Bushs großes Schachbrett – Der Krieg und das strategische Projekt des US-Imperialismus. In: Marxistische Blätter Nr. 6/2001, 13-20.

Chiari, Bernhard/*Rogg*, Matthias/*Schmidt*, Wolfgang (Hg.): Krieg und Militär im Film des 20. Jahrhunderts = Beiträge zur Militärgeschichte Band 59. München: R. Oldenbourg Verlag 2003.

Chomsky, Noam (2001): War against People. Menschenrechte und Schurkenstaaten. Hamburg: Europa-Verlag 2001.

Chomsky, Noam (2002): The Attack. Hintergründe und Folgen. Hamburg: Europa-Verlag 2002.

Chomsky, Noam (2003): Media Control. Wie die Medien uns manipulieren. Hamburg-Wien: Europa Verlag 2003.

Chomsky, Noam (2004): Den Kampf weiterführen (Rede zur Verleihung des Carl-von-Ossietzky-Preises der Stadt Oldenburg). In: Publik-Forum Nr. 13/2004, 59-62.

Chossudovsky, Michael (2002): Global Brutal. Der entfesselte Welthandel, die Armut, der Krieg. Frankfurt am Main: Zweitausendeins 2002.

Chossudovsky, Michael (2003a): Neuordnung der Welt – Der Krieg der USA um globale Hegemonie (Teil 1). In: junge Welt, 13.12.2003. http://www.jungewelt.de/aktuell/jw-2003-12-13.html#4 .

Chossudovsky, Michael (2003b): Feindbestimmung – Der Krieg der USA um globale Hegemonie (Teil 2). In: junge Welt, 15.12.2003. http://www.jungewelt.de/aktuell/jw-2003-12-15.html#3 .

Chossudovsky, Michael (2004): Nuklearkriegsoption: »Grünes Licht« für den Einsatz taktischer Nuklearwaffen. (Vortrag, IPPNW-Kongress Mai 2004). http://www.lebenshaus-alb.de/mt/archives/002355.html .

Chrismon – Das evangelische Magazin Nr. 4/2004 (mit Beiträgen von Arnd Brummer und Georg Seeßlen zu Mel Gibsons Jesus-Film im Sonderteil »Voll Blut und Wunden«), 12-20.

Christmann, Holger (2002): Koproduktion »Der Anschlag«. In: FAZ.NET, 6.8.2002. http://www.faz.net/s/Rub76B8D5378E0.../Doc-E08E970B8C66D421B932E6B82B66657FA-ATpl-Ecommon-Scontent.html .

Church Folks for a Better America: An Open Letter to Alberto R. Gonzales. 4.1.2005. http://www.cfba.info/analyst/Gonzales_letter.html (deutsche Übersetzung: http://www.freace.de/artikel/200501/030105a.html).

XV. Anhang

Chwallek, Gabriele: Julia Roberts und Tom Cruise – Einsatz für die US-Army? In: Spiegel Online, 8.2.2000. http://www.spiegel.de/panorama/0,1518,63310,00.html .

Clark, Neil (2004): Die Nato-Privatisierung des Kosovo – noch ein Krieg und seine Beute. In: ZNet, 21.9.2004. http://www.lebenshaus-alb.de/mt/archives/002529.html .

Clark, Ramsey (1995): Wüstensturm. US-Kriegsverbrechen am Golf. Göttingen: Lamuv 1995.

Claßen, Elvira (2003a): Kriegsmarketing. In: Marxistische Blätter 1/2003, 39-46. – Ebenso auf: http://www.elvira-classen.de/kriegsmarketing.htm .

Claßen, Elvira (2003b): Am Anfang stand die Lüge. »Live aus Bagdad« – Erneuerung der Brutkastenlüge« im ZDF. http://www.heise.de/tp/deutsch/special/irak/14271/1.html .

Claßen, Elvira (2004): Informationsmacht oder -ohnmacht? Die Instrumentalisierung von Genderstrukturen im Krieg. In: Forum Pazifismus – Zeitschrift für Theorie und Praxis der Gewaltfreiheit Nr. 1/Mai 2004, 24-32.

Clauss, Ulrich (2002): Computerspiele sind gut! Ego-Shooter qualifizieren Kinder für die interaktive Arbeitswelt von morgen – Debatte. In: Die Welt, 12.6.2002.

Clot, André: Das maurische Spanien – 800 Jahre islamische Hochkultur in Al Andalus. Düsseldorf: Patmos-Albatros 2004.

Conelrad 100: Atomic Film. http://www.conelrad.com/conelrad100/index.html .

Corinth, Ernst: Lieber Folter statt Sex – Das meinen die Jugendschützer der Motion Picture Association of America. In: Telepolis, 15.12.2000. http://www.heise.de/tp/deutsch/inhalt/kino/4493/1.html .

Craig, Morris: Sozialengagement im Kino – John Q – Verzweifelte Wut. In: Telepolis, 12.4.2002. http://www.heise.de/tp/deutsch/inhalt/kino/12241/1.html .

Critics disturbed by Hollywood, defence relationship. Correspondents Report – Sunday, 7 July, 2002 8:10. Reporter: Lisa Millar. http://www.abc.net.au/correspondents/s600389.htm .

Das Faustrecht bringt keinen Frieden (= Friedensgutachten 2004). In: Frankfurter Rundschau, 16.6.2004. http://www.fr-aktuell.de/ressorts/nachrichten_und_politik/dokumentation/?cnt=454208& .

Das Rätsel der Tötungshemmung: »Lone Ranger« Larry – Die Lebensgeschichte eines Vietnamveteranen (2003). http://www.zdf.de/ZDFde/inhalt/3/0,1872,2051555,00.html .

Davis, Mike: Umzingelt von einer unfehlbaren Armee – Das Pentagon arbeitet an der Abschaffung des Zufalls. Die neuen Kriege sollen geführt werden wie eine Supermarktkette. In: Die Zeit (Feuilleton) Nr. 16/10.4.2003, 50.

Deiseroth, Dieter (1995): Das internationale Übereinkommen zur Beseitigung jeder Form von Rassismus – Wirkungen und Defizite im deutschen Recht (Unveröffentlichtes und noch nicht ausgearbeitetes Vortragsmanuskript von 1995, vom Autor freundlich überlassen).

Deiseroth, Dieter (1996): Atomwaffeneinsatz ist völkerrechtswidrig. Der Internationale Gerichtshof bezieht Position. http://www.uni-muenster.de/PeaCon/wuf/wf-96/9630405m.htm .

Deiseroth, Dieter (2002): Zur Meinungsfreiheit von Redakteuren im Rundfunk. In: Arbeit und Recht, Heft 5/2002, 161-168.

Deiseroth, Dieter (2004): Stärkung des Völkerrechts durch Anrufung des Internationalen Gerichtshofs? Münster: Lit-Verlag 2004.

Deiseroth, Dieter (2005): Atomwaffen und Völkerrecht. In: Friedensforum Heft 1/2005. http://www.friedenskooperative.de/ff/ff05/1-67.htm .

Deppe, Frank (u.a.): Der neue Imperialismus. Heilbronn: Distel Verlag 2004.

Der neue Film »Windtalkers«. Die wahre Geschichte der Navajo-Indianer im Zweiten Weltkrieg. Kulturreport mdr 21.7.2002. http://www3.mdr.de/kulturreport/2107202/thema1.html .

Der Reiz der Uniformen – Amerikanische Schüler fühlen sich durch Militäruniformen angezogen. In: Der Spiegel, 26.5.2003. http://www.spiegel.de/spiegel/0,1518,250420,00.html .
DGB-Bildungswerk/FIAN/terre des hommes: Wo die Rosen blühen. Kolumbien zwischen Schmerz und Hoffnung. Düsseldorf 2003.
Dicks, Hans-Günther: Von Hollywood lernen? Die Linken und das Kino. In: Marxistische Blätter Nr. 2/2004, 81-84.
Die Privatisierung von Krieg Teil 1. und 2 (Procontr@ nach: LE MONDE diplomatique, November 2004). In: Indymedia, 14.11.2004. http://de.indymedia.org/2004/11/98887.shtml
Diefenbach, A. (2003): Das Challenger-Unglück. In: Website der Gesellschaft für Verantwortung in der Wissenschaft e.V. http://staff-www.uni-marburg.de/~gvw/texte.mix/challenger.html .
Dische, Irene: In der falschen Uniform. Die Schriftstellerin Irene Dische verkleidet sich als Republikanerin und besucht den Parteitag in New York. Ein konspirativer Ausflug, von ihr selbst geschrieben. In: Die Zeit (Feuilleton) Nr. 38/9.9.2004, 52.
Distelmeyer, Jan (2002): Statt Regentropfen fallen Schüsse. Kriegsfilm-Boom in Hollywood. http://epd.de/film/677_3055.htm .
Donnelly, John (2000): Yemen, Cast in US Film, Give Angry Review. http://www.alhewar.com/RulesEngage.htm .
Doppeltes Spiel. Wie die USA ihre Verbündeten im Bosnien-Krieg betrogen. Dokumentarfilm von Sheena McDonald (WDR). http://www.daserste.de/doku/030108_1.asp .
Dörner, Andreas (2000): Politische Kultur und Medienunterhaltung. Zur Inszenierung politischer Identitäten in der amerikanischen Film- und Fernsehwelt. Konstanz 2000.
Dörner, Andreas (2002): Die politische Kultur der Gewalt – Zur Inszenierung von Gewalt als Teil des expressiven Individualismus im amerikanischen Film. In: Strübel, Michael (Hg.): Film und Krieg. Die Inszenierung von Politik zwischen Apologetik und Apokalypse. Opladen 2002, 17-37.
Dorsey, Gary: Jessica Lynch: An American Tale. In: *The Baltimore Sun*, 11.11.2003. http://www.disinfopedia.org/wiki.phtml?title=Jessica_Lynch_2003_Chronology .
Down, John: The Song Machine (25.10.2001). http://www.opendemocracy.net/articles/ViewPopUpArticle.jsp?id=1&articleId=369 .
Drewermann, Eugen (1982): Der Krieg und das Christentum. Regensburg: Pustet 1982.
Drewermann, Eugen (1985): Tiefenpsychologie und Exegese Band II. Die Wahrheit der Werke und der Worte – Wunder, Vision, Weissagung, Apokalypse, Geschichte, Gleichnis. Olten und Freiburg i. Br.: Walter 1985.
Drewermann, Eugen (1989): Ich steige hinab in die Barke der Sonne – Alt-Ägyptische Meditationen zu Tod und Auferstehung in Bezug auf Joh 20/21. Olten: Walter-Verlag 1989.
Drewermann, Eugen (2000): Hat der Glaube Hoffnung? Von der Zukunft der Religion am Beginn des 21. Jahrhunderts. Düsseldorf-Zürich: Walter 2000.
Drewermann, Eugen (2001): Jesus von Nazareth. Befreiung zum Frieden = Band 2 Glauben in Freiheit. Düsseldorf-Zürich: Walter [6. Auflage] 2001.
Drewermann, Eugen (2002a): Krieg ist Krankheit, keine Lösung. Eine neue Basis für den Frieden. Im Gespräch mit Jürgen Hoeren. Freiburg: Herder-Verlag 2002.
Drewermann, Eugen (2002b): Reden gegen den Krieg. Düsseldorf: Patmos 2002.
Drexler, Peter/*Guntner*, Lawrence: Vietnam im Kino – Platoon. In: Faulstich, Werner/Korte, Helmut (Hg.): Fischer Filmgeschichte – Bd. 5 Massenware und Kunst 1977-1955. Frankfurt am Main: Fischer Taschenbuch 1995, 176-191.
Düker, Ronald: Apokalyptische Trips – Kathryn Bigelows Strange Days und das Ende der Geschichte. In: Frölich, Margrit/Middel, Reinhard/Visarius, Karsten (Hg.): Nach dem Ende – Auflösung und Untergänge im Kino an der Jahrtausendwende. Marburg 2001, 129-137.

Eberhardt, Oliver: Der will nur spielen. In: Telepolis, 14.4.2004. http://www.heise.de/tp/deutsch/special/ost/17187/1.html .

Eberl, Oliver: Realismus des Rechts – Kants Beitrag zum internationalen Frieden. In: Blätter für deutsche und internationale Politik 2/2004, 199-210.

Ehlers, Kai: Domino im Kaukasus – über »Filetstücke« auf dem »eurasischen Schachbrett«. In: Website AGF, 7.12.2004. http://www.uni-kassel.de/fb10/frieden/rat/2004/ehlers.html .

Eisenhower, David: Blut für das Imperium. In: Marxistische Blätter Nr. 6/2003, 31-35.

Elken, Dieter (2004a): Das Völkerrecht nach dem 11. September. In: Thoden, Ronald (Hg.): Terror und Staat. Berlin 2004, 248-276.

Elken, Dieter (2004b): Folter und Völkerrecht – Argumentationen zur Folter nach dem 11. September. In: Thoden, Ronald (Hg.): Terror und Staat. Berlin 2004, 285-291.

Elsässer, Jürgen (2004a): Kriegslügen. Vom Kosovokonflikt bis zum Milosevic-Prozess. Berlin: Kai Homilius-Verlag 2004.

Elsässer, Jürgen (2004b): Bin Laden in Sarajevo (Teil I.) – Terroristen und Agenten (Teil II). In: junge Welt, 11.9.2004 und 13.9.2004. http://www.jungewelt.de/2004/09-11/003.php und http://www.jungewelt.de/2004/09-13/003.php .

Etges, Andreas: The Best War Ever? Der Deutungswandel des Zweiten Weltkriegs in US-amerikanischen Filmen am Beispiel von »The Best Years of Our Lives« und »Saving Private Ryan.« In: Chiari, Bernhard/Rogg, Matthias/Schmidt, Wolfgang (Hg.): Krieg und Militär im Film des 20. Jahrhunderts. München 2003, 163-178.

Europa eine Seele geben. Berliner Konferenz am 26.27.11.2004. http://www.bpb.de/themen/N33ODC,,0,Die_Thesen_der_Veranstalter.html (oder: http://www.berliner-konferenz.de).

Evangelische Akademie Arnoldshain/Gemeinschaftswerk der Evangelischen Publizistik (Hg.): Kino und Krieg – Von der Faszination eines tödlichen Genres. = Arnoldshainer Filmgespräche Band 6. Frankfurt am Main: Gemeinschaftswerk der Evangelischen Publizistik 1989.

Everschor, Franz (2002): Kino als Geschichtskurs? Wachsende Polemik gegen politische und historische Hollywoodfilme. In: Lexikon des Internationalen Films. Sonderteil: »Hollywood (I): stories & histories«. Frankfurt am Main: Zweitausendeins 2002, H 27-28.

Everschor, Franz (2003): Brennpunkt Hollywood – Innenansichten aus der Filmmetropole der Welt. Marburg: Schüren Verlag 2003.

Ex-BBC-Chef wirft Blair systematische Einschüchterung vor. In: News Yahoo, 1.2.2004 (dpa). http://de.news.yahoo.com/040201/3/3v2gs.html .

Falksohn, Rüdiger: Leben als Angstpartie. In: Der Spiegel Nr. 44/25.10.2004. http://www.spiegel.de/spiegel/0,1518,druck-324625,00.html .

Famous American Trials. The My Lai Courts-Martial 1970. http://www.law.umke.edu/faculty/projects/ftrials/mylai/mylai.htm .

Fatal: Ein Verbot und seine Folgen (2003). http://www.chip.de/artikel/c_artikelunterseite_88166/ /.html .

Films about Pearl Harbor. http://history.sandiego.edu/gen/filmnotes/pearl-films.html .

Fisk, Robert: Die »guten Jungs« können kein Unrecht begehen. In: ZNet, 4.5.2004. http://www.lebenshaus-alb.de/mt/archives/002284.html .

Flight of the Intruder. http://www.amigafuture.de/GTT/amiga/f/33/k.html .

Flores d'Arcais, Paolo: Ist Amerika noch eine Demokratie? Der Populismus der Mehrheit bedroht die Freiheit in den USA. In: Die Zeit Nr. 4/20.1.2005. http://www.zeit.de/2005/04/Demokratie_USA .

Föderl-Schmid, Alexandra: Bundeswehrskandal weitet sich aus. 21 deutsche Ausbilder »übten« Folter – 80 Soldaten misshandelt. In: der Standard, 22.11.2004. http://derstandard.at/?id=1867042 .

Frank, Götz: Abwehr völkerfriedensgefährdender Presse durch innerstaatliches Recht. Eine Untersuchung über Inhalt, Voraussetzungen und Erfüllung der Gesetzgebungspflichten aus Art. 26 I 2 GG. Berlin: Duncker & Humblot 1974.
Franklin D. Roosevelt's Pearl Harbor Speech (December 8, 1941). http://ben.boulder.co.us/government/national/speeches/spch2.html .
Freiburg, Friederike: Doping für Soldaten. Stressfrei in den Krieg. In: Spiegel Online, 19.2.2003. http://www.spiegel.de/wissenschaft/mensch/0,1518,236736,00.html .
Frey, Eric (2004): Schwarzbuch USA. Frankfurt am Main: Eichborn 2004.
Frey, Mark (2002): Geschichte des Vietnamkriegs. Sechste Auflage, München: C. H. Beck 2002.
Freyberg, Jutta von: Der NATO-Krieg gegen Jugoslawien in der Propaganda der deutschen Bundesregierung. Ein Krieg, der nicht Krieg genannt werden darf. In: kassiber Nr. 46, Juli 2001. http://www.nadir.org/nadir/initiativ/kombo/k_46/k_46kosovo.htm .
Fricke, Harald: Mobilisierung für die Massen – Amerikanische Untergangsängste, Mythen und Science-fiction: Armageddon von Michael Bay. In: Frölich, Margrit/Middel, Reinhard/Visarius, Karsten (Hg.): Nach dem Ende – Auflösung und Untergänge im Kino an der Jahrtausendwende. Marburg 2001, 117-126.
Fritsch, Matthias/*Lindwedel*, Martin/*Schärtl*, Thomas: Wo nie zuvor ein Mensch gewesen ist. Scine-Fiction-Filme. Angewandte Philosophie und Theologie. Regensburg: Pustet 2003.
Frohloff, Astrid (2003): Fälscher an der Front. Im Irak sind Tausende von Kriegsreportern im Einsatz. Aber ihre Arbeit wird systematisch manipuliert. In: Die Zeit Nr. 15/3.4.2003, 35.
Frohloff, Astrid (2004): Kriegsnachrichten. In: Büttner/Gottberg/Metze-Mangold (Hg.): Der Krieg in den Medien. Frankfurt-New York 2004, 39-49.
Frölich, Margrit/*Middel*, Reinhard/*Visarius*, Karsten (Hg.): Nach dem Ende – Auflösung und Untergänge im Kino an der Jahrtausendwende. = Arnoldshainer Filmgespräche Band 17. Marburg: Schüren 2001.
Fröschle, Ulrich/*Mottel*, Helmut: Medientheoretische und mentalitätengeschichtliche Probleme filmhistorischer Untersuchungen. Fallbeispiel »Apokalypse Now«. In: Chiari, Bernhard/Rogg, Matthias/Schmidt, Wolfgang (Hg.): Krieg und Militär im Film des 20. Jahrhunderts. München 2003, 107-140.
Fuchs, Stefan (Hg.): Die Hypermacht USA in Nahaufnahme. Hamburg: Nautilus 2003.
Gansera, Rainer: »Krieg und Geilheit, die bleiben immer in Mode« (Shakespeare). In: Evangelische Akademie Arnoldshain/Gemeinschaftswerk der Evangelischen Publizistik (Hg.): Kino und Krieg – Von der Faszination eines tödlichen Genres. Frankfurt am Main 1989, 33-46.
Gaserow, Vera: Schilys Vorschlag verärgert Grüne – Innenminister will in Afrika Auffanglager für Flüchtlinge einrichten. In: Frankfurter Rundschau, 21.7.2004.
Gaus, Bettina: Frontberichte. Die Macht der Medien in Zeiten des Krieges. Frankfurt am Main: Campus 2004.
Geißler, Heiner: Wo bleibt Euer Aufschrei? In der globalen Wirtschaft herrscht die pure Anarchie. Die Gier zerfrisst den Herrschern ihre Gehirne. Ein Wutanfall. In: Die Zeit Nr. 47/11.11.2004. http://www.zeit.de/2004/47/Ohnmacht_2fArbeiter .
Geschwinde, Barbara: Die Atombombe im japanischen Film – Dargestellt am Beispiel des Films »Rhapsodie im August« von Kurosawa Akira (Magisterarbeit 1994). http://www.xs4all.nl/~akkefall/err.org/akke/HiroshimaProject/ResearchDatabase/Film/AtomBombe/ .
Gessenharter, Wolfgang: Der eigentliche Bundeswehr-Skandal – Jenseits der Debatte über Folter zeigt eine neue Studie, dass Innere Führung und der Staatsbürger in Uniform an Prägekraft verlieren. In: Frankfurter Rundschau, 21.5.2004. http://www.fr-aktuell.de/ressorts/nachrichten_und_politik/standpunkte/?cnt=440538 .

XV. Anhang

Gieselmann, Hartmut: Der virtuelle Krieg. Zwischen Schein und Wirklichkeit im Computerspiel. Hannover: Offizin-Verlag 2002.

Giesenfeld, Günter: Vietnamkrieg. »Hätte ich es verhindern können?« Ronald Haeberle war der einzige Pressevertreter, der das Massaker von My Lai miterlebt und dokumentiert hat. In: Message 3/2000. http://www.message-online.de/arch3_00/03gies.htm .

Global Marshall Plan. Ein Statement der Global Marshall Plan Initiative von Uwe Möller, Franz Josef Rademacher, Josef Riegler, Surjo R. Soekadar und Peter Spiegel. Stuttgart: Horizonte Verlag 2004.

Göckenjan, Gunter: Ich bin die Armee. Die US-Streitkräfte versuchen mit einer neuen, modernen Werbekampagne mehr junge Leute zu rekrutieren. In: Berliner Zeitung, 27.1.2001. http://www.berlinonline.de/wissen/berliner_zeitung/archiv/2001/0127/vermischtes/0038/.

Gödde, Günter: Masochismus und Moral. Wien-München-Zürich: Europa-Verlag 1983.

Gorguissian, Thomas (2000): »Rules of Engagement« Reaches New Depths of Anti-Arab Bigotry – Any Way They Want. http://www.alhewar.com/RulesEngage.htm .

Gottberg, Joachim von: Rambo, der Jugendschutz und die demokratisch legitimierte Politik. In: Büttner/Gottberg/Metze-Mangold (Hg.): Der Krieg in den Medien. Frankfurt-New York 2004, 87-109.

Gotteskrieger (2005). In: Freace, 31.01.2005. http://www.freace.de/artikel/200501/310105a.html .

Göttler, Fritz: Ganz dicht am Hangar. Wird die US Navy in Bagdad ihren eigenen Kriegsfilm drehen? In: Süddeutsche Zeitung, 14.3.2003. http://newsisfree.com/clixk/-5,14907824,1544/.

Greiner, Bernd: Krieg und Lügen. Watergate allein war nicht der Grund – Warum vor 30 Jahren Richard Nixon als erster und bislang einziger US-Präsident zurücktreten musste. In: Die Zeit Nr. 31/22.7.2004, 72.

Gresh, Alain: Die Barbaren kommen – Instrumentalisierung des Terrors. In: Le Monde diplomatique, 10.9.2004. http://www.monde-diplomatique.de/pm/2004/09/10/a0006.text.name,askDVaB64.n,0 .

Griffin, Michael: Keine Bilder – kein Skandal? Berichte über Gefangenen-Misshandlungen gab es schon lange ... In: message – Internationale Fachzeitschrift für Journalismus. 3. Quartal 2004, 22-27.

Groh, Thomas: Zahnloser Punisher – Die FSK, die »exzessive Gewaltdarstellung« und der Umgang mit »rechtsstaatlich bedenklichen Tendenzen« im Film »The Punisher«. In: Telepolis, 10.6.2004. http://www.heise.de/tp/deutsch/inhalt/kino/17620/1.html .

Grötker, Ralf: Die vielen Gesichter des Großen Bruders. Gesellschaftskritik im Thriller-Format: Überwachung als Spielfilmthema. In: Telepolis, 27.1.2002. http://www.heise.de/tp/deutsch/inhalt/kino/11670/1.html .

Gruen, Arno: Der Fremde in uns. Stuttgart: Klett-Cotta 2000.

Grumke, Thomas (2001): Rechtsextremismus in den USA. Opladen: Leske & Budrich 2001.

Grumke, Thomas (2002): »Arische Revolution« – Rechtsextreme in Deutschland und den USA rechtfertigen die Terror-Anschläge. In: blick nach rechts, Nr. 19/2002. http://www.respectabel.de/infos_rechtsextremismus/analysen/grumkezdk1.htm .

Guilliard, Joachim: Krieg und Besatzung töteten hundert- bis zweihunderttausend Menschen im Irak. In: Iraktribunal, 31.10.2004. http://www.iraktribunal.de/dokus/studies/mehr_als_100000_iraker_getoetet_jg.html .

Günther, Siegwart Horst/*Cüppers*, Ralf (Hg.): Urangeschosse. 4. erweiterte Auflage. Flensburg: DFG-VK 2004 (zum Teil auf http://www.uranmunition.de).

Hackensberger, Alfred: Es wird zurückgeschossen. – Ein von der Hisbollah veröffentlichtes Kriegsspiel. In: Telepolis, 19.9.2003. http://www.heise.de/tp/deutsch/special/game/15669/1.html

Hanson, Victor Davis: Das Herz des Kriegers – Nicht nur sein technischer Vorsprung, sondern seine Werte begründen die militärische Überlegenheit Amerikas. In: Frankfurter Allgemeine Sonntagszeitung Nr. 15, 14.4.2002.
Hargrove, Gene (1996): Who is Tom Bombadil? http://www.cas.unt.edu/%7Ehargrove/bombadil.html.
Harrrer, Gudrun: Die längst bekannte Wahrheit. In: der Standard, 17.6.2004. http://derstandard.at/standard.asp?id=1699424.
Hart, Christopher: Comiczeichnen leichtgemacht – Helden und Schurken (Originalausgabe USA 1995). Köln: Taschen 1998.
Haubold, Dietrich: Der Mars als bessere Erde. In: Publik-Forum Nr. 1/2005, 52-56.
Heilig, René: Holocaust-Überlebende klagen gegen Bush-Clan. In: Neues Deutschland, 8.10.2004. http://www.nd-online.de/artikel.asp?AID=60961&IDC=2.
Heine, Peter: Terror in Allahs Namen. Extremistische Kräfte im Islam. Bonn: Lizenzausgabe für die Bundeszentrale für politische Bildung 2004.
Heinecke, Herbert: Die Debatte um The Deer Hunter – politische und künstlerische Dimensionen. In: Strübel, Michael (Hg.): Film und Krieg. Die Inszenierung von Politik zwischen Apologetik und Apokalypse. Opladen 2002, 109-126.
Heinig, Juliane (1999): Frank Capra und die moralische Komödie am Beispiel von »You can't take it with you« »Mr.Smith goes to Washington« »It's a wonderful life«. Seminararbeit im Fachbereich Filmwissenschaft, Philipps-Universität Marburg WS 1998/99. http://www.hausarbeiten.de/faecher/hausarbeit/fil/11937.html.
Henken, Lühr/*Strutynski*, Peter: Sudan: Für eine großzügige Aufstockung der Mittel für humanitäre Hilfsmaßnahmen. In: AGF, 25.11.2004. http://www.uni-kassel.de/fb10/frieden/regionen/Sudan/baf-presse.html.
Hermann, Jörg: Sinnmaschine Kino – Sinndeutung und Religion im populären Film. 2. Auflage Gütersloh: Chr. Kaiser/Gütersloher Verlagshaus 2002.
Heybrock, Mathias (2002): Helden von gestern, Kriege von morgen. http://www.tagesspiegel.de/archiv/11.09.2002/206957.asp.
Hilton, Isabel: Kolumbiens Pipeline ist bezahlt mit Blut & Geld – Gewerkschafter als primäres Ziel der von den USA finanzierten 18th Brigade. In: The Guardian/ZNet, 22.8.2004. http://www.lebenshaus-alb.de/mt/archives/002466.html.
Hinweise auf ein Massaker in Afghanistan neutral prüfen – Dokumentarfilmer Jamie Doran im Ausschuss für Menschenrechte und Humanitäre Hilfe. In: Das Parlament Nr. 51, 23.12.2002. http://www.das-parlament.de/2002/51_52/PlenumundAusschuesse/011.html.
Hoff, Peter: Kalter Krieg, Rocky IV – Der Kampf des Jahrhunderts (1985). In: Faulstich, Werner/Korte, Helmut (Hg.): Fischer Filmgeschichte – Band 5: Massenware und Kunst 1977-1995. Frankfurt am Main: Fischer TB 1995, 157-175.
Hoffmann, Hilmar: »Und die Fahne führt uns in die Ewigkeit«. Propaganda im NS-Film. Band 1. Frankfurt am Main: Fischer 1988.
Holert, Tom/*Terkessidis*, Mark: Entsichert – Krieg als Massenkultur im 21. Jahrhundert. Köln: Kiepenheuer & Witsch 2002.
Hollstein, Miriam: Wahlhilfe aus Hollywood. Die Traumfabrik mischt mit in der amerikanischen Politik. In: Internationale Politik Nr. 10/2000. http://www.dgap.org/IP/ip0010/hollstein_p.html.
Hölzl, Gebhard/*Peipp*, Matthias: Fahr zur Hölle, Charlie! Der Vietnamkrieg im amerikanischen Film. München: Wilhelm Heyne 1991.
Hoppe, Gerit: Die gute Lüge – Ehrlichkeit kann rücksichtslos und verletzend sein. Unwahrheit aber treibt die Entwicklung von Sprache und Kultur voran. In: Frankfurter Rundschau,

20.12.2004. http://www.fr-aktuell.de/ressorts/nachrichten_und_politik/dokumentation/?cnt=611639.

Hörburger, Christian: Kriegsbilder oder Wandel des Entsetzlichen. In: Büttner/Gottberg/Metze-Mangold (Hg.): Der Krieg in den Medien. Frankfurt-New York 2004, 29-37.

Horvath, John: Soldiers of Fortune? – Wie weit das US-Militär geht, um einen jungen Menschen dazu zu bringen, für einen wertlosen Grund zu sterben. In: Telepolis, 27.2.2004. http://www.heise.de/tp/deutsch/inhalt/co/16841/1.html.

Hossli, Peter (2001): Hollywar. Der Kriegseffort der Stars. http://www.hossli.com/2001/hollywar.html.

Hoyng, Hans/*Spörl*, Gerhard: Krieg aus Nächstenliebe. Mit dem Sturm auf Bagdad will US-Präsident George W. Bush einen göttlichen Auftrag erfüllen. In: Der Spiegel Nr. 8/2003, 90-99.

Hübner, Wolfgang (2002): Wir waren Helden – Rückfall in patriotische Planübererfüllung. http://rhein-zeitung.de/magazin/kino/galerie/wir warenhelden/kritikap.html.

Hüetlin, Thomas (2001): Top Gun in Pearl Harbor. In: Spiegel Online, 28.5.2001. http://www.spiegel.de/kultur/kino/D,1518,136485,00.html.

Hugo, Philipp von: Kino und kollektives Gedächtnis? Überlegungen zum westdeutschen Kriegsfilm der fünfziger Jahre. In: Chiari, Bernhard/Rogg, Matthias/Schmidt, Wolfgang (Hg.): Krieg und Militär im Film des 20. Jahrhunderts. München: 2003, 453-477.

Huth, Stefan (V.i.S.d.P): *Bücher* statt Bomben – Gegen die Präsenz der Bundeswehr auf der Leipziger Buchmesse = Informationsheft mehrerer Verlage (u. a. Eulenspiegel, Atlantik, Verlag 8. Mai, Kai Homilius, Märkischer Verlag, PapyRossa) zur Leipziger Buchmesse 2004.

Ignatieff, Michael: Virtueller Krieg – Kosovo und die Folgen. Hamburg: Rotbuch Verlag 2001.

IMI (2004)/Informationsstelle Militarisierung e. V. (Hg.): Die verfasste Militarisierung. Tübingen 2004.

Institute for Security Studies, European Union: European defence. A proposal for a White Paper (Paris, May 2004). http://www.iss-eu.org/chaillot/wp2004.html.

IPPNW (2004): Zum Fall RWE / Laurenz Meyer. Atom- und Rüstungskonzerne finanzieren Parteien. In: Lebenshaus-Website, 18.12.2004. http://www.lebenshaus-alb.de/mt/archives/002679.html.

Irak-Geschäft. Wie sich Spenden an Bush für US-Firmen auszahlten. In: Spiegel Online, 31.10.2003. http://www.spiegel.de/wirtschaft/0,1518,271957,00.html.

Iraq Body Count (2004). http://www.iraqbodycount.net/contacts.htm.

ISW – Institut für sozial-ökologische Wirtschaftsforschung München e.V (Hg.): Der Irakkrieg und die Folgen – Die deutsche Mittäterschaft am völkerrechtswidrigen Angriffskrieg gegen den Irak. München: ISW 2003.

Jäggi, Martin: Die Globalisierung des Rechts – Im Krieg verlottern die Sitten. In: Unsere Welt 2003. http://www.lebenshaus-alb.de/mt/archives/001778.html.

Jakoby, Roya (1997): Men in Black nehmen den Alien-Mythos auf die Schaufel. Allein unter Aliens. In: Telepolis, 6.10.1997. http://www.heise.de/tp/deutsch/inhalt/kino/3112/1.html.

Jakoby, Roya (1998): Godzilla 98 ist tot! Lang lebe Godzilla! Plädoyer für ein unamerikanisches Monster. In: Telepolis, 30.7.1998. http://www.heise.de/tp/deutsch/inhalt/kino/3258/1.html.

Jänicke, Ekkehard/*Rötzer*, Florian: US-Bürger und Alliierte sollen auch mit Gewalt vor dem Zugriff des Internationalen Gerichtshofs geschützt werden. Telepolis, 12. Juni 2003. http://www.telepolis.de/deutsch/inhalt/co/12716/1.html.

Jertz, Walter/*Bockstette*, Carsten: Militärpolitische Perzeptionen und die Zukunftsperspektiven

des strategischen Informationsmanagements. In: Büttner/Gottberg/Metze-Mangold (Hg.): Der Krieg in den Medien. Frankfurt-New York 2004, 51-72.
Jessen, Jens: Hollywoods Troja. In: Die Zeit (Feuilleton) Nr. 21/13.5.2004, 63.
Jugendschutzgesetz (JuSchG) in der Fassung vom 23. Juli 2002. http://www.bundespruefstelle.de/Texte/m4_Aa_txt.htm .
Junkelmann, Marcus: Hollywoods Traum von Rom – »Gladiator« und die Tradition des Monumentalfilms = Kulturgeschichte der Antiken Welt Band 94. Mainz: von Zabern 2004.
Kagan, Robert: Mission Ewiger Frieden. Die Europäer sind schwach. Deshalb können sie Amerikas Macht nicht begreifen. In: Die Zeit Nr. 29/11.7.2002, 9.
Kalnoky, Boris: Falludscha ist frei, aber zerstört. In: Die Welt, 15.11.2004. http://www.welt.de/data/2004/11/16/360947.html .
Kamalzadeh, Dominik/*Pekler*, Michael: Universal Soldier. In: Jungle World, 10.4.2002. http://www.nadir.org/nadir/periodika/jungle_world/_2002/16/24a.htm .
Kammerer, Dietmar: Dramatische Algorithmen. Hollywood und das Pentagon arbeiten eng zusammen, nicht nur ideologisch, sondern vor allem auf technischem Gebiet. Simulation ist alles. In: Die Tageszeitung (TAZmagazin), 11./12.1.2003, 3.
Kant, Immanuel: Zum ewigen Frieden. Ein philosophischer Entwurf (1795). http://www.uni-kassel.de/fb10/frieden/themen/Theorie/kant.html .
Karpf, Ernst: Kriegsmythos und Gesellschaftskritik. Zu Coppolas Apokalypse Now. In: Evangelische Akademie Arnoldshain/Gemeinschaftswerk der Evangelischen Publizistik (Hg.): Kino und Krieg – Von der Faszination eines tödlichen Genres. Frankfurt am Main 1989, 106-112.
Kay, Joseph: Hollywoods ideologischer Krieg. Zwei Filme: Kollateralschaden und We Were Soldiers. 5.4.2002. http://www.wsws.org/de/2002/apr2002/film-a05_prn.html .
Keller, Harald: Lassies Hörsturz. Doku über das Zusammenspiel von Streitkräften und Hollywood – »Operation Hollywood: Der inszenierte Krieg«. In: Frankfurter Rundschau, 29.10.2004.
Kersten, Heinz: Ideologiefabrik Hollywood. In: Ossietzky Nr. 1/2003. http://www.sopos.org/aufsaetze/3e2d824299dcb/1.phtml .
Kilb, Andreas: Der Soldat James Ryan. http://de. movies.yahoo.com/fa/1/089/.html.
Killerspiele: Warum Gewalt Nebensache ist (2003). http://www.chip.de/artikel/c_artikelunterseite_88166/6.html .
King, Martin Luther (1967): Das Gewissen und der Vietnamkrieg. http://www.lebenshaus-alb.de/mt/archives/001719.html .
Kinotrailer der US-Regierung? Hollywood bietet Kriegsunterstützung an (9.11.2001). http://www.film.de/news/html/1866.shtml
Klarmann, Michael: Umbau der Erinnerungspolitik – Der ehemalige Leiter der Ausstellung »Vernichtungskrieg. Verbrechen der Wehrmacht«, Hannes Heer, zur geschichtspolitischen Wende. In: Telepolis, 25.11.2004. http://www.heise.de/tp/r4/artikel/18/18888/1.html .
Klawitter, Nils: Propaganda – Mediale Mobilmachung. In: Der Spiegel, 27.1.2003. http://www.spiegel.de/spiegel/0,1518,232392,00.html .
Klein, Naomi: John Kerry und der Marlboro-Mann. In: der Standard, 28.11.2004. http://derstandard.at/?id=1873713 .
Klimaschwankungen gefährlicher als Terroristen – Yodas apokalyptische Visionen. (Quelle: Bund der Energieverbraucher). In: Lebenshaus-Website, 24.2.2004. http://www.lebenshaus-alb.de/mt/archives/002132.html .
Klose, Fabian: Das Massaker von My Lai. In: Zeitschrift der Historiker und Politologen der Uni München Nr. 8/1999. http://www.sqr.de/hp/HTML/HP8/MyLai.html .

Klüber, Franz: Katholiken und Atomwaffen. Die katholische Kriegsethik und ihre Verfälschung durch die Deutsche Bischofskonferenz. Köln 1984.

Knauer, Sebastian: Gesetzesänderung – Chemiewaffen für die Bundeswehr? In: Spiegel Online, 31.7.2004. http://www.spiegel.de/politik/deutschland/0,1518,311197,00.html .

Kohler, Michael (2002): Diese Kriege sind eben einfach so da. Über Randall Wallaces Film »Wir waren Helden« und Hollywoods neue Militärdoktrin. http://www.berlinonline.de/aktuelles/berliner_Zeitung/feuilleton/.html/156/3.8.html .

Köhler, Otto: Militär auf der Buchmesse – Die Bundeswehr veranstaltet in Leipzig Strategiespiele für angehende Feldherren. In: junge Welt, 20.3.2003. http://www.jungewelt. de/2003/03-20/010.php .

Koppold, Rupert: Die Hölle ist grün. Hollywood und Vietnam. In: Evangelische Akademie Arnoldshain/Gemeinschaftswerk der Evangelischen Publizistik (Hg.): Kino und Krieg – Von der Faszination eines tödlichen Genres. Frankfurt am Main 1989, 47-55.

Köster, Jürgen: Angela Davis – Wer braucht noch Gefängnisse? (Rezension). In: Marxistische Blätter Nr. 6/2003, 106f.

Kothenschulte, Daniel: »Ich denke nie an das Publikum. Ich denke an mich.« Ein Gespräch mit Robert Altman über Anpassungsfähigkeit, das Unverständnis der besten Freunde und das Verhältnis von Kunst und Langeweile. In: Frankfurter Rundschau, 13.6.2002, 21.

Kozlowski, Timo: Pinochet gegen al-Qaida. Hollywood als Orakel? Drei Jahre vor dem WTC-Anschlag spielten Bruce Willis und Denzel Washington dessen Folgen durch. In: Telepolis, 20.10.2002. http://www.heise.de/tp/deutsch/inhalt/kino/13357/1.html .

Krass, Stefan (2002): Militainment oder: Wie man »Krieg« übersetzt. http://www.igmedien. de/publikationen/kunst+kultur/2002/05/00.html .

Krause, Peter/*Schwelling*, Birgit: »Filme als Orte kollektiver Erinnerung« – Aspekte der Auseinandersetzung mit der Erfahrung des Vietnamkriegs in Apokalypse Now. In: Strübel, Michael (Hg.): Film und Krieg. Die Inszenierung von Politik zwischen Apologetik und Apokalypse. Opladen 2002, 93-108.

Krempl, Stefan (2003): Die zweite Supermacht? Krieg und Internet (Teil I) – Propaganda, Infowar, Medien, Mailinglisten und Weblogs. In: Telepolis 21.12.2003. http://www.heise. de/tp/deutsch/special/med/16349/1.html .

Krempl, Stefan (2004a): He's Wounded – Hit Him! Medien und globale Konflikte – Gefangen zwischen Militainment, interkulturellen Störfällen, Propaganda, Selbstzensur und -beweihräucherung In: Telepolis, 23.2.2004. http://www.heise.de/tp/deutsch/special/med/16809/1. html .

Krempl, Stefan (2004b): Krieg und Internet: Ausweg aus der Propaganda? Hannover: Verlag Heinz Heise 2004.

Kreye, Andrian (2001): Sonderkommando Volksmoral. Hollywood produziert seit den 50er Jahren Propaganda für das Pentagon. http://www.users.rcn.com/akreye/HwdPentagon.html

Kreye, Andrian (2002): Helden wie wir. Ein Interview mit dem Regisseur und Drehbuchautor Randall Wallace. http://www.users.ren.com/akreye/wallace.html .

Kreye, Andrian (2003): Gottes treue Krieger. Der Irak-Krieg ist nicht vorbei – Jetzt kämpfen die Missionare. In: Süddeutsche Zeitung, 2.5.2003. http://www.sueddeutsche.de/aktuell/sz/getArticleSZ.php?artikel=artikel3789.php .

Krysmanski, Hans Jürgen: Eine verschworene Gesellschaft? Geheimbünde und Paranoia in Amerika. In: Marxistische Blätter Nr. 6/2003, 73-80.

Kubert, Joe: Superhelden zeichnen leicht gemacht (Originalausgabe USA 1999). Köln: Benedikt Taschen Verlag 2001.

Kühn, Heike: Die unbefleckte Empfängnis – Zu den Filmen des »Aliens«-Zyklus. In: Frölich,

Margrit/Middel, Reinhard/Visarius, Karsten (Hg.): Nach dem Ende – Auflösung und Untergänge im Kino an der Jahrtausendwende. Marburg 2001, 71-86.
Kullmann, Kerstin: Lehrer lernen Krieg. In: Die Zeit (Leben) Nr. 11/2002. http:www.zeit.de/2002/11/Leben/print_200211_titel_marines.html .
Küng, Hans: Weltpolitik und Weltethos. Zum neuen Paradigma internationaler Beziehungen – Rede auf dem 9. Bundeskongress für Politische Bildung (März 2003). http://www.bpb.de/veranstaltungen/BHY0Y8,0,0,Weltpolitik_und_Weltethos.html .
Kuzina, Matthias (2000): Der amerikanische Gerichtsfilm. Justiz, Ideologie, Dramatik. Göttingen: Vandenhoeck und Ruprecht 2000.
Kuzina, Matthias (2005): Erzählmuster und kulturelle Symbolik im US-Kriegsgerichtsfilm. In: Machura, Stefan/Voigt, Rüdiger (Hg.): Krieg im Film. Münster: Lit-Verlag 2005, 185-236.
Lampe, Gerhard: Medienfiktionen beim NATO-Einsatz im Kosovo-Krieg 1999. In: Strübel, Michael (Hg.): Film und Krieg. Die Inszenierung von Politik zwischen Apologetik und Apokalypse. Opladen 2002, 127-134.
Lapide, Ruth: Sieben Fragen an Mel Gibson. In: Publik-Forum Nr. 7/9.4.2004, 50f.
Largio, Devon M.: Uncovering the Rationales for the War on Iraq. The Words of the Bush Administration, Congress, and the Media from September 12, 2001 to October 11, 2002. Thesis for the Degree of Bachelor of Arts in Political Science. Illinois 2004. http://www.pol.uiuc.edu/news/largio.htm .
Lechler, Marius: Netzreportage – Hollywood und Wahlkampf: There's no business like showbusiness. (7.11.2000). http://www.e-politik.de/beitrag.cfm?Beitrag_ID=802 .
Leggewie, Claus: Der verblassende Mythos der Meritokratie. Dynastische Schließungen: Superreichtum als Gefahr für die Demokratie am Beispiel der USA. In: Frankfurter Rundschau, 3.6.2003.
Lehmann, Ingrid: Kommunikationsstrategien für die Vereinten Nationen. In: Büttner/Gottberg/Metze-Mangold (Hg.): Der Krieg in den Medien. Frankfurt-New York 2004, 165-174.
Leidinger, Christiane: Medien – Herrschaft – Globalisierung. Folgenabschätzung zu Medieninhalten im Zuge transnationaler Konzentrationsprozesse. Münster: Verlag Westfälisches Dampfboot 2003.
Lenzen, Dieter: Tod im Krieg, Tod in den Medien. Eine Aufgabe für den Jugendschutz und die Pädagogik. In: tv-diskurs – Verantwortung in audiovisuellen Medien (Themenheft »Im Kriegsfall – Das komplizierte Verhältnis von Medien, Politik und Jugendschutz«) Nr. 26/Oktober 2003, 50-57.
Levin, Thomas Y.: Die Rhetorik der Überwachung – Angst vor Beobachtung in den zeitgenössischen Medien. http://www.nachdemfilm.de/no3/lev01dts.html .
Lexikon des Internationalen Films. (Herausgegeben vom Katholischen Institut für Medieninformation/KIM und der Katholischen Filmkommission für Deutschland.) Frankfurt am Main: Zweitausendeins 2002. (Internet-Präsenz: www.FILMEvonA-Z.de .)
Lifton, Robert J.: Das Ende der Welt. Über das Selbst, den Tod und die Unsterblichkeit. Stuttgart: Klett-Cotta 1994.
Lindenthal, Franz: Attentat auf den gesunden Menschenverstand. In: Geheim 17 (2002), 3:25.
Linder, Doug: An Intruduction to the My Lai Courts-Martial. (ohne Jahresangabe). http://www.law.umke.edu/faculty/projects/ftrials/mylai/Myl_inro.html .
Loquai, Heinz (2003): Medien als Weichensteller zum Krieg. http://www.uni-kassel.de/fb10/frieden/rat/2003/loquai.html .
Lösche, Peter/*Loeffelholz*, Hans Dietrich von (Hg.), unter Mitarbeit von Anja Ostermann: Länderbericht USA – Geschichte, Politik, Wirtschaft, Gesellschaft, Kultur = Schriftenreihe Bd.

401. Bonn: Bundeszentrale für politische Bildung 2004. [berücksichtigt wurden die Beiträge von Willi Paul Adams, Jürgen Heideking, Jörg Nagler, Donald H. Avery und Irmgard Steinisch, Klaus Schwabe, Detlef Junker, Manfred Berg, Knud Krakau, Hans Vorländer, Hans J. Kleinsteuber, Gebhard Schweigler, Axel Murswieck, Winfried Fluck.]

Lüthge, Katja: Zeitweilig meistgesucht. »The Weather Underground« ist ein Filmporträt radikaler Politaktivisten. In: Berliner Zeitung, 6.11.2003. http://www.berlinonline.de/berlinerzeitung/archiv/.bin/dump.fcgi/2003/1106/feuilleton/0038/ .

Lutz, Dieter S.: »Positiver Frieden« als Verfassungsauftrag. In: Friedensanalysen für Theorie und Praxis 6. Frankfurt: Suhrkamp 1977, 178-199.

Machura, Stefan (2005): Patton – Ein biographischer Kriegsfilm und der Mythos des amerikanischen Soldaten. In: Machura, Stefan/Voigt, Rüdiger (Hg.): Krieg im Film. Münster: Lit-Verlag 2005, 155-184.

Machura, Stefan/*Asimov*, Michael: Das Ansehen von Anwälten bei Jurastudenten – Einflüsse von sozialem Hintergrund, Anwaltsfilmen und TV-Anwaltsserien. In: Zeitschrift für Rechtssoziologie. Bd. 25/H1 Juli 2004, 3-33.

Machura, Stefan/*Ulbrich*, Stefan (Hg.): Recht im Film (Schriften zur Rechtspolitologie, Bd. 13). Baden-Baden: Nomos Verlagsgesellschaft 2002.

Mahr, Joe: Die Tour des Schreckens. Rechercheure des Blade in Toledo, Ohio, deckten die Gräueltaten einer US-Eliteeinheit im Vietnam-Krieg auf. In: message – Internationale Fachzeitschrift für Journalismus 3. Quartal 2004, 54-57.

Marek, Michael (2000): Schlacht der Lügen. Medientagebuch. In: Freitag, 21.4.2000. http://www.freitag.de/2000/17/00171402.htm .

Marek, Michael (2002): Ich schau dir in die Augen! Casablanca, Pearl Harbor und das Anti-Nazi-Kino. – Feature von Michael Marek. Produktion des SWR 2002 (gesendet am 11.1.2005 in: WDR 3 – Diskurs).

Marsiske, Hans-Arthur (1999): Die emotionale Leere einer Kampfmaschine – »Star Force Soldier« – ein verkanntes Meisterwerk. In: Telepolis, 23.6.1999. http://www.heise.de/tp/deutsch/inhalt/kino/2971/1.html .

Marsiske, Hans-Arthur (2004): Das blutige Vordringen des Kapitalismus. Kevin Costners großartiger Western »Open Range« setzt sich mit der Geschichte der USA auseinander. In: Telepolis, 28.01.2004. http://www.heise.de/tp/deutsch/inhalt/kino/16589/1.html .

Martig, Charles: Viel Vergnügen beim Weltuntergang – Filmästhetik zwischen Spektakel und Vision. In: Frölich, Margrit/Middel, Reinhard/Visarius, Karsten (Hg.): Nach dem Ende – Auflösung und Untergänge im Kino an der Jahrtausendwende. Marburg 2001, 49-69.

Mehring, Frank: Propaganda für die Demokratie – Die Filme des Marshall-Plans. Deutschlandfunk, Radio-Sendung am 8.2.2005, 19.15 Uhr.

Mehrtens, Herbert: Die filmische Konstruktion der kampfbereiten Nation: »Deep Impact«. In: Chiari, Bernhard/Rogg, Matthias/Schmidt, Wolfgang (Hg.): Krieg und Militär im Film des 20. Jahrhunderts. München 2003, 179-198.

Meiksins Wood, Ellen: Unbegrenzter Krieg – Die neue Ideologie des Krieges aus historischer Sicht. In: Sozialistische Hefte für Theorie und Praxis Nr. 3/ Februar 2003, 3-10.

Mekay, Emad: Rumsfeld soll abrechnen – US-Senatoren fordern von Verteidigungsminister Auskunft über Verbleib verschwundener Milliarden im Irak. In: junge Welt, 24.8.2004.

Mellenthin, Knut: Nicht nur im Irak – Misshandlungen und Folter von Gefangenen sind auch in US-Gefängnissen und anderen Ländern gängige Praxis. In: junge Welt, 11.5.2004. http://www.jungewelt.de/2004/05-11/003.php

Merschmann, Helmut: Final Fantasies. Filmindustrie und Spielebranche wollen künftig vermehrt zusammen arbeiten – aber wachsen die beiden Medien deshalb auch schon zusam-

men? In: Telepolis, 5.10.2004. http://www.heise.de/tp/deutsch/special/game/18439/1.html.
Metze-Mangold, Verena: Entstehung globaler Medienstrukturen und internationaler Kommunikationspolitik. In: Büttner/Gottberg/Metze-Mangold (Hg.): Der Krieg in den Medien. Frankfurt-New York 2004, 145-164.
Meyer, Cordula: Deutsche Entwicklungshilfe – Eisenbahn durch die Hölle (Sudan). In: Spiegel-Online, 30.10.2004.
Midding, Gerhard (2000): Mordlust und Demokratie. Roland Emmerich inszeniert in »Der Patriot« den amerikanischen Unabhängigkeitskrieg. In: Freitag, 4.8.2000. www.freitag.de/2000/32/00321401.htm.
Midding, Gerhard (2003): Schreckgespenster. McCarthy im Nacken: Angesichts der Kampagnen gegen Kriegsgegner hüllt sich das linke Hollywood mittlerweile in Schweigen. In: Frankfurter Rundschau Online, 16.8.2003. http://www.frankfurter-rundschau.de/ressorts/kultur_und_medien/feu.../?ent=271066&sid=5b4cf2aebd2be1b5a1aea3e1fa18d3f.
Mikat, Claudia: Krieg, Action und die Jugendlichen aus Sicht der Filmprüfung. In: tv-diskurs – Verantwortung in audiovisuellen Medien (Themenheft »Im Kriegsfall – Das komplizierte Verhältnis von Medien, Politik und Jugendschutz«) Nr. 26/Oktober 2003, 44-49.
Mikos, Lothar: Helden zwischen Kampfgetümmel und Selbstzweifel. Ästhetik der Gewaltdarstellung in Kriegsfilmen. In: tv-diskurs – Verantwortung in audiovisuellen Medien (Themenheft »Im Kriegsfall – Das komplizierte Verhältnis von Medien, Politik und Jugendschutz«) Nr. 26/Oktober 2003, 28-35.
Misik, Robert: Neuer Krieger-Kult. In: Die Tageszeitung (taz), 19./29.7.2003, 15.
Mitscherlich, Alexander: Über Feindseligkeit und hergestellte Dummheit. In: Hildebrandt, Dieter/Unseld, Siegfried (Hg.): Deutsches Mosaik – Ein Lesebuch für Zeitgenossen. Frankfurt: Suhrkamp 1972, 391-404.
Monaco, James: Film verstehen – Kunst, Technik, Sprache, Geschichte und Theorie des Films. Reinbek bei Hamburg: Rowohlt Taschenbuch 1980.
Moore, Michael: Stupid white men. Eine Abrechnung mit dem Amerika unter George W. Bush. Müchen-Zürich: Piper 2002.
Morelli, Anne: Die Prinzipien der Kriegspropaganda. Springe: Klampen Verlag 2004.
Morgenstern, George: Pearl Harbor 1941 – Eine amerikanische Katastrophe. München: Herbig 1998.
Morris, Craig (2003): Der Film zum Theater – Eine Rezension des Dokumentarfilms »Uncovered: The Whole Truth about the Iraq War«. In: Telepolis, 28.11.2003. http://www.heise.de/tp/deutsch/inhalt/co/16179/1.html.
Morris, Craig (2004): Tweaking the vote – Darf man überhaupt fragen, wie fair die Wahlen in den USA waren? In: Telepolis, 7.11.2004. http://www.heise.de/tp/deutsch/inhalt/mein/18755/1.html.
Müller, Harald (2002): Zwischen Information, Inszenierung und Zensur. Zum Verhältnis von Demokratie, Krieg und Medien. HSFK-Standpunkte. Beiträge zum demokratischen Frieden 4, 1-8.
Müller, Harald (2003): Demokratie, Krieg und die Medien. In: tv-diskurs – Verantwortung in audiovisuellen Medien (Themenheft »Im Kriegsfall – Das komplizierte Verhältnis von Medien, Politik und Jugendschutz«) Nr. 26/Oktober 2003, 22-27.
Müller, Karl (2002): Krieg ist kein Schicksal. In: Zeit-Fragen Nr. 13/25.3.2002. http://www.zeit-fragen.ch/ARCHIV/ZF_90c/T09.HTM.
Müller-Fahrenholz, Geiko (2003a): Gott segne Amerika. In: Publik-Forum Nr. 12/27.6.2003, 51-55.
Müller-Fahrenholz, Geiko (2003b): In göttlicher Mission. Politik im Namen des Herrn – War-

um George W. Bush die Welt erlösen will. München: Knaur Taschenbuch 2003.
Nassauer, Otfried: Afrika – Objekt der Begierde. In: Lebenshaus-Website, 23.10.2004. http://www.lebenshaus-alb.de/mt/archives/002579.html .
Negt, Oskar: Trabanten des Kapitals – Angstrohstoff – der jüngste Angriff auf die Lebenszeit. In: Freitag, 14.5.2004. http://www.lebenshaus-alb.de/mt/archives/002301.html .
Nein zu diesem EU-Verfassungsvertrag! Abschlusserklärung des 3. Friedenspolitischen Ratschlags von Hannover, 4.9.2004. http://www.imi-online.de/2004.php3?id=1031 .
Neuber, Arno (2003): Militärmacht Europa – Die EU auf dem Weg zur globalen Interventionsmacht. München: Institut für sozial-ökologische Wirtschaftsforschung e.V. 2003.
Neuber, Harald (2004): Heimliche Aufrüstung in Berlin. In: Telepolis, 17.6.2004. http://www.heise.de/tp/deutsch/inhalt/co/17690/1.html .
Neuhaus, Dietrich: Nach dem Ende – der Anfang. Eine theologische Betrachtung. In: Frölich, Margrit/Middel, Reinhard/Visarius, Karsten (Hg.): Nach dem Ende – Auflösung und Untergänge im Kino an der Jahrtausendwende. Marburg 2001, 39-48.
Nicodemus, Katja: Hutu, Buto oder Bantu? Der amerikanische Kriegsfilm wagt sich über die Gaga-Grenze: Antoine Fuquas »Tränen der Sonne«. In: Die Zeit (Feuilleton) Nr. 35/21.8.2003.
Niebel, Ingo (2000): Jack Ryan versus James Bond. In: Geheim 15 (2000), 1:25.
Niebel, Ingo (2004): Bad Boy Bruckheimer – Hollywood zeigt, dass eine Invasion auf Kuba ein Spaziergang ist. In: Geheim 18 (2004), 4:16.
Noack, Frank: Wie erkenne ich den Feind? Die unterschiedliche Behandlung von Japanern und Deutschen im Hollywoodfilm des Zweiten Weltkriegs – und was sie über Film-Propaganda generell aussagt. In: Film-Forum Nr. 29/August-September 2001. http://www.filmzeitschrift.de/film/f-004/f-004.html .
Nord, Christina: »Ich habe oft die Haut gewechselt.« Elia Kazan war Kommunist und wurde Antikommunist. Vor dem »Ausschuss für unamerikanische Umtriebe« schwärzte er Kollegen an. In: Die Tageszeitung (taz), 30.9.2003.
Norfolk, Lawrence: Lemprière's Wörterbuch (Roman, aus dem Englischen von H. Haefs). München: Goldmann TB 1992.
Norris, Michael: Smithsonian program examines military role in making films. 25.4.2003. http://www.dcmilitary.com/army/pentagram/ 8_16/entertainment/22832-1.html .
Nowak, Peter: Kunst im Zeitalter intelligenter Waffen. Gespräch mit dem Filmemacher Harun Farocki über intelligente Waffen. In: Telepolis, 30.12.2001. http://www.heise.de/tp/deutsch/inhalt/kino/11394/1.html .
Obert, Mark: George Clooney über Propaganda, Patriotismus und Mafia-Methoden im Weißen Haus (Interview). In: Frankfurter Rundschau (Magazin), 15.2.2003.
Oehmann, Richard (2004a): Der letzte Indianerversteher – »Last Samurai« – Gegenentwurf zur quietschfidelen Ausrottungs-Folklore. In: Telepolis, 8.1.2004. http://www.heise.de/tp/deutsch/inhalt/kino/16470/1.html .
Oehmann, Richard (2004b): Ignore the politics. Petersens Monumentalfilm »Troja« erstickt jeden aktuellen Bezug im Keim und verzichtet auf alle Experimente. In: Telepolis, 13.5.2004. http://www.heise.de/tp/deutsch/inhalt/kino/17416/1.html .
Ondaatje, Michael: Zurück ins Herz der Finsternis. Der Schriftsteller Michael Ondaatje im Gespräch mit Cutter Walter Murch über die Neufassung von »Apokalypse Now«. In: Die Zeit (Feuilleton), Nr. 43/18.10.2001, 47.
Ostermann, Dietmar (2003a): Patriotische Pennäler. Das Schulmodell Kasernenhof liegt im US-Bildungswesen im Trend – als Kampfeinsatz an der Heimatfront. In: Frankfurter Rundschau, 7.7.2003.

Ostermann, Dietmar (2003b): USA – Auf der Jagd nach Terroristen knöpft sich das FBI Pazifisten vor. In: Frankfurter Rundschau, 25.11.2003. http://www.fr-aktuell.de/ressorts/nachrichten_und_politik/international/?cnt=345598&sid=24c3bfe30676cbe8a685edf0d47e493f .

Palm, Goedart (2001a): Krieg ist die Fortsetzung der Blockbuster mit besseren Mitteln. Stimmungskanonen, Siegesschallplatten und andere Kata-Strophen für die amerikanische »Sondereinsatzgruppe Kunst und Unterhaltung«. In: Telepolis, 22.10.2001. http://www.heise.de/tp/deutsch/inhalt/kino/9884/1.html .

Palm, Goedart (2001b): Zur Aufrüstung der Wahrheit. Die Bush-Regierung installiert die Werbefachfrau Charlotte Beers als neuen spin-doctor. In: Telepolis, 12.11.2001. www.heise.de/tp/deutsch/special/auf/11099/1.html .

Palm, Goedart (2001c): The Spirit of America. Hollywood feiert die amerikanische Seele mit einem Drei-Minuten-Filmauflauf zum Sofortverzehr. In: Telepolis, 20.12.2001. http://www.heise.de/tp/deutsch/inhalt/kino/11399/1.html .

Palm, Goedart (2003): Zur Vietnamisierung des Globus. Bush und die List der Geschichte. In: Telepolis, 24.11.2003. http://www.heise.de/tp/deutsch/special/irak/16154/1.html .

Pany, Thomas (2004a): »Lass uns Sex haben!« Die Nerven liegen blank: Übergriffe auf Reuters-Journalisten im Irak durch US-Militärs, In: Telepolis, 13.1.2004. http://www.heise.de/tp/deutsch/special/irak/16516/1.html .

Pany, Thomas (2004b): Bibeln für Bagdad. Falludscha: Das Wirken des Christengottes im Pulverdampf der Schlacht. In: Telepolis, 19.12.2004. http://www.heise.de/tp/r4/artikel/19/19052/1.html .

Pany, Thomas (2005): Vietnam On Speed. History in the Making, Teil 1: US-Soldaten im Irakkrieg als Filmhelden / Jackass goes to War. History in the Making, Teil 2: Wahre Geschichten von US-Soldaten im Irakkrieg. In: Telepolis, 12.2.2005 und 9.3.2005. http://www.telepolis.de/tp/r4/artikel/19/19422/1.html und http://www.heise.de/tp/r4/artikel/19/19624/1.html.

Patriotismus und Profit. Wie Hollywood und das Pentagon im Gleichschritt marschieren. In: Kulturzeit vom 15.3.2002. http://www.3sat.de/kulturzeit/themen/30649/ .

Paul, Gerhard (2003): Krieg und Film im 20. Jahrhundert. Historische Skizze und methodologische Überlegungen. In: Chiari, Bernhard/Rogg, Matthias/Schmidt, Wolfgang (Hg.): Krieg und Militär im Film des 20. Jahrhunderts. München: 2003, 3-76.

Paul, Gerhard (2004): Bilder des Krieges – Krieg der Bilder. Die Visualisierung des modernen Krieges. Paderborn: Ferdinand Schöningh und München: Wilhelm Fink 2004.

Payer, Margarete (2001): Internationale Kommunikationskulturen. 13. Kulturelle Faktoren: »Aberglauben« und Religion. 3. Zum Beispiel: Religion in den USA. 1. Teil 1: Der »religiöse Supermarkt« USA (Fassung vom 14.7.2001). http://www.payer.de/kommkulturen/kultur1331.htm.

Payer, Margarete (2002): Internationale Kommunikationskulturen. 13. Kulturelle Faktoren: »Aberglauben« und Religion. 3. Zum Beispiel: Religion in den USA (Fassung vom 15.3.2002). http://www.payer.de/kommkulturen/kultur133.htm .

Pehrke, Jan: Wallraffs unerwünschte Recherchen – Chemie-Waffen: tödliche Tradition bei Bayer. In: CGB (Hg.): Stichwort BAYER, 2/2003.

Pentagon provides for Hollywood. 29.5.2001. http://www.usatoday.com/life/movies/ 2001-05-17-pentagon-helps-hollywood.htm .

Peters, Freia: Unternehmen Knast. In den USA werden viele Gefängnisse von Privatfirmen betrieben. In: Berliner Zeitung, 10.7.2003. http://www.berlinonline.de/berliner-zeitung/archiv/.bin/dump.fcgi/2003/0710/blickpunkt/0001/ .

Pietsch, Johannes: The Core. 3.4.2003. http://www.br-online.de/kultur-szene/film/kino/0308/00133/index.shtml .

Pilger, John (2001): Blair – Imperialistischer Krieg als edle Sache. In: Marxistische Blätter Nr. 6/2001, 66-68.
Pilger, John (2003a): Mafia-Diplomatie. (Erstveröffentlichung in: Freitag, 27.9.2002). In: Marxistische Blätter Nr.1/2003, 32.
Pilger, John (2003b): Bushs Vietnam. In: New Statesman/ZNet, 22.6.2003. http://www.lebenshaus-alb.de/mt/archives/001955.html.
Pilger, John (2004a): Der wichtigste Terrorismus ist »Unserer«. In: New Statesman/ZNet, 16.9.2004. http://www.lebenshaus-alb.de/mt/archives/002543.html .
Pilger, John (2004b): Die Schuld der Medien bezüglich Irak. In: ZNet, 11.10.2004. http://www.zmag.de/artikel.php?print=true&id=1245 .
Pitzke, Marc (2003a): US-Medien. Das große Fressen. In: Spiegel Online, 28.5.2003. http://www.spiegel.de/wirtschaft/0,1518,250607,00.html .
Pitzke, Marc (2003b): Kriegsberichterstattung in den USA – »Das ist, als wenn Kühe wiederkäuen.«. In: Spiegel Online, 4.7.2003. http://www.spiegel.de/kultur/gesellschaft/0,1518,255765,00.html .
Pitzke, Marc (2003c): US-Bürgerrechte – Senioren in Handschellen. Die US-Bundespolizei FBI nimmt Kriegsgegner und Bush-Kritiker als potenzielle Terroristen ins Visier. In: Spiegel Online, 28.11.2003 http://www.spiegel.de/politik/ausland/0,1518,275894,00.html .
Pitzke, Marc (2004a): US-Folterskandal. Neue Vorwürfe vom Muckraker. In: Spiegel Online, 10.5.2004. http://www.spiegel.de/politik/ausland/0,1518,299158,00.html .
Pitzke, Marc (2004b): US-Wahlpannen – Bush und Kerry bringen Juristen-Truppen in Stellung. In: Spiegel Online, 27.8.2004. http://www.spiegel.de/politik/ausland/0,1518,315527,00.html .
Ploppa, Hermann: Herrenmenschenklub. In: junge Welt, 18.5.2004. http://www.uni-kassel.de/fb10/frieden/regionen/USA/ploppa2.html .
Plotzki, Johannes: Antiterrorkrieg im Hinterhof. Die US-Militärpolitik in Lateinamerika nach dem 11. September 2001. In: Ausdruck – Das IMI-Magazin. Dezember 2004, 11-13.
Pröbsting, Michael: Auch Kerry mauert mit – USA: Schulterschluss von Bush und Gegenkandidaten in der Unterstützung für Israels Besatzungspolitik. In: junge Welt, 13.7.2004.
Prokop, Dieter: Der Medien-Kapitalismus – Das Lexikon der neuen kritischen Medienforschung. Zweite aktualisierte Auflage. Hamburg: VSA 2002.
Propaganda funktioniert. In: Freace, 21.8.2004. http://www.freace.de/artikel/200408/210804b.html .
Prose, Francine (2003a): Die Medien im Krieg. In: Die Zeit Nr. 13/20.3.2003, 35f.
Prose, Francine (2003b): Die Schule der Angst – Überwachung und Paranoia prägen den Alltag in New York. Bericht aus einer Stadt im dauernden Alarmzustand. In: Die Zeit Nr. 32/31.7.2003, 31.
Rapp, Tobias: So weit sind wir nun hier gekommen – Hilft die Literatur weiter, wenn die Propaganda versagt? Das US-amerikanische Außenministerium hat den Versuch unternommen und den Band »Writers On America – 15 Reflections« finanziert. In: Die Tageszeitung (taz), 13.1.2003, 16.
Rauben, Ronda: Beendet die Besatzung des Irak und Manhattans. Betrachtungen zu den Demonstrationen in New York am 29. August. In: Telepolis, 1.9.2004. http://www.heise.de/tp/deutsch/inhalt/co/18248/1.html .
Rauhut, Franz: Filme gegen Krieg. Herausgegeben von der Landarbeitsgemeinschaft für Jugendfilmarbeit und Medienerziehung in Bayern e.V. Würzburg 1977.
Rebenich, Stefan: Neurotische Riesen – Peter Benders aufregender Versuch, die imperiale Politik

der Vereinigten Staaten mit der des Römischen Reiches zu vergleichen. In: Die Zeit (Literatur), 31.7.2003, 37.

Reichel, Peter (2003): Vergangenheitsbewältigung in Deutschland. Bonn: Lizenzausgabe für die Bundeszentrale für politische Bildung 2003.

Reichel, Peter (2004): Erfundene Erinnerung – Weltkrieg und Judenmord in Film und Theater. München-Wien: Carl Hanser 2004.

Reimann, Anna: Abu Ghureib. US-Regierung soll Mitarbeiter mit Foltererfahrung geschickt haben. In: Spiegel Online, 2.9.2004.

Reinecke, Stefan: Hollywood goes Vietnam. Der Vietnamkrieg im US-amerikanischen Film. Mit einem Nachwort von Georg Seeßlen. Marburg: Hitzeroth 1993.

Remler, Alexander (1998a): Zwischen Hoffnung und Hasenzähmen. Die Asian-Americans in Hollywood. In: Telepolis, 10.8.1998. http://www.heise.de/tp/deutsch/inhalt/kino/2416/1.html .

Remler, Alexander (1998b): Larry King und der Weltuntergang. Journalisten in Hollywood: Eine Geschichte über Helden und Anti-Helden im Film. In: Telepolis, 28.11.1998. http://www.heise.de/tp/deutsch/inhalt/kino/2545/1.html .

Richter, Horst-Eberhard (2001): Der Gotteskomplex. Die Geburt und die Krise des Glaubens an die Allmacht des Menschen. München: Econ-Taschenbuch 2001.

Richter, Horst-Eberhard (2002): Das Ende der Egomanie – Die Krise des westlichen Bewusstseins. Köln: Kiepenheuer & Witsch 2002.

Richter, Horst-Eberhard (2004): Niederlage des Intellekts. Gläubigkeit wie im Mittelalter – Die neuen Kriege im Irak, in Afghanistan oder anderswo sind vom Aufstieg und den furchtbaren Chancen der Naturwissenschaften nicht zu trennen. In: Freitag Nr. 31/23.7.2004. http://www.lebenshaus-alb.de/mt/archives/002426.html .

Richter, Horst-Eberhard (2005): Feindbild Islamismus. Das Böse als Vorwand zur Militarisierung der Politik. Vortrag auf der alternativen Friedenskonferenz am 11. Februar 2005 im Saal des Alten Rathauses München. In: AGF-Website, 13.2.2005. http://www.uni-kassel.de/fb5/frieden/themen/Sicherheitskonferenz/2005-richter.html .

Robb, David L.: Operation Hollywood. How the Pentagon Shapes and Censors the Movies [mit einem Vorwort von Jonathan Turley]. New York: Prometheus Books 2004.

Ronnefeldt, Clemens (2002): Die neue NATO, Irak und Jugoslawien. 2. Auflage Minden: Internationaler Versöhnungsbund – Deutscher Zweig 2002.

Ronnefeldt, Clemens (2003a): Den begonnenen Irak-Krieg beenden – seine Ausweitung verhindern. Bonn: resist 2003 (Beilage zum Friedensforum, Bonn Nr. 1/2003).

Ronnefeldt, Clemens (2003b): Syrien, Iran, Nordkorea – Wer ist als Nächster dran? In: Netzwerk Friedenskooperative (Hg.): Friedensforum 2/2003, 35-38.

Rooney, Brian: In the Spotlight – Pentagon Provides Planes and Military for War Movies. (12.6.2002). http://abcnews.go.com/sections/wnt/DailyNews/Pentagon020612.html .

Rose, Jürgen (2004a): High-Tech-Krieger mit Kälberstrick. In: Freitag, 21.5.2004. http://www.lebenshaus-alb.de/mt/archives/002313.html .

Rose, Jürgen (2004b): Auszeit fürs Hirn. In: Freitag, 3.12.2004. http://www.freitag.de/2004/50/04500401.php .

Roth, Wolf-Dieter (2004a): Atombomben im All. Die Raumforschung startete rein militärisch. In: Telepolis, 28.6.2004. http://www.heise.de/tp/deutsch/inhalt/kino/17209/1.html .

Roth, Wolf-Dieter (2004b): Großflächige Menschenversuche. Arte zeigt erstmals zwei deutsche Filme über die Atombombentests mitten in Amerika und der Sowjetunion. In: Telepolis, 3.7.2004. http://www.heise.de/tp/deutsch/inhalt/kino/17790/1.html .

Roth, Wolf-Dieter (2004c): Atombombe über Bord! »911 Broken Arrow«: 32 mal knapp an der Atomkatastrophe vorbei. In: Telepolis, 10.9.2004. http://www.heise.de/tp/deutsch/inhalt/kino/18295/1.html .

Roth, Wolf-Dieter (2004d): Ohne Dialer, Esel und Bittorrent – und ohne Mitgliedsgebühr. In: Telepolis, 17.9.2004. http://www.heise.de/tp/deutsch/inhalt/on/18349/1.html .

Rötzer, Florian (2002a): Gegenangriff aus dem Islam. Mit einem Comic-Film über die Geschichte des Islam zieht man in den Kampf der Kulturen – auf der Grundlage der Hollywood-Strategie, aber mit Problemen wegen des Bilderverbots. In: Telepolis, 11.10.2002. http://www.heise.de/tp/deutsch/inhalt/kino/13407/1.html .

Rötzer, Florian (2002b): Schuss aus der Ferne. Mutmaßliche al-Qaida-Anhänger durch eine von einem unbemannten Flugzeug Predator abgefeuerte Rakete in Jemen getötet. In: Telepolis, 5.11.2002. http://www.heise.de/tp/deutsch/inhalt/co/13546/1.html .

Rötzer, Florian (2003a): Computerspiele verbessern die Aufmerksamkeit. In: Telepolis, 29.5.2003. http://www.heise.de/tp/deutsch/special/game/14900/1.html .

Rötzer, Florian (2003b): Das Pentagon strebt absolute Dominanz im Weltraum an. In: Telepolis, 11.6.2003. http://www.heise.de/tp/deutsch/inhalt/co/14980/1.html .

Rötzer, Florian (2003c): Die Welt aus der Sicht eines Terroristen sehen. Die CIA will mit einem Computerspiel »innovative« Wege beschreiten. In: Telepolis, 30.9.2003. http://www.heise.de/tp/deutsch/special/game/15743/1.html .

Rötzer, Florian (2003d): Im ewigen Krieg – Christliche Spieleentwickler wollen mit einem Ego-Shooter den Kampf gegen das Böse interessanter machen und zugleich eine christliche Botschaft vermitteln. In: Telepolis, 22.10.2003. http://www.heise.de/tp/deutsch/special/game/15916/1.html .

Rötzer, Florian (2003e): Eine gesäuberte Version vom Krieg. In: Telepolis, 13.11.2003. http://www.heise.de/tp/deutsch/special/med/16065/1.html .

Rötzer, Florian (2003f): Erfolg beim Rekrutieren. In: Telepolis, 11.11.2003. http://www.heise.de/tp/deutsch/special/game/16054/1.html .

Rötzer, Florian (2003g): Das Pentagon und die strategische Kommunikation. In: Telepolis, 8.12.2003. http://www.heise.de/tp/deutsch/special/auf/16266/1.html .

Rötzer, Florian (2004a): Weitgehend unbemerkt hat US-Präsident Bush weitere Überwachungsmöglichkeiten für das FBI eingeführt. In: Telepolis, 2.1.2004. http://www.heise.de/tp/deutsch/special/auf/16426/1.html .

Rötzer, Florian (2004b): Die »Höhepunkte« des Krieges noch einmal als Computerspiel. In: Telepolis, 8.3.2004. http://www.heise.de/tp/deutsch/special/game/16909/1.html .

Rötzer, Florian (2004c): Kriegsbilder – Rückkehr im Sarg. In: Telepolis, 23.4.2004. http://www.heise.de/tp/deutsch/special/auf/17263/1.html .

Rötzer, Florian (2004d): Bei Disney mag man mit Michael Moore nichts zu tun haben. In: Telepolis, 5.5.2004. http://www.heise.de/tp/deutsch/inhalt/kino/17359/1.html .

Rötzer, Florian (2004e): Das Zweiklassensystem des Pentagon – Verteidigungsminister Rumsfeld rechtfertigt die Verhörmethoden und das Gulag-System für die rechtlosen »feindlichen Kämpfer«. In: Telepolis, 14.5.2004. http://www.heise.de/tp/deutsch/inhalt/co/17424/1.html .

Rötzer, Florian (2004f): Nazi-Kriegsverbrecher wurden von der CIA gedeckt. In: Telepolis, 16.5.2004. http://www.heise.de/tp/deutsch/inhalt/co/17439/1.html .

Rötzer, Florian (2004g): Rumsfeld und die supergeheime Pentagon-Abteilung. In: Telepolis, 16.5.2004. http://www.heise.de/tp/deutsch/inhalt/co/17440/1.html .

Rötzer, Florian (2004h): FBI schüchtert politische Aktivisten ein. In: Telepolis, 17.8.2004. http://www.heise.de/tp/deutsch/inhalt/co/18134/1.html .

Rötzer, Florian (2004i): Wahrheit und Täuschung im Informationskrieg. – Das Pentagon sucht weiter nach Akzeptanz, Medien und Öffentlichkeit im Ausland mit manipulierten Informationen zu versorgen. In: Telepolis, 14.12.2004. http://www.heise.de/tp/r4/artikel/19/19014/1.html .

Rötzer, Florian (2004j): Die Schlacht um Falludscha als Hollywoodfilm. In: Telepolis, 18.12.2004. http://www.heise.de/tp/r4/artikel/19/19046/1.html .

Rötzer, Florian (2005): Die US-Regierung und die Folter. In: Telepolis, 3.1.2005. http://www.heise.de/tp/r4/artikel/19/19149/1.html .

Roy, Arundhati (2003): Instantmischung für Imperiale Demokratie (Zwei zum Preis von einer) – Vorgetragen in New York City in der Riverside Church am 13. Mai 2003. http://www.lebenshaus-alb.de/mt/archives/001796.html .

Roy, Arundhati (2004): Die Macht der Zivilgesellschaft in einer imperialen Zeit – Rede vom 16. August 2004 in San Francisco. Democracy Now! In: ZNet, 24.8.2004. http://www.lebenshaus-alb.de/mt/archives/002507.html .

Ruf, Werner: Die Finalität Europas – Ende des Traums von der Zivilmacht? Vortrag auf der ÖSFK-Sommerakademie 2004. http://www.uni-kassel.de/fb10/frieden/science/schlaining04/ruf.html .

Rufener, Martina/*Studer*, Pascal/*Leuenberger*, James: Vietnamkrieg im Film. Dossier 4 (ohne Jahresangabe). http://www.gibb.ch/bms/geschich/pw01/dossier4.html .

Rupp, Rainer (2002a): Hollywood führt Regie im Weißen Haus. In: junge Welt, 12.6.2002. http://www.jungewelt.de/2002/06-12/001.php .

Rupp, Rainer (2002b): Medien auf Bush-Kurs. In: junge Welt, 25.6.2002. http://www.jungewelt.de/2002/06-25/003.php .

Rupp, Rainer (2003): Stehlen, Plündern, Morden – Irak: Schwere Vorwürfe gegen US-Soldaten. In: junge Welt, 18.6.2003. http://www.jungewelt.de/2003/06-18/006.php .

Rupp, Rainer (2004): Lukratives Geschäft mit dem Tod – Waffenexporteure aus der BRD drängen in Entwicklungsländer. USA weiter Hauptlieferant. In: junge Welt, 02.09.2004.

Rupp, Rainer (2005): Kriegsgewinnler. In: junge Welt, 7.1.2005. http://www.jungewelt.de/2005/01-07/006.php .

Rüssmann, Ursula: Menschenrechte und »terroristische Parasiten«. In: Frankfurter Rundschau, 4.5.2004. http://www.frankfurter-rundschau.de/uebersicht/alle_dossiers/politik_ausland/irak_nach_dem_krieg/?cnt=431073 .

Rutenberg, Jürgen von: Gute Nachrichten für den Präsidenten. Wenn George W. Bush die Wahlen gewinnen sollte, kann er sich vor allem beim führenden Kabelkanal Fox News bedanken. Der US-Sender schürt Panik und weckt die Sehnsucht nach dem starken Mann. In: Die Zeit (Feuilleton) Nr. 56/23.9.2004, 56f.

Sabar, Ariel: Hollywood rolls in behind the boys in white. 8.4.2002. http://www.theage.com.au/articles/ 2002/04/07/1017206286811.html .

Sack, John: »Ich war gern in Vietnam«. Leutnant Calley berichtet. Nachwort von Klaus Horn. Frankfurt: Fischer TB 1972.

Sacks, Oliver: Der Mann, der seine Frau mit einem Hut verwechselte. Reinbeck bei Hamburg: Rowohlt 1990.

Sallah, Michael D./*Weiss*, Mitch (2003): Umfangreiche Reportagen über Zivilistenmorde in Südvietnam durch Mitglieder der US-»Tiger Force« im Jahr 1967, veröffentlicht in: »The Toledo Blade« ab 19.10.2003. http://www.toledoblade.com/apps/pbcs.dll/artikkel?SearchID=73150849532684&Avis=TO&Dato=20031019&Kategori=SRTIGERFORCE&Lopenr=110190166&Ref=AR .

Sallah, Michael D./*Weiss*, Mitch (2004): Kampfprobte Einheit in Sondermission. In: message – Internationale Fachzeitschrift für Journalismus 3. Quartal 2004, 58f.

Sardar, Ziauddin: Die Agonie eines Moslems im 21. Jahrhundert. In: AMOS – Kritische Blätter aus dem Ruhrgebiet. Heft 3/2003, 41.
Saving Private Ryan. http://history.sandiego.edu/gen/filmnotes/savingprivateryan.html.
Schäfer, Horst: Folterstrategien nach dem 11. September. In: Thoden, Ronald (Hg.): Terror und Staat. Berlin 2004, 277-284.
Schäfli, Roland: Hollywood führt Krieg. So verfilmt Hollywood den Zweiten Weltkrieg. Ein Anthologie der Kriegsfilme, ihrer Stars und Regisseure. Gau-Heppenheim: Mediabook Verlag 2003.
Scherer-Emunds, Meinrad: Die letzte Schlacht um Gottes Reich. Politische Heilsstrategien amerikanischer Fundamentalisten. (Mit einem Vorwort von Franz J. Hinkelammert). Münster: Edition Liberación 1989.
Scherz, Harald (2003): Feindbilder im Hollywoodfilm. Diplomarbeit an der Universität Wien, Juni 2003. http://www.unet.univie.ac.at/~a9706227/dl/dipl_harald_scherz_2003.pdf.
Scheschkewitz, Daniel: US-Demokraten definieren sich ihren Präsidenten. In: DW-World.de, 28.7.2004. http://www.dw-world.de/german/0,3367,1491_A_1278263_1_A,00.html.
Scheuermann, Arne (2000): Krieg in der Unterhaltung, Unterhaltung im Krieg. Entwurf einer Beziehung zwischen den kulturellen Strategien der Unterhaltung und des Krieges anhand einer kommentierten Filmreihe und eines Ausstellungskonzeptes. http://www.kultur-und-strategie.de/wesel_xanten/pdf/scheuermann.pdf.
Schildmann, Christina (2005): Hollywood lädt nach: Kriegsrhetorik in MATRIX: RELOADED und LORD OF THE RINGS – THE TWO TOWERS II. In: Machura, Stefan/Voigt, Rüdiger (Hg.): Krieg im Film. Münster: Lit-Verlag 2005, 265-288.
Schirra, Jörg R.J./*Carl-McGrath*, Stefan: Identifikationsformen in Computerspiel und Spielfilm. In: Strübel, Michael (Hg.): Film und Krieg. Die Inszenierung von Politik zwischen Apologetik und Apokalypse. Opladen 2002, 147-161.
Schlupp-Hauck, Wolfgang (2004): Mit Atomkraft durchs Weltall – Die plutoniumbetriebene Sonde Cassini umrundet den Saturn. Doch Experten warnen vor neuen nuklearen Weltraummissionen. In: Publik-Forum Nr. 14/2004, 19.
Schlupp-Hauck, Wolfgang (2005): Der kleine Sieg der Friedensbewegung – Die US-Regierung will Mini-Atombomben entwickeln lassen. Doch Kriegsgegner machen ihr einen Strich durch die Rechnung. In: Publik-Forum Nr. 1/2005, 24f.
Schmale, Holger: Deutschland bleibt für die USA kriegsentscheidend. Washington zieht seine Truppen nicht ab – und das dient der deutsch-amerikanischen Freundschaft. In: Berliner Zeitung, 28.11.2003. http://www.berlinonline.de/berliner-zeitung/archiv/.bin/dump.fcgi/2003/1128/politik/0038/index.html.
Schmalz, Stefan: Ein Licht am Ende des Tunnels? Kolumbien als Spielball US-Amerikanischer Interessen und der Aufstieg der neuen kolumbianischen Linken. In: Ausdruck – Das IMI-Magazin. Dezember 2004, 14-17.
Schmid, Bernhard (2004): Kino oder Wirklichkeit? »Die Schlacht um Algier«: Vom Algerienkrieg zum besetzten Irak. In: Telepolis, 26.5.2004. http://www.heise.de/tp/deutsch/inhalt/kino/17510/1.html.
Schmid, Katja (2002): Make films not war. In: Telepolis, 2.2.2002. http://www.heise.de/tp/deutsch/inhalt/konf/11729/1.html.
Schmid, Katja (2004): »Blitzkrieg« mit elektrischen Massenbetäubungswaffen. In: Telepolis, 19.6.2004. http://www.heise.de/tp/deutsch/inhalt/lis/17692/1.html :
Schmid, Michael (2004): Hiroshima mahnt – Einmischen für eine atomwaffenfreie Welt. Rede am 6. August 2004. http://www.lebenshaus-alb.de/mt/archives/002438.html.
Schmid, Thomas (2003): Eine gerechte Sache. 1989 ließ US-Präsident George Bush 24000

Soldaten in Panama einmarschieren, um den Schurken Nr. 1 zu fassen: General Manuel Noriega. In: Die Zeit, 3.4.2003.

Schmidt, Wolfgang: Krieg und Militär im deutschen Nachkriegsfilm. In: *Chiari*, Bernhard/ *Rogg*, Matthias/*Schmidt*, Wolfgang (Hg.): Krieg und Militär im Film des 20. Jahrhunderts. München 2003, 441-452.

Schmithals, Walter: Gewaltverherrlichung ist der Bibel fremd. Den Evangelisten ging es nicht um Jesu Qualen. In: Die Zeit Nr. 14/25.3.2004, 38.

Schmitt, Georg Joachim: Die Stunde der Wahrheit für die Welt – Zum Problem des Antikriegsfilm. In: Büttner/Gottberg/Metze-Mangold (Hg.): Der Krieg in den Medien. Frankfurt-New York 2004, 111-127.

Schneider, Susanne (2003): Zensurvorwurf gegen Regierung Bush. US-»Patriot Act« unter Beschuss: Berichterstattung über den Irakkrieg wird behindert. In: der Standard, 22.10.2003. http://derstandard.at/Text/?id=1459131&.

Schneider, Wolfgang (Red.): Apokalypse Vietnam. Reinbeck bei Hamburg: Rowohlt 2001.

Schock für Militärexperten. Soldaten töten seltener als angenommen (ZDF, 18.6.2003). http://www.zdf.de/ZDF.de/inhalt/17/0,1872,2051441,00.html.

Schorlemmer, Friedrich: Frohe Botschaft, ersäuft in Blut und Leid. Der Erfolg des Mel-Gibson-Films »Die Passion Christi« gibt zu denken. In: Publik-Forum Nr. 7/9.4.2004, 50-52.

Schröder, Bernd (2004a): Der militärisch-industrielle Bunker-Komplex. Das Knacken von Bunkern ist Spielwiese von Technologen und milliardenschweres Geschäft zugleich. In: Telepolis, 4.10.2004. http://www.heise.de/tp/deutsch/inhalt/co/18460/1.html.

Schröder, Bernd (2004b): Die Charts der Kriegsgewinner. Die US-Kriegsmaschinerie auf dem Weg zum Dienstleistungskombinat? In: Telepolis, 10.10.2004. http://www.heise.de/tp/deutsch/inhalt/co/18511/1.html.

Schuhler, Conrad: Unter Brüdern – Die USA, Europa und die Neuordnung der Welt. Köln: PapyRossa Verlag 2003.

Schütt, Julian: Der letzte globale Held ... Wer war Alexander der Große? In: Der Tagesspiegel, Nr. 18 693/19.12. 2004, 7.

Schwabe, Alexander: US-Verluste im Irak – Die unsichtbaren Toten. In: Spiegel Online, 28.11.2003. http://www.spiegel.de/politik/ausland/0,1518,275816,00.html.

Schwarz, Peter: Deutsche Medien und Falludscha. Komplizen eines Kriegsverbrechens. In: WSWS-Website, 12.11.2004. http://www.wsws.org/de/2004/nov2004/pres-n12.shtml.

Schweitzer, Eva (2001): Seite an Seite. Hollywood und Weißes Haus gegen Bin Laden. http://www.berlinonline.de/wissen/berliner_zeitung/archiv/2001/1020/feuilleton/0028.

Science-FictionFilmdatenbank. http://home.t-online.de/home/eckhard.pfahl/filme/filme.html.

Scott, Peter Dale: Die Drogen, das Öl und der Krieg. Zur Tiefenpolitik der USA. Aus dem Amerikanischen von Michael Bischoff. Frankfurt am Main: Zweitausendeins 2004.

Seeßlen, Georg/*Metz*, Markus: Krieg der Bilder – Bilder des Krieges. Abhandlung über die Katastrophe und die mediale Wirklichkeit. Berlin: Verlag Klaus Bittermann 2002.

Seeßlen, Georg: Von Stahlgewittern zur Dschungelkampfmaschine. Veränderungen des Krieges und des Kriegsfilms. In: Evangelische Akademie Arnoldshain/Gemeinschaftswerk der Evangelischen Publizistik (Hg.): Kino und Krieg – Von der Faszination eines tödlichen Genres. Frankfurt am Main 1989, 15-32.

Seppmann, Werner: Kultur der Anpassung. In: Marxistische Blätter Nr. 2/2004, 19-27.

Serck, Karsten: Three Kings (Filmkritik), 21.8.2000. http://www.areadvd.de/dvdreviews/threekingsc2.shtml.

Shay, Jonathan: Archill in Vietnam. Kampftrauma und Persönlichkeitsverlust. Hamburg: Hamburger Edition 1998.

Show Transcript. The Military in the Movies. Produced January 27, 1997. http://www.cdi.org/adm/1020/transcript.html.

Siegle, Jochen A.: US-Militärschule – Im Gleichschritt in den Unterricht (2.4.2003). http://www.spiegel.de/unispiegel/studium/0,1518,242957,00.html.

Simon, Michaela (2003a): Die US-Medien stellen sich in Reih und Glied. In: Telepolis, 8.10.2003. http://www.heise.de/tp/deutsch/inhalt/co/15806/1.html.

Simon, Michaela (2003b): Kampf der Giganten – George Soros gegen George W. Bush. In: Telepolis, 10.11.2003. http://www.heise.de/tp/deutsch/inhalt/co/16059/1.html.

Sites, Kevin: Open Letter to Devil Dogs of the 3.1. In: Kevin Sites Blog – Sunday, November 21, 2004. http://www.kevinsites.net/2004_11_21_archive.html#110107420331292115.

Skarics, Marianne: Popularkino als Ersatzkirche? Das Erfolgsrezept aktueller Blockbuster. Münster: Lit-Verlag 2004.

Sloterdijk, Peter: Über die Verbesserung der guten Nachricht. Nietzsches fünftes »Evangelium«. Frankfurt am Main: Suhrkamp 2001.

Sonderseite »Der Krieg und die Medien«. http://www.arbeiterfotografie.com/galerie/kein-krieg/hintergrund/index-medien-und-krieg-2a.html.

Sony wegen »blutiger« Werbung angemahnt. In: Tagesschau, 16.4.2004. http://www.tagesschau.de/aktuell/meldungen/0,1185,OID3199160_REF4,00.html.

Sorge, Helmut: Martin Sheens Kreuzzug gegen die Farben des Krieges. In: Spiegel Online, 14.3.2003. http://www.spiegel.de/kultur/gesellschaft/0,1518,druck-240113,00.html.

Spang, Thomas: Geschenk des Allmächtigen – Am US-Gebetstag wird zum Kampf für das Richtige gerufen. Präsident Bush will Botschafter von Gottes Willen sein. In: Rheinische Post, 29.5.2004, 2.

Spezialeinheit Kunst – Hollywood gegen Terrorismus. 19.10.2001. http://www.n-tv.de/27788/1.html.

Sponeck, Hans von/*Zumach,* Andreas: Irak – Chronik eines gewollten Krieges. Wie die Weltöffentlichkeit manipuliert und das Völkerrecht gebrochen wird. Köln: Kiepenheuer & Witsch 2003.

Steding, Antje (2002): Programmpolitik der Kinos nach dem Anschlag vom 11.09.01 oder: Wie die Filmindustrie auf die Realität reagiert, die ihrer Fiktion so nahe kam. http://www.medien-peb.uni-siegen.de/beta/m-ethik/index.php?author=as.

Stegemann, Thorsten (2003): Wer nicht träumt, ist selber Schuld – Auch in dieser Vorweihnachtszeit demonstrieren die US-Amerikaner ein bemerkenswert ambivalentes Verhältnis zum Thema Armut. In: Telepolis, 16.11.2003 http://www.heise.de/tp/deutsch/inhalt/co/16057/1.html.

Stegemann, Thorsten (2004): Seltene Selbstanzeige. Die »New York Times« kritisiert ihre eigene Berichterstattung im Umfeld des Irakkrieges. In: Telepolis, 27.5.2004. http://www.heise.de/tp/deutsch/inhalt/co/17521/1.html.

Steinbeiß, Joseph: Der Kreuzzug der Southern Baptist Convention. Protestantisch-fundamentalistische Missionare operieren mit Billigung der US-Militärbehörden im Irak. In: graswurzelrevolution Nr. 292/Oktober 2004. http://www.lebenshaus-alb.de/mt/archives/002553.html.

Stieglbauer, Florian: Courage Under Fire (ohne Jahresangabe). http://artechock.de/arte/text/kritik/c/counfi.htm.

Stiglitz, Joseph E.: Der gesetzlose Sheriff. In: Financial Times Deutschland, 9.6.2004. Online via Project Syndicate: http://www.project-syndicate.org/commentaries/commentary_text.php4?id=1587&lang=5&m=series.

Stinnett, Robert B.: Pearl Harbor – Wie die amerikanische Regierung den Angriff provozierte

und 2476 ihrer Bürger sterben ließ. Frankfurt: Zweitausendeins 2003.
Stolte, Dieter (in Zusammenarbeit mit Joachim Haubrich): Wie das Fernsehen das Menschenbild verändert. München: C. H. Beck 2004.
Stolze, Cornelia: Gesinnungskampf an US-Schulen. Lehrstunde in Patriotismus (10.9.2002). http://www.spiegel.de/unispiegel/studium/0,1518,213211,00.html .
Streck, Ralf: 480 Atombomben lagern noch in europäischen Staaten. In: Telepolis, 11.2.2005. http://www.heise.de/tp/r4/artikel/19/19435/1.html .
Streibl, Ralf E. (1996): Krieg im Computerspiel – Krieg als Computerspiel. Spielend zum Sieg. http://www.bpb.de/snp/Referate/streibl2.htm .
Streubomben verbieten – Bund soll Waffen nicht kaufen. In: Frankfurter Rundschau, 20.7.2004. http://www.fr-aktuell.de/ressorts/nachrichten_und_politik/deutschland/?cnt=473600 .
Strübel, Michael (2002a): Kriegsfilm und Antikriegsfilm. In: Strübel, Michael (Hg.): Film und Krieg. Die Inszenierung von Politik zwischen Apologetik und Apokalypse. Opladen 2002, 39-73.
Strübel, Michael (2002b): Von Kuwait nach Kabul: Medien im Krieg und die Macht der Bilder. In: Strübel, Michael (Hg.): Film und Krieg. Die Inszenierung von Politik zwischen Apologetik und Apokalypse. Opladen 2002, 187-208.
Struck, Peter (2004): Herausforderungen und Perspektiven der europäischen Sicherheitspolitik. Rede des Bundesverteidigungsministers vom 9. November 2004 in Berlin auf dem »15. Forum Bundeswehr & Gesellschaft« der Zeitung Welt am Sonntag. http://www.uni-kassel.de/fb10/frieden/themen/Bundeswehr/rohstoffe.html .
Strutynski, Peter: Streit um Europa – Zwischen »pazifistischem Alarmismus« und »europagläubiger Selbstberuhigung«. Vortrag auf der ÖSFK-Sommerakademie 2004. http://www.uni-kassel.de/fb10/frieden/science/schlaining04/strutynski.html .
Suchsland, Rüdiger (2002): Cold War-Zombie im Imperium der symbolischen Kontrolle – Trotz allem: James Bond wird älter und bleibt der Alte. In: Telepolis, 29.11.2002. http://www.heise.de/tp/deutsch/inhalt/kino/13699/1.html .
Suchsland, Rüdiger (2003a): Auf der Straße ist Gewalt der Naturzustand. Regisseur Martin Scorsese über seinen neuen Film »Gangs of New York«, seine Heimatstadt und die bestialische Seite des Menschen. In: Telepolis, 21.2.2003. http://www.heise.de/tp/deutsch/inhalt/kino/14232/1.html .
Suchsland, Rüdiger (2003b): Auf ins Weiße Haus, »Mutant Freedom Now!« Mit den Mitteln des Pop dringt Bryan Singers X-MEN 2 in philosophisch-politische Tiefen vor und erzählt von Toleranz, Vielfalt und dem Leben in der Postmoderne. In: Telepolis, 6.5.2003. http://www.heise.de/tp/deutsch/inhalt/kino/14734/1.html .
Suchsland, Rüdiger (2003c): Verteidigung gegen »die amerikanische Maschine«. Von Frankreich lernen? Dort ist das breite Publikum informierter und geschmacklich geschulter als in Deutschland. In: Telepolis, 9.11.2003. http://www.heise.de/tp/deutsch/inhalt/kino/16036/1.html .
Suchsland, Rüdiger (2004a): Männer, die klammheimlich sterben wollen – Das Empire im Rückzug: Antoine Fuquas »umgedrehter Western« KING ARTHUR. In: Telepolis, 19.8.2004. http://www.heise.de/tp/deutsch/inhalt/kino/18139/1.html .
Suchsland, Rüdiger (2004b): Geburt einer Nation in der Illusionsmaschine. Vor dem Filmstart von Bernd Eichingers »Der Untergang« über die letzten Tages des »Dritten Reiches«: Das Deutsche Kino entdeckt wieder die Geschichte – als Versöhnungsfabrik. In: Telepolis, 7.9.2004. http://www.heise.de/tp/deutsch/inhalt/kino/18274/1.html .
Suchsland, Rüdiger (2004c): So, das war's dann wohl. Heute sterben wir – Das Gegenstück zu Michael Moores rechthaberischem »Bowling for Columbine« – In Gus Van Sants »Elephant«

scheint das Massaker genauso alltäglich zu sein wie der Tratsch in der Schulkantine davor. In: Telepolis, 11.4.2004. http://www.heise.de/tp/deutsch/inhalt/kino/17156/1.html .
Suid, Lawrence H.: Guts and Glory: The Making of the American Military Image in Film. Revised and expanded Edition. Lexington: University Press of Kentucky 2002.
Techentin-Bauer, Imme: Mann, Macht, Mythos – Die Darstellung von US-Präsidenten in amerikanischen Kinofilmen. In: Medienpraktisch Nr. 3/1999, 49-54. http://www.medienpraktisch.de/amedienp/mp3-99/3-99tech.htm .
Tegeler, Hartwig: Retuschierung im 35mm Format. In: Telepolis, 22.1.2002. http://www.heise.de/tp/deutsch/inhalt/kino/11623/1.html .
Teilhabe. In: German foreign policiy, 27.7.2004. http://www.german-foreign-policy.com/de/news/article/1091743200.php .
The Internet Movie Database. http://www.imdb.com .
The National Security Strategy of the United States, September 2002. http://www.whitehouse.gov/nsc/nss.html (teilweise übersetzt auf AGF: http://www.uni-kassel.de/fb10/frieden/regionen/USA/doktrin-lang.html).
The Negro Soldier. http://history.sandiego.edu/gen/filmnotes/negrosoldier.html .
Thoden, Ronald (Hg.): Terror und Staat. Berlin: Kai Homilius Verlag 2004.
Tigerland (2001). http://www.kinoweb.de/film2001/Tigerland/film99.php3; http://www.kinoweb.de/film2001/Tigerland/film05.php3 .
Tocqueville, Alexis de: Über die Demokratie in Amerika (1835). Textauszüge aus einer heute noch lesenswerten Analyse des Regierungs- und Gesellschaftssystems der Vereinigten Staaten. In: AGF, 29.10.2004. http://www.uni-kassel.de/fb5/frieden/regionen/USA05/tocqueville.html .
Tornau, Joachim F.: Für die Erinnerung an die Opfer ist bei der Soldatenfeier kein Platz. Das jährliche Traditionstreffen der Wehrmachts-Gebirgstruppe steht in der Kritik – Ermittlungen wegen Kriegsverbrechen. In: Frankfurter Rundschau, 3.5.2003.
Tote GIs im Irak. Hobbyfotografin wegen Fotos von Soldatensärgen gefeuert. In: Spiegel Online, 23.4.2004. http://www.spiegel.de/politik/ausland/0,1518,296831,00.html .
Turley, Jonathan: Hollywood Isn't Holding Ist Lines Against the Pentagon. (Los Angeles Times 19.8.2003). http://www.commondreams.org/views03/0819-05.htm .
Uhlemann, Godehard: Nuklear-Terrorismus – Schmutzige Aussichten. In: Rheinische Post, 22.11.2004, A2.
Ulfkotte, Udo (2002): Bits statt Bomben. Auf dem Weg zum digitalen Schlachtfeld. http://www.ckdf-berlin.de/Text/00084.html .
USA bereiten Cyberwar vor (2003). http://www.spiegel.de/politik/ausland/0,1518,druck-234066,00.html .
USA: Soldat verweigerte Dienst im Irak – 1 Jahr Haft. 2004. http://www2.amnesty.de/internet/deall.nsf/windexde/KA2004049 .
US-Armee – Roboter bewachen Militärbasen. In: Spiegel Online, 25.6.2004. http://www.spiegel.de/wissenschaft/mensch/0,1518,305648,00.html .
US-General findet es »lustig, einige Leute zu erschießen«. In: Spiegel-Online, 3.2.2005. http://www.spiegel.de/politik/ausland/0,1518,340082,00.html (Originalzitate auf http://www.heise.de/tp/r4/artikel/19/19381/1.html).
US-Spezialeinheit tötete in Vietnam hunderte Zivilisten. In: der Standard, 20.10.2003. http://www.derstandard.at/Text/?id=1456560& .
Vahl, Barbara-Maria: Amerika. In: Publik-Forum Nr. 13/2004, 50-58.
Vann, Bill (2002a): Amerikanische Medien stimmen die Öffentlichkeit auf ein Gemetzel im Irak ein (3.10.2002). http://www.wsws.org/de/2002/okt2002/usa-o03_prn.html .

XV. Anhang

Vann, Bill (2002b): Kriegspropaganda – US-Medien erweisen sich mehr und mehr als Pentagon-Sprachrohre. In: junge Welt, 18.11.2002. http://jungewelt.de/2002/11-18/003.php .

Virilio, Paul: Krieg und Kino – Logistik der Wahrnehmung. Frankfurt am Main: Fischer 1989.

Virtuelles Iraq Memorial (2004). http://www.washingtonpost.com/wp-srv/world/iraq/casualties/facesofthefallen.htm .

Visarius, Karsten: Wegtauchen oder Eintauchen? Schreckbild, Lockbild, Feindbild: Der inszenierte Krieg. In: Evangelische Akademie Arnoldshain/Gemeinschaftswerk der Evangelischen Publizistik (Hg.): Kino und Krieg – Von der Faszination eines tödlichen Genres. Frankfurt am Main 1989, 9-13.

Vogel, Richard D.: Kapitalismus und Gefängnissystem in den USA heute. In: Marxistische Blätter Nr. 6 /2003, S. 62-72.

Voigt, Karsten (2004): Christen in den USA und Europa driften auseinander. In: Publik-Forum Nr. 18/2004, 42-44.

Voigt, Rüdiger (2005a)/*Machura*, Stefan: Einleitung – Krieg im Film. Der ewige Kampf des »Guten« gegen das »Böse«. In: Machura, Stefan/Voigt, Rüdiger (Hg.): Krieg im Film. Münster: Lit-Verlag 2005, 9-22.

Voigt, Rüdiger (2005b): Der Kampf um die Herzen. Filme als Waffen der Kriegspropaganda. In: Machura, Stefan/Voigt, Rüdiger (Hg.): Krieg im Film. Münster: Lit-Verlag 2005, 23-58.

Volmerg, Birgit: Zur Sozialisation struktureller Feindseligkeit. In: Friedensanalysen für Theorie und Praxis 6. Frankfurt: Suhrkamp 1977, 44-77.

Wagener, Klaus (2004a): Postmoderne Massenunterhaltung: Nach unten offen ... In: Marxistische Blätter Nr. 2/2004, 85-91.

Wagener, Klaus (2004b): Washingtons Gleiwitz. In: junge Welt, 2.8.2004. http://www.jungewelt.de/2004/08-02/020.php .

Wagner, Jürgen (2004a): Sudan – Die geopolitische Dimension – Die ökonomischen strategischen Interessen Berlins und Washingtons zielen auf die Teilung des Landes. In: Lebenshaus-Website, 17.10.2004. http://www.lebenshaus-alb.de/mt/archives/002566.html .

Wagner, Jürgen (2004b): Die Blaupause für Europas Kriege der Zukunft: Das European Defence Paper. In: Lebenshaus-Website, 16.12.2004. http://www.lebenshaus-alb.de/mt/archives/002664.html .

Wahrheit ist nur für die Mächtigen. Filmfestspiele Venedig I: Ein Gespräch mit Tim Robbins über seinen Anti-Irak-Kriegs-Film »Embedded« (Katja Nicodemus). In: Die Zeit Nr. 38/9.9.2004, 53.

Walsh, David (1999): Bulworth – Doch noch auf den Spuren von John Reed. (17.7.1999). http://www.wsws.org/de/1999/jul1999/bulw-j17.shtml .

Walsh, David (2001a): Hollywood meldet sich freiwillig für Bushs Kriegskampagne (29.1.2001). http://www.wsws.org/de/2001/nov2001/holl-n29_prn.html .

Walsh, David (2001b): Falsch und unwirklich – Pearl Harbor, Regie: Michael Bay, Drehbuch: Randall Wallace (20.6.2001). www.wsws.org/de/2001/jun2001/pear-j20.shtml .

Walsh, David (2002): Für einen Polizeistaat? Nicht ganz ... *Minority Report*, Regie Steven Spielberg (4.10.2002). http://wsws.org/de/2002/okt2002/spie-o04.shtml .

Washington-Connection (2003). Boeing gab Millionen für Fonds von Pentagon-Berater Perle. In: Spiegel Online, 4.12.2003. http://www.spiegel.de/wirtschaft/0,1518,276902,00.html .

Weiland, Severin: Menschenrechte – Bundeswehrprofessor räsoniert über Vorzüge der Folter. In: Spiegel Online, 11.5.2004. http://www.spiegel.de/politik/deutschland/0,1518,299381,00.html.

Wekwerth, Manfred: Brechttheater – eine Antwort auf unsere Zeit? In: Marxistische Blätter Nr. 2/2004, 36-48.

Wengst, Klaus: Pax Romana, Anspruch und Wirklichkeit – Erfahrungen und Wahrnehmungen des Friedens bei Jesus und im Urchristentum. München 1986.

Wessel, Rhea: »Die andere Perspektive ...« – Warum das amerikanische Talk-Radio den Folter-Skandal für albern hält. In: message – Internationale Fachzeitschrift für Journalismus 3. Quartal 2004, 31.

Wiedemann, Dieter: Kriegs- und Antikriegsbilder. Bestimmt die Absicht die Rezeption? In: tv-diskurs – Verantwortung in audiovisuellen Medien (Themenheft »Im Kriegsfall – Das komplizierte Verhältnis von Medien, Politik und Jugendschutz«) Nr. 26, Oktober 2003, 36-43.

Wieviel verdienst Du am Krieg, Papa? – Über die Kriegsprofiteure in der Bush-Administration. Aus: der Pazifist, 20.3.2004. http://www.lebenshaus-alb.de/mt/archives/002185.html .

Wimmer, Willy: Brief an Bundeskanzler Gerhard Schröder vom 2.5.2000 (Rainer Rupp: Die imperialen Absichten der USA). In: junge Welt, 23./24.6.2001. http://www.friederle.de/krieg/wimmer.htm .

Winkes, Klaus: Die Trivialisierung von Kunst und Kultur. In: Marxistische Blätter Nr. 2/2004, 70-74.

Winkler, Willi (1997): Vom Kino bis zum Internet – Verschwörungstheorien sind groß in Mode. In: Die Zeit, Nr. 47/14.11.1997. http://www.geocities.com/hoefig_de/Verschiedenes/Verschwoerungstheorien_der_Medien.html .

Winkler, Willi (2003): Nach dem Krieg – Die Lüge ist die Mutter aller Schlachten: Ein Lehrstück über Original und Fälschung. In: Süddeutsche Zeitung, 6.3.2003. http://www.sueddeutsche.de/aktuell/sz/getArticleSZ.php?artikel=artikel689.php .

Wise, Tim: Die Wahrheit hinter der »nationalen Einheit« der USA. In: Marxistische Blätter Nr. 6/2001, 64-68.

Wisnewski, Gerhard: Die Terrorpropheten. Wie vor den US-Präsidentschaftswahlen der nationale Notstand heraufbeschworen wird. In: junge Welt, 19.7.2004. http://www.jungewelt.de/2004/07-19/004.php .

Wöhlert, Romy: Mafiosi Gangsters, Drug Dealers & Fanatical Terrorists – Racial and Ethnic Stereotypes in American Film. Unveröffentlichte Magisterarbeit – Universität Bielefeld 2003 (Mailkontakt der Autorin: romy.woehlert@uni-bielefeld.de).

Woit, Ernst: Kolonialkriege für eine »Neue Weltordnung«. In: Marxistische Blätter Nr. 1/2003, 20-28.

Wolf, Winfried: Kriegsbereit in fünf Tagen – Der Verfassungsentwurf der Europäischen Union wurde klammheimlich nachgerüstet. In: junge Welt, 14.7.2004. http://www.jungewelt.de/2004/07-14/001.php .

Wollschläger, Hans: Die bewaffneten Wallfahrten gen Jerusalem. In: Deschner, Karlheinz (Hg): Kirche und Krieg. Stuttgart 1970, 207-336.

Wolter, Peter: Kriegspropaganda – Mutter aller Lügen. In: Marxistische Blätter 1/2004, 85-91.

Woznicki, Krystian (2002a): Hollywood wants you. Vom Umweltschützer zum Schauspieler – Soldaten als Protagonisten der Globalisierung. In: Frankfurter Rundschau, 3.7.2002.

Woznicki, Krystian (2002b): Destruktion als Ziel der Produktion – Ein Interview mit Hartmut Bitomsky über seinen neuen Film »B-52«. In: Telepolis, 3.11.2002. http://www.heise.de/tp/deutsch/inhalt/kino/13499/1.html .

Woznicki, Krystian (2004a): Architektur der Rechtlosigkeit. In: Telepolis, 28.1.2004. http://www.heise.de/tp/deutsch/inhalt/konf/16636/1.html .

Woznicki, Krystian (2004b): Was interessiert mich die Gabelstaplertechnik in Chicago? Die nach dem 11.9. gestartete Informationskampagne der USA in den arabischen Ländern erinnert an die Filme der Marshall Plan Motion Picture Section nach dem Zweiten Weltkrieg. In: Telepolis, 18.2.2004. http://www.heise.de/tp/deutsch/inhalt/kino/16768/1.html .

Zahl der Armen in den USA steigt um 1,3 Millionen. In: Spiegel Online, 27.8.2004. http://www.spiegel.de/wirtschaft/0,1518,315334,00.html .

Zuerst stirbt die Wahrheit – Kriegspropaganda und Hysterie in Echtzeit. In: ZDF heute Politik, 11.3.2003. http:/www.heute.t-online.de/ZDFheute/artikel/0,1367,POL-0-2035262,00.html.

Zumach, Andreas: Souverän verzichten. Der Internationale Strafgerichtshof ist zentral, um das Völkerrecht weiterzuentwickeln. Ohne die USA geht das nicht. In: Die Tageszeitung (taz), 21.08.2002. http://www.taz.de/pt/2002/08/21/a0115.nf/text .

XV. Anhang

3. Filmografie (mit Seitenidex)

* Filme, für die im Filmabspann der vom Autor selbst gesichteten Titel oder in den für diese Studie konsultierten Sekundärquellen eine Beteiligung von Pentagon, US-Militärgattungen, NASA, US-Geheimdiensten oder Militär aus NATO-Staaten vermerkt ist, werden ohne weitere Differenzierung der jeweiligen Assistenz mit einem Sternchen [*] gekennzeichnet. (Für 150 US-Titel bietet *Suid* 2002, 674-678 eine spezifische Klassifizierung des Militär/ Pentagon-Kooperationsstatus. Vgl. den Literaturbericht in diesem Anhang.) Die Kennzeichnung innerhalb dieser Filmografie erfolgt nach vorliegender Quellenlage und kann keine Vollständigkeit beanspruchen.

no US-amerikanische Filme, für die nach Angaben der benutzten Sekundärquellen eine Kooperationsanfrage oder ein sonstiges Ersuchen an Pentagon oder US-Militär abschlägig beantwortet wurde oder die trotz gewährter Assistenz beim Abschluss der Produktion aufgrund sachlicher Differenzen keinen offiziell ausgewiesenen Kooperationsstatus (mehr) hatten, sind mit einem hochgestellten »no« [no] gekennzeichnet.

1941 (1941 – wo, bitte, geht's nach Hollywood), USA 1979, Regie: Steven Spielberg, Drehbuch: Robert Zemeckis, Bob Gale. *233*

1984 (Nineteen Eighty-Four), GB 1984, Regie & Drehbuch: Michael Radford (nach dem gleichnamigen Roman von George Orwell, 1948/49 – verfilmt bereits 1955/56 in GB unter der Regie von Michael Anderson). *323, 337, 422, 431, 550, 554*

2001 A SPACE ODYSSEY (2001: Odyssee im Weltraum), GB 1965-68, Regie: Stanley Kubrick, Drehbuch: Stanley Kubrick, Arthur C. Clarke (nach einer Kurzgeschichte von Arthur C. Clarke). *421*

23 – NICHTS IST SO WIE ES SCHEINT, BRD 1998, Regie: Hans-Christian Schmidt, Drehbuch: Hans Christian Schmidt, Michael Gutman. *428*

30 SECONDS OVER TOKYO (Dreißig Sekunden über Tokyo), USA 1944, Regie: Mervyn LeRoy, Drehbuch: Dalton Trumbo (nach einem Bericht von Ted W. Larson und Robert Considine). *216*

84 CHARLIE MOPIC, USA 1988, Regie & Drehbuch: Patrick Duncan. *78*

8MM – EIGHT MILLIMETER (8MM – Acht Millimeter), USA 1998, Regie: Joel Schumacher, Drehbuch: Andrew Kevin Walker. *185*

A

A BEAUTIFUL MIND (A Beautiful Mind – Genie und Wahnsinn), USA 2001, Regie: Ron Howard, Drehbuch: Akiva Goldsman (nach einem Buch von Silvia Nasar). *412*

A BRIGHT SHINING LIE (Die Hölle Vietnams), USA 2001 (TV/HBO-Film), Regie & Drehbuch: Terry George (nach der Biografie »A Bright Shining Lie – John Paul Vann and America in Vietnam« von Neil Sheehan). *267*

A CIVIL ACTION (Zivilprozess), USA 1998, Regie & Drehbuch: Steven Zaillian (nach einem Roman von Jonathan Harr). *97*

A CLOCKWORK ORANGE (Uhrwerk Orange), GB 1970/71, Regie & Drehbuch: Stanley Kubrick (nach einem Roman von Anthony Burgess). *152*

A FEW GOOD MEN*/no (Eine Frage der Ehre), USA 1991, Regie: Rob Reiner, Drehbuch: Aaron Sorkin (nach seinem Bühnenstück). *345f, 352, 527, 554, 564*

A Midnight Clear[no] (Spezialeinheit IQ), USA 1992, Regie & Drehbuch: Keith Gordon (nach einem Roman von William Wharton). *200*

A River Runs Through It (Aus der Mitte entspringt ein Fluss), USA 1992, Regie: Robert Redford, Drehbuch: Richard Friedenberg (nach einem Roman von Norman MacLean). *184*

A Soldier's Story* (Sergeant Waters – Eine Soldatengeschichte), USA 1984, Regie: Norman Jewison, Drehbuch: Charles Fuller (nach seinem Theaterstück). *278, 289, 554*

A Time To Kill* (Die Jury), USA 1996, Regie: Joel Schumacher, Drehbuch: Akiva Goldsman (nach einem Roman von John Grisham). *278f, 551*

A Yank In Indochina, USA 1952, Regie: Wallace A. Grissel, Drehbuch: Samuel Newman. *271*

A Yank In Vietnam (Year Of The Tiger – Kommando in Vietnam), USA 1963, Regie: Marshall Thompson, Drehbuch: Jane Wardell, Jack Lewis (nach einer Vorlage von J. Lewis). *271*

A.I. – Artifical Intelligence (A.I. – Künstliche Intelligenz), USA 2001, Regie & Drehbuch: Steven Spielberg (nach einer Kurzgeschichte von Brian Aldiss und einer Filmstory von Ian Watson). *421*

About Schmidt, USA 2002, Regie: Alexander Payne, Drehbuch: Alexander Payne, Jim Taylor. *430*

Above And Beyond* (Die letzte Entscheidung / Das große Geheimnis), USA 1952, Regie & Drehbuch: Melvin Frank, Norman Panama (nach einer Erzählung von Beirne Lay Jr.). *224, 241*

Abril despedacado (Behind the Sun, Hinter der Sonne), Brasilien /F / Schweiz 2001, Regie: Walter Salles, Drehbuch: Karim Aniouz, Sérgio Machado (nach dem Roman »Der zerrissene April« von Ismaïl Kadaré). *534*

Absolute Power, USA 1997, Regie: Clint Eastwood, Drehbuch: William Goldman (nach einem Roman von David Baldacci). *115*

Adaption, USA 2002, Regie: Spike Jonze, Drehbuch: Charlie Kaufman, Donald Kaufman (nach einem Roman von Susan Orlean). *424*

Afterburn[no], USA 1992 (TV/HBO), Regie: Robert Markowitz, Drehbuch: Elizabeth Chandler. *568*

Air America, USA 1990, Regie: Roger Spottiswoode, Drehbuch: John Eskow, Richard Rush (nach dem Buch von Christopher Robbins). *272*

Air Force One*, USA 1996, Regie Wolfgang Petersen, Drehbuch: Andrew W. Marlowe. *114, 123, 324, 383, 461-463, 518*

Air Force*, USA 1943, Howard Hawks, Drehbuch: Leah Baird, Dudley Nichols. *237*

Air Panic (Panic), USA 2001, Regie: Bob Misiorowski, Drehbuch: Adam Gierash, Jace Anderson. *223, 418, 434f, 437f*

Airborne (Airborne – Bete, dass sie nicht landen!), USA 1997, Regie: Julian Grant, Drehbuch: Tony Johnston, Julian Grant. *428, 437*

Airport, USA 1969, Regie: George Seaton, Henry Hathaway, Drehbuch: George Seaton (nach dem Roman von Arthur Hailey). *437*

Akira Kurosawa's Dreams / Konna Yume Wo Mita (Akira Kurosawas Träume), USA/Japan 1990, Regie & Drehbuch: Akira Kurosawa. *241, 504*

Aladdin (Animationsfilm), USA 1992, Regie: John Musker, Ron Clements, Drehbuch: Ron Clements, John Musker, Ted Elliott, Terry Rossio. *449*

Alexander, USA/GB/BRD/NL 2004, Regie & Drehbuch: Oliver Stone. *158, 480, 484, 504f*

Ali, USA 2001, Regie: Michael Mann, Drehbuch: Stephen J. Rivele (Story: Gregory Allen Howard). *280, 289*

Alice, USA 1990, Regie & Drehbuch: Woody Allen. *419*

XV. Anhang

ALL QUIET ON THE WESTERN FRONT (Im Westen nichts Neues), GB 1980, Regie: Delbert Mann, Drehbuch: Paul Monash (nach dem Roman von Erich Maria Remarque). *227*
ALL QUIET ON THE WESTERN FRONT (Im Westen nichts Neues), USA 1929/30, Regie: Lewis Milestone, Drehbuch: Del Andrews, Maxwell Anderson, George Abbott, Lewis Milestone (nach dem Roman von Erich Maria Remarque). *227, 505, 528, 535*
ALL THE KING'S MEN (Der Mann, der herrschen wollte), USA 1949, Regie & Drehbuch: Robert Rossen (nach dem Pulitzer-Preis-gekrönten Roman von Robert Penn Warren). *99*
ALL THE PRESIDENT'S MEN (Die Unbestechlichen), USA 1976, Regie: Alan J. Pakula, Drehbuch: William Goldman. *112*
AM ENDE DER GEWALT (The End of Violence), F/D/USA 1997, Regie: Wim Wenders, Drehbuch: Wim Wenders, Nicholas Klein. *428*
AMERICA'S MOST WANTED, USA 1997, Regie: David Glenn Hogan, Drehbuch: Keenen Ivory Wayans. *104, 132, 329*
AMERICAN BEAUTY, USA 1999, Regie: Sam Mendes, Drehbuch: Alan Ball. *419f, 430*
AMERICAN FIGHTER PILOTS (AFP), USA 2002 (CBS), TV-Produktion von Tony Scott über den Alltag von Piloten der U.S. Air Force. *61*
AMERICAN GUN, USA 2001, Regie & Drehbuch: Alan Jacobs. *187*
AMERICAN HISTORY X, USA 1998, Regie: Tony Kaye, Drehbuch: David McKenna. *415*
AMERICAN OUTLAWS, USA 2001, Regie: Les Mayfield, Drehbuch: Roderick Taylor, John Rogers. *142*
AMERICAN PSYCHO, USA 2000, Regie: Mary Harron, Drehbuch: Mary Harron, Guinevere Turner (nach dem Buch von Bret Easton Ellis). *423f, 431f*
AMISTAD, USA 1997, Regie: Steven Spielberg, Drehbuch: David Franzoni. *277, 323*
AN AMERICAN DAUGHTER (Kandidatin im Kreuzfeuer), USA 2000, Regie: Sheldon Larry, Drehbuch: Wendy Wasserstein. *119*
AN OFFICER AND A GENTLEMAN[*/no] (Ein Offizier und Gentleman), USA 1982, Regie: Taylor Hackford, Drehbuch: Douglas Day Stewart. *323, 564f, 569*
ANGEL HEART, USA 1986, Regie & Drehbuch: Alan Parker (nach dem Roman »Falling Angel« von William Hjortsberg). *362*
ANTWONE FISHER*, USA 2002, Regie: Denzel Washington, Drehbuch: Antwone Fisher. *286f, 291, 551*
APOKALYPSE NOW REDUX[no], USA 1976-79/2000, Regie: Francis Ford Coppola, Drehbuch: John Milius, Francis Ford Coppola (nach Motiven aus der Novelle »Heart of the Darkness« von Joseph Conrad, den Vietnamkriegsberichten von Michael Herr und einem Surferfilm-Drehbuch von John Milius). *57, 82, 148, 172f, 196, 243, 249f, 269, 272, 291, 522, 529, 532, 543, 551f, 564*
APOKALYPSE NOW[no], USA 1979, Regie: Francis Ford Coppola, Drehbuch: John Milius, Francis Ford Coppola (nach Motiven aus der Novelle »Heart of the Darkness« von Joseph Conrad, den Vietnamkriegsberichten von Michael Herr und einem Surferfilm-Drehbuch von John Milius). *57, 82, 148, 172f, 196, 243, 249f, 269, 272, 291, 522, 529, 543, 552, 564*
APOKALYPSE VIETNAM, BRD 2000, MDR-Dokumentarfilm in zwei Teilen von Sebastian Dehnhardt (Der Krieg in Indochina 1945-1968) und Jürgen Eike (Der Krieg in Indochina 1968-1975). *270*
APOLLO 13*, USA 1994, Regie: Ron Howard, Drehbuch: William Broyles Jr., Al Reinert (nach dem Buch »Lost Moon« von Jim Lovell und Jeffrey Kluger). *389f, 553f*
ARIZONA DREAM, Frankreich/USA 1992, Regie: Emir Kusturica, Drehbuch: David Atkins. *419*
ARLINGTON ROAD, USA 1999, Regie: Mark Pellington, Drehbuch: Ehren Kruger. *417*
ARMAGEDDON* (Das jüngste Gericht), USA 1998, Regie: Michael Bay, Drehbuch: Jonathan

Hengsleigh, J. J. Abrams. *56, 114, 123, 161, 235, 324, 330, 386-394, 398, 503, 518, 520, 523, 526f, 551f, 554, 565*
ASSASSINATION FILE – OPERATION LASKEY, USA 1996, Regie: John Harrison, Drehbuch: Harry B. Miller III. *115*
ASSAULT AT WEST POINT: THE COURT-MARTIAL OF JOHNSON WHITTAKER (Der steinige Weg zur Gerechtigkeit), USA 1993 (TV), Regie: Harry Moses. *290*
ASTEROID* (Asteroid – Tod aus dem All), USA 1996/97 (TV/NBC), Regie: Bradford May, Drehbuch: Robbyn Burger, Scott Sturgeon. *392, 399, 565*
ATOMIC TRAIN (Atomic Train – Zugfahrt ins Jenseits), USA 1998 (NBC), Regie: Dick Lowry, David Jackson, Drehbuch: D. Brent Mote, Philip Penningroth. *501, 508*
ATTACK[no] (Ardennen 1944), USA 1956, Regie: Robert Aldrich, Drehbuch: James Poe (nach dem Bühnenstück »The fragile Fox« von Norman Brooks). *570*

B

BACK TO BATAAN (Zwei schlagen zurück / Stahlgewitter), USA 1945, Regie: Edward Dmytryk, Drehbuch: Ben Barzman, Richard Landau (nach einer Erzählung von Aeneas MacKenzie und William Gordon). *234*
BAD BOYS HUNTING, USA 2000, Regie: Rodney Gibbons, Drehbuch: Terry Abrahamson. *97*
BAD BOYS II, USA 2003, Regie: Michael Bay, Drehbuch: George Gallo, John Lee. *235, 479, 502f, 552*
BAD COMPANY*, USA 2002, Regie: Joel Schumacher, Drehbuch: Gary M. Goodman, David Himmelstein. *569*
BAD DAY AT BLACK ROCK, USA 1955, Regie: John Sturges, Drehbuch: Howard Breslin (story), Don McGuire (adapation). *238*
BAND OF BROTHERS* (Wir waren Brüder) – 10 Teile (TV-Serie/HBO), USA 2001, Produzenten: Tom Hanks, Steven Spielberg (nach einer literarischen Vorlage von Stephen E. Ambrose), Regie: David Frankel, Tom Hanks u.a. *206f, 234, 479*
BAT 21* (Bat-21 – Mitten im Feuer), USA 1987, Regie: Peter Markle, Drehbuch: William C. Anderson, George Gordon (nach einem Roman von William C. Anderson). *270, 565*
BATORU ROWAIARU / BATTLE ROYAL, Japan 2000, Regie: Kinji Fukasaku, Drehbuch: Kenta Fukasaku (nach einem Roman von Koshun Takami). *187*
BATTLE CRY*, USA 1955, Regie: Raoul Walsh, Drehbuch: Leon Uris (nach seinem Roman). *551, 570*
BATTLEFIELD EARTH (Kampf um die Erde), USA 2000, Regie: Roger Christian, Drehbuch: Corey Mandell, Jo Shapiro (nach einem Roman von Ron L. Hubbard). *375f, 385*
BEHIND ENEMY LINES* (Im Fadenkreuz – Allein gegen alle), USA 2001, Regie: John Moore, Drehbuch: John und Jim Thomas. *311-314, 331, 479, 524-526, 558, 566*
BEING JOHN MALKOVICH, USA 1999, Regie: Spike Junze, Drehbuch: Charlie Kaufman. *419*
BELARUS FILE (Mord im Exil), USA 1985, Regie: Robert Markowitz, Drehbuch: Albert Ruben. *196*
BELOVED (Menschenkind), USA 1998, Regie: Jonathan Demme, Drehbuch: Akosua Busia, Richard LaGravenese, Adam Brooks (nach dem Roman von Toni Morrison). *289, 291*
BERSERKER, Südafrika 2001, Regie & Drehbuch: Paul Matthews. *230*
BEYOND THE TIME BARRIER (The War Of 1995), USA 1960, Regie: Edgar G. Ulmer, Drehbuch: Arthur C. Pierce. *400*
BIG WEDNESDAY (Tag der Entscheidung), USA 1978, Regie: John Milius, Drehbuch: John Milius, Dennis Aaberg. *552*

BILLY ELLIOT (Billy Elliot – I will dance), GB 2000, Regie: Stephen Daldry, Drehbuch: Lee Hall. *541f, 559*
BIRDY, USA 1984/1985, Regie: Alan Parker, Drehbuch: Sandy Kroopf, Jack Behr (nach dem Roman von William Wharton). *260, 529*
BLACK HAWK DOWN*, USA 2002, Regie: Ridley Scott, Drehbuch: Ken Nolan (nach einer Buchvorlage von Mark Bowden). *59, 204, 293, 305-310, 330f, 479, 510, 519, 522, 524-526, 528, 552, 566*
BLACK SUNDAY (Schwarzer Sonntag), USA 1976, Regie: John Frankenheimer, Drehbuch: Ernest Lehman, Kenneth Ross, Ivan Moffat (nach einem Roman von Thomas Harris). *439, 497, 501*
BLADE RUNNER (Der Blade Runner), USA 1982, Regie: Ridley Scott, Drehbuch: Hampton Fancher, David Peoples (nach Motiven der Erzählung »Do Androids Dream of Electric Sheep?« von Philip K. Dick). *421*
BLOW UP, GB/Italien 1966, Regie & Drehbuch: Michelangelo Antonioni (nach einer Kurzgeschichte von Julio Cortázar). *428*
BOB ROBERTS, USA 1992, Drehbuch und Regie: Tim Robbins. *106f, 123f, 416*
BORN ON THE FOURTH OF JULY (Geboren am 4. Juli), USA 1989, Regie: Oliver Stone, Drehbuch: Oliver Stone, Ron Kovic (nach der Autobiografie von Ron Kovic). *243, 260, 288, 375, 520*
BOWLING FOR COLUMBINE, USA/Kanada/BRD 2002, Regie & Drehbuch: Michael Moore. *166-170, 403, 536*
BRAVEHEART*, USA 1994, Regie: Mel Gibson, Drehbuch: Randall Wallace. *160, 182, 236, 523*
BRAZIL, GB 1984, Regie: Terry Gilliam, Drehbuch: Terry Gilliam, Torn Stoppard, Charles McKeown. *422, 554*
BRINGING OUT THE DEAD (Bringing Out The Dead – Nächte der Erinnerung), USA 1999, Regie: Martin Scorsese, Drehbuch: Paul Schrader (nach einem Roman von Joe Connelly). *430*
BRITNEY SPEARS LIVE FROM LAS VERGAS*, USA 2001 (TV), Regie: Marty Callner. *551*
BROKEN ARROW, USA 1950, Regie: Delmer Daves, Drehbuch: Albert Maltz, Michael Blankfort (nach einem Roman von Elliott Arnold). *176*
BRUSHFIRE (Die Geiseln müssen sterben), USA 1961, Regie: Jack Warner Jun., Drehbuch: Irwin R. Blacker. *271*
BUFFALO SOLDIERS (Buffalo Soldiers – Army go home!), BRD/GB/USA 2001, Regie: Gregor Jordan, Drehbuch: Nora MacCoby, Eric Weiss, Gregor Jordan. *502*
BULWORTH, USA 1998, Regie: Warren Beatty, Drehbuch: Warren Beatty, Jeremy Pikser. *120f, 123, 134*

C

C'EST ARRIVE PRES DE CHEZ VOUS (Mann beißt Hund), Belgien 1992, Regie: Rémy Belvaux, André Bonzel, Benoît Poelvoorde, Drehbuch: Rémy Belvaux, André Bonzel, Benoît Poelvoorde, Vincent Tavier. *430*
CANARIS, Deutschland 1954, Regie: Alfred Weidemann, Drehbuch: Erich Ebermayer. *190, 227*
CAPTAIN CORELLI'S MANDOLIN (Corellis Mandoline), USA/GB/Frankreich 2001, Regie: John Madden, Drehbuch: Shawn Slovo (nach einem Roman von Louis de Bernières). *206, 234*
CASABLANCA, USA 1942, Regie: Michael Curtiz, Drehbuch: Philip G. Epstein, Howard Koch, Julius G. Epstein (nach dem Bühnenstück »Everybody comes to Rick's« von Morray Burnett und Joan Alison). *227*

CAST AWAY, USA 2000, Regie: Robert Zemeckis, Drehbuch: William Broyles Jr. *381*
CASTLE KEEP (Das Schloss in den Ardennen), USA/Jugoslawien 1968, Regie: Sydney Pollak, Drehbuch: Daniel Taradash, David Rayfiel (nach einem Roman von William Eastlake). *227*
CASUALTIES OF WAR (Die Verdammten des Krieges), USA 1989, Regie: Brian De Palma, Drehbuch: David Rabe (nach dem gleichnamigen Buch von Daniel Lang). *243, 274, 527*
CATCH 22 (Catch 22 – Der böse Trick), USA 1970, Regie: Mike Nichols, Drehbuch: Buck Henry (nach dem Roman von Joseph Heller). *200, 232, 271, 329, 558*
CATS & DOGS (Cats & Dogs – Wie Hund und Katz), USA 2001, Regie: Lawrence Guterman, Drehbuch: John Requa, Glenn Ficarra. *522*
CHEYENNE AUTUMN (Cheyenne), USA 1963, Regie: John Ford, Drehbuch: James R. Webb (nach einem Roman von Mari Sandoz). *176*
CHINA GATE (Der China Legionär), USA 1957, Regie & Drehbuch: Samuel Fuller. *271*
CIDADE DE DEUS (City of God), Brasilien/F/USA 2002, Regie: Fernando Meirelles, Kátja Lund, Drehbuch: Bráulio Mantovani (nach dem Roman »Cidade de Deus« von Paulo Lin). *534*
CITIZEN COHN[no], USA 1992 (TV/HBO), Regie: Frank Pierson, Drehbuch: David Franzoni (Nicolas von Hoffman). *568*
CITIZEN KANE, USA 1941, Regie: Orson Welles, Drehbuch: Herman J. Mankiewicz, Orson Welles. *98f, 130f*
CITY OF ANGELS (Stadt der Engel), USA 1998, Regie: Brad Silberling, Drehbuch: Dana Stevens (in Anlehnung an Wim Wenders' Film »Der Himmel über Berlin«). *359f*
CLASS ACTION (Das Gesetz der Macht), USA 1990, Regie: Michael Apted, Drehbuch: Carolyn Shelby, Christopher Ames, Samantha Shad. *97, 432*
CLEAR AND PRESENT DANGER* (Das Kartell), USA 1993, Regie: Philip Noyce, Drehbuch: Donald Stewart, Steven Zaillian, John Milius. *81, 108f, 122, 133, 295, 315, 350, 520, 527, 552, 568*
COBRA VERDE, BRD 1987, Regie & Drehbuch: Werner Herzog (nach Motiven des Romans »Der Vizekönig von Quidah« von Bruce Chatwin). *558*
COLD MOUNTAIN (Unterwegs nach Cold Mountain), USA 2003, Regie & Drehbuch: Anthony Minghella (nach dem Buch von Charles Frazier). *141, 173*
COLLATERAL DAMAGE (Zeit der Vergeltung), USA 2001, Regie: Andrew Davis, Drehbuch: David und Peter Griffiths. *314-318, 436, 479, 524*
COME, SEE THE PARADISE[no] (Komm und sieh das Paradies), USA 1990, Regie & Drehbuch: Alan Parker. *218, 237f*
COMING HOME[no] (Sie kehren heim), USA 1978, Regie: Hal Ashby, Drehbuch: Waldo Salt, Robert C. Jones (nach einer Geschichte von Nancy Dowd). *243, 260*
CON AIR, USA 1997, Regie: Simon West, Drehbuch: Scott Rosenberg. *407, 427, 552*
CONAN THE BARBARIAN (Conan – Der Barbar), USA 1981, Regie: John Milius, Drehbuch: John Milius, Oliver Stone (nach einer Romanfigur von Robert E. Howard). *151, 552, 555*
CONFESSIONS OF A NAZI SPY (Ich war ein Spion der Nazis), USA 1939, Regie: Anatole Litvak, Drehbuch: Milton Krims, John Wexley (nach Artikeln von Leon G. Torrou). *227*
CONSPIRACY THEORY (Fletcher's Visionen), USA 1997, Regie: Richard Donner, Drehbuch: Brian Helgeland. *411f*
CONTACT, USA 1997, Regie: Robert Zemeckis, Drehbuch: Carl Sagan, Ann Druyan, Michael Goldenberg. *114*
CONTROL ROOM, Ägypten/USA 2004 (Dokumentarfilm), Regie: Jehane Noujaim. *535*
CONVICTION (Conviction – Gefangene der Straße), USA 2002, Regie: Kevin Rodney Sulli-

van, Drehbuch: Jon Huffman, Carl Upchurch (nach der Autobiographie »Convicted in The Womb« von Carl Upchurch). *287, 291*
CORONADO, USA/Mexiko/Schweiz 2003, Regie: Claudio Faeh, Drehbuch: Volker Engel, Marc Weigert, Claudio Faeh. *332*
COUNTERFEIT COVERAGE, GB 1992 (BBC), Dokumentarfilm von David Shulman. *76*
COUNTERFORCE, USA 1986, Regie: José Antonio de la A. Loma, Drehbuch: Douglas Borton. *453*
COURAGE UNDER FIRE[no] (Mut zur Wahrheit), USA 1996, Regie: Edward Zwick, Drehbuch: Patrick Sheane Duncan. *300-303, 328f, 519, 527*
COYOTE MOON / DESERT HEAT (Inferno), USA 1999, Regie: John G. Avildsen, Drehbuch: Tom O'Rourke. *142*
CRASH POINT ZERO (Final Crash – Concorde in den Tod), USA 2000, Regie: Jay Andrews, Drehbuch: Steve Latshaw. *437*
CRIMSON TIDE[no] (Crimson Tide – In tiefster Gefahr), USA 1995, Regie: Tony Scott, Drehbuch: Michael Schiffer. *324, 552, 568*
CROCIATI / DIE KREUZRITTER (The Crusaders), Italien/BRD 2001 (TV), Regie: Dominique Othenin-Girard, Drehbuch: Andrea Porporati. *449, 494f*

D

DANCER IN THE DARK, Dänemark/Schweden/Finnland 2000, Regie & Drehbuch: Lars von Trier. *186*
DANTE'S PEAK, USA 1996, Regie: Roger Donaldson, Drehbuch: Leslie Bohem. *393*
DARK CITY, USA 1997, Regie: Alex Proyas, Drehbuch: Alex Proyas, Lem Dobbs, David S. Goyer. *421, 431*
DAS BOOT, BRD 1979-81, Regie & Drehbuch: Wolfgang Petersen (nach dem Roman von Lothar-Günther Buchheim). *191, 228, 532*
DAS EXPERIMENT, BRD 2000, Regie: Oliver Hirschbiegel, Drehbuch: Mario Giordano, Christoph Darmstädt, Don Bohlinger (nach dem Roman »Black Box« von Mario Giordano). *349*
DAS KOMMANDO, BRD 2004 (SWF-Fernsehfilm), Regie & Drehbuch: Thomas Bohn (Ausstrahlung am 19.1.2005 in der ARD). *514*
DAVE*, USA 1993, Regie: Ivan Reitman, Drehbuch: Gary Ross. *107f, 121-123, 518, 520, 554*
DAWN OF THE DEAD, USA 2004, Regie: Zack Snyder, Drehbuch: James Gunn (nach der Drehbuchvorlage von George A. Romero, 1978). *427*
DAY ONE[no], USA 1989 (TV), Regie: Joseph Sargent, Drehbuch: David W. Rintels (Buch: Peter Wyden). *565*
DEAD BANG (Dead Bang – Kurzer Prozess), USA 1988, Regie: John Frankenheimer, Drehbuch: Robert Forster. *414*
DEAD MAN WALKING (Sein letzter Gang), USA 1995, Regie & Drehbuch: Tim Robbins (nach einem Buch von Helen Prejean). *165*
DEAD MAN'S WALK, USA 1996, Regie: Yves Simoneau, Teleplay: Larry McMurtry, Diana Ossana (nach dem Roman von Larry McMurtry). *141*
DEATH WATCH (La mort en direct / Death Watch – Der gekaufte Tod), BRD/Frankreich 1979, Regie: Bertrand Tavernier, Drehbuch: David Rayfiel, Bertrand Tavernier (nach dem Roman »The Continious Katherine Mortenhoe« von David Compton). *430*
DECEMBER 7TH, USA 1943, Regie: John Ford, Gregg Toland, Drehbuch: Budd Schulberg. *211*
DEEP IMPACT*, USA 1998, Regie: Mimi Leder, Drehbuch: Bruce Joel Rubin, Michael Tolkin, John Wells. *114, 121, 161, 175, 390-394, 398f, 518, 526, 551, 565*
DELTA FORCE 2 – THE COLUMBIAN CONNECTION, USA 1989/90, Regie: Aaron Norris, Dreh-

buch: Lee Reynolds. *315, 415*
DELTA FORCE, USA 1985, Regie: Menahem Golan, Drehbuch: James Bruner. *151, 350, 415, 439, 487f*
DEMOLITION U (Demolition University), USA 1997, Regie: Kevin S. Tenney, Drehbuch: Steve Jankowski. *439*
DEN OF LIONS (Den of Lions – Auf Messers Schneide), USA 2003, Regie: James Bruce, Drehbuch: Freddy Deane. *326*
DER HIMMEL ÜBER BERLIN (Les Ailes du Desir; Wings Of Desire), BRD/Frankreich 1986/87, Regie: Wim Wenders, Drehbuch: Wim Wenders, Peter Handke, Richard Reitinger. *359f, 545*
DER KRIEG IN VIETNAM – DIE GEHEIMEN BILDER DER US-ARMY. Teil 1. Dokumentarfilm von Isabelle Clarke (Realisation), Richard Sanderson, Daniel Costelle (Autoren), Deutsche Fassung ORF Wien 2000 (Videoausgabe Komplett Media GmbH Grünwald). *25*
DER UNHOLD (The Ogre; Le Roi des Aulnes), BRD/Frankreich/GB 1996, Regie: Volker Schlöndorff, Drehbuch: Jean Claude Carrière, Volker Schlöndorff (nach dem Roman »Der Erlkönig« von Michel Tournier). *229*
DER UNTERGANG, BRD 2004, Regie: Oliver Hirschbiegel, Drehbuch: Bernd Eichinger (nach dem Buch von Joachim Fest und Erinnerungen der Hitler-Sekretärin Traudl Junge; mit Ausschnitten aus dem Dokumentarfilm IM TOTEN WINKEL von André Heller und Othmar Schmiderer). *192, 229, 573*
DESASTER AT SILO 7* (Inferno auf Rampe 7), USA 1988, Regie: Larry Elikann, Drehbuch: Douglas Lloyd McIntosh, Mark Carliner. *240*
DESPERATE MEASURES, USA 1997, Regie: Barbet Schroeder, Drehbuch: David Klass. *129f, 427*
DEVIL DOGS OF THE AIR*, USA 1935, Regie: Lloyd Bacon, Drehbuch: John Monk Saunders (story), Malcom Stuart Boylan (screenplay). *551*
DIAMONDBACKS (Mission Death – Countdown zur Ewigkeit), USA 1998, Regie: Bernard Salzman, Drehbuch: Rachel Gordon. *415, 418*
DICK – THE UNMAKING OF THE PRESIDENT (Ich liebe Dick), USA 1999, Regie: Andrew Fleming, Drehbuch: Andrew Fleming, Sheryl Longin. *113*
DIE ANOTHER DAY* (James Bond 007 – Stirb an einem anderen Tag), USA/GB 2002, Regie: Lee Tamahori, Drehbuch: Neal Purvis, Robert Wade. *298, 325, 328, 396, 479*
DIE BRÜCKE, BRD 1959, Regie: Bernhard Wicki, Drehbuch: Michael Mansfeld, Karl-Wilhelm Vivier (nach dem gleichnamigen Roman von Manfred Gregor). *190, 227f, 532, 557*
DIE HARD (Stirb langsam), USA 1987, Regie: John McTiernan, Drehbuch: Jeb Stuart, Steven E. de Souza (nach einem Roman von Roderick Thorpe). *436, 453, 497*
DIE HARD 2 / DIE HARDER[no] (Stirb langsam 2), USA 1989, Regie: Renny Harlin, Drehbuch: Steven E. de Souza, Douglas Richardson (nach dem Roman »58 Minuten« von Walter Wagner und Charakteren von Roderick Thorp). *436, 453, 497*
DIE HARD WITH A VENGEANCE (Stirb langsam: Jetzt erst recht), USA 1994, Regie: John McTiernan, Drehbuch: Jonathan Hensleigh. *436, 453, 497*
DIE MÖRDER SIND UNTER UNS, Deutschland 1946, Regie & Drehbuch: Wolfgang Staudte. *190*
DIE WAHRE GESCHICHTE DES GOLFKRIEGES (Hidden War Of Desert Storm), Arte Frankreich/USA 2000 (Free-Will Productions), Dokumentarfilm von Andrey Brohy und Gerard Ungerman (TV-Ausstrahlung im Sender Arte am 8.1.2003). *329*
DIÊN BIÊN PHÚ (Diên Biên Phú – Symphonie des Untergangs), Frankreich 1991, Regie & Drehbuch: Pierre Schoendoerffer. *274*
DIRTY PICTURES, USA 2000, Regie: Frank Pierson, Drehbuch: Ilene Chaiken. *171*
DIVE BOMBER*, USA 1941, Regie: Michael Curtiz, Drehbuch: Frank Weed. *235, 551*

DOWN, USA/NL 2001, Regie & Drehbuch; Dick Maas (Remake nach »Fahrstuhl des Grauens« von 1982). *436*
DR. STRANGLOVE OR HOW I LEARNED TO STOPP WORRYING AND LOVE THE BOMB (Dr. Seltsam, oder wie ich lernte, die Bombe zu lieben), GB 1963, Regie: Stanley Kubrick, Drehbuch: Stanley Kubrick, Peter George, Terry Southern (nach dem Buch »Red Alert« von Peter George). *196, 222, 329, 558*
DREAMCATCHER, USA 2003, Regie: Lawrence Kasdan, Drehbuch: William Goldman, Lawrence Kasdan (nach dem Roman »Duddits« von Stephen King). *376f*

E

EDTV, USA 1998, Regie: Ron Howard, Drehbuch: Lowell Ganz, Babaloo Mandel. *430*
EL CID, USA/Italien 1961, Regie: Anthony Mann, Drehbuch: Philip Yordan, Fredric M. Frank. *449*
ELEPHANT, USA 2003, Regie & Drehbuch: Gus van Sant. *167, 187*
EMBEDDED / LIVE, USA 2004, Regie & Drehbuch: Tim Robbins (Aufzeichnung seines Theaterstücks von 2003). *536*
EMPIRE OF THE SUN (Das Reich der Sonne), USA 1987, Regie: Steven Spielberg, Drehbuch: Tom Stoppard (nach einem Roman von J. G. Ballard). *233*
END OF DAYS (Nacht ohne Morgen), USA 1998/99, Regie: Peter Hyams, Drehbuch: Andrew W. Marlowe. *362f*
ENDURING FREEDOM – THE OPENING CHAPTER*, USA 2002, Afghanistan-Kinotrailer des Marine Corps und der Navy. *61*
ENEMY AT THE GATES (Duell), BRD/GB/Irland/USA 2000, Regie: Jean-Jaques Annaud, Drehbuch: Alain Godard, Jean-Jaques Annaud (in Anlehnung an eine Vorlage von William Craig). *205f, 236*
ENEMY OF THE STATE (Staatsfeind Nr. 1), USA 1998, Regie: Tony Scott; Drehbuch: David Marconi. *119f, 412f, 428, 449*
ENOLA GAY (Enola Gay – Bomber des Todes), USA 1980, Regie: David Lowell Rich, Drehbuch: James Poe, Millard Kaufman (nach dem Buch von Gordon Thomas und Max Morgan Witts). *224*
EPICENTER, USA 2000, Regie: Richard Pepin, Drehbuch: Greg McBride. *436, 487*
EPSTEINS NACHT, BRD 2002, Regie: Urs Egger, Drehbuch: Jens Urban. *229*
ERIN BROCKOVICH, USA 1999, Regie: Steven Soderbergh, Drehbuch: Susannah Grant. *97*
ES BEGANN MIT EINER LÜGE, BRD 2001, WDR-Dokumentarfilm von Jo Angerer und Mathias Wert. *230*
ESCAPE FROM ABSOLOM / NO ESCAPE (Flucht aus Absolom), USA 1993, Regie: Martin Campbell, Drehbuch: Michael Gaylin, Joel Gross (nach einem Roman von Richard Herley). *404*
ESCAPE TO NOWHERE (Escape to Nowhere – Platoon to Hell), USA 1995, Regie: Irvin Johnson, Drehbuch: Corwyn Paul Sperry, James Gaines, James Paolelli. *271*
ESCAPE: HUMAN CARGO (Flucht aus Saudi-Arabien), USA 1998, Regie: Simon Wincer, Drehbuch: William Mickelberry, Dan Vining (nach einem Roman von John McDonald). *494*
EXECUTIVE DECISION* (Einsame Entscheidung), USA 1995, Regie: Stuart Baird, Drehbuch: Jim Thomas, John Thomas. *383, 437, 457, 459-461, 463, 518*
eXistenZ (Existenz – Du bist das Spiel), USA/Kanada/GB 1998, Regie & Drehbuch: David Cronenberg. *421*
EXTREME MEASURES (Extrem – Mit allen Mitteln), USA 1996, Regie: Michael Apted, Drehbuch: Tony Gilroy (nach dem Buch von Michael Palmer). *97, 129*

EYE OF THE TIGER (Der Tiger), USA 1986, Regie: Richard Sarafian, Drehbuch: Michael Montgomery. *176*

F

FAHRENHEIT 451, GB/USA 1966, Regie: Francois Truffaut, Drehbuch: Francois Truffaut, Jean-Louis Richard (nach dem Roman von Ray Bradbury, 1953). *419, 554*
FAHRENHEIT 9/11 – THE TEMPERATURE WHERE FREEDOM BURNS, USA 2004, Regie & Drehbuch: Michael Moore. *94, 129, 169, 275, 558*
FAIL SAFE (Fail Safe – Befehl ohne Ausweg), USA 2000, Regie: Steven Frears, Drehbuch: Walter Bernstein (nach einem Roman von Eugene Burdick und Harvey Wheeler; Remake eines gleichnamigen Films von Sidney Lumet aus dem Jahr 1963[no]). *223, 568*
FALLING DOWN (Falling Down – Ein ganz normaler Tag), USA 1992, Regie: Joel Schumacher, Drehbuch: Ebbe Roe Smith. *166*
FAMILY OF SPIES[no], USA 1990 (TV), Regie: Stephen Gyllenhaal, Drehbuch: Howard Blum, Pete Earley. *569*
FAR AND AWAY (In einem fernen Land), USA 1992, Regie: Ron Howard, Drehbuch: Bob Dolman. *144*
FAREWELL TO MANZANAR, USA 1976 (TV), Regie: John Korty, Drehbuch: James D. Houston, Jeanne Houston. *238*
FAT MAN AND LITTLE BOY[no], USA 1989, Regie: Roland Joffeé, Drehbuch: Bruce Robinson. *565*
FATHERLAND (Vaterland), USA 1994 (TV/HBO), Regie: Christopher Menaul, Drehbuch: Stanley Weiser, Ron Hutchinson (nach einem Roman von Robert Harris). *207, 231*
FIGHT CLUB, USA 1999, Regie: David Fincher, Drehbuch: Jim Uhls (nach dem Roman von Chuck Palahniuk, 1996). *425f, 436, 438*
FIRE BIRDS* (Air Borne – Flügel aus Stahl), USA 1990, Regie: David Greene, Drehbuch: Nick Thiel, Paul F. Edwards. *314f*
FIRE IN THE SKY (Feuer am Himmel), USA 1993, Regie: Robert Liebermann, Michael Owens, Drehbuch: Tracy Tomé (nach einem Roman von Travis Walton). *373*
FIRES OF KUWAIT, USA 1992 (Miramax), Regie: David Douglas. *303*
FIRST BLOOD (Rambo), USA 1982, Regie: Ted Kotcheff, Drehbuch: Michael Kozoll, William Sackheim, Sylvester Stallone (nach dem Roman von David Morrell). *150f, 176, 245, 544, 560*
FIRST KID (Mr. Präsident Junior), USA 1996, Regie David Mickey Evans, Drehbuch: Tim Kelleher. *114*
FIVE GATES TO HELL (Fünf Tore zur Hölle), USA 1959, Regie & Drehbuch: James Clavell. *271*
FLAWLESS (Harte Kerle – Schräge Vögel: Makellos), USA 1999, Regie & Drehbuch: Joel Schumacher. *186*
FLIGHT OF THE INTRUDER* (Flug durch die Hölle), USA 1989, Regie: John Milius, Drehbuch: Robert Dillon, David Shaber (nach einem Roman von Stephen Coonts). *198, 256-259, 268, 272, 293, 520, 532, 552*
FLYING LEATHERNECKS* (Guadalcanal – Entscheidung im Pazifik / Jagdgeschwader Wildkatze / Stählerne Schwingen), USA 1951, Regie: Nicholas Ray, Drehbuch: Kenneth Gamet (story), James Edward Grant. *551*
FLYING TIGERS (Unternehmen Tigersprung), USA 1942, Regie: David Miller, Drehbuch: Kenneth Gamet, Barry Trivers. *235*
FOLTER IM NAMEN DER FREIHEIT, BRD 2004 (ausgestrahlt am 10.6.2004 im TV-Sender Phoenix), Dokumentarfilm von Arnim Stauth und Jörg Armbruster. *184, 351*

XV. Anhang

FORBIDDEN PLANET, USA 1956, Regie: Fred M. Wilcox, Drehbuch (Story): Irving Block, Allen Adler. *382*

FORREST GUMP*/no, USA 1994, Regie: Robert Zemeckis, Drehbuch: Eric Roth. *260-263, 267f, 272-274, 345, 520, 558, 568*

FRENCH QUARTER UNDER COVER (New Orleans Anti Terror Force), USA 1985, Regie: Patrick C. Poole, Joseph J. Catalonotto, Drehbuch: Bill Holiday. *453*

FULL METAL JACKET, USA 1987, Regie: Stanley Kubrick, Drehbuch: Stanley Kubrick, Michael Herr, Gustav Hasford (nach dem autobiografisch beeinflussten Roman »The Short Timers« von Gustav Hasford). *148, 186, 196f, 243, 250, 272, 554, 559*

FUTURE FORCE, USA 1989, Regie & Drehbuch: David A. Prior. *404f*

G

G.I. JANE^{no} (Die Akte Jane), USA 1997, Regie: Ridley Scott, Drehbuch: David T. Twohy, Danielle Alexandra. *276, 288, 450, 495*

GARDENS OF STONE* (Der Steinerne Garten), USA 1987, Regie: Francis Ford Coppola, Drehbuch: Ronald Bass (nach dem gleichnamigen Roman von Nicholas Proffitt). *57, 82, 246, 520, 529, 553, 565*

GATTACA, USA 1997, Regie & Drehbuch: Andrew Niccol. *421*

GETTYSBURG, USA 1993, Regie & Drehbuch: Ronald F. Maxwell (nach dem Roman von Michael Shaara). *140, 173*

GHOSTS OF MISSISSIPPI (Das Attentat), USA 1996, Regie: Rob Reiner, Drehbuch: Lewis Colick. *289*

GLADIATOR, USA 2000, Regie: Ridley Scott, Drehbuch: David Franzoni, John Logan, William Nicholson. *157f, 308, 330*

GLORY, USA 1989, Regie: Edward Zwick, Drehbuch: Kevin Jarre (nach den Büchern »Lay this Laurel« von Lincoln Kirstein und »One Gallant Rush« von Peter Burchard sowie den Briefen von Colonel Robert Gould Shaw). *280f, 329*

GOD IS MY CO-PILOT, USA 1945, Regie: Robert Florey, Drehbuch: Abem Finkel, Peter Milne. *237*

GODS AND GENERALS, USA 2003, Regie & Drehbuch: Ronald F. Maxwell (nach dem Roman von Michael Shaara). *140f, 523*

GODZILLA, USA 1998, Regie: Roland Emmerich, Drehbuch: Ted Eliott, Terry Rossio, Dean Devlin, Roland Emmerich. *225, 436*

GOING BACK, USA 2001, Regie: Sidney J. Furie, Drehbuch: Greg Mellott. *267, 274, 344, 526*

GOJIRA (Godzilla), Japan 1954, Regie: Inoshirô Honda, Terry Morse, Drehbuch: Takeo Murata, Inoshirô Honda (nach einem Roman von Shigeru Kayama). *225, 241f*

GOLDENEYE* (James Bond 007 – Goldeneye), USA/GB 1995, Regie: Martin Campbell, Drehbuch: Jeffrey Caine, Bruce Feirstein. *296f, 350, 527, 568*

GOOD MORNING BABYLON, Italien/Frankreich/USA 1986, Regie: Paolo Taviani, Vittorio Taviani, Drehbuch: Paolo Taviani, Vittorio Taviani, Tonino Guerra. *24*

GOOD MORNING VIETNAM, USA 1987, Regie: Barry Levinson, Drehbuch: Mitch Markowitz. *243, 250, 271*

GOODBYE AMERICA (Im Namen der Ehre), USA 1997, Regie: Thierry Notz, Drehbuch: Michael Sellers, Robert Couttie, Frederik Bailey. *346*

GORGO, GB 1959 (1961), Regie: Eugène Lourié, Drehbuch: Robert L. Richards, Daniel James. *487*

GROUNDHOG DAY (Und täglich grüßt das Murmeltier), USA 1992, Regie: Harold Ramis, Drehbuch: Danny Rubin, Harold Ramis (nach einer Story von Danny Rubin). *419*

XV. Anhang

GUADALCANAL DIARY* (Guadalkanal – Die Hölle im Pazifik), USA 1943, Regie: Lewis Seiler, Drehbuch: Richard Tregaskis (book), Lamar Trotti. *208, 237, 277*
GUERREROS* (Guerreros – Im Krieg gibt es keine Helden!), Spanien 2002, Regie: Daniel Calparsoro, Drehbuch: Daniel Calparsoro, Juan Cavestany. *313f, 519*
GUILTY BY SUSPICION (Schuldig bei Verdacht), USA 1991, Regie & Drehbuch: Irwin Winkler. *102f, 554*
GUNG HO!, USA 1943, Regie: Ray Enright, Drehbuch: Joseph Hoffman, Lucien Hubbard. *237*
GUNNER PALACE – SOME WAR STORIES WILL NEVER MAKE THE NIGHTLY NEWS, USA 2004/2005, Dokumentarfilm über US-Soldaten im Irak von Michael Tucker und Petra Epperlein. *502*

H

HAIE UND KLEINE FISCHE, BRD 1957, Regie: Frank Wisbar, Drehbuch: Wolfgang Ott (nach seinem gleichnamigen Roman). *190*
HAIR*, USA 1977, Regie: Milos Forman, Drehbuch: Michael Weller (nach dem Rock-Musical von Gerome Ragni, Hames Rado, Galt MacDermot). *520*
HALLS OF MONTEZUMA (Okinawa / Die Hölle von Okinawa), USA 1951, Regie: Lewis Milestone, Drehbuch: Michael Blankfort. *208*
HAMBURGER HILL*, USA 1987, Regie: John Irvin, Drehbuch: Jim Carabatsos. *246, 249-253, 267f, 272, 278, 520, 525f, 565*
HART'S WAR (Das Tribunal), USA 2002, Regie: Gregory Hoblit, Drehbuch: Terry George (in Anlehnung an eine Romanvorlage von John Katzenbach). *205*
HEAD OF THE STATE (Das Weiße Haus sieht schwarz), USA 2003, Drehbuch und Regie: Chris Rock. *121, 123*
HEARTBREAK RIDGE*/no, USA 1986, Regie: Clint Eastwood, Drehbuch: James Carabatsos. *25, 272, 277, 288, 564f, 570*
HEARTS IN ATLANTIS*, USA 2001, Regie: Scott Hicks, Drehbuch: William Goldman (nach dem Roman von Stephen King). *413, 429, 525*
HEAVEN AND EARTH (Zwischen Himmel und Hölle), USA 1993, Regie & Drehbuch: Oliver Stone (nach den Büchern »When Heaven and Earth Changed Places« von Le Ly Hayslip mit Jay Wurts und »Child of War, Woman of Peace« von Le Ly Hayslip mit James Hayslip). *243*
HELL DIVERS*, USA 1931, Drehbuch: Frank Wead (story), Harvey Gates (screenplay). *551*
HELL'S ANGELS (Höllenflieger), USA 1930, Regie (und Produzent): Howard Hughes, Drehbuch: Howard Estabrock, Harry Behn. *24*
HELLBOY, USA 2004, Regie: Guillermo del Toro, Drehbuch: Guillermo del Toro, Peter Briggs (nach den »Hellboy«-Comics von Mike Mognolas). *194*
HELLCATS OF THE NAVY*, USA 1957, Regie: Nathan Juran, Drehbuch: Bernie Gordon (Charles A. Lockwood, Hans Christian). *570*
HEROES* (Helden von heute), USA 1977, Regie: Jeremy Paul Kagan, Drehbuch: James Carabatsos, David Freeman. *272*
HIDALGO (Hidalgo – 3000 Meilen zum Ruhm), USA 2004, Regie: Joe Johnston, Drehbuch: John Fusco. *166, 481f*
HIGH CRIMES (Im Netz der Lügen), USA 2002, Regie: Carl Franklin, Drehbuch: Yuri Zeltzer, Cary Bickley. *343, 527*
HIROSHIMA, MON AMOR (Nijushi – Jikan Ni Joji), Frankreich/Japan 1959, Regie: Alain Resnais, Drehbuch: Marguerite Duras. *225*
HIROSHIMA, USA 1995, Fernsehfilm von Roger Spottiswoode. *565*

XV. Anhang

HITLERJUNGE SALOMON, BRD/Frankreich 1989, Regie & Drehbuch: Agnieszka Holland (nach den Memoiren von Sally Perel). *229*

HOLLOW MAN, USA 2000, Regie: Paul Verhoeven, Drehbuch: Andrew Marlowe. *86*

HOLOCAUST (Holocaust – Die Geschichte der Familie Weiss), USA 1978 (TV), Regie: Marvin J. Chomsky, Drehbuch: Gerald Green. *201, 233*

HONOR & DUTY (THE SUBSTITUTE IV): FAILURE IS NOT AN OPTION (Horror & Duty – The Substitute IV), USA 2000, Regie: Robert Radler, Drehbuch: Dan Gurskis. *223, 417f*

HOTEL RWANDA (Hotel Ruanda), Südafrika/GB/Italien 2004, Regie: Terry George, Drehbuch: Keir Pearson, Terry George. *333*

HOW I WON THE WAR (Wie ich den Krieg gewann), GB 1967, Regie: Richard Lester, Drehbuch: Charles Wood (nach einem Roman von Patrick Ryan). *329, 558*

HUNDE, WOLLT IHR EWIG LEBEN, BRD 1958, Regie: Frank Wisbar, Drehbuch: Frank Wisbar, Frank Dimen, Heinz Schröter (nach dem gleichnamigen Roman von Fritz Wöss und unter Verwendung zweier Bücher von Heinz Schröter). *190*

I

I WANTED WINGS, USA 1941, Regie: Mitchell Leisen, Drehbuch: Eleanore Griffin (story), Sig Herzig. *235*

I,ROBOT, USA 2004, Regie: Alex Proyas, Drehbuch: Jeff Vintar (nach der Science-Fiction-Sammlung von Isaac Asimov). *397, 421*

IN LOVE AND WAR, USA 1996, Regie: Richard Attenborough, Drehbuch: Allan Scott, Clancy Sigal, Anna Hamilton Phelan (nach dem Buch »Hemmingway in Love and War. The Lost Diary of Agnes von Kurowsky« von Henry S. Villard and James Nagel). *171*

IN THE ARMY NOW*, USA 1994, Regie: Daniel Petrie Jr., Drehbuch: Steve Zacharias, Jeff Buhai. *565, 569*

IN THE COMPANY OF SPIES*, USA 1999 (TV), Regie: Tim Matheson, Drehbuch: Roger Towne. *569*

IN THE LINE OF DUTY: THE TWILIGHT MURDERS (Mord in der Dämmerung), USA 1991, Regie: Dick Lowry, Drehbuch: Michael Petryni (nach dem Buch »Bitter Harvest. Murder in the Heartland« von James Corcoran). *414f*

IN THE LINE OF FIRE (Die zweite Chance), USA 1993, Regie: Wolfgang Petersen, Drehbuch: Jeff Maguire. *110*

IN THE NAME OF THE FATHER (Im Namen des Vaters), Irland/GB/USA 1993, Regie: Jim Sheridan, Drehbuch: Terry George, Jim Sheridan (nach einer Autobiografie von Gerry Conlon). *350*

IN THE NAVY*, USA 1941, Regie: Arthur Lubin, Drehbuch: Arthur Horman. *551*

INCHON*, USA 1981, Regie: Terence Young, Drehbuch: Laird Koenig, Robin Moore. *570*

INDEPENDENCE DAY[no], USA 1995, Regie: Roland Emmerich, Drehbuch: Dean Devlin, Roland Emmerich. *114, 374f, 382f, 385, 399, 437, 518*

INDIANA JONES (And The Temple Of Dome; And The Last Crusade), USA 1983/1988, Regie: Steven Spielberg. *233*

INDOCHINE, Frankreich 1991, Regie: Régis Wargnier, Drehbuch: Erik Orsenna, Louis Gardel, Catherine Cohen, Régis Wargnier. *271*

INFERNO / HEATWAVE (Das große Inferno), USA 1998, Regie: Ian Barry, Drehbuch: Bruce A. Taylor, Roderick Taylor. *400*

INSTINCT (Instinkt), USA 1999, Regie: Jon Turteltaub, Drehbuch Gerald DiPego (nach Motiven des Romans »Ishmael« von Daniel Quinn). *158, 181f*

INTOLERANCE, USA 1916, Regie & Drehbuch: David Wark Griffith. *24, 172*

INVADER, USA 1991, Regie & Drehbuch: Philip J. Cook. *412*
IO NO HO PAURA (Ich habe keine Angst), Italien/Spanien/GB 2002, Regie: Gabriele Salvatores, Drehbuch: Niccolò Ammaniti und Francesca Marciano (nach einem Roman von Niccolò Ammaniti). *550*
IRON EAGLE (Der stählerne Adler), USA 1985, Regie: Sidney J. Furie, Drehbuch: Kevin Elders, Sidney J. Furie. *26, 272, 293, 324, 443, 490*
IRON EAGLE II (Der stählerne Adler II), USA 1988, Regie: Sidney J. Furie, Drehbuch: Kevin Elders, Sidney J. Furie. *272, 324*

J

JACKNIFE*, USA 1988, Regie: David Hugh Jones, Drehbuch: Steven Metcalfe. *245, 270, 551*
JAG* (JAG – Im Auftrag der Ehre), USA 1995ff, TV-Serie von Donald Bellisario. *56, 133, 347f, 354*
JERICHO FEVER, USA 1993 (TV), Regie: Sandor Stern, Drehbuch: I. C. Rapoport. *444, 490*
JETS – LEBEN AM RANDE DES LIMITS*, BRD 1999 (TV/Pro7), Regie: Michael Kennedy, Stefan Kisch, Drehbuch: Michael Kennedy, Ecki Ziedrich. [Vgl. *Holert/Terkessidis* 2002, 135.] *63, 569*
JFK (John F. Kennedy – Tatort Dallas), USA 1991, Regie: Oliver Stone, Drehbuch: Oliver Stone, Zachary Sklar (nach den Büchern »On The Trail of The Assassins« von Jim Garrison und »Crossfire: The Plot That Killed Kennedy« von Jim Marrs). *103f, 105, 110, 196, 536*
JOHN Q (John Q – Verzweifelte Wut), USA 2001, Regie: Nick Cassaretes, Drehbuch: James Keams. *166, 432*
JOHNNY GOT HIS GUN (Johnny zieht in den Krieg), USA 1971, Regie & Drehbuch: Dalton Trumbo (nach seinem Roman). *232, 272*
JOHNNY MNEMONIC (Vernetzt – Johnny Mnemonic), USA/Kanada 1995, Regie: Robert Longo, William Gibson (nach seiner Kurzgeschichte). *421, 431*
JUDGEMENT AT NUREMBERG (Urteil von Nürnberg), USA 1961, Regie: Stanley Kramer, Drehbuch: Abby Mann. *189, 227, 557*
JUMP INTO HELL (Die Hölle von Dien Bien Phu), USA 1955, Regie: David Butler, Drehbuch: Irving Wallace. *271*

K

K-19 THE WIDOWMAKER* (K-19 Showdown in der Tiefe), USA 2002, Regie: Kathryn Bigelow, Drehbuch: Christopher Kyle (nach dem Buch von Louis Nowra). *295, 325*
KAMERADEN VON EINST ... DAS WAREN DIE SOLDATEN DER WEHRMACHT – ABTEILUNG MARINE, BRD 1990, History Films Allersberg (SCALA Videovertrieb Schlüchtern). *228*
KHARTOUM, USA 1965, Regie: Basil Dearden, Drehbuch: Robert Ardrey. *443*
KILL BILL: VOLUME 1, USA 2003, Regie & Drehbuch: Quentin Tarantino. *424*
KILL BILL: VOLUME 2, USA 2004, Regie: Quentin Tarantino, Drehbuch: Quentin Tarantino, Uma Thurman. *424*
KING ARTHUR, USA 2004, Regie: Antoine Fuqua, Drehbuch: David Franzoni. *480, 483f, 504, 522*
KING KONG, USA 1976, Regie: John Guillermin, Drehbuch: Lorenzo Semple Jr. (nach dem Drehbuch von James A. Creelman und Ruth Rose für das Kinovorbild von 1933). *436*
KUROI AME / SCHWARZER REGEN, Japan 1988, Regie: Shôhei Imamura, Drehbuch: Toshiro Ishido, Shôhei Imamura (Romanvorlage aus dem Jahre 1965 von Masuji Ibuse). *225*

L

L'UNION SACREE (Waffenbrüder), Frankreich 1988, Regie: Alexandre Arcady, Drehbuch: Daniel Saint-Hamont, Alexandre Arcady, Pierre Aknine. *457, 497-499*

LA BATAILLE D'ALGER, (Die Schlacht um Algier), Italien/Algerien 1965, Regie: Gillo Pontecorvo, Drehbuch: Franco Solinas. *347, 353f*

LA CITE DES ENFANTES PERDUS (Die Stadt der verlorenen Kinder), Frankreich/Spanien/BRD 1994, Regie: Jean-Pierre Jeunet, Marc Caro, Drehbuch: Jean-Pierre Jeunet, Marc Caro, Gilles Adrien. *430f*

LAND OF THE FREE (Land of The Free – Tödliche Ideale), USA 1998, Regie: Jerry Jameson, Drehbuch: Ronald Jacobs, Joseph Merhi, Jerry Jameson. *415f, 418*

LAND OF THE PLENTY, USA/BRD 2004, Regie: Wim Wenders, Drehbuch: Scott Derrickson, Michael Meredith, Wim Wenders. *162, 183, 500, 529, 553*

LASSIE* (Episoden: Timmy vs. the Martians; The Patriot; Bird of Prey), USA, TV-Serie der 50er Jahre. *64, 84, 570*

LAST LIGHT, USA 1993, Regie: Kiefer Sutherland, Drehbuch: Robert Eisele. *165*

LAST PLANE OUT (Flug aus der Hölle), USA 1983, Regie: David Nelson, Drehbuch: Ernest Tidyman. *332*

LAST STAND AT LANG MEI (Blutiges Lang Mei), USA 1990, Regie: Cirio H. Santiago, Drehbuch: Carl Franklin, M.A. Solomon, Dan Gagliasso. *252f*

LATINO, USA/Nicaragua 1985, Regie & Drehbuch: Haskell Wexler. *332*

LE CINQUIÉME ELEMENT (The 5th Element; Das Fünfte Element), Frankreich 1997, Regie: Luc Besson, Drehbuch: Robert Mark Kamen, Luc Besson. *398*

LEO UND CLAIRE, BRD 2001, Regie: Joseph Vilsmaier, Drehbuch: Reinhard Klooss, Klaus Richter. *228*

LEON (Léon – Der Profi), Frankreich 1994, Regie & Drehbuch: Luc Besson. *432*

LES ORDRES (Ausnahmezustand), Kanada 1974, Regie & Drehbuch: Michel Brault. *498*

LET THERE BE LIGHT* (Es werde Licht), USA 1945/46 (Dokumentarfilm; Produzent: U.S. Army Pictorial Servive; US-Erstausstrahlung 1982), Regie: John Huston, Drehbuch: Charles Kaufman, John Huston. *199f, 570*

LIBERTY HIGHTS (Liberty Hights – Rock'n'Roll & Krumme Geschäfte), USA 2000, Regie & Drehbuch: Barry Levinson. *234*

LIBERTY STANDS STILL (Im Visier des Mörders), USA 2002, Regie & Drehbuch: Kari Skogland. *167, 187*

LIFE AS A HOUSE (Das Haus am Meer), USA 2001, Regie: Irwin Winkler, Drehbuch: Mark Andrus. *420*

LILI MARLEEN, BRD 1980, Regie: Rainer Werner Fassbinder, Drehbuch: Rainer Werner Fassbinder, Manfred Purzer (nach der Autobiographie »Der Himmel hat viele Farben« von Lale Andersen). *44*

LILIES OF THE FIELD, USA 1963, Regie: Ralph Nelson, Drehbuch: James Poe (nach einem Roman von William E. Barrett). *183*

LION OF SPARTA / THE 300 SPARTANS (Der Löwe von Sparta), USA 1960, Regie: Rudolph Maté, Drehbuch: George St. George. *158, 181, 552*

LITTLE BIG MAN, USA 1969, Regie: Arthur Penn, Drehbuch: Calder Willingham (nach einem Roman von Thomas Berger). *176*

LORD OF THE FLIES (Der Herr der Fliegen), USA 1988, Regie: Harry Hook, Drehbuch: Sara Schiff, Jay Presson Allen (nach dem gleichnamigen Roman von William Golding). *522*

LOST HIGHWAY, USA 1996, Regie: David Lynch, Drehbuch: David Lynch, Barry Gifford. *428*

Love And War, USA 1898, fiktionaler Drei-Minuten-Film zum spanisch-[US-]amerikanischen Krieg um Kuba (Angaben nach: *Paul* 2004, 79). *572*
Lt. Robin Crusoe USN*, USA 1966, Regie: Byron Paul, Drehbuch: Walt Disney (story), Don DaGradi (screenplay). *551*

M

M.A.S.H. – Goodbye, Farewell And Amen, USA 1983, Regie: Alan Alda, Drehbuch: Alan Alda, Burt Metcalfe, David Wilcox, John Rappaport, Thad Mumfort, Elias Davis, David Porlock, Karen Hall. *329, 558*
M.A.S.H., USA 1969, Regie: Robert Altman, Drehbuch: Ring Lardner Jun. (nach einer Vorlage von Richard Hooker). *271, 329, 558*
Mad City, USA 1997, Regie: Constantin Costa-Gavras, Drehbuch: Tom Matthews. *166, 430f*
Mad Max (Mad Max), Australien 1978, Regie: George Miller, Drehbuch: James Mc Causland, George Miller. *367*
Mad Max Beyond Thunderdome (Mad Max – Jenseits der Donnerkuppel), Australien 1985, Regie: George Miller, Drehbuch: James Mc Causland, George Miller. *367*
Mad Max II (Mad Max – Der Vollstrecker), Australien 1981, Regie: George Miller, Drehbuch: Terry Hayes, George Miller, Brian Hannat. *367*
Magnolia, USA 1999, Regie & Drehbuch: Paul Thomas Anderson. *419*
Man On Fire, USA 2004, Regie: Tony Scott, Drehbuch: Brian Helgeland. *350*
Mandingo, USA 1974, Regie: Richard Fleischer, Drehbuch: Norman Wexler (nach dem Roman von Kyle Onstott). *277, 289*
Maria's Lovers[no], USA 1984, Regie: Andrei Konchalovsky, Drehbuch: Gérard Brach, Majorie David. *570*
Mars Attacks![no], USA 1996, Regie: Tim Burton, Drehbuch: Jonathan Gems (nach »Mars Attacks!« von Toops). *114f, 370*
Marschbefehl für Hollywood – Die US-Armee führt Regie im Kino (NDR 2004; ausgestrahlt am 14.1.2004 um 23.00 Uhr in der ARD), Dokumentarfilm von Maria Pia Mascaro, Buch und Regie: Jean-Marie Barrere, Maria Pia Mascaro; deutsche Bearbeitung: Ingo Zamperoni; Produktion: René Pech; Redaktion: Denis Boutelier, Andreas Cichowicz, Frank Jahn; Eine CAPA-Produktion in Zusammenarbeit mit Canal und dem Centre National de la Cinématographie. *23, 65, 81-87, 290, 330f, 352, 383, 502*
Master And Commander* (Master and Commander – Bis ans Ende der Welt), USA 2003, Regie: Peter Weir, Drehbuch: Peter Weir, John Collee (basierend auf Romanen von Patrick O' Brian). *480f, 504*
Me' Achorei Hasoragim / Beyond The Walls (Jenseits der Mauern), Israel 1984, Regie: Uri Barbash, Drehbuch: Beni Barbash, Uri Barbash, Eran Pries. *444, 490f*
Mean Machine (Kampfmaschine), USA/GB 2001, Regie: Barry Skolnick, Drehbuch: Charlie Fletcher (frühes Drehbuch: Tracy Keenan Wynn). *427*
Medium Cool, USA 1969, Regie & Drehbuch: Haskell Wexler. *78*
Memento, USA 2000, Regie: Christopher Nolan, Drehbuch: Christopher Nolan, Jonathan Nolan. *424*
Memphis Belle*[/no], USA 1990, Regie: Michael Caton-Jones, Drehbuch: Monte Merrick. *198-200*
Men In Black, USA 1997, Regie: Barry Sonnenfeld, Drehbuch: Ed Solomon (nach dem »Malibu«-Comic von Lowell Cunningham). *373*
Men Of Honor*, USA 2000, Regie: George Tillman jr., Drehbuch: Scott Marshall Smith. *283f, 287, 290, 554, 566*

MEN OF WAR, USA 1993, Regie: Perry Lang, Drehbuch: Stan Rogow, John Sayles, Ethan Reiff, Cyrus Voris. *42*
METEOR, USA 1979, Regie: Ronald Neame, Drehbuch: Stanley Mann, Edmund H. North. *392*
MILITARY DIARIES, USA 2001/2 (TV), Military-Format des Musiksenders VH-1. *61*
MILITIA, USA 2000, Regie: Jim Wynorski, Drehbuch: Steve Latshaw, William Carson. *413, 417f, 429*
MIND STORM (Mind Storm – Tödlich vernetzt), USA 1995, Regie: Andrew Stevens, Drehbuch: Karen Kelly. *421*
MINION (Knight Of The Apocalypse), USA 1997, Regie: Jean-Marc Piché, Drehbuch: Matt Roe. *362*
MINORITY REPORT, USA 2002, Regie: Steven Spielberg, Drehbuch: Scott Frank, Jon Cohen (nach der Buchvorlage von Philip K. Dick). *423, 554*
MISSION OF THE SHARK (Lautlos kommt der Tod), USA 1991, Regie: Robert Iscove, Drehbuch: Alan Sharp. *224, 522*
MISSISSIPPI BURNING (Die Wurzeln des Hasses), USA 1988, Regie: Alan Parker, Drehbuch: Chris Gerolmo. *277, 289*
MOMO, BRD 1985-86, Regie: Johannes Schaaf, Drehbuch: Johannes Schaaf, Rosemarie Fendel, Marcello Coscia, Michael Ende (nach dem Roman von Michael Ende). *430*
MONSIEUR IBRAHIM ET LES FLEURS DU CORAN (Monsieur Ibrahim und die Blumen des Koran), Frankreich 2004, Regie: Francois Dupevron, Drehbuch: Eric Emmanuel Schmitt. *529*
MONSTER, USA 2003, Regie & Drehbuch: Patty Jenkins. *165, 186*
MONSTER'S BALL, USA 2001, Regie: Marc Forster, Drehbuch: Milo Addica, Will Rokos. *165*
MONTANA SACRA / SUBIDA AL MONTE CARMELO (The Holy Mountain), Mexiko 1973, Regie & Drehbuch: Alejandro Jodorowsky. *11, 23*
MR. SMITH GOES TO WASHINGTON (Mr. Smith geht nach Washington), USA 1939, Regie: Frank Capra, Drehbuch: Sidney Buchman. *97f, 121, 130*
MUHAMMAD: THE LAST PROPHET, USA 2004 (Animationsfilm), Regie: Richard Rich, Drehbuch: Brian Nissen. *494*
MURDER AT 1600 (Mord im Weißen Haus), USA 1997, Regie: Dwight H. Little, Drehbuch: Wayne Beach, David Hodgin. *115f*
MUTINY (Meuterei in Port Chicago), USA 1999 (TV/NBC), Regie: Kevin Hooks, Drehbuch: James S. Henerson. *279*
MUXMÄUSCHENSTILL, BRD 2004, Regie: Marcus Mittermeier, Drehbuch: Jan Stahlberg. *405, 427*
MY FATHER, MY SON[no] (Schuld und Fluch; Vietnam – Tod auf Raten), USA 1988, Regie: Jeff Bleckner, Drehbuch: Jaqueline Feather, David Seidler. *253-256, 520, 568*
MY FELLOW AMERICANS (Ein Präsident für alle Fälle), USA 1996, Regie: Peter Segal, Drehbuch: Jack Lemmon, James Garner. *114*

N

NAKED CITY – A KILLER CHRISTMAS (NY-Streets of Death), USA 1998, Regie: Peter Bogdanovich, Drehbuch: Jeff Freilich, Christopher Trumbo. *404*
NANKAI NO DAIKETTO (Godzilla – Das Ungeheuer aus der Tiefe / Frankenstein und die Ungeheuer aus dem Meer), Japan 1966, Regie: Jun Fukuda, Drehbuch: Shinichi Sekizawa. *225*
NAPOLA – ELITE FÜR DEN FÜHRER, BRD 2004, Regie: Dennis Gansel, Drehbuch: Dennis Gansel, Maggie Peren. *229*
NATIONAL TREASURE (Das Vermächtnis der Tempelritter), USA 2004, Regie: Jon Turteltaub, Drehbuch: Jim Kouf, Cormac Wibberley, Marianne Wibberly. *410*

NATURAL BORN KILLERS, USA 1994, Regie: Oliver Stone, Drehbuch: David Veloz, Richard Rutowski, Oliver Stone. *152, 177*
NAUTILUS (Operation Nautilus), USA 1998, Regie: Rodney McDonald, Drehbuch: C. Courtney Joyner. *368*
NAVY SEALS*, USA 1989, Regie: Lewis Teague, Drehbuch: Chuck Pfarrer, Gary Goldman. *444, 490*
NED KELLY (Gesetzlos – Die Geschichte des Ned Kelly), Australien/GB/F 2003, Regie: Gregor Jordan, Drehbuch: John M. McDonagh, *174*
NEMESIS GAME, Kanada 2003, Regie & Drehbuch: Jesse Warn. *532f*
NEWSBREAK (Newsbreak – Eine Story auf Leben und Tod), USA 1999, Regie: Serge Rodnunsky, Drehbuch: Serge Rodnunsky, Paul Tarantino. *97, 130*
NICHTS ALS DIE WAHRHEIT, BRD 1998/99, Regie: Roland Suso Richter, Drehbuch: Johannes W. Betz. *193, 196, 230*
NIGHT OF THE LIVING DEAD, USA 1968, Regie: George A. Romero, Drehbuch: John A. Russo, George A. Romero. *427*
NIGHTHAWKS (Nachtfalken), USA 1980, Regie: Bruce Malmuth, Drehbuch: David Shaber, Paul Sylbert. *453, 496f*
NIXON, USA 1995, Regie: Oliver Stone, Drehbuch: Stephen J. Rivele, Christopher Wilkinson, Oliver Stone. *111-113, 195*
NO MAN'S LAND, Frankreich/Belgien/GB/Italien/Bosnien-Herzegowina 2001, Regie & Drehbuch: Danis Tanovi . *313*
NOT WITHOUT MY DAUGHTER (Nicht ohne meine Tochter), USA 1990/91, Regie: Brian Gilbert, Drehbuch: Brian Gilbert, David W. Rintels (nach einem Roman von Betty Mahmoody). *449*
NUCLEAR 911 / Nuclear Rescue 911 – Broken Arrows & Incidents (Codename Broken Arrow), USA 2004, Dokumentarfilm von Peter Kuran. *240*
NUREMBERG (Nürnberg – Im Namen der Menschlichkeit), USA/Kanada 2000 (TV, zwei Teile), Regie: Yves Simoneau, Drehbuch: David W. Rintels (nach einem Buch von Joseph E. Persico). *227*
NÜRNBERG UND SEINE LEHRE*, Deutschland 1946/47, Regie: Stuart Schulberg, Dokumentarfilm im Auftrag der US-Militärregierung für Deutschland. *227*

O

OPEN RANGE (Open Range – Weites Land), USA 2003, Regie: Kevin Costner, Drehbuch: Craig Storper. *142f, 174*
OPERATION C.I.A. (Last Message From Saigon), USA 1965, Regie: Christian Nyby, Drehbuch: Bill Ballinger, Peer J. Oppenheimer (nach einer Vorlage von P. J. Oppenheimer). *271*
OPERATION DELTA FORCE II: MAYDAY, USA 1997, Regie: Yossi Wein, Drehbuch: David Sparling. *324, 415, 437, 501*
OPERATION DUMBO DROP (Operation Dumbo), USA 1995, Regie: Simon Wincer, Drehbuch: Gene Quintano, Jim Kouf. *246, 270f, 542f, 558*
OPÉRATION HOLLYWOOD (Operation Hollywood), Frankreich 2004 (Arte France, Les Films d'Ici – Erstausstrahlung in Arte, 29.10.2004), Dokumentarfilm von Maurice Ronai, Emilio Pacull. *11, 30, 41, 81-85, 131-133, 173, 175, 226, 235f, 271f, 288, 291, 324, 331, 352, 497, 552f*
OPERATION SANDMAN, USA 2000 (Teleplay), Regie: Nelson McCormick, Drehbuch: Beau Bensink, Nelson McCormick (Story: Beau Bensink). *86*
OUTBREAK[no], USA 1995, Regie: Wolfgang Petersen, Drehbuch: Laurence Dworet, Robert Roy Pool. *568*

P

PANCHO VILLA (Pancho Villa – Mexican Outlaw), USA 2003 (TV/HBO), Regie: Bruce Beresford, Drehbuch: Larry Gelbart. *11f, 23f*

PARADISE ROAD, USA 1997, Regie: Bruce Beresford, Drehbuch: David Giles, Bruce Beresford. *200, 291*

PASSANGER 57 (Passagier 57), USA 1992, Regie: Kevin Hooks, Drehbuch: David Loughery, Dan Gordon (nach dem Buch von Stewart Raffil und Dan Gordon). *437*

PATH TO PARADISE: THE UNTOLD STORY OF THE WORLD TRADE CENTER BOMBING, USA 1997 (TV-Dokumentarfilm, HBO), Regie: Leslie Libman, Larry Williams, Drehbuch: Ned Curren. *490*

PATH TO WAR, USA 2002 (TV/HBO), Regie: John Frankenheimer, Drehbuch: Daniel Giat. *105f, 123, 133, 208, 521, 536*

PATHS OF GLORY (Wege zum Ruhm), USA 1957, Regie: Stanley Kubrick. *342f, 554*

PATRIOT GAMES* (Die Stunde der Patrioten), USA 1991, Regie: Phillip Noyce, Drehbuch: W. Peter Iliff, Donald Stewart (nach dem Buch von Tom Clancy). *295, 326, 350, 527, 569*

PATTON* (Patton – Rebell in Uniform), USA 1969, Regie: Franklin J. Schaffner, Drehbuch: Francis Ford Coppola, Edmund H. North (nach Berichten von Ladislas Farago und Omar N. Bradley). *84, 147f, 175, 195, 231, 398*

PEARL HARBOR*, USA 2001, Regie: Michael Bay, Drehbuch: Randall Wallace. *56, 59, 161, 209-220, 235-239, 266, 290, 305, 427, 438, 479, 503, 510f, 519, 521, 523, 552, 554, 563, 565*

PENSACOLA: WINGS OF GOLD*, USA 1997-2000, TV-Serie von William Blinn. *569*

PERFECT CRIME* (Perfect Crime – Perfektes Verbrechen), USA 1997 (TV), Regie: Robert Lewis, Drehbuch: Selma Thompson. *81*

PHONE BOOTH (Nicht auflegen), USA 2002, Regie: Joel Schumacher, Drehbuch: Larry Cohen. *427*

PLATOON[no], USA 1986, Regie & Drehbuch: Oliver Stone. *57, 82, 161, 196, 243, 250, 266, 269, 520, 554*

POWER (Power – Weg zur Macht), USA 1986, Regie: Sidney Lumet, Drehbuch: David Himmelstein. *100f*

PREDATOR, USA 1986, Regie: John McTiernan, Drehbuch: John Thomas, Jim Thomas. *75*

PRIMARY COLORS (Mit aller Macht), USA 1998, Regie: Mike Nichols, Drehbuch: Alaine May (nach dem gleichnamigen Roman von Anonymous – Joe Klein – über den demokratischen Vorwahlkampf 1992). *117, 119*

PRISONER (Prisoners, Gefangene des Wahnsinns), USA 1991, Regie: Sam Irvin, Drehbuch: Charles Gale. *165f*

PROFILES FROM THE FRONTLINE*, USA 2003 (TV-Produktion, ABC), Produzenten: Betram van Munster, Jerry Bruckheimer. (Dazu Informationen im Dokumentarfilm: MARSCHBEFEHL FÜR HOLLYWOOD von Maria Pia Mascaro). *61f, 83, 552*

PROJECT SHADOWCHASER (Shadowchaser), GB 1991, Regie: John E. Eyres, Drehbuch: Stephen Lister. *85f, 131f, 431*

PROJECT SHADOWCHASER II (Shadowchaser II), USA 1994, Regie: John E. Eyres, Drehbuch: Nick Davis. *375f*

PULP FICTION, USA 1993, Regie: Quentin Tarantino, Drehbuch: Quentin Tarantino, Roger Avary. *424*

PURPLE HEARTS* (Einmal Hölle und zurück), USA 1984, Regie: Sidney J. Furie, Drehbuch: Rick Natkin, Sidney J. Furie. *274*

Q

QUIZ SHOW, USA 1993, Regie: Robert Redford, Drehbuch: Paul Attanasio (nach dem Buch »Remembering America: A Voice from the Sixties«). *420*

R

RAMBO III, USA 1987, Regie: Peter Mac Donald, Drehbuch: Sylvester Stallone, Sheldon Lettich. *150f, 176, 245, 441f, 489, 544, 560*

RAMBO: FIRST BLOOD II (Rambo II – Der Auftrag), USA 1985, Regie: George Pan Cosmatos, Drehbuch: Sylvester Stallone, James Cameron. *150f, 176, 245, 544, 560*

RED CORNER (Red Corner – Labyrinth ohne Ausweg), USA 1997, Regie: John Avnet, Drehbuch: Robert King. *327f*

RED PLANET, USA 2000, Regie: Antony Hoffman, Drehbuch: Chuck Pfarrer, Jonathan Lemkin. *375*

RED ZONE, Kanada 1997, Regie: Frederic Forestier, Drehbuch: James H. Stewart, Robert Geoffrion. *408f*

REIGN OF FIRE (Die Herrschaft des Feuers), USA 2002, Regie: Rob Bowman, Drehbuch: Gregg Chabot, Kevin Peterka, Matt Greenberg. *370*

RENAISSANCE MAN*, USA 1994, Regie: Penny Marshall, Drehbuch: Jim Burnstein. *565, 568*

RESIST, Belgien/Frankreich 2003 (Dokumentarfilm über The Living Theatre New York), Regie: Dirk Szuszies. *31*

REVOLUTION (GB/Norwegen 1985), Regie: Hugh Hudson, Drehbuch: Robert Dillon. *138f*

RIDE WITH THE DEVIL, USA 1999, Regie: Ang Lee, Drehbuch: James Schamus. *140, 174, 290*

RISING SUN (Die Wiege der Sonne), USA 1993, Regie: Philip Kaufman, Drehbuch: Philip Kaufman, Michael Crichton, Michael Backes (nach dem Roman »Nippon Connection« von Michael Crichton). *130*

RKO 281 (Citizen Kane – Die Hollywood-Legende), USA/GB 1999, Regie: Benjamin Ross, Drehbuch: John Logan (nach dem Dokumentarfilm THE BATTLE OVER CITIZEN KANE). *130f*

ROAD TO PERDITION, USA 2002, Regie: Sam Mendes, Drehbuch: David Self. *144*

ROGER & ME, USA 1989, Regie & Drehbuch: Michael Moore. *169*

ROGUES' REGIMENT (Der Mann ohne Gesicht), USA 1948, Regie: Robert Florey, Drehbuch: Robert Buckner, Robert Florey. *271*

ROMERO, USA 1989, Regie: John Duigan, Drehbuch: John Sacret Young. *179*

ROOTS, USA 1977 (TV-Serie), Regie: Marvin J. Chomsky, John Erman, David Greene, Gilbert Moses, Drehbuch: William Blinn, M. Charles Cohen, Ernest Kinoy, James Lee (nach einem Roman von Alex Haley). *277*

ROSEMARY'S BABY, USA 1967, Regie & Drehbuch: Roman Polanski (nach einem Roman von Ira Levin). *362*

ROSENSTRASSE, BRD 2003, Regie & Drehbuch: Margarethe von Trotta. *229*

RULES OF ENGAGEMENT* (Rules – Sekunden der Entscheidung), USA 2000, Regie: William Friedkin. *306, 335-354, 450, 479, 511, 524, 538, 554, 559, 565*

RUN WITH THE DEVIL*, Philippinen 1966, Regie: Rolf Bayer. (Angaben zu diesem Titel nach: Hölzl, Gebhard/Peipp, *Matthias*: Fahr zur Hölle, Charlie! Der Vietnamkrieg im amerikanischen Film. München 1991, 61.) *246, 271*

RUNAWAY JURY (Das Urteil – Jeder ist käuflich), USA 2003, Regie: Gary Fleder, Drehbuch: John Grisham, Brian Koppelman, David Cleveland, Matthew Chapman. *97, 176, 187*

S

SAIGON (Schmuggler von Saigon), USA 1947, Regie: Leslie Fenton, Drehbuch: P. J. Wolfson, Arthur Sheekman (nach einer Vorlage von Julian Zimet). *271*

SAINTS AND SOLDIERS, USA 2003, Regie: Ryan Little, Drehbuch: Geoffrey Panos (original story), Matt Whitaker. *208f*

SALVADOR, USA 1985, Regie: Oliver Stone, Drehbuch: Oliver Stone, Richard Boyle. *332*

SAVING JESSICA LYNCH*, USA 2003 (TV-Film, NBC), Regie: Peter Markle, Drehbuch: John Fasano. *58, 478f, 552*

SAVING PRIVATE RYAN* (Der Soldat James Ryan), USA 1998, Regie: Steven Spielberg, Drehbuch: Robert Rodat. *201-204, 206, 232-234, 236, 310, 345, 528, 565*

SAVIOR, USA 1997, Regie: Peter Antonijevic, Drehbuch: Robert Orr. *469, 500*

SCARRED CITY, USA 1998, Regie & Drehbuch: Ken Sanzel. *405*

SCHINDLER'S LIST (Schindlers Liste), USA 1993, Regie: Steven Spielberg, Drehbuch: Steven Zaillian (nach dem Roman von Thomas Keneally). *201, 229, 232*

SCORCHER, USA 2002, Regie: James Seale, Drehbuch: Graham Winter, Rebecca Morrison. *399*

SECRET HONOR (Geheime Ehre des Präsidenten), USA 1984, Regie: Robert Altman, Drehbuch: Donald Freed, Arnold M. Stone. *112*

SERGEANT BILKO[no], USA 1996, Regie: Jonathan Lynn, Drehbuch: Andy Breckman. *565*

SERGEANT RUTLEDGE (Mit einem Fuß in der Hölle), USA 1960, Regie: John Ford, Drehbuch: James Warner Bellah. *290*

SEVEN (Sieben), USA 1995, Regie: David Fincher, Drehbuch: Andrew Kevin Walker. *356, 377f*

SHENANDOAH (Der Mann vom großen Fluss), USA 1964, Regie: Andrew Victor McLaglen, Drehbuch: James Lee Barrett. *172*

SHEPHERD – CYBERCITY (Shepherd – der Weg zurück), USA 1998, Regie: Peter Hayman, Drehbuch: Nelu Ghiran. *368*

SHOULDER ARMS (Gewehr über), USA 1918, Regie & Drehbuch: Charles Chaplin. *329, 558*

SLIVER, USA 1993, Regie: Philipp Noyce, Drehbuch: Joe Eszterhas (nach einem Roman von Ira Levin). *428*

SMALL SOLDIERS, USA 1998, Regie: Joe Dante, Drehbuch: Ted Elliott, Adam Rifkin, Terry Rossio, Garin Scott. *64, 84*

SMULTRON STÄLLET (Wilde Erdbeeren), Schweden 1957, Regie & Drehbuch: Ingmar Bergman. *430*

SNAKE EYES (Spiel auf Zeit), USA 1998, Regie: Brian dePalma, Drehbuch: Brian de Palma, David Koepp. *428*

SNOW FALLING ON CEDARS (Schnee, der auf Zedern fällt), USA 1998, Regie: Scott Hicks, Drehbuch: Ronald Bass, Scott Hicks und David Guterson (nach dem gleichnamigen Roman von David Guterson). *218, 238*

SO WEIT DIE FÜSSE TRAGEN, BRD 2001, Regie: Hardy Martins, Drehbuch: Bernd Schwamm, Bastian Clevé, Hardy Martins (nach dem autobiographischen Roman von Josef Martin Bauer). *206*

SOLDIER (Star Force Soldier), USA 1998, Regie: Paul Anderson, Drehbuch: David Webb Peoples. *85f*

SOLDIER BLUE (Wiegenlied vom Totschlag), USA 1969, Regie: Ralph Nelson, Drehbuch: John Gay (nach einem Roman von Theodore V. Olsen). *176*

SÖLDNER – EIN BERUF MIT ZUKUNFT, Schweiz 2004, Reportage von Jean-Philippe Ceppi und Michel Heininger (deutsche Erstausstrahlung am 15.2.2005, Arte TV). *42*

SOUTHERN COMFORT* (Die letzten Amerikaner), USA 1981, Regie: Walter Hill, Drehbuch: Michael Kane, Walter Hill, David Giler. *176*

SOYLENT GREEN (Jahr 2022 ... Die überleben wollen), USA 1973, Regie: Richard Fleischer, Drehbuch: Stanley R. Greenberg (nach einem Roman von Harry Harrison). *422, 431*
SPACE COWBOYS*/no, USA 2000, Regie: Clint Eastwood, Drehbuch: Ken Kaufman, Howard Klausner. *390, 568*
SPARTACUS, USA 2004 (Teleplay, Video), Regie: Robert Dornhelm, Drehbuch: Robert Schenkkan (nach dem Roman von Howard Fast). *157, 180*
SPEED[no], USA 1994, Regie: Jan De Bont, Drehbuch: Graham Yost. *406*
SPIDER-MAN, USA 2001, Regie: Sam Raimi, Drehbuch: David Koepp (nach den Marvel Comics von Stan Lee und Steve Ditko). *435, 486*
SPY GAME (Spy Game – Der finale Countdown), USA 2001, Regie: Tony Scott, Drehbuch: Michael Frost Beckner, David Arata. *470*
STALINGRAD, BRD 1991/92, Regie: Joseph Vilsmaier, Buch: Johannes Heide (= Christoph Fromm). *191*
STAR TREK IV: THE VOYAGE HOME*, USA 1986, Regie: Leonard Nemoy, Drehbuch: Gene Roddenberry, Leonard Nimoy. *371, 569*
STAR WARS – A NEW HOPE (Krieg der Sterne), USA 1977 (erster Titel von zwei Trilogien), Regie & Drehbuch: George Lucas. *151, 371-373, 381f*
STARGATE SG-1*, USA ab 1997 (TV-Serie), Regie: Mario Azzopardi, Dennis Berry, Drehbuchentwicklung: Jonathan Glassner, Brad Wright. *375, 383, 551*
STARRING THE JOLLY ROGERS*, USA 2004 (Video), Regie: David Gregory. *551*
STARSHIP TROOPERS[no], USA 1997, Regie: Paul Verhoeven, Drehbuch: Edward Neumeier (nach einem Science-Fiction-Roman von Robert A. Heinlein, 1959). *372, 381, 567*
STATE OF THE UNION (Der Beste Mann), USA 1948, Regie: Frank Capra, Drehbuch: Anthony Veiller, Myles Conolly (nach einem Bühnenstück von Howard Lindsay und Russel Crouse). *99*
STEALTH FIGHTER (Stealth Fighter – Raketen auf Washington), USA 1999, Regie: Jim Wynorski, Drehbuch: Lenny Juliano. *409f, 437, 501*
STEINER – DAS EISERNE KREUZ (Cross of Iron), BRD/GB 1976, Regie: Sam Peckinpah, Drehbuch: Julius J. Epstein, Herbert Asmodi (nach dem Roman »Das geduldige Fleisch« von Willi Heinrich). *191*
STEINER – DAS EISERNE KREUZ II, BRD 1978, Regie: Andrew V. McLaglen, Drehbuch: Peter Berneis, Dagobert Lindlau, Tony Williamson. *191*
STRANGE DAYS, USA 1995, Regie: Kathryn Bigelow, Drehbuch: James Cameron, Jay Cocks. *359f, 378*
STRIPES*, USA 1981, Regie: Ivan Reitman, Drehbuch: Len Blum, Daniel Goldberg. *569*
SUICIDE FLEET*, USA 1931, Regie: Albert S. Rogell, Drehbuch: Herbert A. Jones (story), Lew Lipton (screenplay). *551*
SUPER SIZE ME, USA 2004, Regie & Drehbuch: Morgan Spurlock. *558*
SWORDFISH (Passwort: Sword Fish), USA 2001, Regie: Dominic Sena, Drehbuch: Skip Woods. *470f*

T

TAKING SIDES (Taking Sides – Der Fall Furtwängler), BRD/Frankreich 2001, Regie: István Szabó, Drehbuch: Ronald Harwood (nach seinem Theaterstück). *229-231*
TAPS*, USA 1981, Regie: Harold Becker, Drehbuch: Robert Mark Kamen (nach einem Buch von Devery Freeman). *570*
TAXI DRIVER, USA 1976, Regie: Martin Scorsese, Drehbuch: Paul Schrader. *149, 176*

XV. Anhang

TEAM AMERICA: WORLD POLICE, USA 2004, Regie: Trey Parker, Drehbuch: Pam Brady, Trey Parker. *47, 170, 480, 503*
TEARING DOWN THE SPANISH FLAG, USA 1898, 90sekündiger gestellter Film zum spanisch-[us-]amerikanischen Krieg. *44*
TEARS OF THE SUN* (Tränen der Sonne), USA 2003, Regie: Antoine Fuqua, Drehbuch: Alex Lasker, Patrick Cirillo. *318-322, 333f, 350, 479, 518f, 524*
TEEN TASK FORCE / TASK FORCE 2001 (High Spy), USA 2000, Regie: Robert Hayes, Drehbuch: Adam Wohl. *84*
TELL IT TO THE MARINES*, USA 1926, Regie: George W. Hill, Drehbuch: Richard Schayer. *551*
TERMINATOR 2 – JUDGEMENT DAY (Terminator 2 – Tag der Abrechnung), USA 1990, Regie: James Cameron, Drehbuch: James Cameron, William Wisher. *151, 421, 431*
TERRORIST ON TRIAL: THE UNITED STATES VS. SALIM AJAMI, USA 1988 (TV), Regie: Jeff Bleckner, Drehbuch: Richard Levinson, William Link. *497*
TEXAS RANGERS, USA 2001, Regie: Steve Miner, Drehbuch: Martin Copeland, Scott Busby. *142*
THANKS OF A GRATEFUL NATION[no], USA 1998, Regie: Rod Holcomb, Drehbuch: John Sacret Young. *570*
THE 13TH WARRIOR (Der 13. Krieger – Besiege die Angst), USA 1999, Drehbuch: John McTiernan, Drehbuch: William Wisher, Warren Lewis (nach dem Roman »Eaters of the Dead« von Michael Crichton). *449*
THE 6TH DAY, USA 2000, Regie: Roger Spottiswoode, Drehbuch: Cormac Wibberley, Marianne Wibberly. *541*
THE AGENCY*, USA 2001 bis 2003 (CBS), TV-Serie von Michael Frost Beckner. *486, 569*
THE ALAMO (Alamo), USA 2003, Regie: John Lee Hancock, Drehbuch: Leslie Bohem, Stephen Gaghan, John Lee Hancock. *141, 479f, 503f*
THE AMERICAN PRESIDENT* (Hallo, Mr. President), USA 1995, Regie: Rob Reiner, Drehbuch: Aaron Sorkin. *113f, 122, 518, 520, 554*
THE AMERICANIZATION OF EMILY, USA 1964, Regie: Arthur Hiller, Drehbuch: Paddy Chayefsky, William Bradfort Huie. *563*
THE ANIMATRIX, USA 2003, Regie: Peter Chung, Andy Jones, Yoshiaki Kawajiri, Takeshi Koike, Mahiro Maeda, Kouji Morimoto, Shinichirô Watanabe. *363, 421*
THE ART OF WAR, USA 2000, Regie: Christian Dugay, Drehbuch: Wayne Beach, Simon Davis Barry. *297, 327*
THE ASSASSIN – POINT OF NO RETURN (Codename: Nina), USA 1992, Regie: John Badham, Drehbuch: Robert Getchel, Alexandra Seros (nach dem Film »Nikita« von Luc Besson, 1998). *86, 436*
THE ATOMIC CAFÉ*, USA 1982 (Dokumentarfilm), Regie: Jayne Loader, Kevin Rafferty. *241, 551*
THE AVENGERS (Mit Schirm, Charme und Melone), USA 1998, Regie: Jeremiah Chechik, Drehbuch: Don McPherson (nach einer TV-Serie von Sydney Newman). *293, 326, 55*
THE AVIATOR (Aviator), USA 2004, Regie: Martin Scorsese, Drehbuch: John Logan. *24*
THE BEACH, USA 1999, Regie: Danny Boyle, Drehbuch: John Hodge (nach einem Roman von Alex Garland). *522*
THE BEAST FROM 20 000 FATHOMS, USA 1953, Regie: Eugène Lourié, Drehbuch: Fred Freiberger, Ray Bradbury (Story). *487*
THE BEAST OF WAR (Bestie Krieg), USA 1988, Regie: Kevin Reynolds, Drehbuch: William Mastrosimone (nach seinem Theaterstück). *441*
THE BEGINNING OF THE END* (Anfang oder Ende), USA 1947, Regie: Norman Taurog, Dreh-

buch: Frank Wead (Story: Robert Considine). *224*
THE BEST MAN (Der Kandidat), USA 1963, Regie: Franklin J. Schaffner, Drehbuch: Gore Vidal. *99*
THE BEST YEARS OF OUR LIVES (Die besten Jahre unseres Lebens), USA 1946, Regie: William Wyler, Drehbuch: Robert E. Sherwood (nach einer Novelle von MacKinlay Kantor). *241*
THE BIBLE AND GUN CLUB, USA 1997, Regie & Drehbuch: Daniel J. Harris. *187*
THE BIG BRASS RING (Die Akte Romero – Mit allen Mitteln zur Macht), USA 1999, George Hickenlooper, Drehbuch: Orson Welles, Oja Kodar, F. X. Feeney, George Hickenlooper. *119*
THE BIG ONE (Der große Macher, Dokumentarfilm), USA/GB 1997, Regie & Drehbuch: Michael Moore. *169*
THE BIRTH OF A NATION[*] (Geburt einer Nation), USA 1915, Regie: David Wark Griffith, Drehbuch: David Wark Griffith, Frank E. Woods (nach Südstaatenromanen von Thomas Dixon). *140*
THE BONFIRE OF THE VANITIES (Fegefeuer der Eitelkeiten), USA 1990, Regie: Brian de Palma, Drehbuch: Michael Christofer (nach dem gleichnamigen Roman von Tom Wolfe). *102*
THE BOURNE IDENTITY (Die Bourne Identität), USA 2002, Regie: Doug Liman, Drehbuch: Tony Gilroy, William Blake Herron. *413*
THE BOYS IN COMPANY C, USA/Hongkong 1978, Regie: Sidney J. Furie, Drehbuch: Rick Natkin, Sidney J. Furie. *274*
THE BRIDGE AT REMAGEN (Die Brücke von Remagen), USA 1968, Regie: John Guillermin, Drehbuch: Richard Yates, William Roberts. *227*
THE BUNKER, GB/USA 2001, Regie: Rob Green, Drehbuch: Clive Dawson. *205, 233f*
THE CELL, USA 2000, Regie: Tarsem Singh, Drehbuch: Mark Protosevich. *185*
THE CHAMBER (Die Kammer), USA 1996, Regie: James Foley, Drehbuch: William Goldman, Chris Reese (nach einem Roman von John Grisham). *165*
THE CHINA SYNDROME (Das China-Syndrom), USA 1978, Regie: James Bridges, Drehbuch: Mike Gray, T.S. Cook, James Bridges. *223, 240f*
THE CHRONICLES OF RIDDICK (Riddik – Chroniken eines Kriegers), USA 2004, Regie & Drehbuch: David Twoh. *373*
THE CLAIM (Das Reich und die Herrlichkeit), GB/Kanada/Frankreich 2000, Regie: Michael Winterbottom, Drehbuch: Frank Cottrell Boyce (nach dem Roman »The Mayor of Casterbridge« von Thomas Hardy). *145*
THE COMPANY (Undercover), USA 1990, Regie: Harry Winer, Drehbuch: William Broyles. *324*
THE CONTENDER (Rufmord – Jenseits der Moral), Frankreich/USA 2000, Regie & Drehbuch: Rod Lurie. *118f*
THE CONVERSATION (Der Dialog), USA 1974, Regie & Drehbuch: Francis Ford Coppola. *428*
THE CORE[*] (Der innere Kern), USA 2003, Regie: Jon Amiel, Drehbuch: Cooper Layne, John Rogers. *380, 392-394, 399f, 479, 518, 521, 526, 551*
THE COTTON CLUB, USA 1984, Regie: Francis Ford Coppolla, Drehbuch: William Kennedy, Francis Ford Coppola, Mario Puzo (nach dem Buch von Jim Haskins). *145*
THE COURT-MARTIAL OF BILLY MITCHELL[no], USA 1955, Regie: Otto Preminger, Drehbuch: Emmet Lavery. *571*
THE COURT-MARTIAL OF JACKIE ROBINSON (Nenn' mich nicht Nigger), USA 1990, Regie: Larry Peerce, Drehbuch: L. Travis Clarke, Steve Duncan. *289*
THE COURT-MARTIAL OF LT. WILLIAM CALLEY, USA 1975 (Fernsehfilm, ABC), Regie: Stanley Kramer. *185*
THE CRUCIBLE (Hexenjagd), USA 1996, Regie: Nicholas Hytner, Drehbuch: Arthur Miller (nach seinem Bühnenstück). *177*

THE CRYING GAME, GB 1991/92, Regie & Drehbuch: Neil Jordan. *489*
THE DAY AFTER (Der Tag danach), USA 1983, Regie: Nicholas Meyer, Drehbuch Edward Hume. *222, 239f, 396, 400, 554*
THE DAY AFTER TOMORROW*, USA 2004, Regie: Roland Emmerich, Drehbuch: Roland Emmerich, Jeffrey Nachmanoff. *367, 394-397, 400f, 518, 554*
THE DEER HUNTER[no] (Die durch die Hölle gehen), USA 1978, Regie: Michael Cimino, Drehbuch: Deric Washburn (Story: M. Cimino, D. Washburn, Louis Garfinkle, Quinn K. Redeker – in Anlehnung an Motive von James Fenimore Coopers »The Deer Slayer« – aus der Leatherstocking-Reihe). *243, 250, 269, 564*
THE DESERTER, England 1898, Regie: Robert William Paul. *75*
THE DEVIL'S ADVOCAT (Im Auftrag des Teufels), USA 1997, Regie: Taylor Hackford, Drehbuch: Jonathan Lemkin, Tony Gilroy (nach einem Roman von Andrew Niederman). *362*
THE DISTINGUISHED GENTLEMAN (Ein ehrenwerter Gentleman), USA 1992, Regie: Jonathan Lynn, Drehbuch: Marty Kaplan. *107*
THE ELITE (Codename: Elite – Im Kampf gegen den Terror), USA 2001, Regie & Drehbuch: Terry Cunningham. *68, 438f*
THE ELIZABETH SMART STORY, USA 2003, (TV-Film, CBS), Regie: Bobby Roth, Drehbuch: Nancey Silvers. *502*
THE EMPEROR'S CLUB (Club der Cäsaren), USA 2002, Regie: Michael Hoffman, Drehbuch: Neil Tolkin. *122*
THE ENGLISH PATIENT (Der englische Patient), USA/GB 1996, Regie & Drehbuch: Anthony Minghella (nach der Romanvorlage von Michael Ondaatje). *200*
THE EXTERMINATOR (Der Exterminator), USA 1980, Regie & Drehbuch: James Glickenhaus. *149*
THE EXTERMINATOR II (Exterminator 2. Teil), USA 1984, Regie & Drehbuch: Mark Buntzman. *176*
THE FINAL CUT, USA 2003, Regie & Drehbuch: Omar Naïm. *421*
THE FIRM (Die Firma), USA 1993, Regie: Sidney Pollack, Drehbuch: David Rabe, Robert Towne und David Rayfiel (nach dem Roman von John Grisham). *97*
THE FIRST KNIGHT (Der erste Ritter), USA 1995, Regie: Jerry Zucker, Drehbuch: William Nicholson. *504*
THE FLIGHT COMMAND*, USA 1940, Regie: Frank Borzage, Regie: Harvey S. Haislip, John Sutherland. *235, 551*
THE FLYING FLEET*, USA 1929, Regie: George W. Hill, Drehbuch: Frank Wead, Byron W. Hill. *551*
THE FOG OF WAR – II LESSONS FROM THE LIFE OF ROBERT S. MCNAMARA (Dokumentarfilm), USA 2004, Regie & Drehbuch: Errol Morris. *77, 132f, 173, 236f, 254, 269, 506, 536, 558*
THE FORCE BEYOND*, USA 1978, Regie: William Sachs, Buch: Barbara Morris Davison. *551*
THE FOUR FEATHERS (Die vier Federn), USA 2002, Regie: Shekhar Kapur, Drehbuch: Michael Schiffer, Hossein Amini (nach dem Roman von A. E. W. Mason, 1902). *443, 490*
THE GAME, USA 1997, Regie: David Fincher, Drehbuch: John Brancato, Michael Ferris. *410*
THE GANGS OF NEW YORK (Gangs of New York), USA/GB/I/BRD/NL 2002, Regie: Martin Scorsese, Drehbuch: Steven Zaillian, Jay Cooks, Kenneth Lonergan. *144f, 174, 290*
THE GENERAL'S DAUGHTER[no] (Wehrlos – Die Tochter des Generals), USA 1999, Regie: Simon West, Drehbuch: William Goldman, Christopher Bertolini (nach dem gleichnamigen Roman von Nelson DeMille). *85, 346, 350, 353*
THE GREAT DICTATOR (Der große Diktator), USA 1940, Regie & Drehbuch: Charles Chaplin. *189, 227, 238*

THE GREAT SANTINI*, USA 1979, Regie & Drehbuch: Lewis John Carlino (nach einem Buch von Pat Conroy). *569*

THE GREEN BERETS* (Die grünen Teufel), USA 1968, Regie: Ray Kellogg, John Wayne, Drehbuch: James Lee Barrett (nach dem Roman von Robin Moore). *148, 195, 246-249, 271f, 489, 518f, 552, 564, 570*

THE GREEN DRAGON*, USA 2001, Regie: Timothy Linh Bui, Drehbuch: Timothy Linh Bui, Tony Bui. *566*

THE GREEN MILE, USA 1999, Regie & Drehbuch: Frank Darabont (nach dem gleichnamigen Roman von Steven King). *165*

THE GUNS AND THE FURY (Blutiges Öl), USA 1982, Regie: Tony M. Zarindast, Drehbuch: Donald P. Fredette. *496*

THE HANOI HILTON*, USA 1987, Regie & Drehbuch: Lionel Chetwynd. *565*

THE HEROES OF DESERT STORM (Operation Wüstensturm – Die Helden von Kuwait), USA 1991 (semidokumentarischer Fernsehfilm), Regie: Don Ohlmeyer, Drehbuch: Lionel Chetwynd. *324*

THE HIGH CRUSADE (High Crusade – Frikassee im Weltraum), BRD 1993/94, Regie: Holger Neuhäuser, Klaus Knoesel, Drehbuch: Jürgen Egger, Robert G. Brown (nach dem Roman von Paul Anderson). *379*

THE HORRORS OF WAR*, USA 1992 (Video), Regie & Drehbuch: Paul Kiener. *551*

THE HUMAN STAIN (Der menschliche Makel), USA 2003, Regie: Robert Benton, Drehbuch: Nicholas Meyer. *430*

THE HUNT FOR RED OCTOBER* (Jagd auf »Roter Oktober«), USA 1990, Regie: John McTiernan, Drehbuch: Larry Ferguson, Donald Stewart (nach einem Roman von Tom Clancy). *294f, 324f, 565, 569*

THE HURRICANE (Hurricane), USA 1999, Regie: Norman Jewison, Drehbuch: Amyan Bernstein, Dan Gordon (nach Büchern von Rubin Carter, Sam Chaiton und Terry Swinton). *97*

THE INCREDIBLES (Die Unglaublichen = Animationsfilm), USA 2004, Regie & Drehbuch: Brad Bird. *480, 503f*

THE INDIAN MASSACRE, USA 1912/13, Regie & Drehbuch: Thomas Ince. *176*

THE INSIDER, USA 1999, Regie: Michael Mann, Drehbuch: Eric Roth, Michael Mann. *97*

THE JACK BULL (The Jack Bull – Reiter auf verbrannter Erde), USA 1999 (TV/HBO), Regie: John Badham, Drehbuch: Dick Cusack. *142*

THE JACKAL* (Der Schakal), USA 1997, Regie: Michael Caton-Jones, Drehbuch: Chuck Pfarrer (nach dem Roman »The Day of the Jackal« von Frederick Forsyth). *300, 328, 518, 551*

THE KILLING FIELDS* (Schreiendes Land), GB 1984, Regie: Roland Joffé, Drehbuch: Bruce Robinson. *271*

THE LARAMIE PROJECT, USA 2001, Regie & Drehbuch: Moisés Kaufman (Adaption eines Theaterstücks des New Yorker »Tectonic Theatre Project«). *184*

THE LAST CASTLE (Die letzte Festung), USA 2001, Regie: Rod Lurie, Drehbuch: David Scarpa, Graham Yost. *407f*

THE LAST PATROL (Dolph Lundgren – The Last Warrior), USA 1999, Regie: Sheldon Lettich, Drehbuch: Stephen J. Brackley, Pamela K. Long. *369, 404*

THE LAST SAMURAI (Last Samurai), USA 2003, Regie: Edward Zwick, Drehbuch: John Logan & Edward Zwick, Marshall Herskovitz. *174, 329, 480, 482*

THE LAST TEMPTATION OF CHRIST (Die letzte Versuchung Christi), USA 1988, Regie: Martin Scorsese, Drehbuch: Paul Schrader (nach einem Roman von Nikos Kazantzakis). *183*

THE LAST WARRIOR (Der Kämpfer einer verlorenen Welt), Italien 1983, Regie & Drehbuch: David Worth. *381*

XV. Anhang

THE LIFE OF DAVID GALE (Das Leben des David Gale), USA/GB 2002, Regie: Alan Parker, Drehbuch: Charles Randolph. *165*

THE LION KING (König der Löwen), USA 1993, Regie: Roger Allers, Rob Minkoff, Drehbuch: Irene Mecchi, Jonathan Roberts, Linda Woolverton. *29f, 263, 320*

THE LONGEST DAY* (Der längste Tag), USA 1961, Regie: Kenn Annakin, Bernhard Wicki, Andrew Marton, Gerd Oswald, Drehbuch: Cornelius Ryan. *189, 201, 233*

THE LORD OF THE RINGS: THE FELLOWSHIP OF THE RING (Herr der Ringe 1: Die Gefährten), Neuseeland/USA 2001, Regie: Peter Jakson, Drehbuch: Frances Walsh, Philippa Boyens, Peter Jackson (nach dem Roman von J.R.R. Tolkien). *86, 88f, 363, 365, 523*

THE LORD OF THE RINGS: THE RETURN OF THE KING (Herr der Ringe 3: Die Rückkehr des Königs), USA/Neuseeland 2003, Regie: Peter Jackson, Drehbuch: Frances Walsh, Philippa Boyens, Peter Jackson (nach dem Roman von J.R.R. Tolkien). *86, 88f, 363, 365, 523*

THE LORD OF THE RINGS: THE TWO TOWERS (Der Herr der Ringe 2: Die zwei Türme) Neuseeland/USA 2002, Regie: Peter Jackson, Drehbuch: Philippa Boyens, Peter Jackson. Stephen Sinclair, Frances Walsh (nach dem Roman von J.R.R. Tolkien). *86, 88f, 363, 365, 523*

THE LOST COMMAND (Sie fürchten weder Tod noch Teufel), USA 1965, Regie: Robert Surtees, Drehbuch: Nelson Gidding (nach Jean Larteguys Roman »The Centurions«). *271*

THE MAJESTIC, USA 2001, Regie: Frank Darabont, Drehbuch: Michael Sloane. *103, 554*

THE MAN WITHOUT A FACE (Der Mann ohne Gesicht), USA 1993, Regie: Mel Gibson, Drehbuch: Malcolm MacRury (nach einem Roman von Isabelle Holland). *182f*

THE MANCHURIAN CANDIDATE (Botschafter der Angst), USA 1962, Regie: John Frankenheimer, Drehbuch: George Axelrod (nach einem Roman von Richard Condon). *29*

THE MANCHURIAN CANDIDATE (Der Manchurian Kandidat), USA 2004, Regie: Jonathan Demme, Drehbuch: Dean Georgaris, Daniel Pyne (»Golfkrieg-Remake« des gleichnamigen Koreakrieg-Titels von John Frankenheimer, 1962). *29*

THE MATRIX, USA 1999, Regie & Drehbuch: Andy & Larry Wachowski. *363-365, 379f, 421f, 520f, 523, 554*

THE MATRIX RELOADED, USA 2003, Regie & Drehbuch: Andy & Larry Wachowski. *286, 363-365, 379f, 421f, 520f, 523, 554*

THE MATRIX REVOLUTIONS, USA 2003, Regie & Drehbuch: Andy & Larry Wachowski. *363-365, 379f, 421f, 520f, 523, 554*

THE MEMPHIS BELLE – A STORY OF A FLYING FORTRESS*, USA 1944, Dokumentarfilm von Regisseur William Wyler im Auftrag des »Office of War Information« (OWI). *198, 232*

THE MICKEY MOUSE CLUB* (Mouse Reel), USA 1957, TV-Show für Kinder. *570*

THE MINUS MAN, USA 1999, Regie & Drehbuch: Hampton Fancher (nach dem Roman von Lew McCreary). *423*

THE MISSION (Mission), GB 1986, Regie: Roland Joffé, Drehbuch: Robert Bolt. *179*

THE MOTHER (Die Mutter), GB 2003, Regie: Roger Michell, Drehbuch: Hanif Kureishi. *430*

THE NAKED AND THE DEAD (Die Nackten und die Toten), USA 1958, Regie: Raoul Walsh, Drehbuch: Denis Sanders, Terry Sanders (nach einem Roman von Norman Mailer). *291*

THE NEGRO SOLDIER*, USA 1943/44, Regie: Stuart Heisler, Drehbuch: Carlton Moss. *289*

THE NOVEMBER MEN (Fireline – Die große Chance), USA 1993, Regie: Paul Williams, Drehbuch: James Adronica. *110f*

THE OMEN (Das Omen), USA 1975, Regie: Richard Donner, Drehbuch: David Seltzer. *362*

THE PASSION OF THE CHRIST (Die Passion Christi), USA 2004, Regie: Mel Gibson, Drehbuch: Mel Gibson, Benedict Fitzgerald. *160f, 183*

THE PATRIOT (Mel Gibson – Der Patriot), USA 2000, Regie: Roland Emmerich, Drehbuch: Robert Rodat. *139f, 160, 172, 174*

XV. Anhang

THE PATRIOT, USA 1998, Regie: Dean Semler, Drehbuch: Paul Mones, David Ayer, M. Sussman, John Kingswell (nach dem Roman »The Last Canadian« von William Heine). *416-418*
THE PEACEMAKER[no] (Projekt: Peacemaker), USA 1997, Regie: Mimi Leder, Drehbuch: Michael Schiffer. *324, 326, 390, 437, 487, 501*
THE PELICAN BRIEF (Die Akte), USA 1993, Regie & Drehbuch: Alan J. Pakula (nach dem Roman von John Grisham). *108*
THE PENTAGON PAPERS, USA 2003 (FX-Networks), Regie: Rod Holcomb, Drehbuch: Jason Horwitch (»based on the true story of Daniel Ellsberg«). *133*
THE PIANIST (Der Pianist), F/BRD/PL/GB 2002, Regie: Roman Polanski, Drehbuch: Ronald Harwood (nach den Memoiren von Wladyslaw Szpilman). *229*
THE PLANET OF THE APES (Planet der Affen), USA 1967, Regie: Franklin J. Schaffner, Drehbuch: Michael Wilson, Rod Serling (nach dem Roman »Monkey Planet« von Pierre Boulle). *369f, 396, 400, 554*
THE PLANET OF THE APES (Planet der Affen), USA 2001, Regie: Tim Burton, Drehbuch: Wlliam Broyles Jr., Lawrence Konner, Mark Rosenthal (nach dem Roman »Monkey Planet« von Pierre Boulle und der Erstverfilmung von Franklin J. Schaffner). *369f, 551, 554*
THE POINT MEN, USA 2001, Regie: John Glen, Drehbuch: Ripley Highsmith (nach dem Roman »The Heat of the Ramadan« von Steven Hartov). *444*
THE POSTMAN (Postman), USA 1997, Regie: Kevin Costner, Drehbuch: Eric Roth, Brian Helgeland (nach einem Roman von David Brin). *368, 370*
THE POWER OF DECISION*, USA 1955 (Angaben nach: Woznicki, Krystian: Destruktion als Ziel der Produktion – Ein Interview mit Hartmut Bitomsky über seinen neuen Film »B-52«. In: Telepolis, 3.11.2002. http://www.heise.de/tp/deutsch/inhalt/kino/13499/1.html). *226*
THE PRESIDENT'S MAN, USA 2000, Regie: Michael Preece, Drehbuch: Bob Gookin. *315*
THE PRESIDIO*, USA 1988, Regie: Peter Hyams, Drehbuch: Larry Ferguson. *569*
THE PUNISHER, USA 2004, Regie: Jonathan Hensleigh, Drehbuch: Michael France, Jonathan Hensleigh (nach einem Marvel-Comic). *350, 405, 427*
THE QUIET AMERICAN (Der stille Amerikaner), USA/Australien 2002, Regie: Phillip Noyce, Drehbuch: Christopher Hampton, Robert Schenkkan (nach dem Roman von Graham Greene). *243, 269f*
THE QUIET AMERICAN (Vier Pfeifen Opium), USA 1957, Regie & Drehbuch: Joseph L. Mankiewicz (nach dem gleichnamigen Roman von Graham Greene). *243, 269-271*
THE RACE FOR SPACE*, USA 1959 (TV), Regie: David L. Woolper, Drehbuch: Laurence E. Mascott, David L. Wolper. *551*
THE RAINMAKER (John Grisham's: Der Regenmacher – Im Namen der Gerechtigkeit), USA 1997, Regie & Drehbuch: Francis Ford Coppola (nach dem gleichnamigen Roman von John Grisham). *97*
THE RAT PACK, USA 1998 (TV/HBO), Regie: Rob Cohen, Drehbuch: Kario Salem. *104*
THE RECRUIT (Der Einsatz), USA 2003, Regie: Roger Donaldson, Drehbuch: Roger Town. *413*
THE RESCUE, USA 1988, Regie: Ferdinand Fairfax, Drehbuch: Jim Thomas, John Thomas. *324*
THE RIGHT STUFF* (Der Stoff, aus dem die Helden sind), USA 1983, Regie & Drehbuch: Philip Kaufman (nach dem Roman »The Right Stuff« von Tom Wolfe). *389f, 398, 553f, 569*
THE ROCK (The Rock – Entscheidung auf Alcatraz / Fels der Entscheidung), USA 1995, Regie: Michael Bay, Drehbuch: David Weisberg, Douglas S. Cook, Mark Rosner. *235, 406-408, 427, 437, 552*
THE SAND PEBBLES (Kanonenboot am Yangtse-Kiang), USA 1966, Regie: Robert Wise, Drehbuch: Robert W. Anderson (nach einem Roman von Richard McKenna). *180, 271*
THE SAVAGE BEES*, USA 1976 (TV), Regie: Bruce Geller, Drehbuch: Guerdon Trueblood. *551*

THE SCARLET LETTER (Der scharlachrote Buchstabe), USA 1995, Regie: Roland Joffé, Drehbuch: Douglas Day Stewart (nach dem Roman The Scarlet Letter von Nathaniel Hawthorne; frühere Verfilmungen bereits 1972 durch Wim Wenders und 1974 als US-Fernsehproduktion durch Rick Hauser). *177f*

THE SEARCHERS, USA 1956, Regie: John Ford, Drehbuch: Frank S. Nugent (nach einem Roman von Alan Le May). *176*

THE SHADOW CONSPIRACY (Die Verschwörung im Schatten), USA 1997, Regie: George P. Cosmatos, Drehbuch: Adi Hasak, Ric Gibbs. *116, 134*

THE SIEGE (Ausnahmezustand), USA 1998, Regie: Edward Zwick, Drehbuch: Lawrence Wright, Menno Meyjes, Edward Zwick. *329, 439, 449, 464-469, 495, 498f*

THE SILENCE OF THE LAMBS (Das Schweigen der Lämmer), USA 1990, Regie: Jonathan Demme, Drehbuch: Ted Tally (nach einem Roman von Thomas Harns). *407*

THE SKULLS I, USA 2000, Regie: Rob Cohen, Drehbuch: John Poque. *123*

THE SKULLS II, USA 2002, Regie: Joe Chapelle, Drehbuch: Michele Clolucci-Zieger, Hans Rodionoff. *123*

THE SKULLS III, USA 2003, Regie: J. Miles Dale, Drehbuch: Joe Johnson. *123*

THE SPIRIT OF AMERICA, USA 2002, Kurzfilm-Clip von Chuck Workman. *61*

THE STAND (Stephen King's The Stand – Das letzte Gefecht), USA 1994, Regie: Mick Garries, Drehbuch: Stephen King (nach seinem gleichnamigen Roman). *362*

THE STORY OF CUBA, USA 1898, Film-Show zum spanisch-[US-]amerikanischen Krieg (Angaben nach: *Paul* 2004, 78). *572*

THE STORY OF G.I JOE* (Schlachtgewitter am Monte Cassino), USA 1945, Regie: William A. Wellman, Drehbuch: Leopold Atlas, Guy Endore, Philip Stevenson (nach einem Buch von Ernie Pyle). *84f*

THE SULLIVANS* (Fünf Helden), USA 1943, Regie: Lloyd Bacon, Drehbuch: Mary McCall Jr. *233*

THE SUM OF ALL FEARS* (Der Anschlag), USA 2002, Regie: Phil Alden Robinson, Drehbuch: Paul Atanasio, Daniel Pyne (nach der Romanvorlage von Tom Clancy). *295, 325, 350, 418, 472-479, 500f, 510, 525, 527, 569*

THE TAILOR OF PANAMA (Der Schneider von Panama), USA/Irland 2001, Regie: John Boorman, Drehbuch: Andrew Davies, John Le Carré, John Boorman (nach dem Roman von John Le Carré). *298f*

THE TAKING OF BEVERLY HILLS (Boomer – Überfall auf Hollywood), USA 1990, Regie: Sidney J. Furie, Drehbuch: Rick Natkin, David Fuller, David J. Burke. *406*

THE TERMINATOR (Terminator), USA 1984, Regie: James Cameron, Drehbuch: Gale Anne Hurd, James Cameron, William Wisher. *421*

THE TEXAS CHAINSAW MASSACRE, USA 2003, Regie: Marcus Nispel, Drehbuch: Jessica Biel, Jonathan Tucker, Erica Leerhsen, Eric Balfour (»Remake« des gleichnamigen Titels von Regisseur Tobe Hooper, USA 1974). *406*

THE THIN RED LINE[no] (Der schmale Grat), USA 1998, Regie & Drehbuch: Terrence Malick (basierend auf der Novelle von James Jones). *201, 233, 286, 522, 535, 558, 565*

THE THREE DAYS OF THE CONDOR (Die drei Tage des Condors), USA 1974, Regie: Sydney Pollack, Drehbuch: Lorenzo Semple Jr., David Rayfiel (nach einem Roman von James Grady). *411, 428*

THE THREE KINGS (Three Kings – Es ist schön, König zu sein), USA 1999, Regie & Drehbuch: David O. Russel. *303f, 329f, 551*

THE TIME MACHINE, USA 2001, Regie: Simon Wells, Drehbuch: John Logan (in Anlehnung an H. G. Wells »The Time Machine« von 1895). *370, 436, 554*

THE TOWERING INFERNO* (Flammendes Inferno), USA 1972, Regie: John Guillermin, Irwin Allen, Drehbuch: Stirling Silliphant (nach Romanen von Richard Martin Stern, Thomas N. Scortia, Frank M. Robinson). *436*

THE TRUE STORY OF BLACKHAWK DOWN, USA 2003, TV-Dokumentarfilm von David Keane. *330*

THE TRUMAN SHOW (Die Truman Show), USA 1998, Regie: Peter Weir, Drehbuch: Andrew Niccol. *419-421, 428, 430*

THE TUSKEGEE AIRMEN* (Die Ehre zu fliegen), USA 1995, Regie: Robert Markowitz (HBO-Teleplay von: Paris Qualles, Trey Ellis, Ron Hutchinson; Story: Robert Williams, T. S. Cook). *275, 281f, 290, 554, 568*

THE UGLY AMERICAN (Der häßliche Amerikaner), USA 1962, Regie: George Englund, Drehbuch: Edward Stern (nach dem gleichnamigen Roman von W. J. Ledever und Eugene Burdick). *271*

THE WAR ROOM (Dokumentarfilm), USA 1993, Regie: Chris Hegedus, Don Allan Pennebaker. *117, 123*

THE WORLD IS NOT ENOUGH (James Bond 007 – Die Welt ist nicht genug), GB/USA 1999, Regie: Michael Apted, Drehbuch: Neil Purvis, Robert Wade, Bruce Feirstein. *298, 326*

THEY LIVE (Sie leben), USA 1988, Regie (& Drehbuch-Pseudonym): John Carpenter (nach einer Kurzgeschichte von Ray Nelson). *424f*

THIRTEEN DAYS[no], USA 2000, Regie: Roger Donaldson, Drehbuch: David Self. *104f, 123, 132, 214, 222f, 511, 521, 536, 567*

THREE BRAVE MEN, USA 1956, Regie: Philip Dunne, Drehbuch: Philip Dunne, Anthony Lewis. *570*

THUNDER AFLOAT*, USA 1939, Regie: George B. Seitz, Drehbuch: Ralph Wheelwright, Harvey S. Haislip. *551*

TIGERLAND*, USA 2000, Regie: Joel Schumacher, Drehbuch: Ross Klavan, Michael McGruther. *246, 271, 520, 526*

TITANIC, USA 1997, Regie & Drehbuch: James Cameron. *360, 378*

TO END ALL WARS (Die wahre Hölle am River Kwai), GB/USA/Thailand 2002, Regie: David L. Cunningham, Drehbuch: Brian Godowa (nach dem Buch von Ernest Gordon). *200, 232, 554*

TO THE SHORES OF HELL*, USA 1965, Regie: Will Zens, Drehbuch: Robert McFadden, Will Zens. *246, 271*

TOMORROW NEVER DIES* (James Bond 007 – Der Morgen stirbt nie), GB 1997, Regie: Roger Spottiswoode, Drehbuch: Bruce Feirstein. *297, 325-328, 350, 396, 527, 568*

TOP GUN* (Sie fürchten weder Tod noch Teufel), USA 1985, Regie: Tony Scott, Drehbuch: Jim Cash, Jack Epps Jr. *20, 25, 55, 59, 198f, 215, 275f, 288, 292f, 315, 323f, 398, 412, 525, 552, 565*

TORA! TORA! TORA!* (Tora! Tora! Tora! Der Angriff auf Pearl Harbor), USA/Japan 1969, Regie: Richard Fleischer, Toshio Masuda, Kinji Fukasaku, Drehbuch: Larry Forrester, Hideo Uguni, Ryuzo Kikushima (nach Büchern von Gordon W. Prange und Ladislas Farago). *213f, 217, 236f, 271, 554, 565*

TOUR OF THE INFERNO: REVISITING PLATOON*, USA 2001 (Video), Regie: Charles Kiselyak, Jeff McQueen, Drehbuch: Charles Kiselyak. *82, 520, 551, 553f*

TOYS, USA 1992, Regie: Barry Levinson, Drehbuch: Valerie Curtin, Barry Levinson. *64, 73, 84, 294*

TRIDENT FORCE, USA 1987, Regie: Richard Smith, Drehbuch: Siegried Sepulveda, Rossano Abelardo. *444, 449, 499*

XV. Anhang

TRINITY & BEYOND (Dokumentarfilm), USA 1995, Regie: Peter Kuran. *223*
TROY (Troja), USA 2004, Regie: Wolfgang Petersen, Drehbuch: David Benioff. *158, 480, 484f, 504f*
TRUE COLORS (Der Preis der Macht), USA 1990, Regie: Herbert Ross, Drehbuch: Kevin Wade. *101f*
TRUE LIES* (True Lies – Wahre Lügen), USA 1993/94, Regie & Drehbuch: James Cameron (nach Motiven des französischen Spielfilms »La Totale« von Claude Zidi). *383, 437, 457-459, 463, 498, 518*
TRUMAN (Truman – Der Mann, der Geschichte schrieb), USA 1995 (TV/HBO), Regie: Frank Pierson, Drehbuch: Thomas Rickman (nach dem Buch von David McCullough). *111, 224f*
TWELVE MONKEYS (12 Monkeys), USA 1995, Regie: Terry Gilliam, Drehbuch: David Peoples, Janet Peoples (angeregt durch den Kurzfilm »La Jetée« von Chris Marker). *367, 380, 429*

U

U-571*, USA 2000, Regie: Jonathan Mostow, Drehbuch: Jonathan Mostow, Sam Montgomery, David Ayer. *205, 281, 565*
ULEE'S GOLD, USA 1997, Regie & Drehbuch: Victor Nuñez. *270*
UNCOMMON VALOR (Die verwegenen Sieben), USA 1983, Regie: Ted Kotcheff, Drehbuch: Joe Gayton. *245f, 270, 552*
UNCOVERED: THE WHOLE TRUTH ABOUT THE IRAQ WAR, USA 2003, Dokumentarfilm von Produzent und Regisseur Robert Greenwald. *535*
UNDER FIRE, USA 1982, Regie: Roger Spottiswoode, Drehbuch: Ron Shelton, Clayton Frohman (nach einer Erzählung von Clayton Frohman). *78, 332*
UNDER SIEGE (Bomben auf Washington – Good Bye America), USA 1986, Regie: Roger Young, Drehbuch: Bob Woodward, Christian Williams, Richard Harwood, Alfred Sole. *439, 453-457, 464, 497*
UNDER SIEGE* (Alarmstufe: Rot), USA 1992, Regie: Andrew Davis, Drehbuch: J.F. Lawton. *497*
UNDER SIEGE 2: DARK TERRITORY (Alarmstufe: Rot 2), USA 1995, Regie: Geoff Murphy, Drehbuch: Richard Hatem, Matt Reeves. *497*
UNIVERSAL SOLDIER, USA 1992, Regie: Roland Emmerich, Drehbuch: Roland Emmerich, Christopher Leitch, Dean Devlin, Richard Rothstein. *85*
UNIVERSAL SOLDIER 2, USA 1998, Regie: Jeff Woolnough, Drehbuch: Peter M. Lenkov. *85*
UNIVERSAL SOLDIER 3: UNFINISHED BUSINESS, USA 1998, Regie: Jeff Woolnough, Drehbuch: Peter M. Lenkov. *85*
UNIVERSAL SOLDIER: THE RETURN (Universal Soldier – Die Rückkehr), USA 1999, Regie: Mic Rodgers, Drehbuch: William Malone, John Fasano. *85*

V

VANILLA SKY, USA 2001, Regie & Drehbuch: Cameron Crowe (nach ABRE LOS OJOS von Alejandro Amenábar). *419f*
VENDETTA, USA 1999 (TV/HBO), Regie: Nicholas Meyer, Drehbuch: Richard Gambino, Timothy Prager. *145*
VICTORY AT SEA*, USA 1952/53 (TV-Serie), Regie: M. Clay Adams. *551*
VOLCANO, USA 1997, Regie: Mick Jackson; Drehbuch: Jerome Armstrong, Billy Ray. *393*